本书为国家社科基金项目"鲁迅台湾传播的史料整理与研究"（15XZW032）的研究成果

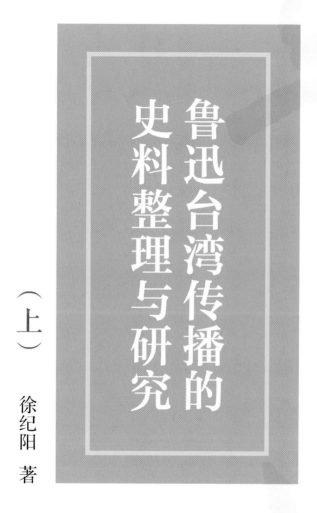

# 鲁迅台湾传播的史料整理与研究

（上）

徐纪阳 著

中国社会科学出版社

图书在版编目（CIP）数据

鲁迅台湾传播的史料整理与研究：全2册／徐纪阳著．—北京：中国社会科学出版社，2023.4
ISBN 978 - 7 - 5227 - 1482 - 0

Ⅰ.①鲁…　Ⅱ.①徐…　Ⅲ.①鲁迅著作研究　Ⅳ.①I210.97

中国国家版本馆 CIP 数据核字（2023）第 031509 号

出 版 人　赵剑英
责任编辑　王鸣迪
责任校对　韩海超
责任印制　张雪娇

出　　　版　中国社会科学出版社
社　　　址　北京鼓楼西大街甲 158 号
邮　　　编　100720
网　　　址　http://www.csspw.cn
发 行 部　010 - 84083685
门 市 部　010 - 84029450
经　　　销　新华书店及其他书店

印刷装订　北京君升印刷有限公司
版　　　次　2023 年 4 月第 1 版
印　　　次　2023 年 4 月第 1 次印刷

开　　　本　710×1000　1/16
印　　　张　53.5
插　　　页　4
字　　　数　820 千字
定　　　价　298.00 元（全 2 册）

# 序　一

朱双一

　　纪阳是我指导博士生的"开门弟子"，硕士阶段师从刘俊峰教授撰写了《穿越历史的后街——论陈映真文学写作中的政治叙事》的学位论文。研究陈映真，鲁迅自然是绕不开的话题；而我自从 20 世纪 80 年代中期进入台湾文学研究领域后，深感台湾文学与鲁迅有着超乎常人想象的紧密关联，是一片值得开垦的肥沃土地，因此师生商量，一拍即合，即以台湾文学与鲁迅的关系为其博士论文的选题。论文完成后，却又给了我一种惊讶和喜悦，其质量和完成度都超出了我的预期。毕业后，纪阳仍十多年如一日，特别是到中国人民大学随孙郁教授从事博士后研究，锲而不舍地对论文加以扩展和提升，终成摆在我书案上的这部书稿，也有了为之写序的"冲动"。

　　本书开宗明义，表白了切近当今鲁迅研究学术前沿——东亚鲁迅学——的努力。就中国文坛而言，20 世纪堪称鲁迅的世纪，但实际上，鲁迅的影响早已超越国界，覆盖世界各地，而以东亚为最，因此有了"东亚鲁迅"的研究场域和脉络。然而 20 世纪的台湾，大多时候与祖国大陆处于不同程度的隔绝状态，给鲁迅在台湾的传播造成了一定的阻碍，但也由此形成曲折复杂然而丰富多彩的情态。从二三十年代起，台湾就成为"东亚鲁迅"传播、接受、研究网络的一个重要环节，却较少为人所注意，因此填补这一空白，成为作者设定的重要目标之一。由于特殊历史条件，台湾的鲁迅传播倚重于多个渠道。率先提出台湾文学乃中国文学一支流的张我军，在《台湾民报》上转载了多篇鲁迅作品，成为沾濡台湾文学幼苗的雨露；杨逵、吕赫若、杨华等的日文小说，由胡风等翻译并收入《山灵：朝鲜台湾短篇小说选》等，从而呼应了鲁迅"弱小民族文学"的倡导；张月澄、张深切、钟理和等则因到祖国留学或谋生，而与鲁迅有了交集。在那特定年代，两岸之间的鲁迅传播还开辟了一条有点折绕但意义特殊的日本途径，并由此增添了许多意义深刻的"故事"。最典型例子是1938年5月，因同情贫苦阶级而资助过杨逵的日本警察入田春彦自杀并留下遗书托付后事给杨逵夫妇，遗物中有日文七卷本的《大鲁迅全集》，杨逵得以较全面阅读鲁迅，这才有了光复初期由他领衔翻译出版了《阿Q正传》《狂人日记》《故乡》《孔乙己·头发的故事》《药》等中日文对照的鲁迅作品集。其他最具代表性的台湾作家赖和、龙瑛宗、钟理和、陈映真等，也都深受鲁迅影响，在本书中有专门的论述。由此可知，认定台湾乃"东亚鲁迅"的一个不可忽略的重要节点，并非空穴来风，而是有着充分的历史事实依据。

当然，作者也充分认识到，尽管鲁迅话题在东亚日益成为一个区域整合性课题，但各自国家或地区却是从自身历史深处的问题意识出发而接受鲁迅的；即使是同一个地区，也有不同时期的不同问题，需要从无比丰富的鲁迅思想中吸取各种精神资源。台湾与祖国大陆共同的被殖民、被侵略遭遇和同属命运共同体的事实，使其鲁迅传播和接受，有着鲜明的中国印记。阅读此书，给我最大震撼和感动的，是日据时期台湾作家认识到台湾与祖国命运与共，从而将其摆脱殖民统治的希望，寄托于祖国的胜利和强大。这不是宣传口号，而是从他们的生命中生长出来的信念。整个20世纪，除了光复初期的宝贵五年外，前有日本殖民占据，后因"冷战—内战"交叠构造而造成两岸长期分断，鲁迅无形中成了两岸作家乃至两岸同胞情感连接的纽带。他们见到鲁迅或读到鲁迅作品，往往如同见到了祖国母亲一样。1926年张我军在北京拜访鲁迅并赠送四册《台湾民报》，见面时张我军一句"中国人似乎都忘记台湾了，谁也不大提起"，让鲁迅就像受了创痛似的，口上却道："不，那倒不至于的"，只因内忧外患，自顾不暇，"所以只能将台湾这些事情暂且放下……"并在第二年为张秀哲所译《劳动问题》作序时称赞道："正在困苦中的台湾的青年，却并不将中国的事情暂且放下。他们常希望中国革命的成功，赞助中国的改革，总想尽些力，于中国的现在和将来有所裨益，即使是自己还在做

学生。"其实，相似的一幕早在 1907 年林献堂和梁启超的日本奈良之
会中发生。无论是梁启超对于林献堂，或是鲁迅对于张我军、张秀哲
等的回答，都如实反映了祖国同胞何尝忘记台湾，只是整个民族正面
临着亡国灭种危机，只能将救亡图存作为首要任务，只有整个国家战胜
外敌，获得民族独立，台湾也才能摆脱殖民统治，获得新生。这正是
两岸命运共同体的具体表现，两岸作家的交往，特别是台湾作家对于
鲁迅的喜爱和崇拜，也正是这种意识和心情的体现。按照勃兰兑斯的
说法，文学史的最深刻含义是心理学，本质上是一个民族的灵魂的历
史。本书抓住了这一点，也就抓住了鲁迅在台湾传播和接受史的
关键。

　　台湾作家以鲁迅为连接纽带而达到对两岸命运共同体的认知，以
龙瑛宗、钟理和等作家最为深刻。本书作者概括了台湾几位最重要作
家的鲁迅接受的不同特色。赖和主要将鲁迅的白话文作品作为一种新
的文学语言的典范来学习；杨逵以鲜明而坚定的左翼立场承续了鲁迅
"敢打又敢骂"的现实战斗精神；而陈映真则继承了鲁迅精神中反抗
政治权力、批判社会现实的一面。龙瑛宗的特点是：经由日文渠道所
接受的是鲁迅作品中的中国文化精神，同时对日本右翼的鲁迅观做了
左翼转化，造就了自身思想中独特的"祖国"文化结构。龙瑛宗原
本偏爱佐藤春夫唯美清朗、忧郁感伤的文风，并因此而接触到鲁迅文
学，而殖民地生活的悲惨境遇促使他与欧洲批判现实主义文学亲近。
但是，"被局限在小知识分子信心不足的视野里"的龙瑛宗无力作出
有效的反抗，只能悲哀地感慨"帝国主义的枷锁缚住我的手脚"，最
终选择"在文字领域中自由地幻想与飞翔来治疗殖民地生活的苦
闷"。文学成为龙瑛宗理解"中国的命运"的首要方式，这一点与陈
映真"偷"读了《阿 Q 正传》而认识到中国是自己"苦难的母亲"
并建立起永世不移的中国认同相似。龙瑛宗的独特之处在于其耽美忧
郁的作品风格和笔下那些颓废萎靡、无路可走的人物，无形中揭示了
殖民地的现实。尽管西川满欣赏龙瑛宗表面上的浪漫色彩和颓废，却
无法理解被殖民者与之内心上的根本冲突乃至命运的根本分歧，与祖
国同为被侮辱、被损害、被殖民者的共同命运，使龙瑛宗与鲁迅、与
现实主义、同时也与祖国紧紧地联系在一起。他明确写道：所谓外地

文学并非以本土（按：指日本）的文坛为进出之志或模仿本土的文学，"外地文学的气性不是乡愁、颓废而该是生长于该地埋骨于该地者热爱该地为提高该地文学而作的文学"。

另一个特别的例子则是钟理和。根据本书作者的梳理，钟理和幼时初识中文后即"废寝忘食"地阅读鲁迅、巴金、茅盾、郁达夫等的选集，其作品具有鲁迅影响的明显印迹，如早期小说《夹竹桃》即有国民性批判的主题；20世纪50年代初的《故乡》，让人读后不能不联想到鲁迅的同名小说。他跨越了日据、光复初期和20世纪50年代白色恐怖等不同时期，但与三个时期的鲁迅传播接受主流都不一样，他瞩目并接受的，既不是左翼知识者所理解的"战斗者"鲁迅，也不是国民党塑造出的"阴暗空虚"的"虚无哲学者"鲁迅，而是鲁迅的文学技巧、深刻的文化批判精神及其内心的孤独、寂寞，在他那里得到了生动的再现。他的亲友不少是共产党人，但他始终没有投入人民革命斗争中。尽管如此，他曾批评林语堂"这种人似乎常有错觉，当看到人家上吊的时候，便以为那是在荡秋千"。正是对广大劳动群众特别是乡村农民的关怀，使他与"有闲"的林语堂等有所隔阂，而与鲁迅更为亲近。他专注于家乡农村生活的描写却刻意回避时代、政治重大议题而被陈映真称为"素朴的现实主义"，这既有个人原因，更是50年代台湾"低气压"政治、社会环境所致。然而就是这样一位贫病交加、在现实中找不到出路，只好遁入内心，将文学当做自己终生最爱的作家，在民族、国家认同问题上绝不含糊。他从报上读到以廖文毅等为首的一群"台独"分子正在为"托管"而奔走，他斥之为"失了自信心的一群丧心病狂的人们"，并将其分成二类："一种是所谓特权阶级也者，站在统治者一边，帮日本人压迫台湾人，因此，他们没有直接尝受到殖民地生活的痛苦；另一种大概是过去未尝够做奴隶的味道，所以还值得再过过"。后者让人想到了鲁迅的相似表述以及所翻译的爱罗先珂的《狭的笼》。此事也让人想到此前一两年杨逵在《"台湾文学"问答》中对"台独""托管"以及"台湾人奴化了没有"等问题的断然否定，以及在《和平宣言》中对于两岸人民携手合作，将台湾建成和平、幸福"新乐园"的强力呼吁。很显然，不管是杨逵或是钟理和，遭受外来殖民统治的痛苦经历是如此刻骨铭心，由此深刻认识到两岸具有遭受外来殖民以及抵抗奋斗求解放的共同命运，为避免重新沦入被殖民深渊，才会对反对"台独"，追求国家统一有这么坚定的追求！

到了当代，台湾的鲁迅传播进入了另一种特殊时期。1949 年后，除了随国民党赴台的部分大陆文化人仍延续着贬鲁腔调外，对于广大民众，鲁迅及其他三十年代文学成了禁书。然而鲁迅的光芒毕竟无法遮蔽，青年学生反而越禁越想"偷"看，越发看得认真，记得牢，这大概是施禁者始料未及的吧。几乎成为奇观的是 1970 年前后的赴美留学生，到了美国后，首先寻找"禁书"看，鲁迅的名字及相关话语、词汇不断出现在当时的保钓刊物上，这就为"钓运"向"统运"转变以及随之兴起的海外华人"新中国认同"热潮，打下思想基础；也为 70 年代台湾乡土文学批判美、日新殖民主义以及提出与鲁迅"弱小民族论"紧密相连的"第三世界论"提供了思想资源。岛内的冲破堤防，则要到 20 世纪 80 年代的"解严"前后。1989 年下半年的短短半年中，台湾三个不同出版社"争先恐后"地出版了三套《鲁迅全集》。近四十年来，由于工作关系，我与台湾学者和作家接触、交流颇多，尽管其政治倾向有别，却经常要向我透露在戒严时代曾暗中阅读鲁迅作品，并多少带些引以为傲的夸耀之意。一些台湾作家、学者到了厦大，就直奔鲁迅纪念馆而去，我在陪同他们参观时，目睹了他们参观时的激动心情。蔡源煌所说"虽然鲁迅的著作在台湾查禁了整整四十年，但大多数生活在台湾的作家心中都有某种'鲁迅情结'"，证之我自己的观察，深信此言不诬。

相比之下，一些国民党文人对鲁迅的态度，显得更为复杂微妙，对此的发掘，堪称本书道人之所未道的一大亮点。如作者发现郑学稼《鲁迅正传》有前后两个版本，认真地将其加以比较，实事求是地指出其洞见和不见。对于刘心皇，指出他在纷繁复杂文坛关系中的细密考证，虽有少量错误，但仍属科学、客观，不足在于对于文学作品解读不够。最精彩的是对寒爵的论述，本书作者发现，从寒爵散文中能读出诸多鲁迅的意象，却无法感受到鲁迅杂文的力的美学，为时代所限也出于个人选择，他只能把鲁迅窄化到文章语词的表面，遮蔽掉重要的思想资源，将杂文固有的批判性锋芒内敛。但无论如何，那内在的鲁迅的影响洗刷不掉，身为国民党文人，却不断以幽微方式向鲁迅致敬。这里所谓"内在""幽微"，显然对本书作者功力是一个严峻的挑战，需要对鲁迅的作品十分熟悉，既熟悉其表面的字词、意象，也熟悉隐藏于字面底下的精神实质。作者采取实事求是的态度，不溢美，也不求全责备，从而能将这部分国民党文人的鲁迅接受的真相，加以准确地呈现。

台湾的鲁迅传播和接受，陈映真是一个绝对绕不过的话题。很奇妙的，陈映真几乎集上述几种情况于一身。生活于同样的时代，寒爵将鲁迅作品中的语词、意象化用于作品中的方式，在陈映真早期作品中同样频繁采用。这就要求研究者既熟稔于鲁迅，又熟稔于陈映真的作品。本书作者似乎善于从一些语句，特别是意象、场景的相似中，找出二者连接的证据，但并不停留于此，进一步找出其精神、思想上的联系，用作者的话说，拟其形而得其神。也许受环境所限，陈映真对于鲁迅的接受，只能以一种隐晦的方式进行，反而造就了一种特殊的美。正如书中所言：陈映真作品中散布着鲁迅文学的元素，他将鲁迅的各种意象拆散、打乱，融合到各个作品的细部去。其中既有对审美形态的会心之悟，更有对思想精神的深刻把握，他的许多意象和结构都来自鲁迅的暗示，有机融合在他对台湾历史与现实的书写里。

日据时期台湾作家从鲁迅那里获得或强化了两岸命运共同体意识，在陈映真身上得到再现和升华。作者指出：陈映真终其一生对于祖国的爱，都得益于他读出了鲁迅冷酷文字背后的暖暖爱意。鲁迅作品中那种对中国的黑暗出于热爱的憎恶，对中国前途热切的关怀，让陈映真从青少年时代开始，就认定"这个国家"是属于他的，只有爱它，才有希望。由于对鲁迅等中国现代文学的阅读，陈映真开始不用现存弊端和问题看他的祖国，反而由于近现代中国"愚而不安的本质"而亲近中国。这与80年代以来不少台湾作家在转向时，往往以中国所谓"落后"为借口，有着截然的区别。

此外，对于鲁迅，人们更多地看到其"抗拒为奴"的一面却忽略了"反抗绝望"的另一面，本书作者慧眼独具地看到了这一点，而这二者在陈映真身上都有明显体现。作者指出：内在思想的明晰与改造社会的渴望被压缩在极有限的个人写作的空间中，就自然地生长了失望、彷徨，大量的自我反省与忏悔，以及《野草》式的焦虑、独思与自我突围的渴望，形成陈映真早期小说的风格。当然，对于一个更想"揭开的是一整个时代的欺罔的本质"的年轻作家而言，他很快转到了"抗拒为奴"这一面来，这既包括批判外来的新殖民主义，也包括抵制和反对内部的官僚威权统治。陈映真无形中成为台湾的鲁迅接受的集大成者。

这样，本书作者着重展示了台湾的鲁迅传播和接受的几种情态：继承了鲁迅"抗拒为奴"的精神，如日据时期作家赖和、杨逵，以及当代的陈映真；承续了鲁迅的"反抗绝望"的精神，如日据时期的龙瑛宗、钟理和、早期的陈映真；受时代受限，刻意隐瞒与鲁迅的紧密关联而仅剩词语、意象、象征隐喻上的相似，如寒爵和早期的陈映真；此外还有最重要的，也是大多作家所共同的，即通过鲁迅而建立或增强了对于母亲中国的认同以及全民族命运共同体的思想认知。本书作者在建构"东亚鲁迅学"的台湾节点时，强调要有来自自身历史深处的问题意识、发出带有自己的社会文化历史特征的声音。综观全书，作者做到了这一点，使其目标得以很好地实现。

纪阳为人诚恳低调，不会（或许也不屑）为自己"打广告"，但却一步一脚印地在坚实土地上向前走着。我很庆幸他成为我指导的第一位博士生，从而为接踵而至的师妹师弟们做了表率，开了个好头。以前常与学生说"青出于蓝而胜于蓝"，大多乃是应景或鼓励之语，心里想的是"胜于蓝"哪有那么容易？阅读了纪阳这部著作，每到精彩之处，拍案叫绝，深觉"胜于蓝"已是不争的事实，这当然是我所乐见的。值此纪阳出书之际，谨以此序为贺。

# 序　二

孙　郁

　　二十多年前，我与周海婴、黄乔生去香港办过一次鲁迅生平展，在开幕式上认识了陈映真先生，从此便有了一些交往。经由陈映真，对于台湾的鲁迅传播情况，有了一点了解。后来几次去台湾，结识多位老作家，发现他们对于鲁迅有着特殊的感受。大陆与台湾间的文脉，一直是相连不断的，新文化运动以后，仅就鲁迅作品而言，曾经给对岸读书人带来难忘的共振。但很长时间，这些都混在复杂的语境里，鲁迅的作品如何传到宝岛，几代作家怎样呼应五四以来的遗风，说起来有点杂影交错。许多年间，我的所知也是粗枝大叶，直到看到徐纪阳的这本书，这个话题才有了一点立体感觉。

　　徐纪阳曾在厦门大学攻读博士学位，后在中国人民大学博士后流动站工作过一段时间。他是一个安静的人，内心淳朴，做事认真。南方人的敏感与缜密，在其文字中清晰可感。他善于考据，不做空论，又有自己的问题意识。多年间他关注两岸文学，且到宝岛做过实地考察。在外人看来，这似乎是一个区域文学的凝视，其实细细看这本书，涉及的是现代文学与现代文化的重要纽结，也有东亚史的热点。这一本书不仅整理了鲁迅台湾传播的史料，而且对于其间的流脉作了系统研究，可以说花费了不小的气力。

　　中国的近代，遭受帝国主义侵略，蒙受的苦难甚多。鲁迅的作品，对于被压迫的人们，无疑是精神觉醒的灯火。台湾在日据时期还有鲁迅作品的流传，说明了那文字的力量。即使后来国民党统治时期，默默阅读鲁迅著作的人还是大有人在。从那里的文学发展史可以感受到，鲁迅的传统在不同时期都有一定的辐射力，可谓是起起伏

1

伏、形态不一。光复初期的读者心理，和"戒严"时期的地下阅读，看得出台湾知识人的觅路之苦，而"解严"以来不同群落的知识人的鲁迅观，都有风气变化的蛛丝马迹。1988年以后，关于鲁迅的论述忽地多了起来，我记得1989年在鲁迅博物馆遇到一位台湾记者，想了解大陆的研究情况，便组织了多位朋友小聚。对话中相近的题旨，使本来陌生者的心也变近了。

这一本书的上编分史论、作家论、编年文事及资料索引，下编是鲁迅台湾传播史料索引。无论是专业研究者还是一般读者，都不难找到历史线索中闪光的部分，作者在梳理中有判断，寻觅中见性情，我们由此看到了不易寻到的旧迹，有的颇为珍贵。不妨说，借着鲁迅的话题，我们也看到了台湾现代文化的一个略图，那些被奴役中的挣扎，在窄路上颠踬的人们的心绪也一一出现在我们面前。

台湾青年与鲁迅最早的接触，正在徘徊、寻路时期。张我军、张秀哲拜访鲁迅时，彼此都留下深深的印象。殖民地的青年知道自己是弱小者，而鲁迅恰恰是为底层发声的人。徐纪阳从两个方面解释了青年们接近鲁迅的原因，"其一，鲁迅和青年学生的交往向来'绝无傲态，和蔼若朋友然'，力求'化为青年，使大家忘掉彼我'，这种平等的态度，使他更容易为青年接近；其二，身处殖民地台湾青年们，由于自身的境遇更容易捕捉到鲁迅从早年就开始的对弱小民族（地区）的关怀与同情，使他们在心理上更愿意亲近鲁迅"。这揭示了内在的逻辑，也看出那思想穿透人心的一面。由新经典文本而看弱小者的状态，和由弱小者看新经典文本，构成了一个双重视角。大凡非凡之作都有不凡的命运，也由此改变了凡者的心境。托尔斯泰、卡夫卡的作品的流传，也大抵如此的。一个作家如能唤起读者对于自我的再认识，且有了引导人们改造人生的冲动，那一定是有异常的内力的。

看台湾作家与批评家的文章，良好的感受力后，乃热血的涌动，远眺祖国大陆文学时，好奇背后也有内省的意识袭来，总还是有所收益。叶荣钟在繁杂的文坛的作品里，分门别类地挑出珍品，在对比中发现了鲁迅文本的伟大，那感慨是深入的。龙瑛宗的体味也颇为独到，文章在感性里流出的也是带着痛感的联想。至于陈映真的独白，是两颗灵魂的对话，一些片段流光溢彩，驱走了身边的灰暗。他们既

2

在中国现代史里思考文学的走向，也多世界文学的参照。虽然一些文章对于大陆的形态略感隔膜，但他们捕捉艺术品灵光的能力，不亚于大陆的一些文学青年。内觉丰富的人，倘成为新思想的知音者，滋养的精神与诗意，总还是感染这个社会的。

　　台湾光复后，一大批大陆学者和作家来到那里，这些人不乏鲁迅的好友和追随者，像许寿裳、台静农、李何林等，都给宝岛带来新异的气息。我曾经接触过许寿裳、李何林的文字，他们普及鲁迅作品时的使命感，是影响了一些台湾青年的。台静农在残酷的岁月中写下的《中国文学史》，就有鲁迅的魂魄在。翻看那些前辈的书籍，不由得生出一种敬意，五四以来珍贵的遗存，往往会催生出动能。徐纪阳发现，大陆知识群落对于鲁迅的阐释，一部分被当地人接受，但特定的一些意识形态的表述，并未成为读者关注的对象。倒是许寿裳的某些观点，切合了台湾读者的心。作者称其为"对接与错位"，这也说明，鲁迅被接受的时候，触面是不同的，思想与审美的角度亦有多样性。作为一个复杂的精神体，鲁迅的超越性的价值导致了解释逻辑的不同，在复杂性里寻觅确切性，说起来易，其实是大难的。

　　国民党败退台湾后，鲁迅作品长期成为禁书。反鲁的思潮也伴随着意识形态管制而出现。那时候自由主义者的论调也有了市场，对于鲁迅的别一种解释也浮出水面。胡适、林语堂的言论，从另一角度透露了鲁迅精神给不同阶层的冲击。不过与自由主义言论形成对比的左翼倾向的青年的叙述语言，倒是更让人注意。在保钓运动中青年人心头的鲁迅作品意象，成了对抗专治统治的无形武器。在凝固空间发出的声音，说明民主与自由精神的伟力。国民党当局所以害怕五四传统，内在原因也一看即明的吧。

　　徐纪阳对于几个作家的鲁迅观的评述，远近视角都较为得体。张我军与鲁迅的交往，是被大陆学者注意过的，但他何以后来偏向周作人，我们不太知道深层原因，此书作者的分析，有耳目一新之感。钟理和创作中的鲁迅意象，也是引人的话题，仅仅看到与鲁迅接近的一面，还不够完整，徐纪阳认为钟理和延伸了"国民性"话题，"未能像鲁迅一样深切地感受到改造'国民性'的必要、并进一步指出改造'国民性'的方法"。我过去介绍过苏雪林的情况，说她的攻击鲁

3

迅，乃右翼思想。徐纪阳看的资料更多，认为其反鲁，是啖饭之道的一种姿态，"苏雪林的保守思想使其不能理解鲁迅的伟大，不能理解鲁迅对既定秩序激进而激烈的批判。正因为如此，她半生的'反鲁'言论在漂浮的道德修辞下并没触及学术、文化及思想问题"。就纠正了一般人的观点。对于陈映真，以往的论述已经很多，作者从文本与史实入手，细细道来，也有许多精准的判断，比如气质上与鲁迅文本的接近，对于为艺术而艺术的偏离，以及反抗意识的滋长，都是知人论世的体现。最吸引人的是："陈映真选择了战士的路，冒风险而以其一生去揭露政治欺罔的迷雾、弥合民族分裂的鸿沟，在台湾孤苦无援踽踽独行，几乎成为不受欢迎的异己者。那荷戟独彷徨的姿态，与鲁迅无异"。我以为理解到这一点，有比较研究的心得，也带着现实的追问的。

在一个大的文脉里透视台湾的文学思想，可以做的工作甚多。我曾经在冲绳、首尔等地，感受过殖民统治下的知识人对于鲁迅的认同感，也是这样的。我们讲东亚反抗殖民统治的历史，当有一个综合性的思考，这样看来，台湾经验是不能绕过的。从鲁迅的作品的阅读与传播看，话题是如此丰富。徐纪阳谈到"朝向'台湾鲁迅学'的建立"，其实是看到了一个学术的远景，古老中国文脉与五四遗风，近代革命传统，怎样进入到边缘地带，且改写了路径，都有更为广阔的空间。如此说来，这一本书不仅仅有开启性，而且也暗示了未来学术精神的可能性。我当年写《鲁迅遗风录》一书，因为视野有限，遗漏了台湾的鲁迅传播史，想起来是一个很大的缺陷。现在有了此书，当说填补了学界的空白。可以确切地预料，本书引发的思考，当会持续下去的。

# 目　录

3

# ❖ 目 录 ❖

# 上　编

## 鲁迅台湾传播综论

# 引　言

## 一

鲁迅生前和卒后，关于鲁迅作品的介绍、翻译、评论和研究，已汇成最富于文学、思想、社会和政治价值的精神现象，它早已超越国界，成为国际性的，特别是中日韩等东亚地区的学术界知识生产的重要动力和资源。数十年来，对鲁迅研究资料的累积工作从未停止过，至今已形成较为完整的文献体系，在此基础上所产生的研究成果更是不胜枚举。

近年来学界开始以"鲁迅学"学术观念总结鲁迅研究的历史经验、展望鲁迅研究的未来前景，并逐步呈现出建构"东亚鲁迅"的趋势。其中以张梦阳提出的"中国鲁迅学"（2001）[①] 和"东亚鲁迅学"（2007）[②] 概念最具代表性。中国台湾学者陈芳明（2006[③]，2008[④]）也提出"台湾鲁迅学"的初步构想，尝试以鲁迅为出发点考察台湾文学与东亚文学的互动关系。这些现象表明，鲁迅在东亚地区所具有的历史影响和台湾鲁迅经验在东亚文化场域中的现实意义，越来越受到学界的关注。事实上，鲁迅在台湾地区传播与接受作为一个独立的研究对象和新的学术生长点，在国内外学者中已成为一个共识。除秦贤次（1991）[⑤]、陈芳明（1993）[⑥]、邹贤尧

---

[①] 张梦阳：《中国鲁迅学通史》（全六卷），广东教育出版社 2001—2002 年版。
[②] 张梦阳：《鲁迅学：在中国、在东亚》，广东教育出版社 2007 年版。
[③] 陈芳明：《台湾鲁迅学：一个东亚的思考》，《文讯》2006 年第 6 期。
[④] 陈芳明：《台湾文学与东亚鲁迅》，《文讯》2008 年第 1 期。
[⑤] 秦贤次等：《鲁迅在台湾》，《国文天地》1991 年 9 月号。
[⑥] 陈芳明：《鲁迅在台湾》，《文学台湾》1993 年第 5 期。

（2006）① 等对 20 世纪 20 年代以来鲁迅在台湾地区传播全过程的简略描述，以及杨杰铭（2009）② 对 1923—1949 年间鲁迅在台湾地区传播的较为系统的论述之外，此项研究还在一些细节上得以展开，如：中岛利郎（2000）③ 对日据时期台湾鲁迅传播与台湾新文学发生发展的辨析；下村作次郎（1994）④ 对光复初期台湾文坛的鲁迅影响的述论；黄英哲（2001）⑤ 对木刻家黄荣灿在台湾地区传播鲁迅木刻思想的史实所做的考证；曾健民（2010）⑥ 对李何林在台湾地区文化活动的考证；朱双一（2012）⑦ 对光复初期台湾文坛的胡风影响的研究；陈信元（1991）⑧、朱双一（2001）⑨ 等对"戒严"期及"解严"后鲁迅作品出版、传播现象的研究；黎湘萍（1994）⑩、游胜冠（2002）⑪、刘红林（2003）⑫、张清文（2006）⑬、朱双一（2007）⑭、杨志强（2009）⑮ 等就赖和、杨逵、龙瑛宗、钟理和、姚一苇、陈映真等台湾作家与鲁迅之间的精神联系进行的探讨。

---

① 邹贤尧：《征服时空——鲁迅影响论》，新星出版社 2006 年版。

② 杨杰铭：《鲁迅思想在台传播与辩证（1923—1949）》，硕士学位论文，中兴大学，2009 年。

③ ［日］中岛利郎编：《台湾新文学与鲁迅》，前卫出版社 2000 年版。

④ ［日］下村作次郎：《战后初期台湾文坛与鲁迅》，《台湾研究集刊》1994 年第 4 期。

⑤ 黄英哲：《黄荣灿与战后台湾的鲁迅传播（1945—1952）》，《台湾文学学报》2001 年第 2 期。

⑥ 曾健民：《李何林编著的〈五四运动〉及其在台文化活动》，《鲁迅研究月刊》2010 年第 9 期。

⑦ 朱双一：《光复初期台湾文坛的胡风影响》，《安徽大学学报（哲学社会科学版）》2012 年第 4 期。

⑧ 陈信元：《地下的鲁迅》，《国文天地》1991 年 9 月号。

⑨ 朱双一：《鲁迅作品在台湾：解禁与开放》，《两岸关系》2001 年第 6 期。

⑩ 黎湘萍：《台湾的忧郁——论陈映真的写作与台湾文学的精神》，生活·读书·新知三联书店 1994 年版。

⑪ 游胜冠：《我生不幸为俘囚，岂关种族他人优：由历史的差异性看赖和不同于鲁迅的启蒙立场》，《国文天地》2002 年 3 月号。

⑫ 刘红林：《赖和与鲁迅》，《学海》2003 年第 5 期。

⑬ 张清文：《钟理和文学里的"鲁迅"》，博士学位论文，政治大学，2006 年。

⑭ 朱双一：《姚一苇早期小说与鲁迅、施蛰存》，《常州工学院学报（社会科学版）》2007 年第 1 期。

⑮ 杨志强：《知性探求者——龙瑛宗文学思想研究》，博士学位论文，华东师范大学，2009 年。

　　经国内外学者积年努力，关于鲁迅与台湾文学关系的研究已颇具规模，亦卓有成果。然而不可讳言，从中亦可发现迄今在相关课题上的研究因诸多条件所限而存在明显的局限：一是忽略某些历史时期的史料发掘且未能将史料拓展到文学之外，致使史料发掘不完全，在一定程度上阻碍了史料整理、编选及出版工作的开展；二是史料所限而导致相关研究的零散和非系统性，缺乏一项打通近百年鲁迅在台湾地区传播、影响及接受的研究；三是即便对有史料可循的一些专题，也因 1949 年之后两岸政治分断而导致至今未能超越时间与地域的隔断进行综合考量（如对苏雪林"鲁迅论"的研究），更遑论以东亚视野描述之。在鲁迅研究已然成为东亚学术的结点的背景下，作为"中国鲁迅"和"东亚鲁迅"之一环、在近代东亚文化和政治场域中蕴生的"台湾鲁迅"，却依旧未得到系统、深入的研究。这种状况不仅与整个台湾地区异常丰富的鲁迅经验不相映衬，同时也在鲁迅研究、台湾文学研究乃至东亚学术圈的整体框架中显示出相对的滞后。鲁迅在东亚地区广泛的影响，以及近代以来台湾与东亚文化与政治的多重纠葛，使得这种滞后在今天愈发成为鲁迅研究和东亚学术交流的缺憾。补上此项研究，既是鲁迅研究和东亚学术发展的必然趋势，也与当下海峡两岸文化交流日益密切的大背景相契合。

　　在两岸文化交流日益加强的历史场域中，如何深入探讨台湾文学的多元文化构成及其精神与艺术的渊源，从不同的文化视野透视台湾文学，特别是探讨与研究不同的文化血脉在台湾文学中相互激荡、碰撞、交流、沟通、融合与创新的过程，将会是一个新的探索方向。鲁迅是一位内涵丰富的文学家、思想家，其精神有复杂的多层面，对他的接受也因具体语境的差异而有所不同。中国、日本、韩国近一个世纪以来的鲁迅接受与研究史所形成的"东亚鲁迅"具有许多共同性，但同时，又有各自的特性。就大陆与台湾而言，由于两岸在较长历史时期中特殊的隔绝状态，台湾文坛对鲁迅的接受这一特殊的文学经验恰与鲁迅对大陆文学进程所产生的影响形成鲜明对照，考察两岸不同时期对鲁迅的评价、接受的异同及其与特殊历史、社会、文化的关联，是一个非常有意义的课题。在不同的历史时期，台湾知识界对于鲁迅思想的传播方式与精神反应上的差异，导致不同阶级、立场的知识分子对鲁迅不同形态的诠释。台湾文坛对鲁迅的引介主要表现在引进新的思想、新的表达方式和回答现实的挑战三方面，正是在这样一种影响到语言和心灵层面的精神交流与转换中，隐含着台湾文学自我建构的精神历程，形成了其独特的文学风貌。因此，从鲁迅文学精神在台湾地区的传播、接受以及对台湾作家的创作所产生的实际影响这一视角重新进入台湾文学，当能开拓台湾文学、文化研究的新的阐释空间。同时，由于鲁迅的世界性影响，从全球视野和世界文化源流的角度重新审视鲁迅及其著作中所蕴含的丰富的思想资源，将会是未来"鲁迅学"发展的总趋势。在中国大陆、日本、韩国的鲁迅研究中逐渐浮现的"东亚鲁迅"形象，尚缺少"台湾鲁迅"这重要一环，本书通过鲁迅楔入台湾文学，亦可为鲁迅研究开拓新的空间。

尽管今天台湾地区的鲁迅研究远不如东亚其他地区来得深入，但只要简单回顾台湾鲁迅接受史，就会发现台湾地区早就进入东亚地区一个以鲁迅为中心的文化场域中了。近代史上的"台湾问题"从来就不是单纯的台湾的问题，而是近现代中国历史过程的一环，最终又纠缠到复杂的东亚历史中去。而台湾地区的鲁迅接受史，也正是因为这样的历史背景从一开始就被组合进东亚地区的文学场域中了。这样，如果希望通过台湾鲁迅接受史的研究深入理解台湾历史和现实中的精神文化现象和了解人们的思想状况，还必须超越中国台湾地区与中国大陆的视野，深入东亚的文化场域中。在东亚地区的学术界，今天已经达成共识，公认鲁迅为东亚最具代表性的作家。伊藤虎丸曾说："鲁迅的文学在世界文学中，恐怕比日本近代文学的哪个作家和哪部作品都更代表东方近代文学的普遍性。"① 鲁迅出生于中国，其思想的"原点"生发于日本时期②，其思想反抗的始终是压迫中国的殖民主义和专制主义，尽管鲁迅一生大部分的文学与思想活动是在中国语境中展开的，但同时他的思想也跨越了国家与文化的界限而成为

① ［日］伊藤虎丸：《鲁迅与日本人：亚洲的近代与"个"的思想》，李冬木译，河北教育出版社 2000 年版，第 172 页。

② 符杰祥：《鲁迅文学的起源与文学鲁迅的发生》，《文学评论》2010 年第 2 期。

东亚地区共有的思想资源。在东亚地区（尤其是中、日、韩①三国）的鲁迅研究中，对"东亚鲁迅"形象的建构已经趋于形成一门新的学科——东亚鲁迅学。本书则希望补足"东亚鲁迅学""中国鲁迅学"中所缺的台湾部分。

## 二

本书以中国台湾地区与鲁迅相关的文学、文化现象，即台湾地区历史和现实中关于鲁迅的知识的总和为研究对象，重视原始史料的搜集、整理与甄别工作，把史料学的建构作为写史的基础步骤，力求从事实出发作出科学的判断。相关研究资料散布于20世纪20年代以来台湾地区的各种史料之中，其量颇丰且芜杂无序，又因动荡历史之湮灭而致难以搜寻，一向成为此项研究的瓶颈。笔者穷数年之力，广泛阅读、多方搜索，终有所获。朱双一教授就此论题提供了大量相关文献资料及线索，笔者亦在厦门大学图书馆、厦门大学台湾研究院资料室所获颇丰。除此而外的大部分资料，来源于笔者赴台湾地区访学期间在台北的"国家图书馆"、台湾图书馆、台湾大学图书馆、政治大学图书馆、台湾清华大学图书馆、"中央研究院"各图书馆及《文讯》杂志社的查阅。这些资料形态各异，有台湾地区日据以来的各种报纸、期刊、著作等公开出版物，也有手稿、自编手抄刊物、学位论文、"政府"档案等非出版物。笔者对尉天骢、吕正惠等人的专访以及和他们的交谈，以采访录音的形式存在。因此本书的写作通过对20世纪20年代以来大量台湾文献的翻阅、配合现有资料数据库，全面搜集与鲁迅相关的史料，并对资料进行整理与甄别，编制资料索引、编选重要史料、以编年的方式撰写鲁迅台湾传播系年。在此基础上，分四个阶段（日据时期、光复初期、"戒严"时期、"解严"以

---

① 基本上，笔者是在历史变动的意义上来使用"韩国"的。有时候，它可以与"朝鲜"在同一意义上使用，以指称朝鲜半岛，有时候，它又特别指称"大韩民国"。这是由"冷战－民族分断"体制给这个词造成的内涵与外延的尴尬。本书并不试图解决这个问题，但由于台湾同样处于"冷战－民族分断"体制之下，下文对于台湾问题的论述，当有助于理解这里的尴尬状况。

来）描述各时期台湾地区的鲁迅接受状况，结合历史背景对史实，就鲁迅台湾传播过程中的重要现象、事件作专题性的深入论述，对相关精神文化现象的缘起、核心观念的形成以及对鲁迅的评价、研究等一系列问题进行深入的理论阐释。本书还通过对台湾文学文本的全面阅读、考察，把握作家创作中所受鲁迅影响的痕迹，发掘鲁迅文学精神在台湾文坛的传承，这构成本书的另一部分内容。

本书主要以史料的钩稽展示鲁迅台湾地区传播的历史过程。但同时，本书也以一种实证主义的、建立在客观叙述基础之上的理性分析的文学史研究方式，在力求还原历史真相的同时，亦兼及各时代的社会生活、思想文化及人们的精神状态。因此，《鲁迅台湾传播的史料整理与研究》除了作为基础的史料的收集与整理外，还将就伴随这一过程的台湾地区精神文化现象的缘起与发展、核心观念的形成以及对鲁迅的评价、研究等一系列问题给出解释。

倘若将"台湾鲁迅"经验与中国大陆、韩国、日本等东亚地区的鲁迅经验相比较，对鲁迅思想遗产进行新的评估，能在何种程度上丰富"东亚鲁迅"的历史细节和精神面向？对鲁迅文学与思想在台湾地区传承的考察深化了我们对两岸文学关系的认识，将来进一步考察各种新文学思潮在台湾的延续与发展，是否能探索一种两岸文学整合研究（如中国新文学史的写作难题）的模式？本书可补足中国大陆乃至东亚鲁迅研究中"台湾鲁迅"这重要一环，但相关史料的整理对于重新勾勒鲁迅在东亚范围内的影响会产生何种作用？未来，是否能够通过鲁迅研究增进两岸学界及东亚学术圈的对话、交流与理解？这些深入的理论与现实问题，都是值得深入探讨的。

# 第一部分：史论

# 第一章　日据时期（1920—1945）

## 第一节　台湾新文学发生期的鲁迅影响

关于如何界定台湾新文学的第一个历史阶段的问题，王诗琅、叶石涛、河源功等人都有各自的理解和论述。王诗琅认为 1924—1930 年是台湾新文学的萌芽期①，叶石涛称 1920—1925 年为"摇篮期"②，而日本学者河源功则以 1922 年中国大陆新文学理论波及台湾到 1931 年"普罗文学"兴盛为台湾新文学的"抬头期"③。这些分期都有各自的立论基础。但笔者认为，台湾新文学运动的开端应以 1920 年仿照《新青年》的《台湾青年》的创刊为标志。在《台湾青年》的创刊号上，陈炘的《文学与职务》第一次在台湾明确提出白话文运动之必要，此后的新文学运动即在此基础上逐步展开。而 1927 年台湾文化协会的分裂，则直接导致新生的台湾新文学运动遭受重大挫折，成为阶段划分的标志性事件。因此，笔者以 1920—1927 年为台湾新文学运动的发生期，本节也将限于这个范围论述鲁迅对台湾文坛的影响。

### 一　以"启蒙"为目的的白话文学运动和鲁迅的初步引介

台湾新文学运动的发生与台湾社会运动和文化运动有着紧密的关

---

① 王诗琅：《半世纪来台湾文学运动》，《王诗琅全集》第 9 卷，德馨室 1979 年版，第 125 页。
② 叶石涛：《台湾文学史纲》，文学界杂志社 1987 年版，第 28—29 页。
③ ［日］河源功：《台湾新文学运动的展开》，莫素微译，全华科技图书股份有限公司 2004 年版，第 120 页。

联。1895 年，台湾被清政府割让给日本以后，台湾的社会运动、文化运动不断兴起，前期主要表现为反抗日本殖民统治的武装斗争，而"以近代思想为背景的新文化运动的勃兴，是 1910 年以后的事情"①。黄得时以 1911 年 4 月梁启超的访台为台湾新文化运动的开端。② 梁启超的台湾之行"对于台湾这一洼止水，投下一个石头，使它发生涟漪，对台人的民族意识予以鼓励，加强其向心力，对于思想学问方面则有开通风气、振聋发聩的效果"③。具体而言，梁启超对台湾知识分子的影响表现在政治运动、思想文化及民族情感等诸方面。梁启超曾劝告林献堂等人不可"以文人终身"，而后，林献堂便积极投身政治及民族运动，以争取台湾自治、教育平等为个人职志，采取温和不流血的合法抗争方式推动政治、民族运动。之后，经过新民会、台湾青年会、台湾议会设置请愿运动及台湾文化协会的创立，台湾本岛的政治文化运动迅速展开。在新的文化思潮的影响下，文学上也提出相应的改革旧文学的要求。

日据初期台湾文学以专事雕琢词句、拈题竞技的击钵吟为主。击钵吟源起于台湾建省初期流传于民间的"诗钟"，割台后，前清"'遗老侘傺无所适'，不得已而以诗自晦，借浇块垒"④，并经由日本殖民当局的刻意鼓励提倡，一时间结社联吟的风气兴起，诗社林立，蔚然成为文坛主流。尽管以传统汉诗为主要内容、遍及全岛的"汉学运动"曾具有文化抵抗的意味，但由于殖民当局的刻意迎合与收买，"其末流所趋，则变成徒事吟风弄月，无病呻吟，甚至堕落到沽名钓誉，谄媚求荣的地步，遗民的风骨既失，去原意又远，深为有识者所不齿"⑤。在大陆新文化运动的影响下，台湾的文学与文化观念也发生变革，文学不再被作为"吟风弄月、无病呻吟"的游戏，而应担

① ［日］河源功：《台湾新文学运动的展开》，莫素微译，全华科技图书股份有限公司 2004 年版，第 122 页。
② 黄得时：《梁任公游台考》，《台湾文献》第 16 卷第 3 期，1965 年 9 月。
③ 叶荣钟：《林献堂与梁启超》，《台湾人物群像》，晨星出版有限公司 2000 年版，第 203 页。
④ 梁明雄：《日据时期台湾新文学运动研究》，文史哲出版社 1996 年版，第 36 页。
⑤ 梁明雄：《日据时期台湾新文学运动研究》，文史哲出版社 1996 年版，第 38—39 页。

负起文化抗争的使命，此时的击钵吟无论从文学的形式还是它所承载的思想内容方面，都无法适应台湾社会文化对文学提出的新要求了。正是在这样的背景下，台湾文学发出了变革的呼声。

1920 年 7 月，新民会与台湾青年会仿照《新青年》创刊了《台湾青年》，并请中国大陆学者蔡元培和杨度为该刊题字。1922 年 4 月，《台湾青年》改名为《台湾》。这两份刊物都"是以文化启蒙运动为主轴的杂志，它们只是为了新文化运动的启蒙发展而包含了一些有关新文学的作品，说不上跟新文学运动的直接关系有多深。"① 1923 年 4 月，《台湾》杂志社又创刊了《台湾民报》作为台湾文化协会的代言机关。与《台湾》作为理论杂志不同，《台湾民报》是更为适合大众的刊物，为了发挥更广泛的启蒙作用，办刊同人从 1924 年 6 月起便将《台湾》废刊以全力扶持《台湾民报》，使之持续成长成为"台湾人之唯一言论机关"。《台湾民报》是一份白话文的报纸，其创刊号上就已经使用白话文的英文名称 *The Taiwan Minpao*，他们还创设"台湾白话文研究会"，自此，白话文在台湾逐步得到使用，新文学理论也相继引进，从而与中国大陆的新文学运动相呼应。因此，可以说《台湾民报》"扮演了文化启蒙的一环、把中国大陆的新文学直接带进台湾的角色"②。台湾的新文学运动，主要以《台湾民报》为据点展开。

与中国大陆一样，台湾文学的变革首先从语言层面展开。在以《台湾民报》为据点展开台湾新文学运动之前，梁启超的"三界革命"论和后来兴起的中国大陆白话文运动已经对台湾产生影响。台湾青年会机关刊物《台湾青年》在其第 1 卷第 1 期就发表了陈炘的《文学与职务》，此文承续了梁启超的思路，强调文学的政治革命与思想启蒙功用。文章写道：

> 文学者，乃文化之先驱也，文学之道废，民族无不与之俱

---

① ［日］河源功：《台湾新文学运动的展开》，莫素微译，全华科技图书股份有限公司 2004 年版，第 128 页。

② ［日］河源功：《台湾新文学运动的展开》，莫素微译，全华科技图书股份有限公司 2004 年版，第 138 页。

衰；文学之道兴，民族无不与之俱盛，故文学者，不可不以启发
文化、振奋民族为其职务也。我族旧日之文物不为不盛，文学不
为不健，然于近世我族何独不振，文化何独不进，且思想束缚何
若之甚乎？……近来民国新学，奖励白话文，无非有感于此耳。①

这与梁启超所谓"文学之盛衰，与思想之强弱，常成比例"②的思路
完全一致。这篇以文言写成的文章，可贵地认识到白话文在启迪民智
方面的功用。两年后，陈端明更明确地说："白话文……可以速普及
文化，启发智能，同达文明之域。"③后来，在黄呈聪不甚通顺的白
话文中，也直接提到梁启超对台湾的影响，并指出习得白话文"便可
以向中国买得现代的新书和报纸杂志来启发我们郁积沉迷的社会，唤
醒我们同胞的大梦，这就是改造台湾新的使命了"④。1923 年 1—2
月，黄朝琴在《台湾》（由《台湾青年》改名而来）汉文栏发表《汉
文改革论》，他有感于白话文在中国大陆的推广，使得"现时中国文
化的进行有一日千里之势，民心的活动像大明全盛的气概，渐渐进入
文化国的境界里去了"，因而"更加确实感觉有普及的必要"⑤。由上
述文字可见，台湾文坛提倡白话文运动，乃是以对"五四"启蒙精
神的深刻把握为基础的。

如果说白话文的提倡还只是"文字的改革"，那么，将之推进到
"文学的改革"的是张我军。1924 年，张我军以《台湾民报》为阵地
开始对旧文学发难，挑起新旧文学论争。该年 4 月，张我军从北京投
书《台湾民报》发表《致台湾青年的一封信》；11 月，回到台湾并任
职于《台湾民报》社的张我军发表《糟糕的台湾文学界》；12 月，发
表《为台湾的文学界一哭》。这些文章的发表宣告着新旧文学论战的
开始。1925 年 1 月，张我军又发表《请合力拆下这座败草丛中的破

---

① 陈炘：《文学与职务》，《台湾青年》1920 年 7 月 12 日。
② 梁启超：《论中国学术思想变迁之大势》，《饮冰室合集·文集之七》，中华书局
1989 年版，第 27 页。
③ 陈端明：《日用文鼓吹论》，《台湾青年》（创刊号）1922 年 1 月 1 日。
④ 黄呈聪：《论普及白话文的新使命》，《台湾》1923 年 1 月 1 日。
⑤ 黄朝琴：《汉文改革论》，《台湾》1923 年 1 月 1 日。

旧殿堂》《绝无仅有的击钵吟》《揭破闷葫芦》；8 月，发表《新文学运动的意义》。通过这些文章，张我军对胡适、陈独秀等人的新文学主张加以详尽阐释，提倡白话文学的建设和改造台湾语并使其统一于北京白话，对台湾的旧文学发动总攻击。

与此同时，为了配合理论提倡，《台湾民报》也转载了相当数量胡适、鲁迅、郭沫若、冰心等"五四"新文学作家的作品。在1921—1926 年，《台湾民报》共转载中国大陆作家的新文学创作与译作 50 篇，与《台湾民报》上刊载的台湾新文学作家作品的数量大抵相当。[①] 在这些作品中，有胡适的作品 10 篇、鲁迅的作品 6 篇。不过，若以篇幅计，则鲁迅更胜一筹，如鲁迅《故乡》分两期、《狭的笼》（译作）分五期、《狂人日记》分两期、《阿 Q 正传》分八期（仅刊至第六章）连载。鲁迅的作品主要包括《鸭的喜剧》（1925 年1 月 1 日）、《故乡》（1925 年 4 月 1 日、11 日）、《牺牲谟》（1925 年5 月 1 日）、《狂人日记》（1925 年 5 月 21 日、6 月 1 日）、《阿 Q 正传》（1925 年 11 月 29 日—1926 年 2 月 7 日），鲁迅的译作有《鱼的悲哀》（1925 年 6 月 11 日）、《狭的笼》（1925 年 9 月 6 日—10 月 4日）。另外，谈及鲁迅的文章有《中国新文学运动的过去现在和将来》（1923 年 7 月 15 日）、《研究新文学应读什么书》（1925 年 2 月 4日）、《中国新文学概观》（1925 年 4 月 21 日—6 月 11 日）。

## 二 作为"语体文"之典范的鲁迅作品

"五四"新文学运动的先驱，提倡白话文的理由与思路各不相同，"胡适是设计家的思路，……鲁迅则是文学家的思路"[②]。胡适的功绩在于提倡白话促成文言的废除，而鲁迅通过其创作实践则"把白话文带出了平民主义化之理想的窄径"[③]，超越简单的"大众化"的思路使白话文成为具有生命力的文学的语言。台湾文坛对鲁迅作品的接

---

① 张耀仁：《想象的"中国新文学"？——以赖和接任学艺栏编辑前后之〈台湾民报〉为析论对象》，载《2007 青年文学会议："台湾现当代文学媒介研究"青年文学会议论文集》，文讯杂志社 2008 年版。

② 李春阳：《白话文运动中的鲁迅》，《社会科学论坛》2010 年第 5 期。

③ 夏济安：《夏济安选集》，志文出版社 1971 年版，第 72—73 页。

受，首先基于其成熟的白话文创作的典范性意义。

1925 年 7 月 1 日、12 日、19 日，《台湾民报》分三期连载了爱罗先珂自叙传《我的学校生活的一断片》后，在 7 月 19 日的编者识语中，张我军（一郎）这样称赞爱罗先珂："我读了他的文，非常受了感动，我尤其爱他的文字之优美、立意之深刻。译笔又非常之老练，实在可为语体文的模范。我此后想多转载几篇，以补救我漠漠的文学界。凡欲研究文学或学写中国语体文的人，我特地请他们细细嚼破，其为益实在不少。"① 可见，张我军在此前和此后分别将鲁迅所译的爱罗先珂童话《鱼的悲哀》《狭的笼》两篇发表于《台湾民报》，也主要是基于其"译笔的老练"和"立意的深刻"两方面。在当时的台湾，白话文的正式提倡虽已有四五年之久，但是新文学创作并未得到有效的推进。除了 1925 年仅发行两期便停刊的《人人》外，《台湾民报》竟成为当时发表白话文作品的唯一园地。1927 年之前，《台湾民报》发表的台湾本省籍作家的新文学作品共计 60 篇，白话文创作还处于刚刚起步的时期，作家的创作时间较短，这些作品大多在语言和艺术上比较粗糙，模仿痕迹重，少有精致之作。比如，张我军本人直到 1924 年才开始发表新诗，就在此前的 1923 年，他还在《台湾》发表律诗。后来有着"台湾新文学之父""台湾的鲁迅"之称的赖和，也是到了 1925 年 8 月才在《台湾民报》上发表了他的第一篇白话文作品《无题》，其第一篇白话文小说《斗闹热》更是要晚至 1926 年 1 月才发表。由于白话文理论的大力提倡和新文学创作相对滞后的不平衡关系，张我军选择鲁迅译文的理由就在于其译笔的老练"可为语体文之模范"，又"由于童话故事的语法浅白、故事性较强，作为台湾作家学习白话文的阅读文本非常合适"②，希望以此推动台湾的新文学创作。鲁迅作品之所以能够成为这种被模仿的对象，就在于他精熟于文言而在文白相间的个人写作中达于成熟的实验，这种洗练简赅的白话文一方面能够传达现代中国人的生命体验于大众，另一方面却依然能够表现出中国文化传统赋予其语文的不竭意象之源。赖

---

① 一郎（张我军）：《〈我的学校生活的一断片〉识语》，《台湾民报》1925 年 7 月 26 日。
② 杨杰铭：《鲁迅思想在台传播与辩证》，硕士学位论文，中兴大学，2009 年，第 43 页。

和等部分台湾文人从旧营垒中不无反顾地走入新文学的天地后，却仍然不间断汉诗的写作，也正与鲁迅的这种语言实践经验有所契合。

1923 年 7 月，在上海大学求学的台湾学生许乃昌投书《台湾民报》，发表《中国新文学运动的过去现在和将来》一文。这篇文章除了讨论从梁启超到胡适、陈独秀的白话文学主张，还对中国大陆的文学刊物和作品进行了介绍。正是这篇文章，第一次向台湾文坛提及了鲁迅这个名字。全篇主要论述"五四"新文学理论，将作家作品分为小说、翻译和诗歌三部分，鲁迅被归于小说家之列。1925 年 2 月，张我军"迫于读者屡次来信要求"而"将初学者应读的书名自记忆中抄出来"①，完成《研究新文学应该读什么书》。这份书单包括了当时最重要的新文学作家、作品及刊物，其中与鲁迅相关的是"短篇小说集"条目下列出的鲁迅的小说集《呐喊》，在"翻译"条目下列出的鲁迅等译《爱罗先珂童话集》。1925 年 4 月 1 日，《台湾民报》通过转载胡适写于 1922 年的《文学革命运动以来》一文，将小说家鲁迅介绍给台湾读者，文章称鲁迅的短篇小说，"从四年前的《狂人日记》到最近的《阿 Q 正传》，虽然不多，差不多没有不好的"②。蔡孝乾于 1925 年 4 月 21 日至 6 月 11 日，在《台湾民报》刊出《中国新文学概观》一文，指出台湾文学和大陆文学是"同云落来的雨"，大陆的文学已经焕然一新了，而台湾文学仍没有任何的变革，于是"想把可爱的她介绍做寂寞的台湾的好伴侣"。③ 文章连载六期，共分"新诗"和"新小说"两大部分介绍大陆的新文学成就。在"新小说"部分，蔡孝乾首先提到鲁迅并给予崇高的评价："鲁迅可算是从文学革命以来能够给我们满足的第一个作家"，他"忙于创作，在文坛上划了一个新的时代"④。然后，从鲁迅的性格特征出发，指出"鲁迅是个寂寞冷静的人，他的作品完全带着'写实主义'的色彩"，"以客观的态度，观察他的环境，……将他所看的所闻的东西，无论何等丑恶、何等卑劣，赤裸裸地展开给我们看"。蔡孝乾还重点分析

---

① 张我军：《研究新文学应该读什么书》，《台湾民报》1925 年 3 月 1 日。
② 胡适：《文学革命运动以来》，《台湾民报》1925 年 4 月 1 日。
③ 蔡孝乾：《中国新文学概观》，《台湾民报》1925 年 4 月 21 日。
④ 蔡孝乾：《中国新文学概观》，《台湾民报》1925 年 5 月 21 日。

了《孔乙己》，他在孔乙己"这极其普通、极其平凡的人事里，却感受这一切永久的悲哀。可是我们在这个悲哀里找到无限的人生的真味。……鲁迅所描绘写的完全是社会的缺陷、人生的悲哀"①。

由此可见，除翻译家身份而外，鲁迅更以小说家的形象为台湾文坛接受。鲁迅是中国新文坛上"创造新形式的先锋"，其《呐喊》最早进行了建立中国现代小说民族形式的尝试并达到了相当的高度，可以说，《呐喊》《彷徨》为中国现代小说确立了创作的规范。茅盾早就指出："《呐喊》里的十多篇小说，几乎一篇有一篇新形式，而这些新形式又莫不给青年作者以极大的影响，必然有多数人上去试验。"② 当台湾第一批新文学作家赖和、杨云萍等人开始尝试以白话文写作小说时，鲁迅就成为他们的模仿对象。如赖和的第一篇白话文小说《斗闹热》中的人物对白，就受到鲁迅小说的极大影响，而鲁迅的《牺牲谟》这篇小说体散文，也影响到了赖和的《一个同志的批信》。③ 杨守愚关于自己"十八九岁就读到（鲁迅）先生作品"④ "廿岁就学写起小说"⑤ 的回忆，也表明鲁迅对其创作的影响。

应该说，台湾文坛将鲁迅作品作为白话文的典范和新的小说形式的模仿对象，实际对鲁迅文学的历史性贡献作出了准确的定位。这对于隔海相望的台湾文坛来说实属不易，也证明了在相同的文化传统和相似的社会境遇之下，中国大陆的"五四"新文学对台湾的巨大影响。

## 三 鲁迅与台湾青年的现实交往与心灵交汇

由于张我军离开《台湾民报》再次前往大陆，特别是台湾文化协会内部的路线分歧导致的新文学运动的挫折，台湾第一波的鲁迅热潮

① 蔡孝乾：《中国新文学概观》，《台湾民报》1925 年 5 月 21 日。
② 茅盾：《读〈呐喊〉》，《文学周报》第 91 期，1923 年 10 月。
③ 林瑞明：《台湾文学与时代精神——赖和研究论集》，允晨文化 1993 年版，第 312 页。
④ 杨守愚著，许俊雅、杨洽人编：《杨守愚日记》，彰化县立文化中心 1998 年版，第 81 页。
⑤ 杨守愚著，许俊雅、杨洽人编：《杨守愚日记》，彰化县立文化中心 1998 年版，第 100 页。

到 1927 年之前已基本消退。但是，台湾的青年却以另外一种更直接的方式与鲁迅接上了线。

1926 年 6 月 21 日，张我军辞去《台湾民报》编务后，携夫人自台湾再次来到北京；7 月 1 日，张我军收到《台湾民报》的委托书，受聘担任《台湾民报》驻北京通讯员。此次回到北京，张我军租住在宣外永光寺中街 9 号吴承仕先生的外院。经过交往，吴承仕对这位勤奋好学的台湾青年非常赏识。1926 年 9 月，张我军以小学毕业的文化程度考入私立中国大学国学系；翌年 10 月，又由吴承仕帮忙转入国立北京师范大学国文系。吴承仕与鲁迅同出于章太炎门下，虽不在同一时期受教师门，但当时吴承仕正担任私立中国大学国学系教授兼主任，鲁迅此时也在中国大学国学系讲授中国小说史课程，二人过从甚密。因此，张我军当时以籍籍无名之辈而得以面见鲁迅，极有可能是因为得到吴承仕的引荐。关于此次会面，鲁迅日记中有如下记载：

> 十一日 昙，午后晴。钦文来。寄季市信。寄张我军信。下午往公园。寄半农信并朋其稿。夜遇安来。张我军来并赠台湾《民报》四本。[①]

据此可知，张我军先给鲁迅写信请求往访，得到应允后往得以面见鲁迅。而张我军所赠送鲁迅的这四本《台湾民报》上，正刊有自己所译的日本社会主义者山川均的《弱少民族的悲哀》。当时，山川均通过山口小静的介绍认识了台湾左派青年连温卿，即根据连温卿提供的台湾社会经济信息写成此文，发表在日本《改造》杂志上。山川均这篇文章是对台湾被殖民状况的真实展现，被张我军称为"与咱全岛民的死活有大关系的事"[②]。张我军赠鲁迅《台湾民报》的具体目的与动机现在已难以精确还原，但不妨有以下两点推测：其一，因为当

---

① 鲁迅：《鲁迅全集》第 15 卷，人民文学出版社 2005 年版，第 633 页。1926 年 8 月 11 日鲁迅日记。

② 张我军：《〈弱少民族的悲哀〉译者附记》，《台湾民报》1926 年 7 月 7 日。

时文学青年创办的刊物如《语丝》《莽原》等皆在鲁迅指导下成长起来，张我军很可能是希望鲁迅为自己所参与编辑的《台湾民报》提出意见与建议；其二，由于鲁迅很早就关注弱小民族文学，张我军意图将台湾所受异族殖民统治及台湾新文学的发展状况告诉鲁迅。以上推测如果能够成立，那恰恰说明台湾青年对鲁迅文学活动的全面了解以及对鲁迅文学精神的深刻把握。

张我军的这次来访显然深深触动了鲁迅，尤其是调动了鲁迅内心对于弱小民族的关切之情。1927 年 4 月，其时已南下广州的鲁迅在给台湾青年张秀哲所译的《国际劳动问题》一书所写的序言中还提到：

> 还记得去年夏天住在北京的时候，遇见张我权君，听到他说过这样意思的话："中国人似乎都忘记台湾了，谁也不大提起。"他是一个台湾的青年。
>
> 我当时就像受了创痛似的，有点苦楚；但口上却道："不。那倒不至于的。只因为本国太破烂，内忧外患，非常之多，自顾不暇了，所以只能将台湾这些事情暂且放下。……"①

他对于台湾人民的痛苦处境感同身受，称赞像张我军这样的台湾青年在困境中"却不将中国的事情暂且放下。他们常希望中国革命的成功，赞助中国的改革；总想尽些力，于中国的现在和将来有所裨益，即使是自己还在做学生。我只能以这几句话表出我个人的感激"②。也正为了这种感激，在到达广州任教于中山大学之时，鲁迅与在广州学习的一些台湾进步青年有更多的交往。1927 年 2—3 月的鲁迅日记对此有详细的记录：

> （二月）二十四日　雨。……晚张秀哲、张死光、郭德金来。

---

① 鲁迅：《而已集·写在〈劳动问题〉之前》，载《鲁迅全集》第 3 卷，人民文学出版社 2005 年版，第 444 页。"张我权"系张我军之误。
② 鲁迅：《而已集·写在〈劳动问题〉之前》，载《鲁迅全集》第 3 卷，人民文学出版社 2005 年版，第 444—445 页。

（二月）二十六日 小雨。……张秀哲等来。……

（三月）三日 昙。……寄张秀哲信。……

（三月）七日 昙。上午张秀哲赠乌龙茶一合。……

（三月）十九日 晴。……夜张秀哲来，付以与饶伯康之介绍书。

（三月）二十八日 雨。……夜张秀哲、张死光来。……①

　　1926 年的广州革命氛围日渐高涨，吸引了一大批殖民地朝鲜、台湾的青年知识分子来到广州寻求反抗殖民统治的革命道路。② 当时在广州的台湾学生大部分就读于黄埔军官学校、国立中山大学、私立岭南大学及省立一中等处，相互之间联系密切。12 月 19 日，张秀哲（月澄）、张深切（死光）、洪绍潭、林文腾等 20 余人在中山大学成立"广东台湾学生联合会"，三个月后，又改组为"广东台湾革命青年团"，开始研究台湾的政治与革命问题。由于当时在广州的台湾青年中尚未有政治方面的专门人才，因此张秀哲、郭德钦（金）、洪绍潭等决定与张深切一起转入中山大学法律系。③ 于是张秀哲等四人找到鲁迅，鲁迅为此事特别致信中山大学法律系教授兼主任饶伯康，使四人得以转入中山大学学习。而后，"青年团"创办《台湾先锋》杂志，据张深切回忆，"当时热心支援《台湾先锋》的有戴季陶、李济深、周树人、任卓宣等人"④，"而《台湾先锋》没有要着鲁迅的稿子，是件不凑巧的事"⑤。后来，张深切还"在上海内山书店再见过他一两次"⑥，不过，这已是后话。

　　从上述史实推断，张秀哲等人与鲁迅通信并多次拜访鲁迅，除了慕鲁迅之名外，尤以三事为要：张秀哲请鲁迅为其译著写序；为《台

　　① 鲁迅：《鲁迅全集》第 16 卷，人民文学出版社 2005 年版，第 10—14 页。鲁迅 1927 年 2 月 24 日、1927 年 2 月 26 日、1927 年 3 月 3 日、1927 年 3 月 7 日、1927 年 3 月 19 日、1927 年 3 月 28 日日记。

　　② 张深切：《里程碑》，文经出版社有限公司 1998 年版，第 313—326 页。

　　③ 张深切：《里程碑》，文经出版社有限公司 1998 年版，第 313 页。

　　④ 张深切：《里程碑》，文经出版社有限公司 1998 年版，第 337 页。

　　⑤ 张深切：《里程碑》，文经出版社有限公司 1998 年版，第 341 页。

　　⑥ 张深切：《里程碑》，文经出版社有限公司 1998 年版，第 344 页。

湾先锋》约稿；为四人转学事宜求助于鲁迅。何以这些台湾青年并未求助他人而找到鲁迅，大概不外乎两点：其一，鲁迅与青年的交往向来"绝无傲态，和蔼若朋友然"①，力求"化为青年，使大家忘掉彼我"②，这种平等的态度，使他更容易为青年所接近；其二，身处殖民地台湾的青年们，由于自身的境遇更容易捕捉到鲁迅从早年就开始的对于弱小民族（地区）的关怀与同情，使他们在心理上更愿意亲近鲁迅。而从鲁迅的角度，对于台湾青年"在游学中尚且为民众尽力的努力与诚意，我是觉得的"③。可以说，台湾青年与鲁迅的心灵是相通的。直到台湾光复以后，张秀哲还一直感念当年他与鲁迅的交往及鲁迅对台湾反殖民运动的声援。④

## 四　鲁迅思想对台湾文坛的影响

不过，陈芳明却认为，"总的来说，张我军、张秀哲在与鲁迅的亲身接触经验中，是友善的，也是相当鼓舞的。然而，双方的接触也仅止于这样的程度，对于日后台湾文学的发展，并没有产生丝毫的影响"⑤。从表面看来，陈芳明的结论不无道理，张我军等人与鲁迅的交往并非像大陆青年那样密切，的确没有更多的文字记录与史实依据直接显示鲁迅的影响。但如果考虑到当时拜访鲁迅并得到指导的除了来自台湾的殖民地青年，还有不少同样被日本殖民的朝鲜青年的话，就会发现鲁迅的深刻处恰恰在于能够穿透一般的人际交往与文学语言的层面，而直达心灵的深处。正如韩国学者金良守指出的那样，鲁迅"被殖民地的百姓接受为希望之所在的原因，是把社会弱者的生活形

---

① 鲁迅：《鲁迅全集》第12卷，人民文学出版社2005年版，第405页。鲁迅1933年6月18日致曹聚仁信。
② 鲁迅：《且介亭杂文·忆韦素园君》，载《鲁迅全集》第6卷，人民文学出版社2005年版，第66页。
③ 鲁迅：《而已集·写在〈劳动问题〉之前》，载《鲁迅全集》第3卷，人民文学出版社2005年版，第444页。
④ 张秀哲：《〈勿忘台湾〉落花梦》，东方出版社1947年版，第45—46页。
⑤ 陈芳明：《鲁迅在台湾》，载中岛利郎编《台湾新文学与鲁迅》，前卫出版社2005年版，第8页。

象化了的他的作品"①。只要对《台湾民报》转载鲁迅的作品稍加分析，即可看出台湾文化界对鲁迅文学的接受是在启蒙和救亡的双重意义上展开的。

鲁迅早就意识到救亡中国的首要任务便在于"立人"，"凡是愚弱的国民，即使体格如何健全，如何茁壮，也只能做毫无意义的示众的材料和看客，病死多少是不必以为不幸的"②。那么揭示"国民性"弱点、启蒙民众便是首要任务。《台湾民报》通过转载鲁迅的《阿 Q 正传》、《牺牲谟》及《狂人日记》等文章，率先把鲁迅"国民性"批判和文化批判的文学视角引入台湾，不仅描写"国民性"弱点的表征，更揭示国民病症产生的文化根源。后来泗筌在《台湾民报》上发表的《台湾人的几个特性》中即有"好戴高帽性""老鸷性""奴隶性""涣散性"等性格特征的概括，显然是对鲁迅"国民性"批判思路的延续。鲁迅所译《狭的笼》和《鱼的悲哀》被刊载在《台湾民报》上也具有深长的启蒙意味。《狭的笼》是鲁迅依照自己的主见选译的③，这篇童话讲述了这样一个故事：曾经被关的老虎痛恨牢笼，在逃离动物园后，它打破了关着羊的栅栏和关着金丝雀的笼，给它们以自由，但已经习惯于牢笼生活的动物们却拒绝获得自由。而《鱼的悲哀》是小鲫鱼听说灵魂只属于人类，动物是没有灵魂的，因此，"我们的被创造，是专为了娱乐人类、给人类做食料的"。细读之下，除了揭示人性中普遍的奴隶性弱点之外，呼唤具有抗争力量的"精神界之战士"也是台湾文坛转载鲁迅作品的不宣之秘，其间更闪现着反抗殖民斗争的精神诉求。受此影响，《台湾民报》103 号上发表了与《狭的笼》非常类似的天游生《黄莺》一文，其主旨是以失去自由的鸽子衬托出黄莺追求自由的精神。台湾文坛正是在这个意义上接收到鲁迅关怀弱小民族（地区）的精神信息。当

---

① 金良守：《殖民地知识分子与鲁迅》，载鲁迅博物馆编《韩国鲁迅研究论文集》，河南文艺出版社 2005 年版，第 81 页。

② 鲁迅：《呐喊·自序》，载《鲁迅全集》第 1 卷，人民文学出版社 2005 年版，第 439 页。

③ 鲁迅：《爱罗先珂童话集·序》，载《鲁迅全集》第 10 卷，人民文学出版社 2005 年版，第 214 页。

初鲁迅翻译并编辑出版爱罗先珂童话的目的，"不过要传播被虐待者的苦痛的呼声和激发国人对于强权者的憎恶和愤怒而已，并不是从什么'艺术之宫'里伸出手来，拔了海外的奇花瑶草，来移植在华国的艺苑"①。鲁迅接触和翻译爱罗先珂的作品，并不是出于对盲诗人以及其瑰丽色彩的童话和剧本的猎奇，而是鲁迅崇尚"摩罗诗人"，特别是密茨凯维支、裴多菲等具有反抗精神的波兰、匈牙利等弱小民族诗人的一种表现。鲁迅不满于当时林纾介绍了太多欧美发达国家的文学②，而是力图从重视世界弱小和被压迫民族文学的介绍中，引发国人对民族危机的认识和正视，于是就有了《域外小说集》的翻译与出版。

因此，张我军在《台湾民报》转载鲁迅译的爱罗先珂童话，并不仅仅立足于其"译笔的老练"，更看重的或许是其"立意的深刻"。事实上，在此前的1923年2月和1924年2月，《台湾民报》就借转载胡适翻译的都德的《最后一课》和莫泊桑的《二渔夫》来表达反殖民的心声。这两篇小说都以普法战争为背景。《最后一课》写的是战败以后的法国割地赔款，被割让的土地上的人民还被迫改学德语，在最后一堂法语课上，老师悲情地说道："现在我们总算是为人奴隶了。如果我们不忘记我祖国的语言文字，我们还有翻身的日子。"《二渔夫》则描写了法国被普鲁士占领时期，两个普通的法国百姓为了保守国家秘密、保护同胞而牺牲自己的故事。这种殖民反抗的诉求也以更直接的方式得到宣泄，1925年，张我军就鼓动台湾人民"趁那隆冬的严寒，还未冻结你们的舌，壅塞你们的嘴"的时候，"唱破你们的声带，吐尽你们的积愤"③。此后，赖和、陈虚谷、杨守愚等也通过他们的新文学创作，表达了反对封建文化和反抗殖民统治的心声。

鲁迅的一生处于中国由近代向现代转变这一历史过程中，其思想源出于半封建半殖民地的社会结构，同时也是为了应对这一结构下的

---

① 鲁迅：《坟·杂忆》，载《鲁迅全集》第1卷，人民文学出版社2005年版，第237页。

② 许寿裳：《杂谈名人》，《亡友鲁迅印象记》，人民文学出版社1953年版，第9页。

③ 张我军：《弱者的悲鸣》，《台湾民报》1925年7月19日。

民族危机而在新的文化语境中生长起来的。台湾本属于中国的领土，其境遇与祖国相似，同样面临着启蒙与救亡的任务，或者说，台湾所面临的历史问题，是近代以来中国所面临的历史问题之一环。黄呈聪在 1923 年曾说："中国的社会和我们的社会是一样，中国要革新的事，我们也是一样，所以中国的新人对中国希望革新的事，无异也是对我们一样的希望了！"① 就此而言，台湾文化界为了达至启蒙的"文艺大众化"将鲁迅作品作为白话文的典范接受，或是从鲁迅的"立人"思想与弱小民族关怀中更多地解读出反帝精神，便不难理解了。

总体而言，台湾文坛以鲁迅作品为语体和文体的典范，乃是基于鲁迅在白话文创作上的巨大成就，台湾社会启蒙与救亡的双重历史要求又使得台湾新文学很容易与鲁迅的文学、思想发生内在关联。无可置疑的是，鲁迅对台湾新文学发生期的文学状况产生了重要影响。至于鲁迅对台湾更为广泛而深入的影响，则要放到较长的历史时期中才能看得更为明显。此后直至光复，鲁迅成为台湾人民反殖民精神的重要来源，这一思想资源在 20 世纪下半叶的台湾新殖民语境中，在陈映真等人那里得到新的传承与发展。鲁迅所开创的"国民性"批判主题，也在钟理和那里得到延续。在台湾的乡土文学流脉中，鲁迅更是在主题、语言等方面直接影响到了钟理和、黄春明、陈映真等众多作家的写作。但必须指出，正是在台湾新文学发生期对鲁迅初步引介的基础上，才有了后来对鲁迅理解的逐步深入展开。

## 第二节　三四十年代台湾文坛与鲁迅的东亚传播

台湾新文学运动初期曾出现转载、介绍鲁迅的热潮。经统计，仅在 1925 年一年，《台湾民报》就转载鲁迅的作品 5 篇、译作 2 篇，并有 2 篇与鲁迅相关的论述文章发表，共涉及 27 期次的《台湾民报》，对于时为旬刊、全年共 30 多期的《台湾民报》而言，这个数量相当可观。这一时期，台湾文坛主要在以下两个层面上接受鲁迅：一、将

---

① 黄呈聪：《论普及白话文的新使命》，《台湾》1923 年 1 月 1 日。

鲁迅作品作为台湾文坛语体和文体的典范；二、将鲁迅作为大陆新文学的代表性作家，积极宣扬其作品中的启蒙与救亡思想。

不过，台湾文坛的第一波"鲁迅热"在 1926 年 2 月以后基本退潮。尽管此后有 1926 年 8 月张我军拜访时在北京的鲁迅，及 1927 年春天，张深切、张秀哲等人在广州多次与鲁迅见面。然而此后，除了张深切在上海的内山书店见过鲁迅几次外，查找不到任何鲁迅与台湾知识分子交往的记录。① 与此前由在大陆的台湾知识青年张我军、蔡孝乾等人直接从大陆引介鲁迅，光复初期由大陆来台知识分子和台湾文化人共同掀起鲁迅风潮不同，这一时期台湾的鲁迅接受状况呈现了复杂的面向。台湾知识分子或在本岛，或在日本，或在大陆以直接或间接的方式接收鲁迅的信息；而日本和大陆的作家也以各自的方式与台湾文坛互动，客观上推动了鲁迅的在台传播。从而在东亚地区激荡起一个以鲁迅为中心的文化场域，在这一场域中，由于大陆、台湾、日本的知识分子经由不同的路径、基于不同立场的思想过滤与精神阐释，折射出了丰富的"台湾鲁迅"形象。总体而言，这一阶段台湾文坛对鲁迅的理解得到了全面而深入的推进。

## 一 "左翼鲁迅"的初步传播

1927 年 2 月，正是张深切、张秀哲等台湾青年在广州频繁与鲁迅接触的一段时光。而也就是这时候，山上正义（笔名林守仁）认识了刚刚从厦门来到广州的鲁迅。此后的几个月中，山上正义多次拜访鲁迅，并表示要翻译《阿 Q 正传》，得到鲁迅的应允。1928 年 3 月，山上正义在日本《新潮》杂志发表《谈鲁迅》，向日本文坛介绍当时还少为日本人所知的鲁迅。1931 年 10 月，山上正义译《阿 Q 正传》由东京四六书院以"国际无产阶级文学选集之一"《中国小说集阿 Q 正传》出版。书中收录了其他中国左翼作家的小说、左联烈士小传、日本著名作家纪念左联烈士的献词，以及山上正义的《关于鲁迅及其作品》。在这篇文章中，山上正义说"鲁迅是所谓左倾了。正像中国

---

① 鲁迅日记曾记载张我军 1929 年拜访他，他未见。张深切虽然在内山书店见过鲁迅几次，但似乎也未深谈。

当前文坛在最近几年中间急速趋向左倾一样，鲁迅也明显地左倾了"。并以"用手写还不及用脚跑的忙"生动地描述鲁迅加入左联以后的战斗生活。《关于鲁迅及其作品》表明"山上对鲁迅的理解达到了左翼方向的顶点，在日本对鲁迅的理解中是独具一格的"[①]。这篇文章后来传到台湾，对台湾文坛从左翼的角度理解鲁迅产生重大影响。甚至路线偏右、主张民族运动而非阶级运动的叶荣钟的鲁迅观，也因之而发生某种变化。

1925 年蔡孝乾的《中国新文学概观》发表后，台湾文坛一直没有关于鲁迅的论述。直到 1930 年 6 月，才有新民会（东京）出版叶荣钟的《中国新文学概观》。在此文中，叶荣钟将中国新文学分为新诗、小说、戏曲、小品散文加以论述。在小说部分中，叶荣钟说："谈起短篇小说，我们可以毫无迟疑地举鲁迅来做代表。"由于鲁迅作品"数目太多，不能一一介绍，只得把那最出名的《阿 Q 正传》的内容来解释一下"[②]。在复述了阿 Q 的故事后，叶荣钟从思想与艺术两个方面对《阿 Q 正传》进行了评价。他指出《阿 Q 正传》的伟大处就在于"表面是写一个阿 Q 里面却是写一个中国"，它包含的深刻的"人间苦"和浓厚的"时代性""已经足以致其不朽了，何况它的艺术的技巧又是极高强的"[③]。最后，作者总结道：

> 十数年的新文学运动能够产生一篇《阿 Q 正传》已经不是徒劳了，虽然有人说它的表现是阴险刻毒，说他的伎俩是纤巧俏皮，甚而至宣扬阿 Q 时代是死去了的。今后的文坛也许会产生比它更为完美的作品的吧，但《阿 Q 正传》应不因是而失掉它的光辉和价值。

从上述引文可以看出，叶荣钟不仅熟读鲁迅作品，而且对于鲁迅在大陆文坛的影响了如指掌。总体而言，这篇文章仍然延续了上一时期将

---

① 出自丸山升《关于鲁迅及其作品》一文，中译文转引自周国伟《鲁迅与日本友人》，上海书店出版社 2006 年版，第 97 页。

② 叶荣钟：《叶荣钟早年文集》，晨星出版有限公司 2002 年版，第 241 页。

③ 叶荣钟：《叶荣钟早年文集》，晨星出版有限公司 2002 年版，第 243 页。

鲁迅定位为启蒙主义文学家的思路。

写这篇文章的时候，叶荣钟在日本中央大学留学。然而，到了1932年2月，在台湾读到了山上正义的《中国小说集阿Q正传》后，叶荣钟的鲁迅观开始发生改变。叶荣钟说："我们自从'壁下译丛'——一九二九年出版——以来至今日完全不能接到他老人家的作品，所以感到寂寞。"由于只能从《中国小说集阿Q正传》中得到鲁迅的"近况片鳞"，因此山上正义的论述对叶荣钟的鲁迅理解产生主导性的影响：叶荣钟对于鲁迅的左倾表达了极大的兴趣，想了解"鲁迅是于何时左倾的，是左倾到什么程度的"，"很希望在不远的将来能够接到左倾以后的鲁迅的作品，但这或者是很为难的事情吧"[1]。并引用山上正义的话向台湾人转述"现在的鲁迅'是用手写还不及用脚跑的忙'"的状态，接着由鲁迅的亡命生活而生发出"感到压迫言论之可恶"的感慨。叶荣钟借此表达了对殖民者言论控制的不满。从文学家的鲁迅到左翼革命者的鲁迅，叶荣钟的这一变化，显示了台湾知识分子的鲁迅观在日本左翼文化影响下的某种改变。

## 二 "战士鲁迅"的生成

在山上正义等向日本文坛介绍《阿Q正传》的1931年，日本了解鲁迅的人数仍然不多。增田涉就曾写道："其时（指1931年），鲁迅的名字并未为日本一般人所知。我是专攻中国文学的学生，虽闻鲁迅其名，但只知道他是一个研究者，《中国小说史略》的著者。"增田涉将经过鲁迅过目的《鲁迅传》投到日本文坛的时候，"由于鲁迅的名字在日本还未为人所熟知，我又籍籍无名，日本的综合杂志对拙作《鲁迅传》不加理会。佐藤先生最初把《鲁迅传》投给《改造》杂志，被退回，后又投《中央公论》，也未被采用。"鲁迅得知这一情况后说："一月号《改造》未刊载《某君传》，岂文章之过耶？实因某君并非锋头人物。……佐藤先生在《〈故乡〉译后记》中虽竭力

---

① 叶荣钟：《文艺时评》，《南音》第1卷第3号，1932年2月1日。

介绍，但又怎么样呢?"① 后来，在佐藤春夫"未曾有过的努力"下，由《改造》社社长山本实彦亲自过问，增田涉的《鲁迅传》才得以发表于1932年4月的《改造》杂志。尽管此前已经有小田岳夫《鲁迅的事情》发表于1931年4月的《都新闻》，但"正式而且是最初的还是增田涉这本《鲁迅传》"②。

　　1932年前后，在日本出现了翻译鲁迅的热潮。除佐藤春夫与山上正义外，还有长江阳、井上红梅、松浦珪三等人相继译出的《阿Q正传》《孔乙己》《狂人日记》等作品。1932年，日本京华堂、文求堂和改造社分别出版了《鲁迅创作选集》、《鲁迅小说选集》和《鲁迅全集》。对此鲁迅也曾谈道："近数月来，日本忽颇译我之小说。"③在这一潮流中，佐藤春夫在1932年1月《中央公论》上发表了鲁迅《故乡》的译文，第二年7月，又在《中央公论》发表了鲁迅《孤独者》的译文。佐藤春夫在《回顾译鲁迅之〈故乡〉与〈孤独者〉》中提到，"《故乡》，我最初读的是英文版，而后，对照原文将其译成日文"。而《孤独者》"由于没有英文版，读起来很是吃力，幸亏接到了增田君的翻译笔记，而且是鲁迅先生亲自过目的，在增田君的解释下才读完"④。鲁迅对于佐藤春夫和增田涉的译本是满意的，但对其他作家（如井上红梅）的翻译，则有所保留，甚至多次在日记和书信中表达对井上红梅译本的不满。⑤ 增田涉和佐藤春夫的译介使鲁迅在日本的普及又推进了一步。正如丸山升所指出的："由于已经确立了第一流地位的佐藤春夫，在具有代表性的综合杂志《中央公论》上翻译了鲁迅的作品，就具有更大的意义。从此以后，鲁迅的名字，

---

① 鲁迅:《鲁迅全集》第14卷，人民文学出版社2005年版，第192页。鲁迅1932年1月5日致增田涉信。

② ［日］中岛利郎:《"日治"时期的台湾新文学与鲁迅——其接受的概观》，叶笛译，载中岛利郎编《台湾新文学与鲁迅》，前卫出版社2000年版，第67页。

③ 鲁迅:《鲁迅全集》第12卷，人民文学出版社2005年版，第305页。鲁迅1932年5月14日致许寿裳信。

④ ［日］佐藤春夫:《回顾译鲁迅之〈故乡〉与〈孤独者〉》，岩波书店1956年版，第97页。转引自南海《佐藤春夫眼中的鲁迅文学》，《大连民族学院学报》2005年第4期。

⑤ 如1932年12月14日鲁迅日记、1932年12月19日鲁迅致增田涉信件。见《鲁迅全集》第16卷第339页、《鲁迅全集》第14卷第232页。

终于为日本文化界所知晓。"①

值得一提的是，佐藤春夫 1920 年曾到台湾和福建游历三个多月，得以认识诸多台湾文坛名家，初步奠定了他在台湾文坛的影响。其以此次台湾之旅为题材的作品，在十余年的时间中陆续发表于当时影响到台湾文坛的日本《改造》和《中央公论》上。由于佐藤春夫与台湾文坛素有渊源，他们的译介工作对台湾的鲁迅接受起到了相当大的作用。尤其到了 30 年代，由于殖民者在台湾强化推行日语教育和对中文出版物的查禁，那时候日本文坛传达的关于鲁迅的信息，对台湾而言变得尤为重要。佐藤春夫和增田涉后来成为日本重要的鲁迅翻译家。1933 年 3 月，佐藤春夫编的"世界幽默全集"第 12 卷《中国专集》由改造社出版，其中收入《阿 Q 正传》和《幸福的家庭》，1935 年 6 月，他与增田涉合译岩波书店出版的《鲁迅选集》收入小说、散文、杂文 12 篇，后来还共同参与《大鲁迅全集》的翻译与编辑工作。增田涉则在 1932 年写有《鲁迅传》发表于《改造》。

叶荣钟就是因为在台湾读到《中央公论》上佐藤春夫的文章才了解到增田涉的鲁迅译介工作。"佐藤氏并带着说增田氏还有一篇三万多字的《鲁迅传》不久可以发表。"这正是增田涉后来发表于 1932 年 4 月东京《改造》的《鲁迅传》。《鲁迅传》发表两年后，顽铁将其译成中文，分四期分别发表于 1935 年的《台湾文艺》第 1、2、3、4 号，这使得从未到过台湾的郭沫若直接介入了台湾文坛。因这一场延烧到台湾文坛的大陆文坛的论争，而扩大了鲁迅在台湾的影响。增田涉的《鲁迅传》中涉及鲁迅与创造社、太阳社的论争，提及创造社扣押了罗曼·罗兰写给鲁迅的信件一事。《台湾文艺》的主编张星建与寓居日本的郭沫若早有联系，于是将刊物寄给郭沫若。郭沫若读后大为不满，遂在第 2 期发表《鲁迅传中的谬误》一文，对《鲁迅传》中关涉到自己的一些历史问题提出严正抗议并试图澄清问题。针对"《鲁迅传》中所述的事体"，郭沫若表示"创造社绝不曾接受过

① ［日］丸山升：《鲁迅在日本》，载靳丛林编译《东瀛文撷——20 世纪中国文学论》，吉林大学出版社 2003 年版，第 31 页。

卢兰的'那篇历史的批评文字'。……将来我有机会要来弄个水落石出的"云云。对于此事，鲁迅早在此前就认为"索性可以不必搜寻"①。不过，郭沫若却在访谈中暗示以"鲁迅一派为中心的"作家剥夺了他在上海发表作品的权利②，从个人的角度描述了大陆文坛的状况。鲁迅看到这一期的《台湾文艺》后致信增田涉说："《台湾文艺》是不有趣的。郭君说了什么是吧！这位老师尽全力维护自己光荣的古旗，是位好汉！"③

我们看到这场鲁迅与创造社之间的论战在平息七年之后却又通过日本的中介延烧到台湾。这场论争在台湾文坛掀起一波讨论鲁迅的热潮，引起了台湾文坛的重视。在《鲁迅传》刊载完的1935年4月号上，台湾文坛对这场论争意犹未尽，编者在"编辑后记"中说："受到争议的《鲁迅传》在本期结束。读者希望郭沫若先生寄来水落石出的原稿。"④ 这场论争引起了人们对于增田涉《鲁迅传》的关注并在客观上扩大了鲁迅在台湾的影响。

就《鲁迅传》本身而言，增田涉的本意"是向当时的日本介绍中国成长史的一个方面，让瞧不起中国的一般的日本公民多少知道一点苦难深重的中国的真面目，从而激发觉悟和采取认真的行动"⑤。增田涉在这篇传记中，不仅向读者展示了一个作家的鲁迅，同时也呈现了一个"精神界之战士"的形象。而在此之前，日高生就已经将思想家与战士的鲁迅介绍给台湾文坛。⑥

不过，这种转变并不是以牺牲对鲁迅的文学家的身份理解为代价的。随着台湾新文学逐步走向成熟的需要，对于鲁迅作品的艺术性，

---

① 鲁迅：《鲁迅全集》第 12 卷，人民文学出版社 2005 年版，第 519 页。鲁迅 1933 年12 月 19 日致姚克信。

② 赖明弘：《访问郭沫若先生》，《台湾文艺》1935 年第 2 期。

③ 鲁迅：《鲁迅全集》第 14 卷，人民文学出版社 2005 年版，第 343 页。鲁迅 1935 年2 月 6 日致增田涉信。

④ "编辑后记"，《台湾文艺》第 2 卷第 4 期，1935 年 4 月 1 日。

⑤ 增田涉致《台湾文艺》编辑部信。

⑥ 日高生：《中国文坛第一人　鲁迅的印象》，《台湾日日新报》1933 年 4 月 18 日。据笔者考证，此"日高生"就是当时在上海的日本记者日高清磨瑳，学界目前一般认定日高清磨瑳与鲁迅初次交往是在 1936 年 2 月 6 日，但这则资料则确切无疑地表明二者第一次见面是 1932 年 12 月 1 日在北四川路的内山书店。参见本书第二部分第八章。

也有进一步的认识。黄得时在 1935 年 1 月 1 日的《第一线》（第 2 期）上发表《小说人物的描写》，批评当时台湾文坛的小说"大体是以'事件'为中心，……表面上弄得五花十色，鲜艳夺目，事实上却没有什么艺术的价值。"以《阿 Q 正传》为性格描写的典范，感慨只有"我们的鲁迅先生才能达到这么完全的呀！"① 不过，他也能理解"这在启蒙时代，是不得已的现象"。但"今后望诸作家，对于人物描写方面，尽点功夫去研究，以完成我们贵台湾的艺术殿堂吧！"这与台湾新文学发生期仅仅将鲁迅作为白话文的典范和启蒙的载体来看待相比较，显然是更进了一步，显示了台湾新文学在艺术上的逐步成熟与更高的要求。

由上述可以看出，台湾对鲁迅的理解已经在艺术性和思想性上得到大幅度的提升，成为这一时期鲁迅接受的特色。

### 三 "弱小民族文学"论与台湾作家

这一时期台湾的鲁迅接受除了通过日本国内的出版、发表场域的中介，也有在大陆的日本人直接向台湾介绍鲁迅的情况。1933 年 4 月 18 日的《台湾日日新报》刊载《中国文坛第一人鲁迅的印象》一文，文章的作者为在上海的日本记者日高生。文章指出：

> 鲁迅自 1930 年春加入中国左翼作家联盟、成为左翼文学作家以来，就开始被国民党盯梢了。由于受到当局的压迫，今年开始他基本上就没办法作为一个文学家来生活。我认为鲁迅先生曾一度像从他的代表作品《阿 Q 正传》所看到的那样，是一位彻头彻尾的虚无主义者。但自从他 1930 年偏向左倾并作为共产主义者进行一些共产主义者的活动之后，他在本质上就已不再是虚无主义者了。

这篇文章向台湾文坛介绍了作为思想家的鲁迅形象。与 20 年代仅仅

---

① 黄得时：《小说人物的描写》，《第一线》1935 年第 2 期。

将鲁迅作为文学家来看待，是完全不一样的。这种转变表明，对鲁迅的关注重点，已经由文学进而转向与文学相关的社会实践。

同时，经由日本的中介，台湾的作品也被介绍到大陆。就在《鲁迅传》在台湾引发争论的 1935 年，胡风从日本的《文学评论》上翻译了杨逵的《送报夫》，刊登在上海的《世界知识》上。1936 年 4 月，胡风又将《送报夫》与吕赫若的《牛车》（《文学评论》，1934）、杨华的《薄命》（《台湾文艺》1935 年 3 月，中文）一起，收入《山灵——朝鲜台湾短篇小说集》，由上海文化生活出版社出版。当年 5 月 18 日，胡风将《山灵》送到鲁迅手中①，若以鲁迅一直以来对弱小民族的关怀而推论，有理由相信鲁迅是读过这本小说集的。5 月，杨逵的《送报夫》又被收入《弱小民族小说选》，由上海生活书店发行。

胡风在《山灵》的"序"里说："去年《世界知识》杂志分期译载弱小民族的小说的时候，我想到了东方的朝鲜台湾，想到他们底文学作品现在正应该介绍给读者，因而把《送报夫》译好投去。"② 他的这一意愿，正与鲁迅历来对弱小民族文学的关怀一致。巧合的是，《台湾新文学》第 1 卷第 8 号（1936.9）、第 2 卷第 1 号（1936.12）、第 2 卷第 4 号（1937.5）刊登了《山灵》的发行广告。只是杨逵当时并不知道《山灵》这本书中收有他的《送报夫》中译本。直到战后，尹庚与张禹到台湾后认识杨逵，杨逵才知道自己的作品曾被译成祖国的文字在大陆流行。张禹在四十年后回忆："杨逵先生对于他的作品能在十年前赢得祖国大陆读者的赞赏，显得十分高兴；对于胡风先生的翻译工作，深表感激。"③

尽管杨逵并不知道胡风的文学译介工作使他与鲁迅产生了间接的精神联系，但由于"台湾新文学运动正在波及日本内地和中国本

---

① 鲁迅：《鲁迅全集》第 16 卷，人民文学出版社 2005 年版，第 607 页。鲁迅 1936 年 5 月 18 日日记。

② 胡风：《序》，张赫宙等著，胡风译《山灵——朝鲜台湾短篇小说集》，文化生活出版社 1936 年版。

③ 张禹：《杨逵·〈送报夫〉·胡风——一些资料和说明》，《新文学史料》1987 年第 4 期。

土"，当时的杨逵已经有了明确的与大陆文坛交流的意识。1936 年，杨逵提议《台湾新文学》社"与他们（指中国大陆方面——引者注）建立联系，如果是汉文就寄原作，日文就翻译以后寄去，这样做是非常好的。"① 于是，准备借助日本的中介将台湾文学"分别在著名的杂志上加以介绍"②，"如果这样的我们能够做中间人，把中国文化介绍给日本，也把日本文化介绍给中国，那真是再好不过的事了"③。并呼吁"不管在日本或在中国，所有的文化人都能尽最大的努力去贯彻这个有意义的计划"④。正是基于这样的期待，并且在汉文栏被废止（1937 年 4 月）、《台湾新文学》停刊的窘境下，杨逵于 1937 年 6 月再度访日，希望在《文艺首都》《日本学艺新闻》《星座》等杂志中开辟"台湾新文学"专页。但是，随着中日战争的全面爆发，杨逵所期望的交流被迫中断。杨逵本人也因与矢崎弹的交往而"以文艺谋大众左倾化"的罪名在东京被捕，出狱后于 9 月返台。这期间，杨逵从刚刚与萧军见面并回到日本的矢崎弹那里得到了《第三代》。⑤杨逵说："最近我读了萧军的《第三代》，感受到一种难以言喻的愉快，虽然该书只发表到第二集，我一口气读完了已发表的部分，现在已迫不及待地想看续集。"⑥

　　而此前，在鲁迅的关怀下，萧军的《羊》与彭柏山的《崖边》、周文的《父子之间》、欧阳山的《明镜》、艾芜的《山峡之中》、沙汀的《老人》一起，由鹿地亘和日高清磨嵯译成日文，刊登在 1936—

---

① 《将作家培养与编辑交于大众之手——本社第二次商讨会决定方针》，《台湾新文学》第 1 卷第 1 号，1936 年 2 月。

② 杨逵：《写在〈全岛作家竞赛作品号〉的计划发表之际》，《台湾新闻》1936 年 3 月 6 日。

③ 杨逵：《〈第三代〉及其他》，载《杨逵全集》第 9 卷，文化资产保存研究中心筹备处 2001 年版，第 558 页。原文发表于《文艺首都》1937 年 9 月号。

④ 杨逵：《〈第三代〉及其他》，载《杨逵全集》第 9 卷，文化资产保存研究中心筹备处 2001 年版，第 559 页。原文发表于《文艺首都》1937 年 9 月号。

⑤ 横地刚：《读〈第三代〉及其他》，载《学习杨逵精神》，人间出版社 2007 年版，第 55 页。

⑥ 杨逵：《〈第三代〉及其他》，载《杨逵全集》第 9 卷，文化资产保存研究中心筹备处 2001 年版，第 557 页。原文发表于《文艺首都》1937 年 9 月号。

1937 年的《改造》上。鲁迅亲自校阅了《羊》的译稿①，并撰写《萧军小传》向日本介绍萧军。鲁迅指出，这些小说"从真实这点来看，应该说是很优秀的。在外国读者看来，也许会感到似有不真实之处，但实际大抵是真实的。"② 通过阅读《第三代》，杨逵了解到与台湾一样处于日本殖民之下的东北沦陷区的真实状况，并看到抵抗力量的成长："作品中描写被欺压的人民不断加入所谓'马贼'的故事，所谓'马贼'，并不是我们常常听说的可怕的强盗，而是相对于压迫者而成长起来的一股对抗势力。"③ 当年，杨逵正是因为看到《台湾匪志》"称抗日义士为'土匪'、抗日活动为'匪乱'"，"猛然领悟统治者已公然伪造历史"，为着"重写历史的责任"而"决心走上历史与文学之路"的。④ 这说明，杨逵反殖民的抗争精神早在他全面阅读鲁迅的 1938 年之前，就经由中介与鲁迅发生了契合。

### 四　鲁迅逝世后台湾文坛的反响

1936 年 10 月 19 日鲁迅逝世，《台湾日日新报》翌日即登出《鲁迅氏逝世》《中国文豪鲁迅氏病殁》两篇消息。10 月 25 日，《台湾日日新报》又再次刊登鲁迅逝世的消息，称鲁迅为"中国新文化运动的最高领导者"，并配发鲁迅逝世后的照片。10 月 23 日和 11 月 4 日，分别有高桑末秀的《鲁迅逝世》和新居格《鲁迅其人》发表。高桑末秀的文章中提到，"关于鲁迅近况，在他与鹿地亘的几封上海通信中和山本实彦最近发表的著作《中国》里有详细介绍"。鹿地亘的《上海通信》发表于东京的《文学评论》，对于当年正积极地希望通过这一左翼杂志登上日本文坛的台湾作家而言，应该也是读过鹿地亘所介绍的鲁迅了。新居格发表于《台湾日日新报》的文章是他在

---

① 鲁迅：《鲁迅全集》第 16 卷，人民文学出版社 2005 年版，第 602 页。鲁迅 1936 年 4 月 20 日日记有"校日本译《羊》一过。"

② 鲁迅：《集外集拾遗补编·"中国杰作小说"小引》，载《鲁迅全集》第 8 卷，人民文学出版社 2005 年版，第 445 页。最初发表于东京的《改造》杂志（1936 年 6 月 1 日）。

③ 杨逵：《〈第三代〉及其他》，载《杨逵全集》第 9 卷，文化资产保存研究中心筹备处 2001 年版，第 561 页。原文发于《文艺首都》1937 年 9 月号。

④ 杨逵：《漫谈文化沙漠的文化》，《台湾作家谈创作》，海峡文艺出版社 1985 年版，第 1 页。

鲁迅逝世次日发表于东京《报知新闻》上《高尔基的存在》（1936年11月9日译成中文发表于上海《国闻周报》）一文的缩略版，文中称鲁迅为"文学者而兼思想家"，"非其他的作家文学者所能企及的"①。

11月15日出版的《台湾新文学》（第1卷第9号）刊登了两篇悼念鲁迅的文章，分别是王诗琅的《悼鲁迅》和黄得时的《大文豪鲁迅逝世——回顾他的生涯与作品》。黄得时的文章写于鲁迅逝世的当天晚上，其反应之迅速尤为可叹，充分说明鲁迅的逝世在东亚文坛引起的震动。文章以日文写成，但所引鲁迅著作，皆以中文原文写出，说明这一时期在台湾仍有鲁迅中文原著的流通。文章重点论述了鲁迅的弃医从文经过及《狂人日记》和《阿Q正传》两篇小说，还概略论述了鲁迅的学术成就。黄得时说："看着他的讣文，多年来爱读他的作品的我陷入一种无以名状的孤寂之中。"② 文章的最后，黄得时以1925年为限，将鲁迅的写作分为"小说时代"与"杂文时代"两个时期，表明台湾文坛已经从前期只关注鲁迅的小说转而对于鲁迅更具思想与战斗性的杂文的关注。

王诗琅则将鲁迅的逝世与这一年早些时候高尔基的逝世相并论，痛感于"从事文学工作的我们在短短三个月内，失去了值得尊敬的两位作家，何其不幸啊！"认为鲁迅"是中国最伟大的作家"，他的作品"首度奠定了新文学的基础"。而《阿Q正传》"是值得永远流传下去的中国文学的里程碑"。王诗琅的文章有鲜明的左翼立场，将鲁迅作品的价值归结于其思想的深刻性："他为真理而生，不断追求真理的态度和努力，正是造成了他今天的存在的原因。"正因如此，他成为文坛的前驱，"和他所领导的一群前进派作家，现在正在永无休止的压迫下踏着艰困的荆棘路前进"。这表明台湾文坛对鲁迅的认识，已经从文学家转向对思想家鲁迅的认识。

1936年鲁迅逝世，时在福建政府任职的郁达夫赶往上海吊唁，

---

① 新居格：《鲁迅其人》，《台湾日日新报》1936年11月4日。

② 黄得时：《大文豪鲁迅逝世——回顾他的生涯与作品》，《台湾新文学》第1卷第9号，1936年11月。

并发表了著名的《悼鲁迅》一文。此后，郁达夫转道访问日本，在日本会见小田岳夫、佐藤春夫、山本实彦、郭沫若等人，并参加了当时正在筹备过程中的《大鲁迅全集》的编辑会议。由于受《台湾日日新报》邀请，返国途中访问台湾，受到台湾知识界的热烈欢迎。在台北，黄得时、徐坤泉首先采访了郁达夫。会谈中，特别喜爱《阿Q正传》并以"阿Q之弟"为笔名的记者兼小说家徐坤泉谈起《阿Q正传》，郁达夫表示"《阿Q正传》一定会流传后世的"①。在台北的座谈会中，台湾知识分子多次向郁达夫问及鲁迅的情况。郁达夫明确指出他并不赞成"国防文学"的口号，认为"不管是古典主义、浪漫主义、无产阶级文学，或其他任何文学，只要在艺术上成功，就是出色的文学。和政治关联也无妨，但并非一定非关联不可"②。郁达夫的这一观点与鲁迅完全一致，因此，鲁迅对于抗战前夕统一战线问题的思考，也经由郁达夫传递给台湾人。陈逢源说："鲁迅在日本非常受欢迎，在中国也受欢迎吗？"郁达夫指出，"近来他常写短篇杂感，也都受欢迎。他以精练的文笔，深刻批判各种简洁的问题，为一般青年所喜爱。左倾青年都以鲁迅为指导人物而崇拜之"。郁达夫特别提到，鲁迅的杂文正是针对当时东亚紧张的局势和台湾的殖民地语境有感而发，这对于台湾文坛理解鲁迅的"战斗精神"无疑起到了重要的推动作用。叶荣钟问："据说在一个时期，鲁迅也受国民政府压迫，生活困难，是事实吗？"郁达夫回答："曾经有过这种事。但以后仍过着相当的生活。"林呈禄问："鲁迅之死对文坛有何影响？"郁达夫说："没有什么影响。他死后，更有人读他的作品，这是事实。恐怕十年、二十年之后，读的人更多。"此后郁达夫转往台南，台南的庄松林等人又与郁达夫谈及他的《怀鲁迅》，认为这是一篇强而有力、令人动容的文章。③这次访台之旅，台湾知识分子不断地向来自祖国的作家问及鲁迅，表明台湾文坛对于鲁迅的迫切关注。

与此同时，一直致力于译介鲁迅著作的东京改造社，决定不出版

---

① 陈松溪：《郁达夫的台湾之行》，《新文学史料》1985年第3期。

② 《对郁达夫咨询会》，载《郁达夫文论集》，浙江文艺出版社1985年版，第906—910页。

③ 林庆彰等编：《近代中国知识分子在台湾》，万卷楼出版公司2002年版，第136页。

原定的鲁迅杂文选集《忽然想到》，而改出世界上第一部"鲁迅全集"，命名为《大鲁迅全集》。当时，改造社网罗了几乎所有当时日本第一流的中国文学研究者来翻译鲁迅作品，包括佐藤春夫、鹿地亘、增田涉、日高清磨嵯、小田岳夫、井上红梅、山上正义、松枝茂夫等人，另外还聘请茅盾、许广平、胡风、内山完造、佐藤春夫等为顾问，成为唯一一部由中日知识分子共同编辑的鲁迅全集。

这部《大鲁迅全集》从 1937 年 2 月开始刊行，至 8 月出完时，中日战争已全面爆发。这时，尽管鲁迅的作品可以在日本流通，但对于台湾人而言，无论在日本还是在台湾，鲁迅都是一个禁忌。① 不过，20 世纪 30 年代在世界范围内涌动的左翼思潮还是以一种特殊的方式将这套《大鲁迅全集》带到了台湾知识分子的面前。1938 年 5 月 7 日，《台湾日日新报》和《台湾日报》分别以"原巡查因对前途悲观，于公寓服毒自杀""文学青年因孤独感和生活不安，留下异常遗书自杀"的标题，报道日本青年入田春彦自杀事件。入田春彦受日本左翼思想影响，酷爱鲁迅作品，在台任总督府警察期间因同情于贫苦阶级而资助过陷于困顿中的杨逵，后与杨逵夫妇成为关系密切的友人。入田春彦自杀前给杨逵夫妇留下两封遗书并托付后事。因此，入田所拥有的《大鲁迅全集》（改造社，全七卷）在其去世后即由杨逵保存。对此，杨逵有清晰的记忆：

> 这位入田先生的遗物中有改造社刊行的《鲁迅全集》（一九三七年二月—八月刊行，全部七卷），由于我被授权处理他的书籍，就有机会正式读鲁迅。②

在 20 年代和 30 年代中期之前，台湾文坛虽然介绍过不少鲁迅作品，但是，系统而完整地接近鲁迅作品的现象还不曾发生过。30 年代初才走上文坛的杨逵，正式地阅读鲁迅，是在获得入田《大鲁迅全集》之后的事。因此，这也是台湾人在本岛第一次全面地接触鲁迅文

---

① 杨逵：《杨逵全集》第 14 卷，文化资产保存研究中心筹备处 2001 年版，第 261 页。
② 杨逵：《杨逵全集》第 14 卷，文化资产保存研究中心筹备处 2001 年版，第 260 页。

学。杨逵与入田春彦的交往，使得台湾知识分子对于鲁迅作品的全面接触经由日本进步知识分子的渠道来完成。这显然富于戏剧性的巧合，但其背后却又有某种必然性，显示了 30 年代世界性的左翼思想风潮中左翼文化精神跨越国界的传递。杨逵与日本警察入田春彦的短暂交往，不仅使得杨逵接触到鲁迅文学，而且为杨逵的文学生涯带来重大转机。台湾光复后，杨逵成为这一时期鲁迅风潮中的重要人物。

### 五 龙瑛宗文学中的"鲁迅"①

如果从创作上考察 30 年代台湾鲁迅接受典型特征，龙瑛宗发表于 1937 年的《植有木瓜树的小镇》是一个典型案例。

在龙瑛宗的小说《植有木瓜树的小镇》中，房东林杏南的儿子自述"读佐藤春夫译的鲁迅的故乡，深受感动……旧有的观念分崩离析，说真的，不论忍受怎样的困苦，我至少还是要看书。鲁迅的《阿Q正传》和高尔基的作品，还有摩尔根的《古代社会的研究》② 等"，表明了龙瑛宗的鲁迅接受与佐藤春夫的联系。"龙瑛宗、张文环等一批作家，实际上已经根本依赖日本文化获取知识，至少在语言上造成了这一事实。那么，通过日本杂志这一中转媒介的'转述'功能接受鲁迅，对于他们来说成为了必然。"③

《故乡》的《原作者小记》，是继山上正义《谈鲁迅》以来最重要的文章，也是考察佐藤春夫翻译鲁迅的出发点的重要文本。在这篇文章中，佐藤春夫说："依我所见，我国（日本）近代文学与古代文学之间全然断裂，令人不快。这也是促使我译介《故乡》的原因，我感觉到《故乡》中渗透着犹如杜甫的诗情般的东西，正是这种东

---

① 关于龙瑛宗对鲁迅的接受，可参见本书第二部分第三章。

② 这本书出版后产生了很大的影响，它以原始社会历史研究的具体资料，丰富和证实了马克思主义的唯物史观，因而得到马克思和恩格斯的高度重视和评价。为此，马克思写了详细的摘要和批语（见《摩尔根〈古代社会〉一书摘要》）。恩格斯的《家庭、私有制和国家的起源》是执行马克思的遗言，就摩尔根的研究成果而作的。他赞扬"摩尔根在他自己的研究领域内独立地重新发现了马克思的唯物主义历史观，并且还对现代社会提出了直接的共产主义的要求"（《马克思恩格斯全集》第36卷）。

③ 杨志强：《龙瑛宗的祖国文化结构》，博士学位论文，华东师范大学，2009 年，第106 页。

西以现代散文形式呈现出来。"显然，佐藤春夫对鲁迅的接受并不是
从左翼的角度。冈崎俊夫战后曾追溯："佐藤春夫所以翻译鲁迅的作
品，不过是他喜欢中国文学的延长，他是以古典文学的精神，把手伸
向了鲁迅的作品。这位诗人和鲁迅在精神上是风马牛不相及的。"①
事实上，"佐藤春夫译介鲁迅，旨在撇开鲁迅作品所具有的强烈的社
会意义而强调与传统文学的联系"②。

尽管龙瑛宗的鲁迅接受与佐藤春夫脱离不了关系，却背离了佐藤
春夫译介鲁迅的初衷。从龙瑛宗将鲁迅与高尔基、摩尔根相提并论这
个细节来看，这"其实不止反映作者个人阅读的偏好，同时也暗示了
当时殖民地青年的左翼阅读经验"③。这可以从另一方面得到证实。
《植有木瓜树的小镇》发表后，入选了《改造》杂志的有奖征文，
"被认为是以无产阶级知识分子的恋爱观、经济观等主题，用俄国文
豪契诃夫的笔触，把台湾的地方特色百分之百表现出来的杰作。……
访问龙瑛宗君，他谦虚地说道：'我喜欢鲁迅、契诃夫、屠格涅夫、
牧野伸一等人的作品。我想今后当更加努力，希望能写出不辜负大家
期待的作品。'"④ 而评委叶山嘉树也认为这篇小说"不是唱着台湾人
的悲哀，是唱着这个地球上被虐待阶级的悲哀。这种精神共通于普希
金，共通于高尔基，共通于鲁迅，也共通于日本的普罗作家"。并因
此，叶山嘉树推荐这篇作品入奖。这种评价自然也会反过来影响龙瑛
宗本人对鲁迅的评价。1940 年，龙瑛宗在《文艺首都》（第 8 卷第
10 号）发表《两篇〈狂人日记〉》，高度评价鲁迅文学的抗议精神，
"鲁迅边写抗议边写《狂人日记》。所谓绝望就是不认为有未来；所
以抗议就是为了相信未来而不舍希望"⑤。他"面对残酷的现实，一
直到死亡的前刻，始终过着非妥协的、凄怆的生涯。……要探究鲁迅

---

① ［日］冈崎俊夫：《日本的鲁迅观》，岩波书店 1978 年版。转引自南海《佐藤春夫
眼中的鲁迅文学》，《大连民族学院学报》2005 年第 4 期。

② 靳丛林：《鲁迅与佐藤春夫》，《鲁迅研究月刊》1992 年第 8 期。

③ 王慧珍：《殖民地作家的文化素养问题：以龙瑛宗为例》，载《后殖民地东亚在地
化思考：台湾文学场域》，台湾文学馆 2006 年版，第 51 页。

④ 龙瑛宗：《龙瑛宗全集》第 8 卷，台湾文学馆筹备处 2006 年版，第 198 页。

⑤ 龙瑛宗：《龙瑛宗全集》第 5 卷，台湾文学馆筹备处 2006 年版，第 60 页。

的焦躁，就必须探究当时中国现实社会"①。这种对于鲁迅"反抗绝望"的精神状态和鲁迅精神状态与中国现实之深刻关系的理解，几乎已经达到同时期中国大陆的高度。

韩国的金史良通过日本的文学刊物读到作品后致信龙瑛宗，表示"鲁迅是我喜欢的那一型，我觉得他很伟大，希望兄台能成为台湾的鲁迅。我这样讲或许有些冒昧，但是我的意思就是希望兄台以鲁迅的方式，从事广泛文学的工作。"在信中，金史良表示赞同于龙瑛宗对其《在光芒中》②的批评，即如何地为殖民地被压迫人民写作，而不是写"针对内地人（指日本人——笔者注）的作品"。在金史良看来，他和龙瑛宗这样的殖民地作家面临的共同烦恼是"传统这个问题"，是不知道"掺杂着自己血汗传统的精神，到底在哪里？这实在是非常重要，是无法抗拒不去意识他的存在的"。殖民地的作家"应该将传统忠实地表达出来，建立自己的新文学"③。这是金史良读过龙瑛宗的作品后所得的感想，他从龙瑛宗的作品中读出的中国文学传统显然带有殖民抵抗的色彩。

尽管龙瑛宗经由佐藤春夫接受鲁迅，却超越了佐藤春夫对鲁迅精神"风马牛不相及"的理解，从一个殖民地作家的立场上接受了鲁迅的左翼抗争精神，保持了鲁迅精神的内核。

### 六　台湾青年的大陆"鲁迅经验"

除了考察鲁迅的作品和关于鲁迅的信息如何在台湾岛内产生反响之外，台湾知识分子如何在台湾岛外阅读鲁迅并接受鲁迅的影响，也应该成为研究的关注点。这一时期，在大陆的台湾青年仍然以间接的方式与鲁迅连上线，他们中的代表是张我军④、林金波、钟理和、蓝明谷。他们在大陆了解鲁迅的经历，为丰富光复后台湾文学中的鲁迅

---

① 龙瑛宗：《龙瑛宗全集》第5卷，台湾文学馆筹备处2006年版，第62页。

② 金史良的这篇小说发表于《文艺首都》1939年10月号。

③ 转引自下村作次郎《战后初期台湾文坛与鲁迅》，载中岛利郎编《台湾新文学与鲁迅》，前卫出版社2000年版，第141—142页。

④ 由于张我军在大陆有长达二十余年的文化活动，其鲁迅接受的经验复杂而丰富，因此将在第二部分第二章进行专门探讨。

传统做出重要贡献。

　　林金波是板桥林家子弟，① 1914 年生于厦门，1933 年考入厦门大学理学院，参加"鹭华文艺社"，并以笔名在《鹭华》杂志发表作品。翌年赴上海拟投考圣约翰大学。1935 年其父去世时返台奔丧，后常往返于海峡两岸。1945 年，他在台北的《前锋》创刊号发表《学习鲁迅先生》一文，文中说他没有见过鲁迅，但是"从先生的著作里受到了无数的启发、无数的教导"。在回台湾奔丧时，得知鲁迅去世的消息后，"我说不出的悲痛，我悄悄地读着那无数作家的一字一字血泪的纪念文章"，流下了"热烈而感动的泪"。尽管林金波与鲁迅没有见过面，但却以一种间接的方式与鲁迅联系上了。林金波往上海投考圣约翰大学，寄住在离内山书店不远的北四川路的族人家中，于是鹭华文艺社就委托林金波将《鹭华》杂志送到内山书店，由内山书店转交鲁迅先生。后来，从鲁迅为《中国左翼文艺定期刊物编目》增补《鹭华》月刊一条来看，鲁迅已经看到了刊物。由于当时《鹭华》"只在厦门及几个城镇发行，没有寄到省外去"，因此，鲁迅应该是通过林金波和内山书店才看到《鹭华》杂志的。据朱双一的研究，"林金波的这种'鲁迅情结'在学生时代就已经形成"，他"在 20 岁前的青少年时代，就广泛接触了与鲁迅有关的各种左翼的文艺报刊和书籍"。在林金波的文章中，也有引用鲁迅文字对《解放了的堂吉诃德》进行评析的记录。林金波在《鹭华》上发表的部分作品，也明显带有左翼文艺理论影响的痕迹。由于这一经历，光复后的林金波率先在台湾提倡鲁迅精神。

　　蓝明谷是从左翼立场接受鲁迅并践行革命的台湾青年的典型。蓝明谷 1919 年出生于台湾南部的冈山，早年就对文学和历史有兴趣。1938 年从师范学校毕业后，被分配到屏东的枋撩公学校任教，1941 年，蓝明谷来到东京与其胞弟蔡川燕会合。1942 年，蓝明谷因思慕祖国大陆，而在东京报考日本政府在北平设置的东亚经济学院，得以来到北平。蓝明谷对鲁迅作品的阅读，至少从东京时期就已经开始。

---

　　① 关于林金波的情况，笔者参考了厦门大学朱双一、张羽《海峡两岸新文学思潮的渊源和比较》一书相关章节的研究成果。

据蔡川燕回忆，"大哥蓝明谷向来就非常喜欢研读鲁迅的作品；在东京时，只要在内山书店看到有关鲁迅的书，他一定买下来，寄给大哥。"① 由此细节也可以看出，在沦陷区（殖民地）鲁迅对中国人而言是一个禁忌。也正因为如此，蓝明谷的"左倾"，便不意外。从光复后蓝明谷留下的文字来看，蓝明谷的鲁迅理解具有鲜明的左翼特征，是当时鲁迅接受潮流中的一个典型个案。在《鲁迅与〈故乡〉》一文中，称赞鲁迅为反帝反封建的永不妥协的战士，是一直战斗到最后的，"在民众队伍中，理解民众，运用文字与民众共同进行斗争的'小兵'"。蓝明谷于 1946 年返回台湾，1947 年 8 月将鲁迅《故乡》翻译为日文，由现代文学研究会出版中日文对照版。除了从事文化工作外，蓝明谷还在鲁迅战斗精神的感召下进行实际的革命工作，参与"基隆中学支部"的组建和《光明报》的发行。"基隆中学案"被侦获后，蓝明谷为当局所捕获，于 1950 年遇难。

蓝明谷的好友钟理和早在少年时期就阅读鲁迅等新文学作家的作品并走上创作道路，后因追求爱情经日本来到中国大陆，生活艰辛中仍未放弃对文学的热爱。在北平与蓝明谷相识，一起阅读并讨论鲁迅作品。钟理和这一时期的日记显示了鲁迅对其思想的影响，在创作上则表现于 1945 年马德增书店出版的具有国民性批判思想的小说集《夹竹桃》。不过，钟理和只是从文化批判的角度、而非从左翼立场接受鲁迅。光复后，病中的钟理和越来越进入鲁迅的文学心灵，倾心于经营自己的文学园地，又创作了一系列表现台湾农村风貌的作品，其中"故乡"四篇，深受鲁迅《故乡》的影响，被认为"是鲁迅的同名小说《故乡》的'延长和扩大'"②。钟理和以其独特的方式在 1945 年以后的台湾鲁迅接受史中扮演了重要角色，这将在下一部分有详尽阐述。

从 1928—1945 年台湾的鲁迅接受状况来看，近代以来还没有哪

---

① 蓝博洲：《消失在历史迷雾中的作家身影》，联合文学出版社 2001 年版，第 282 页。
② ［日］泽井律之：《两个故乡》，叶蓁蓁译，载应凤凰编《钟理和论述》，春晖出版社 2004 年版，第 353 页。

一个东亚作家能够像鲁迅这样紧密地将台湾、日本和大陆三地之间的文学紧密地联系在一起,形成一个以其为中心的文化场域。在这个场域中,殖民地台湾对于祖国作家鲁迅的了解要透过日本甚至朝鲜作家的介绍等间接方式才得以完成,但无论如何,台湾知识分子还是在新的历史与文化语境中对鲁迅做出了符合反殖民要求,同时也符合鲁迅精神的理解。历史地看,1928 年之后,台湾文坛开始由前期关注鲁迅的小说转向更重视鲁迅的杂文以及与杂文紧密相关的抗争精神,以此形成文化上的反殖民论述,并为 1945 年以后台湾文坛掀起的“鲁迅风潮”做好了准备。

# 第二章　光复初期（1945—1949）

## 第一节　光复初期台湾"鲁迅风潮"的两种传统

鲁迅自身的丰富内涵导致了对鲁迅的复杂解读，由不同的解读历史所形成的不同的"鲁迅传统"，成为中国现代文化史上的重要精神现象。1945—1949 年是中国现代史上仅有的大陆与台湾"统一"的四年，两岸文化抓住契机进行了隔绝半世纪后的充分对话，在此过程中，两岸在各自不同的社会语境下所形成的"鲁迅传统"也在这一波的文化交流热潮中相互激荡、碰撞，对于当时台湾文化、文学的发展及其后来的走向产生了重要影响。

### 一　光复前两岸"鲁迅传统"发展脉络及其交点

1928 年爆发创造社、太阳社与鲁迅的论战，革命左翼由此开始他们的"鲁迅传统"的建构历程。之后经过冯雪峰、瞿秋白、毛泽东、胡风等人的努力，把三四十年代的左翼马克思主义学派的鲁迅研究进一步推进。与此同时，以李长之为代表的"人生—艺术"派的鲁迅研究，以梁实秋、苏雪林为代表的英美派自由主义知识分子的鲁迅研究也在这三者的相互区别中形成了各自思想立场上的"鲁迅传统"①。抗战胜利后，因国家政治道路的选择和时代形势的急剧变化，从 20 年代开始曾从不同立场评价过鲁迅的"人生—艺术"派与英美派自由主义知识分子，一部分因找不到发表其特殊言论的

---

① 此处对鲁迅研究流派的划分，参见王富仁《中国鲁迅研究的历史与现状》，福建教育出版社 2006 年版，第 25—73 页。

空间而失声，一部分转变立场汇入以马克思主义学派为主导的左翼话语之中。

尤其是从鲁迅逝世开始，中国共产党人就把对鲁迅进行诠释的话语权牢牢把握在自己手中。之后又经过"延安文艺座谈会"及文艺界的"整风"运动，共产党在解放区已经基本确立了具有明确阶级规定性的"大众文学"的观念。毛泽东十分清楚鲁迅在革命文艺乃至文化发展进程中的重大作用，因此其鲁迅论始终立足于新民主主义这一新的意识形态上并为此服务。"毛泽东对作为文学家的鲁迅的论述都具有非常强烈的革命色彩，其间具有一以贯之的政治性特征。"从而导致作为革命家的"鲁迅"形象的浮现，"并且以其不可阻遏的力量最终出现在延安文学界乃至政治—文化界的视野中"①。抗战胜利前后，延安文艺精神开始向国统区进步文艺界传播并取得了实质性的成绩。此时全国范围内的鲁迅论述都表现出左翼话语驱策之下对"鲁迅精神"的重构与再释。比如，1946 年在全国范围内大规模纪念鲁迅逝世十周年时，《文艺春秋》第 3 卷第 4 期的"要是鲁迅先生还活着……"专题下的一组文章"都在不同程度地体现出《中国共产党中央委员会为纪念"七七"九周年宣言》中的内容"②。同样，上海的另一份重要刊物《文艺复兴》第 2 卷第 3 期的纪念特辑中《阿 Q 问答》《鲁迅——坚韧的民主文化的斗士》《论大众化问题纪念鲁迅》等文章，也与延安文艺精神相符合。甚至国民党中宣部直属的《中央日报》也受大环境影响而表现出某种程度的"左倾"，于 1947 年 11 月 26 日的"中央副刊·文豪片语"栏登出鲁迅名言"真的勇士，敢于面对惨淡的人生，敢于正视淋漓的鲜血"③。同样强调鲁迅面对黑暗现实的斗争精神。总体而言，1945—1949 年文化界理解与塑造的"鲁迅形象"承续了左翼的鲁迅论并因此而高度趋同化。

---

① 袁盛勇：《延安时期"鲁迅传统"的形成》，《鲁迅研究月刊》2004 年第 2 期。

② 葛涛：《鲁迅文化史》，东方出版社 2007 年版，第 117 页。

③ 原文如此，与《鲁迅全集》中的表述稍有出入。另外需要说明的是，笔者查阅 1928 年 2 月创刊至 1949 年 3 月迁台期间的《中央日报》，涉及鲁迅的文章凡四十余篇，多数皆以"先生"敬称之。

在台湾，从 1925 年 1 月 1 日《台湾民报》对鲁迅的介绍及其作品的转载开始，台湾文化界将鲁迅的作品作为新文学的典范而接受。蔡孝乾发表于《台湾民报》的《中国新文学概观》（第 3 卷第 12—17 号，1925 年 4 月 21 日—6 月 11 日）中关于鲁迅《呐喊》的评述文字，是台湾第一次出现的关于鲁迅的评论，成为台湾"鲁迅传统"建构的先声。20 世纪 30 年代以后，台湾对鲁迅思想与左翼文艺理论的吸收，主要是通过日本综合杂志与左翼文化阵线翻译、评论、出版等传播鲁迅的渠道。除了对鲁迅作品的直接转载与阅读，台湾文化界还通过登上日本杂志的台湾作家购读鲁迅的中文作品，或是阅读日文译本以及日文杂志上的鲁迅介绍来了解鲁迅。日本侵华战争爆发后，为了有效配合日本的东亚战争，日本殖民政府在台推行"皇民化"政策，禁止使用汉文写作、出版刊物，此时转载鲁迅的作品已不可能，甚至连鲁迅的名字也很少被提起。1937—1945 年，只有龙瑛宗 1937 年 4 月在发表于日本左翼刊物《改造》上的《植有木瓜树的小镇》中描写林杏南的长子述及"佐藤春夫读鲁迅的《故乡》，却深受感动。……真想读《阿 Q 正传》"[1] 却没有钱买云云。另外龙瑛宗在 1940 年 12 月的《文艺首都》（第 8 卷第 10 号）发表《两篇狂人日记》，比较了果戈理和鲁迅的《狂人日记》。

回顾 20 世纪 20 年代初发起的台湾新文化运动，前期主要着重文化启蒙运动，到 1927 年以后，新文化阵营因社会政治运动的观念分歧而分裂为民族运动与阶级运动两条路线。左派青年强调阶级利益，右派则主张民族觉醒运动。尽管分裂给台湾新文化运动造成重大损失，但分裂后的两条路线因异族的殖民统治实际上仍然面临着共同的文化与政治课题。二者的迫切任务都在于反抗帝国主义的殖民统治，分歧只在于达成这一目标的途径。就左派而言，他们通过日本左翼文化刊物获得对中国大陆反帝的无产阶级革命的认知，在接受"普罗文艺"观念的同时接受了"左翼鲁迅"的形象。左翼的杨逵在日据时期就因阶级论立场上的"弱小民族文学"论而与鲁迅及其学生胡风

---

① 龙瑛宗：《龙瑛宗集》，前卫出版社 2000 年版，第 65—66 页。

产生过间接的精神对接①，在三四十年代不止一次地表达了对鲁迅革命的"战斗精神"的崇敬。右派则从文化精英的立场认定鲁迅的价值，重视鲁迅对民族精神的改造与重塑，他们眼中的鲁迅主要是作为启蒙者形象而存在的，如1930年，叶荣钟曾从精英主义的立场肯定《阿Q正传》对于平民所具有的启蒙价值，从其对《阿Q正传》的评价来看，路线偏右的叶荣钟尽管认识到鲁迅的"左倾"，但还是能够清晰地辨析鲁迅与周扬、郭沫若等人的不同，从而在与左翼"鲁迅形象"的区别中显示出这种认识的价值与意义。倘若以鲁迅后来在"两个口号"论争中表现出的宏阔视野反观台湾左、右两派的分歧，双方看似矛盾的文学观却可以统一在鲁迅提倡的"民族革命战争的大众文学"之下。因此，左、右两派尽管观念迥异却同样推崇鲁迅并非巧合，乃是鲁迅思想的丰富性与包容性使然。事实上，左派所推崇的无产阶级"普罗文学"观念，和右派的启蒙主义"平民文学"观念是"源于'文艺大众化'的不同认知而各自主张的文学路线"②，成为三四十年代台湾左右翼知识分子共同追寻的价值。日据时期台湾知识者对于鲁迅的认知形成表面分歧之下的内在一致性，表达了左右翼共同的反殖民诉求。及至光复后，日据时期台湾形成的"鲁迅传统"在大陆来台人士的带动下，形成声势浩大延续数年的"鲁迅风潮"。

## 二　两岸文化汇流中的鲁迅传播

1945年10月25日是首个"台湾光复日"，这一天，由"台湾留学国内学友会"创办、廖文毅主编的《前锋》创刊号出版。在这个极具历史意义的时刻，台湾文化人首先想到的是鲁迅先生。木马（林金波）《学习鲁迅先生》一文通过对鲁迅的追念呼应本期其他文章表

---

① 鲁迅多年来致力于关注朝鲜、中国东北及台湾等被日本侵略与殖民统治的"弱小民族（地区）文学"。受此影响，胡风在1936年前后翻译了杨逵的《送报夫》，并收入胡风编译的《山灵——朝鲜台湾短篇小说集》（上海文化生活出版社1936年4月版）、《弱小民族小说选》（上海生活书店1936年5月版）。单篇的《送报夫》则发表于上海的《世界知识》第2卷第6号（1935年6月）。

② 赵勋达：《文艺大众化的三线纠葛——一九三〇年代左、右翼知识分子与新传统主义者的文化思维及其角力》，博士学位论文，成功大学，2009年，第345页。

达了回归祖国的兴奋之情。林金波在大陆学习、生活多年并曾通过内山书店赠鲁迅《鹭华》杂志。此时身在台湾的林金波"相信在今年的十月十九日的这一天，在祖国各地应有热烈纪念大会召开。无论是在延安的鲁迅艺术学院作中心，就是上海的万国墓地的鲁迅先生墓上当有壮烈盛大的祭典和凭吊。"他说："虽然在今年的忌辰纪念，我们来不及举行盛大纪念会。我相信不久将来，台湾省会普遍广泛地发扬鲁迅先生的遗教和他的伟大精神。"① 就在林金波感慨台湾来不及举行鲁迅逝世九周年纪念活动的时候，上海、北京、长春、重庆、延安、张家口等地都举行了盛大的鲁迅纪念活动，各界都发表了纪念鲁迅逝世九周年的文章。

此后，大陆持续出现与鲁迅相关的文化活动，包括出版鲁迅著作、发表纪念文章及进行纪念活动等，直到 1946 年 10 月鲁迅逝世十周年时达到高潮，其中又以上海最为热烈，成为这一时期鲁迅论述的中心，全国半数以上关于鲁迅的文章都发表于上海的刊物。② 抗战的八年间，上海文化界的鲁迅传统得到了较好的延续，因而当战后并未实现人们美好的预期，反而暴露出各种尖锐的社会矛盾时，文化界能够迅速召唤起鲁迅式的批判与战斗精神加以应对。此时中国的文化中心已经由重庆"迁回"上海，作为东南乃至全中国的文化中心，上海以其强劲的文化辐射力，在两岸交流中起着举足轻重的作用。这里尤其需要提及的是上海重要的左翼刊物《文艺春秋》及其主编范泉所具有的代表性意义。范泉早在《文艺春秋》月刊的前身《文艺春秋丛刊》的第二辑"星花"上就译刊了台湾作家龙瑛宗的《白色山脉》，表达了大陆文化界对台湾文学的特别关注，并因 1946 年 1 月在上海《新文学》发表《台湾文学论》而被誉为大陆的台湾文学研究第一人。③ 1948 年范泉还翻译、发表过杨云萍的二十首诗歌（见《文艺春秋》第 6 卷第 4 期），并积极鼓励和扶掖后来被杨逵称赞为

---

① 木马：《学习鲁迅先生》，《前锋》创刊号，1945 年。

② 张梦阳：《中国鲁迅学通史（索引卷）》，广东教育出版社 2002 年版，第 153—159 页。

③ 陈辽：《范泉：大陆研究台湾文学第一人》，《福建论坛（人文社会科学版）》2001年第 1 期。

"'台湾文学'的一篇好样本"① 的《沉醉》的作者欧坦生。后来《文艺春秋》作者群中的黄荣灿、李桦、荒烟、欧坦生等人来到台湾从事文化活动，或如田汉、景宋（许广平）、陈烟桥等本人未到台湾却持续在台湾的报刊上发表文章，这些恐怕与范泉对台湾文学的特别关注不无关系。

从 1946 年开始，大批文化人士来到台湾，呼应大陆的文化活动，掀起了林金波期待和预言的大规模的纪念和学习鲁迅的文化活动，形成现代台湾文化史上罕见的"鲁迅风潮"。这批文化人中有鲁迅的好友许寿裳，曾和鲁迅关系密切的楼宪、李何林、雷石榆、台静农等人，也有曾得到鲁迅当面或书信指导的罗清桢、李桦，还有与鲁迅没有直接联系但与左翼文化界密切相关、后来在台湾大力宣传鲁迅的黄荣灿等人。这场由大陆文化人发动并持续数年的鲁迅热潮得到杨守愚、龙瑛宗、杨逵、杨云萍等台湾本省籍文化人的积极响应和声援，并在双方的共同努力下不断推向深入。据不完全统计，1946 年 9 月到 1948 年 7 月，在《和平日报》《台湾文化》《文化交流》《国声报》《天南日报》《民报》《民族报》《中华日报》《台湾新生报》《民声日报》《正气中华》等报刊上，共刊载与鲁迅相关的文章六十余篇，翻译出版鲁迅著作五部，使大陆的左翼"鲁迅传统"在台湾得到充分传播。②

这些文章中，相当一部分转载自大陆的刊物，表明两岸文化的直接交流。如《台湾文化》（第 1 卷第 2 期）上发表的陈烟桥《鲁迅先生与中国新兴木刻艺术》一文，前半部分为上海《文艺春秋》第 3 卷第 4 期《鲁迅与中国新木刻》的一部分。万歌译《斯茉特莱记鲁迅》转载自中共上海地下党刊物《文萃》。陈烟桥的版画《鲁迅与高尔基》最初发表于上海《文艺春秋》2 卷 4 期（1946.3.15），《和平

① 杨逵：《"台湾文学"问答》，《台湾新生报·"桥"副刊》1948 年 6 月 25 日。

② 关于当时鲁迅著作的出版情况及《和平日报》《台湾文化》《文化交流》《中华日报》《台湾新生报》上涉及鲁迅的文章的发表情况，已有朱双一、徐秀慧等做过详细考证与梳理，本书不再赘述，请参见朱双一、张羽《海峡两岸新文学思潮的渊源和比较》（厦门大学出版社 2006 年版）、徐秀慧《战后初期（1945—1949）台湾的文化场域与文学思潮》（稻乡出版社 2007 年版）的相关章节。关于《国声报》《天南日报》《民族报》《民报》《民声日报》等报纸上与鲁迅相关的文章，将在后文涉及。

日报》"每周画刊"第七期（1946.10.20）转载时仅将题名改为《高尔基与鲁迅》。柳亚子《卅五年九月廿五日为鲁迅先生六十六岁生朝纪念敬献一律》（《和平日报》"新世纪"第 69 期，1946.10.20），原题《鲁迅先生六十五岁生朝纪念，敬献诗一律》，收入其《鲁迅先生九周年祭》一文而发表于 1945 年 10 月 20 日上海《大公晚报》。发表于《人民导报》"艺文"创刊号的叶圣陶《抗战八年木刻选集·序》一文初刊于上海开明书店出版的《抗战八年木刻选集》（1946 年 9 月）一书。还有一些文章几乎同时在大陆与台湾的刊物上出现。《关于鲁迅精神的二三基点》一文乃是胡风 1937 年为鲁迅逝世一周年作，1946 年 10 月 18 日重刊于上海《希望》，次日再刊于台中《和平日报》。1946 年 10 月 14 日，许寿裳《鲁迅的德行》一文发表于上海《侨声报》，一周后的 10 月 21 日，此文又在《和平日报》"新世纪"副刊发表。这表明两岸文化进程已经高度同步。

另有证据表明此时两岸文化交流的双向性特征。比如《台湾文化》第 2 卷第 5 期（1947.8.1）发表了此时已来到台湾的李竹年（李何林）的《读中国文学史纲》，编者在"编后记"中交代："这篇在《文艺春秋》的六月号，已有发表过，但是本志不是从《文艺春秋》转载的；李先生的大稿，假如本志没有受到二二八事件的影响，它的刊出，当更早于《文艺春秋》。"① 考虑到李何林此时人在台湾，可知一方面大陆文化界能够获得在台人士的文稿；另一方面，台湾文化界也能够及时从《文艺春秋》这样的大陆刊物上获取文化信息。20 世纪 90 年代，当曾健民等学者在台湾各大图书馆遍寻《和平日报》而不得，厦门大学教授朱双一却在北京的国家图书馆找到光复后于台中发行的《和平日报》。湮灭在台湾动荡与变革的历史进程中的《和平日报》，却因流转到大陆而有幸得以保存，这也显示了当时两岸文化交流的状况。

在两岸文化如此顺畅而充分的双向交流中，两岸不同文化语境下形成的"鲁迅传统"有了对接与融合的可能性。

---

① "编后记"，《台湾文化》1947 年第 5 期。

### 三 "鲁迅传统"的对接与错位

在大陆，由于 1945 年前后延安话语向国统区的传播，左翼的鲁迅阐释成为鲁迅传统建构的主导方向：抗日战争胜利后的大陆文化界普遍重视作为"革命家""思想家"的鲁迅，其建构主要着眼于突出鲁迅的"导师"身份与强调其"战斗"精神。无论左翼内部的鲁迅观因宗派主义或文学思想的分歧有何种矛盾，但在这样两点上却并行不悖，在推举其思想的文化领导地位（如毛泽东的"圣人"说）的同时发掘其"战斗精神"（如胡风的"主观战斗精神"说）。大陆左翼"鲁迅传统"的建构源于代表不同阶级的政治集团相互斗争的文化需要，其鲁迅观始终脱离不了阶级论的立场。对鲁迅的解释往往偏离鲁迅自身的思想逻辑而被强行纳入政治化的"文艺大众化"轨道，刻意回避甚至批判鲁迅思想中的精英主义成分。早在 20 年代末鲁迅与创造社、太阳社的论战中，钱杏邨就宣布"阿Q时代的死去"。在抗日战争胜利后新一波的鲁迅热潮中，辛笛的《阿Q问答》又一次回应了钱杏邨，认为无产阶级的革命文化促使"阿Q们"新生为具有强烈反抗意识的"新生代的阿Q"。[1] 蒋天佐《论大众化问题纪念鲁迅》一文则意图调和鲁迅的启蒙精英姿态与大众化的革命文化之间的矛盾，但同时又以"普罗文艺"的"文艺大众化"理论消解作为启蒙者的鲁迅的意义。[2] 这样的"鲁迅形象"随着大陆左翼文化人士的陆续到来在台湾得到大范围的传播，显示了左翼话语进入台湾后意图以"鲁迅"为文化资源而与台湾左翼文化人对接并获得实际的文化话语权的努力。

然而，在台湾的殖民地语境下，鲁迅思想的启蒙意义与"大众化"的文艺方针并无扞格。在台湾，"文艺大众化"的价值取向更趋近于民族性的认同，"它从被殖民话语贬抑的台湾人民与传统文化身上汲取资源，并转化成抵抗殖民话语的论述与文学实践"[3]。由于

---

① 辛笛：《阿Q问答》，《文艺复兴》1946 年第 3 期。

② 蒋天佐：《论大众化问题纪念鲁迅》，《文艺复兴》1946 年第 3 期。

③ 赵勋达：《文艺大众化的三线纠葛——一九三〇年代左、右翼知识分子与新传统主义者的文化思维及其角力》，博士学位论文，成功大学，2009 年，第 351 页。

"文艺大众化"一词隐含着以人民为依归的价值取向，很容易便与民族性、大众性这样的概念相结合从而衍生出抵殖民的内涵。在抵殖民的意义上，鲁迅战斗精神得到了日据台湾左翼知识者阶级运动立场及右翼知识者民族运动立场上的共同推举。以此为基础，光复后大陆在台文化人士积极塑造的作为"战士"的鲁迅形象，在台湾的文化人那里得到热烈响应，对鲁迅"战斗精神"的充分强调与台湾的"鲁迅传统"相对接，"起到了联合两岸知识者结成统一战线的作用"①。就台湾文化人而言，他们在自己主持的刊物上大量刊发关于鲁迅的文章的同时，自己也身体力行创作文章纪念鲁迅。比如杨逵在 1946 年 10 月 19 日当天，就同时在《中华日报》《和平日报》发表《纪念鲁迅》一诗的日文、中文版，尽管两个版本略有不同，但主要观点都旨在表达杨逵所理解的鲁迅"针对恶势力""敢骂又敢打"的战斗意志，并声称鲁迅不死、鲁迅精神长存。1947 年，杨逵从阶级论的角度重新强调鲁迅的战斗精神，指出鲁迅"经常作为受害者与被压迫阶级的朋友，重复血淋淋的战斗生活"。事实上叶荣钟在 1932 年就引述日本进步文化人林守仁（山上正义）的话，说鲁迅现在的状况"是用手写还不及用脚跑的忙"，从而"感到压迫言论之可恶"，并"期待于不远的将来能够接到鲁迅先生左倾后的新作品"②。战后，龙瑛宗又说鲁迅的文学生涯是"用手写还不及用脚跑的忙"，并指出鲁迅作品中"具威势且一针见血的杂文比整合性的长篇来得更多"③，明确认识到鲁迅战斗性杂文的价值。龙瑛宗观察到鲁迅对文学体裁的独特选择，这背后隐含的他对鲁迅斗争精神的深刻体认是不言而喻的。由此可见，尽管两岸"鲁迅传统"的形成机理、所要应对的历史任务不尽相同，但对鲁迅"战斗精神"的把握却相当一致，在光复后的台湾融合并共同发挥着积极的作用。

需要指出的是，由于日据时期两岸文化交流的隔绝尤其是政治境遇的不同，从殖民时代走出的台湾知识分子对于大陆国共两党的政治

---

① 徐秀慧：《战后初期（1945—1949）台湾的文化场域与文学思潮》，稻乡出版社 2007 年版，第 274 页。

② 擎云（叶荣钟）：《文艺时评·关于鲁迅的消息》，《南音》1932 年第 3 期。

③ 龙瑛宗：《中国新文学动向》，《中华日报》1946 年 8 月 15 日。

斗争并无认识，因此，他们在继承鲁迅战斗精神的同时，没有对同样为大陆左翼"鲁迅传统"所提倡的"鲁迅精神"的政治"方向性"意义做出响应。倘若从引导台湾文化发展的"方向性"来考虑，许寿裳的鲁迅论对刚刚摆脱殖民统治的台湾社会具有更现实的意义。与党派化的具有政治意味的"导师"形象的倡导不同，许寿裳在光复后的台湾将鲁迅树立为具备中国文化精神的现代人物，并在此意义上将鲁迅称为"青年的导师"①。细致分析许寿裳赴台前后所撰写的关于鲁迅的文章，会发现其间有着细微的差别，与前面主要是作为一个朋友的往事回忆不同，到台湾后的文章少了具体事件的回忆而多了一些概括性的论断。比如用诚爱、勤劳、谦虚、坚贞②等发掘鲁迅精神中的"大爱"，注意到"鲁迅自身与儒家'仁爱'、'知其不可为而为之'等传统的内在精神联系"③。意在借鲁迅言说中国文化的精神，传播民族传统之精髓，暗示一种与国民党恶性的文化政策不同的较为温和、健康的"中国化"道路。与此同时，许寿裳还将鲁迅作为"五四"启蒙运动的代表，借此向光复后的台湾文化界传递"五四"新文化运动的启蒙精神："我们想我们台湾也需要有一个新的五四运动，把以往所受的日本遗毒全部肃清，同时提倡民主，发扬科学，于五四时代的运动目标之外，还是要提倡实践道德，发扬民族主义。"④许寿裳的鲁迅论在与同时期的左翼"鲁迅形象"的区别中显示出了它的意义与价值，并因契合台湾文化的历史与现实需要产生重要影响。台湾对许寿裳的鲁迅阐释的接受有其历史和现实的基础。日据时期的台湾文化界借助中国民族精神对抗日本殖民文化自不必说，对鲁迅启蒙意义的强调也从未间断。叶荣钟曾从精英主义的立场指出《阿Q正传》的启蒙价值，有人宣言"阿Q的时代是死去了的"，"但

---

① 许寿裳：《鲁迅和青年》，《和平日报·"新世纪"副刊》1946年10月19日。
② 许寿裳：《鲁迅的德行》，《和平日报·"新世纪"副刊》1946年10月21日。
③ 孙玉石：《"民族魂"的知音——重温许寿裳对鲁迅阐释的一个侧面》，《鲁迅研究月刊》1998年第6期。
④ 许寿裳：《台湾需要一个新的五四运动》，《台湾新生报·"桥"副刊》1947年5月4日。

《阿 Q 正传》不应因此而失掉他的光辉和价值"①。杨云萍在光复后也曾回忆了 1924 年前后台湾文坛对于鲁迅及其作品的引介，指出作为"启蒙者"的鲁迅对于台湾的深远影响，并在对光复后的台湾社会进行深入分析后，得出鲁迅在台湾开创的"启蒙"事业"永是存在"②的结论，表现出与"许氏鲁迅"的对接。但是，两岸文化人这场通过"鲁迅"在后殖民时代台湾进行的精神对话，却因许寿裳的被害、国民党政府恶性的"中国化"政策而无法得到更进一步的展开。

## 四　鲁迅精神的"在地"转换

除了将许寿裳的鲁迅论与左翼"鲁迅传统"相区分外，左翼内部的鲁迅论也需要更为细致的考辨。胡风的鲁迅论就与左翼内部其他流派对鲁迅的阐释大不相同，其写于 1937 年鲁迅逝世一周年的《关于鲁迅精神的二三基点》一文，高度赞扬鲁迅"心""力"结合的精神特点，指出"这是一个伟大战士的基本条件，也是一个伟大艺术家的基本条件"③。此文在 1946 年的上海和台湾同时重刊以强化对鲁迅战斗精神的言说，但似乎没有人注意到胡风同时也说"有的人当战斗的时候，……只能凭一股热血，但鲁迅则不然"。在胡风看来，鲁迅的价值并不仅在于其"战士"的身份，更在于与他的"心"（思想）相联系的战斗的方式。

尽管当时无人对胡风文中潜藏着的这种鲁迅阐释方向做进一步的发展，但基于在日据时代就形成的对鲁迅韧性战斗精神的理解，两岸文化人却在这场持续数年的文化交流过程中通过共同的文化实践，面对鲁迅所谓的阴面的"战法的五花八门"，自觉实践出了具有鲁迅式"壕堑战"意味的斗争策略。鲁迅主张打"壕堑战"，斗争中要善于保护自己。他曾告诫青年在编辑刊物时"万勿贪一种虚名，而反致不能出版，战斗当首先守住营垒，若专一冲锋，而反遭覆灭，乃无用之

---

① 叶荣钟：《中国新文学概观》，见《叶荣钟早年文集》，晨星出版有限公司 2002 年版，第 243 页。

② 杨云萍：《记念鲁迅》，《台湾文化》1946 年第 2 期。

③ 胡风：《关于鲁迅精神的二三基点》，《和平日报·"新世纪"副刊》1946 年 10 月 19 日。

谋，非真勇也。"① 杨逵对此深有体会，他说鲁迅"固然忙于用手笔耕，有时更忙于用脚逃命。说是逃命，也许会令人觉得卑怯，但是，笔与铁炮战斗，作家与军警战斗，最后，大部分还不得不采取逃命的游击战法"②。显示了殖民统治下进行文化抗争的台湾知识分子对于鲁迅战斗策略的深刻体认。从《新知识》的被查封到《文化交流》的创刊也可以看出杨逵等台湾知识分子对此的认知。

《新知识》月刊创刊于 1946 年 8 月 15 日，由张焕珪出资、王思翔主编，是"一份由台湾文化人出资，而由中国文化人出面组稿的综合性刊物"③。刊物主要选取那些"一般台湾人无法看到的"来自大陆报刊"与官方持不同观点但很有价值的文章和资料"④。因内容触及当局伤疤，仅出一期就被查封。《文化交流》创刊于 1947 年 1 月 15 日，"可说是《新知识》月刊的再现，因为出资人仍是中央书局董事长张焕珪，主编人仍是王思翔，只是加上另一位台籍作家杨逵而已"。"经过《新知识》的失败经验，这次他们更加小心，先请不具色彩的蓝莹与向台中市政府申请成立'文化交流服务社'，以筹备出版书籍及不定期刊《文化交流》。"⑤ 并且将杂志定位为介绍两岸文化的纯文化刊物，刻意回避政治话题，希望此举能够保证刊物的生存"以尽交流作用"。如此一来，《文化交流》的长期出刊是可以预期的，但就在第二期排印之时，发生了"二二八"事件，被迫停刊。

到 1949 年前后，经过一系列的文化斗争实践，台湾知识界对于鲁迅的韧性战斗策略有了更为深入而直接的理解。高仲菲明确指出鲁迅的"战法"是"至今有效的"。作者引用鲁迅在致许广平的第一封信中所概括的"混世法则"：其一，面对人生的"歧路"和"穷途"，

① 鲁迅：《鲁迅全集》第 12 卷，人民文学出版社 2005 年版，第 409 页。
② 杨逵：《鲁迅先生》，见《杨逵全集》第 3 卷，文化资产保存研究中心筹备处 1998 年版，第 31 页。
③ 秦贤次：《〈新知识〉（复刻本）导言》，见《新知识》（复刻本），传文文化事业有限公司，出版年月不详。
④ 秦贤次：《〈新知识〉（复刻本）导言》，见《新知识》（复刻本），传文文化事业有限公司，出版年月不详。
⑤ 秦贤次：《〈文化交流〉第一辑（复刻本）导言》，见《文化交流》（复刻本），传文文化事业有限公司，出版年月不详。

不妨跨进去，"在刺丛里姑且走走"，也未必"全是荆棘毫无可走的地方"；其二，"对于社会的战斗，……挺身而出的勇士容易丧命"，壕堑战"这种战法是必要的"①。

鲁迅不止一次地拒绝当"导师"，要求青年们"寻朋友，联合起来，同向着似乎可以生存的方向走"②，开拓自己的思想道路。两岸文化人在实际的文化斗争实践中继承鲁迅的精神资源，并在继承中寻求新的价值理想、确立自我的实践方向，从而以自己的方式参与社会大变革的历史进程。从这个意义上说，正是这些不依赖于任何现成的思想结果而是通过自我的文化实践在前所未有的大变局中积极寻找前进道路的青年们，才真正从精神上接近了鲁迅。台湾知识者在偏离了大陆左翼"鲁迅论述"中较具政治色彩的一翼的同时，与胡风等偏重学理性的鲁迅论对接，更切近鲁迅思想与精神的本体。

台湾本土文化人因为理解了鲁迅对中国历史、现实与未来的洞悉，从精神上接近了鲁迅，在复杂的历史形势中对鲁迅作出高度评价。杨云萍在《台湾文化》发表文章指出，"我们记念伟大人物，当然不是为满足我们个人的'英雄崇拜欲'，更不是为假装记念伟大人物，而来夸饰我们是个伟大人物的'理解者'"③。因而，纪念鲁迅并非要舐皮论骨、与先生谬托知己，倒是为了继承他的"未竟之志，以尽后死者之责"。作者指出，在鲁迅逝世后的这十年中，"鲁迅生前所憎恶的，似有一部分已经消灭，鲁迅生前所争取的，似乎有一部分，已将见诸实现"④。但作者并未因此而稍有兴奋，而是笔锋一转，立即表现出清醒的、极具反思性的现实批判精神：

> 然而，假使我们从兴奋里醒觉，冷静地思索一下时，那么一定会感觉所谓真理的尊严，以及正义的力量，还未完全回复；鲁迅所嫉恶的"正人君子"，还得意登场，鲁迅所痛恨的"英雄豪

---

① 高仲菲：《周树人的初步混世法》，《天南日报·"三棱镜"副刊》1949 年 4 月 5 日。

② 鲁迅：《鲁迅全集》第 3 卷，人民文学出版社 2005 年版，第 59 页。

③ 杨云萍：《记念鲁迅》，《台湾文化》1946 年第 2 期。

④ 杨云萍：《记念鲁迅》，《台湾文化》1946 年第 2 期。

杰"，还霍霍磨刀，准备着第几次的大屠杀。而鲁迅所最关怀，
所最挚爱的我中国民众，还在过着流离颠沛的惨无天日的生活。
至于鲁迅尽其一生的血泪，所奋斗争取的政治、经济、文化的
"民主"的实现，却还在远处的彼岸。①

这段话无可辩驳地表明杨云萍对鲁迅的作品早已熟稔于心，并能
准确地把握鲁迅作为一个永不止步的批判者的思想基底。这显然有别
于源于特定政治意识形态需要而对鲁迅的神圣化、绝对化。杨云萍发
现随着社会的发展将会不断出现新的变革任务，深刻地理解到鲁迅那
种顽强、执着的批判和否定精神所揭示出来的当下生活的暂时性和局
限性，表明台湾文化界对同时期大陆左翼"鲁迅观"的超越。日据
时期台湾文化界通过中、日文了解鲁迅所形成的优良的"鲁迅传统"
在战后新的发展，在杨云萍身上得到完整的呈现。

### 五 "鲁迅"精神与文化思考的盲点

尽管台湾在日据时期形成的"鲁迅传统"与大陆来台的左翼
"鲁迅传统"在对鲁迅"战斗精神"的共同提倡这一点上发生对接，
起到了联合两岸知识分子共同应对台湾乃至整个中国的问题的作用，
但各个文化群体所关注的焦点却不尽相同，由于话语权的力量对比不
均衡导致关注重心向政府腐败、国共内战等问题倾斜，而"去殖民"
"中国化"等对台湾而言迫切需要解决的问题要么被遮蔽，要么被错
误甚至粗暴地对待。在此背景下考察光复后鲁迅的在台传播，就必须
注意到这样两点。一、大陆的左翼鲁迅论述在将鲁迅文化精神核心的
"批判"置换为更具政治色彩的"斗争"后，一个可信赖的"至圣先
师"和坚定的"阶级斗士"的双重鲁迅形象就浮现出来并通过有效
的文化渗透获得了"方向"性的意义。这样，左翼文化界塑造的
"鲁迅形象"就被斫断了与鲁迅精神本体的联系，"中间物"的概念、
"寻路者"的自况，孤独、寂寞以至悲观、绝望等在鲁迅精神中具有
独特意义的思想范畴被有意忽略。然而鲁迅恰恰就是在这种孤绝、怀

① 杨云萍：《记念鲁迅》，《台湾文化》1946 年第 2 期。

疑的精神状态中才得以深刻认识中国文化的内在机理，而一旦丢弃了鲁迅精神中的这些内容，也等于放弃了鲁迅深邃的文化批判思想得以产生的内在逻辑方式。二、在战后台湾的鲁迅接受系统中，以许寿裳为代表的立场趋于中立、将鲁迅作为中国现代文化精神象征的一脉始终未能得到两岸知识者的足够重视，许寿裳从其鲁迅论中所暗示的台湾文化"中国化"的可能发展方向，在左翼强大的革命政治话语与国府推行恶质"中国化"政策的双重挤压之下没有获得相应的话语空间。直到许寿裳的被害，文化界也未对此做出有力的响应和进一步的思考。同时，大多数大陆来台的左翼文化人无法把握到当时台湾社会文化的脉搏，忽略了其在后殖民时代的文化心理，而本土左翼的文化诉求无法在强势的文化话语的急遽扩张中得到彰显、殖民时代形成的具有反殖民意味的"鲁迅传统"被迫中断，导致后殖民时代的历史与文化清理工作得不到相应的展开。

　　尽管有杨云萍等少数人能够通过对鲁迅批判精神的认识来达到对当下现实更冷静、深刻的思考。但大多数人的思考方向偏离了鲁迅思想本身的逻辑轨道。对鲁迅理解的逐步趋同，挤压了多元阐释的空间，丰富性的遮蔽导致从鲁迅那里可开发的思想资源相当有限，从而对鲁迅精神作了浮浅的解读，致使整个文化界提倡"鲁迅精神"的效果流于表面以致形成"热点"甚至泡沫。对鲁迅精神遗产的借鉴未能进入鲁迅思想深处的内省层面，无法延续鲁迅文化批判的思考逻辑并由此对新的历史动向作前瞻性的判断。在此仅举一端为例。

　　这一波的鲁迅热潮主要因光复后的各种社会弊病而生发，但由于抗战胜利而重建的民族自信心的过度膨胀却导致一部分人心中弥漫着向往未来"黄金世界"的乐观主义。事实上，对于这种"革命"的乐观主义，鲁迅早就警醒过世人：

　　　　在我们辛亥革命时也有同样的例，那时有许多文人，例如属于"南社"的人们，开初大抵是很革命的，但他们抱着一种幻想，以为只要将满洲人赶出去，便一切都恢复了"汉官威仪"，人们都穿大袖的衣服，峨冠博带，大步地在街上走。谁知赶走满清皇帝以后，民国成立，情形却全不同，所以他们便失望，以后有些人甚至成为新的运动的反动者。但是，我们如果不明白革命的实际情形，也容易和他们一样的。①

不幸的是，鲁迅的预言在台湾得到应验。光复后，爱国主义迅速填充了整个因日本投降而带来的认同真空期，被压制了半世纪的台湾人，沉浸在回归祖国的激情中，日本的殖民同化政策使台湾人的民族归属感在战后得到强烈反弹。廖文毅在《前锋》发刊辞中表现出来的无以名状的兴奋代表了当时台湾人普遍的祖国情结。廖文毅说，"今天是我们一生最要欢喜的日子……是我们第一次尝着我们的'建国祭'"，相信祖国"能够指示这一群'迷途之羊'向着光明大路走去"，并希望"我的同胞们于内心和外观都能完全还到祖国"，台湾的乡土也"完全的受着祖国的风气，这样的台湾和大陆纯全的融合变成一体，这才是我们的愿望，也是我们的努力的目标"②。廖文毅的文章所透露的理想与追求反映出台湾人摆脱日本殖民统治重获新生的喜悦，而廖文毅本人"也全心投入政治，深有为设立民主政权而奉献的雄心"③。但现实的发展尤其是"二二八"事件的发生，致使廖文毅等人天真构想的蓝图完全破灭，从热忱的祖国主义者迅速转变为台独主义者。

廖文毅的认同转变当然不是一个偶然事件。表面上声势浩大、话语统一的左翼文化暴露出了急进与浮浅的严重缺陷，在它的裹挟之下，本来可以由台湾日据时期形成的"鲁迅传统"中开拓出来的去殖民空间，以及由许寿裳的鲁迅论延伸出的健康的"中国化"道路，在社会同构化过程中被两岸共同的社会、政治议题所挤压，忽略了殖民地时期扭曲的民族意识反弹所带来的恶质化病变。

## 六 结语

围绕着鲁迅"战"与"思"的精神核心，不同的鲁迅阐释选取

① 鲁迅：《鲁迅全集》第 4 卷，人民文学出版社 2005 年版，第 239 页。
② 廖文毅：《告我台湾同胞》，《前锋》创刊号，1945 年。
③ Claude Geoffroy：《台湾独立运动》，前卫出版社 2006 年版，第 56 页。

各自立场上所看到的精神侧面加以引申发挥，由此形塑出来的多元鲁迅形象，依据阐释视角的不同而以变形的状态显示在我们面前，从而在两岸的文化进程中形成不同的"鲁迅传统"，并在光复后台湾的多元文化场域中发生复杂的历史性碰撞。

但以往学界都将光复初期台湾的"鲁迅风潮"作为较单纯的文化现象进行一元化的审视，即强调鲁迅作为反抗者的"战斗精神"对台湾文化界的影响，其研究也就停留在两岸文化交流及其对于社会进步力量整合的表层论述。这一时期两岸对"鲁迅形象"的重新建构确实起到整合社会进步力量以反对黑暗腐败的社会现实的作用，不过却未能注意到鲁迅韧性的战斗是以深刻的思考为前提的、有策略的理性反抗。光复初期的文化界对鲁迅精神中"思"的维度的忽略，也显示当时社会文化思潮对于包括台湾在内的整个中国前途与命运的思考盲点。

从目前的研究来看，学界所忽略的，也恰恰是当时历史条件下得不到彰显的一种历史可能性。但如果细致考察光复后不同的"鲁迅传统"在台湾交汇碰撞并发生文化影响的作用过程和这一过程的内在文化逻辑，当可重新发掘战后台湾文学尚未被关注的重要线索。笔者认为，战后的这一波"鲁迅风潮"的发展过程已经能够预示中国"鲁迅传统"在1949年以后朝着截然对立的两个极端的反向发展，但要厘清这一点，还必须在中国文学整体观的视野下对胡风、许寿裳等人与战后台湾文学的关系这样一些尚未被学界重视的课题作深入而细致的辨析。

## 第二节 "鲁迅风潮"的消退与"反鲁论述"的泛起

战后初期台湾出现的"鲁迅风潮"，经由朱双一、曾健民、徐秀慧等学者的史料发掘和文化阐释工作，目前已有非常深入的研究；而20世纪50年代后国民党当局禁绝包括鲁迅在内的中国现代文学的作家作品，更因其是众多经历过那个时代的台湾知识分子的历史记忆而成为台湾文学史的一个常识。不过，由战后初期的"鲁迅风潮"到20世纪50年代以后的禁读鲁迅这一转变过程，目前学界尚未做过具体的描述。事实上，这种转变并非成于一夕之间，它至少经历了"鲁迅风潮"的逐渐消退、隐而不彰，到最后官方的政策性打压而最终消退等几个阶段。笔者通过对1948—1952年间台湾十余种主要报纸的翻阅，发现这一时期《民声日报》、《天南日报》、《民族报》（《联合报》前身之一）、《台湾新生报》、《联合报》恰恰构成了一个由尊崇鲁迅到贬抑鲁迅的发展链条，可以具体地展示战后初期台湾"鲁迅风潮"的消退和国民党退台之后"反鲁论述"兴起的动态演进过程。

### 一 "鲁迅风潮"的消退

1945年台湾光复后，承接着日据时期便已形成的"鲁迅传统"，在台湾左翼知识分子和大陆来台进步文化人的共同推动下，台湾文坛在1945—1948年间曾一度掀起令人瞩目的"鲁迅风潮"。在这一波介绍鲁迅、宣扬鲁迅精神的文化潮流中，以《和平日报》、《中华日报》、《文化交流》、《台湾文化》、《创作》、《台湾新生报》"桥"副刊为阵地，共刊载与鲁迅相关的文章60余篇，另翻译出版鲁迅著作5部、介绍鲁迅的书1部。

一般认为，1945年10月25日林金波在《前锋》创刊号所发表的《学习鲁迅先生》一文为光复初期台湾"鲁迅风潮"的先声，而1948年2月18日许寿裳遇害则为这一波介绍鲁迅风潮的消退的标志。[①] 但需要指出的是，在"鲁迅风潮"由高涨到消退的过程中，1947年发生的"二二八"事件是一个分水岭。从1946年鲁迅逝世10周年之际，《和平日报》在"新世纪""每周画刊"等栏目上连续刊出纪念鲁迅的专辑，《台湾文化》也推出"鲁迅逝世十周年特辑"，到1947年1月，杨逵翻译的《阿Q正传》和王禹农翻译的《狂人日记》出版，逐步将台湾介绍鲁迅作品、宣扬鲁迅"战斗"精神的思潮推向顶点。究其原因，不外乎两点：其一，光复后来台的大陆进步文化人致力于向台湾介绍以鲁迅为代表的优秀现代作家、作品的文化实践，与脱离异族殖民统治、渴望学习祖国文化的台湾同胞的内在文

---

① 朱双一、张羽：《海峡两岸新文学思潮的渊源和比较》，厦门大学出版社2006年版，第287—294页。

化需求相接榫；其次，当时台湾政治黑暗、民不聊生的社会现状也迫切需要以鲁迅韧性的"战斗"精神为支撑，开辟社会言论与政治民主的新空间。

"二二八"事件发生后，报纸、杂志被国民党政府认为是造成"二二八"的祸源之一而遭受空前浩劫①，十余家报刊遭到查封，台湾和外省来台的进步人士的文化活动也遭受重创。从 1947 年 2 月"二二八"事件发生到 1948 年 2 月许寿裳遇害这一年中，尽管仍有关于鲁迅的文章陆续刊出，但其密集度已远不如前。仅见《台湾文化》、《台湾新生报》"桥"副刊及《创作》上出现的数篇文章，如许寿裳的《鲁迅和我的友谊》（《台湾文化》第 2 卷第 5 期）、《鲁迅的游戏文章》（《台湾文化》第 2 卷第 8 期），台静农的《古小说钩沉题解》（《台湾文化》第 3 卷第 1 期），欧阳明的《鲁迅：中国的高尔基》，吕宋的《承继鲁迅精神》及几篇顺带提及鲁迅的文章。1948 年 2 月 18 日，光复初期在台湾宣传、介绍鲁迅最有力的鲁迅好友许寿裳遇害，这一事件给进步作家和文化人以严重警示。于是李何林、李霁野、雷石榆等人相继离开台湾，而未离开台湾的黄荣灿被捕并在随后死于狱中，台静农、黎烈文等人转而从事学术研究、著译等文化活动而绝口不提鲁迅。本省作家杨逵则因"和平宣言"入狱，而早年深受鲁迅影响的左翼知识分子蓝明谷也因参加实际的革命活动于 1950 年被枪决。这一系列事件严重削弱了宣传鲁迅的文化力量。

由于"二二八"和许寿裳遇害的事件重创了进步知识分子群体并摧毁了他们的发表园地，此后，鲁迅的名字一度在台湾文坛消失。原先宣传鲁迅的主要阵地《台湾文化》于 1948 年 10 月 1 日出版第 3 卷第 8 期后改版转型为学术刊物。《和平日报》在"二二八"事件后被整肃，其核心人物王思翔、周梦江逃离台湾后，该报风格不变，趋于保守，并于 1950 年 7 月 7 日停刊。而《台湾文化》《创作》等刊物也未维持太长时间。盛极一时的"鲁迅风潮"就此消退。

然而，台湾文化人却以另外一种更为隐秘的形式开辟了鲁迅传播

---

① 王天滨：《台湾报业史》，亚太图书出版社 2003 年版，第 105 页。

的新空间。这一时期，写作者使用了一些此前和此后都不见于台湾文坛的临时性笔名①，多数时候文章中也尽量避免直接出现鲁迅的名字，表明此时官方对鲁迅文学与思想的传播已经有所禁忌。尽管其规模与表达形式无法与1947年之前的"鲁迅风潮"相比，但无可否认的是，鲁迅仍然以某种方式存在于台湾知识分子的心中。

### 二　阿Q形象的集中再现（《民声日报》）

受到政治情势的影响，这一时期的报刊上基本上不再出现"鲁迅"二字，但1948年5月到1949年6月的一年中，阿Q的形象却以不同的方式集中出现于《民声日报》的副刊上。《民声日报》早期的副刊"新绿"上的各种讨论不断援引阿Q，通过对《阿Q正传》的戏仿针砭时弊或进行文化批判。

1948年6月11日，《民声日报》"新绿"栏刊登台中作家"光"的《阿Q复活》一文，为《阿Q正传》补写了一个阿Q欺负瞎子的故事片段。文章写某天阿Q在路上戏耍一个看上去"怪可笑人的样子，也怪可欺负似的"盲人，他十分享受于瞎子"颤抖着声音"的哀告，乃至于等到瞎子走远以后，仍意犹未尽地追上前去，直到"远处走来了一群丘八"，才"赶快把瞎子放了"。走笔至此，作者才揭示出阿Q欺负瞎子的隐秘心理乃在于"有人欺负我，我也欺负别人，不是两相抵消吗，不吃亏也不得便宜，这绝不算作恶"。于是"阿Q很得意神气的摆着四方步走开了"②。正如鲁迅笔下的阿Q一样，这里的"阿Q"仍然以"精神胜利法"为麻醉剂，不能认识到自己所处的悲苦生活和奴隶生活的根源所在而从事实际的反抗与斗争，却只能在愤怒中"抽刃向更弱者"③。这篇戏仿《阿Q正传》的文章通过具体情节的续写，生动地表现了阿Q欺软怕硬的性格特征及"精神胜利法"，其形象甚至并不逊色于鲁迅的原作。作者在文章的最后曲笔暗示了国民党军（"丘八"）对台湾人民的压迫，也表明这篇戏仿

---

① 应不是文坛新人，因为这些笔名基本上只存在于这一时期，未在之后的台湾文坛出现。

② 光：《阿Q复活》，《民声日报》1948年6月11日。

③ 鲁迅：《华盖集·杂感》，载《鲁迅全集》第3卷，人民文学出版社2005年版，第52页。

之作并非无意义的戏谑与调侃，而是有极其明确的现实针对性，同时，对阿Q与瞎子也都表达了"哀其不幸，怒其不争"的悲愤。这里的现实批判性，正是"光"在此前的6月1日的"新绿"上发表《飞到哪里去?》一文的内容艺术化表现。在《飞到哪里去?》中，"光"曾宣称面对"没有一片净土"的社会，"不但需要坚强的毅力和决心，而且更需要坚强的思想力和战斗力"。

在《民声日报》对启蒙问题的讨论中，知识分子仍然通过鲁迅来思考台湾的问题，这一次，阿Q又成为讨论中的一个典型形象。这场关于"启蒙"问题的讨论从6月7日《民声日报》刊登的一篇未署名的文章《本省需要五四运动》开始，全文以问答形式展开，提出"五四"启蒙运动对于光复后的台湾仍有重要意义。除了上述这篇文章的宏观阐述之外，这场讨论还围绕具体问题有多方面展开。当时，《民声日报》"新绿"副刊正围绕启蒙运动中的女性解放问题展开大规模的论战，从6月2日到6月23日共发表短文18篇，其中多篇涉及不同作者对阿Q形象和阿Q精神的不同理解。在这场争论接近尾声的6月22日，台南的程咬金发表的《也谈"第一"——兼论辩论及阿Q》一文在评述论战的同时，更集中地谈到他对《阿Q正传》的理解：

> 鲁迅先生不朽的《阿Q正传》，正因为他是以现实的题材创造出了现实的典型，把专制、旧礼教与民主、新思想新旧交替中的中国，刻画了一个轮廓，像是送给了我们同胞每人一面镜子，拿来照照自己，所以才决定了它的不朽。①

可以看出，作者认为阿Q的时代并没有"死去"，相反，它正是当下中国的"轮廓"。在作者看来，《阿Q正传》的不朽乃因为它是现实中国的反映，并可以当作一面自省的镜子。尤其值得注意的是，其行文中出现的"现实的题材""现实的典型"等术语，表明其受到的左翼现实主义文学观的影响。

---

① 程咬金：《也谈"第一"——兼论辩论及阿Q》，《民声日报》1948年6月22日。

1948 年 9 月 29 日，"丁屋"由于"见了某副刊的漫画，题为
'和尚动得，我动不得?'不禁引起了对阿 Q 的神往，仿佛阿 Q 的声
音笑貌就在眼前"，"于是乎想谈谈阿 Q 的恋爱"。作者对鲁迅的《阿
Q 正传》熟稔于心，详细叙述了阿 Q 的三次"恋爱"经历，并将阿 Q
的"恋爱"失败归结于个人和时代双重原因。11 月 3 日，《民声日
报》又刊出署名"车"的短文《阿 Q 的墓碑石》。文章写阿 Q 被枪
毙后，当地的慈善机构"中华善堂"收敛了阿 Q 的尸体，已做了中
华善堂副董事长的土谷祠老头念及旧情并考虑到"点缀山景"，于是
为阿 Q 立了豪华的墓碑。1949 年 3 月 22 日，在新开辟的"晓光"栏
中，还刊出一组简短的命名为"中国之最"的文字，其第一条即为：
"中国最了不得的精神——阿 Q 精神"。除《民声日报》外，1949 年
6 月 7 日，金门的军中报纸《正气中华》（日报）也刊登"第二大
队"的《阿 Q 第二骂官僚》。文中的主人公叫"阿 Q 第二"，他"最
羡慕作'官'的羹饵丰满的生活享受"和"颐指气使作威作福"的
"高贵态度"，于是将自己的女儿阿 Q 小姐嫁给某官做了第六房的姨
太太，在某官日久生厌又娶了第七房的姨太太抛弃阿 Q 小姐之后，阿
Q 第二气得大骂某官为"红袍子穿心的"。

这些短文虽区区数百字，看上去戏谑而不成章法，也未曾表达出
对于鲁迅的崇高敬意和深刻理解，但它们毕竟展示了台湾知识分子所
受到的鲁迅影响以及在话语空间收缩之后对鲁迅的传播。这些文字的
一再出现，本身就表明鲁迅并不曾远离台湾文坛。而且，从所使用的
怪异而多变的笔名完全无从判断这些作者的背景，亦可看出当时文网
日甚之情势。通过文章中无意流露的细节可以判断，其中的部分文章
出自大陆来台文人之手，表明一部分留在台湾的大陆知识分子在被噤
声以后依然心系鲁迅，只是已没有相对多元的言论空间像 1946 年前
后那样直接地宣传鲁迅，遭遇了鲁迅当年所面对的"近来文网日益，
虽有所感，也不能和读者相见了"① 的同样境况。

---

① 鲁迅：《鲁迅全集》第 14 卷，人民文学出版社 2005 年版，第 33 页。鲁迅 1936 年 2
月 19 日致夏传经信。

### 三 文化与现实批判精神的短暂回归（《民声日报》《天南日报》）

不过，对鲁迅作品的简单模仿也引发了某些知识分子的批评。1949年3月22日"光烈"在《民声日报》新开辟的副刊"晓光"上发表《骆驼草》随笔三篇，其第一篇指出：

> 如果中国的知识分子崇拜鲁迅的话，我觉得只去找鲁迅的幽默，与讽刺文里的趣味，那是最大的对鲁迅的侮辱，鲁迅之所以伟大，并不是他的幽默，也更不是他的讽刺文章，而是他能在黑暗势力强大的社会里射出光芒。同样是知识分子，现在的知识分子较之鲁迅精神如何？我自己觉得我只有惭愧。别人也许正觉得自己伟大！

鲁迅本人对幽默的批评往往"显示出鲁迅对知识分子的人生态度与文学的方式和意义等问题的深切思考"[1]，在鲁迅看来，幽默"给人的愉快和休息是休养，是劳作和战斗之前的准备"[2]。光烈对鲁迅的理解也正在于把握到鲁迅的人生态度和文学意义并不在于"闲适""幽默"的审美意义，并非只在于阿Q式的幽默和对阿Q的讽刺，而在于直面惨淡的人生的精神力量和其中所包含的"独立""良知"等品质。因此，在第二篇中，作者还指出"做人最重要的是批评自己，清算自己"，这显然也受到鲁迅一直恪守之"时时解剖自己"的人生与思想原则的影响。

1948年11月14日，"洛味"的《闲谈周作人》一文以较大篇幅论及鲁迅。在这篇文章中，作者刻画了周作人"以晋谒汪逆精卫为不胜荣幸的奴才相"，指出这绝非一身傲骨的鲁迅先生所愿为之。并推究周氏兄弟反目的原因，"本质上当然是为了思想道路的发展，距离

---

① 金志华、薛毅：《两种个性主义：分野与冲突》，《鲁迅研究月刊》1992年第12期。

② 鲁迅：《小品文的危机》，载《鲁迅全集》第4卷，人民文学出版社2005年版，第593页。

愈来愈远"，"一个'横眉冷对千夫指'的耿介者怎能和一个'窗前通年学画蛇'的伪道学彼此间毫无芥蒂呢？"文章在与周作人的对比中肯定了鲁迅的民族立场，这与后来郑学稼、刘心皇等人通过鲁迅与内山完造的关系否定鲁迅的民族主义观念完全不同。

1949 年 1 月 26 日，《民声日报》刊出何淮勤的《聪明人和傻子》，熟悉鲁迅作品的人立刻会联想到鲁迅的《聪明人、傻子和奴才》一文。事实上，何淮勤的这篇文章正是联系自身的生活经历谈自己的鲁迅阅读经验。作者自述道：

> 我以前总不懂鲁迅写《聪明人、傻子和奴才》的用意，和为什么老师们口口声声说好，要我们硬读它个烂熟的理由。现在，与几年前老尹那件小事相对照，再与耳闻目见的多少世事相对照，不能不佩服鲁迅先生高明的手法和锐利的见解了。他可以说平反了几千年来的冤狱，指出了真正造福人的恩人——那就是傻子。

最后一句话表明其立论基础正与鲁迅一致，表明他对鲁迅文章的准确理解。文中的信息表明作者来自大陆，说明这一时期仍有少数大陆文化人留在台湾。（但慢慢地都被噤声）

除了塑造具有文化批判姿态的鲁迅形象外，这一时期还有展现鲁迅生活的短文出现。1948 年 3 月 31 日的"晓光"副刊登出未署名的《鲁迅的鼻子》一文，作者提到，由于翻检旧杂志而读到《新文化》①创刊号上周晔的《伯父鲁迅的二三事》，作者从中读出了鲁迅的幽默和"真实的人情味"，"觉得颇有意思"。

就在《民声日报》关于鲁迅的文章渐趋消失的时候，同样于台中发行的《天南日报》却于 2—4 月数次出现了关于鲁迅的内容。

1949 年 2 月 12 日的"浮雕"栏中，司徒一勺的《无物之阵》一文开篇即指出那些污蔑杂文的人是"卑劣的看客"，而作者认为杂文

---

① 《新文化》是 1945 年 10 月 20 日创刊于上海的刊物，由这篇文章也可看出当时在大陆出版的刊物流通到了台湾。

家是"豪勇的战士"。文章隐晦地批评当时的社会现实，指出"战士的投枪刺破了看客的美梦，它揭示了粉饰在'升平'外面的幻象，指出了藏在里面的并不雅观的烂疮"。这篇文章也因此而具有了强烈的现实批判性。尽管该文的标题直接来源于鲁迅，作者在文中也提及《野草》并引用了其中的段落，但文章通篇没有出现"鲁迅"二字。不过作者隐晦地表示自己因现实的黑暗而"更怀念死去了的战将，更瞩望豪勇善战的、正视现实的战士的诞生"。这无疑是对鲁迅的怀念和对鲁迅面对现实的战斗精神的呼唤。

4月5日，高仲菲在"三棱镜"副刊发表《周树人的初步混世法则》。该文因为对鲁迅在《两地书》中对许广平说的"混世法则""越读越有滋味"，故抄录于文中，"以供'混世'者参考"。该文指出这"混世法"实为"战法"，"这种战法，虽然有的地方，有些初步的、过渡的性质，但也是至今有效的"。通过对鲁迅壕堑战的战法的描述充分肯定了其韧性的战斗精神，并揭示这一精神对台湾社会的意义。

4月16日，虞雅发表了《论打落水狗》一文，作者在行文中表达了对国民党政府的官僚统治的不满。文章虽然说"这谑称的来由说已难予考证"，但作者说"下台的大人先生们于下台时或下台后，遭人揭发隐私或公开检举其在台下的不法行为，都名为'打落水狗'"，事实上，这一说法直接来源于鲁迅将"塌台人物""与'落水狗'相提并论"观点①。虞雅认为落水狗"出水以后，元气一恢复，遇有咬人的机会"，"并不会因你的宽大就轻轻放过了的！"对于落水狗性格的概括显然也深受鲁迅影响，鲁迅曾指出过，若因狗之落水而以为其"必已忏悔，不再出而咬人，实在是大错而特错的事"②。虞雅的"打落水狗虽说有违古人忠恕之道，暂时也只好如此打再说了！"的观点，也与鲁迅"'落水狗'未始不可打，或者简直应该打"而"无论它在

① 鲁迅：《论"费厄泼赖"应该缓行》，《鲁迅全集》第1卷，人民文学出版社2005年版，第289—290页。

② 鲁迅：《论"费厄泼赖"应该缓行》，《鲁迅全集》第1卷，人民文学出版社2005年版，第287页。

岸上或在水中"① 的态度完全一致。

这些文章的细节和表现出来的针对社会现实的批判性，在在显示着鲁迅的深刻影响。

## 四 "五四"文学短暂复归后"反共文艺"的兴起（《民族报》）

1949 年 5 月 4 日，王永涛、王惕吾等人在台北创办《民族报》，由于其军方背景，因此该报"慨然以反共抗俄复兴民族为己任"②。基于这样的立场，《民族报》不可能刊登关于鲁迅的内容，但该报的"新文艺""复兴岛"等栏目却一直对中国大陆"五四"以来的新文学、文艺理论和外国文学翻译有着较多的关注。这一时期转载有孟实（朱光潜）的文论《古诗与新诗》（1949 年 5 月 18 日）、散文《江上》（1949 年 5 月 25 日），阮扬的《评朱光潜先生的〈文艺心理学〉》（1949 年 7 月 6 日），文炳（废名）的译文《悬崖勒马》（1949 年 6 月 15 日，萧伯纳著）、《杀猫记》（1949 年 6 月 23 日，瑞却德著）、《希腊古诗》一束（1949 年 8 月 3 日），佩弦（朱自清）《论且顾眼前》（1949 年 8 月 17 日）、《论自己》（1949 年 8 月 23 日）、《沉默》（1949 年 10 月 24 日）。已于 1948 年赴台任教于台湾师范学院的京派作家谢冰莹也在《民族报》发表短文，第一篇文章为《介绍师院音乐演奏会》（1949 年 6 月 28 日），此后陆续有《郁达夫之死》（1949 年 7 月 3 日）、《巴金的〈家〉》（1949 年 7 月 13 日）、《望江楼——成都散记之一》（1949 年 7 月 20 日）、《对牛弹琴——成都散记之二》（1949 年 7 月 27 日）、《青春岛——成都散记之三》（1949 年 8 月 3 日）等介绍新文学作家和自己大陆生活经历的文章刊出。介绍新文学作家的文章还有维仁（张维仁）的《我所知道的萧军》（1949 年 6 月 26 日）、阿音的《胡适的母亲和妻》（1949 年 7 月 18 日）。另外，许寿裳长子许世瑛此时也活跃于《民族报》，发表了魏

---

① 鲁迅：《论"费厄泼赖"应该缓行》，《鲁迅全集》第 1 卷，人民文学出版社 2005 年版，第 286 页。

② 王丽美：《报人王惕吾——联合报的故事》，天下文化出版公司 1994 年版，第 18 页。

晋人物研究的系列学术短论数篇，如果考虑到 1930 年鲁迅开给许世瑛的书单中的多种有关魏晋的书籍①的话，则许世瑛的这系列短论也能透露出鲁迅的影响。

从上述情况可以看出，《民族报》对中国大陆新文学的关注，基本上是以京派为中心，像朱光潜、废名、朱自清、谢冰莹乃至胡适，都是典型的京派作家，而《民族报》副刊上所发表的一些创作，则也与京派趣味相当，基本上能够体现《民族报》编刊者偏向右翼（或自由派）的文艺倾向。而国民党军中文人张维仁在《民族报》撰文回忆与萧军的交往，则已透露出强烈的反共意味。②

随后，《民族报》在 1949 年的 11 月中旬开辟"民族副刊"，由"唱出反共文艺第一声"的孙陵主编。"民族副刊"甫一出现便一改此前"新文艺""复兴岛""新地""万象"等栏目平和、亲近民众的文艺风格而发展出强烈的战斗性，其"稿约"明确指出"来稿须有现实性、战斗性，吟风弄月，恕不采用"③，是为当时台湾最具"战斗性"的副刊之一。④ 除了"反共文艺"的理论宣传，"民族副刊"刊出的皆是一些口号式的鼓吹"反共"的作品。陈纪滢、孙陵、葛贤宁等人陆续有"反共"小说、散文及诗歌等在"民族副刊"发表，该刊在孙陵的主持下由孙旗、柏樟、陆威等人不断进行"反共"文艺理论的宣传，张道藩也要求"民族副刊"以"反共抗俄"为宗旨，"争取胜利的明天"⑤。反共文艺风潮的"真正策划者和鼓动者，实为国民党当局"⑥。

在"民族副刊"的挤压下，《民族报》的其他副刊逐渐消失，二三十年代新文学作品的介绍与转载的工作也因失去发表的园地和官方的有意禁止而销声匿迹。"民族副刊"对"五四"新文学的态度较为

---

① 鲁迅：《开给许世瑛的书单》，《鲁迅全集》第 8 卷，人民文学出版社 2005 年版，第 497—498 页。

② 张维仁：《我所知道的萧军》，《民族报》1949 年 6 月 26 日。

③ 《稿约》，《民族报》1949 年 11 月 16 日。

④ 清心：《台湾的文艺界》，《民族报》1948 年 12 月 15 日。

⑤ 张道藩：《争取胜利的明天》，《民族报》1950 年 1 月 1 日。

⑥ 朱双一、张羽：《海峡两岸新文学思潮的渊源和比较》，厦门大学出版社 2006 年版，第 363 页。

复杂。一方面认为产生"在老腐败的封建旧制中"的"活泼的五四新文学革命，真是近三十年的成功"；另一方面又将文学失败的原因归结于"二十年来政府未能研究国家的文艺政策，因而造成左翼文学甚嚣尘上，共产党的文人渗透在文学里，出版了些含有毒素的书籍，麻痹了一般盲从的青年。"① 因此可以看出，国民党当局所需要的并非"五四"文学，而是具有"战斗力量""推动力量"的文艺创作。比如，清心就此发表文章批评"中央日报和新生报的副刊，尽是闲散杂文"，而其他一些报纸的副刊则"太软性"，因此作者呼吁"政府应考虑国家的文艺政策而辅助文艺的生长，如拨给经费，奖励写作家出版刊物，设立书局"等。②

## 五 "反鲁"与"尊鲁"的角力（《民族报》）

清心数次在"民族副刊"上发表文章，贬低鲁迅等左翼作家，暗示国民党的失败根源乃在于文艺政策的失当，进而向国民党当局谏言取缔左翼文学、奖励右翼创作。③ 在这样的情况下，此时的报刊已经对鲁迅等左翼作家只字不提，对鲁迅为人熟知的作品的戏仿、阐释及引用也都不再出现。不过，就在这样的环境中，1950 年 3 月 23 日的"民族副刊"却刊出了一篇奇特的文章，子刚的《聪明人、奴才、傻子》。在早已成为反共文艺宣传专刊的"民族副刊"上，这篇文章显得格格不入，不仅没有丝毫的"反共"火药味，相反却带有极为锐利的现实批判和文化批判锋芒。文章说：

> 有一篇小说描写一个佣人常常跑到他的朋友面前去诉苦，说是主人每天不给他吃饱，住的房子也没有窗子，请他的朋友替他想办法，那个朋友很同情他，便决定替他先开窗子，不料正动手拆墙壁时他倒大叫起来："有贼！有贼！"主人闻声跑出来指挥佣人捉贼，他把朋友赶跑了而得意洋洋。

① 清心：《文学与革命》，《民族报》1949 年 11 月 25 日。
② 清心：《台湾的文艺界》，《民族报》1949 年 12 月 15 日。
③ 清心：《右翼与左翼》，《民族报》1949 年 11 月 24 日。

毋庸置疑，作者复述的这段故事来自鲁迅的《野草》，聪明人、奴才和傻子正是鲁迅笔下的典型形象。作者也像鲁迅一样批判了维护旧社会的"聪明人"，讽刺了对社会不满而实际又在维护这社会的"奴才"，歌颂了和旧社会作坚决斗争，要毁坏这旧社会的"傻子"。最后作者以鲁迅的名言结束全文，希望傻子们赶快团结起来，"敢言、敢怒、敢笑、敢哭、敢打，在这可咒诅的时代击退可咒诅的敌人！"① 文章通篇没有出现鲁迅的名字，但作者对于鲁迅作品的熟悉程度和深刻理解令人惊讶。以这样幽微的方式谈论鲁迅，大概很容易使我们记起"戒严"年代里陈映真对《阿Q正传》的隐晦复述，而这种方式，正成为此后三十年间在台湾谈论鲁迅的重要方式之一。

不过，这样的言说毕竟无法与政治权力支持下的公开的反鲁论述相对抗，并且也找不到发表的空间。就连钟理和那种根本不涉及政治的乡土书写，在反共文艺浪潮中也显得那样"不合时宜"②，因此，这样的文章出现在《民族报》只能是昙花一现。仅仅10天以后，柏樟就在《民族报》发表了《救救孩子》一文，其标题虽来自鲁迅语，但立场却是"反共"与"反鲁"的。文章指出，"救救孩子"这句"死鬼鲁迅在《狂人日记》结尾喊出来的"话非但没有在大陆得到有效的贯彻，反而更加使大陆人民处于水深火热之中。此时，"鲁迅"显然已经成为一个与"共产党"具有同等意义的政治符号，"鲁迅"二字只能在这种充满政治诋毁与诬蔑的言辞下才能公开出现。而在两年前的《民声日报》上同样的一则名为《救救孩子》（1948年4月4日）的短文也提及"这是十余年前鲁迅先生沉痛的呼声"，而现在在内战的烽火中"失掉了父母，失掉了家庭，失掉了可以维持起码健康的营养"的孩子们仍在等待着救助。③ 由1948—1950年的两年之间的鲁迅评价问题，可以看出政治形势和文化环境已经发生巨大的变化。

与《民族报》上出现的《聪明人、奴才、傻子》一文类似，《民

---

① 鲁迅：《忽然想到（五至六）》，《鲁迅全集》第3卷，人民文学出版社2005年版，第45页。

② 钟理和：《钟理和书简》，春晖出版社2009年版，第39页。

③ 李信：《救救孩子》，《民声日报》1948年4月4日。

声日报》在 1950 年 5 月 4 日这天的"民声副刊"发表了梅林的文章，作者仍称鲁迅为"中国新文艺工作者、新文艺作家，继承了五四新文化运动的传统，以鲁迅为前锋，……一直地朝向中国革命的大道前进"。但我们也看到，就在此前半个月的 1950 年 4 月 19 日，也已出现武忠森以"鲁迅将被鸡奸"这样的语言亵渎鲁迅，挖苦鲁迅 20 世纪 30 年代被共产党"利用"。整篇文章语言颇无伦次、毫无逻辑，并以"鲁迅之尸体有被共产党徒们鸡奸的可能"这样的低俗语言讥讽鲁迅的左翼思想。

显然，这一时期尊崇鲁迅精神的文化力量已经受到打压，而政治性的反鲁力量则因应政治的需要而逐步展开。

### 六　系统性"反鲁论述"的第一波浪潮（《台湾新生报》）

虽然上述的反鲁论述，仍然受到进步文化人的零星抵抗，但在这之后，在政治所操纵的文艺政策的引导下，国民党当局开始有组织、有计划地展开大规模的批判鲁迅的运动。系统性反鲁论述的第一波浪潮，发生在 1950 年 9—10 月的《台湾新生报》"新生副刊"上。从 9 月 7 日到 10 月 14 日的一个多月间，《台湾新生报》"新生副刊"共发表批判鲁迅的文章 19 篇之多。

"新生副刊"上一位化名"太史公"①的作者首先发难，在 1950 年 9 月 7 日到 30 日接连发表《我来解剖鲁迅》《我凭什么解剖鲁迅》《鲁迅是千古罪人——答柳垂青的来函》《曹聚仁这东西——兼论作家的人格》《再抽鲁迅一鞭子》等文章。文章首先从人格上否定鲁迅，冠鲁迅以虚伪奢华、造谣生事、油滑钻营、迷惑青年等帽子；然后又指出，由于鲁迅的"性格乖张、心胸狭窄，气量小得像一粒灰尘"，这"免不了影响到他文学上的成就"；而其解剖鲁迅的目的，乃在于"希望大家多知道一些现在所谓'前进'文人的无耻"。②

对于鲁迅的思想，太史公认为鲁迅不能"给予一条正当的指示"

---

① 从"太史公"在《台湾新生报》发表的一系列文章中所透露的信息看，此人有可能是曾今可，笔者将就此做进一步考证。

② 太史公：《我凭什么解剖鲁迅》，《台湾新生报》1950 年 9 月 15 日。

"提供善意的建议"，而只是"挑拨离间的黑影"，因此"当年鲁迅的言论，便是现在共产共产党的暴行的种子"。① 这种带有明显政治仇恨的思维与表达方式在太史公之后得到了延续。在 28 日、29 日，自称鲁迅学生的辛海天发表《我和鲁迅在厦大》。不过，文章并未谈论鲁迅在厦大的经历以及作者本人和鲁迅在厦大的交往，而是在简单罗列了一些与"鲁迅在厦大"毫无关系的事件之后便急切地得出了这样的结论："鲁迅专为破坏，诽谤人类，强奸稚心，散播毒素，捣乱……他这一生，根本就没有工作过一件令人佩服的事，有的，那只有他帮了苏俄吞灭中国的忙。"

　　这种以"当事人"的身份"现身说法"的除了太史公、辛海天，还有刘治郁。② 比如，太史公就一再声称自己经常在内山书店见到鲁迅，和鲁迅有交往的部分人"都是我很熟的人"③，而自己也"和他做过附近的邻居，他的行为也晓得得比较多"④。但他们的共同问题是文章逻辑混乱、叙述含糊不清。太史公的多篇文章就出现前后矛盾的表述，在《我凭什么解剖鲁迅》一文中，他先是声称对鲁迅的文学成就不加以厚非，接着却又指出鲁迅是"一个人格有问题的作家""一个行为卑鄙的人"，因而是绝对不会"有伟大的作品产生的"。⑤

　　从 10 月开始，这场讨论从前半段主要否定鲁迅的人格而转向主要否定鲁迅的艺术成就。班生认为鲁迅《呐喊》《彷徨》中的小说"缺乏一篇短篇小说应有的紧凑，没有鲜明的中心，没有应有的'顶点'"⑥。林仪则说鲁迅在艺术上是无足可取的，"其所以用这么多笔名，完全是为自己辩护、捧自己的场"⑦。丹氓发表文章称鲁迅小说"缺乏现代小说的要素""他的文艺的造诣实在无可恭维"⑧，从艺术

---

　　① 太史公：《鲁迅是千古罪人——答柳垂青的来函》，《台湾新生报》1950 年 9 月 16 日。

　　② 刘治郁：《几个关于鲁迅的小故事》，《台湾新生报》1950 年 10 月 7 日。

　　③ 太史公：《再抽鲁迅一鞭子》（下），《台湾新生报》1950 年 9 月 30 日。

　　④ 太史公：《鲁迅是千古罪人——答柳垂青的来函》，《台湾新生报》1950 年 9 月 16 日。

　　⑤ 太史公：《我凭什么解剖鲁迅》，《台湾新生报》1950 年 9 月 15 日。

　　⑥ 班生：《鲁迅杂文的毒素——中华文选第一册浏览后记》，《台湾新生报》1950 年 10 月 5 日。

　　⑦ 林仪：《我也来谈鲁迅的笔名》，《台湾新生报》1950 年 10 月 8 日。

　　⑧ 丹氓：《鲁迅小说燃犀谭》，《台湾新生报》1950 年 10 月 14 日。

上彻底否定了鲁迅，从而也为这一波的"反鲁浪潮"画上了一个句号。不过，与否定鲁迅的人格一样，从艺术上完全否定鲁迅，同样是为了证明鲁迅是"投机作家"，有"唯恐天下不乱的变态心理"，而鲁迅的作品则因此带有思想"毒素"的。[①] 归根结底，这是要否定鲁迅的批判与战斗的思想，是要取消左翼文艺的批判性，借由文学的论述为当时的反共体制开辟文化的空间。

尽管如此，这些揭橥"反鲁"大旗的人还是不得不公开承认"在台湾仍有不少被愚弄的、鲁迅崇拜狂的文艺爱好者"[②]。事实上，这一系列的文章自发表开始就引发了诸多读者的抗议。太史公的《我凭什么解剖鲁迅》《鲁迅是千古罪人——答柳垂青的来函》《再抽鲁迅一鞭子——兼论冷静的文艺正义感》等文章中的部分内容就是应对读者的来函而作出的自我辩解。首先有柳垂青针对太史公的第一篇文章《我来解剖鲁迅》所提出的质疑，认为"鲁迅在文学上有相当成就""鲁迅是作家，文艺创作的目的，是反映现实，以激社会同情"[③]。从 10 月 3 日"编者按"叙述的情况来看，截至 9 月 29 日，共收到柳垂青、赵援、一矢、陈成金、何东来等 5 位读者对太史公的言论提出异议的来信。

但编者并不打算提供版面让"尊鲁"与"反鲁"两种力量公开较量，而是一开始就抛出了《台湾新生报》的"反鲁"立场：鲁迅的作品有"毒素"；支持太史公对鲁迅私生活的"解剖"；鲁迅的人格有问题。接着，编者表示这些读者来函"实在句句都有问题，新生副刊绝不愿替思想有问题的人作义务宣传"，"所以，凡属有问题的来函，绝不予刊载，这是本刊的态度"[④]。编者承认这一事件在台湾文坛"引起了不小的波浪"，"已经引起广泛的注意"，但有可能是"匪谍乘机作反宣传"[⑤]。很明显，这些读者（进步知识分子）在公共

①　班生：《鲁迅杂文的毒素——中华文选第一册浏览后记》，《台湾新生报》1950 年 10 月 5 日、6 日。
②　南柏文：《也谈鲁迅——根据鲁迅传而写》，《台湾新生报》1950 年 10 月 4 日。
③　太史公：《鲁迅是千古罪人——答柳垂青的来函》，《台湾新生报》1950 年 9 月 16 日。
④　编者：《关于解剖鲁迅答读者》，《台湾新生报》1950 年 10 月 3 日。
⑤　编者：《关于解剖鲁迅答读者》，《台湾新生报》1950 年 10 月 3 日。

媒体上已经被噤声，找不到言论的空间。而且，此时他们已经能够充分感受冷冽肃杀的政治空气，因此，在他们致信《台湾新生报》报社时"多数是不把真实地址见告，纵然有，是不是真的还是有问题"①。太史公曾向柳垂青表示，"我不是一个政府的宣传人员，我只是一个从事文化工作的平民，所以我绝不愿意把许多话来压你""希望你告诉我你的详细住址，我也许打算向你来请教"②。这种自我辩解更是"此地无银"，并且颇有恫吓威胁的意味了！

这生动地再现了进步的左翼文化力量失去文化阵地和言论空间的历史转换过程。

## 七 "反共"文艺体制的确立和"反鲁论述"的兴起

1949 年 5 月 20 日台湾"戒严"后，国民党当局依据其施行于 1930 年的"出版法"，配合 1949 年颁布的"戒严法"，对新闻、书刊等出版品的内容进行严厉检查。1951 年 7 月 30 日台湾省保安司令部公布的《台湾省各县市违禁书刊检查小组组织及检查工作补充规定》中，涉及"共匪及附匪作家著作及翻译一律查禁"的条文，表明查禁范围已由出版品内容扩及对著者的查禁。刊登于 1951 年 6 月 6—7 日《正气中华》的一份《"国防部"颁违禁书刊目录》颇能说明问题，但凡左翼作家，及所谓"匪酋"、"匪干"作家、"附匪"作家、"陷匪"作家的作品及马列著作皆在查禁之列。在这份目录中，《鲁迅书简》、小田岳夫《鲁迅传》、萧红《回忆鲁迅》、孙伏园《鲁迅先生二三事》等与鲁迅有关的书籍赫然在目。③经由这样的政策执行，鲁迅作品被完全禁绝，官方也通过各种手段宣传"负面化"的鲁迅形象。上述《台湾新生报》集中刊发的"反鲁"文章，即这一历史潮流的第一波浪潮。

1951 年 9 月 16 日，《民族报》与《全民日报》《经济时报》合并出版《民族报、全民日报、经济时报联合版》，是为《联合报》，社

① 编者：《关于解剖鲁迅答读者》，《台湾新生报》1950 年 10 月 3 日。
② 太史公：《鲁迅是千古罪人——答柳垂青的来函》，《台湾新生报》1950 年 9 月 16 日。
③ 《"国防部"颁违禁书刊目录》，《正气中华》1951 年 6 月 6 日、7 日。

务主要由原《民族报》王惕吾负责。《联合报》在其创刊当天的《发刊献词》中宣称要在"已成民主自由堡垒的台湾"，"负担反共抗俄、复兴中华民族的革命大业"①，由此，其政治立场可窥一斑。而在当时的政治形势下，鲁迅不可能再以正面的形象出现在台湾文坛，因此，《联合报》在创刊后的近一年中只有三篇文章提及鲁迅，分别是葆光的《三十年前之旧京记者》（1951年10月8日），及同日的"本报讯"《大陆一周》中提及丁玲等人参观鲁迅故居，及挹素在随笔《女子非祸水》中顺便提及鲁迅。基本上，在20世纪40年代末至20世纪80年代初的30年中，台湾的报纸上公开出现的鲁迅评价相当之少，且都是负面性的。如《联合报》有《鲁迅在台湾》（1954年3月22日），《浅水湾头萧红墓上，鲁迅弟子遥祭冤魂》（1955年6月25日），《上海虹口兴建鲁迅新墓》（1956年9月2日），及《中国时报》上的《林语堂与鲁迅》（1958年1月7日）、《民声日报》（1955年10月9日）的《评〈鲁迅正传〉》等。

半年之后的1953年1月，国民党文人郑学稼在国民党在香港设立的亚洲出版社再版了1942年3月在重庆出版的《鲁迅正传》，此书尽管出版于香港，但"以后台北有未得笔者同意的翻印版"②，极大地影响了台湾对鲁迅的认知。1978年7月，此书出增订版，后又印刷多次。继1962年苏雪林与刘心皇、寒爵围绕"反鲁"的分歧而爆发的"文坛往事辨伪"论争后③，1966年，苏雪林又在《自由青年》发表《我对鲁迅由钦敬到反对的原因》，并收入次年由文星杂志社印行的《文坛话旧》一书，1971年传记文学社再版。1966年12月和1967年1月的《传记文学》又刊出苏雪林的《鲁迅传论》大肆批判鲁迅，1967年，苏雪林将这两篇文章与此前批判鲁迅的文章以《我论鲁迅》为名结集由文星杂志社出版，并于1979年由传记文学杂志社再版。直到70年代末80年代初，台湾当局的各行政机关政府公报中，仍然出现针对鲁迅作品及相关书籍

---

① 《发刊献词》，《联合报》1951年9月16日。
② 郑学稼：《鲁迅正传》（增订版），时报文化出版事业有限公司1978年版，增订版序。
③ 关于台湾文坛发生的这场"文坛往事辨伪"案及相关情况，笔者将在后文进行详细分析。

的查禁记录。①

　　根据这一时期的报纸，本节所再现的是 1949 年前后台湾的鲁迅传播由公开到地下的这一过程。不过需要特别指出的是，尽管此后的很长一个历史时期内鲁迅不再被公开提起，但鲁迅并未就此远离台湾文化界，而是转为精神性的存在，与众多台湾知识分子的精神与思想密切关联、如影随形。痖弦②、陈映真③、刘大任④、周梦蝶⑤、施叔青⑥、林文义⑦等一大批那个时代的知识分子都有过偷读鲁迅的经历。这种经历也影响到作家的创作和思想层面，黄春明所创造的憨钦仔早已成为台湾文学人物画廊中的经典形象，陈映真在思想上所受鲁迅的影响也已是定论。而在五六十年代，应未迟、寒爵等人的杂文中，也可以看到鲁迅的微弱影响。⑧ 甚至陈纪滢都毫不讳言他所受到的鲁迅影响⑨，其反共小说《荻村传》也被认为"是继鲁迅的阿 Q 以后，接黄春明笔下带小丑性的角色出现之前的一本过渡作品"⑩。

　　可见，鲁迅在台湾的影响并未就此消亡，"戒严"期台湾文坛的鲁迅接受状况，尚需进一步的研究。

---

　　① 1978 年 11 月 25 日的《台湾省政府公报》宣布查禁陈磊选编、上海绿杨书屋出版的《鲁迅选集》；1983 年 1 月 8 日《台湾省政府公报》宣布查禁由台北市汀州路瑞泰文物供应社供销的《〈阿 Q 正传〉一〇八图》；1983 年 5 月 26 日，《台湾省政府公报》宣布查禁杨之华、尸一等著《关于鲁迅》，及鲁迅等著《阿 Q 正传的成因》。

　　② 陈婉茜：《幼狮文艺 50 岁》，《联合报》2004 年 3 月 31 日第 A12 版。

　　③ 陈映真：《陈映真文集》，中国友谊出版公司 1998 年版，第 181 页。

　　④ 刘大任：《灰色地带的文学》，《联合报》2003 年 3 月 20 日第 39 版。

　　⑤ 刘郁青：《明星咖啡老友聚文学地标回忆多》，《民生报》2004 年 5 月 19 日第 A13 版。

　　⑥ 蔡秀女：《在窗边阅读的姐妹——小说家施叔青谈读书》，《联合报》1997 年 7 月 14 日第 41 版。

　　⑦ 林文义：《青春》，《联合报》1996 年 7 月 18 日第 37 版。

　　⑧ 如 20 世纪 50 年代应未迟的《匕首集》，及寒爵的一些杂文。笔者认为，寒爵之所以参与苏雪林与刘心皇关于"反鲁"的"文坛往事辨伪"论争，与其 20 世纪 50 年代所写并公开出版的杂文中有意无意间显露出的受鲁迅影响的痕迹有关。

　　⑨ 陈纪滢：《荻村传》，重光文艺出版社 1951 年版，自序。

　　⑩ 夏志清 1979 年 2 月在德州大学举办的"英语世界第一次台湾小说研讨会"上的发言。见桑鲁卿《"台湾小说论文集"》，《联合报·联合副刊》1980 年 12 月 28 日。

# 第三章 "戒严"时期（1949—1987）

上一章我们就"鲁迅风潮"消退与"反鲁论述"兴起所作的考察，已经实证地展示了台湾的鲁迅传播与接受在1950年前后发生的巨变，此后台湾的鲁迅接受史呈现出更为复杂的光谱，其中，按照各自批评立场和接受角度的不同，可以大致清理出国民党"党属文人"的鲁迅批判、"自由人文主义"者的鲁迅评价和"左翼"知识分子的地下阅读三条线索。

## 第一节 "党属文人"的鲁迅批判

### 一 人格攻讦与政治谩骂

1949年11月，孙陵主持的《民族报》"民族副刊"唱响"反共文艺的第一声"，进行"反共"文艺理论的宣传并刊登鼓吹"反共"文学作品。在政治操纵下，国民党当局开始有组织、有计划地展开大规模的批判鲁迅的运动。1950年9月7日至10月14日，《台湾新生报》"新生副刊"对鲁迅发起密集的攻击，形成台湾系统性"反鲁"的第一波浪潮。在这一波浪潮中，通过带有明显政治仇恨的思维与表达方式，彻底否定了鲁迅的思想、人格和文学，认为鲁迅的作品有思想"毒素"。在"反共"文艺体制之下，左翼文化力量逐渐失去文化阵地和言论空间，而右翼的"反鲁"论述逐步登场。

无论苏雪林对鲁迅的批判出于什么样的心理，但其中她对于国民党当局在台文艺政策的迎合是不争的事实。她对鲁迅的批判是政治上"反共"对立情绪的表达，这种谩骂式的政治表态，其实并无益于国民党在台统治的巩固。从她个人角度而言，不过是为了获取生存资本的政治表态。早在 20 世纪 60 年代轰动台湾文坛的"文坛往事辨伪"论争中，刘心皇、寒爵等人就揭露了苏雪林这种借"说谎"以"登龙"的隐秘心理。① 这种情绪性的谩骂，与同为国民党文人的郑学稼、刘心皇不同，前者的鲁迅论中包含了为国民党在台统治进行合法性论证的努力，后者则由鲁迅与 30 年代文坛提出反思国民党文艺政策的必要性。

### 二 郑学稼：贯彻国民党史观的鲁迅论

郑学稼早年曾加入中国共产党，脱党后长期从事马列、联共党史及日本问题研究，成为台湾所谓的"反共理论大师"。郑学稼一生著述颇丰，著作多达六七十部，内容也广泛涉及各个领域，其中最为著名的当属《鲁迅正传》。

1941 年初，郑学稼在重庆北碚写下了《鲁迅正传》，1943 年在重庆的胜利出版社出版。该书从书名到内容都充满了对鲁迅的贬抑。郑学稼自述本不想给鲁迅做传，因为鲁迅"没有资格"。该书写作的缘起是郑学稼不满于鲁迅去世后左翼文坛给予鲁迅的崇高评价，希望通过《鲁迅正传》的写作，"教青年们怎样去认识鲁迅"②。在初版的《鲁迅正传》中，郑学稼试图证明鲁迅不是革命家，不是革命的青年导师，不是前进的中国思想家。

1953 年，出于意识形态斗争的需要，《鲁迅正传》由国民党在香港设立的亚洲出版社再版，该书出版后，不仅在台湾出现了大量的盗印本，更引起大陆、香港及海外学术界的关注。王瑶、周策纵、曹聚仁等人都基于各自的学术及政治立场发表文章对这本书进行批评，这也成为郑学稼增订这本书的重要动机。因为上述批评的立场、观点都与郑学稼不一致，郑学稼为了重新强调他的观点，对该书进行了增补："不管鲁迅是何等人，他总是'五四'后闻名于国际的作家。如果把他与共产党人所捧的'革命家'或'马克思主义思想

---

① 刘心皇曾自编一册《从一个人看文坛说谎与登龙》（刘心皇自印 1963 年版），直指苏雪林的"登龙"心理。

② 郑学稼：《初版序》，载《鲁迅正传》，时报文化出版公司 1978 年版，第 5 页。

家'的鲁迅分开来，更显现他的真面目。就为这一目的，才改写这本书。"① 为此，他几乎找到了当时所能找到的所有资料，如十卷本的《鲁迅全集》，二十卷本的《鲁迅全集》，《鲁迅书简》，《鲁迅日记》及许广平，鲁迅好友、学生等的著作。增订本使用了更多的新材料，篇幅扩充到原来的 5 倍。旧版只有 8 章加一个附录②，增订版由原先的 8 章增加到 22 章，附录也由 1 篇增至 7 篇。初版本原有的章节，作者也进行了改写或增补，大量引用他人研究成果，以佐证本人观点。不过，尽管经过了大幅度的增补，但增订本的基本观点与初版本并未发生任何改变，只是引用了较为翔实准确的资料来巩固其原有观点。

从郑学稼本人所述意图来看，他增订《鲁迅正传》是为了以更为翔实的资料来证明鲁迅不是革命家、思想家、青年导师。但是，如果注意到 20 世纪 70 年代台湾当局在国际外交关系上的一系列重大挫折冲击了国民党在台统治的合法性的话，就不得不提出这样的判断：其增订《鲁迅正传》可能还存在通过否定鲁迅的革命家、思想家和青年导师身份，来对抗中国共产党对中国近现代史的阐释，也就是说，他的鲁迅阐释更深层的意图在于和中国共产党争夺历史的阐释权以论证国民党政权的合法性。通过这样的视角来看，郑学稼的《鲁迅正传》自始至终都贯彻了国民党的史观。

与初版本一样，1978 年版的《鲁迅正传》仍然否定鲁迅"革命家"、"思想家"和"青年导师"的身份，而只承认鲁迅是一个文学家。"谁说我国的文字'要不得'？鲁迅的笔，不是使我们感谢我们的祖先给我们以这么好的表现感觉的工具吗？那像诗，像散文诗。"③ 主要以描写批判辛亥前后社会黑暗的《呐喊》在郑学稼看来是鲁迅创作中最好的部分。④ 郑学稼称《呐喊》为中国近代文学史上的名

---

① 郑学稼：《初版序》，载《鲁迅正传》，时报文化出版公司 1978 年版，第 6 页。
② 这 8 章分别为：一、假洋鬼子；二、十四年金事；三、呐喊；四、阿 Q 正传；五、不准革命；六、浪子之王；七、革文学的命；八、传赞。附录：两个高尔基不愉快的会面。
③ 郑学稼：《鲁迅正传》，时报文化出版公司 1978 年版，第 70 页。
④ 郑学稼：《鲁迅正传》，时报文化出版公司 1978 年版，第 56 页。

作，"是二十年代初一大群知识分子与苦闷农民的代表者"①。郑学稼认为，"鲁迅的真正价值，就是他以文学家身份，指摘中国旧社会的残渣。他是这工作的优秀者，他又是这工作在文艺上的唯一完成者"。因为从中可以看到晚清社会的动荡与落后。此处所谓的"中国旧社会"，是指辛亥革命之前动荡、落后的晚清社会。在郑学稼看来，辛亥革命之后，帝制被推翻，中国已进入无须革命的新时代。因此，在分析到《阿Q正传》时，郑学稼以辛亥为新旧社会的分界点，宣布阿Q的时代已经过去②，中国人民对帝国主义的抗争表明中华民族的国民性不再是阿Q式的。他进一步指出，宣扬阿Q的时代尚未过去而仍需启蒙、革命的人，都是帝国主义老爷派来中国的政治牧师。③此处的帝国主义，所指是苏俄而非美国，从中也折射出郑学稼思想中的"冷战"意识形态。正是在这个意义上郑学稼称鲁迅"是旧时代的忠实证人，却不是新时代的创造者"。④因为鲁迅对于所谓"新时代"（辛亥革命之后，尤其是南京国民政府之后）的描写，是通过《彷徨》这样犹豫苦闷的文字或是通过杂文那样尖锐的批判来完成的。正是在这样的逻辑延伸中，郑学稼认为《呐喊》是鲁迅最好的创作，《彷徨》次之，而杂文则是鲁迅创造力衰颓的产物："鲁迅的杂感不是文学，他晚年不能写长篇小说，而成为'杂文家'"⑤，恰恰是因为"忘却了文学给他的任务"，鲁迅杂文艺术性的欠缺，是因为只有"攻击国民政府和捧苏联"的两个部分⑥，是利用小品文做中国共产党的宣传。⑦

郑学稼虽承认鲁迅为文学家，但不得不说，郑学稼其实是文学的"门外汉"，其对鲁迅的评价完全忽略了艺术性的维度，以先入为主的偏颇史观为尺子来衡量文学价值的高低，从而无法对除《呐喊》

---

① 郑学稼：《鲁迅正传》，时报文化出版公司 1978 年版，第 77 页。
② 郑学稼：《鲁迅正传》，时报文化出版公司 1978 年版，第 95 页。
③ 郑学稼：《鲁迅正传》，时报文化出版公司 1978 年版，第 92 页。
④ 郑学稼：《鲁迅正传》，时报文化出版公司 1978 年版，第 57 页。
⑤ 郑学稼：《鲁迅正传》，时报文化出版公司 1978 年版，第 345 页。
⑥ 郑学稼：《鲁迅正传》，时报文化出版公司 1978 年版，第 350 页。
⑦ 郑学稼：《鲁迅正传》，时报文化出版公司 1978 年版，第 314 页。

之外、包括鲁迅杂文在内的众多创作作出公允的评价。郑学稼论证中的逻辑错乱在于：表现晚清社会落后的作品即为好的作品，批判民国（尤其是 1928 年南京国民政府成立）之后社会黑暗的作品则艺术性不佳。因而，有限度地承认鲁迅为文学家，是因为鲁迅的作品表现了晚清社会的黑暗与落后，这正是辛亥革命发生的背景；之所以不承认鲁迅为思想家，是因为鲁迅后来的思想斗争指向国民党的一党专制。郑学稼通过这种方式将国民党政权的合法性安置到中国近代以来的反殖民斗争的历史中，并将 1928 年以后的国民政府作为辛亥革命以来"唯一合法的政府"来维护，其政治立场不可谓不鲜明。在《鲁迅正传》中，郑学稼表现了他的反帝、反军阀的立场，但所指军阀则大抵为北洋时期各军阀①，却绝口不提国民党的新军阀性质；虽然也承认无产阶级是反帝的，但是认为他们因为反国民政府而造成了内乱；他将中国社会之动荡归结于无产阶级的反抗，认为国民党"清党"、"反共"乃"正义之举"。诸如此类的观点在这本《鲁迅正传》中俯拾皆是。

郑学稼的鲁迅论还有鲜明的民族主义特征。郑学稼在晚清帝国的"次殖民地"境遇民族自救的背景中理解鲁迅的《摩罗诗力说》表现出来的民族主义立场，认为《摩罗诗力说》表现了鲁迅早期的民族主义立场，也承认鲁迅弃医从文背后的民族主义因素。在郑学稼看来，中国在辛亥革命之后逐步摆脱帝国主义的奴役，形成了一个较为完善的现代民族国家形式，1928 年成立的南京国民政府便成为民族主义的象征。不过，由于郑学稼站在保守的民族主义的立场上，不理解鲁迅针对北洋政府、国民政府的批评背后深深的民族主义情绪，反而将鲁迅对现实的政治权力的批判视为一种反民族主义的行为。同样，由于郑学稼无法理解鲁迅激进变革论的思想背景，于是将鲁迅对于中国传统激烈的言论也理解成反民族主义的。他的这种站在特定的"民族主义"立场上对鲁迅的评判，出现了前后的矛盾。比如，在后来谈及鲁迅与内山完造的关系时，郑学稼语焉不详、言辞模糊，所言多为无端之揣测，又不敢下定论，但其倾向"鲁迅是汉奸"的暗示

---

① 郑学稼：《鲁迅正传》，时报文化出版公司 1978 年版，第 72 页。

却又是很明显的。① 从上述我们可以看出，论证国民党政权合法性的努力贯穿于郑学稼的思路中。

不过，郑学稼的鲁迅研究仍有他的贡献，提出了鲁迅研究史上重要的命题。纵观鲁迅研究的历史过程，1978 年版的《鲁迅正传》有如下值得注意之特点：其一，通过梳理鲁迅的书账得出结论，认为鲁迅"并未完全赞同斯大林派的文艺政策"②，这是一种较新颖的研究方法。其二，新版的《鲁迅正传》参考了夏济安在五六十年代的相关研究，将在初版本中只是模糊意识到的问题，作了一定程度的拓展，提出鲁迅在性格上的光明与黑暗的两面。当然，从学术研究的深度来说，这比夏济安在思想层面指称鲁迅光明与黑暗的两面，是认识上的倒退。其三，对于鲁迅与共产党的关系，郑学稼意识到鲁迅与列宁主义的区别："他不是和瞿秋白一样，用斯大林和列宁的观点分析社会，他是本自己的处世经验和接近共产党人的印象，当然还有接受莫斯科对苏维埃天国的宣传，做出只有'新兴的无产者才有将来的论断'。"③ 这种对于鲁迅与列宁主义的关系的辨析，虽然还不甚明了，但不能不说是鲁迅研究思路上的重要的贡献。这和许广平等人在特定的意识形态要求下把鲁迅塑造成"党的一名小兵"所呈现的鲁迅与中国共产党的关系相比，是更符合鲁迅的思想实际的。

整体来看，这本书只论述鲁迅在文学界的地位，少有涉及鲁迅的性格等方面，这是与苏雪林的"反鲁"截然不同的文字。虽然同在国民党文人的阵营中，但郑学稼与苏雪林并不一样。苏雪林对鲁迅只有情绪性的谩骂，承认鲁迅的文学贡献却激烈地攻讦鲁迅的人格。郑学稼本人曾声明他决不同意苏雪林对鲁迅人格的攻击。郑学稼由于其社会科学研究和联共党史研究的背景，能够从社会政治经济的角度分析鲁迅文学赖以发生的社会根源，并以此为依据有限度地肯定鲁迅的文学贡献而否定鲁迅思想家和革命家的地位，其鲁迅论背后有稳定的意识形态和特定历史观的支撑。至于鲁迅是不是革命家和思想家这个

---

① 参见《鲁迅正传》附录六《鲁迅与内山完造》。
② 参见《鲁迅正传》附录三《鲁迅的书账》。
③ 郑学稼：《鲁迅正传》，时报文化出版公司 1978 年版，第 527 页。

问题，由于郑学稼本人历史观的限制，他无法理解左翼学者称鲁迅为革命家，并非一般意义上的革命家，而是为中国人民的解放，为中国社会的前进而奋斗的意义上的；所谓思想家，并非指鲁迅是一个有独立鲜明的思想体系的哲学家，而是指他对于中国社会、历史有极为深刻的认识，尤其是这种认识是体现在他的文学作品中的。尽管有这样的局限，但这种有特定史观支撑的鲁迅论，虽不免偏颇，但较之于苏雪林漫骂式的鲁迅论，已经有了相当的进步。总体而言，在关于鲁迅的史实的陈述上，《鲁迅正传》还是较为严谨、客观的，在禁绝鲁迅的"戒严"年代，为台湾文化界打开了一条了解鲁迅的通道。

### 三　刘心皇：台湾鲁迅研究的学术转向

刘心皇通过公开的文字谈论鲁迅，始于与苏雪林论争而爆发的"文坛往事辨伪"案，这次论争的一个重要议题，不是应不应该"反鲁"，而是如何"反鲁"的问题。"文坛往事辨伪"案是一场发生在国民党文人内部的争论，显示了"官方"文化力量在一些具体问题上的分歧（如国民党退台后的文艺政策）。在这场论争中，苏雪林代表国民党当局极右翼的文化势力，完全拥护国民党当局的文艺政策，而刘心皇则成为国民党年轻一代文人中反思国民党文艺政策，逐步走向开明，回归文学与学术的力量。

"文坛往事辨伪"案的发生与国民党当局在台湾施行的文艺政策直接相关。台湾经过日本50余年的殖民当局的文化同化政策，尤其是日据后期的"皇民化"政策，使得两岸之间的文化交流受到严重的阻碍。1945年台湾光复后，两岸文化出现了广泛的交流，"五四"新文化作为中国文化的代表被引入台湾，成为台湾去殖民化的重要一环，这一时期，"五四"新文学逐渐被台湾文坛所熟悉。然而，国民党退台后，严厉查禁大陆二三十年代文艺，一批赴台的大陆文人也绝少提及他们所经历的大陆文坛。当局的政策执行和文坛感知能力的欠缺，导致五六十年代台湾文坛对中国新文学异常隔膜，苏雪林之所以能够隐瞒过去的历史，宣称自己"一贯反鲁"，正与这样的状况相关。正如刘心皇所言"她欺侮台湾无人，以为抗战前夕的中国文坛状况，事隔二十年，年轻的一代没有人知道了，便可以大吹大擂一番了"①。在这样的情况下，苏雪林说了一些言过其实的话，把自己塑造成二三十年代台湾文坛的重要人物，引起熟悉中国大陆新文学的寒爵、刘心皇等人不满，从而在苏雪林和寒爵、刘心皇之间爆发了大规模的笔战。因此，从根本上来说，这场论争的发生，根本上源于国民党严厉查禁大陆 30 年代文艺的政策。

刘心皇是大陆赴台作家，早在抗战中的 1939 年，就已经出版过《抗建文学论》，到台湾后通过各种渠道搜集、整理新文学史料，对中国现代文学相当熟悉，出版有《抗战时期沦陷区文学史》《现代中国文学史话》等著作。1962 年苏雪林在《悼大师，话往事》的文章中，把自己塑造成 30 年代台湾文坛的风云人物和"一贯反鲁"的英雄，引发寒爵不满，他在《幼狮文艺》发表《替苏雪林算一笔旧账》，认为苏雪林并非如其所声称的那样"一贯反鲁"，并以之 1934 年在《国文周报》发表的一篇旧文《阿 Q 正传及鲁迅的写作艺术》为证据，反驳苏雪林言过其实的自夸，由此引发论争。作为新文学史家的刘心皇以文章声援寒爵，发表《从胡适之死说到抗战前夕的文坛》《欺世"大师"——写苏雪林"话"文坛"往事"》，以翔实的文学史料辨析当年文坛关系，指出苏雪林早在 1929 年就发表文章表明自己在写作和写信时都喜欢引用鲁迅的话。双方的论争多感情用事，少了理性的分析。但相对而言，刘心皇的文章依据大量史料逐一辩驳苏雪林的相关言论，多少带有学术研究的意味。刘心皇认为，苏雪林之骂鲁迅"是感情用事的'反鲁'，谩骂式的'反鲁'，不是有理性的'反鲁'，没有说'平实话'，以至完全落了空，甚至还有反效果"。对此，古远清曾指出："刘心皇和苏雪林同属'反鲁'营垒"，在刘心皇看来，苏雪林的"反鲁"方法不高明，"反鲁"不应采取苏雪林那样"世俗的方式，应讲求学理"。将刘心皇归于"反鲁"的阵营，恐怕过于草率，没有把握到刘心皇参与这场论争的真实心理动机。刘心皇之所以撰文支持寒爵，除因二者关系密切之外，也是由当时特定的意识形态环境所决定的。寒爵在五六十年代创作有大

---

① 刘心皇编：《文坛往事辨伪》，刘心皇自印 1963 年版，第 7 页。

量的杂文，在这些杂文中，有相当部分可以读出鲁迅的影响①，苏雪林就指出"寒爵先生的文章人皆为善学鲁迅"，是想"拜鲁迅做徒孙"，给寒爵扣了一顶"红帽子"②。在当时的环境下，被扣上"红帽子"是要杀头的。在这种情况下，刘心皇出来声援寒爵，自然须在"反鲁"的"官方"话语内部展开，才可能避免因反苏雪林最终变为和官方对抗的危险。综观刘心皇在此案中的表现，其说法尽管带有"反共"腔调，但能以史料为依据陈述事实，与苏雪林隐瞒、篡改历史事实的做法大相径庭。

实际上这场论争，是台湾"戒严"期较早谈及三十年代文学的问题，相关论证尽管没有提及开放三十年代文学，但提醒人们意识到三十年代大陆文坛的存在。由这场论争，刘心皇对三十年代大陆文坛的熟悉让人印象深刻，表明他对鲁迅也有特别的关注。从日后刘心皇所写的系列文章来看（后收入《鲁迅这个人》），刘心皇对于鲁迅与三十年代大陆文坛有相当深入的研究，提出了诸多重要的观点和命题，展现了他在重现三十年代左翼文艺方面所下的功夫。直到今天看来，其中有些观点仍是非常有启发意义的。

刘心皇与郑学稼有较多的交往，他在写作《鲁迅这个人》中的系列文章时，在一些具体的观点上借鉴了郑学稼的研究成果并由此作了进一步的探讨。但是刘心皇的知识结构与郑学稼不同。郑学稼研究社会科学、联共党史出身，其对鲁迅的文本细读贯彻了他固有的史观。刘心皇主要研究文学史，他对于鲁迅所下的判断主要是从文学事件中寻找证据，在纷繁复杂的文坛关系中进行细密的考证，以还原历史的原貌，虽因少量史实的错误而导致一些论述不符合历史事实，但方法基本仍属科学、客观的。与郑学稼一样，刘心皇主要作史的考证与描述，对于文学作品的解读不够。

综合来看，郑学稼认为鲁迅是共产党的同路人，虽然反对周扬，但并不反中国共产党和苏联。刘心皇认为鲁迅与中国共产党之间有分歧，这种分歧并不单单是在与周扬、田汉等具体政策的执行者之间，

---

① 参见本书"作家论"部分关于寒爵的章节。

② 刘心皇编：《文坛往事辨伪》，刘心皇自印 1963 年版，第 104 页。

深层原因在于创造社、太阳社批判鲁迅时候的基本问题并未解决。刘心皇通过鲁迅的书信来论证鲁迅并非共产党的同路人，本质上是一个自由主义者。他以鲁迅与托派的关系，说明鲁迅不仅不是共产党同路人，表现在行动上甚至是"反共"的，并声称鲁迅将来会被"清算"。此处所谓"清算"，意即清除附着在鲁迅身上原本不属于鲁迅而被认为附着上去的因素，这和郑学稼在《鲁迅正传》中所说的"凯撒的归凯撒"有着相同的意思。虽然他们共同的矛头指向中国共产党鲁迅论意识形态色彩，但他们的这种努力也未必不指向苏雪林对鲁迅的人格攻讦与政治谩骂：不应将鲁迅涂抹上更多的意识形态色彩，而应试图恢复鲁迅的本来面貌。相同的努力，大陆要到80年代中期，才有王富仁等人喊出"回到鲁迅那里去"的口号。

在这本书中，刘心皇大量引用鲁迅原文（主要是后记、序跋等）来对三十年代文坛现象进行说明，基本上是以鲁迅的文章本身来展开文坛事件，有的甚至整篇引用，然后加以简短评述，这客观上为台湾读者提供了阅读鲁迅的一个渠道。刘心皇在相当程度上以鲁迅之是非为是非。比如，对《中国小说史略》剽窃一说，指摘陈源的人身攻击是极拙劣的行为[1]，对三十年代曾今可在上海文坛的表现很不屑[2]，借助郑学稼的鲁迅书账研究进一步澄清新月派说鲁迅拿俄国人的卢布的言论不实，证明鲁迅并没有"拿卢布"[3]。关于鲁迅与新月派的论争，刘心皇认为双方在文艺理论的层面是不分胜负的，这等于承认了左翼文艺理论有它的合理性，而新月派的失误，是"在于'人身攻击'的不实"，如陈源子虚乌有地指责鲁迅的《中国小说史略》剽窃盐谷温被证明是诬陷。

相反，刘心皇在诸多方面为鲁迅辩护。通过国民党浙江省党部呈请通缉鲁迅一事反思国民党文艺政策的失败。对于鲁迅被通缉七年而未被逮捕的真相，刘心皇提出了新颖的观点，认为这是国民政府在争取鲁迅，遗憾的是这一政策并没有得到有效的执行。因此，刘心皇认

---

[1]　刘心皇：《鲁迅这个人》，东大图书股份有限公司1986年版，第193页。

[2]　刘心皇：《鲁迅这个人》，东大图书股份有限公司1986年版，第108页。

[3]　刘心皇：《鲁迅这个人》，东大图书股份有限公司1986年版，第196页。

为必须反思国民党从三十年代以来的文艺政策，认为三十年代的文艺，关乎“国家”的兴亡。在《从鲁迅看三十年代文坛的纠纷》中，刘心皇特别提起国民政府在三十年代的禁书和出版审查问题。刘心皇说：

> ……没有很好的文艺政策，即便有一些方案和计划，执行得也不够彻底。所以说，三十年代的文艺运动，不是“左联”厉害，而是党和政府的疏忽。
>
> 如今，研究这一史实，是想把它作为一面镜子，照一照得失，总是有益的。语云：前事不忘，后事之师。是值得三思的。①

刘心皇承认“中国共产党利用文艺之巧妙”，并提醒“从事文艺运动的人——也可以说是从事文艺工作的人，可以从这里探索出文艺运动的得失”②。

20世纪60年代的“文坛往事辨伪”案尽管是发生在国民党文人内部的一场论争，但从中已可看出刘心皇较具学理性的研究的雏形：史料的收集与相对理性的分析。刘心皇的《鲁迅这个人》一书恰恰在上述两个方面体现了它的价值，是对苏雪林以辱骂代替研究的学风的一次矫正，同时也以更为翔实的史料修正了郑学稼的某些观点。正如朱双一所指出的：“他的这本书，代表了港台有关鲁迅的一些流行观点，但与同类著述相比，学术成分有所增加，谩骂成分有所减少，且因大量引用鲁迅原著及相关资料，客观上在视鲁迅为禁忌的台湾起了宣传鲁迅的作用。”③尽管刘心皇的研究仍有先入为主的偏见，有时过多纠缠于表面的人事纷争，但同时他也能提出新颖的观点供学界再探讨（如认为鲁迅本质上是自由主义者），又有对学界长期悬而未决的问题的细致考证（如对国民党通缉鲁迅真相的考证），有着相当的学术价值，为“解严”后学术体制内的学院派鲁迅研究奠定了必要的基础。

---

① 刘心皇：《鲁迅这个人》，东大图书股份有限公司1986年版，第180—181页。
② 刘心皇：《鲁迅这个人》，东大图书股份有限公司1986年版，第75页。
③ 朱双一：《刘心皇〈鲁迅这个人〉评价》，《鲁迅研究动态》1989年第9期。

　　1950 年《台湾新生报》上匿名的系列文章全盘否定鲁迅的人格、思想、文学，与后来苏雪林的激烈"反鲁"，否定鲁迅的人格、思想，在文化与思想逻辑上有一致性。从苏雪林到郑学稼再到刘心皇，尽管各自的论述角度、给予的评价等都不同，但他们的立场都是反共的，因此，他们同属于国民党文人阵营。像苏雪林那样"反鲁"的人即使在"戒严"时代也是绝无仅有的，她激烈地"反鲁"而且反共，将鲁迅作为左翼文化的重要象征来批判，认为"反鲁"即"反共"。郑学稼从反对左翼的鲁迅论出发，仅有限度地保留鲁迅文学家的称号，否定其思想家和革命家的地位，呈现出的是一个从国民党的历史观折射出来的鲁迅形象。而到了刘心皇这里，鲁迅似乎已经成为反共阵营里的一员了，虽然走向了另一个极端，却也为呈现某些被遮蔽的鲁迅的面貌提示了新的角度。基本上，郑学稼承认鲁迅是文学家，而刘心皇则试图剥去鲁迅笼罩在身上的共产主义的意识形态光环，客观上来说，这对于台湾知识界走向鲁迅是有积极意义的。在郑学稼和刘心皇发表他们的言论的七八十年代之交，台湾的刊物上已经开始有公开地正面评论鲁迅的文章出现，"郑学稼、刘心皇"们基于国民党立场的鲁迅论，已经找不到传播的市场，人们开始从鲁迅的文本中进入鲁迅的精神世界。李欧梵的鲁迅研究，在台湾产生了相当大的影响。但是，在台湾还没有能够大规模地读到鲁迅的作品的时候，郑、刘的研究，不能不说是对鲁迅的一次新的宣传。

　　了解这一脉络，不仅可以反思鲁迅研究史中的诸多问题，对于理解台湾文学与文化生态也是有重要意义的。

## 第二节　"自由人文主义"者的鲁迅研究

　　1949 年，中国大陆的知识分子队伍发生了分流，左翼知识分子留在大陆，而部分自由主义和人文主义知识分子则跟随国民党到了台湾，从而使"五四"以来的自由主义和人文主义两大文学思潮在1950 年以后的台湾得以延续。由于人事交往、创作风格和思想观念的趋近，二者在台湾产生了相互的交融。朱双一就曾将台湾 20 世纪50 年代以后的自由主义和人文主义文学思潮并称为"自由人文主义"，认为"这一流脉在政治理念上是自由主义的，在文学内涵和创作方法上具有人文主义倾向，而且这二者之间存在着有机的连结"①。这种连结同样也表现于这一批自由主义和人文主义文人跟随国民党退台以后对鲁迅的相近态度上。本节在此意义上将"自由人文主义"的鲁迅研究作为"戒严"期台湾鲁迅接受的重要一脉进行考察。

### 一 "大陆·台湾·海外"：自由人文主义思潮的空间变迁

1949 年前后，中国知识分子因各自思想倾向的不同而在台海两岸发生了大规模的迁徙，部分信奉西方自由、民主理念的知识分子来到台湾；而稍早于此，战后初期来到台湾的诸多左翼知识分子纷纷离开台湾，回到中国大陆。台湾左翼力量的削弱和右翼力量的增长，使自由人文主义的文学思潮在 1949 年得到小规模的复归，并渐有蔚然成风之势。从 1949 年 5 月创刊到同年 11 月 "反共文学" 提倡，《民族报》在短短六个月中集中刊出了胡适、朱光潜、废名、朱自清、谢冰莹等京派人文主义作家、学者的文章数十篇，并转载过瑞恰慈等西方人文主义者的文章。这表明在左翼思想力量被削弱之后，"五四"文学中自由人文主义的一脉开始彰显。但是很快，由于"反共文学"与"战斗文艺"的提倡，自由人文主义的一脉被压抑数载，直到 1956 年《文学杂志》的出现及 1958 年胡适重提 "五四" 时期 "人的文学" "自由的文学" 观念，自由人文主义者才形成对 "反共文学" "战斗文艺" 的挑战。在这一背景之下，1958 年之后，胡适、梁实秋、林语堂等人才先后对鲁迅进行各自立场上的评价。不过这些 "五四" 亲历者的鲁迅评价在国民党严厉的思想控制之下并没有在台湾得到有效的继承，反而由赴美的夏济安在学术研究方面作了进一步的拓展。此后，则相继有林毓生、李欧梵、王德威等人赴美深造，逐步将海外鲁迅研究推向深入，并影响到 20 世纪 80 年代以后中国大陆的鲁迅研究。

自由主义、人文主义在 "五四" 之后的 30 年中，尽管在中国不

---

① 朱双一、张羽：《海峡两岸新文学思潮的渊源和比较》，厦门大学出版社 2006 年版，第 390 页。

乏提倡者与践行者，但由于脱离中国社会现实和民众的现实要求而受到来自左翼文化的持续批判。1949 年以后，左翼文化在大陆得到发展的同时，自由主义、人文主义学者大多数则到了台湾、香港和海外。这批知识分子到台湾后，参与组建和充实了今天的台湾大学、台湾师范大学、成功大学、清华大学等数十所大学。尽管当时国民党对文化的干预相当严重，"但这批学人坚持'五四'时代学术自由和独立的传统，终使'学院传统'在此得以延续，并使这一文化的星火得以微弱地保存"①。这与傅斯年执掌台大时期大力推进文科教育并同时强调"学贯中西"的办学方针，从而营造了良好的人文氛围不无关系。另外，"五四"文坛的大家如梁实秋、胡适、林语堂等人先后来到台湾，也增加了这一传统的力量，其中梁实秋是《文学杂志》的主要作者之一，而胡适则成为《自由中国》的精神领袖。

在"五四"的"学院传统"确立的过程中，夏济安与刘守宜、吴鲁芹等人创办的具有浓厚学院派气息的《文学杂志》直接承续的是"五四"时期北大师生创立文学团体和合办杂志的风气，成为集结自由主义和人文主义文人群体的主要阵地。《文学杂志》坚持文学的独立与自足，"在反共文学当道的 1950 年代里，确乎独树一帜，赢得各方肯定，自非偶然"②。当时如梁实秋、台静农等不少"五四"亲历者都成为该刊的作者，远在美国的夏志清、陈世骧也应约为该刊写稿。当时的台大学生陈若曦、白先勇、王文兴等人最初的作品都发表于该刊，绵延成为 20 世纪 60 年代的现代主义文学思潮。在这些同学中，还包括后来著名的鲁迅研究专家李欧梵。李欧梵曾坦言自己追随夏氏兄弟的"研究踪迹，亦步亦趋，受益匪浅"③。而 1976 年毕业于台大外文系的另一位中国现代文学研究者王德威，则更是将夏志清视为自己的"师爷爷辈"，认为他和其师长辈的李欧梵都从夏志清那

① 王丽丽、程光炜：《从夏氏兄弟到李欧梵、王德威》，《当代文坛》2009 年第 5 期。
② 梅家玲：《夏济安、〈文学杂志〉与台湾大学》，《当代作家评论》2007 年第 2 期。
③ 李欧梵：《光明与黑暗之门——我对夏氏兄弟的敬意和感激》，《当代作家评论》2007 年第 2 期。

里"继承了一个海外的人文学的传统，尤其是欧美人文主义的传统"①。这一脉络具体表现为夏志清的"感时忧国"、李欧梵的"五四和浪漫主义的一代"及"上海摩登"和王德威所提倡的"抒情性"和"多元性"的发展过程。而从自由主义一面来看，《自由中国》的一脉显然偏向于政治实践，也就是在这一政治实践过程中，自由主义阵营的胡适、柏杨、李敖、林毓生等人也都对鲁迅进行过评价。由于胡适的巨大文化影响力，他的鲁迅评价对台湾文化界理解鲁迅起到一定的作用。而在台师从殷海光、后赴美求学于哈耶克门下的林毓生，更是从思想史的角度理解鲁迅，这一理解又成为后来李欧梵写作《铁屋中的呐喊》一书的一个重要参照系。

与"党属文人"公开的鲁迅批判和左翼知识青年地下的阅读和接受迥异的是，"自由人文主义"者的鲁迅接受在台湾无法提供正常学术环境的情况下，终于在海外走出一条较具理性的学术研究道路。

## 二 "五四"知识分子的鲁迅忆评

在"戒严"期鲁迅成为禁忌的情况下，与国民党官方若即若离的关系和本身在文化界的重要影响力，使得胡适、梁实秋、林语堂等在"五四"时期就已文名远播的作家能够以较为独立的姿态和理性的方式谈论鲁迅。

最早公开对鲁迅发表意见并有较高评价的是胡适。1958年5月4日，胡适发表《中国文艺复兴运动》的演讲，重申新文学的两个标准，"第一个是人的文学"，第二是"要有自由的文学"，明确指出"文学这东西不能由政府来指导"②。胡适重提历史问题实际是为了批评国民党当局退台以来所推行的文艺政策。此次演讲中，虽然胡适批评了鲁迅晚年的"左倾"，但他还是认为鲁迅"在《新青年》时代是个健将，是个大将"③，并高度评价了鲁迅的文学，指出鲁迅在1930年之前在随笔、杂感尤其是小说、外国文学翻译方面的贡献。在政治

---

① 季进：《海外汉学：另一种声音——王德威访谈录之一》，《文艺理论研究》2008年第5期。

② 胡适：《谈鲁迅》，林语堂等著《评鲁迅》，喜年来出版社，出版时间不详，第9页。

③ 胡适：《谈鲁迅》，林语堂等著《评鲁迅》，喜年来出版社，出版时间不详，第9页。

上反共、文学上禁绝左翼文学并诋毁贬低鲁迅的年代，这样的评价可谓独树一帜。

胡适说《域外小说集》"是古文翻小说中最了不得的好，是地道的古文小说"，这是曾与鲁迅在翻译观念上有过激烈交锋的梁实秋无法同意的。因当时紧张的政治气氛的影响，与大多数来台知识分子一样，到台湾以后的梁实秋很少提及鲁迅。1955 年，应未迟在其《匕首集》中认为杂文应该"为光明讴歌，向丑恶挑战（杂文的目的）"、具有"毫不妥协的战斗性"。这本书从书名到内容都是对鲁迅杂文观念的一次实践。① 不过，梁实秋在为这本书所写的序言中却表达了和作者不一致的文学观念，认为写杂文"宅心必须忠厚，非徒逞一时之快，哀矜勿喜，谈言微中，庶几有益于世道人心"②。如果熟悉梁实秋、鲁迅当年主要的交锋点，这段话其实隐含了对鲁迅杂文观念的批评。1964 年就一些问题又指出"鲁迅的翻译是从日文转译的，因此对于各民族的文学未必有适当的了解"，同时由于鲁迅专注于弱小民族的翻译动机直接导致鲁迅对"文学价值"的忽略。③ 梁实秋说"鲁迅的态度不够冷静""有文学家应有的一枝笔，但他没有文学家所应有的胸襟与心理准备。他写了不少东西，态度只是一个偏激"④，"要作为一个文学家，单有一腹牢骚，一腔怨气是不够的，他必须要有一套积极的思想，对人对事都要有一套积极的看法，纵然不必即构成什么体系，至少也要有一个正面的主张"⑤。梁实秋数次指出"他的作品（尤其是所谓杂感）在当时确是难能可贵"⑥、鲁迅的作品"比较精彩的是他的杂感"⑦，却又说"其中有多少篇能成为具体有永久价值的讽刺文学，也还是有问题的"⑧、将来"这些杂感还有多少价值，

---

① 鲁迅对小品文的要求即"是匕首和投枪，要锋利而切实，用不着什么雅。"参见鲁迅《小品文的危机》，载《鲁迅全集》第 4 卷，人民文学出版社 2005 年版，第 590—593 页。
② 梁实秋：《序》，应未迟著《匕首集》，联合报社 1955 年版。
③ 梁实秋：《关于鲁迅》，爱眉文艺社 1970 年版，第 8 页。
④ 梁实秋：《关于鲁迅》，爱眉文艺社 1970 年版，第 9 页。
⑤ 梁实秋：《关于鲁迅》，爱眉文艺社 1970 年版，第 3 页。
⑥ 梁实秋：《关于鲁迅》，爱眉文艺社 1970 年版，第 3 页。
⑦ 梁实秋：《关于鲁迅》，爱眉文艺社 1970 年版，第 6 页。
⑧ 梁实秋：《关于鲁迅》，爱眉文艺社 1970 年版，第 6 页。

颇是问题"① 云云。可以看出，梁实秋对鲁迅文学作出的基本否定的
评价，仍是以其一贯的新人文主义的理性的节制、文学的古典主义、
坚持文学的超阶级性、强调文学的"永恒人性"等为标准的。梁实
秋自陈站在较为公正的立场来回应台湾社会对于鲁迅的好奇，在对诸
多问题的回应上显示了一种刻意的节制，却也不自然地流露了当年论
争的遗留情绪。

　　不过，林语堂对鲁迅的杂文看法却与梁实秋不同。1965 年，林
语堂在《联合报》副刊发表《记周氏兄弟》一文，指出鲁迅"文如
其人，热嘲冷骂，一针见血，自为他人所不及"。而在当时中国那种
社会状况下，"也应该有人，作消极毁灭酸辣讽刺的文章"②，充分肯
定了鲁迅杂文的历史价值。1966 年，林语堂又提及鲁迅的杂文，认
为其"文章实在犀利，可谓尽怒骂讥弹之能事"③，"他机警的短评，
一针见血，谁也写不过他"④。而对于鲁迅的小说创作与学术研究，
则未作评价。另外，林语堂对鲁迅的性格的刻画，也和当时报刊上公
开形塑的鲁迅阴险、刻薄的形象不同。文章首先以当事人的身份回忆
了 1926 年鲁迅在厦门大学与刘树杞等人的矛盾，并借此表达当年
"厦门大学之事，我们只是同病相怜"⑤ 的无奈与歉意。这篇文章中
还回忆了林语堂在上海因一言不合而与鲁迅反目之事。参照郁达夫的
回忆⑥，林语堂在这篇文章中所讲述的情节并无自我辩解的意味，林
语堂所谓"是鲁迅神经过敏所致"也能与郁达夫的回忆大致吻合。
同时，林语堂还有意无意地忽略了 1934 年其与鲁迅在曹聚仁家宴上
的第二次疏离之事，尽管此事在很多右翼文人看来更能表现鲁迅"多
疑"的性格。林语堂早在 30 年代悼念鲁迅的文章中就已经说过："鲁
迅与我相得者二次，疏离者二次，其即其离，皆出自然，非吾与鲁

---

　　① 梁实秋：《关于鲁迅》，爱眉文艺社 1970 年版，第 7 页。
　　② 林语堂：《记周氏兄弟》，《联合报》1965 年 3 月 26 日第 7 版。
　　③ 林语堂：《忆鲁迅》，林语堂等著《评鲁迅》，喜年来出版社，出版时间不详，第 6 页。
　　④ 林语堂：《忆鲁迅》，林语堂等著《评鲁迅》，喜年来出版社，出版时间不详，第 5 页。
　　⑤ 林语堂：《忆鲁迅》，林语堂等著《评鲁迅》，喜年来出版社，出版时间不详，第 6 页。
　　⑥ 郁达夫：《回忆鲁迅》，载《名人笔下的郁达夫，郁达夫笔下的名人》，东方出版中
心 1998 年版，第 302 页。

有轻轩于其间也。""大凡以所见相左相同，而为离合之迹，绝无私人意气存焉。"可见，林语堂此时在台湾发表的见解表现出一个自由作家对鲁迅的真实看法，并未刻意迎合时局贬低鲁迅。

此外，陈西滢身居海外，但他 20 世纪 60 年代在台湾再版《西滢闲话》时，却将其中与鲁迅论战的文章悉数删除，表现了另一种态度。

就胡适、梁实秋、林语堂三人而言，尽管他们表现出不同于国民党官方的对鲁迅的仇恨，甚至在某些方面基于自身立场作了相对公允的评判，但在当时的政治气氛下，他们的评价中仍难免夹杂着意识形态话语。胡适即指"共产党不许文艺作家有创作自由"，而鲁迅是受害者之一。梁实秋虽不赞同国民党在台湾的禁书政策①，却也这样嘲讽了鲁迅与共产党的关系："鲁迅没有文艺理论，首先是以一团怨气为内容，继而是奉行苏俄的文艺政策，终乃完全听从苏俄及共产党的操纵。"② 林语堂与鲁迅曾数次相得相疏，但"始终没有跟他闹翻"③，其评价的天平较倾向于鲁迅，不过他却认为鲁迅的"偏激""神经过敏""罪不在鲁迅，而在共党那些狐媚惑主冒充文人的小政客"。另外，三人都认为鲁迅"要做偶像""喜欢人家捧他"，但并没有对鲁迅人格的侮辱。

胡适、梁实秋、林语堂等人选择生活在 20 世纪 50 年代以后的台湾，本身就表明他们对共产党和社会主义思想的某种隔膜，也和他们一贯的自由派立场一致。胡适、梁实秋、林语堂等人在五六十年代对鲁迅的评价都是以当事人的身份回忆当年与鲁迅交往、论战的细节，并连带对鲁迅文学与学术的讨论，基本上在五六十年代的台湾重现了二三十年代之际英美派知识分子对鲁迅的评价。这些讨论带有诸多的个人主观情感色彩，并非严格的学术研究，但它背后的自由主义、人文主义的理性精神却带来了鲁迅评价走向学术化的契机。此后，以夏济安为开端，这样一条从文学、文化及思想的角度并在内在思考理路

---

① 梁实秋：《关于鲁迅》，爱眉文艺社 1970 年版，第 2 页。

② 梁实秋：《关于鲁迅》，爱眉文艺社 1970 年版，第 5 页。

③ 林语堂：《忆鲁迅》，林语堂等著《评鲁迅》，喜年来出版社，出版时间不详，第 6 页。

上有前后继承关系的鲁迅研究，开始从台湾走向海外，并逐步发展成熟。

### 三 夏济安：超越左、右两翼鲁迅观的初步努力

1950 年，夏济安由港赴台，这位早年在光华大学、西南联大、北京大学等校任教过的学者开始了他在台大外文系的教学生活。夏济安没有想到的是留驻台湾、任教台大的"这十年不到的时间，让他成就了'近人无出其右'的文化志业，对于台湾的文学研究和创作，产生深远影响"①。表现于两个方面。其一是夏济安所创办的《文学杂志》能够突破当时官方文艺政策主导的文学氛围，严肃地进行文学的研究、翻译与创作；其二是发掘、培养了一批围绕在《文学杂志》周边的优秀青年作家，这些人不仅在 20 世纪 60 年代创办了《现代文学》，而且以其丰硕的创作成果，成就了现代主义文学在台湾文学史上的重要地位。

夏济安对左翼文学所做的探讨，集中于他出版于美国的《黑暗的闸门》一书（1968 年，华盛顿大学出版社），其标题就来自鲁迅"肩起黑暗的闸门"的著名比喻。遗憾的是，时至今日，这本书仍未推出中文版，我们目前仅能读到《鲁迅作品的黑暗面》等少数篇章的中译本。如果要看清夏济安的鲁迅研究在中国鲁迅研究史上的位置，有必要将这段话引出来：

> 鲁迅的确是一个情感不稳定的人。他可以有时悲，有时喜，有时古怪，有时愤怒，有时轻松愉快，有时冷酷无情。目前一般人心目中的鲁迅，他的尖酸和先见之明总被过分强调了。

接着，尽管夏济安为鲁迅"把他的意见和情感浪费在杂文上"、未能"把各种情绪'融合'成一体，以更大的象征统一性把他眼中的世界充分地反映出来"而遗憾，但夏济安仍然肯定鲁迅的杂文写得"极为出色"——它们正是这种"喜怒哀乐无常的情绪"的产物。回顾

---

① 梅家玲：《夏济安、〈文学杂志〉与台湾大学》，《当代作家评论》2007 年第 2 期。

鲁迅研究史，梁实秋是较早认识到鲁迅杂文价值的人之一。早在1927 年 6 月 5 日，梁实秋（署名"徐丹甫"）即在上海《时事新报·书报春秋》发表《华盖集续编》的书评，将鲁迅的杂文置于从先秦寓言至晚清讽刺小说的历史背景下进行考察，称鲁迅杂文是中国现代讽刺文学的代表。在鲁迅杂文的艺术风格方面，梁实秋认为鲁迅杂文的最大特点是"灵活巧妙"地引用文言和"喜欢说反语"。20 世纪60 年代，夏济安指出鲁迅杂文正是依靠文言词汇和修辞方式来发挥讽刺作用，可视为对梁实秋早期观点的发展。以"尖酸""刻薄"等来否定鲁迅杂文尤其是其后期杂文的价值，是右翼文人的一个基本判断；而过分强调鲁迅与共产主义的思想联系，往往又是左翼的基本思考方式。因此，夏济安深入鲁迅思想与情感世界重新评价鲁迅杂文，表现出了他超越左、右两翼文化思想的努力。这不由得使我们想起李长之 30 年代对鲁迅的评价："鲁迅的中心思想是生存，所以他为大多数的就死而焦灼。他的心太切了，他又很敏锐的看到和事实相去之远。他能不感到寂寞吗？在寂寞里一种不忘求生的呼求和叹息，这就是他的文艺制作。"[1] 而当年李长之也正是"在与左翼马克思主义鲁迅研究学派和英美派自由主义知识分子的区别中建立自己的鲁迅研究体系的"[2]。因此，从鲁迅研究谱系的构成来说，夏济安继承了三十年代以李长之为代表的"人生—艺术派"的鲁迅研究的思路。

夏济安"反复研磨的问题之一便是，个人能否毅然决然地同他的过去和传统决裂"[3]。在胡适 1958 年的演讲中，曾提到鲁迅师从章太炎而打下坚实的古文功底，从而得以"用最好的古文翻译了两本短篇小说"，称赞《域外小说集》"是古文翻小说中了不得的好，是地道的古文小说"，其成就在林琴南之上。[4] 不过，胡适认为鲁迅最重要的"还是写了很多短篇小说"。[5] 夏济安沿着胡适的思路作了进一步

---

① 李长之：《鲁迅批判》，载北京鲁迅博物馆鲁迅研究室编《鲁迅研究资料》第 1 卷，中国文物出版社 1976 年版，第 1301 页。

② 王富仁：《中国鲁迅研究的历史与现状》，福建教育出版社 2006 年版，第 48 页。

③ 余夏云：《现代性的政治》，《南京社会科学》2011 年第 5 期。

④ 胡适：《谈鲁迅》，林语堂等著《评鲁迅》，喜年来出版社，出版时间不详，第 9 页。

⑤ 胡适：《谈鲁迅》，林语堂等著《评鲁迅》，喜年来出版社，出版时间不详，第 9 页。

的深入思考。他先高度肯定了鲁迅的旧诗创作，同时又指出鲁迅的失望来源于他既迷恋于传统的写作方式之中而无法逃避，同时又"驳斥传统的一切"的矛盾心态。因此，"鲁迅的黑暗的闸门的重量，有两个来源：一是传统中的中国文学与文化，一是作者本身不安的心灵"①。而后，夏济安也通过对《野草》的分析肯定了鲁迅对白话文学做出的独特贡献，认为《野草》是鲁迅"对他所看到的白话诗窘境的批评"，称这种"深思内省""忘却对众人发言"的问题"把白话文带出了平民化主义之理想的窄径"。② 这样，夏济安就在胡适未意识到或未明确指出的"传统"与"现代"之间建立了逻辑联系。

夏济安在充分理解鲁迅研究史的基础上超越意识形态对鲁迅文学与思想所作的新判断，启发了后来者在相关问题上的拓展。

### 四　林毓生：鲁迅思想研究新路径的开辟

倘若假以天年，夏济安对鲁迅思想中传统与现代的辩证本可以得到进一步的深入，遗憾的是夏济安于 1965 年病逝，而未能将他所提出的问题推向深入。不过这一命题却在林毓生关于近代以来中国思想史的研究中得到部分解决。林毓生将鲁迅的"全盘性反传统"的思想方法归结为"中国儒家传统的'整体性'思考模式"。在林毓生之前，身处台湾的胡适、梁实秋等人在处理鲁迅与政党政治的关系时多从自由主义立场谈论鲁迅与政党政治的关系，远在美国的夏志清表现出"冷战"思维构造下强烈的"反共"立场，而夏济安则尽量避免谈论政治。林毓生针对鲁迅与政治的关系的讨论却采取了完全不一样的方式。

林毓生从思想发展的过程出发，将鲁迅思想作为一个动态的、不断发展的过程来看待。他从鲁迅对中国的儒家与法家的发言中得出结论，"政治对鲁迅来说，既是道德的，又是不道德的，但从来不是超道德的"③。接着就鲁迅的社会实践作了具体探讨，认为鲁迅是一个

---

① 夏济安：《夏济安选集》，志文出版社 1977 年版，第 18 页。
② 夏济安：《夏济安选集》，志文出版社 1977 年版，第 19 页。
③ 林毓生：《关于知识分子鲁迅的思考》，载何梦觉编《鲁迅档案：人与神》，中国工人出版社 2002 年版，第 254 页。

"寻找彻底摆脱现行政治行为之途径的道德人"，"把踏上革命之路看作一种道德行为"，而当时的中国共产主义革命带有浓厚的道德色彩，使他"从而不再考虑自己对一切政治的反对"。具体而言，这一切源自鲁迅一直以来对被压迫者的同情和关怀，在马克思主义的阶级论那里找到了共鸣。因此，鲁迅向左派的转变"最初是由他摆脱现行的政治的愿望所唤起""基本上是一种道德行为"。问题是，鲁迅却没有意识到这是一种政治行为。由于鲁迅涉足政治领域是出于道德原因，而又没有意识到转向左派是政治行为，因此，他"放弃了参与获取权力过程的机会"，导致他"不能为提高政治的质量"做出努力，从而成为一种不道德的行为，于是他毫不犹豫地运用政治与思想手段来反抗政治操纵，从而最终与周扬等人展开论争。在林毓生看来，这一事件"证明了鲁迅作为一个知识分子的个性完整"。当"他重新将写作作为自己的斗争手段，把自己从政治压力下解放出来，……他的文学创造力又重新显现"。

　　这种基于个人内在思想逻辑的剖析方式，其直接的上源就在夏济安那里。因为在五六十年代，胡适、梁实秋、林语堂都是从日常生活或是人生轨迹方面对鲁迅作描述性的评价；"戒严"时期台湾左翼青年的地下阅读，也主要不在于对鲁迅思想细致的学理分析。因此，这样一种客观、冷静的学术分析就更接近夏济安的思路。同时林毓生也回答了夏济安有意无意所回避的问题。他认为鲁迅的转向左翼并不是通常人们所说的受到共产党的蛊惑，同时有着强烈的领导欲望（这几乎是当时自由派文人和"党属文人"共同的结论），而是明确地说鲁迅"放弃了参与获取权力过程的机会"。林毓生还发展了夏济安所提出的"传统与反传统"的问题。在林毓生看来，"五四人物根据他们所强调的根本思想决定一切的整体观思想模式去看许多传统成分的罪恶"，"如要革新，就非彻底而全盘的反旧不可"。[1] 林毓生在将鲁迅与胡适、陈独秀的反传统意识、源流及性质的对比中指出，"就达成

---

　　① 林毓生：《思想与人物》，联经出版事业有限公司1983年版，第135页。原载《中国时报》人间副刊，1979年5月9—10日。

反传统的目的而言，他的成就远超过其他反传统主义者"①。而这一点，主要是鲁迅通过其作品传达出来的。但林毓生也认为鲁迅终究没有超越整体性的反传统思想，"并进而为中国传统之创造的转化奋斗"。尽管林毓生所谓"中国传统的创造性转化"的思路也许并非一个切实有效的可操作性方案，但他第一次将鲁迅作为一个统一的思想整体来研究，探讨了鲁迅思想的逻辑过程，在当时过多纠缠于表面的人际纷争的所谓"实证"研究之外开辟了鲁迅思想研究的新路径。

### 五　李欧梵：鲁迅文学的诗性解读

承续着夏济安的思路，李欧梵在《铁屋中的呐喊》这本书中使用了夏济安提炼出的"闸门"意象，并在夏济安所谓的"黑暗的闸门"与他自己所谓"铁屋中的呐喊"之间架起联系的桥梁："如果那捐住闸门的巨人并没有被压死，他将必然为在'铁屋子'里不可避免的死亡而忍受痛苦。"② 在此基础上，李欧梵对夏济安的观点进行了发展和修正。

60 年代，夏济安对鲁迅的早期小说和散文诗《野草》有着极高的评价，虽然也肯定鲁迅杂文写得极为出色，但《黑暗的闸门》一书却认为在 1926 年鲁迅写出《彷徨》和《野草》之后，创作生命便结束了。③ 这样的评价表明夏济安对鲁迅的认识没有完全超越右翼的鲁迅观，即肯定鲁迅前期的小说、否定后期的杂文。李欧梵首先肯定夏济安从鲁迅的《野草》入手分析鲁迅作品"黑暗面"的研究方式所具有的开创性的学术意义，但他又认为鲁迅作品的"黑暗面"不仅在《野草》中，同时在鲁迅的"其他许多小说和早期杂文中也有所表现"。④ 李欧梵对鲁迅杂文的研究上承梁实秋和夏济安，又不为这些成见所囿，肯定了鲁迅杂文的"文学性"。以 1930 年为界，李欧梵将鲁迅的杂文分为前后两期，前期（尤其是 1927 年之前）以隐喻

---

① 林毓生：《思想与人物》，联经出版事业有限公司 1983 年版，第 136 页。原载《中国时报》人间副刊，1979 年 5 月 9—10 日。

② 李欧梵：《铁屋中的呐喊》，人民文学出版社 2010 年版，第 200 页。

③ Tsi - an HSIA, *The Gate of Darkness*, University of Washington Press, 1968, p. 128.

④ 李欧梵：《原序》，《铁屋中的呐喊》，人民文学出版社 2010 年版，第 3 页。

为特色，后期则主要是辛辣的讽刺，二者具有同等的意义，如果像夏
济安、舒尔茨那样把1926年视为鲁迅文学创作生涯结束的标志的话，
那么就从鲁迅的艺术创作中剔除了三分之二。① 李欧梵联系中国文学
传统，将杂文视为鲁迅对中国散文所做的重大创新，代表着作为现代
作家的独创性。他注意到鲁迅杂文与传统的关系，为了认识这种关
系，李欧梵深入中国传统中寻找"鲁迅风"杂文的根源。"鲁迅杂文
的产生一开始就是联系着一种激进的要求"②，这种激进的要求首先
产生于鲁迅自由表述的需要与"旧散文内容上、形式上的陈腐倾
向"③，而这种"激进"，在李欧梵看来，乃是根源于鲁迅思想与传统
的关系，也即他在《铁屋中的呐喊》第一章提出的"抗传统"倾向。

李欧梵的第二点突破，就表现在他将夏济安、林毓生对鲁迅与传
统关系的论述明确地表述为"抗传统"。李欧梵受到林毓生的影响，
但又修正与发展了林毓生的观点。林毓生曾认为鲁迅在"五四"之
前十年中的工作只局限于鲁迅"私人的、内在的"意识领域，"仅仅
是一些原料，鲁迅从中为他的文学艺术吸取了形式和内容。他们对鲁
迅的艺术只有技巧的意义，在政治思想和道德判断方面无本质意
义"④。与林毓生在政治思想史的脉络中理解鲁迅不同，李欧梵则从
鲁迅这段时期的"精神过程"中说明鲁迅回到古代而"消磨"掉的
十年不是消极无意义的，而"是一种细致的重新建设的行为"，"他
实际上是抓住了这段精神压抑的时间，从不断积累的文化资源中建立
某种可资参考的框架，在其中寄托他生存的意义"⑤。由此，李欧梵
发现"鲁迅这一时期独自进行的思索，提供了后来文学创作的温
床"⑥。这种从精神分析的角度理解鲁迅的思考方法，与夏济安确有
一脉相承之处。不过，李欧梵更将这样的分析拓展到《野草》之外
的鲁迅写作的各个方面，从鲁迅的古小说研究、传统题材的再创作、

① 李欧梵：《铁屋中的呐喊》，人民文学出版社2010年版，第112页。
② 李欧梵：《铁屋中的呐喊》，人民文学出版社2010年版，第113页。
③ 李欧梵：《铁屋中的呐喊》，人民文学出版社2010年版，第113页。
④ 转引自李欧梵《铁屋中的呐喊》，人民文学出版社2010年版，第25页。
⑤ 李欧梵：《铁屋中的呐喊》，人民文学出版社2010年版，第26页。
⑥ 李欧梵：《铁屋中的呐喊》，人民文学出版社2010年版，第27页。

魏晋人物研究及旧体诗的写作四个方面探讨鲁迅与传统的关系。比如，李欧梵似乎也认为鲁迅没有创作长篇小说是个遗憾，却从总体上肯定了鲁迅小说"艺术上的凝练和象征的感染力"，他的作品具有大师般的"细致的人物刻画"和"那种既涵盖且又穿透整个民族文化传统的视像的伟大"①。在李欧梵的观念中，鲁迅对传统小说研究的深度和广度都超过前人，最为重要的是，鲁迅能够对传统的遗产作出新的评价。在李欧梵看来，《故事新编》表明鲁迅"对丰富的中国文化传统中古典书籍巧妙的阅读方式"②。鲁迅所钟爱的墨家、庄子及魏晋人物的思想，"都可以称之为中国文化史中的'抗传统'倾向，是反对或在很大程度上远离孔、孟、朱熹、王阳明所代表的儒家正统思想的。从研究传统文学和文化中产生的'抗'的兴趣，就是他作为'五四'思想运动领袖之一的反偶像崇拜的态度的核心"③。这样一来，鲁迅在北京沉寂的十年就成为一种精神性的"储藏"，为后来他在思想上的反传统和文学创作及语言形式上的反旧习提供了来源。他当时沉浸于中国传统的积极意义也在这个意义上展现出来。

李欧梵极为强调鲁迅首先是作为文学家而存在的，他指出《铁屋中的呐喊》的目的就是证明鲁迅的写作是文学、而与政治无关，其结论认为，"鲁迅并非一位有体系的、甚至也不是前后一贯的思想家；他的思想'发展'也并非顺着一条从社会进化论到革命马克思主义决定论的路线"④。这实际上对从20世纪30年代开始的并延续到20世纪80年代之前的、由瞿秋白等人开创的左翼鲁迅研究的思路作出了某种反思。尽管李欧梵的研究针对的是所谓毛泽东对鲁迅的"神化"，但实际上，李欧梵的研究同样对另一项政治运动提出了异议，即台湾对鲁迅的诋毁与贬低。他所说的鲁迅的文学在中国现代文学史上没有得到充分的反响，不仅仅是指大陆，同时对台湾也具有参照意义。

---

① 李欧梵：《铁屋中的呐喊》，人民文学出版社2010年版，第201页。
② 李欧梵：《铁屋中的呐喊》，人民文学出版社2010年版，第37页。
③ 李欧梵：《铁屋中的呐喊》，人民文学出版社2010年版，第40页。
④ 李欧梵：《铁屋中的呐喊》，人民文学出版社2010年版，第197页。

### 六　夏志清："重返"台湾文化场域的意识形态因素

在这一思潮脉络中，呈现了地理空间和评价路径的两重变迁。在空间上，由"五四"一代知识分子从大陆到台湾，再由中生代的知识分子在海外深入地对鲁迅进行研究；在评价的路径上，则由当年的意气之争转向较具学理性的研究。但至此，本节的内容当中尚未提及海外自由人文主义流脉中对鲁迅也曾多有论及的夏志清。

夏志清虽然与这批从台湾到海外的受自由主义、人文主义影响的学者在文学观念上较为接近，但是夏志清却以一种"返回"台湾的姿态表现出了他的独特性。夏志清在耶鲁大学取得博士学位后获得洛克菲勒基金会（Rockefeller Foundation）赞助而完成《中国现代小说史》一书，奠定了他学者、评论家的地位。夏志清 1948 年即赴美留学，尽管他完成于 1956 年的《中国现代小说史》到 1961 年才在美国出版，在台湾出版则更是迟至 20 世纪 70 年代末期，但夏志清 50 年代中期即有文章在其兄夏济安之《文学杂志》发表，其中的一部分即取自其已完成的《中国现代小说史》的书稿。其文学观念从 50 年代中期开始就已经在台湾流播，并在 20 世纪 70 年代以后产生更大影响。

《中国现代小说史》的主要贡献在于突出了左翼文学史叙述中被遮蔽的张爱玲、钱钟书、沈从文等人。同时，夏志清简化了对左翼文学的叙述，其中给鲁迅专章的篇幅甚至只有张爱玲的一半。一个作家重要与否，当然与讨论他的篇幅相关。尽管《中国现代小说史》借用了"新批评"注重文学作品的内在构成分析的研究方法，但这显然并不意味着夏志清的小说史是没有任何政治偏见的纯粹文学分析。夏志清在初版序言中强调："本书当然无意成为政治、经济、社会学研究的附庸。文学史家的首要任务是发掘、品评杰作。""我所用的标准，全以作品的文学价值为原则。"但同时夏志清却又以检讨"现代中国文学传统中的共产理念"为全书的主要目的之一，染上了作者本人一直声言要尽量避免的意识形态色彩，从而使得"夏志清的《小说史》中隐含了新批评的方法与意识形态视野之间的内在矛盾"。具体表现为他"在对左翼和社会主义小说所做的历史描述中，文化优越、审美傲慢和政治偏见纠缠在一起"①。如此，夏志清得出鲁迅小说不如张爱玲的结论，便不是那么难以理解了。

1949 年以后，台湾被美国编入"冷战"构造，成为"冷战"体系在东亚的重要一环，而国民党当局数十年的文化政策又自绝于"五四"文学的反帝传统之外。这样，夏志清的《中国现代小说史》内隐的"冷战"结构与同样由"冷战"意识形态操控的台湾文化政策发生内在契合，于是，当夏济安、林毓生、李欧梵等人相继从台湾走向美国学界的同时，夏志清却从美国"返回"台湾。从 1970 年在台湾出版《爱情·社会·小说》② 一书开始，他先后在台湾出版了《人的文学》③、《新文学的传统》④、《中国现代小说史》⑤ 等著作，不少文章也陆续在台湾的报纸、杂志发表，20 世纪 70 年代末，更有刘绍铭、彭歌等人极力向台湾文坛介绍夏志清的现代文学研究，从而使夏志清的文学观念在台湾获得相当的反响。

无论如何，夏志清携《中国现代小说史》"重返"台湾文学场域的行动，客观上使封闭的台湾学界重新发现了这段被当局所刻意遮蔽的文学，并引发研究的热情。而鲁迅作为中国现代文学的重要作家也一同进入文化界的视野。在台湾的鲁迅研究尚未正常化的 20 世纪 80 年代，当局认可的仍然只有苏雪林、郑学稼、刘心皇、周玉山等人基于国民党史观的鲁迅研究，对于大多数岛内文化人而言，阅读与谈论鲁迅仍然只能存在于地下或半地下的状态，根本上无法构成系统性、学理性的研究。跟随着夏志清的步伐，林毓生、李欧梵、王德威等海外学人的鲁迅研究，在 20 世纪 80 年代以后也开始在台湾发表。他们的研究所体现的理性的批评立场以及西方理论的介入所带来的对鲁迅文学和思想的深入研究，对"解严"后鲁迅研究的开展起到了示范的作用。

---

① 吴晓东：《小说史理念的内在视景》，《中国图书评论》2006 年第 3 期。
② 夏志清：《爱情·社会·小说》，纯文学杂志社 1970 年版。
③ 夏志清：《人的文学》，纯文学杂志社 1977 年版。
④ 夏志清：《新文学的传统》，时报文化出版公司 1979 年版。
⑤ 夏志清：《中国现代小说史》，传记文学社 1979 年版。

## 第三节　"左翼"知识青年的地下接受与呈现

国民党当局制度化地禁绝鲁迅以后，受到鲁迅影响的台湾知识分子遭受了不同的命运并表现了各自的应对方式。有的在"白色恐怖"中被肃清①，有的转入学术研究闭口不谈鲁迅②，有的则只能以一种变形的言说方式折射出鲁迅的影响。至此，台湾知识界对鲁迅正面意义上的接受完全转入地下。其间，既有远离鲁迅左翼斗争精神而只在文学的意义上呈现鲁迅影响的钟理和③，也有偷读鲁迅并从中汲取左翼思想资源的众多知识青年，还有在公开发表的杂文背后暗藏鲁迅"元素"的应未迟、寒爵等人。

实际上，五六十年代的杂文家有应未迟、寒爵、刘心皇、陈梅隐等人。其中最能体现鲁迅影响的当属应未迟④和寒爵⑤二人。应未迟、寒爵都是从大陆跟随国民党来到台湾的，尽管二人的鲁迅阅读经验未必完成于来台之后，但它显示了大陆来台文人所承载的鲁迅接受传统在台湾产生的影响。在他们 20 世纪 50 年代的杂文写作中那些未曾言明的词句背后，隐藏着国民党文人阅读鲁迅的事实，同时也显示了鲁迅思想和文学巨大而广泛的影响力。鲁迅思想与文学强大的生命力与影响力，终于在 20 世纪 50 年代以后促成了台湾文化圈内颇具规模的地下阅读的形成。

### 一　知识青年的地下阅读

在国民党的文化政策操控下，像应未迟、寒爵这些在国民党当局

---

① 如蓝明谷。

② 如鲁迅的学生台静农、黎烈文。

③ 至于台湾从日据以来所形成的鲁迅传统在五六十年代的表现，以钟理和最有代表性，请参见后文钟理和部分相关内容，本节不再复述。

④ 原名袁暌九，笔名应未迟、费辞。黄埔军校、中央训练团新闻研究班毕业。投身国民党新闻事业。赴台后，1951 年入官办"中国广播公司"大陆广播组。后历任社长、台长、总主笔、总编等职。

⑤ 原名韩道诚，赴台后任职于蒋经国主持的"中国青年反共救国团"。关于寒爵杂文创作中的鲁迅遗风，请参见本书"作家论"部分对寒爵杂文的专论。

文化机构任职的文人，他们所受到的鲁迅影响且需以一种变形的方式表现出来，那么，对于更多的普通知识青年而言，在台湾的文化氛围弥漫着政治气息的情况下，阅读鲁迅更成为一个秘密事件。

尉天骢多年以后仍然记得台湾文化氛围在《台湾新生报》刊登了太史公等人的系列"反鲁"文章之后所发生的变化。"台湾的教学和文坛的活动便一天天呆滞起来，这渐渐走向封闭的日子里，我们的世界便愈来愈小了。"原先所使用的大陆正中书局的国文课本被取代，鲁迅等人的新文学作品从新编的所谓"标准国文本"中消失。① 陈映真也曾从中读到鲁迅的《鸭的喜剧》，"至今印象深刻"，但"不久，这些初中语文课里读过的，又已被列为危险思想的禁篇了"②。朝鲜战争爆发后，台湾被拖入"冷战"体系，意识形态的管控更为严格，很多曾经可以在书店中流通的书被迫下架，图书馆的大部分藏书也被查封。③ 经由文化政策的执行，鲁迅作品被完全禁绝，官方也开始通过各种手段宣传"负面化"的鲁迅形象。这个时期，鲁迅著作在台湾的公开出版或转载已无可能。从台湾各行政单位政府公报中所公布的查禁案件来看，在1977年之前的20多年中，并没有专门针对鲁迅作品的查禁案件发生，似乎鲁迅在这块土地上已经被清除殆尽。其实台湾知识分子从来没有离开过鲁迅，反而形成了颇具规模的地下阅读情景。在地下的潜流中，政治宣传所传播的鲁迅形象并未得到认同，相反，鲁迅敢于批判、追求自由的精神核心，却承接着日据时代和战后初期的左翼传统在台湾知识分子群体中得到延续。

陈映真就曾在父亲的书架上找到一本满是灰尘的《呐喊》，"随着年岁的增长，这本破旧的小说集，终于成为了我最亲切、最深刻的教师。……使我成为一个充满自信的、理解的、并不激越的爱国者"④。他还向文友推荐鲁迅作品。施叔青回忆说，陈映真曾寄赠鲁迅《野草》给她，"记得那本书的封面已很破，序言好像是：'当我沉默时，我觉得很充实，我将开口，同时感到空虚。'那种诗的语言

---

① 尉天骢：《追念何欣先生》，《联合报》1998年9月21日第37版。
② 陈映真：《不曾专意做过散文》，《联合报》2004年9月17日第E7版。
③ 尉天骢：《追念何欣先生》，《联合报》1998年9月21日第37版。
④ 陈映真：《陈映真文集》，中国友谊出版公司1998年版，第181页。

真的很令我迷恋，所以我小说的文字受到鲁迅的影响、诗的语言的影响，……这点我必须承认。"① 刘大任也回忆过他的类似经历："台大第一宿舍一位读法律的本省籍同学，有天神秘兮兮地把一本故意用洋杂志封面做了封套的《鲁迅选集》塞在我枕头底下：'明天找个没有人的地方去读！'"② 要知道，那时候"在台湾，偶然得到一本鲁迅、茅盾，便可以兴奋一个月"③。郑鸿生则在高中时从他的初中公民老师那里读到手抄本的《阿Q正传》。④ 更晚些时候的蔡诗萍则在同学的书包中翻出鲁迅的《阿Q正传》和陈映真的《将军族》，引发了他对禁书的好奇，并由该同学带其去卖这些书的旧书摊。⑤ 鲁迅的作品就在这样一种带有默契的地下传阅中流通。

这些私下传阅的鲁迅著作，一部分来自台北的旧书市场，另外一部分则来自私人偷偷收藏或图书典藏机构被封存的禁书。

"戒严"时期，台北牯岭街、重庆南路、新生南路及衡阳路上的旧书摊是禁书的集散地。作家郑清文曾回忆："那时在重庆南路、衡阳路上贩卖许多书，像鲁迅的《阿Q正传》，奇怪的书名让我留下深刻的印象。"⑥ 林文义说正是通过"牯岭街，……鲁迅以及沈从文向我走来"⑦。最著名的还有诗人周梦蝶在重庆南路的明星咖啡屋下开了21年的二手书店，"当时周梦蝶的书报摊有鲁迅、巴金等大陆作家的禁书，因此有'地下文学学院院长'之称"⑧。当年的官方媒体也曾注意到这些地方的旧书营销，并试图加以整顿。据1970年1月26日的《中央日报》第六版的《书香之街》一文，当时的牯岭街共有旧书摊40多个，旧书店超过30家，规模甚为可观。该文还称牯岭街

---

① 蔡秀女：《在窗边阅读的姐妹——小说家施叔青谈读书》，《联合报》1997年7月14日第41版。

② 刘大任：《灰色地带的文学》，《联合报》2003年3月20日第39版。

③ 刘大任：《普庆戏院》，《联合报》2000年4月13日第37版。

④ 郑鸿生：《青春之歌》，联经出版事业公司2001年版，第80页。

⑤ 蔡诗萍：《终于体会父亲心底那一丝犹豫》，《联合报》1997年5月13日第41版。

⑥ 郑清文：《我心中的青春写作灵魂》，《联合报》2006年5月21日第E7版。

⑦ 林文义：《青春》，《联合报》1996年7月18日第37版。

⑧ 刘郁青：《明星咖啡老友聚，文学地标回忆多》，《民生报》2004年5月19日第A13版。

旧书市为"新旧杂陈""坐拥书城"，经过当局的整治之后"黄色绝迹"，而当局亦有意将这个旧书市集中到重庆南路，以便于集中管理，实则为禁书政策之延伸。

禁书的另一个来源是典藏大陆出版物机构内部人员。当时，各大图书馆的大陆图书一律不对外出借、影印，但对内却不仅可以影印，而且可以带回家。① 同时，流传到民间的这些书籍，也有可能是当时的研究生以研究名义，到典藏大陆出版物的学术机构复印出来的。郭誉孚 1971 年考上台湾师范大学后，曾通过其高中时代的朋友周一回读到不少禁书。② 当时周一回在台湾师大半工半读，白天在图书馆当管理员，晚上就住在图书馆。有一天晚上，他竟然从图书馆一隅一个上过封条的旧箱子里"拿出了一堆 1930、1940 年代的老书，包括鲁迅、巴金、茅盾等人的作品"③。图书馆中蒙尘而未曾被严密封锁的禁书，也曾带给黄春明深沉的感动，"至今我还记得仰头看到书架上层，一大捆旧报纸包着似乎是书的东西，登高一看，不得了，用红墨水大大地写着'禁书'两个字呢。拆开来看，许多不曾听过的名字跳出来，鲁迅、沙汀……"④

还有一些则来自岛外。李殿魁就曾在海外搜集到一部 1964 年大陆版的《鲁迅手稿》，如获至宝。⑤ 另外，则有委托朋友从境外购买、以邮包寄回台湾，或是由海外留学生带回台湾，这些书若未被海关查到，则很快进入地下翻印、流通的渠道。那时，从岛外偷运禁书回台湾满足了岛内知识青年的知识渴求，对于出国出境的朋友，他们"最期待的就是他偷渡一些禁书回来，如柏杨的《异域》、鲁迅的《阿Q正传》、巴金的《家、春、秋》、老舍的《茶馆》等等"⑥。

此外，这一时期台湾的地下出版市场还翻印了不少鲁迅的学术著作，用以满足高校的教学与科研之用。20 世纪 70 年代，明伦出版社

---

① 《大陆学术资料流通问题——研究生座谈会》，《国文天地》1988 年 6 月号。
② 郑鸿生：《青春之歌》，联经出版事业公司 2001 年版，第 128—129 页。
③ 郑鸿生：《青春之歌》，联经出版事业公司 2001 年版，第 129 页。
④ 杨佳娴：《作家的写作与生活》，《联合报·联合副刊》2005 年 10 月 9 日第 E7 版。
⑤ 李殿魁：《千辛万苦读"匪书"》，《国文天地》1996 年 4 月号。
⑥ 林绮：《长在澳洲的台湾树》，《联合报》2010 年 3 月 3 日第 D4 版。

曾以隐匿作者姓名的方式翻印过鲁迅的《中国小说史略》，成为当时大学上课的必备教材。由于销量可观，后又有数家出版社翻印过《中国小说史略》，"但每家出版社的书名、著者皆各有异"①。长歌出版社在翻印鲁迅《古小说钩沉》时，为了躲避政府的查禁，将书名改为《古小说搜残》，著作者变为"孟之微"②。有趣的是，当20世纪70年代从事中国文学研究的人都私下里使用被禁的《中国小说史略》的时候，鲁迅翻译的厨川白村《苦闷的象征》《出了象牙之塔》却成为深受青少年欢迎的读物，只是连出版这两本书的书商都未必清楚那是鲁迅的译作。③

尽管查禁造成了相关资料的贫乏和研究人才的不足，鲁迅形象也在官方意识形态过滤之下变形、扭曲，但鲁迅的文学与思想依然暗流涌动，从未停息。禁书表面上是对图书的管制，实际上查禁的是书中的思想与知识。因此，在当时，即使是在相互信任、理解的师生之间，谈论鲁迅依然小心翼翼。陈映真入狱的前几年，姚一苇曾向陈映真谈及他少年时代的鲁迅阅读经历，而陈映真也向他吐露了"自己所受到的鲁迅深远的影响"。姚一苇论及"鲁迅的晚年不能不搁置创作走向实践的时代宿命"，常以鲁迅"不做空头文学家"的遗言自律，告诫陈映真"即使把作品当成武器，创作也是最有力而影响最长久的武器"④。这一次对话，对陈映真产生重要影响。然而，陈映真却如此陈述：

> 我激动着，却沉默不能言。在那荒芜的岁月，这样的对话，已经是安全的极限。鲁迅把我们更加亲近地拉到一起了。在仍然不能畅所欲言的对话中，我听懂先生不曾明说的语言，而先生也

---

① 蔡盛琦：《台湾地区戒严时期翻印大陆禁书之探讨》，《"国家"图书馆馆刊》2003年第1期。

② 蔡盛琦：《台湾地区戒严时期翻印大陆禁书之探讨》，《"国家"图书馆馆刊》2003年第1期。

③ 蔡源煌：《鲁迅和当代台湾文学——为"鲁迅诞辰110周年纪念"而作》，《联合报》1991年9月24日第25版。

④ 陈映真：《汹涌的孤独——敬悼姚一苇先生》，《联合报》1997年6月22日第41版。

了解我不曾道出的思想和身处的困境。①

国民党当局罗织的森严文网造成了知识分子阅读与交流的困难，同时也引起了他们的反感，甚至在"官方"媒体上，也出现了对当局禁书政策的嘲讽。1962 年 2 月 16 日，《中央日报》发表了由宣诚译的小短文《禁书何在？》，讲述德国诗人海涅由法国返回德国，为挑战德国政府的禁书政策而故意称自己带有大量禁书入境，但搜查者费尽周折却没有在海涅的随行物品中找到任何一本书，原来海涅说的这些禁书早已读入他的脑海中变为精神性的存在了。这篇小短文暗示，书籍虽可以查禁，但知识分子的思想却是当局无法操控的，反映了知识分子对于国民党当局思想钳制的挑战。包括鲁迅在内的新文学作品的地下流传，喂养着"戒严"时代苦闷空虚的心灵，激励、影响了那一代的创作和研究，改变了那一代人的人生轨迹，对于处于政治高压之下的台湾青年的思想与人生道路产生了重要影响。刘大任自陈当年之所以"左倾"，乃是在台大念哲学系时，不满足于西方哲学解释人生的任务，而从鲁迅等人的作品中获得了知识分子还应承担积极改造人生的责任，由此他自然地从知识领域走入了左翼。② 阅读禁书、偷偷抄写鲁迅的陈映真，他自己的作品转而竟也成了禁书。③ 1968 年，陈映真因"阅读毛泽东、鲁迅的著作""为共产主义宣传"被判刑 10 年（服刑 7 年后获"特赦"）。这些经历使陈映真成为在禁绝左翼思想的年代台湾知识分子继承鲁迅精神的典型，"成了那个'禁书时代'的核心象征"，"也清楚代表了那个世代信仰进步性的核心价值"④。他的思想穿越历史的迷雾而成为"许多学生的思想导师"。

## 二 "保钓统一运动"中的鲁迅呈现

这些对当时在秘密状态下阅读鲁迅的回忆，并不是"解严"后为

① 陈映真：《汹涌的孤独——敬悼姚一苇先生》，《联合报》1997 年 6 月 22 日第 41 版。

② 江中明：《专访刘大任：走出政治神话，进入文学梦土》，《联合报》1997 年 11 月 4 日第 18 版。

③ 《"台湾省政府"教育厅函》，《"台湾省政府"公报》1975 年冬字 57，第 3 页。

④ 杨照：《陈映真精神》，《联合报》2004 年 9 月 13 日第 E7 版。

了附庸时髦的文化风向而"追加的记忆"①，那是一代青年闪耀着青春风雷的鲜活生动的阅读历史。在 20 世纪 70 年代轰轰烈烈的保钓运动及其后续发展——中国统一运动中，受到左翼思想影响的青年们广泛而密集地引述鲁迅，便足以证明这一切。

对于赴美留学的台湾学生而言，未曾离岛之时就对台湾的禁书怀有神秘的好奇，赴美之后，禁忌骤然解除，于是马列主义、社会主义及中国近代史等成为他们迫切希望了解的内容，"知识面豁然开朗，补上了过去在台湾那残缺的部分，同时产生了被欺骗之感，形成了下意识对当权者的反抗"②。由此对国民党官僚集团和专制统治以及反共背后的"冷战"意识形态有了深刻反省。1971 年，美国单方面宣布将琉球群岛和钓鱼岛及其附属岛屿交给日本管理，此举立刻引发北美的台港澳留学生大游行，掀起了轰轰烈烈的保钓运动，成为"二十年沉默时代解冻的先声"③。

实际上，早在 1970 年保钓运动就在酝酿之中。当时的北美留学生所办的《大风杂志》（季刊）就多处引用鲁迅的话，批评台湾当局在政治上屈从于美国的软弱，并强调知识分子应走出象牙塔参与社会运动。1970 年 12 月 26 日出版的《大风杂志》第二期刊登朔寒的《哈巴狗》一文，引用了鲁迅对哈巴狗的经典描述，文末指出中国现在仍有哈巴狗存在，只是"他们从来不承认自己是狗的"④，锋芒直指软弱无能的国民党当局在政治上屈身于美国的政治现实。既然"科学必须为社会服务"⑤，那么，文艺自然也要担当起它的社会功能来。于是，在这一期的"旧文新读"栏目下转载了鲁迅《文艺与政治的歧途》，而鲁迅的这篇文章，正是强调文艺的社会功能和知识分子参与社会运动的必要。在这篇演讲稿中，鲁迅认为文艺与政治处在"不

---

① 笔者曾于 2010 年 10 月至 12 月间在台湾政治大学旁听陈芳明教授课程，在八周的课中，陈芳明数次批评陈映真自陈偷读鲁迅乃是出于附庸时髦的"追加记忆"，但其并未提出有力证据证明这一结论。

② 林国炯：《论保钓统运的时代使命》，载林国炯等合编《春雷声声——保钓运动三十周年文献选辑》，人间出版社 2001 年版，第 663 页。

③ 《宣战时代》，同上书，第 76 页。

④ 朔寒：《哈巴狗》，《大风杂志》第 2 期，1970 年 12 月。

⑤ 参见朔寒《科学必须为社会服务》，《大风杂志》第 2 期，1970 年 12 月。

同的方向"，"政治家想不准大家思想"，"永远怪艺术家破坏了他们的统一"。"现在的文艺，就在写我们自己的社会"，"以前的文艺，如隔岸观火，没有什么切身关系；现在的文艺，连自己也烧在这里面，自己一定深深感觉到；一到自己感觉到，一定要参加到社会去！"杂文成为海外保钓运动中重要的斗争宣传形式之一，"杂文是要做匕首和投枪的"①。被称为保钓初期"擂战鼓"的《战报》就密集地摘录、引用鲁迅的杂文。② 对鲁迅杂文的运用一直延续下来，直到"钓运"之后的"统运"时期，还有专门文章探讨"鲁迅杂文及其时代意义"，指出鲁迅杂文是"民族革命战争最响亮的号角"，"倾吐了人民大众蕴结在心头的真实意见"。③

关于如何重新发挥知识分子评议时政的作用，"保钓"青年援引鲁迅的话，认为要"做一个觉醒的中国人，就该挑起因袭的重担，肩起黑暗的闸门，放他们到宽阔光明的地方去……"并声称应该"让留学生的'宣战时代'从此刻开始！向一切不合理的既成体制，我们宣战！向一切不准碰、不准问、不准怀疑的 TABOO（禁忌），向一切伪善的面孔，乡愿的心态，悬在墙上的偶像，躲在象牙塔里的抽象'真理'，我们宣战！同学们，把我们匕年来可耻的沉默，与一切腐败丑恶的东西一起埋葬在历史的垃圾堆里！"④文章的最后要求大家"做一个敢哭、敢笑、敢骂、敢闹的中国人"⑤，这无疑是鲁迅所谓"世界上如果还真要活下去的人们，就该敢说、敢笑、敢哭、敢怒、敢骂、敢打"⑥ 的重新表述。鲁迅成

---

① 菊孙：《观〈雷雨〉有感》，龚忠武等合编《春雷之后（一）——保钓运动三十五周年文献选辑》，人间出版社 2006 年版，第 829 页。

② 《战报》仅出两期，由柏克莱保卫钓鱼台行动委员会主编。其中第 1 期最为重要，是为保钓运动开始的战斗檄文，据郑鸿生回忆，《战报》上援引鲁迅的地方相当之多（见郑鸿生《青春之歌》，第 127 页）。笔者仅获得《战报》第 2 期，单从这一期上就可以找到多处摘录鲁迅杂文及引用鲁迅的地方，如第 26 页摘录《而已集》、第 33 页摘录《三闲集》，另有数处引用或提及鲁迅。

③ 念华：《鲁迅杂文及其时代意义》，《耕耘》1976 年第 3 期。

④ 社论：《宣战时代》，《战报》第 2 期，1971 年 6 月，第 3 页。

⑤ 社论：《宣战时代》，《战报》第 2 期，1971 年 6 月，第 3 页。

⑥ 鲁迅：《忽然想到（五至六）》，《鲁迅全集》第 3 卷，人民文学出版社 2005 年版，第 45 页。

为"保钓"青年"战斗精神"的直接来源。

鲁迅文字中与台湾相关的可谓少之又少，但留美学生却并未忘记日据时期的台湾青年与鲁迅的交往以及鲁迅对台湾青年的勉励。当年，鲁迅在给张秀哲所译《劳动问题》写的序言中曾经称赞："正在困苦中的台湾的青年，却并不将中国的事情暂且放下。他们常希望中国革命的成功，赞助中国的改革，总想尽些力，于中国的现在和将来有所裨益，即使是自己还在做学生。"对于他们"在游学中尚且为民众尽力的努力与诚意"作了高度评价。1972 年 2 月，佛罗里达大学的留学生组成的西雅图保卫钓鱼台委员会创办的"保钓"刊物《佛罗里达通讯》在"旧文新读"栏目刊出鲁迅的这篇《写在"劳动问题"之前》，并在该文后的补白处摘录当年鲁迅对于青年的期待与勉励：

> 能做事的做事，能发声的发声。有一份热，就发一分光，就令萤火一般，也可以在黑暗里发一点光，不必等候炬火。此后如竟没有炬火：我便是唯一的光。倘若有了炬火，出了太阳，我们自然心悦诚服地消失，不但毫不不平，而且要随喜赞美这炬火或太阳；因为他照了人类，连我都在内。[1]

1972 年 3 月，由密歇根大学"国是学习社"和底特律"国是研讨会"共同发行的《密歇根月报》转载了鲁迅《对于左翼作家联盟的意见》。在这次演讲中，鲁迅指出"左翼"作家激进而脆弱，脱离实际的社会革命斗争，一旦面对革命的残酷是很容易变成"右翼"作家的。鲁迅指出，真正的革命知识分子是和劳动大众平等的，并提出"韧"和"团结"为解决这一困境的方法。"韧"就是对旧社会和旧势力的斗争必须坚决、持久不断，而且注重实力；"团结"就是既要扩大原有战线，又要造出大量新的战士。如果了解保钓运动在

---

[1] 见《佛罗里达通讯》1972 年 2 月号，第 8 页。原文出自鲁迅《热风》"随感录四十一"一文，参见《鲁迅全集》第 1 卷，人民文学出版社 2005 年版，第 341 页。

1971 年底就已经分裂为左、右两条路线的历史①，就可以知道选择刊发鲁迅的这篇文章具有鲜明的现实针对性。这显示了"保钓"群体中的左翼对于鲁迅的深刻理解。在对右翼文人的斗争方面，这一期的《密歇根月报》刊发容天护撰写的《鲁迅简介》，批判了胡适、梁实秋等资产阶级文人的买办立场。事实上，在持续近十年的"保钓统一运动"中，有诸多文章援引当年对"帮闲"文人的讽刺并在鲁迅所坚持的人民大众的民族立场上对新的买办文人激烈开火。早在《战报》时期，罗龙迈（郭松棻）就撰文抗议资产阶级文人的买办行为，抨击国民党当局"处于不想改变现状，依旧巴结我们的'友邦'美、日政府，依旧兴隆着他的买办事业，延续着殖民地的现状"②。1975 年 5 月的《新港》第 9 号上，方耕的《念鲁迅书，做新港人》，也以鲁迅"帮闲"文人的概念讽刺国民党文人，并引鲁迅之语指出在保钓运动中各种"沉滓泛起"③ 的现象。

及至保钓运动十年之后，丁一还在回忆当年的保钓运动的时候一再援引鲁迅，认为保钓运动是一场革命，尽管这场革命"只算得上是一番和风细雨"，可是"也一样有高昂与低沉，果实与牺牲"，对于保钓运动参与者，"也正如鲁迅所写：'他们有真实，他们到底不算是旁观者。'"④ 但是，看到十年后"钓运"精神的失落及"钓运"队伍的分化，作者也不由自主地借鲁迅的话惋惜道：

> 每一个革命部队的突起，战士大抵不过是反抗现状这一种意思，大略相同，终极目的是极为歧义的。或者为社会，或者为小

---

① 刘玉山：《中国留美学生保钓统一运动几个问题再探讨》，《华人华侨历史研究》2012 年第 1 期。

② 罗龙迈（郭松棻）：《打倒博士买办集团》，《战报》第 2 期，1971 年 6 月。

③ 出自鲁迅《沉滓的泛起》一文。鲁迅当时所指的是在民族危机的时刻，各种势力却趁机大发"国难财"的现象。鲁迅说："但因为泛起来的是沉滓，沉滓又究竟不过是沉滓，所以因此一泛，他们的本相倒越加分明，而最后的命运，也还是仍旧沉下去。"参见《鲁迅全集》第 4 卷，人民文学出版社 2005 年版，第 331—333 页。

④ 丁一：《钓运十年有感》，林国炯等合编《春雷声声——保钓运动三十周年文献选辑》，人间出版社 2001 年版，第 625 页。

集团，或者为一个爱人，或者为自己，或者简直为了自杀。①

翻开北美"保钓统一运动"史料，援引鲁迅的地方比比皆是，所有这些，都异常清晰地表现了鲁迅对"保钓"人士的影响之深。台湾岛内欲言又止甚至刻意回避鲁迅的状况却又与此完全不同。

尽管岛内的保钓运动是受到海外保钓运动的影响而发生，却有着与海外"保钓"不太一样的思想倾向。当北美保钓运动的消息传回台湾，由于尚处于"戒严"的政治高压之下，岛内学生都处于观望状态。在台侨生社团首先打破僵局，但由于国民党专制统治之淫威，"虽说侨生一向比较不受威权压制的影响，较少禁忌而能有此突破性的行动，但他们还是在海报上以'我们永远支持政府'的宣示来结尾，以示不与当局对立"②。这种政治高压下的自我保护策略，为台湾保钓运动限定了一个表面偏向"右翼"的基调，折射出岛内"反共"和"冷战"的双重意识形态构造。台湾保钓运动虽承续"五四"运动的民族主义诉求，却无法挣脱当局强力推行并以威权巩固的反共意识形态影响。在台大"保钓运动"中，公开喊出"爱国必先反共"的口号便是一个明证。③ 国民党当局对"保钓"所持的压制立场，从时任外交部北美司司长的钱复与台湾大学青年教师王晓波的对谈中即可看出端倪。钱复在这次约谈中就曾指责北美的左翼"保钓"刊物《战报》为中共所利用而"为虎作伥"。④ 因此，岛内的保钓运动为国民党权力当局所规训而在意识形态光谱上折射出偏"右"的色彩。

事实上，国民党退台以后绝口不提"五四"运动，并设法禁止学

---

① 丁一：《钓运十年有感》，林国炯等合编《春雷声声——保钓运动三十周年文献选辑》，人间出版社 2001 年版，第 628 页。原文出自鲁迅《二心集》"非革命的急进革命论者"一文，参见《鲁迅全集》第 4 卷，人民文学出版社 2005 年版，第 231 页。

② 郑鸿生：《青春之歌》，联经出版事业有限公司 2001 年版，第 82 页。

③ 许怀哲：《爱国必先反共——也是一个台大人的感想》，原刊于《大学新闻》1973年 1 月 8 日，此处引自郑鸿生、王晓波主编《寻找风雷——一九七〇年代台大保钓学生运动史料汇编》第 3 册，海峡学术出版社 2011 年版，第 105—110 页。

④ 王晓波：《钓鱼台问题对话录》，原刊于《大学杂志》，1971 年 10 月，此处引自郑鸿生、王晓波主编《寻找风雷——一九七〇年代台大保钓学生运动史料汇编》第 2 册，海峡学术出版社 2011 年版，第 249 页。

生纪念"五四"，对"五四"以来的中国新文学作品更是严厉查禁，再加上傅斯年、胡适等少数当事人相继离世，"五四"已逐渐远离人们的记忆。因此，台湾岛内的保钓运动打出"五四"旗帜已是挑战国民党意识形态的底线，在强大的威权体制面前，作为左翼作家领袖，此时又被"官方"定性为"共产文人"的鲁迅自然是不可碰触的禁忌。因此，在笔者所搜罗的台湾岛内的保钓运动史料中①，与鲁迅相关的内容只在很少的几个地方表现出来，而且并不出现鲁迅的名字。其中一次在"漫谈现代青年问题座谈会"中提及阿Q②，另一次则围绕着台大"第一次民族主义座谈会"中王晓波的发言而展开论战的数篇文章中，多次涉及阿Q的形象。③ 不过，这并不意味着鲁迅全无影响。在台湾当时的政治状况下，避免在公开发表的文字中显示鲁迅的影响，只是自我保护的斗争策略；另外，当时多数的台湾青年可能并没有条件理解到鲁迅战斗的一面：他们"可能偷偷读过旧书摊里找到的，甚至是手抄的《阿Q正传》"，"只知道鲁迅悲天悯人的一面"，但在保钓风潮中才"在这些海外留学生小报上读到鲁迅当年抨击当权者的犀利文章"，这时才"很惊喜地发现他战斗气概的这一面"④。

## 三 20世纪80年代的鲁迅传播

海外保钓运动不仅改变了岛内青年的鲁迅观，"钓运"左转为"统运"之后，"也带来了左翼的声音，以第三世界的观点来解释中

---

① 笔者所依据的资料为林国炯等合编《春雷声声》，龚忠武等合编《春雷之后》第1、2、3辑，邓玉铭主编《风云的年代——保钓运动及留学生涯之回忆》，龚忠武主编《春雷系列增编·峥嵘岁月壮志未酬》上、下册，郑鸿生、王晓波主编《寻找风雷——一九七〇年代台大保钓学生运动史料汇编》第1、2、3、4、5、6册等共计约500万字的史料。

② 《"漫谈现代青年问题"座谈会记录》（下），原刊于《大学新闻》1972年10月30日，此处引自郑鸿生、王晓波主编《寻找风雷——一九七〇年代台大保钓学生运动史料汇编》第1册，海峡学术出版社2011年版，第174页。

③ 计有如下文章涉及：穆谷《记一次热烈但不成功的座谈会》、谢史朗《反对污蔑王晓波》、杰《民族主义的黄昏？民族主义的涌现，有其客观环境的需要》、北剑《民族主义的根基及其他》、穆谷《戈登结上的一刀》、武忆秋《义和团思想？兼论贫血的台大人》等。这些文章皆刊于《大学新闻》1972年12月间。

④ 郑鸿生：《青春之歌》，联经出版事业有限公司2001年版，第80、127页。

国的近代史与台湾的处境"。这对岛内青年来说是一种全新而令人震撼的视野，"保钓"的反帝信念传递给岛内青年的，正在于弱势者反压迫的信息，不仅反抗外国的压迫，也反抗国内的压迫者。在这种素朴的、反压迫的、具有国际主义性质的左派世界观影响下，台湾知识分子逐步开始冲击国民党的威权统治。从此以后，台湾文学接续了"五四"文学尤其是鲁迅文学的战斗气质。到1977年乡土文学论战之前，文学重新朝向社会写实的路上踏进，一反现代诗之专注个人世界的颓靡诗风，文学被赋予了承担社会进步的使命，成为"五四"启蒙文学在台湾的再出发，其中鲁迅的影响是深刻的。文学"具有战斗的气质，要为人间的不平，发出他抗议的怒吼；他是战士！"文学"一定不逃避现实，不背弃社会，勇于走上战场，乐于关怀别人"[1]。台湾文坛逐渐开始转变对于鲁迅的看法。台湾的夏宗汉1977年在香港《星岛日报》发表《论文学作品与社会》一文称，像鲁迅那样"忠于见闻所思，写出当时社会黑暗面的人并没有错。我们不能指责他们写的只是一隅，并非全局，因为没有人能写出全局，去描述整个社会的"[2]。在这样的社会思想文化变迁之中，到20世纪80年代初，关于鲁迅的书籍虽不时仍被查禁，但在报刊上也逐渐开始出现关于鲁迅的讨论并有逐渐增多之势。

进入80年代，情势发生较大转变。1980年，"国建会"文化组达成一项结论，明确表示政府有意"适度开放三十年代的文艺作品及学术著作，并邀请学者专家详加评析"[3]。到了80年代中期，在刊物上公开谈论鲁迅已经不是问题。事实上，从70年代中期开始，政府的禁书政策虽未有任何修正，但在执行上已有所放松。

1982年周令飞赴台事件，震动海峡两岸，更引发岛内介绍鲁迅的新一波热潮与开放鲁迅禁书的讨论。《中央日报》《联合报》《中国时报》《民生报》等重要报纸对此进行追踪报道。借此势头，《民生报》和《联合报》几乎同时发表关于鲁迅的评论，一改此前媒体对

---

① 龚忠武等合编：《春雷之后》第1册，人间出版社2006年版，第1171页。

② 龚忠武等合编：《春雷之后》第1册，人间出版社2006年版，第1186页。

③ 陈信元：《出版工程重现二、三十年代作家文本》，《联合报》1996年8月26日第41版。

鲁迅从文学、思想到人格的全面否定态度，对鲁迅作出积极评价，称鲁迅"文艺成就可肯定，文章影响难估量"①，鲁迅对中国旧社会和旧传统的批判，"无非是要为当年苦难的中国找到一条出路"②。导演傅季中也在 1983 年拍摄并公映了与《阿 Q 正传》"有间接关系"的《又见阿 Q》，而"这部片子原名就是要取《阿 Q 正传》的"③。

事实上，在"周令飞事件"之前的两三年中，尽管 30 年代新文学作品仍未开禁，但谈论鲁迅已不构成太严重的政治禁忌。在 1980 年的台湾小说研讨会上，夏志清多次将台湾新文学的源头上溯到鲁迅那里。④ 1981 年的"五四"前后，台湾多家报纸刊登出一则"中国新文学名著全集"的出版广告，在这张包含鲁迅作品的出版名单中，"有一半以上的作品属于'国内'禁书的范围"。从而一度引发学术界要求当局适度放开禁书政策的讨论。⑤ 1981 年，多家报纸都关注鲁迅诞辰 100 周年，其中《中国时报》还特别报道了在美国加州举行的鲁迅诞辰 100 周年研讨会⑥。1983 年，旅美学者李欧梵在《联合报》撰文高度评价鲁迅的小说："我认为鲁迅小说的价值仍然可以永存的，因为他经过深思之后，在作品中深讨了中国的人性，和中国民族性中的阴暗面。"⑦ 就在这一年的年初，韩国学者许世旭的鲁迅研究也被介绍到台湾。⑧ 这些都表明台湾学术界开始关注岛外的鲁迅研究成果。《中国时报》"人间"副刊甚至辟出整版介绍五四文学，而其中的绝大部分篇章都在谈论鲁迅。⑨ 其中李欧梵的《五四文学——传统与创新》一文所引发的围绕鲁迅的学术争论竟持续数月之久，不同观点公

① 《民生报》1982 年 9 月 24 日第 7 版。
② 《联合报》社论：《应即确订处理中共留学生申请来台的具体办法》，《联合报》1982 年 9 月 25 日第 2 版。
③ 《傅季中创造了新阿 Q》，《民生报》1983 年 4 月 5 日第 9 版。
④ 夏志清：《时代与真实——"台湾小说研讨会"结语》，《联合报》1981 年 2 月 22 日第 8 版、1981 年 2 月 23 日第 8 版。
⑤ 钟丽慧：《从一则出版广告谈禁书问题》，《民生报》1981 年 5 月 24 日第 10 版。
⑥ 金恒炜：《这样鲁迅，那样鲁迅》，《中国时报》1981 年 8 月 25 日第 8 版。
⑦ 李欧梵：《"象牙塔"内的臆想》，《联合报》1983 年 9 月 6 日第 8 版。
⑧ 林明德：《许世旭的〈中国现代文学论〉》，《联合报》1983 年 1 月 19 日第 8 版。
⑨ 见《中国时报》1983 年 9 月 14 日第 8 版。

开交锋，在"人间"副刊上发表了王孝廉《西医、古碑、鲁迅》①、蓝吉富《鲁迅与佛经》②、黄祖荫《鲁迅棺盖论未定》③、海若《鲁迅抄的可能是什么"古碑"》④ 等文，表明此时已经可以公开讨论鲁迅。到 1986 年鲁迅逝世 50 周年时，《中国时报》又以林毓生、庄信正的文章为主体开设了纪念鲁迅专版。

　　出版界的状况更清楚地反映了 20 世纪 80 年代前后鲁迅作品的传播逐渐从地下浮出地表的过程。回顾 1949—1977 年将近 30 年间，并无专门针对鲁迅作品出版的查禁案件出现。在台湾各行政机关的公报中，直到 1978 年 11 月 20 日才首次出现对于"鲁迅"的查禁，涉及的是 40 年代陈磊选编、由上海绿杨书屋出版的《鲁迅选集》（内收小说 6 篇，散文 4 篇）。尽管当局在 80 年代的禁书政策的执行有所松动，但笔者反而在 80 年代初的"政府"公报中发现较多涉及"鲁迅"的查禁案件。仅 1983 年就有好几次查禁鲁迅的记录。1983 年 5 月 26 日台湾省政府公报宣布查禁杨之华、尸一等著《关于鲁迅》，此书"未具出版社与发行人名称、地址，且无出版登记与日期"⑤，显然为盗印本。经笔者查证，此书翻印自 1944 年上海中华日报社出版的杨之华主编《文坛史料》一书的第一部分"关于鲁迅"，收入包括编者导言与附录在内的文章 17 篇。同日，查禁鲁迅等著《阿 Q 正传的成因》一书。据"省政府"公报，"本书选鲁迅、茅盾等十八人著作杂文二十篇，分（一）、（二）两部，未具出版社与发行人名称、地址，及出版日期与登记"⑥。因此，亦为翻印、盗印之书，只是笔者无法查证是以何书为原本。另外，台湾省政府在 1983 年 1 月 8 日查禁了由台北市汀州路瑞泰文物供应社供销的《〈阿 Q 正传〉一〇八图》⑦，表明这本由程十发配图、1963 年上海人民美术出版社出版的

---

① 见《中国时报》"人间"副刊 1983 年 10 月 20 日第 8 版。
② 见《中国时报》"人间"副刊 1983 年 10 月 27 日第 8 版。
③ 见《中国时报》"人间"副刊 1983 年 10 月 28 日第 8 版。
④ 见《中国时报》"人间"副刊 1983 年 11 月 02 日第 8 版。
⑤ 《"台湾省政府"教育厅函》，《"台湾省政府"公报》1983 夏字 54，第 3 页。
⑥ 《"台湾省政府"教育厅函》，《"台湾省政府"公报》1983 夏字 54，第 3 页。
⑦ 《"台湾省政府"教育厅函》，《"台湾省政府"公报》1983 春字 15，第 18 页。

鲁迅著作连环画，在出版后通过地下渠道进入了台湾图书市场。可知这一时期在地下流通的鲁迅著作，已不限于 1949 年之前的大陆出版品，也有相当部分 1949 年以后在大陆出版的书籍进入台湾。1984 年9 月 26 日的"立法院"公报即有"查禁由港寄台'共匪'宣传书籍"的条目出现①，其内容表明此时大陆出版品大量流入台湾的现象已引起"行政院""立法院"的高度关注。

笔者 2010 年在台湾大学附近的二手书店和台大图书馆的"专藏文库"分别发现《鲁迅选集·小说卷》（内含第一、二辑）和《鲁迅选集·杂文卷》（内含第三、四辑），从它们相同的"编者序"和内容的连贯性可以判定为同一套书。"序"的文末注明"编者一九五六年三月二日"，从纪年法及"序"的内容可以确定这个选集的翻印母本出版于 1949 年以后的中国大陆。尽管两册书都没有显示任何出版信息，但我们还是能够从台大的这本《鲁迅选集·杂文卷》的流通痕迹中找到一些线索。台大的这本《选集》由王民信教授捐赠，第 1页有王民信教授签名，时间为"七一·三"（应为"民国纪年"，即1982 年 3 月），按惯例，这是书的拥有者获得这本书的时间。王民信教授台大历史系毕业后在台大图书馆工作 30 余年，专精于中国古代史研究，并不关注中国现代文学，却在 1982 年的时候通过某种渠道获得这本翻印的鲁迅著作，这也可以佐证上述大陆书籍流入台湾并被大规模翻印传播的结论。

另外，笔者还曾在台北各图书馆和二手书店发现如下翻印、盗印的鲁迅著作：《鲁迅故事新编》、《两地书：鲁迅与景宋的通信》、《野草》、《热风》、《鲁迅传》（署鲁迅著）、《鲁迅论文选集》，前四者无任何出版信息，后二者亦仅知出版地为台北，无出版社与出版时间信息。从书的品相来看，并考虑到这些书都未像六七十年代那样刻意修改书名或隐匿作者，笔者推测亦为 80 年代初期的翻印本。因为此时谈论鲁迅似乎也不再是不可饶恕的政治罪名。比如，前身是新生南路上的禁书摊的结构群书店，就在 1981 年公开出版了署名"鲁迅等"

① 《"行政院"函送董委员正之为请查禁由港寄台之"共匪"宣传书籍所提质问之书面答复》，《"立法院"公报》1984 年第 77 号，第 99 页。

著的《中国现代中短篇小说选：1919—1949》。

由上述证据来看，随着政治体制的相对松动，进入 80 年代以后，鲁迅作品主要以翻印、盗印的方式在半公开的状态中进行着更大规模的流通。其盗印母本则主要通过从境外带进或从大陆购买由香港邮寄的方式进入台湾地下图书市场。一边是严厉的查禁，一边是大规模的传播。专制体制已经开始松动，决堤的一刻将要到来。

### 四 鲁迅对"戒严"期台湾文学的影响

鲁迅对"戒严"期台湾文学的影响可谓深远。前文所述五六十年代的杂文写作，就是大陆来台文人对鲁迅所开创的文体形式以及与这一文体相关的文学批判精神的继承。

在国民党文人中，从事杂文写作的应未迟、寒爵等人受到明显的鲁迅影响，但是刻意回避谈论鲁迅。与此不同，小说作家陈纪滢并不讳言自己的《荻村传》所受《阿 Q 正传》的影响。《荻村传》发表后各方多有"好评"，甚至认为傻常顺儿的形象是对鲁迅笔下阿 Q 的全面超越。[1] 这些评价后由重光文艺出版社结集出版《〈荻村传〉评介文集》。这部小说最初连载于《自由中国》半月刊，1951 年 4 月由陈纪滢经营的重光文艺出版社发行单行本，后于 1954 年、1955 年、1967 年、1985 年多次再版，在台湾文坛有较大影响。小说讲述一个怠懒无行的无赖傻常顺儿，借着乱世发迹最后却又被活埋的故事。其故事原型发生在作者的家乡华北农村，主人公可堪"代表着大时代的小人物"，这是一个整天给村里人起粪、挑水，做极费力的工作却又受到全村老少取笑的人。和阿 Q 一样，他也有"思想"和"欲望"，反思为何世事不公，向往物质享受，也有情感需求。陈纪滢在读到鲁迅的《阿 Q 正传》之后，就计划以傻常顺儿的一辈子写一个"比阿 Q 更生动、更现实"的故事。[2] 这部小说用 12 万字写出一个乡村 30 多个人物形象 40 年来的传记，其语言和结构较为简洁流畅。对北方

---

① 如牟宗三 1951 年 5 月 14 日致陈纪滢的信件和穆穆发表于《图画时报》的《傻常顺儿》，均以"反共"为评判标准刻意贬低鲁迅的《阿 Q 正传》而抬高陈纪滢的《荻村传》。

② 陈纪滢：《傻常顺儿这一辈子》，载《荻村传》，皇冠出版社 1985 年版，第 9—11 页。

农村中过年、庙会及秧歌等民风民俗甚至采收棉花、芦苇等生产活动都有精彩描述。

但如果从精神和思想传承的角度来谈，鲁迅所代表的这个乡土文学的文化批判及现实批判传统直到 20 世纪 70 年代以后才重新在台湾得到接续。台湾在日据时期反抗殖民统治和战后初期反国民党官僚统治过程中发展出来的左翼传统，在 20 世纪 50 年代遭到斫断后，曾在 20 世纪 60 年代陈映真的小说和评论上表现出微弱的接续，体现在他的文学和文化批评中相互关联的两个方面：他的文学传达给读者的对卑微弱势者群体深刻的人道关怀和他的文化评论显示出来的素朴的"第三世界"的批判性视野。不过，这一左翼思想复苏的星火却又在 1968 年被迅速压制。六七十年代台湾青年的"左倾"，"基本上并非关于对欧美民主制度与社会主义的了解深度，也不是来自台湾本身的阶级运动或阶级立场，而是从第三世界落后地区素朴的社会正义理念，以及对帝国主义霸权的不平情怀出发"的①。到 20 世纪 70 年代初反帝、反霸权的保钓运动，这一思想才又一次寻找到喷发口，重新传递出弱势者反压迫的信息。在这样的时代背景下，陈映真的小说，以及更广义地说，同一时代的黄春明、王祯和、七等生以及后来被围剿的乡土文学，都共同呈现出对卑微弱小者的关怀，传达出一种十分激进的信息。"对当时的知识青年而言这是对主流观点的质疑与批判，对中产阶级伪善价值的憎恶，对各种压迫的不妥协，对理想的认真与执着。"② 而所有这些，正是当年鲁迅文学内含的思想精髓之所在。另外，20 世纪 70 年代的台湾乡土文学既"描写乡村生活和乡土小人物"，又"以悲天悯人的情怀，描写乡土人物顽强的生存意志，表达对他们的关怀和崇敬"③，延续和深化了鲁迅所开创的乡土文学传统的固有主题，也向新的主题领域掘进，为中国文学画廊贡献了新的文学形象，从而将中国的乡土文学推向一个高峰。从黄春明笔下憨钦仔

---

① 郑鸿生：《青春之歌》，联经出版事业有限公司 2001 年版，第 142 页。

② 郑鸿生：《青春之歌》，联经出版事业有限公司 2001 年版，第 133 页。着重号为笔者所加。

③ 朱双一、张羽：《海峡两岸新文学思潮的渊源和比较》，厦门大学出版社 2006 年版，第 476 页。

的阿 Q 式"精神胜利法"，也可以看到中国新文学启蒙主题的延续。

　　除精神与思想上的影响外，鲁迅还在诸多的细节上影响到台湾作家的创作，具体到每一个作家，其影响形态又各不相同。施叔青自陈鲁迅小说是影响她至深的文字①，上初中的她在阅读了鲁迅小说以后，对《狂人日记》印象深刻。"在施叔青的阅读和创作里"，鲁迅"烙下深刻的镂痕"，"狂人和衰败的中国、狂人和衰败的鹿港，当施叔青把虚构的狂人符印在鹿港街头的疯子时，那跨驰于虚构和现实世界的想象灵思，正是文学创作的养成"②。鲁迅对刘大任的影响主要体现在散文诗的写作上。刘大任少年时代写诗，篇幅一概不长，充满感性和情绪，意象鲜明，尖锐而刻意地布置着冷热无常的小世界，飘浮着形而上的思考点滴。"他写了不少这样的诗，应该就是散文诗之类的，接近鲁迅《影的告别》那传统。"③ 而竟也有作家指出商禽的《长颈鹿》与鲁迅的《复仇》在形而上思考上的某种契合。④ 如果我们了解商禽对鲁迅《野草》的偏爱，⑤ 自然就不会认为这样的解读是牵强附会之论。

　　由于政治威权的操弄，在长达 38 年的"戒严"期中的绝大部分时间，台湾文坛从积极的意义上接受鲁迅的文学与思想的行为始终只能以潜流的形式存在。持续将近 40 年的禁忌确实封锁了"文学的恶声"，使得台湾文学的总体风格选择了一条与鲁迅文学精神迥异的道路，乃至多年以后，当年保钓运动的健将、深受鲁迅影响的刘大任还为台湾当代小说"在鲁迅和张爱玲这两个性质颇不相契的传统中，选择了后者"而深表遗憾。⑥ 但这种封锁也加深了鲁迅所象征的批判性意义。对台湾知识分子而言，鲁迅几乎成为一个符号性的存在，代表了知识分子必要的批判性思维。不过，台湾政治在 20 世纪 80 年代后

---

① 陈义芝：《把人带往远方》，《联合报》1998 年 5 月 7 日第 37 版。
② 蔡秀女：《在窗边阅读的姐妹——小说家施叔青谈读书》，《联合报》1997 年 7 月 14 日第 41 版。
③ 王靖献：《此身虽在堪晴》，《联合报》1985 年 11 月 5 日第 8 版。
④ 萧萧：《新诗的系谱与新诗地图》，《联合报》1995 年 8 月 15 日第 37 版。
⑤ 孙梓评：《诗田农夫》，《联合报》1997 年 11 月 18 日第 41 版。
⑥ 刘大任：《灰色地带的文学——重读〈铁浆〉》，《联合报》2003 年 3 月 20 日第 39 版。

期发生巨变之后，"批评性"的言论却成为新的政治生活的展开方式并成为新的文化气象。当"批评"成为家常便饭，文学的批判精神似乎正在失落，作家的关注点开始转移到文学商品化、大众化的炫奇诱惑中，这使得鲁迅影响的痕迹在这 20 多年来的台湾文学中越来越模糊而难以辨认。但鲁迅却从 20 世纪 90 年代初开始成为学术体制内的研究对象，并在近年被台湾左派知识分子重新作为可资利用的思想资源。

# 第四章　"解严"以来（1987—2017）

## 第一节　"解严"后的鲁迅出版、传播

随着 1987 年 7 月 15 日 "戒严令" 的解除，《台湾地区戒严时期出版物管制办法》《管制 "匪" 报书刊入口办法》也废除，图书出版、流通得以全面松绑，出版社开始将目光转向大陆书籍的引进与出版。1987 年、1988 年之交，台湾卓越出版社一次性通过香港欧美非拉图书公司取得一万种大陆出版品在台湾出版中文繁体字版的权利。[1]这其中，"卅年代作品老而弥坚。鲁迅、沈从文、老舍等对读者有一定吸引力。"[2] 一时间，长期以来处于地下传播状态的大陆二三十年代作品浮出地表。对此，一些新闻官员也表示要 "让空白了 40 多年的断层，接续上来"[3]。在二三十年代文学全面解禁的风潮下，鲁迅的作品最早受到系统性的关注。台湾出版界认为，"随着海峡两岸文化交流的展开，再没有理由让鲁迅作品长期被掩埋在谎言或禁忌之中了。对鲁迅这位现代中国最重要的作家而言，还原历史真貌最简单也最有效的方法，就是让他的作品面对广大的读者，接受检验、解读、或批判"[4]。曾在 "戒严" 期一直冒着政治风险偷印鲁迅书籍的台湾出版界终于可以放开手脚进行鲁迅作品的出版、销售。

---

① 本报讯：《大陆书籍出版权整批交易卓越透过香港取得一万种》，《民生报》1988年 3 月 8 日第 9 版。

② 黄美惠、姜玉凤：《大陆热冲激下的省思（四）》，《民生报》1988 年 3 月 24 日第 9 版。

③ 郭行中：《40 多年的断层接起来！》，《联合晚报》1988 年 12 月 3 日第 1 版。

④ 本报讯：《〈鲁迅全集〉台湾印行，涵盖范围广，首批今上市》，《民生报》1989 年10 月 8 日第 14 版。

台湾新闻出版界开始关注大陆出版动态，《民生报》甚至开辟"大陆读书界"专栏予以持续报道。其中，由于版权引进的问题，台湾出版界对大陆鲁迅出版中的版权问题表现出特别的兴趣。1988 年 11 月 15 日，《民生报》援引"中央社"消息，报道了周海婴就鲁迅著作版权问题与人民文学出版社的纠纷①，并于次年 12 月再次报道历时三年半的鲁迅稿酬诉讼案②。1989 年《民生报》还曾报道上海文物出版社对《鲁迅手稿全集》的出版及稿酬的最终归属。③ 此后，台湾出版界全面开始了鲁迅著作出版的竞争。

## 一 鲁迅著作出版状况

1989 年 9 月，唐山出版社率先出版了《鲁迅全集》。此版《鲁迅全集》由林毓生、李欧梵担任编辑顾问，"将民国卅六年十月上海'鲁迅全集出版社'所出版的《鲁迅卅年集》，加上鲁迅的书信、日记及补汇，把原字体（繁体）予以放大重印而成，总共十三卷精装"④。

与此同时，早在 1987 年就出版鲁迅小说集《呐喊》《彷徨》并有不凡销售业绩的谷风出版社⑤，把大陆人民文学出版社 1981 年出版的《鲁迅全集》改为繁体字版，共十六卷精装，由台静农题署书名。由于 1981 年版的《鲁迅全集》是注释版，因此，在出版时谷风出版社将注释中意识形态倾向强烈的条目予以过滤删除。

10 月，风云时代出版公司出版《鲁迅作品全集》（13 卷，不包括书信等），1991 年 9 月再版。2010 年 8 月，风云时代出版社又推出"鲁迅精品集系列"，计有《呐喊》《彷徨》《故事新编》《朝花夕拾》《中国小说史略》等五本，呼应了 20 年前《鲁迅作品全集》的出版。

《鲁迅全集》的出版，是台湾文化界、出版界的一件大事。"鲁迅是公认的中国近代伟大的文学家、思想家。而在台湾，中国新文学

---

① "中央社"讯：《鲁迅遗著大陆兴讼》，《民生报》1988 年 11 月 15 日第 14 版。
② 本报香港电：《鲁迅稿酬诉讼结案》，《民生报》1989 年 12 月 14 日第 14 版。
③ 《鲁迅手稿出齐，经济利益归公》，《民生报》1989 年 10 月 7 日第 26 版。
④ 莫曜平：《〈鲁迅全集〉首度在台出版》，《中国时报》1989 年 9 月 25 日第 18 版。
⑤ 黄美惠、姜玉凤：《大陆热冲激下的省思（四）》，《民生报》1988 年 3 月 24 日第 9 版。

的传统可说断层了四十年。""在台湾，解严之前几年，鲁迅的作品即开始出现翻印本，解严后更是大量在书市里冒出来，但这些均属于鲁迅较知名的作品……至于完整的《鲁迅全集》则是在台湾第一次出版。"① 因此意义重大。

除此三套《鲁迅全集》之外，台湾出版界还在多种系列丛书中出版鲁迅作品。1987—1988 年，台北光复书局出版"当代世界小说家读本"系列书刊共计 50 种，其中后 10 种为中国作家作品，包括许地山、郁达夫、巴金、老舍、沈从文、钱钟书等现代作家，也包括刘宾雁和钟阿城等当代作家，而鲁迅自然不会被遗忘，《鲁迅》作为该丛书的第 41 种（中国作家的第 1 种）于 1988 年出版。1989 年，台北海风出版社选取部分鲁迅作品结集成册，作为"中国新文学大师名作赏析"系列第一种出版，题名为《鲁迅》。这套书原名"中国现代作家作品欣赏"，由广西教育出版社授权在台湾出版。1990 年，辅新书局将其 1988 年出版的《阿 Q 正传》单行本纳入"中国名家系列"再版。1991 年业强出版社出版"中国现代作家读本"丛书之《青少年鲁迅读本》，由大陆学者陈漱渝编。位于台北汐止市的雅典文化出版公司 1994 年出版《阿 Q 正传》并于 2004 年再版，是为该出版社"优质文学系列"丛书之第一种。1996 年，书林出版社出版由香港三联书店授权在台出版的"中国文学精读"系列，其中黄继持所编的"鲁迅"卷介绍新文学大师鲁迅的作品。

可以看出，这一时期台湾出版界使用较多的仍是大陆、香港所编的鲁迅作品集。这一类的出版品还有陈漱渝编《鲁迅语录：人物评估》②、林郁《鲁迅小语录》③、黄继持编《鲁迅著作选》④ 等。

此外，形态各异的鲁迅著作不断面世，如：1987 年文强堂出版的《鲁迅语录》；1988 年，金枫出版社出版夏志清导读的《阿 Q 正传》及周玉山主编的鲁迅作品选集《鲁迅》；1991 年风云时代出版社

---

① 莫曜平：《〈鲁迅全集〉首度在台出版》，《中国时报》1989 年 9 月 25 日第 18 版。
② 陈漱渝编：《鲁迅语录：人物评估》，天元出版公司 1990 年版。
③ 林郁：《鲁迅小语录》，智慧大学出版社 1990 年版。此书后附有"鲁迅简谱"。
④ 黄继持编：《鲁迅著作选》，台湾商务印书馆 1994 年版。此书由香港商务印书馆授权出版。

编、作为《鲁迅作品全集》第 33 卷出版的《鲁迅论战文选》；1993 年金安出版社出版的《彷徨》；及署名周树人著、龙文出版社 1993 年出版的《鲁迅自传》。

分析上述出版状况可以看出，走出政治禁锢的台湾出版界尚未完全摆脱"戒严"时期的翻印、盗印遗风，所出版的鲁迅著作多数不是由自身编选。事实上，直到 1994 年，才有台湾本土知识者所编的第一个鲁迅选本的出现。著名学者、报人杨泽这一时期依鲁迅著作原刊初版，编有《鲁迅小说集》①、《鲁迅散文选》②，并分别作序《盗火者鲁迅其人其文》、《恨世者鲁迅》③。前者至 2008 年 9 月共印刷十四次，后者至 2003 年 4 月印刷四次，其受欢迎程度可见一斑。王德威评论说："杨泽的长序，细腻扎实，极为可读。惟书内部分文章的历史背景，原可以批注方式稍作介绍。"不过他也指出，"有些文字，如果把鲁迅已交代得十分清楚的历史、政治线索删除，竟与我们的时代，依然息息相关"④。恐怕也正是编选者的如此操作，才使这个选本得到了空前的成功。这正应验了鲁迅所言："凡选本，往往能比所选各家的全集或选家自己的文集更流行，更有作用。"⑤

鲁迅曾言："选本所显示的，往往并非作者的特色，倒是选者的眼光。"⑥ 杨泽的选本标志着台湾出版界开始思考如何整合人力，出版足以展现台湾学术实力的专著、选本、作品欣赏集等，力图摆脱长期以来依赖大陆、香港出版界的努力，也象征着台湾知识分子在新的文化语境中对鲁迅理解的新开端。这种理解表现在另一方面，就是对于鲁迅作品出版的形式也多样化了。台湾麦克出版社在 1995—1998 年出版了"大师名作绘本"系列 50 本，其中第 28 本为鲁迅的《狂人日记》，由黄本蕊绘图。特别值得一提的是，这套书于 2002—2003 年

---

① 杨泽编：《鲁迅小说集》，洪范书店 1994 年版。
② 杨泽编：《鲁迅散文选》，洪范书店 1995 年版。
③ 这两篇文章后来又分别发表于《联合文学》1996 年第 2、3 期。
④ 王德威：《"匪笔"与"恶声"》，《联合报》1996 年 2 月 12 日第 39 版。
⑤ 鲁迅：《选本》，载《鲁迅全集》第 7 卷，人民文学出版社 2005 年版，第 138 页。
⑥ 鲁迅：《"题未定"草（六至九）》，《鲁迅全集》第 6 卷，人民文学出版社 2005 年版，第 436 页。

由河北教育出版社推出大陆版，从而率先逆转了之前大陆出版界对台湾鲁迅著作出版市场的单向影响。90 年代中期，新竹的文强堂出版社也推出了《阿 Q 正传：鲁迅小说连环画》。

除了上述出版《鲁迅全集》的三家出版社之外，出版鲁迅作品最多的当属 70 年代大量翻印禁书的里仁书局。其 1995 年出版的《魏晋思想：乙编三种》的三篇文章之一就是鲁迅的《魏晋风度及文章与药及酒之关系》。1997 年出版《鲁迅小说合集——呐喊、彷徨、故事新编》，2002 年出版《鲁迅散文选集——野草、朝花夕拾及其他》。初版于 1992 年的《鲁迅小说史论文集：中国小说史略及其他》于 2000 年再版，旋即又于 2003 出增订后第一版，显示出台湾学界对于鲁迅学术研究成果的关注。另有一些出版社虽然出版的鲁迅作品较少，但它们的出版品和上述的鲁迅作品共同促成了近年来台湾出版界的"鲁迅热"。这些作品有《鲁迅精选集》[1]、《狂人日记》[2]、《彷徨：鲁迅小说选》[3]、《采薇·奔月》[4]、《野草》[5]、《中国小说史略》[6] 等。

单篇作品转载的减少和大量鲁迅作品的公开出版，说明全面接受鲁迅时代的到来。鲁迅可以通过书本、课堂、演出、影视等各种方式被"阅读"，鲁迅甚至成为书商促销的手段。据《中国时报》，由于"天气燠热，……台北市新生假日书市为了挽回读者的心，从今天开始，凡亲临书市现场者，便可获得鲁迅署名的对联一幅，数量有限，请民众把握机会"[7]。但是，当鲁迅成为一种时髦的文化表征的时候，是否也正隐含着鲁迅思想活力在当代社会消退的危机？而台湾在历经数十年对鲁迅的禁绝后如何重新进入鲁迅的世界，也成为挑战思想界的难题。因此，台湾左翼知识分子的努力，便在此时显示出重大的思想意义。

---

① 鲁迅：《鲁迅精选集》，独家出版社 1998 年版。
② 鲁迅：《狂人日记》，亚细亚出版公司 2002 年版。
③ 鲁迅：《彷徨：鲁迅小说选》，正中书局 2002 年版。
④ 鲁迅：《采薇·奔月》，亚洲出版社 2007 年版。
⑤ 鲁迅：《野草》，大旗出版社 2008 年版。为"鲁迅诞辰一二八周年经典文选"之一，收鲁迅《野草》《朝花夕拾》《无花的蔷薇》等文字。
⑥ 鲁迅著，周锡山评注：《中国小说史略》，五南图书出版公司 2009 年版。
⑦ 林婉莹等：《书市赠鲁迅对联》，《中国时报》1994 年 5 月 22 日第 16 版。

这其中特别需要提及的是台湾左派知识者承袭陈映真等人的传统，近年来做出种种努力，试图"在台湾恢复鲁迅研究，打通中文世界共通的思想资源"①，并希望借此将鲁迅推广到知识界以外的普通民众群体，"融入台湾的知识、文化气氛中，成为我们精神生活不可分割的一部分"②。2009 年，台湾社会研究杂志社出版《鲁迅入门读本》（上、下），2010 年，人间出版社出版《鲁迅精要读本·杂文卷》《鲁迅精要读本·小说、散文、散文诗卷》。这是在全新的历史语境下台湾思想界与鲁迅的再次相遇，因而尤其值得期待。

另外，"解严"以来部分期刊、报纸零星地重刊鲁迅作品的情况，本节不再赘述。

## 二　鲁迅研究著作出版状况

"解严"数月之后的 1987 年 12 月，新潮社就率先将高田昭二的《鲁迅的生涯及其文学》、曹聚仁的《鲁迅的一生：中国近代文学史的侧影》纳入"现代文库"加以出版，开创了"解严"后出版鲁迅研究著作的先河。在这套书每一册的正文之前都有一个"'现代文库'缘起"的说明，策划者在其中指出，文库的内容不拘泥于任何一种体裁，但求能够亲切地贴近知识分子心灵的深处和满足他们精神上的渴求。这套丛书在 1987 年即选择出版关于鲁迅的研究著作两种，正满足了走出"戒严"时代的台湾知识分子渴望阅读鲁迅、了解鲁迅的内心需求。曹聚仁早年与鲁迅多有交往，鲁迅逝世后一直从事鲁迅研究和鲁迅传记的写作。不过，其关于鲁迅的研究工作因对鲁迅多有褒奖而早在 20 世纪 50 年代台湾的第一波"反鲁"浪潮中即受到激烈批判。③然而时过境迁，他的书却在"解严"后成为台湾最早出版

---

① 陈光兴：《本书荐词》，钱理群编：《鲁迅入门读本》，台湾社会研究杂志社 2009 年版，封底。

② 吕正惠：《简短的出版说明》，王得后、钱理群、王富仁选编：《鲁迅精要读本》，人间出版社 2010 年版，第 vi 页。

③ 参见本书第一部分第二章第二节相关内容。

的鲁迅研究著作之一。① 高田昭二的《鲁迅的生涯及其文学》一书写成于 1981 年，次年由日本大名堂出版，此次由朱樱翻译成中文，介绍给台湾读者。高度肯定鲁迅的杂文，称"鲁迅文学的精髓在于他的杂感文"，是高田昭二这本书的核心观点。高田称："鲁迅在这般狂风怒吼中，是以何为罗盘而勇往不懈呢？我认为他是一个天生傲骨的文人，以文学为根据，发自内心的罗盘引导他不断地努力，而且彻底地秉持对文学的信仰而屹立不摇。他内心的罗盘使他在遭遇到外界状况时均能'一招不差'地尽己之力，而他的杂文，也时时'一招不差'地发表，至今仍能脍炙人口。"② 这是台湾自"戒严"以来首次在公开出版物中对鲁迅及其杂文作出如此的高度评价，对于台湾文化界重新认识鲁迅具有相当重要的示范意义。

1949 年之后的数十年中，两岸处于完全的隔绝状态，但台港两地的文化、文学界之间却有频繁的互动，香港事实上成为"戒严"期两岸文化交流的一个重要窗口。这一状况使台湾得以首先关注香港学者的鲁迅研究成果。除曹聚仁的上述著作外，1988 年，天元出版公司又出版了他的《鲁迅评传》，同时，锦冠出版社出版了香港学者陈炳良的《照花前后镜：香港·鲁迅·现代》。此后，陆续有香港学者的鲁迅研究著作在台湾出版。如 1991 年风云时代出版的王宏志《鲁迅与左联》，1993 年业强出版社出版的黎活仁《现代中国文学的时间观与空间观：鲁迅·何其芳·施蛰存作品的精神分析》，1994 年东大图书公司出版的《文学与政治之间：鲁迅·新月·文学史》，1994 年陈炳良在书林出版公司出版的《鲁迅研究评议》，1995 年陈胜长在东大图书公司出版的《考证与反思：从〈周官〉到鲁迅》，2000 年大安出版社出版的黎活仁主编之《鲁迅、阿城和马原的叙事技巧》，2007 年秀威资讯科技公司出版的董大中《鲁迅日记笺释：一九二五年》等。此外一直积极参与台湾文坛和学术界的新加坡作家兼学者王润华在"解严"后也有多部学术著作在台湾出版，其中与鲁

---

① 当然，尽管台北的瑞德出版社早在 1982 年就出版了曹聚仁的《鲁迅评传》，但《鲁迅的一生：中国近代文学史的侧影》，也确实是"解严"后最早出版的鲁迅研究著作之一。

② 高田昭二：《鲁迅的生涯及其文学》，新潮社 1987 年版，第 158 页。

迅相关的，有早在 1992 年就由东大图书公司出版的《鲁迅小说新论》，以及 2006 年文史哲出版社出版的《鲁迅越界跨国新解读》。这些著作提出了与中国大陆学者和台湾学者都不太一样的鲁迅观，从而在两岸长达 40 年的意识形态对抗中所形成的相互对立的鲁迅观之间架起一座沟通的桥梁。香港学者王宏志就指出，"绝对的客观是不可能的，我们各人都有着自己沉重的包袱，影响着我们对事物的理解和看法"，"但不能忍受的是故意的扭曲"。因此，他的《文学与政治之间》一书的"基本态度"就是"对一些故意的扭曲的'平反'，例如鲁迅研究……等，都是希望能以一个自己认为比较客观的态度，就自己所能见到的资料，画出一个我自己在这个时候相信可能是比较接近'事实'的图像来"①。

　　中国大陆的鲁迅研究经过几十年的发展，到 80 年代末已有相当的积累，一些报纸对大陆的鲁迅研究动态有相应的关注。1988 年 12 月 20 日，《联合报》就大陆学界正在进行的"重评鲁迅"的论战进行了述评，列举了鲁迅研究学者袁良骏、严家其、王富仁等人的主要学术观点，认为大陆的鲁迅研究已经走向多元化。② 不久，《联合报》又从香港中新社得到唐弢正在撰写一部 40 万字的鲁迅传记的消息，在对此的报道中，《联合报》特别强调唐弢写这本传记的主要目的是要"还鲁迅本来面目"，这实际是在暗示台湾的鲁迅研究必须抛弃意识形态偏见而往正常化、学理化的方向发展。③ 1989 年大陆鲁迅研究者陈漱渝赴台省亲，他通过对台湾的鲁迅著作出版状况的初步考察，对台湾出版界出版鲁迅著作所体现出来的文化使命感深表钦佩。④ 陈漱渝的赴台更引发了一轮介绍大陆鲁迅研究历史和现状的热潮。有学者在采访陈漱渝之后，将了解到的大陆鲁迅研究状况与台湾的鲁迅接受经验相比较，大胆地提出今后台湾鲁迅研究的可能路径。杜十三就

---

① 王宏志：《文学与政治之间：鲁迅·新月·文学史》，东大图书公司 1994 年版，第420 页。

② 本报香港讯：《给鲁迅换顶高帽子！——大陆学术界掀起新评价论战，研究走向多元化，争议也不少》，《联合报》1988 年 12 月 20 日第 9 版。

③ 本报香港电：《还鲁迅本来面目》，《联合报》1989 年 1 月 23 日第 9 版。

④ 传慧：《鲁迅研究蔚然成风》，《联合报》1990 年 3 月 26 日第 29 版。

流露了他"第一次在台湾听到有人以'完人'的角度全面性的力荐鲁迅的'完美'"而产生的新鲜感，"因为陈漱渝先生的某些观点和笔者零星接触过的，如梁实秋、林语堂或是郑学稼诸位先生的见解确实有所出入，也许这是因为同样的一张匾，站的地方和看的角度有所不同的结果吧"。他在了解到大陆的鲁迅研究"在鲁迅的事迹、思想与作品内容之外，……在文体上、在艺术上成就的研究成果"还较为薄弱时，设想今后台湾的鲁迅研究也许可以在"文学家的鲁迅"方面有所拓展。[1] 就此类问题，陈漱渝在这次访谈中特别建议两岸学界联手进行鲁迅研究[2]，并在离台前再次强调两岸交换资料的重要性。[3]

　　基于"鲁迅研究在大陆几乎成为显学"[4] 的事实，开放以后的台湾出版业开始把目光转向蓬勃发展中的大陆鲁迅研究。首先被引进版权并出版的是大陆学者刘再复80年代初引起学界重大反响的《鲁迅美学思想论稿》一书，由明镜出版社在1989年出版发行。此后，台湾出版界开始关注大陆鲁迅研究界的最新研究成果，汪晖、王友琴、王晓明等人在80年代末90年代初完成的著作相继被引进台湾。从出版时间上可看出台湾出版界对大陆鲁迅研究动态的把握相当及时。比如王友琴完成于1988年并于1989年出版的《鲁迅与中国现代文化震动》[5] 一书，很快便于1991年由水牛出版社在台印行。而汪晖和王晓明的著作，竟先于大陆而首先在台湾出版。汪晖完成于1988年的博士学位论文《反抗绝望——鲁迅及其〈呐喊〉〈彷徨〉研究》1991年在大陆出版，而在此之前的1990年却已先期在台湾面世[6]。王晓明《无法直面的人生：鲁迅传》在1992年12月由台湾业强出版公司出

---

　　① 杜十三：《陈漱渝谈鲁迅——访一位来台探亲的大陆学者》，《联合报》1989年11月9日第29版。

　　② 陈漱渝说："我认为两岸的文化交流应该再加强。以鲁迅的研究而言，他的年谱牵涉到早期在台湾的人与事，目前已甚为难求，再不着手就来不及了。"

　　③ 《"两岸文化交流迫切且必要"——大陆学者陈漱渝离台前强调两岸交换资料的重要》，《中国时报》1991年2月8日第18版。

　　④ 传慧：《鲁迅研究蔚然成风》，《联合报》1990年3月26日第29版。

　　⑤ 王友琴：《鲁迅与现代中国文化震动》，湖南教育出版社1989年版。

　　⑥ 大陆版由上海人民出版社在1991年出版，台湾版由久大文化股份有限公司于1990年印行。

版整整一年后，才由上海文艺出版社出版大陆版。1993 年，桂冠图书股份有限公司还独家出版了大陆学者张琢的《中国文明与鲁迅的批评》① 一书。台湾出版界紧跟大陆学界鲁迅研究动态之情景可见一斑。

1987 年开放大陆探亲后，以学术书为主的大陆版简体字书籍开始在各大学附近的书店出售，尤其是 1992 年台湾当局订立"台湾地区与大陆地区人民关系条例"并以此条例对大陆出版品在台湾的贩售加以管理后，大陆原版书籍在台湾的流通逐渐呈上升之势。② 由于大陆简体原版书的大量进入台湾，再加上学术著作的市场有限而致无法盈利，台湾在 90 年代中期以后的 10 年间出版的大陆学者的鲁迅研究著作较少，仅有《鲁迅新传：石在，火种是不会绝的!》③、《鲁迅的治学方法》④、《鲁迅与读书》⑤、《鲁迅与我七十年》⑥ 等少数几本。不过，秀威资讯科技在打破了传统的"make then sell"运营惯例、改为零库存的"sell then make"销售模式以后，由于大大降低了出版成本，重新开始进行大陆鲁迅研究著作的出版，从 2008 年开始陆续出版了一批大陆研究者的著作，如邵建《二十世纪的两个知识分子：胡适与鲁迅》（2008 年）、张耀杰《鲁迅与周作人》（2008 年）、周正章《笑谈俱往：鲁迅、胡风、周扬及其他》（2009 年）、敬文东《失败的偶像：鲁迅批判》（2009 年）、杨剑龙《乡土与悖论：鲁迅研究新视阈》（2010 年）、纪维周《说不尽的鲁迅：疑案·轶事·趣闻》（2011 年）、李怡《鲁迅的精神世界》（2012 年）、葛涛《被遮蔽的鲁迅：鲁迅相关史实考辨》（2012 年）等。

数十年的查禁，导致台湾学界的鲁迅研究力量相当薄弱，因此，"解严"以来台湾学者所编撰的鲁迅研究专著或资料较少。据笔者目

---

① 此书未见其他版本。
② 李汉昌：《大陆书摊开卖，远离禁忌的年代》，《联合报》1999 年 1 月 5 日第 20 版。
③ 马蹄疾：《鲁迅新传：石在，火种是不会绝的!》，新潮社 1996 年版。
④ 何锡章：《鲁迅的治学方法》，新视野出版社 1998 年版。
⑤ 贺绍俊：《鲁迅与读书》，妇女与生活社 2001 年版。
⑥ 周海婴：《鲁迅与我七十年》，联经出版事业公司 2002 年版。

力所及，最早的有 1988 年 4 月霍必烈所编之《盖棺论定谈鲁迅》①一书，但该书所辑皆为鲁迅逝世后的部分新闻报道、挽联、各时期回忆或评价鲁迅的代表性文字及鲁迅年谱等，仅可作为了解鲁迅或鲁迅研究的基本资料，尚不是岛内学者的研究成果。倘若再除去美国学者周质平②、李欧梵③在台出版的鲁迅研究专著，则公开出版的岛内学者的鲁迅研究仅有周行之《鲁迅与"左联"》④、蔡辉振《鲁迅小说研究》⑤、蔡登山《鲁迅爱过的人》⑥ 三本。

### 三　鲁迅传播的其他方式

除了对鲁迅作品的转载、出版及鲁迅研究著作的印行之外，一些图书馆在"戒严"期被封存的书籍也得以重见天日，开放给读者借阅。⑦ 新闻出版界还通过开讲座、出专辑、办书展、为演剧做广告及刊登作家游记等方式全方位展开对鲁迅的介绍与宣传。

在刚刚"解严"三个月的 1987 年 10 月，《当代杂志》就率先出版了"鲁迅专辑"，希望借此举"还原鲁迅的本来面目"。1988 年 6 月，《国文天地》杂志社开办的系列文化讲座中包含"中央"大学康来新教授所授之"中国现代小说导读"，其内容涉及对鲁迅写作技巧及艺术风格的分析。⑧ 1989 年 3 月，正值五四运动 70 周年前夕，《联合文学》也邀请学者、作家就中国现代文学的著名作家开设"作家的心灵世界"系列讲座，其中第一场即为张大春主讲之《造就阿 Q 的人们——兼及鲁迅》。⑨ 同时，台湾艺术界也积极筹划以绘制鲁迅

---

① 霍必烈编：《盖棺论定谈鲁迅》，国际文化事业有限公司 1988 年版。

② 周质平：《胡适与鲁迅》，时报文化出版公司 1988 年版。

③ 李欧梵：《铁屋中的呐喊》，风云时代出版社 1995 年版。

④ 周行之：《鲁迅与"左联"》，文史哲出版社 1991 年版。

⑤ 蔡辉振：《鲁迅小说研究》，高雄复文出版社 2001 年版。

⑥ 蔡登山：《鲁迅爱过的人》，秀威信息科技资讯公司 2007 年版。

⑦ 李玉玲：《解禁！央图为馆藏两千册"禁书"请命》，《联合晚报》1992 年 2 月 13 日第 3 版。

⑧ 台北讯：《请学者导读讲授国学》，《联合晚报》1988 年 5 月 16 日第 8 版。

⑨ 参见《〈联合文学〉系列讲座》（《联合报》1989 年 3 月 24 日第 27 版），《谁是五四以来最主要小说家？》（《民生报》1989 年 3 月 30 日第 14 版），《"作家的心灵世界"系列讲座 1：造就阿 Q 的人们——兼及鲁迅》（《联合报》1989 年 3 月 30 日第 27 版）。

作品插图而扬名的大陆油画家裘莎赴台办画展，认为"裘沙的鲁迅插图作品展如能在台湾举办，对海峡两岸文化心理的靠拢会有好处。"①1991年，鲁迅诞辰110周年之际，《国文天地》又以"鲁迅对台湾的文学界有什么影响"为主题，通过张我军、张深切、张秀哲、刘呐鸥等人谈鲁迅对台湾青年的影响，并邀请刘大任、阿盛、罗智成等现代作家以座谈方式，谈阅读鲁迅作品的经验；《中国论坛》则邀请海峡两岸的学者，撰写了7篇探讨鲁迅文学创作与成就的专文，编辑成纪念专集推向图书市场；《文讯》也向读者征稿，从多方面探讨鲁迅的作品。② 在鲁迅逝世60周年的1996年，《复兴剧艺学刊》特别制作了"《阿Q正传》特刊"，并举办多场座谈会，邀请多名著名剧场工作者和学者，就鲁迅的《阿Q正传》从创作背景到改编成国剧的手法、新编国剧《阿Q正传》的剧场形式、角色造型、剧场效果，以及传统国剧与现代剧场之间的异同，等等，作极为广泛而深入的探讨，成为台湾戏剧界精英精彩的脑力演出。③ 而在此之前，在复兴剧校39周年校庆的三月中旬就已将《阿Q正传》搬上舞台④，演出引起了民众的极大兴趣，仅在预售票阶段就"冲出七成佳绩"⑤。在图书出版的销售环节，书店也积极推出各种书展提高民众对包括鲁迅在内的二三十年代作品的了解以利于扩大销量。有的书店为了吸引读者，多方搜罗最原始的版本为展品，其中甚至有收藏最完整的《鲁迅全集》、鲁迅手迹、照片及原始版的《阿Q正传》等。⑥

两岸开放互访之后，台湾人民得以访问大陆，对于关注鲁迅的文化界人士而言，除了购买鲁迅作品及鲁迅研究著作外，踏访鲁迅故居、鲁迅墓及鲁迅纪念馆等文化遗址，也往往成为他们大陆行程的重要组成部分，其中部分人士及时在台湾的出版物上将参观随感以各种

---

① 本报香港电：《大陆油画家裘莎将访台》，《联合报》1989年5月3日第12版。

② 张梦瑞：《鲁迅冥诞，出版热闹，杂志座谈多，专辑赶上市》，《民生报》1991年8月26日第14版。

③ 王道：《〈复兴剧艺学刊〉制作"〈阿Q正传〉特刊"》，《联合报》1996年7月25日。

④ 詹婉玲：《复兴剧校搬演〈阿Q正传〉》，《中华日报》1996年3月4日第18版。

⑤ 《〈阿Q正传〉预售冲出七成佳绩》，《中国时报》1996年5月4日第24版。

⑥ 李友煌：《三〇年代作家作品联展：宏总新光书店即起举行》，《民生报》2001年1月3日第CR1版。

文体呈现给台湾读书界。1988 年 5 月 19—20 日，《联合报》刊登了张自强参观上海鲁迅故居后所写下的散文《访上海鲁迅故居》，文章称"到鲁迅故居参观，虽然未必能增加对鲁迅的了解，但是却在这幢房子里，深深察觉到鲁迅的人性，蔡元培曾以'千岩竞秀，万壑争流'八个字来推崇他，但他也有'侠骨柔肠、剑肚琴心'的一面"[①]。诗人向明更在拜谒了虹口公园的鲁迅墓之后，以诗歌的形式阐发了鲁迅批判精神所具有的现实意义。[②] 与向明不同，作家管管却在虹口公园以散文诗的形式写下自己对鲁迅的理解，以"一进虹口公园就看见鲁迅大夫高高坐在那儿卖药看病""鲁迅自己就是一副重药"这样笔调凝重的文字触摸鲁迅文学与思想的核心。[③] 由于亲临鲁迅当年生活、战斗过的地方而对鲁迅产生一种带有强烈感性色彩的认识，是这类文字的共同特点，这对于台湾认识一个丰富立体的鲁迅自然有着相当特别的意义。

此外，为数不少的戏仿鲁迅的作品在台湾的面世，不仅起到了传播鲁迅的作用，同时也使鲁迅笔下的人物从历史的尘埃走向当下的现实生活，为严肃而单调的鲁迅传播带来些许轻松的元素，成为鲁迅走向大众的一个契机。其中最具代表性的是旅美华人作家徐晓鹤创作的《假如阿 Q 还活着》和福建作家林礼明创作的《阿 Q 后传》两部（篇）小说。徐晓鹤原籍中国大陆，后移居美国成为自由撰稿人，1993年凭借《假如阿 Q 还活着》一文，在所有 382 篇散文来稿中脱颖而出，一举夺得由《中华日报》与"行政院文建会"合办的"第六届梁实秋文学奖"散文创作类第一名。[④] 作者在充分理解原典内在结构的基础上，从《阿 Q 正传》的结尾大胆假设阿 Q 侥幸从刑场逃脱，之后历经北伐、清党、清乡、解放、"文革"及改革开放等历史变革。在这一过程中，作者一方面让鲁迅原作中人物悉数登场，另一方面亦加入蒋介石、王震、陈永贵、周恩来、江青、郭沫若等真实的历史人物，

---

① 张自强：《访上海鲁迅故居》，《联合报》1988 年 5 月 20 日第 16 版。

② 向明：《虹口公园遇鲁迅》，《中国时报》1992 年 11 月 1 日第 43 版。

③ 管管：《鲁迅的"药"》，《联合报》1994 年 4 月 27 日第 37 版。

④ 事实上这是一篇标准的短篇小说，之所以归入散文类，大约是因为"梁实秋文学奖"只设"散文类"、"翻译类译诗组"和"翻译类译文组"三组奖项。

使全文读来虚实相生、饶有兴味。作者在略带杂文讽喻笔法的叙述中以鲁迅和中国为隐藏的对话者，有效地彰显了近代中国的历史与现实。[①] 与此类似，1995 年由台北翌耕图书事业有限公司出版的林礼明的长篇小说《阿 Q 后传》也是一部在艺术创造中重新阐释鲁迅《阿 Q 正传》的大胆尝试之作，全文从阿 Q 刑场被救并与吴妈结婚生子开始叙述，让阿 Q 经历种种磨难终于交上好运。尽管"后传"中阿 Q 有新的生活经历，但作者并未改变阿 Q 的性格特征，也基本上保持了原著的喜剧风格。《阿 Q 后传》对旧人物作了新的挖掘和发展，同时也创造了鲁迅原文中没有的新人物，是对《阿 Q 正传》的丰富与发展。

"解严"后各报刊刊登的为数众多的议论、介绍、评述鲁迅的文字，也都起到向大众传播鲁迅的作用。

总体而言，"解严"后的鲁迅传播较之以前任何一个时期的规模都来得更大、形式更为多样化，对鲁迅的评价和理解也更为多元，尤其是鲁迅似乎开始走出知识圈而有进入民间生活的通俗化趋向，这无论是对促进台湾的学院派鲁迅研究走向深入，还是让鲁迅进入普通百姓的视野，都起到了相当重要的推动作用。

## 第二节　现代学术体制内的鲁迅研究

如果把鲁迅接受划分为官方的、学院的和民间的三大阐释系统的话，我们可以清晰地看到"解严"前后这三大系统之间力量消长与相互融合再生的景象。立足于国民党官方立场的鲁迅研究和评价在"解严"后基本趋于消亡，由于郑学稼、刘心皇等人相继淡出学术界，这一阐释系统的鲁迅研究在 90 年代以后仅以周玉山的数篇文章为代表。[②] 这一时期报纸上议论鲁迅的文字数量颇丰，其中自然不乏

---

① 参见徐晓鹤等著《假如阿 Q 还活着：第六届梁实秋文学奖得奖作品集》，中华日报社 1993 年版。

② 如《鲁迅与五四运动》（《五四文化与文学变迁学术研讨会论文集》，台湾学生书局 1990 年版）、《中共的"鲁迅崇拜"》（《无声的台湾》，东大图书公司 1996 年版）、《梁实秋与鲁迅的论辩》（《大陆文学与历史》，东大图书公司 2004 年版）。

创造性的见解,但由于"解严"后权力压抑机制的消失,其中的大多数随意而零碎地漂浮于现实的表层,已经失去了"戒严"期民间鲁迅接受中的思想活力。学院派的鲁迅研究在"解严"后获得了较大的发展,相关领域的学者们在这25年中陆续发表的鲁迅研究的学术论文在数量上得到了一定的累积,同时,相当多的青年学子也相继选择鲁迅作为他们学位论文的研究对象,成为未来台湾鲁迅研究的预备力量。当然,所谓官方的、学院的和民间的划分在"解严"后只是一种相对关系,相互之间有着融合共生的情景。在官方意识形态框架内阐释鲁迅的学者中,有些人也成长于学术体制内并供职于高校研究机构(如周玉山),而一些专业研究者则通过与学院派风格保持必要的距离来确立自己的学术风格(如蔡登山),同样,民间也有一些心存庙堂和学院的人士。但总体而言,官方和民间的力量都有所削弱,而学术体制内的鲁迅研究力量逐步得到加强。本节主要探讨学院派的鲁迅阐释系统。

上一节曾提及,"解严"后台湾学者专门针对鲁迅的论著相当之少,仅有周行之《鲁迅与"左联"》、蔡辉振《鲁迅小说研究》[①]、蔡登山《鲁迅爱过的人》[②] 三本行世。在台湾公开发表的专门针对鲁迅的研究论文虽有将近60篇,但除去台湾地区之外的学者的研究成果也所剩不多,仅不到40篇,其中尚有部分是这一时期完成的硕博士学位论文的成果。相比之下,这25年来以鲁迅研究为题在台湾各高校和研究机构获得硕士、博士学位的学位论文则高达32篇。由于学位论文由学生在导师指导下完成,它们往往亦可反映出代表着学界中坚力量的指导教授们的基本观点。因此,除为数不多的期刊论文和著作外,学位论文大体可反映台湾鲁迅研究的现状。因此,本节对学术史的回顾主要依据"解严"以来完成的学位论文。

回顾"解严"前的鲁迅研究史,在学位论文方面仅在周玉山的

---

① 蔡辉振的《鲁迅小说研究》(符文图书出版社 2001 年版)一书是根据其同名博士学位论文(香港珠海大学,1997 年)修订出版的。

② 蔡登山的《鲁迅爱过的人》一书偏重钩稽往事、表述也较通俗化,实际上很难归入严格的学术研究之列。

硕士学位论文《中国左翼作家联盟研究》①、周云锦的硕士学位论文
《新文化运动的价值观》② 及杜继平的硕士学位论文《五四时期的
反传统思想》③ 中有部分篇幅就相关问题对鲁迅作出研究。其中周
玉山为国民党文人周世辅之子，先后师从郑学稼、胡秋原、曾虚白
等国民党文化政要，对于五四运动、左翼文学等有深入研究。在
"解严"后的 1988 年 1 月，周玉山完成其博士学位论文《五四运动
与中共》④。全文从剖析陈独秀、李大钊、毛泽东、周恩来、鲁迅等
五人的"五四"经验出发，力图证明"五四运动与无产阶级世界革
命、俄国文学、列宁皆无关联"，站在国民党立场上与中共争夺
"五四"的文化阐释权。文中将鲁迅与其他四位共产党领导人并列，
即可看出作者所受国民党文化观影响之深。但文中以专章讨论鲁迅
与五四运动的关系，却在客观上成为"解严"后学术体制内鲁迅研
究的先声。

　　1991 年政治大学历史所郑懿瀛的硕士学位论文《鲁迅与中国现
代知识分子——从〈呐喊〉到〈彷徨〉的心路历程》是台湾鲁迅接
受史上第一篇以鲁迅为专门研究对象的学位论文，此后至今的 20 多
年间，台湾各高校及研究机构共有 32 篇硕博士学位论文专门以鲁迅
为研究主题。这个数量在鲁迅研究相对薄弱、高校及研究机构相对较
少的台湾已相当可观，尤其相较于"戒严"期台湾高校或研究机构
从未有过专门以鲁迅为主题的学位论文的情况，已经有长足的进步。
综观这些论文，大体可分为思想研究、比较研究、文本研究等研究
面向。

## 一　关于鲁迅思想的研究

考察作为思想家的鲁迅及其创作，是鲁迅研究的基本切入点之
一。尽管在很长的历史时期内，国民党文人和自由人文主义者都不承

---

① 周玉山：《中共左翼作家联盟研究》，硕士学位论文，政治大学，1975 年。
② 周云锦：《新文化运动的价值观》，硕士学位论文，台湾大学，1983 年。
③ 杜继平：《五四时期的反传统思想》，硕士学位论文，台湾大学，1984 年。
④ 周玉山：《五四运动与中共》，博士学位论文，中国文化大学，1988 年。

认鲁迅是思想家①，但"解严"后出现的第一篇硕士学位论文即经由对鲁迅文学作品的解读，探访这位 20 世纪伟大知识分子的心路历程，"以明中国现代知识分子在从事最根本的文化变革时，所面对的内在彷徨和外在阻力"②。论文并未如此前的鲁迅评价或鲁迅研究那样，在国民党反共意识形态的基本框架下为鲁迅定位，而是将鲁迅作为中国现代知识分子的典型，置于晚清到"五四"的历史脉络中，探讨"中国回应西方冲击的挣扎痕迹"。此外，论文还就鲁迅对现代知识分子的影响作了试探性的拓展。郑懿瀛首次调整了在台湾延续了 40 余年的鲁迅评价（研究）的叙述语式、摆脱了意识形态话语的操控，这正是其论文的学术史价值所在。然而，在国民党当局宣告放弃其意识形态控制后，学术研究立即对这一研究范式发起挑战。如果注意到参加答辩并签名同意授予作者硕士学位的答辩委员中有当时任教于政治大学三民主义研究所的周玉山的话，我们更有理由认为，当时调整鲁迅研究的叙述方式与思考框架已势在必行。

吴怡萍完成于 1994 年的《北伐前后妇女解放观的转变——以鲁迅、茅盾、丁玲小说为中心的探讨》将鲁迅文学中的女性题材纳入妇女解放运动作一思想史的考察，立意新颖而又有学理基础。论文主体由三部分构成，分别探讨鲁迅、茅盾和丁玲的小说所体现的女性观。在关于鲁迅的部分，作者主要借鲁迅小说突出五四时期以祥林嫂为代表的"穷苦女性"与以子君为代表的"出走的娜拉"两种典型的女性形象。这篇出自政治大学历史研究所的硕士学位论文，尽管只是将鲁迅文学作为其历史研究的特定主题的佐证材料，但同时也提示了鲁迅研究的女性主义视野。

随着时间的推移和思想观念的不断更新，一些研究也开始自觉地反思台湾鲁迅评价中的意识形态因素，并从发生学的角度重新寻找鲁迅早期思想发生的原点，以辨正在后来的鲁迅研究和评价中出于各种原因和目的对鲁迅进行的矮化与神话。黄正文的《鲁迅留日期间对其

---

① 如郑学稼、梁实秋等人都认为鲁迅不是思想家、革命家，仅有保留地承认鲁迅的文学成就。

② 郑懿瀛：《鲁迅与中国现代知识分子——从〈呐喊〉到〈彷徨〉的心路历程》，硕士学位论文，政治大学，1991 年。

一生人格的影响研究》正是这样一篇力图客观地进行研究的论文。论文通过对鲁迅内心世界、周遭环境、交友、学习生活、所学课程及发表文章等方面的全面考察，认为留学日本的经历塑造了鲁迅性格中的"超越性特质""意志力特质""悲悯性特质""侠义性特质"和"战斗性特质"等五个方面的特征。

台湾的鲁迅研究逐渐突破意识形态思维之后，在鲁迅思想研究上开始出现较具学术价值的成果。2005 年政治大学东亚所刘祖光的博士学位论文《鲁迅肉体生命意识之研究》是一部较具学术价值的作品。论文的深度来自作者以现象学与存在主义对鲁迅思想中言语道断的、前语言的"肉体"意识进行了哲学式的阐释，指出鲁迅"反体制"的批判性动力正原生于鲁迅的"肉体"生命意识之中。20 世纪80 年代中期以后尤其是在汪晖的那里得到强调的鲁迅"中间物"思想在刘祖光的这篇论文中也被重新关注，但台湾鲁迅研究中对于这一思想的新的开拓，则出现在 2011 年台湾交通大学的阮芸妍完成的硕士学位论文《中间物思想重探——鲁迅书写中的主体问题研究》中。论文发展了对鲁迅"中间物"思想的阐释，在学界已归纳出的"历史的中间物""价值的中间物"①之外，在鲁迅研究史上首次突出鲁迅与共时社会紧密相连的"社会中间物"的主体位置，将鲁迅设置为一个在"无声的中国"与"有声的中国"之间试图以书写让"无声的中国"发出"声音"的角色，从而把"书写"作为鲁迅介入社会现实的重要手段进行研究。但阮芸妍提出的"社会中间物"之说还不能构成对以往"中间物"学说的发展。

这一时期注重鲁迅思想研究的学位论文还有台东大学教育研究所黄灿铭的《鲁迅的"改造国民性"思想研究》（2003 年）、台湾大学中国文学研究所颜健富的《论鲁迅〈呐喊〉〈彷徨〉之国民性建构》（2003 年）、云林科技大学汉学整理研究中心江文甫的《鲁迅〈呐喊〉〈彷徨〉与明恩溥〈中国人素质〉之国民性比较研究》（2008年）、高雄师范大学国文学系戴嘉辰的博士学位论文《鲁迅小说〈呐

---

① "价值的中间物"近年由何浩提出，参见其《价值的中间物——论鲁迅生存叙事的政治修辞》，北京大学出版社 2009 年版。

喊〉思想之研究——以〈呐喊〉〈彷徨〉为范畴》（2016 年）等。但由于选取的切入点过于陈旧，这些论文对鲁迅的思想研究除了复述前人结论外并没有实质性的贡献。不过，值得一提的是中原大学宗教研究所杨静欣的《徘徊与摆荡——论鲁迅作品中的宗教向度》一文，借用马丁·布伯"我与你"的特殊思考方式，挖掘出鲁迅作品中的"神—人"关系，从而对鲁迅作品中的形而上层面作了探究。杨静欣最后指出，鲁迅"爱"与"走"的人生哲学使得鲁迅作品中的宗教向度呈现出一种动态的矛盾、徘徊状态。

必须注意到的是，这些关注鲁迅思想和精神层面的研究，大多分别出自各高校的历史研究所、东亚研究所、日本研究所、教育研究所、宗教研究所等机构，而非通常的文学系所。这种多学科参与鲁迅研究的情况，表明"解严"后鲁迅作为一个丰富、立体的文化精神现象已经引起台湾学术界的重视并调动各种学术力量积极应对。

## 二 鲁迅与中外作家比较研究

在作家研究中，比较研究既可以在本国作家之间展开，也可以在不同国家的作者之间进行比较，还可以比较特定作品的不同译本。这一时期台湾的鲁迅研究学位论文在这几个方面都有展开。

具有创新意义的研究方式主要由外文系学生完成，不仅成为台湾鲁迅研究新方法和新视野开拓的典范，而且向鲁迅研究界提示出了新的可能研究路径。首先出现的是辅仁大学翻译学研究所盐谷启子的《〈阿 Q 正传〉日译之比较》（1996 年）。作者盐谷启子为日本留台学生，语言优势与资料搜集上的便利使其有能力将《阿 Q 正传》的七种日文译本搜罗完备并逐一比较。在论文中，作者以翻译理论中的"沟通论"与"读者论"为主要参照，将翻译者区分为"原文读者"和"第二表现者"，即阅读原文的读者（即翻译者）和阅读译文的读者，并在这两个层次上探讨了《阿 Q 正传》翻译过程中翻译者充当读者时的误译现象，和翻译者充当"第二表现者"时的词汇选择策略。虽然盐谷启子的这篇论文还略显青涩，却开拓了鲁迅研究的新领域，对于拓展鲁迅研究的边界有着重要的启示意义。另外一篇较具新意的论文是辅仁大学法文系汪诗诗完成于 2004 年的《鲁迅、卡缪，

"读者—接受"比较研究》。论文考察了鲁迅与卡缪所处的不同时代背景和二者接受尼采的不同渠道，经由文学、哲学、宗教、历史等方面的分析，对鲁迅与卡缪在接受尼采的过程中所受的思想影响作出比较分析。鲁迅与西方存在主义文学家之间的心灵共振点早已成为鲁迅研究的热点，但像汪诗诗这样独辟蹊径地以尼采为中介来比较东方的鲁迅与西方的卡缪的研究方式，在鲁迅研究界非常少见。在鲁迅作品与外国文学的比较研究上，还有赖元宏的《〈堂吉诃德〉与〈阿Q正传〉之比较研究》[1]、俄罗斯留台学生阿西雅的《鲁迅与契诃夫小说比较研究》[2]。

在与本国作家的比较中出现了鲁迅与吴趼人、赖和等作家的关联研究。鲁迅与赖和的关联研究在经过90年代林瑞明等学者较为粗略的讨论之后，近期在学位论文中得到进一步的细致开拓，廖美玲的《鲁迅与赖和小说主题之比较研究》[3]是这方面的代表作。论文采用"文献分析法"、"归纳法"与"比较研究法"，在"小说主题"比较研究的框架下，对二者的文学观、国民性批判、人道主义书写和现实主义的创作手法等方面作出多向探索，并由此分析鲁迅与赖和小说中主题意蕴的异同和鲁迅对赖和的影响。而杨亚玥的《吴趼人与鲁迅小说中的第一人称叙事观点运用》[4]以西方叙事学理论对吴趼人、鲁迅第一人称小说进行分析。但是，以叙事学理论对鲁迅作品进行分析早在80年代的中国大陆就已充分展开，因此这篇论文的贡献其实并不在于其选取的叙事学分析方法，而在于比较对象的特别。一般而言，在中国文学史的写作中，吴趼人被归于晚清小说家之列，鲁迅则无可置疑地是中国现代小说的开创者。对此，杨亚玥提出质疑：为什么同样处在中国国势衰微的氛围下，两个年龄相差不到十五岁的作家分属

① 赖元宏：《〈堂吉诃德〉与〈阿Q正传〉之比较研究》，硕士学位论文，中正大学，1999年。

② 阿西雅：《鲁迅与契诃夫小说比较研究》，硕士学位论文，元智大学，2009年。

③ 廖美玲：《鲁迅与赖和小说主题之比较研究》，硕士学位论文，云林科技大学，2010年。

④ 杨亚玥：《吴趼人与鲁迅小说中的第一人称叙事观点运用》，硕士学位论文，台湾中山大学，2002年。

两个不同区块？他们的作品究竟有什么不同？这个问题的解决，可以从生平、小说主题思想等方面进行研究，不过，杨亚玥却选取了从叙事学的角度进行二者的关联研究。之所以如此，其实关涉作者的问题意识，即她所称的"在晚清的吴趼人到现代的鲁迅之间，中国小说的发展究竟发生了什么样的转变？"因此，杨亚玥论文实际上在现代文学研究比较薄弱的台湾学术界较早提出了关于重新认识现代文学与晚清文学关系的问题。

由于研究视角的独特和新的理论的运用，比较研究视野下的研究成果往往较具学术启发性。

### 三　鲁迅文本的解读研究

从中国的鲁迅研究史看，文本分析在鲁迅研究中从未引领过某一时段的风尚，却始终在稳健的发展中收获丰硕的成果。这一朴实的研究方式也在 90 年代中期以后台湾的学位论文中有所体现，这一类成果主要集中于对鲁迅小说和杂文的研究。

较早的有杨若萍的《鲁迅小说人物研究》[①]。论文对《呐喊》、《彷徨》及《故事新编》中所塑造的人物形象进行分门别类的处理，并进一步探讨每一种人物类型所反映的历史与现实意义。同时，作者还对鲁迅塑造这些人物形象的技巧与手法作了相当细致的考察，分别从人物的形貌、语言、心理和意境的营造和象征手法的使用等方面进行了不同层面的开掘，又以现代叙事学理论深入分析鲁迅对叙述者和叙述角度的选择。作者认为鲁迅在小说人物的塑造方面留给后人丰富的艺术经验，并以此肯定鲁迅的文学成就。云林科技大学汉学整理研究中心廖秀明的《鲁迅对神话传说人物形象再造之时代意义研究》[②]则是一篇专门研究鲁迅《故事新编》人物形象的论文。作者通过探究神话传说中人物的原始形象及后世形象的演变，将鲁迅所塑造的神话人物置于形象演变的历史脉络中进行辨析，从而有效凸显了鲁迅重

① 杨若萍：《鲁迅小说人物研究》，硕士学位论文，中国文化大学，1998 年。

② 廖秀明：《鲁迅对神话传说人物形象再造之时代意义研究》，硕士学位论文，云林科技大学，2008 年。

新塑造神话人物的现实意义。

有的论文则将鲁迅小说主题作为研究对象。具景谟的《鲁迅小说主题意识之研究》① 将鲁迅全部小说归结为"对知识分子的批判"、"对麻木的庸众的批判"及"反封建"三种主题，而讨论又尤其集中于鲁迅小说所反映的反封建思想的主题意识（反传统社会的恶俗、穷苦女性的悲哀和妇女解放）方面。客观地说，这项研究并无创新之处。庄培坚新近完成的《鲁迅小说死亡主题研究》② 则专注于鲁迅小说中的死亡叙事，论文通过对鲁迅小说中人物的死亡进行归纳分类来分析鲁迅对生死的看法，深入探索鲁迅偏爱拥抱死亡议题的原因与意义，并能够从鲁迅小说死亡主题的艺术特色揭示鲁迅丰富多变的创作技巧。

在鲁迅小说研究中出现的比较有代表性的研究成果是傅化谊的《论鲁迅小说中的"我"》③。该文以叙事学为理论基础，探讨鲁迅小说中的"我"在文本中说（叙述）与看（视角）的不同，以鲁迅小说中叙述者"我"的可信度为观察点，并针对"故事内同故事""故事内异故事""故事外异故事"以及"混合式"等四种叙述类型予以比较性的回顾探讨与概括。该文的出现表明对鲁迅文本的纯形式研究在台湾的出现。对鲁迅小说的研究还有林奇佐《书写鲁迅——重思鲁迅小说及其思想养分》④、疏淑贞《中国现代小说中的原乡意识——以鲁迅、沈从文、老舍、张爱玲为例》⑤、刘蓉樱《鲁迅〈故事新编〉研究》⑥ 及何玉台《从〈呐喊〉与〈彷徨〉探讨鲁迅塑造小说人物的技巧》⑦ 等。

---

① 具景谟：《鲁迅小说主题意识之研究》，硕士学位论文，台湾师范大学，2001 年。
② 庄培坚：《鲁迅小说死亡主题研究》，硕士学位论文，彰化师范大学，2011 年。
③ 傅化谊：《鲁迅小说中的"我"》，硕士学位论文，佛光大学，2006 年。
④ 林奇佐：《书写鲁迅——重思鲁迅小说及其思想养分》，硕士学位论文，成功大学，2010 年。
⑤ 疏淑贞：《中国现代小说中的原乡意识——以鲁迅、沈从文、老舍、张爱玲为例》，硕士学位论文，政治大学，2007 年。
⑥ 刘蓉樱：《鲁迅〈故事新编〉研究》，硕士学位论文，台北市立教育大学，2013 年。
⑦ 何玉台：《从〈呐喊〉与〈彷徨〉探讨鲁迅塑造小说人物的技巧》，硕士学位论文，淡江大学，2014 年。

令人欣慰的是，在台湾长期被贬低为"刀笔文字"、毫无文学价值的鲁迅杂文在这一时期引起关注。首先是郑颖的《五四新文学时期的小品文研究》① 将鲁迅针砭时政的匕首小品（杂文）与周作人的闲适小品、林语堂的幽默小品一起置于"五四"的文学背景之下，通过比较不同政治理念和知识结构的作家的小品文创作揭示当时错综复杂的文化环境。作者基本同意鲁迅对小品文（杂文）的看法，认为小品文有着时代的眉目，由于其体例的优势，往往是表达个人意见的最佳工具。林昭贤的《鲁迅杂文创作研究》② 则是第一篇对鲁迅杂文进行综合性研究的论文，它对鲁迅杂文的产生背景、创作手法、艺术风格及思想内蕴等作出了全面考察，并在此基础上充分肯定了鲁迅杂文的文体意义。2006 年，谢易澄更进一步就鲁迅杂文的语言问题进行专题探索③，全文以《华盖集》《华盖集续编》为对象，分析出鲁迅杂文文白夹杂、以松散长句为主的语言风格。同时，作者也指出鲁迅善用浅白而具有感染力的隐喻语言从而使原应强调立场与理据的议论文朝向情感层面突进的语言艺术。这不仅是对鲁迅所开创的杂文文体合法性的论证，也揭示了鲁迅杂文高度的审美和艺术价值。

## 四　其他研究路径

另有部分学位论文在上述几个主要方面之外对鲁迅研究的疆域有所开拓，代表了台湾学术界在鲁迅研究领域的多向探索。如戴嘉辰的研究呈现了鲁迅的民间文学理论的无产阶级思想，突出鲁迅强调民间文学应具有"刚健""清新"的艺术特质和强烈的现实批判精神的观点。陈丽仔则首次直接将研究推进到鲁迅学术史层面，将俄国汉学家谢曼诺夫的专著《鲁迅和他的前驱》作为研究对象，对谢曼诺夫鲁迅论的创新与不足作了较为客观的分析。④ 从翻译学的角度来研究鲁

---

① 郑颖：《五四新文学时期的小品文研究》，硕士学位论文，中国文化大学，1996 年。
② 林昭贤：《鲁迅杂文创作研究》，硕士学位论文，南华大学，2004 年。
③ 谢易澄：《鲁迅杂文语言研究》，硕士学位论文，新竹清华大学，2006 年。
④ 陈丽仔：《俄国汉学家谢曼诺夫专著〈鲁迅和他的前驱〉析论》，硕士学位论文，南华大学，2005 年。

迅的则既有关注鲁迅《阿Q正传》英译情况的《四种鲁迅〈阿Q正传〉英译本的翻译策略研究》①，也有关注鲁迅自身译介行为的《鲁迅翻译小说〈月界旅行〉与〈地底旅行〉研究》②，其中尤其值得一提的是彭明伟的博士学位论文《五四时期周氏兄弟的翻译文学之研究》③，这是截至目前台湾研究鲁迅翻译文学的唯一一部博士学位论文，它以19世纪末西学东渐为背景，通过翻译作品的文化中介厘清周氏兄弟所受到的西方思想影响，考察周氏兄弟的翻译策略和翻译文本的选择，并将他们的翻译作品当作独立文本分析其思想主题和审美特质，借此探讨五四新文学之兴起和翻译文学之间的密切关系。在此基础上，作者对周氏兄弟的作品与思想以及中国现代文学史提出了一些新的诠释，使得这部论文即使放到中国大陆的鲁迅研究界也不逊色。

　　史料的辑佚与史实的考证是鲁迅研究中的重要工作之一。由于鲁迅没有到过台湾地区，也没有在台湾地区发表过作品，相较于大陆和日本对鲁迅史实所作的庞大的辑佚、校勘、注释、编目等考据性工作，台湾学界无法也无须进行这一类的研究工作。然而，随着鲁迅研究的不断发展和研究资料数据库的建设，如何在研究中更有效地使用数字资源以提高研究效率便成为一个日益受到关注的议题。目前大部分资料库所提供的皆为"文字搜索比对"模式，无法比对文字背后的隐藏意涵，不能将与某一专题相关的全部资料方便迅速地取出，这往往导致学者们在就某一专题进行研究的文献整理过程中的重复劳动。有感于此，云林科技大学汉学整理研究中心的林一帆在蔡辉振教授指导下，选取目前学界对鲁迅《野草》的所有研究成果，建立了一个在多种资料间产生关联的数据库技术模型。以此模型建立的数据库可节省研究者在人力和物力上的浪费，这项研究成果不仅是对鲁迅

---

① 邱羿盛：《四种鲁迅〈阿Q正传〉英译本的翻译策略研究》，硕士学位论文，东吴大学，2016年。

② 简千芮：《鲁迅翻译小说〈月界旅行〉与〈地底旅行〉研究》，硕士学位论文，中兴大学，2017年。

③ 彭明伟：《五四时期周氏兄弟的翻译文学之研究》，博士学位论文，新竹清华大学，2007年。

研究资料建设的贡献，也为未来的研究资料数据化提示了一个可能的方向。①

### 五 台湾鲁迅研究的历史困境

上述这些产生于 20 世纪 80 年代末以来的研究鲁迅的学位论文以硕士学位论文为主，文学之外的很多学科介入了这项研究，其内容也几乎涉及鲁迅研究的各个方面，它们最大限度地展现了台湾鲁迅研究在最近 20 余年的历史进程。但客观地说，由于基础相当薄弱，这些研究在整体水平上尚有待提高。它们亦步亦趋地跟随着大陆、日本等地的鲁迅研究，在缺乏鲁迅研究传统的台湾重复前人已经进行过的研究工作，同时，由于学术积累的缺乏，它们还无法将台湾独特的文化经验注入鲁迅研究中，开拓具有台湾特色的鲁迅研究路径，并与东亚其他地区的鲁迅研究之间展开对话。需要指出的是，上述这些作者在完成学位论文之后只有少数进入学术界，而继续从事鲁迅研究的更是人数寥寥，这当然暗示了鲁迅研究仍然徘徊在台湾主流学术界之外的事实，同时也表明鲁迅研究的人力资源在辛苦累积的同时也在不断流失。造成这种状况既有历史的原因，也有现实的因素。

首先，历史地看，东亚各个国家和地区的鲁迅接受和研究都是围绕各自的"问题意识"而展开的，都是为了摆脱自身的困境而到鲁迅那里寻求思想资源与精神动力。因此，一个国家（或地区）当前的鲁迅研究状况，与其自身对鲁迅的研究史直接相关。中国台湾地区经历了两次前所未有的禁绝鲁迅的时期，这直接导致其鲁迅研究落后于中国大陆和日本。第一次是 1937 年发动全面侵华战争之后，日本在台湾推行"皇民化"政策，禁止使用汉文写作和出版中文刊物，对于殖民者而言，鲁迅这时候成为一个可能唤醒台湾人民族意识的巨大精神存在。尽管日本国内也于 1937 年出版了增田涉等译的《大鲁迅全集》（东京改造社），但即使在日本本土，"鲁迅"对于台湾人而

① 林一帆：《Metadata 文学典藏之研究——以鲁迅〈野草〉为例》，硕士学位论文，云林科技大学，2010 年。

言仍是一个禁忌①。1949 年国民党退守台湾，遂将在大陆的失败主因归于文化宣传的失策并将此后的文化政策推向一个极端：全面禁绝大陆 20 年代以来的新文学。在此后长达 30 多年的时间中，鲁迅的名字几乎不再公开出现于台湾任何的出版物、书店和图书馆，其严厉程度可至于因阅读鲁迅而入罪。对鲁迅的历史禁闭导致鲁迅研究的力量在过去的数十年中没有得到有效的累积，这是当前台湾鲁迅研究相对薄弱的最主要原因。

其次，当前的台湾鲁迅研究还面临着"分离主义"的困境。在统独议题异常敏感的今天，尽管相关的研究成果陆续出现，但研究者首先遭遇的是如何处理"台湾"与鲁迅的关系问题。鲁迅毫无疑问是中国的作家，那么，对于不同立场的台湾学者而言，如何调整自己的"身份"与鲁迅"对话"并在这种"对话"中设定鲁迅的位置就成了一个关键的问题，这往往在研究展开之前就消解了这项研究深入的可能性。简单而言，在"台独"意识的笼罩下，视鲁迅为"本国作家"还是"外国作家"，成为一些学者首先要处理的问题，甚至不排除少数学者对"中国作家鲁迅"有本能的抗拒。或者说，台湾学界可能尚缺乏一种明确的"中国视野"来处理学术问题。另外，"在某些现实条件下，从来就无法在纯粹个人经验的层面上去阅读与谈论鲁迅。因此一谈鲁迅，必然触及敏感的权力关系"②。在日据时期和"戒严"时期谈论鲁迅尤其构成对殖民权力和专制权力的挑战。然而，就台湾今天的政治进程看，殖民统治和威权政治早已瓦解，台湾知识界似乎再也不用像历史上那样在各种权力的压制之下从鲁迅那里获取反抗的力量。不过，在鲁迅已经不再是禁忌的今天，实际上隐藏着鲁迅思想活力在当代社会消退的危机。

再次，台湾"东亚视野"展开的相对滞后也是台湾鲁迅研究落后的直接原因。二战之后"东亚内部的区域性紧张构成了台湾的思想课

---

①　戴国辉说："我已去世的哥哥，在东京曾因为拥有这套书（指《大鲁迅全集》——引者注），而被宪兵队逮捕。台湾的留学生即使在东京，《鲁迅全集》也是禁书。"参见张季琳《杨逵和入田春彦——台湾作家和总督府日本警察》，《中国文哲研究集刊》2003 年第 3 期。

②　黎湘萍：《是莱谟斯，还是罗谟鲁斯?》，《收获》2000 年第 3 期。

题"，"使得台湾难以把东亚作为一个可以整合的视角加以认识"①，这导致台湾内部对东亚议题的关注相对滞后。二战以后，在"内战－冷战"的双重结构下，台湾与中国大陆分离并成为"冷战"在东亚的一个重要结点，这使得台湾所处理的思想课题与其说是"东亚"的，毋宁说是分裂于东亚内部的区域性紧张关系。而在非整合性的单边视野中处理这些问题，往往使台湾陷入顾此失彼的窘境。因此，台湾如何建立"东亚视野"（或者如何将台湾内化到既有的"东亚论述"中）还是一个未解决的问题。这直接使台湾极有限的鲁迅研究资源难以与东亚其他地区的鲁迅研究发生对话，并借此促进自身的发展。换而言之，台湾的鲁迅研究必须携带自身的文化经验经由参与"东亚论述"的方式拓展到台湾之外才能够真正得以展开。

不过，部分学界人士筚路蓝缕以启山林的开拓毕竟还是带来一些起色。尽管目前未见太多台湾学者的鲁迅研究专著行世，但也陆续有相关学术论文在学术刊物发表，学位论文相继出现。一些学者亦在高校课堂开设鲁迅研究的课程②，一些高校亦聘请大陆鲁迅研究专家赴台讲学③，试图推动台湾的鲁迅研究走向深入，并希望从鲁迅那里开掘不一样的思想资源，从而改变台湾学术思想向来只能仰赖欧美的困境。我们有理由相信，在鲁迅越来越受到台湾学术界、思想界的重视的大背景下，台湾的鲁迅研究将会得到持续而深入的推进。

---

① 孙歌：《东亚视角的认识论意义》，《开放时代》2009 年 5 月。
② 吕正惠较早时期开过鲁迅研究的课程，近年来有交通大学陈光兴的《亚洲思想资源：鲁迅》、清华大学黄琪椿的《鲁迅选读》等课程。
③ 如 2009 年下半年，钱理群在台湾清华大学大学部讲授鲁迅；2010 年暑期，王富仁在彰化师大讲学两个月。

# 第五章　台湾鲁迅经验的价值与意义

  鲁迅曾说："忘记我，管自己生活。"① 但历史却从未忘记过他。从他走上新文学道路到现在的 90 多年中，人们在对他的崇拜、赞颂、利用、扭曲、攻击、讽刺、谩骂中不断地记起他，人们对鲁迅的谈论和阐释，超过了任何一位中国现代文学家。那么，在台湾这块 1895 年被割让给日本、1945 年光复继而又于 1949 年陷于"内战－冷战"结构之下的中国土地上，鲁迅的文学与思想是以怎样的一种方式展开？又对台湾产生什么样的影响？行文至此，笔者已就这些问题作了大致的梳理，呈现了台湾 90 年来的鲁迅接受状况。

  任何时代对历史的展开往往出于现实的需要。从鲁迅学术史来看，对鲁迅的阅读和研究要处理的从来都不只是文学的议题，它常常与整个社会知识生产领域中人的思想与精神状态密切相关。笔者有意通过本项研究的梳理，将台湾地区所提供的丰富而尚未被充分关注的鲁迅经验提供给鲁迅研究界，同时亦希望激发人们对鲁迅思想遗产之于当代台湾社会的所具有的现实意义进行思考。

## 第一节　鲁迅思想遗产与当代台湾

  近 30 年来，台湾的左派知识者自觉地从鲁迅文学中汲取思想资源介入对当代台湾社会各种问题的思考。早在 20 世纪 60 年代，深受

---

  ① 鲁迅：《死》，《鲁迅全集》第 6 卷，人民文学出版社 2005 年版，第 635 页。

鲁迅影响的陈映真即进行了这一尝试①，成为这一思想路径的开拓者。1986年陈映真减少文学创作，投入大量精力创办《人间》杂志关注弱势者群体、主持人间出版社转入社会的政治经济研究，其中"一个主要原因是台湾左翼有一个长期存在没有做完的功课，就是科学性的去理解台湾社会……这是从三〇年代以来各民族左派都一定要解决的"②。于是，从80年代中期开始到今天，台湾的左派知识者在陈映真的精神引导下朝这一方向持续开拓。他们细致地考察台湾的知识生产状况，发现殖民主义和威权政治所遗留的历史问题并未得到有效的清理。如果不清理这些问题，知识生产领域的"殖民权力"依然会发挥作用，台湾也无法真正进入所谓的"后殖民"时期。正因如此，他们近年来做出种种努力，试图"在台湾恢复鲁迅研究，打通中文世界共通的思想资源"③，并希望借此将鲁迅推广到知识界以外的普通民众群体，"融入台湾的知识、文化气氛中，成为我们精神生活不可分割的一部分"④。体现出台湾知识者借助鲁迅思想遗产在知识生产过程中抵抗文化殖民的自觉要求。这与近百年来台湾的鲁迅接受史中的反殖民传统紧密相连。

对于"台社"的陈光兴、赵刚等人而言，近年来持续介入东亚议题乃是看到历史上观察台湾的视角的某种局限性。在台湾内部的东亚讨论展开之前，台湾基本上被组合进两种与东亚相关的观察视阈，其一是"内战－冷战"体制，其二是"第三世界"视角。如果就本书的论题，即以鲁迅在台湾的接受为例来考察，问题会格外清晰。在"内战－冷战"体制的制约下，鲁迅被高度意识形态化，在两岸各自的政治话语形塑下呈现出完全不同的形象，相对于大陆对鲁迅的"圣化""神化"，在台湾政治场域下鲁迅成为不可触碰的禁忌。但是，

---

① 许南村：《后街——陈映真的创作历程》，载《陈映真自选集》，生活·读书·新知三联书店2000年版，第449页。

② 郝誉翔：《永远的薛西弗斯——访问陈映真》，《联合文学》2001年7月号。

③ 陈光兴：《与鲁迅重新见面：编案》，载《台湾社会研究季刊》第77期（2010年3月）。特别是陈光兴、赵刚等人，试图从鲁迅、陈映真那里获取思想资源处理东亚问题。

④ 吕正惠：《简短的出版说明》，载王得后、钱理群、王富仁选编《鲁迅精要读本》，人间出版社2010年版，第vi页。

部分台湾知识者却能够穿越政治纷争的迷雾，超越"内战－冷战"的意识形态框架，把鲁迅作为一个批判性知识分子来理解。与"圣人"鲁迅和"妖魔化"的鲁迅相比，毋宁说这是一个更接近鲁迅本体的形象。因为鲁迅本身不是政治家，甚至从来不与任何权力合作，并不具备明显的意识形态功能。因此，尽管在台湾的"戒严"时代阅读鲁迅是一个严重的政治事件，但就民间立场而言，普遍接受的是鲁迅的批判精神。

在超越"内战－冷战"结构的基础上，台湾知识者还开启了"第三世界"的视野。尤其是经过70年代初的"保钓"运动，这股批判性的力量转而在"乡土"的概念下集结，从较为单一的对于国民党当局的批评转向将国民党当局置于美国对台湾的新殖民结构之下的连带批评，并"极力推动被尘封的日据时代台湾反抗史的发掘"[1]，从而引出"第三世界"的论述空间。到1976年的乡土文学论战，陈映真更是明确地在台湾提出"第三世界"和"第三世界文学"的概念。[2] 从这个时候开始，台湾的批判性知识分子认识到"台湾的命运就是十九世纪以来资本帝国主义下一切落后的亚洲、非洲、中南美洲人民的命运"[3]，台湾与大陆都具有相同的反帝国主义与反资本主义的历史，足以成为世界其他弱小民族（地区）"反帝"运动之一环。因此，"保钓"运动中对于鲁迅的一再引用，除了需要借助鲁迅的批判性力量之外，还有对鲁迅"弱小民族论"的呼应。这样，在力倡"第三世界"理论的中国大陆被忽略的鲁迅"弱小民族论"，在台湾却得以复活。

"第三世界"理论的提出本身就是为了应对"冷战"意识形态架构的另一种世界格局之想象，它试图在美苏对立所形成的世界图景之外寻求另一个世界结构。事实上，单纯从二者中的任何一个出发，都难以解释台湾的特殊问题，因为台湾恰恰处于"第三世界"的世界图景

---

① 林载爵：《本土之前的乡土》，载《读书》杂志社编《亚洲的病理》，生活·读书·新知三联书店2007年版，第184页。

② 陈映真：《乡土文学的盲点》，载《陈映真作品集》第11卷，人间出版社1988年版，第1—7页。

③ 林载爵：《本土之前的乡土》，载《读书》杂志社编《亚洲的病理》，生活·读书·新知三联书店2007年版，第185页。

与"冷战"构造的世界格局的交结点上，并且还连带着中国的民族分裂问题。在台湾左翼的知识界理论想象中，台湾是"第三世界"结构之一环，与亚非拉等被殖民地区具有同等的地位，然而同时，现实中的台湾却又处于"冷战"构造下的资本主义阵营一方。正是在这样一个看似尴尬的位置上，台湾左翼知识分子既立足于现实，又在"冷战"与"第三世界"的双重视阈下凸显出台湾地区不同于日本、韩国、朝鲜及中国大陆的影像。陈映真是他们当中的优秀代表。进入 80 年代以后，陈映真创办极具批判性的《人间》杂志，关注台湾社会的弱势群体，正是他在超越"冷战"意识形态的基础上接受鲁迅批判精神，并在"第三世界"的视野下与鲁迅"弱小民族论"对接后的社会实践。今天，"台社"扛起了鲁迅和陈映真的大旗。陈光兴、赵刚等人参与东亚议题的思路，正是延续了陈映真这一代人的努力，试图通过"与鲁迅重新见面"获取思考台湾问题的思想资源。

上述情况表明，鲁迅思想遗产可以有效地介入台湾社会的知识生产过程，并不断地形成新的思想生长点。因此，鲁迅"抗拒为奴"的思想、"反抗绝望"的精神、"掊物质而张灵明"的文化观、"任个人而排众数"的人学思想、鲁迅对弱小民族（地区）的关注以及鲁迅思想中隐含的"东亚结构"，都有可能在当代台湾语境中得到激活并成为台湾思想文化界持续而有效的精神动力。

## 第二节　朝向"台湾鲁迅学"的建立

自 20 世纪 30 年代鲁迅去世起，对鲁迅精神遗产的阐释就成为东亚知识界的基本话题。东亚的学术界早已形成共识，认为鲁迅是东亚的共同遗产。日本学者藤井省三指出，"日本人几乎是把鲁迅作为'国民作家'来接受的"，而"在韩国、台湾地区、香港地区、新加坡，鲁迅文学也被广泛而持久地阅读着"；因此，"鲁迅是东亚共有的文化遗产，是现代的古典"。① 鲁迅的思想也跨越了国家与文化的

---

① ［日］藤井省三：《〈鲁迅事典〉前言·后记》，弥生译，《鲁迅研究月刊》2002 年第 7 期。

界限而成为东亚地区共有的思想资源。东亚地区的鲁迅研究对"东亚鲁迅"形象的建构已经基本形成"东亚鲁迅学"的观念。

台湾如果想借助鲁迅思想遗产有效地推动其知识生产的健康发展，就必须以一种明确的问题意识积极地调动各种学术力量，从宏观角度寻求鲁迅思想遗产对台湾历史与现实问题的激发点，而不是零散出击、以简单重复其他地区既有研究成果的方式进行低水平的"鲁迅研究"。因此，全面梳理90年来鲁迅在台湾的接受史，以历史性的批判话语激活和激励当前的台湾鲁迅研究与"东亚鲁迅学"对话，进而推动作为一门学问的"台湾鲁迅学"的建立，才有可能在宏观的视野下寻求并综合考量鲁迅思想遗产中对当代台湾具有原理性意义的部分。这应该成为未来台湾鲁迅研究的方向。

与蒙古国、朝鲜及中国香港、澳门等地相比，中国台湾地区在"内战－冷战"交叠结构之下和东亚其他区域（尤其是中国大陆、日本、韩国）之间的关系，要深入且复杂得多，要认识它，就必须以参与东亚论述的方式理清历史和现实中的东亚结构。由于台湾与东亚区域历史与现实的复杂关系，在知识生产领域寻找台湾参与东亚论述的切入点并不困难。在社会科学领域，鲁迅研究无疑是台湾进入东亚议题的最佳切口，也就是说，它可以而且应该成为建构"东亚鲁迅学"的重要一环。其理由在于以下几方面。

首先，鲁迅是伟大的中国作家，同时也被作为东亚的代表性思想家而受到日本和韩国知识界的广泛关注。尽管鲁迅一生大部分的文学与思想活动是在中国语境中展开的，但同时他的思想也跨越了国家与文化的界限而成为东亚地区共有的思想资源。一百年来中、日、韩三国由鲁迅出发的知识生产过程中在某些共通的历史经验的基础上形成的共同议题，已经使鲁迅研究在今天趋于形成一门完整的"东亚鲁迅学"。对于台湾而言，参与一个各方都有热情的话题，比单独与每一方谈论各自的话题更容易形成互动与对话，也更积极而有效。

其次，东亚共同的鲁迅话题尽管在今天趋于成为一个整合的区域性课题，但各自国家或地区却是从自身历史深处的问题意识出发而接受鲁迅的，也就是说，他们之所以能够参与东亚论述并发出自己的声音，乃是因为这种声音带有他们自己的社会文化历史特征。在这一点上，台湾从 1923 年开始的与东亚其他区域迥异的鲁迅接受过程可以为"东亚鲁迅学"提供过去所没有的"鲁迅经验"。

再次，在台湾屡屡被禁的鲁迅早已内在于这 90 年来的台湾历史中。无论是日据时期反抗殖民统治的文化斗争，光复初期反对官僚腐败的社会运动，还是"戒严"时期对政治、文化专制的冲撞，或是之后左派学者对于被殖民历史（日本的政治、军事殖民与美国的经济、文化殖民）的清理，每个时期的台湾知识界都留下了鲁迅思想和精神的影迹。台湾历史上所刻写的反抗奴役的记录，与一百年来中国大陆、日本、韩国为了反抗各自不同的具体社会历史环境中的奴役现象和自身的奴隶性而从鲁迅那里发掘"抗拒为奴"的思想精髓具有同等的意义。

尽管今天台湾关于鲁迅的论述深度远不如东亚的其他地区，但只要简单回顾鲁迅接受史，即可发现中国台湾地区与东亚地区这个以鲁迅为中心的文化场域有着紧密的历史关联。早在 20 世纪二三十年代，东亚地区就形成一个以鲁迅为中心，包括中国大陆、日本、朝鲜（韩国）及台湾在内的文化磁场。日据时期，无论是从中国大陆直接接触鲁迅，还是经由日本的中介接收鲁迅的信息，或是在对鲁迅的理解上与韩国跨越空间的精神呼应，又或是台湾作家与大陆作家交错阅读的潜在对话，台湾的鲁迅传播与接受从一开始就是"东亚鲁迅"形塑的历史过程中不可或缺的一环；而且，在之后的历史进程中，台湾的鲁迅传播与接受也呈现出与东亚其他地区的复杂关系，在一种紧张、严密的挤压状态下产生丰富的意味。这正是"台湾鲁迅学"展开的历史基础。

"台湾鲁迅学"至少存在三个可以展开的层面。最基础的是"接受史"的层面。这是一个相对固化但同时又不断拓展的层面。固化是因为事件已经发生、文学作品已经发表，说过的话也已经被记录下来，作为积淀下来的史实它已经没有任何变化的可能；拓展是因为当代的台湾仍然在以各种不同的方式阅读、感受、阐释鲁迅，这样的接受又会不断地进入历史，成为接受史的一部分。与接受史的层面并列的是"当代台湾鲁迅研究"的层面。尽管当代的台湾鲁迅研究每时每刻都在进入接受史层面，但所谓"当代"往往并不是一个时间的

"点"，对于时代思想状况的考察，仍然需要一个历时性的切面，这个切面可以是 10 年、20 年、30 年不等。在这个时间切面上所展开的鲁迅研究，是当代台湾关于鲁迅的知识生产过程。上述基本上可以成为台湾历史和现实中关于鲁迅的知识的总和，但是仅仅台湾内部的知识生产还不能构成"台湾鲁迅学"的整体。由于那些在台湾之外对鲁迅与台湾的关联性研究以及对于"台湾的鲁迅研究"的研究，都将会以对话的形式参与到台湾的知识再生产过程中去，那么它们也理应包含在"台湾鲁迅学"的范畴之下。我把它作为"台湾鲁迅学"展开的第三个层面。

因此，"台湾鲁迅学"是一个不断丰富和发展的动态过程，它不是规定性的，而是构成性的。它是由各个国家和地区在不同领域从事不同的研究工作并以不同的形式参与这个同时关涉"台湾"与"鲁迅"的整体的知识分子的研究成果共同构成的。它不仅应该代表着台湾关于鲁迅的所有"知识"的总和，而且应该包括台湾之外的地区对上述"总和"的研究的知识形态。

"台湾鲁迅学"的观念一旦得到深入展开，将可调动和整合东亚各地区台湾研究、鲁迅研究等方面的学术力量对一切"与鲁迅相关的台湾精神文化现象"进行有效的研究，或可为包括台湾文学研究在内的台湾社会科学研究及知识生产提供有效的思想资源，同时，我们也期待它能够为鲁迅研究乃至中国现代文学研究注入新的动力。不过，当下的台湾鲁迅研究要走出具有新意的研究路径，并在此基础上进行"台湾鲁迅学"观念的建设，必须首先打破目前亦步亦趋、简单重复前人模式与观点的研究瓶颈，从台湾自身的历史经验尤其是台湾历史上的鲁迅经验出发，才能不断积累学术力量、作出具有自身特色的研究成果。从这个意义上说，本书对鲁迅台湾传播的研究并展现鲁迅之于台湾的意义之研究，还不过是一个初步的尝试。

第二部分：作家论

# 第一章　赖和：鲁迅的精神镜像

## ——《过客》《前进》及其周边

　　1927 年，台湾文化协会分裂为左、右两条路线，台湾新文学运动遭遇重大挫折。赖和在苦闷中写下台湾文学的经典文本《前进》，成为台湾新文学挫折期台湾文学受到鲁迅影响的明证。赖和生前就已获得"台湾的鲁迅"之称。[①] 在迄今为止的台湾文学研究中，对于赖和与鲁迅的关系已多有论及，但通过具体作品详尽地对二者"影响－接受"关系的研究并不多见。其中，赖和写于台湾新文学挫折期的《前进》与鲁迅写于"五四"落潮期的《过客》的关联至今未得到学界的重视与讨论。本章将从《过客》和《前进》带给读者的阅读感受上的相似性出发，通过大胆假设和合理推论，实证地考察鲁迅的《野草》对赖和《前进》一文所起到的催生作用，并借此管窥赖和与鲁迅精神联系的一个侧面。

## 一　赖和阅读《野草》史实考证

　　说赖和受到鲁迅的影响，是有根据的。仅 1925 年，台湾文化协会机关刊物《台湾民报》就转载了鲁迅的五篇作品和两篇译文，部分作品在转载时明确注明了出处，其来源包括刊物《语丝》、小说集《呐喊》及译文集《爱罗先珂童话集》等。在这样大规模的集中转载中，转载者的实际阅读必须远远超过这个范围才能有所取舍。赖和好友、与赖和同为台湾新文学开创者的杨云萍曾回忆说，鲁迅的作品

---

　　① 黄得时：《晚近台湾文学运动史》，《台湾文学》1942 年第 4 期。

"早已被转载在本省的杂志上，他的各种批评、感想之类，没有一篇不为当时的青年所爱读，现在我还记着我们那时的兴奋。"① 由于在1932年《南音》等新文学杂志创刊前《台湾民报》"是新文学运动唯一的园地，所有的新文学作品都在该报发表"②。因此，杨云萍所谓"本省杂志"实际就是《台湾民报》。1921年台湾文化协会成立后，身为理事的赖和与《台湾民报》系统之间有较多的互动，并在1926年以后全面主持《台湾民报》文艺栏。即此可见，赖和也应属杨云萍所谓热心阅读鲁迅作品的"我们"之列，赖和对鲁迅的阅读，并不限于转载的少数篇什。这样的推测也可以从另一侧面得以证明，比如赖和曾在一篇未刊稿中对于中国艺术的衰颓，发出了"九斤老太'一代不如一代'的叹息"③，可见他读过鲁迅先生的《风波》④。文中未对此作任何解释，甚至连鲁迅的名字也没有出现，引用显得相当自然而随意。这种随意的引用一方面表明赖和本人对鲁迅作品的阅读已是常事；另一方面也恰恰表明当时的台湾文坛对鲁迅有着特殊的关注，鲁迅作品为当时的台湾文坛非常熟悉。

1922年以后在大陆留学的赖和五弟赖贤颖曾回忆说："当时祖国方面的杂志如《语丝》《东方》《小说月报》等，我都买来看，看完就寄回家给赖和，赖和就摆在客厅，供文友们阅读。"⑤ 中岛利郎根据张我军归台及《台湾民报》刊登鲁迅文章的时间差（张我军于1924年10月归台），推测"《台湾民报》上的鲁迅作品和译文可以说由张我军从北京拿回来的书籍转载的可能性非常高"⑥。不过，这仅限于说明对鲁迅发表于1924年10月之前的文章的转载，却并不能解释鲁迅发表于1925年之后的文章继续被《台湾民报》转载的现象。比如鲁迅的《牺牲谟》发表于1925年3月16日《语丝》周刊第十

---

① 杨云萍：《记念鲁迅》，《台湾文化》1946年第2期。
② 梁明雄：《日据时期台湾新文学运动研究》，文史哲出版社1996年版，第324页。
③ 林瑞明编：《赖和全集》第2卷，前卫出版社2000年版，第220页。
④ 邹贤尧曾指出赖和的第一篇白话文小说《斗闹热》与《风波》的某些相似点，并推论说前者是对后者某种程度上的复写。参见邹贤尧《征服时空：鲁迅影响论》，新星出版社2006年版，第78—79页。
⑤ 黄武忠：《台湾作家印象记》，众文图书股份有限公司1984年版，第66页。
⑥ ［日］中岛利郎：《台湾新文学与鲁迅》，前卫出版社2000年版，第53页。

八期，仅在一个半月后就被 1925 年 5 月 1 日的《台湾民报》转载，其传播的渠道相当畅通。最可能的解释就是，《牺牲谟》是通过赖贤颖的邮寄经赖和之手发表在《台湾民报》的。林瑞明注意到赖和《一个同志的批信》与《牺牲谟》的某种相似性，指出前者正是"赖和学习鲁迅并加以创造性转化"的产物①，这也正可说明赖和对《牺牲谟》一文有过认真的阅读。特别值得一提的是，《牺牲谟》发表于《语丝》周刊第十八期，而鲁迅的《过客》即发表于一周前的第十七期上，因此赖和读过《过客》的可能性非常大。

赖和发表的第一篇新文学作品，是 1925 年 8 月 26 日刊载在《台湾民报》第六十七号的散文《无题》。这篇作品形式特别，前半阕是散文，后半阕是白话新诗。此文写于 1925 年 7 月 20 日，此时鲁迅已完成《野草》中大部分篇章（23 篇中的 18 篇）的写作，并陆续在《语丝》发表。其中《我的失恋》本不是与《野草》其他各篇相同的散文诗，只是在机缘巧合下刊载在了新创刊不久的《语丝》上，列于正在连载的《野草》系列中，与《影的告别》《求乞者》在同一期上发表。② 这篇在文体与风格上都和《野草》中其他诸篇散文诗完全不协调的新打油诗尤其引起读者的注意。如果把连载的《野草》系列视为一个整体的话，那么意外插入的《我的失恋》就与这个整体一起，向赖和传达了一个错误的信号，即新文学在文体上不循成规，各种文体可以随意组合成文。与《我的失恋》一样，《无题》是一篇恋爱题材的作品，全文写一个回头浪子在面对即将出嫁的昔日恋人时的复杂心境。《无题》作为赖和白话文创作初期文体探索的产物，尽管其情感真挚而有别于《我的失恋》的嘲讽与调侃，但它明显表现出赖和文体意识的不足，并且在形式上留下模仿鲁迅的痕迹。这首散文体与新诗体杂合的《无题》，说明赖和对连载的《野草》系列散文诗所传达的文体信息的误解、混同与偏离，它从一个侧面历史地表征着当时的台湾文坛对于新文学所能达到的理解深度。

---

① 林瑞明：《台湾文学与时代精神——赖和研究论集》，允晨文化实业股份有限公司1994 年版，第 312、155 页。

② 鲁迅：《鲁迅全集》第 4 卷，人民文学出版社 2005 年版，第 170 页。

综合上述各种情况来看，赖和很有可能对此前发表于《语丝》的鲁迅《野草》诸篇有过全面阅读。这样，我们就能解释赖和创作于1928年5月1日的《前进》，为何如此深刻地烙有鲁迅《影的告别》《过客》等文的印记。

## 二 《前进》与《野草》的文本比较

就鲁迅而言，他是带着明确的散文诗的文体意识来创作《野草》的，并直接称《野草》为"散文小诗"。和鲁迅所具有的明确的散文诗的文体意识不同，赖和虽然创作了具有鲜明散文诗特征的《前进》，却没有散文诗的文体自觉，换言之，随笔、杂感、散文、散文诗这些文体概念在赖和那里还十分模糊。当时的台湾的散文创作皆为游记体、随笔体、杂文体甚至日记体，以现在的标准来看，并不具备严格意义上的散文特征。与此整体状况相一致，在赖和以小说、随笔、新诗为主的新文学创作中，其散文数量不多，而且大多叙事、议论特征强烈而绝少抒情性。在李南衡编《赖和先生全集》中没有"散文集"，而只有"随笔杂文集"；在林瑞明所编《赖和全集》中，收入散文部分的文章仅23篇，而如果按照严格的散文标准来衡量，这个数目要更少。《台湾民报》从《语丝》转载了《牺牲谟》的同时，却多少忽略了《野草》，也正可说明台湾文坛对这一文体的隔膜。从另一角度说，这也符合新文学初创期兴奋、躁动的特征，无法与鲁迅作为战士的寂寞与苦闷共鸣。此时的赖和还无法体会到鲁迅在"五四"落潮期的心情，因而《野草》之于他的影响并非立竿见影，但这一阅读经历却为后来迥然独秀于台湾新文学初期散文作品的《前进》的出现，准备了必要条件。

综观赖和的新文学创作，《前进》在1928年5月的出现，在其文学生涯中具有特殊的意义，它是赖和留下的极少量的具有强烈抒情效果的文字之一。如果将之置于整个二三十年代的台湾文坛，也是不可多得的成熟的散文诗作品，它不仅是赖和本人的新文学创作在美学上的跃进，而且也是整个台湾散文创作趋向成熟的标志，从而"突破了早期以杂感随笔为主的格局，出现了具有美文意义的抒情性散文，使散文创作跃上一新的台阶。"① 但是，在整个台湾文坛和赖和本人的巨大创作惯性中，骤然出现这么一篇情感色彩浓烈的《前进》，难免让人感到惊异：是什么样的条件催生了《前进》？美国比较文学学者约瑟夫·T.肖说过："一位作家和他的艺术作品，如果显示出某种外来的效果，而这种效果，又是他的本国文学传统和他本人的发展无法解释的，那么，我们可以说这位作家受到了外国作家的影响。"② 如果考虑到台湾文学的特殊性，肖所认为的国别文学之间的关系，同样适用于一国之内的地区文学之间，即也可用于解释大陆与台湾之间的文学互动。赖和创作的突变，无法用台湾新文学自身的发展逻辑和赖和本人的独创性来解释，因而《前进》中表现出来的那种状况，可以说与鲁迅有极大关系。一个作家受到另一个作家的"真正的影响，较之于题材选择而言，更是一种精神存在"③。从这个角度上考察，我们就会发现它与鲁迅《野草》的精神联系。

《前进》通篇使用象征手法。作者以黑夜比拟台湾当时的处境，以"被两个时代母亲遗弃的孩童"比喻台湾人的"孤儿"生命情境，以"两兄弟"拟喻文化运动的左、右两翼，并借此悲叹当年台湾文化协会因路线而分裂，同时也表达了赖和自己决意"继续在黑暗中前进"的勇气。它所象征的是1927年前后台湾文化协会分裂这一历史事件。1921年10月17日，台湾文化协会在台北成立，赖和被推举为理事。在之后的数年中赖和一直担任理事之职，并在1926年以后实际负责"文协"机关刊物《台湾民报》文艺栏的编辑工作。当"文协"完成由前期主要着重于文化启蒙运动向后期社会政治运动为主的转变后，内部出现了民族运动与阶级运动的路线分歧，这一分歧最终导致了1927年1月"文协"的分裂。分裂后的"新文协"由连温卿等强调阶级利益的左派青年主导，而主张民族觉醒运动的右派另组"台湾民众党"。不过，赖和这一阶段既是"新文协"的代表，同时

---

① 朱双一：《鲁迅对日据时期台湾新文学散文创作的影响》，《鲁迅研究月刊》1991年第3期。

② ［美］约瑟夫·T.肖：《文学借鉴与比较文学研究》，载《比较文学研究资料》，北京师范大学出版社1986年版，第119页。

③ ［日］大冢幸男：《比较文学原理》，陕西人民出版社1985年版，第32页。

也担任"台湾民众党"干事。他"愿站在中间地带，尽力协助一切提升台湾文化向上，为台湾人的政治权利而奋斗的团体"①。尽管赖和本人倾向于"新文协"的阶级路线，但同时也能认识到在殖民统治下促进民族觉醒的必要。他对于文协的左右分裂、不能携手达到共同的理想而深表痛心，内心陷入了极大的彷徨与苦闷之中。《前进》便创作于这一背景之下。鲁迅曾这样回忆《野草》的成因："后来《新青年》的团体散掉了，有的高升，有的退隐，有的前进，我又经验了一回同一战阵中的伙伴还是会这么变化"，在这种情况下，"有了小感触，就写些短文，夸大点说，就是散文诗，以后印成一本，谓之《野草》"②。可见《前进》与《野草》的创作背景极其相似，于是我们就必须再联系赖和的创作心理进一步探讨《前进》的成因。

作家在创作过程中内心意识层面、潜意识层面的各种复杂情感，都会在作品中或隐或显地表现出来，而这些复杂的情感对于表现方法又有一定的选择性，最后，在美学意义上起决定性作用的，感染力特别强的情绪往往是发自内心深处的，甚至是作家自己所未意识到的主观情绪。那么，赖和将如何以文字对这一重大的历史事件做出他自己的反应呢？在文协分裂之后，赖和体会到了类似于鲁迅在五四落潮期的苦闷、彷徨、独自战斗的心境，此时，数年前对于《野草》的阅读所得到的情绪体验，渐渐在心中氤氲扩散；而《野草》的这种带有强烈个人情绪特征的文体，恰恰是赖和可用来宣泄内心苦闷的工具。二者以同样的形式表达类似的心绪，因而，当熟悉《野草》的读者初读《前进》即会震撼于二者的相似性。这就是下面我们将要分析的。

在人物关系设置上，《前进》可看出鲁迅《影的告别》的痕迹。《影的告别》写的是"影"向人的告别，宣称"将在不知道时候的时候独自远行"，最终"我独自远行，不但没有你……那世界全属于我自己"。全篇就是"影"向睡梦中的人告别时所说的几段话，着重于

---

① 林瑞明：《台湾文学与时代精神——赖和研究论集》，允晨文化实业股份有限公司1994年版，第155页。

② 鲁迅：《鲁迅全集》第4卷，人民文学出版社2005年版，第469页。

对"影"的内心世界的描述。与此类似，《前进》写了一对兄弟携手前进而最终分道扬镳的故事。在一个暗黑的晚上，两个孩童凭着直觉支配他们的行动：前进，迎着一路风雨越过山冈溪流不断前进。而最后，失却了伴侣的"似是受到较多的劳苦的一人"，在另一个耽溺于"梦之国"的时候，仍然"孤独地在黑暗中继续着前进"，却把自己的影子当成了"他的同伴跟在后头"。然而，兄弟俩最终分道扬镳（"失了伴侣的他，孤独地在黑暗中继续着前进"）和"影"与人的诀别（"我不过一个影，要别你而沉没在黑暗里了"）的结局是相同的。而孑然前进的行动本身，已经极具"过客"的精神气质。

《过客》在形式上有着与《野草》中其他散文诗很不相同的外观。它采用戏剧形式写成，有时间、场景和人物身份的介绍，全文都是在三个人物的对话中进行的，似乎更像一个独幕短剧。尽管《前进》读起来更像小说从而显示出与《过客》的不同，但《前进》对《过客》的借鉴仍然有迹可循，即对于叙述的六要素的强调。无论是鲁迅还是赖和，对于叙述要素都不像戏剧或小说那样追求真实性，而仅仅出于象征的需要，二者都充满了诗的抒情象征而非戏剧或小说的以故事叙述为主的气息。如果我们把《过客》看作鲁迅有意为之的又一篇杰出的戏剧对话形式的散文诗，那么《前进》则是在模仿鲁迅的同时，又显示出赖和可贵的文体探索精神的成功之作。从《无题》到《前进》，可见出赖和从早期单纯的模仿到创造性借鉴的转变。事实上，《前进》通过将《影的告别》中的人与"影"的关系变形为兄弟关系，对人物、时间、环境以及事件发生缘由、经过和结果进行交代，将《影的告别》的内心世界外化为连贯的动作形态并进行情节上的补全，从而使之显示出与《过客》更为接近的影响亲缘。

《前进》中那两个"来历有些不明"的"被时代母亲所遗弃的孩童"，感到被一种"不许他们永久立存同一位置的势力"催促着，于是互相提携，"向着面前不知终极的路上，不停地前进"。这与《过客》中的那个既不知道从什么地方走来，也不知道自己要去的前方是什么样子，却不顾伤痛听从前方声音的召唤，"向着我自己可以去的路""大步走去"的过客极其相似。两篇文章的主人公的生命追求都带有很强的悲剧色彩。与过客"明知前路是坟而偏要走"的"反抗绝望"① 的生命意志相同，前进的孩童既"没有寻求光明之路的意识，也没有走到自由之路的欲望，只是往面的所向而行"。这又很容易让我们想到鲁迅《希望》一文对希望与绝望的辩证："绝望之于虚妄，正与希望相同。"也和《秋夜》中的枣树对"秋后要有春""春后还是秋"的梦并不以为意，却默默地"以一无所有的干子"，"铁似地直刺着奇怪而高的天空"的精神相一致——"'走'成为在'无意义'威胁下的唯一有意义的行动"②，意义只在"前进"这一行动本身中体现。

但"那过客得了小女孩的一片破布的布施也几乎不能前进了"③。因而过客拒绝接受馈赠与同情，包括感激和爱。因为"富于感激的人，即容易受别人的牵连，不能超然独往"④。这个思想，鲁迅已经在《影的告别》《求乞者》中表达得非常清楚。无独有偶，《前进》的主人公也漠然无视类似于"布施"的"殷勤"与"好意"：

> 在这样黑暗之下，所有一切，尽慑服在死一般的寂灭里，只有风先生的殷勤，雨太太的好意，特别为他俩合奏着进行曲；只有这乐声在这黑暗中歌唱着，要以慰安他俩途中的寂寞，慰劳他俩长行的疲惫……他俩虽浸漫在这样乐声之中，却不能稍超兴奋，并也不见陶醉，依然步伐整齐地前进，互相提携走向前去。⑤

从表面看来，无论是老翁的挽留、女孩的布施，还是风先生的殷勤、雨太太的好意，都是善意的劝慰，然而一旦前行者沉溺于感激怜爱的布施而忘却远方的呼唤，它们就都会成为阻碍前行的力量。因此，《过客》中有了一个停止在自己生命跋涉半途上的老翁，在《前进》中则多了一个因"恋着梦之国的快乐"而放弃前进的掉队者。和鲁迅之于"状态困顿倔强""短衣裤皆破碎，赤足着破鞋"的过客一

---

① 鲁迅：《鲁迅全集》第 11 卷，人民文学出版社 2005 年版，第 477 页。
② 李欧梵：《铁屋中的呐喊》，岳麓书社 1999 年版，第 108 页。
③ 鲁迅：《鲁迅全集》第 11 卷，人民文学出版社 2005 年版，第 478 页。
④ 鲁迅：《鲁迅全集》第 11 卷，人民文学出版社 2005 年版，第 477 页。
⑤ 林瑞明编：《赖和全集》第 2 卷，前卫出版社 2000 年版，第 250—251 页。

样，赖和对那个"身量虽然较高，筋肉比较的瘦弱，似是受到较多的劳苦的一人"着墨较多，他身上寄托了赖和对于台湾前途的希望——就人物体貌特征来看，显然寓意着赖和对劳苦大众的同情和对左派"阶级路线"的较多认同。①

《前进》的最后，"受到劳苦较多的一人"义无反顾地继续前进：

> ……暗黑的气氛，被风的歌唱所鼓励，又复浓浓密密囤积起来，眩眼一缕的光明，渐被遮蔽，空间又再恢复到前一样的暗黑，而且有渐次浓厚的预示。
> 失了伴侣的他，孤独地在黑暗中继续着前进。
> 前进！向着那不知道着处的道上……②

这与过客一样，"我只得走，我还是走好吧……"即刻昂了头，奋然向西，"向野地里跄踉地闯进去，夜色跟在他后面"。也如同《影的告别》中"影"的结局，"独自"地消失在黑暗里了。这些不能不说是《前进》在艺术构思上对《过客》的借鉴所留下的痕迹。

"鲁迅把自己作为一个启蒙的先驱者的生命体验和反抗绝望的悲剧性的姿态"③，都凝聚在过客这一形象之中了，而赖和对于台湾前途的希求与幻灭，对于启蒙者队伍的聚合与分化的种种经验与痛苦，也都落实在"前进"这一行动中。如果说散文诗《野草》是鲁迅在经历了新文化运动的"彷徨"期之后，内心受压抑的非理性因素的体现，显示出鲁迅当时的孤独、疑虑、虚妄等复杂感受的话，那么，《前进》也恰恰是赖和在台湾新文化运动的重大挫折期内心矛盾、苦闷的产物，是赖和复杂、深邃的孤寂心境的艺术化展示。鲁迅在《野

---

① 需要指出的是，赖和思想的"左转"并非受到鲁迅的影响。如果从纯粹的思想意识层面看，赖和最晚在1926年就已经完成"左转"。其未发表的《赴会》一文记录了赖和1926年5月参加"文协"莱园会议的途中见闻，其中侧面表现出他对于劳动者阶层的同情与关怀，也对提倡民族运动的地主阶层有一定批判。从时间上来看，这不可能是受鲁迅的影响，而且这种倾向从赖和的人生经历即可得到合理的解释。

② 林瑞明编：《赖和全集》第2卷，前卫出版社2000年版，第253页。

③ 孙玉石：《现实的与哲学的——鲁迅〈野草〉重释》，上海书店出版社2001年版，第149页。

草》中展示的精神内蕴，终于在"文协"分裂后处于矛盾彷徨中的赖和那里得到回应，并深刻地烙印在《前进》中。"文协"分裂之后，赖和与《野草》期的鲁迅在心境上产生了强烈的激荡与共鸣，就此而言，《前进》的出现，几乎是必然的。

形式与手法的选择关乎所要表达的内容。在明确《前进》与《野草》的精神联系之后，再来看赖和的《前进》，自然很容易理解赖和在文中大量使用象征手法的缘由。即意在通过编造故事、制造气氛、构成一个象征的世界，来暗示自己的思想情绪。象征主义手法的使用，造成了艺术传达的幽深与神秘，从而使《前进》具有与《野草》中的大部分篇章同样的神秘美。在具体意象的创造上，《前进》也显露出《野草》的痕迹。比如，《野草》中的很多篇章涉及的"夜"的象征，也成为《前进》最主要的意象。《前进》开篇即是"骇人的黑暗""浓浓密密把空间充塞着"，没有"星星的光明"。与《野草》中的秋夜象征可憎的世界一样，这黑暗，既是对故事发生的现实外在景观的叙述，同时，也融入了作者的主观思想情感，是作者当时思想无地彷徨、内心一片黑暗、看不到出路的真实写照。

然而，关于《前进》的文体属性，似乎一直未有定论。李献璋在日据时代编《台湾小说选》时，将其视为小说且列于第一篇；李南衡编《赖和先生全集》将其置于"随笔杂文集"；而林瑞明编《赖和全集》则将其归入"散文卷"，似乎更合理。但无论是将《前进》视为小说，还是随笔，或是将之归于散文，其实都没有真正认识到它在台湾文学史上的意义所在。李献璋将之编入《台湾小说选》，是只看到其叙事性的虚构，而李南衡将之编入"随笔杂文集"和林瑞明视之为散文一样，都是过多着重于它的象征意义的现实指涉。他们都不约而同地忽略了《前进》中强烈的情感性因素——这才是它真正在艺术上卓然鹤立于新文学初创期台湾文坛的重要特征。事实上，《前进》一方面有散文的自由；另一方面又有诗的韵致，以及凝练、简洁的语言，深邃而富有哲理的思想内涵，使其具备了散文诗的基本特征。它基本上可看成作者思绪的流动，并不对景物或人物作客观详尽的描写，不做临摹式刻画，旨在表达意境和意象，通篇流动的是赖和对台湾文化协会分裂这一事件所触发的情绪。作者将外在事件与内心世界统一，既书写内心，又不完全脱离对外在事件的描述。一方面，叙述是为了建构作品的抒情气氛；另一方面，意象的营造又赋予述象以更丰富、更深沉的内涵，由此达成一个艺术的整体，显示了赖和新文学创作的艺术高度。

《前进》是赖和文学创作在艺术上的顶峰，是绽放在台湾新文学最初十年中的一朵奇葩，它的出现表明台湾文坛对于新文学多元探索的努力。遗憾的是，这种极具艺术与思想性的文体并没有在台湾得到赓续和发展，它只是鲁迅所开创的"独语体"散文在台湾的孤寂的投影。鲁迅后来说《野草》"是环境的产物"①，"日在变化的时代，已不许这样的文章，甚而至于这样的感想存在"②。与此类似，当处于日本殖民统治之下的台湾社会状况不断恶化时，赖和清醒地认识到"民众所缺乏的，已不是诉苦的哀韵，所要求的是能够促进他们的行进的歌曲"，时代更迫切地需要他放弃所抱有的"未来忧虑"而"吹奏激励民众的进行曲"③。进入30年代以后，赖和创作了一系具有强烈反抗意识的诗作，如《流离曲》《南国哀歌》《低气压的山顶》等，几乎篇篇都向殖民者发出了"雷霹雳似的愤怒着"的吼声。因而，无论是鲁迅的《野草》还是赖和的《前进》，都是特定历史时期的产物，是一时心绪的反映。一旦时过境迁，当新的语境下出现更值得关注的问题，他们也都不约而同地放弃了这种用复杂的艺术手段来表现独特心绪的文体形式。

## 三　赖和：鲁迅的精神镜像

鲁迅在"五四"落潮期写下《野草》，赖和在台湾新文化运动遭受重大挫折的时刻写出《前进》，二者在思想情绪的基调、艺术形象的创造以及表达形式的选择上都存在相当的一致性。这种一致既无法在台湾新文学的历史发展中得到说明，也无法在赖和本人的创作逻辑

---

① 冯雪峰：《回忆鲁迅》，人民文学出版社1953年版，第23页。
② 鲁迅：《鲁迅全集》第4卷，人民文学出版社2005年版，第365页。
③ 林瑞明编：《赖和全集》第2卷，前卫出版社2000年版，第257—258页。

中得以解释，似乎是一种惊人的巧合。但如果视野不局限于台湾一岛之文学，并放弃对台湾与大陆之间的文学关系做有意无意的割裂，而是从整个"中国文学"发展脉络的宏观时空来看，这个"巧合"却并不需要做过多的解释。王诗琅（笔名锦江）曾指出，日据时期的台湾作家一般受到中国大陆和日本双方面的文学影响，"但是赖和却是受到单方面影响较大的人。较之日本文学对他的影响，他可说是由中国文学培养长大的作家"①。这种影响包括新文学和旧文学两方面。其中新文学方面的影响，主要来源于鲁迅，与赖和同时期的台湾作家如杨守愚、黄得时、吴新荣等人多次谈到这一点。比如，与赖和同为台湾新文学开创者的杨守愚，曾从文学创作和文化思想两方面指出鲁迅对赖和的影响，可谓一语中的，正可表明赖和文学创作和文化思想与鲁迅的承续关系。

赖和终其一生没有见过鲁迅，鲁迅大约也未必知道台湾有个赖和，但类似于杨守愚所说的"先生生平很崇拜鲁迅先生"②的记载，却在各种史料中屡见不鲜。赖和到死心中都有鲁迅存在。杨云萍曾追忆他在赖和去世前几天到医院探视的情景：

> 话题又扯到中国一位文学家③，便谈到他的《北平笺谱》了……过了一会儿，赖和先生突然高声说：我们所从事的新文学运动，等于白做了！我诧然地注视着赖和先生。他把原来躺卧着的身体，撑起上半身来，用左手压住苦痛着的心脏。我慌忙地安慰他：不，等过了三、五十年之后，我们还是一定会被后代的人记念起来的。④

---

① 王锦江：《赖懒云论》，载李南衡编《赖和先生全集》，明潭出版社1979年版，第402—403页。

② 杨守愚：《〈狱中日记〉序》，载林瑞明编《赖和全集》第3卷，前卫出版社2000年版，第6页。

③ 指鲁迅。李南衡在20世纪70年代编《赖和先生全集》时，在台湾谈论鲁迅仍然是不被允许的，故在收入杨云萍这篇回忆录时，有意隐去鲁迅的名字。

④ 杨云萍：《追忆懒云》，载李南衡编《赖和先生全集》，明潭出版社1979年版，第410页。

这种无以抗拒的寂寞与虚无感，与《前进》中那鲁迅式瑰丽无羁的想象、汹涌澎湃的激情、世人难解的孤独和前途未卜的困惑一起，都足以成为赖和与鲁迅思想交集的明证。

就《前进》与《野草》所展示的赖和与鲁迅精神联系的这一侧面而言，赖和确可谓鲁迅在台湾文化场域下的一个精神镜像，足以为台湾文学与祖国大陆文学之间的深刻联系提供又一佐证。他的创作一方面表现出台湾文学在殖民地的现实语境中对祖国文学的呼应，另一方面也代表着台湾文学对自身发展道路不懈探求的努力。赖和在台湾的文化境遇中所形成的思想路径与思想形态，与鲁迅不尽相同，他在学习、模仿鲁迅的同时，在艺术上还表现出异常可贵的探索精神，提示了中国新文学在台湾所可能的发展方向，而这，正是有待于进一步讨论的课题。

# 第二章　张我军：日本文化译介与
## 周氏兄弟影响

本章第一节已就张我军与鲁迅的交往作出过详细说明，除此之外，张我军"五四"之后进行的翻译活动，也直接或间接地受到鲁迅和周作人的影响。

## 一　张我军与两岸新文学运动

1921 年，张我军渡海来到厦门，任职于厦门新高银行。在厦门期间，张我军并未受到新文学思潮影响，相反一直参与传统诗文社团"菽庄吟社"的活动。他真正接触新文学运动，是到北京以后的事情。张我军的文学创作也并非学界先前所认为的从写作《乱都之恋》这种新体诗开始，"而是从写作传统的古诗文辞开始的"①。经黄乃江的考证，目前所知张我军的最早作品为其创作于 1922 年 9 月的《壬戌七月既望鹭江泛月赋》，因原稿已佚而未收入《张我军全集》。其后，又于 1923 年 4 月、10 月分别发表《寄怀台湾议会请愿诸公》（二首）、《咏时事》的七律古诗。由此亦可见张我军在厦门的文学活动是以传统诗文为主的。之后，除却 1938 年的《席上呈南都词兄》而外，张我军再无旧文学作品。

1923 年 7 月，因新高银行解散，拿到遣散费后的张我军于 1923 年底从厦门出发，经上海并做短暂停留后，于 1924 年 1 月中下旬间

---

① 黄乃江：《张我军的处女作及其在厦门之文学活动新考》，《福州大学学报》2008 年第 3 期。

来到北京。张我军到达北京两个月之后，写作了他最初的新文学作品《沉寂》（3 月 25 日）、《对月狂歌》（3 月 26 日）等新诗。1924 年 4 月 6 日又写下《致台湾青年的一封信》寄回台湾，半个月后发表于《台湾民报》，在"台湾投下文学革命的一弹"①。这表明张我军来到新文化运动的中心北京之后，迅速接纳和吸收了大陆新文学思潮。

1924 年 10 月，因盘缠用尽，张我军返回台湾。张我军所受大陆新文化运动的影响在其返台后继续发酵，接连在《台湾民报》发表《糟糕的台湾文学界》《欢送辜博士》《为台湾的文学界一哭》《请合力拆下这座败草丛中的破旧殿堂》《绝无仅有的击钵吟的意义》《揭破闷葫芦》等文章，以极其猛烈而密集的火力向旧文学开战。据统计，从 1924 年初到北京至 1926 年 6 月再度来到北京的两年时间中，张我军共在《台湾民报》发表抨击旧文学提倡新文学的文章 25 篇、新文学作品 14 篇。

虽然张我军首次赴北京只待了短短的 9 个月，但在这期间无疑受到中国大陆新文学运动的巨大冲击和思想洗礼。张我军所受"五四"影响几乎是全方位的。他对女性解放问题极为关注，撰写过与妇女问题相关的文章，并有数篇有关妇女解放问题的文章经他之手转载于《台湾民报》，且亲自为文章加编者"识语"；张我军也特别重视白话文运动，除在台湾提倡白话文之外，还编著有《中国国语文做法》；同时亦在《台湾民报》转载大陆新文学作品及译作，以之为"语体文的模范。……以补救漠漠的我文学界"②。除此而外，张我军的翻译活动也与"五四"思潮有着密切的关联性。

## 二　翻译"白桦派"文学

张我军的翻译活动始于 1925 年。这一年，他共在《台湾民报》发表译文 5 篇，但都是与文学无关的社会科学类文章。次年，张我军翻译了日本白桦派著名作家武者小路实笃的《爱欲》并将之发表在

---

① 张我军：《张我军全集》，台海出版社 2000 年版，第 430 页。
② 张我军：《张我军全集》，台海出版社 2000 年版，第 383 页。

《台湾民报》（第94—95号），开启了他的文学翻译生涯，在之后的文学翻译活动中，张我军涉及了日本近代以来的大部分流派及主要作家。而对"白桦派"的关注，几乎贯穿了他的整个文学翻译生涯。

继1926年翻译《爱欲》之后，张我军又于1929年在北平《华北日报·副刊》发表武者小路实笃《创作家的资格》一文的译文。同年，翻译了有岛武郎的专著《生活与文学》并由上海北新书局出版。1939年翻译志贺直哉的《母亲的死和新的母亲》发表于北京《近代科学图书馆馆刊》第5号。1944年翻译的武者小路实笃《黎明》，交由上海太平洋书局出版。考虑张我军本人的经历和"五四"时期日本文学翻译的状况，可发现他对于日本白桦派作品的特别关注，与"五四"时期中国大陆对白桦派的翻译直接相关。

白桦派在日本近现代文学史上并非最早出现、影响最大的文学流派，但在中国"五四"时期及之后的翻译史上，却是翻译最早，影响也最大的流派。究其原因，"在于白桦派的人道主义、理想主义文学，在主题和风格上，与五四新文学在许多方面是相互契合，乃至根本一致的"①，正好满足"五四"时期中国新文化、新文学建设的需要。因此，在当时所翻译的日本文学作品中，白桦派的作品占据最大比重，其中最主要的翻译者是周氏兄弟。1923年鲁迅、周作人翻译的《现代日本小说集》中共收各流派15位作家的30篇作品，其中白桦派作品即占10篇。1927年，周作人又出版了《两条鞭痕——日本现代小说集》，收5位作家共6篇作品，其中白桦派作家作品占4位、5篇。1922年，中华书局出版了毛咏堂、李宗吾合译的武者小路实笃《人的生活》，他们在"译者前言"中指出，该书的翻译"幸蒙周作人、鲁迅二先生题序、校阅，故就敢出而问世"。由此可见，当时周氏兄弟在翻译白桦派文学上不仅得风气之先，且已颇负盛名。而更大规模的对于白桦派文学的翻译，则要等到1927—1935年才有崔万秋、周白棣、绿蕉、沈端先等人陆续译出。与此形成鲜明对照并须特别提

---

① 王向远：《日本文学汉译史》，宁夏人民出版社2007年版，第84页。

及的是，当时台湾并没有大规模的日本文学译介①，甚至因为台湾知识分子对殖民宗主国的文化抗争而有意识地抵制日本文学，以至于后来张我军在向台湾文坛译介《爱欲》时还要特别提请"我同胞平心静气地来和这篇大作接触"②。

周氏兄弟都曾留学日本，是当时新文学运动的代表性人物。因此，初到北京、精通日语的张我军自然会关注到他们的创作和翻译。张我军非常崇拜鲁迅，也一直与周作人保持较为密切的关系。他曾于1926年8月11日去拜访鲁迅并赠《台湾民报》四本③，1929年6月1日再次往访从上海来北京讲学的鲁迅④。事实上，张我军对鲁迅译文的关注早在1925年就开始了，他在这一年的《台湾民报》转载了鲁迅的译文《鱼的悲哀》《狭的笼》。周作人则是中国"新村运动"最积极的鼓吹者与组织者，到处做报告，写文章，迅速掀起一阵"新村热"。张我军对白桦派的理解也与"五四"思想潮流合拍，最为看重白桦派的人道主义精神与"新村"理想的意义。他借武者小路实笃的话，指出白桦派之所以被称为"新理想派"，"大约人们是在那里感到所谓'人道的'事物的"⑤，并表示"未尝受过如读他的作品那样大的感动"⑥。

因此，倘若说张我军从周氏兄弟所关注、译介的作家中选取他最初的翻译对象，当为符合事实的合理推论。在张我军1926年选择翻译武者小路实笃的《爱欲》之前，已先有周作人在1918年《新青年》第4卷第5号发表《读武者小路实笃君〈一个青年的梦〉》首先向国内介绍武者小路实笃。鲁迅在读过周作人的文章后，"便搜求了一本，将它看完，很受些感动：觉得思想很透彻，信心很强，声音也很真"⑦，1919年8月开始将它翻译成中文，连载于北京的《国民公

---

① 邓慧恩：《日据时期外来思潮的译介研究》，硕士学位论文，新竹清华大学，2006年，第17—30页。

② 张我军：《张我军全集》，台海出版社2000年版，第388页。

③ 鲁迅：《鲁迅全集》第15卷，人民文学出版社2005年版，第633页。

④ 鲁迅：《鲁迅全集》第16卷，人民文学出版社2005年版，第137页。

⑤ 张我军：《张我军全集》，台海出版社2000年版，第201页。

⑥ 张我军：《张我军全集》，台海出版社2000年版，第387页。

⑦ 鲁迅：《鲁迅全集》第10卷，人民文学出版社2005年版，第209页。

报》，1922 年作为"文学研究会丛书"之一，由商务印书馆印行。直到 1944 年翻译武者小路实笃《黎明》之时，张我军仍然记得中国对武者小路实笃的翻译，乃是从鲁迅译《一个青年的梦》开始的。[①] 张我军在 1928 年底写的《〈生活与文学〉译者序》中说："有岛武郎先生的作品，……我国翻译界，曾给介绍过几篇。"其译者实际就是鲁迅，因在此之前只有鲁迅翻译过有岛武郎的《与幼小者》《阿末之死》（收入与周作人合译之《现代日本小说集》，1922），同年翻译有岛武郎散文《小儿的睡相》（《文化生活》1922 年 4 月号），1926 年翻译有岛武郎文学论文《生艺术的胎》（《莽原》第 9 期，1926 年 5 月）。可以说张我军是通过鲁迅的翻译才得以接触有岛武郎的。由此可见，张我军对日本白桦派的持续关注，显然是在当时激荡的"五四"思想潮流中受到了周氏兄弟的日本文学译介的巨大影响。

## 三 翻译"自然主义"作品

张我军最早提到自然主义是在 1925—1926 年。他在《台湾民报》发表《文艺上的诸主义》一文，以较大篇幅将自然主义与浪漫主义做了细致比较。在这篇文章中，张我军在与浪漫主义的对比中突出自然主义的特点，其观点与"五四"初期大陆文坛对自然主义的理解完全一致，几乎是茅盾 1919 年《文学上的古典主义、浪漫主义和写实主义》、胡愈之 1920 年 1 月发表的《近世文学上的写实主义》两篇文章主要观念的翻版，甚至于有整段的文字表述直接照搬自胡愈之的文章。比如，张我军指出自然主义是对美的"冷静的解剖"，其特点在于"爱打开臭皮显露社会、人生的黑暗面，所以向来以之为美者到此也变成丑了"[②]。"他能把人生一切的秽污恶浊、可怕又可憎的现象，毫无忌讳地、放胆地写出来"[③]，"自然派的作家，当他下笔之时，胸中全不敢有丝毫的成见，……只用着冷静的态度，细心的详察

---

① 张我军：《张我军全集》，台海出版社 2000 年版，第 426 页。
② 张我军：《张我军全集》，台海出版社 2000 年版，第 128 页。
③ 张我军：《张我军全集》，台海出版社 2000 年版，第 131 页。

事物的真面目"①。这种评价也正契合"五四"初期中国大陆文坛对
于自然主义的理解。

"五四"初期中国文坛热衷于提倡自然主义文学，却又疑虑于
"专在人间看出兽性来的自然派，中国人看了，容易受病"②。当时人
们对于自然主义最不满的地方就在于它消极悲观的宿命论。大约也正
是出于这种原因，尽管在 20 年代初期有零星的对于自然主义的翻译，
但一直到"1920 年代后期，自然主义几个主要作家的作品才被翻译
过来"。③

大陆文坛对于自然主义的有限认识，局限了张我军对自然主义做
更深入的理解与更进一步的关注。直到 20 世纪 30 年代，张我军才因
为关注无产阶级问题又一次注意到自然主义文学。1932 年，他通过
翻译日本无产阶级文学理论家平林初之辅介绍法国自然主义的《法国
自然派的文学批评》（上海《读书》月刊第 2 卷第 9 期）一文再次接
触到自然主义。次年，又翻译平林初之辅《法国现实自然派小说》
（上海《读书》月刊第 3 卷第 2 期）。

张我军对自然主义文学的间断性关注到 1942—1945 年突然集中
显现出来，这一时期张我军翻译了大量的自然主义作家的作品，如自
然主义的先驱国木田独步，自然主义的代表性作家岛崎藤村、德田秋
声、正宗白鸟等。不过，张我军此时集中翻译自然主义的作品，不仅
有"五四"思潮影响的因素，也有经济上的现实考虑，另外周作人
的从中促成也是重要原因之一。中日战争时期，在沦陷区物价上涨以
至于无法维生的情况下，张我军找到时任伪"华北教育总署"督办
的周作人，"求老人家指示迷途"，而周氏指示给张我军的"唯一的
途径，是日本名著的汉译"④。周作人应张我军要求又推荐了"一部
译好立刻可以收到稿费的名著"，这就是岛崎藤村的《黎明之前》，
同时周作人还承诺将"以个人资格介绍于华北编译馆"⑤。考虑到

① 张我军：《张我军全集》，台海出版社 2000 年版，第 129 页。
② 周作人：《周作人致沈雁冰信》，《小说月报》1922 年第 6 期。
③ 王向远：《日本文学汉译史》，宁夏人民出版社 2007 年版，第 104 页。
④ 张我军：《张我军全集》，台海出版社 2000 年版，第 186 页。
⑤ 张我军：《张我军全集》，台海出版社 2000 年版，第 186 页。

"它是藤村的杰出之作，是日本文学史上可以留到后世的作品，……现在翻译起来，既有趣味，又可以解决生计问题"①，张我军于 1942 年 1 月开始在《华北编译馆馆刊》连载《黎明之前》的译文，每月 3 万字。到当年 10 月止，共完成 20 余万字，约占全书的三分之一。之后，张我军因忙于各种事务，未曾再译。一方面，这是由于张我军对小说的时代背景未有相应的知识准备，在翻译上遇到困难；另一方面是在 1943 年，张我军的家庭生活陷于困顿。这样一来，张我军转而开始翻译一些短篇作品以补贴家用，其中尤以岛崎藤村的作品为大宗。在此之前，大陆文坛对岛崎藤村仅有 1921 年周作人译的《破戒》（收入周氏兄弟合译的《域外小说集》增订版），1926 年鲁迅译的论文《从浅草来》（收《壁下译丛》），以及与周作人关系密切的徐祖正所译的《新生》。

以翻译岛崎藤村为起点，张我军在 1943—1945 年在《中华留日同学会会刊》（南京）、《艺文杂志》（北京）、《日本研究》（北京）等三份刊物上共发表日本自然主义作家国木田独步、岛崎藤村、北原白秋、德田秋声、正宗白鸟等人的译文 12 篇。需要指出的是，这三份刊物都有日伪背景，尤其《中华留日同学会会刊》（南京）和《日本研究》（北京），更是积极亲日、宣扬卖国，毫不掩饰地为日本帝国主义的侵略活动服务，恶意攻击中国人民的抗日斗争。与上述情况类似，张我军于 1942—1943 年在北平"新民印书馆"出版德田秋声等著《现代日本短篇名作集》（与张深切合译）及《日本童话集》（上、下）共三册译作。事实上，"新民印书馆"是日本人所操纵和控制的、一直为日本人承担着以教科书为主、兼及书刊和伪钞印刷任务的机构。② 1944 年，张我军还翻译了已经堕落为日本大东亚战争吹鼓手的武者小路实笃的新作《黎明》（上海太平洋书局）。

因此，尽管张我军有意识地划清与周作人的界限，声明自己"所求的是周老师，并不是周督办"③，但是在沦陷区翻译日本文学（选

---

① 张我军：《张我军全集》，台海出版社 2000 年版，第 186 页。

② 张超济：《敌伪时期的新民印书馆》，载《文史资料选辑》第 142 辑，中国文史出版社 2000 年版，第 187—195 页。

③ 张我军：《张我军全集》，台海出版社 2000 年版，第 186 页。

取的也是流露着自然主义悲观绝望色彩的作品）、开设日语学习班，即使主观意图上并没有为军国主义的"国策文学""战争文学"张目的意思，也还是落入了日本侵略者在沦陷区宣扬日本文化的文化陷阱。

## 四 译介无产阶级思想

周作人于"五四"初期宣传"新村"思想，得到中国第一批马克思主义者的支持，紧接着，社会主义思潮开始在中国广为传播，影响力巨大。受到"五四"时期人道主义与理想主义思想所影响的张我军，在社会主义思潮传播的背景下，其翻译也涉及无产阶级的内容。张我军接触无产阶级问题，可以追溯到 1925 年。是年，他在《台湾民报》第 60、62 号分别译载了《贞操是"全灵的"之爱》《大婚二十五年御下赐舍和殖民地的教化事业》等两篇文章，作者安部矶雄是日本社会主义运动的先驱者之一。张我军曾回忆："记得是民国十四年，这时候日本的无产阶级文学，正是第二次成了日本文坛论争的问题。当时我所认识的无产阶级作家，只是前田和广一郎一个人。不料又……新认识了一位无产作家，这位作家就是叶山嘉树。"①

叶山嘉树是日本无产阶级文学的代表性作家，其作品表现被损害与被侮辱者的悲惨生活，揭示了资本主义的罪恶，在日本左翼文学中达到较高的水准。在读过其作品后，张我军称"在这里，满足了有生以来第一次的欣赏欲。老实说，历来的文学作品，能像叶山氏的作品这样使我感到欣赏的快意的，还没有遇见过"②。1929 年，张我军翻译了叶山嘉树《洋灰桶里的一封信》发表于《语丝》周刊 1929 年第28 期。次年翻译出版了叶山嘉树的小说集《卖淫妇》（上海北新书局），除了将 1929 年翻译的《洋灰桶里的一封信》收入之外，还包括《卖淫妇》《离别》等短篇小说共 11 篇。这些小说都具有鲜明的左翼色彩，是日本无产阶级文学第一个繁荣期的代表性作品。尽管张

---

① 张我军：《张我军全集》，台海出版社 2000 年版，第 146 页。
② 张我军：《张我军全集》，台海出版社 2000 年版，第 146 页。

我军对叶山嘉树的高度评价是从阅读感受出发，暗示其作品的艺术价值，但这种共鸣恐怕也并不完全关乎艺术，而是发自叶山嘉树作品中的人道主义立场与表现底层人民的生活内容。在 1926 年翻译山川均以无产阶级立场所写成的《弱少民族的悲哀》时，也指出山川均所写是"与咱全岛民的死活有大关系的事"，表达了对殖民地台湾的底层百姓生存状况的关注。这种身处殖民地的被压迫经验，自然容易与叶山嘉树的作品产生情感上的共鸣。

1930 年，张我军在仅出一期的北京《新野》杂志发表《从革命文学论到无产阶级文学》，其中选译了平林初之辅谈论"文学与政治""为艺术之艺术"的两段文字作为文章的部分内容。[①] 这篇文章从理论上阐发了他对革命文学、无产阶级文学及文学与政治的关系等问题的看法，不乏较为深刻的见解，认为"无产阶级文学的重心，并不是在所描写的生活属于何阶级，而是在描写者的心理，要站在无产阶级的立场说话"[②]。紧接着，张我军转向社会科学著作的翻译。其中山川均《资本主义社会的剖析》（北平青年书店，1933 年）、今中次磨《法西斯主义运动篇》（北平人文书店，1933 年）、青野季吉《政治与文艺》（北京《文史》双月刊创刊号，1934 年）都是左翼色彩浓厚的社会科学论著（文）。1930 年以后，张我军在具有鲜明左翼色彩的上海神州国光社出版译著四部，就此亦可见出这一时期张我军所译作品的思想倾向性。1933 年，他还翻译了无产阶级作家前田和广一郎的剧本《黑暗》（《文艺月报》第 1 卷第 2 期）。另外，张我军通过日文译介左翼思想的同时，也在家中所开设的日语补习班上讲授唯物论与辩证法。[③]

尽管张我军关注无产阶级问题，但我们从其社会活动中看不到理论译介之外的实践，他对无产阶级理论的理解局限于旁观者的外部描述。基本上，张我军对于无产阶级问题的关注只是顺应了"五四"以来的人道主义、无政府主义、社会主义思潮的发展脉络，是在当时

---

① 张我军：《张我军全集》，台海出版社 2000 年版，第 156—160 页。

② 张我军：《张我军全集》，台海出版社 2000 年版，第 154 页。

③ 甄华：《甄华复何标》，载《近观张我军》，台海出版社 2002 年版，第 40 页。

世界范围内的左翼社会主义思潮的激荡中，混杂着他身为殖民地知识分子被压迫与被殖民经验而产生的模糊认识，其本人并未对这一理论问题进行过深入思考与实践。就他的《台湾闲话》之一"弱少民族的悲哀"① 来看，张我军对于社会主义思潮的理解相当模糊，人道主义、素朴的阶级情感、民族意识等相互混淆，甚至错误地将无政府主义与社会主义等同，对于民族主义也语焉不详。这也与张我军主要是从日本而非苏俄接受社会主义有极大关系。因为日本的左翼未能继承明治民族主义中的思想资源，民族主义只能以右翼的形态得到继承。"左翼知识分子由于放弃了民族主义而选择了国际主义，进而一开始就'进口社会主义'，所以致使思考变成了抽象的东西。"② 张我军一生中始终未曾践行其接触过的社会主义思想，其民族观念在中日战争期间也未表现得立场鲜明，这与所接受的社会主义理论的直接来源相关。

## 五　疏远鲁迅、接近周作人

张我军曾说："假如我单翻译些关于文学的书，就有饭吃的话，我就绝不翻译文学以外的书了。假如我单弄着文艺的创作，就有饭吃的话，就是文学书我也不想翻译了。"③ 尽管张我军的"趣味是在文学"④，但其翻译活动明显突破了文学的界限而延展到社会科学的各个领域中，涉及人类学、社会学、医学、地理学、历史学等多个学科的内容，这一方面固然有着谋求现实生存的考量，另一方面也在在显示出近代尤其是"五四"以来中国社会与文化变革的内容。就本文所重点分析的几个方面来看，无论是对白桦派、自然派作品的关注，还是对无产阶级的文学、社会科学著作的接近，张我军的翻译活动明显受到"五四"以来大陆各种思潮的广泛影响，而与周氏兄弟的文学、思想活动之关系尤为密切。惜乎张我军后来与附逆的周作人、钱

---

① 张我军：《张我军全集》，台海出版社 2000 年版，第 141 页。
② 孙歌：《主体弥散的空间：亚洲论述之两难》，江西教育出版社 2002 年版，第 118 页。
③ 张我军：《张我军全集》，台海出版社 2000 年版，第 398 页。
④ 张我军：《张我军全集》，台海出版社 2000 年版，第 133 页。

稻孙等人过从甚密，而与鲁迅渐趋疏离。

尽管张我军受到"五四"以来人道主义、社会主义思潮的影响，却遗憾地未能继承"五四"精神中"反帝"的民族主义要素。在中日战争期间，张我军翻译了大量的日本文学作品，说过"不认识日本文化，便无法实行中日文化交流和合作"① 这样的话，并两次参加"大东亚文学者大会"。在沦陷区移植日本文学，大谈"中日文化交流和合作"，而这恰恰是日本文化殖民的重要手段，因此，即使是那些不带有军国主义色彩的自然主义文学作品的翻译、出版，或是毫无政治目的地参与侵略者的文化活动，也都难以跳脱敌伪政权的圈套。张我军所处的特殊位置，代表了生存压迫下的殖民地知识分子在祖国与殖民宗主国之间的尴尬境地，这本是不需要回避的问题。相反，倘若我们能够在充分理解与尊重个体生命的基础上重新考察张我军在中日两国文化"交流"中的活动，也许可以聆听到殖民地知识分子矛盾而痛苦的心声。

---

① 张我军：《张我军全集》，台海出版社 2000 年版，第 220 页。

# 第三章　龙瑛宗：浪漫感伤的文风与鲁迅现实主义文学精神的歧途

　　1937 年 4 月，龙瑛宗以《植有木瓜树的小镇》获日本改造社悬赏创作奖佳作奖（一、二等奖从缺），成为继朝鲜作家张赫宙之后第二位获得该奖的殖民地作家，同时，也成为继杨逵、吕赫若之后第三位进入日本中央文坛的台湾作家。此事引发日本本土、台湾岛内及朝鲜文艺界广泛关注，《植有木瓜树的小镇》成为当时文坛热议的小说之一。在这些评论中，有些谈及龙瑛宗与鲁迅的某种关联，并注意到他的左翼现实主义倾向，"以被压迫民族问题予以评论"；而有些则盛赞这篇小说浪漫、耽美、感伤、忧郁的文风，"以艺术品看之"。①这种方向背离的评价提示出龙瑛宗作品既有浪漫唯美的倾向又有现实描写的立场，内含着龙瑛宗忧郁感伤的个人文学追求和客观表现殖民地生活的文学要求之间的矛盾。

一

　　《植有木瓜树的小镇》一文中房东林杏南的长子的一段自我陈述暗示了龙瑛宗与鲁迅文学的交点：

　　　　杂志差不多都是拜托买过期的《××》哩。因为《××》不只是分析日本现象，也大大地介绍海外思想。它也介绍朝鲜和中国等国家的作家。文学也很好，我对文学只是欣赏而已，不

---

① 陈万益主编：《龙瑛宗全集》第 7 册，台湾文学馆筹备处 2006 年版，第 32 页。

过，中国作家的作品在艺术水平上好像有点儿低，这是因为国家
纷乱，因此不能安心创作吧。<u>可是佐藤春夫的作品和鲁迅的《故
乡》却让我受到深刻的感动。</u>还有，单行本让我深受感动的是恩
格斯的《家族·私有财产·国家的起源》。我好像当头吃了一棒
呐。我向来的观念摇摇晃晃地崩塌下去了。说真的，无论忍受怎
样的困苦，我至少还是要看书。鲁迅的《阿Q正传》和高尔基
的作品，还有摩尔根的《古代社会的研究》等，这些我都很想
看，但台北的朋友却说寻遍旧书都找不到，那就去买新书吧，但
又没有钱买，这真是无可奈何。①

　　这段话中林杏南长子阅读过鲁迅的《故乡》，但尚未阅读过鲁迅
的《阿Q正传》这一情况也基本契合于龙瑛宗本人的鲁迅阅读经验。
1925 年前后，在张我军、赖和等人的推动下，台湾有过一波以中文
介绍鲁迅的热潮。考虑到龙瑛宗此时只有 14 岁上下，且没有中文阅
读能力②，因此还不可能接触到鲁迅。龙瑛宗曾自述"在 N 街的时
候，虽不知怎么对付青涩少年的自己，但已拜读过鲁迅的《故
乡》"③。对照龙瑛宗的经历，1930 年台湾商工学校毕业后至 1934 年，
龙瑛宗服务于台湾银行南投支行（文中的 N 街即南投）。而正是在
1932 年 1 月，佐藤春夫翻译的鲁迅的《故乡》发表在《中央公论》
上，符合"佐藤春夫翻译的鲁迅的《故乡》"这一表述，正可说明龙
瑛宗是在南投期间接触到鲁迅的《故乡》的。直至晚年，龙瑛宗仍
然对佐藤春夫翻译的《故乡》印象深刻，赞其"为日本名译，存留
于历史"。④ 在日本作家中，佐藤春夫是以艳美清朗的诗歌和倦怠忧
郁的小说知名的。龙瑛宗多次表达过他对佐藤春夫这种文学风格的偏

---

　　① 陈万益主编：《龙瑛宗全集》第 1 册，台湾文学馆筹备处 2006 年版，第 42—43 页。
上述引文中的画线部分所对应的日文原文为"しかし佐藤春夫の鲁迅の「故郷」は深い感
銘を受けたね"，原译文有误，应译为"可是佐藤春夫（翻译）的鲁迅的《故乡》却让我
受到深刻的感动"。
　　② 陈万益主编：《龙瑛宗全集》第 6 册，台湾文学馆筹备处 2006 年版，第 344 页。
　　③ 陈万益主编：《龙瑛宗全集》第 5 册，台湾文学馆筹备处 2006 年版，第 523 页。
　　④ 陈万益主编：《龙瑛宗全集》第 8 册，台湾文学馆筹备处 2006 年版，第 198 页。
1985 年 1 月 23 日龙瑛宗致钟肇政信。

爱，而其创作中表现出来的颓废、唯美及诗意等，也呈现了他对这种风格孜孜以求的坚持。因此，尽管武者小路实笃 1927 年已将《故乡》译介到日本，但由于喜欢佐藤春夫的文学风格①，龙瑛宗因为关注佐藤春夫而接触到他翻译的《故乡》。佐藤春夫发表译作《故乡》的时候，还写了一篇《原作者小记》，这篇文章是继山上正义《谈鲁迅》以来日本文坛译介鲁迅最重要的文章，也是考察佐藤春夫翻译鲁迅的初衷的重要文本。佐藤春夫说："依我所见，我国近代文学与古代文学之间全然断裂，令人不快。这也是促使我译介《故乡》的原因，我感觉到《故乡》中渗透着犹如杜甫的诗情般的东西，正是这种东西以现代散文形式呈现出来。"显然，佐藤春夫对鲁迅的接受并不是从左翼的角度。"佐藤春夫所以翻译鲁迅的作品，不过是他喜欢中国文学的延长，他是以古典文学的精神，把手伸向了鲁迅的作品。这位诗人和鲁迅在精神上是风马牛不相及的。"②事实上，"佐藤春夫译介鲁迅，旨在撇开鲁迅作品所具有的强烈的社会意义而强调与传统文学的联系"③。因此，龙瑛宗最初接触鲁迅，实际上源自他喜好唯美浪漫文风的偶然机遇，而非思想自觉的必然结果。

另外，在走上文坛之前，龙瑛宗也无法系统阅读社会主义书籍。《植有木瓜树的小镇》中提及的《××》杂志，从其描述来看，大体可以推定为《改造》，因为当时日本有影响力的左翼综合性杂志实际只有《改造》和《中央公论》。龙瑛宗自述早在上台湾商工学校一年级时（时在 1928 年前后）就"大胆地翻开了《改造》和《中央公论》"④。特别强调"大胆"，则在于当时台湾人"无法公然阅读《改造》或《中央公论》。因为如果读了这些高水准的综合性杂志，或许就会变成不受当局欢迎的人物"⑤。直到 1939 年，龙瑛宗仍感慨"本

① 陈万益主编：《龙瑛宗全集》第 7 册，台湾文学馆筹备处 2006 年版，第 3 页。
② 冈崎俊夫：《日本的鲁迅观》，岩波书店 1978 年版。转引自南海《佐藤春夫眼中的鲁迅文学》，《大连民族学院学报》2005 年第 4 期。
③ 靳丛林：《鲁迅与佐藤春夫》，《鲁迅研究月刊》1992 年第 8 期。
④ 陈万益主编：《龙瑛宗全集》第 6 册，台湾文学馆筹备处 2006 年版，第 139 页。
⑤ 陈万益主编：《龙瑛宗全集》第 7 册，台湾文学馆筹备处 2006 年版，第 8 页。

岛人阅读《中央公论》确实很稀罕"①。由于日本殖民当局的思想控制，台湾知识分子接受左翼思潮的渠道相当狭窄，不可能对世界范围内的左翼思潮有系统性的了解。这样的推论恰与《植有木瓜树的小镇》林杏南长子（实际上可视为龙瑛宗本人）想读左翼书籍而不得的苦闷相吻合。

因此，尽管龙瑛宗写作《植有木瓜树的小镇》有"想把中学校毕业的本岛知识分子的面貌及其背后社会的、经济的关系现实地予以处理"的主观目的②，从而带有某种现实主义的倾向，但这篇小说本身并不具有明确的批判意识，反而显示出 20 世纪 30 年代社会主义的反抗传统趋于贫弱的态势。小说塑造了陈有三这个懦弱、自我中心的小知识分子形象，他出身于并不富裕的家庭，努力、勤勉地在提升自己社会阶层的路上攀爬。"他完全认同现存的社会体制，并想循着它的规范与轨道来奋斗，充分相信自己的能力，相信自己会有成功的一天。"③ 但最终陈有三屈服于现实、放弃了努力，这种上升通道的堵塞并没有让他走上革命和反叛之途，他反而成为一个为现实所击倒的失败者。虽然小说里出现了房东林杏南的长子这样一个耽读鲁迅、恩格斯、摩尔根等左翼作家或社会主义书籍的年轻人，能够说明龙瑛宗对于 30 年代前半期席卷世界的社会主义风潮有一定的了解，然而，这个人却又在沉闷、压抑的社会氛围中默默死去。从这个意义上说，《植》文并没有杨逵的《送报夫》那样鲜明的左翼反抗意识，反而散发出一种颓废、萎靡的气息。龙瑛宗青少年时代阅读果戈理、巴尔扎克、普希金、契诃夫、屠格涅夫等 19 世纪欧洲作家的经验并未使他进入批判现实主义的文学传统，同时也表明，在日本的鲁迅译介还很有限的 1937 年之前，龙瑛宗对鲁迅还不可能形成具体的认识。

---

① 陈万益主编：《龙瑛宗全集》第 6 册，台湾文学馆筹备处 2006 年版，第 160 页。
② 陈万益主编：《龙瑛宗全集》第 8 册，台湾文学馆筹备处 2006 年版，第 197 页。
③ 吕正惠：《龙瑛宗小说里的小知识分子形象》，载《台湾现当代作家研究资料汇编》第 7 卷，台湾文学馆 2011 年版，第 138 页。

## 二

　　《植有木瓜树的小镇》中显示的龙瑛宗与左翼文学及鲁迅的微弱联系，在当时被日本与台湾文坛的评论者放大，成为龙瑛宗重新理解鲁迅的一个契机。获奖之后的文坛反响和日本之旅，加深了龙瑛宗对鲁迅及现实主义文学的理解。

　　改造社评委叶山嘉树在推荐《植有木瓜树的小镇》入奖的文章中明确地从左翼立场高度评价龙瑛宗的作品并强调他与鲁迅之间的精神联系："这不是唱着台湾人的悲歌，是唱着这个地球上被虐待阶级的悲哀。这种精神共通于普希金，共通于高尔基，共通于鲁迅，也共通于日本的普罗作家。这篇小说作为充分具体地内含了列入最高文学精神的作品，我在此推荐其入奖。"① 与此类似，有评论也从"无产阶级知识分子的恋爱观、经济观"的角度，称赞这篇小说是堪比契诃夫文学的"杰作"。② 杨逵也认为这篇小说中心怀左翼理想的林杏南的长子虽然最终死去，但仍然"在什么地方留下其精神"，使得这篇作品成为"虚无的现实里""有希望的作品"。③ 这与其说主要是由龙瑛宗小说本身散发出来的左翼气息所致，不如说是在社会主义反抗传统趋于贫弱的态势下仍坚持左翼立场的日本知识分子和殖民地知识分子试图以此重新唤起左翼及反帝精神的一次尝试。

　　龙瑛宗获得改造社佳作奖后，于1937年6月赴日本领奖并作文学旅行。其间，龙瑛宗与《文艺首都》主编保高德藏会面。保高德藏因为个人的殖民地经验而能够热情真挚地对待来自殖民地的青年作家。殖民地朝鲜的作家张赫宙、金史良以及殖民地台湾作家杨逵，都曾得到保高德藏的提携成为《文艺首都》同人并在此发表文章。"在当时的日本文坛中，像保高德藏如此关照殖民地作家的杂志主编并不多见，特别是在日本普罗文学运动溃败之后，殖民地作家可发表的刊

① 陈万益主编：《龙瑛宗全集》第8册，台湾文学馆筹备处2006年版，第203页。
② 陈万益主编：《龙瑛宗全集》第8册，台湾文学馆筹备处2006年版，第198页。
③ 陈万益主编：《龙瑛宗全集》第8册，台湾文学馆筹备处2006年版，第116页。

物亦明显缩减之时，这种支持更显可贵。"①《文艺首都》因刊登殖民地作家的作品而带有某种反殖民色彩是不言而喻的事实。比如《文艺首都》1937年9月号刊出的杨逵《〈第三代〉及其他》一文，就通过介绍左翼作家萧军的作品而对中国东北人民的抗日斗争作了正面的宣传。除了这种反殖民的倾向，《文艺首都》一贯的现实主义风格可能是吸引龙瑛宗的另一个原因。比如他肯定《文艺首都》是一本"充满质朴"的杂志，其作品"几乎没有所谓清高的艺术至上主义"，"是充满了朴实、严肃且现实取向"的。②此后，龙瑛宗成为《文艺首都》同人并在此发表作品。

1937年获奖后，龙瑛宗供职的台湾银行友人赠送其日本改造社《大鲁迅全集》一套以示祝贺，为龙瑛宗系统阅读鲁迅创造了条件。③1939年，龙瑛宗获得中山省三郎赠送的由其翻译的鲁迅《狂人日记》④，或是受此激励，他在1940年发表《两篇〈狂人日记〉》（《文艺首都》第8卷第10号），结合自身早年阅读19世纪欧洲文学的经验，将鲁迅置于批判现实主义文学传统中进行解读，高度评价鲁迅文学的抗议精神，"鲁迅边写抗议边写《狂人日记》。所谓绝望就是不认为有未来；所以抗议就是为了相信未来而不舍希望"⑤。他"面对残酷的现实，一直到死亡的前刻，始终过着非妥协的、凄怆的生涯。……要探究鲁迅的焦躁，就必须探究当时中国的现实社会"⑥。对于鲁迅"反抗绝望"的精神状态和鲁迅精神状态与中国现实之深刻关系的理解，显然包含着龙瑛宗对殖民地台湾社会现状的悲哀的审视。这篇文章得到朝鲜作家金史良的热烈回应。金史良通过《文艺首都》读到这篇文章后致信龙瑛宗，表示"鲁迅是我喜欢的那一型，

---

① 王惠珍：《战鼓声中的殖民地书写：作家龙瑛宗的文学轨迹》，台湾大学出版中心2014年版，第152—153页。

② 陈万益主编：《龙瑛宗全集》第5册，台湾文学馆筹备处2006年版，第16页。

③ 王惠珍认为这套《大鲁迅全集》是龙瑛宗赴日本领奖（1937年6月）前台湾银行友人赠送的，但是改造社这套七卷本《大鲁迅全集》实际要到1937年8月以后才出齐；但无论如何，龙瑛宗获得这套书是事实。

④ 陈万益主编：《龙瑛宗全集》第6册，台湾文学馆筹备处2006年版，第143页。

⑤ 陈万益主编：《龙瑛宗全集》第5册，台湾文学馆筹备处2006年版，第60页。

⑥ 陈万益主编：《龙瑛宗全集》第5册，台湾文学馆筹备处2006年版，第62页。

我觉得他很伟大，希望兄台能成为台湾的鲁迅。我这样讲或许有些冒昧，但是我的意思就是希望兄台以鲁迅的方式，从事广泛文学的工作。"在信中，金史良表示赞同于龙瑛宗对其《在光芒中》（发表于《文艺首都》1939 年 10 月号）的批评，即龙瑛宗所提出的如何地为殖民地被压迫人民写作，而不是写"针对内地人（指日本人——引者注）的作品"。在金史良看来，他和龙瑛宗这样的殖民地作家面临的共同烦恼是"传统这个问题"，是不知道"掺杂着自己血汗传统的精神，到底在哪里？这实在是非常重要，是无法抗拒不去意识他的存在的"。殖民地的作家"应该将传统忠实地表达出来，建立自己的新文学"①。这是金史良读过龙瑛宗的作品后所得的感想，他从龙瑛宗的作品中读出的中国文学传统显然带有殖民抵抗的色彩。从《两篇〈狂人日记〉》这篇文章和关于这篇文章的私人通信中，可以看到此时龙瑛宗已自觉、明确地将鲁迅与现实主义文学精神联系起来。

在比较果戈理与鲁迅的时候，龙瑛宗认为"果戈理是纯粹的艺术家，相对地鲁迅则否"，但"从作家的教养来看，我觉得鲁迅比果戈理更有良好的教养"②，也即艺术性并不决定作家的教养，"获得作家教养唯一之道，我想除了读书外别无良方。而且，不只是文学书，也要广泛涉猎政治、经济、哲学等方面的书籍"③。从这个意义上说，龙瑛宗所谓有"教养"的作家，并不仅仅应该走在艺术的唯美道路上，而更应该有敏锐的观察力和思想的穿透力，"使作品变得伟大的就是作家的眼睛"④。在龙瑛宗看来，果戈理更倾向于艺术家的气质，其作品之所以比鲁迅的作品更具有艺术性，"能提高到诗的领域"，乃是由于果戈理"逃离社会的边缘，跳进幻想乐园。即所谓的逃避现实"。并且"果戈理因为逃避现实，所以陷入所谓神秘主义的乱流中，弄得拔不出腿来……引起艺术破灭"。⑤ 而鲁迅则是"以学识写

---

①　上文所引信件内容皆转引自下村作次郎《战后初期台湾文坛与鲁迅》，载中岛利郎编《台湾新文学与鲁迅》，前卫出版社 2000 年版，第 141—142 页。

②　陈万益主编：《龙瑛宗全集》第 5 册，台湾文学馆筹备处 2006 年版，第 46 页。

③　陈万益主编：《龙瑛宗全集》第 5 册，台湾文学馆筹备处 2006 年版，第 34 页。

④　陈万益主编：《龙瑛宗全集》第 5 册，台湾文学馆筹备处 2006 年版，第 44 页。

⑤　陈万益主编：《龙瑛宗全集》第 5 册，台湾文学馆筹备处 2006 年版，第 60 页。

小说"，以小说为"改造社会"的工具①，表现出清醒的现实主义精神："所谓绝望，就是不认为有未来；所谓抗议，就是企图相信未来而不舍弃希望。"② 基于这种认识，龙瑛宗对鲁迅文学作了高度评价：

> 鲁迅放弃小说的创作，几乎都是以写警句打击他人要害似的短文，莫非焦躁不断袭击他的心灵？
>
> 焦躁造就了他，使他突破了小说的框子。而且没有像果戈理那样逃避现实，面对着残酷的现实，一直到死亡的前刻，始终过着非妥协的、凄怆的生涯。鲁迅小说的政论性与在艺术上没有丰醇的生硬性，非但没有抵消其人格的伟大，反而成为他一生悲剧性的妆点。
>
> 要探究鲁迅的焦躁，就必须探究当时中国的现实社会。③

在对鲁迅的评价中，龙瑛宗将文学与社会现实紧密结合起来，对文学提出了反映悲惨现实、揭露与批判社会黑暗的要求，呈现出清晰的现实主义文艺观。不过，这种批判现实主义的文学精神并没有得到充分的展开。这当然可以理解为龙瑛宗屈从于殖民文化政策而放弃了对现实的批判④，但龙瑛宗因坚持他在文学风格上的浪漫追求而冲淡其作品的批判现实主义色彩，也是不可忽略的因素之一。

## 三

整体来看，太平洋战争（1941 年 12 月）之前，龙瑛宗的创作偏向于感伤、唯美与颓废的文风，与西川满的文学风格颇为接近。作为台湾作家，龙瑛宗在 1941 年张文环等台湾作家与日人西川满决裂并自创《台湾文学》后仍选择留在西川满的《文艺台湾》，并与西川满

---

① 陈万益主编：《龙瑛宗全集》第 5 册，台湾文学馆筹备处 2006 年版，第 59 页。
② 陈万益主编：《龙瑛宗全集》第 5 册，台湾文学馆筹备处 2006 年版，第 61 页。
③ 陈万益主编：《龙瑛宗全集》第 5 册，台湾文学馆筹备处 2006 年版，第 61—62 页。
④ ［日］尾崎秀树：《旧殖民地文学的研究》，陆平舟、间ふさ子合译，人间出版社 2004 年版，第 239—240 页。

保有一定的私交，关于这一事件，学界有多种解释①，但论者似乎都忽略了龙瑛宗与西川满相近的文学趣味这一重要因素。龙瑛宗曾明确表达过自己追求"美"的文学观念："只要是文学的作品还属于艺术作品，就不能忘了它的'美'。因为艺术的本质就是'美'。没有'美'的作品是政治论文、是宣传文章。"②龙瑛宗较为看重文学的艺术性，在文学创作中耽于"美"的创作是公认的事实。他盛赞西川满是"美的使徒"，肯定其浪漫主义倾向，并希望西川满能够"专心致力地推行其作品中'浪漫'的倾向"③。龙瑛宗直到晚年仍然能与西川满保持着某种心灵的默契，不能不说是这种文学趣味的使然。④吊诡的是，他却又认为"美"的文学已经误入歧途，"文学的正道，还是如果戈里（Gogol）的《外套》、托尔斯泰的《安娜·卡列尼娜》，以及巴尔扎克（Balzac）的《尤金妮·葛朗迪》（Eugenie Grander）"⑤。龙瑛宗通过大量的此类论述不断对文学提出"写实"的要求。倘若如此，龙瑛宗与西川满在文学观念上则又有显而易见的分歧，这不免让人疑惑。

战后，西川满在回忆龙瑛宗时说道："即使是像龙瑛宗先生那样单纯地待在《文艺台湾》的人，到了战后都不得不说我的坏话，我想那是种表态吧。"⑥在西川满的理解中，龙瑛宗在台湾光复后对其作品及文学观念的批评并非出自本心，而是来自某种程度的政治胁迫。由于只注意到龙瑛宗追求和自己相似的文学风格，而不能感受殖民地作家面对现实时内心的压抑与苦闷，作为殖民者的西川满当然无

---

　　①　比如池田敏雄认为其原因在于龙瑛宗曾是《改造》杂志入选作家的声誉所致，而叶石涛则认为这是身为客家人的龙瑛宗与张文环等人的疏远所致。参见叶石涛《台湾文学的悲情》（派色文化1990年版）及叶石涛《论龙瑛宗的客家情结》（载《杜甫在长安》，联经出版事业有限公司1987年版）。
　　②　陈万益主编：《龙瑛宗全集》第5册，台湾文学馆筹备处2006年版，第103页。
　　③　陈万益主编：《龙瑛宗全集》第5册，台湾文学馆筹备处2006年版，第103页。
　　④　参见刘文甫《悼念我慈祥的父亲——文学是他的生命力》，《淡水牛津文艺》第6期（2000年1月15日）。另可参见刘文甫《我回忆中的父亲》，《龙瑛宗全集》第8册，第287页。
　　⑤　陈万益主编：《龙瑛宗全集》第5册，台湾文学馆筹备处2006年版，第76页。
　　⑥　转引自王惠珍《战鼓声中的殖民地书写：作家龙瑛宗的文学轨迹》，台湾大学出版中心2014年版，第185页。

法理解龙瑛宗与自己的分歧所在，所以只能将之解释为一种政治表态。其实龙瑛宗早在 1941 年仍在《文艺台湾》之时，就已经对西川满的"异国情调"论及岛田谨二的"外地文学"论有过温和的批评。龙瑛宗指出西川满的"异国情调"文学只是像西川满这样外来者的旅行者（即殖民者）的文学，它只能满足外来者的好奇心。台湾作家与在台日人作家的区别就在于"我们并非为了异国情调而从事文学"，"我们根本的问题在于开创与提高我们所居住的土地之文化。我们最需关心的，就是在这片土地上所经营出的生活样态"①。紧接着，龙瑛宗又针对岛田谨二的"外地文学"论作了如下说明：

> 虽说是外地的文化，外地文学并非以本土文坛为目标，而必须是密著于该片土地的文学。既非模仿本土的文学，亦非仅局限于外地之表象的异国情调文学。外地文学的气质不是乡愁或颓废，而是生在此地、埋骨该地并且热爱该地，要提高该片土地文化的文学。他不是消费者的文学，而是生产者的文学。如此一来，外地文学就会与本土文学一样，是最健康的生活者之文学。如此优美的文学才具备特异的风貌，形成巨大的日本文化之一翼，包容入日本文化中，赋予日本文化多样性，这样才能使文化产生相加效果。②

单看这段话的最后一句，龙瑛宗似乎"响应"了当时日本殖民者的文化同化政策，但 1943 年 1 月的一次对谈表明，这不过是龙瑛宗虚与委蛇的应对策略。日本作家中村哲在对谈中认为龙瑛宗和金史良的小说非常类似，与其说是朝鲜文学或是台湾文学，"倒不如说是一种内地文学。没有必要因为是在台湾写台湾的事情就冠上台湾文学的名字"③。龙瑛宗敏锐地觉察到其中所包含的殖民同化的阴谋，跳出中村哲的逻辑陷阱，绕过日本文学直接将台湾文学与世界文学相沟通，

---

① 陈万益主编：《龙瑛宗全集》第 5 册，台湾文学馆筹备处 2006 年版，第 80 页。
② 陈万益主编：《龙瑛宗全集》第 5 册，台湾文学馆筹备处 2006 年版，第 81 页。所谓"外地"指的是日本本土之外的殖民地，如中国台湾、朝鲜。
③ 陈万益主编：《龙瑛宗全集》第 8 册，台湾文学馆筹备处 2006 年版，第 164 页。

强调台湾文学应该独立于日本文学之外而具有与其平等的自主性：如果"从台湾文学中也能找到文学的世界性，没有必要局限在台湾文学中，我觉得如果有与托尔斯泰、巴尔扎克共同的地方也就好了"①。在否定了所谓"外地文学"后，龙瑛宗明确地打出台湾文学的旗帜："台湾文学要展望将来，就要逐渐抛开非生活性，朝向健康的生活者之文学前进。"② 表明了他与日本在台作家完全不同的立场。然而，龙瑛宗并不否定西川满创作中的唯美主义与浪漫主义，反而从"隐约流露出人道主义，显示出走向现实世界的迹象"的角度来肯定其作品，③ 因此，龙瑛宗所期待、追求的实际是一种既有唯美、浪漫风格，同时又能反映客观现实的文学形态。在这个意义上，龙瑛宗与西川满的分歧并不在于是否"唯美""浪漫"，而在于有没有反映与揭露现实。

1943 年 5 月，西川满在《文艺台湾》上发表《文艺时评》，批评当时台湾文学的主流是"狗屎现实主义"，挑起"狗屎现实主义"的论争，反对现实主义文学、无产阶级文学，甚至反对反映台湾社会风土的本土主义，引发杨逵等人激烈的反批评。龙瑛宗虽未直接参与这一论争，却在该年 10 月发表的几篇文章中大量地谈及文学与"现实"的关系问题，不能不说多少与此相关。龙瑛宗的质疑首先指向西川满所采用的"文艺时评"这样一种"以当时的文艺作品为中心来加以评论"的文学批评的形式，认为其结论或观点并不就是"铁则或公式"，批评的原创性只能产生于作品经过时间的沉淀后才能发现的"原理性问题"；具体到台湾文化或文学的问题，则"应对照台湾实际上的文化状态或文学状态，而采取因应实际状态的特殊处理"。④ 针对西川满对文学所提出的唯美、浪漫的要求，龙瑛宗指出文学的基底自然应该是美丽的，但有些人却弄错这件事，"只着眼于文学的愉悦性"，尤其是"文学作品不应只当娱乐，应作为最严肃地探求生活

① 陈万益主编：《龙瑛宗全集》第 8 册，台湾文学馆筹备处 2006 年版，第 164 页。

② 陈万益主编：《龙瑛宗全集》第 5 册，台湾文学馆筹备处 2006 年版，第 81 页。

③ 陈万益主编：《龙瑛宗全集》第 5 册，台湾文学馆筹备处 2006 年版，第 73 页。

④ 陈万益主编：《龙瑛宗全集》第 5 册，台湾文学馆筹备处 2006 年版，第 124 页。

的问题而来阅读"①。因此，正踏着"脆弱的基盘"（即错误的观念）
的台湾文学要求作家必须诚实地面对现实，才能走出正确的道路，使
读者"知道现实的身影，知道历史的洪流，把它当做反省生活的材
料，当做营造美好生活的契机"②。龙瑛宗强调，即使一些歪曲历史
事实的作品在艺术上能够成立，但因其缺乏强烈的实证精神与写实主
义而无法变成伟大的作品。③ 因此，"作品的基础到底是现实，而且
必须是正确的现实"，正是在这个意义上，他肯定自己的处女作《植
有木瓜树的小镇》"现实的要素较强些"④。

# 四

　　从龙瑛宗的小说中，我们也隐约可见其浪漫追求与耽美风格背后
的现实指向。比如，《植》中的陈有三这样一个以自我为中心的懦弱
的小知识分子当然无法与日据时期众多具有反抗意识的知识分子相
比，但他的生存状态，仍然反映了当时部分知识分子的真实心理，这
表明"龙瑛宗在写处女作《植有木瓜树的小镇》时，是具有相当充
分的社会意识的"⑤。其发表于 1940 年的《宵月》被认为是一篇并非
揭露现实，而是极其自然地写出来的作品，而这种对于殖民地知识分
子生存状况的写实性描述中表露出来的黑暗、绝望的氛围，在金史良
这样的殖民地作家那里获得强烈共鸣："我拜读兄台的《宵月》，感
觉仿佛近在切身。"⑥ 太平洋战争爆发以后，龙瑛宗的作品开始明显
地洋溢着乐观进取的高亢情绪，这常常被论者批判为龙瑛宗主动配合
时局而作出的调整，或至少被认为是龙瑛宗为了延续自己的文学道路
而被迫的妥协。不过，这反而让我们意识到龙瑛宗前期小说中对人物

---

　　① 陈万益主编：《龙瑛宗全集》第 5 册，台湾文学馆筹备处 2006 年版，第 127 页。

　　② 陈万益主编：《龙瑛宗全集》第 5 册，台湾文学馆筹备处 2006 年版，第 130 页。

　　③ 陈万益主编：《龙瑛宗全集》第 5 册，台湾文学馆筹备处 2006 年版，第 145 页。

　　④ 陈万益主编：《龙瑛宗全集》第 5 册，台湾文学馆筹备处 2006 年版，第 132—133 页。

　　⑤ 吕正惠：《龙瑛宗小说里的小知识分子形象》，载《台湾现当代作家研究资料汇编》
第 7 卷，台湾文学馆 2011 年版，第 141 页。

　　⑥ 转引自下村作次郎《战后初期台湾文坛与鲁迅》，见中岛利郎编《台湾新文学与鲁
迅》，前卫出版社 2000 年版，第 142 页。

的悲观消极等负面情绪的渲染，恰恰成为殖民地悲惨现状的一种特殊表现。与此类似的还有被殖民当局禁止出版的小说集《莲雾的庭院》反映出来的问题。龙瑛宗为了使《莲雾的庭院》能够顺利出版，对其中各篇小说进行了修订，在人物形象的处理上力图"淡化殖民地小知识分子颓废形象，弱化人物的悲剧性。作者也不断地压抑小知识分子自怜自伤的情绪，避免在败北人物形象中，折射出殖民地社会的封建性和殖民性的问题"①。这恰恰说明龙瑛宗小说中所蕴含揭露殖民地现实和表现殖民地知识分子生存境遇的反殖民指向，也即它对现实主义文学精神的践行。1945 年日本战败之前，龙瑛宗在《台湾文艺》发表的小说《歌》是在其 1937 年日本之旅的经验基础上创作的。经过王惠珍的详细考证，小说主人公李东明即龙瑛宗本人，而在他的日本之旅中有过交往的日本普罗作家悉数出场，如青野季吉（白滨）、保高德藏（高峰）、佐佐木孝丸（笹村的兄长）等，小说也描写了日本普罗文学运动失败后李东明参加左翼文化人士私人聚会的经历。这表明龙瑛宗在经过日本政府 20 世纪 30 年代对国内左翼文学的残酷镇压、20 世纪 40 年代通过大政翼赞会及皇民奉公会对台湾的精神改造后，仍能以他特殊的文学表现方式暗示殖民地知识分子未能展开但也未曾忘怀的左翼精神。

台湾光复以后，龙瑛宗似乎获得了一种如释重负的快感，被压抑的情绪完全释放出来，一改其日据时期除了为形势所迫而附和当局的政治言论外而绝少涉及政治话题的惯例，在大量的文章中评论各种政治现象和社会议题。他明确提出"要谈中国文学，就是要谈中国的社会政治"②，"要探索拯救中国、复兴中国的路，首先就要正确地观察中国的现实"。③ 他肯定日本左翼知识分子"尾崎秀实（原台北一中出身）的中国研究是相当正确的"④，并对日据时期作为侵略中国参谋本部角色之一的满铁调查部的中国认识的科学性作了彻底的否定。

---

① 王惠珍：《战鼓声中的殖民地书写：作家龙瑛宗的文学轨迹》，台大出版中心 2014 年版，第 298 页。

② 陈万益主编：《龙瑛宗全集》第 5 册，台湾文学馆筹备处 2006 年版，第 264 页。

③ 陈万益主编：《龙瑛宗全集》第 5 册，台湾文学馆筹备处 2006 年版，第 258 页。

④ 陈万益主编：《龙瑛宗全集》第 5 册，台湾文学馆筹备处 2006 年版，第 259 页。

对于身为作家的龙瑛宗而言，文学成为其理解"中国的命运"的首要方式。他评价杨逵的《送报夫》"是台湾文学值得纪念的作品，是卓越的中国文学。即使在艺术的完整性上比西欧先进各国略有逊色，然而在文学精神上拥有最高的东西"①。同样，"即使鲁迅的作品在艺术上未曾完成，鲁迅的文学精神却是不灭的"。② 这里的"文学精神"就是现实主义精神，它不仅是"现在中国文学之主流"③，而且"会给以后的中国文学巨大的影响"④。而"中国文学的前途"正孕育于鲁迅为中国文学的未来播下的现实主义的种子之中。⑤

20世纪50年代以后，龙瑛宗"以沉默作为抵抗，并私下对社会主义中国心怀期待"⑥。当晚年的龙瑛宗完全释放了在异族统治下的焦虑后，所创作的《红尘》一改日据时期作品的压抑、内敛、欲言又止的彷徨，毫无顾忌地谱写"殖民地时代的死灵魂"的"镇魂歌"⑦，对日本殖民者予以尖锐的批判。1989年，龙瑛宗从继承了现实主义传统的乡土文学作家黄春明、陈映真、杨青矗、王拓等人身上看到了台湾文学的未来，赞扬他们正如"在黎明的夜空中闪耀"的文学新星⑧，同时也遗憾于现代派作家七等生"与赖和及杨逵的文学无缘"。可见龙瑛宗虽未站立于台湾新文学的现实主义抗争传统之中，却始终对这一传统有着某种向往。1991年，已八十高龄的龙瑛宗在给友人的一封信中指出："台湾的作家中有人写文章写得比鲁迅出色，然而，比鲁迅更加地体会着文学的精神的人是没有的。鲁迅依旧是我们的老师。"⑨ 表达了他对现实主义文学在台湾进一步发展的期待。

---

① 陈万益主编：《龙瑛宗全集》第5册，台湾文学馆筹备处2006年版，第272页。
② 陈万益主编：《龙瑛宗全集》第5册，台湾文学馆筹备处2006年版，第264页。
③ 陈万益主编：《龙瑛宗全集》第5册，台湾文学馆筹备处2006年版，第264页。
④ 陈万益主编：《龙瑛宗全集》第5册，台湾文学馆筹备处2006年版，第264页。
⑤ 陈万益主编：《龙瑛宗全集》第5册，台湾文学馆筹备处2006年版，第232页。
⑥ 许维育：《融冰的瞬间——试论龙瑛宗1977年的中篇小说创作》，载《台湾现当代作家研究资料汇编》第7卷，台湾文学馆2011年版，第267页。
⑦ 龙瑛宗：《身边杂记片片》，《民众日报》1979年3月23日。
⑧ 陈万益主编：《龙瑛宗全集》第7册，台湾文学馆筹备处2006年版，第211页。
⑨ 陈万益主编：《龙瑛宗全集》第8册，台湾文学馆筹备处2006年版，第80页。1991年8月23日龙瑛宗致杜潘芳格信。

　　龙瑛宗偏爱佐藤春夫唯美清朗、忧郁感伤的文风，并因此而接触到鲁迅文学；殖民地生活的悲惨境遇促成他与 19 世纪欧洲批判现实主义文学的亲近。但是，"被局限在小知识分子信心不足的视野里"①的龙瑛宗无力作出有效的反抗，只能悲哀地感慨"帝国主义的枷锁缚住我的手脚，我无法歌颂，悲伤也只能悄悄挥着浪漫主义的旗帜"②，最终选择"在文字领域中自由地幻想与飞翔来治疗殖民地生活的苦闷"。我们不能责成人人都成为战士，因此这种颓废感伤的文学未尝不是殖民地作家的一种自我救赎的方式。

　　龙瑛宗的文学生涯贯穿着鲁迅的影响。如果将龙瑛宗置于台湾新文学史上受到鲁迅影响的作家序列之中，可发现龙瑛宗的独特之处在于其耽美忧郁的作品风格和他笔下那些颓废萎靡、毫无反抗力的人物看似偏离了鲁迅文学直面现实、勇于抗争的传统，却往往又在唯美浪漫的外表下隐约闪烁着揭露黑暗、反映真实的微弱的批判现实主义光芒。这是现实主义文学传统在台湾发生与传承的过程中与杨逵、陈映真等受到鲁迅影响的抗争型、批判型作家不同的另一种类型。三者共同构成鲁迅现实主义传统的台湾脉络。

---

　　① 吕正惠：《龙瑛宗小说里的小知识分子形象》，载《台湾现当代作家研究资料汇编》第 7 卷，台湾文学馆 2011 年版，第 148 页。
　　② 陈万益主编：《龙瑛宗全集》第 5 册，台湾文学馆筹备处 2006 年版，第 274 页。

# 第四章　钟理和：与文学者鲁迅相遇


　　台湾文坛在新文学发生期的 20 世纪 20 年代即已开始引介鲁迅，此后的 20 世纪 30 年代鲁迅逐渐成为台湾知识分子反抗殖民文化的主要精神资源之一，光复初期的台湾文化界也一度掀起声势浩大的左翼"鲁迅风潮"，而到了 50 年代以后，台湾当局全面禁止鲁迅的作品并通过一系列的论述形塑负面的鲁迅形象。钟理和（1915—1960 年）的文学生涯恰恰穿越了日据后期、光复初期以及"白色恐怖"的 20 世纪 50 年代这三个时期，而且始终伴随着鲁迅的影响。因此，考察钟理和与鲁迅文学的关联，不能仅仅将其作为一个孤立的文化现象来看。值得注意的是，钟理和的"鲁迅接受"并没有因当时风起云涌的左翼文化运动的影响而注重对鲁迅现实批判与斗争精神的继承，也没有受到国民党官方的"反鲁论述"塑造的负面鲁迅形象的影响。相反，他在与社会现实若即若离的境况下远离了作为"战士"的鲁迅，走近了"文学家"的鲁迅，从而与鲁迅那孤独、寂寞的文学气质接榫。因此，在钟理和文学中所发掘出来的鲁迅因子，并不是左翼知识者理解的具有思想前瞻性、现实斗争性意义的"战斗者"鲁迅的影响，也不是国民党官方塑造出的"阴暗空虚"的"虚无哲学者"鲁迅的影响，而是表现为钟理和与作为文学家的鲁迅的两颗文学心灵的跨时空对话。


## 一　钟理和与受鲁迅影响的左翼文化人

　　钟理和的社会关系比较简单，主要集中于 20 世纪 40 年代和他生命的最后几年两个阶段，前一阶段与思想"左倾"的文化人之间关系密切，而后一阶段则与《文友通讯》作家群书信往来较多。结合钟理和的作品和日记，我们能够大概地勾勒出其与左翼文化人的交往轨迹，从中可以发掘钟理和思想发展的独特轨迹。

　　钟理和同父异母的兄长钟和鸣（又名钟浩东）常以"二哥"的形象出现于其作品中。钟和鸣早年受三民主义影响，中学毕业后到南京、上海等地游历一个多月。[①] 1940 年，钟和鸣在民族情感的支配下奔赴祖国大陆参加抗战[②]，辗转上海、广东、重庆等多地，直到 1946 年才返回台湾。回到台湾后，钟和鸣主持基隆中学工作，组建共产党的地下组织，在他主校期间，曾组织学生上街游行纪念"五四"运动。[③] 在钟和鸣的影响下，钟理和少年时期就接触到大陆"五四"新文学作品，决定以文学为志业，发奋学习中文，立志"做中国的作家"[④]。钟理和日记中还经常提到一个叫"蓝"的人，此人就是蓝明谷。蓝明谷原名蓝益远，笔名蓝青、慆生。蓝明谷"向来就非常喜欢研读鲁迅的作品"，其胞弟蔡川燕"在东京时，只要在内山书店看到有关鲁迅的书，他一定买下来，寄给大哥"[⑤]。1942 年，思想"左倾"的蓝明谷从日本东京来到中国大陆。因为同是台湾人，又都爱好写作，蓝明谷与当时在北京生活的钟理和相识并成为挚友，相互之间传阅鲁迅书籍、谈论鲁迅。正是在这一时期，钟理和写出了具有强烈的"国民性"批判意味的《夹竹桃》。蓝明谷于 1946 年返回台湾，后来在台湾省教育会编辑组找到工作，其主要职责是编写中小学教科书的参考教材。于是，早年对鲁迅有过深入研读的蓝明谷将鲁迅的《故乡》翻译为日文，1947 年 8 月由现代文学研究会出版中日文对照版，供台湾人学习中文之用。钟和鸣、蓝明谷等人回到台湾后，与钟理和仍然保持着密切的往来。1947 年 2 月，蓝明谷通过钟理和的介绍，从教育会转到基隆中学任教，并与钟和鸣、钟理志、吕赫若等人

---

　　① 钟理和：《钟理和全集》第 2 卷，高雄县立文化中心 1997 年版，第 9—10 页。

　　② 蓝博洲：《幌马车之歌》，时报文化出版公司 2004 年版，第 87 页。

　　③ 蓝博洲：《幌马车之歌》，时报文化出版公司 2004 年版，第 92 页。

　　④ 钟理和：《钟理和书简》，春晖出版社 2009 年版，第 156 页。

　　⑤ 蓝博洲：《消失在历史迷雾中的作家身影》，联合文学出版社有限公司 2001 年版，第 282 页。

组织基隆中学支部，开始实际的革命活动。"基隆中学案"被当局侦获后，钟和鸣、蓝明谷相继遇害。同时遇难的还有少年时与钟理和、钟和鸣一起念书的表弟邱连球。

尽管钟理和与这些投身社会斗争实践的左翼文化人有着千丝万缕的联系，但钟理和始终未曾跨出他个人的文学天地而参与改造中国历史进程的革命运动。当年，为了反抗家庭与陋俗对其同姓婚姻的扼杀，在钟和鸣的鼓励下，钟理和于1938年夏天来到大陆。钟理和自述当时"封建势力有压倒之势，不容抗拒，在他下面，我是软弱渺小，孤独无援。如何才能让自己在这场搏斗里支持下去呢！很显然的我必须借助更有效的武器，否则败北是注定了的。于是，我又想到我兄弟那句话，也许我可以用我的笔！这思想把我更深地驱向文艺"①。他的到大陆，"似乎还有一点民族意识在作祟"，不过在民族意识之外，钟理和本人并没有想到要去参加民族解放运动，所以"没有给自己定下要做什么的计划，只想离开当时的台湾；也没有到重庆去找二哥"②。而是专注于写作，于1945年在北京马德增书店出版小说集《夹竹桃》。

钟理和与蓝明谷等人在人生道路选择上的分歧，也可以从其他方面得到印证。比如，尽管早在北京时期钟理和就与蓝明谷成为朋友，但二者在思想上有巨大的分歧。蓝明谷曾对蔡川燕这样评价钟理和："这个人很好，很正派，有强烈的民族感情，是一个和平主义者；可他并不理解共产党，也不大同意共产党的主张。……不管怎么样，他会是我们的朋友。"③ 这种分歧也体现在蓝明谷与钟理和对鲁迅的不同理解上。在《鲁迅与〈故乡〉》一文中，蓝明谷称赞鲁迅为反帝反封建的永不妥协的战士，是一直战斗到最后的，"在民众队伍中，理解民众，运用文字与民众共同进行斗争的'小兵'"④。蓝明谷的理解

---

① 钟理和：《钟理和书简》，春晖出版社2009年版，第137页。
② 钟理和：《钟理和全集》第2卷，高雄县立文化中心1997年版，第14页。
③ 蓝博洲：《消失在历史迷雾中的作家身影》，联合文学出版社有限公司2001年版，第283页。
④ 蓝明谷：《鲁迅与〈故乡〉》，载鲁迅著，蓝明谷译《故乡》，现代文学研究会1947年版。

具有鲜明的左翼特征，是当时鲁迅接受潮流中的一个典型个案。蓝明谷与当时的大多数左翼知识分子一样，所看到的是"不得不努力去说服自己，不但在整体上遵人民的命，还要在具体的斗争中听团体的令"①的鲁迅。

钟理和的理解与这一波的左翼鲁迅接受潮流不同。北京时期的钟理和注重对鲁迅文化批判的模仿，光复后经由对鲁迅文学的阅读一步步深入鲁迅的内心世界。因此，钟理和一开始就选择了一条不同于左翼知识分子参与现实的抗争道路，而是倾心于在自己经营的文学园地中延续鲁迅的文学思考。他身上所体现出来的"鲁迅传统"，完全未能融入当时的社会文化潮流中去，而只局限于个人的文学天地中。当鲁迅的"战斗精神"被左翼文化人继承的时候，鲁迅的文学技巧、深刻的文化批判精神及其内心的孤独、寂寞，在钟理和那里得到了生动的再现。

## 二　《夹竹桃》、"故乡四篇" 与鲁迅文学传统

钟理和的"国民性"批判思想形成于旅居大陆时期，集中诉诸他在北京出版的小说集《夹竹桃》中，表明鲁迅文学思想对钟理和文学创作的影响；其创作于 1950 年后的"故乡"系列四篇小说则在结构、人物及情感基调等方面留下明显的鲁迅文学的艺术痕迹。基本上，《夹竹桃》和"故乡"系列四篇小说显示了钟理和在不同时期所受鲁迅影响的不同面向。

在《夹竹桃》中，卑怯、愚昧、虚伪和冷漠这些鲁迅所讨伐的国民的劣根，也正是钟理和批判的主要标靶。鲁迅曾批评中国的"聪明人""伶俐人""巧人"深知"得阔之道"，"将心力大抵用到玄虚漂渺平稳圆滑上去"②。钟理和在《夹竹桃》中就塑造了四合院中的二房东邵成全和中院南房李启仲这样巧滑的"聪明人"形象，正应了

① 汪晖、钱理群等著：《鲁迅研究的历史批判：论鲁迅（二）》，河北教育出版社 2000 年版，第 299 页。

② 鲁迅：《鲁迅全集》第 3 卷，人民文学出版社 2005 年版，第 96 页。

鲁迅所谓深通世故的圆滑应酬是随时可以遇见的说法①。鲁迅称"不可救药的民族中，一定有许多英雄，专向孩子们瞪眼"。不敢向强者抗争，"却抽刃向更弱者"②，这种国民性中的卑怯与奴性则在后院的庄太太身上得到精彩的表演，她一旦有不顺心的事情就发泄在孩子身上。同样创作于北京时期但未收入《夹竹桃》的中篇小说《门》中的房东太太，对那些被她称为"红匪子"的落魄者整天骂嚷驱赶，而对大尉、少佐和科长，则"又换了人似的和颜悦色，低声下气，不敢有怠慢"。③

对于中国人之间的冷漠与自私，鲁迅早就在《一件小事》中作过深刻的自我反省与解剖，并指出中国人"永远是戏剧的看客"④，"在中国，尤其是在都市里，倘使路上有暴病倒地，或翻车摔伤的人，路人围观或甚至高兴的人尽有，有肯伸手来扶助一下的人却是极少的"⑤。这同时成为钟理和批判国民性的另一个切入点。钟理和以主人公曾思勉的视角"看见这一家不幸遇有官事，或丧葬病痛时，其余的人们……不但裹足不前，即或从门口经过，他们也要把眼睛移往他处"。⑥并指出中国人"自私、缺乏公德心、没有邻人爱、怕事"以及幸灾乐祸的性格与心理特征。紧接着，钟理和说：

> 因此，我们的东邻今晨起火了。这时候，我们先贤教我们做的事，并非立即去泼水相救，而是叫我们站得远远——越远越好——恰如观赏中央公园的金鱼，那么优雅地，闲眺那片冲天之势——此时，最好须有冲天之势，如不然，则烧得便不痛快，看得亦不满足——的火光，大声叫曰：烧得好！⑦

---

① 鲁迅：《鲁迅全集》第6卷，人民文学出版社2005年版，第383页。
② 鲁迅：《鲁迅全集》第6卷，人民文学出版社2005年版，第52页。
③ 钟理和：《钟理和全集》第2卷，高雄县立文化中心1997年版，第250页。
④ 鲁迅：《鲁迅全集》第1卷，人民文学出版社2005年版，第170页。
⑤ 鲁迅：《鲁迅全集》第4卷，人民文学出版社2005年版，第555页。
⑥ 钟理和：《钟理和全集》第2卷，高雄县立文化中心1997年版，第110页。
⑦ 钟理和：《钟理和全集》第2卷，高雄县立文化中心1997年版，第109页。

这种略带悲恸的反讽笔法已经颇有鲁迅风。

不过，钟理和只是以文学的笔法生动地描绘了中国人的"国民性"特征，而未像鲁迅一样深切地感受到改造"国民性"的必要、并进一步指出改造"国民性"的方法。钟理和的"国民性"思考无论在广度还是在深度上都远不及鲁迅视野开阔、思考深刻，往往流于情绪化的宣泄。这种情绪化的宣泄，在小说中通过主人公曾思勉来完成。正因如此，陈映真后来才通过曾思勉将钟理和批评为"旁观的、犬儒的、恢恢然欲自外于自己的民族和民族的命运的人"[1]。因此，钟理和的创作显现出了他对于外在环境的疏离，即用一种过于冷静的态度观察北京社会。因为这种疏离，"钟理和回到台湾之后，环绕他身边的农民成了他写作的重点"。[2] 叶石涛曾说："在《笠山农场》里，他本来有很好的机会发抒他对时代的反映，可是他好像在企图逃避什么，而把重心放在他本身的恋爱故事上，再加上山光水色就完了，我们看不出什么时代意识来。"[3] 尽管钟理和的作品中有为爱情奔逃的反封建的内容，而钟理和、钟台妹带有子君式奔逃意味的婚姻，也正是"五四"个性解放、婚姻自主的极好个案，但钟理和并未将之上升到时代文化的高度做一审视，而是过于将其叙述为个人尊严与自由的抉择。

1950 年前后创作的"故乡"系列共四篇小说，依然延续了超离于时代之外的观察方式和"国民性"批判的思路，同时也更加在艺术层面接近了鲁迅。第一篇《竹头庄》在《文友通讯》轮阅时颇受好评。廖清秀赞之"可与鲁迅的故乡媲美"，而钟理和则谦逊地回信答曰："拙作蒙兄过奖愧不敢当，尤其把《竹头庄》与鲁迅的《故乡》相比，更是令人汗颜。"[4] 事实上，鲁迅的确以某种方式存在于钟理和的思想世界中。正如张良泽所指出的，"钟理和的小说《故

---

① 陈映真：《陈映真作品集》第 9 卷，人间出版社 1988 年版，第 59 页。

② 叶石涛、张良泽：《秉烛谈理和》，载《钟理和论述》，春晖出版社 2004 年版，第 193 页。

③ 叶石涛、张良泽：《秉烛谈理和》，载《钟理和论述》，春晖出版社 2004 年版，第 192 页。

④ 钟理和：《钟理和书简》，春晖出版社 2009 年版，第 128 页。

乡》是鲁迅的同名小说《故乡》的'延长和扩大'。"①

　　1950 年 4 月 3 日，钟理和"写'如此故乡'之一的《竹头庄》"②，并引用鲁迅《南腔北调集》中一段话来说明写作的艰辛。其时的钟理和正受肺病的折磨，又经历了他人生中的生离死别，从而形成了《故乡》特有的沉郁的叙述基调。两篇《故乡》都是以第一人称叙述，先写回到家乡看到破败景象的失望，再到最后恢复了希望，结构上非常相似。通过闰土、炳文和阿煌叔，鲁迅和钟理和分别写了因贫困折磨而导致的自我异化与自我的丧失；而鲁迅在豆腐西施杨二嫂身上所揭露的乡民的自私、狡黠、愚昧，钟理和也在《山火》（"故乡"系列之二）中加以批评。读钟理和的"故乡"系列小说很容易使人联想到鲁迅的《故乡》，二者在主体结构、人物形象设置及主要的思想观念上都有若干相似处。小说的开头便颇有鲁迅《故乡》的影子，写"我"在酷热难耐的夏天"回到离别了十年的故乡"，然而展现在面前的却是"气息奄奄，毫无生气"的破败景象。③ 而"我"的好友，当年的"机智、活泼，肯努力、有希望的青年"炳文因为多子、税捐、贫穷而变得病弱、木讷，像"压扁了的萝卜干"，简直使"我"无法相信这就是当年我的"很少数能够阅读和讨论中国文学的朋友"。④ 炳文的这种变化在"我"看来，已"不是衰老，而是毁坏"，于是在他的脑海中"又唤起昔日的朋友，另一个炳文，另一个英俊焕发，衣袂翩翩的青年的影像。"⑤ 我们可以看到，炳文这个人物形象几乎成为鲁迅笔下闰土的翻版。当年能干、有声望的神秘英雄阿煌叔，也因现实生活的打击沦落为懒汉，而村民的愚昧、无知、迷信、自私导致烧掉大好的山林。总之，故乡是完全变了样的。钟理和悲凉而忧郁的心境，显然深受鲁迅《故乡》的影响。关于这一点，钟理和本人也曾反省："我以为'故乡'四篇都是悲惨的故

---

　　① ［日］泽井律之：《两个〈故乡〉》，叶蓁蓁译，载《钟理和论述》，春晖出版社2004 年版，第 353 页。

　　② 钟理和：《钟理和日记》，春晖出版社 2009 年版，第 100 页。

　　③ 钟理和：《钟理和全集》第 3 卷，高雄县立文化中心 1997 年版，第 27—28 页。

　　④ 钟理和：《钟理和全集》第 3 卷，高雄县立文化中心 1997 年版，第 33—34 页。

　　⑤ 钟理和：《钟理和全集》第 3 卷，高雄县立文化中心 1997 年版，第 39—40 页。

事，难免使读者沮丧，而我的本意，却又不愿如此，因此，在最后想给予一线光明的希望。"① 这不仅如鲁迅为了"不愿将自以为苦的寂寞"传染给他人而"不恤用了曲笔，在《药》的瑜儿的坟上平空添上一个花环，在《明天》里也不叙单四嫂子竟没有做到看见儿子的梦"一样②，也与鲁迅《故乡》的最后"希望是本无所谓有，无所谓无的。这正如地上的路，其实地上本没有路，走的人多了，也便成了路"③ 形成某种互文性关系。

从 40 年代上半期的《夹竹桃》到 50 年代的《故乡》四篇，表明钟理和对鲁迅文学创作手法的进一步模仿。同时，在《夹竹桃》中所表现出来的"国民性"批判思路开始较少地诉诸文学创作，而逐渐转入以日记体现出来的更为内在的个人性思考。

## 三　钟理和日记中的鲁迅文化批判精神

1945 年 10 月 19 日是鲁迅逝世九周年的纪念日，身处北京的钟理和在当天的日记中写道："今天是我们民族的战士鲁迅先生逝世九周年纪念，平津各报章莫不郑重事情的为刊登纪念和挽吊鲁迅的文章，而提供了很大的篇幅。"④ 这是他的日记中首次出现"鲁迅"。此后，钟理和的日记中不断出现鲁迅的名字、与鲁迅相关的内容及颇有"鲁迅风"的词句。而就在这一年的早些时候，他在北京出版了具有鲁迅式国民性批判意味的小说集《夹竹桃》。钟理和在幼时入私塾提高了中文阅读能力之后即接触到鲁迅，"当时，隔岸的大陆上正是五四之后，新文学风起云涌，像鲁迅、巴金、茅盾、郁达夫等人的选集，在台湾也可以买到。这些作品几乎令我废寝忘食"⑤。因此，在这个特殊的日子提及鲁迅，乃是以先期的阅读经验和与鲁迅的心灵相遇为基础的，并不仅仅是外在环境的影响。事实上，钟理和的写作与思考总

---

① 钟理和：《钟理和书简》，春晖出版社 2009 年版，第 35 页。
② 鲁迅：《鲁迅全集》第 1 卷，人民文学出版社 2005 年版，第 441—442 页。
③ 鲁迅：《鲁迅全集》第 1 卷，人民文学出版社 2005 年版，第 510 页。
④ 钟理和：《钟理和日记》，春晖出版社 2009 年版，第 34 页。
⑤ 钟理和：《钟理和书简》，春晖出版社 2009 年版，第 135—136 页。

是与瞬息万变的社会现实有某种疏离，因此，对于像钟理和这样一个对外界信息不敏感的人来说，这一次，他正是经由鲁迅的中介感受到了中国社会的动荡与变革。

这一时期的钟理和与当时的很多的大陆青年一样，不仅阅读鲁迅著作，而且还有意识地关注鲁迅文学与思想的现实影响。10 月 22 日，钟理和日记中摘抄了欧阳山论述鲁迅的两段文字。① 28 日，又以大段文字谈及鲁迅，说"鲁迅本来是学医的，在仙台医专，因在课余的电影上看见一个中国人做俄国的奸细被日本人牵去砍头时，一阵心血来潮，遂抛下他的解剖刀与白披衣跑到文学里去了"②。10 月 31 日的日记显示，当同为台湾老乡的北大化学系教师陈先生批评《夹竹桃》的主人公"曾思勉有超然社会生活之上的漠不关心的那种态度"，认为钟理和"是应属于林语堂与周作人……一派的有闲主义的作家的"③。钟理和自信地反驳道："但陈先生关于林、周二氏有多少认识，那是可疑的。"④ 从后来的日记、书信来看，钟理和对于中国现代文学相当熟悉，屡次提到郁达夫、林语堂、周作人、吴祖光等人及他们的作品。

从现存的资料看，钟理和 1945 年的日记截止于 5 月 11 日，此后至 1950 年 3 月 17 日重新较为完整地出现之前，现只存 1946 年、1947 年、1949 年共十几则日记，这期间钟理和对鲁迅的阅读与思考已无从考证。不过，就在 1950 年 3 月 21 日，钟理和在日记中批评宣扬台湾"托管论"的廖文毅等人时，表现出了与鲁迅思考方式上的某种关联。钟理和指出这些"丧失了自信心的一群丧心病狂的人们"可以分为两种，"一种是所谓特权阶级也者，站在统治者一边，帮日本人压迫台湾人，因此，他们没有直接尝受到殖民地生活的痛苦；另一种大概是过去未尝够做奴隶的味道，所以还值得再过过"。在作了

---

① 这两段文字出自欧阳山《鲁迅精神底永远的敌人》一文，原文被收入夏征农编的《鲁迅研究》（1937 年 6 月上海生活书店发行）一书中。钟理和摘录的两段文字在欧阳山的原文中为同一段中的一部分，在钟理和日记中被重新编排为两段，并有所省略。

② 钟理和：《钟理和全集》第 6 卷，高雄县立文化中心 1997 年版，第 41 页。

③ 钟理和：《钟理和日记》，春晖出版社 2009 年版，第 44 页。

④ 钟理和：《钟理和日记》，春晖出版社 2009 年版，第 45 页。

这样的分析之后，钟理和又以鲁迅式的调侃表达了他的对这些人的看法："就以和人类有血缘关系的近亲猿类来说吧，只因为它未能把作为走步的前肢，解放为手，于是也就只好留在几百千万年前的状态里，不能和人类似的支配自己的生活一样。"① 这很容易使人想起鲁迅说过的话："做奴隶虽然不幸，但并不可怕，因为知道挣扎，毕竟还有挣脱的希望；若是从奴隶生活中寻出'美'来，赞叹、陶醉，就是万劫不复的奴才了。"② 鲁迅也屡次以类人猿为例谈到他心中的人类进化模式，即从兽类到类人猿再到非奴隶的"真的人"。由于潜心的阅读，钟理和对于时局的思考明显借助了鲁迅文化批判的深层逻辑，从而超出左、右翼现实政治斗争层面各自的鲁迅观的限制，深入地进行文化的思考。与鲁迅一样，这种文化批判往往又主要地诉诸"国民性"批判。

紧接着的三天连续出现与鲁迅相关的内容。3 月 22 日首次出现与胡君谈国民性的记录；3 月 23 日，钟理和"忽然的想起了《祝福》里面的祥林嫂"；3 月 24 日，又与胡君谈国民性问题。钟理和认为"中庸、无过、无不及，这是中国人的人生哲学，因此，中国人应该是自己也认为温驯、和平、良善"，但另一面却又表现出"狠毒""下流""野蛮"来。并举例说，"太平天国的残忍与虐杀，只有中国有；鞭尸的故事，只有中国有；另一面，我们却把指南针用作看风水的罗盘，火药只做了过年节时燃放的炮竹"③。这样的中国国民性，鲁迅早已睿智地展示在他的文字中。火药做爆竹、指南针看风水，鲁迅也曾在《家庭为中国之基本》《随感录 62》《电的利弊》等文中多次提及。一周后的 3 月 30 日，钟理和于日记中记录"《华盖集》看完"④。4 月 1 日，钟理和与胡、朱二君"又谈及国民性问题"⑤。4 月 3 日，"读《在酒楼上》"。并由写《竹头庄》的笔不从心想到鲁迅《南腔北调集·我怎么做起小说来》中的话："鲁迅引过他所忘记了

---

① 钟理和：《钟理和日记》，春晖出版社 2009 年版，第 83 页。
② 鲁迅：《鲁迅全集》第 4 卷，人民文学出版社 2005 年版，第 604 页。
③ 钟理和：《钟理和日记》，春晖出版社 2009 年版，第 85 页。
④ 钟理和：《钟理和日记》，春晖出版社 2009 年版，第 97 页。
⑤ 钟理和：《钟理和日记》，春晖出版社 2009 年版，第 98 页。

名氏的人的话：要俭省的画出一个人的特点，最好是画他的眼睛。然后说常在学这一种方法，可惜学不好。然而，于我，最感苦恼的，还是会话的处理。引车卖浆者流的话，通常都以为是俚俗可鄙的，可是在我看来，却比正人君子也者，或任何知识分子的语言，都要活泼有趣。"① 这段话中的"引车卖浆者流""正人君子"都是鲁迅的惯用语。另外，在阅读其他作家作品的过程中，钟理和往往将之与鲁迅作品做互文性的阅读。比如，在 5 月 8 日读完吴祖光的《嫦娥奔月》后，钟理和想到了鲁迅，"羿身为帝王之尊，却有需亲自去给嫦娥射乌鸦做炸酱面——鲁迅《奔月》的空气，是和这篇奔月不相调和的"②。

可见，钟理和在台北松山疗养院住院这段时间一直坚持阅读鲁迅，并与病友交流阅读和思考的心得。此后，在身体与精神的双重困顿中，钟理和开始走进鲁迅的内心世界。

## 四　钟理和、鲁迅的"文学无用"之感

钟理和自学习写作起，直到参加《文友通讯》之前，"既无师长，也无同道，得不到理解同情，也得不到鼓励和慰勉，一个人冷冷清清，孤孤单单，盲目地摸索前进，这种寂寞凄清的味道，非身历其境者是很难想象的"③。

抗战胜利后的钟理和曾一度认为不应"只认清青春梦的美而忽略了现实人生的美"④。然而，当文学的理想遭遇现实的乱象之后，钟理和第一次流露他对于文学的无力感。身处北京的钟理和在经历战后的种种乱象之后，认为"鲁迅的路子现在是行不通的"，"聪明人是不走这条路子的"。接着钟理和指出，"他以为想要救中国舍文学无他，而它是最快的方法"。

---

① 钟理和：《钟理和日记》，春晖出版社 2009 年版，第 100 页。
② 钟理和：《钟理和日记》，春晖出版社 2009 年版，第 134 页。
③ 钟理和：《钟理和日记》，春晖出版社 2009 年版，第 113 页。
④ 钟理和：《钟理和日记》，春晖出版社 2009 年版，第 52 页。

　　然而俗语说得好，聪明一世，懵懂一时，鲁迅先生在这里竟大大的算错了。他还不如快去茅山，由茅山老祖借来一把斩妖剑呢！印在纸上的冷冷的字究竟是无用的，他不如向准横行在白日下的妖魔鬼怪们的脖子上"嚓"的一刀劈下去管事。我相信只有去掉那一小部分或是大部分的人，另一部分的人才能得救，才有法子活下去。而欲去掉那一部分的人，大概除开杀头以外，是没有更好的办法的。①

　　这正与鲁迅 1925 年 4 月 8 日致许广平的信中所谓"总要改革才好。但改进最快的还是火与剑"②的意思完全一样。这段话明白无误地表达了文学面对现实问题时的无力感：社会状况迫切需要革新，但文学不是最好的方式。

　　归台后的钟理和罹患肺病，随着病情的加重，钟理和的日记中开始不断地出现"灰色的天空"③，外向的关注开始返回个人的内心世界。1950 年 4 月 5 日凌晨，钟理和想到了死，他在当晚的日记中说，死不是终结、不是解脱，而是"新者与旧者间、强壮者与衰老者间的交替"。④而鲁迅也在《死后》一文中表达过类似的意思。1950 年 5 月 10 日，手术的前一天，钟理和写下了他对家庭的愧疚："假如我有出息些，身体强壮些，我们的家庭是会好一点的。"⑤"这是我的罪恶，我的责任，我必须……给你们留一条生路。"⑥如鲁迅想到"临终之前的琐事"一样，钟理和留下了在形式和内容上都与鲁迅遗言极为相似的文字：

　　（一）吾尸可付火葬，越简单越好。

---

① 　钟理和：《钟理和日记》，春晖出版社 2009 年版，第 41 页。
② 　鲁迅：《鲁迅全集》第 11 卷，人民文学出版社 2005 年版，第 475 页。
③ 　分别参见钟理和《钟理和日记》，春晖出版社 2009 年版，第 106、111、138、151 页。
④ 　钟理和：《钟理和日记》，春晖出版社 2009 年版，第 121 页。
⑤ 　钟理和：《钟理和日记》，春晖出版社 2009 年版，第 140 页。
⑥ 　钟理和：《钟理和日记》，春晖出版社 2009 年版，第 144 页。

（二）多多想你们自己的事，不必为已死之人伤心。

（三）铁儿的病，似在轻微，尚有可为，千万不可延误。

（四）对孩子：首要健康，然后学问；财产不必。

（五）家庭的苦，我已尝尽，也因它而有今日，绝不可再使孩子也受此折磨。

（六）孩子勿使学我，可使种地，地最可靠；却也不可相强。

（七）你自己的事，可自作主，勿以我之故，自甘束缚。

（八）靠别人而能解决的事，只是些撂下了也不相干的小事，真临大事，只有自己可靠。①

其中"孩子勿使学我，可使种地，地最可靠"与鲁迅"孩子长大，倘无才能，可寻点小事情过活，万不可去做空头文学家或美术家"② 一样，表达了对文学的深切怀疑。鲁迅曾一再地表达文学面对残酷现实的无力感，"文学文学，是最不中用的，没有力量的人讲的；……这文学于人们又有什么益处呢？"③ "一首诗吓不走孙传芳，一炮就把孙传芳轰走了。"④ "这半年我又看见了许多血和泪，然而我只有杂感而已。"⑤ 因此，"对于偏爱我的读者的赠献，或者最好倒不如是一个'无所有'"⑥。这是鲁迅对自己所从事的文学事业的终极否定，是一种浸透了自己全部痛苦体验感受文学无用的朴素表达。

尽管钟理和的手术成功、生命得以延续，但这种极类于鲁迅的对文学的怀疑至死都没有终止。尽管在加入《文友通讯》之后这种状况有所改变，甚至也受到了很大的鼓舞，但年过不惑、病魔缠身带来的时间上的紧迫感，以及对于家庭和亲人的亏欠感，又使他生出"宁

---

① 钟理和：《钟理和日记》，春晖出版社2009年版，第146页。
② 鲁迅：《鲁迅全集》第6卷，人民文学出版社2005年版，第635页。
③ 鲁迅：《鲁迅全集》第3卷，人民文学出版社2005年版，第436页。
④ 鲁迅：《鲁迅全集》第3卷，人民文学出版社2005年版，第442页。
⑤ 鲁迅：《鲁迅全集》第3卷，人民文学出版社2005年版，第425页。
⑥ 鲁迅：《鲁迅全集》第1卷，人民文学出版社2005年版，第300页。

214

可干清道夫也不再拿笔杆"①的懊丧情绪。1956年，在与钟肇政、廖清秀的通信中，钟理和多次表露了对于《文友通讯》作家群中某些人的失望："得不到理解同情，也得不到鼓励和慰勉。"②而钟理和投稿四处碰壁，又使他"突然感到空虚和焦躁，无心于事。"③《新生》杂志失败后，鲁迅感受了一次彻骨的寂寞，如他在《呐喊·自序》中所说："我感到未尝经验的无聊，是自此以后的事。"④《新青年》的团体散掉以后，鲁迅又"经验了一回同一战阵中的伙伴还是会这么变化"。⑤在厦门时期，鲁迅更"似乎有些后悔印行我的杂文了"⑥，这种寂寞来源于付出爱之后没有响应的虚空，来源于同伴、同路者的精神的不相通。鲁迅免不了独战的命运，钟理和的文学道路亦是如此。

这种情绪还来自一般民众对于文艺的隔阂。钟理和在1957年的日记中记到他获得文艺奖金后人们"所关心的是奖金，所羡慕的也是奖金。至于为何得奖，得什么奖，他们不管，也不会有兴趣"。甚至于一个妇人误以为钟理和所获奖金为彩票中奖，使得钟理和"真有啼笑皆非之感"。⑦对于钟理和而言，文学的无力感主要表现在现实生活对于亲人的无从赎罪感，以及大众与文学隔膜的尴尬感。在贫病交加之中，钟理和一度对文学失去信心。在1957年11月21日致钟肇政的书信中，他说道："我灰心此道已久，自有《文友通讯》之举后，无形中受了鼓舞，又复拿起笔杆"，但"是否写得出像样的东西，尚在未知"。⑧"有时我想到烦恼，就想一丢下笔杆，从此不再搞文学了。"⑨"如果能从此摆脱写作倒也未尝不可，偏偏此心不死，常怀望风嘶鸣之慨。但也惟其如此，才愈发加深了内心的苦闷。""究

---

① 钟理和：《钟理和书简》，春晖出版社2009年版，第115页。
② 钟理和：《钟理和书简》，春晖出版社2009年版，第113页。
③ 钟理和：《钟理和书简》，春晖出版社2009年版，第91页。
④ 鲁迅：《鲁迅全集》第1卷，人民文学出版社2005年版，第439页。
⑤ 鲁迅：《鲁迅全集》第4卷，人民文学出版社2005年版，第469页。
⑥ 鲁迅：《鲁迅全集》第1卷，人民文学出版社2005年版，第298页。
⑦ 钟理和：《钟理和日记》，春晖出版社2009年版，第220页。
⑧ 钟理和：《钟理和书简》，春晖出版社2009年版，第21页。
⑨ 钟理和：《钟理和书简》，春晖出版社2009年版，第33页。

竟我们的写作目的何在？"这种孤独与寂寞，在他与钟肇政、廖清秀通信中的"希望多给我写信"等话中曾多次有所流露①。读这样的文字，在敬佩之外更感到悲哀，如果有一个稍微正常的社会环境和文化氛围，就不需要如此严苛的自我磨砺。

然而，钟理和大半生的精神生命与活力，完全基于写作这个行动本身，写作是他后半生的全部意义，终至于伏案咯血而死。而鲁迅"是中国近代文学史上第一个尊重文字的价值的作家，也是第一个视'写作'为生命的人"，"支持鲁迅后半生的精神力量，不是马列主义，而是写作——文字和文章——本身，这一点，钟理和似乎完全承受过来了"②。

## 五　钟理和之于台湾"鲁迅传统"的意义

进入 20 世纪 50 年代，由于钟理和的写作所承接的大陆"五四"新文学传统在此时的台湾已被制度化地隔断，对于自己的作品，钟理和清楚它们并不符合"反共文艺"政策主导下台湾文坛的政治需要和文学风尚。他对当时的文艺状况曾有这样的发言："战斗文艺满天飞，我们赶不上时代，但这岂是我们的过失？何况我们也无须强行'赶上'，文学是假不出来的，我们但求忠于自己，何必计较其他。"③ "我实在不知道像这样的作品（引者注：指《故乡》）是否有人要予印书。无论从哪一方面看，它在目下，显已属明日黄花，我心里连尝试的念头也不敢抱。"④ 只有陈映真这样初出茅庐、尝试走上文坛的文学青年，能够穿越政治的迷雾把捉到他作品的文学性。陈映真在寄给钟理和的明信片上称赞其小说《草坡上》"像那温煦的太阳一般轻快而温暖"，并且相信"等这些长满了文学的'草坡上'，中国的文学不会再荒芜的，不

---

① 钟理和：《钟理和书简》，春晖出版社 2009 年版，第 64 页。
② 李欧梵：《从〈原乡人〉想钟理和》，《联合报》1980 年 8 月 19 日第 8 版。
③ 钟理和：《钟理和书简》，春晖出版社 2009 年版，第 52 页。
④ 钟理和：《钟理和书简》，春晖出版社 2009 年版，第 39 页。

会再寂寞的"①。收到此明信片之后，钟理和在给钟肇政的信中写道："又一'读者'之信，不用封信而用明信片，却又特意烦报社编辑转交，其中岂别无用心？它也许要让握着文艺的生命的那些刊物的主持人明白，社会的批评怎样！也许他是一种极温婉的抗议，你以为如何？"②受到鲁迅深刻影响的钟理和在台湾鲁迅接受传统中的独特意义就在这样的文学环境中凸显出来。

鲁迅说他的文字"发表一点，酷爱温暖的人物已经觉得冷酷了，如果全露出我的血肉来，末路真不知要怎样。我有时也想就此驱除旁人，到那时还不唾弃我的，即使是枭蛇鬼怪，也是我的朋友，这才是我的真朋友。"③在万马齐暗谈"鲁"色变的时代，政治权力公开形塑的正是冷酷、刻薄、阴郁的鲁迅形象；而潜在地，相当多的作家、学者都暗中偷读鲁迅文学，重新在左翼的社会现实批判意义上接受了鲁迅，并以强势介入现实政治与文化的姿态参与历史进程。这二者从正反两面凸显了鲁迅思想性与战斗性的一面。与此不同，钟理和只从文学艺术与文化批评层面上接受鲁迅。鲁迅曾经说过，"战斗不算好事情，我们也不能责成人人都是战士，那么，平和的方法也就可贵了"④，在这个意义上，钟理和对于鲁迅的接受显示出了它独特的意义。"正如鲁迅的诞生主要是文学家的诞生，鲁迅的死，也主要意味着一种执拗的文学的沦亡。"⑤鲁迅在死后成为现代中国思想、精神的象征，而他的文学却很少为人提起。人们肯定鲁迅"正视黑暗"和执着现实的战斗精神，却又为了现实战斗的坚定性而有意忽略鲁迅的孤独、寂寞、悲观、绝望。钟理和对文学的执着、信仰、追求乃至怀疑、灰心、失望，恰恰继承了被特定历史语境所遮掩的鲁迅文学中的思维方式和情感体验。表面上看，二人对文学的信仰与执着、怀疑

---

① 1959 年 5 月 2 日陈映真致钟理和明信片，见钟理和数位博物馆，http：// cls. hs. yzu. edu. tw/ZHONGLIHE/images/06i_ 01/jpeg/cca300002 – uninter – le084 – 0001 – i. jpg。

② 钟理和：《钟理和书简》，春晖出版社 2009 年版，第 69 页。

③ 鲁迅：《鲁迅全集》第 1 卷，人民文学出版社 2005 年版，第 300 页。

④ 鲁迅：《鲁迅全集》第 1 卷，人民文学出版社 2005 年版，第 168 页。

⑤ 郜元宝：《文学家的基本立场》，载薛毅、孙晓忠编《鲁迅与竹内好》，上海书店出版社 2008 年版，第 222 页。

与绝望有着同构性，但这种一致却恰恰来源于二者在性格、思想及人生经历、文化环境等因素上的差异。也正是这种差异，使得钟理和只能从情感和文学层面走近鲁迅，却无法从思想与革命的角度理解鲁迅。因此，钟理和在文学与文化层面对鲁迅的接受不仅重新提示鲁迅的丰富性与复杂性，更揭示了鲁迅文学与思想之间可能存在的阐释空间。

如果将钟理和置于台湾文学史上受到鲁迅影响的作家群体中考察，更能体现出其独特性所在。台湾新文学运动初期，赖和对鲁迅的接受主要在于将其白话文作品作为一种新的文学语言的典范来学习；在早年向台湾文坛介绍大陆新文化运动之后，张我军文学活动的重点在于日本文学的译介，这一过程中，他的日本文学翻译明显受到鲁迅、周作人日本文学观的影响；而龙瑛宗经由日文的渠道所接受的是鲁迅作品中的中国文化精神，同时他对日本右翼的鲁迅观做了左翼转化造就了自身思想中独特的"祖国"文化结构；杨逵则以鲜明而坚定的左翼立场承续了鲁迅"敢打又敢骂"的现实战斗精神；而在战后成长起来并在经历20世纪50年代反鲁论述后步入文坛的陈映真，却继承了鲁迅精神中反抗政治权力、批判社会现实的一面。在这样一个作家序列中，钟理和几乎是唯一的跨越日据后期、光复初期和"白色恐怖"的20世纪50年代并有出色文学表现的创作者，也是唯一的与每一个时代的鲁迅接受主潮都保持了适当的距离，却自始至终都与作为文学家的鲁迅相关联的作家。因此，其他作家接受鲁迅过程中"文学性"因素的相对消隐，就使得钟理和与文学者鲁迅的相遇呈现为一个异常清晰的"浮雕"。

# 第五章　苏雪林：噉名与守旧驱使下的
　　　　"反鲁"事业

苏雪林"反鲁"是中国现代文学史上的一段公案，目前已有相当数量的研究从不同侧面探讨其发生的原因，出现诸如"暗恋鲁迅"说、"性格偏激"说、"精神弑父"说、"童年影响"说、"右翼思想"说等各种观点。上述除"右翼思想"说之外的议论，或捕风捉影，或牵强附会，并不能在推断与结果之间建立必然的逻辑联系。对于两岸相当一部分研究者而言，与苏雪林的地缘、学缘关系，使得他们的研究基本回避了苏雪林"反鲁"中的名利动机；而对于另一些研究者，则因为强调苏雪林"反鲁"的右翼意识形态而忽略了苏雪林"反鲁"中显而易见的名利动机。尽管最后一种基于意识形态的分析方式可以勾画苏雪林的某些思想线索，但其缺陷在于以思想状态的外在表现替代对思想本身的探讨，从而无法在苏雪林的保守思想与其"反鲁"行为之间建立逻辑联系。

## 一　苏雪林之"反鲁"历史

1952 年，苏雪林赴台后不断以"一贯反鲁"自我标榜，发表一系列文章、言论，先后出版《我论鲁迅》《文坛话旧》等书，对鲁迅大肆抨击。在台湾时期的论述中，苏雪林将自己"反鲁"的历史追溯到 1925 年北京女子师范学校罢课期间，自陈从那时起就"看出了鲁迅的丑恶面目，从此瞧他不起"①。事实上，苏雪林在这场运动中

---

① 苏雪林：《文坛话旧》，传记文学社 1969 年版，第 26—27 页。

确实写了《几个女教育家的速写像》声援杨荫榆，但文中并无文字涉及当时正在批评杨荫榆的鲁迅。而苏雪林在另一处的回忆中却又提及她在就读北京女子师范学校时期选修了周作人的《西洋文学概论》，读"他与鲁迅合办的《语丝》"①，受到周作人对《阿Q正传》评论的影响，以致她"那时也是一个深受鲁迅兄弟议论感染的人"②。这是一种相当正面的影响。

据苏雪林的回忆，她对鲁迅的态度转变直接导因于她与鲁迅的第一次也是唯一一次见面③。这次会面给苏雪林的印象是"鲁迅神情傲慢，我们同他招呼，他爱理不理的。说话总是在骂人"④。因为"鲁迅对我神情傲慢，我也仅对他点了一下头，并未说一句话"⑤。苏雪林认为鲁迅之所以对她持这种态度，是因为她曾在鲁迅的论敌陈西滢主编的《现代评论》上发表过文章。⑥ 对于这天的宴会，鲁迅1928年7月7日的日记有如下的记载：

> 午得小峰柬招饮于悦宾楼，同席矛尘、钦文、苏梅、达夫、映霞、玉堂及其夫人并女及侄、小峰及其夫人并侄等。⑦

从日记并看不出鲁迅对苏雪林有何成见。而且在此之前，鲁迅还在1928年3月14日致章廷谦的信中特别提起苏雪林，称："该女士我大约见过一面，盖即将出'结婚纪念册'者欤？"⑧鲁迅说与苏雪林见过面，是有可能的。因为当时苏雪林与"语丝派章廷谦（川岛）友谊又不薄，在《语丝》里也投过几次稿"⑨。苏雪林后来也自陈其

---

①　苏雪林：《苏雪林自传》，江苏文艺出版社1996年版，第38—39页。

②　苏雪林：《文坛话旧》，传记文学社1969年版，第21—22页。

③　苏雪林：《文坛话旧》，传记文学社1969年版，第26页。

④　苏雪林：《文坛话旧》，传记文学社1969年版，第25页。

⑤　苏雪林：《苏雪林自传》，江苏文艺出版社1996年版，第74页。

⑥　苏雪林：《苏雪林自传》，江苏文艺出版社1996年版，第74页。

⑦　鲁迅：《鲁迅全集》第16卷，人民文学出版社2005年版，第87页。

⑧　鲁迅：《鲁迅全集》第12卷，人民文学出版社2005年版，第109页。"结婚纪念册"乃指苏雪林的散文集《绿天》，这一说法源于《语丝》第4卷第9期（1928年2月27日）所刊该书之出版广告，并非刻意的嘲讽。

⑨　苏雪林：《文坛话旧》，传记文学社1969年版，第26页。

写《绿天》乃是受了章廷谦《月夜》的启发:"我那时也在新婚,便也学着川岛用美文写婚后生活。成了一本书,题名《绿天》。"① 《绿天》(1928 年 3 月) 出版以后,苏雪林于当年 7 月 4 日赠送鲁迅一本。② 由此看来,至少在此前苏雪林对鲁迅尚无恶感,而不像苏雪林本人后来声称的从女师大学潮开始就开始"反鲁"了。更何况,苏雪林 1928 年之后也在自己的文字中多次引用鲁迅的话③,尤其 1934 年 11 月在《国闻周报》上发表的长篇论文《阿 Q 正传及鲁迅创作的艺术》,更是高度赞扬鲁迅的《阿 Q 正传》。直到今天,尚未发现苏雪林在鲁迅逝世前发表过攻击鲁迅的文字。从鲁迅这一方面来说,其藏书中共有两本《绿天》,虽然由苏雪林签赠的这本的毛边并未裁开,表明鲁迅未阅读过,但另一本则留下阅览的痕迹。另一方面,在鲁迅的藏书中还有苏雪林 1927 年北新版的《李义山恋爱事迹考》和 1934 年商务版的《唐诗概论》,可见鲁迅对苏雪林也一直有所关注。

　　1936 年 10 月 19 日鲁迅逝世后,在全国文化界掀起的悼念鲁迅的风潮中,苏雪林致信蔡元培和胡适,对鲁迅大加挞伐。在致蔡元培的信中,苏雪林认为蔡元培不应出面主持鲁迅葬仪,并劝蔡元培勿再参与纪念鲁迅的其他活动。文章污蔑鲁迅为汉奸,并称其为"玷污士林之衣冠败类,二十四史儒林传所无之奸恶小人"。④ 致蔡元培的信发出后的第六天 (即 1936 年 11 月 18 日),苏雪林又致信胡适,并将致蔡元培之信抄录一份作为附录一并邮寄给胡适。在致胡适的信中,苏雪林除了重复她在致蔡元培信中对鲁迅的辱骂外,只有很少部分谈及鲁迅。胡适读到信件后的第二天即回信严厉批评苏雪林。尽管遭到胡适的严厉批评,但苏雪林还是一意孤行,在未得到胡适同意的情况下,将这两封信加上胡适的回信发表在武汉的《奔涛》上。

　　上述为人所熟知的 1936 年苏雪林的反鲁,至今仍是一个难解之谜。当时几乎没有任何人料到在文坛并不十分引人注目的苏雪林会在

---

① 苏雪林:《浮生九四——苏雪林回忆录》,三民书局 1991 年版,第 88 页。
② 此书收藏于北京鲁迅博物馆。扉页上题有"鲁迅先生校正,学生苏雪林谨赠,七・四・一九二八"并加盖"绿漪"印章。
③ 如苏雪林的《烦闷的时候》就引用过鲁迅《呐喊・自序》里的话。
④ 苏雪林:《我论鲁迅》,爱眉文艺社 1971 年版,第 54 页。

这个当口站出来对鲁迅发起攻击。由于苏雪林"反鲁"过于突然，后来的研究者往往孤立地看待此一事件，在无事实根据佐证的情况下，便将苏雪林"反鲁"与各种私人事件、偶然因素相关联以揣测其真实动机，于是出现本文开头所列的各种解读。其中较具说服力的是从当时国共意识形态对立的角度对苏雪林思想所做的政治化解读，澳大利亚学者寇志明（Jon Eugene von Kowallis）是这方面的代表，他力图通过梳理苏雪林数次"反鲁"的意识形态背景呈现其右翼思想。1936年，由于民族危机的加深，国民政府迫于舆论压力而在文化战线上表现出相对温和的态度，在政治、军事上却从未放弃过对共产党的清剿行动，就在这一年的上半年，蒋介石、汪精卫刚刚达成一项联合"剿共"的协议。寇志明认为，鲁迅逝世后持续发酵的左翼文化运动中，国民党迫切需要一种与其真实意图相呼应的声音（即反共而非抗日），苏雪林就在这个当口站出来充当国民党右翼文化的传声筒。① 以上述事实为基点，寇志明历数1936年到1988年苏雪林攻击鲁迅的意识形态背景以追踪苏雪林与国民党的紧密联系。认为苏雪林每一次措辞激烈的"反鲁"言论的发表，都与国民党"反共"意识形态的兴起有关，支撑苏雪林"反鲁事业"的始终是其背后的"反共"立场，"她的观点代表了国民党右翼分子并与政府政策有直接的联系，或者至少是政府中右翼派系（即蒋介石集团）主张或认可的政策"②。毫无疑问，正如寇志明所分析的那样，苏雪林"反鲁"与意识形态之间确实存在某种勾连，但其实他并未回答苏雪林右翼思想的根源问题——苏雪林的反共是出于何种原因？

## 二 "新文学著名作家"的噉名之道

对于"反鲁"，苏雪林自己也承认攻击鲁迅的人格是不对的，但强调那是因为"一班鲁党将鲁迅人格装点得崇高无比"③，也即她要

---

① 寇志明：《苏雪林论鲁迅之"谜"》，《鲁迅研究月刊》2011年第4期。
② 寇志明：《苏雪林论鲁迅之"谜"》，《鲁迅研究月刊》2011年第4期。
③ 苏雪林：《我论鲁迅》，爱眉文艺社1971年版，第70页。

打击的重点不是已死的鲁迅，而是作为政府的反对者而存在的"鲁党"——左翼力量。由此可见，苏雪林1936年的鲁迅批判其实并不是文化或学术论述，指向的不是鲁迅本人而是领导左翼力量的共产党，这看来确实是赤裸裸的右翼政治立场的表白。那么，苏雪林为何要通过寻求文化名流（胡适、蔡元培）的支持对一个刚刚死去的文坛领袖发起突然而猛烈的攻击呢？如果苏雪林的"反鲁"仅仅是反共的政治诉求，那么她应该寻求政府高官的支持，而非持自由主义立场的胡适和取"兼容并包"之思想立场的蔡元培；更何况，苏雪林本人在1936年之前从未表现过她在政治上的右翼立场。这些事实不免让人疑惑。

然而，从多年以后苏雪林的话可看出她当年"反鲁"其实是为非常世故、现实的盘算所驱使："希望他们（指左翼——引者注）中间有几个大将出阵和我对垒。"只不过苏雪林的预期完全落空，左翼"只唆使一些小喽啰向我攻击"，最后只有唐弢、李何林等人出面反驳苏雪林，这让苏雪林相当失望。① 对此，我们必须就行为所表现出来的立场与行为背后的思想动机作一种区分。如此，苏雪林"反鲁"之动机也只能理解为一种博取声名的自我炒作，而并不能作为她具有右翼思想的证据。1952年7月28日，苏雪林高举"反鲁""反共"的大旗登陆台湾。② 此后，她在各种场合与时机下均不忘以"一贯反鲁"标榜自己，并不断以行动证明自己的"反鲁"的决心。事实证明，苏雪林"反鲁"所表现出来的极右翼政治立场的确为其在20世纪50年代以后的台湾赢得了诸多的荣誉和生存的资本。苏雪林"反鲁"、反共背后的"嗷名"意图，日后为刘心皇、寒爵所道破。如果梳理苏雪林来台前后的经历、关注其现实生存状况，这并不难发现。但遗憾的是，在迄今为止的研究中，却鲜有人从现实生活层面论及苏雪林"反鲁"中的个人动机。

1949年，国民党的溃败已成定局，苏雪林于这一年的夏天离开大陆来到香港公教真理学会。1950年她以赴罗马朝圣为由向学会申

---

① 苏雪林：《悼大师·话往事》，《台湾新生报》1962年3月4日、6日、11日。

② 一丁：《访女作家苏雪林》，《联合报》1952年7月29日第2版。

请赴法，之后却滞留不归，两年间经济上毫无保障，最后只能为香港真理学会写文章以换取微薄的生活费。窘困之中，苏雪林通过"总统府"秘书长王世杰意图以受中共"迫害"而"流亡"香港的教授身份向国民党当局"教育部"申领救济金，意外得到蒋介石的特拨款项600美元①。有了此番经历，待到费用散尽，苏雪林遂萌生去台想法②，便托王世杰代为寻找高校教职。其后又因路费不足向受王世杰求助，得到罗家伦和张道藩等文化官员资助400美元，终于得以赴台。此番经历，自然使得苏雪林对国民党当局感恩戴德而怀欲报之心，苏雪林赴台又恰逢其时，当局鼓吹"反共文艺"、大肆挞伐鲁迅的政策几乎为苏雪林量身打造了这个"反鲁"大师的角色，苏雪林自然不会错过这个向当局示好的机会，以获安身立命之资本。

赴台后，苏雪林除先后在台湾师范大学和成功大学任教职外，也希望以写作为其经济来源之一。③ 然而，此间除增补出版其旧作《棘心》《绿天》，苏雪林新出的书只有销量寥寥的《归鸿集》《昆仑之谜》二本。④ 在张秀亚、孟瑶、琦君等人引领女性文坛的50年代，苏雪林的写作早已成为明日黄花。苏雪林也自知文坛"新人辈出，文坛风气也日变而日不同，我当然成为一个落伍过气的作家"⑤。尤其是到台南的成功大学任教后，远离文化中心台北的苏雪林更感文坛地位的丧失。1956年，在得知自己并未进入"教育部"设立的文艺奖金候选人名单的时候，苏雪林匆匆赶到台北寻求孙多慈、毛子水（时任《自由中国》总编）、罗家伦夫妇、杜元载（时任台湾师大校长）、张其昀（时任"教育部长"）等文化界名流的支持。通过此番"努力"，苏雪林顺利得以提名并最终获奖。1959年，在苏雪林挑起的关

---

① 苏雪林日记所记为600美元，参见《苏雪林作品集·日记补遗》（苏雪林教授学术文化基金会编，2010年），第155页。而苏雪林回忆录则说是500美元，参见《浮生九四——苏雪林回忆录》（三民书局，1991年），第175页。

② 当时苏雪林在赴美、留法、返港、回陆之间犹豫。几经斟酌才决定赴台，主要的促成因素是其姐姐已去台湾。因此，她的赴台并非后来宣称的那样，是反共使然。

③ 成功大学中国文学系：《苏雪林作品集·日记卷》（第2册），第103页。

④ 苏雪林在台湾出版的几本书都滞销，曾出版《棘心》的天启出版社后来就不愿意再出苏雪林的《天马集》，后来三民书局也是很勉强地接受了《天马集》的出版。

⑤ 苏雪林：《浮生九四——苏雪林回忆录》，三民书局1991年版，第255页。

于"象征诗"的论战中，她又对"象征诗"的作者和读者给予强烈的指责和贬低，这是她保守文学观念的一次集中理论表达。交锋数个回合后，苏雪林意兴阑珊地退出论战，并不在意其文学观受到的严厉批驳。[①] 在这场论战中，令苏雪林高兴的不是她的文艺观点得到传播和肯定，而是覃子豪的出面应战扩大了这场论战的影响。[②] 由此可以看出，苏雪林赴台以后始终处于一种被冷落和被遗忘的焦虑中。也因此，苏雪林这一时期蝇营于人际网络的营构，从其日记中我们可以看到孙多慈、张道藩、王平陵、许绍棣等在文化领域掌握实权者的名字。

苏雪林到台湾后为文坛冷落是不争的事实，但她却一方面以"二三十年代著名作家"自居，另一方面试图以政治立场的表态向当局靠拢，以官方奖励巩固这一"名誉"。实际上，苏雪林除偶以"名作家"的身份替人写些序跋文字外已很少有新的创作。而为苏雪林在中国现代文学史上赢得名声的，实际仅有20世纪20年代末的散文小说集《绿天》和自传体小说《棘心》。尽管苏雪林在50年代将这两本书增订再版，但在台湾毫无影响、无人问津。因此，在部分人看来，苏雪林高调亮相背后所依托的"新文学著名作家"的光环名不副实，其通过回忆文坛往事抬高自己身份的行为也引起一些人的不满。1954年4月，苏雪林在为钟梅音的《冷泉心影》所写的序中倡导文学要写风花雪月，并攻击那些反对"絮语家常的文字"者乃是"中左派的毒太深"。[③] 对此，寒爵在《反攻》杂志6月号撰文对苏雪林提倡"玩山乐水、吟风弄月"的倾向提出批评，认为这有悖于当前提倡的"战斗文艺"。寒爵指出苏雪林提倡的文学风格与"官方"文艺政策的相悖之处，使得苏雪林非常不悦，苏雪林便在当年11月的《自由青年》上发文反驳，并以新文学著名作家自居，自诩"庸人庸福"，"自做中学生以来，便崭露头角，屈指迄今已享受了四十年声名"[④]。对此寒爵未作回应，但在1956年苏雪林获得"教育部"文艺奖之后，

① 苏雪林：《文坛话旧》，传记文学社1969年版，第196页。
② 苏雪林：《文坛话旧》，传记文学社1969年版，第169页。
③ 苏雪林：《写在母亲的忆念前面》，《中央日报·中央副刊》1954年4月24日。
④ 苏雪林：《文坛话旧》，传记文学社1969年版，第112页。

原本就不满于苏雪林的寒爵终于再次发难，在《幼狮文艺》发表《锦上添花》一文，嘲讽了苏雪林以数十年前在大陆文坛之少量创作而在台湾倚老卖老博取声名及私利的行为。这使苏雪林极为恼火，引发苏雪林大闹"中国青年救国团"事件①。

　　1962 年 2 月 24 日胡适去世后，苏雪林追忆胡适的《悼大师·话往事》（共 7 篇）连载于 3 月 4 日至 20 日的《台湾新生报》上，通过悼念胡适回忆文坛往事，再次强调她"一贯反鲁"的形象。刘心皇在看到这些文章后认为苏雪林是"借题目来自我吹擂自我烘染"，"不仅把自己描绘成了当时文坛的盟主一般，而且也好像成了当时的反共斗士"②。从而爆发了寒爵、刘心皇与苏雪林关于文坛往事的大论争。在这场"文坛往事辨伪案"中，双方论辩数个回合，论辩一方的刘心皇和寒爵尖锐地指出了苏雪林在台湾"反鲁"与"捧胡"的心理动机，称胡适在台湾已经成了"一尊很大的偶像"，"偶像塑造成功之后，很多人要依靠它的，有的靠它享名，有的靠它吃饭"，其锋芒直指苏雪林意图靠胡适"噉名""噉饭"的隐秘心理。刘心皇又列举了苏雪林赴台后的历次"反鲁"言论，但随即笔锋一转，指出苏雪林 1934 年《国闻周报》的那篇旧文却是一篇"'捧'鲁或'拥'鲁的力作"③，通过前后的对比揭露苏雪林的投机心理。最后，刘心皇总结苏雪林"反鲁"乃为扬己，"拥胡"亦为噉名。④ 这确实触及了苏雪林的痛处，致使苏雪林意图以专政手段"解决"此事，向教育界、文化界投书数十封，并公开致信"中国青年写作协会"斥刘心皇为无耻文人，后又密告情治机关直陈刘心皇受鲁迅影响。刘心皇无奈之下将论战文章自编为一册《文坛往事辨伪》出版，引发苏雪林更激烈的反驳，写了《裁诬和恳求严厉制裁》一文公开呼吁

---

① 苏雪林因此大闹《幼狮文艺》主管单位"中国青年救国团"，要求撤换《幼狮文艺》主编刘心皇并永不刊登寒爵的文章。苏雪林要求撤换主编的要求引发了刘心皇的不满，于是，刘心皇便在《商工日报》上撰文将苏雪林大闹"救国团"的事件和盘托出，并指摘她为公孙嬿《海的十年祭》所写序言"用语过分和肉麻"。参见刘心皇编《文坛往事辨伪》，刘心皇自印 1963 年版，第 98 页。

② 刘心皇编：《文坛往事辨伪》，刘心皇自印 1963 年版，第 7 页。

③ 刘心皇编：《文坛往事辨伪》，刘心皇自印 1963 年版，第 40 页。

④ 刘心皇编：《文坛往事辨伪》，刘心皇自印 1963 年版，第 50 页。

专政机关出面解决问题。

苏雪林在台湾文坛获奖颇多，"教育部文艺奖""文复会中正最优写作奖""中山文艺创作奖""第六届国家文艺理论奖""中兴文艺奖""中央日报文学奖""行政院文化奖"，以及"中国妇女写作协会文艺奖资深作家奖"等各种官方奖项皆入其囊中，为她带来声誉的同时也有颇丰厚的奖金[1]，正如刘心皇指出的那样，其中不乏她的刻意筹划。如果客观地评价苏雪林有限的文学成就，就不可避免地会在上述"荣誉"与其不遗余力地挞伐鲁迅、靠拢当局的行为之间做出某种关联性的思考。但这种个人性的原因，在两岸学界的相关研究中，却一直被宏大的历史或思想论述所遮掩了。

## 三　守旧的"新文学"作家

阅读苏雪林留下的文字，我们几乎找不到她对任何一种政治理念的信仰，她的一生也未参加过任何政党与组织、未参与过任何纯粹的政治活动。当一个人表现出的政治立场并不在于信仰或政治理想本身，除了对现实名利的考量外，还能不能找到思想上的根基？

上文已经提到"象征诗"论战暴露了苏雪林保守的文学观。这种保守的文学观贯穿了一贯以"五四人"自居的苏雪林的文学生涯。据苏雪林回忆，她接触新学是在旧学的课堂上，"原在女师授课国学最优长的陈慎登师授课，他终日痛骂陈独秀、胡适之诸人，指为异端邪说，洪水猛兽，因他骂得太激烈，倒引起我的好奇心，想把这类书刊弄来看看"[2]。苏雪林因此机缘而受胡适实证理性的影响，所以对旧传统，觉得应该推翻者多，但又不愿意像一般的青年那样，"一味抛弃旧的一切，却盲目跟随新的潮流跑，"[3] 她说："我倒幸运，虽服膺理性主义，还知选择应走的路。"[4] 因为 "我诞生于一个极端保守

---

① 苏雪林曾统计在台所获各项奖金总额为59万元。参见苏雪林《浮生九四——苏雪林回忆录》，三民书局1991年版，第254—255页。

② 苏雪林：《苏雪林自传》，江苏文艺出版社1996年版，第38页。

③ 苏雪林：《苏雪林自传》，江苏文艺出版社1996年版，第40页。

④ 苏雪林：《苏雪林自传》，江苏文艺出版社1996年版，第40页。

的家庭，虽幼年饱受旧礼教之害，但幼年耳濡目染的力量太强，思想究竟是保守的"。这影响到她文学观念的形成，使苏雪林成为她自己所说的"既不能站在时代的尖端，又不甘拉住时代的尾巴，结果新旧都不彻底"的"半吊子新学家"①。尤其是苏雪林对曾虚白不无旧小说腔调的《魔窟》的高度评价，便是她保守文学观的证明之一。② 这种保守的文学观直接源于其思想道德观念的保守性。

细读她那些创作于20世纪20年代末以来的作品，可发现其思想的保守主义与"五四"激进主义的分野。苏雪林的新文学写作依然受传统思想的左右。正如苏雪林同时代的方英所指出的，"在苏绿漪笔下所展开的姿态，只是刚从封建社会里解放下来，才获得资产阶级的意识，封建势力仍然相当的占有她的伤感主义的女性的姿态"③。她的作品所表现的爱的主题与"五四"女作家如冰心、冯沅君、庐隐等人皆不相同。比如她对母亲因循守旧、盲从礼教的行为方式的肯定，以及在自身感情问题上对包办婚姻的妥协与服从。自传体小说《棘心》艺术化地再现了苏雪林的这种心态。主人公杜醒秋认为其服从礼教的母亲"正是属于那排除物质的障碍，达到精神上完全解放的一类人。她的本质原如一块佳璞，自己又朝斯夕斯，琢蹉磨奢，终则使得那方美玉，莹洁无疵，宝光透露，成为无价之珍"④。杜醒秋在面对爱情与婚姻问题时保守而审慎，遭遇了"理性和感情的冲突，天人的交战"，因难以在已订婚而未见面的未婚夫健生与身边男友秦岚之间做出选择而"陷于痛苦的深渊中，'寝不安席，食不甘味'"。⑤但终于，杜醒秋还是压抑感情而屈从于包办婚姻。不过，苏雪林并没有将此写成一个悲剧，而始终从贞洁、孝顺的角度来突出杜醒秋的正面形象，这表现了苏雪林恪守传统的保守道德倾向。另外，苏雪林也坦陈其散文小说集《绿天》和通信集《鸽儿的通信》所营造的温馨

---

① 苏雪林：《棘心》，燕山出版社1998年版，第15页。

② 祝宇红：《"老新党的后裔"——论苏雪林〈天马集〉与曾虚白〈魔窟〉对神话的重写》，《现代中文学刊》2011年第2期。

③ 方英：《绿漪论》，黄人影编《当代中国女作家论》，光华书局1933年版，第142页。

④ 苏雪林：《棘心》，燕山出版社1998年版，第158页。

⑤ 苏雪林：《棘心》，燕山出版社1998年版，第48页。

与幸福感是"美丽的谎言"，其背后是"不愉快的婚姻"①。这些与"五四"时代追求婚姻自主的人生原则和"五四"文学袒露内心的写作原则都是相背离的。可以说，苏雪林是以新文学而暗蕴旧道德。

如果说《棘心》《绿天》等作品表现了她在现实生活中道德观念上的保守性的话，那《天马集》则无疑是其文化观念上的保守性在政治生活领域内的投射。《天马集》从1946年开始写作，一直延续到50年代以后才完成并结集出版。在这本小说集中，苏雪林推崇代表权威、秩序的天神，贬抑作为反叛者的魔鬼，天神与魔鬼的对立结构呈现出明显的保守性。《天马集》中随处可见"时代潮流""前进分子""革命势力""旧世界罪恶"等讽刺左翼宣传的话语，其中的反面人物形象也多影射左翼，对此，苏雪林并不讳言。② 如《森林竞乐会》中的潘恩自命为"劳苦大众的救主"，反对尊卑秩序，鼓动人们打倒"贵族化"的阿波罗。《盗火案》中的"人民之友"柏罗美索士受魔鬼蛊惑，公开反对宙士，要推翻天庭的统治。这与郑振铎《取火者的逮捕》中以"神—人"对立影射统治者和被统治者从而表现出的反专制不同，苏雪林小说的主角皆是受蛊惑于魔鬼而反抗既定秩序的可怜角色，最后往往落得可悲的下场。《天马集》是苏雪林思想上的保守性在政治领域留下的影迹。这种拘泥于旧的看法或做法而不思改变的思想状态贯穿苏雪林的一生，致使她始终无法理解左翼革命的历史意义。及至1991年，她仍坚持认为"这个政府（指中华民国政府——笔者注）比之我所躬自经历的满清皇朝、袁世凯称帝、曹锟贿选及二十年内战不绝、生灵涂炭的军阀是最好的一个"。③ 孙郁早就指出过，"在她看来，国民党南京政府成立后，中国政治结构已经确立，无需再加以变革了。文人墨客应与党国保持绝对的一致与统一。所谓左翼文学与反抗文学，完全是造成社会毁灭的祸根。苏雪林的精神哲学的核心就在这里。她认为现实就是合理的，国民党是正宗，不能打倒，中国无需经历新的风雨。这种观念实际上是中国传统文人附

---

　　① 苏雪林：《苏雪林自传》，江苏文艺出版社1996年版，第157页。

　　② 成功大学中国文学系编：《苏雪林作品集·日记卷》第1册，成功大学教务处1999年版，第34页；苏雪林：《浮生九四——苏雪林回忆录》，三民书局1991年版，第240页。

　　③ 苏雪林：《浮生九四——苏雪林回忆录》，三民书局1991年版，第259页。

和于当权者的旧习的重演。她与国民党政府的亲近，不能不说是她这一传统思想的必然结果"①。从这个意义上说，苏雪林对鲁迅及左翼文化力量的激烈挞伐正是其因循守旧的思想状态的重要表现方式。理解了这一点，我们再来回顾苏雪林"反鲁"之前对鲁迅作出高度评价的《〈阿Q正传〉及鲁迅的创作艺术》（1934年）一文时会发现，这篇文章所赞赏的仅仅是鲁迅的"艺术"，根本没有涉及鲁迅话语中的重要一面，即对辛亥革命及作为其结果的当下政治秩序的批判。然而，当鲁迅在逝世后成为一种现实批判精神的象征而危及现有政治秩序的时候，苏雪林就迫不及待地对其进行讨伐，通过道德诋毁、消解鲁迅批判精神的有效性，其矛头直指以鲁迅批判精神为武器的左翼文化力量及这种力量背后的共产党。这种将鲁迅与中共混同的思路，恰恰说明她内在的文化观念无法处理鲁迅的文化批判与左翼的社会革命之间的关系这样复杂的命题。从这个角度上来说，显然不能把苏雪林在意识形态领域内的这种表现上升到政治上所谓保守主义的层面。苏雪林之于政治，终究是隔膜的。

苏雪林1936年的"反鲁"无果而终，并在接下来的1936—1952年在鲁迅的话题上莫名其妙地沉默了十几年。寇志明认为这是苏雪林对政治暗示的反应，因为当时的国民党至少在表面上希望与共产党组成统一战线抵抗日本的侵略，而苏雪林及时地洞察了这一微妙的变化从而放弃了"反鲁"。② 但是，如果苏雪林有如此敏锐的政治触觉，她就不会忽略抗战期间国共两党之间从未停止过的政治斗争与军事摩擦，尤其是随着抗战胜利而来的国共内战，在两党再次交恶之时，苏雪林为何没有及时站出来重新发声？所以，这并不能得出寇志明认为苏雪林有右翼思想的结论。笔者个人倾向于认为苏雪林某些具有强烈意识形态指向的行为的根源并非因其有右翼思想，而是其保守的文化心态在特定历史境遇下的呈现。比如，其《天马集》虽然幽微地影射了左翼而表现出反共意识，但其根本原因还是在于其文化观念上的保守性。苏雪林在抗战期间捐献黄金成为国人的道德表率，此事在根

---

① 孙郁：《序》，孙郁编《被亵渎的鲁迅》，群言出版社1994年版，第30页。

② 寇志明：《苏雪林论鲁迅之"谜"》，《鲁迅研究月刊》2011年第4期。

本上正和其在 1936 年攻击鲁迅为"汉奸"的极端民族主义情绪一样，是其思想的守旧性在道德层面和民族主义上的表现。从这个意义上说，苏雪林的"反鲁"实际上是其一贯的保守思想在特定历史情境下与激进的社会变革论的对垒。苏雪林的保守思想使其不能理解鲁迅的伟大，不能理解鲁迅对既定秩序激进而激烈的批判。正因为如此，她半生的"反鲁"言论在漂浮的道德修辞下并没有触及实际的学术、文化及思想问题。

可以说，文化与道德观念上的保守状态，是贯穿于苏雪林在 20 年代末的文学创作、1936 年开始并持续数十年的"反鲁"、40 年代末开始的《天马集》的创作中的主线。1949 年苏雪林离开大陆，其一再自陈那是因为她的"反鲁"历史不见容于中共，也许苏雪林自己都没有意识到，这背后潜藏着她因保守的思想而无法认同激进的中国革命所造就的政权的事实。1952 年前往台湾，更是苏雪林在现实生存与保守思想的双重挤压下的不得已之举。

## 四 结语："苏雪林现象"及其他

文化背景与苏雪林接近的胡适、梁实秋、林语堂等自由派知识分子评价鲁迅时虽带有某种不满，但总体上仍显得较为平和温厚。他们有着自己的政治立场与价值取向，就鲁迅观而言，也与国民党集团所属的文人有着根本的不同。苏雪林早年留学欧洲，回国后与新月派、现代评论派文人接近，其文学创作风格也与他们相去不远，但是后来的思想发展似乎脱离了英美派自由主义知识分子的一般轨迹。从表面上看，1936 年后苏雪林与胡适等人在鲁迅评价问题上的分歧凸显了英美派自由主义知识分子在政治文化选择上的分化。苏雪林站在国民党政权的立场上，以右翼的政治观念为标准罗织鲁迅的罪名，其激烈程度甚至远超郑学稼等国民党文人，这固然表现了她的政治对立情绪。但对苏雪林"反鲁"行为的分析不应该仅依其表面的政治形态而取消对其内在思想的探究。从深层的思想层面来说，即使观念保守的苏雪林无法理解鲁迅的精神个性与时代性之间的深刻联系，也并不必然就要走向对鲁迅的攻击——事实是，道德观念向来保守的苏雪林也曾高度赞扬过鲁迅的小说艺术，其政治立场上的保守也只以《天马集》这样艺术化的方式表现。尤其值得注意的是，即使苏雪林的"反鲁事业"屡次遭到质疑（如胡适、刘心皇、寒爵等）时，她也还是要以非理性的"反鲁"表达近乎狂热的"反共"观念，却从未尝试理性地厘清鲁迅与中国共产党、思想革命与政治革命之关系。但如果加上现实生活层面个人性因素来分析，苏雪林的这一行为就不是那么难以理解：其背后显然有通过辱骂鲁迅、接近当局以获取名利和生存资本等方面的考量。一方面，苏雪林思想观念上的保守致使其无法理解鲁迅；另一方面，她对虚名有着强烈而迫切的追求。在她需要一个标靶并借助某一政治力量扩大她的名誉的时候，鲁迅的逝世为她提供了一个难得的契机和一个极合乎其保守思想的攻击对象——从这个意义上说，苏雪林1936年的"反鲁"实为保守思想（守旧）与追求名利（噉名）双重因素共同催生的结果。这一结果不仅在1949年以后的台湾重新找到了适合它生长的土壤，而且相当契合苏雪林的现实诉求，成为她后半生在台湾获取"名誉"和"实利"的重要资本。

苏雪林在台湾文坛享有崇高的地位，被称为"五四时代的文坛老祖母""台湾文坛常青树""集教授、作家、学者于一身的大师"等等。台湾学者认为"她的声誉之著、学养之深，成就之伟和影响之大，恐怕更要以'矫然独步'或'首屈一指'来为她而群相推许的吧"①。1999年更被台湾当局褒扬为"中国文坛大师"②。然而在大陆，对苏雪林的评价却多了几分复杂。一些与苏雪林有学缘或地缘关系的学者虽能正面评价其在学术及文学创作和批评领域内的贡献，却往往对其"反鲁"历史避而不谈或轻描淡写一笔带过；在另一部分学者看来，苏雪林却是地道的"反共文人"，一个甘当"政治权势之扈从"、对国民党"百般强颜卖笑"的无耻文人，并完全无视其学术研究的价值。在中国"内战－冷战"构造的悲剧的历史背景下，苏雪林被割裂于"国－共""大陆－台湾""文学－学术"等不同的范

---

① 陈敬之：《现代文学早期的女作家》，成文出版社1980年版，第103页。

② 《"总统令"明令褒扬：陈雪屏、苏雪林》，《"总统府"公报》1999年5月5日。

畴内，在对立的意识形态折射下被解析成完全不同的形象。

苏雪林一生表现出来的激烈的政治对立情绪有着复杂的社会背景、思想根源以及个人生活因素。如何结合现代中国广阔的历史背景中复杂的政治、文化等因素客观地评价苏雪林的文学与学术贡献，并系统、综合地考察她一生的思想状况，自然是一件非常重要的工作。然而，苏雪林又是一个被 20 世纪中国的历史洪流所裹挟的弱女子，如何在宏观历史阐释的同时，从生活层面同情地理解、冷静地分析引发她的相关言行的个人因素，也应是学术工作不可忽略的重要面向。

然而，苏雪林及苏雪林研究中的这种现象并不是个案。持续数十年的"内战－冷战"结构及其诸种后遗症造成了诸多类似案例，并且长久以来都未得到有效的解决。它们的存在不仅提示着中国现代文学研究中两岸视野融合的必要性，也提示出两岸学术文化交流背后亟待清理的历史情感。

# 第六章　寒爵：“反共抗俄”语境下的
# 鲁迅杂文遗风

　　提起当代台湾文坛的杂文写作，大陆学界一般关注的大概不外乎柏杨、龙应台二人，认为二者的杂文是鲁迅杂文传统在台湾的延续，前者继承了鲁迅杂文历史文化批判的传统，而后者则在社会现实批判的路子里。但这样的了解并不全面。事实上，1949 年以来台湾有相当数量的作家在从事严格意义上的杂文写作。除上述为人熟知的柏杨、龙应台之外，至少还可以举出应未迟、陈梅隐、寒爵、凤兮、钱歌川、刘心皇等人，他们的杂文湮灭在台湾文坛其他文体繁盛的创作之中而不为学界所关注。

　　其中寒爵是较早在台湾文坛推行杂文的人之一，并身体力行在 20 世纪 50—60 年代写了大量的杂文。寒爵本名韩道诚，1917 年出生，河北盐山人，受五四新文学影响，大陆时期在报纸副刊发表文章走上文坛。1949 年到台湾，先后任职于《公论报》、台湾省编译馆、文化大学、东吴大学等机构。从事历史研究，并从事文学创作，尤其善于写杂文。其杂文泼辣隽永，著有《百发不中集》《戴盆集》《望天集》《荒腔走调集》《闲文集》《食蝇集》《人鬼之间》《信言不美集》《寒爵自选集》等杂文集。其杂文曾得到柏杨的称赞，认为寒爵是台湾文坛唯一可压倒自己的一支巨笔。寒爵的杂文敢于批评社会、抨击特权，其泼辣、犀利之言辞颇兼得鲁迅杂文之形，但又由于时代语境与个人思想之限制而不得鲁迅杂文之神韵。但无论如何，在鲁迅台湾传播的脉络中，寒爵都是不得不提的存在。

# 一

杂文是中国新文学收获的重要文体。在百年新文学发展史上，鲁迅对杂文的贡献巨大。从新文学早期《新青年》上的"随感录"，到后来的"鲁迅风"，中国新文学中的杂文一直与鲁迅的名字紧密地联系在一起。可以说，鲁迅参与了中国新文学杂文文体的初创，并将之发展到了艺术的高峰，带动了一大批作者从事这一文体的创作。鲁迅之后，杂文主要在左翼作家群体中得到承认和推广，涌现出一大批杂文家，如聂绀弩、徐懋庸、唐弢等。但这一文体一直未得到自由主义文人的认可。1949 年中国政治格局的剧变，一大批自由主义文人跟随国民党来到台湾，带来了中国新文学中的自由人文主义传统，同时国民党当局严厉查禁三十年代文学，使中国新文学的左翼传统被完全截断。另外，虽然早在日据时期就有台湾知识分子认识到鲁迅战斗性杂文的价值①，但国民党当局出于稳固其在台政权的需要，一味强调其所谓"反共复国"大业，对于台湾本土的文化诉求并不回应，致使台湾本土的鲁迅传统被迫中断。这样一来，一方面，左翼文学脉络中的杂文由于与鲁迅的名字联系在一起，被当局认为具有承载左翼意识形态的功能，在台湾文坛几乎成为一种人人避之不及的文体；另一方面，杂文本身所具有的社会批判性也不能为专注于稳固在台统治以期实现所谓"反共复国大业"的国民党当局所容忍，以高度的集权收紧对文化的控制，杂文强烈的现实批判指向，使得其在政治权力较为集中的历史时期，其发展及发挥的作用，必定受到程度的限制，因而其势不彰。这些因素都限制了杂文在台湾的发展。

20 世纪 50 年代，大陆来台知识分子一度成为台湾文坛的主力，这批自由人文主义者在大陆时期就不认同杂文这一文体，其中部分人还与鲁迅就相关问题有过激烈交锋。这一时期，一部分成名于大陆文

---

① 徐纪阳：《鲁迅传统的对接与错位》，《安徽大学学报（哲学社会科学版）》2011 年第 6 期。

坛的文人对杂文评价不高。如梁实秋认为，写杂文"宅心必须忠厚，非徒逞一时之快，哀矜勿喜，谈言微中，庶几有益于世道人心"①。这可以说是自由人文主义者的价值观与审美观的表述。如果熟悉梁实秋、鲁迅当年主要的交锋点，这段话其实隐含了对鲁迅杂文观念的批评。上述的观点影响了 20 世纪 50 年代的杂文写作，使得这一时期的杂文虽强调战斗性，却在实际的效果上绵软无力，已难看出鲁迅杂文力的美学。

但少数钟爱杂文的作家对杂文的理解，仍在鲁迅的传统里。应未迟的《匕首集》1955 年由联合报社出版，这本杂文集鲜明地表现了作者上承鲁迅视杂文为匕首、投枪的文学观。在为这本杂文集所写的序言中，梁实秋认为杂文要"有益于世道人心"，其意义在于能够代表"普遍的人性"②。不过，作者本人却未必同意梁实秋的观点。这可以从应未迟为陈梅隐杂文集《暮鼓晨钟》所写的书评中得到答案。在这篇文章中，应未迟表示不赞同陈梅隐杂文中"谆谆道来，娓娓不倦"的"反复劝说"，认为杂文应避免"迂回曲折"而强力进击，"为光明讴歌，向丑恶挑战"，应"有毫不妥协的战斗性"，去"医疗和纠正"社会的病态。③ 并且希望，"一向漠视和忽略杂文的文化运动主持者，对杂文的效用，重新加以估价"。20 世纪 30 年代，鲁迅即已声明作杂文之不易，并对杂文遭人批评为"容易下笔""容易出名"而导致一些"作家毁掉了自己以投机取巧的手腕来替代一个文艺作者的严肃的工作"发起反击。④ 鲁迅认为，杂文之不受欢迎在于它的对现实黑暗的"极尖锐的一击"。应未迟也指出，在 20 世纪 50 年代的台湾写作杂文之不合时宜，原因在于社会上正流行着一种"亟待医疗和纠正的""社会病态"。⑤ 对于杂文的出路，应未迟虽称当年那位"老'刀笔吏'所留下来的其他刁钻话几于无一足取"，却以"路，是人走出来的"这样直接来源于

---

① 梁实秋：《序》，应未迟《匕首集》，联合报社 1955 年版。
② 梁实秋：《序》，应未迟《匕首集》，联合报社 1955 年版。
③ 应未迟：《匕首集》，联合报社 1955 年版，第 128 页。
④ 鲁迅：《鲁迅全集》第 8 卷，人民文学出版社 2005 年版，第 417 页。
⑤ 应未迟：《匕首集》，联合报社 1955 年版，第 128 页。

鲁迅的话鼓励台湾文坛"走出一条使杂文受到重视的路子来"。[①] 对鲁迅不称其名，而代之以当时台湾对鲁迅的蔑称（刀笔吏），这毋宁是一种自我保护。事实上应未迟不仅在杂文观念上深受鲁迅影响，在具体的杂文写作中，也不时闪现着鲁迅的影子。应未迟在其《匕首集》《重见故乡》《轻尘集》等杂文中，经常援引鲁迅的文字，阿Q、假洋鬼子的形象不时出现笔端，甚至鲁迅"救救孩子"的呼告也被直接引来作为杂文题目。对这本杂文集，当时有人评价它"是一本不同凡响的杂文创作"，并期待台湾的杂文"由这本集子的出版逐渐呈现蓬勃之气"。[②]

可见，在当时的"反共"语境下，杂文虽因政治环境的影响而受到某种程度的打压，仍有部分人认识到杂文独特的文体价值并希望能在台湾发展这一文体。寒爵就是其中重要人物之一，从他的杂文和关于杂文的一些论述中，可发现他阅读鲁迅的痕迹。

## 二

1954 年 4 月，苏雪林在为钟梅音的《冷泉心影》所写的序中倡导文学要写风花雪月，并攻击那些反对"絮语家常的文字"者乃是"中左派的毒太深"。[③] 在苏雪林看来，杂文是中国现代文学中左翼文学一脉的重要文体。寒爵读后颇不以为然，于是在其主编的《反攻》杂志 6 月号撰文对苏雪林提倡"玩山乐水、吟风弄月"的倾向提出批评，认为这有悖于当前"战斗文艺"的需求。表面看来，寒爵虽主张以杂文快速反映现实、鞭笞时弊的功能襄助"反共复国"之使命，但联系其后来的诸多论述来看，其意在于杂文之"战斗性"（普遍意义上的批判性）而不在于杂文是否与国民党提倡之"战斗文艺"相符。通过寒爵这一曲折的表述也正可窥见杂文这一文体在台湾的尴尬处境：杂文要获得其存在的合法性，只能以化身

---

① 应未迟：《匕首集》，联合报社 1955 年版，第 128 页。

② 江州司马：《谈杂文——兼论〈匕首集〉》，《联合报·联合副刊》1955 年 7 月 10 日第 6 版。

③ 苏雪林：《写在母亲的忆念前面》，《中央日报·中央副刊》1954 年 4 月 24 日。

为"反共"的工具来为自身作掩护。

在著名的"文坛往事辨伪案"中，寒爵曾就鲁迅的相关问题与苏雪林激烈论争，直接暴露了他阅读鲁迅的事实。由于"戒严"时代阅读鲁迅等左翼书籍牵涉重大的思想问题，事情发展到极端，以至于最后双方互扣红帽子，互相指责对方受鲁迅及左翼文艺思想影响。寒爵极力撇清关系，并从国民党当局所提倡的战斗文艺的角度对苏雪林所主张的风花雪月提出批评：

> 现在我们文坛上有一道主流，它的泉源虽然脉络不一，但是，由于它声势相通，而归趋于同一方向。玩山弄水，吟风弄月的雅人名士，和写着"月儿，月儿，你下来"，"猫儿，猫儿，你别叫"的文艺作家，都是这个主义的骨干。……这些被目为"贞洁"的作品，正是一些"岁月过得相当清闲，而生活也相当舒适"的人们，在自己"生活的小圈子里，一味放开甜蜜的歌喉，歌唱她个人的幸福。"清闲，舒适，甜蜜，幸福，确实使人艳羡……〔中略——引者注〕不过我觉得一个文艺工作者如果仅囿于小市民意识的小宇宙内，而不能领导时代反映时代，纵然可以在他的小园庭中建起了象牙之塔，纵然可以左一朵花右一朵花的自缀其桂冠，但是这种自我欣赏，自我陶醉的表现，即使受不到"中左派的毒太深"者的"别有用心的攻击"，然而由于它的塔基既建筑于沙堆之上，桂冠上的花朵又经不起风吹日晒，他的荣光，也会旋即黯淡的；更何况时代所起的扬弃作用，向不留情呢！①

如果忽略其背后的政治立场，这样的文学观念，在话语的形式上和鲁迅殊无二致，或者说直接模仿鲁迅的相关论述而来，也未尝不可。鲁迅在二三十年代与人论争时，多次提及类似的话。鲁迅反对那些所谓"为艺术而艺术"的文学家，认为文学不能在纯粹"艺术"与"个人"的领域里独善其身："有一派讲文艺的，主张离开人生，讲些月

---

① 刘心皇：《文坛往事辨伪》，刘心皇自印 1963 年版，第 110—111 页。

呀花呀鸟呀的话……或者专讲'梦'，专讲些将来的社会，不要讲得太近。这种文学家，他们都躲在象牙之塔里面；但是'象牙之塔'毕竟不能住得很长久的呀！"①"我以为这不过是一种社会现象，是时代的人生记录，人类如果进步，则无论他写的是外表，是内心，总要陈旧，以至灭亡的。"②鲁迅打破自由人文主义者对"为艺术而艺术"的迷信，将文学的价值和意义定位在与社会历史的广泛的联系里，认为文学之趣味必须与社会责任、历史使命相结合。在《杂文的写作问题》一文中，寒爵又明确指出杂文的文体形式、杂文的社会功能、杂文的表达方式等方面的特征，这与鲁迅的杂文理论中将杂文分为"文明批评"与"社会批评"的两翼相一致。强调杂文的战斗性与批判性，正是鲁迅与其论敌的根本分歧之所在。寒爵也认为杂文不能是"吟风弄月逃避现实"的"消闲的摆设"，而应是"与社会上的黑暗现象搏斗"的"匕首文学"③。寒爵当然清楚在"戒严"时代的台湾，杂文是不合时宜的，但仍认为杂文可刻画出一个时代的轮廓④、是追求社会真相的最好的文艺方式："杂文虽被若干人目为非文学'正统'，且有人认为目前杂文的兴起，是自由中国的'厄运'，但如果稍具良知的话，就不能否认杂文写作者追求真理的热诚，并不低于任何文艺工作者。"⑤ 在寒爵看来，战斗的价值，是高于书斋里的自娱自乐的。

这样的文学观念在 20 世纪 50 年代的台湾的生长，是一种独异的存在。整体来看，寒爵的相关论述中，其话语内外的立场，是"反共"的，但其文章却与所谓"反共文学"截然有别；批评社会现象，却又不专注于制度性的变革，因而也不在自由主义的轨道上；与"官方"有所龃龉，但与左翼的距离也是显而易见的。

---

① 鲁迅：《鲁迅全集》第 7 卷，人民文学出版社 2005 年版，第 114 页。
② 鲁迅：《鲁迅全集》第 4 卷，人民文学出版社 2005 年版，第 82 页。
③ 寒爵：《望天集》，自由太平洋文化事业公司 1965 年版，第 115—116 页。
④ 寒爵：《食蝇集》，反攻出版社 1966 年版，第 193 页。
⑤ 寒爵：《望天集》，自由太平洋文化事业公司 1965 年版，第 115 页。

# 三

事实上，寒爵不仅在杂文观念上与鲁迅有很多相似之处，而且在杂文的形式与内容上对鲁迅杂文也颇多模仿。在寒爵的杂文集中常有《随感录》《杂感》这样的题目，其形式与鲁迅从"五四"文学革命之初《新青年》开辟"随感录"时期就开始的短评性质的"杂感"完全一致。在《随感录》这篇文章中，寒爵严厉地指责中国的"社会是一个吃人的'妖精'"的说法源于鲁迅对于中国"吃人"的礼教的批判。此外，该文中还有如下的文字：

> 把自己的幸福建筑在别人的苦痛之上的，是聪明人；用自己的苦痛来为聪明人建筑幸福的是奴才；只知在苦痛中追求真理而忘记了自己幸福的人，是傻子。①

而在另一处，他还提到："没有傻子，聪明人一生也没有路走。"② "聪明人"、"奴才"和"傻子"正与鲁迅《野草》中的形象一致，倘若不是直接来自鲁迅，那么他们也有共同的来源——厨川白村。寒爵曾阅读过厨川白村的《出了象牙之塔》，其所用的正是鲁迅当年的译本。由此也可看出他对鲁迅的追随。另外，他的自我解剖也同鲁迅一样动人："为了生存，谁没有自己的谎言呢？坦承的讲，我有我的谎言，虽然良知时时捆着心灵在泣血。"③ 很容易让人想起鲁迅的杂文《我要骗人》。

在另一篇《随感录》中，寒爵这样说：

> 一位朋友说，孔子聪明到一心一意要做圣人，应是一位"大奸"。这，当然是笑谈。不过历史上却有若干一心一意要做"圣

---

① 寒爵：《荒腔走调集》，反攻出版社 1964 年版，第 162 页。
② 寒爵：《戴盆集》，反攻出版社 1954 年版，第 173 页。
③ 寒爵：《荒腔走调集》，反攻出版社 1964 年版，第 162 页。

人"的人,自以为"圣言""圣行",可以垂世,结果却在时代的铁轮下倒了下去。孔子的圣,是后人尊奉的,他活着的时候,确实一肚子不合时宜,何曾自以为圣?

这样的观点,与鲁迅颇为接近。

寒爵说:"人之'立言'是一件很难的事。不'致良知'的话,是废话,固为有良知者所深恶;然真正'致良知'的话,却又往往被人目为'乱讲话',反不若违心之论,易得实惠。"① 乌鸦"哑哑兮招唾骂于里间","事将乖而献忠,人反谓尔多凶","由禽而反诸人,可知乌鸦类型的思想,是'愚蠢'的。宁肯告之反灾于身,不肯因不告而稔祸于人,结果却往往因告凶而逢怒而杀身"②。而喜鹊与鹦鹉虽"专报喜讯""邀宠献颂",却往往"全是谎言"。③ 诚如我们所知的那样,鲁迅的笔下经常出现恶鸟、鸱枭及乌鸦的意象。鲁迅自己也常作"枭鸣",揭穿"黑夜的装饰""涂在脸上的雪花膏",以及"以主子自居"却"口是心非的'战友'",对那些"欢迎喜鹊,憎厌枭鸣,只知捡来一点吉祥之兆来陶醉自己"④ 的人曾进行辛辣嘲讽和毁灭性打击。这正如鲁迅所说:"我的言论有时是枭鸣,报告着大不吉利事,我的言中,是大家会有不幸的。"⑤

在读了日本的高桥敷的《丑陋的日本人》之后,寒爵写下杂感《这应该不是家丑》,直陈中国人的劣根性,认为"精神胜利是中国人心理状态的特征之一"⑥。他不指名地引用鲁迅的经典概括,指出"中国人勇于私斗,怯于公战"⑦ 的精神病态。而一个"真正的人"则"应该有热,有力;不妨有棱、有刺"。⑧ 寒爵非常熟悉鲁迅关于

---

① 寒爵:《寒爵自选集》,黎明文化事业公司 1980 年版,第 3 页。
② 寒爵:《寒爵自选集》,黎明文化事业公司 1980 年版,第 4—5 页。
③ 寒爵:《寒爵自选集》,黎明文化事业公司 1980 年版,第 2—3 页。
④ 鲁迅:《鲁迅全集》第 4 卷,人民文学出版社 2005 年版,第 105 页。
⑤ 鲁迅:《且介亭杂文二集·序言》,《鲁迅全集》第 6 卷,人民文学出版社 2005 年版,第 225 页。
⑥ 寒爵:《寒爵自选集》,黎明文化事业公司 1980 年版,第 334 页。
⑦ 寒爵:《寒爵自选集》,黎明文化事业公司 1980 年版,第 337 页。
⑧ 寒爵:《寒爵自选集》,黎明文化事业公司 1980 年版,第 52 页。

"奴才"与"主子"的概括，指出中国的奴才见了主子"只会承奉颜色"，但是"在对属下、对小民'晓谕'的时候"，"却并不是没有'气派'的"。① 他对台湾社会出现的"崇美媚日"现象多有批评，以"洋狗较土狗更为威风"的比喻指出"西崽"们逐臭、卑顺之性格特征："在洋人面前卑顺，在国人面前逞凶。"②

　　鲁迅的"路"的意象也一再出现在寒爵的笔下，寒爵1986年出版的杂文集《知白守黑集·自序》，非常明显地显示了寒爵所受到的鲁迅影响。寒爵说自己虽然受到老子思想的影响，但又"仍坚守着知识分子的良知良能，尽一点应尽的责任"，③ 所以"也不免因激情难忍，喊叫呼号几声，因而往往不为人所谅解"。在颇为感慨地总结自己的人生道路时说："路是人走的，也是人走出来的；有路就有人，有人的地方也就有路。"④ 这虽与鲁迅关于"呐喊"的意义和从荆棘中踏出"路"来的表述有所出入，但在表达的意义上相当一致。甚至寒爵的座右铭也直接来自鲁迅希望与绝望的辩证："望着前面的人，看着自己的路，不把虚妄当作希望，希望便不会变成虚妄。"⑤ 他说：

　　　　希望是人类精神生活的一大支柱，有了它就可以使生趣加浓，意志向上。纵然有人说它和失望一样的虚妄，但是人却不能不扑向这虚妄的影子。它在人的思潮中如汹涌澎湃的浪涛，不断地扑跌，不断地继起；也像层叠竞高的峻峦，既登此峰又望彼峰。正是：肉体不灭，希望永在。⑥

　　在谈到电影界、揭示人们对于影星凌波的迷恋心理时，寒爵指出那是很微妙的："男人把她看作女人，女人把她看作男人。"⑦ 这正来

　① 寒爵：《寒爵自选集》，黎明文化事业公司1980年版，第149页。
　② 寒爵：《信言不美集》，水芙蓉出版社1978年版，第207页。
　③ 寒爵：《知白守黑集》，星光出版社1986年版，第1页。
　④ 寒爵：《知白守黑集》，星光出版社1986年版，第1页。
　⑤ 寒爵：《寒爵自选集》，黎明文化事业公司1980年版，第292页。
　⑥ 寒爵：《望天集》，自由太平洋文化事业公司1965年版，第122页。
　⑦ 寒爵：《食蝇集》，反攻出版社1966年版，第200页。

自当年鲁迅对梅兰芳现象的评价。《灯下漫笔》一文中，其质疑写作意义的心境，也与鲁迅极为相似。不仅如此，鲁迅的"西崽""高等华人""假洋鬼子"等用语，也屡屡出现在寒爵的杂文中，[①] 其《上假洋鬼子书》一文正是一篇戏仿《阿Q正传》的短篇作品。[②] 如此，我们便不难理解寒爵为何将自己的杂文集命名为《荒腔走调集》，其杂文亦有《灯下漫笔》与鲁迅文章同名，以及《门外谈禅》与鲁迅《门外文谈》的相似。

与鲁迅的社会批评一样，寒爵的社会批评对时事政治、帮闲文人、社会众生相多有暴露和抨击，是一种广泛的社会批评。同样，在寒爵的杂文中也表现出明确的文明批评的意识。寒爵喜读古书，对于中国文化多有批评，这是鲁迅早期的思路。在寒爵的杂文中，这样与鲁迅默默对话的地方颇多。

## 四

20世纪50年代以后，国民党对"五四"欲拒还迎，一度回避"五四"相关议题的讨论。虽有自由主义知识分子褒扬五四精神，但国民党对此并不回应，"官方"思想文化领域充斥保守气息并加强对言论的管控。在当时的台湾，谈论民主、自由是很大的忌讳。对此，寒爵很清楚地看到"'五四'，这个在当年曾是中国新文化与思想的启蒙运动，在今天已随着'复古'浪潮的澎湃，显得黯淡无光了!"[③] 1956年"五四"纪念日，寒爵发表《"五四"精神安在?》一文，重申"五四"运动的启蒙主义性质和民主、科学的两大内容。他针对当时国民党当局对"五四"的"官方"定性指出："我们时常听到一些悻悻之声，把五四运动指斥为'乱源'，指斥为中国赤化的祸根，甚至有人把大陆沦陷的一切责任，都一股脑儿推到五四身上。"[④] 这样的立场，和国民党内部分人对"五四"激进主义运动的指责是既

---

①　寒爵：《寒爵自选集》，黎明文化事业公司1980年版，第186、339等页。

②　寒爵：《戴盆集》，反攻出版社1964年版，第26—27页。

③　寒爵：《望天集》，自由太平洋文化事业公司1965年版，第83页。

④　寒爵：《望天集》，自由太平洋文化事业公司1965年版，第83页。

有区别又有同谋关系。我们可将此理解为，寒爵借此向国民党进言：可通过与中国共产党争夺"五四"解释权的方式，重新在中国近现代史的脉络中获得其正统性，以此巩固其在台湾的统治。由此可见，寒爵之接受"五四"仍局限于国民党的保守立场之中。

在"闲话文化复兴"系列的四篇文章中，寒爵表示赞成"中华文化复兴运动"，但反对复古。对于"复古"的批评，已涉及国民党当局所推动的"中华文化复兴运动"之保守主义倾向，认为正是这场运动造成"卫道之士，正奋笔如椽，鼎力倡议，名言谠论，连篇累牍"的现象，其结果是"总不外弘扬'五经四书'的崇高价值……似乎人人一读经书，万难俱祛，而中国文化从此便可以大复大兴了！"① 实际上，国民党当局推动的"中华文化复兴运动"是极端保守的，是对"五四"的倒退，而寒爵看到了问题之所在，但其批评却游离在本质之外而只针对表象，不敢逾越雷池作激烈彻底的批判。

在具体的观点上，寒爵能辩证地看待中华文化。"'中国文化'并非全是好的，所以就不能笼统地'复兴'下去。"② "在'复兴'之前，先要有客观的批判精神，由此批判中去选择什么已过了时，什么是合乎时代的，怎么样才能在文化中巩固民族意识，才能让大家以做中国人为荣。"③ 同样的观点也表现在他为吴浊流《浊流千草集》所写的评论中。在这篇文章中，寒爵并不绝对否定古典诗词的写作，而是强调古典诗词的写作倘若"文必魏晋，诗必汉唐"，则一定走入死路，他沿着黄遵宪、胡适等人诗歌革命的路子，提出即使创作古典诗，也必须要"创造新的风格"才行。④ 这实际上表明，寒爵看到传统文化的保守一面，但又强调在全盘西化的浪潮中，传统文化能增强国人文化上的自信。在文化的保守与丧失文化自信力之间，他更忧虑的是后者，因此：

老实说，六十余年来自"洋务家"开始，"高等华人"就成

---

① 寒爵：《知白守黑集》，星光出版社1986年版，第235页。
② 寒爵：《知白守黑集》，星光出版社1986年版，第239页。
③ 寒爵：《知白守黑集》，星光出版社1986年版，第242页。
④ 寒爵：《食蝇集》，反攻出版社1966年版，第136—138页。

了中国社会的主流，从贩卖西洋的低级知识到贩卖百老汇的低级趣味，一直垄断着中国的社会意识。中国文化诚然需要与西洋文化交流，那货色却不是"西崽哲学"和"仆欧艺术"；然而"请看今日域中，竟是谁家之天下?"①

西崽是自我殖民的产物②，寒爵对西崽、洋奴的批评，能切中台湾之弊，对于亲美"反共"、极端西化之社会文化有所反思。在中国半殖民地的境遇中，鲁迅提出西崽、假洋鬼子等概念，是鲁迅对于国人自我殖民的精神状态的一种反思，寒爵的发现，可以说是半殖民地语境中鲁迅思路在新殖民背景下台湾的一种延续。

　　寒爵杂文的社会批评与文明批评，似乎正在"五四"的路子里。但他不少谈及"五四"的文字，却急于撇清"五四"与左翼的关系。那些标榜"五四"的文字，其精神内涵相去"五四"甚远，仍然在国民党反共的思路里。寒爵的杂文中表现出来的"五四"精神的疲态，正是当时台湾社会丧失"五四"精神的一种表现。由于写作的禁忌太多，寒爵更多时候只能调整思路，回到古代去，借古讽今。寒爵喜读野史，在趣味上与鲁迅接近，其思路也未必不是从鲁迅那里来的。虽然他在知识结构的某些方面与鲁迅相似，但他只能在现实批判与维护政权之间小心翼翼地写作，如走钢丝。冷战下的台湾，需要的是"战斗文艺"和"反共文学"，而现实黑暗的批判与揭露，不仅与时代的氛围不相吻合，而且往往显得危险了。寒爵曾自陈他的顾虑："在至高无上的权威之下写作就像吃中药似的要禁忌生冷。"③ 刘心皇认为"寒爵能在这种时代，拿捏了这种分寸，就是值得佩服的功力。"④ 在这样的状态下重走鲁迅杂文的路，容易陷入进退维谷之中。许多时候，寒爵将批判的矛头指向彼岸的政权。在"反共复国"的政治口号中，匕首投枪式的杂文被用来作

---

　　① 寒爵：《食蝇集》，反攻出版社 1966 年版，第 170 页。

　　② 寒爵：《信言不美集》，水芙蓉出版社 1978 年版，第 162 页。

　　③ 寒爵：《再版的话》，载寒爵《儒林新传》，今日中国出版社 1992 年版，第 27 页。

　　④ 刘心皇：《〈儒林新传〉序》，载寒爵《儒林新传》，今日中国出版社 1992 年版，第 10 页。

为"反共"的利器，这不能不说是时代的扭曲。但是鲁迅的丰富性，也就被寒爵简单化了，左翼的思想，在他那里是没有存留的，因而对于权力的批判也是有限的。寒爵的杂文过于板正，其机智、幽默也不如鲁迅，有个人的因素在，自然也是时代氛围使然。因此，寒爵的杂文对社会现象的批评显得无力，这可能也正是他避免了和日后的柏杨一样遭受牢狱之灾的重要原因。

寒爵对鲁迅的模仿，常常只在话语及意象的表面，不能探及鲁迅幽深的精神世界，其文章只得鲁迅之外形而不得其神韵，其实是在人文主义的脉络里。由于战斗性的缺失，在趣味上，是从鲁迅的杂文退后到周作人、林语堂的小品文那里的。这也就是我们虽然能够从寒爵的散文中读出诸多鲁迅的意象，却无法感受到鲁迅杂文的力的美学的原因。杂文的批判性锋芒的内敛，既是时代所限，也是个人的选择。如此一来，他只能把鲁迅窄化到文章语词的表面，遮蔽掉重要的思想资源。但无论如何，那内在的鲁迅的影响，是洗刷不去的。寒爵身为国民党文人，却不断以幽微的方式向鲁迅致敬，其政治立场和文学偏好依违于"左""右"之间，成为台湾"戒严"期鲁迅接受的一种非常独特的中间形态。

# 第七章　陈映真：“冷战”台湾的鲁迅一脉

一

1959 年，陈映真以《面摊》登上台湾文坛。在这篇小说中，为生计所迫的年轻的夫妇，带着患有肺病的孩子来到台北街头，经营着一个小小的流动面摊。小说开篇：

"忍住看，"妈妈说，忧愁地拍着孩子的背："能忍，就忍住看吧。"

但他终于没有忍住喉咙里轻轻的痒，而至于爆发了一串长长的呛咳。等到他将一口温温的血块吐在妈妈承着的手帕中时，妈妈已经把他抱进了一条窄窄的巷子里了。他虽然觉着疲倦，但胸腔却仿佛舒爽了许多。巷子里拂过阵阵晚风，使他觉得吸进去的空气凉透心肺，像吃了冰水一般。

……（中略）

黄昏正在下降。他的眼光，吃力而愉快地爬进过巷子两边高高的墙。左边的屋顶上，有人养着一大笼的鸽子。妈妈再次把他的嘴擦干净，就要走出去了。他只能看见鸽子笼的黑暗的骨架，衬在靛蓝色的天空里。虽然今天没有逢着人家放鸽子，但却意外地发现了鸽笼上面的天空，镶着一颗橙红的早星。①

这种起笔的气势，颇得鲁迅之神韵。在暮色向晚的靛蓝色天空

---

① 陈映真：《陈映真作品集》第 1 卷，人间出版社 1988 年版，第 1 页。

下，父亲的忧愁、母亲的不安、孩子的咳嗽，以及阴暗沉郁的环境描写，自然地让人想起鲁迅《药》的开篇。这是将暗未暗的黄昏的景象，却与《药》中"秋天的后半夜"极为相似。在鲁迅那里，"月亮下去了，太阳还没有出，只剩下一片乌蓝的天"，这将明未明的寂静的清晨，在小栓的咳嗽声中，经营小茶馆的华老栓夫妇起床为肺病的儿子寻"药"。鲁迅大概没有想到，他的这种自以为苦的寂寞与阴冷，在他去世20多年后传染给了一个隔着海峡的文学青年。种种契合的背后，隐然有一个在白色恐怖的"暗夜"中细细咀嚼消化鲁迅文学并将之溶入自我精神血脉的文学青年。

陈映真发表的第二篇小说《我的弟弟康雄》是另一篇可与《药》做对照阅读的文本。这篇整体氛围和情绪颇似《伤逝》的小说，在某些细节的处理上更直接地取用了《药》的文学元素：

> ……葬礼以后的坟地上留下两个对坐的父女，在秋天的夕阳下拉着孤零零的影子。旷野里开满了一片白茫茫的芦花。乌鸦像箭一般的刺穿灰色的天空。走下了坟场，我回首望了望我的弟弟康雄的新居：新翻的土，新的墓碑，很丑恶的！于是又一只乌鸦像箭一般的刺穿紫灰色的天空里了。①

相对于鲁迅的成熟与老练，这样的文字尚显简单、稚嫩，那模仿的痕迹是显而易见的。丑陋的坟墓、箭一般刺向天空的乌鸦，几乎是不加掩饰地对《药》的结尾的搬用。类似的，在《猎人之死》中，也有"一只鹧鸪从不远的草地上扑翼而起，斜斜地刺向一双并列的橄榄树梢去"②。

由上述证据来看，我们几乎可以肯定《药》对陈映真早期的小说创作产生了重要的影响。倘若《面摊》果真受到《药》的影响，那么，陈映真在小说结尾刻意描绘的那个"暗夜里血红的弧"就不应该被忽略，而应将之理解为一个带有死亡意味的血腥惨烈的意象：

---

① 陈映真：《陈映真作品集》第 1 卷，人间出版社 1988 年版，第 16 页。
② 陈映真：《陈映真作品集》第 2 卷，人间出版社 1988 年版，第 22 页。

"……星星。"他脆弱地说。他看见爸爸抛出去的烟蒂在暗夜里划着血红的弧，撒了一地的火花之后，便熄灭下去了。夜雾更加浓厚。孩子吸着凉凉的风，使他记起吃冰的感觉。(——妈妈，我要吃冰。) 然而他终于只动了动嘴唇，没有说出什么来。①

这血色黄昏的凉风，使孩子的胸腔觉得舒爽；暗夜里的刀划过一道弧线，鲜血飞溅，小栓的肺病也似乎要好转了。如此对照，熄灭的火花便是被杀的革命者和被扑灭的革命火种，这一意象便成为陈映真对夏瑜被砍下头场景的隐喻性补写，同时也象征着 20 世纪 50 年代台湾当局对革命者的肃清。这里，"鲁迅 – 中国历史"与"陈映真 – 台湾现实"之间得到接续。从这个意义上说，陈映真是以向鲁迅致敬的方式登上台湾文坛的。他早期的小说，并非只是有意低徊、顾影自怜的青春期的郁结，而是从一开始就包含了对历史的思考。

《文书》则在结构上对《狂人日记》有所借鉴，同时也有"吃人"主题的重复。这篇以文书形式呈现的小说分为引言和主体两个部分。开首是一段文言写就的公文，交待小说主体部分的由来，乃由一精神病患以白话所写之"自白书"；而作为小说主体的"自白书"，形式上为该"文书"之副本。文言的引言与白话的主体相结合，这样的结构方式，与《狂人日记》毫无二致。

职乃利用其清醒时间，服以大量镇定剂，促其写自白书，历三昼夜而成。职拼排删修数日，乃得疑犯亲笔自白书乙份(另见副本)。疑犯自少颇工于文艺，唯其中仍多荒谬妄诞之陈述，语多鬼魂神秘，又足见其精神异常之状态也。虽不足采信，或不无参考之价值焉。②

这是一段从《文书》的引言中引出的文字，将之与《狂人日记》的

---

① 陈映真:《陈映真作品集》第 1 卷，人间出版社 1988 年版，第 8 页。
② 陈映真:《陈映真作品集》第 1 卷，人间出版社 1988 年版，第 120 页。

文言小序对照阅读，二者是极为接近的。陈映真小说中确乎流淌着鲁迅文学的血液，拟其形而得其神，虽不如鲁迅观照中国文化史之深广宽阔，但也足以烛照中国现代史进程之一环节。

陈映真对于鲁迅的接近，铺陈在文学的多个层面。《面摊》里自然有温情的爱，但不也有《药》的阴沉吗？理解《乡村的教师》中的台湾日据史与光复史，又怎能离开鲁迅在《狂人日记》中展开的中国文化史之残酷的一面？《加略人犹大的故事》《猎人之死》之类的"故事新编"里，恐怕也不乏鲁迅的启示吧？小说中"吃人"主题的再现、月光的描写等，也都得鲁迅之精华，其中既有对思想的深刻把握，也有对审美形态的会心之悟。他的许多意象和结构都来自鲁迅的暗示，有机地融合在他对台湾历史与现实的书写里。《乡村的教师》《文书》中都有对"吃人"主题的再现，它们又与《凄惨的无言的嘴》《苹果树》《贺大哥》等一起构成陈映真笔下的"疯子"系列。鲁迅的狂人、铁屋、月光，以及唱歌一般的哭声，等等，都成为陈映真这些用精神病学的方法写成的小说中引人注目的意象。陈映真早期小说中较少有景物的描写，而代之以大量的月亮、夜空、星星，这一点和鲁迅在需要用到自然景物时"就拖出月亮来"的手法也是极为相似的。吕正惠说："陈映真如果没有真正地'吟味'过《呐喊》，是不可能写出《乡村的教师》的"①，这句话还可以延伸到更多的作品：陈映真如果没有真正地读过《呐喊》（以及《彷徨》《野草》等)，他的早期小说是不可能以现在这种风格呈现给我们的。

## 二

陈映真的作品中散布着鲁迅文学的元素，他将鲁迅的各种意象拆散、打乱，融合到各个作品的细部去。这证明陈映真对鲁迅作品不只是简单的模仿，更有消化吸收、使之化入己体。

陈映真语言柔软、情感丰润，他的某些小说读来有《彷徨》的味道。《我的弟弟康雄》记录曾经信奉安那其主义、社会主义的康雄对

---

① 吕正惠：《战后台湾文学经验》，生活·读书·新知三联书店 2010 年版，第 227 页。

理想的背叛，以及背叛理想之后陷入虚无的自我堕落并因此自戕而亡的故事，留下了《孤独者》和《在酒楼上》的痕迹。但在形式上，这是一篇手记体的忏悔小说，形式和情绪，都接近于《伤逝》。《一绿色之候鸟》写社区中的一个知识分子群体，开篇写"我"思念妻子的心理活动：

> 这样地一个人发着呆的时候，窗外雨中的门忽而响起了一声微弱的、却极为沉沉的声音。我想是妻回来了，便望着那在雨中被刷洗的干净的门。但是过了很久都没人按铃。我忽然想起一件往事，禁不住一个人微笑起来：
>
> ……（中略——引者注）
>
> 这样想着，我便逐渐想念着伊了，毕竟还只是新婚的人呢。现在书是怎么也看不下去了；把很无聊地陈说着远足之功用的那一段文字，反反复复地读了几遍，却怎么也不能明白。然而心里却很执拗地为刚才门外的一声轻击，弄得很不安宁起来了。①

雨天的午后，"我"因为思念新婚的妻子而心绪不宁、无法安心预备功课，那是脱胎于鲁迅在《伤逝》中描写涓生等待子君回家的手法。然而，小说的结尾却又插入了类似于"黑暗的闸门"以及来自《野草》的介于黑暗与光明之间的"影"的意象："不要像我，也不要像他的母亲吧。一切的咒诅都由我们来受。加倍的咒诅，加倍的死都无不可。然而他却要不同。他要有新新的，活跃的生命！"其中"救救孩子"的呼吁是很明确的。只要写到孩子，陈映真总是避开暗夜的月光与星光，在阳光之下展现健康孩子的生命力："孩子在院子里一个人玩起来了。阳光在他的脸、发、手、足之间灿烂地闪耀着。"②"但我的囡囡将在满地的阳光里长大。"③

《乡村的教师》是典型的"离去－归来"模式，那样地爱着她的

---

① 陈映真：《陈映真作品集》第 2 卷，人间出版社 1988 年版，第 1—2 页。
② 陈映真：《陈映真作品集》第 2 卷，人间出版社 1988 年版，第 18 页。
③ 陈映真：《陈映真作品集》第 3 卷，人间出版社 1988 年版，第 34 页。

儿子吴锦翔的寡妇根福嫂，"到处技巧地在众人面前提起她战争归来的儿子"的情形，无论如何都会让人联想到祥林嫂不断重复阿毛的故事的场景。

> 直到中午，根福嫂在死尸旁边痴痴地坐着出神，间或摸摸割切的伤口，看看那一滩赭红色的血和金蝇。及至中午，她就开始尖声号啕起来了。没有人清楚她在山歌一般的哭声中说了些什么。年轻的人有些愠怒于这样一个阴气的死和哭声；而老年人大半都沉默着。他们似乎想说些什么，而终于都只是懒懒地嚼嚼嘴巴罢了。但到了入夜的时候，这哭声却又沉默了。那天夜里有极好的月光，极好的星光，以及极好的山风。但人们似乎都不约而同地提早关门了。①

鲁迅小说中的众多元素在这个段落中清晰可辨，却又难以找到精准的对应。其中的阴郁、灰暗之气，如果不是陈映真在语义的表达上的刻意模仿，至少也是"血与金蝇""山歌一般的哭声""极好的月光"等鲁迅常用意象的组合而在整体氛围的营造上达成的效果。

揆诸台湾新文学史，陈映真的文学语言也有其特殊的所在。那夹杂着文言词汇的小说语言，和他的本省籍前辈作家是截然不同的风格，内在的一面是与"五四"白话文书写传统的衔接。陈映真惯用多定语的长句的铺排，更具体而深刻地联系着鲁迅的白话文创作实践。他的早期抒情文字的音乐般的节奏感，颇写出了《彷徨》深沉而顿挫的情绪，譬如《我的弟弟康雄》一唱三叹的忏悔的抒情文字，与《伤逝》相差无几。偶尔，我们也能够透过文字读到其中缠绕的逻辑过程，那是经常出现于鲁迅杂文的论证方式：

> ……他们那样爱好外国的语言，足见他们也未尝是有根的人。但我对他们的爱好外国语也不能有一种由衷的愤怒，足见我

---

① 陈映真：《陈映真作品集》第1卷，人间出版社1988年版，第35页。

确乎是没有根的人。[①]

读陈映真早期的小说，我们总是能在不经意间发现其默默与鲁迅对话的地方。到光复后，大多数在语言上断裂了"五四"传统的台湾作家都陷入失语的焦虑，张文环、龙瑛宗等人皆因中文表达的不畅而几乎放弃写作。未曾仆倒或囚禁于围剿左翼的白色恐怖中的台湾作家中，只剩钟理和、吴浊流等有过大陆经验并一直用中文写作的作家才能有流畅的白话文表达。少年的陈映真热情地称赞钟理和的小说"像那温煦的太阳一般轻快而温暖"[②]，是在其台湾书写中依稀地看到了"五四"乡土文学的延续。台湾的年轻一代作家，正成长于这个基本为台湾外省籍作家所垄断的 20 世纪 50 年代的台湾文坛，在充满政治仇恨的战斗气之外，笼罩文坛的是阴柔的女性之声。陈映真的幸运在于，他所"接触的最早的文学的语言"来自鲁迅。暗夜里不断吟味咀嚼鲁迅的文字，他完全为鲁迅文白夹杂的诗性语言所俘获，由于写作内容是高度的政治禁忌，隐晦的表达，使得他的语言更接近鲁迅晦涩的一面。自然，陈映真的语言，并不都来自鲁迅的暗示，还有日语和英语的影响，但他自认为还是"受到以鲁迅为主的中国三十年代文学的影响"较多。[③] 也由此，陈映真把自己定位于台湾文学史上一个鲜明的位置上了。

必须承认，陈映真对鲁迅文风的继承，是有意为之，但也颇多无奈中的接近。鲁迅因时势所迫，写文章总是"暗藏一点，含蓄一点，使得不大刺眼，但明白的读者仍然能够领会到"[④]。这种"吞吞吐吐""转弯抹角"的文章使得鲁迅的文章隐晦难懂。曲笔和象征也正是陈映真所常用的手法。本应有着确定无疑的外在形态的现实主义的社会历史观照，在荒谬的"内战－冷战"意识形态笼罩下，只能转而以现代主义的虚无、荒诞、不可捉摸的形态出现，他以曲笔与象征传达

---

① 陈映真：《陈映真作品集》第 1 卷，人间出版社 1988 年版，第 161 页。
② 陈映真于 1959 年 5 月 2 日致钟理和的明信片，图像见钟理和数位博物馆，http://cls. hs. yzu. edu. tw/ZHONGLIHE/06/iframe/i_ 062_ 1. asp。
③ 陈映真：《鲁迅与我》，《鲁迅研究月刊》2001 年第 3 期。
④ 许钦文：《〈鲁迅日记〉中的我》，《新文学史料》1979 年 5 月。

他所看到的真相，将之包裹隐匿于青春期的忧郁表象之下，从而在风格上自然也就更接近了鲁迅的隐幽与晦涩。也因此，我们才从他"彷徨"低徊、忧郁感伤的文风中读出被压抑的"呐喊"的冲动。

在鲁迅那里，《呐喊》与《彷徨》呈现出完全不同的风格。而陈映真将鲁迅两本小说集中的不同文学元素，杂糅在他早期的小说中，从而形成一种读来非常像鲁迅，但又无法精准把握的飘忽不定的风格。那是在《呐喊》与《彷徨》之间的游移。

三

在谈及自己的文学前驱的时候，陈映真往往直接上溯到日本与俄罗斯文学。陈映真早期的小说里，自然也有芥川龙之介、契诃夫等人的文学光芒，但内在的肌理中，鲁迅的痕迹是更为清晰的。让人疑惑的是，在陈映真后来那些论及鲁迅的文字中，很少提到鲁迅在题材、技巧和风格上对他的文学影响。相反，他强调鲁迅对他思想尤其是民族认同上的影响。

从陈映真的视角看，鲁迅身上隐含的思想价值是超越单纯的文学价值的。与鲁迅一样，陈映真的作品中充满忧郁、黑暗乃至死亡，也有悲悯与温情的所在。乃至他终其一生对于祖国的爱，都得益于他读出了鲁迅冷酷文字背后暖暖的爱意。鲁迅为人诟病最多的，是其文笔的冷酷和性格的偏狭。1949 年之后，非左翼的文人聚集的台湾，这样的观点更成为"政治正确"的主流意见。陈映真眼光的不凡在于，他透过政治的欺罔看到了鲁迅外冷内热的温情、悲悯与深沉的爱意。鲁迅作品中那种对中国的黑暗出于热爱的憎恶，对中国前途热切的关怀，让他从青少年时代开始，就认定"这个国家"是属于他的，只有爱它，才有希望。由于对中国文学的阅读，陈映真开始不用现存的弊端和问题看他的祖国，并由于"中国的愚而不安的本质"而亲近中国。① 他说鲁迅给了他一个祖国，《呐喊》使他"成为一个充满信

---

① 陈映真：《陈映真作品集》第 1 卷，人间出版社 1988 年版，第 30 页。

心的、理解的、并不激越的爱国者"。① 通过鲁迅作品中饱含泪水的爱和苦味的悲愤，陈映真爱上了苦难的祖国。通过"五四"新文学的鲁迅传统，他思维的触角探到了中国近代史的脉络。他后来取杂文之径不断地与人论争而文学创作日渐稀少，看得出其向思想者鲁迅的靠拢。

读陈映真的小说，总有一种莫名的困惑。近些年，因了赵刚等人的解读，我们逐渐进入陈映真文学世界幽微的一面，发现其逆"冷战"意识形态而动的思想之流。倘若没有赵刚那样的对台湾白色恐怖史、"冷战"下台湾社会的具体可感的经验，很难理解陈映真小说中的各种意象的象征意义所在。但还是能够依靠陈映真自述性文字中的少量线索，大致推定陈映真的知识结构并勾勒他的思想过程。《大众哲学》《联共党史》《政治经济学教程》《中国的红星》《马列选集》《论持久战》等，已经足以使得青少年时期的陈映真颠覆一种世界观而形成另一种世界观，它让我们看到，赵刚所揭示的那个不断求索的思考者陈映真，是一个真实的存在。

"冷战"结构下的台湾，能够看清民族分裂悲剧的根源的人寥寥，在激烈"反共"的政治喧器和狂热拥抱美国的社会潮流中，陈映真感受到了深刻的孤独与寂寞。他的历史认知、政治立场不合时宜，他对历史的深刻的洞察显然使得他早已经脱离了他所自谦的"市镇小知识分子"的趣味与眼光。在"彷徨"式的低徊、沉郁的氛围中，压抑着陈映真呐喊与改造社会的冲动。鲁迅那样旷野里的呐喊，被压抑成陈映真含蓄隐微的写作。内在思想的明晰与改造社会的渴望被压缩在极有限的个人写作的空间中，那里面就自然地生长了失望、彷徨，大量的自我反省与忏悔，以及《野草》式的焦虑、独思与自我突围的渴望，形成陈映真早期小说的风格。

脱离了少年多愁善感的青年陈映真，渐渐褪去了浮浅的青春期的忧郁，一种真正的思想上的孤独随之而来。

我的青少年时代当然已经开始喜欢写，不是写故事，而是有

---

① 陈映真：《陈映真文选》，生活·读书·新知三联书店 2009 年版，第 16 页。

> 几个好朋友，喜欢写文章的朋友，长有书信来往，每次写的信都有七八页或者八九页，总是写："当我看见一片落叶从我的窗前飘落的时候，我的心是多么的酸涩。"但自从看了那些书以后，我接到这些朋友的来信，就觉得很无聊。①

他的孤独感由此可见一斑。在陈映真的价值序列中，社会改造的实践远高于吟风弄月、无病呻吟的技巧卖弄。他对于为文学而文学，讲究纯粹艺术性的文学不以为然。20 世纪 60 年代的台湾文坛，占据文坛主流的现代主义停留在对美国文化的肤浅的追逐之中，而像陈映真这样潜在的左翼青年在思想上面临巨大的挑战，他要揭开的是一整个时代的欺罔的本质。他的一些小说意象在当时看来是莫名其妙、不可理喻的，在无人理解他的时代，他的写作被归于当时流行的现代派文学。对此，他在入狱之前就急于辩驳：

> 作为现代主义的眩人的红背心的"形式"，在内容和形式统一的一刹那消失了。"现代"的这个标签消失了。问题不在于"现代"或"不现代"，不在于"东方的"或"国际的"，不在于"禅"，不在于"观静"，不在于……问题的中心在："他是否以作为一个人的视角，反应了现实。"文艺是现实的反映，而反应现实的制作者，是人；……②

他超出时代的识见，从隐藏于早期"橙红的早星""极好的月光"等象征性的文学描述中，开始转向直白的杂文写作。出狱后，陈映真开始更多地以杂文直接地传达自我的思考与对世事的不满，应对瞬息万变的现实生活。他的杂文，言辞间虽没有鲁迅式的幽默的轻松、调侃的讽喻，但其中对知识界精神贫弱与思想谬误的批驳力度却不逊于鲁迅。那勇猛的样子，是鲁迅的另一面；而直面现实问题、在思想荒芜无路的黑暗中寻求光明的努力，也正是鲁迅的道路的延伸。

---

① 陈映真：《陈映真文选》，生活·读书·新知三联书店 2009 年版，第 36 页。
② 陈映真：《陈映真作品集》第 8 卷，人间出版社 1988 年版，第 4 页。

他从来都不认为自己是为了"艺术"而写作，那态度和观点正与鲁迅当年对自由主义文人的批驳如出一辙。在陈映真看来，文学不是一种超阶级、超时代、超民族的永恒的、抽象的存在，乡土文学论战中，他以文学的"阶级性"反驳彭歌的"抽象人性论"，似乎是当年鲁迅与梁实秋关于文学的"阶级性"和"普遍人性"的再演。他的"第三世界"文学的视野，是对鲁迅"弱小民族"文学的呼应，其中对于文学改造社会的功能的强调，也是鲁迅观念的延续。他说："文学的根本性质，我觉得，是人与生活的改造、建设这样一种功能，我非常希望我的作品能给予失望的人以希望，给遭到羞辱的人捡回尊严，使被压抑者得到解放，使仆倒在地上爬不起来的人有勇气用自己的力量再站起来，和恋爱快乐的人一同快乐，给予受挫折、受辱、受伤的人以力量，那样的文学才有意义。"① 即使在如此诗意的文学语言中，传递的也是对于社会人生的深切关怀。陈映真勇于解剖自己，他把早年的自我批评为一个忧郁的"市镇小知识分子"。那个时期的写作，模仿鲁迅的阴暗沉郁，接近于《彷徨》《野草》的氛围。但陈映真对自己小说中衰竭、苍白和忧悒的现代"艺术之美"并不欣赏，认为这并非文学的价值所在。在"艺术"与"社会"之间，陈映真看重的是后者。比较而言，他并不太在意别人对于自己作品的"艺术性"的批评。或许，对陈映真来说，创作上的艺术经验可从芥川龙之介、契诃夫等人那里借鉴，但他的思想前驱则非鲁迅莫属，那是不可替代的存在。

## 四

鲁迅及其作品对台湾有着深远的影响。日据时期和光复初期，鲁迅在台湾的反殖民的文化抗争、反专制的阶级斗争及民族文化的认同方面起着重要的作用。台湾作为中国革命战场的一部分，左右翼斗争的格局全面展开，1949 年国民党退踞到台湾后，开始对于左翼的大规模的有计划的扑杀，这样的时代中，鲁迅的文字和介绍鲁迅的文

---

① 陈映真：《陈映真文选》，生活·读书·新知三联书店 2009 年版，第 40 页。

字，都成为争民主、反专制的精神符号。但凡与鲁迅相关的人，都是潜在的思想异端，精神在艰难地跋涉，命运也在政治风暴中飘荡转向。

1948 年，许寿裳被杀于他在台北的寓所，原因至今不明，但他的被杀与他在黑暗专制的国民党官僚体系统治下的台湾传播鲁迅思想之间的关联，是不能不提及的吧？否则，与大陆来台知识分子一起勠力宣扬鲁迅战斗精神的台湾作家杨逵，又如何会因 1949 年的"和平宣言"而入狱？对鲁迅心怀崇敬的蓝明谷、黄荣灿等人义无反顾地投入左翼革命的斗争实践，悲剧性地仆倒于白色恐怖的 20 世纪 50 年代初。龙瑛宗光复后写过几篇赞扬鲁迅的文章，但很快就因语言转换的焦虑而放弃了写作，他从走上文坛之初就带有的鲁迅文学的因子再也未能焕发出新的光彩。即使仅仅从文学上接近鲁迅的钟理和，也因其创作题材关注台湾乡土而不为弥漫着"反共文学"与"战斗文艺"的 20 世纪 50 年代的台湾文坛所接受，关于他作品中的鲁迅元素的讨论，只能限定在《文友通讯》的小圈子内。1949 年以后，台静农、黎烈文等人的思想转入非激进的学问的层面，他们试图自我隔绝于暴虐时代的政治险境，偏离了早年左翼的战斗的轨道，只在书斋中吟味远离现实的学问，已经与京派文人的趣味相去无几。此后，对鲁迅自然也有自认超脱于党派与政治的中正、公允的评价，但那不过是当年与鲁迅论战过的自由主义、人文主义者的陈腐论调，在五六十年代的台湾，胡适、梁实秋、林语堂等人都有过类似意见的表达，是并不高明也无新意的。苏雪林对鲁迅言辞激烈的诅咒，是"旧文人的恶腔调"，"五四"一代的精神传统是没有的，那刻薄的谩骂与恶毒的诋毁，与国民党的"反共"逻辑相一致。

鲁迅的传统断裂了。在陈映真看来，这是"五四"新文化运动以来的文学在台湾的全面的断层。① 在他的逻辑中，以鲁迅为代表的左翼文学传统才是中国新文学的主流，在台湾的自由主义、人文主义已经被收编到"内战－冷战"的"反共"意识形态之下，成为"帮忙"或"帮闲"的工具。从鲁迅一脉来看，台湾文学与

---

① 陈映真：《陈映真作品集》第 8 卷，人间出版社 1988 年版，第 246 页。

中国大陆"五四"新文学的断层裸露出来。在这个断裂了鲁迅传统的裸露的文学之列的河床上，陈映真从父亲的书架上拿起那本暗红色封面的《呐喊》、读鲁迅而认同中国、在旧书摊上寻觅鲁迅及三十年代的左翼文学、在自己的写作中融入鲁迅的文学元素、把《野草》寄给比他更年轻的青年学生、秘密地组织读书会并因阅读鲁迅及马列的罪名入狱……在当代台湾文化史上，如此全方位地参与鲁迅在台湾传播的暗流，陈映真是绝无仅有的存在。历史从断裂处得到接续。

陈映真是突出于他的时代的。与同时代的作家相比，陈映真对鲁迅的把握，并不局限于文学的范畴里，进入了思想的领域和历史的深处。在台湾的国民党文人中，作家陈纪滢曾写过阿Q式的人物，但立场不脱于党派的"反共"仇恨，不仅沦入简单的政治控诉，也没有进入鲁迅深层的思想层面。五六十年代，应未迟、寒爵的杂文也多鲁迅的意象，那些模仿鲁迅而写出的文字，失却了挑战权力的锋芒与悠远的文化色泽，在精神气质上与鲁迅的距离，是显而易见的。这样一群文人，在大陆接受了鲁迅影响，到了台湾以后，生活在国民党的卵翼之下，偶尔表达对于现实的不满，言辞间并不触及权力者的要害，在政治上是安全的。在某种意义上，他们也为鲁迅遗产的传播提供了不同的经验。但相较之下，陈映真在裸露的风沙之地顽强生长，在白色恐怖的暗夜中接近鲁迅，从鲁迅及三十年代文学中汲取中国的、左翼的营养，是更难能可贵的存在。

黄春明也曾写过阿Q式的人物，对憨钦仔这个可笑又可恨的人物的嘲弄，那是学自鲁迅对国人"哀其不幸怒其不争"的一面，又深得鲁迅杂文幽默机警之风。黄春明承认鲁迅对他的影响，但认为自己更多还是承继了契诃夫的笔法。今天看来，黄春明的小说之所以能呈现台湾社会的新殖民地性质，离不开他对台湾乡土社会忠实而朴实的观察与记录。笔者认为黄春明与陈映真不同，他们是乡土文学的两翼。黄春明在可视的层面描写人的生存形态，那社会的变迁也是朗然的。陈映真在暗红的血痕里探路，触角深入历史的暗流中。陈映真追踪鲁迅的文本，以小说走上文坛，他早期作品中的苍白、阴郁而忧悒的意象多来自《彷徨》《野草》时期的鲁迅，但细察内里，话题已经更新为自我的困惑。那些模仿的文字，往历史的纵深处掘进的样子，与年龄不太相符。

相较于他的同时代人对于历史的认知而言，陈映真突破了台湾的语境，进入中国现代史的深处。在被"冷战"所截断的结构中，陈映真的眼界是阔大的：

> 我极向往着您们年少时所宣告的新人类的诞生以及他们的世界。然而长年以来，正是您这一时曾极言着人的最高的进化的，却铸造了我这种使我和我这一代人的萎缩成为一具腐尸的境遇和生活；并且在日复一日的摧残中，使我们被阉割成无能的宦官。您使我开眼，但也使我明白我们一切所恃以生活的，莫非巨大的组织性的欺罔。更其不幸的是：您使我明白了，我自己便是那欺罔的本身。欺罔者受到欺罔。开眼之后所见的极处，无处不是腐臭和破败。①

这狂人呓语般重复缠绕的话语，层层剥开了意识形态的虚假谎言。因为对鲁迅和马克思主义的阅读，他的思想嵌入了与欺骗性的社会思潮不同的模块。他的思想过程反一般性的社会认知，眼光直入中国现代史的深处，找到了理解台湾的一个新的起点和逻辑。从陈映真的文字来看，他形成了一套特有的思维与叙述方式，这是一套在现有的逻辑与理论中仍无法予以精确阐释的形态。他一生所要颠覆的，正是这个东西，包括身处其中的自己。这种严厉的自我怀疑与自我解剖，是非常动人的。

在历史的认知方面，陈映真得以自然地免于和他同时代的一小部分人的分离主义倾向的"疾病"，鲁迅是一个重要因素。高中时期，陈映真开始似懂非懂地读旧俄的小说，从屠格涅夫、契诃夫、冈察洛夫，一直到托尔斯泰，却唯独对《呐喊》中的故事，有较深切的吟味。② 这种文化上的亲近感，并不像后来有些人论述的那样，在经历

---

① 陈映真：《陈映真作品集》第 3 卷，人间出版社 1988 年版，第 44 页。

② 陈映真：《陈映真文选》，生活·读书·新知三联书店 2009 年版，第 19—20 页。

了长期的日本殖民后，台湾文化已经疏离于中国文化之外了。年轻的陈映真读鲁迅的文学，未必知道鲁迅是一个战斗的作家，他生活于诋毁鲁迅的时代，却没有受到流行观念的影响。他对鲁迅的理解是在自我的思维里成长的，几乎看不到俗世的鲁迅评价的痕迹。他不断地强调诸如"鲁迅给了我一个祖国"之类的话，比如：

> 鲁迅作品虽描写中国的落后与黑暗，但全是出自他的关怀和热爱，使我从小就认识到中国内地是自己的祖国，我不会像主张台湾独立的人，嘲笑她的落后、贫穷，虽然鲁迅作品中有很多的讽刺，但比讽刺多好几百倍的，是他对人民的感情和爱护。因此，我从小就笃定这国家是我的，我要爱护她。鲁迅给了我一个祖国。他影响着一个隔着海峡、隔着政治，偷偷地阅读他著作的人。[①]

这里有非常另类而难以理解的逻辑。在陈映真的思想中，鲁迅提供的是他对历史的中国的感性认识，成为他民族认同思想中奠基性的存在。鲁迅对陈映真思想的影响不是直接的，而是其小说中描写的那个破败的中国，成为陈映真理解中国革命的前提。一切痛苦、丑恶与悲剧的根源，在陈映真那里，都源自民族分断的现实以及造成这种现实的历史。在寻求思想出路的过程里，他回溯到鲁迅带给他的那个历史中国的语境中去，找到的是中国现代革命史的脉络，并在此脉络中确定台湾所处的位置。陈映真选择了战士的路，冒风险而以其一生去揭露政治欺罔的迷雾、弥合民族分裂的鸿沟，在台湾孤苦无援踽踽独行，几乎成为不受欢迎的异己者。那荷戟独彷徨的姿态，与鲁迅无异。

然而，质疑的矛头也不断地指向陈映真与鲁迅的文学关系。陈芳明"追加记忆"的评价，意谓陈映真之谈鲁迅是攀附于鲁迅，有自抬身价往自家门面贴金之嫌。批评陈映真的人，不学其人格，囿于一

---

① 钟丽明：《台湾著名作家陈映真："鲁迅给了我一个祖国！"》，《大公报》（香港）2004 年 2 月 24 日。

己之管见和私利，境界不如他不说，就思想的格局而言，也没有陈映真的深远与宏阔，那是悲哀的。事实是，陈映真和鲁迅的话题，可谈之处还很多。陈映真以在野的方式搞创作、评时政、做出版、培育文学新人等，也都是鲁迅的路子。我们现在考虑台湾问题，还在陈映真的思路里。如此看来，鲁迅的遗产，不是断裂了，而是发展了；陈映真的思想，不是过时了，而是与我们的时代同在！

# 第八章　鲁迅与日高清磨瑳初次会面时间考

《台湾日日新报》（1898—1944 年）是日据时期台湾发行量最大、延续时间最长的报纸。《台湾日日新报》文艺栏是日据时期台湾文坛的最重要媒体之一，今天已成为研究日据时期台湾文学不可或缺的材料。

笔者于翻阅资料的过程中，在 1933 年 4 月 18 日的《台湾日日新报》"学艺栏"发现一篇题为《支那文坛第一人者鲁迅氏の印象》（署名"本社上海特置员日高生"）的日文文章。文章作者日高生自述，他为了购买井上红梅译的《鲁迅全集》，于 1932 年 12 月 1 日来到内山书店，偶遇景仰已久的鲁迅先生，并因内山完造的引荐而得以与鲁迅亲切交谈。文章通过对此事的回忆，向台湾文坛介绍了当时中国文坛和鲁迅的状况。文章说，国民党的文化出版控制，以及鲁迅加入"左联"之后国民党当局对他的监视，极大地干扰了鲁迅的写作，不过，尽管精神上受到压迫，但鲁迅的精神状态仍然很好；而他的平易与纯真，又让人不能相信这就是那个文笔犀利的作家。日高生这样评价鲁迅：政府对他的恐惧并不是因为他是一位左翼思想家，而是慑于他批判现实的强大力量。最后，日高生写道：

> 我认为鲁迅先生曾一度如其代表作《阿 Q 正传》所表现出来的那样，是一位彻头彻尾的虚无主义者。但自从他 1930 年偏向左倾并作为共产主义者从事一些共产主义的活动之后，他在本质上就已不再是虚无主义者了。

应该说，在台湾的鲁迅接受史上，这是一篇较早涉及鲁迅思想转变的文章，具有重要的意义。它明确指出鲁迅脱离虚无主义之境而走入了现实斗争的领域，首次展示了作为"战士"的鲁迅形象，一改此前台湾文坛仅将鲁迅作为小说家来理解的单一认识。文章虽然不长，但它的发表对于当时处于日本殖民统治之下的台湾知识分子了解祖国的情况，尤其是深入理解鲁迅的反抗精神有重要的推动作用。因此，这篇文章的发现为研究当时台湾文坛的鲁迅接受状况增加了一则重要的材料。

不过，笔者对这篇文章的兴趣还在于，此日高生与后来和鲁迅有较多交往的日高清磨瑳有没有关系？因为，如果日高生就是日高清磨瑳，那么日高清磨瑳与鲁迅第一次见面的时间，就要从现在学界所认定的 1936 年 2 月 6 日前推到 1932 年 12 月 1 日。

日高清磨瑳这个名字没有在鲁迅日记和书信中出现过，后来的各种鲁迅传记中也少有人提到，因此，鲁迅研究界对此人并不十分熟悉。现在所能看到的与鲁迅相关的史料，只有鹿地亘和胡风的回忆录中提到日高清磨瑳这个人，而鹿地亘与胡风所述都是针对同一事件。1936 年初，日本进步作家鹿地亘刚刚出狱便秘密来到中国，一度住在日高清磨瑳的寓所。由于日高清磨瑳与内山完造熟识，透过这层关系，由内山完造安排了鹿地亘与鲁迅的见面。1936 年 2 月 6 日，鹿地亘按照约定去内山书店访鲁迅，当时胡风陪同鲁迅在场。鹿地亘中文不太好，为了做翻译，他请了中文很好的日高清磨瑳一起去，只是鹿地亘没有料到，"内山氏介绍给我们的新友，都是极会说日本话的"①。鹿地亘和胡风后来都回忆了这个场景，并都提到当时有日高清磨瑳在场。此后至鲁迅逝世的 8 个月，日高清磨瑳与鲁迅有较多的交往记录可查，鲁迅去世后，日高清磨瑳还参与了日本改造社《大鲁迅全集》的翻译、出版工作。

现在，鲁迅研究界认定 1936 年 2 月 6 日为日高清磨瑳第一次接触鲁迅的时间。持这种观点的有王惠敏、张杰（唐政）、周国伟等

---

① ［日］鹿地亘：《鲁迅访问记》，载史沫特莱等《海外回想——国际友人忆鲁迅》，河北教育出版社 2001 年版，第 80 页。

人。如王惠敏就以"鲁迅在仙台的记录"调查会事务局局员渡边襄的《鲁迅与日高清磨瑳》提供的史实，说"他第一次见到鲁迅先生是 1936 年 2 月 6 日"①。这是目前看到的国内比较早的关于此事的论断。此后，张杰（唐政）等人沿用这一说法。比如张杰（唐政）说："日高清磨瑳是鲁迅最后结识的日本人之一，在他们第一次见面的八个多月后鲁迅逝世。"② 周国伟也认为，"他与内山完造关系密切，但认识鲁迅较晚"，是在 1936 年 2 月 6 日。③

由于目前尚未发现更早的关于日高清磨瑳与鲁迅交往的可靠历史资料，因此，学界依赖鹿地亘和胡风的回忆，将日高清磨瑳与鲁迅第一次见面的时间认定为 1936 年 2 月 6 日，这是合理的。不过，尽管在鹿地亘和胡风的回忆中都提到这次见面日高清磨瑳是在场的，但对于其是否第一次与鲁迅见面的问题，其实都没有明确提及。④ 因此，认定二者第一次见面是在 1936 年 2 月 6 日，严格地说也只是一种推论。

在《台湾日日新报》的这篇文章中，作者日高生这样写道：

> 对于中国文坛的耆宿鲁迅（周树人）的大名，我早有耳闻。从他的作品《阿 Q 正传》《呐喊》、主编的杂志《奔流》以及世人的传闻中也初步领略到他那深邃的文学艺术与思想。虽然我在上海生活了将近十年，但惭愧的是，我却未曾有过与他本人亲近、交流的机会。
>
> 说起来，这是稍微有点久远的事了。去年 12 月 1 日，我为了购买井上红梅所译的《鲁迅全集》而来到内山书店。进入店内，便看到一位有点邋遢的中国人正一边喝着茶一边跟店主内山

---

① 王惠敏：《关于日高清磨瑳》，《鲁迅研究月刊》1990 年第 7 期。

② 唐政：《鲁迅与日本记者友人三题》，载《鲁迅研究月刊》1999 年第 4 期；张杰：《鲁迅：域外的接近与接受》，福建教育出版社 2001 年版。

③ 周国伟：《最后一次向鲁迅问候——鲁迅与日高清磨瑳》，载《鲁迅与日本友人》，上海书店出版社 2006 年版，第 263 页。

④ ［日］鹿地亘：《鲁迅访问记》，载史沫特莱等《海外回想——国际友人忆鲁迅》，河北教育出版社 2001 年版，第 80 页；胡风：《棘源草——胡风杂文集》，重庆南天出版社 1944 年版，第 72 页。

完造聊天。我凑过去参与谈话后，才发现眼前的这位中国人竟然是被世界文学巨匠罗曼·罗兰称赞为"东洋第一艺术家"的鲁迅先生。在这么偶然的机会竟然能遇见这位令人尊敬的名人，实在是喜出望外。我连忙改正此前对他失礼的看法，端正好仪态。在内山先生的介绍下，我把名片递给他。"不好意思，我不收名片。"鲁迅一边说着一边拿起那好像是硝纤象牙制的有点简陋的烟斗，轻轻地把里面的烟灰弹落到烟灰缸里。

从上述引文及文章署名我们可以得到关于"日高生"这个人的如下几点信息：1. 在上海生活近十年时间；2. 从事记者职业；3. 与内山完造熟识。

问题是，文中的信息是否有误呢？我们从文中的其他细节来看，可知这篇文章记录的史实非常可靠。鲁迅日记显示，鲁迅确在 1932 年 12 月 1 日上午到过内山书店。日高生称此次来内山书店是为了购买井上红梅所译《鲁迅全集》。井上红梅翻译之《鲁迅全集》1932 年 11 月由日本改造社出版。鲁迅于 1932 年 11 月 11 日赴北京探母，30 日回到上海，是夜日记中记载："得内山书店送到之《版艺术》七本，日译《鲁迅全集》二本。"① 这说明 12 月 1 日之前井上红梅所译的《鲁迅全集》已经进入上海书市，至少在内山书店是可以买到的。另外，在文章的最后，作者还说："鲁迅今年五十二岁，与周作人、周建人一共是三兄弟，都享有盛名。"1933 年鲁迅正好是 52 岁。基于此，上文提供的信息是可以采信的。

我们再看一下日高清磨瑳。日高清磨瑳（1906—1981），1906 年 10 月 30 日生于日本宫崎市，宫崎中学毕业。1925 年 4 月入日本在上海创办的东亚同文书院第 25 期就读，1929 年 3 月毕业后，任《上海日报》的记者，中日战争爆发后，先任《大陆新报》记者，后任《新申报》主编，这三份报纸都是由日本人在上海创办的。1946 年 4 月返日，任职于日本日日新闻社。1981 年去世。日高清磨瑳长期在上海学习与生活，很早就与内山完造相识，"是内山书店的常客"。

---

① 鲁迅：《鲁迅全集》第 16 卷，人民文学出版社 2005 年版，第 336 页。

日高清磨瑳的这些经历，学界已有定论。

细致对照日高生与日高清磨瑳的信息，可发现二者经历基本相符。

其一，来上海的时间。从 1925 年算起，1933 年正是日高清磨瑳来上海的第九个年头，完全符合日高生"我在上海生活了将近十年"的叙述。

其二，从事的职业。日高清磨瑳 1929 年以后在报社任记者，与日高生此时为《台湾日日新报》的特约记者身份一致。日高生在《台湾日日新报》发表的所有文章都署名"本社上海特置员"字样，可推测极有可能是从上海的日本报纸记者中所聘；况且，《台湾日日新报》与日本在华报纸都受日本当局操控，之间多有关联，也偶有互聘记者的现象发生；而当时日本在台湾的报纸，都"聘请具有汉学素养的文人出任记者"[1]。日高清磨瑳由于常年生活于上海，中文非常好，被聘为《台湾日日新报》驻上海的特约通讯员是极有可能的。

其三，与内山完造的关系。日高清磨瑳"是内山书店的常客"，很早就与内山完造熟识，这已是学界定论。日高生能够在井上红梅译的《鲁迅全集》出版后不久即得知内山书店有此书出售，表明他对内山书店并不陌生。而日高生可以在内山完造会客时插话，并且得到内山的介绍而认识鲁迅，也可看出日高生与内山完造关系之亲近，显然不是一般的顾客与店主的关系。

其四，由于日高生可以很快得到内山书店的到货信息，并能够确定日高生与内山完造的密切关系，可以进一步推论，日高生很可能就住在离内山书店不远的地方，并因此而得以经常光顾内山书店。如果日高生就是日高清磨瑳，这个推论也是成立的，因为日高清磨瑳当时任职的《上海日报》，社址在北四川路白保罗路，而 1929 年以后的内山书店就设在北四川路施高塔路，两处相距不远。

由上述对比可以看出，二人在来上海的时间、从事的职业、与内山完造的关系等几个方面的信息都高度吻合。另外，经过笔者细致查证，发现日高生在 1932 年 8 月 16 日至 1935 年 3 月 10 日在《台湾日

---

① 黄美娥：《重层现代性镜像》，麦田出版社 2004 年版，第 184 页。

日新报》共发表新闻通讯稿 46 篇，随笔 4 篇（含本章讨论的这篇文章，所有文章都署名"本社上海特置员""本社上海通信员"字样）。在 1932 年 8 月 2 日至 12 月 2 日，《台湾日日新报》还发表有日高清磨瑳本人的新闻通讯 13 篇，也都署"本社上海特派员""本社上海通信员"等字样。由此就基本可以判定这二位"日高"先生应是同一人。

也就是说，"日高生"是日高清磨瑳在《台湾日日新报》发表这篇文章时所使用的笔名。这样一来，关于日高清磨瑳第一次与鲁迅见面的时间，就应该是 1932 年 12 月 1 日，而不是现在所公认的 1936 年 2 月 6 日。那么，在 1932 年 12 月 1 日到 1936 年 2 月 6 日这三年的时间中，日高清磨瑳有没有与鲁迅交往过？如果有交往，是以何种形式发生何种内容的交往？又为何没有任何的史料记载？而这种交往对于鲁迅和日高清磨瑳各自的思想与生活产生了何种影响？对鲁迅研究界而言，也许可以循此线索找到进一步的证据。因此，笔者谨将日高生这篇文章所提供的信息及其可能的推论披露出来，以就教于方家。今后，如有相关史料的新发现，此则材料或可满足学界同人的进一步研究之需。

268

# 第三部分：编年文事及资料索引

　　本部分的内容是为配合第一部分"史论"、第二部分"作家论"而编写的。

　　第一章"编年文事"以编年的方式记载台湾历史上与鲁迅相关的人物、作品、事件等，尤其是提示出那些在"史论"与"作家论"部分未能纳入探讨范围的内容，以构成一个连续、完整的历史过程。复杂的历史细节往往并非单一地通过文字所能完全传达，为了接近语境、唤起记忆，这一章亦辅以图片予以形象、直观的说明。

　　第二章"资料索引"将台湾各时期与鲁迅相关的文献史料编制为目录，凡一千二百余条，是笔者通过各种渠道搜集所得。该目录一方面可提供从事鲁迅研究、台湾文学研究的学者以研究的便利；另一方面，从所辑录文献的标题，相信读者也能看到不同历史背景下鲁迅在台湾被接受的向度的演变，而且，在各时期文献数量的变动趋势中，也呈现着鲁迅在台湾被接受的"冷热"消长。

　　由此，庶几可以弥补由"论"（史论、作家论）而带来的"史"的遗漏。

# 第一章 编年文事（1919—2017）

### 1919 年

本年度，台湾总督府颁布台湾教育令，确立日本在台湾的殖民教育制度（1 月 4日）。5 月 4 日，大陆爆发五四运动。

### 1920 年

本年度，在日台湾留学生在东京成立新民会，林献堂、蔡惠如为会长，开始推动政治改革运动（1 月 11 日）。新民会刊行《台湾青年》杂志（7月 16 日），这是一份模仿《新青年》而创办的刊物，出刊形式为月刊，参与者有蔡培火、林呈禄、彭华英等人。《台湾青年》所刊载的文章，对日后台湾的新文化运动有相当的影响。连横《台湾通史》出版（11 月 12 日）。

### 1921 年

本年度，向日本帝国议会提出第一次《台湾议会设置请愿书》（1 月 30 日）。"三一法"改为"法三号"（4 月 1 日）。由台北铁道株式会社兴建集资兴运动（10 月 17 日）。

张我军到厦门新高银行工作，在厦门同文书院习汉文，并在一文

社当文书。在厦门期间接受大陆"五四"新文化运动熏陶，改名张我军①。

**1922 年**

本年度，《治安警察法》在台湾实施（12月28日）。

4月，《台湾青年》更名为《台湾》杂志，强调这份杂志不仅是属于年轻人的刊物，以扩大影响的范围。谢春木以笔名"追风"发表小说《她往哪里去》（《台湾》第3卷第4—6期），这是台湾最早以日文创作的小说。

**1923 年**

本年度，中文杂志《台湾民报》在东京创刊（4月15日）。取缔台湾议会设置请愿运动的"治安警察法违反事件"（简称"治警事件"）发生（12月16日）。黄呈聪发表

《论普及白话文的使命》（《台湾》第4卷第1号），黄朝琴发表《汉文改革论》（《台湾》第4卷第1、2号）。本年初，张我军前往北京求学。

《台湾民报》（第1卷第4号）发表秀湖（误为"秀潮"，即许乃昌）《中国新文学运动的过去现在和将来》。这篇文章除了讨论从梁启超到胡适、陈独秀的白话文学主张，还对大陆的文学刊物和作品进行了介绍。正是这篇文章，第一次向台湾文坛提及了鲁迅这个名字。全篇主要论述"五四"新文学理论，将作家作品分为小说、翻译和诗歌三部分，鲁迅被归于小说家之列。文章认为，"小说界的王统照氏谢冰心女士鲁迅氏叶绍钧

---

① 张我军（1902—1955），原名张清荣，笔名一郎、忆、野马、M. S.、剑华、大胜等。台湾省台北县板桥市人，祖籍福建省南靖县。

氏郭沫若氏许地山氏、诗坛的叶圣陶氏徐玉诺氏朱自清氏康白情氏刘
延陵氏、翻译界的耿济之氏胡愈之氏郑振铎氏沈雁冰氏沈泽民氏……
等人的成绩最好"（7 月 15 日）。

### 1924 年

本年度，谢雪红、蔡孝乾、张深切等人在上海成立台湾自治协会
（5 月）；因蔗农争取权益，发生"二林事件"（10 月 22 日）。

10 月下旬，张我军自北京返台，陆续在《台湾民报》发表文章
介绍大陆的文学革命，在台湾文坛提倡白话文。

### 1925 年

1 月 1 日，张我军开始担任《台湾民报》编辑。《台湾民报》（第
3 卷第 1 号）转载爱罗先珂著、鲁迅译《鸭的喜剧》。

2 月 4 日，张我军在《台湾民报》（第 3 卷第 7 号）发表《研究
新文学应该读什么书》，这份书单包括了当时最重要的新文学作家、
作品及刊物，其中与鲁迅相关的是"短篇小说集"条目下列出的鲁
迅的小说集《呐喊》，在"翻译"条目下列出的鲁迅等译《爱罗先珂
童话集》。

4 月 1 日，《台湾民报》（第 3 卷第 10 号）转载胡适写于 1922 年
的《文学革命运动以来》一文，将小说家鲁迅介绍给台湾读者，文
章称鲁迅的短篇小说，"从四年前的《狂人日记》到最近的《阿 Q 正
传》，虽然不多，差不多没有不好的"。

4 月 1 日、11 日，《台湾民报》（第 3 卷第 10、11 号）分两次转
载完鲁迅的小说《故乡》。

4 月 21 日至 6 月 11 日，《台湾民报》（第 3 卷第 12、13、14、
15、16、17 号）分 6 期刊登蔡孝乾《中国新文学概观》。文章分"新
诗"和"新小说"两大部分介绍大陆的新文学成就。在"新小说"
部分，蔡孝乾首先提到鲁迅并给予崇高的评价："鲁迅可算是从文学
革命以来能够给我们满足的第一个作家"，他"忙于创作，在文坛上
划了一个新的时代"。然后，从鲁迅的性格特征出发，指出"鲁迅是
个寂寞冷静的人，他的作品完全带着'写实主义'的色彩"，"以客

观的态度，观察他的环境，……将他所看的所闻的东西，无论何等丑恶、何等卑劣，赤裸裸地展开给我们看。"蔡孝乾还重点分析了《孔乙己》，他在孔乙己"这极其普通、极其平凡的人事里，却感受这一切永久的悲哀。可是我们在这个悲哀里找到无限的人生的真味。……鲁迅所描绘写的完全是社会的缺陷、人生的悲哀。"

5月1日，《台湾民报》（第3卷第13号）转载鲁迅的《牺牲谟》（原文出自《华盖集》）。

5月21日、6月1日，《台湾民报》（第3卷第15、16号）分两期转载鲁迅《狂人日记》。

6月11日，《台湾民报》（第3卷第17号）转载爱罗先珂著、鲁迅译《鱼的悲哀》。

9月6日—10月4日，《台湾民报》（第3卷第69、70、71、72、73号）转载爱罗先珂著、鲁迅译《狭的笼》。

11月29日—翌年2月7日，《台湾民报》转载《阿Q正传》，未刊完。

### 1926 年

6月，张我军携夫人自台湾到北京，住宣外永光寺中街9号吴承仕先生外院。

▲ 1926年6月11日拜访鲁迅时赠送的四份台湾民报（现藏于北京鲁迅博物馆）。

8月11日，到阜成门内西三条鲁迅先生寓所拜访，并赠鲁迅《台湾民报》四本。次年4月，鲁迅在给张秀哲译书所写之序言中提到：

还记得去年夏天住在北京的时候，遇见张我权君，听到他说过这样意思的话："中国人似乎都忘记了台湾了，谁也不大提起。"他是一个台湾的青年。

我当时就像受了创痛似的，有点苦楚；但口上却道："不。那倒不至于的。只因为本国太破烂，内忧外患，非常之多，自顾不暇了，所以只能将台湾这些事情暂且放下。……"

但正在困苦中的台湾的青年，却并不将中国的事情暂且放下。他们常希望中国革命的成功，赞助中国的改革，总想尽些力，于中国的现在和将来有所裨益，即使是自己还在做学生。

## 1927 年

台湾文化协会分裂，部分人士另组"台湾民众党"（7 月 10 日），为台湾人第一个政治团体，要求地方自治。

2 月，山上正义见到不久前自厦门到广州的鲁迅，此后的几个月中，山上正义多次拜访鲁迅，并表示要翻译《阿 Q 正传》，获鲁迅应允。

张深切、张秀哲等人在广州多次拜见鲁迅。可参见鲁迅日记。

4 月，鲁迅为张秀哲所译之《国际劳动问题》作序。该序原题《〈国际劳动问题〉小引》，印入《国际劳动问题》一书，后收入《而已集》时改为《写在〈劳动问题〉之前》。

5 月，赖和发表散文诗《前进》。该文受鲁迅《野草》影响，表现了赖和在台湾新文化运动的团体分裂之后的苦闷心境。

## 1928 年

3 月，山上正义在日本《新潮》杂志发表《谈鲁迅》，向日本文坛介绍当时还少为日本人所知的鲁迅。后来，台湾的叶荣钟和龙瑛宗皆受到山上正义的鲁迅论的影响。

4 月，日本共产党台湾民族支部（台共）在上海成立，中国共产党代表出席成立大会。①

12 月，《台湾民报》第 238、239 期转载了胡也频的小说《毁灭》。

## 1929 年

1 月，《台湾民报》第 245、246 期转载了许钦文的《口约三章》。

6 月，《台湾民报》第 267—272 期转载了王鲁彦《一个危险的人物》。

---

① 按照共产国际的原则，殖民地的共产党组织受殖民宗主国共产党组织领导。

6月1日，张我军往访从上海来北京讲学的鲁迅，未得鲁迅接见。①

12月29日，《台湾新民报》（第292号）转载鲁迅《杂感》。

### 1930年

本年度，台湾民众党分裂，"台湾地方自治联盟"成立（8月17日）。"雾社事件"爆发（10月27日）。

4月5—19日，《台湾新民报》（第307—309号）转载鲁迅《高老夫子》。

6月，叶荣钟的《中国新文学概观》由东京新民会发行。其中提及鲁迅。在此文中，叶荣钟将中国新文学分为新诗、小说、戏曲、小品散文加以论述。在小说部分中，叶荣钟说："谈起短篇小说，我们可以毫无迟疑地举鲁迅来做代表。"由于鲁迅作品"数目太多，不能一一介绍，只得把那最出名的《阿Q正传》的内容来解释一下"②。叶荣钟指出《阿Q正传》的伟大处在于"表面是写一个阿Q里面却是写一个中国"，它包含的深刻的"人间苦"和浓厚的"时代性""已经足以致其不朽了，何况它的艺术的技巧又是极高强的".③ 最后，作者总结道：

> 十数年的新文学运动能够产生一篇《阿Q正传》已经不是徒劳了，虽然有人说它的表现是阴险刻毒，说他的伎俩是纤巧俏皮，甚而至宣扬阿Q时代是死去了的。今后的文坛也许会产生比它更为完美的作品的吧，但《阿Q正传》应不因是而失掉它的光辉和价值。

### 1931年

本年度，台湾民族运动领袖蒋渭水逝世（8月5日）。日本普罗阶级文化联盟成立（11月）。

① 鲁迅：《鲁迅全集》第16卷，人民文学出版社2005年版，第137页。
② 叶荣钟：《叶荣钟早年文集》，晨星出版有限公司2002年版，第241页。
③ 叶荣钟：《叶荣钟早年文集》，晨星出版有限公司2002年版，第243页。

10 月，山上正义《中国小说集·阿 Q 正传》1931 年四六书院版（"国际无产阶级丛书"），以林守仁为笔名发表。书中收录了其他中国左翼作家的小说、左联烈士小传、日本著名作家纪念左联烈士的献词，以及山上正义的《关于鲁迅及其作品》。在这篇文章中，山上正义说"鲁迅是所谓左倾了。正像中国当前文坛在最近几年中间急速趋向左倾一样，鲁迅也明显地左倾了"。这篇文章影响了叶荣钟、龙瑛宗等台湾知识分子对鲁迅的认知。

**1932 年**

1 月，日本《中央公论》（昭和 7 年 1 月号）发表佐藤春夫翻译的鲁迅小说《故乡》。

1 月 22 日，擎云（叶荣钟）《文艺时评》在《南音》（第 1 卷第 3 号）发表，其中"我们自从'壁下译丛'——一九二九年出版——以来至今日完全不能接到他老人家的作品，所以感到寂寞"。由于只能从《中国小说集阿 Q 正传》得到鲁迅的"近况片鳞"，因此山上正义的论述对叶荣钟的鲁迅理解产生主导性的影响：叶荣钟对于鲁迅的"左倾"表达了极大的兴趣，想了解"鲁迅是于何时左倾的，是左倾到什么程度的"，"很希望在不远的将来能够接到左倾以后的鲁迅的作品，但这或者是很为难的事情吧"。同月，日本《中央公论》发表佐藤春夫翻译的鲁迅《故乡》，龙瑛宗最初接触鲁迅就是读了这一译本而"深受感动"。

3 月 14 日，爱罗先珂著、鲁迅译《池边》，转载于《南音》第 1 卷第 5 号。

4 月，增田涉《鲁迅传》发表于日本《改造》杂志。增田涉作《鲁迅传》的本意，"是向当时的日本介绍中国成长史的一个方面，让瞧不起中国的一般的日本公民多少知道一点苦难深重的中国的真面目，从而激发觉悟和采取认真的行动"[1]。

---

[1] 增田涉致《台湾文艺》编辑部信，译文见王锦厚《绝不日夜记着个人的恩怨》，重庆出版社 2010 年版，第 181 页。

9 月 27 日，《鲁迅自述传略》转载于《南音》第 1 卷第 11 号。

**1933 年**

4 月 18 日，日高生《中国文坛第一人者鲁迅氏的印象》发表于《台湾日日新报》。通过该文透露的信息，日高生即为在上海与鲁迅有过交往的日高清磨瑳。学界目前通常认为日高清磨瑳与鲁迅的交往始于 1936 年 2 月，但这篇文章表明，二人早在 1932 年 12 月就已经相识。

12 月，鲁迅《无题》诗（即"惯于长夜过春时……"）转载于《福尔摩莎》第 2 号。

**1934 年**

本年度，台湾文艺协会成立（5 月 6 日）。持续 14 年的台湾议会设置请愿运动终止（9 月 2 日）。

在厦门大学理学院读书的台湾青年林金波（木马）赴上海，拟投考圣约翰大学，受厦门大学鹭花文艺社委托，带了该社出版的《鹭华》杂志到上海，通过内山书店转呈鲁迅。从后来鲁迅为《中国左翼文艺定期刊编目》增补厦门《鹭华》月刊的条目推断，内山书店确实将该刊转呈鲁迅了。

7 月，蔡嵩林的《郭沫若访问记》（《先发部队》第 7 号）发表，这篇访谈提及鲁迅、郁达夫。

**1935 年**

增田涉（顽铗译）的《鲁迅传》发表于《台湾文艺》第 1—4 号。该文引发郭沫若不满，在《台湾文艺》1935 年第 2 期发表《鲁迅传中的谬误》一文，暗示以"鲁迅一派为中心的"作家剥夺了他在上海发表作品的权利。同期，发表赖明弘的《访问郭沫若先生》。

1 月 1 日，黄得时在《第一线》（第 2 期）发表《小说人物的描写》，该文批评台湾小说"没有什么艺术价值"，并以《阿 Q 正传》为小说的典范，认为在性格描写方面，只有"我们的鲁迅先生才能达到这么完全的呀"，肯定鲁迅小说的艺术性。

胡风翻译了杨逵的《送报夫》，发表于上海的《世界知识》。

森次勋（赖明弘译）《中国文坛的近况》（《台湾文艺》第 2 卷第 5 期，1935 年 5 月）、蔡嵩林《中国文坛的近况》（《台湾文艺》第 2 卷第 7 期，1935 年 7 月），对中国左翼文坛的发展多有关注，内容中多处提及鲁迅的消息。

5 月 20 日，台北的《まこと》（第 204 期）刊登消息《中国文豪鲁迅为报恩挥毫写碑文》。介绍 1932 年上海事变中内山书店店员镰田诚一帮助鲁迅避难的经过，镰田去世后，鲁迅为了感谢他当年的帮助，为他题写了碑文。

**1936 年**

杨逵创刊《台湾新文学》杂志（1 月 1 日）。

2 月，徐坤泉以笔名阿 Q 之弟发表以中文写作的通俗小说《可爱的仇人》（兴南新闻社）。

4 月，胡风将《送报夫》《牛车》《薄命》等三篇小说收入《山灵——朝鲜台湾短篇小说集》（上海文化生活出版社出版），并于 5 月 18 日赠送一本给鲁迅。《山灵》一书的广告后来刊登于杨逵主编之《台湾新文学》第 1 卷第 8 号（1936.9）、第 2 卷第 1 号（1936.12）、第 2 卷第 4 号（1937.5）。

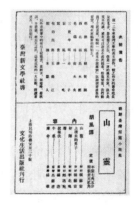

8 月，《台湾新文学》刊登消息："中国著名的进步的作家鲁迅、茅盾、胡风、丘东平、孟十还、黎烈文等，为提倡进步的文学反对法西斯的文化反动，组织文化联合战线同盟会网罗全中国进步的作家开始了活动。"

10 月 19 日，鲁迅逝世。10 月 20 日，《台湾日日新报》发布两则消息《鲁迅氏逝世》及《中国文豪鲁迅氏病殁》；10 月 25 日，《台湾日日新报》再次刊登鲁迅逝世的消息，称鲁迅为"中国新文化运动的最高领导者"，并配发鲁迅逝世后的照片。10 月 23 日和 11 月 4 日，分别有高桑末秀的《鲁迅逝世》和新居格的《鲁迅其人》。高桑

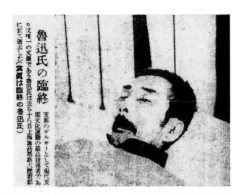

末秀的文章中提到，"关于鲁迅近况，在他与鹿地亘的几封上海通信中和山本实彦最近发表的著作《中国》里有详细介绍"。

11月1日，《台湾新文学》（第1卷第9号）发表王诗琅《悼鲁迅》和黄得时《大文豪鲁迅逝世——回顾他的生涯与作品》。王诗琅将鲁迅与高尔基相提并论，对二人的去世表示遗憾，"从事文学工作的我们在短短三个月内，失去了值得尊敬的两位作家，何其不幸啊！一如高尔基之于俄国文学，鲁迅无疑也是中国最伟大的作家。""如果没有他的实际功绩，胡适的文学革命之声也就形同有名无实的空壳子。事实上，二十年过去了，在今天的中国新文学中，我们还是找不到能远远超越他的作家，这是最令人遗憾的事。""他的死不仅是中国文坛的损失，也必然是世界文学上的憾事。"黄得时则声称，在看到鲁迅去世的消息的时候，"看着他的讣文，多年来爱读他的作品的我陷入一种无以名状的孤寂之中"。文章分8节，首先回顾了自己的鲁迅阅读经验，之后从鲁迅弃医从文的经历谈及鲁迅写作的目标，接着分析了鲁迅的两篇代表作《狂人日记》和《阿Q正传》，并专门谈及鲁迅在世界文坛的影响，同时，作者也没有忘记鲁迅的学术贡献，指出其《中国小说史略》的学术价值，文章最后还列出鲁迅作品的目录。本月，苏雪林致信蔡元培、胡适，辱骂鲁迅为"玷污士林之衣冠败类，二十四史儒林传所无之奸恶小人"，但锋芒其实指向左翼文化，强调"今日有共产主义，则无三民主义"。

11月，郁达夫访问日本，参加了改造社的《大鲁迅全集》编辑会议。次月，归国途中应邀访台，与黄得时、徐坤泉（笔名"阿Q之弟"）、陈逢源、叶荣钟、林呈禄、庄松林等人谈及鲁迅，郁达夫认为，"《阿Q正传》一定会流传后世的"，鲁迅的"短篇杂感，也都受欢迎。他以精炼的文笔，深刻批判各种简洁的问题，为一般青年所喜爱。左倾青年都以鲁迅为指导人物而崇拜之"。"他（鲁迅）死后，更有人读他的作品，这是事实。恐怕十年、二十年之后，读的人更多。"

鲁迅逝世后，日本改造社开始编辑《大鲁迅全集》，当时日本一流的鲁迅研究专家增田涉、井上红梅、松枝茂夫、鹿地亘、山上正义、佐藤春夫、日高清磨瑳、小田岳夫等都被聘请参与此项工程，同时还聘请茅盾、许广平、胡风、内山完造等为顾问。次年8月，《大鲁迅全集》出版完成。

### 1937 年

本年度，台湾总督府开始禁止新闻的汉文栏（4月1日）。中日战争爆发，日政府派武官总督台湾（7月7日）。

1月，在《年头放言的小集》中，郭秋生询问徐坤泉为何以"阿Q之弟"为笔名，徐坤泉表示因为喜欢读鲁迅的作品。6月，徐坤泉的小说《灵肉之道》（中文）由台湾民报社出版。10月，《新孟母》（中文）在《风月报》开始连载。

2—8月，由日本改造社主持的《大鲁迅全集》（7卷本）陆续出齐。该全集成为台湾知识分子阅读鲁迅的渠道之一，影响了戴国辉等学者及杨逵、龙瑛宗等作家。

4月，龙瑛宗发表《植有木瓜树的小镇》，小说得到日本《改造》杂志第九届悬赏小说佳作奖，得奖金500元。该小说中的人物林杏南的长子自述"读佐藤春夫译的鲁迅的《故乡》，深受感动"，表明龙瑛宗对鲁迅的接受。这篇小说展示了龙瑛宗对鲁迅的接受。在推荐其入奖的推荐词中，叶山嘉树也说："这不是唱着台湾人的悲歌，是唱着这个地球上被虐待阶级的悲哀。这种精神共通于普希金，共通于高尔基，共通于鲁迅，也共通于日本的普罗作家。这篇小说作为充分具体地内含了列入最高文学精神的作品，我在此推荐其入奖。"① 本年，龙瑛宗获得友人赠送之改造社《大鲁迅全集》一套。

5月，毛利知昭在《映画往来》（高雄）发表《鲁迅和电影》一文。文章从《呐喊·自序》讲起，认为如果鲁迅不是因为看了课间放映的画片，他很可能成为一个优秀的医生而不是一个新文学家，因此，鲁迅之所以为鲁迅，和电影有着莫大的关系。同时，鲁迅也非常关心中国电影的发展，"只要一有机会他就会主动的给予意见和建议。如果他还能再活十年的话，为了中国所谓的'前卫电影'，他很有可能会不断的提供新的剧本也说不定啊"。

6月，因台湾报刊上的汉文栏被废止，杨逵访问日本，希望在《文艺首都》《日本学艺新闻》《星座》等杂志开辟"台湾新文学"专页。杨逵因"以文艺谋大众左倾化"的罪名在东京被捕，出狱后于9月返台。在日本期间，杨逵从刚刚与萧军见面并回到日本的矢崎弹那里得到了《第三代》。杨逵说："最近我读了萧军的《第三代》，感受到一种难以言喻的愉快，虽然该书只发表到第二集，我一口气读完了已发表的部分，现在已迫不及待地想看续集。"

11月，陈映真出生于苗栗县竹南镇中港。

### 1938 年

5月，杨逵的日本友人入田春彦（左翼青年）自杀，入田遗书中交待由杨逵代为办理后事，杨逵因此获得入田春彦所藏之《大鲁迅全集》，从而得以秘密而系统地阅读鲁迅。② 光复以后，杨逵发表了数篇关于鲁迅的文章、诗作，即与此阅读经历相关。

6月，钟理和经日本、朝鲜来到沈阳。

### 1940 年

2月，黄得时在《台湾时报》发表《支那的现代文学》，文中提及鲁迅。

---

① 陈万益主编：《龙瑛宗全集》第 8 卷，台湾文学馆筹备处 2006 年版，第 203 页。
② 杨逵：《杨逵全集》第 14 卷，文化资产保存研究中心筹备处 2001 年版，第 260 页。

10月，龙瑛宗在《文艺首都》（第 8 卷第 10 号）发表《两篇〈狂人日记〉》，高度评价鲁迅，朝鲜的金史良给龙瑛宗写信，赞扬龙瑛宗的写作是为殖民地人民的写作。龙瑛宗认为，和果戈理相比，"鲁迅的作家才能略逊一筹"，"鲁迅想改造社会，只不过是在小说中找到很好的工具"，但是鲁迅的学识略胜果戈理，"他以学识写小说"。在龙瑛宗看来，果戈理逃避现实从而导致艺术的失败，鲁迅则"直面残酷的现实"，其小说艺术性的缺失，"非但没有抵消其人格的伟大，反而成为他一生悲剧性的装点"。因为鲁迅的焦躁紧扣的是中国的现实社会。黄得时在《台湾文学》（第 2 卷第 4 号）发表《晚近台湾文学运动史》，文中论及鲁迅对赖和的影响。

**1941 年**
本年度，"台湾革命同盟会"在重庆成立（2 月 9 日），皇民奉公会成立（4 月 19 日），太平洋战争爆发（12 月 8 日）。
本年夏天，钟理和迁居北京。

**1942 年**
5 月，徐坤泉以笔名老徐在《南方》连载《沧海桑田》（中文）。9 月，又用笔名阿 Q 之弟在玉珍书店出版中文通俗小说《灵肉之道》。
11 月，大东亚文学者大会在东京举行，张我军、龙瑛宗、张文环等台湾作家参加。

**1943 年**
2 月，有台湾新文学之父、"台湾的鲁迅"之称的赖和因病去世。
4 月，杨逵、杨守愚、朱点人、杨云萍等人在《台湾文学》《民俗台湾》等刊发表多篇文章纪念赖和。其中杨云萍的《追忆赖和》谈及赖和去世前几天，他前往医院探望的情景："我们继续谈得更起劲，谈到鲁迅，谈到《北平笺谱》，也提到连雅堂。过了一会儿后，突然，他激动地说我们正在进行的新文学运动，都是无意义的。我吃了一惊，盯着他看，本来一直躺卧着的他坐了起来，用左手压着疼痛的心脏。我急忙安慰他道，不会的，三五十年后，人们一定会想起我们的。"①

**1945 年**

本年度，日本宣布无条件投降（8 月 15 日）；台湾光复（10 月 25 日）。

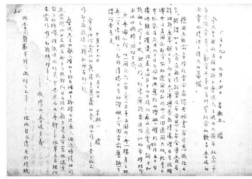

钟理和日记手稿（1945.10.20、22）。

4 月，钟理和以江流为笔名，在北京马德增书店出版了他的第一本小说集《夹竹桃》。《夹竹桃》延续了鲁迅的国民性批判思想，对中国人的劣根性作了严厉的鞭挞。②

8 月，蓝明谷在日本宣布无条件投降后几天来到北京，与钟理和会合，由钟理和日记可知，二人经常谈及鲁迅。

10 月，《前锋》创刊，林金波（木马）在此发表《学习鲁迅先生》一文，期待在台湾掀起大规模的纪念和学习鲁迅的文化活动。受鲁迅逝世九周年纪念活动的影响，时在北京的钟理和 10 月中下旬的日记中出现大量关于鲁迅的内容。

12 月中下旬，《民报》上连续出现关于鲁迅的内容，可视为此后绵延数年的"鲁迅风潮"的序曲。

本年冬天（具体日期不详），黄荣灿经香港抵达台湾。

---

①  此处引文据《日治时期台湾文艺评论集·杂志篇》第 4 卷，台湾文学馆筹备处 2006 年版，第 127 页。

②  后来，陈映真曾对钟理和该小说中民族立场的游移发表批判文章。

**1946 年**

从这一年开始，大批知识分子到台湾，包括许寿裳、楼宪、李何林、雷石榆、台静农、黎烈文、罗清桢、李桦、黄荣灿等人，成为日后在台传播鲁迅的重要力量。这一年，台湾的报纸、刊物上出现与鲁迅相关的文章、图片 40 余篇（幅），形成前所未有的"鲁迅风潮"，与大陆的鲁迅纪念热潮形成呼应之势。除龙瑛宗、杨逵、杨云萍等少数台湾作家外，基本上是来台大陆知识分子的创作，如许寿裳、黄荣灿等人。还有一些文章转载自大陆（如上海）的刊物，表明这一时期两岸文化交流渠道的畅通。

3 月，钟理和返回台湾。

5 月，龙瑛宗在《中华日报》日文栏刊登评论文章《阿 Q 正传》。

7 月，杨逵《送报夫》中日文对照本由台北的台湾评论社出版，中文部分使用的是胡风的译本。

10 月中下旬，《和平日报》（台中）在"新世纪""每周画刊"等栏目连续刊出纪念鲁迅专辑，在这些文章中，除许寿裳、景宋（许广平）等人的文章全面介绍鲁迅之外，其他作品主要宣传鲁迅永不妥协的现实主义斗争精神。尤其值得一提的是，在黄荣灿等人的推动下，鲁迅木刻思想在台湾得到传播。10 月 20 日《和平日报》"每周画刊"第 7 期推出"鲁迅逝世十周年纪念木刻专辑"，刊出野夫的《安息吧！导师!》、陈烟桥《高尔基与鲁迅》、李桦《沉痛的回忆》、罗清桢《汽笛响了》、黄荣灿《失业工人待救》、荒烟《复克的城堡》、耳氏《母女》等木刻作品，及黄荣灿的《中国木刻的保姆——鲁迅》、吴忠翰的《读〈鲁迅书简〉后感录》等文章。

11 月初，《台湾文化》推出"鲁迅逝世十周年特辑"，刊发杨云萍、许寿裳、陈烟桥、田汉、黄荣灿、雷石榆等人的文章，将"鲁迅风潮"推向顶点。

9—11 月，黄荣灿发表《新兴木刻艺术在中国》《中国木刻的保姆——鲁迅——石在，火种是不会灭的》《悼鲁迅先生——他是中国第一位新思想家》（配发黄荣灿木刻作品《鲁迅逝世二周年纪念布画》）等文章，积极宣传鲁迅木刻思想，推动了木刻艺术在台湾的发展。

**1947 年**

本年度，"二二八"事件爆发，国民党当局加强对进步文化力量的剿杀，台湾和在台外省籍的进步作家和知识分子的文化活动都受到限制。本年中，许寿裳仍大力宣传鲁迅。张秀哲《〈勿忘台湾〉落花梦》由东方出版社出版。

1 月，鲁迅著、王禹农译的《狂人日记》（中日文对照本）由标准国语通信学会出版，鲁迅著、杨逵译的《阿 Q 正传》（中日文对照本）由东华书局出版。《台湾文化》第 2 卷第 1 期发表许寿裳的《鲁迅的人格和思想》，同期黄荣灿还发表了介绍鲁迅所关注的版画家珂勒惠支的文章《版画家——凯绥·珂勒惠支》。《文化交流》第 1 辑刊登杨逵的短文《阿 Q 画圆圈》。

2 月，《台湾文化》第 2 卷第 2 期有李何林《读〈鲁迅书简〉》、黄荣灿《中国新现实主义的美术》。

3 月，许寿裳作《跋鲁迅讲演手稿——娜拉走后怎样》（未发表，仅见手稿）。

6 月，许寿裳的《鲁迅的思想与生活》由台湾文化协进会出版，共包含《鲁迅的人格和思想》《鲁迅的精神》《鲁迅的德行》《鲁迅和青年》《鲁迅的生活》《怀亡友鲁迅》《关于"兄弟"》《〈鲁迅旧体诗集〉序》《〈鲁迅旧体诗〉跋》《〈民元前的鲁迅先生〉序》等十篇文章。该书由杨云萍搜集、整理。

7 月，许寿裳作《鲁迅的避难生活》，后发表于上海《时与文》（第 2 卷第 6 期，1947 年 10 月）。

8 月，蓝青（蓝明谷）译鲁迅《故乡》由现代文学研究会出版。

在此书序言《鲁迅与〈故乡〉》中，蓝明谷认为鲁迅是反帝反封建的永不妥协的战士，"在民众队伍中，理解民众，运用文字与民众共同进行斗争的'小兵'"。蓝明谷有过大陆经验，曾在大陆时期阅读鲁迅，并与受鲁迅影响的台湾作家钟理和有过交往。许寿裳《鲁迅和我的交谊》发表于《台湾文化》（第 2 卷第 5 期，1947 年 8 月）。

《鲁迅与高尔基》荒烟桥 刻
该图首发表于1946.10.20《和平日报》"每周画刊"

10 月，《台湾新生报》"桥"副刊发表欧阳明的文章《鲁迅：中国的高尔基——鲁迅先生逝世十一周年祭》，并配发鲁迅与高尔基交谈木刻像一幅。

11 月，许寿裳的文章《鲁迅的游戏文章》发表于《台湾文化》（第 2 卷第 8 期，1947 年 11 月）。

12 月，李何林编《五四运动》列入钱歌川主编之"中华民国历史小丛书"第 5 种，由大成出版公司发行。该书根据蔡元培等著《中国新文学大系导论集》、吴文祺《新文学概要》、何干之《近代中国启蒙运动史》及李鼎声编《中国近代史》等书编订而成。全书共分"五四运动的经过""五四运动发生的原因""五四运动的影响"三章，在第三章中，设有专门介绍鲁迅的部分"鲁迅的实绩"，认为胡适、陈独秀、钱玄同、刘半农、周作人等人在理论上奠定了新文学的基础，"鲁迅则首先在创作上显示了新文学的实绩"。

**1948 年**

1 月，东方出版社出版鲁迅著、王禹农译《孔乙己·头发的故事》《药》中日文对照本。

2 月，许寿裳被杀于台北寓所。这是对进步作家和文化人的警示，此后李何林、李霁野、雷石榆、袁珂等人相继逃离台湾，未离开的黄荣灿数年后被国民党枪决，台静农、黎烈文则转而从事学术研究和翻译。

**1949 年**

本年度，杨逵执笔的《和平宣言》发表于上海《大公报》1 月 21 日，因触怒国民党当局，他被判刑 12 年，在绿岛监狱服刑至 1961 年 1 月 21 日出狱。发生军警逮捕学生的"四六事件"（4 月 6 日）。全省进入"戒严"（5 月 20 日）。国民党当局撤退来台（12 月 8 日）。

《天南日报》《台湾民声日报》等处仍零星出现关于鲁迅的文章。"鲁迅风潮"已消退。

**1950 年**

本年度，朝鲜战争爆发，美国派遣第七舰队进入台湾海峡。

3 月，钟理和完成《故乡》系列小说第一篇《竹头庄》，后续三篇此后陆续完成。这四篇小说在对于故乡的描写、回到故乡时的心境及人物形象的塑造等方面，有明显的模仿鲁迅《故乡》的痕迹。

3—5 月，钟理和的日记中出现大量对鲁迅文章的摘抄、评论及思考。5 月 10 日，钟理和在日记中留下了在形式和内容上都与鲁迅遗言极为相似的文字：

（一）吾尸可付火葬，越简单越好。

（二）多多想你们自己的事，不必为已死之人伤心。

（三）铁儿的病，似在轻微，尚有可为，千万不可延误。

（四）对孩子：首要健康，然后学问；财产不必。

（五）家庭的苦，我已尝尽，也因它而有今日，绝不可再使孩子也受此折磨。

（六）孩子勿使学我，可使种地，地最可靠；却也不可相强。

（七）你自己的事，可自作主，勿以我之故，自甘束缚。

（八）靠别人而能解决的事，只是些撂下了也不相干的小事，真临大事，只有自己可靠。

9—10月，《台湾新生报》出现系列"反鲁"文章，有组织、有系统地批判鲁迅，成为系统性"反鲁"的第一波浪潮，背后隐约可见国民党当局的操弄。其中太史公应为30年代在上海文坛与鲁迅论战过的曾今可，待考。

12月，蓝明谷在高雄被捕，并于次年4月被枪决于台北马场町。

**1951年**

美国开始对台湾提供军事、经济援助。

4月，陈纪滢《荻村传》由重光文艺出版社印行单行本，该小说最初连载于《自由中国》杂志，后在重光社多次再版（1954年、1955年、1967年），并于1985年由皇冠出版社再次出版。该书曾被张爱玲译成英文 *Fool in the Reeds* 在香港彩虹出版社出版。小说以中国北方农村为背景，塑造了一个阿Q式的主人公傻常顺儿——这是一个整天给村里人起粪、挑水，做极费力的工作却又受到全村老少取笑的

人。此作上承鲁迅《阿Q正传》的传统，看"小"人物在"大"时代中的升沉。作者也曾自述傻常顺儿这个形象的塑造是受到《阿Q正传》的影响。该书在20世纪50年代与王蓝的《蓝与黑》、潘人木的《涟漪表妹》、姜贵的《旋风》并称四大反共小说。

与鲁迅相关的书目出现在《"国防部"颁违禁书刊目录》中。包括《鲁迅书简》《鲁迅传》（范泉译）、《回忆鲁迅先生》（萧红）、《鲁迅事迹考》（林辰）、《鲁迅先生二三事》（孙伏园）① 等。

---

① 见《正气中华》1951年6月7日第4版。

1952 年 7 月 28 日，苏雪林由法国经香港赴台，竖起"反鲁"大旗。在其登岛的当天接受《联合报》记者采访时，明确表示出向国民党当局靠拢的立场，以新文学著名作家、反共斗士、"反鲁"英雄自居。

11 月，黄荣灿被国民党当局枪决。

### 1953 年

12 月 21 日，一知（真名不可考）发表《古今中外不肯教课的教授》（《联合报》"联合副刊"），从国民党的立场上描述了鲁迅在广州中山大学的活动，其中多有夸大不实之词。

### 1954 年

苏雪林与寒爵之间爆发论争，其中涉及对杂文这一文体的看法，并由此发现寒爵的杂文深受鲁迅影响。

1—4 月，阿 Q 之弟（徐坤泉）在《丰年》（半月刊）连载长篇小说《牛》。

3 月 22 日，石江在《联合报》"联合副刊"发表《鲁迅在台湾》一文，指出台湾文化界对于三十年代中国现代文坛的陌生，以至于有人写文章宣称鲁迅到了台湾。文章借此对国民党的文艺政策表达了不满。

7 月，徐坤泉（阿 Q 之弟）逝世。

### 1955 年

大陆"胡风反革命集团"案爆发，台湾《联合报》等报刊对此多有报道，出现一些所谓揭露胡风被批判"内幕"的文章，并引发

"如果鲁迅不死"的讨论。

5 月 31 日，孙旗发表《〈我永远存在〉读后》，该文是为魏希文的小说所作的书评。文章凸显的鲁迅形象是："鲁迅的思想以恨为出发点，以报复为中心意识，是反人性和反人道的。"魏希文《我永远存在》一书 1955 年由香港亚洲出版社印行。

6 月，应未迟杂文集《匕首集》由联合报社出版。6—7 月间，石江石和江州司马发表书评谈论应未迟的杂文集《匕首集》。石江石表示认同于应未迟的杂文观，认为杂文应具有"毫不妥协的战斗性……为光明讴歌，向丑恶挑战"。石江石的这篇书评中的一段话意味深长，既指出了当时国民党当局查禁鲁迅的文化现状，也暗示了应未迟所受的鲁迅影响："老'刀笔吏'者，是指的周作人的阿哥周树人即鲁迅。应先生不直书其名，是不屑书或不便书？他自己明白，读者如我，既'体会'到

了，于别的读者比我更能知道。因此，作者写作的技术与风格上，或不免有一点儿二周影响，但并没有受思想上的影响。这就是所谓'扬弃'了。"应未迟的杂文写作受到鲁迅影响，他经常在文章中不指名地引用鲁迅的文字，笔下亦经常出现与"假洋鬼子"、阿 Q 相似的形象。

10 月 9 日，马丁发表书评《评〈鲁迅正传〉》（《民声日报》"民声副刊"第 959 期），反对太史公等人于 1950 年在《台湾新生报》上对鲁迅的极为偏颇、激烈的攻击，认同郑学稼相对较为温和的评价。《鲁迅正传》1953 年由香港亚洲出版社再版，后在台湾得到传播，郑学稼于 1978 年在台湾出版增订版。

11 月 3 日，张我军因肝癌病逝于台北。

### 1956 年

鲁迅逝世 20 周年。台湾媒体对此反应平淡，目前仅见 9 月 2 日
《联合报》"艺文天地"栏目刊登新闻《上海虹口新建鲁迅新墓》等
少数几篇。苏雪林为"反鲁"于当年 11 月写下《论鲁迅》一文，发
表于《人物》杂志，该文收入《我论鲁迅》一书时取题为《与"共
匪"互相利用的鲁迅》。

### 1957 年

发生"刘自然事件"（5 月 24 日）。
苏雪林转往台南的成功大学（原台南工学院）任教。

### 1958 年

5 月 4 日，胡适在"中国文艺协会"第 9 届年会以"中国的文艺
复兴运动"为题发表演讲，其主旨在于"人的文学"和"自由的文
学"两方面。在演讲中，胡适指出："鲁迅弟兄二人原是章太炎的弟
子，深得这位国学大师的真传，作得一手好古文，他们曾以文言翻译
了一本国外小说集，文字之美更胜过林琴南……以后二人改弦更张投
入新青年旗下，成为白话文学运动的健将，而且获得广大的读者所
拥护。"

本年度，苏雪林在《军友报》发表《琵琶鲍鱼之成神者——鲁
迅》，大肆攻击鲁迅。苏雪林认为台湾因为"胡风事件"而"谈鲁迅
兴趣更浓厚了"，是值得警惕的现象，因为鲁迅是由共产党捧出来的
偶像，"只怕别有用心者，借到机会，使鲁迅偶像在自由中国又逐渐
树立起来，……在鲁迅威灵笼罩之下，可怕的后果，又将发生了"。
该文后收入《我论鲁迅》一书。

### 1959 年

本年度，易金在《联合报》"万象"副刊上发表了数篇关于鲁迅
的文章，延续到次年 5 月 27 日。其中《鲁迅书简的新发现》（《联合

报》1959 年 5 月 7 日）建议台湾文坛应为鲁迅翻案，以之与中国共产党争夺"五四"阐释权。

9 月，陈映真走上文坛，发表《面摊》（《笔汇》第 1 卷第 5 期），该文开篇即可见鲁迅《药》的影子。此后，陈映真陆续创作的《我的弟弟康雄》《文书》《一绿色之候鸟》《乡村的教师》等小说，都可以看到模仿鲁迅的地方。

10 月 27 日、28 日，易金在《联合报》发表《鲁迅的诗与信》，从新发现的鲁迅的旧体诗和书信谈及 30 年代上海文坛往事。

**1960 年**

本年中，爆发"雷震案"，雷震等人被捕，组党行动失败（9 月 4 日）。

5—6 月，易金在《联合报》发表《被撕得四分五裂的鲁迅》《党性人的杂文》，指摘中国共产党及毛泽东本人对鲁迅的神化而使鲁迅失却了原来的面貌。

8 月，钟理和因肺疾病逝，其大部分作品在身后出版（发表）。

**1961 年**

12 月，张深切自传《里程碑》（又名《黑色的太阳》）由台中圣工出版社分 4 册印行，旋即被禁，被禁原因未详。1998 年 1 月，该书改为上、下册，编辑为《张深切全集》卷 1、卷 2，由文经出版社有限公司印行。张深切在该书中提及 1927 年 2—3 月间与鲁迅交往的历史细节：张深切请鲁迅致信中大法律系教授兼主任饶伯康，从而使其得以顺利转入中大法律系学习；鲁迅也热心支援张深切等人编辑出版《台湾先锋》，但"《台湾先锋》没有要着鲁迅的稿子，是件不凑巧的事"。不禁令人猜测，当年该书被禁，这是否是原因之一。

**1962 年**

笔者目力之所及，只看到两篇关于鲁迅的文献。其一为《联合报》2 月 18 日的《谈〈鲁迅传〉》和《政治评论》第 8 卷第 12 期（8 月 15 日）的《阿 Q 的表弟们》。莫辛的《阿 Q 的表弟们》一文从

《阿 Q 正传》谈起，站在文化保守主义的立场，将主张全盘西化者讽刺为阿 Q 的传人。

2 月，胡适逝世于台北。

### 1963 年
本年度，陈西滢的《西滢闲话》由大林出版社出版。

7 月间《徵信新闻报》刊登《"匪"向鲁迅倒打一耙》一文（新闻）。

### 1964 年
法国与台湾当局"断交"（2 月 10 日）。

苏雪林因"文坛往事辨伪"论争，负气出走新加坡，任教于南洋大学。

文星书店出版陈西滢《西滢闲话》、梁实秋《文学因缘》，两本书内皆包含与鲁迅相关的内容。

### 1965 年
3 月 26 日的《联合报》"联合副刊"发表林语堂的《记周氏兄弟》，文章对比周氏兄弟性格，称："鲁迅极热，作人极冷。两人都有天才，而冷不如热。……冷热以感情言也。""鲁迅热嘲冷骂，一针见血，自为他人所不及。中国那种旧社会，北洋那些昏头昏脑武人，也应该有人，作消极毁灭酸辣讽刺的文章。"该文没有批评鲁迅，在台湾当时的文化氛围下是不多见的。当天的"联副"还发表有任毕明《高尔基、鲁迅、纪德》。

本年度，徐复观出版《中国文学论集》（台湾学生书局）一书，书中收入《漫谈鲁迅——在香港中文大学新亚书院文学会的讲演稿》一文。徐复观指出："我们应当向他学习对黑暗的腐败的奋斗的精神，应当学习他写作的严肃态度及其写作的技巧，尤其可以学习他简练的文笔……"这样的评价在当时的台湾是极少见的。

11 月，张深切逝世。

**1966 年**

鲁迅逝世 30 周年。中国大陆开展"文化大革命"运动，台湾开展"中华文化复兴"运动。

7 月，林语堂在 18—19 日两天的《中央日报》"中央副刊"发表《忆鲁迅》。林语堂说鲁迅的"文章实在犀利，可谓尽怒骂讥弹之能事"。同月，另有署名文寿的《鲁迅与周扬》发表于《中央日报》（7 月 6 日）。

12 月，苏雪林在《传记文学》（第 9 卷第 6 期）发表《鲁迅传论》（上），旋于次年 1 月在《传记文学》（第 10 卷第 1 期）发表《鲁迅传论》（下），对鲁迅进行恶毒的人身攻击。1967 年，苏雪林将这两篇文章与此前批判鲁迅的文章以《我论鲁迅》为名结集由文星书店出版。

**1967 年**

苏雪林著《我论鲁迅》一书由文星书店出版。该书中除《与"共匪"互相利用的鲁迅》《鲁迅传论》《我对鲁迅由钦敬到反对的原因》等 3 篇文章外，其余皆为旧文。该书对鲁迅大加挞伐，其观点屈从于国共对立的意识形态偏见，认为鲁迅"是个连起码的'人'的资格都够不着的角色"。苏雪林声称要借此书的出版"结束我半生的反鲁事业。以后关于这个'文妖'的事，我不高兴理会了"。该书 1971 年由爱眉文艺出版社再版。

苏雪林著《文坛话旧》一书由文星书店出版。除《胡适之先生给我两项最深的印象》《我对鲁迅由钦敬到反对的原因》2 篇外，其余十几篇文章皆写于 1958—1959 年间。该书主要介绍 1949 年前的大陆文坛，1969 年由传记文学出版社再版。《我对鲁迅由钦敬到反对的原因》一文实为与刘心皇之间的"文坛往事辨伪"论争的自辩之文。

**1968 年**

3 月，夏济安著、峰子译之《剖析鲁迅作品》发表于《纯文学》
（第 3 卷第 3 期）。

7 月，发生"民主台湾联盟"事件，陈映真等 36 人被捕入狱。

**1969 年**

1 月，时在关西大学攻读硕士学位的张良泽与上野惠司翻译鲁迅
《中国小说的历史变迁》，连载于《大安》。因担心返台后被追究，张
良泽使用了"河上清"的笔名。

明伦出版社出版了鲁迅的《中国小说史略》，7 月，该书被查禁。
柏杨因在《自立晚报》刊登改编的大力水手漫画被捕，并依"匪谍"
罪嫌被判处 12 年有期徒刑（9 月 1 日）。商禽的《梦或者黎明》在本
年度出版，该诗集后来被评论界认为受到鲁迅《野草》的影响。商
禽早年在大陆时有阅读鲁迅作品的经验。

**1970 年**

本年度，保钓运动首先在美国爆发，运动主体力量为海外的台湾
留学生。张良泽返台后，任教于成功大学中文系，以鲁迅作品为讲
义，被学生告发，不得已终止。

11 月，梁实秋《关于鲁迅》由爱眉文艺出版社出版发行，该书
收《关于鲁迅》等文章 15 篇。在《关于鲁迅》一文中，梁实秋认为
鲁迅"和共产党本没有关系"，不赞成把鲁迅的作品列为禁书，但认
为鲁迅的最大短处是"谩骂一切……不能提出正面的主张"；认为鲁
迅的杂文很精彩，在文学上有相当的成就，可惜的是"失去了文艺的
立场"，"没有文学家应有的胸襟与心理准备。他写了不少的东西，
态度只是一个偏激"。

台北的寰宇出版社出版的《中国古典小说论》一书中收入赵景深
作于 1938 年的《评价鲁迅的〈古小说钩沉〉》一文。这种情况在视
鲁迅为禁忌的当时较为罕见。

**1971 年**

本年度，中华人民共和国恢复在联合国合法席位（10 月 25 日）；同时，台湾当局退出联合国。

3 月，《夏济安选集》由志文出版社出版，书中收录《鲁迅作品的黑暗面》（林以亮译）一文。

8 月，刘心皇著《现代中国文学史话》由正中书局印行。该书设有专门章节论及刘半农、郁达夫、周作人、徐志摩、戴望舒等人，对鲁迅却只在"论新文学运动初期的小说"一节中一带而过，且以引用他人评论为主，没有发表其个人对鲁迅的看法。从行文来看，在视鲁迅为禁忌的年代如此处理，应有政治方面的顾忌。

**1972 年**

日本与台湾当局"断交"（9 月 29 日）。

在北美参与保钓运动的台湾留学生创办多种刊物。这批留学生中部分有阅读鲁迅作品的经验，对中国近现代史有了一定的了解，在这些刊物中多次援引鲁迅作为斗争的武器，《佛罗里达通讯》《密歇根月报》等，都刊登有关于鲁迅的文章。如《佛罗里达通讯》第 1 期（2 月 18 日）刊登鲁迅《写在"劳动问题"之前》，并以鲁迅的名言补白。

10 月，黎烈文逝世。

**1973 年**

2 月，闻堂发表《鲁迅兄弟阋墙之争》（《艺文志》第 89 期），叙述了鲁迅与周作人的决裂，以及后来许寿裳、许广平对此事的看法。对兄弟失和的原因未作探讨。

5 月，陈纪滢发表《三十年代中国文坛回顾："毛共"迫害作家的事实》，文中以极大篇幅引用鲁迅《对于左翼作家联盟的意见》及《答徐懋庸并关于抗日统一战线问题》。陈纪滢认为："以当时情形而论，鲁迅的言论，确为多数人所喜爱，很难以驳倒的。如他批评那号称左翼作家们的不实际，有'右倾'危险。如希望有真正马克思主义者对他有攻击等等，这绝不是共产党员的立场。"

6 月，黎明发表《苏雪林教授〈鲁迅传论〉考证》（《民主宪政》第 44 卷第 4 期），文章指出，苏雪林引郑学稼《鲁迅正传》，称鲁迅祖父周福清因"在考场为人枪替而下狱"实乃以讹传讹，并不符合史实，而事实是周福清想以一万两银子，向当时的正考官殷如璋行贿，为周用吉疏通关节。在当时"反共""反鲁"的氛围中，这样细致考证的文章实属难得。

**1974 年**

10 月、11 月、12 月，侯健在《中外文学》（第 3 卷第 5、6、7 期）发表《革命文学的前因与实际》，文章从鲁迅的《革命时代的文学》讲起，以翔实的史料清晰地呈现了从创造社、太阳社批判鲁迅到"左联"成立的整个历史过程，而且侯健行文中表现出较为客观、中立而非如当时大多数人的极端"反共"立场，这在当时的台湾文坛是非常少见的。这说明在当时全面禁绝三十年代文艺的情况下，研究者还是能够看到相关资料的。

**1975 年**

陈映真出狱。许乃昌逝世。

周玉山以《中国左翼作家联盟研究》在政治大学东亚研究所获得硕士学位，指导教授胡秋原。这是迄今所能看到的台湾最早研究左翼文坛的学位论文。

留学美国的台湾学生方耕在"保钓"刊物《新港》上发表《读鲁迅书，谈新港人》。文章以鲁迅笔下的"聪明人""帮闲"等典型讽刺"保钓"运动中的各种投机者。

### 1976 年

3 月，林语堂在台北逝世。刘绍铭在《联合报》发表文章，建议国民党当局适度放开对 30 年代大陆文艺作品的审查，并做相应整理。

4 月，周锦著《中国新文学史》在长歌出版社出版。因该书体例所限，没有专论鲁迅的章节，而是在新文学"初期"的"小说""散文"以及新文学"第二期"的"上海文坛"三个章节中论及鲁迅。周锦认为，"在中国新文学史上，鲁迅是一个有大成就，也是极其可怜的人物。初期的创作小说不只是空前，直到现在也没有人能在水准上加以突破，但后来一直在无谓的纷争中消蚀时间，很少再有创作。……去世之后，却又做了政治上被利用着的工具，确是中国文坛以及中华民国的莫大损失"。周锦高度评价《野草》《故事新编》，认为其中相当的篇章不仅具有散文的意境，更有新诗的雄浑。但周锦对鲁迅的杂文评价不高，认为"那不能算文学作品"的。在论及 30 年代上海文坛时，周锦站在国民党"反共"的文化立场，认为国民党对左翼文坛的残酷镇压"是很正确的"，鲁迅在上海的文化活动，受控于日本与中国共产党。书中提出国民党对柔石等作家的镇压具有正当性，并认为内山完造、鹿地亘、胡风等皆为日本军方的文化特务。该书 1977 年由长歌出版社再版，1983 年逸群图书有限公司据长歌出版社版本照相三版。三版由尹雪曼作序。

### 1977 年

本年度，"乡土文学"论战爆发。

1 月，王章陵发表《"鲁迅与'国防文学'事件"经纬及后遗症》（《共党问题研究》第 3 卷第 1 期），认为 20 世纪 30 年代"国防文学"的论争、20 世纪 50 年代"胡风事件"、"文革"中周扬遭批斗及"文革"后对"四人帮"的清算等历史事件具有承续性，其实

质在于共产党一贯利用鲁迅来为自己的政治服务。

### 1978 年

7 月，郑学稼的《鲁迅正传》出增订版。该书最初成书于 1941 年 2 月，1942 年 3 月由重庆的胜利出版社出版。1953 年香港亚洲出版社再版，该版本在台湾出现盗印本。1978 年 7 月台湾时报文化出版公司出版了该书的增订版，此版本后来又数次再版。郑学稼增订《鲁迅正传》的深层意图在于借由对鲁迅的评价和中国共产党争夺历史的阐释权以论证国民党政权的合法性。增订版《鲁迅正传》出版后，刘心皇在《中国时报》"人间"副刊（12 月 6—8 日）发表书评《平心论鲁迅——郑著〈鲁迅正传〉读后》。

11 月，叶荣钟逝世。"政府"公报中见查禁陈磊编选、上海绿杨书屋出版的《鲁迅选集》。

### 1979 年

美国与台湾当局"断交"，与中华人民共和国建交（1 月 1 日）；大陆发表《告台湾同胞书》（1 月 1 日）；高雄市爆发"美丽岛事件"（12 月 10 日）。

1 月，周玉山发表书评《郑老师的〈鲁迅正传〉》。罗家伦发表《话鲁迅当年》，称鲁迅在五四时期的小说"是最有创造力的作品。……最动人的一篇是《狂人日记》"。

**1980 年**

2 月，日本学者前野直彬《评〈古小说钩沉〉——兼论有关六朝小说的资料》发表于《中外文学》第 8 卷第 9 期。文章认为，在六朝小说的研究方面，目前当作资料可用的仍只有鲁迅的《古小说钩沉》。

6 月，香港学者赵聪的《五四文坛泥爪》由时报文化出版事业有限公司出版，书中收录文章 39 篇，其中与鲁迅相关的有 10 篇，分别为《关于鲁迅》《日记里的鲁迅》《鲁迅与钱玄同》《鲁迅与周作人》《"中国的高尔基"》《中国小说史略》《阿 Q 正传》《法国也有阿 Q》《阴阳怪气的屈罗里》《许广平回忆鲁迅》。这些文章原本发表于司马长风主持的香港《联合评论》周刊，后结集为《五四文坛点滴》在香港出版。赵聪的鲁迅研究在此书出版之前就已经受到台湾文坛的关注，郑学稼等人多次引用过赵聪的相关观点，由此可见冷战时期台港文化界的沟通与交流。

10 月，尹雪曼发表《漫谈鲁迅》，文章同意苏雪林对鲁迅性格的评价，但同时也表示鲁迅与中国共产党是有分歧的。由此，尹雪曼站在反共的立场上，建议国民党当局放开对三十年代文艺的管制。

**1981 年**

鲁迅百年诞辰。

3 月和 5 月，衣鱼（刘心皇）在《书评书目》第 95、96 期分别发表《批判鲁迅的基本资料》《〈批判鲁迅的基本资料〉补遗》，以及 9 月在《反攻》第 431 期杂志发表《批判鲁迅的参考资料》。在"小引"中，刘心皇指出台湾知识界对三十年代文艺持"开放"与"批判"两种不同的态度，但实际上很多人对三十年代文艺的领袖鲁迅并不了解。如要批判鲁迅，则必须有基本的资料（即鲁迅的著作），因此，"应该将它们抄录给大家看看，以免一谈到鲁迅，都冒充内行，不是乱骂一通，便是说他没有著作，无法给予有力的批判"。事实上，刘心皇不过是借批判鲁迅之名行宣传鲁迅之实。

10 月，四季出版事业有限公司出版《鲁迅与阿 Q 正传》一书。

该书由茶陵（周玉山）编于鲁迅百年诞辰之际，收入叶公超、夏济安、徐复观、梁实秋、林语堂、竹内实、赵聪、司马长风、李欧梵、王润华、一丁等人文章30余篇，"或探讨其思想，或分析其作品，或考察其身世，或评论其得失，皆以客观诚恳的态度，慎重负责的笔触，共同刻画出鲁迅及其作品的原貌来"。虽不属政论性，却因鲁迅的作品蒙着"禁书"的神秘外衣而令读者心生好奇。

### 1982 年

该年，由于周令飞赴台等原因，台湾掀起一波讨论鲁迅的热潮，据不完全统计，共发表与鲁迅相关的文章四十余篇。

6—10 月间，刘心皇接连发表《从鲁迅看三十年文坛的纠纷：鲁迅杂文集"后记"中对"左联"党团份子的讽刺及对自由文坛斗争的记录》（《"国立"编译馆馆刊》第 11 卷第 1 期）、《鲁迅与托派——中共有清算鲁迅的可能性之分析》（《共党问题研究》第 8 卷第 7 期）、《从鲁迅看三十年文坛的纠纷》（《东亚季刊》第 14 卷第 1—2 期）等文章，论题主要涉及鲁迅与中共的关系以及未来中共将如何评价鲁迅等问题，提出鲁迅是自由主义者而非共产党的同路人等观点。

9 月 18 日，周令飞在台北桃园机场转机途中宣布滞留台湾，此举震动两岸。岛内《中国时报》《联合报》《中央日报》《民生报》《传记文学》《文艺月刊》等主要纸质媒体以此为契机大规模介绍鲁迅，形成一股延续近半年的讨论鲁迅的热潮，同时，知识界也借此向国民党当局表达了希望解禁中国现代文学的诉求。葛浩文、周锦、秦贤次、龚鹏程、周玉山、刘心皇等人皆借机发表对鲁迅的看法，虽立场及评价各不相同，但无疑起到了宣传鲁迅的作用。《传记文学》连续两期（10 月、11 月）刊登许世瑮（许寿裳之子）、沈云龙、梁实秋、赵聪、王世华等人的文章，多侧面向大众介绍鲁迅，并在 11 月辟有"从周令飞来台论鲁迅生平特辑"。媒体对鲁迅皆有正面评价，称其"文艺成就可肯定，文章价值难估量"①。

10 月，蔡孝乾去世。

11 月，曹聚仁《鲁迅评传》由瑞德出版社出版、双喜图书出版社总经销。周令飞《三十年来话从头》由时报文化出版事业有限公司出版，该书所录文章是自周令飞到台湾第三天起在《中国时报》的连载文章，介绍了周令飞自幼年开始到赴日留学期间的生活，对于台湾读者了解大陆具有一定的认知价值。

### 1983 年

本年度，学界论题集中于鲁迅与中国共产党的关系，如陈绥民《鲁迅的悲剧——中共对他的打、拉、捧与用》及《鲁迅与瞿秋白》、林衡道《鲁迅与"第三国际"》、刘心皇《鲁迅与托派：中共有清算鲁迅的可能性之分析》、华羊《鲁迅与中共》等文章，都涉及这一问题。此外，部分学者对鲁迅与传统文化的关系也较为关注，如王孝廉《西医·古碑·鲁迅》、蓝吉富《鲁迅与佛经——〈西医·古碑·鲁迅〉读后》、海若《鲁迅"钞"的可能是什么"古碑"》等。

1 月，台湾省政府教育厅函，查禁鲁迅原著程十发绘图之《阿Q正传一〇八图》一书，该书由台北市瑞泰文物供应社供销（8 日）。《鲁迅评传》一书被查禁，该书由台北双喜图书馆出版社出版（24 日）。查禁依据为《台湾地区戒严时期出版物管制办法》第二、三条及同法第八条。周玉山《文学边缘》一书由

---

① 《〈呐喊〉〈彷徨〉·嫉俗讽刺》，《民生报》1982 年 9 月 24 日第 7 版。

东大图书公司出版，其中与鲁迅相关的文章有6篇。

2月，由傅季中导演、毛学维主演的小成本电影《又见阿Q》杀青。该片将故事背景从30年代拉近到80年代，其标示的阿Q精神和鲁迅所指有所不同：鲁迅笔下的阿Q是把那个时代的中国人自以为老大的坏习性典型化，该片则直陈现代中国人自卑的病根，技巧虽然是西方的，但其精神却来自中国和乡土的感情，因此，在《又见阿Q》里有灯红酒绿的现代都市世界，也有四合院、监狱、摊贩等旧的生活景观。《文学思潮》第14期推出一组关于鲁迅的文章，分别为尹雪曼《漫谈鲁迅》、陈绥民《鲁迅的悲剧——中共对他的打、拉、捧与用》、周冠华《鲁迅面面观》、林衡道《鲁迅与"第三国际"》。

5月，台湾省政府教育厅函，查禁杨之华、尸一等著《关于鲁迅》一书，声称该书"违反《台湾地区戒严时期出版物管制办法》第三条第六款及同法第八条之规定，予以查禁"。该书出版信息不详，为台湾盗印本（26日）。查禁鲁迅等著《阿Q正传的成因》一书（26日）。

12月，周云锦以《新文化运动的价值观》获台湾大学历史学研究所硕士学位。论文指导教授为李守孔。该论文第五章"新文化运动的评价"第二节论及"鲁迅的反传统思想与《阿Q正传》"。论文沿用了林毓生所提出的整体性反传统思想（即全盘否定论），并指出其复杂性的原因在于显在的意识层次和隐在的意识层次之间的不一致性：鲁迅虽然在公开发表的言论中激烈反传统，但在其个人意识上却又对某些传统价值作了思想与道德上的承担。也即，因鲁迅对反传统整体论和某些传统价值的同时承担，从而引起意识内部的紧张。

### 1984 年

6月，杜继平以《五四时期的反传统思想》在台湾大学历史学研究所获得硕士学位，论文指导教授为李守孔。作者将"传统"界定为思想、道德与制度。论文第三章"鲁迅的反传统思想"从鲁迅生平经历探讨其反传统思想生成的原因，指出鲁迅反传统思想根植于他对中国深切的爱，也因此而使其具有了彻底的革命性。论文对鲁迅的评价是积极的、正面的。

7月，香港学者陈炳良在《文季》发表《鲁迅与共产主义——传说与事实之间》一文，文章指出，中国大陆对鲁迅形象的塑造，使得很多人以为鲁迅已经接受了共产主义，陈炳良认为这是不确的。他借助大量史实说明鲁迅不是共产党的同路人而只是盟友。陈炳良认为二者的关系可描述为："在鲁迅的影响下很多中国知识分子参加或支持中国共产党，但在意识形态方面，他和共产主义存在着一条极大的鸿沟。"

11月，王诗琅于台北逝世。

**1985 年**

3月，杨逵逝世。胡风在北京的杨逵追悼会上作《悼杨逵先生》的演讲，其中提及："三十年代初，我在日本的普罗文学上读到了先生的中篇小说《送报夫》……这篇作品深深地感动了我，我当即译了出来，发表在当时销数很大的《世界知识》上。后来新文学研究会还把它译成了拉丁化文字本，介绍给中国的文友们阅读。"①

6月，胡风在北京逝世。

本年度较值得注意的论文有王德威《鲁迅，还是老舍？——中国现代写实小说的两个方向》、王章陵《论人性与文学：三十年代梁秋实与鲁迅的论战》。在王德威的文章发表之前，学界的主流意见认为鲁迅是中国新文学现实主义潮流万宗归一的源头，而该文则提出，老舍可代表鲁迅之外的另外一种现实主义小说的方向。

**1986 年**

6月，刘心皇将自己20世纪70年代以来所发表的部分关于鲁迅的文章结集为《鲁迅这个人》，由东大图书股份有限公司出版。该书在史料的收集与相对理性的分析两个方面体现了它的价值，是对苏雪林以辱骂代替研究的学风的一次矫正，同时也以更为翔实的史料修正了郑学稼的某些观点。该书提出一些新颖的观点供学界再探讨（如认为鲁迅本质上是自由主义者），又有对学界长期悬而未决的问题的细

---

① 参见周梦江、王思翔《台湾旧事》，时报文化出版公司1995年版，第91页。

致考证（如对国民党通缉鲁迅真相的考证），有着相当的学术价值，为"解严"后学术体制内的学院派鲁迅研究奠定了必要的基础。

该年度较值得关注的论文有刘大任（金延湘）的《鲁迅的〈坟〉》《把鲁迅拿过来》及林毓生《鲁迅思想的特质》。刘大任《鲁迅的〈坟〉》一文认为，1926 年《坟》的出版，是"文学鲁迅"与"政治鲁迅"的分水岭，从此以写杂文为主。刘大任虽然承认鲁迅是"与近代中国的苦难融合而不可分的"，但又遗憾于鲁迅文学创作中较有价值的只有两本小说（《呐喊》《彷徨》）、两本散文（《野草》《朝花夕拾》），"一放在世界文学的书架上，便觉有些苍白"。刘大任的《把鲁迅拿过来》则结合自己在三个不同时期的鲁迅经验，提出去除鲁迅的政治光环，凸显鲁迅的文学价值。林毓生的文章认为，鲁迅的意识中存在沉痛的思想矛盾和精神上的紧张，他的复杂意识见证了 20 世纪中国深沉的文化危机，但同时，他因对中国实际问题的了解而产生的绝望以及由此带来的他对任何简单的解决方案的反对，跟"五四"时代的意识形态中乐观地向前看的气质是不协调的。

## 1987 年

本年度，台湾当局宣布"解严"（7 月 15 日）。开放台湾人民前往大陆探亲（10 月 15 日）。

5 月，《当代》杂志推出"传统与反传统专辑"，刊发杜维明、张隆溪、王汎森等人从思想史角度谈传统与反传统的文章，都把鲁迅作为反传统的重要一环加以论述。王德威在此专辑中发表《鲁迅之后——五四小说传统的继起者》一文，认为鲁迅是中国小说"现代化"的肇始者，鲁迅挖掘并戏剧化传统文学（文化）体系的破绽，瓦解了理性（礼教）的合理性，而在新崛起的小说家中，能以独特的创作风貌回应鲁迅创作言谈模式的有茅盾、老舍、沈从文，该文认为"他们对风格形式的试炼，对题材人物的构想，已在在丰富了鲁迅以降的中国小说面貌"。

7月，郑学稼逝世。

10月，程步奎在《当代》第18期发表《要是鲁迅还活着》，文中提及毛泽东1957年与新闻界人士谈话时的一段话："我看鲁迅活着，他敢写也不敢写。在不正常的空气下面，他也会不写的，但更多的可能是会写。"这段话在大陆，直到周海婴在2001年出版《鲁迅与我七十年》之后，才被披露出来。

10月，《当代》杂志又推出"鲁迅专辑"。发表李欧梵、熊秉明、葛浩文、李永炽、程步奎、金恒杰等人的文章，以及李欧梵访谈。李欧梵的《鲁迅与现代艺术意识》，以及同一专辑中的多篇文章均谈及《野草》，表明台湾对鲁迅的关注已经开始从思想批判转向艺术分析。李永炽的《鲁迅·日本·竹内好及其他》将竹内好的鲁迅研究介绍到台湾，以期"有所资鉴助益"。李欧梵的访谈则强调要将鲁迅"从神还原成人"。

12月，高田昭二著、朱樱编译的《鲁迅生涯及其文学》由新潮社文化事业有限公司出版。该书作者强调鲁迅"是一个天生傲骨的文人，……秉持对文学的信仰而屹立不摇"，"鲁迅文学的精髓在于他的杂感文，虽身处于忧困时代而仍然能够犀利地批评"，使得他的杂文"至今仍能脍炙人口"。这样的评价，尤其是对鲁迅杂文的高度肯定，在当时的台湾是没有的。这本书的出版前言中，出版者认为，不必因为中国大陆捧鲁迅，台湾就"否定鲁迅这位在文坛上颇有建树的作家"。

本年度，曹聚仁编著的《中国近代文学史的侧影——鲁迅的一生》由新潮社文化事业有限公司出版。该书上半部分是为曹聚仁所著之"鲁迅年谱"；下半部分为"作品评论及印象记"，编入周作人、苏雪林、陈源、内山完造等人文章13篇，及辑录的悼念鲁迅的诗和挽联。书末附有"鲁迅生平和著述年表"。宋云彬选辑的《鲁迅语录》由新竹文强堂出版。

黄维樑的《蕴藉者和浮慧者——中国现代小说的两大技巧模式》（《中外文学》第15卷第9期，总第177期）总结出中国现代小说中以鲁迅、吴组缃为代表的"蕴藉"模式和以钱钟书为代表的"浮慧"模式。

学界对鲁迅的关注还集中于鲁迅与梁实秋论战史实的再探讨、鲁迅与现代艺术的关系等方面。

**1988 年**

本年度关于鲁迅的论述、新闻呈井喷之势，有据可查的记录有 60 余条。

3 月，《中国时报》报道大陆出版《鲁迅生平史料汇编》的消息。

4 月，台北的国际文化事业有限公司出版《盖棺论定谈鲁迅》（霍必烈编）一书。该书收入《鲁迅自叙传略》以及蔡元培、孙伏园、夏丏尊、叶圣陶、曹靖华、傅东华、林语堂、胡适、梁实秋、叶公超等人悼念鲁迅或回忆鲁迅的文章。书中有专文介绍鲁迅逝世的经过，并搜集了鲁迅逝世时全国及东南亚各媒体报道鲁迅逝世的消息 120 余条，还搜集了文化界、军政界名流为鲁迅撰写的挽联、挽辞 60 余条。书前有鲁迅照片、手稿等图片近 20 幅。书中还有专文介绍鲁迅的生平及其著作，并列出鲁迅著述目录及鲁迅使用过的笔名，书末附有鲁迅年谱。

6 月，周质平《胡适与鲁迅》一书由时报文化出版企业有限公司出版。该书选的 10 篇皆为作者围绕胡适所写的文章。其中第一篇《胡适与鲁迅》是作者有感于"'胡学'与'鲁学'虽一直是文史界中的'显学'"，但海峡两岸却无人对此做比较研究，因而就此课题作一初步探讨。该书以此为书名，也是为了引发学界对此问题的关注。文章从胡适和鲁迅在大陆所得到的不同评价说起，指出中共对鲁迅的"捧"与对胡适的"批"不仅使得二者本来的面目被遮蔽，也混淆了学术与政治运动的界限（当然，在该书的序言中，作者也批评了台湾的禁书政策）。文章重点论述了胡适与鲁迅的合作与分歧、各自对白话文及新文学的不同贡献等。

9 月，香港学者陈炳良的《照花前后镜——香港·鲁迅·现代》由锦冠出版社出版。书中"鲁迅研究"专辑共辑录文章 4 篇，为《鲁迅与共产主义——传说与事实之间》《国防文学论战——一笔五十年的旧账》《鲁迅和共产国际特派员》《鲁迅在五四前后的思想》。

12 月，《联合文学》第 5 卷第 2 期推出"现代人看'丑陋的中国

人'阿Q"专辑。该辑内容丰富，共84
版，除首先全文刊登《阿Q正传》外，又
有"过去评论家评阿Q""学人作家评阿
Q""街头访问问阿Q""名家笔下的阿Q
造型""校园访阿Q""各行各业对阿Q的
看法"等6个专题，此外还发表了张宜芜
戏仿《阿Q正传》的小说《阿Q在校园》
及秦贤次编的《〈阿Q正传〉出版目录》。
在"过去评论家评阿Q"专题下，节选周

作人、许寿裳、茅盾、朱彤、曹聚仁、王瑶、夏济安、郑学稼、梁实
秋、田仲济、孙昌熙、Shapick、葛浩文等人评论鲁迅的文字；在
"学人作家评阿Q"专题下，则刊发了方瑜、司马中原、何怀硕、李
祖琛、林文月、东年、庄正信、高行健、孙隆基、陈白尘、陈义芝、
冯骥才、痖弦、杨小凯、齐邦媛、廖咸浩、苏雪林等人的笔谈文章；
"街头访问问阿Q""校园访阿Q""各行各业对阿Q的看法"三个专
题则通过对普通大众的调查，原生态地反映了经过禁绝鲁迅的时代之
后台湾民众对鲁迅的认知；"名家笔下的阿Q造型"专题选取丰子
恺、蒋兆和、程十发、顾炳鑫、范曾、丁聪、裘沙等七人所绘阿Q形
象十余幅。

### 1989年

3月30日，张大春在台北市重庆南路二段51号B1知新艺术生活
广场举办讲座"造就阿Q的人们——兼及鲁迅"。该讲座是《联合文
学》、世华银行慈善文化基金会主办的"作家的心灵世界"系列讲座
第一讲。

4月，海风出版社出版了"中国新文学大师名作赏析"系列书籍
第一本《鲁迅》。该书精选了鲁迅11篇小说，编选者卢今为全书写导
言《鲁迅的文学创作与成就》，并对每一篇作品进行解说，特别着重
分析小说所蕴含的社会意义，并且从这一观点来观察鲁迅的艺术技
巧。吕正惠认为："三十年来台湾的文学教育又非常偏颇，读者普遍
缺乏社会的想象力。在这种情况下，如果我们要重新恢复台湾读者对

二、三十年代文艺的兴趣，注重历史、社会背景的解读方法是非常必要的。"① 该套书在后来几年中陆续出到 30 种，共包含如下新文学作家：鲁迅、巴金、老舍、沈从文、艾青、冰心、夏丏尊、丰子恺（合为一集）、

闻一多、郭沫若、丁玲、郁达夫、茅盾、臧克家、何其芳、朱自清、吴组缃、萧乾、萧红、胡适、刘半农、刘大白、沈尹默（合为一集）、冯至、戴望舒（合为一集）、许地山、郑振铎（合为一集）、曹禺、周作人、赵树理、叶圣陶、苏雪林、庐隐、凌叔华、冯沅君（合为一集）、徐志摩、王统照、白先勇、林语堂。

9 月，唐山出版社出版《鲁迅全集》。该全集由林毓生、李欧梵任顾问，全集共 13 卷，包含鲁迅除译著外的其他文字（书信、日记均在内）。

10 月，时代风云出版公司出版《鲁迅作品全集》，该作品集称鲁迅"文学风云数十年，中国文坛第一人"，此次出版的目的是"还原历史的真貌，让鲁迅作品自己说话"。该作品集包含鲁迅个人的文学创作，不包含鲁迅书信、译著及学术著作，计有《呐喊》《彷徨》《野草》《朝花夕拾》《故事新编》《坟》等 13 册。

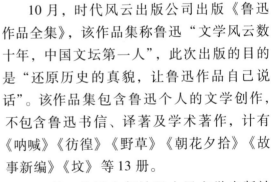

12 月，谷风出版社以人民文学出版社 1980 年版《鲁迅全集》为底本，重排繁体版，出版了《鲁迅全集》，全集共 16 卷。书名由台静农题署。

6—12 月，周谷在《中外杂志》连载《鲁迅新传》。中国大陆学者王友琴的《鲁迅与中国文化震动》引发

---

① 吕正惠：《我们需要这样的选本》，《民生报》1989 年 5 月 6 日第 26 版。

台湾学界关注。大陆鲁迅研究学者陈漱渝赴台探亲，与台湾学界交流鲁迅研究经验。

**1990 年**

本年度，应关注王宏志《鲁迅与"左联"关系初探》《鲁迅加盟"左联"的动机——几个论点的商榷》《"戴白色手套革命"的鲁迅——"同道中人"第一次公开对鲁迅的攻击》等几篇文章，它们与王宏志次年年初发表的《敌乎友乎？——论鲁迅与徐懋庸的关系》共同构成其关于鲁迅与左翼文坛关系的研究系列。《鲁迅加盟"左联"的动机——几个论点的商榷》一文对学界长期以来在此问题上流行的几个观点进行分析，最后指出，鲁迅之所以加入"左联"，原因在于他"真的相信这样一个文学团体，会对中国的文坛，甚至中国的将来带来好处"。尤其是在革命文学家放弃或修改自己的见解而主动与鲁迅联系的时候，鲁迅与他们的矛盾已经化解的情况下。此外，王德威《从头说起——鲁迅、沈从文与砍头》也值得关注。

本年中，许世瑮（许寿裳之子）、李霁野都发表了纪念鲁迅的文章。台静农逝世。

**1991 年**

废除"动员戡乱时期临时条款"，"动员戡乱时期"结束（5 月 1 日）。

2 月，郑懿瀛以《鲁迅与中国现代知识分子——从〈呐喊〉到〈彷徨〉的心路历程》获政治大学历史研究所硕士学位，论文指导教授为尉天骢。论文在中国近代史的背景下分析鲁迅的作品，借以"了解与掌握中国回应西方冲击的挣扎痕迹"，以明确文化变革期中国知识分子走向"现代"过程中所遭遇的内在彷徨和外在阻力。

8 月，台北文史哲出版社出版周行之《鲁迅与"左联"》一书。该书共 10 章，从《新青年》团体的分化讲起，讲述了从"革命文学"论争到"两个口号"论争的历史过程，详细勾画了鲁迅与"左联"的关系。该书对鲁迅有较高评价。《联合报》登出"鲁迅冥诞纪念专辑"。

9 月，为纪念鲁迅 110 周年诞辰，台湾杂志业及出版社纷纷推出鲁迅专辑，同时举办座谈会，从文学、史学的角度谈论鲁迅对中国文学的影响。《中国论坛》邀请海峡两岸学者撰写 7 篇有关探讨鲁迅文学创作与成就的专文，编辑成纪念专集。《国文天地》以"鲁迅对台湾的文学界有什么影响"为主题，刊出张我军、张深切、张秀哲、刘呐鸥等人文章，展现鲁迅对台湾青年的影响；同时，该刊还邀请刘大任、阿盛、罗智成等现代作家以座谈方式，谈接触鲁迅作品的经验。《文讯》则向读者征稿，探讨鲁迅的作品。海风出版社除了推出鲁迅的专集外，还将鲁迅的名作《阿 Q 正传》再版，并增添学人作家看阿 Q 及外国作家和学者对《阿 Q 正传》的评论。蔡源煌在 24 日的《联合报》"联合副刊"发表《鲁迅与当代台湾文学》，探讨鲁迅对当代台湾文学的影响，文章认为，在台湾当代作家中，受鲁迅影响的至少有柏杨、白先勇、黄春明、陈映真、张大春等人。

方美芬所编之《台湾近年来鲁迅研究论文索引》（上、下）分别发表于《国文天地》9 月号、10 月号。秦贤次与叶石涛则都关注到鲁迅与台湾文学的关系，分别发表了《鲁迅与台湾青年》《台湾新文学与鲁迅》。

**1992 年**

1 月，周令飞著《梦幻狂想奏鸣曲——中国大陆表演艺术 (1949—1989)》由时报文化出版公司出版。

9 月，里仁书局出版《鲁迅小说史论文集——中国小说史略及其他》一书。该书出版说明中指出："在中国古典小说研究上，鲁迅以他博雅的学问和精辟的识见，为小说史的研究建立了一个成功的典范。《中国小说史略》的面世，不但在观念、方法上，远远超越了前人，至今也甚少有人能够突破他所设定的框架。本次整理完整收录了《中国小说史略》《小说旧闻钞》，另集录他历年所作的小说史短文 12 篇。从这些篇章中，我们可以见到一代学人的风范。鲁迅已经去世快一甲子了，但他在学术史上所绽出的光芒，至今仍未止熄，为人们所津津乐道。"

11 月，新加坡学者王润华的《鲁迅小说新论》由东大图书公司出版，书中收入论文 10 篇，这些论文曾在中国大陆、台湾及新加坡等地的刊物上发表。该书的特色主要表现在两个方面：其一，将鲁迅与象征主义的关系作为重要议题进行研究；其二，分析鲁迅小说的结构。

12 月，业强出版社推出王晓明《无法直面的人生——鲁迅传》，该书是业强"中国文化名人传记系列"丛书第 11 本，此版早于中国大陆上海文艺出版社 1993 年 12 月版。"中国文化名人传记系列"由两岸学者通力合作，试图借此展现中国文化名人风范。

本年度出版的书籍中，由两岸学者（陈子善、秦贤次）合作编辑的《我与老舍与酒——台静农文集》具有象征性意义。在台静农的这本文集中，选入台静农所写关于鲁迅的文章 7 篇。本年度可注意的论文还有王润华《探索病态社会与黑暗魂灵之旅：鲁迅小说中游记结构研究》《论鲁迅〈白光〉多次县考、发狂与掘藏的悲剧结构》及周昌龙《鲁迅的传统和反传统思想——对五四新文化运动的一个观察》。周昌龙认为鲁迅的思想兼涵"呐喊""彷徨"两种不同的趋向，反映着他对中国传统文化的疾痛和爱眷，其背后是传统和反传统思想力量的交互作用。周昌龙指出，鲁迅等五四知识分子虽然大力破坏传统中的各种机制，却并非拒绝此传统，而是意在复兴。

## 1993 年

辜振甫、汪道涵于新加坡展开首次汪辜会谈（4 月 27 日）。

1 月，陈芳明发表《鲁迅在台湾》一文，简要梳理了鲁迅在台传播的历史。

2 月，黎活仁编著的《现代中国文学的时空观与空间观——鲁迅、何其芳、施蛰存作品的精神分析》由业强出版社出版，书中收入黎活仁所作关于鲁迅的文章 2 篇，分别为《〈野草〉的精神分析——兼谈鲁迅的象征技巧》《鲁迅与太阳神——〈鲁迅传〉的分析》，这两篇文章值得注意。

3月，陈漱渝在《中国文哲研究通讯》第3卷第1期发表《关于评价鲁迅的若干问题》，在台湾提出鲁迅评价的问题，具有意义。

第六届梁实秋文学奖得奖作品集《假如阿Q还活着》由中华日报社出版。徐晓鹤的《假如阿Q还活着》获得散文类第一名。小说续写鲁迅名作，表现了作者的创作勇气。作者一方面与鲁迅对话，假设阿Q还活着；另一方面则与现代中国对话，将阿Q放入北伐、清党、清乡、新中国成立、"文革"等一系列历史事件中，虚实相生、真假杂陈，颇具创意。全篇以顺畅活泼之文字展开对于历史与现实的讽刺，集幽默性、讽刺性、历史感、知识性、趣味性于一体，实为阿Q传播史上不可多得的戏仿之作。徐晓鹤（1956—  ）出生于湖南长沙，后旅居美国。

### 1994 年

6月，林素娥在《中外文学》发表《鲁迅〈药〉的五种读法》。该文借"读者反应"的研究方法分析、比较五位读者（三位普通读者，两位鲁迅研究专家——李欧梵和汪晖）对《药》的"读后感"，讨论读者制造"意义"或理解的过程。作者虽声称"无意介入有关鲁学研究的辩证或提供新的诠释与观点"，但文章却事实上展示了借助合适的理论进行研究的可能性。

7月，吴怡萍以《北伐前后妇女解放观的转变——以鲁迅、茅盾、丁玲小说为中心的探讨》获政治大学历史研究所硕士学位，指导教授为吕芳上。论文的主要思路是从鲁迅、茅盾、丁玲探讨妇女解放意识的转变，同时点出男性和女性在妇女解放观念上的歧异，反省男性的妇女解放观。论文第二章从《我之节烈观》对"贞洁"的批判和在《祝福》关注被封建道德戕害的女性，到《娜拉走后怎样》提出经济解放的问题及在《伤逝》中反思"五四"时期所谓的个性解放问题，指出鲁迅在妇女解放观念上的观点，经历了从激烈的反传统个性解放到提倡妇女经济解放、认识到社会解放才是妇女解放的先决条件的转变过程。

9月，王宏志《文学与政治之间——鲁迅·新月·文学史》由东大图书公司出版，内收《给政治扭曲了的鲁迅研究——从 1988 年北京的"鲁迅与中国现代文化名人评价问题座谈会"谈起》《鲁迅在广州——〈鲁迅与中共〉之一章》。前一篇文章认为过去大陆学术界对于鲁迅的评价过于依赖政治性的标准，而重新评价鲁迅，对鲁迅研究、中国现代文学研究以至整个大陆的学术界都是有所裨益的。后一篇文章主要考证了鲁迅在广州与中国共产党的关系，指出"鲁迅真正意识到自己与共产党员接触"，是到了广州以后（而非在厦门），这对他造成了很大的影响，但并非如大陆学者所言，鲁迅经历了思想上的飞跃，短时间内成为一个真正的马克思主义者。

11 月，杨泽发表于《中外文学》的《在台湾读鲁迅的国族文学》。文章叙述了"戒严"时期台湾的鲁迅阅读经验，并指出台湾文学正是接续了陈映真等人在那个年代盗来的"鲁迅之火"。

本年度，杨泽编的《鲁迅小说集》在洪范书店出版，辑入《呐喊》《彷徨》《故事新编》的全部小说。

**1995 年**

本年度的学位论文有王瑞达《鲁迅与五四反传统精神》（辅仁大学西班牙语文学研究所，指导教授白安茂）。

本年度，鲁迅与同时代人的研究引人注目，有余英时《谈鲁迅与周作人》、赵淑侠《鲁迅·萧红·萧军》、黎潭济《鲁迅与钱玄同》及陈漱渝《"相得"与"疏离"——林语堂与鲁迅的交往史实及其文化思考》。大陆学者陈漱渝在《汉学研究》6 月号上发表《"相得"与"疏离"——林语堂与鲁迅的交往史实及其文化思考》（该文同年8 月也发表于《古今文艺》），以翔实的史料梳理了鲁迅与林语堂的交往，并借此考察新文学阵营内部不同作家各不相同的人生追求和文化抉择。

8 月，香港学者陈胜长在台湾出版《考证与反思——从〈周官〉到鲁迅》（东大图书公司）一书，收入四篇发表于 20 世纪 70 年代以来的鲁迅研究文章，分别为《鲁迅〈嵇康集〉校本指瑕》《August Conrady·盐谷温·鲁迅——论环绕〈中国小说史略〉的一些问题》《托洛茨基的文艺理论对鲁迅的影响》《鲁迅眼中的五四运动》。

12月，大陆作家林礼明的《阿Q后传》由台北的翌耕图书事业有限公司出版。该书改写了《阿Q正传》的结局，让阿Q从刑场上逃脱，以此来续写阿Q的故事，是一种艺术上的大胆尝试。该书此前（1994年）曾由大陆的海风出版社出版。

**1996年**

是年，洪范出版公司推出"洪范20随身读"系列丛书，丛书由文学评论家郑树森编选，其中第一本为鲁迅的《阿Q正传》。

2月，盐谷启子以《〈阿Q正传〉日译之比较》一文获得辅仁大学翻译学研究所硕士学位，论文以日文写成，指导教授为林水福。论文详细比较了竹内好（2个版本）、田中清一郎、增田涉、高桥和巳、驹田信二、丸山升等人所译的《阿Q正传》的7个日译版本，分析了各个版本的翻译策略、词汇选用及误译现象等。

5月，台北复兴剧院公演融京剧、歌仔戏和台湾民谣于一体的《阿Q正传》。导演兼编剧钟传幸意图将此剧和现时的台湾作一联结，也算是"借古讽今"。该剧由鲁迅原著改编，由复兴剧校国剧团演出，首次以京剧混合台湾歌仔戏的形式出现，其序曲和尾曲以台湾民谣《草螟弄鸡公》为素材，更为阿Q增添浓浓的台湾味。

6月，郑颖以《五四新文学时期的小品文研究》获得中国文化大学中国文学研究所硕士学位，指导教授为金荣华。该文认为，战斗性杂文和非战斗性杂文构成鲁迅杂文的整体，成为五四时期小品文的重要组成部分。

7月，《复兴剧艺学刊》第十七期推出"阿Q正传特刊"，其中包含《鲁迅与阿Q小史》等文章。该刊还举办多场座谈会，邀请多名国内著名的剧场工作者和学者，就鲁迅的《阿Q正传》创作背景到改编成京剧的手法、新编京剧《阿Q正传》的剧场形式、角色造型、剧场效果，以及传统京剧与现代剧场之间的异同，等等，作广泛而深入的探讨。该剧在大陆也产生反响，北京鲁迅博物馆所办刊物《鲁迅研究月刊》在本年第7期（1996年7月）转载了《台湾近日演出〈阿Q正传〉》（《港台信息报》1996年5月28日）和《想看台湾京剧〈阿Q正传〉》（《团结报》1996年7月13日）两篇报道。

**1997 年**

5 月，王瑜瑛在《资料与研究》发表文章介绍马华文学界的鲁迅观。文章指出，鲁迅是对马华文艺影响最大的作家，成为知识分子的光辉典范。

6 月中上旬，王敬之在《联合报》"联合副刊"发表《鲁迅还魂投海记》，该小说借鲁迅回到世间的种种遭遇，对"文革"及鲁迅研究等相关问题发表了看法，可视为对"假如鲁迅还活着"的另一种演绎。

**1998 年**

1 月，《张深切全集》由文经社出版，收入其自传《里程碑》（又名《黑色的太阳》）。

3 月，北冈正子在《中国文哲研究通讯》发表《我对〈我所认识的鲁迅〉的异议》，通过详细核对 1949 年之后中国大陆出版的许寿裳《我所认识的鲁迅》中所收文章与这些文章最初发表时原貌的差异，指出出版者在编辑出版《我所认识的鲁迅》一书时对原文的删改，会极大地影响我们对许寿裳描绘的鲁迅形象的认识。

该年度的学位论文有 2 篇。6 月，杨若萍以《鲁迅小说人物研究》的论文获得中国文化大学中国文学研究所硕士学位，指导教授为皮述民。论文以《呐喊》《彷徨》《故事新编》中的 33 篇小说为研究对象，探讨在这些小说中鲁迅所塑造的人物形象及塑造这些人物形象的原因、所反映的社会景观以及所使用的艺术技巧等问题，认为"鲁迅留给我们的艺术经验和文化遗产是很丰富的，我们实在没有理由拒绝继承"。论文意识到当前最迫切的问题是如何弥补"因为意识形态而造成的台湾学界对于鲁迅研究的空白"，建议台湾学者应该"做扎扎实实的研究工作，走出一条我们自己的鲁迅研究的路子来"。7 月，萧绮玉以《〈野草〉与鲁迅的黑暗思想》一文获高雄师范大学国文系硕士学位，指导教授为周昌龙。论文从鲁迅生平追溯鲁迅黑暗思想形成的背景，探讨鲁迅写作《野草》的特殊心境，认为鲁迅思想中的黑暗面恰恰展现了其心灵的丰富性。论文也高度肯定了鲁迅《野草》

的语言艺术对中国文学的影响。可以说，作者延续了夏济安的思路，虽在基本观点上没有超越夏济安，但也更详细地对鲁迅《野草》作了具体的讨论。

6月，《联合报》"联合副刊"以《回顾鲁迅的生涯与作品》为题重刊黄得时1936年鲁迅逝世后所写的悼念文章（原题为《大文豪鲁迅逝世——回顾他的生涯与作品》）。

### 1999 年

本年度，黄得时（2月）、苏雪林（4月）、龙瑛宗（9月）先后逝世。

本年度学位论文有赖元宏《〈堂吉诃德〉与〈阿Q正传〉之比较研究》（中正大学外国语文研究所硕士学位论文，指导教授傅述先）。本年度，在台湾发表论文的大陆学者有陈漱渝、黄曼君。

12月，以民众剧场集体创作风格著称的"差事剧团"，从鲁迅的《狂人日记》里撷取创作的蓝本，推出新戏《记忆的月台》。该剧由诗人钟乔编导，仍秉持他一贯"诗化的剧场"风格。钟乔认为，鲁迅在封建社会下所批判的"吃人的礼教"，现在形式虽有转变，其本质却依旧存在于商品价值挂帅的资本社会里。钟乔说，在封建的世代，鲁迅直指问题的核心，"吃人"的就是泛称为仁义道德的虚伪。《记忆的月台》一剧，就从"吃人"两个字出发，由演员即兴表演，再由钟乔拉住主题的线索，剧中的角色透过梦和想象诉说现实的遭遇，在"吞噬""溺毙"等意象中带出在商品价值挂帅的社会里的"吃人"现象。

### 2000 年

5月，《台湾新文学与鲁迅》由前卫出版社出版，该书由日本学者中岛利郎所编，共收入《台湾新文学与鲁迅》（叶石涛）、《鲁迅在台湾》（陈芳明）、《日治时期的台湾新文学与鲁迅——其接受的概观》（中岛利郎著、叶笛译）、《鲁迅与赖和》（林瑞明）、《两个〈故乡〉——关于鲁迅对钟理和的影响》（泽井律之著、叶蓁蓁译）、《战后初期台湾文坛与鲁迅》（下村作次郎著、邱振瑞译）、《战后鲁迅思想在台湾的传播》（黄英哲）等论文 7 篇，并附有"台湾的鲁迅研究论文目录"（方美芬编，吴兴文、秦贤次补编）、"台湾新文学与鲁迅关系略年表"。

8 月，杨云萍逝世。

本年度较值得关注的论文有廖淑芳《鲁迅、赖和乡土经验的比较——以其民俗与迷信书写为例》（《台湾文学学报》第 1 期，2000 年 6 月）。

**2001 年**

黄文雄著《国父与阿 Q》一书由前卫出版社出版。

本年度，有 3 篇学位论文，分别是具景谟《鲁迅小说主题意识之研究》（台湾师范大学国文研究所博士学位论文，指导教授为杨昌年）、张淑伶《鲁迅受俄国文学影响研究》（淡江大学俄罗斯研究所硕士学位论文，指导教授王兆徽）、张燕萍《人间的条件——钟理和文学里的鲁迅》（静宜大学中国文学研究所硕士学位论文，指导教授陈芳明）。具景谟的论文探讨鲁迅的生平、小说创作背景，鲁迅小说主题意识以及鲁迅小说在中国文学史上的地位、价值等问题。在鲁迅的生平方面，作者注重探讨两个问题：随着年龄而转变的文学思想变化和其创作，以及追求人生理想、寻找生命真实的问题。关于小说集《呐喊》《彷徨》《故事新编》，论文集中讨论其中所反映的反封建思想的主题意识（反传统社会的恶俗、穷苦女性的悲哀和妇女解放）。此外，论文也注意到了鲁迅小说在中国文学史上的地位、价值。但总体而言，文章铺叙过多而使得论文不够精练，这是不足之处。张淑伶的论文探究俄罗斯文学对"五四"时期中国产生影响的原因，并借由鲁迅对他所接触的俄国文学的品评看法，来理解他对不同派别文学主张的吸收和了解。论文认为鲁迅小说受到俄国文学的影响，并在此事实的基础上，宏观地展示鲁迅小说作品与当代俄国文学的呼应。从整体上看，鲁迅小说和 19 世纪中期后俄国文学具有相似的意涵结构，即都呈现了"知识分子与中下阶层的相应关系"。

9月，鲁迅诞辰120周年，《联合报》"联合副刊"连续4天（9月23—26日）刊登刘再复的文章《中国文学的奇迹与悲剧——纪念鲁迅诞辰120周年》。

10月，刘祖光《鲁迅早期作品的互为文本性——后结构主义的解读》发表于《东亚季刊》第32卷第4期。该文以后结构主义文本理论的互为文本性为分析框架，以鲁迅的《狂人日记》《补天》《伤逝》《墓碣文》四篇作品为对象，探讨这些作品中的自我分裂的悖论式意象如何呈现，并探讨这一意向的起源。文章还认为，鲁迅以文学实践的形式展现西方后结构主义的精神，其思想的深刻令人叹服。

11月，蔡辉振在《古今艺文》第28卷第1期发表《鲁迅小说研究史之回顾（上）》，该文的下半部分发表于次年2月《古今艺文》第28卷第2期。这篇文章详细梳理了大陆、香港、台湾及海外学术界对《呐喊》《彷徨》《故事新编》的研究的学术史，这在台湾学界尚为首次。本年度值得关注的论文还有黄英哲《黄荣灿与战后台湾的鲁迅传播（1945—1952）》，详细呈现了战后初期黄荣灿在台文化活动，尤其是其在台湾传播鲁迅木刻思想的过程。

## 2002 年

本年度，有3篇学位论文以鲁迅为研究主题，分别是戴嘉辰《鲁迅、周作人民间文学理论研究》（花莲师范学院民间文学研究所硕士学位论文，指导教授为张堂錡）、黄正文《鲁迅留日期间对其一生人格的影响研究》（中国文化大学日本研究所，指导教授为刘崇棱）、杨雅珺《吴趼人与鲁迅小说中的第一人称叙事观点运用》（台湾中山大学中文系硕士论文，指导教授为蔡振念）。戴嘉辰的论文主要探讨周氏兄弟在民间文学方面所做的贡献，论文在中国新文学发生发展的大背景下考察民间文学理论的形成，并对鲁迅、周作人民间文学理论的异同进行比较。黄正文认为，鲁迅留日的七年，正是他人生人格塑造的最重要阶段。在留学中，他深受梁启超、章太炎等的启蒙主义的影响，又受到史密斯氏、厨川白村国民性批判的影响，在行动实践上他又深受裴伦等摩罗诗人的影响，欣赏摩罗诗人"立意在反抗，指归在动作"的人生观。此外，夏目漱石、有岛武郎、武者小路实笃、二叶亭四迷、厨川白村、芥川龙之介，甚至于尼采，都对他产生了影响，丰富了他的性格内涵。鲁迅留日期间所塑造出来的性格，可归纳为"超越性""意志力""悲悯性""狭义性"以及"战斗性"等五项特质，这些性格特质对他的一生产生重要影响。杨雅玥的论文以叙事学理论细致分析吴趼人、鲁迅的小说，论文认为吴趼人由于受到西方翻译小说的影响，较早在小说中运用第一人称叙事，却又不能完全脱离中国传统小说"全知"的叙事方式。后来鲁迅的小说创作，在吴趼人实践的基础上作了进一步的创新与突破。从而试图勾勒二者小说在叙事方式上的异同，并试图从中找到晚清小说到现代小说转变的轨迹。

周海婴所著之《鲁迅与我七十年》（南海出版公司，2001 年）在台湾引发文化界热议，《中国时报》《民生报》《"全国"新书信息月刊》等报刊都就此发表讨论文章。

该年度值得关注的论文有张小虹《鲁迅的头发》（《联合文学》第 18 卷第 6 期）。

### 2003 年

本年度的学位论文有颜健富《论鲁迅〈呐喊〉〈彷徨〉国民性建构》（台湾大学中国文学研究所硕士学位论文，指导教授梅家玲）。论文以鲁迅的《呐喊》与《彷徨》为具体的研究对象，透过小说整体的叙述结构与美学，论述"国民性"议题。论文对既有研究一般视"国民性"为一种本质论的存在提出质疑，将研究点放在"建构论"下，以"史"的架构，认为从晚清到鲁迅小说中的"国民性"是被想象、填补、建构的"存在"。

5—10 月，《人间福报·纵横古今》的"名人书简"栏目，持续推出鲁迅致韦素园、钱玄同、郑振铎、萧军等人的书信 20 封。

本年度可关注的论文有蔡登山《堪称知己的史家之笔——重读曹

聚仁〈鲁迅评传〉》（《"全国"新书信息月刊》第52期）。

### 2004 年

本年度的学位论文有杨静欣《徘徊与摆荡——论鲁迅作品中的宗教向度》（中原大学宗教研究所硕士学位论文，指导教授张钧莉）、汪诗诗《鲁迅、卡缪、尼采读者—接受比较研究》（辅仁大学法文系硕士学位论文，指导教授黄雪霞、顾正萍）、黄灿铭《鲁迅的"改造国民性"思想研究》（台东大学师范学院教育研究所硕士学位论文，指导教授詹卓颖）。杨静欣的论文注意到虽然鲁迅作品中直接提及宗教核心问题之处非常少见，但其作品本身所呈现出的宗教意涵，即作品中所表达神人关系的思想，却是很值得关注的。该论文主要以探讨鲁迅的作品为主，着重在对文本的分析及诠释上，爬梳鲁迅作品中的人观及神观，进而探讨鲁迅作品中所呈现的宗教向度。汪诗诗的论文以法文写成，比较了鲁迅与卡缪对尼采的接受的异同。此外，该年度还有新竹清华大学中国文学系徐秀慧的博士学位论文《战后初期台湾的文化场域与文学思潮的考察（1945—1949）》（指导教授吕正惠）涉及鲁迅在战后初期台湾文坛的传播。

10 月，黄惠祯发表于《台湾文学评论》（第 4 卷第 4 期）的《杨逵与日本警察入田春彦——兼及入田春彦中介鲁迅文学的相关问题》论及杨逵对鲁迅文学与思想的接受。

### 2005 年

本年度的学位论文有林昭贤《鲁迅杂文创作研究》（南华大学文学研究所硕士学位论文，指导教授蔡辉振）。

老志钧在台湾出版《鲁迅的欧化文字——中文欧化的省思》（师大书苑出版社）一书。该书填补了鲁迅欧化文字乏人研究的空白，以其个人好恶评价了鲁迅文字的优劣，为一家之言；同时，该书也比较了鲁迅的欧化文字与当下欧化文字的异同，试图揭示中文欧化的脉络，探索中文在印欧语言影响下的健康发展道路。作者老志钧，先后毕业于台湾师范大学国文系、香港中文大学哲学系，后任教于澳门大学，多有文章著作在台港澳及大陆发表。

本年度值得关注的论文有吴薇仪《千年后的知音——鲁迅〈故事新编·起死〉对庄子生死观的反讽与隐喻》、廖淑芳《"摩罗诗力"浪漫重唤——论鲁迅与其复仇的文学》。

### 2006 年

本年度为鲁迅逝世 70 周年，《新观念》第 219 期（9 月、10 月合刊）集中发表蔡登山等人关于鲁迅的文章 6 篇。北大学者钱理群在《思想》（2006 年 12 月）发表《鲁迅与中国现代思想文化：去世 70 周年的回顾》，回顾了过去 70 年中对鲁迅评价的演变，并指出鲁迅在 21 世纪仍有其巨大的思想文化价值。

该年度共有 2 篇博士学位论文和 4 篇硕士学位论文涉及鲁迅研究。博士学位论文为刘祖光《鲁迅肉体生命意识之研究》（政治大学东亚研究所，指导教授唐翼明、李英明）和张清文《钟理和文学里的"鲁迅"》（政治大学中国文学研究所，指导教授陈芳明）；硕士学位论文为傅化谊《论鲁迅小说里的"我"》（佛光人文社会学院文学系，指导教授潘美月）、谢易澄《鲁迅杂文语言研究》（清华大学中文系，指导教授刘承慧）、林广文《钟理和作品与思想研究》（高雄师范大学回流中文硕士班中国语文学类，指导教授陈贞吟）、陈丽仔《俄国汉学家谢曼诺夫专著〈鲁迅和他的前驱〉析论》（南华大学文学研究所，指导教授李明滨）。刘祖光的《鲁迅肉体生命意识之研究》论文极具思辨色彩，以知觉现象学分析鲁迅思想中"言语道断的、前语言的（pre-discursive）'肉体'（corporeal）"生命意识，从而探讨鲁迅的书写策略、反传统的姿态以及国民性批判立场等的根源。张清文的《钟理和文学里的"鲁迅"》对钟理和与鲁迅之间的"影响—接受"关系作了较为系统的研究。硕士学位论文中较值得关注者为谢易澄《鲁迅杂文语言研究》和陈丽仔《俄国汉学家谢曼诺夫专著〈鲁迅和他的前驱〉析论》。前者认为《华盖集》与《华盖集续编》是鲁迅成熟运用语言的代表著作，是巧妙运用语言艺术的议论文的典范，作者以这两部杂文集为例，探讨了鲁迅杂文的文类特征与语言特色——这与一般注重鲁迅杂文思想性的研究是不同的；后者在俄国汉学的学术史脉络中解读俄国汉学家谢曼诺夫的专著《鲁迅和他的前驱》，并将之与台湾出版的鲁迅研究专著作比较，期望借此将域外汉学介绍给台湾学界。

6月，陈芳明在《台湾鲁迅学——一个东亚的思考》中提出三个问题：台湾作家如何接受鲁迅？为什么要诠释鲁迅？鲁迅在台湾文化史上留下什么样的遗产？他希望借由对此三个问题的回答，可以建立起一门"台湾鲁迅学"。

## 2007 年

本年度有疏淑贞《中国现代小说中的原乡意识——以鲁迅、沈从文、老舍、张爱玲为例》（政治大学中文系硕士学位论文，指导教授张堂錡）、彭明伟《五四时期周氏兄弟的翻译文学之研究》（清华大学中文系博士学位论文，指导教授施淑、吕正惠）。彭明伟的论文在19世纪末西潮东渐的背景下，通过翻译的文化中介厘清周氏兄弟所接受的西方思想渊源，同时将周氏兄弟的翻译作为独立的文本，研究其文本选择、翻译策略、思想主题和审美特质，最后指出五四新文学的兴起和翻译文学之间有密切的关系。

2月，《鲁迅爱过的人》（蔡登山，秀威资讯科技股份有限公司）出版。该书既讲述鲁迅爱情的困苦与两难的处境（朱安、许广平），更讲述鲁迅的亲情（周海婴、周作人），以及友情（将鲁迅和许寿裳、台静农、萧红、曹聚仁和内山完造等人的情谊娓娓道来）。周海婴读后也认为该书中部分内容"写了大陆学者没有落笔的地方"。

8月，秀威资讯科技股份有限公司出版董大中《鲁迅日记笺释（一九二五年）》一书。董大中为大陆学者，从事赵树理及鲁迅研究等。

本年度值得关注的论文有聂永华《鲁迅、闻一多的〈庄子〉散文艺术研究》、彭明伟《爱罗先珂与鲁迅1922年的思想转变——兼论〈端午节〉及其他作品》、香港学者陈学然《章太炎与鲁迅的师徒交谊重探——兼论二氏的学思关系》等。

## 2008 年

本年度，江文圭以《鲁迅〈呐喊〉〈彷徨〉与明恩溥〈中国人素质〉之国民性比较研究》获得云林科技大学汉学资料整理研究所硕士学位，指导教授为蔡辉振。论文通过对比指出鲁迅受到明恩溥的影响，但二者在立场、主题思想、改造国民性的态度等方面又有极大的不同。廖明秀以《鲁迅对神话传说人物形象再造之时代意义研究》获得云林科技大学汉学资料整理研究所硕士学位，指导教授为蔡辉振。论文认为鲁迅的《呐喊》《彷徨》立意在批判，而《故事新编》则是通过对神话、传说的改写"建构可见可感且具体的理想人格"，以期达到思想改造之效果。此外，该论文的贡献还在于其附录部分对《故事新编》学术史的回顾，整理了详细的前人研究成果，可供研究者参考。另外，作者还考察了女娲、后羿、眉间尺等神话、传说人物形象的演变史，这些极具参考价值。

1月，陈芳明发表《台湾文学与东亚鲁迅》。另有子安宣邦《日本近代批判与"奴才论"的观点：竹内好与两个鲁迅》（赖俐欣译）可关注。

另有钟乔的《鲁迅文学之旅》和程惠敏《典故细说——跟鲁迅游绍兴》2篇游记散文，显示了台湾作家对鲁迅的关注。

## 2009 年

本年度，关于鲁迅研究的学位论文有杨杰铭《鲁迅思想在台湾传播与辩证（1923—1949）：一个精神史的侧面》（中兴大学台湾文学研究所硕士学位论文，指导教授廖振富）、Asiya Esheva《鲁迅与契诃夫小说的比较研究》（元智大学中国语文研究所硕士学位论文，指导教授钟怡雯）及简明海《五四意识在台湾》（政治大学历史所博士学位论文，指导教授薛化元、刘季伦）。杨杰铭的论文首次系统地梳理了1949年之前鲁迅在台湾的传播状况，关注台湾知识分子以鲁迅为思想武器抵抗殖民与反对专制压迫的心灵图景。俄国留学生 Asiya Esheva 的论文以影响研究为基础，对鲁迅与契诃夫的小说进行比较研究，认为二者的文学在艺术表现形式、美学追求以及对人的存在状态的揭示等层面上都有着深刻的相同之处。简明海的论文的相关章节则论及战后初期（1945—1949）鲁迅在台传播及其思想意义，将之作为"五四"意识在台传播史的重要一环作了论述。

6月，郝誉翔发表《北京，现代黑暗之心——由鲁迅与瞿秋白再探五四世代》（《中正大学中文学术年刊》2009年第1期），该文借用"第三空间"理论的分析认为，对于鲁迅或瞿秋白来说，北京是通过"真实"物理世界"想象"的心理空间，所重组、延伸和创造出来的"第三空间"，通过这一空间，"离乡"的作家重新找到了与"乡"的连接之点。"如此一来，五四世代的'走异路、逃异地'的离乡旅行，其实并不是朝向未知的蛮荒世界去探险，而是相反的，这是一趟朝向'黑暗之心'的逆向旅行，他们要重回的是自己理想中的'故乡'，并且把业已一'无'所有的'家'／'国'重新打造。"

8月，萧凤娴《民国学者文论研究》一书在大安出版社出版，书中收入《"唐人小说"的翻译与重现——盐谷温、鲁迅、台静农文学史中的唐人小说图像》一文。文章将盐谷温《支那文学概论讲话》、鲁迅《中国小说史略》、台静农《中国文学史》视为一个脉络化的小说史典范进行论述，指出三者面对学术现代化的趋势，皆以西方学术系统观看、整理国故资料、形成学科知识，以小说文类概念的翻译、转化、重现古代中国、古代汉语词语、古代中国小说，从而构成一个脉络化的现代学术系统。

9月，刘正忠发表《摩罗，志怪，民俗：鲁迅诗学的非理性视域》。该文尝试综合考虑西方诗学影响、本土民俗体验、作者人格构造等三种因素，进行相互印证，展示鲁迅诗学作蕴含的非理性的复杂面貌。

10月，"台社"在台北举办以"与鲁迅重新见面"为主题的论坛，论坛由钱永祥主持。活动首先播放了雷骧制作的纪录片《鲁迅：铁屋外的呐喊》，接着由北大钱理群教授做了专题演讲"'鲁迅左翼'传统"，最后由曾健民、赵刚、陈光兴等人回应钱理群的演讲。举办者希望"以鲁迅为界面来连结两岸思想……，刺激两岸批判圈有意识地发掘未来有思想内容的、实质的互动方式"。该次论坛的成果，后发表于《台湾社会研究》（季刊）第77期（2010年3月）。

9月到11月，钱理群受聘台湾"国科会"讲座教授，在新竹清华大学和交通大学讲授鲁迅，是为两岸学术思想界的大事。

**2010 年**

本年度，相关学位论文有廖美玲《鲁迅与赖和小说主题之比较研究》（云林科技大学汉学资料整理研究中心硕士论文，指导教授蔡辉振）、林一帆《Metadata 文学典藏之研究——以鲁迅〈野草〉为例》（云林科技大学汉学资料整理研究中心硕士论文，指导教授蔡辉振）、林奇佐《书写鲁迅——重思鲁迅小说及其思想养分》（成功大学台湾文学研究所硕士论文，指导教授钟秀梅）。其中林一帆的论文值得一提，该项研究所要解决的问题是通过数据库的建设，在文本与史实之间造成勾连，提供给使用者便利的检索条件，以节省时间和精力。论文以《野草》为例，整理出《野草》中相关的人物及事件，并透过 Metadata 的数字典藏技术，将这些数据与文本篇章相互关联，使研究者在查寻《野草》之时，可以更加容易地了解到鲁迅在创作该作品时的环境，由此延伸出新的研究可能。该项研究尝试整合文本数据研究以及数字典藏知识两大领域，是未来数位典藏的发展方向。

3 月，《台湾社会研究》（季刊）第 77 期刊推出"与鲁迅重新见面"专栏，其中刊出陈光兴、钱永祥、钱理群、曾健民、赵刚等人的文章、谈话记录稿共 6 篇。"台社"的努力希望在台湾"恢复鲁迅该有的位置"，接续以鲁迅为代表的左翼文化传统，"打通中文世界共通的思想资源"。

6 月，《新地文学》2010 年夏季号刊出"林贤治论鲁迅之专辑"，共刊登林贤治《鲁迅：守夜者》《鲁迅的反叛哲学及其运命》《一个人的爱与死》《鲁迅"带着枷锁跳舞"》等文章 4 篇。

7—8 月，王富仁在彰化师范大学开设《鲁迅研究》课程。

9 月，吕正惠教授主持的人间出版社出版《鲁迅精要读本：小说、散文、散文诗卷》及《鲁迅精要读本：杂文卷》。吕正惠在"出版说明"中表示："现在台湾并不缺乏鲁迅的选本，但是我们还是愿意再推出这一套具有独特性的选集，希望有一天鲁迅也会融入台湾的知识、文化氛围中，成为我们精神生活不可分割的一部分。"

## 2011 年

该年度共有论及鲁迅的文章 16 篇。其中学位论文 2 篇，分别为庄培坚《鲁迅小说死亡主题研究》（彰化师范大学国文系硕士论文，指导教授王年双）、阮芸妍《中间物思想重探——鲁迅书写中的主体问题研究》（新竹交通大学社会与文化研究所硕士论文，指导教授刘纪蕙）。其中阮芸妍的论文发展了对鲁迅"中间物"思想的阐释，在学界已归纳出的"历史的中间物""价值的中间物"之外，在鲁迅研究史上首次突出鲁迅与共时社会紧密相连的"社会中间物"的主体位置，将鲁迅设置为一个在"无声的中国"与"有声的中国"之间试图以书写让"无声的中国"发出"声音"的角色，从而把"书写"作为鲁迅介入社会现实的重要手段进行研究。但其提出的"社会中间物"之说还不能构成对以往"中间物"学说的发展。

人间出版社出版《鲁迅创作精选》。

本年度值得关注的论文有徐秀慧《鲁迅与瞿秋白左翼文艺理念之异同——从〈鲁迅杂感选集·序言〉谈起》、黄文倩《重返、乡土、病的隐喻——陈映真早期小说对鲁迅的国民性思考的接受与衍义》、王文兴《鲁迅〈古小说钩沉〉的启示》。其中王文兴的论文（演讲稿）高度肯定了鲁迅的学术眼光，指出鲁迅是第一个提出古小说的价值的人，并呼吁今天的创作者要沿着鲁迅的提示深入研究古小说。

## 2012 年

本年度学位论文有李京珮的《〈语丝〉文人群及其散文研究》（成功大学中国文学系博士论文，指导教授陈昌明），论及鲁迅《语丝》时期的文学活动及与语丝同仁的交往。

本年度，有 7 位大陆学者在台湾出版鲁迅研究专著。分别为吴钧《鲁迅诗歌翻译传播研究》（文史哲出版社）、郜元宝《鲁迅一百句》（龙图腾文化出版社）、陈光中《走读鲁迅：一代文学巨擘的十一个生命印记》（华品文创）、李继凯《全人视镜中的观照：鲁迅与茅盾比较论》（天空数位图书）、廖久明《中国现代文学史料研究举隅：鲁迅、郭沫若、高长虹》（新锐文创）、李怡《鲁迅的精神世界》（秀威资讯科技公司）、葛涛《被遮蔽的鲁迅：鲁迅相关史实考辨》（秀威资讯科技公司）。

本年度较值得注意的论文有陈相因《疯狂的前奏曲——初探果戈理与鲁迅作品的"黑暗世界"》、王德威《文学地理与国族想像：台湾的鲁迅，南洋的张爱玲》。

### 2013 年

本年度的学位论文有谢淑敏《阿 Q "精神胜利法"的现代意义与运用》（玄奘大学中国语文学系硕士论文，指导教授陈弘昌）、刘蓉樱《鲁迅〈故事新编〉研究》（台北市立教育大学中国语文学系硕士论文，指导教授钟宗宪）。3 月，蓝诗玲接受汪宝荣的访谈，就鲁迅小说的英译发表意见（《鲁迅小说英译面面观：蓝诗玲访谈录》，《编译论丛》第 6 卷第 1 期）。

10 月，黎活仁、方环海主编的《国际鲁迅研究》（辑刊）由秀威资讯科技公司出版第一辑。这是一份由香港和大陆学者组稿、在台湾出版、面向两岸三地（大陆、台湾、香港）学者的刊物，主要发起人为香港大学教授黎活仁，按其设想要依托秀威资讯科技股份有限公司，整合两岸三地学术界的力量将《国际鲁迅研究》办成一个长期性刊物，但因各种原因，仅出一期便告终。

此外，秀威资讯科技股份有限公司还出版了沈鹏年的《电影〈鲁迅传〉筹拍亲历记》、杨剑龙主编的《鲁迅的焦虑与精神之战》及綦彦臣的《我从来就不喜欢鲁迅：从政治异见到文化异见》3 本著作。本年度，大陆学者王家平在花木兰文化事业公司出版《民国视域中的鲁迅研究》。

### 2014 年

淡江大学中文系何玉台的硕士论文《从〈呐喊〉与〈彷徨〉探讨鲁迅塑造小说人物的技巧》通过答辩，该论文由吕正惠、苏敏逸指导。论文认为，鲁迅人生经历是其独特魅力的文章风格形成的主要原因，其小说中的人物具有丰富的内涵，与鲁迅的思想紧密相连，在此基础上，论文对鲁迅人物塑造的技巧加以系统整理，并对鲁迅在现代文学史上的价值和影响作了评判。此外，本年度的学位论文还有方筱华《鲁迅的儿童文学观研究——童话译作的实践考察》（南华大学文学系硕士论文，指导教授李艳梅）。

4月，水星文化出版社在"20世纪华文经典文库"系列图书第11—14卷推出《鲁迅小说全集》《鲁迅散文诗歌全集》《鲁迅杂文全集》（2册）《鲁迅学术经典全集》。

本年度，花木兰出版社出版孙伟《美术视野中的鲁迅文学创作》、鲍国华《现代中国小说史学之建立：以鲁迅、胡适为中心》，秀威资讯科技股份有限公司出版了张梦阳的《鲁迅的科学思维：张梦阳论鲁迅》、吴作桥、王羽的《120个鲁迅身世之谜》，文史哲出版社则出版了陈福成《从鲁迅文学医人魂救国魂说起：兼论中国新诗的精神重建》。本年度另有藤井省三的《鲁迅与莫言之间的归乡故事系谱——以托尔斯泰〈安娜·卡列尼娜〉为参考线》一文值得关注。

### 2015 年

本年度的硕士论文有林莉雯《现代神话小说中后羿与嫦娥研究——以鲁迅、南宫博、王孝廉为例》（辅仁大学中国文学系硕士论文，指导教授钟宗宪）、杨雅雯《鲁迅小说在华语文文化教学上之应用研究——以〈祝福〉为主要讨论范围》（政治大学华语文教学硕士学位学程硕士论文，指导教授谢林德）。杨雅雯的论文认为，外语教学所强调的交际能力不再局限于语言形式的相关技能，而是通过文化分析，帮助学习者获得更全面的沟通能力。文学作品透过各层面的文学想象，帮助学习者意识到实际交际的复杂性、模糊性。鲁迅的小说作品刻画出中国人的民族性格，是中国文化的可贵资产，他笔下的人物、历史意蕴、文化色彩等，正好为学习者提供相应的语境，帮助学习者自作品中的社会交往符号和常规了解另一个社会的文化群体。由于目前华语文教学界在理论研究上对中国现代文学课程缺乏足够的重视，故其研究探讨鲁迅小说于文化课程上之应用。其研究结果表明：鲁迅小说著作是提升华语文学习者之文化意识的重要素材，学习者亦能主动参与以鲁迅小说为主题而设计的文化讨论。

本年度，《新地文学》开辟鲁迅研究专辑，有林岗《新思潮与"抉心自食"——重读〈墓碣文〉》、李建军《王实味和鲁迅的文学因缘》、王彬彬《留学生的归国体验与新文化运动——以鲁迅、胡适为例》、陶东风《本能、革命、精神胜利法——重读〈阿Q正传〉兼评汪晖〈阿Q生命中的六个瞬间〉》、丁帆《对两种文化流派的深刻批判运动——重读鲁迅〈"京派"与"海派"〉》等大陆学者和严英旭《围绕〈喝茶〉，以茶来窥探周氏兄弟的内面风景》、朴宰雨《受到鲁迅影响的东亚知识分子的类型分析——以韩国知识分子的类型为中心》等韩国学者的文章在此发表，表明东亚地区学术的密切交流。

台湾学者许俊雅《重写鲁迅在台湾的回响：关于殖民地时期台湾文学与鲁迅的评述》（《台湾文学研究学报》第20期）、黄美娥《战后台湾文学典范的建构与挑战：从鲁迅到于右任——兼论新/旧文学地位的消长》（《台湾史研究》第22期第4卷）2篇文章值得关注。

## 2016 年

11月，陈映真逝世于北京。

本年度的学位论文有戴嘉辰《鲁迅小说〈呐喊〉思想之研究——以〈呐喊〉〈彷徨〉为范畴》（高雄师范大学国文学系博士论文，指导教授杨振良、蔡崇名）、邱羿盛《四种鲁迅〈阿Q正传〉英译本的翻译策略研究》（东吴大学英文学系硕士论文，指导教授谢瑶玲）、林芩帆《鲁迅小说词汇风格研究》（政治大学国文教学硕士在职专班硕士论文，指导教授竺家宁）。

本年度值得关注的论文有郭枫《鲁迅诗歌的现代艺术和古典神韵》一文，该文同年9月于北京"2016年鲁迅论坛"宣读。张节末、曲刚《阿Q的图像系谱学分析》（《中国文哲研究通讯》第26卷第4期）。

## 2017 年

本年度的学位论文有靶耐欧儿《鲁迅〈野草〉的音乐阅读》（东吴大学中国文学系硕士论文，指导教授钟正道）。作者认为文学与音乐都是经由符号来呈现其艺术性，作家将文字有意识有秩序地安排成为文章和作曲家透过音符完成乐曲，二者艺术性的生成路径是相同的。在此思路下，论文从音乐的角度阅读鲁迅的《野草》，讨论《野草》音乐的架构、音乐的结构及音乐的形式，尝试一种理解《野草》的途径。

# 第二章 资料索引（1923—2017）

## 一 单篇文献

| 序号 | 时间 | 文献题名题目 | 作者 | 文献出处 |
|---|---|---|---|---|
| 1 | 1923.07.15 | 中国新文学运动的过去现在和将来 | 秀湖（许乃昌） | 《台湾民报》第 1 卷第 4 号 |
| 2 | 1925.01.01 | 鸭的喜剧 | 爱罗先珂著、鲁迅译 | 《台湾民报》第 3 卷第 1 号 |
| 3 | 1925.02.04 | 研究新文学应读什么书 | 张我军 | 《台湾民报》第 3 卷第 7 号 |
| 4 | 1925.04.01、04.11 | 故乡 | 鲁迅 | 《台湾民报》第 3 卷第 10、11 号 |
| 5 | 1925.04.21—06.11 | 中国新文学概观 | 蔡孝乾 | 《台湾民报》第 3 卷第 12—17 号 |
| 6 | 1925.05.01 | 牺牲谟 | 鲁迅 | 《台湾民报》第 3 卷第 13 号 |
| 7 | 1925.05.21、06.01 | 狂人日记 | 鲁迅 | 《台湾民报》第 3 卷第 15、16 号 |
| 8 | 1925.06.11 | 鱼的悲哀 | 爱罗先珂著、鲁迅译 | 《台湾民报》第 3 卷第 17 号 |
| 9 | 1925.09.06—10.04 | 狭的笼 | 爱罗先珂著、鲁迅译 | 《台湾民报》第 69—73 号 |

续表

| 序号 | 时间 | 文献题名题目 | 作者 | 文献出处 |
|---|---|---|---|---|
| 10 | 1925.11.29—1926.02.07 | 阿Q正传 | 鲁迅 | 《台湾民报》第80—85、87、88、91号 |
| 11 | 1929.12.29 | 杂感 | 鲁迅 | 《台湾新民报》第292号 |
| 12 | 1930.04.05—04.19 | 高老夫子 | 鲁迅 | 《台湾新民报》第307—309号 |
| 13 | 1932.01.22 | 文艺时评 | 擎云① | 《南音》第1卷第3号 |
| 14 | 1932.03.14 | 池边 | 爱罗先珂著、鲁迅译 | 《南音》第1卷第5号 |
| 15 | 1932.09.27 | 鲁迅自述传略 | 鲁迅 | 《南音》第1卷第11号 |
| 16 | 1933.04.18 | 支那文坛第一人者鲁迅氏の印象 | 日高生 | 《台湾日日新报》第4版 |
| 17 | 1933.12.30 | 无题 | 鲁迅 | 《福尔摩沙》第2号 |
| 18 | 1935.01.01 | 小说人物的描写 | 黄得时 | 《第一线》第2期 |
| 19 | 1935.01.01 | 鲁迅传（一） | 增田涉著、顽铁译 | 《台湾文艺》第2卷第1号 |
| 20 | 1935.02.01 | 鲁迅传（二） | 增田涉著、顽铁译 | 《台湾文艺》第2卷第2号 |
| 21 | 1935.02.01 | 鲁迅传中的误谬 | 郭沫若 | 《台湾文艺》第2卷第2号 |
| 22 | 1935.02.01 | 郭沫若先生的信 | 赖明弘 | 《台湾文艺》第2卷第2号 |
| 23 | 1935.02.01 | 访问郭沫若先生 | 赖明弘 | 《台湾文艺》第2卷第2号 |
| 24 | 1935.03.01 | 鲁迅传（三） | 增田涉著、顽铁译 | 《台湾文艺》第2卷第3号 |

① 即叶荣钟。

| 序号 | 时间 | 文献题名题目 | 作者 | 文献出处 |
|---|---|---|---|---|
| 25 | 1935.03.01 | 关于《鲁迅传》 | 增田涉 | 《台湾文艺》第 2 卷第 3 号 |
| 26 | 1935.04.01 | 鲁迅传（四） | 增田涉著、顽铗译 | 《台湾文艺》第 2 卷第 4 号 |
| 27 | 1935.05.01 | 中国文坛的近况 | 森次勋 | 《台湾文艺》第 2 卷第 5 号 |
| 28 | 1935.05.20 | 支那の文豪鲁迅氏　谢恩の碑文を挥毫 |  | 《まこと》第 204 期 |
| 29 | 1935.07.01 | 中国文学的近况 | 蔡嵩林 | 《台湾文艺》第 2 卷第 7 号 |
| 30 | 1936.10.20 | 鲁迅氏逝世 |  | 《台湾日日新报》 |
| 31 | 1936.10.23 | 鲁迅逝世 | 高桑末秀 | 《台湾日日新报》第 4 版 |
| 32 | 1936.11.01 | 悼鲁迅 | 编辑部① | 《台湾新文学》第 1 卷第 9 号 |
| 33 | 1936.11.01 | 大文豪鲁迅逝世：回顾他的生涯与作品 | 黄得时 | 《台湾新文学》第 1 卷第 9 号 |
| 34 | 1936.11.04 | 鲁迅其人 | 新居格 | 《台湾日日新报》第 3 版 |
| 35 | 1937.05.05 | 鲁迅と映画そのほか | 毛利知昭 | 《映画往来》第 5 期 |
| 36 | 1940.02 | 支那の现代文学 | 黄得时 | 《台湾时报》 |
| 37 | 1940.12 | 两种《狂人日记》 | 龙瑛宗 | 《文艺首都》第 8 卷第 10 号 |

---

① 因杨逵生病，该期由王诗琅（锦江）主持编务，故而该文有时被视为王诗琅所作。

| 序号 | 时间 | 文献题名题目 | 作者 | 文献出处 |
|---|---|---|---|---|
| 38 | 1943.04 | 追忆赖和 | 杨云萍 | 《民俗台湾》第 3 卷第 4 号 |
| 39 | 1945.10 | 学习鲁迅先生——十周年①忌辰记念 | 木马（林金波） | 《前锋》光复纪念号 |
| 40 | 1945.11.10 | 赖和《狱中日记》序 | 杨守愚 | 《政经报》第 1 卷第 2 号 |
| 41 | 1945.12.12 | 阿 Q 性 | 新人 | 《民报》第 2 版 |
| 42 | 1945.12.21 | 鲁迅的诗（1） | 铁汉 | 《民报》第 2 版 |
| 43 | 1945.12.22 | 鲁迅的诗（2） | 铁汉 | 《民报》第 2 版 |
| 44 | 1945.12.24 | 鲁迅的诗（3） | 铁汉 | 《民报》第 2 版 |
| 45 | 1945.12.25 | 鲁迅的诗（4） | 铁汉 | 《民报》第 2 版 |
| 46 | 1946.05.20 | 名作巡礼《阿 Q 正传》 | 龙瑛宗 | 《中华日报》 |
| 47 | 1946.06.02 | 抗战中的木刻运动 | 黄荣灿 | 《台湾新生报》副刊"星期画刊"第 3 期 |
| 48 | 1946.08.16 | 中国文学的动向 | 龙瑛宗 | 《中华日报》 |
| 49 | 1946.09.15 | 新兴木刻艺术在中国 | 黄荣灿 | 《台湾文化》第 1 卷第 1 期 |
| 50 | 1946.09.22 | 新兴木刻艺术在中国 | 黄荣灿 | 《中华日报》副刊"星期画刊"第 28 期 |

---

① 为"九周年"之误。

续表

| 序号 | 时间 | 文献题名题目 | 作者 | 文献出处 |
|---|---|---|---|---|
| 51 | 1946.09.23 | 鲁迅踢鬼 | 蔡晦 | 《台湾新生报》"新地"副刊第43期 |
| 52 | 1946.10.14 | 关于"阿Q性" | 朱啸秋 | 《台湾新生报》 |
| 53 | 1946.10.19 | 阿Q与罗亭 | 杨梦周 | 《自强报》"宝岛"副刊 |
| 54 | 1946.10.19 | 从阿Q的死想起 | 铎 | 《自强报》"宝岛"副刊 |
| 55 | 1946.10.19 | 中国近代文学的始祖——鲁迅逝世十周年纪念日 | 龙瑛宗 | 《中华日报》 |
| 56 | 1946.10.19 | 鲁迅纪念① | 杨逵 | 《中华日报》 |
| 57 | 1946.10.19 | 关于鲁迅精神的二三基点 | 胡风 | 《和平日报》"新世纪"副刊第68期 |
| 58 | 1946.10.19 | 鲁迅和青年 | 许寿裳 | 《和平日报》"新世纪"副刊第68期 |
| 59 | 1946.10.19 | 纪念鲁迅 | 杨逵 | 《和平日报》"新世纪"副刊第68期 |
| 60 | 1946.10.19 | 鲁迅先生传略 | 颖瑾 | 《和平日报》"新世纪"副刊第68期 |
| 61 | 1946.10.19 | 鲁迅先生遗像（木刻） | 黄荣灿 | 《和平日报》"新世纪"副刊第68期 |
| 62 | 1946.10.20 | 读《鲁迅书简》后感录——为纪念鲁迅先生逝世十周年而作 | 吴忠翰 | 《和平日报》"每周画刊"第7期 |

---

① 日文诗作。

| 序号 | 时间 | 文献题名题目 | 作者 | 文献出处 |
|---|---|---|---|---|
| 63 | 1946.10.20 | 中国木刻的保姆——鲁迅 | 黄荣灿 | 《和平日报》"每周画刊"第7期 |
| 64 | 1946.10.20 | 追念鲁迅 | 金溟若 | 《和平日报》"新世纪"副刊第69期 |
| 65 | 1946.10.20 | 我所信仰的鲁迅先生 | 秋叶 | 《和平日报》"新世纪"副刊第69期 |
| 66 | 1946.10.20 | 卅五年九月五日为鲁迅先生六十六岁生朝纪念敬献一律 | 柳亚子 | 《和平日报》"新世纪"副刊第69期 |
| 67 | 1946.10.20 | 中国木刻的保姆——鲁迅 | 黄荣灿 | 《和平日报》"新世纪"副刊第69期 |
| 68 | 1946.10.20 | 忘记解 | 景宋（许广平） | 《和平日报》"新世纪"副刊第69期 |
| 69 | 1946.10.20 | 田汉先生的《阿Q正传》剧本 | 杨蔓清 | 《和平日报》"新世纪"副刊第69期 |
| 70 | 1946.10.21 | 鲁迅的德行 | 许寿裳 | 《和平日报》"新世纪"副刊第70期 |
| 71 | 1946.10.21 | 像这样去战斗——纪念鲁迅逝世十周年 | 楼宪 | 《和平日报》"新世纪"副刊第70期 |
| 72 | 1946.10.21 | 儿时 | 鲁迅 | 《和平日报》"新世纪"副刊第70期 |
| 73 | 1946.10.23 | 读《鲁迅书简》后感录——为纪念鲁迅先生逝世十周年而作 | 吴忠翰 | 《和平日报》"新世纪"副刊第72期 |
| 74 | 1946.10.31 | 看了阿Q、不知阿Q的为人 | 林焕平 | 《中华日报》"新文艺"副刊 |
| 75 | 1946.11.01 | "中华民族之魂！" | 遊客 | 《正气》（月刊）第1卷第2期 |

续表

| 序号 | 时间 | 文献题名题目 | 作者 | 文献出处 |
|---|---|---|---|---|
| 76 | 1946.11.01 | 记念鲁迅 | 杨云萍著、万歌译 | 《台湾文化》第 1 卷第 2 期 |
| 77 | 1946.11.01 | 鲁迅的精神 | 许寿裳著、万歌译 | 《台湾文化》第 1 卷第 2 期 |
| 78 | 1946.11.01 | 斯茉特莱记鲁迅 | 斯茉特莱著、万歌译 | 《台湾文化》第 1 卷第 2 期 |
| 79 | 1946.11.01 | 鲁迅先生与中国新兴木刻艺术 | 陈烟桥 | 《台湾文化》第 1 卷第 2 期 |
| 80 | 1946.11.01 | 漫议鲁迅先生 | 田汉 | 《台湾文化》第 1 卷第 2 期 |
| 81 | 1946.11.01 | 悼鲁迅先生——他是中国的第一位新思想家 | 黄荣灿 | 《台湾文化》第 1 卷第 2 期 |
| 82 | 1946.11.01 | 鲁迅的精神 | 许寿裳 | 《台湾文化》第 1 卷第 2 期 |
| 83 | 1946.11.01 | 鲁迅旧诗录① | 谢似颜 | 《台湾文化》第 1 卷第 2 期 |
| 84 | 1946.11.01 | 在台湾首次纪念鲁迅先生感言 | 雷石榆 | 《台湾文化》第 1 卷第 2 期 |
| 85 | 1946.11.01 | 《抗战八年木刻选集》序 | 叶圣陶 | 《人民导报》"艺文"创刊号 |
| 86 | 1946.11.04 | 鲁迅孤僻吗？ | 朱啸秋 | 《新生报》"新地"副刊 |
| 87 | 1946.11.04 | 您所痛恨而又热爱的——纪念鲁迅先生逝世十周年 | 雷石榆 | 《新生报》"新地"副刊 |

① 辑录鲁迅诗（共 35 首）。

| 序号 | 时间 | 文献题名题目 | 作者 | 文献出处 |
|---|---|---|---|---|
| 88 | 1946.11.07 | 阿Q相 | 林焕平 | 《中华日报》"新文艺"副刊 |
| 89 | 1946.11.11 | 痛心的话 | 周青 | 《台湾新生报》"新地"副刊 |
| 90 | 1946.11.20 | 苏东方研究院纪念鲁迅十周年忌 | | 《民报》第1版 |
| 91 | 1946.11.24 | 凯绥·柯勒惠支 | 黄荣灿 | 《和平日报》副刊"每周画刊"第12期 |
| 92 | 1946.12.01 | 凯绥·柯勒惠支（续） | 黄荣灿 | 《和平日报》副刊"每周画刊"第13期 |
| 93 | 1947.01 | 阿Q（封面素描） | 佚名 | 鲁迅著：《阿Q正传》，杨逵译，台北：东华书局 |
| 94 | 1947.01.01 | 鲁迅的人格和思想 | 许寿裳 | 《台湾文化》第2卷第1期 |
| 95 | 1947.01.01 | 版画家——凯绥·柯勒惠支 | 黄荣灿 | 《台湾文化》第2卷第1期 |
| 96 | 1947.01.10 | 阿Q的私生子 | 忆怀 | 《中华日报》"海风"副刊 |
| 97 | 1947.01.15 | 纪念林春生、赖和先生 | 杨逵 | 《文化交流》第1辑 |
| 98 | 1947.01.15 | 阿Q画圆圈 | 杨逵 | 《文化交流》第1辑 |
| 99 | 1947.02.05 | 读《鲁迅书简》 | 李何林 | 《台湾文化》第2卷第2期 |
| 100 | 1947.03.01 | 中国新现实主义的美术 | 黄荣灿 | 《台湾文化》第2卷第3期 |

续表

| 序号 | 时间 | 文献题名题目 | 作者 | 文献出处 |
|------|------|------------|------|---------|
| 101 | 1947.05.25 | 阿Q时候的风俗人物一斑 | 周建人 | 《中华日报》"新文艺"副刊 |
| 102 | 1947.08 | 鲁迅与《故乡》 | 蓝青① | 鲁迅著：《故乡》，蓝青译，台北：现代文学研究会 |
| 103 | 1947.08.01 | 鲁迅和我的交谊 | 许寿裳 | 《台湾文化》第2卷第5期 |
| 104 | 1947.09.19 | 阿Q新种 | 太璧 | 《台湾新生报》"桥"副刊 |
| 105 | 1947.10 | 阿Q（封面素描） | 佚名 | 杨逵著：《送报夫》，胡风译，台北：东华书局 |
| 106 | 1947.10.20 | 鲁迅墓前黄花老，不尽低徊许广平 | 定一 | 《自立晚报》第1版 |
| 107 | 1947.10.22 | 鲁迅：中国的高尔基——鲁迅先生逝世十一周年祭 | 欧阳明 | 《台湾新生报》"桥"副刊 |
| 108 | 1947.11.01 | 鲁迅的游戏文章 | 许寿裳 | 《台湾文化》第2卷第8期 |
| 109 | 1948.01 | 《古小说钩沉》题解 | 台静农 | 《台湾文化》第3卷第1期 |
| 110 | 1948.04.04 | 救救孩子 | 李信 | 《台湾民声日报》第6版 |
| 111 | 1948.04.11 | 阿Q校长演讲词补遗 | 江风 | 《公论报》"日月潭"副刊 |
| 112 | 1948.04.17 | 自己的嘴脸 | 石不烂 | 《公论报》"日月潭"副刊 |

① 即蓝明谷。

续表

| 序号 | 时间 | 文献题名题目 | 作者 | 文献出处 |
|------|------|-------------|------|---------|
| 113 | 1948.04.23 | 本省作者的努力与希望——新文学运动在台湾的意义 | 朱实 | 《台湾新生报》 |
| 114 | 1948.06.11 | 阿Q复活 | 佚名 | 《台湾民声日报》第3版 |
| 115 | 1948.06.22 | 也谈第一 | 程咬金 | 《台湾民声日报》第3版 |
| 116 | 1948.07.05 | 继承鲁迅精神——读鲁迅全书后 | 吕宋① | 《台湾新生报》 |
| 117 | 1948.09.29 | 谈阿Q的恋爱 | 丁屋 | 《台湾民声日报》第3版 |
| 118 | 1948.11.03 | 阿Q的墓碑石 | 车 | 《台湾民声日报》第3版 |
| 119 | 1948.11.14 | 闲谈周作人 | 洛味 | 《台湾民声日报》第3版 |
| 120 | 1948.12.15 | 台湾的文艺界 | 清心 | 《民族报》 |
| 121 | 1949.01.26 | 聪明人和傻子 | 何淮勤 | 《台湾民声日报》第3版 |
| 122 | 1949.02.12 | 无物之阵 | 司徒一勺 | 《天南日报》第4版 |
| 123 | 1949.03.22 | 中国之最 | 未署名 | 《台湾民声日报》第3版 |
| 124 | 1949.03.22 | 骆驼草（随笔3篇） | 光烈 | 《台湾民声日报》第3版 |
| 125 | 1949.03.31 | 鲁迅的鼻子 | 未署名 | 《台湾民声日报》第3版 |

---

① 可能为景宋之误。

| 序号 | 时间 | 文献题名题目 | 作者 | 文献出处 |
|---|---|---|---|---|
| 126 | 1949.04.05 | 周树人的初步混世法则 | 高仲菲 | 《天南日报》第4版 |
| 127 | 1949.04.16 | 论打落水狗 | 虞雅 | 《天南日报》第4版 |
| 128 | 1949.04.27 | 鲁迅的夫人 | 佚名 | 《台湾民声日报》第3版 |
| 129 | 1949.06.07 | 阿Q第二骂官僚 | 第二大队 | 《正气中华》（日报） |
| 130 | 1949.06.26 | 我所知道的萧军 | 张维仁 | 《民族报》 |
| 131 | 1949.11.24 | 右翼与左翼 | 清心 | 《民族报》 |
| 132 | 1950.03.23 | 聪明人、奴才、傻子 | 子刚 | 《民族报》 |
| 133 | 1950.04.02 | 救救孩子 | 柏樟 | 《民族报》 |
| 134 | 1950.04.19 | 鲁迅将被鸡奸乎？ | 武忠森 | 《台湾民声日报》第6版 |
| 135 | 1950.05.04 | 我的感想 | 梅林 | 《台湾民声日报》第6版 |
| 136 | 1950.09.07 | 我来解剖鲁迅 | 太史公 | 《台湾新生报》第3版 |
| 137 | 1950.09.15 | 我凭什么解剖鲁迅 | 太史公 | 《台湾新生报》 |
| 138 | 1950.09.16 | 鲁迅是千古罪人——答柳垂青的来函 | 太史公 | 《台湾新生报》 |
| 139 | 1950.09.28—29 | 我和鲁迅在厦大——证明他是一个阴谋家 | 辛海天 | 《台湾新生报》 |

续表

| 序号 | 时间 | 文献题名题目 | 作者 | 文献出处 |
|---|---|---|---|---|
| 140 | 1950.09.30 | 再抽鲁迅一鞭子——兼论冷静的文艺正义感（下） | 太史公 | 《台湾新生报》 |
| 141 | 1950.10.03 | 关于解剖鲁迅答读者 | 编者 | 《台湾新生报》 |
| 142 | 1950.10.04 | 也谈鲁迅——根据鲁迅传而写 | 南柏文 | 《台湾新生报》 |
| 143 | 1950.10.05 | 鲁迅杂文的毒素——中华文选第一册浏览后记 | 班生 | 《台湾新生报》 |
| 144 | 1950.10.08 | 我也来谈鲁迅的笔名 | 林仪 | 《台湾新生报》 |
| 145 | 1950.10.14 | 鲁迅小说燃犀谭 | 丹氓 | 《台湾新生报》 |
| 146 | 1950.10.17 | 几个关于鲁迅的小故事 | 刘治郁 | 《台湾新生报》 |
| 147 | 1951.01.05 | 鲁迅的辣话 | 燕人 | 《正气中华》第3版 |
| 148 | 1951.06.07 | "国防部"颁违禁书刊目录 | | 《正气中华》第4版 |
| 149 | 1954.03.22 | "鲁迅在台湾" | 石江 | 《联合报》第6版，"联合副刊" |
| 150 | 1955.06.21 | 读《匕首集》 | 石江石 | 《联合报》第6版，"联合副刊" |
| 151 | 1955.07.10 | 谈杂文——兼论《匕首集》 | 江州司马 | 《联合报》第6版，"联合副刊" |
| 152 | 1955.10.09 | 评《鲁迅正传》 | 马丁 | 《民声日报》第6版，"民声副刊"第959期 |

续表

| 序号 | 时间 | 文献题名题目 | 作者 | 文献出处 |
|---|---|---|---|---|
| 153 | 1956.02.21 | 鲁迅与梅兰芳 | 宇文 | 《台东新报》第 3 版 |
| 154 | 1956.09.28 | 阿 Q 复活 | 佚名 | 《青光日报》第 2 版 |
| 155 | 1956.10.17 | 鲁迅终身恨姨母 | 江石江 | 《大华新闻》第 2 版 |
| 156 | 1956.11？<br>（具体时间不详） | 论鲁迅① | 苏雪林 | 《人物》 |
| 157 | 1958.01.07 | 林语堂与鲁迅——鹤轩续笔 | 孝推 | 《中国时报》第 6 版，"人间副刊" |
| 158 | 1959.05.07 | 鲁迅书简的新发现 | 易金 | 《联合报》第 7 版，"联合副刊" |
| 159 | 1959.10.27 | 鲁迅的诗与信（1） | 易金 | 《联合报》第 7 版，"联合副刊" |
| 160 | 1959.10.28 | 鲁迅的诗与信（2） | 易金 | 《联合报》第 7 版，"联合副刊" |
| 161 | 1959.11.03 | 出土文章 | 易金 | 《联合报》第 7 版，"联合副刊" |
| 162 | 1959.11.07 | 党同伐异新解 | 易金 | 《联合报》第 7 版，"联合副刊" |
| 163 | 1960.05.27 | 被撕得四分五裂的鲁迅 | 易金 | 《联合报》第 7 版，"联合副刊" |
| 164 | 1960.06.15 | 党性人的杂文 | 易金 | 《联合报》第 7 版，"联合副刊" |
| 165 | 1961.02.18 | 谈《鲁迅传》 | 本报讯 | 《联合报》第 3 版，"联合副刊" |

---

① 该文收入《我论鲁迅》一书时该题为《与"共匪"互相利用的鲁迅》。

续表

| 序号 | 时间 | 文献题名题目 | 作者 | 文献出处 |
|---|---|---|---|---|
| 166 | 1961.10.26 | 鲁迅的儿子 | 易金 | 《联合报》第 10 版，"联合副刊" |
| 167 | 1962.08.25 | 阿 Q 的表弟们 | 莫辛 | 《政治评论》第 8 卷第 12 期 |
| 168 | 1965 | 漫谈鲁迅：在香港中文大学新亚书院文学会的讲演稿 | 徐复观 | 徐复观：《中国文学论集》①，台北：台湾学生书局 |
| 169 | 1965.03.26 | 记周氏兄弟 | 林语堂 | 《联合报》第 7 版，"联合副刊" |
| 170 | 1965.10.20 | 高尔基、鲁迅、纪德 | 任毕明 | 《联合报》第 7 版，"联合副刊" |
| 171 | 1966.07.06 | 鲁迅与周扬 | 文寿 | 《中央日报》第 6 版，"中央副刊" |
| 172 | 1966.07.18 | 忆鲁迅（一） | （林）语堂 | 《中央日报》第 6 版，"中央副刊" |
| 173 | 1966.07.19 | 忆鲁迅（二） | （林）语堂 | 《中央日报》第 6 版，"中央副刊" |
| 174 | 1966.10 | 忆鲁迅 | 林语堂 | 陶希圣等撰，孙如陵等辑：《三十年代文艺论丛》，"中央"日报社 |
| 175 | 1966.12 | 鲁迅传论（上） | 苏雪林 | 《传记文学》第 9 卷第 6 期 |
| 176 | 1967.01 | 鲁迅传论（下） | 苏雪林 | 《传记文学》第 10 卷第 1 期 |
| 177 | 1967.01 | 我对鲁迅由钦敬到反对的原因 | 苏雪林 | 《自由青年》第 37 卷第 1 期 |

---

① 该书后多次再版，大致有 1974 年、1980 年、2001 年等版，后续不一一列出。

续表

| 序号 | 时间 | 文献题名题目 | 作者 | 文献出处 |
|---|---|---|---|---|
| 178 | 1968.03 | 剖析鲁迅作品 | 夏济安 | 《纯文学》第 3 卷第 3 期 |
| 179 | 1968.04 | 林语堂博士与鲁迅的一段旧闻 | 李德安 | 李德安：《学林见闻》，台北：环宇出版社 |
| 180 | 1970 | 评价鲁迅的《古小说钩沉》 | 赵景深 | 万年青书廊辑：《中国古典小说论》，台北：环宇出版社 |
| 181 | 1971.10 | 鲁迅与"创造社" | 李超宗 | 《青溪杂志》第 52 期 |
| 182 | 1971.03 | 鲁迅作品的黑暗面 | 夏济安 | 夏济安：《夏济安选集》，台北：志文出版社① |
| 183 | 1972.02.18 | 写在《劳动问题》之前 | 鲁迅 | 《佛罗里达通讯》第 1 期 |
| 184 | 1972.02.18 | 鲁迅名言 | 鲁迅 | 《佛罗里达通讯》第 1 期 |
| 185 | 1972.03.10 | 鲁迅简介 | 容天护 | 《密歇根月报》第 1 期 |
| 186 | 1973.02 | 鲁迅、周作人兄弟阋墙之争 | 闻堂 | 《艺文志》第 89 期 |
| 187 | 1973.05 | 三十年代中国文坛回顾"毛共""迫害"作家的事实 | 陈纪滢 | 《传记文学》第 132 号 |
| 188 | 1973.06 | 苏雪林教授《鲁迅论传》考正 | 黎明 | 《民主宪政》第 44 卷第 4 期 |
| 189 | 1973.06 | 文学杂谈 | 夏志清 | 《中外文学》第 2 卷第 1 期 |

———————

① 该书后多次再版，至 1977 年 8 月出至第 4 版。

| 序号 | 时间 | 文献题名题目 | 作者 | 文献出处 |
|---|---|---|---|---|
| 190 | 1973.07 | 现代中国小说之时间与现实观念 | 刘绍铭 | 《中外文学》第 2 卷第 2 期 |
| 191 | 1974.01 | 文学研究与思想史 | 侯健 | 《中外文学》第 2 卷第 8 期 |
| 192 | 1974.09 | 文学革命的经过 | 侯健 | 《中外文学》第 3 卷第 4 期 |
| 193 | 1974.10 | 革命文学的前因与实际 | 侯健 | 《中外文学》第 3 卷第 5 期 |
| 194 | 1974.11 | 革命文学的前因与实际 | 侯健 | 《中外文学》第 3 卷第 6 期 |
| 195 | 1974.12 | 革命文学的前因与实际 | 侯健 | 《中外文学》第 3 卷第 7 期 |
| 196 | 1975.05 | 关于鲁迅 | 梁实秋 | 梁实秋：《梁实秋自选集》①，台北：黎明文化事业股份有限公司 |
| 197 | 1975.05 | 五四新文化运动中的反传统思想 | 林毓生 | 《中外文学》第 3 卷第 12 期 |
| 198 | 1975.05 | 念鲁迅书，谈新港人 | 方耕 | 《新港》第 9 号 |
| 199 | 1976.02 | 鲁迅杂文与其时代意义 | 念华 | 《耕耘》第 3 期 |
| 200 | 1976.08 | 鲁迅作品的黑暗面 | 夏济安 | 叶维廉编著：《中国现代文学批评选集》，台北：联经出版事业公司 |
| 201 | 1977.01 | "鲁迅与'国防文学'事件"经纬及后遗症 | 王章陵 | 《共党问题研究》第 3 卷第 1 期 |

---

① 该书 1977 年再版，1981 年三版。

续表

| 序号 | 时间 | 文献题名题目 | 作者 | 文献出处 |
|---|---|---|---|---|
| 202 | 1977.02.02 | 在鲁迅遗作出版的幕后 | 本报讯 | 《中央日报》"大陆透视"第12版 |
| 203 | 1977.06 | 论小品文 | 罗青 | 《中外文学》第6卷第1期 |
| 204 | 1977.09 | 论文学家的哲学气质兼论当代文学的使命 | 魏元珪 | 《哲学与文化》第4卷第9期 |
| 205 | 1977.11 | 中国思想何处去？ | 傅兴 | 《哲学与文化》第4卷第11期 |
| 206 | 1978.03 | 鲁迅与周扬关于国防文学的论争 | 郑学稼 | 《中华杂志》第16卷第3期 |
| 207 | 1978.03.20 | 鲁迅为什么污蔑邵洵美？ | 胡汉君 | 《中国时报》第19版，"人间副刊" |
| 208 | 1978.10 | 鲁迅心头的烙痕——记光绪十九年科场弊案与鲁迅的祖父周福清 | 高阳 | 《大成》第59期 |
| 209 | 1978.12.06 | 平心论鲁迅——郑著《鲁迅正传》读后 | 刘心皇 | 《中国时报》第33版，"人间副刊" |
| 210 | 1978.12.07 | 平心论鲁迅——郑著《鲁迅正传》读后 | 刘心皇 | 《中国时报》第34版，"人间副刊" |
| 211 | 1978.12.08 | 平心论鲁迅——郑著《鲁迅正传》读后 | 刘心皇 | 《中国时报》第34版，"人间副刊" |
| 212 | 1979.01 | 郑（学稼）老师的《鲁迅正传》 | 周玉山 | 《出版与研究》第37期 |
| 213 | 1979.01 | 话鲁迅当年 | 罗家伦 | 《文学思潮》第3期 |
| 214 | 1979.05 | 无忘——文化的反省 | 张毅生 | 《鹅湖》第4卷第11期 |

续表

| 序号 | 时间 | 文献题名题目 | 作者 | 文献出处 |
|---|---|---|---|---|
| 215 | 1979.07.08 | 漫谈鲁迅 | 徐复观 | 《大学杂志》第126期 |
| 216 | 1979.07.15 | 鲁迅与托派关系的补正 | 郑学稼 | 《时报周刊》 |
| 217 | 1979.07.29 | 鲁迅与托派 | 郑学稼 | 《中国时报》第33版，"人间"副刊 |
| 218 | 1979.11 | 中国文学讨论中的迷失 | 徐复观 | 《中外文学》第8卷第6期 |
| 219 | 1979.11.23 | 鲁迅大战徐志摩 | 梁锡华 | 《中国时报》第8版，"人间"副刊 |
| 220 | 1979.12 | 鲁迅加入左联前后的行为 | 苏雪林 | 苏雪林：《中国二三十年代作家》，台北：纯文学出版社 |
| 221 | 1980 | 小说家的新诗人（周树人） | 舒兰 | 舒兰：《五四时代的新诗作家和作品》，台北：成文出版社 |
| 222 | 1980.02 | 评《古小说钩沉》——兼论有关六朝小说的资料 | 前野直彬著，前田一慧译 | 《中外文学》第8卷第9期 |
| 223 | 1980.03.03 | 共产党怎样套牢鲁迅 | 何雨文 | 《青年战士报》 |
| 224 | 1980.06 | 关于鲁迅 | 赵聪 | 赵聪：《五四文坛泥爪》，台北：时报文化出版事业有限公司① |
| 225 | 1980.06 | 日记里的鲁迅 | 赵聪 | 赵聪：《五四文坛泥爪》，台北：时报文化出版事业有限公司 |

---

① 该书1983年5月由时报文化出版事业有限公司再版。

续表

| 序号 | 时间 | 文献题名题目 | 作者 | 文献出处 |
|------|------|------|------|------|
| 226 | 1980.06 | 鲁迅与钱玄同 | 赵聪 | 赵聪：《五四文坛泥爪》，台北：时报文化出版事业有限公司 |
| 227 | 1980.06 | 鲁迅与周作人 | 赵聪 | 赵聪：《五四文坛泥爪》，台北：时报文化出版事业有限公司 |
| 228 | 1980.06 | "中国的高尔基" | 赵聪 | 赵聪：《五四文坛泥爪》，台北：时报文化出版事业有限公司 |
| 229 | 1980.06 | 中国小说史略 | 赵聪 | 赵聪：《五四文坛泥爪》，台北：时报文化出版事业有限公司 |
| 230 | 1980.06 | 阿Q正传 | 赵聪 | 赵聪：《五四文坛泥爪》，台北：时报文化出版事业有限公司 |
| 231 | 1980.06 | 法国也有阿Q | 赵聪 | 赵聪：《五四文坛泥爪》，台北：时报文化出版事业有限公司 |
| 232 | 1980.06 | 阴阳怪气的屈罗里 | 赵聪 | 赵聪：《五四文坛泥爪》，台北：时报文化出版事业有限公司 |
| 233 | 1980.06 | 许广平回忆鲁迅 | 赵聪 | 赵聪：《五四文坛泥爪》，台北：时报文化出版事业有限公司 |
| 234 | 1980.07 | 从西蒙列斯到鲁迅 | 韩韩 | 《文学思潮》第7期 |
| 235 | 1980.07 | 无言的悲情——读《台静农短篇小说集》中悲运故事 | 乐蘅军 | 《中外文学》第9卷第2期 |

续表

| 序号 | 时间 | 文献题名题目 | 作者 | 文献出处 |
|------|------|--------------|------|----------|
| 236 | 1980.10 | 漫谈鲁迅 | 尹雪曼 | 《新文艺》第 295 期 |
| 237 | 1980.10 | 中国知识分子的命运 | 牟宗三 | 《鹅湖》第 6 卷第 4 期 |
| 238 | 1981 | 评介黄著《鲁迅与现代中国之新文化运动》 | 林时民 | 张玉法编：《中国现代史论集：第六辑五四运动》，台北：联经出版事业公司 |
| 239 | 1981.03 | 批判鲁迅的基本资料 | 衣鱼① | 《书评书目》第 95 期 |
| 240 | 1981.03.21 | 儒林往事二则 鲁迅不骂孙伏园 | 张起钧 | 《联合报》第 8 版 |
| 241 | 1981.05 | 〈批判鲁迅的基本资料〉补遗 | 衣鱼 | 《书评书目》第 96 期 |
| 242 | 1981.05.02 | 打落鲁迅头上的光环——听秦牧、陈残云演讲 | 梁锡华 | 《联合报》第 8 版 |
| 243 | 1981.07 | 语言的策略与历史的关联——五四到现代文学前 | 叶维廉 | 《中外文学》第 10 卷第 2 期 |
| 244 | 1981.07.26 | 图腾的末日 | 田云 | 《联合报》第 8 版 |
| 245 | 1981.08.25 | "这样鲁迅，那样鲁迅"——在加州举行的鲁迅研究会 | 金恒炜 | 《中国时报》第 32 版 |
| 246 | 1981.09 | 批判鲁迅的参考资料 | 衣鱼 | 《反攻》第 431 期 |
| 247 | 1981.09.25 | 台上周扬 地下鲁迅 | 周玉山 | 《中国时报》第 33 版，"人间"副刊 |
| 248 | 1981.10 | 鲁郭茅巴老曹 | 刘绍铭 | 刘绍铭：《风檐展书读》，台北：九歌出版社 |

---

① 即刘心皇。

| 序号 | 时间 | 文献题名题目 | 作者 | 文献出处 |
|---|---|---|---|---|
| 249 | 1981.10 | 从"鲁迅书简"看鲁迅对中共"文总"的斗争 | 刘心皇 | 《东亚季刊》第 13 卷第 2 期 |
| 250 | 1981.10 | 鲁迅与中共 | 周玉山 | 《近代中国》第 25 期 |
| 251 | 1981.10.04 | 鲁迅地下哭 | 惠天 | 《中央日报》第 12 版，"中央副刊" |
| 252 | 1981.10.16 | 新阿 Q 传（上） | 云帆 | 《中央日报》第 12 版，"中央副刊" |
| 253 | 1981.10.16 | 新阿 Q 传（下） | 云帆 | 《中央日报》第 12 版，"中央副刊" |
| 254 | 1981.11.20 | 时代的渣滓——新阿 Q 读后感（上） | 晶晶 | 《中央日报》第 12 版，"中央副刊" |
| 255 | 1981.11.21 | 时代的渣滓——新阿 Q 读后感（下） | 晶晶 | 《中央日报》第 12 版，"中央副刊" |
| 256 | 1981.12 | 鲁迅与杜斯妥也夫斯基 | 杨笠 | 《现代文学》复刊第 16 期 |
| 257 | 1982.06 | 从鲁迅看三十年文坛的纠纷：鲁迅杂文集"后记"中对"左联"党团份子的讽刺及对自由文坛斗争的记录 | 刘心皇 | 《"国立"编译馆馆刊》第 11 卷第 1 期 |
| 258 | 1982.07 | 鲁迅与托派——中共有清算鲁迅的可能性之分析 | 刘心皇 | 《共党问题研究》第 8 卷第 7 期 |
| 259 | 1982.07—10 | 从鲁迅看三十年文坛的纠纷 | 刘心皇 | 《东亚季刊》第 14 卷第 1—2 期 |

| 序号 | 时间 | 文献题名题目 | 作者 | 文献出处 |
|---|---|---|---|---|
| 260 | 1982.09.19 | 大陆留日青年飞港过境途中 鲁迅之孙选择自由 | "中央社" | 《中央日报》第1版 |
| 261 | 1982.09.19 | 鲁迅的长孙宣布脱离共产党 周令飞偕女友返抵自由祖国 追求自由恋爱婚姻毅然决定比翼飞向青天 正式发表声明决遵守中华民国宪法及法律 | 本报讯 | 《中国时报》第1版 |
| 262 | 1982.09.19 | 鲁迅地下有知，应喜爱孙回祖国 | 本报记者周野特稿 | 《中国时报》第3版、第6版 |
| 263 | 1982.09.19 | "救救孩子"——鲁迅之孙冲决网罗，来到自由的天地 | 周森原 | 《中国时报》第37版，"人间"副刊 |
| 264 | 1982.09.19 | 鲁迅之长孙周令飞投奔自由 | 中央社 | 《民生报》第7版 |
| 265 | 1982.09.19 | 开爱情之花·结自由之果——鲁迅之孙周令飞昨来归 | 台北讯 | 《联合报》第1版 |
| 266 | 1982.09.19 | 鲁迅·景宋·海婴——周令飞的家庭背景 | 秦贤次 | 《联合报》第3版 |
| 267 | 1982.09.20 | 周令飞的家世及其出走的象征意义 | 本报香港特派员康富信 | 《联合报》第3版 |
| 268 | 1982.09.20 | 高阳谈"鲁迅心头的烙痕" | 吕俊德 | 《联合报》第12版，"万象" |
| 269 | 1982.09.21 | 如果鲁迅不死：三十年代文学问题对谈 | 葛浩文、周锦，丘彦明整理 | 《联合报》第8版，"联合副刊" |

续表

| 序号 | 时间 | 文献题名题目 | 作者 | 文献出处 |
|---|---|---|---|---|
| 270 | 1982.09.21 | 新闻词典：阿Q正传 | 秦贤次 | 《联合报》第12版，"万象" |
| 271 | 1982.09.22 | 周作人、鲁迅与"吃人"的日本 | 龚鹏程 | 《中国时报》第34版，"人间"副刊 |
| 272 | 1982.09.22 | 如果鲁迅不死：三十年代文学问题对谈 | 葛浩文、周锦，丘彦明整理 | 《联合报》第8版，"联合副刊" |
| 273 | 1982.09.23 | 周作人、鲁迅与"吃人"的日本 | 龚鹏程 | 《中国时报》第32版，"人间"副刊 |
| 274 | 1982.09.23 | 鲁迅为什么"呐喊"？检视他的内在矛盾与思想困境 | 本报记者 | 《民生报》第7版 |
| 275 | 1982.09.23 | 如果鲁迅不死：三十年代文学问题对谈 | 丘彦明整理 | 《联合报》第8版，"联合副刊" |
| 276 | 1982.09.24 | 自卑的狂人·惑众的作家·尖刻的文人 | 本报讯 | 《民生报》第7版 |
| 277 | 1982.09.24 | 《呐喊》《彷徨》·嫉俗讽刺 | 本报讯 | 《民生报》第7版 |
| 278 | 1982.09.24 | "周树人·鲁迅·旗手"三部曲 | 本报讯 | 《民生报》第7版 |
| 279 | 1982.09.25 | 鲁迅慕中山 | 茶陵① | 《中国时报》第38版，"人间"副刊 |
| 280 | 1982.09.25 | 鲁迅俯首　令飞昂头 | 周玉山 | 《中国时报》第38版，"人间"副刊 |
| 281 | 1982.09.26 | 鲁迅之孙引发的周末震撼 | 黄天才 | 《中央日报》第3版 |

---

① 即周玉山。

续表

| 序号 | 时间 | 文献题名题目 | 作者 | 文献出处 |
|---|---|---|---|---|
| 282 | 1982.09.26 | 也谈鲁迅 | 阮文达 | 《联合报》第8版，"联合副刊" |
| 283 | 1982.10 | 鲁迅与先父寿裳公的友情 | 许世瑮 | 《传记文学》第41卷第4期 |
| 284 | 1982.10 | 爱情诚可贵、自由价更高——从周令飞来台略论鲁迅生平 | 沈云龙 | 《传记文学》第41卷第4期 |
| 285 | 1982.10 | 关于《悼鲁迅》诗 | 周弃子 | 《传记文学》第41卷第4期 |
| 286 | 1982.10 | 鲁迅·周令飞·人道的挣扎 | 秦怀冰 | 《联合月刊》第15期 |
| 287 | 1982.10 | 鲁迅·日本知识界及其他 | 于衡 | 《联合月刊》第15期 |
| 288 | 1982.11 | 由周令飞谈鲁迅的性格 | 姜穆 | 《文艺月刊》第161期 |
| 289 | 1982.11 | 由索忍尼辛想起鲁迅 | 周玉山 | 《中国论坛》第15卷第4期 |
| 290 | 1982.11 | 鲁迅靠拢"左联"疑案——致周令飞先生的一封公开信 | 关德懋 | 《传记文学》第41卷第5期 |
| 291 | 1982.11 | 鲁迅与"左联"的关系（选载） | 赵聪 | 《传记文学》第41卷第5期 |
| 292 | 1982.11 | 关于鲁迅（选载） | 梁实秋 | 《传记文学》第41卷第5期 |
| 293 | 1982.11 | 周令飞的三个"历史性文件"（书简） | 王世华 | 《传记文学》第41卷第5期 |
| 294 | 1982.11 | 鲁迅（1881—1936）小传 | 关志昌 | 《传记文学》第41卷第5期 |

| 序号 | 时间 | 文献题名题目 | 作者 | 文献出处 |
|------|------|------------|------|---------|
| 295 | 1982.11 | 论鲁迅并说到周扬 | 胡秋原 | 《中华杂志》第 20 卷第 11 期 |
| 296 | 1982.11 | 鲁迅看报骂人的怪招（上） | 童世璋 | 《中外杂志》第 32 卷第 5 期 |
| 297 | 1982.11 | 鲁迅遭通缉而未被捕的真相——三十年代文坛秘辛的勾绘 | 刘心皇 | 《联合月刊》第 16 期 |
| 298 | 1982.11.29 | 莫斯科看鲁迅 | 慰慈 | 《中央日报》第 11 版，"中央副刊" |
| 299 | 1982.12 | 鲁迅看报骂人的怪招（下） | 童世璋 | 《中外杂志》第 32 卷第 6 期 |
| 300 | 1983.01 | 台上周扬·地下鲁迅 | 周玉山 | 周玉山：《文学边缘》，台北：东大图书公司 |
| 301 | 1983.01 | 还鲁迅真面目 | 周玉山 | 周玉山：《文学边缘》，台北：东大图书公司 |
| 302 | 1983.01 | 鲁迅慕中山 | 周玉山 | 周玉山：《文学边缘》，台北：东大图书公司 |
| 303 | 1983.01 | 鲁迅俯首·令飞昂头 | 周玉山 | 周玉山：《文学边缘》，台北：东大图书公司 |
| 304 | 1983.01 | 由索忍尼辛想起鲁迅 | 周玉山 | 周玉山：《文学边缘》，台北：东大图书公司 |
| 305 | 1983.01 | 郑老师的《鲁迅正传》 | 周玉山 | 周玉山：《文学边缘》，台北：东大图书公司 |
| 306 | 1983.01 | 胡适与鲁迅来往书信："从遗落在大陆及晚年书信看胡适先生的为人与治学"之七 | 本刊编注小组 | 《传记文学》第 42 卷第 1 期 |

| 序号 | 时间 | 文献题名题目 | 作者 | 文献出处 |
|---|---|---|---|---|
| 307 | 1983.02 | 漫谈鲁迅 | 尹雪曼 | 《文学思潮》第 14 期 |
| 308 | 1983.02 | 鲁迅的悲剧——中共对他的打、拉、捧与用 | 陈绥民 | 《文学思潮》第 14 期 |
| 309 | 1983.02 | 鲁迅面面观 | 周冠华 | 《文学思潮》第 14 期 |
| 310 | 1983.02 | 鲁迅与"第三国际" | 林衡道 | 《文学思潮》第 14 期 |
| 311 | 1983.02 | 鲁迅几桩疑案的剖析 | 周冠华 | 《中外杂志》第 33 卷第 2 期 |
| 312 | 1983.03 | 鲁迅与托派：中共有清算鲁迅的可能性之分析 | 刘心皇 | 《中华文化复兴月刊》第 16 卷第 3 期，总第 180 期 |
| 313 | 1983.04 | 鲁迅面面观 | 周冠华 | 《艺文志》第 211 期 |
| 314 | 1983.05 | 鲁迅与中共（上） | 华羊 | 《中共研究》第 17 卷第 5 期，总第 197 期 |
| 315 | 1983.05 | 鲁迅与五四 | 茶陵 | 《中国论坛》第 16 卷第 3 期，总第 183 期 |
| 316 | 1983.06 | 鲁迅与共产党 | 姜穆 | 《文艺月刊》第 168 期 |
| 317 | 1983.06 | 鲁迅与中共（中） | 华羊 | 《中共研究》第 17 卷第 6 期，总第 198 期 |
| 318 | 1983.07 | 鲁迅与中共（下） | 华羊 | 《中共研究》第 17 卷第 7 期，总第 199 期 |
| 319 | 1983.09.09 | 五四文学——传统与创新 | 李欧梵 | 《中国时报》第 8 版，"人间"副刊 |
| 320 | 1983.09.14 | 从暴露文学与文化危机看鲁迅 | 艾恺 | 《中国时报》第 8 版，"人间"副刊 |

续表

| 序号 | 时间 | 文献题名题目 | 作者 | 文献出处 |
|------|------|------|------|------|
| 321 | 1983.09.14 | "不要做空头的文学家" | 胡金铨 | 《中国时报》第 8 版，"人间"副刊 |
| 322 | 1983.09.25 | 鲁迅的功与过 | 书呆子 | 《中国时报》第 51 版 |
| 323 | 1983.10 | 鲁迅与瞿秋白 | 陈绥民 | 《中外杂志》第 34 卷第 4 期，总第 200 期 |
| 324 | 1983.10.20 | 西医·古碑·鲁迅——读《五四文学——传统与创新》后的一点感想与疑问 | 王孝廉 | 《中国时报》第 32 版，"人间"副刊 |
| 325 | 1983.10.27 | 鲁迅与佛经——《西医·古碑·鲁迅》读后 | 蓝吉富 | 《中国时报》第 32 版，"人间"副刊 |
| 326 | 1983.10.28 | 鲁迅棺盖论未定 | 黄祖荫 | 《中国时报》第 32 版，"人间"副刊 |
| 327 | 1983.11.02 | 鲁迅"钞"的可能是什么"古碑" | 海若 | 《中国时报》第 32 版，"人间"副刊 |
| 328 | 1984.04 | 鲁迅与中共 | 周玉山 | 周玉山：《大陆文艺新探》，台北：东大图书股份有限公司 |
| 329 | 1984.06.25 | 鲁迅之死新疑问 | 王璇译 | 《中国时报》第 16 版，"人间"副刊 |
| 330 | 1984.07 | 鲁迅与共产主义：传说与事实之间① | 陈炳良 | 《文季》（文学双月刊）第 2 卷第 2 期 |
| 331 | 1984.11 | 谈散文的分类及杂文 | 曾昭旭 | 《鹅湖》第 10 卷第 5 期，总第 113 期 |

---

　　① 后收入陈炳良《照花前后镜——文学散论》，台北：锦冠出版社 1988 年版。陈炳良为香港学者。

| 序号 | 时间 | 文献题名题目 | 作者 | 文献出处 |
|------|------|--------------|------|----------|
| 332 | 1985 | 中国现代小说与戏剧中的"拟写实主义" | 马森 | 马森：《马森戏剧论集》，台北：尔雅出版社 |
| 333 | 1985.01.17 | 枣树不是鲁迅看到的枣树 | 董桥 | 《中国时报》第 33 版 |
| 334 | 1985.03 | Pleading for Foucault：A Defense Against Lu Hsun's "Diary of a Madman" and "K'ung I－chi" | 吴新发 | 《文史学报》（中兴大学）第 15 期 |
| 335 | 1985.03 | 评《古小说钩沉》——兼论有关六朝小说资料 | 前野直彬著，前田一惠译 | 王秋桂编著：《中国文学译著论丛——小说之部》，台北：台湾学生书局 |
| 336 | 1985.06 | 论人性与文学：三十年代梁秋实与鲁迅的论战 | 王章陵 | 《共党问题研究》第 11 卷第 6 期 |
| 337 | 1985.06 | 鲁迅，还是老舍？——中国现代写实小说的两个方向 | 王德威 | 《中外文学》第 14 卷第 1 期，总第 157 期 |
| 338 | 1985.07 | 为福寇抗辩——答《狂人日记》和《孔乙己》 | 吴新发 | 《中外文学》第 14 卷第 2 期，总第 158 期 |
| 339 | 1986 | 鲁迅与共产党 | 姜穆 | 姜穆：《三十年代作家论》，台北：东大图书股份有限公司 |

续表

| 序号 | 时间 | 文献题名题目 | 作者 | 文献出处 |
|---|---|---|---|---|
| 340 | 1986 | 左联解散的前因后果 | 姜穆 | 姜穆：《三十年代作家论》，台北：东大图书股份有限公司 |
| 341 | 1986 | 由周令飞谈鲁迅的性格 | 姜穆 | 姜穆：《三十年代作家论》，台北：东大图书股份有限公司 |
| 342 | 1986.03 | 鲁迅作品的现代观 | 周玉山 | 《幼狮文艺》第 63 卷第 3 期，总第 387 期 |
| 343 | 1986.04 | 鲁迅左倾内幕 | 周谷 | 《中外杂志》第 39 卷第 4 期，总第 230 期 |
| 344 | 1986.04 | 阿 Q 之子——金贵秘传 | 一心上人 | 《在野报道》第 1 期 |
| 345 | 1986.05.15 | 鲁迅的《坟》 | 金延湘① | 《中国时报》第 32 版，"人间"副刊 |
| 346 | 1986.06 | 鲁迅，还是老舍？——中国现代写实小说的两个方向 | 王德威 | 王德威：《从刘鹗到王祯和》，台北：时报文化出版企业有限公司 |
| 347 | 1986.07 | 阿 Q 精神的觉醒——序林柏燕《垂泪的海鸥》 | 杨青矗 | 《台湾文艺》第 101 期 |
| 348 | 1986.09.08 | 把鲁迅拿过来 | 金延湘 | 《中国时报》第 17 版，"人间"副刊 |
| 349 | 1986.10.19 | 向使当初身未死——鲁迅五十年祭 | 庄信正 | 《中国时报》第 45 版，"人间"副刊 |

① 即刘大任。

| 序号 | 时间 | 文献题名题目 | 作者 | 文献出处 |
|------|------|------------|------|---------|
| 350 | 1986.10.20 | 向使当初身未死 鲁迅五十年祭 | 庄信正 | 《中国时报》第 17 版，"人间"副刊 |
| 351 | 1986.10.20 | 鲁迅思想的特质 | 林毓生 | 《中国时报》第 17 版，"人间"副刊 |
| 352 | 1986.12 | 关于鲁迅 | 梁实秋 | 梁实秋：《文学因缘》，台北：时报出版事业有限公司 |
| 353 | 1986.12 | 散文——鲁迅笔下的矛盾世界 | 柯振忠 | 《幼狮文艺》第 64 卷第 6 期，总第 396 期 |
| 354 | 1986.12 | 鲁迅的生前死后 | 周玉山 | 《共党问题研究》第 12 卷第 12 期 |
| 355 | 1986.12 | 鲁迅思想的特质 | 林毓生 | 《当代》第 8 期 |
| 356 | 1987.02 | 白话文的病根在哪里？ | 吕正惠 | 《国文天地》第 2 卷第 9 期，总第 21 期 |
| 357 | 1987.02 | 蕴藉者和浮慧者——中国现代小说的两大技巧模式 | 黄维樑 | 《中外文学》第 15 卷第 9 期，总第 177 期 |
| 358 | 1987.03 | 多丑陋的文字：论鲁迅和现代中文 | 梁锡华 | 《文星》第 105 期 |
| 359 | 1987.05 | 鲁迅与五四运动 | 周玉山 | 《文星》第 107 期 |
| 360 | 1987.05 | 评"五四时期的现代中国文学" | 黄碧端著，周阳山译 | 周策纵等编著：《五四与中国》，台北：时报文化出版企业有限公司 |
| 361 | 1987.05 | 鲁迅之后——五四小说传统的继起者 | 王德威 | 《当代》第 13 期 |

续表

| 序号 | 时间 | 文献题名题目 | 作者 | 文献出处 |
|---|---|---|---|---|
| 362 | 1987.05.09 | 关于硬译论战的随想 | 张放 | 《联合报》第8版，"联合副刊" |
| 363 | 1987.05.10 | 铁屋之声：李欧梵新作《鲁迅研究》出版 | 彭淮栋 | 《联合报》第8版，"联合副刊" |
| 364 | 1987.05.27 | 梁实秋先生与鲁迅论战的时代意义 | 周玉山 | 《联合报》第8版，"联合副刊" |
| 365 | 1987.05.28 | 梁实秋先生与鲁迅论战的时代意义 | 周玉山 | 《联合报》第8版，"联合副刊" |
| 366 | 1987.08.04 | 之于阿Q二三轶事 | 舒治国 | 《中国时报》第8版，"人间"副刊 |
| 367 | 1987.08.13 | 李欧梵谈鲁迅 | 台北讯 | 《中国时报》第6版 |
| 368 | 1987.08.15 | 李欧梵演讲谈鲁迅，肯定他的文学成就 | 本报讯 | 《民生报》第10版 |
| 369 | 1987.秋 | 鲁迅下凡记——评介李欧梵 Voices from the Iron House: A Study of Lu Xun | 王德威 | 《九州学刊》第2卷第1期，总第5期 |
| 370 | 1987.10 | 鲁迅与现代艺术意识 | 李欧梵 | 《当代》第18期 |
| 371 | 1987.10 | 鲁迅《秋夜》的分析 | 熊秉明 | 《当代》第18期 |
| 372 | 1987.10 | 鲁迅和他的"门徒"：鲁迅"提携"文坛后进的类型 | 葛浩文著，郑继宗译 | 《当代》第18期 |
| 373 | 1987.10 | 鲁迅·日本·竹内好及其他 | 李永炽 | 《当代》第18期 |

| 序号 | 时间 | 文献题名题目 | 作者 | 文献出处 |
|---|---|---|---|---|
| 374 | 1987.10 | 要是鲁迅还活着 | 程步奎 | 《当代》第 18 期 |
| 375 | 1987.10 | 从神还原到人：访问李欧梵谈鲁迅研究 | 金恒炜访问、尤传莉记录、张文翊整理 | 《当代》第 18 期 |
| 376 | 1987.10 | 鲁迅政治观的困境：兼论中国传统思想资源的活力与限制 | 林毓生 | 《文星》第 112 期 |
| 377 | 1987.11 | 剪辑鲁迅的两个不同人格：《鲁迅〈秋夜〉的分析》读后 | 金恒杰 | 《当代》第 19 期 |
| 378 | 1987.11 | 从批判文学到批判绘画：鲁迅作品的视觉化 | 阿吾 | 《雄狮美术》第 201 期 |
| 379 | 1987.11 | 论中国现代寓言文学 | 郑明娳 | 《中外文学》第 16 卷第 7 期，总第 187 期 |
| 380 | 1988 | 鲁迅与玩具 | 文船山 | 文船山：《那半壁中国文坛》，台北：允晨文化实业股份有限公司 |
| 381 | 1988 | 从周令飞来台略论鲁迅生平 | 沈云龙 | 沈云龙：《民国史事与人物论丛续集》，台北：传记文学出版社 |
| 382 | 1988.01.27 | 弃医从文的鲁迅 | 秀丽 | 《中国时报》第 69 版，"大地"副刊 |
| 383 | 1988.02 | 围捕鲁迅 | 姜穆 | 《动象》第 14 期 |

| 序号 | 时间 | 文献题名题目 | 作者 | 文献出处 |
|---|---|---|---|---|
| 384 | 1988.02 | 鲁迅——中共的文学斗士 | 牧野 | 《动象》第14期 |
| 385 | 1988.03.21 | 从布拉格之春到鲁迅研究 | 吴智人 | 《中央日报》第18版，"中央副刊" |
| 386 | 1988.05.10 | "真的恶声"？——鲁迅与当代大陆作家 | 王德威 | 《中国论坛》第26卷第3期，总第303期 |
| 387 | 1988.05.19 | 访上海鲁迅故居 | 张自强 | 《联合报》第16版，"中央副刊" |
| 388 | 1988.05.20 | 访上海鲁迅故居 | 张自强 | 《联合报》第16版，"中央副刊" |
| 389 | 1988.06.04 | 鲁迅作品虚与实 | 缪天华 | 《联合报》第16版，"中央副刊" |
| 390 | 1988.06 | 胡适与鲁迅① | 周质平 | 周质平：《胡适与鲁迅》，台北：时报文化出版企业有限公司 |
| 391 | 1988.07 | 鲁迅的小说 | 王志健 | 王志健：《文学四论》（下册），台北：文史哲出版社 |
| 392 | 1988.09 | 重识《狂人日记》 | 王德威 | 王德威编著：《众声喧哗——三〇与八〇年代的中国小说》，台北：远流出版事业股份有限公司 |
| 393 | 1988.09 | 鲁迅与共产主义——传说与事实之间 | 陈炳良 | 陈炳良：《照花前后镜——香港·鲁迅·现代》，台北：锦冠出版社 |

---

① 该文初刊于香港《明报月刊》第19卷第7期（1984年7月）。

续表

| 序号 | 时间 | 文献题名题目 | 作者 | 文献出处 |
|---|---|---|---|---|
| 394 | 1988.09 | 国防文学论战——一笔五十年的旧账 | 陈炳良 | 陈炳良：《照花前后镜——香港·鲁迅·现代》，台北：锦冠出版社 |
| 395 | 1988.09 | 鲁迅和共产国际特派员 | 陈炳良 | 陈炳良：《照花前后镜——香港·鲁迅·现代》，台北：锦冠出版社 |
| 396 | 1988.09 | 鲁迅在五四前后的思想 | 陈炳良 | 陈炳良：《照花前后镜——香港·鲁迅·现代》，台北：锦冠出版社 |
| 397 | 1988.09.07 | 梁实秋论鲁迅文笔——评《华盖集续编》 | 梁实秋 | 《联合报》第21版，"联合副刊" |
| 398 | 1988.10.31 | 要是鲁迅还活着 | 程步奎 | 《中国时报》第45版，"人间"副刊 |
| 399 | 1988.12.06 | 鲁迅 | 叶公超 | 《联合报》第21版，"联合副刊" |
| 400 | 1988.12.20 | 给鲁迅换顶高帽子：大陆学术界掀起新评价论战，研究走向多元化 | 本报讯 | 《联合报》第9版 |
| 401 | 1988.12 | 阿Q正传 | 鲁迅 | 《联合文学》第5卷第2期① |
| 402 | 1988.12 | "过去评论家评阿Q"专题 | 周作人、许寿裳等② | 《联合文学》第5卷第2期 |
| 403 | 1988.12 | 落在颈上冰冷的槐蚕 | 方瑜 | 《联合文学》第5卷第2期 |

① 该期为"现代人看'丑陋的中国人'阿Q"专辑。

② 该专题下节选周作人、许寿裳、茅盾、朱彤、曹聚仁、王瑶、夏济安、郑学稼、梁实秋、田仲济、孙昌熙、Shapick、葛浩文等人评论鲁迅的文字。

续表

| 序号 | 时间 | 文献题名题目 | 作者 | 文献出处 |
|---|---|---|---|---|
| 404 | 1988.12 | 从鲁迅看《阿 Q 正传》 | 司马中原 | 《联合文学》第 5 卷第 2 期 |
| 405 | 1988.12 | 我对鲁迅与阿 Q 的看法 | 何怀硕 | 《联合文学》第 5 卷第 2 期 |
| 406 | 1988.12 | 自剖才是新生的起点——《阿 Q 正传》的省思 | 李祖琛 | 《联合文学》第 5 卷第 2 期 |
| 407 | 1988.12 | 三读《阿 Q 正传》 | 林文月 | 《联合文学》第 5 卷第 2 期 |
| 408 | 1988.12 | 再莫彼此笑称阿 Q | 东年 | 《联合文学》第 5 卷第 2 期 |
| 409 | 1988.12 | 阿 Q 的辫子 | 庄正信 | 《联合文学》第 5 卷第 2 期 |
| 410 | 1988.12 | 阿 Q 的境地 | 高行健 | 《联合文学》第 5 卷第 2 期 |
| 411 | 1988.12 | 今日观《阿 Q 正传》 | 孙隆基 | 《联合文学》第 5 卷第 2 期 |
| 412 | 1988.12 | 阿 Q 有没有子孙？——把《阿 Q 正传》搬上舞台和银幕的看法 | 陈白尘 | 《联合文学》第 5 卷第 2 期 |
| 413 | 1988.12 | 阿 Q 梦魇何时了？ | 陈义芝 | 《联合文学》第 5 卷第 2 期 |
| 414 | 1988.12 | 阿 Q 不能永远代表中国人 | 冯骥才 | 《联合文学》第 5 卷第 2 期 |
| 415 | 1988.12 | 阿 Q 阴魂不散——从文学作品的典型性看"阿 Q" | 痖弦 | 《联合文学》第 5 卷第 2 期 |

| 序号 | 时间 | 文献题名题目 | 作者 | 文献出处 |
|---|---|---|---|---|
| 416 | 1988.12 | 阿Q永远在！ | 杨小凯 | 《联合文学》第5卷第2期 |
| 417 | 1988.12 | 阿Q的"恋爱"悲喜剧 | 齐邦媛 | 《联合文学》第5卷第2期 |
| 418 | 1988.12 | 阿Q启示录 | 廖咸浩 | 《联合文学》第5卷第2期 |
| 419 | 1988.12 | 论鲁迅的《阿Q正传》 | 苏雪林 | 《联合文学》第5卷第2期 |
| 420 | 1988.12 | "街头访问问阿Q"专题 | 采访人：徐秀玲、陈维信 | 《联合文学》第5卷第2期 |
| 421 | 1988.12 | "名家笔下的阿Q造型"专辑 | 丰子恺、蒋兆和、程十发等① | 《联合文学》第5卷第2期 |
| 422 | 1988.12 | "校园访问阿Q"专题 | 采访人：陈平芝、胡正之 | 《联合文学》第5卷第2期 |
| 423 | 1988.12 | 阿Q在校园 | 张宜芜 | 《联合文学》第5卷第2期 |
| 424 | 1988.12 | "各行各业对阿Q的看法"专题 | 编辑部 | 《联合文学》第5卷第2期 |
| 425 | 1988.12 | 《阿Q正传》出版目录 | 秦贤次 | 《联合文学》第5卷第2期 |
| 426 | 1988.12 | 鲁迅与佛教的因缘 | 丁雅萍 | 《内明》第201期 |

---

① 该专题下选取丰子恺、蒋兆和、程十发、顾炳鑫、范曾、丁聪、裘沙等七人所绘阿Q形象十余幅。

续表

| 序号 | 时间 | 文献题名题目 | 作者 | 文献出处 |
|---|---|---|---|---|
| 427 | 1988.12.06 | 鲁迅 | 叶公超 | 《联合报》第 21 版，"联合副刊" |
| 428 | 1988.12.07 | 鲁迅 | 叶公超 | 《联合报》第 21 版，"联合副刊" |
| 429 | 1988.12.11 | 写给阿Q | 陈黎 | 《中国时报》第 23 版，"人间"副刊 |
| 430 | 1989 | 鲁迅与中国小说史研究 | 丁锡根 | 王锡荣编著：《中国古典文学研究论丛》，台北：新文丰出版公司 |
| 431 | 1989.01.09 | 鲁迅的后裔受打击 | 柏杨 | 《中国时报》第 45 版，"人间"副刊 |
| 432 | 1989.01.23 | 还鲁迅本来面目 | 本报讯 | 《联合报》第 9 版 |
| 433 | 1989.03.30 | 造就阿Q的人们——兼及鲁迅 | 本报讯 | 《联合报》第 27 版，"联合副刊" |
| 434 | 1989.04.17 | 这棵不修不剪的杂草——写给阿Q | 颜崑阳 | 《中国时报》第 23 版，"人间"副刊 |
| 435 | 1989.04.24—26 | 鲁迅的旧诗 | 黛郎 | 《台湾新闻报》 |
| 436 | 1989.05 | 春雷一声风云动——五四的回顾 | 董俊彦 | 《国文天地》第 4 卷第 12 期，总第 48 期 |
| 437 | 1989.06 | 鲁迅与五四运动 | 周玉山 | 周阳山编著：《从五四到新五四》，台北：时报文化出版企业有限公司 |

| 序号 | 时间 | 文献题名题目 | 作者 | 文献出处 |
|---|---|---|---|---|
| 438 | 1989.06 | 鲁迅与中国小说史研究 | 丁锡根 | 王锡荣编著：《中国古典文学研究论丛》，台北：新文丰出版公司 |
| 439 | 1989.06 | 评《鲁迅年谱》 | 陶英惠 | 《国史馆馆刊》（复刊）第6期 |
| 440 | 1989.06 | 鲁迅新传（1） | 周谷 | 《中外杂志》第45卷第6期，总第268期 |
| 441 | 1989.06 | 评鲁迅《起死》回生之术 | 钱碧湘 | 《九州学刊》第3卷第2期，总第10期 |
| 442 | 1989.06.23 | 坍倒在传统黑影下的旗手鲁迅 | 丘为君 | 《中央日报》第17版，"长河"副刊 |
| 443 | 1989.07 | 半世纪前的历史证言——重读鲁迅的《纪念刘和珍君》 | 李欧梵 | 《当代》第39期 |
| 444 | 1989.07 | 鲁迅新传（2） | 周谷 | 《中外杂志》第46卷第1期，总第269期 |
| 445 | 1989.07 | 鲁迅和中国现代文化震动 | 王友琴 | 《女性人》第2期 |
| 446 | 1989.07 | 读王友琴论鲁迅 | 王浩 | 《女性人》第2期 |
| 447 | 1989.09 | 鲁迅新传（3） | 周谷 | 《中外杂志》第46卷第3期，总第271期 |
| 448 | 1989.09 | 仇恨六十年——鲁迅和顾颉刚的一桩公案 | 顾潮 | 《中外杂志》第46卷第3期，总第271期 |
| 449 | 1989.10 | 鲁迅新传（4） | 周谷 | 《中外杂志》第46卷第4期，总第272期 |
| 450 | 1989.10.14 | 鲁迅不满"左联"自己办"奴隶社"，《生死场》饱受三查五审 | 苏艾 | 《民生报》第26版 |

| 序号 | 时间 | 文献题名题目 | 作者 | 文献出处 |
|---|---|---|---|---|
| 451 | 1989.10.24 | 鲁迅在日本 | 林水福 | 《中时晚报》 |
| 452 | 1989.11 | 鲁迅新传（5） | 周谷 | 《中外杂志》第46卷第5期，总第273期 |
| 453 | 1989.11.09 | 陈漱渝谈鲁迅——访一位来台探亲的大陆学者 | 杜十三 | 《联合报》第29版，"联合副刊" |
| 454 | 1989.12 | 鲁迅新传（6） | 周谷 | 《中外杂志》第46卷第6期，总第274期 |
| 455 | 1990 | 鲁迅的生前死后 | 周玉山 | 周玉山：《大陆文艺论衡》，台北：东大图书股份有限公司 |
| 456 | 1990 | 鲁迅与五四运动 | 周玉山 | 周玉山：《大陆文艺论衡》，台北：东大图书股份有限公司 |
| 457 | 1990.01 | 关于鲁迅研究问题答丸山升教授 | 陈炳良 | 《文讯》第12期，总第15期 |
| 458 | 1990.01 | 不公平的塑造——民族劣根性：评鲁迅著《阿Q正传》 | 周玉山 | 《湖南文献》第18卷第1期，总第69期 |
| 459 | 1990.02 | 鲁迅与许寿裳 | 许世瑮 | 《国文天地》第5卷第9期，总第57期 |
| 460 | 1990.02 | 海明威笔下的阿Q精神 | 柯振中 | 《幼狮文艺》第71卷第2期，总第434期 |
| 461 | 1990.04 | 鲁迅与五四运动 | 周玉山 | 中国古典文学研究会：《五四文学与文化变迁学术研讨会论文集》，台北：台湾学生书局 |

续表

| 序号 | 时间 | 文献题名题目 | 作者 | 文献出处 |
|---|---|---|---|---|
| 462 | 1990.04 | 五四小说人物的"狂"与"死"与反传统主题 | 王润华 | 中国古典文学研究会：《五四文学与文化变迁学术研讨会论文集》，台北：台湾学生书局 |
| 463 | 1990.04 | 师承鲁迅的唐弢 | 秦峄 | 《文讯》第15期，总第54期 |
| 464 | 1990.04 | 鲁迅先生与佛教人士之交往考 | 李雪涛 | 《内明》第217期 |
| 465 | 1990.05 | 论《阿Q正传》与《锣》 | 龚显宗 | 《东师语文学刊》第3期 |
| 466 | 1990.06 | 鲁迅与"左联"关系初探 | 王宏志 | 《共党问题研究》第16卷第6期 |
| 467 | 1990.06.21 | 从头说起——鲁迅、沈从文与砍头 | 王德威 | 《中国时报》第160版，"人间"副刊 |
| 468 | 1990.06.22 | 从头说起——鲁迅、沈从文与砍头 | 王德威 | 《中国时报》第147版，"人间"副刊 |
| 469 | 1990.06.23 | 从头说起——鲁迅、沈从文与砍头 | 王德威 | 《中国时报》第171版，"人间"副刊 |
| 470 | 1990.06.23 | 关于鲁迅的古典研究 | 山田敬三 | 《中国时报》第171版，"人间"副刊 |
| 471 | 1990.07 | 鲁迅加盟"左联"的动机——几个论点的商榷 | 王宏志 | 《共党问题研究》第16卷第7期 |
| 472 | 1990.07 | "戴白色手套革命"的鲁迅——"同道中人"第一次公开对鲁迅的攻击 | 王宏志 | 《东亚季刊》第22卷第1期 |

续表

| 序号 | 时间 | 文献题名题目 | 作者 | 文献出处 |
|---|---|---|---|---|
| 473 | 1990.08.11 | 怀鲁迅先生 | 许世瑛 | 《书和人》第 652 期 |
| 474 | 1990.10 | 鲁迅爱情三部曲（上） | 李远荣 | 《中外杂志》第 48 卷第 4 期 |
| 475 | 1990.10.18 | 纪念鲁迅先生逝世五十四周年 | 李霁野 | 《中国时报》第 146 版，"人间"副刊 |
| 476 | 1990.10.19 | 纪念鲁迅先生逝世五十四周年 | 李霁野 | 《中国时报》第 155 版，"人间"副刊 |
| 477 | 1990.11 | 鲁迅爱情三部曲（下） | 李远荣 | 《中外杂志》第 48 卷第 5 期 |
| 478 | 1990.11.04 | 鲁迅说哪门子的英文 | 刘绍铭 | 《联合报》第 29 版 "联合副刊" |
| 479 | 1990.12.18 | 胡适与鲁迅 | 陈漱渝 | 《中国时报》第 125 版，"人间"副刊 |
| 480 | 1990.12.19 | 胡适与鲁迅 | 陈漱渝 | 《中国时报》第 151 版，"人间"副刊 |
| 481 | 1991 | The Fear of Moral Failure: An Intertextural Reading of Lu Hsun's Fiction | 杨曙辉 | 《Tamkang Review》第 21 卷第 3 期 |
| 482 | 1991.01 | 敌乎友乎？——论鲁迅与徐懋庸的关系 | 王宏志 | 《共党问题研究》第 17 卷第 1 期 |
| 483 | 1991.01.22 | 解剖鲁迅的时候 | 李玉玲 | 《联合晚报》"当代"第 15 版 |
| 484 | 1991.02 | 干将莫邪故事与鲁迅的《铸剑》——炼金术的精神分析 | 黎活仁 | 《幼狮文艺》第 73 卷第 2 期 |

| 序号 | 时间 | 文献题名题目 | 作者 | 文献出处 |
|---|---|---|---|---|
| 485 | 1991.03.01 | 修改文稿：周作人的文章，是鲁迅改的 | 缪天华 | 《中央日报》第 16 版，"中央副刊" |
| 486 | 1991.05 | 艺术家与文化政治：鲁迅谈香港文化 | 马文彬 著，马耀民译 | 《中外文学》第 19 卷第 12 期 |
| 487 | 1991.05 | 鲁迅与中国 | 何欢、陈漱渝 | 《中国论坛》第 31 卷第 8 期 |
| 488 | 1991.05 | 内山完造与鲁迅 | 王映霞 | 《大成》第 210 期 |
| 489 | 1991.07 | 鲁迅《阿 Q 正传》中的修辞技巧 | 李佳娣 | 《传习》第 9 期 |
| 490 | 1991.08.23 | 鲁迅冥诞纪念专辑 | 台北讯 | 《联合报》第 35 版 |
| 491 | 1991.08.23 | 鲁迅依旧是我们的老师 | 龙瑛宗 | 龙瑛宗致杜潘芳格信 |
| 492 | 1991.08.29 | 鲁迅是谁，你们知道吗？——在加州的教学经验 | 李欧梵 | 《中国时报》第 27 版，"人间"副刊 |
| 493 | 1991.08.30 | 鲁迅是谁，你们知道吗？——在加州的教学经验 | 李欧梵 | 《中国时报》第 27 版，"人间"副刊 |
| 494 | 1991.09 | 文艺大众化问题 | 徐訏 | 徐訏编著：《现代中国文学过眼录》，台北：时报文化出版企业有限公司 |
| 495 | 1991.09 | 外来文风与本位文学 | 徐訏 | 徐訏编著：《现代中国文学过眼录》，台北：时报文化出版企业有限公司 |

| 序号 | 时间 | 文献题名题目 | 作者 | 文献出处 |
|---|---|---|---|---|
| 496 | 1991.09 | 鲁迅的文路与心路 | 周玉山 | 《中国论坛》第31卷第12期 |
| 497 | 1991.09 | 鲁迅和台湾新文学 | 王景山 | 《中国论坛》第31卷第12期 |
| 498 | 1991.09 | 新思潮影响下的鲁迅研究 | 孙郁 | 《中国论坛》第31卷第12期 |
| 499 | 1991.09 | 鲁迅的小说是启蒙的文学 | 马森 | 《中国论坛》第31卷第12期 |
| 500 | 1991.09 | 谁怕鲁迅？ | 许悔之 | 《中国论坛》第31卷第12期 |
| 501 | 1991.09 | 《鲁迅全集》的版本及其他 | 卢嘉佑 | 《中国论坛》第31卷第12期 |
| 502 | 1991.09 | "从喷泉裏出来的都是水，从血管裏出来的都是血"——鲁迅创作评论年表 | 劳哲康 | 《中国论坛》第31卷第12期 |
| 503 | 1991.09 | 台湾近年来鲁迅研究论文索引（上） | 方美芬 | 《国文天地》第7卷第4期 |
| 504 | 1991.09 | 解严前后的鲁迅 | 刘大任 | 《国文天地》第7卷第4期 |
| 505 | 1991.09 | 鲁迅与台湾青年 | 秦贤次 | 《国文天地》第7卷第4期 |
| 506 | 1991.09 | 石在，火种是不会绝的——鲁迅与赖和 | 林瑞明 | 《国文天地》第7卷第4期 |
| 507 | 1991.09 | 柏杨谈鲁迅 | 陈漱渝 | 《国文天地》第7卷第4期 |
| 508 | 1991.09 | 鲁迅与中国之强 | 尉天骢 | 《国文天地》第7卷第4期 |

| 序号 | 时间 | 文献题名题目 | 作者 | 文献出处 |
|---|---|---|---|---|
| 509 | 1991.09 | 地下的鲁迅 | 陈信元 | 《国文天地》第 7 卷第 4 期 |
| 510 | 1991.09 | 鲁迅在日本 | 林水福 | 《联合文学》第 7 卷第 11 期 |
| 511 | 1991.09.01 | 鲁迅与台湾青年 | 秦贤次 | 《联合报》第 39 版，"联合副刊" |
| 512 | 1991.09.02 | 鲁迅与台湾青年 | 秦贤次 | 《联合报》第 25 版，"联合副刊" |
| 513 | 1991.09.02 | 台湾新文学与鲁迅 | 叶石涛 | 《自由时报》 |
| 514 | 1991.09.06 | 鲁迅的这些人和那些人 | 张大春 | 《中国时报》第 35 版 |
| 515 | 1991.09.24 | 鲁迅与当代台湾文学——为"鲁迅诞辰110周年纪念"而作 | 蔡源煌 | 《联合报》第 25 版，"联合副刊" |
| 516 | 1991.10 | 台湾近年来鲁迅研究论文索引（下） | 方美芬 | 《国文天地》第 7 卷第 5 期 |
| 517 | 1991.10 | 许寿裳与战后初期台湾的鲁迅文学介绍 | 黄英哲 | 《国文天地》第 7 卷第 5 期 |
| 518 | 1991.10 | 令所有的人都感到亲切——鲁迅作品在苏联的流传和研究 | 李明滨 | 《中国文化月刊》第 144 期 |
| 519 | 1991.10.28 | 阿 Q 闹革命 | 杨渡 | 《中国时报》第 21 版，"人间"副刊 |
| 520 | 1991.11 | 《国文天地》和《中国论坛》的鲁迅专号 | 黎活仁 | 《幼狮文艺》第 74 卷第 5 期 |
| 521 | 1991.11.23 | 有感于中共的纪念鲁迅 | 周玉山 | 《联合报》第 25 版，"联合副刊" |

续表

| 序号 | 时间 | 文献题名题目 | 作者 | 文献出处 |
|---|---|---|---|---|
| 522 | 1991.12 | 中共的"鲁迅崇拜"① | 周玉山 | 《中国大陆研究》第 34 卷第 12 期 |
| 523 | 1991.12 | 两间余一卒、荷戟独徬徨——论鲁迅兼谈《野草》的语言艺术（上） | 叶维廉 | 《当代》第 69 期 |
| 524 | 1991.12 | 梁实秋先生与鲁迅论战的时代意义 | 周玉山 | 周玉山：《文学徘徊》，台北：东大图书公司 |
| 525 | 1991.12 | 中国索忍尼辛的可能 | 周玉山 | 周玉山：《文学徘徊》，台北：东大图书公司 |
| 526 | 1991.12 | 鲁迅的文路与心路 | 周玉山 | 周玉山：《文学徘徊》，台北：东大图书公司 |
| 527 | 1991.12 | 有感于中共的纪念鲁迅 | 周玉山 | 周玉山：《文学徘徊》，台北：东大图书公司 |
| 528 | 1991.12.02 | 秋夜读鲁迅 | 杨渡 | 《中国时报》第 27 版，"人间"副刊 |
| 529 | 1992 | 《关于鲁迅及其著作》序言 | 台静农 | 陈子善、秦贤次编：《我与老舍与酒——台静农文集》，台北：联经出版事业公司 |
| 530 | 1992 | 鲁迅诗卷赠方重禹 | 台静农 | 陈子善、秦贤次编：《我与老舍与酒——台静农文集》，台北：联经出版事业公司 |
| 531 | 1992 | 鲁迅先生的一生——在重庆鲁迅先生逝世二周年纪念大会的一个报告 | 台静农 | 陈子善、秦贤次编：《我与老舍与酒——台静农文集》，台北：联经出版事业公司 |

① 该文后收入周玉山《无声的台湾》，台北：东大图书有限公司 1996 年版。

| 序号 | 时间 | 文献题名题目 | 作者 | 文献出处 |
|---|---|---|---|---|
| 532 | 1992 | 鲁迅先生整理中国古文学之成绩 | 台静农 | 陈子善、秦贤次编：《我与老舍与酒——台静农文集》，台北：联经出版事业公司 |
| 533 | 1992 | 《古小说钩沈》解题 | 台静农 | 陈子善、秦贤次编：《我与老舍与酒——台静农文集》，台北：联经出版事业公司 |
| 534 | 1992 | 鲁迅眼中的汪精卫 | 台静农 | 陈子善、秦贤次编：《我与老舍与酒——台静农文集》，台北：联经出版事业公司 |
| 535 | 1992 | 悲心与愤心——谈台静农先生两本小说中生命情怀 | 乐蘅军 | 乐蘅军：《意志与命运——中国古典小说世界观综论》，台北：大安出版社 |
| 536 | 1992 | A Journey to the Heart of Darkness: The Mode of Travel Literature in Lu Xun's Fiction | Wan, Wong Yoon | 《Tamkang Review》第23卷第1—4期 |
| 537 | 1992.01 | 两间余一卒、荷戟独徬徨——论鲁迅兼谈《野草》的语言艺术（下） | 叶维廉 | 《当代》第69期 |
| 538 | 1992.02 | 论鲁迅《白光》多次县考、发狂与掘藏的悲剧结构 | 王润华 | 《幼狮文艺》第75卷第2期 |
| 539 | 1992.03 | 鲁迅研究重要参考书目题解 | 王润华 | 《中国书目季刊》第25卷第4期 |

续表

| 序号 | 时间 | 文献题名题目 | 作者 | 文献出处 |
|---|---|---|---|---|
| 540 | 1992.03 | 关于陈仪之备忘录——与鲁迅、许寿裳、郁达夫之间的关系 | 铃木正夫著，陈俐甫、夏荣和译 | 《台湾风物》第42卷第1期 |
| 541 | 1992.03 | Ah Q：Fictitious or Real? | 洪惜珠 | Chinese Culture Quarterly 第33卷第1期 |
| 542 | 1992.03.18 | 鲁迅永远只掏一支烟 | 姜穆 | 《中央日报》第17版，"长河"副刊 |
| 543 | 1992.05 | 鲁迅·田汉·杨邨人——田汉攻击鲁迅的一篇文章 | 王宏志 | 《共党问题研究》第18卷第5期 |
| 544 | 1992.06 | 鲁迅作品语言谈 | 王希杰 | 《中国语文》第70卷第6期 |
| 545 | 1992.06 | 探索病态社会与黑暗魂灵之旅：鲁迅小说中游记结构研究 | 王润华 | 《汉学研究》第10卷第1期 |
| 546 | 1992.06 | 福本主义对鲁迅的影响① | 黎活仁 | 蒋永敬、谭汝谦、张玉法、吴天威等编著：《近百年中日关系论文集》，台北：中华民国史料研究中心 |
| 547 | 1992.07 | 胡适与鲁迅 | 周质平 | 周质平编著：《胡适丛论》，台北：三民书局股份有限公司 |
| 548 | 1992.07 | 我与鲁迅先生夫妇 | 王映霞 | 《大成》第224期 |

① 该文曾发表于北京鲁迅博物馆《鲁迅研究月刊》1990年第7期。

续表

| 序号 | 时间 | 文献题名题目 | 作者 | 文献出处 |
|---|---|---|---|---|
| 549 | 1992.07.30 | 谈鲁迅与周作人 | 余英时 | 《中国时报》第 27 版，"人间"副刊 |
| 550 | 1992.08 | "花边文学"事件——论廖沫沙攻击鲁迅的一篇杂文 | 王宏志 | 《共党问题研究》第 18 卷第 8 期 |
| 551 | 1992.08.16 | 沈尹默的鲁迅观 | 艾以 | 《联合报》第 25 版，"联合副刊" |
| 552 | 1992.11 | 从鲁迅研究禁区到重新认识鲁迅 | 王润华 | 王润华：《鲁迅小说新论》，台北：东大图书公司 |
| 553 | 1992.11 | 五四小说人物的"狂"和"死"与反传统主题 | 王润华 | 王润华：《鲁迅小说新论》，台北：东大图书公司 |
| 554 | 1992.11 | 鲁迅与象征主义 | 王润华 | 王润华：《鲁迅小说新论》，台北：东大图书公司 |
| 555 | 1992.11 | 探索病态社会与黑暗灵魂之旅：鲁迅小说中游记结构研究 | 王润华 | 王润华：《鲁迅小说新论》，台北：东大图书公司 |
| 556 | 1992.11 | 西洋文学对中国第一篇短篇白话小说的影响 | 王润华 | 王润华：《鲁迅小说新论》，台北：东大图书公司 |
| 557 | 1992.11 | 探访绍兴与鲁镇的咸亨酒店及其酒客——析鲁迅《孔乙己》的现实性与象征性 | 王润华 | 王润华：《鲁迅小说新论》，台北：东大图书公司 |

续表

| 序号 | 时间 | 文献题名题目 | 作者 | 文献出处 |
|---|---|---|---|---|
| 558 | 1992.11 | 论鲁迅《故乡》的自传性与对比结构 | 王润华 | 王润华：《鲁迅小说新论》，台北：东大图书公司 |
| 559 | 1992.11 | 论鲁迅《白光》中多次县考、发狂和掘藏的悲剧结构 | 王润华 | 王润华：《鲁迅小说新论》，台北：东大图书公司 |
| 560 | 1992.11 | 从口号到象征：鲁迅《长明灯》新论 | 王润华 | 王润华：《鲁迅小说新论》，台北：东大图书公司 |
| 561 | 1992.11 | 鲁迅研究重要参考书目题解 | 王润华 | 王润华：《鲁迅小说新论》，台北：东大图书公司 |
| 562 | 1992.11 | 新台门轶事——鲁迅的绍兴故居 | 陈漱渝 | 《幼狮文艺》第76卷第5期 |
| 563 | 1992.11.01 | 虹口公园遇鲁迅 | 向明 | 《中国时报》第43版，"人间"副刊 |
| 564 | 1992.11.05 | 鲁迅小说中的知识分子 | 张素贞 | 《中央日报》第16版，"中央副刊" |
| 565 | 1992.11.06 | 鲁迅小说中的知识分子 | 张素贞 | 《中央日报》第18版，"中央副刊" |
| 566 | 1992.11.07 | 鲁迅小说中的知识分子 | 张素贞 | 《中央日报》第16版，"中央副刊" |
| 567 | 1992.12 | 鲁迅的传统和反传统思想——对五四新文化运动的一个观察① | 周昌龙 | 《汉学研究》第10卷第2期 |

---

① 该文也发表于北京《鲁迅研究月刊》1993年第10期。

续表

| 序号 | 时间 | 文献题名题目 | 作者 | 文献出处 |
|------|------|------------|------|---------|
| 568 | 1992.12.07 | 我看鲁迅日记 | 缪天华 | 《中央日报》第16版，"中央"副刊 |
| 569 | 1993 | 谁是狂人——谈《狂人日记》 | 林筱梅 | 花莲师范学院人文教育研究中心编：《真实与虚幻——现代小说探论》，花莲：花莲师范学院人文教育研究中心 |
| 570 | 1993 | 无可挣脱的彷徨——读鲁迅的《祝福》 | 刘富士 | 花莲师范学院人文教育研究中心编：《真实与虚幻——现代小说探论》，花莲：花莲师范学院人文教育研究中心 |
| 571 | 1993.01 | 鲁迅在台湾 | 陈芳明 | 《文学台湾》第5期 |
| 572 | 1993.01.17 | 王润华在静修中研究鲁迅 | 赵忠天 | 《联合报》第24版，"联合副刊" |
| 573 | 1993.01.18 | 荣辱不同、共发哀声——鲁迅与陈独秀的悲鸣 | 古鹤翔 | 《中央日报》第17版，"长河"副刊 |
| 574 | 1993.02 | 《野草》的精神分析——兼谈鲁迅的象征技巧 | 黎活仁 | 黎活仁编著：《现代中国文学的时空观与空间观——鲁迅、何其芳、施蛰存作品的精神分析》，台北：业强出版社 |
| 575 | 1993.02 | 鲁迅与太阳神——《鲁迅传》的分析 | 黎活仁 | 黎活仁编著：《现代中国文学的时空观与空间观——鲁迅、何其芳、施蛰存作品的精神分析》，台北：业强出版社 |

续表

| 序号 | 时间 | 文献题名题目 | 作者 | 文献出处 |
|---|---|---|---|---|
| 576 | 1993.02 | 我与鲁迅许广平夫妇 | 王映霞 | 《传记文学》第 369 号 |
| 577 | 1993.02.17 | 孙伏园出差阿 Q 遭枪毙 | 姜穆 | 《中央日报》第 17 版，"长河"副刊 |
| 578 | 1993.03 | 关于评价鲁迅的若干问题 | 陈漱渝 | 《中国文哲研究通讯》第 3 卷第 1 期 |
| 579 | 1993.03 | 假如阿 Q 还活着 | 徐晓鹤 | 徐晓鹤等：《假如阿 Q 还活着：第六届梁实秋文学奖得奖作品集》，台北：中华日报社 |
| 580 | 1993.03.04 | 无椒不饭、爱吃零食：文名背后的鲁迅 | 王怡 | 《中央日报》第 17 版，"长河"副刊 |
| 581 | 1993.04.07 | 黄源"吃讲茶"，鲁迅为此与"生活书店"决裂 | 姜穆 | 《中央日报》第 17 版，"长河"副刊 |
| 582 | 1993.04.24 | 鲁迅心目中的"奴隶总管"周扬的权术 | 姜穆 | 《中央日报》第 17 版，"长河"副刊 |
| 583 | 1993.06 | 评王润华《鲁迅小说新论》 | 宋永毅 | 《汉学研究》第 11 卷第 1 期 |
| 584 | 1993.07 | 鲁迅·阿 Q·中国人 | 杨政宪 | 《新观念》第 57 期 |
| 585 | 1993.10.23 | 鲁迅一篇遗稿挽救了"奔流新集"的命运 | 姜穆 | 《中央日报》第 17 版，"长河"副刊 |
| 586 | 1993.12.07 | 鲁迅《华盖集》和我的名字 | 陈益源 | 《中央日报》第 17 版，"长河"副刊 |
| 587 | 1993.12.31 | 在鲁迅、周作人的光芒下 | 余季野 | 《中央日报》第 17 版，"长河"副刊 |

| 序号 | 时间 | 文献题名题目 | 作者 | 文献出处 |
|---|---|---|---|---|
| 588 | 1994 | 鲁迅在台湾 | 陈芳明 | 陈芳明：《典范的追求》，台北：联合文学出版社有限公司 |
| 589 | 1994 | 误译：不同文化的误解与误释 | 谢天振 | 谢天振：《比较文学与翻译研究》，台北：业强出版社 |
| 590 | 1994 | 盗火者鲁迅其人其文 | 杨泽 | 杨泽编：《鲁迅小说集》，台北：洪范书店 |
| 591 | 1994.01.01 | 在鲁迅、周作人的光芒下"周氏三兄弟"中被遗忘的周建人 | 余季野 | 《中央日报》第17版，"长河"副刊 |
| 592 | 1994.02.05 | 鲁迅与商务印书馆 | 唐井肖 | 《中央日报》第17版，"长河"副刊 |
| 593 | 1994.03.10 | 秋瑾宣判鲁迅"死刑" | 刘孔伏 | 《中央日报》第17版，"长河"副刊 |
| 594 | 1994.03.16 | 从"三余"到"三味"——鲁迅的"三味书屋" | 陈星 | 《中央日报》第17版，"长河"副刊 |
| 595 | 1994.04 | 鲁迅·中国新兴版画·台湾四〇年代左翼版画（上） | 陈树升 | 《台湾美术》第11卷第4期 |
| 596 | 1994.04 | 鲁迅素描及其作品丛谈 | 杨炽昌 | 《文学台湾》第10期 |
| 597 | 1994.04 | 孔子/阿Q——中国人何去何从？ | 周博裕 | 《鹅湖》第19卷第10期，总第226期 |
| 598 | 1994.04.27 | 鲁迅的"药" | 管管 | 《联合报》第37版，"联合副刊" |

续表

| 序号 | 时间 | 文献题名题目 | 作者 | 文献出处 |
|---|---|---|---|---|
| 599 | 1994.05 | 《怀旧》里的小孩叙事者 | 王宏志 | 陈炳良编著：《中国现当代文学探析》，台北：书林出版有限公司 |
| 600 | 1994.06 | 文本、阅读与再现——鲁迅《药》的五种读法 | 林素娥 | 《中外文学》第23卷第1期 |
| 601 | 1994.06.24 | 《鲁迅日记》中的"夜濯足" | 李庆西 | 《中央日报》第19版，"长河"副刊 |
| 602 | 1994.08.20 | 孤独的精神斗士——鲁迅著作在德国 | 张晓颖 | 《中央日报》第16版，"长河"副刊 |
| 603 | 1994.09 | 《关于"许寿裳日记"（自1940年8月1日至1948年2月18日）》 | 北冈正子、黄英哲 | 《近代中国史研究通讯》第18期 |
| 604 | 1994.09 | 《给政治扭曲了的鲁迅研究——从1988年北京的"鲁迅与中国现代文化名人评价问题座谈会"谈起》 | 王宏志 | 王宏志：《文学与政治之间——鲁迅·新月·文学史》，台北：东大图书公司 |
| 605 | 1994.09 | 鲁迅在广州——《鲁迅与中共》之一章 | 王宏志 | 王宏志：《文学与政治之间——鲁迅·新月·文学史》，台北：东大图书公司 |
| 606 | 1994.09.24 | 拜访鲁迅的家　文学的鲁迅——忠于感情 | 游干桂 | 《民生报》第41版 |
| 607 | 1994.10 | 重评鲁迅在中国思想史上的地位——对中国文化的又一次反思 | 张戈 | 《鹅湖》第20卷第4期 |

续表

| 序号 | 时间 | 文献题名题目 | 作者 | 文献出处 |
|---|---|---|---|---|
| 608 | 1994.11 | 鲁迅·周作人·胡适 | 陈漱渝 | 《古今艺文》第21卷第1期 |
| 609 | 1994.11 | 在台湾读鲁迅的国族文学 | 杨泽 | 《中外文学》第23卷第6期 |
| 610 | 1994.12 | 关于鲁迅的历史评价——台港作家的鲁迅论之一 | 袁良骏 | 《现代中文文学评论》第2期 |
| 611 | 1995 | 鲁迅《嵇康集》校本指瑕① | 陈胜长 | 陈胜长：《考证与反思——从〈周官〉到鲁迅》，台北：东大图书公司 |
| 612 | 1995 | August Conrady·盐谷温·鲁迅——论环绕《中国小说史略》的一些问题② | 陈胜长 | 陈胜长：《考证与反思：从〈周官〉到鲁迅》，台北：东大图书公司 |
| 613 | 1995 | 托洛茨基的文艺理论对鲁迅的影响③ | 陈胜长 | 陈胜长：《考证与反思：从〈周官〉到鲁迅》，台北：东大图书公司 |
| 614 | 1995 | 鲁迅眼中的五四运动④ | 陈胜长 | 陈胜长：《考证与反思：从〈周官〉到鲁迅》，台北：东大图书公司 |

① 原刊于《香港中文大学中国文化研究所学报》第11卷，1980年。
② 原刊于《香港中文大学中国文化研究所学报》第17卷，1986年。
③ 原刊于《香港中文大学中国文化研究所学报》第21卷，1990年。
④ 原刊于《联合书院学报》1975年第12、13期合刊。

续表

| 序号 | 时间 | 文献题名题目 | 作者 | 文献出处 |
|---|---|---|---|---|
| 615 | 1995 | 浅析鲁迅与"左联"的纠葛 | 周行之 | 成功大学中国文学系编：《庆祝苏雪林教授九秩晋五华诞国际学术研讨会论文集》，台北：文史哲出版社 |
| 616 | 1995.01 | 秋菊与阿 Q | 马森 | 《幼狮文艺》第 81 卷第 1 期，总第 493 期 |
| 617 | 1995.02 | 鲁迅的传统与反传统思想 | 周昌龙 | 周昌龙编著：《新思潮与传统》，台北：时报文化出版企业有限公司 |
| 618 | 1995.03 | 鲁迅·萧红·萧军 | 赵淑侠 | 《幼狮文艺》第 81 卷第 3 期 |
| 619 | 1995.03 | 鲁迅论诗经评介 | 赵制阳 | 《孔孟学报》第 69 期 |
| 620 | 1995.04.14 | 鲁迅骂我们丧心病狂 | 张质相 | 《中央日报》第 19 版，"长河"副刊 |
| 621 | 1995.04.15 | 鲁迅骂我们丧心病狂 | 张质相 | 《中央日报》第 19 版，"长河"副刊 |
| 622 | 1995.06 | 边缘的抵抗——试论鲁迅的现代性与否定性 | 杨泽 | "中央研究院"中国文哲研究所筹备处论文集编委会编：《中国现代文学国际研讨会论文集：民族与国家论述——从晚清、五四到日据时代台湾新文学》，台北："中央研究院"中国文哲研究所筹备处 |

| 序号 | 时间 | 文献题名题目 | 作者 | 文献出处 |
|---|---|---|---|---|
| 623 | 1995.06 | "相得"与"疏离"——林语堂与鲁迅的交往史实及其文化思考 | 陈漱渝 | 《汉学研究》第13卷第1期 |
| 624 | 1995.06 | 大师的第一堂课——辜鸿铭、鲁迅和沈从文 | 张瑞芬 | 《国文天地》第11卷第1期 |
| 625 | 1995.06.14 | 鲁迅与钱玄同 | 黎潭济 | 《中央日报》第19版，"长河"副刊 |
| 626 | 1995.08 | "相得"与"疏离"——林语堂与鲁迅的交往史实及其文化思想 | 陈漱渝 | 《古今艺文》第21卷第4期 |
| 627 | 1995.09 | 鲁迅文学中的象征诗学 | 夏明钊 | 《中国文哲研究集刊》第7期 |
| 628 | 1995.09 | 谈鲁迅与周作人 | 余英时 | 余英时：《历史人物与文化危机》，台北：东大图书股份有限公司 |
| 629 | 1995.10 | 鲁迅《中国小说史略》中的中国神话说 | 颜秉直 | 《醒吾学报》第19期 |
| 630 | 1995.11 | 鲁迅和上海菜馆 | 周三金 | 《传记文学》第402号 |
| 631 | 1995.11.03 | 鲁迅的战士与苍蝇 | 沈谦 | 《中央日报》第19版，"长河"副刊 |
| 632 | 1995.12 | 客家人与阿Q | 醒客 | 《客家》第66期 |
| 633 | 1996 | 鲁迅的精神及其文学业绩 | 张健 | 张健：《古典到现代》，台北：三民书局股份有限公司 |

续表

| 序号 | 时间 | 文献题名题目 | 作者 | 文献出处 |
|---|---|---|---|---|
| 634 | 1996 | Lu Xun's Parallel to Walter Benjamin: The Consciousness of the Tragic in "The Loner" | Yin, Xiaoling | 《Tamkang Review》第 26 卷第 3 期 |
| 635 | 1996.01 | 英雄侠义小说与中国人的阿 Q 精神 | 吴礼权 | 《国文天地》第 11 卷第 8 期，总第 128 期 |
| 636 | 1996.02 | 恨世者鲁迅（上） | 杨泽 | 《联合文学》第 12 卷第 4 期 |
| 637 | 1996.02.12 | "匪笔"与"恶声" | 王德威 | 《联合报》第 39 版 |
| 638 | 1996.02.12 | 要赶快做 | 本报讯 | 《联合报》第 37 版 |
| 639 | 1996.03 | 中共的"鲁迅崇拜" | 周玉山 | 周玉山：《无声的台湾》，台北：东大图书公司 |
| 640 | 1996.03 | 恨世者鲁迅（下） | 杨泽 | 《联合文学》第 12 卷第 5 期 |
| 641 | 1996.03.07 | 台湾过客郁达夫 | 张放 | 《联合报》第 37 版，"联合副刊" |
| 642 | 1996.05 | 鲁迅的激愤笔墨与悲悯情怀——《阿 Q 正传》的喜剧呈现与悲剧性格 | 郑培凯、习志淦 | 《表演艺术》第 43 期 |
| 643 | 1996.05 | 古今错综的新命题与模式——鲁迅《故事新编》探赜 | 许琇祯 | 《北市师院语文学刊》第 3 期 |
| 644 | 1996.06 | 鲁迅的学生时代——介绍他的事迹与思想 | 王明仁 | 《中国现代文学理论》第 2 期 |
| 645 | 1996.07 | 鲁迅与阿 Q 小史 | | 《复兴剧艺学刊》第 17 期 |

| 序号 | 时间 | 文献题名题目 | 作者 | 文献出处 |
|---|---|---|---|---|
| 646 | 1996.07 | 钟理和文学与鲁迅——连遗书都相同之历程 | 张良泽著、廖为智译 | 张良泽：《台湾文学、语文论集》，廖为智译，彰化：彰化县立文化中心 |
| 647 | 1996.07 | "周氏三兄弟"中被遗忘的周建人 | 张堂錡 | 张堂錡编著：《从黄遵宪到白马湖》，台北：正中书局 |
| 648 | 1996.07.05 | 我看"阿Q"——看复兴剧校演出《阿Q正传》有感 | 尹雪曼 | 《中央日报》第18版，"中央副刊" |
| 649 | 1996.07 | 阿Q唱京戏？ | 刘蕴芳文、卜华志图 | 《光华》第21卷第7期 |
| 650 | 1996.08 | 论鲁迅散文诗集《野草》的撒旦主义——兼述接受过程中的日本"中介" | 古添洪 | 《中外文学》第25卷第3期 |
| 651 | 1996.08 | 夏王与阿Q照个面 | 刘南芳 | 《表演艺术》第45期 |
| 652 | 1996.08 | 鲁迅的戏剧观（上） | 郑培凯 | 《表演艺术》第45期 |
| 653 | 1996.09 | 鲁迅的戏剧观（下） | 郑培凯 | 《表演艺术》第46期 |
| 654 | 1996.09 | 鲁迅的诗人资格和拟情诗风波 | 向明 | 《台湾诗学季刊》第16期 |
| 655 | 1996.09 | 现代作家的散文观 | 方祖燊 | 《中国现代文学理论》第3期 |
| 656 | 1996.09 | 来自铁屋子的声音 | 李欧梵 | 《现代性的追求——李欧梵文化评论精选集》，台北：梦田出版股份有限公司 |

续表

| 序号 | 时间 | 文献题名题目 | 作者 | 文献出处 |
|---|---|---|---|---|
| 657 | 1996.10 | 台静农在台避谈与鲁迅的友谊 | 李正西 | 《传记文学》第413号 |
| 658 | 1996.10.29 | 欠十九个钱的孔乙己 | 保真 | 《中华日报》第14版，"中华"副刊 |
| 659 | 1996.11.05 | 绍兴风俗·阿Q身世——鲁迅笔下的故乡众生相 | 韩世兑 | 《中央日报》第19版，"长河"副刊 |
| 660 | 1996.11.06 | 绍兴风俗·阿Q身世——鲁迅笔下的故乡众生相 | 韩世兑 | 《中央日报》第19版，"长河"副刊 |
| 661 | 1996.12 | 五四时期的鲁迅 | 王明仁 | 《中国现代文学理论》第5期 |
| 662 | 1996.12 | 鲁迅小说人物综论 | 许琇祯 | 《国立编译馆馆刊》第25卷第2期 |
| 663 | 1997 | 把鲁迅拿过来 | 刘大任 | 《赤道归来》，台北：皇冠文化出版有限公司 |
| 664 | 1997 | 鲁迅的《坟》 | 刘大任 | 《赤道归来》，台北：皇冠文化出版有限公司 |
| 665 | 1997.01 | 凝练的沉黯：鲁迅散文 | 杨昌年 | 《国文天地》第12卷第8期 |
| 666 | 1997.01 | 佛莲·阿Q歪传 | 小野 | 《幼狮文艺》第84卷第1期，总第517期 |
| 667 | 1997.01.25 | 访鲁迅故乡绍兴 | 张放 | 《联合报》第37版，"联合副刊" |
| 668 | 1997.04 | 独异与平庸——从孤独艺术谈鲁迅的小说世界 | 韩孟芳 | 《传习》第15期 |

续表

| 序号 | 时间 | 文献题名题目 | 作者 | 文献出处 |
|---|---|---|---|---|
| 669 | 1997.04 | 孔子与阿Q——一个精神病理史的理解与诠释 | 林安梧 | 《鹅湖》第11卷第10期，总第262期 |
| 670 | 1997.05 | 马华文学界的鲁迅观 | 王瑜瑛 | 《资料与研究》第27期 |
| 671 | 1997.05 | 龙瑛宗的《宵月》——从《文艺首都》同人、金史良的信谈起 | 下村作次郎著、刘惠祯译 | 台湾师范大学国文系等:《台湾文学与社会:第二届台湾本土文化国际学术研讨会论文集》,台北:台湾师范大学 |
| 672 | 1997.06 | 鲁迅最后十年 | 王明仁 | 《中国现代文学理论》第6期 |
| 673 | 1997.06.04 | 鲁迅还魂投海记 | 王敬之 | 《联合报》第41版,"联合副刊" |
| 674 | 1997.06.05 | 鲁迅还魂投海记 | 王敬之 | 《联合报》第41版,"联合副刊" |
| 675 | 1997.06.06 | 鲁迅还魂投海记 | 王敬之 | 《联合报》第41版,"联合副刊" |
| 676 | 1997.06.07 | 鲁迅还魂投海记 | 王敬之 | 《联合报》第41版,"联合副刊" |
| 677 | 1997.06.08 | 鲁迅还魂投海记 | 王敬之 | 《联合报》第41版,"联合副刊" |
| 678 | 1997.06.10 | 鲁迅还魂投海记 | 王敬之 | 《联合报》第41版,"联合副刊" |
| 679 | 1997.06.11 | 鲁迅还魂投海记 | 王敬之 | 《联合报》第41版,"联合副刊" |
| 680 | 1997.06.13 | 鲁迅还魂投海记 | 王敬之 | 《联合报》第41版,"联合副刊" |

续表

| 序号 | 时间 | 文献题名题目 | 作者 | 文献出处 |
|---|---|---|---|---|
| 681 | 1997.07 | 论读者接受正文之行为——以《阿Q正传》日译中的误译现象为例 | 盐谷启子 | 《辅仁大学外国语文学院研究生毕业论文选刊》第12期 |
| 682 | 1997.08.07 | 冻灭与烧完——鲁迅的身影 | 蔡登山 | 《中央日报》第18版，"中央副刊" |
| 683 | 1997.08.07 | 冻灭与烧完——鲁迅的身影 | 蔡登山 | 《中央日报》第18版，"中央副刊" |
| 684 | 1997.08.07 | 读鲁迅有感——一面明亮而破裂的镜子 | 曾昭旭 | 《中国时报》第27版，"人间"副刊 |
| 685 | 1997.09 | 别求新声于异邦——析论鲁迅的《摩罗诗力说》 | 林积萍 | 《中国现代文学理论》第7期 |
| 686 | 1997.10 | 鲁迅与诸子思想之关系 | 邓国伟 | 中山人文学术论丛编审委员会编著：《中山人文学术论丛（第一辑）》，高雄：高雄复文图书出版社 |
| 687 | 1997.10 | 《阿Q正传》——电影与原著小说的探讨 | 蔡家燕 | 《电影》第7期 |
| 688 | 1997.11 | 鲁迅与许广平十年携手共艰危 | 蔡登山 | 《国文天地》第13卷第6期 |
| 689 | 1997.12 | 鲁迅《彷徨》《呐喊》中称代词的句法作用 | 王丽华 | 《淡江大学中文学报》第4期 |
| 690 | 1997.12 | 鲁迅的旅日生涯对其思想之影响 | 森相由美子 | 《文大日研学报》第2期 |
| 691 | 1998 | 鲁迅《自题小像》诗五种英译的比较 | 林万菁 | 《南大语言文化学报》第3卷第1期 |

续表

| 序号 | 时间 | 文献题名题目 | 作者 | 文献出处 |
|---|---|---|---|---|
| 692 | 1998.01 | 关于鲁迅研究问题答丸山升教授 | 陈炳良 | 陈炳良编著：《形式、心理、反应：中国文学新诠》，台北：台湾商务印书馆股份有限公司 |
| 693 | 1998.01.21 | 堂吉诃德、孙悟空与阿Q | 林子铭 | 《中国时报》第11版 |
| 694 | 1998.03 | On Lu Xun's Attitude toward the Masses | 朴敏雄 | Chinese Culture Quarterly 第39卷第1期 |
| 695 | 1998.03 | 我对《我所认识的鲁迅》的异议 | 北冈正子著、黄英哲译 | 《中国文哲研究通讯》第8卷第1期 |
| 696 | 1998.03 | 阿Q的名字应该怎么读 | 黄泽佩 | 《联合文学》第14卷第5期，总第161期 |
| 697 | 1998.03.07 | 鲁迅西湖游 | 张健 | 《联合报》第41版，"联合副刊" |
| 698 | 1998.04 | 百草园的天空——从《朝花夕拾》看鲁迅的童年生活 | 李梁淑 | 《国文天地》第13卷第11期 |
| 699 | 1998.05 | 从结构主义看祥林嫂的悲剧 | 梁建业 | 《中外文学》第26卷第12期 |
| 700 | 1998.05 | 鲁迅与北京大学 | 孙玉石 | 《历史月刊》第124期 |
| 701 | 1998.06 | 从叙事方法谈鲁迅《狂人日记》的特色 | 贺幼玲 | 《中山中文学刊》第4期 |
| 702 | 1998.06 | 阿Q的自我迷恋 | 刘纪曜 | 《历史学报》第26期 |

续表

| 序号 | 时间 | 文献题名题目 | 作者 | 文献出处 |
|---|---|---|---|---|
| 703 | 1998.06.20 | 回顾鲁迅的生涯与作品① | 黄得时 | 《联合报》第 37 版，"联合副刊" |
| 704 | 1998.06.21 | 回顾鲁迅的生涯与作品 | 黄得时 | 《联合报》第 37 版，"联合副刊" |
| 705 | 1998.07 | 文学作品中的"地方感"：以鲁迅的《故乡》为例 | 江碧贞 | 《国立侨生大学先修班学报》第 6 期 |
| 706 | 1998.08.22 | 疯子·狂人——真假鲁迅 | 王幼嘉 | 《中央日报》第 22 版，"中央副刊" |
| 707 | 1998.08.22 | 疯子·狂人——真假鲁迅 | 杨小滨 | 《中央日报》第 22 版，"中央副刊" |
| 708 | 1998.08.31 | 三味书屋的小鲁迅 | 管管 | 《联合报》第 37 版，"联合副刊" |
| 709 | 1998.11 | 鲁迅《呐喊》《彷徨》中介词和连词的句法作用 | 王丽华 | 《淡江人文社会学刊》第 2 期 |
| 710 | 1998.11.29 | 当年忧心祖国前途 鲁迅弃医笔耕 | 刘黎儿 | 《中国时报》第 14 版 |
| 711 | 1999 | 鲁迅思想中浪漫主义化的进化论 | 刘季伦 | 吕芳上、张哲郎编：《五四运动八十周年学术研讨会论文集》，台北：政治大学文学院 |

---

① 最初发表于 1936 年《台湾新文学》第 1 卷第 9 号，原题为《大文豪鲁迅逝世：回顾他的生涯与作品》。

续表

| 序号 | 时间 | 文献题名题目 | 作者 | 文献出处 |
|---|---|---|---|---|
| 712 | 1999.02 | 鲁迅与二十一世纪的对话 | 陈漱渝 | 《中国语文》第84卷第2期 |
| 713 | 1999.05 | 重读鲁迅小说集《呐喊》《彷徨》——向"庸众"宣战 | 杨照 | 《联合文学》第15卷第7期 |
| 714 | 1999.05 | 读陈芳明散文集——与鲁迅的宿命交会 | 杨照 | 《联合文学》第15卷第7期 |
| 715 | 1999.05 | 鲁迅笔下的"过去" | 张雪媖 | 《当代》第23期 |
| 716 | 1999.05 | 世纪末的回顾之三：鲁迅自道《中国小说史略》之得失 | 钟扬 | 《古今艺文》第25卷第3期 |
| 717 | 1999.07 | 论徐明德的《鲁迅文化心理结构解析》 | 黄曼君 | 《大海洋诗杂志》第59期 |
| 718 | 1999.07 | "反共"反鲁迅"好汉"女作家苏雪林 | 关国煊 | 《传记文学》第75卷第16期 |
| 719 | 1999.07 | 鲁迅诗集里的一则夹批 | 贺寿义 | 《联合文学》第15卷第9期 |
| 720 | 1999.07 | 凝练的沉黯——鲁迅散文 | 杨昌年 | 杨昌年编著：《水晶帘外玲珑月：近代文学名家作品析评》，台北：里仁书局 |
| 721 | 1999.09 | 阿Q之怒：失序的价值重估与自我毒化的自欺 | 江日新 | 《中国文哲研究集刊》第15期 |

续表

| 序号 | 时间 | 文献题名题目 | 作者 | 文献出处 |
|---|---|---|---|---|
| 722 | 1999.09 | 中国/台湾的娜拉哪里去？——从鲁迅的《娜拉走后怎样》谈廖辉英的《油麻菜籽》，兼比较鲁迅《祝福》与《伤逝》笔下的女性困境 | 陈素贞 | 《中国现代文学理论》第 15 期 |
| 723 | 1999.10 | 论鲁迅短篇小说作品中对当时社会之批判意识 | 赖滢宇 | 《中国文化月刊》第 235 期 |
| 724 | 1999.10 | 鲁迅·中国新兴版画·台湾四〇年代左翼版画（下） | 陈树升 | 《台湾美术》第 12 卷第 2 期 |
| 725 | 1999.11 | "死火"——鲁迅的困境 | 刘季伦 | 李永炽教授六轶华诞论文集全体执笔人编著：《东亚近代思想与社会：李永炽教授六秩华诞祝寿论文集》，台北：月旦出版社有限公司 |
| 726 | 1999.11.07 | 鲁迅笔下的戏曲 | 邓小秋 | 《中央日报》第 18 版，"中央副刊" |
| 727 | 1999.12 | "人国"——鲁迅的"理想之邦" | 刘季伦 | 郑钦仁教授荣退纪念论文集编辑委员会：《郑钦仁教授荣退纪念论文集》，台北：稻香出版社 |
| 728 | 1999.12.04 | 杜博妮专题演讲谈鲁迅 | 戈锦华 | 《中央日报》第 20 版 |
| 729 | 2000 | 林语堂、鲁迅对中西文化交流趋势的影响 | 蔡南成 | 龚鹏程、陈信元编：《林语堂的生活与艺术：与市民有约研讨会论文集》，台北：台北市政府文化局 |

续表

| 序号 | 时间 | 文献题名题目 | 作者 | 文献出处 |
|------|------|------|------|------|
| 730 | 2000.02.27 | 关于朱安 | 张放 | 《联合报》第 37 版，"联合副刊" |
| 731 | 2000.03 | 春色满园关不住——谈鲁迅小说《肥皂》中性的浮潜与父权的失落 | 陈素贞 | 《中国现代文学理论》第 17 期 |
| 732 | 2000.03 | 论鲁迅《祝福》中的三重世界 | 陈岸峰 | 《中国现代文学理论》第 17 期 |
| 733 | 2000.03 | 鲁迅与商禽 | 向明 | 《蓝星诗学》第 5 期 |
| 734 | 2000.04 | 我可以爱！——鲁迅的婚恋经历 | 林敏洁 | 《历史月刊》第 147 期 |
| 735 | 2000.04.19 | 先知的召唤——试析向明《虹口公园遇鲁迅》 | 吴当 | 《中央日报》第 25 版 |
| 736 | 2000.06 | 先知的召唤——试析向明《虹口公园遇鲁迅》 | 吴当 | 《蓝星诗学》第 6 期 |
| 737 | 2000.06 | 鲁迅、赖和乡土经验的比较——以其民俗与迷信书写为例 | 廖淑芳 | 《台湾文学学报》第 1 期 |
| 738 | 2000.06 | 现代散文化抒情小说——王蒙与鲁迅、郁达夫的一脉相承 | 王忠愈 | 《国文天地》第 16 卷第 1 期 |
| 739 | 2000.06.27 | 鲁迅卖金牌 | 许钦文 | 《人间福报》第 10 版，"纵横古今" |
| 740 | 2000.08 | 才子兄弟冤家手足——鲁迅与周作人 | 王尚宽 | 《中外杂志》第 68 卷第 2 期 |
| 741 | 2000.09 | 才子兄弟冤家手足——鲁迅与周作人 | 王尚宽 | 《中外杂志》第 68 卷第 3 期 |

续表

| 序号 | 时间 | 文献题名题目 | 作者 | 文献出处 |
|---|---|---|---|---|
| 742 | 2000.09 | 鲁迅领薪水 | | 《国文天地》第16卷第44期 |
| 743 | 2000.09.14 | 最有影响力的作家：鲁迅 | | 《联合报》第37版 |
| 744 | 2000.10 | 才子兄弟冤家手足——鲁迅与周作人 | 王尚宽 | 《中外杂志》第68卷第4期 |
| 745 | 2000.11 | 鲁迅小说《社戏》的中心解构与空间建筑 | 余丽文 | 黎活仁、陈器文、陈玉玲等编著：《鲁迅、阿城与马原的叙事技巧》，台北：大安出版社 |
| 746 | 2000.11.27 | 关于我所编辑的《鲁迅事典》 | 藤井省三著，张季琳译 | 藤井省三：《中央研究院中国文哲研究所学术专题演讲稿》，张季琳译 |
| 747 | 2000.12 | 林语堂、鲁迅对中西文化交流趋势的影响 | 蔡南成 | 龚鹏程、陈信元编著：《林语堂的生活与艺术：与市民有约研讨会论文集》，台北：台北市政府文化局 |
| 748 | 2000.12 | 《呐喊》中"非戏剧性叙述者" | 陈清贵 | 胡春惠、周惠民编著：《两岸三地"研究生视野下的近代中国"研讨会论文集》，台北：台北政治大学历史系 |
| 749 | 2000.12 | 石在，火种是不会绝的——鲁迅与赖和 | 林瑞明 | 赵天仪编著：《台湾文学的周边——台湾文学与台湾现代诗的对流》，台北县：富春文化事业股份有限公司 |

| 序号 | 时间 | 文献题名题目 | 作者 | 文献出处 |
|------|------|------------|------|---------|
| 750 | 2000.12 | 试析鲁迅《祝福》中之嘲讽手法 | 张慧珍 | 《中国语文》第87卷第6期 |
| 751 | 2000.12.22 | 鲁迅——先知注定寂寞 | 傅月庵 | 《中华日报》第19版，"中华副刊" |
| 752 | 2001 | 赖和的文学世界 | 刘昭仁 | 中国修辞学会、铭传大学应用中文系所、中国语文学会主编：《修辞论丛》第3辑，台北：洪叶文化事业有限公司 |
| 753 | 2001.02 | 黄荣灿与战后台湾的鲁迅传播（1945~1952） | 黄英哲 | 《台湾文学学报》第2期 |
| 754 | 2001.03 | 十年携手共艰危——鲁迅与许广平相濡以沫 | 蔡登山 | 蔡登山：《人间四月天——民初文人的爱情故事》，台北：里仁书局 |
| 755 | 2001.03 | 鲁迅《祝福》之叙述观点 | 宋邦珍 | 《中国语文》第88卷第3期 |
| 756 | 2001.03 | 鲁迅的《狂人日记》 | 杨昌年 | 《历史月刊》第158期 |
| 757 | 2001.03 | 阿Q"精神胜利法"的现代意义 | 田启文 | 《中国文化月刊》第252期 |
| 758 | 2001.05 | 五四运动对台湾新文学运动之影响与论争 | 方丽娟 | 《马偕护理专科学校学报》第1期 |
| 759 | 2001.05 | 鲁迅辑校整理古籍的成绩与影响——以《古小说钩沈》《唐宋传奇集》《嵇康集》为例 | 王国良 | 《东吴中文学报》第7期 |

续表

| 序号 | 时间 | 文献题名题目 | 作者 | 文献出处 |
|---|---|---|---|---|
| 760 | 2001.05.13 | 鲁迅与读书 | 张淑芬 | 《中国时报》第14版 |
| 761 | 2001.05.17 | 鲁迅死于医疗不当?:独子周海婴撰文质疑当年日本医生诊治过程 | 张晨 | 《中国时报》第21版 |
| 762 | 2001.05.18 | 鲁迅医疗欠当致死?:日学者认为不足采信 | 张晨 | 《中国时报》第21版 |
| 763 | 2001.06 | 论鲁迅小说的生命意识 | 秦林芳 | 《中国文化月刊》第255期 |
| 764 | 2001.06 | 关于我所编辑的《鲁迅事典》 | 藤井省三著,张季琳译 | 《中国文哲研究通讯》第11卷第2期 |
| 765 | 2001.06 | 回归五四 学习民主——给舒芜谈鲁迅、胡适和启蒙的信 | 李慎之 | 《当代中国研究》第73期 |
| 766 | 2001.07 | 中日比较文学试论——鲁迅和与谢野晶子 | 秋吉收 | 卢国屏主编:《文化密码——语言解码:第九届社会与文化国际学术研讨会论文集》,台北:台湾学生书局 |
| 767 | 2001.08 | 当代"话本"研究的问题——以鲁迅"中国小说史略"为中心 | 陈俊宏 | 《受业集》第2期 |
| 768 | 2001.08.07 | 鲁迅的自勉 | 夏蝉 | 《人间福报》第9版,"觉世副刊" |
| 769 | 2001.08.09 | 鲁迅论童年 | 秋茶 | 《中央日报》第19版 |
| 770 | 2001.09 | 试析鲁迅《祝福》中之嘲讽手法 | 张慧珍 | 辅英技术学院国文老师编著:《胡适丛论》,台北:万卷楼图书有限公司 |

| 序号 | 时间 | 文献题名题目 | 作者 | 文献出处 |
|---|---|---|---|---|
| 771 | 2001.09 | 从反殖民到殖民者——鲁迅与新马后殖民文学 | 王润华 | 王润华编著：《华文后殖民文学：本土多元文化的思考》，台北：文史哲出版社 |
| 772 | 2001.09 | 鲁迅《祝福》之叙述观点 | 宋邦珍 | 辅英技术学院国文老师编著：《胡适丛论》，台北：万卷楼图书有限公司 |
| 773 | 2001.09.23 | 中国文学的奇迹与悲剧——纪念鲁迅诞辰120周年（1） | 刘再复 | 《联合报》第37版，"联合副刊" |
| 774 | 2001.09.24 | 中国文学的奇迹与悲剧——纪念鲁迅诞辰120周年（2） | 刘再复 | 《联合报》第37版，"联合副刊" |
| 775 | 2001.09.25 | 中国文学的奇迹与悲剧——纪念鲁迅诞辰120周年（3） | 刘再复 | 《联合报》第37版，"联合副刊" |
| 776 | 2001.09.26 | 中国文学的奇迹与悲剧——纪念鲁迅诞辰120周年（4） | 刘再复 | 《联合报》第37版，"联合副刊" |
| 777 | 2001.10 | 鲁迅早期作品的互为文本性——后结构主义的解读 | 刘祖光 | 《东亚季刊》第32卷第4期 |
| 778 | 2001.10 | 鲁迅作品俚俗词的语言风格 | 彭嘉强 | 《中国语文》第89卷第4期 |
| 779 | 2001.10.22 | 因鲁迅之名 | 向明 | 《中华日报》第19版，"中华副刊" |

续表

| 序号 | 时间 | 文献题名题目 | 作者 | 文献出处 |
|---|---|---|---|---|
| 780 | 2001.11 | 鲁迅弃医从文的关键 | | 《国文天地》第17卷第6期 |
| 781 | 2001.11 | 鲁迅简谱 | 蔡辉振 | 《古今艺文》第28卷第1期 |
| 782 | 2001.11 | 鲁迅小说研究史之回顾（上） | 蔡辉振 | 《古今艺文》第28卷第1期 |
| 783 | 2001.11.11 | 不阿Q的鲁迅 | 郑正波译/写 | 《中华日报》第19版，"中华副刊" |
| 784 | 2001.12 | 迈向纯粹的语言——以鲁迅的"硬译"实践重释班雅明的翻译论 | 张历君 | 《中外文学》第30卷第7期 |
| 785 | 2002 | 梁实秋的文学见解——折衷于白璧德与胡适之间 | 高大威 | 李瑞腾、蔡宗阳编：《雅舍的春华秋实：梁实秋学术研讨会论文集》，台北：九歌出版社有限公司 |
| 786 | 2002 | 梁实秋先生与鲁迅的论辩 | 周玉山 | 李瑞腾、蔡宗阳编：《雅舍的春华秋实：梁实秋学术研讨会论文集》，台北：九歌出版社有限公司 |
| 787 | 2002.02 | 鲁迅在"发音""言语""语言""文字"之间的选择——论文字对言语、声音的遗忘和压抑 | 葛红兵 | 《联合文学》第18卷第4期 |
| 788 | 2002.02 | 鲁迅小说研究史之回顾（下） | 蔡辉振 | 《古今艺文》第28卷第2期 |

| 序号 | 时间 | 文献题名题目 | 作者 | 文献出处 |
|---|---|---|---|---|
| 789 | 2002.02.19 | 鲁迅和西泠印社 | 伏琛 | 《人间福报》第 10 版，"纵横古今" |
| 790 | 2002.02.22 | 鲁迅不写主题小说 | 张放 | 《中华日报》第 19 版，"中华副刊" |
| 791 | 2002.03 | 我生不幸为俘囚，岂关种族他人优——由历史的差异性看赖和不同于鲁迅的启蒙立场 | 游胜冠 | 《国文天地》第 17 卷第 10 期 |
| 792 | 2002.04 | 鲁迅《野草》中所呈现的矛盾、彷徨与怀疑感 | 萧绮玉 | 《雄中学报》第 5 期 |
| 793 | 2002.04 | 鲁迅的头发 | 张小虹 | 《联合文学》第 18 卷第 6 期 |
| 794 | 2002.04.29 | 鲁迅借联赠友人 | 罗晋辉 | 《人间福报》第 10 版，"纵横古今" |
| 795 | 2002.05 | 阅读鲁迅·杨渡导读 | 杨渡 | 《人本教育札记》第 155 期 |
| 796 | 2002.05.13 | 相得又疏离：林语堂与鲁迅的分合 | 蔡登山 | 《中央日报》第 14 版，"中央副刊" |
| 797 | 2002.05.14 | 相得又疏离：林语堂与鲁迅的分合 | 蔡登山 | 《中央日报》第 14 版，"中央副刊" |
| 798 | 2002.05.17 | 姚克嵌联悼鲁迅 | 罗晋辉 | 《人间福报》第 10 版，"纵横古今" |
| 799 | 2002.07 | 还历史一个真实——读周海婴《鲁迅与我七十年》有感 | 蔡登山 | 《全国新书信息月刊》第 43 期 |
| 800 | 2002.07.09 | 鲁迅演说插曲 | 张放 | 《中华日报》第 19 版，"中华副刊" |

续表

| 序号 | 时间 | 文献题名题目 | 作者 | 文献出处 |
|---|---|---|---|---|
| 801 | 2002.08 | 父子情——兼谈鲁迅死于须藤误诊之说 | 蔡登山 | 《历史月刊》第 175 期 |
| 802 | 2002.09 | 从叙事者与叙述视角看鲁迅小说的叙事技巧 | 杨若萍 | 《东方人文学志》第 1 卷第 3 期 |
| 803 | 2002.09 | 评阿部兼也著《鲁迅の仙台时代——鲁迅の日本留学の研究》 | 藤井省三著，张季琳译 | 《中国文哲研究集刊》第 21 期 |
| 804 | 2002.11—12 | 失败者鲁迅 | 歌珊 | 《校园》第 44 卷第 6 期 |
| 805 | 2002.12 | 发现孩童与失去孩童——论鲁迅对孩童属性的建构 | 颜健富 | 《汉学研究》第 20 卷第 2 期 |
| 806 | 2002.12 | 论析鲁迅小说中的"医"与"病" | 乔宗成 | 《育达学报》第 16 期 |
| 807 | 2002.12 | 狂夫之言，圣人择焉？——管窥鲁迅笔下的狂人与中国现代性 | 刘绍铃 | 《中极学刊》第 2 期 |
| 808 | 2003 | 试论鲁迅小说中之儿童角色 | 黄小民 | 张健编：《小说理论与作品评析》，台北：文津出版社 |
| 809 | 2003 | 鲁迅《呐喊》《彷徨》中的儿童形象 | 廖乙璇 | 张健编：《小说理论与作品评析》，台北：文津出版社 |
| 810 | 2003 | 论鲁迅小说中的知识分子形象——以《狂人日记》《长明灯》《在酒楼上》《幸福的家庭》《孤独者》《伤逝》为例 | 梁昆模 | 张健编：《小说理论与作品评析》，台北：文津出版社 |

续表

| 序号 | 时间 | 文献题名题目 | 作者 | 文献出处 |
|---|---|---|---|---|
| 811 | 2003 | 鲁迅小说中的妇女人物 | 吕硕夫 | 张健编：《小说理论与作品评析》，台北：文津出版社 |
| 812 | 2003 | 鲁迅小说中的女性——由《明天》《祝福》《肥皂》《伤逝》《离婚》来看中国妇女的悲哀 | 邱晓村 | 张健编：《小说理论与作品评析》，台北：文津出版社 |
| 813 | 2003 | 鲁迅小说中的女性关怀 | 吴姝嫱 | 张健编：《小说理论与作品评析》，台北：文津出版社 |
| 814 | 2003 | 渎神犯忌的诗学：鲁迅案例 | 刘正忠 | 东吴大学外国语文学院编：《东吴大学外国语文学院2003年校际学术研讨会——禁忌论文集》，台北：东吴大学外国语文学院 |
| 815 | 2003 | 鲁迅写摄影 | 许绮玲 | 黄克武编：《画中有话：近代中国的视觉表述与文化构图》，台北："中央研究院"近代史研究所 |
| 816 | 2003 | 《朝花夕拾》创作成因及其批判意识 | 张苾芳 | 台北大学编：《第一届文学与信息学术研讨会论文集》，台北：台北大学中国语文学系 |
| 817 | 2003.02 | 抓现代性的小辫子——歪读《阿Q正传》 | 张小虹 | 《联合文学》第220期 |

续表

| 序号 | 时间 | 文献题名题目 | 作者 | 文献出处 |
|---|---|---|---|---|
| 818 | 2003.03 | 我们因鲁迅而相识——记匈牙利汉学家高恩德博士 | 北冈正子著，黄英哲译 | 《当代》第 69 期 |
| 819 | 2003.03 | 杨逵和入田春彦——台湾作家和总督府日本警察 | 张季琳 | 《中国文哲研究集刊》第 22 期 |
| 820 | 2003.04 | 鲁迅思想中的"肉体生命意识"刍议 | 刘祖光 | 《东亚季刊》第 34 卷第 2 期 |
| 821 | 2003.04 | 堪称知己的史家之笔——重读曹聚仁《鲁迅评传》 | 蔡登山 | 《全国新书信息月刊》第 52 期 |
| 822 | 2003.05 | 可持续发展的历史文化街区刍议——"绍兴鲁迅故里"保护规划的思考探索 | 单德启 | 《建筑》第 69 期 |
| 823 | 2003.05 | 评《鲁迅作品中的"吃人"意象》 | 李绍明 | 佛光人文社会学院经济学系编著：《佛光科际整合论坛论文集》，宜兰：佛光人文社会学院经济学系 |
| 824 | 2003.05 | 鲁迅作品中的"吃人"意象 | 孙隆基 | 佛光人文社会学院经济学系编著：《佛光科际整合论坛论文集》，宜兰：佛光人文社会学院经济学系 |
| 825 | 2003.06 | "Remembering Past Times"：Lu Xun's First Attempt at Integrating New Ideas with Classical Language | 谭君强 | 《文与哲》第 2 期 |
| 826 | 2003.05.07 | "名人书简"：鲁迅致韦素园 | | 《人间福报》第 14 版，"纵横古今" |

| 序号 | 时间 | 文献题名题目 | 作者 | 文献出处 |
|---|---|---|---|---|
| 827 | 2003.05.12 | "名人书简"：鲁迅致钱玄同 | | 《人间福报》第 14 版，"纵横古今" |
| 828 | 2003.05.15 | "名人书简"：鲁迅致孙伏园 | | 《人间福报》第 14 版，"纵横古今" |
| 829 | 2003.05.19 | "名人书简"：鲁迅致许寿裳 | | 《人间福报》第 14 版，"纵横古今" |
| 830 | 2003.05.23 | "名人书简"：鲁迅致许钦文 | | 《人间福报》第 14 版，"纵横古今" |
| 831 | 2003.05.23 | 鲁迅《狂人日记》 | 张放 | 《人间福报》第 14 版，"纵横古今" |
| 832 | 2003.05.28 | "名人书简"：鲁迅致郑振铎 | | 《人间福报》第 14 版，"纵横古今" |
| 833 | 2003.06 | 《自由中国》知识分子的政治与文学——关于他们的批判性文学精神 | 小山三郎、许菁娟 | 《台湾师大历史学报》第 31 期 |
| 834 | 2003.06.03 | "名人书简"：鲁迅致萧军 | | 《人间福报》第 14 版，"纵横古今" |
| 835 | 2003.06.09 | "名人书简"：鲁迅致韦素园 | | 《人间福报》第 14 版，"纵横古今" |
| 836 | 2003.06.13 | "名人书简"：鲁迅致韩白罗 | | 《人间福报》第 14 版，"纵横古今" |
| 837 | 2003.06.23 | "名人书简"：鲁迅致杨霁云 | | 《人间福报》第 14 版，"纵横古今" |
| 838 | 2003.06.26 | "名人书简"：鲁迅致郑振铎 | | 《人间福报》第 14 版，"纵横古今" |

续表

| 序号 | 时间 | 文献题名题目 | 作者 | 文献出处 |
|---|---|---|---|---|
| 839 | 2003.07.01 | "名人书简"：鲁迅致胡适先生 | | 《人间福报》第 14 版，"纵横古今" |
| 840 | 2003.07.04 | "名人书简"：鲁迅致郑振铎先生 | | 《人间福报》第 14 版，"纵横古今" |
| 841 | 2003.07.22 | "名人书简"：鲁迅致钱玄同 | | 《人间福报》第 14 版，"纵横古今" |
| 842 | 2003.07.25 | "名人书简"：鲁迅致许寿裳 | | 《人间福报》第 14 版，"纵横古今" |
| 843 | 2003.07.31 | "名人书简"：鲁迅致韦素园 | | 《人间福报》第 14 版，"纵横古今" |
| 844 | 2003.09.04 | "名人书简"：鲁迅致孙伏园 | | 《人间福报》第 14 版，"纵横古今" |
| 845 | 2003.09.09 | "名人书简"：鲁迅致郑振铎 | | 《人间福报》第 14 版，"纵横古今" |
| 846 | 2003.10 | 鲁迅的《伤逝》昆剧新尝试 | 陈思和 | 《大雅艺文杂志》第 29 期 |
| 847 | 2003.10.02 | "名人书简"：鲁迅致李秉中书 | | 《人间福报》第 14 版，"纵横古今" |
| 848 | 2003.10.16 | 诗人的鲁迅印象 | 向明 | 《人间福报》第 11 版，"觉世副刊" |
| 849 | 2003.11 | 鲁迅之墓 | 唐诺 | 《印刻文学生活志》第 3 期 |
| 850 | 2003.11 | 从《狂人日记》《孔乙己》看鲁迅创作的旨趣 | 温玉菁 | 《中国语文》第 93 卷第 5 期 |
| 851 | 2003.11.25 | 鲁迅年轻时的装死哲学 | 林幸谦 | 《中央日报》第 17 版，"中央副刊" |

续表

| 序号 | 时间 | 文献题名题目 | 作者 | 文献出处 |
|---|---|---|---|---|
| 852 | 2003.11.27 | 新文学导师的厌世病历表——鲁迅的神圣之野 | 林幸谦 | 《中国时报》第 E7 版，"人间副刊" |
| 853 | 2003.12 | The Significance of Narrator's Intervention in Lu Xun's Short Stories | 谭君强 | 《文与哲》第 3 期 |
| 854 | 2004 | 启蒙知识分子的历史道路——从"知识分子"的形象塑造论鲁迅与赖和的思想特质 | 陈建忠 | 陈建忠：《日据时期台湾作家论：现代性、本土性、殖民性》，台北：五南图书出版股份有限公司 |
| 855 | 2004 | 论钟理和的《故乡》连作 | 叶石涛 | 应凤凰编：《钟理和论述，1960—2000》，高雄：春晖出版社 |
| 856 | 2004.01 | 从诗人到战士——创造社的围攻鲁迅 | 蔡登山 | 《传记文学》第 84 卷 |
| 857 | 2004.02.08 | 藏书之乐乐如何？我的鲁迅资料大全集 | 谢其章 | 《中国时报》第 B3 版，"开卷" |
| 858 | 2004.03 | 一九五二年之前的鲁迅——《鲁迅自叙传略》 | 田若虹 | 《中国文化月刊》第 279 期 |
| 859 | 2004.04 | 鲁迅与辣椒 | | 《国文天地》第 19 卷第 11 期 |
| 860 | 2004.04 | 阅读鲁迅是一个漫长的过程 | 陈芳 | 《文讯》第 222 期 |
| 861 | 2004.07 | Where There Is Rock, There Is the Seed of Fire: Lu Xun and Lai Ho | 林瑞明 | 《Taiwan Literature English Translation Series》第 5 期 |

410

续表

| 序号 | 时间 | 文献题名题目 | 作者 | 文献出处 |
|------|------|------|------|------|
| 862 | 2004.08 | 从文体的关系看鲁迅散文诗集《野草》 | 梁新荣 | 《诗网络》第16期 |
| 863 | 2004.08.04 | 阿Q的创造者——鲁迅 | 成寒 | 《中华日报》第23版，"中华副刊" |
| 864 | 2004.10 | 梁实秋与鲁迅的论辩 | 周玉山 | 周玉山：《大陆文学与历史》，台北：东大图书公司① |
| 865 | 2004.10 | 鲁迅参加科举考试史事考述 | 高浦棠 | 《传记文学》第85卷第4期 |
| 866 | 2004.10 | 杨逵与日本警察入田春彦——兼及入田春彦中介鲁迅文学的相关问题 | 黄惠祯 | 《台湾文学评论》第4卷第4期 |
| 867 | 2004.11 | 谁是"五四"时代的狂人——陈独秀与《狂人日记》（上） | 石钟扬 | 《古今艺文》第31卷第1期 |
| 868 | 2005 | 疯癫两种——鲁迅《狂人日记》与契诃夫《第六病房》 | 庄仁杰 | 中兴大学中国文学研究所编：《第二十八届中区中文所研究生论文发表会会议论文集》，台中：中兴大学中国文学研究所 |
| 869 | 2005.02 | 谁是"五四"时代的狂人——陈独秀与《狂人日记》（下） | 石钟扬 | 《古今艺文》第31卷第2期 |

① 该书2011年11月再版。

| 序号 | 时间 | 文献题名题目 | 作者 | 文献出处 |
|---|---|---|---|---|
| 870 | 2005.03 | 千年后的知音——鲁迅《故事新编·起死》对庄子生死观的反讽与隐喻 | 吴薇仪 | 《思辨集》第 8 期，台北：台湾师范大学国文学系 |
| 871 | 2005.03 | "摩罗诗力"浪漫重唤——论鲁迅与其复仇的文学 | 廖淑芳 | 《北台学报》第 28 期 |
| 872 | 2005.05 | 评鲁迅《在现代中国的孔夫子》 | 陈琦萍 | 《古今艺文》第 31 卷第 3 期 |
| 873 | 2005.06 | 影的告别——论鲁迅的现代意识与个人主义 | 陈雀倩 | 《淡江大学中文学报》第 12 期 |
| 874 | 2005.06 | 一个"国民"，各自表述——论晚清小说与鲁迅小说的国民想象 | 颜健富 | 《汉学研究》第 23 卷第 1 期 |
| 875 | 2005.06 | 鲁迅的《故事新编》与神话小说 | 颜秉直 | 《醒吾学报》第 29 期 |
| 876 | 2005.06 | 论早期鲁迅的科学小说翻译 | 顾钧 | 《中西文化研究》第 7 期 |
| 877 | 2005.07 | 鲁迅和张爱玲文学的现代性与虚无感 | 侯作珍 | 《文学新钥》第 3 期 |
| 878 | 2005.08 | 鲁迅与王财贵之儿童读经教育比较研究 | 江文丕 | 《岭东通识教育研究学刊》第 1 卷第 2 期 |
| 879 | 2005.09 | 鲁迅与蔡、胡红学之争 | 陈辉 | 《传记文学》第 87 卷第 3 期 |
| 880 | 2005.09 | 鲁迅"得丁玲信"后 | 董大中 | 《中国现代文学》第 7 期 |
| 881 | 2005.09.06 | 鲁迅给我题荷花 | 冯杰 | 《中华日报》第 23 版，"中华副刊" |

续表

| 序号 | 时间 | 文献题名题目 | 作者 | 文献出处 |
|---|---|---|---|---|
| 882 | 2005.11.22 | 夏氏兄弟与人文主义 | 宋明炜 | 《联合报》第 E7 版，"联合副刊" |
| 883 | 2005.12 | 现代小说中的神话运用——论鲁迅《理水》 | 林逢森 | 《东方人文学志》第4卷第4期 |
| 884 | 2005.12 | 小说教学的理论与实际 | 王咏晴 | 《雄中学报》第8期 |
| 885 | 2005.12 | 德希达、鲁迅、班雅明：从翻译的分子化运动看《中国语文》现代性的建构 | 张君玫 | 《东吴社会学报》第19期 |
| 886 | 2005.12 | 文学史线索中的巴金与鲁迅——悼巴金并纪念鲁迅逝世六十九周年 | 张业松 | 《中国现代文学》第8期 |
| 887 | 2005.12 | 鲁迅看中西医 | 简俊安 | 《通识教育学报》第8期 |
| 888 | 2005.12 | 跨世纪转型时期的宏大哲学思想论述者：从严复到鲁迅 | 欧崇敬 | 《当代中国哲学学报》第2期 |
| 889 | 2006.01 | 从"案头"到"场上"——试析《阿Q正传》之国剧改编 | 张锦萍 | 《台湾戏专学刊》第12期 |
| 890 | 2006.01 | 鲁迅与无名氏的文化反思比较 | 王明科 | 《国文天地》第21卷第8期 |
| 891 | 2006.01.08 | 信息童子眼中的胡适、鲁迅 | | 《中国时报》年度特刊 Ⅲ 第B2版 |
| 892 | 2006.02 | 解读《阿Q正传》 | 冷草 | 《国文天地》第21卷第9期 |
| 893 | 2006.04 | 画牛纪念鲁迅 | 郭承丰 | 《新观念》第216期 |

续表

| 序号 | 时间 | 文献题名题目 | 作者 | 文献出处 |
|------|------|------------|------|---------|
| 894 | 2006.06 | 顾颉刚与鲁迅的恩恩怨怨 | 汪修荣 | 《传记文学》第 88 卷第 6 期 |
| 895 | 2006.06 | 台湾鲁迅学——一个东亚的思考 | 陈芳明 | 《文讯》第 248 期 |
| 896 | 2006.06.07 | 萧伯纳赞美鲁迅 | 盛巽昌 | 《人间福报》第 13 版，"纵横古今" |
| 897 | 2006.06.12 | 鲁迅的幽默 | 王国文 | 《人间福报》第 13 版，"纵横古今" |
| 898 | 2006.07 | 谈别集类与丛书部专著类的异同——以馆藏《鲁迅手稿全集》的归类为例 | 谢莺兴 | 《东海大学图书馆馆讯》第 58 期 |
| 899 | 2006.07—08 | 《新观念》的"呐喊"：纪念鲁迅"牛"展开始收件 | 郭承丰 | 《新观念》第 218 期 |
| 900 | 2006.07.17 | 回味李长之 | 林载爵 | 《联合报》第 E7 版，"联合副刊" |
| 901 | 2006.09.10 | 最后的鲁迅 | 郭承丰 | 《新观念》第 219 期 |
| 902 | 2006.09—10 | 百年之后，我们还需要鲁迅吗？ | | 《新观念》第 219 期 |
| 903 | 2006.09—10 | 横看成岭侧成峰——多重视角回看鲁迅 | 蔡登山 | 《新观念》第 219 期 |
| 904 | 2006.09—10 | 痛苦的盗火者——刘季伦谈鲁迅 | 练美雪 | 《新观念》第 219 期 |
| 905 | 2006.09—10 | 织就语丝文似锦，吟成苦雨意如麻——鲁迅逝世七十周年的反思与感言 | 吴建国 | 《新观念》第 219 期 |

续表

| 序号 | 时间 | 文献题名题目 | 作者 | 文献出处 |
|---|---|---|---|---|
| 906 | 2006.09—10 | 铸历史文化的丰碑——访上海鲁迅纪念馆设计者欺同和 | 俞颐申 | 《新观念》第 219 期 |
| 907 | 2006.10 | 长夜凭谁叩晓钟——许寿裳为鲁迅而死 | 蔡登山 | 《全国新书信息月刊》第 94 期 |
| 908 | 2006.10 | 小说史家与史论——以鲁迅《中国小说史略》为例 | 林彩桂 | 《明道文艺》第 367 期 |
| 909 | 2006.10 | 当祥林嫂和鲁迅相遇 | 砚香 | 《明道文艺》第 367 期 |
| 910 | 2006.11 | "易尸还魂"的变调——论鲁迅小说人物的体格、精神与民族身份 | 颜健富 | 《台大文史哲学报》第 65 期 |
| 911 | 2006.11 | 论《彷徨》《故事新编》的创作方法及主题意识 | 陈玟惠 | 《中国语文》第 99 卷第 5 期 |
| 912 | 2006.11 | "硬骨头"与"丧家狗"——一九三〇年代鲁迅与梁实秋的文化论战 | 邵建 | 《传记文学》第 89 卷第 5 期 |
| 913 | 2006.11.02 | 鲁迅的后人怎么不姓鲁了？ | 张作锦 | 《联合报》第 E7 版，"联合副刊" |
| 914 | 2006.12 | 五四关于女性"解放"的话语——以胡适著《终身大事》和鲁迅著《伤逝》为例 | 杨联芬 | 《中国现代文学》第 10 期 |

| 序号 | 时间 | 文献题名题目 | 作者 | 文献出处 |
|---|---|---|---|---|
| 915 | 2006.12 | 越剧《祥林嫂》与昆剧《伤逝》——从鲁迅小说的改编演出看两个不同剧种的改革 | 陈富容 | 《逢甲人文社会学报》第13期 |
| 916 | 2006.12 | 从头看乡土中国——略论鲁迅、沈从文与韩少功的乡土小说 | 彭明伟 | 《淡江中文学报》第15期 |
| 917 | 2006.12 | 鲁迅与中国现代思想文化：去世70周年的回顾 | 钱理群 | 《思想》第3期 |
| 918 | 2006.12 | 浅探鲁迅对传统批判的思维 | 林燕勤 | 《国文天地》第22卷第7期 |
| 919 | 2006.12 | 文学血脉的薪火——萧红与鲁迅的父女情 | 蔡登山 | 《全国新书信息月刊》第96期 |
| 920 | 2006.12.26 | 杂感二则：鲁迅与世界文学相遇 | 李欧梵 | 《联合报》第E7版，"联合副刊" |
| 921 | 2007 | 虚构、翻译与民族——鲁迅《藤野先生》与赖和《高木友枝先生》 | 下村作次郎 | 《彰化文学大论述》，台北：五南图书出版股份有限公司 |
| 922 | 2007.01—02 | 纪念鲁迅，就是要倡导牛的精神——访台商、《新观念》发行人郭承丰 | 章健 | 《新观念》第221期 |
| 923 | 2007.01—02 | 永不忘却的记忆——鲁迅与内山书店 | 蔡登山 | 《新观念》第221期 |
| 924 | 2007.02 | 鲁迅对顾颉刚的"党同伐异" | 张耀杰 | 《传记文学》第90卷第2期 |

续表

| 序号 | 时间 | 文献题名题目 | 作者 | 文献出处 |
|---|---|---|---|---|
| 925 | 2007.03 | 追念日本学者丸山升 | 北冈正子、黄英哲、小谷一郎著，涂翠花译 | 《文讯》第257期 |
| 926 | 2007.03 | "无聊"的笔墨官司——一九三三年的鲁迅与施蛰存 | 邵建 | 《传记文学》第90卷第3期 |
| 927 | 2007.05 | 鲁迅、闻一多的《庄子》散文艺术研究 | 聂永华 | 《国文天地》第22卷第12期 |
| 928 | 2007.05.27 | 阿Q不死 | | 《中华日报》第A2版 |
| 929 | 2007.06 | 从诗人到战士——创造社的围攻鲁迅 | 蔡登山 | 蔡登山：《另眼看作家》，台北：秀威资讯科技有限公司 |
| 930 | 2007.06 | 相得又梳理——林语堂与鲁迅的分合 | 蔡登山 | 蔡登山：《另眼看作家》，台北：秀威资讯科技有限公司 |
| 931 | 2007.06 | 章太炎与鲁迅的师徒交谊重探——兼论二氏的学思关系 | 陈学然 | 《艺文志》第89期 |
| 932 | 2007.06 | "旧瓶新装"看《铸剑》——对"鲁迅式风格"的"新历史小说"作整体观察 | 黄清顺 | 《国文学报》第41期 |
| 933 | 2007.06 | 太宰治《惜别》论 | 黄翠娥 | 《台大日本语文研究》第13期 |
| 934 | 2007.06 | 太宰治"惜别"论——从"我"的叙事观点 | 廖秀娟 | 《台大日本语文研究》第13期 |

续表

| 序号 | 时间 | 文献题名题目 | 作者 | 文献出处 |
|---|---|---|---|---|
| 935 | 2007.06 | 爱罗先珂与鲁迅1922年的思想转变——兼论《端午节》及其他作品 | 彭明伟 | 《政大中文学报》第7期 |
| 936 | 2007.06 | 东方主义与鲁迅的译风突变 | 张景华、蒋骁华 | 《中西文化研究》第11期 |
| 937 | 2007.06 | 语丝社与《语丝》周刊 | 陈离 | 《中国现代文学》第11期 |
| 938 | 2007.07 | A Pervasive and Profound "Vision of the Times": A Comparison Between Lai Ho's Guijia〔Going Home〕and Lu Xun's Guxiang〔My Hometown〕 | 张恒豪 | Taiwan Literature English Translation Series 第21期 |
| 939 | 2007.07.09 | 鲁迅的城市 | 林文义 | 《中华日报》第C5版，"中华副刊" |
| 940 | 2007.08 | 试析太宰治的惜别与鲁迅的藤野先生所表现的人际关系与地域观 | 田漱华 | 《航空技术学院学报》第6卷第1期 |
| 941 | 2007.08 | 从胡适的一封信看"女师大风潮"的前前后后 | 邵建 | 《传记文学》第91卷第2期 |
| 942 | 2007.08.03 | 周令飞看爷爷：鲁迅挺幽默，纸弹打尿尿路人 | 白德华 | 《中国时报》第A17版 |
| 943 | 2007.08.03 | 周令飞：新世纪盼鲁迅还原为人 | 白德华 | 《中国时报》第A17版 |
| 944 | 2007.08.03 | 八股阿Q | 义华 | 《中华日报》第C5版，"中华副刊" |

续表

| 序号 | 时间 | 文献题名题目 | 作者 | 文献出处 |
|---|---|---|---|---|
| 945 | 2007.09 | 周氏兄弟的翻译与创作之结合：以鲁迅《明天》与梭罗古勃《蜡烛》为例 | 彭明伟 | 《中国学术年刊》第29卷第2期 |
| 946 | 2007.09 | 听，谁在说话——谈《孔乙己》与《社戏》的叙述者 | 林慧君 | 《国文天地》第23卷第4期 |
| 947 | 2007.09 | 浙江先贤鲁迅与陈琪的光辉史 | 陈英伦 | 《台浙天地》第6期 |
| 948 | 2007.09 | 台静农与鲁迅的文学因缘及其意义 | 李京珮 | 《台浙天地》第6期 |
| 949 | 2007.11.03 | 秋夜 | 鲁迅 | 《人间福报》第19版 |
| 950 | 2007.11.10 | 周报让我接近鲁迅 | 小二 | 《人间福报》第03版 |
| 951 | 2007.12 | 鲁迅三论 | 林贤治 | 《新地文学》第2期 |
| 952 | 2007.12 | 论清初才子佳人小说的"伪世情书"性格——关于鲁迅小说类型概念的省思 | 胡衍南 | 《国文学报》第42期 |
| 953 | 2007.12 | 異文化理解としての「面子」と「面目」——『阿Q正伝』と『阿部一族』の場合を例にして | 新井芳子 | 《台湾日本语教育论文集》第11期 |
| 954 | 2008.01 | 谈《孔乙己》背后的文化 | 曾良 | 《普门学报》第43期 |
| 955 | 2008.01 | 鲁迅《中国小说史略》评介 | 林彩桂 | 《逢甲中文学刊》第1期 |

续表

| 序号 | 时间 | 文献题名题目 | 作者 | 文献出处 |
|---|---|---|---|---|
| 956 | 2008.01 | 鲁迅你错了，杀刘和珍君的是冯玉祥！ | 郑义 | 《传记文学》第 92 卷第 1 期 |
| 957 | 2008.01 | 鲁迅的人性关怀 | 蔡振念 | 《幼狮文艺》第 649 期 |
| 958 | 2008.01 | 台湾文学与东亚鲁迅 | 陈芳明 | 《文讯》第 267 期 |
| 959 | 2008.05.10 | 中国阿 Q 的狂人日记——敢讲真话的鲁迅 | 陈漱渝 | 《人间福报》第 08 版、第 09 版、第 10 版 |
| 960 | 2008.05.10 | 鲁迅档案 | | 《人间福报》第 10 版 |
| 961 | 2008.06 | 鲁迅一生的"茶"事 | 蔡鸿江 | 《高餐通识教育学刊》第 4 期 |
| 962 | 2008.06 | 日本近代批判与"奴才论"的观点：竹内好与两个鲁迅 | 子安宣邦著，赖俐欣译 | 《文化研究》第 6 期 |
| 963 | 2008.07 | 鲁迅其人的爱恨情仇 | 张耀杰 | 《传记文学》第 93 卷第 1 期 |
| 964 | 2008.07.05 | 论鲁迅《呐喊》与《彷徨》中知识分子之形象 | 宋梅 | 《现代语文》2008 卷第 19 期 |
| 965 | 2008.11.12 | 《鲁迅 2008》看人吃人阅读意象 | 汪宜儒 | 《中国时报》第 A10 版 |
| 966 | 2008.12 | "被看"的"看"与三种主体位置：鲁迅"幻灯片事件"的后（半）殖民解读 | 张慧瑜 | 《文化研究》第 7 期 |
| 967 | 2008.12 | 鲁迅文学之旅 | 钟乔 | 《新地文学》第 2 卷第 2 期 |
| 968 | 2008.12 | "鲁迅"：作为一种文化 | 郭铁成 | 《当代中国研究》第 15 卷第 4 期 |

续表

| 序号 | 时间 | 文献题名题目 | 作者 | 文献出处 |
|---|---|---|---|---|
| 969 | 2008.12 | 典故细说——跟鲁迅游绍兴 | 程惠敏 | 《中国旅游》第 342 期 |
| 970 | 2008.12.25 | 鲁迅自选集命名解说 | 孟凡 | 《人间福报》第 14 版 |
| 971 | 2009 | 光复初期台湾的"鲁迅风潮" | 朱双一 | 朱双一：《百年台湾文学散点透视》，台北：海峡学术出版社 |
| 972 | 2009.01 | 论鲁迅的《药》与耶稣基督革命的关联 | 余其濬 | 《中国文学研究》第 27 期 |
| 973 | 2009.01.04 | 一件小事 | 鲁迅 | 《人间福报》第 B2 版 |
| 974 | 2009.03 | "鲁迅"的"现在价值"：对韩国学者刘世钟教授的回应 | 钱理群 | 《台湾社会研究》第 73 期 |
| 975 | 2009.04 | 路漫漫其修远兮——从鲁迅与瞿秋白再探五四世代 | 郝誉翔 | 《文讯》第 282 期 |
| 976 | 2009.04.27 | 鲁迅面对冷热接待 | 纪梵 | 《人间福报》第 14 版 |
| 977 | 2009.05 | 新小说的风采——中国现代文学的两度西潮（第十章） | 马森 | 《新地文学》第 48 卷第 5 期 |
| 978 | 2009.06 | 北京，现代黑暗之心——由鲁迅与瞿秋白再探五四世代 | 郝誉翔 | 《中正大学中文学术年刊》第 13 期 |
| 979 | 2009.06 | 民族的幽灵·现代化的追寻——论张我军《台湾民报》的鲁迅思潮引介 | 杨杰铭 | 《台湾学研究》第 7 期 |

| 序号 | 时间 | 文献题名题目 | 作者 | 文献出处 |
|---|---|---|---|---|
| 980 | 2009.07 | 论鲁迅的"狂人"小说 | 吴孟昌 | 《东海大学图书馆馆讯》第94期 |
| 981 | 2009.07.12 | 鲁迅遗言：赶快埋掉，拉倒！ | 苏林 | 《人间福报》第B6版 |
| 982 | 2009.08 | "唐人小说"的翻译与重现——盐谷温、鲁迅、台静农文学史中的唐人小说图像 | 萧凤娴 | 萧凤娴：《民国学者文论研究》，台北：大安出版社 |
| 983 | 2009.09 | 穿过奇幻的大门——论鲁迅与汪曾祺的"故事新编" | 蔡妙芳 | 《有凤初鸣年刊》第4期 |
| 984 | 2009.09 | 翻译"可以省说许多话"——梁实秋与鲁迅论战期间有关译作的分析 | 白立平 | 《清华学报》第39卷第3期 |
| 985 | 2009.09 | 摩罗，志怪，民俗：鲁迅诗学的非理性视域 | 刘正忠 | 《清华学报》第39卷第3期 |
| 986 | 2009.09 | 互文、改编与读者的阅读生产——由陈若曦小说《春迟》中的性骚扰与阿Q的关联谈起 | 廖淑芳 | 《兴大人文学报》第43期 |
| 987 | 2009.10 | 隐蔽的话语——论鲁迅《故事新编》对晚清小说的"现代性"承续与开创 | 卢世达 | 《有凤初鸣年刊》第5期 |
| 988 | 2009.10.21 | 鲁迅的反七步诗 | 赵英秀 | 《人间福报》第14版，"纵横古今" |

续表

| 序号 | 时间 | 文献题名题目 | 作者 | 文献出处 |
|---|---|---|---|---|
| 989 | 2009.11 | 现代小说家对传统医疗的省思——以鲁迅的《药》、赖和的《蛇先生》《未来的希望》为例 | 宋邦珍 | 《新生学报》第5期 |
| 990 | 2009.12 | 北川冬彦の"シナリオ文学"の実践——シナリオ版《阿Q正伝》の构成特色への分析を介して＝北川冬彦の《电影剧本文学》の実践——藉由电影剧本《阿Q正传》的构成特色作分析 | 蔡宜静 | 《台湾日本语文学报》第26期 |
| 991 | 2009.12 | 鲁迅与药引（一） | 张光雄 | 《明通医药》第396期 |
| 992 | 2009.12 | 东欧文学译介的薪火传承——鲁迅与孙用 | 林温霜 | 《中西文化研究》第16期 |
| 993 | 2009.12 | 鲁迅作品在韩朝之传播 | 韩振乾 | 《中西文化研究》第16期 |
| 994 | 2009.12 | 北川冬彦の「シナリオ文学」の実践——シナリオ版『阿Q正伝』の構成特色への分析を介して | 蔡宜静 | 《台湾日本语文学报》第26期 |
| 995 | 2010.01 | 为人生而艺术——鲁迅的小说艺术论 | 朱孟庭 | 《国文天地》第25卷第8期 |
| 996 | 2010.01 | 在21世纪的台湾与鲁迅相遇：钱理群在台演讲侧记 | 陈玮鸿 | 《思想》第14期 |

续表

| 序号 | 时间 | 文献题名题目 | 作者 | 文献出处 |
|---|---|---|---|---|
| 997 | 2010.03 | "鲁迅左翼"传统："与鲁迅重新见面"台社论坛的主旨演讲 | 钱理群讲，阮芸妍整理 | 《台湾社会研究》第77期 |
| 998 | 2010.03 | 谈"鲁迅在台湾"：以1946年两岸共同的鲁迅热潮为中心 | 曾健民 | 《台湾社会研究》第77期 |
| 999 | 2010.03 | 重建左翼：重见鲁迅、重见陈映真 | 赵刚 | 《台湾社会研究》第77期 |
| 1000 | 2010.03 | 补课：回应钱理群的"鲁迅左翼"传统 | 陈光兴 | 《台湾社会研究》第77期 |
| 1001 | 2010.03 | 部分台湾青年对鲁迅的接受 | 钱理群 | 《台湾社会研究》第77期 |
| 1002 | 2010.06 | The Enigma of Su Xuelin and Lu Xun | 寇致铭① | 《文与哲》第16期 |
| 1003 | 2010.06 | 鲁迅：守夜者 | 林贤治 | 《新地文学》第12期 |
| 1004 | 2010.06 | 鲁迅的反叛哲学及其运命 | 林贤治 | 《新地文学》第12期 |
| 1005 | 2010.06 | 一个人的爱与死 | 林贤治 | 《新地文学》第12期 |
| 1006 | 2010.06 | 鲁迅"带着枷锁跳舞" | 林贤治 | 《新地文学》第12期 |
| 1007 | 2010.06 | 文化诊断中的病痛隐喻——以鲁迅和郁达夫的病痛与文学创作为例 | 周淑媚 | 《通识教育学报》第15期 |
| 1008 | 2010.07.06 | 商禽像谁 | 向明 | 《中国时报》第E4版，"人间副刊" |
| 1009 | 2010.09 | 评《阿Q正传》中方言双关的英译 | 汪宝荣 | 《编译论丛》第3卷第2期 |

① 中国大陆通译为寇志明。

续表

| 序号 | 时间 | 文献题名题目 | 作者 | 文献出处 |
|---|---|---|---|---|
| 1010 | 2010.10 | 概观吴钧《鲁迅翻译文学研究》有感 | 林明理 | 《中国历史学会史学集刊》第42期 |
| 1011 | 2010.10.19 | 鲁迅的忧伤 | 李宜芳 | 《联合报》第D3版，"联合副刊" |
| 1012 | 2010.12 | 西北科学考察团与鲁迅 | 金涛 | 《中华科技史学会学刊》第15期 |
| 1013 | 2010.12 | 李可染画作《鲁迅故乡绍兴城》"外光"表现之研究 | 张忠明 | 《高餐通识教育学刊》第6期 |
| 1014 | 2010.12 | 现代神话小说比较研究——以《奔月》《最后之箭》为例 | 钟宗宪 | 《兴大中文学报》第27期（增刊） |
| 1015 | 2011 | 鲁迅、钟理和比较论 | 钱果长 | 应凤凰编：《钟理和》，台南：台湾文学馆 |
| 1016 | 2011.01 | 鲁迅与瞿秋白左翼文艺理念之异同——从《鲁迅杂感选集·序言》谈起 | 徐秀慧 | 《研究与创新》第12期 |
| 1017 | 2011.02.01 | 医界典范人物传记选读之五：弃医从文、为新文学摇旗"呐喊"的鲁迅 | 陈永兴 | 《台湾医界》54卷第2期 |
| 1018 | 2011.04 | 鲁迅《故乡》的写作技巧探析 | 徐月芳 | 《台北海洋技术学院学报》第4卷第1期 |
| 1019 | 2011.06 | 注视的他者与他者的注视——论鲁迅《狂人日记》中"互为主体"的人际结构 | 刘益州 | 《国立虎尾科技大学学报》第30卷第2期 |

续表

| 序号 | 时间 | 文献题名题目 | 作者 | 文献出处 |
|---|---|---|---|---|
| 1020 | 2011.06 | "头"的故事——历史·身体·创伤叙事 | 王德威 | 《汉学研究》第29卷第2期 |
| 1021 | 2011.06 | 被钉十字架的"他"：试析鲁迅《复仇（其二）》对耶稣形象的重塑 | 杨柳 | 《汉语基督教学术论评》第11期 |
| 1022 | 2011.06.25 | 《惜别》：仙台和鲁迅 | 高骏 | 《文化研究月报》第117期 |
| 1023 | 2011.07 | 鲁迅《古小说钩沉》的启示 | 王文兴，冯子纯记录整理 | 《文讯》第309期 |
| 1024 | 2011.10 | 评蔡振辉的《鲁迅小说研究》 | 林明理 | 《中国历史学会史学集刊》第42期 |
| 1025 | 2011.11 | 鲁迅诞辰130周年后的鲁迅论述：众声喧哗VS意识形态——与鲁迅在虹口墓园、绍兴故居相遇的对话 | 王润华 | 《时代评论》第4期 |
| 1026 | 2011.11 | 重返、乡土、病的隐喻——陈映真早期小说对鲁迅的国民性思考的接受与衍义 | 黄文倩 | 《时代评论》第4期 |
| 1027 | 2011.12 | 白话散文与杂文——中国现代文学的两度西潮（第十三章） | 马森 | 《新地文学》第18期 |
| 1028 | 2011.12 | The Reception of Modernity in East Asia: Japan in China's Encounter with the West | Chiu, Han-ping | Tamkang Review 第42卷第1期 |

| 序号 | 时间 | 文献题名题目 | 作者 | 文献出处 |
|---|---|---|---|---|
| 1029 | 2011.12 | 鲁迅在《野草》中所呈现的多重形象 | 王润农 | 《东吴中文线上学术论文》第16期 |
| 1030 | 2012年冬 | 自我拷问的历史叙述 | 王翔 | 《人间思想》第2期 |
| 1031 | 2012年冬 | 世界转型中的幽灵：阅读钱理群札记之一 | 薛毅 | 《人间思想》第2期 |
| 1032 | 2012.03 | 新文学作家的思想转向——《中国现代文学的两度西潮》（第14章） | 马森 | 《新地文学》第19期 |
| 1033 | 2012.03.01 | 疯狂的前奏曲——初探果戈理与鲁迅作品的"黑暗世界" | 陈相因 | 《中国文哲研究通讯》第22卷第1期 |
| 1034 | 2012.05.01 | 大众文化中的图像诠释——从一幅表现鲁迅论战精神的漫画说起 | 陈德馨 | 《艺术学研究》第25期 |
| 1035 | 2012.07 | 《过客》中所呈现之鲁迅形象 | 杨书伟 | 《有凤初鸣年刊》第8期 |
| 1036 | 2012.07 | 《阿Q正传》与当代喜剧 | 林克欢 | 《印刻文学生活志》第8卷第11期 |
| 1037 | 2012.08 | 民国记忆与鲁迅主义——专访北京师范大学李怡教授 | 吴家嘉、张晏瑞 | 《国文天地》第28卷第3期 |
| 1038 | 2012.10 | 从奏鸣曲式学解构鲁迅《野草》 | 靶耐·欧儿 | 《东吴中文研究集刊》第18期 |
| 1039 | 2012.12 | 文学地理与国族想像：台湾的鲁迅，南洋的张爱玲 | 王德威 | 《中国现代文学》第22期 |

续表

| 序号 | 时间 | 文献题名题目 | 作者 | 文献出处 |
|---|---|---|---|---|
| 1040 | 2013 年春 | 从解读鲁迅出发的反思革命政治：一个延伸性阅读 | 程凯 | 《人间思想》第 3 期 |
| 1041 | 2013.01 | 如果鲁迅还活着 | 彭歌 | 《文讯》第 327 期 |
| 1042 | 2013.03 | 师道照颜色——从章太炎看传统与现代师生关系之差异 | 余明琪 | 《国教新知》第 60 卷第 1 期 |
| 1043 | 2013.03.01 | 鲁迅小说英译面面观：蓝诗玲访谈录 | 汪宝荣 | 《编译论丛》第 6 卷第 1 期 |
| 1044 | 2013.03.31 | 《从百草园到三味书屋》中的鲁迅童年掠影 | 徐采薇 | 《东吴中文线上学术论文》第 21 期 |
| 1045 | 2013.04.01 | 鲁迅的一句名言疑似病句 | 王福湘 | 《国文天地》第 335 期 |
| 1046 | 2013.05 | 活在当下中国的鲁迅（在某大学的一次演讲） | 钱理群讲 | 《思想》第 23 期 |
| 1047 | 2013.07 | Translator as Arbiter: With Reference to the Two Translations of the True Story of Ah Q | 孔思文 | SPECTRUM 第 11 卷第 2 期 |
| 1048 | 2013.08 | PISA 阅读素养融入小说教学——以鲁迅《药》之行动研究为例 | 范晓雯、李锦华、詹嘉芸、黄君琦 | 《教师天地》第 185 期 |
| 1049 | 2013.10 | 鲁迅《颓败线的颤动》的结构 | 靶耐·欧儿 | 《东吴中文研究集刊》第 19 期 |
| 1050 | 2013.10.01 | 鲁迅《汉武故事》辑本订补 | 赖信宏 | 《台大中文学报》第 42 期 |

| 序号 | 时间 | 文献题名题目 | 作者 | 文献出处 |
|------|------|--------------|------|----------|
| 1051 | 2013.11 | 许寿裳在台湾——读许寿裳日记、书信 | 蔡登山 | 《传记文学》第103卷第5期 |
| 1052 | 2013.12 | 鲁迅写摄影 | 许绮玲 | 《"中央"研究院近代史研究所集刊》 |
| 1053 | 2013.12.20 | 作为契机的乡土文学 | 山口守 | 《中国现代文学》第24期 |
| 1054 | 2014.03.16 | 《古小说钩沉》手稿分期析探——以鲁迅日记与书帐的引书资料为中心 | 赖信宏 | 《书目季刊》第47卷4期 |
| 1055 | 2014.04.01 | 论鲁迅小说的叙事策略 | 杨若萍 | 《中华科技大学学报》第59期 |
| 1056 | 2014.05 | 鲁迅送礼流水账 | 安淑萍、王长生 | 《传记文学》第104卷第5期 |
| 1057 | 2014.05 | 鲁迅现象 | 尉天聰 | 《文讯》第343期 |
| 1058 | 2014.06 | 假"私"济"公"的回忆——论许广平的鲁迅纪念 | 程振兴 | 《中国现代文学》第25期 |
| 1059 | 2014.06 | 鲁迅"硬译"的文化探源 | 崔峰 | 《中国现代文学》第25期 |
| 1060 | 2014.06 | 晚清"国民"论述语境中的鲁迅"改造国民性"思想 | 张勇 | 《中国现代文学》第25期 |
| 1061 | 2014.06 | 从"无治主义"文学到苏联"左翼"小说的翻译——兼谈《故事新编》的创作 | 张芳 | 《中国现代文学》第25期 |

| 序号 | 时间 | 文献题名题目 | 作者 | 文献出处 |
|---|---|---|---|---|
| 1062 | 2014.06 | 阿Q生命中的六个瞬间——纪念作为开端的辛亥革命 | 汪晖 | 《中国现代文学》第25期 |
| 1063 | 2014.06.01 | 太宰治《惜别》试论——从鲁迅《藤野先生》的改写探讨《周先生物语》 | 何资宜 | 《台湾日本语文学报》第35期 |
| 1064 | 2014.06.07 | "日治"时期台湾文人的国民性论述及其意义 | 江宝钗 | 《淡江中文学报》第30期 |
| 1065 | 2014.09 | 何谓天演？严复"天演之学"的内涵与意义 | 黄克武 | 《中央研究院近代史研究所集刊》第85期 |
| 1066 | 2014.09 | Book Review：Gloria Davies？Lu Xun's Revolution：Writing in a Time of Violence？（Cambridge，Mass：Harvard University Press，2013） | 段炼 | 《中央研究院近代史研究所集刊》第85期 |
| 1067 | 2014.10 | 《百喻经》与《阿Q正传》 | 陈丽淑 | 《中国文化大学中文学报》第29期 |
| 1068 | 2014.10 | 重描深邃心灵——评介杨义《鲁迅作品精华（选评本）》三卷 | 杨佳娴 | 《文讯》第348期 |
| 1069 | 2014.12 | "四面都是敌意"——论鲁迅《复雠》二首的原罪观念 | 李癸云 | 《东亚观念史集刊》第7期 |
| 1070 | 2014.12 | 鲁迅与莫言之间的归乡故事系谱——以托尔斯泰《安娜·卡列尼娜》为参考线 | 藤井省三 | 《新地文学》第30期 |

| 序号 | 时间 | 文献题名题目 | 作者 | 文献出处 |
|---|---|---|---|---|
| 1071 | 2014.12 | 浅论鲁迅乡土小说中价值与审美的悖反现象 | 丁帆 | 《新地文学》第30期 |
| 1072 | 2015.01 | 吃人，恋尸，逆伦：后革命时期以降的非理性叙事 | 黄文巨 | 《中国文学研究》第39期 |
| 1073 | 2015.03 | 李桦1934至1936年版画风格之析探——以苏俄及德国版画之影响为焦点 | 张贝棱 | 《议艺份子》第24期 |
| 1074 | 2015.04 | 重写鲁迅在台湾的回响：关于殖民地时期台湾文学与鲁迅的评述 | 许俊雅 | 《台湾文学研究学报》第20期 |
| 1075 | 2015.06 | 鲁迅古典诗开辟新天地 | 郭枫 | 《新地文学》第32期 |
| 1076 | 2015.11 | 1912—1949年中国西洋美术史论著中的后印象派：以吕澂、丰子恺、鲁迅和倪贻德之编（译）著为例 | 胡荣 | 《现代美术学报》第30期 |
| 1077 | 2015.12 | 新思潮与“抉心自食”——重读《墓碣文》 | 林岗 | 《新地文学》第34期 |
| 1078 | 2015.12 | 王实味和鲁迅的文学因缘 | 李建军 | 《新地文学》第34期 |
| 1079 | 2015.12 | 留学生的归国体验与新文化运动——以鲁迅、胡适为例 | 王彬彬 | 《新地文学》第34期 |
| 1080 | 2015.12 | 围绕《喝茶》，以茶来窥探周氏兄弟的内面风景 | 严英旭 | 《新地文学》第34期 |

| 序号 | 时间 | 文献题名题目 | 作者 | 文献出处 |
|------|------|------------|------|---------|
| 1081 | 2015.12 | 受到鲁迅影响的东亚知识分子的类型分析——以韩国知识分子的类型为中心 | 朴宰雨 | 《新地文学》第 34 期 |
| 1082 | 2015.12 | 本能、革命、精神胜利法——重读《阿 Q 正传》兼评汪晖《阿 Q 生命中的六个瞬间》 | 陶东风 | 《新地文学》第 34 期 |
| 1083 | 2015.12 | 对两种文化流派的深刻批判运动——重读鲁迅《"京派"与"海派"》 | 丁帆 | 《新地文学》第 34 期 |
| 1084 | 2015.12 | 战后台湾文学典范的建构与挑战：从鲁迅到于右任——兼论新/旧文学地位的消长 | 黄美娥 | 《台湾史研究》第 22 期第 4 卷 |
| 1085 | 2015 年冬 | 评《鲁迅与托洛茨基——〈文学与革命〉在中国》 | 木山英雄著，谭仁岸译 | 《人间思想》第 11 期 |
| 1086 | 2016.01 | 辫发现代性 | 张小虹 | 张小虹：《时尚现代性》，台北：联经出版公司 |
| 1087 | 2016.03 | 论鲁迅《故事新编》的晚期风格 | 丘庭杰 | 《云汉学刊》第 32 期（增补本） |
| 1088 | 2016.06 | 鲁迅作品中"冤"的笔法和意义——以女性的冤与怨为主的研究 | 谢薇娜 | 《中国文哲研究通讯》第 26 期第 2 卷 |

续表

| 序号 | 时间 | 文献题名题目 | 作者 | 文献出处 |
|---|---|---|---|---|
| 1089 | 2016.06 | 鲁迅与诺贝尔文学奖 | 薛忆沩 | 《新地文学》第36期 |
| 1090 | 2016.06 | 重读《狂人日记》与"狂人"：残障政治视野的提问 | 刘人鹏 | 《中外文学》第45期第2卷 |
| 1091 | 2016.08 | 周氏兄弟：渡尽劫波，难泯恩仇 | 河西 | 《传记文学》第109期第2卷 |
| 1092 | 2016.09 | 鲁迅《摩罗诗力说》对传统诗学观的改造及意义 | 江晓辉 | 《兴大人文学报》第57期 |
| 1093 | 2016.09 | 鲁迅诗歌的现代艺术和古典神韵① | 郭枫 | 《新地文学》第37期 |
| 1094 | 2016.10 | "洋场恶少"与文化传人之辨——施蛰存与鲁迅之争正名论 | 王福湘 | 《国文天地》第32期第5卷 |
| 1095 | 2016.12 | 鲁迅追随胡适的精彩合作——新青年社团中的胡适与鲁迅关系研究（上） | 庄森 | 《传记文学》第109期第6卷 |
| 1096 | 2016.12 | 从《辱骂和恐吓决不是战斗》的写作背景看"左联"内部矛盾与鲁迅的独立性 | 张钊贻 | 《中国现代文学》第30期 |
| 1097 | 2016.12 | 阿Q的图像系谱学分析 | 张节末、曲刚 | 《中国文哲研究通讯》第26卷第4期 |
| 1098 | 2016.12 | 《铸剑》五题议 | 郜元宝 | 《新地文学》第38期 |

① 该文曾于2016年"鲁迅文化论坛暨国际学术研讨会"（北京）上宣读。

续表

| 序号 | 时间 | 文献题名题目 | 作者 | 文献出处 |
|---|---|---|---|---|
| 1099 | 2016.12 | 解开鲁迅小说遗传基因跨族群与语言"生命之谜"：从绍兴到东南亚 | 黄郁兰、王润华 | 《文与哲》第 29 期 |
| 1100 | 2016.12 | 苏雪林与鲁迅：宗教文化与政治文化相遇 | 林耀堂、梁洁芬 | 《哲学与文化》第 43 期第 12 卷 |
| 1101 | 2017.01 | 鲁迅追随胡适的精彩合作——新青年社团中的胡适与鲁迅关系研究（下） | 庄森 | 《传记文学》第 110 期第 1 卷 |
| 1102 | 2017.01 | 鲁迅与林语堂翻译理论和实践的比较研究 | 王福湘、陶丽霞 | 《国文天地》第 32 期第 8 卷 |

## 二 相关著作（含鲁迅作品）

| 序号 | 时间 | 书名 | 作者 | 出版机构 |
|---|---|---|---|---|
| 1 | 1930 年 | 中国新文学概观 | 叶荣钟 | 日本东京新民会 |
| 2 | 1947 年 | 阿 Q 正传 | 鲁迅著，杨逵译 | 东华书局 |
| 3 | 1947 年 | 狂人日记 | 鲁迅著，王禹农译 | 标准国语通信学会出版 |
| 4 | 1947 年 | 鲁迅的思想与生活 | 许寿裳 | 台湾文化协进会 |
| 5 | 1947 年 | 故乡 | 鲁迅著，蓝青（蓝明谷）译 | 现代文学研究会 |
| 6 | 1947 年 | 送报夫 | 杨逵著，胡风译 | 东华书局 |

续表

| 序号 | 时间 | 书名 | 作者 | 出版机构 |
|---|---|---|---|---|
| 7 | 1948 年 | 孔乙己·头发的故事 | 鲁迅 著，王禹农译 | 东方出版社 |
| 8 | 1948 年 | 药 | 鲁迅 著，王禹农译 | 东方出版社 |
| 9 | 1963 年 | 文坛往事辨伪 | 刘心皇 | 刘心皇自印 |
| 10 | 1964 年 | 论鲁迅先生的硬译 | 梁实秋 | 梁实秋：《偏见集》①，台北：文星书店 |
| 11 | 1967 年 | 我论鲁迅② | 苏雪林 | 文星书店出版 |
| 12 | 1969 年 | 中国小说史略③ | 鲁迅 | 明伦出版社 |
| 13 | 1970 年 | 关于鲁迅 | 梁实秋 | 爱眉文艺出版社 |
| 14 | 1973 年 | 小说旧闻钞④ | 鲁迅 | 万年青书廊 |
| 15 | 1973 年⑤ | 唐宋传奇集 | 鲁迅 | 万年青书廊 |
| 16 | 1977.03 | "鲁迅与'国防文学'事件"经纬及后遗症 | 王章陵 | "教育部"社教司印行 |
| 17 | 1978 年 | 鲁迅正传（增订版） | 郑学稼 | 时报文化出版事业有限公司⑥ |
| 18 | 1981 年 | 鲁迅与阿Q正传 | 茶陵（周玉山）编 | 四季出版事业有限公司 |
| 19 | 1982 年 | 鲁迅评传 | 曹聚仁 | 瑞穗出版社 |
| 20 | 1986 年 | 阿Q正传 | 鲁迅 | 金枫出版社 |
| 21 | 1986 年 | 鲁迅这个人 | 刘心皇 | 东大图书公司 |

① 该书后由大林出版社、时报出版公司和水牛出版社在20世纪70—90年代多次再版。

② 此后有爱眉文艺出版社和传记文学出版社多次再版。

③ 7月，该书被查禁。

④ 该书于出版当年12月被查禁。

⑤ 刊行年不详，根据《小说旧闻钞》的刊行时间，大致判定应为同一时期。

⑥ 增订二版于1985年出版。

续表

| 序号 | 时间 | 书名 | 作者 | 出版机构 |
|---|---|---|---|---|
| 22 | 1987 年 | 鲁迅语录 | 宋云彬选辑 | 新竹文强堂 |
| 23 | 1987 年 | 鲁迅的一生：中国近代文学史的侧影 | 曹聚仁原著，新潮社编辑室编译 | 新潮社 |
| 24 | 1987 年 | 鲁迅的生涯及其文学 | 高田昭二著，朱樱编译 | 新潮社 |
| 25 | 1988 年 | 鲁迅小说精选 | 鲁迅 | 全兴出版社 |
| 26 | 1988 年 | 鲁迅 | 鲁迅 | 光复书局 |
| 27 | 1988 年 | 胡适与鲁迅 | 周质平 | 时报文化出版公司 |
| 28 | 1989 年 | 呐喊·彷徨 | 鲁迅 | 辅新出版社 |
| 29 | 1989 年 | 鲁迅语录（4 册） | 陈漱渝编 | 天元出版社 |
| 30 | 1989 年 | 鲁迅美学思想论稿 | 刘再复 | 明镜出版社 |
| 31 | 1989 年 | 鲁迅全集 | 鲁迅 | 唐山出版社 |
| 32 | 1989 年 | 鲁迅作品全集 | 鲁迅 | 风云时代出版社 |
| 33 | 1989 年 | 鲁迅全集 | 鲁迅 | 谷风出版社 |
| 34 | 1990 年 | 阿 Q 正传 | 鲁迅 | 辅新出版社 |
| 35 | 1990 年 | 彷徨 | 鲁迅 | 金枫出版社 |
| 36 | 1990 年 | 朝花夕拾 | 鲁迅 | 金枫出版社 |
| 37 | 1990 年 | 鲁迅小语录 | 林郁 | 智慧大学出版社 |
| 38 | 1991 年 | 鲁迅与中国现代文化震动 | 王友琴 | 水牛出版社 |
| 39 | 1991 年 | 鲁迅与左联 | 王宏志 | 风云时代出版公司 |
| 40 | 1991 年 | 鲁迅 | 卢今编选 | 海风出版社 |
| 41 | 1991 年 | 阿 Q 正传 | 卢今编著 | 海风出版社 |
| 42 | 1991 年 | 鲁迅小说精选 | 鲁迅 | 满庭芳出版社 |

续表

| 序号 | 时间 | 书名 | 作者 | 出版机构 |
|---|---|---|---|---|
| 43 | 1991 年 | 青少年鲁迅读本 | 陈漱渝、林学忠编 | 业强出版社 |
| 44 | 1991 年 | 鲁迅与"左联" | 周行之 | 文史哲出版社 |
| 45 | 1992 年 | 鲁迅小说史论文集：中国小说史略及其他 | 鲁迅 | 里仁书局 |
| 46 | 1992 年 | 无法直面的人生：鲁迅传 | 王晓明 | 业强出版社 |
| 47 | 1992 年 | 鲁迅小说新论 | 王润华 | 东大图书公司 |
| 48 | 1993 年 | 鲁迅自传 | 周树人 | 龙文出版社 |
| 49 | 1993 年 | 现代中国文学的时间观与空间观：鲁迅、何其芳、施蛰存作品的精神分析 | 黎活仁 | 业强出版社 |
| 50 | 1994 年 | 鲁迅研究平议 | 陈炳良编 | 书林出版社 |
| 51 | 1994 年 | 鲁迅小说集 | 杨泽编 | 洪范书店 |
| 52 | 1994 年 | 文学与政治之间：鲁迅·新月·文学史 | 王宏志 | 东大图书公司 |
| 53 | 1995 年 | 鲁迅散文选 | 杨泽编 | 洪范书店 |
| 54 | 1995 年 | 阿 Q 后传 | 林明礼 | 翌耕图书事业有限公司 |
| 55 | 1996 年 | 阿 Q 正传 | 鲁迅 | 洪范书局公司 |
| 56 | 1996 年 | 鲁迅新传：石在，火种是不会绝的！ | 马蹄疾 | 新潮社 |
| 57 | 1997 年 | 鲁迅小说合集 | 鲁迅 | 里仁书局 |
| 58 | 2000 年 | 台湾新文学与鲁迅 | 中岛利郎 | 前卫出版公司 |
| 59 | 2001 年 | 鲁迅小说研究 | 蔡辉振 | 高雄复文出版公司 |
| 60 | 2006 年 | 鲁迅 | 范铭如编著 | 三民书局 |

| 序号 | 时间 | 书名 | 作者 | 出版机构 |
|---|---|---|---|---|
| 61 | 2006 年 | 鲁迅越界跨国新解读 | 王润华 | 文史哲出版社 |
| 62 | 2007 年 | 鲁迅日记笺释：一九二五年 | 董大中 | 秀威资讯科技公司 |
| 63 | 2007 年 | 鲁迅爱过的人 | 蔡登山 | 秀威资讯科技公司 |
| 64 | 2007 年 | 鲁迅作品的十五堂课 | 钱理群 | 五南图书公司 |
| 65 | 2007 年 | 二十世纪的两个知识分子：胡适和鲁迅 | 邵建 | 秀威资讯科技公司 |
| 66 | 2009 年 | 失败的偶像：鲁迅批判 | 敬文东 | 秀威资讯科技公司 |
| 67 | 2009 年 | 鲁迅入门读本 | 钱理群编 | 台湾社会研究杂志社 |
| 68 | 2009 年 | 鲁迅《呐喊》《彷徨》的语法研究 | 王丽华 | Airiti Press |
| 69 | 2010 年 | 乡土与悖论：鲁迅研究新视阈 | 杨剑龙 | 秀威资讯科技公司 |
| 70 | 2010 年 | 鲁迅精要读本（小说、散文、散文诗卷） | 王得后、钱理群、王富仁选编，李庆西注释 | 人间出版社 |
| 71 | 2010 年 | 鲁迅精要读本（杂文卷） | 王得后、钱理群、王富仁选编，李庆西注释 | 人间出版社 |
| 72 | 2011 年 | 鲁迅创作精选 | 鲁迅 | 人间出版社 |
| 73 | 2011 年 | 说不尽的鲁迅：疑案·轶事·趣闻 | 纪维周 | 秀威资讯科技公司 |
| 74 | 2012 年 | 全英译鲁迅诗歌 | 吴钧译著 | 文史哲出版社 |
| 75 | 2012 年 | 鲁迅诗歌翻译传播研究 | 吴钧 | 文史哲出版社 |

| 序号 | 时间 | 书名 | 作者 | 出版机构 |
|---|---|---|---|---|
| 76 | 2012 年 | 鲁迅一百句 | 郜元宝 | 龙图腾文化出版社 |
| 77 | 2012 年 | 走读鲁迅：一代文学巨擘的十一个生命印记 | 陈光中 | 华品文创 |
| 78 | 2012 年 | 全人视镜中的观照：鲁迅与茅盾比较论 | 李继凯 | 天空数位图书 |
| 79 | 2012 年 | 中国现代文学史料研究举隅：鲁迅、郭沫若、高长虹 | 廖久明 | 新锐文创 |
| 80 | 2012 年 | 鲁迅的精神世界 | 李怡 | 秀威资讯科技公司 |
| 81 | 2012 年 | 被遮蔽的鲁迅：鲁迅相关史实考辨 | 葛涛 | 秀威资讯科技公司 |
| 82 | 2013 年 | 鲁迅说丑陋的中国人 | 鲁迅著、章岩编 | 达人文创 |
| 83 | 2013 年 | 民国视域中的鲁迅研究 | 王家平 | 花木兰文化事业公司 |
| 84 | 2013 年 | 国际鲁迅研究 | 黎活仁、方环海主编 | 秀威资讯科技公司 |
| 85 | 2013 年 | 电影《鲁迅传》筹拍亲历记 | 沈鹏年 | 秀威资讯科技公司 |
| 86 | 2013 年 | 鲁迅的焦虑与精神之战 | 杨剑龙主编 | 秀威资讯科技公司 |
| 87 | 2013 年 | 我从来就不喜欢鲁迅：从政治异见到文化异见 | 綦彦臣 | 秀威资讯科技公司 |
| 88 | 2014 年 | 美术视野中的鲁迅文学创作 | 孙伟 | 花木兰文化 |
| 89 | 2014 年 | 现代中国小说史学之建立：以鲁迅、胡适为中心 | 鲍国华 | 花木兰文化 |

续表

| 序号 | 时间 | 书名 | 作者 | 出版机构 |
|---|---|---|---|---|
| 90 | 2014 年 | 鲁迅的科学思维：张梦阳论鲁迅 | 张梦阳 | 秀威资讯科技公司 |
| 91 | 2014 年 | 120 个鲁迅身世之谜 | 吴作桥、王羽 | 秀威资讯科技公司 |
| 92 | 2014 年 | 从鲁迅文学医人魂救国魂说起：兼论中国新诗的精神重建 | 陈福成 | 文史哲出版社 |
| 93 | 2015 年 | 鲁迅：现代转型的精神维度 | 汪卫东 | 秀威资讯科技公司 |
| 94 | 2015 年 | 鲁迅与托洛茨基：文学与革命在中国 | 长堀佑造著，土俊文译 | 人间出版社 |
| 95 | 2015 年 | 鲁迅：东方的文化恶魔 | 高旭东 | 花木兰文化 |
| 96 | 2016 年 | 鲁迅的"故事新编"——"鲁迅圈子"的历史叙述与形象建构 | 陈华积 | 花木兰文化 |
| 97 | 2016 年 | 未完成的探索：鲁迅故事新编的创作及其语言世界 | 张芬 | 花木兰文化 |

## 三　相关学位论文

| 序号 | 时间 | 论文题目 | 作者 | 学位授予机构 | 学位层次 |
|---|---|---|---|---|---|
| 1 | 1975 年 | 中国左翼作家联盟研究 | 周玉山 | 政治大学东亚研究所 | 硕士论文 |
| 2 | 1983 年 | 新文化运动的价值观 | 周云锦 | 台湾大学历史学研究所 | 硕士论文 |
| 3 | 1984 年 | 五四时期的反传统思想 | 杜继平 | 台湾大学历史学研究所 | 硕士论文 |

续表

| 序号 | 时间 | 论文题目 | 作者 | 学位授予机构 | 学位层次 |
|---|---|---|---|---|---|
| 4 | 1988 年 | 五四运动与中共 | 周玉山 | 中国文化大学三民主义研究所 | 博士论文 |
| 5 | 1991 年 | 鲁迅与中国现代知识分子——从《呐喊》到《彷徨》的心路历程 | 郑懿瀛 | 政治大学历史研究所 | 硕士论文 |
| 6 | 1994 年 | 北伐前后妇女解放观的转变——以鲁迅、茅盾、丁玲小说为中心的探讨 | 吴怡萍 | 政治大学历史研究所 | 硕士论文 |
| 7 | 1995 年 | 鲁迅与五四反传统精神 | 王瑞达 | 辅仁大学西班牙文学系 | 硕士论文 |
| 8 | 1996 年 | 五四新文学时期的小品文研究 | 郑颖 | 中国文化大学中文研究所 | 硕士论文 |
| 9 | 1998 年 | 鲁迅小说人物研究 | 杨若萍 | 中国文化大学中文研究所 | 硕士论文 |
| 10 | 1998 年 | 《野草》与鲁迅的黑暗思想 | 萧绮玉 | 高雄师范大学国文系 | 硕士论文 |
| 11 | 1999 年 | 《堂吉诃德》与《阿Q正传》之比较研究 | 赖元宏 | 中正大学外国语文研究所 | 硕士论文 |
| 12 | 2001 年 | 鲁迅小说主题意识之研究 | 具景谟 | 台湾师范大学国文研究所 | 博士论文 |
| 13 | 2001 年 | 鲁迅受俄国文学影响研究 | 张淑伶 | 淡江大学俄罗斯研究所 | 硕士论文 |
| 14 | 2001 年 | 人间的条件——钟理和文学里的鲁迅 | 张燕萍 | 静宜大学中国文学研究所 | 硕士论文 |
| 15 | 2002 年 | 鲁迅、周作人民间文学理论研究 | 戴嘉辰 | 花莲师范学院民间文学研究所 | 硕士论文 |
| 16 | 2002 年 | 鲁迅留日期间对其一生人格的影响研究 | 黄正文 | 中国文化大学日本研究所 | 硕士论文 |
| 17 | 2002 年 | 吴趼人与鲁迅小说中的第一人称叙事观点运用 | 杨雅珺 | 台湾中山大学中文系 | 硕士论文 |
| 18 | 2003 年 | 论鲁迅《呐喊》《彷徨》之国民性建构 | 颜健富 | 台湾大学中国文学研究所 | 硕士论文 |

续表

| 序号 | 时间 | 论文题目 | 作者 | 学位授予机构 | 学位层次 |
|---|---|---|---|---|---|
| 19 | 2004 年 | 鲁迅的"改造国民性"思想研究 | 黄灿铭 | 台东大学师范学院教育研究所 | 硕士论文 |
| 20 | 2004 年 | 鲁迅、卡缪、尼采读者—接受比较研究 | 汪诗诗 | 辅仁大学法文系 | 硕士论文 |
| 21 | 2004 年 | 徘徊与摆荡——论鲁迅作品中的宗教向度 | 杨静欣 | 中原大学宗教研究所 | 硕士论文 |
| 22 | 2004 年 | 战后初期台湾的文化场域与文学思潮的考察（1945—1949）① | 徐秀慧 | （台湾）"清华大学"中国文学系 | 博士论文 |
| 23 | 2005 年 | 鲁迅杂文创作研究 | 林昭贤 | 南华大学文学研究所 | 硕士论文 |
| 24 | 2006 年 | 鲁迅肉体生命意识之研究 | 刘祖光 | 政治大学东亚研究所 | 博士论文 |
| 25 | 2006 年 | 钟理和文学里的"鲁迅" | 张清文 | 政治大学中国文学研究所 | 博士论文 |
| 26 | 2006 年 | 俄国汉学家谢曼诺夫专著《鲁迅和他的前驱》析论 | 陈丽伃 | 南华大学文学研究所 | 硕士论文 |
| 27 | 2006 年 | 论鲁迅小说中的"我" | 傅化谊 | 佛光人文社会学院文学系 | 硕士论文 |
| 28 | 2006 年 | 鲁迅杂文语言研究 | 谢易澄 | （台湾）"清华大学"中文系 | 硕士论文 |
| 29 | 2006 年 | 钟理和作品与思想研究 | 林广文 | 高雄师范大学回流中文硕士班中国语文学类 | 硕士论文 |
| 30 | 2007 年 | 中国现代小说中的原乡意识——以鲁迅、沈从文、老舍、张爱玲为例 | 疏淑贞 | 政治大学中文系 | 硕士论文 |
| 31 | 2007 年 | 五四时期周氏兄弟的翻译文学之研究 | 彭明伟 | 新竹清华大学中文系 | 博士论文 |
| 32 | 2008 年 | 鲁迅对神话传说人物形象再造之时代意义研究 | 廖明秀 | 云林科技大学汉学整理研究中心 | 硕士论文 |

① 该博士论文涉及鲁迅在战后初期台湾文坛的传播，故收入目录。

| 序号 | 时间 | 论文题目 | 作者 | 学位授予机构 | 学位层次 |
|---|---|---|---|---|---|
| 33 | 2008 年 | 鲁迅《呐喊》《彷徨》与明恩溥《中国人素质》之国民性比较研究 | 江文丕 | 云林科技大学汉学整理研究中心 | 硕士论文 |
| 34 | 2009 年 | 鲁迅思想在台湾传播与辩证（1923—1949）：一个精神史的侧面 | 杨杰铭 | 中兴大学台湾文学研究所 | 硕士论文 |
| 35 | 2009 年 | 鲁迅与契诃夫小说的比较研究 | ［俄］Asiya Esheva | 元智大学中国语文研究所 | 硕士论文 |
| 36 | 2009 年 | 五四意识在台湾 | 简明海 | 政治大学历史所 | 博士论文 |
| 37 | 2010 年 | 鲁迅与赖和小说主题之比较研究 | 廖美玲 | 云林科技大学汉学资料整理研究中心 | 硕士论文 |
| 38 | 2010 年 | Metadata 文学典藏之研究——以鲁迅《野草》为例 | 林一帆 | 云林科技大学汉学资料整理研究中心 | 硕士论文 |
| 39 | 2010 年 | 书写鲁迅——重思鲁迅小说及其思想养分 | 林奇佐 | 成功大学台湾文学研究所 | 硕士论文 |
| 40 | 2011 年 | 鲁迅小说死亡主题研究 | 庄培坚 | 彰化师范大学国文系 | 硕士论文 |
| 41 | 2011 年 | 中间物思想重探——鲁迅书写中的主体问题研究 | 阮芸妍 | 新竹交通大学社会与文化研究所 | 硕士论文 |
| 42 | 2012 年 | 《语丝》文人群及其散文研究 | 李京珮 | 成功大学中国文学系 | 博士论文 |
| 43 | 2013 年 | 阿Q"精神胜利法"的现代意义与运用 | 谢淑敏 | 玄奘大学中国语文学系 | 硕士论文 |
| 44 | 2013 年 | 鲁迅《故事新编》研究 | 刘蓉樱 | 台北市立教育大学中国语文学系 | 硕士论文 |
| 45 | 2014 年 | 鲁迅的儿童文学观研究——童话译作的实践考察 | 方筱华 | 南华大学文学系 | 硕士论文 |

| 序号 | 时间 | 论文题目 | 作者 | 学位授予机构 | 学位层次 |
|---|---|---|---|---|---|
| 46 | 2014 年 | 从《呐喊》与《彷徨》探讨鲁迅塑造小说人物的技巧 | 何玉台 | 淡江大学中国文学学系硕士在职专班 | 硕士论文 |
| 47 | 2015 年 | 现代神话小说中后羿与嫦娥研究——以鲁迅、南宫博、王孝廉为例 | 林莉雯 | 辅仁大学中国文学系 | 硕士论文 |
| 48 | 2015 年 | 鲁迅小说在华语文文化教学上之应用研究——以《祝福》为主要讨论范围 | 杨雅雯 | 政治大学华语文教学硕士学位学程 | 硕士论文 |
| 49 | 2016 年 | 四种鲁迅《阿Q正传》英译本的翻译策略研究 | 邱羿盛 | 东吴大学英文学系 | 硕士论文 |
| 50 | 2016 年 | 鲁迅小说《呐喊》思想之研究——以《呐喊》《彷徨》为范畴 | 戴嘉辰 | 高雄师范大学国文学系 | 博士论文 |
| 51 | 2016 年 | 鲁迅小说词汇风格研究 | 林芩帆 | 政治大学国文教学硕士在职专班 | 硕士论文 |
| 52 | 2017 年 | 鲁迅翻译小说《月界旅行》与《地底旅行》研究 | 简千芮 | 中兴大学中国文学系 | 硕士论文 |

本书为国家社科基金项目"鲁迅台湾传播的史料整理与研究"（15XZW032）的研究成果

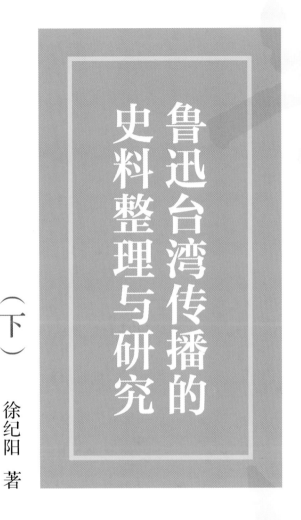

鲁迅台湾传播的
史料整理与研究

（下）

徐纪阳　著

中国社会科学出版社

# 目　　录

## 下编：鲁迅台湾传播史料选编

下　编

鲁迅台湾传播史料选编

# 编选凡例

一、本"史料选编"收入台湾各时期较有代表性的论及鲁迅的文字资料，为学界系统了解近百年来鲁迅在台湾的传播、接受与影响，提供资料的基础，以利于相关研究的不断深入。

二、本编采用编年体，各种鲁迅研究著作、专论、短评、新闻和各种书刊中有关章节等资料，按照最初发表的时间顺序加以排列，力求真实、客观地反映鲁迅在台传播的本来面目。已先期在台湾之外地区发表过的论著，编排上以在台湾发表时间为准。部分篇目最初发表时在报刊连载，收入时加以整合以便参考，并以首次刊发时间排序，文末注明各片段刊发的具体时间。

三、所收资料，一般均以初版为据。个别资料因初版本散佚等原因而难以获得，则以时间上最为接近的版本代之，编者在文末附注说明。日据时期及光复初期的部分日文资料，目前已有通行译本的，以通行译本为据，尚无译本的，由日语专业人士翻译后编入，编者在文末标注译本来源，建议研究者使用时核对日文原文。除个别明显误植外，一律不予改动；原文缺失或字迹不清而又无从查考的，则以□代替。

四、考虑到1970年代以前的资料较少，也不易查找，为方便研究者使用，凡具有一定价值，编者能够获得的，在篇幅允许的情况下都尽量编入。1980年代以来台湾关于鲁迅的论述日渐增多，在两岸交流日趋密切和互联网飞速发展的情况下，相关研究资讯的获取也较为容易，因而只选取较重要的资料。不少具有价值但篇幅过长者，只能付诸阙如。

五、本编选入部分香港学者在台湾发表的论述，以呈现"冷战"

背景下台、港两地密切的文化交流。大陆学者在台湾发表的论述（1987 年以来），以及大陆学界较为熟悉而资料又较易获得的海外华裔学者（如夏济安、林毓生、李欧梵等）的论述，一般不予收入。北美"保钓"运动主要由台湾留美学生发起，因此编入美国"保钓"刊物上的相关资料。

六、由于时间跨度将近一世纪，各类文章体例不同，编入本集时，在不改变原文基本结构的情况下尽可能做了一些调整。特别是后期出现的学术论文，有些删除了摘要、关键词、作者简介等。

七、特别需要说明的是，由于受限于意识形态等多重因素，一些较重要的史料未能收入，但它们又是理解中国近现代历史进程中的台湾问题所无法回避的面向，因此本资料集是有缺憾的，谨在此向读者致以歉意。

# 一九二〇年代

## 中国新文学运动的过去现在和将来

### 秀湖（许乃昌）[1]

我们汉民族，有个很坏的性子，是什么呢？就是"守旧性"，因为这个"守旧性"太重了，所以勿论什么事，什么物，都是爱旧的，差不多完全没有进化的观念，有五千余年的文化的汉民族，常常受着人家的嘲笑，可以说是这个"守旧性"太重的赏赐了，可是二十世纪的新天地，已经不准我们永久在迷梦之中了，所以汉民族的总本家——中国，这几年来的文化的进步，好像走马灯一样，实在有一日千里的势面，国内现在虽然有些战争，这却是进化途上的产物，并不配我们忧愁的，我们只看见各种的学术的昌明发达，实在就感着无量的快乐和慰安，就中国新文学——白话文学——的运动，不但文学本身有大大的进步，就是各种学术也都感了莫大的惊异，这回我们台湾也提倡起白话文来，所以我就在这里述些中国新文学运动的历史，大概也不是绝对的没有意义的事情罢！古文的不可行，自很早已经就没有人感觉着了，梁启超氏在二十年前，也曾谈过了文学革命，他的文章实在很易懂的多，在那个时代可以说是最革命的文章，可是他却不能再进一步，提倡根本的改革，还在途中恋恋不舍，所以就没有多大的精彩了。

一直到了民国五年二月（大正五年二月），当时在米国的胡适氏，写了一封信给那有名的杂志《新青年》的主干陈独秀氏，（此信见《新青年》第二卷第二号）内中竟然提起空前绝后的文学革命来了，胡适氏在这封信内揭了文学革命的八事，在古文专卖的当时，可说是

---

[1] 编者注：原文发表时误为"秀潮"，实为"秀湖"，许秀湖即许乃昌。

惊天动地的事情了，现在把他所说的八件事写在下面。

1. 不用典；

2. 不用陈套语；

3. 不讲对仗，（文当废骈诗当废律）；

4. 不避俗语，（不嫌以白话作诗词）；

5. 须讲求文法之结构；

（此皆形式上之改革也）；

6. 不作无病呻吟；

7. 不摹仿古文语，语须有个我在；

8. 须言之有物；

（此皆精神上之改革也）。

他这篇信却没有详细地说明，所以也不大引起社会的讨论，到了民国五年正月，他便发表了一篇《文学改良刍议》（见《新青年》第二卷第五号），明明白白把这八事说明出来了，翌月陈独秀氏也发表了一篇《文学革命论》（见《新青年》第二卷第二号），标榜了三大主义：

1. 曰推倒雕琢的阿谀的贵族文学，建设平易的抒情的国民文学；

2. 曰推倒陈腐的铺张的古典文学，建设新鲜的立诚的写实文学；

3. 曰推倒迂晦的艰涩的山林文学，建设明了的通俗的社会文学。

他的意气实在很勇敢，一举足就差不多把那数千年来的古文蹾出千里外去了，民国六年五月，胡适氏又根据文学的进化观念，发表了一篇《历史的文学观念论》，他说："一时代有一时代之文学，此时代与后时代之间，虽然皆有承前启后之关系，而决不容完全抄袭"，他又再进一步断言"白话文学之为中国文学之正宗又为将来文学必用之利器"了，从这时候起，国内讨论文学革命的人就大大兴起来，自然反对白话文学的人也是不少，可是赞成的人实在很多哩！自民国七年起，《新青年》完全用白话作文章，同年的十二月陈独秀氏等，又创刊了个《每周评论》，也是完全用白话文，北京大学的学生罗家伦、傅斯年、江绍原、俞平伯诸氏，也发刊了个杂志《新潮》，也是完全用白话文了，胡适氏自民国五年起就专门做白话的自由诗来，到了民国七年沈尹默氏、刘半农氏、陈衡哲女士、唐俟氏、俞平伯氏、康白情氏们也跑入白话诗的尝试室了，一面又感着输入外国文学的必要，所以就把易卜生、陀思妥夫斯奇、斯脱林培尔、托尔斯泰、莫泊三、雪莱、王尔德、佐拉、先丘威去、太戈尔等人的名作陆陆续续翻译过来了，民国八年的初头，虽然有些国故党——如林纾们出来反对，可是白话文学已经在社会上树了不可拔的势力了，这年中国的各地方，因为在巴黎讲和会议，外交失败，突然勃起了很激烈的政治运动文化运动，无数的杂志报纸好像雨后的春笋一样地产生出来，而这些刊物大概是用白话文的，听说这一年中所产的白话文定期刊物，有九百余种的多，上海《民国日报》的附录《觉悟》、《时事新报》的附录《学灯》、《北京晨报》的附录等也都更改了从前的面孔，完全变做新文学运动的先驱了。民国十年的春头，商务印书馆的大杂志《小说月报》也改了组织，由沈雁冰氏编辑，到了民国十一年，杂志《诗》和《创造》也出世了，这二年中的新文学运动，可算是最有成绩，无论创作上、翻译上都有很好的结果，就中小说界的王统照氏、谢冰心女士、鲁迅氏、叶绍钧氏、郭沫若氏、许地山氏；诗坛的叶圣陶氏、徐玉诺氏、朱自清氏、康白情氏、刘延陵氏；翻译界的耿济之氏、胡愈之氏、郑振铎氏、沈雁冰氏、沈泽民氏等人的成绩最好，郭沫若氏的《女神》（诗集）、朱自清等八人的《雪朝》（诗集）、康白情氏的《草儿》、俞平伯氏的《冬夜》（诗集）、汪静之氏的《蕙的风》（诗集）、徐玉诺氏的《的来之花园》（诗集）、叶绍钧氏的《隔膜》（小说）、王统照氏的《一叶》（长篇小说）、郁达夫氏的《沉沦》（小说）等等都是在这一年中出版的，民国十一年的新文学运动，于《闹热》里闭幕，到了十二年——今年竟像捣了蚁巢一样，现出万马齐奔的大景象出来了，文学的专门杂志产生了很多出来，如《烟火》《艺术评论》《嫩芽》《草堂》《阳光》《蚁纹》《浅草》《弥洒》《心朝》等实在不能一一枚举哩！像这样闹热的现状一定能于最短的期间中，在世界文坛上占着相当的地位的，实在使我们快乐的很呀！我们只好祝其成功，在这里应该停笔了。

一九二三，四，廿九

《台湾民报》第 1 卷第 4 号，1923 年 7 月 15 日

# 研究新文学应读什么书

## 张我军

这个问题实在非常之大，绝非浅学如我所能答复的。因为新文学本来就是文学。所以加上"新"者是便于与旧文学判别而已。故欲说研究新文学应读的书，便是说研究文学应读什么书，这实在很难说。但迫于读者屡次来信要求，我只得大略说个最低限度应读的书记在下面。

一、文学史

1.《中国文学史》（曾毅撰，泰东图书局）

2.《欧洲文学史》（日本文也可以）

3.《五十年来之中国文学》（胡适，上海申报馆）

4.《近代文艺十二讲》（生田长江等，改造社，东京）

5.《文艺思潮史》（厨川氏，大日本图书株式会社，东京）

6.《近代文学十讲》（同上）

二、文学原理

1.《文学概论》（横山氏，泰文社、久野书店，东京）

2.《苦闷的象征》（厨川氏，改造社，东京）

3.《诗之研究》（傅东华，上海商务印书馆）

4.《新诗概说》（胡怀琛，同上）

三、艺术论

1.《艺术论》（托尔斯泰，日文译本也可以）

2.《现代艺术讲话》（川路柳虹著，诗坛社，东京）

四、艺术史

《近代艺术十六讲》（一氏义良，弘文社，东京）

五、美学（有日本文本，自择。）

六、文法

1.《国语文法》（黎锦熙，上海商务印书馆）

2.《中国语法讲义》（孙良工，上海亚东图书馆）

七、新诗集

1.《女神》

2.《星空》（以上上海泰东图书局）

3.《尝试集》

4.《草儿》

5.《冬夜》

6.《西还》

7.《蕙的风》（以上上海亚东图书馆）

8.《雪朝》

9.《繁星》

10.《将来之花园》

11.《旧梦》（以上上海商务印书馆）

八、短篇小说集

1.《呐喊》（北京，晨报馆）

2.《沉沦》

3.《玄武湖之秋》

4.《蔓萝集》（以上上海泰东图书局）

5.《超人》

6.《小说汇刊》

7.《火灾》

8.《隔膜》（以上上海商务印书馆）

九、长篇小说

1.《一叶》

2.《芝兰与茱莉》（以上上海商务印书馆）

十、翻译

1.《易卜生集上下》（戏剧）

2.《爱罗先珂童话集》（以上上海印书馆）、《胡适短篇小说集》

（上海亚东图书馆）

十一、杂志

1.《创造周报》已出一年，现在似乎不再继续出

2.《创造季刊》已出半年，但很有一读的价值

3.《小说月报》（上海商务印书馆）

此外如：《诗经》《楚辞》《汉魏乐府》以及历代诗集、词集，选好的多读几部。

又有白话小说如：

1.《红楼梦》

2.《水浒传》

3.《儒林外史》

4.《三国志》

5.《西游记》

6.《镜花缘》等不可不读（以上的小说上海亚东图书馆）

又：《胡适文存》一、二两集，《独秀文存》一集（上海亚东图书馆），这二人的文集不可不读。此外最好是再参看日本文或英文等的小说集、新诗集、戏曲集。

上面将初学者应读的书名自记忆中抄出来，不过是极简单的、极草率的记录而已，读者若能读完了上面所举诸书，往后大约能自己选择了吧。

1925 年 2 月 4 日

《台湾民报》第 3 卷第 7 号，1925 年 3 月 1 日

# 一九三〇年代

## 中国新文学概观（节选）

叶荣钟

现在我们且来谈一谈短篇小说吧。谈起短篇小说，我们可以毫无迟疑地举鲁迅来做代表，鲁迅的作品，曾发表过《狂人日记》以下二十六篇，收在《呐喊》《彷徨》两集，另有收在《野草》的二十余篇却是很短的，常有一篇不满三百字，他的作品虽然无多，但是几乎没有一篇不好的，已有很多篇被外国人译成日、英、俄、法各国语了。就中我以为最好的是《阿Q正传》《孔乙己》《明天》《白光》《社戏》，以上收在《呐喊》；《祝福》《肥皂》《示众》《高老夫子》《孤独者》，以上收在《彷徨》。《野草》中则有《求乞者》《希望》《过客》等篇。数目太多了，不能一一介绍，值得把那最出名的《阿Q正传》的内容来解释一下。

阿Q是一个生的很丑，又愚，又卑怯的"路汉脚"，他的姓名几乎无人知道，大约除起阿Q以外生来就不曾有过所谓姓名的吧，他的居宅是土谷祠，他的职业是做短工——割麦、舂米、撑船，他在未庄的存在是"人们忙碌的时候也还记起阿Q来，然而记起的是做工……"。他每日的生活除去吃饭、睡觉和大小便外是做工，工做完了是喝酒，醉了就是将手一扬，唱一句"我手执钢鞭将你打……"愉快地回到土谷祠去。但他有钱时也会去博牌宝——总是似乎不曾赢过，不幸有一回赢了不少的大洋竟被抢了一空，还挨了一顿拳脚。有时也会和人家相打，这也是他打败的时多，战胜的时少，常常被人揪住黄辫子在壁上碰了四五个响头，还要叫他自轻自贱地说"我是毒虫……"才肯放他走。但他却有一种克服

455

怨敌的妙法，就是挨了打之后，他能在心理上转败为胜这样去解
释自己——自己是第一个能自轻自贱的人，除了"自轻自贱"不
算外，余下的就是"第一个"，状元不也是"第一个"么？——这
样地"自己满足"就是他对付强者的战术，但是偶然碰着比他更
弱的对手，或是他以为比自己更弱的对手的时候，他的态度却就
完全不同了，他会吐一口唾沫，骂王胡"毛虫！"也会骂阿 D"畜
生！"还要怒眼而视之，他又勇敢地敢于突然伸手去摩小尼姑新剃
的头皮，并要扭住她的面颊。阿 Q 虽然是愚昧，总有旧礼教的传
统他却拥护的紧，关于"男女之大妨"很能严守。他的学说是
"凡尼姑，一定与和尚私通，一个女人在外面走，一定想引诱野男
人，一男一女在那里讲此话，一定要有勾当了。"他又很有"攻乎
异端"的正气，譬如钱太爷的大儿子——阿 Q 称之谓"假洋鬼
子"——剪了辫子他就"深恶而痛绝之"骂他"秃儿……"——
虽然因此挨了几下棍子的。但是阿 Q 终于是"人"，又是年青的男
人，礼教的权威、学说的信仰终胜不过生理的要求，胜不过"肉"
的支配，何况自那小尼姑的一件以来，他对于"女人"又别有一
番感慨系之矣。于是他仍免不得要演一出恋爱的悲剧，为着吴妈
的事，竟吃了赵秀才一顿大竹棍，还要赔了二千大钱，因此竟失
了业，生计问题大起恐慌，终于要到城里去做偷儿，终于要四面
碰壁，终于要感到人们尽是他的对敌，于是他就不知不觉的呼号
革命，于是莫名其妙地被人家缚去枪毙。

　　这就是可怜的阿 Q 的一生，阿 Q 是一个愚昧不过的青年，因为是
愚昧，所以他那欺弱怕强的卑怯的行为，其实是可恶可恨的，却令人
转觉得是可怜可悯的，这不是中国民族的好写照吗？中国民族的欺善
怕恶，中国民族的事大主义可以说是万分露骨的了，但是在国际间的
中国，与其说是可憎恶的表现，宁说是可怜悯的存蓄比较为恰切，这
是因为中国民族太愚昧，太庸碌的缘故呢。作者在表面是写一个阿
Q，里面却是写一个中国，这就是《阿 Q 正传》的伟大处。阿 Q 又是
一个平凡庸碌的青年，他的环境也是和多数的中国的青年所处的环境
一样，没有什么特别，阿 Q 的形状并不怎样离奇，那是多数的中国青
年谁都走得到，并且是不得不走到的路径，这就是《阿 Q 正传》的

"普遍性"，因为有这样的"普遍性"，所以《阿Q正传》所包容的"人间苦"终会那么深刻，所把握的"时代性"终会那么浓厚。阿Q受着贫富不均等的压迫，体验过生活的最深刻的苦痛，受着借机的差别，尝到最高度的蔑辱，受着旧礼教的束缚，终于要抛弃了人生应享的性的悦乐，受着时代思潮的翻弄，终于要无理无由地断送了生命。它能把握着这样深刻的"人间苦"和伟大的"时代性"，已经足以致其不朽了，何况它的艺术的技巧又是极高强的，似这样能够内容形式兼优并美的作品从来可说是没有的，莫怪它会纵动一时，会译成数个国的国语。十数年的新文学运动能够产生一篇《阿Q正传》已经不是徒劳了，虽然有人说它的表现是阴险刻毒，说他的伎俩是织巧俏皮，甚至宣言阿Q的时代是死去了的。今后的文坛也许会产生比它更为完美的作品的吧，但《阿Q正传》应不因是而失掉它的光辉和价值。正如人们尽管去发现新的星座，尽管去窥探星球中有没有生物，尽管去测量它们那个和地球的关系最为密切，估定它对于地球的价值如何？但是星！只要它是一颗星！就不致因为发见新的星座而失掉它的位置的，也不能因此而减少它的光辉的，我想《阿Q正传》莫论是大是小，总不失为中国文学界的一颗明星。

鲁迅以外的作家，第一自然要推郁达夫了，他的作品已刊了全集，最好的是《银灰色的死》《采石矶》《薄奠》《过去》《微雪的早晨》，以上皆收在《达夫代表作》，中篇小说则有风靡一世的《沉沦》，和最近上梓的《迷羊》。郁达夫是一个潦倒的文人，他的作品所描写的主人公，大多是"世纪末"的"变质者"，性格的特征是自我的念极强而意志极薄弱，富于想象力而缺少实行力，善悲观，善怀疑，容易笑啼，容易感慨，所谓"工愁善病"的神经衰弱的倾向极其浓厚，有人说他的作品不离穷、偷、色三字，虽不中亦不远矣。他说"艺术品都是艺术家的自叙传"，所以他的作品大抵是写他自己的经验，规模很小，没有浑雄的"社会意识"。但是他的艺术的伎俩也很巧妙，文字又极优婉流丽，自成风格，终不失为好作品。

郭沫若虽不是以小说得名的，但是他的小说却有几篇很有价值的，便是收在《塔》里的《万引》《喀尔美丽姑娘》《斑鸠》《涵谷关》，及最近托名麦克昂刊在《创造月刊》的《一只手》皆是很好的。

此外还有叶绍均、张资平、滕固、张衣萍、徐钦文、谢冰心、凌叔华、叶灵凤、徐蔚南、倪怡等皆有相当的成绩。

（中略——本书编者）

语丝派，这派的领袖自然要推周树人（就是有名的鲁迅）、周作人兄弟——他们两个和他们的弟弟周建人称为"周三人"，是现代中国文坛的一段佳话——以外还有孙伏园、钱玄同。杨骚、林语堂、黄九、章衣萍、郁达夫、许钦文、钟敬文、匿名的废名、川岛等。周作人有人说他是杜尔斯泰主义的信徒，他自己却不承认。但是他们的作品带有很浓厚的人道主义色彩，一面又有些虚无的倾向，我把它叫做"虚无的人道主义的倾向"，这也许是我的杜撰，读者可以不必深究。就中郁达夫一时盛传他要"方向转换"——左倾——然而至今犹不能读到他左倾以后的作品，近来除起在或种杂志的"风闻录"中偶然看到"郁达夫与王映霞女士伉俪甚笃，不日有同赴北平说"的字面而外，几乎没有消息。

语丝派的机关杂志就是《语丝》，其中还有《北新》《奔流》等。他们的作品，小品散文最多，也写的最好，文体极其潇洒飘逸，最有中国情趣。林语堂在《论语丝文体》里说：

语丝只是如岂明先生所说"我们这一班不伦不类的人借此发表不伦不类的文章与思想的东西"，所以有时忽而谈生活之艺术，有时忽而谈女子心理，忽又谈到孙中山主义，忽又谈到胡须与牙齿，各人要说什么便说什么。他们不但写文章的态度是这样，就是文章自身的体裁也是东拉西扯，"有时很像笨拙，其实却是滑稽"，自成一种特别的文体。总是他们好用刻毒俏皮的话去骂人，就中尤其鲁迅，他的《华盖集》几乎全部是骂人的文章。官僚、政客、校长、教授、圣人、硕儒、文豪、诗哲、遗老、遗少等，诸如此类个个都被他骂的焦头烂耳。莫怪北京的士大夫们骂他谓"学匪"，还要"深恶而痛绝之"。于是他不得不避难到厦门去，到厦门又遇着厦门大学的风潮，蒙了鼓动风潮的罪名，再由厦门转到广东，革命发祥地广东，又似乎依然不能使他老人家舒服，现在听说再回北平去了。他老人家虽然到处受那所谓绅士阶级的迫害，但他却很得青年人的崇拜，到处受青年人的欢迎，这是他崇高廉洁的人格和那"不妥协""嫉恶如仇"的斗志使然的，他为着公理争斗而不为私仇骂人，所以他能秋霜烈日地，堂堂正正去骂人。不过他的笔锋太犀锐，骂得太刻毒，往往会使人误解：以谓鲁迅之文章是在骂他自己的。高一涵有一篇"闲话"谈《阿Q正传》发表当时北京人士对它的心理颇觉有趣，我且把它录下一看：

> 我记得当《阿Q正传》一段一段陆续发表的时候，有许多人都栗栗危具，恐怕以后要骂到他的头上。并有一位朋友，当我面说，昨日《阿Q正传》上某一段仿佛就是骂他自己，因此便猜疑《阿Q正传》是某人作的，何以呢？因为只有某人知道他这一段私事。……从此疑神疑鬼，凡是《阿Q正传》中所骂的，都以为就是他的私阴；凡是登载《阿Q正传》的报纸有关系的投稿人，都不免做他所认为《阿Q正传》的作者的嫌疑犯了！等到他打听出来《阿Q正传》的作者名姓的时候，他方知道他和作者素不相识，因此才恍然自悟，又逢人声明说不是骂他。

这正是用小人之心以度君子之志的普通人的常情。鲁迅若是为着私仇私怨去骂人那就真是下流卑劣了。

东京新民会 1930 年 6 月发行，为"新民会文存第 3 辑"。此处据《叶荣钟早年文集》，台中：晨星出版有限公司，2002 年 3 月

# 文艺时评

## ——关于鲁迅的消息

## 擎云（叶荣钟）

自从蒋皇帝登基以来，中国闹了好几次的清共惨案。几多有为的左翼作家，杀头的杀头，投狱的投狱，其余便是逃来逃去在亡命者。我们所敬爱的鲁迅先生也是其中的一个。我却不知道鲁迅是于何时左倾的，是左倾到什么程度的。而且我对他的左倾也没有感到特别的爱憎。不过我是很爱读他的作品的一个平凡的读者罢了。我们自从"壁下译丛"——一九二九年出版——以来至今日完全不能接到他老人家的作品，所以很感到寂寞。

最近在《中央公论》正月号和另一册的单行本得到他的近况片鳞，所以很使我感到慰藉，虽然两者均是翻译他的旧作——《阿Q正传》和《故乡》——但对于他存在和作品，渐次被国人看重起来这一点也会使我在另一种意味感到爽快。他的作品是老早就被译成英、法、俄、德各国文字的，译成日文还是新近的事。据佐藤春夫氏的介绍，他的作品被译成日文的还有两种，一种是白杨社出版的《阿Q正传》内中含有《孔乙己》《狂人日记》两篇，一种是在佐藤氏个人发行的杂志《古东多万》第二号的《鸭的悲剧》及一些评论文——前者是松浦珪三氏译，后者是增田涉氏译的——佐藤氏并带着说增田氏还有一篇三万多字的《鲁迅传》在不久可以发表，这也是使我们抱多大期待的。我绍介这些事情并不是拿到书局的水钱特别替他们宣传的。我只是要岛内的读书阶级，尤其是从来只知道对菊池宽、武者小路、谷崎润一郎等的作品流着"随喜之泪"的读者去接受这中国作家的杰作起见的。

　　我很希望在不远的将来能够接到左倾以后的鲁迅的作品，但这或者是很为难的事吧。据林守仁氏的报告，现在的鲁迅"是用手写还不及用脚跑的忙"（这是鲁迅对他讲的）哩。他老人家的亡命生活不知道到什么时候才能够休止，实在令人记挂也令人可惜，同时也使我感到压迫言论之可恶，因为言论的压迫不知道摧残了多少的天才，减杀了几多的好作品呀。压迫言论实在是一件极可鄙极卑劣的勾当，是非自有公论，真理有一条是没有两条的。他们可能公然和人家在白日里争个黑白，欲用那先发制人的野蛮手段来剥夺人家的武器，压迫他人的自由，这明明是自家表白自家的理屈哩。

　　笔一滑竟说了一大堆废话。是了！我们是在期待于不远的将来能够接到鲁迅先生左倾后的新作品的啊。

《南音》第 1 卷第 3 号，1932 年 1 月 22 日。此处据《叶荣钟早年文集》，台中：晨星出版有限公司，2002 年 3 月

# 鲁迅传

## 增田涉著　顽铄译

　　一九三一年夏，在纽约开劳动者文化联合大会，那时被大会推荐做名誉首席的，是苏俄的哥尔基、克尔布斯迦耶，德国的列渊，法国的巴尔缪斯，洪牙利的托马斯，美国的特莱萨、巴苏斯、新克列福斯塔和中国的鲁迅。

　　在最近这几年来的鲁迅，全无发表什么创作？只有时常写点杂文和翻译而已。

　　然而，他在中国的文艺界，依然是伟大的怪杰呀！

　　他的声名曾像迅雷震惊了世界的，那是七八年前，他的《阿Q正传》被翻译于法国，而登载在罗曼·卢兰所主宰的《欧罗巴》的杂志而起的。这个一大文豪的卢兰，对他——鲁迅——特地写了一篇很感激的批评，寄给中国去。然而很不幸，那篇历史的批评文学，因为落于和鲁迅抗争之"创造社"的手里，所以受他毁弃，那就不得发表了。据昨年中国报纸的消息，英国已经把《阿Q正传》编入百科丛书中了。德国还在翻译的。大前年苏俄列宁大学的教授瓦西利埃译了《阿Q正传》和其他鲁迅所作《幸福的家庭》《孔乙己》《故乡》《头发的故事》《高老夫子》《社戏》等篇，题名为《阿Q正传》而发刊了。而尔那遮斯基在序文中，很热烈的极力推赏的！不但这样，苏俄联邦政府尚且利用最有效果的无线电话，尽量宣传他那著作的伟大。

　　美国《纽·马西斯》的杂志，昨年正月号特地揭出鲁迅的照像。还有这样的介绍：

　　鲁迅——中国最伟大的短篇作家！中国左翼作家联盟的指导者。……他现在还在自由同盟和其他左翼文化团体里的活动……

　　那时的鲁迅不消说是很讨厌的！因为他历来不要把他照像无端揭出于报纸杂志的！这是什么缘故呢？就是一九二九年末，要向白色暴力化的国民党的政府争些言论、出版、罢工等的自由，特地组织"自由大同盟"很严厉的起了反政府的大运动。在这篇重大宣言的签名者中，他是列在第二的。不消说，国民政府是马上对那同盟下了一大弹压的，同时对同盟员发了逮捕令了。这密令中鲁迅就排在首位呵！

　　当时他还有结成一个左翼作家联盟的战斗团体，鲁迅是被目为首领的。政府对左翼作家们也下了很秘密的逮捕令。于是这左翼作家联盟的年青小壮的斗士，同时捕去五名，自然都被虐杀了！那时各报纸都大吹大擂起来、鲁迅也被逮捕了，有的就否认被拿，有的宣传悬赏三万元要他首级的，真是天下纷纷！然而终于不被捕去。只有替身子而非鲁迅的就捕去铳杀了。

　　"先生的首级被当局悬赏了三万元么"？我很关心地对他这样的问。

　　"那有这样事实呢？文学者的首级没有那样价值！非有军队的武人不值三万元。我的首级还值不够二千元……"他堆着笑脸的说。

　　"空被杀掉是没有价值的！"我祝福他还健全的这样说。

　　"是！我虽攻击政府，但对于自己这生命却也很慎重的！若果稍些被有注意，我们连有十个身子也难保的，因这，有个批评家说道'鲁迅不是真的革命家，如果真的革命家早就被杀掉了！所以，他还在生存着。这就很可以证明他确非真的革命家了！'这些话很是真的，我老实也承认！我对那满清运动革命以后，同志中大都被杀尽了，而我自受了段祺瑞发出逮捕令到了现在，亡命、逃避好多回了！有时也曾危机一发的当中脱出的——"

　　那时我在他的食堂吃晚餐喝老酒的，他的语气是很爽利，说着就表露他特有的趣味口吻，然而态度却很冷静。脸上有点苍白的，情感□下好像很沈□似的。但喝了三两杯的老酒，两脸就带点红晕，情感也现着热烈的样子。吃了数口小□继续地说：

"我虽然这么样小市民的生活，然于我却不大爽快的！想起来，这么生活，是觉得很惭愧的！"他又接续地说：

"对满清革命运动很激烈的时候，天天都和革命的绿林头兄来往。他们拿出比这还大块的烤肉，好像强制的迫使我们吃？"

似乎是把很大块的烤肉在吃的说：

"我在少年的时代，很贫困的，不得暖衣，要防寒气的，就吃了很多的芥子。把他来刺激胃气的热，所以，不时都觉得肚子满胀似的。那时我的脾胃已经尽被破坏了……"

他又□□的说明他的胃病。

鲁迅于一八八一年生于浙江省绍兴府。他的父亲是个学者，母亲虽非深造的，然也有相当读书力的妇人。他幼时家里就有四五十亩的水田，生计倒也宽裕的，他的祖父是清朝的翰林。他十三岁时，祖父为某事件所株连而入狱了。那亲戚和近邻的人们，对他家门就乘危特地威吓压迫，于是他所有的家产都被抢夺干净的！他的父亲也因这而得了重病呢。他在《语丝》的杂志登的一篇自传有这样说：

> 我在十三岁时，我家忽而遭了一场很大的变动，几乎连什么也没有了！我寄住在一个亲戚家，有时还被称乞食者。我于是决定回家！而我的父亲又生了重病！约有三年多死去了……

又在他第一集的小说《呐喊》自序里也说：

> 我有四年多，曾经常常，——几乎是每天，出入于质铺和药房里，年纪可是忘却了，总之是药店的柜台正和我一样高，质铺的是比我高一倍。我从一倍高的柜台外送上衣服或首饰去，在侮蔑里接了钱，再到一样高的柜台上给久病的父亲去买药。回家之后，又须忙别的事了。因为开方的医生是最有名的，以此所用的药引也奇特，冬天的芦根，经霜三年的甘蔗，蟋蟀要原对的，结子的平地木……多不是容易办到的东西。然而我的父亲终于日重一日的亡故了。（《呐喊》自序一页）

因为他的祖父是个清朝的儒官——翰林——所以，家里自然也有

464

相当珍贵的财物。然而为他父亲的久患重病，终于荡尽了。在家里，肚子是不断在饥饿，另一方面还受亲戚的迫害，他就不得不逃出故里避难到异乡去的。他虽是出于书香的故家，这时候，想得点学问，就非遍寻个免费的学校不可的。他的母亲就办了八元的川资给他，他于是跑到南京，在荆棘丛途中度其困顿的生活。这么苦斗的结果，就进入了其矿山学堂。但这是新党（当时的洋学派）所经营的。而他对于洋学却特别兴味，尤其是很醉心于进化论，耽读新科学的书籍。且独习着生理、解剖、卫生等医学方面的智识。所以，他在《呐喊》序文中说：

> ……我还记得先前的医生的议论和方案，和现在所知道的比较起来，便渐渐的悟得中医不过是一种有意的或无意的骗子，同时又很起了对于被骗的病人和他家族的同情。而且从译出的历史上，又知道了日本维新是大半发端于西方医学的事实。（《呐喊·自序》二页至三页）

他脑海时时都盘旋着少年时代之父亲患病的印象。还要深刻的，就是为着父亲的药费、搜集处方的药引，三年多的忙于奔命备尝心酸的苦味。终于知道了父亲就是被这无智的医生所玩弄罢！因此，他想做医生要救无辜的民众。和当时先觉的青年志士同样、不忍坐视中国的沦亡，奋不顾身挺而从事于革命的精神，一样在他灵魂的深处燃着呵！

阿片战争以后，继而日清战役、义和团事件……受了外国征服了好几回，中国的国势恰像秋风落日！当这危机遍伏的时候，列强就乘机大加威压，胁迫中国以各种不堪的条件！被这侵略蚕蚀的政府，就是汉民族公敌的满清，那时的汉族什么人都义愤填胸，坚决地要企图推倒满清，光复了中国的国权的精神和义勇。尤其是那时的风潮横溢，灌注于智识界青年间，一见邻邦日本方在明治维新的时代，改革的思潮风起云涌，相形见绌。所以，中国不图富强便罢，假如要和日本并驾齐驱，非革命不可的！

鲁迅洞悉日本维新和西洋医学有重大的关系，在永远被腐败传统的因袭所束缚的中国国民精神，非以科学的智识，尤其是医学和医术的启蒙，绝对不能唤醒沉沉愚梦的国民自觉的！他在《呐喊·自序》中说：

> 因为这些幼稚的智识，后来使我的学籍列在日本一个乡间的医学专门学校里去了。我的梦很美满，预备卒业回来，救治像我父亲似的被误的病人的疾苦。战争时候便去当军医，一面又促进了国人对于维新的信仰。……（《呐喊·自序》三页）

他宛像浪漫的青年人道主义者的奋勉自励了。不久他就以优等的成绩毕业〔于〕矿山学校，于是由省费甄选到日本的留学去。在东京弘文学院习了两个年的日本语和普通学问，就转入了仙台的医学专门学校了。第一年试验的结果，成绩只占在中位的，然而有一部的同学以为中国是弱国，所以，中国人都是低能儿，对他的成绩突地发生了疑问，或派同级生的代表去检点他的笔记帐，或诽谤教师先漏洩了试题给他的。群议嚣张、恣意慢侮！到后来，这样无辜的诬蔑却由他的实力万分证明了，同学们的腹诽也多□释的。然而，精神上已经受了一种不可堪的创伤了！到了第二学年，他就不得不远离这仙台了！他说：

> 我已不知道教授微生物学的方法，现在又有了怎样的进步了，总之那时是用了电影，来显示微生物的形状的，因此有时讲义的一段落已完，而时间还没有到，教师便映些风景或时事的画片给学生看，以用去这多余的光阴。其时正当日俄战争的时候，关于战事的画片自然也就比较的多了，我在这一个讲堂中，便须常常随喜我那同学们的拍手和喝采。有一回，我竟在画片上忽然会见我久违的许多中国人了，一个绑在中间，许多站在左右，一样是强壮的体格，而显出麻木的神情。据解说，则绑着的是替俄国做了军事上的侦探，正要被日军砍下头颅来示众，而围着的便是来赏鉴这示众的盛举的人们。（同上三页至四页）

那时候，他的美梦突然被爆坏了！也就是他一生很重大的转机。

　　这一学年没有完毕，我已经到了东京了，因为从那一回以后，我便觉得医学并非一件紧要事，凡是愚弱的国民，即使体格如何健全，如何茁壮，也只能做毫无意义的示众的材料和看客，病死多少是不必以为不幸的。所以我们的第一要著，是在改变他们的精神，而善于改变精神的是，我那时以为当然要推文艺，于是想提倡文艺运动了。在东京的留学生很有学法政理化以至警察工业的，但没有人治文学和美术；可是在冷淡的空气中，也幸而寻到几个同志了，此外又邀集了必须的几个人，商量之后，第一步当然是出杂志，名目是取"新的生命"的意思，因为我们那时大抵带些复古的倾向，所以只谓之《新生》。（同上四页至五页）

那时的鲁迅是个革命党员。在独逸协会的学校熟习独逸语。时常出入于宫崎滔天之门。其所创始的新生杂志，不外是个灭满兴汉的革命运动的一种机关。

　　《新生》的出版之期接近了，但最先就隐去了若干担当文字的人，接着又逃走了资本，结果只剩下不名一钱的三个人。创始时候既已背时，失败时候当然无可告语，而其后却连这三个人也都为各自的运命所驱策，不能在一处纵谈将来的好梦了，这就是我们的并未产生的《新生》的结局。（同上五页）

杂志的出版也终于失败了。学业毕竟也中辍了，在这悲凉环境中的鲁迅真是懊恼万分的，想跑向独逸也不成了，就和弟弟周作人共译了《域外小说集》。然只发行到第二集而已，所以这也失望了！于是从仙台回转东京，这时才二十九岁。接着又逢家计困穷，要帮助故乡的母亲的筹备经济，那就不得不远离东京而归国了！回国后，在杭州师范学校任化学和生物学的教师不到一年就弃职，之后为绍兴中学校教务长，然也不上半载而罢去。却是和校长及道学先生们的同僚思想冲突的原故。他唾弃教鞭以后，想维持生活，拟入某书局任编辑，忽受他婉曲的谢绝。其间他是个革命党员，始终在奔走划策，共襄大计。

一九一一年冬武昌忽举义旗，霹雳一声，各省响应，风声所向甚于摧枯拉朽，未几各地陆续收于革命军之手。鲁迅的故乡绍兴那政权也握在革命党了，然却换皮不换骨的，临时政府的首脑者，都属昏庸的地痞、光棍式的劣绅所组织的。这怎么会满足热血奔腾的智识阶级的青年所期待的？于是学术界就由不平愤恨而至于暴动了。那时候，从杭州得点地位的匪军，趁这要扩张地盘，就借□乱的旗帜，率兵入了绍兴。由那游民和新的革命党员拥立了匪军的首领为临时都督了。不久这都督就大行敲诈，谬妄骄恣的残虐民众，其横暴有甚于军阀呢。这时立在革命党的鲁迅，是当师范学校长之职。有个学生忽然来访他的说："他这班败类的非为乱作，我人非立刻办个报纸来监视是不行的！但要借先生的名义做个发起人，以相号召。"

鲁迅这群新锐的学生们，果然发行了一种报纸，大痛击军政府和那主脑部，骂倒都督及其亲族，骂倒同乡的土豪劣绅，骂的鸡犬不宁、神鬼落胆！未几这机关就被都督探知，立刻要捕杀鲁迅的忽漏洩消息，他就亡命于南京了。这时南京事实上已是统一政府，孙中山署临时大总统，教育总长蔡元培就是鲁迅同乡的先辈，鲁迅被荐任教育部员。不久政府迁都北京，鲁迅随政府而入旧都了。他在署教育部的愈事勤绩十五年间，并任京师图书馆长而兼北京大学、师范大学、女子师范大学等的教授和讲师。他的名著《中国小说史略》，就是在北大讲义的稿子的。

他在东京和同志筹划发行的《新生》杂志失败了后，对于文学的意志好像有些消极的。所以，在革命党机关纸的《浙江潮》和《河南》等，时常也寄点稿子，然都关于科学史和进化论等的启蒙文字居多的，其中也会有一回介绍点文学者。因为当时青年的心理，都横溢着革命思潮，到处号呼复仇反抗，多很热烈的。所以，破家力助希腊独立运动的拜伦，那血热的义侠是最为一般青年所崇拜的。那青年的鲁迅，也就介绍了拜伦以外，像波兰复仇诗人的密克威支、洪牙利的爱国诗人的裴多飞、被西班牙政府所戮杀的菲律宾文人利萨尔（他的祖父是中国人）等，都用其尖锐的眼光、锋利的笔力，很深刻地介绍那生平和著作。还有别的人们，在东京和其他的图书馆，刻苦去搜罗明末遗民的禁书，择录满洲人的屠杀残虐的记载，再行翻印，大量输入于中国，使国人明了新仇宿恨，诱发雪耻报复的敌忾心，使麻木不仁的人心有所遵循的启示。理由很明白，就是援助革命的早告成功。像《扬州十日记》《嘉定屠城记略》《朱舜水集》《张苍水集》……都是当时翻印的。鲁迅在东京也曾助成这种文学宣传运动的。但革命一旦成功，清室打倒了后，那文学就没有必要吧！

　　一九一一年勃起的辛亥革命后，专制政府的清室覆灭而形成的中华民国，名义上是共和政体。然而，清朝倒坏的政治上的支配权却落在军阀的掌中，各省的地方长官形式上虽是中央政府任命的，其实行政权和军权都在各省督军所把握，事实上中央政府不过为各省军阀的机关而已。所以，北京政府只是军阀间竞争获得政权的巢窟和玩具。但军阀则被支配在列强帝国主义的手里。不但这样，列强的帝国主义好像各军阀的傀儡，互相对立和抗争，以侵略经济的利害的脂膏为能事。列强操纵军阀的内战榨取商业上的特权利益，军阀利用列强的暗助敲剥民家的膏血。辛亥革命虽也推翻清朝的专制，然却使列强侵略中国的机会比较的很容易可以发挥吧！事实上列强也使尽各种潜移默化的险辣手段，崩坏清朝的实力的。列强就拼命利用军阀来扩张自国的势力范围，就是对于军阀供给军费武器弹药、派遣军事顾问以去左右军阀。那财政的军事的援助，这代价就是能自由自在获得铁道矿山及其他各种的经济特权。这么庞大的外国资本逐年像怒潮般奔腾溃涌的卷入中国，依外国资本发达的近代工业组织，也跟着中华民族的资本阶级的进展了。然而，因为欧洲大战的勃发，列强都渐时停止了在中国的经济活动。（这中间代替列强独占权利是××①）同时反造成自己民族的资本阶级的发展机会呢！到了欧战终熄，列强的帝国主义再开始猛烈的市场获得运动了。在大战中急激的发达、得温好梦的中华民族的资本阶级，受了列强的经济榨取和压迫及帝国主义的傀儡的封建军阀——各帝国主义列强的经济对峙，就越显着尖锐化了——被

---

　　① 编者注：本文中的××符号，照原刊原貌录入。推测应为日本殖民当局的新闻审查所致。

其操纵的军阀就愈频繁地在自国战乱，这种军阀的贪婪无厌的强迫军资的横暴和苛敛诛求的残酷行为，都是阻塞国内资本阶级发展的重要关键。在这政治经济都未上轨道的中国民族，忽然碰着二个强敌了，就是外国的帝国主义和国内蛮横军阀。他们那不得不先图对付自国的军阀——帝国主义列强的傀儡和代表地主土豪劣绅等——急先打开一条血路的斗争。本来民族的资本阶级的代办者就是有点智识的急进小资本阶级。这小资本阶级就是受了军阀的外交失败所诱起的，以最活动的学生组织站在第一前线，鼓动全国的总商会猛烈反对军阀，一转而展开于反帝国主义的大运动了。这就是中国近代民主革命运动的烽火。所谓"五四"运动呢！（这五四运动是占中国近代革命史上最重要的一页，运动勃发的直接动机是为×××条件，虽然中国的近代社会运动不是发生于排外运动，但也有连带性的。）

五四运动是发端于北大学生的烧击事件，展开全国的实际斗争。在政治上是反帝国主义、反军阀，在思想上是革命了封建的旧文化，这运动的前哨战是文学革命运动。我要引中国评论家丙申的话：

"五四有一贯的目的，就是中国新兴资本阶级的概念状势，是要以斗争形式接受于民众——换言之，必欲企图组织民众的意识。这运动起初所组织的运动概念，最有力的武器——就是选择了文学做了第一前线的突击队。反抗文言文、排斥旧剧是他们运动的标帜。这运动遂波及于全文化的战线，反对旧礼教攻击儒家的人生哲学。最后就变为平民政治主张了！那时候，新青年社创刊号的宣言在形式上是为'五四'的重心大本营了！"（这段丙申作的"五四"运动的检讨为《文学报道》杂志所载）鲁迅在这新青年社——就是杂志《新青年》发表作品的。那最初的一篇《狂人日记》，在暮气沉沉的读书界忽然卷起了异常的一大冲动，后来就陆续地发表了很多的创作。那么当时中国的文学到底是什么呢？因为科学时代都用古文，所以那时的古文——文言文——多视为文学的正宗。用白话写的小说虽自老早就流行，然都看为通俗的文学，在文学界没有价值的地位。文坛多被古文家所占据，唐宋八大家和八股文的混合的"桐城派"、思绮堂和袁随园之流的"骈四俪六"呢，以黄山谷为偶像的"西江派"……才是当时的正宗文学。因此国民间所使用的文章——如碑铭墓志极量的称

470

扬死者，读者决定不敢信他，那作者都要照例举古去写的。寻常的启事首尾必要罗列各种阿谀诒媚的虚词。居丧者实是华屋美食，那哀启都用欺人的说"苫块昏迷"。赠医生的匾额不是"术迈岐黄"，就说"着手成春"。在家乡僻壤的很小的豆腐店，那春联也必写作"生意兴隆通四海、财源茂盛达三江"。这种都是国民所应用文学的丑陋，都是阿谀虚伪的铺张的贵族古典文学所表现的历阶呢！还有一种深晦艰涩的佶屈聱牙的山林文学，每以超然高傲的自诩，好像自己的文学不是给现世俗人玩读，要等到百世后的贤者去作鉴赏弄趣的。

这些古典文学、贵族文学、山林文学……对于一般大众全没有丝毫的裨益。其形体则陈腐相因、有肉无骨、有形无神，是个装饰品、不是实用品的！那内容的眼光就不越帝王权贵、神仙鬼怪和个人的穷通利达。什么宇宙、什么人生、什么社会，完全都没有考虑的！这种文学，因为和阿谀夸张虚伪迂阔的国民性互相因果的，这是大有阻碍人类的进展，这样丑陋的文学那非彻底的排除，社会是永远不能革新的！（以上是据陈独秀的《文学革命论》）

这文学革命运动的重心，是一九一七年一月号的《新青年》刊载的胡适之的《文学改良刍议》起了烽火。他在美国寄来的。那《新青年》的主宰陈独秀对他特表满腔的谢意，于翌月在《新青年》的杂志上就主唱《文学革命论》。这《新青年》是一九一五年方创刊的，最初世间全没有什么认识，然主宰者陈独秀是北大文科科长，和该大学进步教授们共同提倡文学革命。所以很急激地受社会的重视了，尤其是对于有智识的青年学生间博得很大的人气。不消说，古文家是很强烈的反对，且用种种的方法——尤其是假政治权力防压这运动，然也不能抵抗那时代的潮流、旧文学越弄越至落寞衰颓的。于是几千年来的中国旧文学被蓬气勃勃的新萌芽的新文学所占领了，可说是中国文学史上的文艺复兴期的。这文学革命的旗帜是宣扬白话文来反对古文的，简直是全气力在白话文学运动的。这样一来，先前以为流行在民间的通俗文学、完全被视为没有什么价值的白话文，一跃而赋予了绝对的身价了。但最重要的工作就在创作白话文小说这一层。

据胡适、陈独秀和其他的钱玄同、刘半农……的尽力，文学革命的理论基础确已完成了，其中独秀很高傲地疾呼着："……独至改良中国文学，当以白话为文学正宗之说，其是非甚明，必不容反对者有讨论之余地。"

以这观之，白话文的主张已经受一般大众的容纳了。然于实地发表白话文的优秀伟大的作品使得这运动的绝对胜利的，全要推鲁迅的功绩。一九一八年四月①，他在《新青年》发表了《狂人日记》的时候，那些青年们感奋极了。有个青年（宋云彬——译者注）在欢迎鲁迅到广东的文章中（题目是《鲁迅先生往那里躲》，收在《鲁迅在广东》的集中——译者注）这样的说：

> ……当《狂人日记》初在《新青年》发表的时候，本来不知道文章是什么东西的我，读了就觉得异常兴奋，见到朋友便对他们说："中国文学要划一个新时代了。你看过《狂人日记》没有？"在街上走时，便想对过路的人发表我的意见……

《狂人日记》是"迫害狂"的日记体的小说。那狂人却很大胆地、明确地痛骂了中国封建的旧思想的恶弊留毒，对他邻人——特别是对他家人很激烈的攻击。家庭制度就是中国封建社会的单位很难处理的问题，也是在这觉醒了的中国人们目前的近代社会发达的障碍物。一个家庭是包含同姓的几多家庭的大家族主义，莫若说是氏族主义的组织，无非是依赖利用的互相牺牲就不能成立了。靠国际资本和自国军阀官僚的资本勃兴的近代工业资本主义，就可崩坏了把土地做了生产手段，或以土地为中心而成立的封建的大家族主义。再加了中国的国际帝国主义所激成的军阀不断的内战，和他的苛敛诛求及兵匪土匪横行的掠夺，住民已陷于贫苦困难的田地。这样的经济政治都濒于崩坏的家族制度，仍然被道德习惯所硬化的儒徒主义的宗法观念系住着。鲁迅的《狂人日记》就在这时候出世的，那剔抉腐败了的封建社会的因袭的作品，于是大被当时知识的青年学生的大众所热烈欢迎了。

鲁迅平时很慨叹中国社会受宋儒的极端形式的孔子哲学所祸害。

---

① 编者注：写于 1918 年 4 月，发表于次月。此处为原文错误。

在《狂人日记》里面不但攻击家族制度，还进而大痛骂了虚伪——表面上用仁义道德掩饰得很好，其实不顾社会利己主义的传统的旧中国社会的祸人。

"……我翻开历史一查，这历史没有年代，歪歪斜斜的每页上都写着'仁义道德'几个字。我横竖睡不着，仔细看了半夜，才从字缝里看出字来，满本都写着两个字是'吃人'！"像这么丑恶的社会，对于次代的社会柱石的青年，该要一种改造的暗示，是在《狂人日记》最后"救救孩子"之一句的重要表示。

"救救孩子"简直是阐明要中国的青年们的手来改造他的理想。不消说，这句是把当时一般青年们都觉得很重大的责任，□□这句套语变为青年解放的标语了。后来，中国青年学生们，跑向大众的社会运动第一线，很活泼勇敢毅力的战斗指导者的。五四和五卅的两个大运动、国民革命立在最前线、指导大众的都是学生们。

继了《狂人日记》发表的有《孔乙己》《药》《明天》《一件小事》《头发的故事》《风波》《故乡》……都登载于《新青年》。没多久——一九二一年的《阿Q正传》就续登在北京《晨报》的副刊，他居然占领着文坛铿锵的首位了。

这等作品概多描写辛亥革命前的封建社会的生活。描写必然性非要崩坏的社会，暗示要新建设什么社会，而用最写实的手段去描写的。革命和革命的风潮是怎么样特地表出人们的心理，尤其是描写农民的生活，竟独得其妙。他的主张在其小说中没有把概念的形式表露出来，就是他的创作手腕很卓拔所使然的。他时常拿无智的农民演成主人翁，有点儿古怪味的，在小说中弄得也好笑，也含着悲哀，也好像戏子。但是真挚切实的种种行为，个人的行为的背景，不消说，以社会为最大眼目而描写批评。这样古怪的主人翁在《孔乙己》的孔乙己、《阿Q正传》的阿Q最发其本领的手腕。孔乙己是旧时代的读书人，落伍到于社会没有用处的、气品徒高没有生活力，遂为乞丐，向酒肆赊了十九文酒债而不能清还，就晦其踪迹的死去了。阿Q是失业的褴褛农民——日佣——却很疯气、好骚扰，听着革命觉得很愉快。也随时附和的喊革命，就加入暴动去捣乱。结果是吹牛的空元气，不能做出什么来，遂被疑为掠夺事件的暴徒而铳杀了。像阿Q这种性格同时是中国人的共通性格。阿Q的思想行动优柔不断，全无确定的精神。很愚弱而空高傲，受人家侮辱时没有反抗的能力，然而碰着弱者时就用残虐的对待。鲁迅就把文艺的迫真力赤裸裸的暴露了阿Q那种的行动。当《阿Q正传》发表时，平素和鲁迅有些不和的人们都以为是欲骂倒他们才故意写这作品的。像阿Q这种人物乃封建时代的遗物，不但农村，那是同时社会的缩影。当时是个阿Q的时代。鲁迅这篇《阿Q正传》发表后，批评界都以"阿Q"和"阿Q时代"做了很时髦的流行语。

五四运动的前哨《新青年》所贡献于文学运动的工作，是前引用的丙申所指摘要组织民众的意识这点，《新青年》的支持者鲁迅也脱不出这圆外。他现在虽属中国左翼作家联盟的盟主，然而于五四运动的当时前后的作品（他创作的活动就在这时候，以后是没有作品。）是否普罗的小说？他自己也曾说过的，他或许可谓优秀的农民作家，还不能称为普罗作家的。（就他发表的作品而言）

两三年前革命文学极盛的时，年少的共产主义批评家钱杏邨大攻击了鲁迅。那所论的，或谓鲁迅的作品不是革命的，或谓阿Q没有革命性，老实鲁迅的作品没有共产主义的普罗文学性。然而鲁迅在创作活动的那时，中国普罗阶级性何在？中国的共产党产生于什么地方呢？那时候可不是连一个布尔乔亚民主主义的政治思想还未普及的吗？所云布尔乔亚革命的国民革命，大抵岂不是"五四"为前哨战的勃发的吗？

鲁迅做教授和作家的安定生活终了后，他就入于"以脚逃亡甚忙于以手写"的生活了。（鲁迅对某者答以近来没有发表作品的原因）

他的小说全在《呐喊》和《彷徨》二集里，以年代来顺序刊载。就是《呐喊》卷头的《狂人日记》是一九一八年作的，《彷徨》卷尾的《离婚》是一九二五年十一月作的。最后作品的《离婚》写完了后的翌年，他已经进入于"以脚逃亡甚忙于以手写"的生活了！一九二六年北京军阀段祺瑞的执政府发了通缉令，要捕急进的左派教授和智识分子五十名，其中鲁迅在内。

在这以前——一九二三年国民党的领首孙文先生，痛感只以构成国民党的民族资本阶级和小资本阶级的不平政略，是不能对抗那封建的军阀，所以发表与苏俄提携及中国共产党参加国民党的宣言。同年秋鲍罗庭和其他的顾问自苏俄入广东，一九二四年开了国民党全国大会，决定党的改组和新政纲。因这，反帝国主义资本阶级、都市小资本阶级、农民及劳动者等联合战线，对抗封建军阀的国民革命以广东为中心而展开于全国各地了。国民党与中国共产党提携，是要从俄国获得军器和革命的战术。即共产党是欲利用国民党的势力，来打倒国际帝国主义的傀儡的封建军阀（原文以下二十字删除）以完成民族革命。

"革命还在全国民共同战线中的革命第一阶段的时期（广东期）的时候，普罗阶级的同盟者是农民、都市的贫民、小资本家有识阶级、国民的资本阶级。中国革命运动的特性，是这众阶级的代表们，在于资本阶级的国民党里面与共产主义者共同活动着。"（斯达林——关于中国革命）

一九二五年三月孙文先生逝去，未几于七月亲在广东创立国民政府了。一九二六年七月蒋介石就任总司令，誓师广东而兴北伐军，到处的资本阶级、农民、工厂劳动者、都共同援助革命军。就是北京的智识分子也与国民党合流，极力对敌军阀段祺瑞的政府。那青年学生们很勇敢地和段祺瑞麾下的教育总长及总长的股肱走狗的校长和反动的教授战斗。左派的急进教授们指导学生同那军阀政府斗争。军阀政府一看国民革命军的势力增大于全国，就大起怆惶恐怖的狼狈了，所以，下了一大弹压，发出逮捕令。学生中这时被军阀政府走狗的卫兵所虐杀的，实在很多的呵！

那时，鲁迅辗转危困的避于北京公使馆的区域，或逃入外人经营的病院、工场里，只用水来充饥。他在这亡命隐藏中写了痛击政府的文章，投于新闻或杂志。

4. 已不是写什么"无花的蔷薇"的时候了。
虽然写的多是刺，也还要些和平的心。
现在，听说北京城中，已经施行了大杀戮了。
当我写出上面这些无聊的文字的时候，正是许多青年受弹饮刃的时候。

呜呼，人和人的魂灵，是不相通的。

5. 中华民国十五年三月十八日，段祺瑞政府使卫兵用步枪大刀，在国务院门前包围虐杀徒手请愿，意在援助外交之青年男女，至数百人之多。还要下令诬之曰"暴徒"！如此残虐险狠的行为，不但在禽兽中所未曾见，便是在人类中也极少有的，除却俄皇尼古拉二世使可萨克兵击杀民众的事，仅有一点相像。

6. 中国只任虎狼侵食，谁也不管。管的只有几个年青的学生，他们本应该安心读书的，而时局漂摇得他们安心不下。假如当局者稍有良心，应如何反躬自责，激发一点天良？

然而竟将他们虐杀了！

7. 假如这样的青年一杀就完，要知道屠杀者也决不是胜利者。

中国要和爱国者的灭亡一同灭亡。屠杀者虽然因为积有金资，可以比较长久地养育子孙，然而必至的结果是一定要到的。"子孙绳绳"又何足喜呢？灭亡自然较迟，但他们要住最不适于居住的不毛之地，要做最深的矿洞的矿工，要操最下贱的生业……。

8. 如果中国还不至于灭亡，则已往的史实示教过我们，将来的事便要大出于屠杀者的意料之外！

这不是一件事的结束，是一件事的开头。

墨写的谎说，决掩不住血写的事实。

血债必须用同物偿还。拖欠得愈久，就要付更大的利息！

9. 以上都是空话。笔写的，有什么相干？

实弹打出的却是青年的血。血不但不掩于墨写的谎语，不醉于墨写的挽歌，威力也压不住它，因为它已经骗不过，打不死了。

那时男女学生有数百名受伤，遗弃死体至五十个之多。鲁迅在亡命隐藏中把这流血的惨剧激励青年们要再加奋斗。他被官宪驱逐逃回家里，连家庭也厌恶他太于接近，因为受不起官宪的横□威压呢。这样那边被官宪的压迫这边受家庭厌恶的他，约有五十日间辗转于北京的，然终难以安身而逃出北京了。当时居于北京的国民党系的智识分子觉得万分危险，就都跑到革命炽烈的南方，或武汉方面。他那时接着福建厦门大学招聘的密电，所以他便和北京女子师范大学的学生许女士（鲁迅的学生，学生运动的斗士、不能安居北京的）南下了。途中在南京险些儿将被江浙地方军阀孙传芳的军队捕去，在危机一发的脱出了。到上海时，上海报纸皆大书着鲁迅往厦门，而厦门大学一定会革新的。果然学生们一时都聚集于厦门了，这学生们就以鲁迅为中心开始活动了，或宣传白话文，或写攻击孔教的言论，或关于政治及社会的批评。他博得学生间这么的人气，聘他的校长和反动的教授们就猜疑鲁迅是阴谋家，就加上压迫和诽谤了。国民党实际的势力还未伸到厦门，所以对于革命的□意也许是迎合时代的潮流而已，老实是反动的、封建的，于是压迫鲁迅，以谓他为播种不良的风潮于这个平静的地方的。谓鲁迅是思想界权威者或思想界先驱者，或因他厦门大学便会革新等等的宣传，乃学校当局欲吸引学生一种招牌的奸谋，突地暴露无疑了。

> 今天也遇到了一件要打寒噤的事。厦门大学的职务，我已经都称病辞去了。百无可为，溜之大吉。然而很有几个学生向我诉苦，说他们是看了厦门大学革新的消息而来的，现不到半年，今天这个走，明天那个走，叫他们怎么办？这实在使我夹脊梁发冷，哑口无言。不料"思想界权威者"或"思想界先驱者"这一顶"纸糊的假冠"，竟又是如此误人子弟。几回广告（却并不是我登的）将他们从别的学校里骗来，而结果是自己倒跑掉了。真是万分抱歉。（《华盖集续编》）

知道了他在厦门被排斥的、广东中山大学校长竭力打电报给鲁迅，要聘他任教务长兼文科长，他就带惋惜他离开厦门的学生们，以无试验得入中山大学为条件赴任广东去了。当时广东是国民革命的策源地，北伐军到处都受全民的支持像破竹之势连胜的时候，所以革命空气弥漫了广东。被北京军阀政府所逐出，逃到厦门，还受厦门反动派再迫走来广东的鲁迅，大受广东的人们热烈的欢迎。广东报纸杂志就宣传他是战士。那时有个青年曾这样地说：

鲁迅到广东来了！广东知识界的青年对于他的来到曾表示过他们的欢迎和渴望。会也开过了，肖像登出来了，甚至已有人开始研究他的胡须了，总算还热闹得像样罢。我们也想来欢迎鲁迅。可是我们不敢胡乱把"思想界权威者""时代的前驱"等等大帽子给他戴，因为这些正是他所鄙弃的。我们觉得鲁迅之所以值得我们青年的欢迎，是他在"思想革命"这项工作上努力。（《第三样世界的创造》——《鲁迅在广东》——译者注）

鲁迅到中山大学时，有些青年就大开欢迎会。那时他的演说这样：

我不是什么"战士""革命家"。倘若是的，就应该在北京厦门奋斗，但我躲到"革命后方"的广州来了，这就是并非"战士"的证据。（《而已集》）

那时革命政府的委员兼首席教授某君接着说："这是他太谦虚，就他过去的事实看来，确是一个战斗者、革命者。"
于是礼堂上劈劈拍拍一阵拍手。他又写了这样：

……我的"战士"便做定了。拍手之后，大家都已走散，再向谁去推辞？我只好咬着牙关，背了"战士"的招牌走进房里去，想到敝同乡秋瑾姑娘，就是被这种劈劈拍拍的拍手拍死的。我莫非也非"阵亡"不可么？

这文章一见像带有自嘲和利己的口吻，老实是他激昂愤怒之余发出悲壮的俏皮话。这便是他寄给杂志《语丝》之通信的一节。那时是在多么幽闭状态，他一月赴任中大而四月初就辞职了。他在这很严重的监视中隐忍静待脱出的机会，突然国民革命起了"清党运动"，所以他就不能留于学校使然的。
一九二六年四月十二日于上海所谓"四·一二"事件，蒋介石的白色恐怖是背叛劳动者和农民已全完暴露了，国民革命已属民族资本阶级和白色恐怖的军阀的鱼肉了。接连四月十五日广东也忽然响应新军阀蒋介石，敢行极端的白色恐怖，一时戮杀劳动者农民和急进的智识分子三千人之多。背了"革命战士"招牌的鲁迅，本身并非共产党员，然在他周围的青年学生们都视为最过激尖锐化的，而被视为共产党员或亲共派而被捕了，因这他自身也受着反动政府极端威压。当时大表欢迎的报纸和杂志，也转其笔锋捏造种种恶辣的流言。然他只是沉默过他隐栖的日子。在这反动政府的白色恐怖里的严戒中，热烈的活泼青年都责诘他为何这样沉默的。他很直截的说，口再开头就断了。还有些奸细的青年特地去窥探他的思想行动，听着他滔滔不竭谈那露西亚的文学论，也恐怖着会犯了和共产主义者闲谈的罪案，都很踌躇的不敢去密告上官。在那时最苦闷不过的，就是从厦门带来学生们。专诚由厦门跑到广东，而鲁迅倒在广东受了排斥，使他们都很流离颠沛的。这是鲁迅最悲痛的事！他对我说：

> 国民党造了陷阱害了许多有为的青年。先前谓共产党是机关车，国民党是客车，共产党引导国民党革命才得成功。或谓鲍罗庭就是革命恩人，令学生在他面前行了最敬礼。因这青年们谁都受着感激的冲动加入共产党了。然而，现在怎么样呢？突然以共产党员之故把他们大行虐杀。旧军阀是彻底不容共党的，观此旧军阀比起国民党倒还有点可取，在最初容共要他怎样坚守主义。而今反厌恶把信共产而杀掉，那国民党的手段完全是欺骗诈瞒的。杀人的方法也很残酷。例如用一粒铳弹打入脑里目的就算达到了，然而，他们必用活埋、乱刀刺死，其家族亲戚也要诛连。这样欺骗民众学生来做虐杀材料的国民党，我就不能不抱痛恨了！

那时他这样写：

> 我的一种妄想破灭了。我至今为止，时时有一种乐观，以为压迫、杀戮青年的，大概是老人。这种老人渐渐死去，中国总可

比较地有生气。现在我知道不然了，杀戮青年的，似乎倒大概是青年，而且对于别个的不能再造的生命和青春、更无顾惜。……（《而已集》）

这是当时某氏对沉默于压迫里面的鲁迅发出了揶揄的嘲骂。他答复某氏通信的一节，他以自己的沉默是"恐怖"，虽自己要"诊察"□"恐怖"，在白色恐怖下得以发表的程度只有这些很小的思想，这文开头就说明他思想的改变。然而却不容详述其理由仅得写了这点"诊察"而已。这文是表示他的一新阶段，就是思想的实践，他看透了敌对社会的两阵营了，未几就乘机脱出广东逃往上海去。

这时在上海国民党的白色恐怖，从革命军中所逐出的共产主义的文学家，嚣然的论战"革命文学"。在政治行动最前线的不容活动的他们，都抛掉铳炮来执着钢笔了，异常锐气的呵——逃出广东的成仿吾为了领首，同冯乃超、李初梨再继了"创造社"。武汉脱出的蒋光赤、钱杏邨等所办的"太阳社"等为其中心的势力。他们都有了经验的革命实际工作、较从来的革命文学者还有坚实的毅力的，然而只以自负的英雄主义为憾，和革命挫折的愤恚的灾意，似带几分极"左"的两可主义的谬误。他们把这立场而开始攻击鲁迅了。那鲁迅要阐明普罗文学是什么？就翻译了卢那遮尔斯基的文学论、苏俄文艺政策，建设普罗文学理论，和他们战斗。因革命文学论战异常哗嚣，所以反动政府就对左翼文学家下一大弹压了。出版新书的书局都被封锁，俄国作家的书籍至齐贺安德礼也受禁止了，"创造社""太阳社"多一齐溃灭。那领首或亡命国外或反动化作了反革命的指导者了。鲁迅对我说：

他的要打倒我，以谓非倒鲁迅则中国普罗文学不会萌芽。连我的赤孩也攻击，这是多么丑恶呵！然他自身反先倒溃了。他是对历史的认识不足，没有现实的客观状势的把握。他是英雄主义的公式主义者，在政治上和中国共产党李立三同陷于极"左"的两可主义的谬误。李立三失败他们也随之而失败了。现在的青年很多小儿病的攻击我为反动者，他们实在什么也不懂的！

他又对我谈及他所统率的左翼作家联盟，一部分青年的担心是左翼作家联盟是"创造社"和"太阳社"里面不愿变节的分子和其他青年作家捧举鲁迅结成的（一九三〇年三月二日），就是目下在中国唯一的战斗普罗文学的团体。昨年二月七日有力的左翼作家联盟斗争者五名，被捕去秘密的铳杀了。对这惨虐的行为，联盟发出"送于各国革命文学和学术团体及为人类进步活动的一切著作家思想家的宣言书"寄给全世界，反对中国白色恐怖，痛击各国帝国主义的助凶来直接镇压中国革命，痛击国民党和租界的巡捕逮捕中国左翼作家联盟思想家而屠杀的残虐，痛击国民党对文化的法西斯的压迫。拥护中国╳╳╳╳╳╳的文学战线、拥护中国革命等等的标号，马上反应于美国、德国、法国、日本的左翼刊行物了。那鲁迅就写一篇《中国无产阶级文学和前驱之血》①登载于中国左翼作家联盟的机关杂志《前哨》的战死者纪念号。

中国无产阶级文学发生在今日和明日之交，成长在侮蔑和压迫之中，终于在黑暗之中以我们同志的鲜血写了第一篇了！我们劳苦的大众从来只受剧烈压迫和榨取，不但没有受着识字教育，只默默然委身于宰割和灭亡。连这很繁杂的象形文字也不容他自修的机会。知识青年们就觉着前驱的使命很意识的便先喊出战声了。这战声和劳苦大众自身的反叛战声一样使╳╳╳╳╳╳走狗文人的群起进攻。或捏造谣语，或视为奸细了。牠都匿名的秘密乱作，这就可证明牠们自身的黑暗动物了。

╳╳╳知道这走狗文人不能对抗╳╳╳╳╳╳╳文学。所以一边禁止书报、封锁书局、颁布恶出版法、通缉着作家，另一边用最后手段逮捕左翼作家去拘禁、于秘密里处死刑，至今全没有何等声明。

我们这几个同志被暗杀了。不消说，对╳╳╳╳╳╳╳文学苦痛的损失，我们是很深刻的悲痛。然╳╳╳╳╳╳╳文学却而反成长。这层╳╳广大的劳苦群聚的原因。大众若果一日存在一日强

---

① 编者注：鲁迅原文名为《中国无产阶级革命文学和前驱的血》，此处表述稍有出入。

大时，××××××文学也必一日日地成长。已是×××××× 文学和×××劳苦大众都一样受压迫、残杀而同样的战斗、遭着 同样的运命了。然而我们同志的鲜血就可证明×××劳苦大众的 文学了。

我的纸数已尽了，我意还想要再细详的写鲁迅身世，非描写近世 中国发达史不可，却被各种关系上所不容，是很遗憾的。我就要写鲁 迅论，曾把我腹案告诉他时，他给我郑板桥的联，"瘙痒不着赞何益， 入木三分骂亦精"，暗示所批评的觉悟，否、还是教了批评家的心情 （编者注：原文如此）。我自负要入木三分，但有什么益处却不在意 向的！

（一九三二·二·三）
一九三四·九·二五　译自《改造》四月特别号
《台湾文艺》第2卷第1—4号，1935年1月至4月

# 鲁迅传中的误谬

## 郭沫若

启者：

承你们寄了一份《台湾文艺》的新年号来，实在多谢的很。台湾的声音借诸位的喉舌放送了出来，我是感着十二分的喜悦，并怀着十二分的期待的。这次我要写封信给你们，除专诚表示我这番意思之外，我要顺便提到一件关于鲁迅传中所述的事体。

鲁迅传的作者增田涉君，我也曾有一面之识，他是鲁迅的弟子，他的《鲁迅传》在改造上发表时我不曾翻阅，到这次由贵志翻译了出来，我才看见。但一看却使我大吃一惊的是左列的一段话：

> 他的《阿Q正传》被翻译于法国、而登载在罗曼卢兰所主宰的《欧罗巴》……这一个大文豪的卢兰，对他——鲁迅特地写了一篇很感激的批评寄给中国去。然而很不幸，那篇历史的批评文字，因为落于和鲁迅抗争之"创造社"的手里，所以受他毁弃，那就不得发表了。

这一节话真是莫须有的一段奇谈。据我所知道的鲁迅的《阿Q正传》是创造社的敬隐渔君（四川人）替他翻译介绍的，同时还介绍过我的几篇东西，时候是在一九二五年。那时候的卢兰、创造社、鲁迅都还不是左翼，创造社和鲁迅的抗争是在一九二八年，其中相隔了三年，怎么会扯得出这样的一个奇谎？我现在敢以全人格来保障着说一句话：创造社绝不曾接受过卢兰的"那篇历史的批评文字"。卢兰和敬隐渔君都还现存着，可以质证。还有，诸君要知道一九二五年前

483

后的创造社，它是受着语丝系、文学研究会系的刊物所挟攻的，卢兰批评鲁迅，为甚寄到创造社？创造社没发表，为甚卢兰不说话？鲁迅们的这一套消息又从何处得来？只稍略加思索，便知道是天大的奇事。将来我另有机会要来弄个水落石出的，现刻写这几句来报告诸位，可见得所谓传记历史是怎样靠不住的东西。

今天恰逢是元旦，天气很晴朗，虽然还是冬天，却大有春意。台湾想来是很暖和的。我很希望你们用新鲜的感觉、新鲜的笔致，把台湾的自然、风俗、社会、要求等等，如实地写出来给我们看，我们住在台湾以外的人是有这样的要求的。你们为什么现在还在转载"梁任公提诉老子时代问题一案判决书"那样的文字呢？那文字自然是有趣，但所讨论的问题依然是梁任公□了胜利的。据我最近的研究，知道了老子那部书实在是战国中年的楚人环渊著的。史记的孟荀列传上有那一段史影。

"环渊楚人、学黄老道德之术、因发明序其旨意、著上下篇。"

这段话说起来很长，我另外有一篇《老聃、关尹、环渊》的文章，不久在中国的杂志上可以发表。专此即祝

健鹘

（正月一日）

1935 年 2 月 1 日
《台湾文艺》第 2 卷第 2 号，1935 年 2 月

# 关于《鲁迅传》

## 增田涉

亲爱的编辑阁下：

《台湾文艺》已经收到了。在早前，沫若君就叫我对《鲁迅传》说点什么，于是，我就赶紧读完了你的来信。郭君指出了《鲁迅传》中的错误，这份热情使原作者的我也十分感谢。我是一个才疏学浅的日本人，对中国的情况也不是很了解，要解释起来也有诸多不便，真是惭愧至极。能得到沫若君众多指导，真是无上的光荣。

但是很遗憾我不能完全赞同郭君的说法。

我没有说要把罗兰写的《阿Q正传》的书评寄到创造社去。我把罗兰的《评〈阿Q正传〉》寄到中国去了，然后有人说那个书评现在已经到了创造社的手里等等。不用多说，大家就都知道日语里面的"得到"和中文里面的"接受"意思是不一样的。（顽铗君也是将其翻译为"落入手中"）因此我完全没有必要以人格向郭君保证"创造社决不曾接受过卢兰的《那篇历史的批评文学》"。这完全不在重点讨论的范围之内。话虽如此，这是我的疏忽，我本来想给"创造社派"那边写点什么的，可是"派"这个字属于活用字，不知道要不要省略掉。然而，实际上要说的话，"落入《创造社》的手中"和"落入创造社派那边的手中"意思好像也没有太大的区别。（从语法上来讲的话）总之，"到手"这种说法并不意味着使人马上接受。《那篇历史的批评文学》里面虽然沫若君很细心地打个括号，但是我不记得我有写过那样的内容。当时的《改造》现在不在我身边，不能干脆的说没有，但是取出竹筐里存留着的当时的原稿看了一下，我的确没有写过那样子的内容。可能是译者自己加上去的吧。顺便提一下，译文中有将罗兰写成"这一个大文豪的卢兰"，我应该不会写出那种文字，所以这确实是译者自己补充的内容。我虽然知道罗兰是一个文学家，即使在世界范围内也是十分出名的。但是在记忆中我形容一个人的时候不怎么用"文豪"之类的字眼，更何况是"大文豪"了，这类字眼在我个人喜好里面属于比较肉麻的，所以我不怎么使用。

沫若君还说："据我所知道的鲁迅的《阿Q正传》是创造社的敬隐渔君替他翻译介绍的……时候是在 1925 年，那时候的卢兰、创造社、鲁迅都还不是左翼，创造社和鲁迅的抗争是在 1928 年，其中隔了三年，怎么会扯得出这样的一个奇谎呢？"

据我所知《阿Q正传》是在 1926 年在《欧罗巴》杂志上翻译刊登的，（参考鲁迅的《华盖集续编》）不管怎么样，创造社和鲁迅的抗争是在 1928 年，其间已经过了三年。怎么会扯得出这样的一个奇谎？——我感觉这个结论的推导方法本身更是一个奇谎。听了郭君的说法之后，我决定发表一下自己的看法。

"诸君要知道 1925 年前后的创造社，它是受语丝派（系）、文学研究会系的刊物所挟攻的。"（记号为笔者所画。）

鲁迅是语丝系（派）的不用说也知道，而且还是里面的重要人物。所以说鲁迅在"1925 年前后"和创造社对立，抗争也并没有什么不合适，并不是什么奇谎。郭君说"创造社和鲁迅的抗争是在 1928 年""其中相隔了"3 年是不抗争这种说法是怎么得出来的呢？让人感觉似乎故意在混淆这个问题。

"……1925 年，那时候的卢兰、创造社、鲁迅都还不是左翼。"然而那个时候的罗兰、创造社和鲁迅都还不是左翼，也就是说鲁迅没有和创造社对立抗争这个理由不成立。因为对立抗争活动不仅限于左翼。郭君说抗争是在 1928 年，所谓的文字革命也好什么也好，就是在指鲁迅和创造社的辩论。这种事情不用郭君说我也早就知道了。不用说也知道没有"抗争仅限于左翼"这种胡说八道的规则。

以上就是我想说的，我写的传记总给人一种"靠不住"的感觉，因此将来有机会的话，相信郭君也会将当时的事情弄得水落石出，并写下来，我也十分的期待。我也希望事情能够顺着脉络，不偏离中心水落石出。当时写那些内容的时候我在上海，读了很多的书，也拜访了人家才写出来的，绝非胡乱写的。（但是顽铗君不是直接翻译的，而是自由意译的，希望你能理解）若是将来有人真心的想帮我修改的话，我也会趁机增减一些内容。

我写这个传记的本意，是为了将现代中国的成长历史展现给当时的日本人。一说起中国潜意识里总会带有轻蔑的日本人，不管怎么样都想让他们知道真实的中国。虽然贫困，但是他们已经觉醒并开始行动。在传记的最后我确实提到那件事，我想通读了全文的读者就会了解那件事的来龙去脉。只是这是以鲁迅为中心写的，总有和鲁迅关系一般的一些人或是文学组织从各自从自身的立场为自己辩护。（原本随意发表言论就很让人困扰了）而且本来就不应该局限于个人感情问题，重要的是作用于大局，使社会走向正确的道路，使人类进步。（原本错误的事情无论发展到什么地步都需要去修正它。）

最后我想说一句，对于曾经的文学运动者郭君的热情和功劳，以及现在郭君主要从事的古代社会研究的工作，我都是感到敬佩的。而且我对于郭君个人是怀有好意的，绝对丝毫没有什么不好的印象或者不好的情感。

原文以日文刊登于《台湾文艺》第 2 卷第 3 号，1935 年 3 月 1 日。徐燕虹译，赵晓玉校

# 鲁迅逝世

## ——写于讣告之前

## 高桑末秀

　　十一二年前在罗曼·罗兰主编的杂志《欧罗巴》上刊登了《阿Q正传》，使得鲁迅这个名字变得世界闻名。而且听说罗曼·罗兰为此向中国寄来了表示感激的信件。我在五年前写了关于《阿Q正传》日译本的最初的简单介绍的文章。之后，岩波文库收录了佐藤春夫和增田涉的《鲁迅选集》，鲁迅变得更加出名了。《阿Q正传》除了有日译本、法译本，还有英译本、德译本、□译本。

　　他1881年出生于于浙江省绍兴府，祖父是清朝的翰林学士，父亲也是读书人，他13岁的时候祖父因事入狱，大半的财产被亲戚拿走，听说去南京读书出门的时候身上仅有8元。南京的矿路学堂（这所学校是由新党团，当时的洋务派所经营的，他醉心于洋学，尤其是医学，孜孜不倦地自学着。）最后以优异的成绩毕业的他作为留学生来到日本。首先在东京的弘文学院学了两年的日语并在普通学校进修。最后进了仙台的医学专门学校。第一年的考试，他在日本的学生中排名中等。一部分的学生质疑他的成绩，说："中国是弱国，中国人都是低能儿。"班级代表还检查了他的笔记，还有人认为是某个老师向他泄露了考题等争论不休。

　　此外"回国之后要改变被传统所束缚的腐旧的中国医学，战争的时候便去当军医"的想法也不知道从什么时候起就变成了"凡是愚弱的国民，即使体格如何健全，如何茁壮，也只能做毫无意义的示众的材料和看客……所以我们的第一要著，是在改变他们的精神，……于是想提倡文艺运动了"的想法。第二年离开仙台，在独逸（德国）

协会学校学习德语，与此同时，他去了宫崎滔天那边打算创办《新生》杂志。现在与在北京大学当教授的弟弟周作人共同出翻译集《域外小说集》。想去德国却以失败告终。从仙台回到东京第三年，29 岁的时候回国在杭州的师范学校当化学和生理学的老师，只干了一年便到绍兴中学当教务长。还没过半年又离开了。但是在南京政府的教育部待了 15 年。在此期间，做过教育部的佥事，当过京师图书馆馆长，在北京大学、师范大学、女子师范大学任过教。已经翻译好的名著《中国小说史略》是由在北京大学的讲义原稿整理而成的。

在东京，拜伦使年轻的他对文学产生兴趣，还有波兰的诗人密茨凯维奇、匈牙利的诗人裴多菲、菲律宾的文人黎刹等等。他的处女作《狂人日记》发表在《新青年》1918 年的 4 月号，这一篇是根据胡适从美国寄过来的《文学改良刍议》（《新青年》1917 年 7 月号所登，有日文版）和后来的陈独秀的《文学革命论》具体化之后的最初的白话文作品，使当时的文学界十分的兴奋。某一青年甚至写道"《狂人日记》刚在《新青年》发表的时候，本来连文学是什么东西都不知道的我读了之后一下子就感觉到异常的兴奋，去朋友那边直接说起了留学的话题——中国的文学已经进入一个新的时代。走到街上，对着行人问你读过《狂人日记》吗？想对他们表达自己此刻的想法。"继《狂人日记》之后，《孔乙己》《药》《明日》《一件小事》《头发的故事》《风波》《故乡》也在《新青年》上面发表。不久后的 1921 年《阿 Q 正传》在北京《晨报》连载，他变成了当时文坛最有实力的第一人。

但是在此期间，他的人头被悬赏两万元的流言满天飞，于是他作为教授和作家的稳定生活宣告结束。1925 年 11 月他写完《彷徨》的最后一篇《离婚》，第二年 3 月份开始，他就过上了"用脚逃难比用手写文章更忙碌的生活"。结果第二年的三月份开始他就过上了这种生活。

逃离北京之后，他逐渐南下去往南京、上海。曾有段时间在厦门大学当教授，可是后来也被发现于是逃往广东，可是他在中山大学也仅仅只当了三个月的教务长和文学系主任。后来从广东回到上海的他担任青年作家导师，同时还翻译了卢纳察尔斯基和普列汉诺夫等人的文学论，作为文学评论家再次活跃于文坛。

最近关于鲁迅的情况，鹿地亘的上海通信数篇和山本实彦的近作《支那》描写得比较详细。本篇稿子在起草的时候参考了增田涉的《鲁迅传》，最后在此表示衷心感谢。

原文以日文刊登于《台湾日日新报》1936 年 10 月 23 日。徐燕虹译，赵晓玉校

# 悼鲁迅

*《台湾新文学》编辑部*[①]

高尔基骤逝的悲痛尚未平息的我们，现在又接到鲁迅在 10 月 19 日，因为心脏性喘息的旧疾复发而去世的消息。从事文学工作的我们在短短三个月内，失去了值得尊敬的两位作家，何其不幸啊！

一如高尔基之于俄国文学，鲁迅无疑也是中国最伟大的作家。五四运动前后发起的中国文学革命运动，和理论方面的百家争鸣相较之下，作品的行动是多么无力啊！不，也许该说没有任何值得一提的作品还更贴切吧。可是从《狂人日记》《药》《孔乙己》等开始，鲁迅的各篇作品出现之后，首度奠定了新文学的基础。辉煌的纪念碑《阿Q正传》，是值得永远流传下去的中国文学的里程碑。

他的功绩彪炳，不必在此赘言。我们谈起俄国文学时，高尔基一定独占鳌头；同样的，提起今天的中国文学时，他也一定排名第一。如果没有他的实际功绩，胡适的文学革命之声也就形同有名无实的空壳子。事实上，二十年过去了，在今天的中国新文学中，我们还是找不到能远远超越他的作家，这是最令人遗憾的事。

虽然提高他的作品的价值的原因之一，是他的作品的性格与众不同，但是大半原因则是他执拗而不厌烦地追求现实的激烈风格。身为"时代先驱"的他与时代同行，想依循正确潮流前进的精神，正是我们应该深受感动之处。"四处逃亡的脚比握笔的手还要忙碌"之时，他为真理而生，不断追求真理的态度和努力，正是造就了他今天的存在的原因。

---

[①] 因杨逵生病，该期由王诗琅（锦江）主持编务，故而该文亦被视为王诗琅所作。

在蒋介石政权统治下，我们不难想象，他和他所领导的一群前进派作家，现在正在永无休止的压迫下踏着艰困的荆棘路前进。

如今，他溘然离我们而去。他的死不仅是中国文坛的损失，也必然是世界文学上的憾事。

此时，在遥远的彼方，仿佛追悼他似地，黄浦江岸边正笼罩着一片愁云惨雾吧。

原以日文刊登于《台湾新文学》第 1 卷第 9 期，1936 年 11 月 1 日

此处据黄英哲主编《日治时期台湾文艺评论集·杂志篇》（第 2 册），涂翠花译，松尾直太校订，台南：台湾文学馆筹备处，2006 年。

# 大文豪鲁迅逝世

## ——回顾他的生涯与作品

## 黄得时

### 一

我不太记得是中学三年级还是四年级时，有一天我正在火车上阅览 K 书局的图书目录，坐在我旁边一位素昧平生的中年绅士，和蔼可亲的指着目录说："读这一本！因为这是有名的书。"他所指的就是《呐喊》。当时，我对中国文坛几乎一无所知，所以当然不知道《呐喊》究竟是怎样一本书。可是因为书名很有意思，所以留给我深刻的印象。

昭和 4 年（1929）春，中学毕业后，我就去东京投靠哥哥。在某一个暖和的下午，我和哥哥一起去"中国青年馆"。这个会馆除了中国留学生在此聚众之外，也上映中国电影，或贩卖中国新出刊的书。我从一大堆排列在那里的新书中，找到长久以来想买却买不到的《呐喊》，就好像见到好朋友似地，高兴地拿起来看。作者是"鲁迅"，那一瞬间，我还以为"鲁迅"这个人可能是洋人，因为这两个字实在太不像是中国人的名字了。不过，总之，因为有人说那是名著，所以我就买下来了；其他还一起买了《郁达夫代表作》、周全平的《梦里的微笑》和龚冰庐的《炭矿夫》。那天晚上，我马上开始读《呐喊》。读了序文才知道，我以为是洋人的"鲁迅"是中国人，而且还曾经来东京留学，那时我真的很想找个地洞钻进去。正因为这样，"鲁迅"这个名字比起其他作家的名字，格外让我有一种亲切感。

这就是我认识鲁迅，读鲁迅作品的开始。

## 二

读《呐喊》的第一个感觉，就是作者鲁迅开始写作的动机相当与众不同。

1902 年（明治 35 年），鲁迅二十二岁时，到我们日本来念医学。他父亲经年病榻缠绵，最后死在骗子的汉医手中。他很愤慨，学医的动机就是出于想拯救被庸医欺骗的人们这种明确的信念。他在自序中说：

> 我还记得先前的医生的议论和方药，和现在所知道的比较起来，便渐渐的悟得中医不过是一种有意或无意的骗子，同时又很起了对于被骗的病人和他的家族的同情；而且从译出的历史上，又知道日本维新是大半发端于西方医学的事实。
>
> 因为这些幼稚的知识，后来便使我的学籍列在日本一个乡间的医学专门学校里了，我的梦很美满，预备卒业回来，救治像我父亲似的被误的病人的疾苦，战争时候便去当军医，一面又促进了国人对于维新的信仰。

鲁迅一直梦着要用医术拯救国人，但是这个梦很快就不得不破灭了。

当时，仙台的医学专门学校运用电影教授细菌形状，如果上课告一段落还有时间的话，就给学生看风景和时事的照片。那时正是日露（编者注：露西亚，即俄国）战争最激烈的时候，所以也有于关战争的电影。有一次，看到一个中国人被绑着，而许多中国人站在他身旁观看的场面。被绑着的那个中国人是俄国的军事间谍，这时正要被日本军斩首示众。看了这个场面，年轻的鲁迅心想，对现在的中国而言，医学决不是当务之急。愚懦的国民无论体格多么健壮，最后也只能成为示众或旁观群众的材料。这样下去不行，今天的中国，精神改造应该比肉体改造更重要，而精神改造唯有仰赖文艺运动一途。于是鲁迅毅然抛弃"以医救国"的志向，第二年就离开仙台，一心一意向文艺运动迈进，一直到今天。关于这件事，鲁迅的叙述如下：

> 这一学年没有完毕，我已经到了东京了，因为从那一回以后，我便觉得医学并非一件紧要事，凡是愚弱的国民，即使体格如何健全，如何茁壮，也只能做毫无意义的示众的材料和看客，病死多少是不必以为不幸的。所以我们的第一要着，是在改变他们的精神，而善于改变精神的是，我那时以为当然要推文艺，于是想提倡文艺运动了。

就这样，鲁迅最初学医学，后来又转向文学，这期间总是存在一个明确的信念。这和那些"因为医生很赚钱，所以学医；或因为文字很能打发时间，所以念文学"的贪心医生或文学青年大异其趣。要理解鲁迅这个人，这是不可或缺的一个点。

## 三

鲁迅的作品相当多，可是 1925 年（大正 11 年）11 月 6 日发表的《离婚》成为最后一篇小说，从此以后他好像就和小说绝缘了。当然那之后也出版了许多单行本，但多半都是随笔或翻译，几乎没有任何称得上是小说的作品。有一次，林守仁（把《阿 Q 正传》译成日语的人）问鲁迅为什么近作很少，鲁迅回答说："因为忙着用脚四处逃亡，比用手写字还要忙。"从这一句话就可以窥见鲁迅晚年过着怎么样的生活。因此，谈到鲁迅的小说，1925 年以前的小说占了大多数。这些小说收录在 1922 年（大正 11 年）北新书局出版的《呐喊》，和 1926 年（大正 15 年）同一书局出版的《彷徨》之中。

在此，我想谈一谈他的处女作和代表作。

鲁迅的处女作《狂人日记》的发表，是他三十八岁时，也就是发表在 1918 年（大正 7 年）4 月号的《新青年》杂志上。基于种种意义，这是一部不容遗忘的作品。鲁迅透过这部作品犀利地痛骂传统礼教——也就是让封建社会本身更加道德化的儒教的仁义道德。《狂人日记》中这么说：

> 凡事总须研究，才会明白。古来时常吃人，我也还记得，可是不甚清楚。我翻开历史一查，这历史没有年代，歪歪斜斜的每页上都写着"仁义道德"几个字。我横竖睡不着，仔细看了半夜，才从字缝里看出字来，满本都写着两个字是"吃人"！（原文为中文）

在结尾的地方则说：

> 没有吃过人的孩子，或者还有？
> 救救孩子……

暗示着这种该诅咒的丑恶的社会、虚伪的社会、"吃人"的社会，必须仰赖下一个世代的年轻人重建才行。

把青年从封建社会中解放出来，这样的口号很快就成为"五四运动""五卅运动"的指导原理，造成了到今天为止，中国的政治运动的发起都是以青年学生为主的结果。

## 四

其次，鲁迅的代表作《阿Q正传》是四十一岁的作品，发表在1921年（大正10年）12月《北京新报》的副刊。内容以住在未庄的名叫"阿Q"的流浪农民为男主角，以辛亥革命前后的农村为背景。阿Q很像罗汉脚，住在未庄的土谷祠，把那里当成自己家。思想、行动总是人云亦云，没有一个明确的独特的精神。愚笨懦弱却很自满，被人欺负也不想反抗，借着怜悯对方的粗暴而特别骄傲。这是自己有度量的结果，毫不在乎地掩饰着自己的弱点。但是如果对手真的很弱，他就会把那个人修理得很凄惨。他还喜欢沉醉在庙会那种热闹气氛中，当人们开始闹着要革命时，他就会觉得开心极了。就在那时，附近发生了暴徒的抢夺事件，因为阿Q平时就一副吊儿郎当的样子，结果被误认是那些人的同党，而惹来杀身之祸。说起来算是情节单纯的作品，可是充斥在这单纯情节中的阿Q的性格却相当复杂多变。这种复杂多变的性格，不只是阿Q一个人特有的性格，而是汉民族共通的性格。钱杏邨在《死去了的阿Q时代》中说：

> 我们读了《阿Q正传》，至少有二个深刻的印象，而且从这二个印象可以得知过去的中国人的特征如何。第一，我们知道过去的中国人对生与死，怀着依据天命思想所创造出来的一套不可思议的人生观。第二，我们知道中国人类似于阴阳、阿谀权势、自我中心等等的冷酷性格。这两种不同的性格，的确是中国人病态的国民性的最重要部分，而且在鲁迅的一篇短篇小说中表露无遗。因此，《阿Q正传》最能淋漓尽致表现出中国人过去的病态的国民性，从这一点来看，是他的作品中最值得纪念的作品。

根据这篇评论也可以了解，《阿Q正传》确实表现了一个民族的思想和一个时代的趋势。也就是用阿Q的性格代表在汉民族之间流传了几千年的思想，和对于辛亥革命前后的农民革命的单纯思考。而且一五一十地叙述了在一个贫寒的村子里，这个革命如何被传统力量打败，如何被迫妥协于被欺骗。因此，我相信这部作品之所以广为流传，并且在新文学运动史上有划时代的一页，决不是偶然的。我为了草拟这篇文章，又重读《阿Q正传》，还是觉得有很多地方意味深长，耐人寻味。

## 五

这样一部名著《阿Q正传》，不仅在国内拥有读者，还被翻译成日、英、德、法、俄等各国语言，甚至也被翻译成世界语。东洋文学中被翻译成这么多国语言的作品，恐怕绝无仅有吧。

1926年（大正15年），也就是《阿Q正传》发表后第六年，马上就有George Kin Leung的英译本出版。第二年，法国的罗曼·罗兰所主办的杂志《欧洲》也刊登了法文版。他加以感激的批评。据说罗曼·罗兰本人说："读完后过了二、三天，还是对阿 Q 的命运耿耿于怀。"然后，1928 年（昭和 3 年）井上红梅译成本国语，刊登在《上海日日新闻》，这是最早的本国语版，听说德文版也是这时出版。1930 年（昭和 5 年），俄国列宁格勒大学教授 B. A. Vassilievz 译成俄文版，据说他的最新版有卢那查尔斯基的序文。翌年（1931 年），松浦珪三的本国语版和林守仁的本国语版先后出版，后者是国际无产阶级丛书中的一本。再隔一年也就是 1932 年（昭和 7 年），井上红梅翻译的《鲁迅全集》由改造社出版，其中收录了《阿 Q 正传》。然后，1935 年，也就是去年 6 月，岩波书店发行了佐藤春夫和增田涉合译的《鲁迅选集》，其中收录了增田涉翻译的《阿 Q 正传》。还有，台湾也曾经在大正 14 年（1925 年）的《台湾民报》上转载了整篇原文。

由此可见，鲁迅的《阿 Q 正传》被翻译成世界各国语言的同时，鲁迅的名声也传遍全世界。

# 六

其次，1923 年（大正 12 年），鲁迅把他的学术著作《中国小说史略》交由北新书局出版。这本书是把北京大学的讲义稿集结成册，由于这本书的出版，鲁迅除了作家身份之外，也成为大家公认的学者。这本《中国小说史略》和王国维的《宋元戏曲史》，一并称为中国纯文学史上的名著。中国这个国家所谓的文学，向来都只是指文章和诗；至于小说、戏曲之类，士君子都不屑一顾。因此，构成文学的重要部分的小说、戏曲都被等闲视之，相关的研究著述付之阙如。于是，戏曲方面的《宋元戏曲史》和小说方面的《中国小说史略》出现之后，就为这方面的研究提供了一个方向。

学者对《中国小说史略》中最有好评的一点，是小说的时代分类。从现在的角度来看，当然看起来没什么了不起；可是在当时，也就是在还没有任何人写出小说史这种东西的时代，能做出那么好的分类和整理，不能不说是文学史上非常大的贡献。虽然后来找到许多新资料，也出现了更完整的小说史，但多半都是根据鲁迅的著述加以改写的。

虽然这部《中国小说史略》没有像《阿Q正传》那样名扬四海，但在我国还是出现了两个译本。一个收录在大正14年（1925年）宫原民平的著作《支那小说戏剧史概说》中，这或许不该说是"翻译"，而应该说是"改写"才对。第二个是增田涉的译本，去年7月由SILENT社出版，译本中有鲁迅亲自写好寄来的序文，也附加了原作没有的注解，便于初学者阅读。

# 七

最后，就笔者所知，列出鲁迅的著作如下。

1. 小说

《呐喊》（《狂人日记》《孔乙己》《药》《明天》《一件小事》《头发的故事》《风波》《故乡》《阿Q正传》《端午节》《白光》《兔和猫》《鸭的喜剧》《社戏》《不周山》）

《彷徨》（《祝福》《在酒楼上》《幸福的家庭》《肥皂》《长明灯》《示众》《高老夫子》《孤独者》《伤逝》《弟兄》《离婚》）

2. 诗歌

《野草》

3. 随笔

《朝花夕拾》《热风》《华盖集》《而已集》《三闲集》《坟》《南腔北调集》《准风月集》《伪自由书》《二心集》《集外集》

4. 书信

《两地书》（与景宋合著）

5. 学术著作

《中国小说史略》《小说旧闻钞》

其他还有翻译小说，可是为了避免烦琐，所以省略。总之，鲁迅以1925年（大正14年）为分界线，可以说之前是小说时代，之后是随笔时代。

# 八

这样以为东洋出身的世界级文豪，终于在今天凌晨 5 点 25 分，在上海自宅长眠，享年五十六岁。看着他的讣文，多年来爱读他的作品的我陷入一种无以名状的孤寂之中。回顾他的生涯和作品，为他的冥福祝祷，同时也执笔写此文。

昭和 11 年 10 月 19 日夜

原文以日文刊登于《台湾新文学》第 1 卷第 9 期，1936 年 11 月 1 日

此处据黄英哲主编《日治时期台湾文艺评论集·杂志篇》（第 2 册），涂翠花译，松尾直太校订，台南：台湾文学馆筹备处，2006 年。

# 追忆鲁迅

## 新居格

最近我国的各新闻社对中国的文学家鲁迅去世的消息进行了报道。鲁迅既不是蒋介石和汪兆铭的政治幕僚，也不是□□和宋哲元的军人。他的名字虽然没有出现在只有两页的中国电报里面，但是他的名字不仅仅在中华民国，也在世界文化史上留下足迹。

他是现代中国文学界至高的存在，因此谈论起文学或者文化的话应该对鲁迅这个名字感觉很亲切。胡汉民和汪兆铭是孙逸仙的左膀右臂，□□□□□……（编者注：此处约缺失60字）鲁迅是文人，他无心权力与地位，不仅如此，他被中国的权力阶级、支配者阶级不断压迫，身处团团危险之中。但是鲁迅这个名字还是随着他遗留下来的众多作品被世人所知晓。

他是现代中国一流的人物，作为一个文学者他很优秀，作为一个群众他同样也很优秀。

鲁迅，众所周知是他的笔名，原名周树人。他的二弟是周作人，去年也来了日本。周君也通晓日本文学，现在在北平大学当教授。三弟周建人是评论家。兄弟三人都很出名，兄长的鲁迅是最为优秀的。

鲁迅是兄弟三人里面最有风骨且坚强不屈的。我虽然不知道三弟周建人为人如何，但是周作人是一个喜欢温雅的学者绅士。与此相反，鲁迅作为□□感觉像是□□，这是对他精神的形容。如果要说的话，他是没有架子而极富亲切感的人物。我在上海和他交谈过几次，他毕业于日本仙台医学专门学校，日语说得很好。回国后曾在多个大学当过教授，之后便专心从事文学工作。

我喜欢和他交流，他经常评论时事，就当时社会和思想发表自己的想法。我虽然可以和他很亲切的进行交流，但是却无法阅读他原文的作品，真是遗憾，感觉很不可思议。我看不懂中国的时文和白话文，所以我读鲁迅的作品也只能读翻译过来的作品。在世界上也很有名的小说《阿Q正传》，虽然实际上没有办法真正读到原作，但我也感到很钦佩。

我在上海的半个月里，寄住在内山书店。鲁迅和书店老板交情很好，所以他经常过来，因此我和他交谈的机会也多了。在我看来，鲁迅不仅是一个优秀的文学家，他还是一个值得深交的朋友。我和中华民国的很多文学家都是朋友，鲁迅在他们之中就如鹤立鸡群。鲁迅的作品很多被翻译成了日语，而且他也时常为日本杂志《改造》写稿，所以日本的读者应该很熟悉他才是。

原文以日文刊登于《台湾日日新报》1936年11月4日。徐燕虹译，赵晓玉校

# 鲁迅和电影

## 毛利知昭

天天忙于一些琐碎的事情，直到最近才把整理好的鲁迅的作品集给读完，真是太不思上进了。

当报纸在报道鲁迅去世的消息的时候，我刚好在读《孤独者》，文章开头"我和魏连殳相识一场，回想起来倒也别致，竟是以送殓始，以送殓终。"一想到这个我就觉得是不是冥冥之中自有注定，心里面突然有种失落的感觉。

鲁迅的作品里面，我兴趣的副产品就是鲁迅和电影的关系。

除了《藤野先生》，《呐喊》的序文里也写到："我已不知道教授微生物学的方法，现在又有了怎样的进步了，总之那时是用了电影，来显示微生物的形状的。（中略）其时正当日俄战争的时候，关于战事的画片自然也就比较的多了，我在这一个讲堂中，便须常常随喜我那同学们的拍手和喝采。有一回，我竟在画片上忽然会见我久违的许多中国人了，一个绑在中间，许多站在左右，一样是强壮的体格，而显出麻木的神情。据解说，则绑着的是替俄国做了军事上的侦探，正要被日军砍下头颅来示众，而围着的便是来赏鉴这示众的盛举的人们。（中略）这一学年没有完毕，我已经到了东京了，因为从那一回以后，我便觉得医学并非一件紧要事，凡是愚弱的国民，即使体格如何健全，如何茁壮，也只能做毫无意义的示众的材料和看客，病死多少是不必以为不幸的。所以我们的第一要著，是在改变他们的精神，而善于改变精神的是，我那时以为当然要推文艺，于是想提倡文艺运动了。"

如果当初在仙台的医专，他没有机会看到那种电影的话，现在他

503

可能已经成为医学博士，回到中国成为一名优秀的医生，然后可能在某个地方当着院长摆起架子，过着平安稳定的生活也说不定。如此想来，鲁迅和电影之间的关系有着重大的意义。

《上海文艺之一瞥》里面解释了所谓"才子"的出现。讲述了才子佳人的书籍没落变成了一种嫖学教科书，从"才子+佳人"变成了"才子+流氓"。"现在的中国电影，还在很受着这'才子+流氓'式的影响，里面的英雄，作为'好人'的英雄，也都是油头滑脑的，和一些住惯了上海，晓得怎样'拆梢'，'揩油'，'吊膀子'的滑头少年一样。看了之后，令人觉得现在倘要做英雄，做好人，也必须是流氓。"这对于日本电影，特别是通俗电影来说，是多么一针见血，我禁不住苦笑了起来。

鲁迅对于最近中国电影的兴起绝不是漠不关心。我们甚至可以在他身上充分看到他对电影的热情，只要一有机会他就会主动的给予意见和建议。如果他还能再活十年的话，为了中国所谓的"前卫电影"，他很有可能会不断的提供新的剧本也说不定啊。

原文以日文刊登于《映画往来》第 5 期，1937 年 5 月 5 日。徐燕虹译，赵晓玉校

# 两种狂人日记

## 龙瑛宗

无庸赘言，两个"狂人日记"指的是举世闻名的果戈理的《狂人日记》（一八三四年完成）与鲁迅的《狂人日记》（一九一八年完成）。鲁迅创作该作品的动机，似乎受到果戈理的暗示与影响。之所以这样说，是因据闻当时鲁迅最爱阅读的作品就是由俄罗斯的果戈理与波兰的显克微支所写的。

谈及作品的成果，我认为当然是早八十年问世的果戈理的《狂人日记》在艺术上较为杰出。

果戈理是俄罗斯近代文学的鼻祖，而鲁迅也是中国近代文学的始祖，两人都不仅是激进的写实主义者，而且是讽刺作家，可说是有趣的巧合。我说果戈理是俄罗斯近代文学鼻祖，是开了一个无关风雅的玩笑：只要拜读果戈理的作品，大家都一定会察觉，关于鼻子的描写非常多。更不用说本来就有部叫《鼻子》的作品。

贝林斯基对果戈理的《狂人日记》之评语如下："诸位虽想嘲笑痴人普里斯金，笑意早融入悲哀中。对狂人的笑虽是笑狂人的妄想，倒也唤起我们对他的哀怜。"

一般而言，果戈理的文学笑中含泪。

然而，鲁迅的《狂人日记》中，既无笑也无泪。有的只是作者的"呐喊"与"涩面"。涩面就是愤怒的表情。

果戈理以其出生的故乡乌克兰为题材所完成热闹、荒唐无稽的《迪卡尼亚附近乡村夜谈》，是为其文学的起点，直至阴郁的《狂人日记》《外套》与《死魂灵》作为其文学的终点。鲁迅就是从果戈理的终点开始其文学的出发。

"所以，我的取材，多采自病态社会的不幸人们中，意思是在揭出病苦，引起疗救的注意。所以我尽力避免行文的唠叨，只要觉得够将意思传给别人了，就宁可什么陪衬拖带也没有。中国旧戏上，没有背景，新年卖给孩子看的花纸上，只有主要的几个人（但现在的花纸却多有背景了），我深信对于我的目的，这方法是适宜的。所以我不去描写风月，对话也决不说到一大篇。"

这是鲁迅《怎样做起小说来》的文章。

鲁迅想改造社会，只不过是在小说中找到很好的工具。

然而，果戈理是个深入骨髓的艺术家，他没有其他生存之道。他在彼得堡大学讲授历史，从当时他的学生图格列夫的回忆文中，我们可以窥知他如何露出马脚。

果戈理晚年陷入神秘主义，我以为他与生俱来的作家倾向、时代的社会影响，以及学识的浅薄，尤其是缺乏科学思想，都是重要的原因。从《迪卡尼亚附近乡村夜谈》到《死魂灵》，他那披上写实主义外衣的独自幻想，只越来越显现出那是根植于肉体深处的，具根本性的特质，这是无庸赘言的。

与果戈理相形之下，鲁迅的作家才能略逊一筹。不过，在学识方面，他略胜一筹。他以学识写小说。不待作家的形象成熟就开始创作，免除不了生硬的原因即在此。

首先，让我们来看这两部《狂人日记》的最后一节。

"请救我出去！把我拉出去！给我一辆快得像旋风般的三头马车！我的车夫啊！请就位！我的铃啊！响吧！马啊！跳跃起来！然后把我运出这个世界！跑啊！跑啊！不停跑到什么也看不见。你瞧！我的眼前天空卷起，无数的星星在远方闪烁。森林与黑色的树木及月亮一起奔跑，墨绿色的路在脚下扩散，雾中有弦音回响。一边是海，另一边是意大利。你瞧，也看得到俄罗斯的圆木小屋。远方看到的青点不就是我出生的家吗？坐在窗口的不正是我的母亲么？母亲！请救救你可怜的儿子。请你为这个生病的儿子哭泣！你看！他现在的境况如此悲惨。请把这位孤零零的儿子紧抱在胸口！他在这个世上没有安身之处。受尽欺凌！……母亲！请可怜生病的儿子。……嗯，你知道阿尔及利亚的知事鼻下有瘤吗?"（果戈理）

"不能想了。

四千年来时时吃人的地方，今天才明白，我也在其中混了多年；大哥正管着家务，妹子也死了，他未必不和在饭菜里，暗暗给我们吃。

未必无意之中，不吃了我妹子的几片肉。现在也输给我自己，……

有了四千年履历的我，最初虽然是不知道，现在明白，难见真的人。

没有吃过人的小孩，或许还有?

救救孩子……"（鲁迅）

由此可知，果戈理的作品能提高到诗的领域。那是激烈的悲哀，是绝望的断念。

果戈理的宣泄方法，就是逃离社会的边缘，跳进幻想乐园。即所谓的逃避现实。那里正是果戈理陷入神秘主义的地盘。

"嗯，你知道阿尔及利亚的知事鼻下有瘤吗?"至于这种异想天开的想法，是果戈理独特的东西，不容他人模仿。

果戈理因为逃避现实，所以陷入所谓神秘主义的乱流中，弄得拔不出腿来，只要看《死魂灵》写作过程即可一目了然。不只引起艺术破灭，连肉体也招致破灭。

不过，鲁迅打破小说的框架，就这样迈向现实中。

阅读了鲁迅的《狂人日记》，忽然想起了福楼拜的《萨郎波》。当然《萨郎波》是被以绚烂雕琢的"美"所装扮的。而鲁迅的《狂人日记》，是部无味无臭没有情，仅由骨骼组成的小说，丝毫也没有叫做"美"的赘肉。然而，有趣的是福楼拜与鲁迅都同样深陷于思想与行动之中。即所谓所有伟大作家的共通命运。福楼拜绝望中写出《萨朗波》，鲁迅边抗议边写《狂人日记》。所谓绝望，就是不认为有未来；所以抗议，就是为了企图相信未来而不舍弃希望。

福楼拜与鲁迅都亲身与现实对决。不过，福楼拜逃到文学中，反而受到文学所展开激烈的复仇行动。

《萨朗波》与鲁迅的《狂人日记》都是属于生活之前的问题。只不过是思维与现实的冲突，而非肉体与现实的冲突。总之，是观念的呼唤而非肉体的呼唤。

鲁迅观念的呼唤微乎其微，直至《阿 Q 正传》，演变成是肉体上的呐喊。

这是鲁迅小说集《呐喊》序文的一部分，可以说是解读鲁迅文学的关键之一。

鲁迅的深深悲哀，在文学中变成鞭子。大凡一部文学作品的成立，需具备文学所要求的规则与条件。例如要写出作品，必须心灵平静与从容。鲁迅没有长篇作品，我们由此可以下结论，也可以说明贯穿其作品的焦躁性质。

鲁迅放弃小说的创作，几乎都是写以警句打击他人要害似的短文，莫非焦躁不断袭击他的心灵？

焦躁造就了他，使他突破了小说的框子。而且就没有像果戈理那样逃避现实，面对着残酷的现实，一直到死亡的前刻，始终过着非妥协的、凄怆的生涯。鲁迅小说的政论性与在艺术上没有丰醇的生硬性，非但没有抵消其人格的伟大，反而成为他一生悲剧性的妆点。

要探究鲁迅的焦躁，就必须探究当时中国的现实社会。

原文以日文刊载于《文艺首都》第 8 卷第 10 期（1940 年 12 月），后收入《孤独的蠹鱼》。此处据陈万益主编《龙瑛宗全集》（中文卷第 5 册），台南：台湾文学馆筹备处，2006 年 11 月。林至洁根据《孤独的蠹鱼》版本译。

# 学习鲁迅先生

## ——十周年忌辰纪念

## 木马（林金波）

> 世上如果还有要活下去的人们，就先该敢说、敢笑、敢哭、敢怒、敢骂、敢打，在这可诅咒的地方击退了可诅咒的时代……（录自《华盖集·忽然想到》）

在这万般欢跃回归祖国的呼声里，我们应该如何庄严地来迎来纪念这位爱护中国爱护人类的伟大导师鲁迅先生的十周年忌辰——十月十九日的这一天！

是的，在十年前，正当我们中华民族达到了生死存亡的大关头，日本帝国主义加紧他的强暴侵略的当时，全国的救国运动已展开了最高的壮潮。作为中国文艺家的一群，当时已提出了"国防文学"和"民族革命战争的大众文学"等口号，展开了文学界的广大联合战线，在朝着这救亡大运动大目标前进！

作为导师的鲁迅先生不幸在这风声鹤唳的时代，突然于上海寓次逝世。当时这消息正如高尔基的死讯一样震撼着每个人的心——特别是每个中国青年的心，中国失去了鲁迅先生在损失上可以说更大于苏联的损失高尔基。

我和鲁迅先生除了曾瞻仰了他的照像外没有见过面，也没有通过一次信，在私人方面可以说没有一些儿的交接。可是我读他每一本的著作。我爱他的书，爱他的为人，爱他充溢了"民族魂"的战斗精神。在这艰难的人生路上，我能够得一点点儿教养和不动主义的信念。得一点点儿做人态度，可以说都是从先生的著作里受到了无数的启发，无数的教导。

十年前，我是为了父亲逝世，才特地从上海回到台湾。我是第一次尝着日本帝国主义统治下的淫威。我领教了殖民地探侦走狗的残酷。使我更深一层的认识了鲁迅先生一生最憎恶最排击的那一班喝人血吃人肉狞狰魔鬼的真脸目。当我接到了一位朋友从南京寄来的一册"哀悼鲁迅先生专号"《中流》时，（我幸运地这一册没有给猎狗嗅着了。）我说不出的悲痛，我悄悄地读着那几个作家一字一字血泪的纪念文章，我默默地对着那副力群先生的"鲁迅先生遗容速写"心里头感到了无限的尊敬。我读着张天翼先生那篇哀悼鲁迅先生的末端！

我们抬着灵柩到墓穴，这幻灭的悲感更重地打击了我，灵柩上盖着悲壮的旗帜——"民族魂"慢慢落下穴去，而太阳也慢慢沉了下去，上万的人低声唱着安息歌，在墓边致民族的敬礼。

安息吧，鲁迅先生安息吧！

我们——上万的送丧的人，在求民族解放的战斗中遽失了我们的导师，我们大家都团结得更紧拥抱得更紧，熬着这种创痛，调整着步子完成死者的志愿。我感到每张脸子都非常亲切，彼此的血管都交流着。我恨不得抱着每个人痛苦呐喊！

这民族葬——是为了我们伟大的领导者鲁迅先生的安息，他死了，我们要用神圣战争来给他致哀礼……

我流着泪——热烈而又感动的泪！

悲哀的氛围笼罩了一切，

我们对你的死有什么话说，

你曾对我说，

我好像是一只牛，

吃的是草，挤出的是牛奶，血。

你不晓得什么是休息，什么是娱乐，

工作，工作，

死的前一日还在执笔，

如今……希望我们大众

锲而不舍，跟着你的足迹。

（录许广平女士《鲁迅夫子》）

是的，这是鲁迅夫人送给大家宝贵的警语，鲁迅先生所遗给我们的确是不少的。先生逝世了的隔年，中日战争便爆发了！有成千成万受着先生的血哺养出来的不愿意作奴隶的人，他们坚强他们的信念，换上了枪尖，换上了拳头锄头去代替笔杆，向着日本帝国主义和汉奸开始了英勇的斗争了。胡风先生在悲痛的告别里这样的呼喊着：

……我知道，先生已经活在千千万万的青年男女底心里。

朋友们，兄弟姊妹们，让我们的爱心，我们底悲痛，我们底仇恨，融合在一起吧。先生所开辟的道路开展在我们底周围，只有用先生底打得退明枪耐得住暗箭的大无畏精神，才能够继承先生底志愿。

朋友们，兄弟姊妹们，凭着我们的爱心，我们底悲痛，我们底仇恨所融合起来的伟力，在不远的将来，先生底理想要在祖国的大地上万花烂漫地实现。那时候我们再来哀悼先生的眼泪里面将会混合着黄热的气息。

是的，经过了八年多的英勇抗战，现在我们祖国才得到最后正义光明的胜利，先生的理想已一部分灿烂地实现了。我们将士血肉牺牲实在不少，可是所换来的不单是失地的收复，朝鲜自由独立，连被强夺离母怀五十一年的台湾也得着了自由解放！！

我相信在今年的十月十九日的这一天，在祖国各地应有热烈纪念大会开催。无论是在延安的鲁迅艺术学院作中心，就是上海的万国墓地里的先生墓上当有壮烈盛大的祭典和凭吊！

我们台湾是受到了五十一年的榨取，受到了五十一年的奴化教育。我们多数同胞在精神上、在血管里还残留了无数的毒！我们祖国不忘掉我们，他用血肉来争取正义自由，来解放我们，使我们能有重见天日回归母怀的今天，我们纪念鲁迅先生，我们应先认识先生的精神。先生是一位为祖国自由战斗了一生的先驱者！永远不知疲乏和屈服的民族战士！也许在六百万台湾同胞全体，在过往因日本帝国主义桎梏下不能直接敬受着先生的温泽的指教。我相信智识阶级中当有许多的同志，他们是知道先生，敬爱先生的。虽然在今年的忌辰纪念，我们来不及举行盛大纪念会。我相信不久将来，台湾省会普遍广泛地发扬鲁迅先生的遗教和他的伟大精神！

是的，我们敬爱先生，我们要纪念先生，我们首先要怎样去学习先生，学习鲁迅先生，便是永久纪念着鲁迅先生。

第一我们要学习鲁迅先生的爱国爱民族的精神！先生的一生可以说是一部民族斗争史。从先生最初的《呐喊》集上的自序里这样写着：

> ……我已经到了东京了，因为从那一回以后，我便觉得医学并非一件紧要事。凡是愚弱的国民即使体格如何健全，如何强壮，也只能做毫无意义的示众的材料和看客。病死多少是不必以为不幸的。所以我们的第一要著是在改变他们的精神。而善于改变精神的，我那时以为当然要推文艺。于是想提倡文艺运动了。……

周作人先生在那篇《关于鲁迅》之二中也这样表明先生初期的思想：

> ……豫才那时的思想差不多可以民族主义包括之，如所介绍的文学亦以被压迫的民族为主，俄则取其反抗压制也……

事实上，鲁迅先生后期所走的路更加伟大。先生归国后的前一期完全在教育界里培养青年人才，革新民族精神。在新文化运动最先锋的《新青年》上发表了《狂人日记》，接着在《晨报》副刊刊出了他不朽杰作《阿Q正传》。先生用着他那支一刀见血的笔写着杂感随笔，向着四周专制的渣滓封建的黑暗势力剿除！他《二心集》所收的一九三〇及一九三一年的杂文是最好的结晶品，是表现为民族为大众斗争的痕迹。先生一直到逝世之前都是本着这不屈精神——"宁愿战死，莫做奴隶！"的精神。他在病中还支持着病躯每天写二千多字共写了四天的那封万言的答徐懋庸并关于抗日统一战线问题的长信，这可看出先生伟大人格和病危中还放不了忧国救亡的精神！先生自己说，"真的猛士敢于直面惨淡的人生，敢于正视淋漓的鲜血！……"（录自《纪念刘和珍君》）

第二我们要学习鲁迅先生直视人生的精神。他一生中过着很单纯质直庄严的生活。他不架空，不装作。他憎恶躲在金皮里的伪君子，他最恨的是浮滑少年，空头艺术家，鬼鬼祟祟的阴谋者，挂羊头卖狗肉的投机分子！他喂哺一切有纯情的希望的青年。他爱护一切为大众工作的人！郁达夫先生说他"鲁迅先生的文体，简练得像一把匕首，能以寸铁杀人，一刀见血……人只见到他的一张冷冰冰的青脸，可是皮下一层在那里潮涌发酵的却正是一腔沸血，一股热情……"（《新文学大系·散文二集导言》）这是很确切的评语。先生永远是站在被凌辱、被压迫者这一边，他不畏权，不退缩，不妥协！他不顾惜自己，不放松敌人，他同时不忘记对于青年一代的抚养。先生是一切被压迫者的代言人，真理与正义的战士。先生遗留给我们十几部的杂文集，便是他一生为光明而战斗的记录。

第三我们要学习鲁迅先生为学不倦的精神。黎烈文现在在他那篇《一个不倦的工作者》里说：

……凡是读过鲁迅先生的著作的人，都知道他不单是一位天才的作家，他其实还是一个刻苦的学者。他的著学的渊博，无疑的在后一代的文人中是没有一个能够赶得上的人。而他对于外国文学的修养也实在广泛得可惊。他向来注意的俄德日本诸国的文学不用说，就是他所不很注意的法国文学他也藏有几个重要作家的日译全集。我起初以为他不过买来参考参考罢了，但后来谈天的时候，才知道像法布尔佛罗贝尔纪德诸人的著书，他是通读了的，他还告诉我预备晚年把法布尔的昆虫记全部翻译出来。

有人说鲁迅先生把最后的一滴血也喂养了中国读者，我觉得这话是一点也不夸张的。他生病了那么久，刚刚做得起来，便亲自折叠凯绥·珂勒惠支的版画，再好一点便替一个亡友校对几百面的清样。和病前全无两样……

鲁迅先生纪念委员会所刊行的《鲁迅全集》著述之部二十九册，翻译之部三十二册，合计有六十一册之多，这是先生三十年来战斗生涯所遗留给我们的精神食粮。先生对于其他艺术趣味也非常广泛的。如印行《死魂灵百图》《凯绥·珂勒惠支版画》《苏联版画集》《引玉集》以及《北平笺谱》《十竹斋笺谱》等等。他同时也是收藏六朝造像及近代版画最丰富的收藏家之一。

先生治学勤奋，不顾健康地努力工作，忘掉了自己为民族为被压迫者求解放！这种伟大精神是不容易学习得到的。蔡元培先生给他的挽联："著述最谨严，非徒中国小说史；遗言太沉痛，莫作空头文学家。"这二十四字可简单概括出先生一生的言行。

人类残酷的战争是终结了！和平之钟虽是敲遍了大地，可是战后尚残留下不少的渣滓，不少的垃圾污秽，需要我们去清除、去扫灭！特别是我们这台湾还充满了无耻淫欲的叭儿狗，挂羊头卖狗肉的奸商，还有无数鬼鬼祟祟的洋场阔少……我们纪念着我们导师，我们应进一步学习他不挠不屈精神，我们才能负得起这建设新中国、建设新台湾的担子啦！

黎明的时候了，我默默地对着一堆写完的稿纸发痴。心里头说不出去一种喜悦，一种热的力！远远地在广漠的天空，我隐约地看到了我们伟大导师的遗容，是一张充满了坚忍庄严又微笑的脸！

朋友们，兄弟姊妹们，让我们拉紧着手儿，我们前面新建设路途还遥远哩！

我们要学习鲁迅先生！

卅四，十，十二深夜

《前锋》创刊号，1945 年 10 月 25 日

# 阿 Q 性

## 新人

我虽然还没有聪明到拍死人马屁的地步，也还不想借鲁迅翁大文豪信徒的招牌登龙文坛，可是对于鲁迅翁的《阿 Q 正传》却实在佩服到五体投地。阿 Q 性的确在中国人的心理中普遍的存在着，由很早的过去到现在，我们中华民族还有长久的前途，那么也许直到遥远的将来。现在离《阿 Q 正传》写作期间，过了好多年头了，可是阿 Q 性还是一样的流行着，并且更为显著了。别人不用说，人心隔肚皮，没有法子用哀克斯光照见其内心，却可以用反省的工夫，体味我自己，好在我是中国人，自问也还与一般大众没有什么两样的地方。的的确确我的阿 Q 性一天比一天严重了。举例说，因为我是无能无勇的被压迫的坏子，自然在日常生活中免不了受别人的欺侮，从前也还有一些反抗的表示，慢慢的只有反抗的念头了：现在却到了连反抗也不想的境界，横逆之来，我行我素所以能如此的功能，却依赖于我的阿 Q 性：你们欺侮我，是你们的无知，我比你们高尚一筹，大人不见小人过，只是小狗小猫咬了我一口，于是你们是猫狗，我是人，因之精神上得到了安慰。我有我胜利的地方，我的胜利可以凭想象中取得，欺侮的人是无可如何的，虽我是弱者。困穷时人也偶尔看着闲人的耀武扬威□□□，可是一想到这年头君子道消，小人道长，你们得意是君子，我的困穷是小人，虽然物质上你们优胜，精神上我还是胜利，虽然我也有时想作小人而不可得，那是矛盾现象，不足以为训的。失意的痛苦，是可以用精神的安慰来解除的。再说我现在虽然不如你们，但天下的事三十年河东三十年河西，焉知将来我没有争气的子孙？□□□□□不如我□□□□□□□我比你们还强，不平之气、实

515

际困苦在退一步想、过十年看的哲理下便解决了。还有我在自问不如人时，还可以想一想。过去，在悠久的历史中，总会叫我找到光辉灿烂之页的，于是我的祖宗，比你们的祖宗强。在你们横行无忌时，我可以谈谈我祖宗过去的光荣，你们现在小小的威风，并不足论，咱们虽然没吃过却见过，至少我们祖宗吃过。你们的耀武扬威，正足以表暴发户的可怜，还足以自豪的，可怜的却是别人，由此得到了精神上的胜利。再看一般人呢，他们与我一样的受的侮，在困穷，比别人不如，他们也能过了下来，也还有说有笑，大概他们也有阿Q性，也可以有精神上的安慰与精神上的胜利。如此推论，这阿Q性岂不是维系可怜社会生命的无上法宝？如果没有阿Q性也许要有若干人自杀，社会上有无穷的纠纷。而且不只今日可以鼓励我们忍受一切横逆困苦而生活，将来也许还可以一直帮助我们子子孙孙。有此法宝，就是作奴隶也是愉快的，无论到什么时候，也可以退一步想、过十年看，反正十年十年的下是去没有完的。写到这里，不由的喊句口号：神圣的阿Q性！阿Q性万岁。

《民报》1945年12月12日，第2版

# 鲁迅的诗

## 铁汉

## 前记

鲁迅先生的诗，无论旧的或是新的，都不怎么多，但，我们要知道鲁迅先生是一位超越世俗，气魄豪横的诗人，他很有魄力地唱出时代的激荡和光辉！

李长之先生在《鲁迅批判》中说道："倘若诗人的意义，是指在从事于文艺者之性格上偏于主观的、情绪的而离庸常人所应付的实生活相远的话，则无疑地，鲁迅在文艺上乃是一个诗人，至于在思想上，他却止一个战士。"

文载道先生曾在《诗人的鲁迅》中说道："——鲁迅先生是一个面临血肉的战士，但在艺术作品的灵魂里面，他却无处的不洋溢着诗人的热情和至性，我进一步的想到拜伦，想到普希金，想到莎士比亚，想到海涅，更想到我们的杜少陵，他们时代不同环境不同，表现艺术的手段也有所不同，然而让我们向深和远处望去，却莫不一致的特征。——"

上记两节短文已赤裸地把鲁迅先生的作品性格宣扬无遗了。他们所说的是诗人鲁迅，把鲁迅先生请进诗的殿堂，但，本稿是说说鲁迅先生的诗，意趣是不同的，目的也是在乎发见宣扬鲁迅先生诗的伟迹了。

自题小像
灵台无计逃神矢，风雨如磐暗故园。
寄意寒星荃不察，我以我血荐轩辕。

我国旧诗的基调，是免不了悲凉感伤以至颓废，所谓"穷而后通"，几乎道破了古今诗人的共通命运，悲哀是文章的源泉，而感伤乃诗歌的生命，但感伤其实不是为诗人的病，只要这感伤是忠实的、坦白的，能够将人世的坎坷牢愁以有节奏的语言，有韵律的文字来引起万众的沉吟咏叹，低徊吟哦，倘若无病呻吟，只管"矜才使气"不过是一堆毫无生命的俗物罢了。是故真实对人生有所悲观或感伤的，说不定即在扶植乐观或理想，那么它的伟大，也就不可以和"矜才使气"无病呻吟同日比语了！这首《自题小像》是何等庄严的抱负，尤其是末句："我以我血荐轩辕！"又是何等磅礴的热情？他看到了故国的黯黑阴晦之后，就送出了这激越的歌声，划破了"风雨如磐"的天地，真使我们从悲观和感伤里向乐观和理想的深处凝眸——

残秋偶作

曾惊秋肃临天下，敢遣春温上笔端。

尘海苍茫沉百感，金风萧瑟走千官。

老归大泽菰蒲尽，梦坠空云齿发寒。

竦听荒鸡偏阒寂，起看星斗正阑干。

这首诗是辛亥年作的，在诗的构造上看，倘非于古文富有修养，怕是难得达到这样的恰好中肯，真是音调铿锵流畅，诗姿转折谨炼。他的诗大部分都以抒情的手法来表现。关于鲁迅先生初期思想的构成，文载道先生说："——得力于魏晋的嵇康、德国的尼采的很多，尤其是魏晋文章对于鲁迅先生的古文和旧诗，有绝大的裨助，正如他对魏晋的历史文学研究的烂熟一般，自然这并非说他是一个盲目的复古派，而是说魏晋人诗文中间的词藻气分、音调格局等等有若干地方是为鲁迅先生所吸收、所消化，于是再副以其他的修养、本身的造诣，使成为独当一面的风格。"

又如许寿裳先生所说："俯仰身世，垂地可栖，是何等的悲凉孤独。"

我们在这首诗中，觉得大有烈士暮年、壮怀未已之感！尤其是末尾两句生动迫人，能具有一颗百战疆场、而一旦退进野草里、自己舐尽了伤口的血痕后的战士之心！但他决不无视于尘海的苍茫，我们通观全诗，实在可以算是一幅情景栩栩然的画图。

你看呵！在一天星斗之下，远远地响着萧瑟的秋风，尘海的百感恰如万川的汇流，象征着战具的菰蒲，忧患地听着万籁无声的大阒寂之后，更堪听到何处递上来的多情鸡声么？这首诗最能反映民族的气派，唱出时代的呼声和乡土的情调，确有点六朝苍凉之气"虽当炎夏，亦复凄凉"，在旧诗作品中，可谓不可多得的了。

### 偶成

慣于长夜过春时，挈妇将雏鬓有丝。
梦里依稀慈母泪，城头变幻大王旗。
忍看朋辈成新鬼，怒向刀丛觅小诗。
吟罢低眉无写处，月光如水照缁衣。

鲁迅先生的一生是冲击搏斗、英勇坚决，以笔舌来挡住黑暗与强暴，我们展开他的著述，就感到无一字不是声泪俱下、脱胎于辉煌的战绩！

这首诗受了各方面的读诵，和他赋和的诗也不尠，而所谓"冲击搏斗、英勇坚决"的意气，无不在这首诗中流露无遗。不要说是新文艺作家，便是历来几位享盛名的作家中间，也难得有这样浑圆而醇厚之作。意蕴的深远、技巧的凝练，又恰如一井寒泉，让读者的心一直往下沉。然在一方面，却是使我们站近火山口，看那火山喷出忧患激昂的火花一样地照到他挡住黑暗与强暴的一片面。

文载道先生说："——作者在提笔的前后是潜伏在怎么一种蛰闷喘息、苍凉如无物之阵的氛围中，信如渥茨华士所说'诗的来源是由于在静寂中回忆的情绪。'根据了这句话，我们推测在作者的心灵中，似乎早就蓄有往昔各种感情的经验……"

鲁迅先生也曾说过："一切所谓圆熟简练、静穆幽远之作，都无须来作比方，因为这诗属于别一世界。"又鲁迅先生在南腔北调集《为了忘却的纪念》发表一段使人起了同情和共鸣！那是："在一个深夜里，我站在客栈的院子中，周围是堆着破烂的什物，人们都睡觉了，连我的女人和孩子，我沉重的感到我失掉了很好的朋友，中国失掉了很好的青年，我在悲愤中沉静下去了！然后积习又从沉静中抬起头来，凑成这样的几句……"

从这里我们能够看到作者那时的遭遇，正落在"被侮辱与被损害"之中。在这里我们把眼光转向屈子的《离骚》之上，它的生命我们相信不是在那烂丽的才绪或词藻，却是在那崇高的寄托和控诉——转过头来我们能够发见鲁迅先生的血泪斑斓之伟绩。这世界太不长进了，凡是面向光明的，反过来无不为黑暗所虐弄。鲁迅先生的一生，就是惬当而可悲的明证，例如诗中第七句"吟罢低眉无写处"一语，并非像一般的旧诗作者袭用的滥套，而是残酷的现实之烙印！那个时代是确无写处的，禁锢得比罐头还要密。这首诗几乎是某时代某一地活的缩影了。真是"背着因袭的重担，肩住黑暗的闸门！"他在这首诗中更充分地显明他在当时的环境中是何等恶争苦斗？文载道先生说他是一个面临血肉的战士，委实不错。

### 赠画师

风生白下千林暗，雾塞苍天百卉殚。
愿乞画家新意匠，只研朱墨作春山。

原来愈是卓越动人的诗歌，他一定是白描的健手。鲁迅先生的白描亦然，因为他的旧诗原是偶一为之，有几篇还出以"嘻笑怒骂"，然而我们时常可以看到那种具象的描写，这首诗中"风声白下"和"雾塞苍天"寥寥八字，就已经点出了"千林暗"和"百卉殚"了。如旧诗中"劝君莫上长堤梦，风起杨花愁杀人"在文字的构造上虽没有艰深的词藻或是古奥的典故，然而素朴而明熠的将读者带到无限苍茫的意境中了。我们在这诗的"只研朱墨作春山"末句，能够看到"无边落木萧萧下"当时的景象和社会的暗淡，所以鲁迅先生在这首诗中希求着有一个明媚而灵活的春山。我们在作者所处的时代和环境下一个公平的批判，这首诗确是超越凡常的旧诗之上。

### 无题

洞庭木落楚天高，眉黛猩红涴战袍。
泽畔有人吟不得，秋波渺渺失离骚！

　　我读了这首诗不禁地给我想到"无边落木萧萧下，不尽长江滚滚来"杜少陵的秋兴来了。他虽没有提到一个"秋"字然而却没有一句不流露着萧然的秋思！一道遥遥荡荡的江流迎面而来。我们的衣裳和头发，仿佛都被这几字吹得飘飘荡荡、惆怅、踌躇、悲伤，对人生和历史免不起了一个疑问！然而接下去又唱道："万里悲秋常作客，百年多病独登台。"这时我们的意境中仿佛有一座古代的"台"，我们站在这"台"上，回忆他不幸的遭遇，接续读到鲁迅先生这首《无题》的诗，还会吝啬我们的同情么？

　　这首诗有点近于象征的手法，而摄取的题材却是《离骚》，全诗以新颖的设想、高朗的格调、铿锵的音节、静穆的意象、雄浑的语气，来寄寓他的胸襟！你看那"眉黛猩红浣战袍"是何等高朗而雄浑啊？可以说是情和文的并茂，他若一意的想弄黯流俗的词句进去，怕难于保持艺术的完整。我们记得郭鼎堂先生曾和过鲁迅先生的原韵，那是："又当投笔请缨时，去国十年余泪血！"这时是郭鼎堂先生迫国后作的，我们细嚼它，不免失了浮和质直，令人一观无遗了。这首《无题》我们能够看出较之白描更进一步，比《赠画师》的诗来得宛转深刻，充分地显明他作品中和形式设想的特征，给我看到一幅渺渺予怀的远景。转句的"泽畔有人吟不得"与"吟罢低眉无写处"大有不呼而相应之妙。

哭范爱农

把酒论天下，先生小酒人。

大圜犹酩酊，微醉合沉沦。

此别成终古，从兹绝绪言，

故人云散尽，余亦等轻尘！

　　从来一般作诗的人，对于纪念或是哀悼，总脱不了伤别一类的文字，倘若非失之空泛的公式，便是流于酬应与点缀。所谓"歌功颂德"或是"谬托知己"者正是鲁迅先生所最痛恶的。

　　甚么"人生哀乐之感也是以羁束作者文思之驰骋"，但是在鲁迅先生的创意，即不可同日而语了。像他在深夜里，纪念刘和珍君，或是忆韦素园君，以及为了忘却的纪念，等等，就无不对着淋漓的现实，发为深刻广大的呼喊与倾泻！所谓"严以斧钺，尤洞若电火"足当一代的史乘，也正是作者情绪和技巧之最洗沥最宏丽的展示。这正所以提供作者的脉管中，有诗人与战士的血液！他不仅从心底里为亡友范爱农奏出了凄切的哀歌，表现着风仪和胸襟，还以"酩酊"及"沉沦"来做时代的讽喻，对于混乱黑暗的时政之描写，较之用质直的笔法诅咒痛骂，就要优胜得多，而其着末两句，更显出凄惜惋恋的真挚的情分了。

这首诗有点紧似散文诗的写法，如唐人的"前不见古人，后不见来者，念天地之悠悠，独怆然而涕下"一首，起成两句分明的有散文的成分，含有充沛的情感，着末两句加以节奏，出以韵语，有幽远的寄托，故能给我们顾盼多姿。鲁迅先生这首《哭范爱农》，可谓是散文诗写法的大进化，蕴藉着无限的曲折和讽刺？原来讽刺是鲁迅先生的特色，我们不特在诗的方面能够处处发现，就是他的《阿Q正传》《孔乙己》《药》《狂人日记》等等的作品亦无不有含蓄着高迈深刻的讽刺。他还有一首哭范爱农的诗，其中几句是："……华颠委寥落，白眼看鸡虫，狐狸方去穴，桃偶已登场，独沉清冷水，能否涤愁肠？"无不渗透着愤世的情绪和悲凉欷歔的音韵！

悼丁君

如盘夜气压重楼，剪柳春风导九秋。

瑶瑟凝尘清怨绝，可怜无女耀高丘！

"丁君"是指丁玲女士，她跟作者交往相当密切，在思想上也很接近。丁玲女士的结果虽然并未死去，然以当时的传闻和政局来看，也无怪乎要有"瑶瑟凝尘"和"可怜无女"之叹了！（待续）①

《民报》1945年12月21日、22日、24日、25日，第2版

---

① 原文标注"待续"，但此后未见续文。

# 名作巡礼《阿Q正传》

## 龙瑛宗

在中国近代文学上，没有比鲁迅的《阿Q正传》更有名的作品吧。阿Q这个名字像哈姆雷特或唐·吉诃德或夏洛克等一样，成为一个固有名词，作为表现某种类型的人的一种典型了。

现在我中国还有阿Q，阿Q这个字没有消灭。说没有消灭的意思是，现代的中国社会还有阿Q这个性格的男人存在。而现今仍有这种人的存在，对中国来说是很不好的。

想起，中国受满清政府异族统治三百多年，外有帝国主义诸列强对中国的榨取，还有军阀的存在等等条件，显著地不能不使中国人偏歪了性格。例如拜金思想、极端的利己主义，确实是从这种条件里产生的。当然，阿Q这个男人也是从这条件里产生出来的。

阿Q这种性格，却不是中国人特有的性格。可以说世界上任何一个国家，都有这种有趣的、可悲的男人存在着，被暴露在强者的嘲笑之下。

鲁迅在生前最憎恨中国的坏性格。这是事实，可是不能以这个理由把鲁迅看作非爱国者。因为鲁迅是最憎恨中国的坏性格，才真正的最爱中国，这并不是逆说。

"良药苦口，忠言逆耳"，先驱者或真理探究者，经常都会受到时代的制约，而我国的先驱者鲁迅也过了痛苦的生涯。

然而，鲁迅的精神到最后仍然很健壮。

果戈理到了晚年陷入了神秘主义，相反的鲁迅却坚持了现实主义的精神到最后，可说是为中国文学的未来播下了现实主义的种子。

中国的命运，中国文学的前途，也许会有暗淡的困难，但还有一点光明，虽是细微的，却还在燃烧着啊。

原文以日文刊载于《中华日报》1946 年 5 月 20 日。此处据陈万益主编《龙瑛宗全集》（中文卷第 5 册），陈千武译，台南：台湾文学馆筹备处，2006 年11 月。

# 中国文学的动向

## 龙瑛宗

在台湾要谈中国文学的动向，也许势必有失中肯。因为从内地几乎很少传来文艺刊物，即使来了，穷书生的我终究是买不起的。不过，我想在尽可能的范围内抓住中国文学的轮廓。

我首先想谈中国作家悲惨的命运。中国在八年抗战里，丧失了前途似锦的少壮艺术家三十多人。其大部分是作家，多数是因为贫穷而死的。其他也有死于日本子弹的。曾来过台湾的郁达夫被日军拉去杀掉的这个话，是非常著名的。然而作家因政治丧命，非仅止于抗战期间中。例如作为文人亦为著名的马克思主义者瞿秋白，是在福建被杀；在昆明研究《诗经》的著名学者，也是诗人的闻一多教授，实际上是死在暴动（terror）之下。

像这样要谈中国文学，就是要谈中国的社会政治。像中国的文学这样密切地和政治连接在一起的国家是很少的吧。其典型可以找出鲁迅，谈鲁迅是重要的。因为鲁迅的潮流仍然是现在中国文学之主流。鲁迅文学的一生，与其说是以手来写，不如说是忙于以脚四处逃亡。因此鲁迅的文学就落得一针见血的短文多于集中有系统的创作。不过，即使鲁迅的作品在艺术上未曾完成，鲁迅的文学精神却是不灭的，它将会给以后的中国文学巨大的影响。顺便一提：听说在延安有鲁迅学院，但详细的事情却不得而知。

鲁迅文学虽是中国文学正统派的潮流，但在中国文学上，我认为不能忘记高尔基。在今年五月高尔基十周年纪念会上，上海举行了热闹的演讲会，郭沫若、茅盾等人站台，重新强调了高尔基拥有的意义。如同郭沫若所说的"为民众的艺术"就是高尔基的精神。那象征着即将来临的狂飙运动的《海燕》就是高尔基的精神。如若在中国文学上再认识高尔基的话，自然就能预知中国文学的潮流吧。

中国文学于近代的出发，是在"五四"运动的文学革命以后。所谓西欧意义上的科学的现实主义之发生，至少是在鲁迅以后吧。作为现实主义文学拥有《红楼梦》，但它却不是有意识的体系的理论发展之结果。现在特别揭橥现实主义旗帜的作家有茅盾。目前茅盾翻译着俄国的作品，也精进于创作，我们不能不说对他有很大的期待。以浪漫主义者出发的郭沫若，现在对中国文坛也扮演着很重要的角色。他是个作家，同时也投身于政治，这是众所周知的。现实主义作家有写出著名的《骆驼祥子》《四世同堂》的老舍。他和剧作家曹禺一起去了美国，但根据前些日子的新闻报道，说他于纽约的东亚协会，在赛珍珠女士主持下举行过欢迎会。其他好像剧作家田汉、鲁迅未亡人许广平女士也活动着。

中国的批评界好像没有很多人才。最让人注目的该是胡风吧。有关他最近的工作成就，我不太清楚。湖南的浪漫主义者沈从文，似乎也来到上海为救济湖南的饥荒在奔走着。《母亲》的作家丁玲、写了《第三代》的萧军，去了延安但却没有详细的消息。

翻译方面，莎士比亚全集最近出版一事是该大书特书的。其他，看到巴尔扎克、福楼拜等受到关心，想来中国文学依然是以现实主义为方针的。

原文以日文刊登于《中华日报》1946 年 8 月 16 日

此处据陈万益主编《龙瑛宗全集》（中文卷第 5 册），叶笛译，台南：台湾文学馆筹备处，2006 年。

# 关于"阿 Q 性"

## 啸秋

昨天夜里，闲来无事，又读了一遍《阿 Q 正传》，因而使我想出了许多属于"阿 Q 性"的问题来。我总觉得每个人，或多或少又有"阿 Q 性"的存在，且让我举出几个例。

### 一

一个本性忠厚的人，如果他心里喜欢一个女人，嘴上定说不出，他呢？只有独个儿坐在房子里念想念想，将所有如何向对方求爱，如何谈心的话完全想过，这求爱的种子，在他的心里已经成长得很好了，于是便在见到他所爱的女人的时候，直截且当地跪了下去，或是把她一把抱住，满以为可以开花结果了，却不知道对方完全没有了解他的内心，这就是阿 Q 向吴妈求爱的方式：一口气跪了下去，便是"我和你困觉，我和你困觉！"这和莫泊桑在短篇小说《莫阑这公猪》中，也有异曲同工之描写，试问你是不是在心里喜欢一个女人，而嘴里说不出？恨不得直截而了当地去跪一下，或且把她抱住，可是你却没有这勇气？

### 二

你有没有向人家表示过你的祖宗和哪些有名的人的关系？

527

# 三

阿 Q 的右手拇指和食指头，自从顺手牵羊地，在小尼姑的头皮捻了一把之后，便常常觉得，那两个手指头有点滑腻似的，不由的举手搓捻两下，心里怪那个的，你有没有这经历？

# 四

你有没有把地位不如你的人贱视过？

# 五

阿 Q 自从由城里回来，知道了一点关于革命党的传说之后，就常常喜欢说："白盔白甲"，"噫！"无意识地颇有点反复性的得意样子，他从不把他误认为当真有些道理的人，来请问他，恭维他的时候，阿 Q 虽明知他自己是买空卖空，却也不由的自负了起来，我相信有许多人也正是如此也！

# 六

你有没有在黑夜乞怜于权贵之门，而白昼出来在人们的前面，却没有自己的地位，阿 Q 在城里做的不过是小偷的助手。回到乡下却"显赫"了起来，请你看看在你周围的，是否充满许多这样的人？

# 七

你对于自己憧憬着的事情，是自己走上前去，找寻出路还是只想人家来招呼你？也好像阿 Q 一般，在土谷祠里等革命党去呼唤他？

# 八

当你参加革命工作或是为社会服务，总之是一些光荣的前进的工作。那末，试问你的出发点是为了企图自己的地位得借此转好，还是真正对于事业本身有着服务的信心？你该知道阿Q之喊革命的目的吧？相信在我们旁边，一定有许多同样的人！

《台湾新生报》1946 年 10 月 14 日

# 关于鲁迅精神的二三基点

## 胡风

　　鲁迅先生逝世以后，全国哀悼的怒潮比什么都更雄辩地说明了他的战绩的伟大。但有人说：鲁迅没有创造出一个完整的思想体系。

　　不错，鲁迅一生所走的路是由进化论发展到革命论。在初期，他相信社会一定会从黑暗进到光明，在自然科学里面找着了对一切黑暗势力反抗的根据，但到了后期，他的思想里的物质论的成分渐渐成长，明确。进化论也罢，革命论也罢，这都不是鲁迅本人所创造的"思想体系"，但如果离开了人类数千年的历史所积蓄起来的人类智慧的宝贵的路线，独创地弄出一个什么思想体系，那即使不是《大同书》的康有为，《东西文化及其哲学》的梁漱溟，至多也不过是一个森林哲学的泰戈尔或不合作主义的甘地罢了。鲁迅生于封建势力支配着一切的中国社会，但却抓住了由市民社会发生期到没落期所到达的正确的思想结论，坚决地用这来争取中国的进步与解放，这是他的第一个伟大的地方。

　　但如果他只是进化论和革命论的介绍者或宣传者，也就不怎样奇，但他同时是最了解中国社会，最懂得旧势力的五花八门的战术的人，他从来没有打过进化论者或革命的大旗，只是把这些智慧吸收到他的神经纤维里面，一步也不肯放松地和旧势力作你一枪我一刀的白刃血战，思想的武装和对于旧社会的丰富的知识形成了他的战斗力量。思想运动里面不知道有过多少的悲喜剧，有些人根本不懂中国社会，只是把风车当巨人地大闹一阵，结果是自己和幻影一同消亡；有些人想深入中国社会，理解中国社会，但过不一会就投入了旧社会的怀抱，所谓"取木乃伊的人自己也变成了木乃伊"；只有鲁迅才是深知旧社会的一切而又和旧社会打硬仗一直到死。这就因为那些思想运动者只是概念地抓着了一些"思想",容易记住也容易丢掉,而鲁迅却把思想变成了自己的东西。思想本身的那些概念词句几乎无影无踪,表现出来的是旧势力望风崩溃的他的战斗办法和绝对不被旧势力软化的他的战斗精神呢。他自己说:"因为从旧垒中来,情形看得较为分明,反戈一击,易制强敌的死命"(手头无书可查,只记大意),鲁迅不是一个新思想的介绍者或解说者,而是用新思想做武器,向"旧垒""反戈"的一刀一血的战士。五四运动以来,只有鲁迅一个人摇动了数千年的黑暗传统,原因就在他的从对于旧社会的深刻认识而来的现实主义的战斗精神里面。

最后,鲁迅的战斗精神还有一个大的特质,那就是把"心""力"完全结合在一起。别人当战斗的时候是只能运用脑子,即所谓理智,或者只能凭一股热血,但他则不然,就是在冷酷的分析里面,也燃烧着爱憎的火焰。——不,应该说,惟其能爱能憎,所以他的分析才能冷酷,能够深刻。他自己说:"能憎才能爱,能爱才能憎",翻开他的全部作品来,不是充溢着爱心就是喷射着怒火,就是在一行讽刺字句里面,也闪耀着他的嫉恶爱善的真心。这是一个伟大战士的基本条件,也是一个伟大艺术家的基本条件。他的作品或杂文之所以能够那样在读者心里产生力量,就不外是他的笔尖的墨滴里面渗和着他的血液的原故。"吃的是草,挤出来的是牛奶、血",没有比他自己的这一句话更能解释融合着思想家、战士、艺术家的他的一生。

鲁迅一生是为了祖国的解放、祖国人民的自由平等而战斗了过来的。但他无时无刻不在"解放",这个目标旁边同时放着叫做"进步"的目标。在他,没有为进步的努力,解放是不能够达到的。

一九三七年,十月十七日夜,汉口(本文转载于"民族战争与文艺性格")

《和平日报》(台中)1946 年 10 月 19 日,"新世纪"副刊第 68 期

# 鲁迅先生传略

## 颖瑾

　　鲁迅先生，浙江绍兴人，原名周树人，弟二人周作人、周建人，均为国内学术界著名人士，（惜周作人今已做汉奸，与乃兄气节迥然不同。）少年时代，家中困苦异常，乃投考南京水师学堂，旋奉派至东京留学，肄业医科，后因感觉中华民族老大无能，痛恨满清政府腐败，希望能以丰富文学艺术，燃起中华青年儿女热情，来拯救祖国的危亡，于是决心弃医学文。归国后，初执教绍兴中学，后任北京教育部金事，著有《呐喊》（《阿Q正传》收集在内）、《彷徨》小说二种，《华盖集》《热风》等杂文多种，开今日文坛上杂文的先河。先生为文自成风格，敢言敢骂，以揭发社会恶毒为职责，于是遭忌，被昔任教育总长章士钊捕捉，乃南下，参加当年的"北伐运动"，旋蛰居上海，专门从事著作。平生爱护青年，无微不至，为中国文坛伟大领袖，青年尊为导师。民国二十五年十月十九日，病逝于上海，享年五十三岁（夫人景宋子海婴均仍在上海）。

　　《和平日报》（台中）1946年10月19日，"新世纪"副刊第68期

# 纪念鲁迅[①]

### 杨逵

呐喊又呐喊
真理的呼唤
针对恶势力
前进的呼声

敢骂又敢打
青年的壮志
敢哭又敢笑
青年的热肠

一声呐喊
万声响应
如雷又如电
闪闪，烁烁

鲁迅未死
我还听着他的声音

---

① 该诗日文版发表于 1946 年 10 月 19 日的《中华日报》。

鲁迅不死

我永远看到他的至诚与热情

（为十周年纪念作）

《和平日报》（台中）1946 年 10 月 19 日，"新世纪"副刊第 68 期

# 鲁迅和青年

## 许寿裳

　　鲁迅是青年的导师，五四运动的骁将，中国新文艺的开山者。他的丰功伟绩，到今日几乎已经有口皆碑，不必多说了。但是他自己并不承认是青年的导师，正惟其如此，所以为青年们所信服，他的著述为青年们所爱读。他说导师是无用的，要青年们自己联合起来，向前迈进。他的爱护青年，奖掖青年，并不仅对个人，而是为整个民族，因为一切希望不能不寄托在青年。他看到旧习惯的积重难改，新文化的徒有虚名，只嫌自己力量不够，不能不寄希望于第二代国民，即使他们有态度不当的，他总是忍耐着：他们有思想错误的，他也从不灰心，一生孜孜为社会服务。景宋说得好："辛勤的农夫，会因为孺子弃饭满地而不耕作的吗？先生就是这样的。"他又指示着青年生存的重点、生命的道路，而且主张国民性必须改革。

　　鲁迅在那篇《导师》（《华盖集》）上说：

　　　　近来很通行说青年，开口青年，闭口也是青年。但青年又何能一概而论？有醒着的，有睡着的，有昏着的，有躺着的，有玩着的，此外还多。但是自然也有要前途的。

　　　　……有些青年似乎也觉悟了，我记得《京报副刊》征求青年必读书时，曾有一位发过牢骚，终于说：只有自己可靠——我现在还想斗胆转一句，虽然有些煞风景，就是：自己也未必可靠的。

　　　　……或者还是知道自己之不甚可靠者，倒较为可靠罢。

　　　　青年又何须找那挂着金字招牌的导师呢？不如寻朋友，联合起来，同向着似乎可以生存的方向走。你们所多的是生力，遇见深林，可以辟成平地的，遇见旷野，可以栽种树木的，遇见沙漠，可以开掘井泉的。问什么荆棘塞途的老路，寻什么乌烟瘴气的鸟导师。

鲁迅指示生存的要点，以为青年目下的当务之急，是"一要生存，二要温饱，三要发展。苟有阻碍这前途者，无论是古是今，是人是鬼，是'三坟五典'，百宋千元，天球河图，金人玉佛，祖传丸散，秘制膏丹，全都踏倒它"，言之郑重痛切，现在就《北京通信》（《华盖集》）中选引一段如下：

> ……我只可以说出，我为别人设计的话，说是：一要生存，二要温饱，三要发展。有敢来阻碍这三事者，无论是谁，我们都要反抗他！扑灭他！
>
> 可是还得附加几句话以免误解，就是：我之所谓生存，并不是苟活，所谓温饱，并不是奢侈，所谓发展，也不是放纵。
>
> ……（古训）教人不要动。不动，失错自然就较少了。……我以为人类为向上，即发展起见，应该活动，活动而有若干失错，也不要紧。惟独半死半生的苟活是全盘失错的……

鲁迅常说："不满是向上的车轮，能够载着不自满的人类，向人道前进。"又说："不平还是改造的引线，但必须先改造了自己，再改造社会，改造世界；万不可单是不平。至于愤恨，却几乎全无用处。"总之，要先改造自己，努力前进。他有一篇《生命的路》（《热风》），现在摘引几句如下：

> 生命的路是进步的，总是沿着无限的精神三角形的斜面向上走，什么都阻止他不得。
>
> ……无论什么黑暗来防范思潮，什么悲惨来袭击社会，什么罪恶来亵渎人道，人类渴仰完全的潜力，总是踏了这些铁蒺藜向前进。

什么是路？就是从没路的地方踏践出来的，从只有荆棘的地方开辟出来的。

鲁迅常说国民性必须改造，否则招牌虽换，货色照旧，口号虽新，革命必无成功。革命者只有前进，义无反顾的，他在《出了象牙之塔·后记》一文中说道："历史是过去的陈迹，国民性可改造于将来，在改革者的眼里，已往和目前的东西是全等于无物的。"

以上这些话，至今还是很迫切很需要的。

再就鲁迅对于青年个人的指示来说，也都是非常周到深刻，而且不加客气的。我们随便举几封信看看，便可了然。例如给木刻家李雾城的信，说："做一件事无论大小，倘无恒心，是很不好的。而看一切太难，固然能使人无成，但若看得太容易，也能使事情无结果，我曾经看过 MK 社的展览会，新近又见了无名的木刻社木刻集（那书上有我的序，不过给我看的画，和现在所印者不同），觉得有一种共通的缺点，就是并非因为了木刻，所以来开会、出书，倒是因为要开会、出书，所以赶紧大家来刻木刻，所以草率、幼稚的作品，也难免都拿来充数。非有耐心，是克服不了这缺点的………"（《鲁迅书简》）又另一封给雾城的，说"三日的信并木刻一幅，今天收到了，这一幅构图很稳妥，浪费的刀也几乎没有。但我觉得烟囱太多了一点，平常的工厂恐怕没有这许多；又《汽笛响了》，那是开工的时候，为什么烟囱上没有烟呢？又，刻劳动者而头小臂粗，务须十分留心，勿使看者有'畸形'之感，一有，便成为讽刺他只有暴力而无智识了。但是这一幅里边不至此，现在不过偶然想起，顺便说说而已！"（见景宋的《鲁迅和青年们》文中所引）这观察是何等锐敏而深刻，这措辞是何等婉转而周到！

又如写给一位本不相识的儿童颜黎民的两封信，他要书，就给他书，要照片就给他照片，有所询问就休息休息地答复。现在只抄一段，以概其余。"……说起桃花来，我在上海也看见了。…至于看桃花的名所，是龙华，也有屠场，我有好几个青年朋友就死在那里面，所以我是不去的。我的信如果要发表，且有发表的地方，我可以同意。我们不是没有说什么不可告人的话么？如果有，既然说了，就不

537

怕发表。末了，我要通知你一个你疏忽了的地方。你把自己的名字涂改了，会写错自己名字的人是很少的，所以这是告诉了我所署的是假名。还有我看你是看了《妇女生活》里的一篇《关于小孩子》的，是不是？"（《鲁迅书简》）这态度是何等真挚而严正，措辞是何等亲切而周详！

本省台湾在没有光复以前，鲁迅也和海内的革命志士一样，对于台湾，尤其对于台湾的青年从不忘怀的他赞美他们的帮助中国革命，自然也渴望着台湾的革命，这是不言而喻的。现在摘引几句于下：

> 还记得去年夏天住在北京的时候，遇见张我权君，听到他说过这样意思的语："中国人似乎都忘记了台湾了，谁也不提起。"他是一个台湾的青年。
>
> 我当时就像受了创痛似的，有点苦楚；但口上却道："不，那倒不至于的。只因为本国太破烂，内忧外患，非常之多，自顾不暇了，所以只能将台湾这些事情暂且放下。"……
>
> 但正在困苦中的台湾的青年，却并不将中国的事情暂且放下。他们常希望着中国革命的成功，赞助中国的改革，总想尽些力，于中国的现在和将来有所裨益，即使是自己还在做学生。……

总之，鲁迅的处事接物，一切都以诚爱为核心的人格表现。他爱护青年，青年也爱护他。现值逝世十周年纪念之日，全国青年，正不知若何悲痛和感念呢！大哉鲁迅！真是青年的导师！

三十五年十月十四

《和平日报》（台中）1946 年 10 月 19 日，"新世纪"副刊第 68 期

# 中国近代文学的始祖

## ——于鲁迅逝世十周年纪念日

### 龙瑛宗

今天是中国现代文学的始祖、光耀而伟大的世界文豪鲁迅先生逝世十周年纪念日。今天在上海，将举行盛大的文化界纪念会，各大报决定要出鲁迅纪念特刊。然而，我想我们大多数台湾同胞，对于鲁迅先生之事迹所知不多，所以想要做一点鲁迅先生的简单介绍。

首先，鲁迅先生的功绩就是伟大的文学家。同时也是现在白话文运动的先驱实践家。中国近代的"五四运动"，终于在中国文化史上引发划时代的文学革命；打破封建文化、想要建设为民众之文化的当时，胡适、陈独秀、鲁迅等据守《新青年》，参加文学革命驰骋狂奔于白话运动。关于白话文的理论虽然由胡适所为，但将它具体地实践的，就是鲁迅的作品《狂人日记》。因此对白话文运动来说，他是不可忘却的工作者之一。与此同时，本省同胞今后将会逐渐接近木刻画吧。翻开中国木刻画史的人，将会明白鲁迅正是使木刻画普及的先觉者。

鲁迅于一八八一年诞生于浙江省著名的绍兴酒产地：绍兴，本名周树人，十三岁家运倾泻而没落，但十八岁学于南京的水师学堂，不久转学到矿路学堂，毕业后，入学于日本的仙台医学专门学校。然而有一天，校内说要演电影，他便去看了。刚好放映的是日俄战争的时候，当了俄国间谍的中国人被日军砍杀的场面。鲁迅看到这个场面感到深深的痛苦。因为被日军砍杀的中国人是个体格硕壮的汉子，而只因其无知才落得这一步。也就是说大多数的中国同胞都是没有觉醒的。因此鲁迅就想：当了医生就算医好同胞的肉体之病，可是不治好精神的病，结果民族还是会灭亡的，自此便转向文学，想要让同胞大大的觉醒。鲁迅倾慕俄国的果戈理和高尔基，尤其注意世界上被压迫民族的文学，以波兰的显克微支为首，向我国介绍了许多被压迫民族、弱小民族的文学作品，并且亲自翻译果戈理的《死魂灵》。他的成名作品《狂人日记》是在中国最初的白话文小说。这篇小说虽然大概受到果戈理的《狂人日记》的暗示，但在社会的视野来看，却比果戈理更为广大。

鲁迅有《呐喊》《彷徨》等的著作，但其中最有名的是《阿Q正传》。罗曼·罗兰大为赞美这篇小说，它已经被翻译成日文、德文、英文、法文等各国语言。鲁迅抓住阿Q这个人物表现了在中国欺凌弱者、谄媚强者的一种典型人物，在中国文学史上留下不朽的一页。

鲁迅逝世已经十年，鲁迅的肉体已经灭亡，但鲁迅的精神却还活着，那是要呼唤民族觉醒的永恒声音。

原文以日文刊登于《中华日报》1946年10月19日

此处据陈万益主编《龙瑛宗全集》（中文卷第5册），叶笛译，台南：台湾文学馆筹备处，2006年11月。

# 我所信仰的鲁迅先生

## 秋叶

鲁迅先生，他的本姓名是周树人，他在文艺上的成就，被称誉为中国的高尔基，他在社会上的成就，被赞誉为青年的导师，他的如此伟大成就，决不是幸致的，而是经过了千辛万苦，战胜了无数的艰难，才得到的。

他的代表作品——《阿Q正传》，现在已被翻译了好几国的文字，他在《阿Q正传》之中，深刻地描画出某种人性的恶劣情形，他以极冷静的头脑，把阿Q赤裸裸地放在显微镜下解剖。

也可以说，他因为太爱护了我们纯洁的青年的缘故，所以，他竭尽了他一切的心智，来从事于这部伟大的创造，给青年的指导。

记得在陈长官（当年任闽省主席）为纪念鲁迅先生而［送］我们的《鲁迅全集》（共计二十大册）中，鲁迅先生叙述着他描写《阿Q正传》的经过与发表后社会方面对他的不满情形，可是他并没有妥协，他以百折不挠的心，来与恶势力搏斗，结果，《阿Q正传》大大地受了一般有血气纯洁的青年欢迎，同时，自然亦为一般阿Q典型的人所深深不满。最奇妙的，在他发表此篇之后不久竟然有人写信问先生说其所写者是否以他为型这一种的话来，不过，我们却是可以由此知道他对人性观察的细微，与描写的深刻。

他的《阿Q正传》，我可以说与果戈理的《死魂灵》相媲美，同样的是代表着社会的某种人的典型，他虽以讽刺泼辣之笔著称，可是，他内里的痛苦，谁人能够知道？他目睹着现实的恶劣，与社会风气的日趋堕落，假如不再痛下针砭，恐怕民族前途不堪设想，所以，他的讽刺，我可以说是针砭祖国麻木，实须要此，无知之人，恨之不及，自然只有加以诋毁咒骂。

先生一生，是坎坷的，他生存在正在受苦难的祖国，犹如高尔基是生在专制的帝俄时代一样，他目击着被压迫的人类挣扎，呻吟，而且他的自身也时受着恶势力的压迫，他以他强有力的笔，来为大多数的同胞发出群众的呼声，他爱同胞，尤其是他更爱护有热血的纯洁青年。

虽然，他的出身并非贵门华裔，可是这对于他，并无丝毫影响，又如高尔基之母亲于他父亲死后又嫁给别人一样，他的苦难，正足以象征他的伟大。正如尼采所说："小的痛苦，把我们弄得很小，大的痛苦，才能够把我们成为伟大。"一个人要生活，必须受得最大的痛苦与艰难，然后，他的生命力才会获得发扬光大。

鲁迅先生在他作品之中，时时关怀我们青年，他说："青年有一分热，就应该发一分光"，"我们虽然吃进去的是草，挤出来的应该是牛乳"。这是多么恳切的言语啊！

当时京派正在文坛作剧烈的斗争时候，他并没有参与任何一方，文艺应该是大众性，是革命性，是创造性，是真实性，这是天经地义。一般文人，不从事于创作，而徒一味分门别户，斗小意气，这是他所不取，他的眼光远大，实值我辈青年效法。

他的身世经历，自有他的传记可以窥知一二，他的毕生著作，也无须我再加以介绍，至于他的译品，几乎都是日俄作品，甚至有人因此加以谩骂，说他是左派的作家，诚然，他的作品或者译品多数含有左派意味，可是他的指导青年的苦心，谁人能够加以了解？

他所译的日本厨川白村的《苦闷的象征》，这是一部伟大的文艺著作，俄国法捷耶夫的《毁灭》，书中描写战争的残酷，假如，我们说他是个左派作家，那倒不如说他是个大众的作家，更来得贴切些。

《和平日报》（台中）1946 年 10 月 20 日，"新世纪"副刊第 69 期

# 忘记解

## 景宋（许广平）

亲戚或余悲，他人亦已歌，死去不足道，托体同山阿。

——陶渊明

又到纪念鲁迅先生的时候了，因为今年的十月十九日恰恰是十周年。

许多朋友都要在刊物上登些纪念文字，而且都似乎不约而同地要我写几句话，其实我有什么好写的呢？要纪念，不是大家一样可以来的吗？

不错，记得陶渊明似乎有几句诗："亲戚或余悲，他人亦已歌，死去不足道，托体同山阿。"每逢读到陶公这诗时，总会引起一种凄凉的情感，似乎一个人的死去，还是亲友怀念得长久些似的。然而就鲁迅先生逝世了十周年的今天看起来，每年的纪念，倒并不在亲友而是社会人士更来得热烈，可见陶公之诗，也不尽然适切的了。

我不敢说忘记了他，他的一言一行，已经融合在我的生活里面，占有一大段的期间。在在都受到影响。在他死后，我对他生活各方面的情形，似乎更能了解。即如日常生活上许多小事情，在他活着的时候，我是并不十分了解的。比方写文章，他总高兴在夜里工作，时常因此失眠，一到白天又因事务纷繁没有能好好休息。那时我心里总难免抱怨，为什么一定要夜里工作？白天不是也可以的吗？可是在我自己执笔为文的时候，自然而然地也还是拣选这夜里十时过后，比较静寂的当儿。现在可以说：每逢我在夜里写作，也就引起我回忆他，不由得对于他那艰苦的毕生工作寄予无限凄楚的同情，这是在随着他逝世之后一天天加深起来的。以前，我不愿扯谎，因为自己欠体验？对于他那专在夜里写作实在颇有反感。还有一事，他是很欢迎客人到来的，凡是时常和他交谈的朋友大约不会不相信的吧。当然，我明白他所高兴的，愿意一同去做，那时海婴也还小，往往朋友坐到差不多的时候，鲁迅先生在陪，在挽留，小海婴从旁也在请求吃了饭再去等，待大家答应之后，他才放心去玩：于是我就急忙稍加准备，略添蔬菜，这差不多成为我们例行生活的了。这样，鲁迅先生可以有一个比较长的休息时间，只是谈谈天，我私心窃以为得计，当时鲁迅先生确也称心快意的在和朋友畅叙的。但是当他一送走了朋友之后，又记起工作，时常会感叹夹抱愧似地自言自语："唉！又是一天过去了，什么也没有做，那是不行的，得赶快赶起来！"他那"赶快赶起来"的话语是那么痛自鞭笞自己，那就是他在短短的三十年文学生涯中成就了辉煌的文学工作的真象；而每一想到他那用小跑步走完他的毕生，依从着最初到南京水师学堂学习得来的步伐在走他人生的长途的时候，是一个终身从不复员的征人，毕生荷戈而绝不解甲的一位能征惯斗的战士。

"忘记我，管自己的生活。"我知道这是他对我的遗言。足足十周年了，的确也一步步生活过了。但是，犹如病弱的人曾经输过血一样，身体里已经渗透了别人的一部分血液，就是想忘记，事实是存在着，终于成为不可能的了。如果说：我的生活还不够坚强，不够努力，本来说不到可以做些什么事，而竟然有愿意贯彻坚强的意志，努力的工作，想学做些什么事，那都是像病人被输过血似的，浸透了鲁迅先生的指导。但是如今做得的确还不够满意，那真是"忘记了"他，是很不应该的。

固然鲁迅先生好像曾经说过：人们许多经历需要忘记，否则一天天积存起来，成为精神上一份巨大的负荷，往往会压得全身乏力的。但我以为这期间含有选择，像拾荒者一样，检出需要的留下，不可丢弃，来培养自己，如果一天天的把经历忘记了，像水流过去，先还有些水渍，随后干了，就什么也没有了。所以，说是"忘记"，是要含

544

有选择性的，如果那个人的行为合适于这一个人，或这一个社会，一时代，可以拿他的言动来帮助我们立身处世，这也就成为我们之间生活的一部分，不可忘记，不能忘记，永远不会忘记。像一粒种子，发芽，滋长，生根，结实，一直传流开去，成为这一时代的多数生物。我想，这应该是无可置疑的。

《和平日报》（台中）1946 年 10 月 20 日，"新世纪"副刊第 69 期

# 田汉先生的《阿Q正传》剧本

## 杨蔓青

### 一

鲁迅先生的《阿Q正传》，是一部轰动世界文坛的巨著，它反映着老中国的渣滓，暴露新旧时代的蜕变，中国革命前夕的写照。

鲁迅先生誉称中国高尔基，以沉重熟练的手笔，画下血淋淋的生活图，他的笔蘸着自己的血，深刻地唤醒了垂危的民族，他热爱青年，他是青年的导师，更是不朽的文化战士！

《阿Q正传》这部奇作，影响了中国文坛的复兴。不！它播下了革命文学的种粒，可是他受尽艰辛，历尽苦难，不怕一切地完成他最大的工作。他说："医生的剖解力，不过医治几个人，文化工作可以使失了性灵的广大人群复苏过来"——这正是先生致力文化运动的主因。

### 二

中国戏剧前辈田汉先生，将《阿Q正传》改编成为剧本，竟花费相当精力与时间，把鲁迅先生笔下的人物，活生生地搬上舞台，使将一般人更容易了解与认识时代是前进的，绝不能轻松一口气，这群时代前的人物，早已化为灰尘，受历史的淘汰，但还有不少在酝酿滋长着。

全剧共分五幕，在剧作家的分幕上，处理得相当成功，各幕都能陪衬出人、时、地的配合，很可使观众嗅到浓厚的乡野气味，使观众有如"挤脓"的快感，啼笑皆非的心情。

阿 Q 时代是过去了，阿 Q 被枪毙了！

不过，阿 Q 是这样的喊出来，现在的世界真是不像样！

阿 Q 是世间第一个能自贱自轻的人，他在马育才的思想观念上，却对阿 Q 的死有个深重的同情：死了一个天真的农民。朋友们，中国革命还没有成功，残余封建势力还非常的大，我们还得继续战斗。不过我们首先要枪毙我们每个人意识里面的阿 Q 吧。

## 三

轰轰烈烈的中国革命，真是成功了，可是这掩不起的尾巴，还赤裸裸的留着。赵大爷问革命党进城好几天了，一切可有什么大的改变？比方对内对外…七斤说，这我可不太清楚，不过目前一切和从前好像还没有什么大两样。知县大老爷还是原官，只改了一个什么称呼。带兵的也还是先前的老把总。现在最烦的就是有一些不好的革命党带起人在西城给人剪辫子。赵白眼。老太爷，您不用着急了，但凡举人老爷做了官，咱们秀才老爷的官也是走不了的。七斤据说捐一些钱加入柿油党，就可以发一个银桃子，有了银桃子就是正式的革命党了。×老板和钱大少爷因为剪了辫子做不得大官，现在可等出了青天了。

革命前后所发生的现象，中国老百姓对革命潮流所感到的气氛与新奇抹上一层深灰的幔围，尚待明朗地指出正确的出路。假洋鬼子的得势，孔乙己的没落，这都是反映着时代的不同，二个极端的趋向，孔老是大时代的祭品，假洋鬼子是当世的宠儿。

## 四

鲁迅先生领导文化运动，负起文学革命的重担，一生为工作而积劳成疾，先生的死，是中国文学上的陨落巨星，也是中国文学中最大的损失。

（十周年忌，聊文以志。）

《和平日报》（台中）1946 年 10 月 20 日，"新世纪"副刊第 69 期

# 追念鲁迅

## 金溟若

　　在这沦陷五十一年的孤岛上，又逢鲁迅逝世十周年的纪念日了。鲁迅死已过去十年。在短促的认识过程中，算得相当长的岁月。人的一生有几个十年？但艺术的永恒中，这又算得什么！这多难的十个年头，人们为了纷扰的世事，渺小得可怜的人类的记忆力，仅仅应付自己的周围，容易忘掉一切与自己不十分关切的一切，会遗忘从前与自己天天见面的人们。正因为此，一旦想起了十年前的事物，宛如隔世，令人不相信那是经过了十个冬天的事。自抗战取得胜利，这十年像从每个人的一生中被摘除了的一段。所以当《和平日报》的编者先生提醒我"鲁迅逝世十周年了"的时候，我一时沉入了遐想，好像十年前叩访他司高塔路的寓居，在他那简陋的书斋中吸着廉价的纸烟，恰像是昨天的事情一样，令我不相信时间会跑得这么快。

　　□□□□□……（原文缺失约60字），有才气横溢的天才，也有因文字而得列身□□的幸运文人，可是我觉得欠缺永远年青的作品和认真处世的作家。一个献身文学的作者，应该是个有血有肉的普通的"人"，不能是"恶魔"，同样的不能是"圣人"，否则便丧失了"人间味"了。许多玩世不恭的文人，固然是写的太透彻了人世间，而有了近于世的思想和举动，可是一旦跨出了人间世——不，他虽永远跨不出人间世，但有了这"想跨出去"的念头，他的文学者的生涯于是终焉——在文学的国土里，只有认真处世，一脚一步从出生而踏向他的归宿的人，才能产生伟大的作品，而那些人的作品和他的年龄毫无牵涉，他的作品不会跟他的生命走向老境，永远是那么年青。

　　鲁迅，只要见过他一面的人，当晓得他的外貌是一个平凡的文

人，蓝布的大褂子，陈嘉庚的橡皮底鞋子，配上永远没有梳过的□□□□□……（编者注：原文缺失约 60 字）

其实那都错了。只要稍知道他的人，谁都晓得鲁迅觉得陈嘉庚的力士鞋底软，好走路，所以喜欢它；鲁迅的烟瘾大，而廉价的纸烟力道凶，方能过瘾，才喜欢它。鲁迅不知道矫作，他照着自己的爱好处世，那一份认真，正是他的可贵处，方能够产生永远年青的作品。

鲁迅的纪念日我仅能就自己敬他与爱他的地方，照实写下我的感想。研究鲁迅作品的学者很多，他们会有系统的介绍，给他批评，给他估价，但我现在不想，也不敢□□对他有所亵渎。这就算我今年追念他的一点敬意了。

中华民国三十五年十月十七日在台北

《和平日报》（台中）1946 年 10 月 20 日，"新世纪"副刊第 69 期

# 读《鲁迅书简》后感录

## ——为纪念鲁迅先生逝世十周年而作

## 吴忠翰

十年前，中国最伟大的文豪，艺术领导者，文艺运动者——鲁迅先生在上海病逝了。他在生前为文化运动所得的劳绩，以及他死后一切不朽的名作流传千古之种种伟大处，是值得全人类歌颂和赞扬的。他虽然为文化革命运动而死，但他的革命精神作品灵魂却是永生的。

鲁迅先生是中国新兴木刻艺术的传播者，中国新兴木刻艺术没有他提倡和介绍指导是不会生长的。所以他在生前对中国新兴木刻运动最有力且成绩最大。由他致各木刻作者的信函中就可以完全了解了。今天纪念他逝世十周年纪念特抄录数段加之申述，以作纪念。

> ……木刻为近来新兴之艺术，更易着手而便流传，良友公司所出木刻四种，作者的手腕，是很好的，但我以为学之恐有害，因其作刀法简略，而黑白分明，非基础极好者，不能到此境界，偶一不慎，即流于粗陋也。惟作为参考，则当然无所不可，而开手之际，似以取法于工细平稳者为佳耳。（复小青信中一段。）

此书乃是比利时木刻家麦绥莱勒所作的《一个人的受难》《我的忏悔》《光明的追求》和《没有字的故事》四部连环木刻书册，不单内容取得美妙、动人，且技巧上的成功，实震动世界的艺坛，当我们看了那四部连环木刻画以后，就恰似看完四部好电影一般的受感动。自从那四部连环木刻出版后，在当时我国木刻界也有很多临摹和取法，不过大半是失败的，以为像那种画面，简单得连几笔线条也能完全数出来，在所表现出来的东西，却没你想象的那么活灵活现地表现在它的丑而粗的线条中。在麦绥莱勒的刀下产生的东西，放在每个场合中，又是那么恰当而有生气，这点就足以说明他的画面，从粗条中能够显露出他的微细而精致的小点来。同时在他的连环画中每一个主人翁都是那么毕肖而有生气，在他的灵活的艺术眼光中产生的每一幅画面，又是那么重要和美妙。这一切都是非常难学得成功的，尤其是在没有基础的木刻作者中更难成功。

> ……木刻还未大发展，所以我的意见，现在首先是在引起读画界的注意，看重，于是得到赏鉴，采用，就是将那条路开拓起来，路开拓了，那活动力也就增大，如果一下子即将它拉到地底下去，只有几个人来称赞阅看，这实在是自杀政策。我的主张杂入静物，风景，各地方的风俗，街头风景，就是为此。现在的文学也一样，有地方色彩的，倒容易成为世界的，即为别国所注意打出世界上去，即于中国之活动有利，可惜中国的青年艺术家，大抵不以为然。……（复雾城信中一段。）

在抗战前新兴木刻艺术的活动，可以说只做到点和线的范围内，不能推广到每一个角落，这固然是本身条件不够，工作同志稀少，自己活动能力薄弱，同时客观环境也不十分相容，——就因为木刻是一种革命的艺术，在当时一般的人认为它是某一党派的宣传武器，抑或说它是一种"雕虫小技"，不能列入艺术之门。可是，这种误解却是暂时的，当世界和平之梦给法西斯敌人的炮火惊醒了时，中国木刻跟着时代所赋予的任务进展着，发展着，在抗战期间物质条件特别缺乏的时候，它却负起当时最伟大的使命，站在国防最前线的岗位为万民而战，为万民而泣，用宣传工作由点和线上慢慢地活跃到面上去了，即是说把这种艺术不单只在都市，城市和重要据点，而是活动到穷乡僻壤中间每一角落里去了。所以，它的功绩，虽然没有得到当局特别的称誉，然而，在国际艺坛上已打好了相当的基础了。

> ……盖中国艺术家，一向喜欢介绍欧洲十九世纪末之怪画，一怪，即便于胡为，于是畸形怪状，遂弥漫于画苑。而别一派，则以为凡革命艺术，都应该大刀阔斧，乱砍，乱劈，凶眼睛，大拳头，不然，即是贵族。我这一次之印《引玉集》，大半是在供此派诸公之参考的，其中多数认真，精密，哪有仗着"天才"一蹴而就的作品。倘有影响，则幸也。（复西谛信中一段。）

现实主义与浪漫主义或其他各流派是完全对立的，浪漫主义无疑的被现实主义完全打倒，我曾经去拜访过一位从外国留学回来的美术博士，一进他房，我顿时觉得，他的生活比起自己的来宾实在差得有天渊之别。在壁上悬挂着静物、裸女、和一切□□的油画，水彩画等，我的冷汗直流个不停；那位艺术家说，中国木刻内容过于现实，过杂，失却□□饱和色感，不像西洋艺术的作品那么货真价实，然后他拿出大量从外国带回来的裸体木刻画战战兢兢的对我说："我这些宝贝，是用重金买来的，其作者自拓自印，和亲□□□的，你看这位女郎的乳峰刻得多么突出和动人，还有她的曲线，大腿，刻得多么多么好呀！"

在鲁迅先生编的《引玉集》的作者中，如克利甫琴柯、法腹尔斯蒂、毕斯卡莱夫、毕柯夫和亚历克舍夫诸名家手下的作品，当然见不到有丝毫苟且和马虎，不管在内容题材上，技巧表现上都用尽所有一切精力的。因为那些偷懒苟且者们无法胜任，二是那些只有热心刻作而不注意理论修养者们亦很难达到良好的境界。

> ……木刻为大师之流所不屑道，所有作者都是生活不能安定的人，为了衣食，奔走四方，因此所认识的木艺术作者，亦无一定的社员，也没有一定的地址……先生有志于木刻，是极好的事，但仿木刻家是无益的，因为就是已有成绩的木刻家，也还在暗中摸索，大概木刻的基础，也还是素描，此外也无非多看外国作品，审察其雕法而已。参考中国旧日木刻，大约也一定无益

的……（复振黄信中一段。）

……①

（续八期画刊）关于表现场面伟大的图片，在苏联有许多木刻家做得非常成功，如克利甫琴珂，专用他的精细的线条来刻画伟大的复杂的建筑物的，如果要表现一幅非常伟大的场面并不能在一个版面来表现出，则要用连环画的故事式的表达了。例如比利时木刻家麦绥莱勒专用通俗易晓的简单的画面来表达连环性的故事的。在我国木刻家方面，刻单幅木刻的较多，刻连环木刻却少得可怜，不过间而有些人刻制，但终于粗制滥造而失败了。

> ……现在只要有人做一点事，总就另有人拿了大道理来非难的，例如问"木刻的最后的目的与价值"就是。这问题之不能答复，和不能答复"人的最后目的与价值"一样，但我想；人是进化的长索子上的一个环，木刻和美术也是一样。它在这长路上尽着环子的任务，助成奋斗，向上美化的诸种行动。至于木刻、人生、宇宙的最后究竟是怎样呢？现在还没有人能够答复。也许永久，也许灭亡。但我们不能因为"也许灭亡"而不做，正如我们知道人的本身一定会死，却还要吃饭也。（复唐英伟先生信中之一段。）

也许鲁迅先生没有料想到中国木刻在抗战期间有长足进步能够跟其他国度的木刻同样的进展得那么快。设若他能够活到现在这伟大的抗战期间，看着老作家继续进步，新作家不断的加多，和能够看到那些飞往外国展览的木刻精品时，相信也不会说"也许灭亡"了。

如果说，木刻只能够做到制版的代替品时，那在抗战胜利后制版术尤更昌明的时候，那木刻当然被淘汰的了。这个说法是错误的，现在欧洲科学发达的苏联，他们对于木刻的看重是居于世界第一。在世

---

① 中间缺"每周画刊"第 8 期的部分，编者未能搜寻到该期报纸。

界上科学最发达的美国，现在在它国内所有的一切杂志均用木刻来插图，这点是足说明木刻是绝对不会被科学制版所淘汰了。

　　该文分三部分，分别发表于《和平日报》（台中）"每周画刊"第 7 期（1946 年 10 月 20 日）、第 8 期（日期不详）及《和平日报》（台中）"新世纪"副刊第 72 期（1946 年 10 月 23 日）。编者未见"每周画刊"第 8 期，故该文中间部分从缺。

# 中国木刻的保姆——鲁迅

## ——石在，火种是不会灭的

### 黄荣灿

今天在此纪念鲁迅先生逝世十周年，较以往有意义，在台湾首次纪念、介绍、认识他，是台湾文化发展重要的一面，可惜的就是这初生的新文化，失去他伟大正直的指导，不然，鲜明的行动，速度是可观的！

鲁迅先生把木刻从西欧搬回中国的老家以后，他苦心地哺育着，指导着，使它以新的战斗姿态配合着现实，关切着民生的命运，而踏上英勇的前进的阶段！所以木刻在今天才能刻画出敌人的野蛮，残暴，和丑恶的现实来！

"因为革命需要，有宣传，教化，装饰和普及，所以在这时代，版画，就非常发达了……"

今天，我们不愿堕落的人们，早就和恶势力展开了生死肉搏战，而且在和历史的渣滓残酷地作斗争，我们木刻的作者的任务是不能停止的直向前进。

鲁迅先生的艰苦的斗争精神，我们应该加以充分的发挥和强调去说明的，所以我们木刻工作者必须□□地去接受鲁迅先生的革命精神配合着我们的工作——木刻，给现实无情的暴露，和无情的打击！

我们知道，伟大艺术家是曾经尽过他所应尽的任务，今天，我们□□□□□地去发挥刀笔的威力，去作为祖国争取民生，抢救危急意旨！

艺术，不论什么时候，它都是应该为进步方面而服务的，而木刻在中国则为服务的最有力的艺术。鲁迅先生曾用了卢那卡尔斯基的话来指示艺术路向：

> ……一切有生命的，真实地美的艺术，在其本质上都是斗争的！倘若它不是斗争的，倘若它是疲倦的，没有喜悦的，颓废的，那么我们要把它当作疾病，当作上层阶级生活解体和衰灭刹那的反映，把它否定了。……生活愈加在那里面完全地明快地表现着，它就愈加高贵，人类生活的本质是斗争的，斗争心理有勇气，有这个——人类必要的东西存在。天才的艺术家是天才地反映着斗争底任何形态，而且天才地使那富强的生命力和精神巩固起来！

因此我们希望今后木刻工作者，要尽量地强调刀笔发挥力量，人类自由幸福的任务，在未达成时她永远是需要×的毅力，不要苦闷在现实里吧！我们的同志。

鲁迅先生先见之明的论述，我们木刻工作者应该加深□□□和他效法的，不单给木刻工作者作了有力的指示和批判，而且他还介绍世界进步的艺术家及创作生活的□□，如他□□□□，柯勒惠支的版画集，各国木刻作品集，这些技巧和有生命力的作品，给予我们是很大助益的。今天木刻日见壮健的成绩，是鲁迅先生培养，领导的功劳，他是中国木刻的保姆。

《和平日报》（台中）1946 年 10 月 20 日，"每周画刊"第 7 期

# 鲁迅的德行

## 许寿裳

　　鲁迅自己不承认是教育家或青年的导师，然而，他的誉满天下，尊重创造和奋斗，并且主张扩充文化，指导青年的生活，这些都是合于教育的；他的行为人范，刻苦耐劳，认真周密，赤诚爱国，情愿自作牺牲，这些又是合于教育的。正惟其自己不承认是教师，这才够得上称为真正的教师。他就学在仙台医专的时候，伦理学的成绩列在优等，从此可见他的涵养德性，有本有原，他的判断事物的价值，有根有据。我常常说：他不但于说明科学攻习有素，且于轨范科学如伦理学，美学之类也研究极深。客观方面既说明事实的所以然，主观方面又能判断其价值的所在。以之运用于创作，每有双管齐下之妙。举例言之：他利用了医学知识写《狂人日记》，而归结于羞恶是非的判断，说："有了四千年吃人历史的我，当初虽然不知道，现在明白，难见真的。"此非有得于伦理学的修养，明白善恶的价值判断，何能达到这种境地呢！

　　鲁迅作品中，未曾明言道德，而处处见其德性的流露。他的伟大，就在他自己人格修养的伟大，不但在创作上可以见到，即在其起居状况，琐屑言行之中，也可见得伟大的模范。现在略之举出鲁迅的德行的特点：第一是诚爱，他的创作，即以其诚爱为核心的人格的表现。例如《一件小事》(《呐喊》)他描写一个车夫扶着一个车把摔倒的花白头发的女人，走向巡警分驻所去的时候，特然感到这车夫人格的伟大，说：

　　……我这时突然感到一种异样的感觉，觉得他满身灰尘的后影，刹时高大了，而且愈走愈大，须仰视才见。而且他对于我，渐渐地又几乎变成一种威压，甚而至于要榨出皮袍下面藏着的"小"来。

这事到了现在，还是时时记起，我因此也时时熬了痛苦，努力地要想到我自己。几年来的文治武功，在我早如幼小时候所读过的《子曰》《诗云》一般，背不上半句了，独有这一件小事，却总是浮在我眼前，有时反更分明，教我惭愧，催我自新，并且增长我的勇气和希望。

第二是勤劳，鲁迅发奋写作，每每忘昼夜，忘寒暑，甚而至于忘食。民国十六年，我和他同住在中山大学中一间最中央而最高最大的处所，通称"大钟楼"的时候，亲见他彻宵写作。《铸剑》一篇，便在这时修改誊正的，虽则注明"一九二六年十月作"。后来同居在白云楼的时候，也亲看到他的住家阳光侵入大房间，别人手上摇着扇子，尚且流汗，可是他能在两窗之间的壁下，伏案写稿，手不停挥，修订和重抄《小约翰》的译稿，编订《朝花夕拾》，作后记，绘插图，又编录《唐宋传奇集》（拙著《鲁迅的生活》）。景宋有云："他不自己承认是天才，又说：'哪里有什么天才，我是把别人喝咖啡的工夫都用在工作上的'。他实在是不断学习，不断努力……"（《鲁迅全集》编校后记）

第三是坚贞，鲁迅的战斗精神坚贞无比，他常常说："无论爱什么——饭，异性，国，民族，人类，等等——只有纠缠如毒蛇，执着如恶①鬼，二六时中，没有已时者有望。"（《华盖集·杂感》）又说："对于旧社会和旧势力的斗争，必须坚决，持久不断，而且注意实力。旧社会的根底原是非常坚固的，新运动非有更大的力不能动摇他什么，并且旧社会还有使他势力妥协的好办法，但他自己是绝不妥协的……我们急于要造出大群的新的战士，但同时，在文学战线上的人还要'执'。所谓执，就是不要像前清做八股文的'敲门砖'似的办法……"（《二心集·对于左翼作家联盟的意见》）鲁迅是一位为民请

---

① 现通行的《鲁迅全集》中为"怨"，此处保留许寿裳原文之"恶"字。

命，拼命硬干的人，民国十九年春，忽负密令通缉的罪名，相识的人都劝他暂避。鲁迅答道："不要紧的，如果是真的要捉，就不会下通缉令了。就是说有点讨厌，别给我开口——是这么一回事。"俯仰无怍，处之泰然。所以他的身子虽在围攻禁锢之中，而始终奋斗，绝不屈服，虽则因为肺结核的病而至垂死的时候，还是不肯小休，"要赶快做"。弥留的前夕，还是握管如椽，真正实践了二十三岁所作《自题小像》的"我以我血荐轩辕"的诗句！

第四是谦虚，鲁迅不自己承认有天才，对于自己的作品，总是"自视欿然"，所以始终有进步的。举个例吧！一九二七年，瑞典人S对于中国新文学，甚感兴趣，欲托人选择鲁迅作品，送给"管理诺贝尔文学奖金委员会"，S以为极有希望的，托人征求询鲁迅的同意时，他却答道不愿：

> ……请你转致半农先生，我感谢他的好意，为我，为中国。但我很抱歉，我不愿如此。
>
> 诺贝尔（奖）金，梁启超自然不配，我也不配，要拿这钱，还欠努力。世界上比我好的作家何限，他们得不到。你看我译的那本《小约翰》，我哪里做得出，然而这作家就做得到……
>
> 我觉得中国实在还没有可得诺贝尔赏金的人，瑞典最好是不要理我们，谁也不给。倘因为黄色脸皮的人，格外优待从宽，反足以张中国人的虚荣心，以为真可与外国人作为比肩了，结果将很坏……（《鲁迅书简·答台静农》）

此外，鲁迅的节约、整洁、负责任、富友谊以及为大众服务……美德举不胜举，都是为国民的模范。景宋的《鲁迅的日常生活》《鲁迅和青年们》等等，记述得甚为详细，足供参考，伟哉鲁迅！中华民族之魂！

（三十五年十月）（本文转载上海侨声报《星河》副刊）

《和平日报》（台中）1946 年 10 月 21 日，"新世纪"副刊第 70 期

# 像这样去战斗

## ——纪念鲁迅先生逝世十周年

### 楼宪

怀着坚定的信念前进……想起了鲁迅先生的话。现实宛如是在惊涛骇浪中牵着缆绳逆流而上。可是明明沿着□顺流而下就能够把握自己的方向……

中国的社会状况过于复杂：那是和凶狠而愚顽、残忍、卑劣、无耻、如蛇蝎野兽般的敌人的连续战斗；那是和愚昧、虚伪、丑陋、饥饿、贫苦、封建余孽的传统伦理观念及黑暗势力不断的斗争。伴随着激烈的斗争社会动荡愈演愈烈。因此我们年轻人——其中不少人往往因为恐惧而面容失色、胆战心惊，因吓破胆而极不愉快，如醉酒般，如做梦般，或者就此意志消沉，幻想破灭，然后一蹶不振，最后退步、屈服或投降。就像鲁迅先生所说，"世上如果还有真要活下去的人们，就先该敢说，敢笑，敢哭，敢怒，敢骂，敢打，在这可诅咒的地方击退了可诅咒的时代！"

在这可诅咒的地方击退了可诅咒的时代——先生对于我等年轻人如是说，必须要"韧性地战斗"。

应该怎样进行战斗？战斗的目标是为了改革、创造和进化，进一步说的话是为了消除将来一切的苦痛，（……□□）须有智慧和勇气，而不是徒然的轻举妄动。因此鲁迅先生关于战斗的方法进行了如下的描述："对于社会的战斗，我是并不挺身而出的，我不劝别人牺牲什么之类者就为此。欧战的时候，最重'壕堑战'，战士伏在壕中，有时吸烟，也唱歌，打纸牌，喝酒，也在壕内开美术展览会，但有时忽向敌人开他几枪。中国多暗箭，挺身而出的勇士容易丧命，这种战法是必要的罢。但恐怕也有时会迫到非短兵相接不可的，这时候，没有法子，就短兵相接。"鲁迅先生还教导我们说："在青年，须是有不平而不悲观，常抗战而亦自卫。"

为了战斗胜利我们应该要讲究作战方法。"倘荆棘非践不可，固然不得不践，但若无须必践，即不必随便去践，这就是我之所以主张'壕堑战'的原因，其实也无非想多留下几个战士，以得更多的战绩。"但是鲁迅先生对于战斗主张"绝对贯彻到底"，战争绝非为了颜面之争或者泄私愤，不能成为没有意义的斗争和偏激的争执。鲁迅先生热诚的爱护、关心着我等年轻人——天真，纯洁的后辈们，有医术的人们，有前途理想的人们。而对于危害人类、社会、民族、国家、青年、孩子的人，或者对于本来应该施以援手但却变成加害者的人处罚则是无情而坚决的。那样的话又怎么样呢？前面我们已经看到了先生对于战争的态度，欧洲人临死时，往往有一种仪式，是请别人宽恕，自己也宽恕了别人。但鲁迅先生说："我的怨敌可谓多矣，倘有新式的人问起我来，怎么回答呢？我想了一想，决定的是：让他们怨恨去，我也一个都不宽恕。"

鲁迅先生！鲁迅先生本来就是伟大的文学家，与此同时他还是现实社会中积极的战斗者。除了鲁迅先生的文学作品之外，我们年轻人还应该向他学习些什么呢？最应该学习的应该是他不屈不挠的斗争精神吧，恐怕没有比这个更有意义的事情了。

原文以日文发表于《和平日报》（台中）1946 年 10 月 21 日，"新世纪"副刊第 70 期。徐燕虹译，赵晓玉校

# 看了阿Q，不知阿Q的为人

## ——欣赏作品，只为其故事所迷

## 林焕平

林焕平先生，是我国著名的文艺批评家。林先生近著有《文艺欣赏论》一书，本已交上海某书店刊印单行本，现本刊征得林先生之同意，特先行在本刊陆续发表。该书共有八章，本篇为该书之第一章。——编者

人是情感的动物，所以需要物质生活的享受，也需要精神生活的满足。阅读文艺作品，也便是这种满足之一。

阅读文艺作品的人，一般地说来可分为两种。

第一种是单纯为了娱乐，为了消遣的，这种人占最多数。他们阅读作品，普遍都是不注意作品的内容思想、形式、技巧，只留心作品的故事有没有趣味。故事的趣味性，是他们所最需要的。

第二种是从求知的心理出发，想从作品中获得若干真理上的启示。因之他们比较注意作品的内容思想和形式技巧，对于故事的趣味性，倒在其次。他们中间有不少水准低的人，却每每也于不知不觉之中陷于第一种人的倾向。第二种人远不若第一种人之多。

比方他们看小说，看了鲁迅先生的《阿Q正传》，看到阿Q在和别人口角的时候间或瞪着眼睛道："我们先前——比你强的多啦！你算是什么东西！"的时候；看到阿Q被人揪住黄辫子，在壁上碰了四五个响头，他反而心里想，"我总算被儿子打了，现在的世界真不像

样……"的时候；看到阿 Q 和王胡竟捉虱子，终至互相扭打起来的时候；看到阿 Q 调戏小尼姑说"和尚动得，我动不得？"的时候；看到阿 Q 摸过小尼姑的脸孔，被其滑腻所迷，飘飘然者久之，终至跪在吴妈的面前说："我和你困觉，我和你困觉"的时候；看到阿 Q "神往"于革命，要"革这妈妈的命，太可恶！太可恨！……便是我，亦要投奔革命党了"，于是禁不住大声的嚷道：

"造反了！造反了！"

未庄人都用了惊惧的眼光对他看。这一种可怜的眼光，是阿 Q 从来没有见过的，一见之下，又使他舒服得如六月里喝了雪水。他更加高兴的走而且喊道：

"好……我要什么就是什么，我欢喜谁就是谁。得得锵锵！悔不该，酒醉错斩了郑贤弟……悔不该，呀呀呀……得得，锵锵。得锵令锵！我手执钢鞭将你打……"

的时候；更看到"不准我造反，只准你造反？妈妈的假洋鬼子——好，你造反！造反是杀头的罪名啊，我总要告一状看你抓进县里去杀头，——满门抄斩！嚓！嚓！"的时候，恐怕大家都会不期然而然地笑将起来。这种笑，是喜剧的笑，也是悲剧的笑。因为直觉地觉得阿 Q 莫名其妙，滑稽可笑，才笑，所以是喜剧的笑。因为直觉地觉得阿 Q，莫名其妙地上了当，被人捉去斩头的不自知，似乎很可怜，所以是悲剧的笑。然而，阿 Q 为什么这样傻头傻脑呢？他为什么去摸小尼姑的脸孔，而摸了之后又飘飘然呢？他为什么要跪到吴妈脚下去，要和她困觉呢？他为什么不自觉地要投降革命呢？他为什么要被人捉去斩头而不自知呢？从整体上说，阿 Q 到底是一个怎样的人呢？他们就摸不着头脑了。他们只是觉得阿 Q 氏这个人有趣味，他的故事有趣味，所以喜欢看它，其他一切就不管不顾了。这也许就是康德及其他一切形式派美学家之所谓的"无所为而为"的欣赏之一种表现呢。

固然小说本身包含了故事，英文 STORY 这个字，就不只是小说，也有故事、轶事等意义。看小说当然不仅看故事。但是小说是由人物和故事所合成的，而其故事是情节人物的发展而展开的，换句话说，□□□□□（编者注：此处约 50 字难以辨认）看人物。同时人物也罢，故事也罢，都不是凭空而存在的，他都有其所以发生和存在的理由。比方阿 Q，他那种病态，不是生理上的病态，而是社会劣根性，民族劣根性的病态之反映。社会的病态造成他生理上的病态，他的一举一动，不管如何可笑，都不单纯是属于他个人的。他是中国民族劣根性的代表，我们笑他，同时可能或多或少地笑了自己。看了阿 Q 氏，不知道阿 Q 的为人，那可以算是看懂了《阿 Q 正传》吗？

有人说：

> 批评的态度是冷静的，不杂情感的，其实就是我开头所说的"科学的态度"，欣赏的态度注重我的情感和物的姿态的交流。批评的态度须用反省的理解，欣赏的态度则全凭直觉。批评的态度犹存有一种美丑的标准，把我放在作品之外去批判她的美丑。欣赏的态度则忌杂有任何成见，把我放在作品里去分享它的生命。遇到文艺作品如果始终持批评的态度，则我是我作品是作品，我不能沉醉在作品里面，永远得不到真正的美感的"经验"。（朱光潜《谈美》页五五—五六）

又说：

> ……在欣赏文艺时，我们暂时忘去自我，摆脱意志的束缚，由意志世界移到意象世界，所以文艺对于人生是一种解脱。（《文艺心理学》页十三）

照这样说来，那我们看文艺作品看它的什么呢？这样的"美感经验"不是空的吗？这样的美感经验不是像做梦一样，醒来了，就什么都没有了吗？不是像手淫一样，过了那一会儿时间，就索然无味了吗？不是像喝醉酒一样，酒醒了，反觉苦累吗？这不是像看了阿 Q，而不知道阿 Q 是怎样一个人是一样的吗？而且照这种说法，不是根本就可取消文艺批评了吗？不是一切批评家，都是必不会，也必不能欣赏作品了吗？把批评和欣赏，把意志和情感对立起来，抹杀批评和意志的存在，极端地强调情感□对作品的□□，像这样的欣赏，结果是什么都欣赏不到。因为文艺作品的生命，不□□□□□□□□□（编者注：此处约 60 字难以辨认）

《中华日报》1946 年 10 月 31 日

# 记念鲁迅

## 杨云萍

### 一

我们记念伟大人物，当然不是为满足我们个人的"英雄崇拜欲"，更不是为假装记念伟大人物，而来夸示我们是个伟大人物的"理解者"。我们记念伟大人物，当然是要继承那伟大人物的未竟之志，以尽后死者之责；以他们的决意为决意，以他们的勇气为勇气，以他们的憎恶为憎恶，以他们的行动为行动去实行，去干。不消说，我们的记念鲁迅，也是如此。

### 二

十年的岁月，似箭如梭地流过去。鲁迅逝世后的这十年的岁月，在人类的历史上，在我中华民族的历史上，是最值得记忆，最值得注意的。黩武的，悖理的，独裁的，皆受了历史的严厉的审判，得其所应得的结果。依稀地真理似再回复它的尊严，正义似再回复它的力量。鲁迅生前所憎恶的，似有一部分已经消灭。鲁迅生前所争取的，似有一部分，已将见诸实现。

然而，假使我们从兴奋里醒觉，冷静地思索一下时，那末一定会感觉所谓真理的尊严，以及正义的力量，还未完全回复；鲁迅疾恶的"正人君子"，还得意登场，鲁迅所痛恨的"英雄豪杰"，还霍霍磨刀，准备着第几次的大屠杀。而鲁迅所最关怀，所最挚爱的我中国民众，还在过着流离颠沛的惨无天日的生活。至于鲁迅尽其一生的血泪，所奋斗争取的政治、经济、文化的"民生"的实现，却还在远处的彼岸。

## 三

台湾的光复，我们相信地下的鲁迅先生，一定是在欣慰。只是假使他知道昨今的本省的现状，不知要作如何感想。我们恐怕他的"欣慰"，将变为哀痛，将变为悲愤了。不过，我们确信着，要使鲁迅先生，在地下得着永远的欣慰，却是我们的责任。

## 四

民国十二三年前后，本省虽在日本帝国主义的宰割下，也曾经掀起一次"启蒙运动"的巨浪。而对此次运动，直接地、间接地影响最大的，就是鲁迅先生。他的创作如《阿Q正传》等，早已被转载在本省的杂志上，他的各种批评、感想之类，没有一篇不为当时的青年所爱读。现在我们还记忆着我们那时的兴奋。其一原因，是因为我们当时的处境，其另一原因，是因为当时的本省青年，多以日文为媒介，得和世界的最高的文学和思想相接触，获得相当程度的批判力和鉴赏力；所以对鲁迅先生的真价，比较当时的我国国内的大部分的人们，是比较的正确而切实。我们现在，感慨无量地，而稍得意地回想这般事情……

## 五

十年的岁月，似箭如梭地流过去了。可是，我们的对于鲁迅先生的爱慕和追念，是和时间的过去而愈深的。眼前的事实，过去的经验，都教训我们知道鲁迅先生的所以为鲁迅先生。鲁迅的精神，永是不死，鲁迅的事业，永是存在。

斯地斯时，我们记念鲁迅！（民国三十五年鲁迅逝世前一日，稿于习静楼上）

《台湾文化》第 1 卷第 2 期，1946 年 11 月 1 日

# 漫议鲁迅先生

## 田汉

第一次见到鲁迅先生似乎是在上海某银行公会的楼上，我们是参加一个争取自由的知识层的集会，记得那一次还有潘梓年兄弟、冯雪峰，还有彼时称为"董博士"的维键先生。鲁迅先生那时身体似乎不甚好，是由一位青年朋友扶上楼来的，但他对于这争取自由的运动却是那样真挚，对于许多青年人的意见热心倾听，反复讨论，一点也不冷淡。而且精神焕发不像个有病的。

后来在这样的会合上时常相见。

鲁迅先生五十岁生日是在上海法租界一位荷兰人开的菜馆里举行的。到的人很多，都在如茵的草地上促坐倾谈。外国朋友有斯美特莱女士之流，也有内山书店老板内山完造。那天虽然热闹，大家心里却并非轻松，因为正是政治上十分严紧的时候，洪深兄主办的"学艺研究所"也受着摧残。鲁迅先生得着南京的消息赶忙告诉我，要我小心。那时据说有张名单，包括许多朋友。鲁迅先生很黯然地说到这事。他对于光明的将来虽有着坚定的展望，而于笼罩在中国新文运的暗影及可能到来的浩劫不能不表示忧虑。果然后来许多有力的文化工作者遭受惨祸，有的流了最宝贵的血。鲁迅先生所以有"忍看朋辈成新鬼，怒向刀丛觅小诗"之句。我因为鲁迅先生的警告侥幸获免，而同学黄衍仁先生因为住在我的房子里，不幸替代我受了近两年的缧绁之苦，直到一二八前夜才释出来。

我们参加"艺华影片公司"的时候，鲁迅先生曾有一次被邀来看试片和老戏表演，我们问他对老戏的意见，他笑着说他只晓得红脸杀进、黑脸杀出。实在那时老戏改革还没有什么成绩，因而也还看不出什么前途。但他认为实际还是广大农民主要娱乐的老戏，若在乡村演出还是有它的存在意义。这在他早年的散文《社戏》中可以看出他的态度。他在北平看堂会戏不终席而退，但童年在绍兴撑航船到几十里外的村子里看庙堂戏却感到一种诱人的美。

鲁迅先生是一切新文化运动的热心的支持者，因此也是很热心的话剧观众。曾为着《阿Q正传》的话剧化征求过他的意见，那时正是大众语问题闹得起劲的时候，为着大众化的目的，人们曾主张话剧以地方语演出，我在《中华日报》上发表《阿Q正传》剧本，系由袁牧之兄译成绍兴话，但鲁迅先生说那不是绍兴话，还是宁波话，因为袁牧之是宁波人。

《台湾文化》第1卷第2期，1946年11月1日

# 悼鲁迅先生

## ——他是中国的第一位新思想家

## 黄荣灿

鲁迅先生在辛亥革命，"五四"运动，五卅运动，大革命，十年内战中握着笔，用他自己的话说："韧性的斗争"行进。他为受难的人民呐喊，从灵魂底深渊，追击了人类的猛兽，保育了新文化，在喜与怒与恨［中］，认识而发育壮大了民族生存的力量，他在狂风暴雨中建筑了人类的巨碑，指示为改造工程以声张。

他伟大民主的战士，通过艺术，与毒龙，瘴烟，黑暗反复的苦斗了一生的精力，有的"战士"放下了意旨，有的"英雄"露了刽子手的原形，"有的高升有的隐退"！可是他还是握着笔，没有停止人类进取的脚步，四射光芒，照亮了黑夜的行程。

他在人类战胜恶力的巨声中，撩着历史的记录，终于冲破了"帝国""封建""侵略"底包围，终于建立了"不准通过"这永生的号召，团结了民主的力量，争取了被征服，热情熄灭，勇气消失了的思想，向历史恶力提出了坚强的反抗，发出了保卫的宣誓。

他说："有一分热发一分光"，这是今天继续作战，死不妥协的意识，我们要在死的面前笑吧，在死的面前踊跳，这是作为革命的人道主义者——鲁迅先生正直的灵魂。

然而，在今天"人兽之间"战斗的热潮中，鲁迅终于离开了我们而去了。

十年前，一九三六年十月十九日上午五时二十五分，在上海失去了中国新文化的创造者，指导者，最忠实的民主代言人，到今年，已经是十个周年了，在今年尤其在台湾首次记念鲁迅先生，同往年有感重大，在经过敌人五十年蹂躏和掠夺的台湾又回到祖国的怀抱来，一切文化重新开始建立，这初生的文化感到了需要他，因为今天新文化事业需要更多的支持和推进的预知者和先觉者啊！

　　鲁迅先生，他不仅是一位最伟大的前进的文学家，并且是一位大思想家，有着争取民主自由最坚决和最英勇的行动力，他注意文化多方面的发展，呼喊，控诉都充满血泪的记录，他底生命所换来的是今天人类共同进步的事业，百折不回的意志和不知疲倦的力量，向前奋进。在此台湾文化将建立移进祖国队伍加强学习奔向人类和平正义的深求，从此后代无数的青年人所承，我们中国是绝对不会受外力灭亡了，主权在于人民，人类必然要得到自由，恶力必然要消灭的！在此记念你永远是人类的导师，人民有着信念的说：请你安息吧！

《台湾文化》第 1 卷第 2 期，1946 年 11 月 1 日

# 鲁迅先生与中国新兴木刻艺术

## 陈烟桥

一九三〇年，中国艺术青年在上海江湾创设"一八艺社"，那时鲁迅先生是该社的资助人，兼理论指导人。他对于西洋版画本来久已感到兴趣，所以他每从西洋买回来的书籍中，特别注意那些版头和木刻插画。他因为喜欢木刻之故，于是认识了一位日本的版画家。他偕那位版画家到"一八艺社"来讲授了一次"木刻的做法"之后，大家才开始刻起木刻来。

鲁迅先生由外国买来了三十多本《素描》集子，送给"一八艺社"。"一八艺社"后来因经济困难而停办，集子才分散或遗失了。

与"一八艺社"时期不相上下，他着手编印《艺苑朝华》画集共五册，五册之中包含黑白画、木刻画两种。画集印成后销路不好，买的人除了少数的从事艺术的青年外，其余的就非常少去问过了。鲁迅先生当还没有把它们付印之前，明知它们是卖不了许多的，然而为着宣传这种艺术的真谛，牺牲亦在所不计。这些书多数是送给友人的，他的心时常都为着他人，为着中国未来新艺术的抽芽，所以他在其中的一册的序上写着印书的理由："中国制版之术，至今未精，当其变相，不如且缓，一也；当革命时，版画之用最广，虽极匆忙，顷刻能办，二也。"（《新俄画集》序）

中国的新木刻自从有了雏形以来，好像老是都在幼稚的旋涡里不会变动似的，这原因是为了艺术青年的生活环境太恶劣的缘故。鲁迅先生看透了这一层，艺术青年们的要求，他是肯尽力量帮忙的。不特这样，他为着希望艺术青年们热心于学习起见，于是把他数年所收藏的所有的版画都拿出来展览。想许多人也许会记着吧，一九三三年的冬天，他曾借上海海能路某国青年会的会所开过一次苏法版画联合展览会。（当时中国政府严密注意一切与苏联有关的团体，所以鲁迅先生故意把这两种性质不相同的作品混在一起，以避免发生意外的事件。）而展品中苏联的作品占多数，也是他特别着重于苏联的一方面的缘故。这一次展览会的出现，是中国接受苏联新艺术最早的一次。

从这次之后一年（一九三四年）他又在上海施高塔路某坊开了一次苏法德西葡荷捷等国木刻展览会，会期中艺术青年们多数是在场的。最后的一天，他曾和这些青年谈了许多话，并且把身边带来的两厚册英国出版的《世界近代版画集》逐张地向这些青年解释。他是老早就认识了德国版画家珂勒惠支（Kathe Kollwitz）的，当他谈到梅斐尔德（Carl Meffert《士敏土》插图作者）的时候，曾转述了许多珂勒惠支对于梅斐尔德的批评，而这些批评，都是珂勒惠支在答复他的信中所提及的。

珂勒惠支在中国，鲁迅先生是研究她最早的一人，同时也最透彻的一人。他因为喜欢她的作品之故，特地用重价从外国买来了好几张她所刻的农民斗争的铜版画的原版。

《引玉集》是鲁迅先生在一九三四年编印的。这书的成就，真是费了他的苦心不少。他在后记上写着："一九三一年顷，正想校印《铁流》，偶然在《版画》（Graphika）这一种杂志上，看见载着毕斯凯莱夫（N. Piskarev）刻有这画中的故事的图画，便写信托靖华兄去搜寻。费了许多周折，会着毕斯凯莱夫，终于把木刻寄来了，因为怕途中会有失落，还分寄了同样的两份。靖华兄的来信说，这木刻版画的定价不小，然而无须付，苏联的木刻家多说印画莫妙于中国纸，只要寄些给他就好。我看那印着《铁流》图的纸，果然是中国纸，然而是一种上海的所谓'抄更纸'，乃是集纸质较好的碎纸，第二次做成的纸张，在中国，除了做账簿和开发票，账单之外，几乎再没有更高的用处。我于是买了许多中国的各种宣纸和日本的'西之内'和'鸟之子'，寄给靖华，托他转致，倘有余剩，便分送别的木刻家。这一举竟得了意外的收获，两卷木刻又寄来了；还有一卷被邮局所遗失，无从访查……"

《引玉集》印得不多（两年后再版），共二百五十本，里头有五十本是用来送给朋友的，算起成本来，他要赔钱。

同年他又出版了一本《木刻纪程》，这画集是将中国近代木刻作品选印的。他为着想惹起中国一般人对于木刻不至隔膜，及打破普通读者对于木刻以为有政治意味，不敢亲近的观念之故，因是也选了好几张风景、静物插进集子里。关于这一点，他作这样的解释："木刻还未大发展，所以我的意见，现在首先是引起一般读书界的注意，看重，于是得到鉴赏，采用，就是将那条路开拓起来，路开拓了，那活动力也就增大；如果一下子即将它拉到地底下去，只有几个人来称赞阅看，这实是自杀政策。我的主张杂入静物，风景，各地方的风俗，街头风景，就是为此。现在的文学也一样，有地方色彩的，倒容易成为世界的，即为别国所注意。打出世界上去，即于中国之活动有利。可惜中国的青年艺术家大抵不以为然。况且，单是题材好，是没有用的，还是要技术；更不好的是内容并不怎样有力，却只有一个可怕的外表，先将普通的读者吓退。例如这回'无名木刻社'的画集，封面是一张马克思像，有些人就不敢买了。"（一九三四年四月十九日）

《木刻纪程》出版，鲁迅先生曾寄了数本给一位住在苏联的德国亡命美术批评家 Paul Ettinger 请他批评。那位批评家不久便接到并覆了信，所赞许的，还是几张技术较优的人像和风景画。

同年秋季，一位法国左翼女作家到上海游历，顺便拜访鲁迅先生，请他无论如何要替她搜集点中国近代的较前的艺术作品，以备带法国苏联去展览。鲁迅先生答应了她，以是托艺术青年们分头搜寻，结果共得到作品二百余幅，转送给那位女作家带去了。过了两个月左右，这些作品在巴黎公开展览，颇引起彼邦人士的注意。巴黎的报纸载了不少关于作品的批评与感想的文字。到苏联时也是相当热闹。

鲁迅先生后来还编印了一本《珂勒惠支版画集》，据他说：这画集大半部是送给朋友的，发卖的没有几本，并且一下子就卖完了。最后他又着手编译《蒙克版画》《麦绥莱勒漫画集》《抉花集》，可惜事还没有完成，而竟死去了。

鲁迅先生对于中国版画艺术理论的建立，亦为不能忽视之事。他曾写过一封信给他的朋友，里面有这样说及：

……我以为宋末以后，除了山水，实在没有什么绘画，山水画的发达已到了绝顶，后人无以胜之，即使用了别的手法和工具，虽然可以见得新颖。却难于更加伟大，因为一方面也被题材所限制了。彩色木刻也是好的，但在中国，大约难以发达，因为没有鉴赏者。

说到技巧修养是最大的问题这是不错的。现在的许多青年艺术家，往往忽略了这一点，所以他们的作品，表现不出所要表现的内容来。正如作文的人，因为不能修辞，于是也就不能达意。但是，如果内容的充实，不与技巧并进，是很容易陷入徒然玩弄技巧的深坑里去的。

关于题材的问题。现在有许多人，以为应该表现国民的艰苦，国民的战斗，这自然并不错的，但如果自己并不在这样的旋涡中，实在无法表现，假如以意为之，那就不能精切，深刻，也就不成为艺术。所以我的意见，以为一个艺术家，只要表现他所经验的就好了。当然，书斋外面是应该走出的，倘不在什么旋涡中，那么，只表现些所见的平常的社会状态也好。日本的《浮世绘》何尝有什么大题目，但它的艺术价值却存在的。如果社会状态不同了，那自然也就不固定在一点上。

至于怎样的是中国精神，我实在不知道。就绘画而论，六朝以来，就大受印度美术的影响，无所谓"国画"了；元人的水墨山水，或者可以说是"国粹"，但这是不必复兴，而且即使复兴起来，也不会发展的。所以我的意思，是以为倘参酌汉代的石刻画像，明清的书籍插画，并且留心民间赏玩的所谓"年画"，和欧洲的新法融合起来，也许能够创出一种更好的版画。（一九三五年二月四日）

还有他写给另外的一个朋友的信中也有如下的建议：

……至于手法和构图，我的意见以为不必问是西洋风或中国风，只要看观者能否看懂，而采用其合宜者。先前售卖的旧法

"花纸"，其实乡下人是并不全懂的，他们之买去贴起来，好像了然于心者，一半是因为习惯：这是花纸，好看的。所以例如阴影，是西法，但倘不扰乱一般观众的目光，可用时我以为也还可以用上去。睡着的人头上放出一道毫光，内画人物，算是做梦，与西法之嘴里放出一道毫光，内写文字，算是说话，也不妨并用的。(一九三四年三月十八日)

在一九三六年的春天"中苏文化协会"所主办的"苏联版画展览会"开幕时，鲁迅先生又这样写着：

> ……我们的绘画，自宋以来就盛行"写意"。两点是眼，不知是长是圆，一画是鸟，不知是鹰是燕，竞尚高简，变成空虚，这弊病还常见于现在的青年木刻家作品里……

同年十月八日，他在"第二回全国木刻展览会"的会场里曾对艺术青年口授过如下的话：

> ……刻木刻最要紧的是素描基础打得好，作者必要天天到外面或室内练习速写才有进步。到外面去速写，是最有益的，不拘什么题材，碰见就写，写到对方一变动了原来的姿态时就停笔。现代中国木刻作者，大多数对于人物的素描基础是不够的，这点，很容易看得出来，以后希望各作者多努力于这一方面。又若作者的社会阅历不深，观察不够，那也是无法创造出伟大的艺术作品来的。又艺术应该真实，作者故意把对象歪曲，是不应该的。故对于任何物体必要观察准确，透彻才好下笔；农民最纯厚的，假若偏要把他们涂上满面血污，那是矫揉造作与事实不符。

《台湾文化》第 1 卷第 2 期，1946 年 11 月 1 日

# "中华民族之魂!"

## 游客

　　许寿裳先生的大作《鲁迅的德行》，我已经从十月二十一日的《和平日报》上拜读了。为了纪念一个死去的朋友而为文表彰，这不仅是一种应酬也是一种美德。不过恭维死人，和恭维活人是一样，总要得体。否则便会使人肉麻。许先生说："伟哉鲁迅"是可以的，说鲁迅是"中华民族之魂"，就似乎有点滑稽。鲁迅虽然有其可以"伟哉"之处，但誉为"中华民族之魂"就未免有过于夸大之嫌。倘若是左翼作家们这样说，当然很得体。以许先生的地位说这样的话，则似乎欠妥。朋友是一回事，真理又是一回事呀！

　　许先生说："他的言满天下，尊重创造和奋斗，并且主张扩充文化，指导青年生活，这些都是合于教育的。"许先生是教育家，当然有权这样说。但是"言满天下"者很多，不能一律"伟哉"，还得查其"言"是否真正合于教育，而且更要"观其行"。鲁迅"奋斗"的历史是有过的，"创造"的历史则无。他"奋斗"的方法是敷衍与投机，许先生是鲁迅的同乡又是他的老朋友，当然知道他是怎样敷衍了十多个军阀政府里面的教育总长而保留了他的职禄的，当然知道他是怎样摇身一变而成为左翼作家联盟的盟主的。他被章士钊免职后，没有官做了才开始骂政府、骂官吏。自己做官的时候为什么不开口呢？左翼作家联盟是共产党的外围组织，是以革命文学标榜的，是在成仿吾的命令指挥之下去活动的。稍知中国文坛的历史的人，都知道鲁迅是曾经站在创造社的对方，被成仿吾攻击得体无完肤的。但穷途末路的鲁迅竟不惜向以前的敌人无条件投降！他这样的投降，实实在在是投机，于是他就荣任左翼作家联盟的盟主了。许先生，这也是"鲁迅的德行"吗？这也是"合于教育"的吗？这就是你所说的"中华民族之魂"吗？因为许先生是教育家而且又是鲁迅的朋友，许先生说他的"德行"是"合于教育的"还情有可原，说他是"中华民族之魂"，那就未免侮辱了中华民族！

许先生又说"鲁迅是一位为民请命，拼命硬干的人。民国十九年春，忽负密令通缉的罪名，相识的人都劝他暂避。鲁迅答道：'不要紧的。'俯仰无怍，处之泰然"。许先生竟忘记了鲁迅那时候是住在上海租界内的虹口，而且是住在日本的文化间谍内山完造的家里，既然有日本人这样的保险，当然是"不要紧的"了！当然可以"处之泰然"了！他这样托庇于民族仇敌的爪牙之下，而你却说他是"拼命硬干"的人！许先生说他"为民请命"，他究竟怎样为民请命则未说明。你是说他写的那些杂感吗？那不过是他自己身历其境的军阀时代的政府的一些丑行的暴露或自白。你是说他当了盟主以后的那一套普罗理论吗？那都是从"日本普罗文学讲座"上抄来的呀！许先生奈何竟被感情蒙蔽了理智，而说他的行为"都是合于教育的"？而且还要誉为"中华民族之魂！"

《正气》月刊第 1 卷第 2 期，1946 年 11 月 1 日

# 你所痛恨而又热爱的

## ——纪念鲁迅先生逝世十周年

### 雷石榆


十年了，
伟大的笔的战士啊！
你永诀了这世界，
你永诀最痛恨
而又最热爱的祖国；
你像海涅那样，
留下滤过心底的酸泪，
点滴着泰然的嘲弄的遗言，
留下一生的贫困，苦难的遗言；
像吃草的乳牛，被榨着乳汁的，
不，你是像基督被钉在十字架上。

伟大的笔的战士啊！
十年了，自从
你倒下国际市场的沪滨，
无数青年痛悼你的死，
流出比教徒更虔诚的眼泪；
你所痛恨而又热爱的祖国
在侵略的炮下怒吼了。
而且如你所希望的展开了战斗，

经过大半山河的糜烂，
经过九年空前的牺牲，
"胜利"至终是属于我们的了，
然而内战粉碎着"胜利的欢欣"

为了爱而战斗，为了爱而死
我们的心炙的巨匠啊！
十年了，
你永诀了这世界，
你永诀了最痛恨
而又最热爱的祖国。
你所期报的民族的自强，
又变为你痛恨的堕落，
正如你生前所感知的，
最医治这精神的病毒！
我们今天悼念你，
更感觉世界的人类，
应该紧握你留下的，
为了灵魂的改造而战斗的匕首！

　　　　　　　　一九四六年十月十七日于台北


　　　　《台湾新生报》1946 年 11 月 4 日

# 鲁迅孤僻吗？

## ——为鲁迅先生逝世十周年而写

### 朱啸秋

　　记得在鲁迅先生刚死的时候，全国的报纸杂志上都可以读到纪念他的文章。而写作这些文章的人们，似乎异口同声地说："鲁迅性孤僻。"鲁迅先生真的孤僻吗？我以为不甚然。我一向爱读鲁迅的文章，尤其特别喜欢他的杂感，从他的杂感来看他的性情，我以为先生是：太过于热情、是非观念太分明的文人。因为太热情，有时便不免感情用事，产生"爱之欲其生，恨之欲其死"的情感出来，最后落得被人视为"过激"，叫作"虚无主义者"。而是非观念太分明的结果，便不能与党同流、与人合污，因而被目为孤傲，戏称为"怪物"。

　　说鲁迅太热情，乍看起来似乎有点奇怪的。那样的一个作家，写起短评来穷酸深刻，而骂起人来又是那样刻毒，这当然是冷面孔了，哪来的"太热情"？其实，伟大的恨是由伟大的爱产生的，鲁迅文字的冷酷，正是他热情的表现。古希腊哲人亚里士多德说过："吾爱吾师，吾尤爱真理。"鲁迅本着这种精神去批评敌人，所以显得刻毒而且有些过激。这"刻毒"，这"过激"，不必说正是由对真理的"热爱"而来的。而另一方面，鲁迅对于战友，对于真诚的年轻人，却有着莫大的挚爱。一九三一年春，柔石、胡也频等五个青年作家被杀以后，他有过热情横溢的文字纪念他们，叫作《为了忘却的纪念》，起初在《现代》上发表，后来又收在《南腔北调集》里。一九二六年三一八之后，北平女师大的学生刘和珍，喋血在总统府门前，鲁迅虽然不认识她，也曾写过一篇纪念文字《记念刘和珍君》，载在《华盖集续编》。未名壮的□□韦素园病死北平西山，他也写过忆韦素园

［君］在廿三年某期的《文学》上批露。读到他的旧诗：

> 惯于长夜过春时，挈妇将雏鬓有丝。
> 梦里依稀慈母泪，城头变幻大王旗。
> 忍看朋辈成新鬼，怒向刀丛觅小诗。
> 吟罢低眉无写处，月光如水照缁衣。

更觉得有一股热烈、亢奋的情感，洋溢在字里行间。总之，说鲁迅冷酷无情，是不可以的。

当鲁迅在世的时候，最喜欢和人家打笔墨官司，而他的斗法，又是"韧性的战斗"。他起初和陈源教授战，以后又因革命文学建设与"创造社四君子"战，后来又以"硬译与文学的阶级性"与梁实秋战，最后又在《作家》上与徐志摩大开笔战，他对他的论敌，是始终不让步、不妥协的。不管是谁，一经他嘲骂之后，便永要做他嘲骂的对象，直到他要死的时候，在他的文章里还忘不了提起赵老爷（景深）和陈源教授等一般作家，就是他和他们有"世仇"似的。这一点，与其说是鲁迅执拗，或者梁实秋教授称他作"牛"（见《鲁迅与牛》一文），我看倒不如说他是非观念太分明来得恰切。

鲁迅孤僻吗？鲁迅是不"孤"，不"僻"的！他的身边，有着无数爱好他的文章的人，有无数景仰他的为人的心！

鲁迅先生死了已经十年了，然而，死亡并不是毁灭，鲁迅的精神仍然是存在的，我们纪念鲁迅先生，应谈他的战斗精神，击破一切黑暗势力的威胁！

十月于台北

《台湾新生报》1946 年 11 月 4 日

# 阿 Q 相

## ——典型人物给予欣赏者的印象

### 林焕平

在我国的知识分子，尤其是大、中学生中间，常常看到这种种情形：某甲看到某乙偶然在言行上有点不检，就自然地骂他：阿 Q！如果某人在个性上或精神上稍为有一点特别，索性就给他一个绰号：阿 Q。那被骂作阿 Q，或被给予阿 Q 这个绰号的人，心里总觉得很不痛快，仿佛真像受了像阿 Q 所受过那样的屈辱似的，而其强者向对手抗辩，其弱者为自己洗刷，总之，是表现出不愿做阿 Q。

在写文章的朋友中间，每每看到某种现象，类似于堂·吉诃德挑战风车的性质，笔下流露出来的话，就总是讽刺那些人为堂·吉诃德先生，或给他一个雅号为新堂·吉诃德。那些被讽刺的人，心里也很愤慨，也要抗辩。不过骂者没有姓名，因之其抗辩是采取了另一种形式。

抗战以后，张天翼发表了一篇短篇小说《华威先生》，读者看了，觉得讽刺得很好，华威先生立刻活在他们的□□，看到挂着许许多多委员理事的大招牌，一天到晚忙着"开会"，而每会必是迟到早退，一点实际工作都不做的"要人"，"救亡专家"，马上就讥笑他为华威先生。而被讥笑的人，也必然是心里很不平，表白自己做了怎么多的工作，功劳怎么大，以为夸耀。

看到多愁善病的青年女子，称她为林黛玉。看到需要许多个工人来服侍自己，自己像一只"软壳蟹"，任何大大小小事情都不肯，也不能做的摩登太太，称她为寄生虫。看到喜欢和女人胡搅的男子称他为花和尚。看到只会吹牛，高谈阔论，实际自己一点工作都不能做的人，称他为罗亭。看到"拔一毛而利天下者，不为也"，父母子女之间些少钱的往来，都要立契据那样的吝啬鬼，称他为葛朗台老爹（巴尔扎克：《欧也妮·葛朗台》主人公），或称他为亚巴公（莫里哀：《吝啬人》主人公，爱财如命，为了想得嫁妆钱，甚至和自己的儿子争娶一个少女）。

阿 Q、堂·吉诃德、华威先生、林黛玉、罗亭、葛朗台老爹、亚巴公他们，为什么这样深印到读者的头脑里去呢？这是归到了艺术创作上的核心问题。

原来阿 Q、堂·吉诃德，不是个人的阿 Q，个人的堂·吉诃德。而是有中国人的劣根性的无数人们代表的阿 Q，封建骑士阶级代表的堂·吉诃德。阿 Q 所具有的特性，是从所有具有这种特性的中国人的身上抽了出来，综合到阿 Q 的身上去，而具象化了出来的。堂·吉诃德的特性也是将所有封建骑士阶级所有的特性，抽了出来，综合在他的身上，而成了他的特性，以使其特别凸显出、特别显著、特别使人容易看得出来的。其他各人物也无不如此。所以我们在绍兴可以看到阿 Q，在上海、南京可以看到阿 Q，在北平、天津可以看到阿 Q，在广东、广西也可以看到阿 Q，因为作者是以最锐敏的感觉和眼光，经过长时期体察了中国的生活，中国的民性，才对他们做过一番综合的研究与提炼，把那些共同的特征提炼出来之后，才创造出阿 Q 这个人物，才构成《阿 Q 正传》这个故事，才用具体的文字把它形象化到作品里去的。

艺术家创造一个人物，创作一个作品，是经过一个很艰苦的艺术概括的过程和表现过程。所以艺术作品里充满了作者的血泪。有人说：

> 诗境往往是一种梦境，在这种境界中，诗人愈能丢开日常"有意旨的思想"，愈信任联想，则想象愈自由，愈丰富。考老芮基（COLERIOGE）在吃鸦片烟之后睡眼蒙眬之中，做成他的名诗《忽必烈汗》，是到梦境里，欣赏到他所创造的世界。"催眠"的方法不外两种，一种是以低徊往复的音乐，一种是以远离仿佛的意向。（朱光潜：《文艺心理学》页九〇至九一）

照这样说来，那么诗人尽可以屏绝"有意旨的思想"，一天到晚做梦，甚至吃醉了鸦片烟才做梦，以等待诗歌的女神来拥抱好了。推而广之，非仅诗歌的创作为然，其他小说、戏剧、美术、雕刻等，都无不皆然了。不用执笔，不用拿刀，幻梦一来，艺术作品就成功了（形式派的代表美学家克罗齐的主张就是这样的）。

事实上是不是这样呢？并不是这样的。在《文艺心理学》里，就有和这种主张相矛盾的意见。而且这种意见正是上面那种意见的正当答复。那里说：

> 伟大的艺术都是整个人生和社会的返照，来源丰富，所以意蕴深广，能引起多数人发生共鸣。（页二一）

阿Q，堂·吉诃德等，正是整个人生和社会的返照，所以能引起多数人的共鸣。

以上是指文艺的创作方面而言。文艺的欣赏方面又怎样呢？他们说：

> ……不过审美者的目的不像实用人，不去盘问效用，所以心中没有意志和欲念，也不像科学家，不去寻求事物的关系条例，所以心中没有概念和思考。他只是观赏事物的形相。惟其偏重形相，所以不管事物是否实在，美感的境界往往是梦境，是幻境。……（同上书页一〇）

照这样说来，那么欣赏文艺作品就是做梦，做梦就是欣赏文艺作品，梦一醒来，美感经验就立刻完全消失了。事实上，在《文艺心理学》里面，也正是有这样的说法：

> ……在美感经验中，我们既纯以直觉观赏形相，形相是否有生气，运动是否为人物的或线形的，我们就无暇顾及了，我们只觉得形相是在那里运动而已，如果用推理作用来辨明这些分别，我们就已经从幻梦中惊醒，美感经验就不免随之消失了。（页六八）

照这种说法，那么，我们应该就只有在读着《阿Q正传》，读者《堂吉诃德先生传》的时候，才像做梦的直觉到他们的美，一旦读完之后，就一切随之而消失，什么都完了。然而，为什么我们只需看过一遍《阿Q正传》或《堂吉诃德先生传》，阿Q和堂·吉诃德他们就深深的钻到我们的脑子里去，长久不忘记，甚至随着口齿，以作日常谈笑的资料呢？可知欣赏一件艺术作品，了解一个典型人物，并不是做梦，完全不用理智的。在欣赏的时候，正因为有理智的作用夹在其中，所以方能认识阿Q，或堂·吉诃德的某些行为可笑，某些行为可悲，而使这些典型人物的印象更深刻，创造的场合也同样地夹有理智的作用。而且从某种意义说来，作者的思想每每占着主导的作用。通过这种思想，综合出典型人物来，然后以正如宋玉之所说的"增之一分则太长，减之一分则太短，著粉则太白，施朱则太赤"的苦心描写，才把他形象化起来的。说像做梦，无论如何说不过去的。朱光潜先生在《文艺心理学》的另一个地方，就说了一番话，来否定刚才所说过的话。那是这么说的：

> ……我们现在把欧洲纪元后第一个世纪到十五世纪一千多年的宗教艺术纯粹地当作艺术看，已失当时作者的本意。依极端的形式派学者的主张，我们应把它纯粹地当作艺术看，把宗教的联想一齐丢开。这种说法是无异于丢开艺术的灵魂而专研究它的形体。罗马时代避难的教徒在地窟的壁上画一只羊，中世纪雕刻家在"高惕式"大教寺的门上雕一幕《创世纪》，或是文艺复兴时代，意大利画家在僧院壁上画幅《最后的晚餐》。他们动一刀一笔都有宗教的热忱在驱遣。我们如果能联想起许多历史的和宗教的智讯，把一时产生的那种艺术的背景环境和心理在想象里再造出来，对于那种艺术的了解不更深刻么？所得的美感不更浓厚吗？不比只顾看一眼就看到的颜色线纹的配合较进一层吗？欣赏不能不借助于联想，因为它不能不借助于了解。（页九四至九五）

587

联想的世界，就是理智的世界，不是梦境的世界。既然肯定联想，为什么又否定意志和思想呢？总括一句话，欣赏是不能抹杀，或不能离开理智的主线的，尤其是对于典型人物的了解。

《中华日报》1946 年 11 月 7 日，"新文艺"副刊第 2 期

# 痛心的话

## 周青

纪念像鲁迅这样一个伟大人物的逝世，我们是不敢痛哭流涕的；一个非常英雄的战士底死，只会更加强了生者底战斗意志。不至于使我们垂头丧气的；今日，缅怀着鲁迅的生前死后，我也只有握紧了拳头，睁大了憎恨的眼，不愿有一滴足以表示弱者的眼泪！

我没有无谓的悲伤，但是，我却有了无限的感慨在今朝！我们是不必仅为鲁迅一个人的生死而有所哀伤。我们却要惋惜今日的中国还没有第二个的鲁迅，也还没有更众多能为鲁迅所赞许的青年！我们悲痛是为着今日之须要鲁迅生、昔日之迫促鲁迅死的环境而悲痛，而愤恨，而不平！

先让我们想一下看。和鲁迅同样伟大的高尔基是怎样"荣幸地"受他底祖国的当道者底崇敬吧！首先，列宁即以无限关爱的态度对高尔基说："无论如何，决不能让你屈服在由于国外斗争生活所引起的各种沉重的情况之下！"并且称赞："高尔基是一个伟大的艺术天才，他带给了全世界的无产阶级运动以很多的贡献！"高尔基也说过："列宁对我的关系是一个严格的老师和一位和善的关切的友人的关系。"

高尔基"受宠"还不止于此，当今一巨头的史太林也时常是他的座上客，非常重视高尔基的天才和他对于社会主义国家的贡献；当他读了高尔基的《少女和死神》一诗时，会在诗上写道："这篇作品要比歌德的《浮士德》还有力量！"史太林甚至因为高尔基之子逝世而致电慰问的！此外，莫洛托夫更是他的挚友了，在高尔基葬礼时，莫洛托夫曾非常悲痛地说道："我们都感觉到我们自身生活的光辉灿烂的一部分已经从我们的身边永逝了……在列宁逝世之后，高尔基的逝世是全苏联和全人类的一个最重大的损失！"这些所表现的是一个强大的国家和一个光荣的死！

然而，东方的高尔基——我们的鲁迅，他是没曾得到这种应得的光荣！当他过早地就跑到了辉煌灿烂的人生旅程底终点的时候，悼念和恸哭的只是一群无权无势的书生，而奸权残暴，卑鄙无聊的却松了一口气，为着可以更肆无忌惮地横行而欢乐了！当然，这遗憾，这遗恨都不是属于鲁迅本身的，而是属于千千万万的后死者！

我没有话说，对于鲁迅我们还要说些什么呢？他是光荣地倒下了，我们没有流泪，也没有悲叹，他也不高兴我们变成那么一个没出息的弱者！今日，在纪念鲁迅逝世十周年的时候，我们所要憎恨的是昔日为鲁迅所憎恨的那种恶势力；还没有在这应该消逝的时候消逝！但我们可也不必痴想静待光明的来临，处于目前这样的环境，鲁迅所要我们做的是不妥协、不悲叹，而要面对着惨淡的人生而奋斗，我是更猛醒了这一点！

《台湾新生报》1946 年 11 月 11 日，"新地"副刊第 50 期

# 阿 Q 的私生子

## 忆怀

自从阿 Q 死后，那些所谓革命党全肃清了！的的确确也死了许多的坏家伙，所以，天下太平，自然，未庄也跟着安静起来了！

有一天晚上，尼姑庵里的那个小尼姑——曾经被阿 Q 调戏过的那个——竟大胆的跑了，谁也不知道她跑到那里去了，因此，谣言纷纷的传过来，不过，仍然没有一个人真正的知道她为的是什么。

第二天，小 D 在太阳光下捉着虱子，捉了好多好多，但是他为了没有人和他比赛而大大地不高兴，突然地，他想起了小尼姑的失踪，本来，小尼姑是他的意中人，为了这事，他昨晚一夜睡不着。同时，他又想起了阿 Q，他好像在哪儿听过了阿 Q 和小尼姑困过觉的话来着，于是，他感到十二万分的不安了！

"对的，没错。"他自言自语地对着树上的几只麻雀说："阿 Q 临死时说过'二十年后又是一条好汉'的话，那么这样看来，小尼姑绝对是因为了肚子里有小阿 Q 而私逃的，那么，阿 Q 有了儿子了。"

他越想越害怕，因为阿 Q 是革命党兼捣乱分子，那么，假如让小阿 Q 在世上成长起来，将来一定也是个革命党、坏家伙，这样天下又会乱了，未庄也不会太平的。

小 D 是一位爱人爱自己的好人，为了未庄，为了自己——因为阿 Q 同他是对头冤家——。为了赵太爷为了——。他绝对需要去□□小阿 Q，所以他决定去报告给赵太爷和假洋鬼子知道，但是他一个人又不大敢去，因此懒洋洋的从太阳光下爬了起来预备找王胡一齐去，可是这是秘密，关系重大不能给第三者知道的。

他为了要向未庄的大人物报告这机密大事，所以，他好像觉得满身着了火似，怪难受的，不过，为了公众，他鼓起了勇气朝赵太爷的家跑去。等到一座红漆大门出现在他的眼前的时候，他木然的站住了，他不敢进去，只是不知所措地站在那儿。于是，当他又想起这是为国为民时，便拉直了衣服上去敲门。忽然"呀"的一声门打开了，赵太爷要出去。小 D 出其不意的看到他，非常的骇然。

"干吗，小 D。"赵太爷看了他这副鬼头鬼脑的样子，非常生气的问道。

一股威风凛凛的气愤注视着小 D，使小 D 好久说不出话来。

"赵……，赵太……太爷，阿……阿 Q 只……和小尼姑生……生了一个……小……小孩子。"

好容易说完这句话吧……一个的耳光子打得小 D 火星直往眼前冒，当他尝完了这一巴〔掌〕，抬头一看，赵太爷不见了！

"什么东西，儿子敢打老子。"他学阿 Q 说了自慰的话，马上便不痛了。

他又一步一步的拖着慢步，假洋鬼子走了没有好远，恰巧假洋鬼子从他的对面提着根哭丧棒"的托，的托"走来了。

他看到假洋鬼子，考虑，等到走到假洋鬼子的旁边的时候，恭而敬之的鞠了一个大躬，然后说：

"钱……钱老爷，阿 Q……阿 Q 有了……"

还没说完，"卜"的一声，哭丧棒光临到他的头上来。不过这响声远不及从前从阿 Q 头上发出来的那么响亮。

他感到非常伤心，因为那些家伙竟是那么不□□□，但是他仔细想了一想说：

"阿 Q 同我是自小的朋友，小阿 Q 还要叫我叔叔呢！他敢把我怎样！"他这样想通了，就又安心的开逛去了。

从此，未庄，还是那样安静无事，小阿 Q 也就安心地在世上生长起来。

《中华日报》1947 年 1 月 10 日，"海风"副刊

# 阿 Q 画圆圈

## 杨逵

"阿 Q 要画圆圈了。那手捏着笔却只抖。于是那人替他将纸铺在地上。阿 Q 伏下去，使尽了平生的力画圆圈。他生怕被人笑话，立志要画得圆，但这可恶的笔不但沉重，并且不听话，刚刚一抖一抖的几乎要合缝，却又向外一耸，画成瓜子模样了。……"

于是他结果了一生。

鲁迅先生这一段文章，给我们很多的启示。

人生天地之间，第一要吃饭，要睡眠，娶老婆传子孙；这是本能，又是动物的本能。

人之所以谓人者，有说是灵魂，思想等；但这些很奥妙的道理，我们都不晓得。另说是礼义廉耻，这堂皇的道理我们更不晓得。我们这样的平民凡夫，或者可以说很欠少做人的条件了。动物也罢，但是我们却还有一点点的理性。我们的理性是什么呢？想起来却是阿 Q 的道理。就是"人生天地之间，大约有时抓进抓出，有时要在纸上画圆圈，唯有圈而不圆，却是我们'行状'上的一个污点"。"我们生怕被人笑话，立志要画得圆。"

我们与阿 Q 一点不同的，就是，他"不多时也就释然了"，而我们的生涯未得到释然这一点。

很多很多的中国戏剧与小说，结尾都是大团圆，阿 Q 被枪毙了的这篇《阿 Q 正传》的结尾，也就是大团圆，日人所谓"牙出度"，英美人叫做"幸福结尾"，在这里给我们很未得释然的，却是阿 Q 被枪毙结果了一生，竟然就是"幸福结尾"这一桩事。他自己可以释然而去，但我们的动物本能却偏要替他说几句的啰嗦话。

礼义廉耻之邦，在这一年来给我们看到的，已经欠少了一个信字，圆圈欠了这一角，在阿 Q 总要一抖一抖的使其合缝，不幸向外一耸，画成瓜子模样，是他生怕被人笑话，以为"行状"上的一个污点的。

礼义廉耻之士的灵魂与思想，比不上阿 Q 的生怕被人笑话，在欠少做人条件的我们看来，却有点心酸。打倒敌人以来，时间已经过了不短的一年余了，我们总愿结束了一番武剧，来编排一出建设的新戏，拖来拖去总难得使这个圈画得圆圆的。我们平民凡夫都是要看看所谓"幸福结尾"的大团圆，一出剧要演到大团圆，总不得在"路丝脚"的戏台上演，虽有几个礼义廉耻欠信之士得在此大动乱之下再发其大财，平民凡夫在饥寒交迫之下总会不喜欢他们的。

一九四六年末

《文化交流》第一辑，1947 年 1 月 15 日

# 阿 Q 时候的风俗人物一斑

## 周建人

《阿 Q 正传》的作者鲁迅先生，原住绍兴府城内，会稽县东昌坊口之东。东昌坊口为一十字街口，南去有都亭桥，西去为秋官地（第），北去为塔子桥。塔子桥南首有长庆寺，即鲁迅的师父龙和尚做住持之处。寺的对面为穆神庙，正传中阿 Q 所住的土谷祠即指此地。

乡下，一乡或一村中常分为社。乡中或村中有社庙，一般皆供土地。那边的风俗，结婚的次日，新郎与新娘到庙中去拜一次，叫做"上庙"。人死后即向庙中烧纸锭，曰"烧庙头纸"。神座对面有戏台，正月十五前后，即灯节前后，演戏曰"灯头戏"。夏秋演戏曰"平安戏"，意思是说保护村中人民平安用的，亦称社戏。

城中不称土地，而叫城隍。山阴、会稽两县各有城隍庙一所。城中较阔气的人家，结婚后不必"上庙"，只要上"祠堂"，即往宗祠拜谒祖先。穆神庙中的穆神已记不起是什么神。但近地人家死了人，亦向这庙中去"烧庙头纸"，当它作土地庙一类的庙的。神前亦造有戏台，有时亦演戏，但庙与台的规模都小。冬季办冬防时，庙中又为团丁驻扎之所了。

城中的居民比乡村里复杂，如手艺工人、种菜园者、打短工者、摇船的、船头脑、抬轿的、各种商店老板及店员、大小地主、各种绅士及名士等都有。绅士种类最多，有比较公正、坦白的，有非常卑鄙者，有兼做讼师的，有兼开赌场抽头者，亦有具名士风度的。例如有一天有会稽县知县去拜某甲，轿子抬到厅前，某甲适从耳厅出来，见知县来了，连忙用芭蕉扇把自己的面孔一遮，叫声："挡驾，某老爷不在家！"

　　绅士之中，比较的公正与廉洁一点的，俗称正经绅士；卑污贪婪的，俗称"臭绅士"，文字上则写作劣绅；更有借慈善为名以渔利的。形形色色，不一而足。绅士有为地主，亦有没有财产，依靠随时张罗（包括赌博抽头及收埠头钱等）度日的。

　　那时候的绍兴，还有一种特别的现象，是流氓风气的蔓延。寻事打架的事情很多很多。那里有不少锡箔店设厂，雇用一种特别的工人，称为锻箔司务，把小而厚的锡片打成薄而大的锡片，以便砑在一种黄色纸上。此项工人大都是外边人，城内恶霸式的人们有事时常常邀请他们为打手的。这种好打的风气影响了孩子们，亦养成好殴打的脾气。例如秋官地上有"歪摆台门"，门口常聚集着若干个十多岁的孩子，遇见单身的陌生孩子走过时，便设法与他挑战，以达到打他的目的。学校兴办起来以后，此风始渐衰；然而还有一部分人，例如开茶食店的小店主某弟兄，还是时常在街上闲荡，遇见单身的孩子走过，先由较小的一个去撞他，讥笑他，然后较大的参加进去，以达到攒殴单身过路的孩子这目的为快。这种情形，在上海等处却没有看到。

　　城里的住户不少是地主，但多数只是小地主。有些地主兼经商，开着各种不同的店铺。阿 Q 的时代，许多地主在很快的衰落中。这班没落的地主们中，有些是极守旧反动的人，随便举出一个来，例如有名阿 D 其人，是一个特别仇视劳苦人民的人，例如夏天下午常有渔人的儿子，穿着破衣，提着有绳络住的木盆，养些活鱼，进城来卖。如果他走进台门里，又如被阿 D 看见，少不得要被阿 D 打几下，盆子被踢翻。让活鱼在晒得火热的石板上跳几跳烤死。卖鱼的孩子遭此重大损害时，阿 D 就表示十分高兴了。又凡一切改革的事情他都反对，甚至于看见学生们穿黑袜，也要忿怒万分。那时候偏偏流行穿黑袜。但同时又怕被骂的"新党"将来得势。其实穿黑袜者未必便是"新党"或革命者，革命者便是听到他的反对论调也未必放在心上。但他自己以为他的反对是件了不起的大事情，新党一定要报复的。清朝皇帝将退位时，说革命军将到绍兴来了。阿 D 慌极，觉得还是走为上着。便走出大门，向城外逃走。但止不住两腿的发抖。出了房子，走到街上，愈加觉得失了隐蔽，愈加觉得危险可怕，两腿也愈抖得厉害。终于两腿软下去，蹲在地上，至于匐倒，为了逃命，只好爬了。恰巧遇着一个熟识的剃头司务，才把他扶起，并搀着他抖出城外去了。

别一位。叫做阿 Ts，年纪比阿 D 略轻，性情与阿 D 相反，是很"慕新"的。但那时革命这一名称口头上还不习惯，阿 Ts 自称新党。有一天到友人家去，那家正在做忌日，友人正在拜忌日，但还没有拜完，他便走上去坐定，喝酒吃肉的大嚼起来了，口里还说着："我辈新党，不拘，不拘！"他不是党人，但好这样自称。他别无革命行为，也不晓得怎样做法才对。但在神鬼迷信很深的那个时候，他却真的不信，勇气与特色是有一点的，不过大都是玩世的特色。

以上两个都是没落的地主阶级里面的人。一个醉心做新党，一个是绝端反对改革的。后者是一个欺弱畏强，又霸又怕的人。但我必须另举出一个也是没落地主阶级里面的人，也是很特别的。他名叫阿 Don。

他是一个羞涩、软弱、讲话说不出口的人。亲戚家把他养到十多岁后，给他去学生意；数个月后，被回覆了。把他荐到别一家去，结果也是相同。亲戚家把他送还给他的本家，本家起初也给他荐生意，但不久总又跑出来。查考起来。他没有什么过错，起初也是肯做事情的，不过经过一个时期，有些不愿意了。再后，遇着一些细故，他便睡着不再起来。数天之后，如果饿极了，他会起来偷吃一顿冷饭再睡下，于是整日整夜的打呃逆，打得令别人着慌。所以，数个月后，店家照例把他送走了事。至于他有什么过失吗？却没有什么。

他从典当里走到布店，再到药店里，总是不久就走出来。于是叫他做小生意。以至于卖大饼油条。开头总是勤俭的，过一个时候照例不愿意了；终于躺下来，起初把剩余的大饼油条吃了，以后直挺挺的饿着。过一个时期一定这样饿一次，一次好几天。

后来又给人家帮过忙，做些比较轻便的事情。不过他又学会了喝酒。酒一喝，性情就变了，本来是有话说不出口的，酒后便会大声"骂山门"；本来是见人很羞涩的，喝了酒，便会向娘姨跪下去，连声哀求道："你给我做老婆！你给我做老婆！"

他骂山门，他求爱，无论对寡妇或有丈夫的女人，结果往往所得的只是着打。与人相打也总是吃亏的。一场打后，他受了伤，胜者走了，他个人发着牢骚。有时指手画脚还在骂，别人以为他打胜了，但见他面上一块青，头上一块肿，带着创伤的又是他。第二天，酒已醒了，仍然变为羞涩、有话讷讷说不出口的人。还记得昨天被打的事情吗？没有人知道。因为他从来不把被打受亏的事情去告诉过别人。

既不邀人打还，也从不图报复——除却下次喝酒之后再骂山门时，他会提起往事，说不怕与人打一打云。然而这样的情形也是很少的。

因为有些地主阶级很快的没落、破产，阿 Don 的本家也渐渐分散。他更失了依靠。他虽然有时候被本家所打，可是一方面也还有便利之处。比方他饿着睡着死挺着的时候，本家少不得总得去给他一点钱，劝他起来。现在只好住到"土谷祠"去了，便是少数的钱也不会再给他，生活必然更没有依靠了。他曾经做过讨老婆的梦，到此分明益发难以成事实了。

地主之中，田多的雇有长年，当长年的多数是农民。田少的常有忙月，做忙月的也多为农民，东家有事情时，例如收租、过年、上坟等等的时候，到东家去帮忙，过后，自己回去种田去了。有些人家没有忙月，或者忙月没有工夫，需要把贮藏的谷做成白米供食用的时候，就必须另外找人来做了。因此城里有一批工人，专门给人家牵砻与舂米，——虽然有时候也替人家做别种事情。这一班工人最初大抵是农民，或者是种菜园的，但现在已无田或无园可种，就做了牵砻舂米的工人。

这批工人中间，须得提出两个兄弟来说一说。他们是亲兄弟，但性质很不同；兄勤苦做工，没有嗜好，妻已死去，只有一个女儿；弟尚未娶亲，性好玩耍，不大愿意做工作，又喜欢喝点酒，常常向兄要点钱去喝酒。他的"好吃懒做"好像由于他不屑做这种工作，希望谋另外一种生活。但他愿做什么工作，谋什么生活呢？却也没有人知道，因为他没有对人讲过。但他没有讲过，怎么说他好像不屑做这等工作呢？因为从旁的议论上可以看出来的。他有时候有点"花脸"，有点玩世，也有些耐人寻味的举动，但一时却记不详细了，只好从略。这里为什么把他提出来呢？因为他名字叫阿贵，Q 字是贵字拼音的第一个字母,《阿 Q 正传》的作者借用了这 Q 字,他的性质虽采取得不多,但也采取一点的吧?

从没落的地主阶级分子,例如阿 Don 里当然也采取一些的。这是我的看法,不知对不对。《阿 Q 正传》不是一个实实在在的个人的照相,是观察了许多人之后,熔和之后塑成功的形象,是创造过了的。我以上所讲的只是当时少数塑成阿 Q 这形象时有关的原料,但一时如何说得尽呢?

(原文载《读书与出版》第二年第四期)

《中华日报》1947 年 5 月 25 日,"新文艺"副刊

# 镜子与灯塔

## 林焕平

——作品好像一面镜子，欣赏者在镜子里照见他自己，也照见整个人生；

——作品好像一座灯塔，它照耀出黑夜里的丑恶模样，又指引向明天。

### 一

鲁迅先生在日本留学，原本是研究医学的。在他的直觉，以为中国人大不讲养生，体格太坏了，要用医学来治疗中国人的病弱的身体。但是有一次他挤在无数日本同学中看关于日俄战争的影片，影片的内容表现着日本军队枪毙一个被目为做俄国间谍的中国人，而站在身边看枪毙的，也多是中国人。

鲁迅先生在异国看到这种影片，感触特别多。他觉得中国人的灵魂有缺陷，也确是缺少了教育。因之：救中国人的肉体固然要紧，但救中国人的灵魂更为要紧。假如灵魂有疾蛊，则不论身体如何健康，都无用处。而医治中国人的灵魂的最好的科学，莫过于文学。于是他便改了行，从事文学。他回国以后，写《狂人日记》，写《阿Q正传》，创造了我国新文学上最著名的典型人物，也不外是像用X光线去照人体一样，挖掘了中国人共有的劣根性，把中国人的通有病态暴露出来，"催人留心，加以治疗"。

俄国文豪托尔斯泰是俄国革命的镜子。他把帝俄贵族地主阶级的专制制度的腐朽溃败，把农民群众的生活的黑暗悲惨及其向上的求解放的愿望，换句话说，就是把俄国革命的客观世界具体地表现出来了，所以他成为了俄国革命的镜子。

同样的意义，鲁迅先生也可以说是中国革命的镜子。从他的《呐喊》《彷徨》一直到晚年的杂文，都是把半殖民地半封建的中国革命过程中的各种生活相，很真实地表现出来，这面镜子，照出了各种各样的脸谱。

我们中国人在鲁迅先生的作品里，发现自己，发现人生，发现社会的病根，换句话说，就是发现我们中国人自己的和民族的灵魂的缺陷。他为什么这样写呢？是为的"夹杂些将旧社会的病根暴露出来，催人留心，设法加以治疗的愿望"。在这一个范畴以内，作品便是镜子。

但是，光光照出病根来，把脓血腐臭的烂疮烂肉削出来摆在读者之前，而不指出敷什么膏药，使它清毒生肌、恢复健康，还是没有用处的。因此"为达到这希望起见，是必须与前驱者取同一个步调的。我于是奉着将令，删削些黑暗，装点些欢容，使作品比较的显出若干亮色"（俱见《自选集》序）。这"亮色"给读者照射出道路。在这一个范畴以内，作品便是灯塔。

实质地看来，这两者的不可分的结合，未始不可以说是新现实主义和革命浪漫主义的结合。

# 二

哲学的任务，并非仅仅用各种方法去说明世界，更重要的，是该如何去改造世界，文艺的任务也是这样。

> 艺术的使命是在乎站在比现实更高的地方。从新人类之父的庄伟目的的高度，去观察今日的事情。它不致把人从现实切开，而应将他抬高到现实以上的地方去。（高尔基《论戏曲》）

"我们的作家是处理着'实生活上的人'，即是处理着'极端地混淆着这样那样的。非常艰难而充满了矛盾的人物'。我们的任务，

601

不是在乎这些人物单纯化，而是在乎将其自身的姿态给予他自身看，将此援助他自己的再教育。"在想给予表现的各个人物中，除开其阶层共通的特征而外，我们还应当窥见其最特征的，而在终极上决定其社会行动的那种个人的特性。我们不应该像现在我国所通行的那样，把阶层的牌子从外部去贴到人的身上。

> 艺术上的个别的东西与一般的东西，具体的东西与典型的东西的关系——是一种复杂的关系。艺术家愈将具体的素材即愈将斗争着，动摇着，苦恼着，或欢喜着的人们的具体的诸形象，作愈深刻的，热情的研究把握理解感觉，又艺术家愈真挚地突进生活的真实的密林，而将其能把现实诸过程和其方向等的真实表现给予我们的那种人物，现象，事件，特征等，愈注意地从此密林中选择出来，则此艺术家之典型的艺术的概括，也就愈成为灿烂的东西。艺术家处理着具体的诸形象，可是却使我们能理解一般的东西。（约翰·亚里托曼：《文学上的真实》。据起予译文）

文学上的这种典型性的表现，必须作家具备着顶纯粹顶高明的活用语言的创作技术，"作家一面从事着工作，一面把工作变化为语言，同时也把语言变为工作"（《论戏曲》）。"要使文学作品配得上艺术之名，应当在该作品上赋予完全的语言形式。将此形式赋予故事或小说者，是朴素的，正当的，明澈的，简洁的语言。"（《论创作技术》）

艺术家在他的创作过程中，若"只从'今日'这个概念中去理解现实，而不在其中去看出'明日'，那么不过卑俗地理解着现实罢了。没有'明日'的'今日'，前途是漆黑的。没有'今日'便也没有'明日'，因为那不过是空虚的妄想"（《"文学"的真实》）。

具备了这些一切的艺术□体，才是成功的文艺作品。只有这样的成功的文艺作品，才具备着"镜子"与"灯塔"的性能。而使读者在欣赏过它以后，起"灵魂技师"的作用。

# 三

我们的古圣人孔夫子曾说：

"小子何莫学夫诗？诗可以兴，可以观，可以群，可以怨，迩之事父，远之事君，多识于鸟兽草木之名。"

他对文艺欣赏的理想是多么的高！

我们的读者，在欣赏古典作品的时候，须要从那镜子似的作品里，照出那个时代的人生，那个时代的社会及其趋势，以提高自己的教育。

我们的读者，在欣赏当今的作品的时候，须要从那镜子似的作品里，照出今日的人生，照出今日的社会及其向明日的趋势增益自己，丰富自己，使自己尽最大限度的力量，参加扫除与改造旧的罪恶的东西，发扬与创造新的东西的合理的世界。

镜子照着真实，使你自省。

灯塔照着前路，给你前进。

来吧！朋友们，和艺术女神拥抱！

《中华日报》1947年8月17日，第35期

# 鲁迅与《故乡》

## 蓝青（蓝明谷）

    如果说太平天国是中国近代史上一个初步起点的话，那么五四运动就是中国近代史强烈的自我意识觉醒的一次运动。众所周知，到目前为止，中国是处在一个被帝国主义和封建势力双重压迫下的位置。对于一个有背景的国家来说，反帝反封建运动绝不是偶然现象，而是由众多的民众，尤其是已觉醒的青年们热烈支持才使活动得以广泛开展。因此历史上率领这些运动的领导者们也是功不可没的。但是我们看一下五四运动以来的历史，很明显，除了倒在帝国主义的代言人——封建军阀刀下的人们，还有很多所谓的领导者或者自命为领导的人在中途倒戈投降，或如丧家犬般逃到一些"安全地带"。

    但是其中也不缺乏那种从头到尾一心一意投身于反帝反封建运动，绝不中途投敌变节的人，鲁迅便是其中一个。

    鲁迅不仅是五四运动以来对中国思想具有重大影响的一个人，他还被称为"世界的大文豪""青年的导师""革命健将"，等等。但他从来不认为自己是"战阵中的健将"，而只是一个"摇旗呐喊的小兵"。但是他和那些所谓的领导者不一样，他直到最后，不，应该说，哪怕他病倒在床却仍然战斗到生命的最后一刻。他不是那种只会在战场后方发号施令的领导者，他与群众为伴，和群众共同战斗，就像他自己说的"小兵"一样。"如果认为老百姓是什么都不懂的傻瓜那就大错特错了，他们往往能准确察觉到那些所谓'正人君子'所发现不了的东西"，他曾经这么说过。这正是他的文学态度，更表现了他对生活中各个方面的态度，这就是他的伟大之处。

    描写鲁迅生平的那寥寥几篇文章，读起来总免不了有种"隔靴搔痒"之感。关于生平简介的内容最近在各类刊物上随处可见，可以忽略不计了。想深入研究的人们可以参考其他的专业书籍。（参考了日本人小田岳夫的《鲁迅传》，可能多少有些与事实不符，近期这本书要出中译本了。）

郭沫若曾称赞过《故乡》与《阿Q正传》的不同之处。确实和《阿Q正传》比起来，《故乡》是更具有别种味道的杰作。《故乡》写于1921年，将其和鲁迅以前的作品《狂人日记》《孔乙己》《药》《风波》等相比，主题和写作手法都稍有不同。《风波》之前的作品都主要以披露封建社会缺点为主题，但是《故乡》中对于杨二嫂黑暗面没有着重描写，反而表现了对艰苦奋斗且淳朴的闰土的同情及强烈的不舍之情。在形式上，以前那种客观、讽刺的描写方法在这里也带着很明显的抒情色彩。

从思想上来看，这是鲁迅最伟大的杰作。这比他在思想成熟期所写的《阿Q正传》还要早大约两年。虽然他以前的观点大多带有生物学上的进化论倾向，但是在这部作品中，这种倾向得到了质的飞跃。这部作品的结语部分有很多的故事，所以"希望"不是没有价值的东西，也不是靠空想就能得到的，而是靠大多数人的实践才得以实现的。

对于名作的理解，是建立在对作家本人，他的思想及其时代背景的彻底研究之后得到的。某种意义上来说，孤陋寡闻的我对于此次的尝试好像有点不合适。虽然深感惭愧，但是这次的尝试如果对于我们理解近代文学的有一点点的帮助的话，那可真是喜出望外了。最后，文章若有什么错误或者不完善的地方还请有识之士加以指正和批评。

原文为中日文对照本《故乡》之日文序言。徐燕虹译，赵晓玉校

鲁迅著：《故乡》，蓝青译，现代文学研究会 1947 年 8 月版

# 打落水狗

## 柳缃

许多人喜欢打落水狗。

然而，狗是一种可恶的东西，自有它被打的理由，这是无可非议的。

而且，打着落水狗最不费力的事，需要有一根棍子，便可以打得痛快淋漓，没有棍子的人，也可以在岸上呐喊助威，凑凑热闹，因为狗既然落了水，在乱棍之下，也就很难以再爬起来。所以，和看的人，除了看它在水里可笑地挣扎之外，最少是没有被回头咬一口的危险的。

因此，有一些人便成了打落水狗的英雄。然而，不管狗是多么可恶，在它没有落水之前，却向来敢去打它。

观战者是怕它回头咬一口的缘故吧！所以，中国向来就多有打落水狗的英雄，而很少有打狗落水的英雄。

所以，未落水的狗仍然在地面上横行，可恶的很！

这是何等可哀的事！

《台湾新生报》1947 年 10 月 17 日，"桥"副刊

# 鲁迅：中国的高尔基

## ——鲁迅先生逝世十一周年祭

### 欧阳明

十月十九日是中国伟大作家，被称为"中国高尔基"的鲁迅先生的逝世纪念日。鲁迅先生是中国近代现实主义文学的奠基者。在一九三六年逝世之后，留给了我们一份很大的文化遗产。

已出版的二十卷全集，当然还远不是他全部的作品。他的小说集《呐喊》和《彷徨》，是中国新文学最高的成就。《野草》《华盖集》《且介亭杂文集》《南腔北调集》等作品，都会带给这位艺术家以很大的文学上的光荣。而他的代表作品《阿Q正传》更使他获得巨大的声誉。

鲁迅先生的创作，不仅仅在中国享誉广大的盛名，他的作品，还被译为日文、俄文、英文、法文以及其他的外国文字。苏联的翻译尤盛，最初译成俄文的，要算王希礼教授译的《阿Q正传》，这书在一九二五年译成。《阿Q正传》的第二种俄译本经郭质生教授校阅，于一九二八年，由"青年卫军"出版社出版。除了这集子而外，还有《孔乙己》《明天》《故乡》《白光》《肥皂》《野草》等篇。鲁迅先生的创作在日本方面也很盛行，当先生逝世不到半年的时候，日本改造社就出版了七大册的《大鲁迅全集》，正如鲁迅先生的老友许寿裳先生在其《鲁迅的人格和思想》一文中所说：

> 日本人本来是器小自慢的，独对于鲁迅作品的伟大，居然俯首承认，说是在日本作家中竟没有一个人可以匹敌的。依佐藤春

夫氏所说，鲁迅佔有左列①四个作家的优点，可以列为算式如下：

鲁迅＝长谷川＋二叶亭＋森鸥外＋幸田露伴

依郁达夫氏所说则为：

鲁迅＝森鸥外＋长谷川＋二叶亭＋夏目漱石

日本现代名作家小田岳夫氏盛赞鲁迅先生之伟大更甚。小田岳夫氏著《鲁迅传》，算是日本作家比较有价值的有关鲁迅的研究著作，此书已由范泉先生译成，再经许广平先生校正。

鲁迅先生的一切创作中，新文学取得了最高的成就。但是《阿Q正传》，译成了好多外国文，使他在世界文坛获得了巨大的声誉。法国作家罗曼·罗兰读了《阿Q正传》便盛赞："这是世界的。里面许多讥讽语言，我永远也不会忘记阿Q那副忧愁的面孔。"在《苏联文学百科全书》第六卷中，用巨大的篇幅，专门论述了鲁迅先生，特别指出了《阿Q正传》是中国现代文学的杰构。鲁迅先生的名字与他的作品，在世界各国大众生活中，一天天的普遍化了。鲁迅先生的创作是人类伟大智慧的结晶，已成为世界的优秀文化遗产。鲁迅先生之所以如此伟大，成为世界一大文豪，其主要原因就是由于他的生活和创作，是一个辉煌和迷人的战士的形象，是一位现实主义作家，□□，真实描写活的人物，否定过了时代的形式、处方和公式。正像高尔基一样，鲁迅先生想在读者的心中唤起的，并不是人道主义的感情，而是另一种意识，就是"被侮辱和被损害"的人们，为了要争取生活的权利，他们一定要和自己的压迫者做坚决的斗争，而这一斗争是不可避免的。最主要的，就是敢于揭破带给人民以无穷的不幸与灾害的恶之源泉，怀着对人民的创造力与才能的永远不移的信心，坚决地揭破他们。鲁迅先生用他热烈的斗争，唤醒读者心中的……②

《台湾新生报》1947年10月22日

---

① 原文为竖排。

② 编者所获资料残缺，缺下文。

# 阿Q校长演讲词补遗

## 江风

    未庄大学开学那天，阿Q校长向全体教职员学生演讲，文风先生谨慎的把阿Q校长的演讲记录下来且把它发表了。不过，当阿Q校长读了自己这篇演讲词时，心里虽然很欢喜，感谢文风先生肯为他捧场，然而他仍表示抗议，因为文风先生把他最重要的一段话没有发表出来，这在阿Q校长看来，是异等于他的"死对头"鲁迅先生一样讥讽他，简直是"传奇"了，因此阿Q校长不得不表示严重的抗议。

    阿Q校长曾做过短工，这是大家所熟知的，且鲁迅先生也曾"大事宣传"，虽然阿Q校长也视为鲁迅先生的话里有"阿Q是大家的奴才"的意思，但是阿Q校长向来不肯承认，他虽然直言不讳是给赵府（或钱府）做过短工，然而他以为这完全是自由而平等的，因为他去做短工是为着工钱，他说：如果赵太爷不给工钱，我就不替他做工，做短工完全是我自己愿意的。况且小D也知道我说过我是赵太爷的本家哩。

    阿Q校长极力否认他是奴才，说过他是奴才的鲁迅先生也作了古人了，然而阿Q校长仍是放心不下，因为他常常遇到一种可厌的，这眼光强有力地注视他，使他感到这是在看奴才的眼光，他的确是愤怒不平，如果看他的是小D，他很想打他几拳，只恨那不是小D，因此他畏缩的想避开去。可是总逃不了这眼光，他实在恨极了，但也无可奈何。

    阿Q校长很关心这件事，所以在这次未庄大学开学时，他特别郑重的提出，对全体教职员学生训诲着："……我们应该知道，青年'是社会的栋梁，国家的主人'那个已经作古了的我的死对头鲁迅，他常常提出人家是奴才，可是我们是绝对不这样看待自己，如果我们认为自己是奴才，那就无异降低了自己的身份，侮辱自己，简直是自暴自弃了，把自己看轻。无论如何，我们要说：'我们是主人'，至少也得说：'我们已经是主人了。'这样说是必要的。虽然那可厌的眼光，似乎在说：'你还是奴才呀！'那是故意要挖苦人家的，与'事实不符'，我们不要□□，因为我们是主人啊（说到这里阿 Q 校长得意忘形地笑了），各位当然明白，这不是自慰，也不是自欺，至少在自己的眼里是没有把自己的身份降低，我最厌恶奴才这两个字，我希望所有的字典里都删去这两个字——奴才，它的确是最□□有□的字，各位以后切忌说这两个字——奴才……"

《公论报》1948 年 4 月 11 日

610

# 阿 Q 复活

## 佚名

一条幽静的马路上，走着一位算卦的瞎子先生，他小心的用竹竿试点着他的前路，紧靠路边走着。

阿 Q 看见他用竹竿指指点点的，并且倾侧着耳朵，歪着头眼眶翻转着失明的眼球，口里像在念读着什么，怪可笑，人的样子也怪可欺负似的，于是阿 Q 正对他走去。

"他妈的，你瞎睁着大眼，故意的撞我，混账王八蛋，你是干么的?"阿 Q 开口先骂瞎子，找瞎子的不是，阿 Q 心里想想先下手为强，况且他是个瞎子。

"先生，可怜我是个瞎子，我看不见撞着了先生，我是个靠算命吃饭的人，请先生原谅我吧……"瞎子颤抖着声音哀告阿 Q 的饶恕。

混蛋，阿 Q 得胜了似的高骂:"算命，那么你就没有算算你前面有人吗? 就瞎睁着眼向人身上撞。"阿 Q 双手撑着腰摆起了很威风的态度，向着瞎子示威。

"先生可怜我吧，饶了我这一次，我再不敢了，先生。"

"妈的，饶了你，没有这么便宜，给你一个耳光。"阿 Q 顺手给了瞎子一个耳光。"滚蛋，老子放你这一次，如果向后再故意找老子的麻烦，到那时我可丝毫不客气。"阿 Q 得胜了，眼看着瞎子走去，他心中觉不快意，实感到"今天好容易遇到了这样一个可以欺负的人，不能轻轻的放他过去"。

"妈的停下。"阿 Q 随又赶上瞎子，恨恨的踢了瞎子两脚:"连道谢也不道谢就走了，一点礼貌也不知道，走吧，跟我到高等法院去，按法办你，妈的老子。"阿 Q 上去便扯住瞎子的衣领。

"老爷！先生。小人罪该万死，要求老爷饶了我吧？我真的不懂法律，老爷。"瞎子跪下了，眼泪也溜溜的流了下来！"你知道你撞我，是犯了刑法第二章第五节第十款吗？"其实阿Q又哪里懂得法律呢？阿Q见瞎子真的屈服的唯命是从俯伏在地，心里真的高兴极了。

"今天若不是遇见老子，谁也不能顾你，滚。"阿Q看见远处走来了一群丘八，于是赶快的把瞎子放了。

阿Q心想："有人欺负我，我也欺负别人，不是两相抵消吗，不吃亏也不得便宜，这绝不算作恶。"阿Q很得意神气的摆着四方步走开了。

三十七年六月九日于台中

《台湾民声日报》1948年6月11日，第3版

# 闲谈周作人

## 洛味

周作人近来仍在南京老虎桥边的囚牢中"养性"，据记者报道，他最近为附庸风雅者流书写扇面字极多，闲适冲淡之态，依然如故。若干立委提议大赦囚犯案如被通过，周作人不知是否在被赦之列，看样子，他颇可能重新爬登中国文坛，因为中国是个最适宜于"死灰复燃""沉滓复浮"的国度。

## 一 鲁迅与周作人

日前翻读旧书，发现了一篇附录的周作人的《先母事略》，当周作人落笔时，大约就准备把它当作哀启的。其中述及"先母"的名姓，"先君"之病、之死及周氏兄弟出外求学的种种经过，相当详尽。

他在《先母事略》中述其临终之状，云："作人蒙国民政府选任为委员，当赴首都谒主席，见先母饮水如常，乃禀命出发，及半月后，自南京返，则肺炎复发，据医师言病本不剧，而年老气虚，虑不能胜。先母见作人归，即曰：'这回与汝永别了'。复述两次，作人深讶其语之不详，而不图竟实现于五日之内也……享寿八十七岁。"

这里更活活地显出了周作人以被"选任"为国府委员自傲的姿态，也活活地显出了他以晋谒汪逆精卫为不胜"荣幸"的奴才相。有人说："周作人与鲁迅先生这一对弟兄，论貌、论文、论谈吐，都真是同胞手足，即略有不同之处，如以酒来作譬，也只是鲁迅先生是不加其他饮料的原制威士忌，而周作人则是掺了点荷阑水的威士忌而已。"要驳斥这一段话，最适当的办法就是反问他：在一部《鲁迅全集》中，你能找得出类乎周作人所写的《先母事略》中的肉麻文句否？

## 二　偷吃冷饭的故事

在整篇《先母事略》中，较感人的是周作人叙述其母遭樟寿、櫆寿、松寿（即树人、作人、建人）出外求学的一段文字。这段文字是值得与鲁迅先生的若干回忆文对照了读的。在周氏兄弟出外求学的前后。也正是周氏家道最式微的时候，所以周作人晚年也常爱讲起他少时寓居杭州偷吃冷饭的故事。他曾说："我跟祖父住在杭州，祖父的姨太太总把吃剩的冷饭盛在竹饭篮中悬空挂起，以免鼠窃。那知好多次拿下来时总是少了好几块，觉得非常奇怪，原来是我在肚子发饿没有点心吃时偷吃的。"这些话大约不假。

## 三　鲁迅死讯传来时

周氏兄弟之失和原因，知者甚鲜，两人在文字上也很少谈及，要推究原因，实质上当然是为了思想道路的发展，距离越来越远，其他如鲁迅误拆了周作人的一封信呀，周作人讥嘲鲁迅不顾家庭呀之类，均只是细微末节，不足重视，试想一个"横眉冷对千夫指"的耿介者怎能和一个"窗前终年学画蛇"的伪道学彼此间毫无芥蒂呢？鲁迅先生晚年的若干篇杂文，对林语堂的倡导幽默颇有攻击，自然也同时对"闲适派"带了一笔，这"带了一笔"自然也是使周作人之流颇不开心的。

因此而想起了鲁迅先生死讯传至北平时的周作人的表情来。

一九四六年六月十九日①上午，登载了鲁迅病逝的消息的报纸传入北京大学，其间周作人正在上课，同学们闻鲁迅先生逝世，大为震悼。而周作人则继续在课堂上讲其颜黄门家训，终席未作一课外语，

---

① 原文如此，应为"一九三六年十月十九日"之误。

授课毕，始徐云："鲁迅死，余将归省其太夫人。"他的镇定姿态，据说后来颇为一般好讲冲淡闲适的文人所称道，柳雨生之流甚至说："尤以苦雨翁冲淡之怀，益可见其真悲耳。"——其实当时周作人的心境究竟如何，除了他自己，恐怕是没有人知道的。

《台湾民声日报》1948 年 11 月 14 日，第 3 版

# 无物之阵

## 司徒一勺

把杂文当做老鸦叫，把杂文家当做乌老鸦的事，是很平常的。——有豪勇的战士，就会有卑劣的看客。

战士去了，看客犹在。

我记起了《野草》中的话：

> 他在无物之阵中大踏步走，遇见一式的点头，各种的旗帜，各样的外套：但他举起了投枪，他终于在无物之阵中衰老，寿终。他终于不是战士，但无物之阵则是胜者。

也许在无物之阵以外，是有着真正的"胜者"的吧？他们是看客么？抑或是帮闲们，奴才总管们？

有一点是可以确信的，"胜者"不是战士。他的投枪虽然锋利，脱手一掷，一切都颓然倒地，——然而只有一件外套，其中无物。

也有一点是可以确信的，"胜者"并不是看客。

升平之世，谁都希望听到一点赞颂，一点祝福，即或是发自锣鼓和箫笙的噪音吧，也比乌鸦的报警强多了。然而战士的投枪却刺破了看客的美梦，它揭示了粉饰在"升平"外面的幻象，指出了藏在里面的并不雅观的烂疮。

十年，廿年，卅年一层层的粉饰，一张张的花纸，然而疮还在烂，蛆还在蠕动，"升平"云乎哉！说是"升平"，也许只有蛆虫们是会点头的。

作为中国人，我也是崇敬老大中国的无物之阵，以及那无物之阵中的"无物之物"。——正如所说，它包括了一切好名称，慈善家、学者、文士、长者、青年、雅人、君子……它包括了各式的好花样：学匪、□□、国粹、民意、□□、公义、东方文明……它仿佛是无所不包，无所不容，但看真切了，却往往一无所有。它仿佛已尽集人间之精华，但看真切了，那内含的高贵却往往和名称的高贵成反比例。

多少战士已丧生在无物之阵里，它酷嗜新鲜的年青的生命，就像一个无底洞，但真正能克制那些无物之物的，也许还是战士的投枪。

谁也不是无物之物的对手，当它们是"阵"的时候，而战士则是在零零落落地此起彼仆。

为什么这篇杂文中一连四五次地说"但他举起了投枪"呢？这是值得深思的，战士若有所失，也不免会心乱神迷，甚至也可能见大敌而胆战心惊，但也都无损于战士之为战士，假如不忘记"举起了投枪"。

能够克制无物之物的，是战士的韧性。

我因此更怀念逝去了的战将，更瞩望豪勇善战的、正视现实的战士的诞生。

当无奈的时候，堂·吉诃德也是我们的救星，他至少还能说做就做，比哈姆雷特的迟疑犹豫强些！

《天南日报》1949年2月12日，第4版

# 周树人的初步混世法

## 高仲菲

鲁迅先生在给许广平先生的第一封信（仅据《两地书》所载的次序）中，曾说到自己的"混世法"。其言如下：

（一）走"人生"的长途，最容易遇到的有两大难关，其一是"歧途"，倘若墨翟先生，相传是恸哭而返的。但我不哭也不返，先在歧路头坐下，歇一会或者睡一觉，于是选一条似乎可走的路再走，倘遇见老实人，也许夺他食物来充饥，但是不问路，因为我料定他并不知道的。倘遇见老虎，我就爬上树，等它饿得走去了再下来，倘它竟不走，我就自己饿死在树上，而且先用带子缚住，连死尸也决不给它吃。但倘若没有树呢？那么，没有法子，只好请它吃，但也不妨先咬它一口。其二便是"穷途"了，听说阮籍先生也大哭而回，我却也像在歧路上的方法一样，还是跨进去，在荆棘里姑且走走，但我也并未遇到全是荆棘毫无可走的地方过，不知道是否世上本无所谓穷途，还是我幸而没有遇着。

（二）对于社会的战斗我是并不挺身而出的，我不劝别人牺牲什么之类者就为此，欧战的时候最重"壕堑战"，战士伏在壕中，有时吸烟，也唱歌，打纸牌，喝酒，也在壕内开美术展览会，但有时也忽向敌人开他几枪。中国多暗箭，挺身而出的勇士容易丧命，这种战法，是必要的罢，但恐怕也有逼到非短兵相接的不可的，这时候，没有法子，就短兵相接。

鲁迅先生自己说这是他的"混世法"，其实却是战法。这种战法，虽然有的地方有些初步的，过渡的性质，但也是至今有效的，尤其对今日的散卒特别有效。因为读来读去，越读越有滋味，故抄录于此，以供"混世"者参考。

《天南日报》1949 年 4 月 5 日，第 4 版

# 论打落水狗

虞雅

下台的大人先生们于下台时或下台后，遭人揭发阴私或公开检举其在台下的种种不法行为，都名为"打落水狗"，这名称的来由说已难于考索，但其含义非常切当！

凡属"狗"，其实就有被打的资格，并非一定限于"落水狗"而已，不过因"狗"已"落水"，则浑身上下，都已湿透，虽有咬人的本事也难以施展，打起来比较方便随意，即可不必虑及遭受狗的反噬，更可免受狗主的意外干涉，可以打中其要害，从容的打用力的打，打个痛快。

"打落水狗"自然不算英勇，但打的人确实有非打不可的苦衷，如果因怜悯狗落水后的那种狼狈相不忍下手，则狗在出水以后，元气一恢复，遇有咬人的机会，仍旧难免不"□□□□"的咬你一口，并不会因你的宽大就轻轻放过了的！

打落水狗除了抓紧机会给落水的狗以适当的严惩之外，还含有给那还未落水底狗以镇忽"效尤"的意味在内，虽说这意味并不怎样的深长，但也足以使那些携肥而□的狗知道人到无需含糊的时候，就不"含糊"的了！

因为时下的狗非常之机警毒辣，除非"落水"以后，打起来都极其为难的原故，所以打落水狗虽说甚违古人忠恕之道，暂时也只好如此打再说了！

《天南日报》1949 年 4 月 16 日，第 4 版

# 一九五〇年代

## 聪明人·奴才·傻子

### 子刚

聪明人，奴才，傻子，是人类之中三种典型人物。用代数学作譬喻：聪明人是负数人物，奴才是零数人物，傻子是正数人物。

有一篇小说描写一个佣人常常跑到他的朋友面前去诉苦，说是主人每天不给他吃饱，住的房子也没有窗子，请他的朋友替他想办法。那个朋友很同情他，便决定替他先开窗子，不料正动手拆墙壁时，他倒大叫起来："有贼！""有贼！"主人闻声跑出来指挥佣人捉贼，他把朋友赶跑了而得意洋洋。

上面的小说题材，把聪明人、奴才和傻子都明显的刻画出来了。聪明人对奴才的刻薄寡恩，我们自然不满，但这只能怪傻子自己不敢反抗；否则，聪明人敢不给他吃饱、不给他的房子开窗户吗？傻子帮奴才开窗户，不见得是出于朋友关系，而是由于正义感所驱使。他这样爱管闲事，聪明人当然恨之入骨；奴才不但不感谢他，反诬他为贼，这也够他受了。这就是傻子之所以被人称为傻子的原因。

屈原被楚王放逐后对渔父说："举世皆浊我独清，众人皆醉我独醒，是以见放。"渔父说："举世皆浊，何不掘其泥而揭其波？众人皆醉，何不却其礼而饮其酒？何故深思高举，而自令放为？"从上面的对话中，我们可以看出屈原是一个傻子，渔父是一个聪明人。渔父的适应环境的理论，真使我们感叹其有做官的天才，他如果帮助屈原，定是升官发财，绝不会放逐出来的。

凡事不问是非善恶，只问利害，这是聪明人。曹操说："宁我负天下人，不愿天下人负我。"这正是聪明人说的衷心话。我们常说：

"人吃人的社会。"吃人的人，就是这一种人，他的存在，是有害于社会人类的。

缺乏正义感，没有真理意义。让他人牵着鼻子走而不敢活动，给他人压迫而不敢反抗，这是奴才。宗臣《报刘一丈书》便是描写奴才丑态的绝妙文章，奴才之于社会，无害也无益，不过他助长了聪明人的作恶，还是有多少罪的。

崇正义，尚气节，心地光明，不卑不亢，是非善恶等道德观念极强，这是傻子。文天祥的"正气歌"就是"傻气歌"，自然，他也是一个傻子。我们读名人传就可知道。差不多他们的成功都由于他们的傻，像革命家便是傻到连生命都不要。我们为人类幸福的求得，必希全世间有不少的傻子，去改善社会，去改善人与人之间的关系。

古代民性纯朴，聪明人很少，所以社会安定，民间无争，常为哲人学者所向往，到了近代，人类随着物质文明向前滚，民性奸诈，聪明人越生越多，社会黑暗，人性全失。我们为了救人群，赔了自己的安全，希望傻子们赶快团结起来，"敢言，敢怒，敢笑，敢哭，敢打，在这可咀诅的时代击退可咀诅的敌人！"

《民族报》1950 年 3 月 23 日

# 一九六〇年代

## 漫谈鲁迅

### ——在香港中文大学新亚书院文学会的讲演稿

### 徐复观

## 一　我与鲁迅作品的因缘

我在一九二六年以前读的多是线装书。对五四运动，虽曾扛着反日的旗子到街头去演讲，但对当时的文艺思潮却是很隔膜的。后来国民革命军到武汉，我的态度开始改变了，自问读的那些古书有什么用处，渐渐对线装书甚至对整个中国文化，发生很大的反应。在当时，偶然看到鲁迅的《呐喊》，便十分佩服。因为他所批评的，也是我所要批评而不能表达出来的。他的文字泼辣生动，不同于线装书里的陈腔滥调，一下子我便变成鲁迅迷了。自一九二六至二八年间，凡能买到的鲁迅作品，我都热心地读过了。不过，我是一个肯用脑筋的人，读完了鲁迅的作品以后，感到对国家、对社会，只是一片乌黑乌黑。他所投给我的光芒，只是纯否定性的光芒，因而不免发生一种空虚怅惘的感觉。

一九二八年三月到日本，一九二九年春开始阅读京都帝大教授河上肇的《经济学大纲》一书，在两相比较之下，鲁迅的分量显得太轻了。

河上氏《经济学大纲》规模宏大，组织、论证严密，曾由陈豹隐译成中文，在中国也发生很大的影响。此外他对经济思想史、唯物论与唯物辩证法等，都有光辉的著作。他的《贫乏第二物语》，曾给我以在文学作品中不容易得到的感动。他不断地与当时日本的经济学界及思想界展开论战。文字的泼辣犀利，与鲁迅有点相像。但从文字的规模、气势来说，则河上氏的文章是大家，而鲁迅却只能算是名家。这样一来，我由鲁迅迷一变而为河上肇迷了。一九六零年我在京都旧书店里买到一本河上肇评点的《陆放翁诗》，由此可以了解这位理想的共产主义者的兴趣之广，治学规模的宏大。

一九四四年我在重庆认识了熊十力先生，对中国文化的态度开始有了转变。但有空时，还是看些日译的西方东西。一九五五年我到东海大学中文系教书，自己又回到线装书里去。一九六九年我到香港，才知道鲁迅被中共捧为偶像，于是再拿他的作品来读。由于他已被捧为偶像，要开口讲他，就非常困难，并且也不必去讲。我今天并不打算当他是一个偶像，而当他是一个中国有成就的作家来讲。这样才可能把他当作一个被研究的对象，作客观性的处理。假定因此而冒犯了许多崇拜者，也是没有办法的。

## 二　鲁迅的家庭

首先要说的是八股制度这个东西，可以说是一种统治阶级用以笼络、欺骗知识分子的毒辣手段。它本身既不是文学，更不是什么知识，而只是一种被制式所限定的文字魔术、把戏。所以过去的人，一定要丢开八股才能做点学问。由于这个制度存在时间很长，故社会中它的毒害亦至深且巨，尤其是知识分子。

我们不必美化鲁迅的家庭。鲁迅的祖父是个翰林，后来为帮人买通关节而被判坐牢，由此可见他是出生于一个中八股之毒很深的家庭。鲁迅的父亲，是生在这个家庭中不耕不读、不工不商的典型寄生虫。后来得了重病，在鲁迅的少年时便死了。鲁迅说他是出生于"小康"之家，但在他十三岁以前，祖父没有坐牢时，应当是功名加地主的家庭。因为鲁迅是出生在这种家庭，所以他一直是由一名女工"阿长"抚育长大的。由此我们应当知道，鲁迅的家庭，是堕落的、黑暗的。这为了了解鲁迅，有重要的意义。

# 三　鲁迅的经历（生于一八八一年九月，卒于一九三六年十月）

他七岁开始读私塾。十八岁进南京水师学堂，十九岁改进矿路学堂，廿一岁毕业后，于一九零二年三月，官费留学日本。先在东京弘文学院学日语。一九零四年九月，进仙台医学专门学校。至一九零七年春退学返东京，决心改学文学。我对他退学的原因，是因为在上课将完时，课室放演日俄战争影片，中间有中国人帮俄国当间谍，被日军捉到杀头，受到这种刺激，感到学实用科学救国，不如学文学救国的意义大的这一套说法，感到怀疑。因为：一、日俄战争发生于一九零三年，结束于一九零四年，即鲁迅赴仙台学医之年。就常情说，日本以战争材料作宣传最烈的时候，应当在战争进行之时。鲁迅不在一九零四至零五年受到刺激退学，却在一九零七年春才下决心，这种说服力不够强。二、他退学回到东京后，除了因听章太炎先生讲《说文解字》，因而加入光复会外，他不是一个热心救国运动的人。我的推测，刺激成分一定是有的。留学日本而不受到刺激，便不是中国人。但退学的主要原因恐怕还是来自他的个性、兴趣。

鲁迅一九零九年九月返国后，在浙江两级师范当生理学、化学教员兼翻译。一九一零年当绍兴府中学教务长。一九一一年任绍兴师范校长。一九一三入教育部当部员，提升金事，直至一九二五年八月，因女师大学潮，遭章士钊免职。这中间兼在北大、女师大等校讲中国小说史。一九二六年九月应聘为厦门大学教授。一九二七年一月应聘到中山大学，是年十月由广州回上海。中间除短期到了一下北京外，一直到一九三六年死时为止，都住在上海。

# 四　鲁迅的写作过程

一九一八年以前，他把精力用在抄书上面，抄的多是会稽郡的文献。至一九一八年四月在《新青年》发表《狂人日记》，这是他的创作开始。后来先后写了《阿Q正传》等十数篇小说，在一九二三年汇印为《呐喊》，这是他创作的高峰，其中又以《阿 Q 正传》为高峰之顶点。

同时他亦开始写杂文，在这段时期所写的后来收集为《热风》。由一九二四年写了《祝福》《在酒楼上》，一直到一九二五年写《离婚》等，于一九二六年九月汇印为《彷徨》。这中间还写了些散文诗，后来汇印为《野草》。自此以后，他的创作能力已经衰耗，除了《故事新编》外，写的只以杂文为主。

## 五　鲁迅的论敌

鲁迅的创作生活，由他三十八岁至四十五岁告一段落，并不算长久。而在论战方面，耗费了他很多的时间与精力。他的主要论敌可分为：

1. 现代评论派——主要是在北京时，一批曾留学外国而有点成就的学者，被人称为"正人君子"的，最为鲁迅所痛恨。此外则是免他职的章士钊。但是章士钊恢复甲寅杂志后，所发生的影响不大。南京的"学衡"，也是鲁迅重要的论敌之一。

2. 革命文学派——他到了上海，被太阳社、创造社围剿，被骂为"封建余孽"，"失意的法西斯分子"。

3. 新月派——一九二九年，上海出现了新月派，由梁实秋做中坚，提出"普遍的人性"，向革命文学派进攻。太阳社、创造社们觉形势不妙，乃联合鲁迅。组织左翼作家联盟。自此以后的鲁迅，除了反封建外，更加入了反资产阶级及小资产阶级，完全站在共产党的立场写杂文，对苏共的捍卫，可以说是无微不至。但他一直到死，也不是共产党员。

## 六　作品之内容

鲁迅作品的内容，实际可由《狂人日记》加以概括，即是中国的社会是"礼教吃人"的社会。兄弟姐妹之间，也是用各种方式来互吃的。他对中国历史的看法，简化为两个时代：一个是"想做奴隶而不得的时代"，一是"暂时做稳了奴隶的时代"。他的小说、杂文，都是环绕着上述的主题来加以发挥。他对凡是属于中国的，都认为是丑恶的。他口头上经常以"诗云子曰"作讽刺的对象，决不感到在"诗云"中有极高的文学意义。可以说，在一九三零年以前，他是一无肯定的。

一九三零年以后，他开始肯定了共产党，肯定了苏联，肯定了无产阶级。他晚年的靠拢到共产党，和法国实存主义者沙特的归入到共产党，有相同之处。但他对共产党的理论了解得很少，他在这一方面，可以说完全没有贡献。这或许对他的身后倒有好处。

## 七　鲁迅的成就

1. 在思想方面：他出身于一个黑暗堕落的家庭，他能意识到这一点而反省过来，终其一生总是向黑暗、腐败进攻，奋斗于黑暗堕落中，决不妥协。并且他所掌握到的黑暗、腐败的一面，没有脱离现实的立场，就这一点说是了不起的。可以说：他是新时代向封建势力宣战中的一位勇士，一位急先锋。

2. 在表现技巧方面：他最大的成就是在人物典型的创造。中国现代小说的基础，可以说是由鲁迅奠定的。而他在文字应用方面，更可以说是"惜墨如金"，全篇无一句废句，无一个闲字，精练泼辣，能以寸铁杀人。他自己形成了他独特的文体。

## 八　他的限制

1. 不能创作长篇小说，并且创作的时期不长。而他的短篇小说，向外的锐角很强，但向内的深度不足，有刺激力而没有感动力。

2. 他的思考是"直线型思考"，对问题的处理，使用彻底的二分法，好的便是彻底的好，坏的便是彻底的坏。当他写《一件小事》时，应该引起他更多的反省；但他对那位车夫，只能算引起了同情的反应，并没有真正的反省，最低限度，他没有把对一件事的反省扩充出去。除太阳社、创造社的人以外，与他做过论战的人，他认为都是彻底的坏人。又如他因父亲之死，吃了两位中医的亏，后来到了北京，虽然那里有很多出色的中医，但仍不能使他消除成见，对中医中药，一生都深恶痛绝。可见他是一个缺乏反省能力的人。

3. 他尖刻而缺乏人情味，这一点可以从他与他的原配朱夫人的情形看出。朱夫人对他的母亲很孝顺；但一同住在北京时，他整年整月，不和她讲话。又如他对带他长大的"阿长"的描述，对邻居豆腐西施的描述，都显出他缺乏原恕的同情心。虽然后来他对青年们很好，可能是出于一种"自我同一"的心理。

## 九　他受限制的原因

1. 他童年是由女工"长妈妈"抚育大的，女工对"小少爷"没有恩情，但不能不百般将就，这可能养成他"任性"的性格。

2. 由于他祖父的入狱，家道突变，使他在少年时代，深感世态的炎凉。这一点，他在文字中曾吐露出来。

3. 他是一个感性很强的人，但思考能力却不足。例如他攻击"国粹"所持的理由，只要稍加分析，便多是不能成立的，但他却坚持到底，永远不能发现自己所说的漏洞。固然，感性是文艺工作者的重要条件，但是要进而成为一个思想性的人物，则必须具备足够的思考能力。鲁迅常把他所见到的部分现象，当作全般现象来处理。他感到自己家庭，及与自己家庭相关的腐败与黑暗，遂把这个观念扩及全中国，扩及全历史。故在他靠拢到共产党之前，他对中国看不出一点光明，所以有彷徨之感。真正说，他是一个虚无主义者，他之靠拢共产党，我怀疑苏共对他精神的影响大于中共，因为苏联是外国人。

4. 他性好生僻，喜欢阅读带有古董趣味的东西。对中国及西方的古典文学作品，他接触得很少。在他阅读的书单上，找不出一两部真正有分量的中西著作，这就使他的思想得不到开拓的机会。

5. 受俄国革命前的作家影响很大，尤其是果戈理。《狂人日记》的名称，就是借用果戈理的一篇小说名称。俄国在大革命前的确出了几位了不起的文学家。但俄国没有和中国可以比拟的历史文化；俄国地主与农奴的社会结构，与中国的社会，完全属于两个异质的形态，中国的佃农不等于农奴。中国在地主佃农的生产关系之外，还有大量的自耕农和半自耕农。鲁迅不能以俄国文学家处理他们的社会的态度来处理中国的社会，因此鲁迅只能把握到中国社会的一个角落，并没有深入进中国的社会中去。所以他的作品不能与大革命前的俄国文学家作品比其高度与深度。在世界文坛上，我认为他只能算三流的作家。八股下的知识分子，鲁迅是把握到了。但中国农民的伟大品质，几乎没有进入到他的心灵，所以他便将民族的"劣根性"都塑造到一个雇农"阿Q"的形象上去，这是非常不公平的。

## 十　结论

我们应当向他学习对黑暗腐败奋斗的精神，应当学习他写作的严肃态度及其写作的技巧，尤其可以学习他简练的文笔，但要了解，文体是有各种各样的。中共把鲁迅捧为偶像，乃出于此一阶段的政策要求。假定将来中共的政策有了变更，则偶像的香火将会消退，让鲁迅坐在历史的正常座位。所以我们应学习鲁迅之所长，而不必把他当作偶像，以至自己封闭了自己。

最初收入徐复观《中国文学论集》（台湾学生书局，1965年）。此处据台湾学生书局1980年10月第四版《中国文学论集》

# 一九七〇年代

# 念鲁迅书，谈新港人

## 方耕

### 一

新港是个好地方。秋天，枫叶红红的，读书的环境很好，周末还有麻将打，兴致来了杀去纽约，大吃一顿，顺便买本《明报》回来爱国，买本《武侠与历史》回来表热度。

四年前，平地一声雷，爆出了保钓，爱国的心沸腾起来，同学、教授、华侨搁下研究和事业，热烈的开会讨论，大伙拿着牌子在纽约和华府街道上怒吼，在烈日下，在路人好奇的眼光下，在洋警察骑着摩托车来回"保护"下，第一次体会到爱国是有血有肉的，是大伙手拉手的。我们唱着毕业歌和保卫黄河！

随后，许多人在运动里教育了自己，选择了方向。学习切磋，许多人忘不了中国，冷不下一颗热过的心。是的，这是你，这是我，还有年年新来的同学同胞。

是不是所有的新港中国人都这样？当然不，你我都晓得，有少数的，常常活跃在我们四周的，就很不一样，这些人，是什么人？

### 二

鲁迅写过一篇小小说，《聪明人和傻子和奴才》：奴才向聪明人诉苦，抱怨一天未必有一餐，这一餐又不过是高粱皮，连猪狗都不要吃的，尚且只有一小碗。又抱怨"清早担水晚烧饭，上午跑街夜磨面，晴洗衣裳雨张伞，冬烧汽炉夏打扇。半夜要煨银耳，侍候主人耍钱；头钱从来没分，有时还挨皮鞭"。

聪明人叹息着，眼圈发红，惨然说：这实在令人同情，说：我想，你总会好起来……

后来奴才又遇到傻子，抱怨住的小屋又湿又阴，满是臭虫，"秽气冲着鼻子，四面又没有一个窗"。傻子听后大叫混账，跟奴才到他屋外，动手去砸泥墙，要给奴才"打开一个窗洞来"。奴才大惊，说：这不行！主人要骂的！傻子照砸不误。奴才一急，叫着：强盗来毁咱们的屋子了，要打出窟窿来了！果然吼出一群奴才出来，将傻子赶走，奴才还受到主人的夸奖呢。这一天聪明人来慰问，奴才高兴地说：因为我有功，主人夸奖了我了。你先前说我总会好起来，实在是有先见之明。

聪明人也高兴的回答他：可不是么。

## 三

还有一种人，鲁迅名之曰：帮闲。有了要紧的，激动起人人的事，帮闲只就以丑角身份出现了，把这件事弄得滑稽，或者特别张扬了不关紧要之点，将人们的注意拉开去，也就是所谓打诨。"如果是杀人，他就来讲侦探的努力；死的是女人呢，那就更好了，名之曰'艳尸'。"装鬼脸、耸肩、卑躬叹气、打情骂俏，都是拿手招数，于是不利于凶手的事情就在笑声中完结。

如果没有这样的事件，也没关系，到处瞎聊天，某阔人如何摸牌，某明星如何打喷嚏，话题处处有，人生就在开心中滴滴答答过去了。

## 四

戏班中，有一种脚色叫"二丑"，鲁迅也有描写：

义仆是老生扮的，先以谏净，终以殉主；恶仆是小丑扮的，只会作恶，到底灭亡。而二丑的本领却不同，他有点上等人模样，也懂些琴棋书画，也来得行令猜谜，但倚靠的是权门，凌蔑的是百姓，有谁被压迫了，他就来冷笑几声，畅快一下，有谁被陷害了，他又去吓唬一下，吆喝几声。不过他的态度又并不常常如此的，大抵一面又回过脸来，向台下的看客指出他公子的缺点，摇着头装起鬼脸道：你看这家伙，这回可要倒霉哩！

这最末的一手，是二丑的特色。因为他没有义仆的愚笨，也没有恶仆的简单，他是智识阶级。他明知道自己所靠的是冰山，一定不能长久，他将来还要到别家帮闲，所以当受着豢养，分着余炎的时候，也得装着和这贵公子并非一伙。

# 五

新港"人杰地灵"，有三四位打小报告的能手，提到他们，我就气恨上了心头。引鲁迅一些不雅的名词，来为你我消消气吧。（我们反正不是"温柔敦厚"的"正人君子"。）

> 这些人一把眼泪一把鼻涕，哭哭啼啼，而又刁声浪气的诉苦说：我不入火坑，谁入火坑。
> 然而娼妓说自己落在火坑里，还是想人家去救她出来；而老鸨婆哭火坑，却未必有人相信她，何况她已经申明：她是敞开了怀抱，准备把一切人都拖进火坑的。

心里雪亮国民党不成气候，为了几文美金，论件打小报告之余，猛拉人去戴孝祭老蒋。要下火坑，就一起下吧。

# 六

不可否认，有些来自台湾的同胞（多半是外省同学），爱美国也好，爱中国也好，对台湾没有乡土骨肉之情。他们不愿去问台湾的工农同胞过的是什么日子。不是认为自己能出国靠的只是一人一家的才能，就是只看到新中国儿童红彤彤的小脸，忘了台湾迷失在恶补里瘦弱的小心灵们。

这种人，鲁迅叫做"沉滓"：

> 恰如用棍子搅了一下停滞多年的池塘，各种古的沉滓，新的沉滓，就都翻着筋斗漂上来，在水面上转一个身，来趁势显示自己的存在了。

# 七

我们爱，爱国爱人民，爱得激烈；我们恨，恨特务，恨走狗，恨得切齿。新港的同胞们，分清楚少数人的花样，手拉起手，没有人能逼我们下火坑。前景是辉煌的，就像枫红，红的让人心疼。

耶鲁大学台湾留学生自印刊物《新港》第 9 号，1975 年 5 月

# 鲁迅杂文与其时代意义

## 念华

在台湾的时候，曾听到鲁迅的大名，然而他的著作竟然是被列在黑名单的禁书，由于对历史真相的□□蒙蔽，鲁迅一切精神与中国近代史结合的事迹，唯有留下满腹的疑团。来美之后，终于拜读了他的作品，并开始借着这位革命的文化工作者的足迹中，认识了广大的历史洪流。

了解鲁迅，不能离开他所生存的时代背景，正如鲁迅他自己所说的，他是一个中国人，他的全部著作与事业，不但是以中国民族的革命需要为根源，而且深深渗透着中国特殊的民族风格，他的作品正是面镜子，毫不留情的反映了中国民族和思想的蜕变与发展，在他这种政治的、文艺性的、评论性丰富的内容及广泛的涉及面下，我们可以感受到旧中国民族的受难、耻辱、患病、挣扎和苦斗，同时也看到旧中国迈向新中国转变的艰难过程。鲁迅是生长在 19 世纪到 20 世纪的中国，当时正是个背负着封建吃人礼教的苦难国度，一个遭受着帝国主义践踏下的愁惨国度。作为一面民族的镜子的鲁迅亦非仅将民族生活变化的影子反映出来就算了，他始终是取着批判的态度来透视一切，始终是为了民族和社会的生机而与民族和社会的死气做不断的斗争，他不仅要挣脱那古老封建的黑网和残骸，更要击退周遭吞噬人民大众的黑势力，他的一生历经了辛亥旧民主革命阶段，也历经了新民主革命阶段，许多和他同一时代的人都在长期的文化战线过程中妥协或退却了，而他却一直站在革命文化战场的最前线。

鲁迅于 1881 年（光绪七年）生在浙江绍兴，他的幼年及青年正是 19 世纪的末期，满清的溃腐，旧社会急遽地趋于崩溃，残破的封建观念阻碍了社会的前进发展，帝国主义者的扩张，正像急潮般的侵入中国，整个民族窒息在一种"世纪末"的焦躁、苦闷和被剥削之中，当时的官僚士大夫虽曾经有过变法图强的起意和努力，但"洋务运动"和"戊戌政变"并无法挽救这种日趋严重的民族危机。戊戌政变那年，正是鲁迅离家赴南京去学洋务的一年。从鲁迅的少年、青年时代起，他就是爱国者，他追求新知的开始，就是这种爱国主义的热忱与驱使，后学水师，学矿路，学医学，到最后走上文学的道路都是为了挽救国家和民族的危机。辛亥革命的爆发，给予他一线希望，他也正以充沛的精力投入这国民革命运动。但转瞬间，这个不彻底的革命使他失望了。辛亥革命虽然将满清皇帝从王座上拉下来，却成了有民国之名，无民国之实（孙中山语）的共和国。因为这资产阶级的民主革命火焰不曾烧掉封建势力的老根，一群投机分子趁机混入了革命阵营，一跃而为新贵。代表封建社会层的军阀、政客、官僚、买办以及遗老不仅阻挡了革命进化的本质更趁机吞并了革命的果实。眼看着中国又将被拖回黑暗的状态，同时帝国主义又成为这些恶势力的支撑者。这种气氛下，对于爱国主义者的鲁迅，是充满了压力和寂寞。这段时期内，进化论的感想渐渐形成了！

五四时代是中国政治、社会、文化与思想转入大变革的时代。在五四的前一年，沉默一时的鲁迅全副武装地踏上了文化战场，作为一个反封建斗争和新启蒙运动的战士，从这以后，他的爱国思想活动，主要表现在民族的自我批评上。消极方面，暴露民族的劣根性。积极方面，要唤起民族的自觉，改良国民精神。1918 年 4 月《新青年》上出现他的《狂人日记》。通过一个精神病患者的自述，他以最锋锐的笔锋攻击了旧社会的腐烂传统和罪恶国度。"我翻开历史一看，过历史没有年代，歪歪斜斜的每页上都写着仁义道德几个字，我横竖睡不着，仔细看了半夜，竟从字缝里看出字来，满本都写着两个字，是'吃人'。"（《呐喊·狂人日记》）他鼓起大家挣脱封建的镣铐的勇气，他把那些封建旧社会者，称作"现在的屠杀者"："明明是现代人，吸着现代的空气，却偏要勒派朽腐的名教，僵死的语言，侮蔑尽现在；这都是现在的屠杀者。杀了现在，也便杀了将来——将来是子孙的时代。"

这个时代，正是军阀连连内战，国内农村破产，买办阶级又唯利是图，不知丧权辱国的可耻，在这时期到 1926 年离开北京，他写出了小说《呐喊》《彷徨》，散文诗集《野草》，杂文《热风》《华盖集》等。他一方面反礼教，反国粹，反官场学者和御用文人，反帝国主义的走狗和奴才，反压迫和屠杀，另一方面则是歌颂光明，希望，歌颂革命和战斗！

在《狂人日记》之后，他陆续写了许多篇以劳动人民和贫苦知识分子为题材的作品。

在《阿 Q 正传》里，借着反映辛亥革命前后的事，衬托了中国半殖民半封建民族被压迫的历史和中国人民的劳动奴隶生活，并无情地批评了辛亥革命的软弱和不彻底的本质。

作为一个进化论者，鲁迅是热忱地将精力贯注在青年身上，并支持他们对压迫统治的反抗。"愿中国青年都摆脱冷气，只是向上走，不必听自暴自弃者流的话，能作事的作事，能发声的发声，有一份热，发一份光。"（《热风》）

1926 年北京"三一八"事件学生遭到军阀的枪杀，接着上海又发生"五卅"惨案，帝国主义，封建军阀残杀人民。鲁迅坚决的站起来为人民大众而斗争。

"真的猛士敢于直面惨淡的人生，敢于正视淋漓的鲜血。"（《华盖集续编》）"血债必须用同物偿还，拖欠得愈久，就要付更大的利息。"（《华盖集续编》）但是鲁迅英勇的战斗，招来了反动势力的迫害。在军阀段祺瑞的压迫下，他不得不离开北京，赴福建厦门大学任教。与黑暗势力搏斗，被迫得离开北京，这丝毫也没动摇他对光明和未来的胜利信心。"只要不做黑暗的附着物，为光明而灭亡，则我们一定有悠久的将来，而且一定是光明的将来。"（《华盖集续编》）

1927 年鲁迅又从厦门大学到广州中山大学执教。当时正是国共在孙中山联俄、联共、扶助农工三大政策下合作进行北伐革命的时候。但是不久，蒋介石发动了"四一二"反革命政变，在广州大肆屠杀共产党员和革命人民。他因营救学生无效，愤然离职到了上海。从此就一直在上海从事文艺革命活动。在这时期之后，他写了《二心集》《南腔北调集》《伪自由书》《准风月谈》《花边文学》及《且介亭杂文》等。当时鲁迅见到革命阵营的叛逆分子，一面投降了帝国势力，一面勾结了封建残余势力，反过来对昨日的同志横加杀戮。在广州"他目睹了同时的青年，而分成两大阵营，或则投书告密，或者助官捕人的事实"，而因此自认对于过去那种"将来必胜于过去，青年人必胜老年人"及"老人渐渐死去，中国总是比较地有生气"（《三闲集·序言》）的进化论思想被残酷而现实的阶级斗争所击毁了！他的思想在历史背景的教训下也从进化论跨入了阶级论，从个性主义跃向了集体主义。

到达上海之后，由于国内新形势的发展，加上苏联十月革命成功的影响，他开始用唯物主义观念分析事物及批评自己："我知道我自己，我解剖自己并不比解剖别人留情面。"（《而已集》）这种新的觉悟，使他将寄托青年们的希望和热爱，集中到无产阶级的身上。文学的主张更坚持阶级论的观念。努力于无产阶级文学的鼓吹，坚决勇敢地走上了真正革命的道路。他预告着"大众存在一日，壮大一日，无产阶级革命文学也就滋长一日。"（《二心集》）在他的信心里"我们确切的相信无产阶级社会一定要出现，不但完全扣除了怀疑，而且增加许多勇气了"（《且介亭杂文》）。他还批驳了胡适、梁实秋等代表的新月派的"人生论"，"文学有阶级性，在阶级社会中，文学家虽自以为自由，自以为超了阶级性，而无意识地，也终受本阶级的阶级意识所支配，那些创作，并非别阶级性的文化罢了。"（《二心集》）

1930 年，左翼作家联盟在上海成立，鲁迅是发起人之一，提出的纲领包括文学运动的目的，要求工农阶级的解放。当时左联的活动遭受到国民党政府的围剿。柔石、李伟森、殷夫等被害，鲁迅也处于极危险的境地，但他依然勇敢而坚定的揭露国民党屠杀革命文学家的滔天罪行，同时鼓励生者奋然起来，继续战斗。"要防奴隶造反就更加用酷刑，而酷刑却因此更到了末路——人民会踏着残酷前进。"（《南腔北调集》）

"九一八"的炮声对中国民族是个残暴的打击，然而当时弥漫在中国大部土地上的，正是卑屈的不抵抗主义，腐蚀了中国的民族生活，碍阻了民族战斗。鲁迅对这种亡国主义的危险倾向予以锐利的打击，并颂扬青年的救国运动对于国民党镇压人民的救亡爱国运动和攘外必先安内的口号，鲁迅给予无情的指责，并揭露了帝国主义的真面目是"常常用以华制华的作法"将飞机炸弹卖给华人叫你自己去炸去（《伪自由书》）。

当时日本的节节侵略，塘沽协定等丧权辱国条约的签订使鲁迅的笔锋成为号召民族革命战争最响亮的号角。他倾吐了人民大众蕴结在心头的真实意见，继续痛击安内急于攘外谬论与逆来顺受之类的亡国主义，揭破"以华制华"和"共同防共"的阴谋，并高举了抗日民族统一战线的大旗。

"目前的革命政党（共产党）向全国人民所提出的抗日统一战线的政策，我是看见的，我是拥护的，我无条件地加入这战线，那理由就因为我不但是一个作家，而且是一个中国人。"（《且介亭杂文末编》）

费城台湾留学生自印刊物《耕耘》第 3 期，1976 年 3 月

# 盖棺论定

## ——《鲁迅正传》第 22 章

### 郑学稼

  《鲁迅批判》的作者李长之先生，曾从鲁迅的生命史，做了下面的公式："我们可以这样说，倘若不是陈独秀在那里办《新青年》，鲁迅是否献身于新文化运动是很不一定的；倘若不是女师大有风潮，鲁迅是否加入和'正人君子'的'新月派'的敌门，也很不一定的；一九二六年假若他不出走，老住在北平，恐怕他不会和周作人的思想以及倾向有什么相远，他和南方的革命势力相接触，恐怕也永久站在远处，取一个旁观冷嘲的态度，是不会太向往，也不会太愤恨的；一九二七年假若他不是逃到上海，而是到了武汉，那么，也许入于郭沫若一流，到政治的漩涡里去生活一下；一九二八年一直到一九三零年，假若他久住于北平，则也敢说他必不受到左翼作家的围剿，那么，他也决不会吸取新的理论，他一定也是一个个人主义的不驯的战士而已，那不会有什么进步——；然而这一切都不是的，事实乃是陈独秀办了《新青年》，女师大有了风潮，一九二六年他离开了北京，一九二七年从广州到了上海，一九二八年到一九三零年他没有打算再久住北平，所以，他就成了现在的鲁迅，环境的力量有多大。"

  这公式的评论，是正确的，但尚要详细的说明。不错，环境影响人，尤其是多事的二十年代环境，会影响一个无特定思想的人。鲁迅受环境的影响，由教育部金事而《呐喊》的作者，由大学讲师而文学家，而参加中共的"左联"。当他由北洋政府的教育部金事，走到"左联"领导层时，发现有"奴隶总管"的鞭子在背后打他，就勇敢地反抗，但采取骂太监而捧皇帝的手段。如果他没有死，笔者肯定地说，他不会与中共绝缘，更不会舍弃拥护苏联。所有演变，是一步步地展开的。促他演变的动力，是当日政治、社会和思想的具体条件。

何以在同一环境中，他的二弟周作人，走相反的路？周作人和他一样地留日，也当教授，也写文章——写不坏的散文，也是公认的文学家。为什么他不走兄长的路，不，还充当日本帝国主义的文化汉奸？

只有这个说明：鲁迅性格有光明的一面，即反抗黑暗，有改造旧社会的热感；而周作人却没有。可是，鲁迅幼年的不幸家境，和他由日本返国后的环境，使他有另一种性格，笔者称之为黑暗的一面。他虽然不和北洋政府的官僚同流合污，但承认现实，自愿"关在万不可破的'铁屋'中"。就在和"正人君子"战斗时，他还在《两地书》中劝许广平不要冲锋。凡是老于世故的人，都有光明和黑暗两面的性格。笔者曾用共产党对这种人的名词："两重人格"形容他。

为着鲁迅有"两重人格"，所以在光明与黑暗交织中写下的生史。他决不是思想家，在马克思主义园地里，他是个哑巴。他也不是革命家，他没干革命家所干的事。他只是坐在受内山完造的皇国间接掩护的上海北四川路底的楼上写讽刺人和痛骂人的"杂感"——当然所讽刺和所骂的，有一部分是该讽刺和该骂的。笔者同意李长之先生的话："鲁迅在许多机会是被称为一个思想家了，其实他不够一个思想家"，但笔者却不同意李先生把鲁迅称为"战士"。如果这两个字形容得当，应补充地说：鲁迅是反遗老、反复辟、反军阀、反腐化官僚的战士。

青年的鲁迅，由于家道中落，过着不幸的生活。侥幸地他考进江南矿路学堂，接受西方文化，和知道满清官僚的惯习。后来，他又幸运地被派留日，更进一步了解西方文化——有些被"明治维新"所歪曲，并由之燃起潜伏的民族主义感。如他的自述，受日军无故杀中国人的刺激，舍弃学医，研究文艺。这事实说明：他后日的政治思想是由民族主义开始的。回到祖国，他目击绍兴滑稽剧似的光复，后经南京到北京，日与官僚——有浓厚满清官吏传统的官僚为伍，当然内心不胜感慨。北洋政府的统治——就说教育部的实况，他的光明一面性格，实不能忍。一九一八年八月廿日他写信给好友许季市（寿裳）说：

> 部中风气日趋日下，略有人状者已寥寥不多见。若夫新闻，则有二八健将牛献周签事，在此娶妻，未几，前妻闻而至，乃诱后妻至奉天，售之妓馆，已而被诉，今尚在图圄，但尚未判决也。作事如此，可谓极人间奇观，达兽道之极致，而居然出于教育部，宁非幸欤！
>
> 历观国内无一佳象，而仆则思想颇变迁，毫不悲观。盖国之观念，其愚亦与省界相类。若以人类为着眼点，则中国若改良，固足为人类进步之验（以如此国而尚能改良故）；若其灭亡，亦是人类向上之验，缘如此国人竟不能生存，正是人类进步之故也。大约将来人道主义终当胜利，中国虽不改进，欲为奴隶，而他人更不欲用奴隶；则虽温想请安，亦是不得主顾，止能佗傺而死。如是数代，则请安磕头之瘾渐淡，终必难免于进步矣。此仆之所以为乐也。①

这一演进观，由他读自然科学书籍，如《天演论》而来。一九二零年五月四日，他写信给宋崇义（知方）说：

> 中国一切旧物，无论如何，定必崩溃，倘能采用新说，助其变迁，则改革较有秩序，其祸必不如天然崩溃之烈。而社会守旧，新党又行不顾言，一盘散沙，无法粘连，将来除无可收拾外，殆无他道也。
>
> 今之论者，又惧俄国思潮传染中国，足以肇犯，此似是而非之谈。乱则有之，传染思潮则未必。中国人无感染性，他国思潮，甚难移植，将来之乱，亦仍是中国式之乱，非俄国式之乱也。而中国式之乱，能否较善于他式，则非浅见之所能测矣。②

---

① 一九六一年版《全集》第九卷，第285—286页。
② 一九六一年版《全集》第九卷，第299—300页。

当他执笔时，中国已有变：教育通令国民学校一、二年级改用语体文（一月十二日），北京等地学生为山东问题群起反日，北政府接到加拉罕第一次对华通牒，上海第一次举行劳动节，该信写后两日陈独秀等发起"马克思主义研究会"。这些事，说明中国不是如鲁迅的悲观。他所说"新说"，没有明说它的内容。由后面的话，它决不是布尔什维克主义。他肯定："中国人无感染性"，不会传染"俄国思潮"，谁知十年后，他自己却是"俄国思潮"的礼赞者。

由当时他的文章，主张改造国民性，是救国之道。怎样改造？不是用暴力，而是用文艺的宣传。他的理想是尼采主义——"重个人非物质"。依他的学生孙伏园的《鲁迅逝世五周年杂感》："从前刘半农先生赠给鲁迅先生一副联语。是'托尼学说，魏晋文章'。当时的友朋，都认为这副联语很恰当，鲁迅先生自己也不加反对。"由鲁迅的文体，确是"魏晋文章"；所谓"托尼学说"，是指托尔斯泰和尼采的学说。他喜读尼采著作，并译《苏鲁支语录》一部分；至于托尔斯泰的人道主义，他少介绍。同时，尼采的《超人》，与托尔斯泰的博爱并不和谐。由《文化偏至论》，他提倡极端个人主义，是受尼采的影响。不管尼采或托尔斯泰，这两种思想，与晚年被捧为"中国高尔基"的鲁迅，是不相容的。

"托尼学说"，该是鲁迅坐在"铁屋"中的思想。一走出屋外，吸了《新青年》的空气，他改变了人生观。他的《狂人日记》，是提倡"文学革命"之《新青年》的第一篇白话文小说，又是鲁迅一鸣惊人的作品。以后，他的《杂感》，他的《阿Q正传》，他的《孔乙己》等，都针对没落的旧社会，揭露和攻击那些应当被历史所清算的事物。又当他和旧社会作战时，发生"女师大事件"。素对北洋军阀御用学阀的横行，在教育部办公的他，早已了然。于是他的光明一面性格，使他卷入学潮中，并与"正人君子"们论战。在论战中，又发生"三·一八惨案"。纵使段执政府不通缉他，他也会挺身说公道话。因此，瞿秋白的下面一段话是恰当的："鲁迅是莱谟斯，是野兽的奶汁所喂养大的，是封建宗法社会的逆子，是绅士阶级的贰臣，而同时也是一些浪漫谛克的革命家的净友！他从他自己的道路回到了狼的怀抱。"①

依瞿秋白的意见，鲁迅此后就由进化论转到阶级论，也就是由"托尼学说"转到马列主义。大转变的推动力，是他离北京，经厦大、中大而至上海受创造社们围剿之后的历史条件。对当时这个文学界的论争，瞿秋白有这分析："'五四'到'五卅'之间中国城市里迅速地积聚着各种'薄海民'（Bohemian）——小资产阶级的流浪人物的知识青年。这种知识阶层和早期的士大夫阶级的'逆子贰臣'，同样是中国封建宗法社会崩溃的结果，同样是帝国主义以及军阀官僚的牺牲品，同样是被中国畸形的资本主义关系的发展过程中所'挤出轨道'的孤儿。但是，他们的都市化和摩登化更深刻了，他们和农村的联系更稀薄了，他们没有前一辈的黎明期的清醒的现实主义——，也可以说是老实的农民的实事求是的精神——反而传染了欧洲的世纪末的气质。这种新起的知识分子，因为他们的'热度'关系，往往首先卷进革命的怒潮，但是，也会首先'落荒'或者'颓废'，甚至'叛变'，——如果不坚决地克服自己的浪漫谛克主义。"②

这儿，瞿秋白所说的"薄海民"，就是笔者在本书所说的"浪子"。尽管鲁迅和他们有论争，而他自己也属于这一集团。正为着有同一的血统，所以后来便合流，而且表面上被捧为领导者——"浪子之王"。瞿秋白说："鲁迅从进化论到阶级论，从绅士阶级的逆子贰臣进到无产阶级和劳动群众的真正的友人，以至于战士，他是经历了辛亥革命以前直到现在四分之一世纪的战斗，从痛苦的经验和深刻的观察之中，带着宝贵的革命传统到新的阵营里来的。"③ 什么是"革命传统"？应该是反复辟、反官僚主义、反旧社会的腐败物——用三十年代初中共常用的术语："反封建"。鲁迅自己在《二心集》的《序言》中说："原先是憎恶这熟悉的本阶级，毫不可惜它的溃灭，后来又由于事实的教训，以为惟新兴的无产者才有将来。"这观点，是他经过熟考之后才有的。他既然决定参加"左联"，当然说那些

---

① 《瞿秋白文集》第三卷，人民文学出版社 1953 年版，第 980 页。
② 《瞿秋白文集》第三卷，人民文学出版社 1953 年版，第 995—996 页。
③ 《瞿秋白文集》第三卷，人民文学出版社 1953 年版，第 997 页。

话，由后日他不敢接受陈赓之请写《红军》，说明他对那"新兴的无产者"是一个模糊的感觉。

鲁迅由北洋军阀的统治和当时国内的混乱，感到"彷徨"。他不是和瞿秋白一样，用斯大林和列宁的观点分析社会，他是本着自己的处世经验和接近共产党人的印象，当然还有接受莫斯科对苏维埃天国的宣传，做出只有"新兴的无产者才有将来"的论断。鲁迅死后，许广平于一九五九年写《鲁迅回忆录》，特以"党的一名小兵"如此描写鲁迅和中共的关系："鲁迅和党的关系是非常亲密的。在北京时期，他就和中国共产党的最早创始人之一李大钊同志有着亲密的往还；在广州时期，他曾秘密会见过当时党在广东方面的负责人陈延年同志；在上海时期，就是自由大同盟成立的前后，党中央研究了鲁迅在各阶段的斗争历史以后，认为鲁迅一贯站在进步方面，便指定李立三同志和鲁迅见面。这次见面，对鲁迅有极其重要的意义。当时，党着重指示两点：一、革命要实行广泛的团结，只有自己紧密的团结，才能彻底打败敌人；二、党也教育鲁迅，无产阶级是革命、最先进的阶级，为什么它最先进、最革命？就因为它是无产阶级。经过那次会见之后，鲁迅的一切行动完全遵照党的指示贯彻实行了。和瞿秋白同志相知更深。……"①

许广平上面的话，无法证实。在《鲁迅日记》，难找到与李大钊有"亲密的往返"。那时由于《新青年》的稿件，鲁迅也和陈独秀有往来。当日他们的"往来"，还不是政治的，更谈不上与中共的关系，可是她不敢提到陈独秀。至于陈延年和李立三与鲁迅的关系，那是此前没有人说过的。许广平还说鲁迅"对毛主席的英明领导；是倾心拥护，诚恳接受的"② 这些话，鲁迅在九泉之下，会同意吗？我们知道：在鲁迅死前，毛泽东还不能算是中共的唯一领袖。

许广平写这本书的目的，除了保有中共给与鲁迅之妻的地位，还适应当日的政治环境。红卫兵起后，她除删去鲁迅与瞿秋白的关系，还要明白斥骂被中共清算的胡风："（鲁迅）对胡风这个狡黠的匪徒，

---

① 《瞿秋白文集》第三卷，人民文学出版社 1953 年版，第 139—140 页。
② 《瞿秋白文集》第三卷，人民文学出版社 1953 年版，第 140 页。

却没有来得及抓住他的'真赃实据',以致受了一些蒙蔽。……幸而党察觉了胡风这个奸细,终于在一九五五年披露了三批材料,彻底揭露了他的反动面目,使他不能再打着'进步作家'的幌子,玷辱鲁迅,欺骗读者,并进一步肃清了他的一小撮党羽,扫荡了由他们散放出来的毒气,这是我们革命家事业的一个巨大胜利,是党英明领导的结果,每一个中国人都会为之额手称庆的。"

这些话,等于她为鲁迅写悔过书,恰是周扬要她说的。她还依周扬们的需要,攻击垮台的冯雪峰,如此说:冯"那时是作为一个党员来与鲁迅接触的,但据我看来,他的这种观点(暗指鲁迅不要注意冯'所认为是"细小"的琐事'——稼)是和党的精神不合,甚或大相径的"①。

被创造社等围剿的鲁迅,对于未来的处境,当有详细的考虑。他既是旧社会的叛徒,不会对它有留恋。他的个性,也就是笔者所说"光明的一面",早决定和它战斗。战斗,必须有群众和统帅部。

先说群众。鲁迅所接触的,是知识分子,多是文艺界人物和志在文艺的青年。对于已成名的作家,由"正人君子"到文学研究会会员和所谓"普罗文学家",都是各有主见的人物,或是他的论敌,或是他的朋友,不是他的群众。对于青年,被捧为"青年导师"的鲁迅,有何意见呢?

鲁迅和青年们往来,留下一些记录:他辛苦地为一位作家"选定作品、校字成书之后",那位青年人向人说:"他把我好的都选掉了,却留下坏的。"这个人,就是后来与鲁迅闹翻并骂鲁迅的高长虹。还有向培良,鲁迅为他选定一本创作,并且逐一校正了用字。鲁迅爱护他,看重他,为他介绍稿子和职业,另在所编良友公司出版的《中国新文学大系》小说部中极力夸奖他。他呢?却因为鲁迅斥骂高长虹而与鲁迅绝交。

依许广平的《欣慰的纪念》,会发生这样的事。由厦大跟鲁迅到广州的某生,突然带一男一女到沪,由旅馆送信给鲁迅,说亟待照料。鲁迅立刻同三弟到旅馆,先为他们清理账单,而后接到景云里寓

---

① 《鲁迅回忆录》,第147—148 页。

所。这三人住楼下，鲁迅供膳宿，津贴零用。每逢他步下扶梯，则书声琅琅，不绝于耳。但稍一走远，则戛然中止。后来三人先要鲁迅给他们学费，介绍不能发表的太幼稚文章，再请托找事。鲁迅只好跟某书店说定，让他去当练习生，每月出三十元托书店转给他做薪水。谁知他竟说："我不去。"正受创造社围剿时，一天他告鲁迅："他们因为我住在你这里，就把我都看不起了。"可是，口说而不走。后来，那位女孩子的哥哥回乡，要鲁迅出旅费。走了不久，学生的哥哥来。他是木匠，要找事。鲁迅为他在附近找间房子，供伙食，最后为木匠找到工作，可是不干，住到厌倦，又由鲁迅筹旅费离开。剩下那学生和他的爱人，由她口中知道：那学生是来给鲁迅做儿子的，她是来当媳妇。他俩到明白鲁迅不能满足预计的希望后，说回汕头。鲁迅给一百元旅费，他却说："我们是卖了田地出来的，现在回去，要生活，还得买田地，你得给我×元。"一再商谈，没有结果，"那'儿子'终于也不满所欲气匆匆地走了，几年以后，'儿子'突然从广州来了封信。大意说：'原来你还没有倒掉，那么再来帮助我吧。'"许广平说："这使我们猛然地想到，当初他的回去，怕为的是避免被牵连了倒掉吧！"①

如果不是鲁迅，许广平所说上面的事，可算做第一等傻子的笑话。她有这断语："谁说先生老于'世故'，我只觉得他是'其愚不可及'。世界上竟有这样的呆子吗？可是这呆气，先生却十分珍贵着。他总是说：'我不能因为一个人做了贼，就疑心一切的人！'"②

像上面的事，曹聚仁说："本来，鲁迅对世态看得这么透彻，对人性刻解得这么深刻，独独会对青年心理模糊不明，那也是说不通的。……像'义子'那一类事，就是一幕滑稽戏，与一切'是非曲直'无关的，你看，鲁迅就处理得十分尴尬呢。"③

不再探讨鲁迅为什么会"对青年心理那么模糊"，似乎由他上了那么多青年的当，所以他对二、三十年代的青年有了解。

---

① 《鲁迅回忆录》，第63—68页。
② 《鲁迅回忆录》，第68页。
③ 《鲁迅评传》，第198—199页。

一九三三年六月十八日，他给曹聚仁信，说：

> 十余年来，我所遇见的文学青年真也不少了，而稀奇古怪的居多。最大的通病，是以为因为自己是青年，所以最可贵，最不错的，待到被人驳得无话可说的时候，他就说是因为青年，当然不免有错误，该当原谅的了。而变化也真来得快，三四年中，三翻四覆的，你看有多少。……
>
> 今之青年，似乎比我们青年时代的青年精明，而有些也更重目前之益，为了一点小利，而反噬构陷，真有大出于意料之外者，历来所身受之事，真是一言难尽，但我是总如野兽一样，受了伤，就回头钻入草莽，舐掉血迹，至多也不过呻吟几声的。只是现在却因为年纪渐大，精力就衰，世故也愈深，所以渐在回避了。①

一九三四年六月三日，他给杨霁云信，说：

> 中国的文坛上，人渣本来多。近十年中，有些青年人，不乐科学，便学文学；不会作文，便学美术，而又不肯炼画，则留长头发，放大领结完事，真是乌烟瘴气。假使中国全是这类人，实在怕不免于糟。②

一九三四年十一月十二日，他写信给萧军、萧红说：

> 青年两字，是不能包括一类人的，好的有，坏的也有。但我觉得虽是青年，稚气和不安的并不多，我所遇见的倒十之七八是少年老成的，城府也深，我大抵不和这种人来往。③

---

① 《鲁迅书简》，第451—452页。
② 《鲁迅书简》，第678—679页。
③ 《鲁迅书简》，第769—770页。

也许由于他所遇的青年，多是上面所说的类型，所以到了晚年他特别喜欢另一型的青年。许广平回忆有一位姓谢的湖南人，"曾做过教员，人很活动，文章造诣也相当的深。"他跟鲁迅由厦门到广州不久，似乎就回故乡去，以后信息杳然，鲁迅"几乎时常纪念着他"①。还有柔石，可说是在上海陪伴他的青年。冯雪峰"为人颇硬气，主见甚深，很活动，也很用功，研究社会科学，时向先生质疑问难，甚为相得。……自奉很刻苦，早晚奔走，辄不辞劳"②，受鲁迅的重视。还有萧军和萧红。这两个由东北流亡到上海的男女，就前者后日的生活而言——不是说他的政治思想——也不是有高教养的人。鲁迅何以喜欢他？徐懋庸在给鲁迅的信中说："以胡风性情之诈，以黄源的行为之诡，先生都没有细察，永远被他们据为私有，眩惑群众，若偶像然。"难道老年的鲁迅，除了前述谢某，柔石和冯雪峰之外，也喜欢"诈"和"诡"的人吗？

这些连带地说鲁迅的个性。李长之在《鲁迅批判》中说："鲁迅在灵魂的深处，有了粗疏、枯燥、荒凉、黑暗、脆弱、多疑、善怒。"③上述受"义子"的欺诈，仅用"粗疏""脆弱"的性格，是说不通的。极可能由于需要群众，喜青年人捧他，所以才上当，韩侍桁之类的人在他的身旁。上当后，何以不赶走他们，又难于解说。

许广平有这回忆：

> 做学生的时候，我曾正如一般顽童，边听讲边把这位满身补丁，不，满天星斗，一团漆黑，长发直竖的先生速写起来。我更很快就研究他的为什么？后来比较熟识了，我问他是不是特意做成这样的"保护色"，使人家不注意？他好像默认地笑了。……
>
> 在北京时，东城有一家法国点心铺，算是那时首屈一指的了，很难得的机会，他才从收到的有限的稿费里买两块钱蛋糕来

---

① 《欣慰的纪念》，第 62 页。
② 《欣慰的纪念》，第 88 页。
③ 《欣慰的纪念》，第 198 页。

吃，而且也欢喜请我们。有时我怪问他为什么刚才不拿出来请客，他却叹息地说："你不晓得的，有些少爷真难弄，吃了有时反而会说我阔气，经常吃这样的点心，不会相信我们是偶然的。"①

许我们说：老于世故的鲁迅，对待那类型的青年，是采取这种虚伪的手段。总而言之，说到"群众"，鲁迅自然地接近柔石型的青年。

再说鲁迅心目中的统帅部。虽然他由广州到上海后，领大学院的干薪，或者换句话说，月受国民政府的三百大洋②，只感激蔡元培，而内心却逐渐地倾向中共。为什么呢？

当时，由一九二七年大革命战场退下来的知识分子，恰如茅盾的《三部曲》，由《追求》《动摇》而《幻灭》。为什么会发生这种事？由于革命前，没有研究中国社会发展史，因此发生"中国社会史论战"。这极有历史意义的论战，没有成果地结束。尽管许多人接触到第三国际对中国革命问题的理论，并没有深入，因此，不能在大事变中估计它和得到教训。这是产业和文化两都落后的必然。因此，受第三国际理论影响的人，坚持中国是帝国主义支配下半殖民地半封建社会，不了解中国历史道途，不是由下而上的民族国家如英、法所走的路，而是由上而下的民族国家如德、意、日应走的路。要等到日本帝国主义的吞并中国的急进侵略，大家才醒转过来。鲁迅不是社会科学家，对于马克思主义，虽经过创造社的围剿，临时抱佛脚地读一些关于这类的日文书籍，不能摆脱中共思想的支配。因此，他有这估计：共产党有前途，由于苏联的支援必有前途。再由当日中共对文化界的力量，和接近"左倾"的好青年，他自然下了跟中共走的决心。同时，他的生活经验知道不能投降，要在战斗中，使对方明白自己的本领和力量。因此，他只嘲笑围剿者，没有一些轻视围剿者的统帅部。如大家所知的，这战术，使围剿军解体，并迎他入忠义堂。他虽不是

① 《欣慰的回忆》，第106、115页。
② 参阅本书附录二《鲁迅的收入》。

大头领，却在新成立的"左联"领导层中占一席位。

在提倡"普罗文学"的当时，走入"左联"的鲁迅却不能写他未经历过的工人生活。因此，他要在反新月派和"第三种人"中立功。真正事实指示人们，他未曾打败胡秋原和苏汶的文艺自由观。他自己在黄埔军校的演讲中，力说：文艺和政治的不断冲突。主张"好的文艺作品，向来多是不受别人命令，不愿利害，自然而然地从心中流露的东西。"这主张，与胡秋原的"将艺术堕落到一种政治的留声机，那是艺术的叛徒"，实无本质上的差异。至于他的生活，不能写工人，不能写"职业革命家"，不能写"红军"，那是当然的事。冯雪峰曾提供一个例证：

一九三二年大约夏秋之间，陈赓从"红四方面军"的鄂豫皖苏区到上海，谈到红军反围剿战斗的情况，听到的人都认为那情况超过绥拉菲维支的《铁流》中所写的。大家想到鲁迅，把那些事写成作品油印，由在中共中宣部工作的朱镜我，经冯雪峰转给鲁迅。冯有这回忆：听了冯的话后，"鲁迅先生当时也认为是一个任务，虽然没有立刻接受，也并没有拒绝，说道：'看罢。'几天之后，鲁迅先生还请许广平先生预备了许多菜，由我约了陈赓和朱镜我同志到北四川路底的他的家里去，请陈赓同志和他谈了一个下午，我们吃了晚饭才走的。"结果呢？依冯的回忆，鲁迅只说："'写是可以写的''写一个中篇，可以。''要写，只能像《铁流》似地写，有战争气氛，人物的面目只好模糊一些了。'但后来时过境迁，他既没有动笔，我们也没有再去催促他了。"①

不能写他未经历过的生活，鲁迅如冯雪峰所说："还可以向别方面发展，即继续向杂文发展。"② 一般人都认为鲁迅的《杂感》，就是骂人。他对这一点，一九三四年五月二十二日给杨霁云信有下面的辩明：

> 我的杂感集中，《华盖集》及续编中文，虽大抵和个人斗争，

---

① 《回忆鲁迅》，第93—94页。
② 《回忆鲁迅》，第95页。

但实为公仇，决非私怨，而销路独少，足见读者的判断，亦幼稚者居多也。①

平生所作事，绝不能如来示之誉，但自问数十年来，于自己保存之外，也时时想到中国，想到将来，愿为大家出一点微力，却可以自白的。①

鲁迅不是不说假话的人，他的"杂感"也不是全为"公仇"。他曾骂清共者为革命场中的"奸商"，如此说："一种是国共合作时代的阔人，那时颂苏联，赞共产，无所不至。一到'清党'时候，就用共产青年、共产嫌疑青年的血来洗自己的手，依然是阔人，时势变了，而不变其阔。"② 可是他由于私谊，未说"革命场中"另一种"奸商"。发动清共，到了自己没有当监察院院长，而退到"中央研究院"，就用人权同盟等圣水来清洗自己的手。不仅仍不变其阔，而且有中共在当时和后来默认的名誉。

不管鲁迅的政治主张是什么，他是中国文学家中驰誉于国际之一人。他的《阿Q正传》，有日、俄、英、法等译本。他的作品，证明他是一位写实主义文学家。他对于写实主义的见解如下：

一九三三年十二月二十夜，鲁迅给徐懋庸信，说韩侍桁：

> 文章的弯弯曲曲，是韩先生的特长，用些"机械的"之类的唯物论者似的话，也是他的本领。但先生还没有看出他的本心，他是一面想动摇文学上的写实主义，一面在为自己辩护。他说，沙宁在实际上是没有的，其实俄国确曾有，即中国也何尝没有，不过他不叫沙宁。文学与社会之关系，先是它敏感的描写社会，倘有力，便又一转而影响社会，便有变革。这正如芝麻油原从芝麻打出，取以浸芝麻，就使它更油一样。倘如韩先生所说，则小说上的典型人物，本无其人，乃是作者按照他在社会上有存在之可能，凭空造出，于是而社会上就发生了这种人物。他之不以唯

---

① 《全集》，1961年版第十卷（书信），第217页。
② 《全集》，1961年版第四卷，第489页《答杨邨人先生公开信的公开信》。

心论自居，盖在《存在之可能（二字妙极）》，以为这是他顾及社会条件之处。其实这正是呓语。莫非大家动笔，一定故意只看社会不看人（不涉及人，社会上又看什么），舍己有之典型而写可有的典型吗？倘其如是，那真是上帝。上帝创造，即如宗教家说，亦有一定的范围，必以有存在之可能为限，故火中无鱼，泥里无鸟也。所以韩先生实是诡辩，我以为可以置之不理，不值得道歉的。

艺术的真实非即历史上的真实，我们是听到过的，因为后者须有其事，而创作则可以缀合、抒写，只要逼真，不必实有其事也。然而他所据以缀合、抒写者，何一非社会的存在，从这些目前的人、的事，加以推断，使之发展下去，这便好像预言，因为后来此人、此事，确也正如所写。这大约便是韩先生之所谓大作家所创造的有社会底存在的可能的人物事状罢。

我是不研究理论的，所以应看什么书，不能切要的说。据我的私见，首先是该看历史，日文的《世界历史教程》（共六本，已出五本），我看了一点，才知道所谓英国美国——犹如中国之王孝簌而带兵的国度，比年青时明白了。其次是看唯物论，日本最初的有永田广志的《唯物辩证法讲话》《史的唯物论》。文学史我说不出什么来，其实是 G. Brandes 的《十九世纪文学的主要潮流》虽是人道主义的立场，却还很可看的。……至于理论，今年有一本《写实主义论》系由编译而成，是很好的，闻已排好，但恐此刻不敢出版了。所见的日文书，新近只有《社会主义的写实主义的问题》一本，而缺字太多，看起来很吃力。

中国的书，乱骂唯物论之类的固然看不得，自己不懂而乱读的也看不得，所以我以为最好先看一点基本书，庶不致为不负责任者的论客所误。①

一九三六年二月二十一日，他又写信给徐懋庸，谈写小说的方法：

① 《鲁迅书简》，第604—606页。

我以为那弊病也在视小说为非斥人则自况的老看法。小说也如绘画一样，有模特儿。我从来不用某一整个，但一肢一节，总不免和某一个相似，倘使无一和活人相似处，即非其象了的作品，而邱先生却用抽象的封皮，把《出关》封闭了。[①]

鲁迅还说到诗的写作。
一九三五年九月二十日他给蔡斐君信如此说：

我对于诗一向未曾研究过，实在不能说些什么。我以为随便乱谈是很不好的。……其实，口号是口号，诗是诗，如果用进去还是好诗，用亦可，倘是坏诗，即和用不用都无关。譬如文学与宣传，原不过说：凡有文学，都是宣传，因其中总不免传布着什么，但后来却有人解为文学必须故意做成宣传文字的样子了。诗必用口号，其误正等。

诗须有形式，要易记、易懂、易唱、动听，但格式不要太严。要有韵，但不必依旧诗韵，只要顺口就好。[②]

这些都说得对，而且阿 Q 等人物，如本书所引鲁迅家属和亲近者的回忆，都有"模特儿"。倘使他不写"杂感"，从事写作，可成为中国的福楼拜。但他向与自己素来主张相反的道路走去，以"杂感文"为中共的工具，得到"中国高尔基"的称号。以高尔基比鲁迅，恰似以"唐·吉诃德"比"阿 Q"，因为有些相似又有些完全不同。在这里，对这问题，不妨花若干篇幅论述它。

关于高尔基的历史，正像俄国现代史，随政治年历而不同。但是，在我们这一国度中，却易于考据。因为有一个被第三国际所批准的"救国专家"邹韬奋先生，曾编译一本书，他就是《高尔基》——出版于一九三三年七月（再版本，有大删改）。现在我以这

---

① 《鲁迅书简》，第 638 页。
② 《鲁迅书简》，第 955—956 页。

本"革命者"的作品，从事对比的工作。

从家世说来，高尔基与鲁迅有这差别：前者是赤贫无产者的儿子，而后者却是书香的后代。从生活的状况说来，幼年的高尔基是流浪者，而幼年的鲁迅却没有那样的离奇记录。就职业说来，高尔基是码头工人、糕饼店徒弟、守夜者，而鲁迅除了知识分子的工作——教员、学监、校长之外，与工人没有任何关系。终其一生的高尔基，未做过罗曼诺夫王朝的官，而鲁迅却充当北洋的十四年教育部佥事，和拿他所攻击国民政府的四年干薪。高尔基是沙皇的反抗者，鲁迅却是袁世凯、曹锟、段祺瑞们的小吏。总一句话，在这些的记录中，就是最能干的会计师也无法做出一张有利于鲁迅的清算表。

但却有一面的相似，那就是政治的意识。高尔基表同情于俄国的革命，系由于他的生活，而不是由于他的认识。的确，他有许多马克思主义者的朋友，但他却不是马克思主义者，他虽然和列宁有来往，但他却不是列宁在革命斗争中的可靠友人。这就是他自己所公言的，"我是一个蹩脚的马克思主义者"。我们的鲁迅，对于马克思主义的认识，恐怕连使用这"蹩脚"两个字的资格都没有。

高尔基在政治行动上做了不少使人头痛的事情。他曾和"马哈主义者"一起在意大利喀普里办学校；不管列宁的反对，他在二月革命后，充当"保护祖国主义者"，用"公开信"赞成克伦斯基政府的参加帝国主义战争。列宁对这行为，曾给予下面的斥责：

> 这封信完全充满着一般普通国民的成见，看到这封信的人，便觉可恨。此文的作者（列宁自称）前往喀普里的时候，曾经面责高尔基关于他的政治的错误，并警告他以后不可再蹈覆辙。高尔基闪避这积极责备的方法，却是现出一种亲密可爱的笑容，和下面那样直率的话语："我知道我是个蹩脚的马克思主义者，况且我们做艺术家的人都是些不负责任的人们。"……对于这样的宣言，却不易于和他争辩。①

---

① 邹韬奋著《高尔基》，第357页。

但这还是次要的，到"十月革命"的前夜，高尔基的《新生活日报》是反对"革命"的人们发表其公开意见的刊物，而他本人却在十月三十一日（新历——旧俄历"十月革命"，新历称为"十一月革命"）的社评上，反对"布尔什维克的起事"（同上第三六七页）。到克伦斯基政府倾覆，发施"勿踌躇或怀疑，坚定，稳固，坚毅，决心，革命万岁"之革命命令的军事革命委员会主席托洛茨基（就是鲁迅所写的"托匪"）在彼得格勒组织新政府（同上第三七〇页）后，"高尔基对于胜利后的布尔什维克的攻击"，所用的辞句，是非常使今人惊讶的（同上第三七一页）。他不断地骂列宁，称他为"社会主义的拿破仑"（同上第三七三页）。到布列斯托和约订立后，他又以"无耻的尾声"骂列宁们。还有一大批不胜枚举的材料，但鲁迅终其一生，却是"十月革命"的政府的讴歌者。如果，把鲁迅与成仿吾们的论战，比高尔基之反对布尔什维克，那不相似，因为成仿吾在当日不是中国共产党百分之百的代表者。

晚年的高尔基，一改其此前的态度。他受斯大林的欺骗，回到苏联，变为苏维埃政府的赞颂者，并讨斯大林的欢心，删改自己以前恭维托洛茨基的形容词，并歌颂托氏的反对者。鲁迅呢？他未曾留下反对中共任何人的记录。但两人有这共同之点：明白受骗的高尔基，公开不满和反对斯大林，鲁迅只公开反对中共的"奴隶总管"。这反对的后果，是高尔基被斯大林命特工毒死，鲁迅早死，留下的债务，由他的门徒——"胡风集团"偿还。

总而言之，鲁迅的真正价值，就是他以文学家身份，指摘中国旧社会的残渣。他是这工作的优秀者，他又是这工作在文艺上的唯一完成者。我有这一感觉：如果没有中国的社会发展的混乱情况误了他，他会在写实文学中，占了一个重要的地位。也许他会成为我们的福楼拜。至于今日人们用"思想家"，"无产阶级革命家"或"青年导师"等尊称他，一些也不相称。因此，在我们需要重新估计鲁迅时，应抱"凯撒归凯撒"的宗旨，恢复鲁迅的真正价值。

郑学稼：《鲁迅正传》，台北：时报出版公司 1978 年版

# 一九八〇年代

## 鲁迅与先父寿裳公的友情

许世瑮

父亲与鲁迅先生有三十五年的交谊，彼此开怀，无异兄弟。他们都是浙江绍兴人，从少年到老年一直友好，不时见面，长期同就职于教育部，同执教于各地，真是知无不言，言无不尽的知己好友。

吾越乡风，小孩上学，必定替他挑选一位品学兼优的开蒙先生，教他认方块字，把笔写字，并在课本面上替他写姓名，希望他能够得到这位老师的熏陶和传授。民国三年，先兄世瑛五岁，父亲买了《文字蒙求》，敦请鲁迅先生开蒙。他只教"天""人"二字，并书"许世瑛"三个字，天、人二字含义甚广，包括一切学问——自然和人文，一切道德——天道和人道。后来先兄考入清华大学中国文学系，又向鲁迅先生请教应该看些什么书？他便开示一张书单如下：

计有功，宋人：唐诗纪事。

辛方房，元人：唐才子传。

严可均：全上古……隋文。

丁福保：全上古……隋诗。

吴荣光：历代名人年谱。

胡应麟，明人：少室山房笔丛。

四库全书简明目录。

刘义庆：世说新语。

王定保，五代：唐摭言。

葛洪：抱朴子外篇。

王充：论衡。

王晫：今世说。

以上书目，实在是初学文学者所必读，他的解说也简明扼要，先兄以后之成就，可以说得自鲁迅先生者甚大。

民国七年初夏，母亲由北平到南昌，不及半月因伤寒病故，鲁迅先生远来函唁慰问。提到世兄们失掉慈母，固然是不幸，但也不尽然；倘有慈母，或是幸福，然若幼而失母，也非不幸，倒可成为更加勇猛，更无挂碍的儿女。鲁迅先生对我们兄弟寓鼓励于安慰之中，前辈风仪永生难忘。

大伯父铭伯先生民国八年春初中风，请教鲁迅先生延医诊治，他说这病不容易完全治好；曾遍觅良医，果然无效，计病二十九个月而殁。鲁迅先生闻讯即来吊唁。

民国二十四年七月，世瑄姐和汤兆恒先生在上海结婚，鲁迅先生一向不肯出门应酬，是日偕夫人携海婴惠然来临，并且到得很早，后来才知道他是日身体本来不适，且译作甚忙，家人无不感激。

民国二十三年多，世瑒妹患病，也烦鲁迅先生介绍医师，他为人谋，忠实周到。特检出旧信一封，以资说明：

季巿兄：

顷奉到十二月五日惠函，备悉种种。世瑒来就医时，正值弟自亦隔日必赴医院，同道而去，与时间及体力，并无特别耗损，务希勿以为意。至于诊金及药费，则因与医生甚熟，例不即付，每月之末，即开账来取，届时自当将世瑒之账目检出寄奉耳。

弟因感冒，害及肠胃，又不能悠游，遂至颓惫多日，幸近已向愈，胃口已渐开，不日当可复原，希勿念为幸。

专此布复，并颂　曼福

弟飞

顿首

十二月九日

（按先父寿裳公，字季茀，亦作季市，鲁迅与熟朋友写信有时仅署一"飞"字）

作者研究食品卫生与环境卫生，本不善为文，兹再将幼年对鲁迅先生的印象，略述一二，以供读者参考。

鲁迅先生一生功业虽在民元以后，而他的发源却在民元以前，他深切知道革命先要革心；医精神更重于医身体，所以毅然决定舍弃医学而研究文艺了。

他的起居是很朴素的，刻苦耐劳的。关于他的衣着，在南京读书时，没有余钱制衣服，以致夹裤过冬，棉被破旧得可怜，两肩已没有一点棉絮了。他在杭州教书时，仍旧着学生制服，夏天只做了一件白羽纱长衫，一直穿到十月天冷为止，后来置了一件外套，勉可御寒，平时少着皮鞋，常穿黑色帆布面胶底的鞋子。

他的饮食很随便，不喜欢吃隔夜菜和干卤品；鱼蟹少吃，怕去骨和剥壳的麻烦，茶用清茶，烟用廉价品，每日大概需要五十支，不敢多喝酒，爱吃辣椒。他曾告诉先父，因为夹裤过冬，不得已吃辣椒以御寒气，渐成嗜好，因而害及胃的健康，为毕生之累。他发胃病的时候，常见他把腹部顶住方桌的角而把上身伏在桌面，这可想见他胃痛的厉害。最后十年间，有景宋夫人的照料，饮食较为舒适。他的寝具一向是用板床薄被，晚年才用最普通的铁床，书桌旁边放着一张藤躺椅，工作倦了，就在这椅上小坐，看看报纸，算作休息而已。

鲁迅先生惯用毛笔，文稿、日记、书信都是用毛笔写的，其原因大概不外乎：（一）可以不择纸张的厚薄好坏；（二）写字"小大由之"，别有风趣罢了。他对于书籍的装饰和爱护，真是无微不至，他所出的书，关于书面的图案，排字的体裁，校对的认真，没有一件不是亲自经营，煞费苦心。

他健谈，聊天时胸怀磊落，机智流畅，有光风霁月之概，所谈种种，或叙述，或评论，或笑话，或悲愤，都令人感到亲切和痛快。所以接触过他的人，都会怀念他，留给人深刻的印象。

《传记文学》第 41 卷第 4 期，1982 年 10 月

# 由索忍尼辛想起鲁迅

周玉山

## 托尼思想·魏晋文学

今年十月，俄国文学家索忍尼辛来台访问，并发表激励人心的演说。稍早的九月，周令飞为寻求爱与婚姻的自由而来，果然如愿以偿。周令飞使人想起鲁迅，索忍尼辛亦复如是。

鲁迅受俄罗斯文学的影响颇深，刘半农送过他一副对联："托尼思想，魏晋文章"，而为受者所首肯。托尼是指托尔斯泰和尼采，鲁迅在日本求学时，除了醉心托尼作品，又读果戈理、契诃夫、安德利叶夫的小说，并将后者的两篇译为中文，刊于《域外小说集》内。五四运动前一年，鲁迅在《新青年》上发表的《狂人日记》，被视为中国新文学史上的第一篇白话小说，这篇作品从题目、文字形式到思想内涵，都受收果戈理同名小说的启发。我们可以这样说：鲁迅作品中人道主义的色彩，和深沉阴冷的笔触，都有旧俄小说的踪影，当然，中国传统文学为民请命的精神，和魏晋文章清隽孤峭的风格，也是鲁迅小说的血缘。

## 童年经验·若干神似

鲁迅和索忍尼辛一样，同受旧俄文学的影响：两人的童年经验，也有若干相似处，俱脱离不了一个"贫"字。索忍尼辛是遗腹子，他母亲从未再婚，主要是怕继父之不仁。母子于战前在罗斯托夫住了十九年，其中有十五年无法由国家配到一间房子，总要以高价向私人租用已近倒塌的茅屋。后来他们幸运找到的，也只是重修马厩的一角而已。索忍尼辛在为诺贝尔奖金委员会写的自传中回忆道："总是寒冷的，因为屋子漏风。很难找到取暖的煤炭，水也要从很远的地方提来，其实直到最近我才知道什么是公寓中的自来水。母亲精通英、法语，也学过速记和打字，但是能付高薪的机构从不雇用她，因为她出身的社会成分有问题。"索氏母子一门孤寡，童年以来的困厄颠沛，造就索忍尼辛操危虑深的志节，"故达"。

鲁迅晚年曾经反击所谓革命作家，形容彼等是"破落户的漂零子弟"。但我们若探讨鲁迅的身世，则可知此语也是他本人的写照。鲁迅十二岁时，祖父因涉嫌科举时为人送红包，被捕入狱，以致家道中衰，鲁迅的父亲又不自振作，寄情于烟酒中，最后仅得年三十六，那时鲁迅只有十五岁。后来他在《呐喊》的自序中指出：

> 有谁从小康人家而坠入困顿的么，我以为在这路途中，大概可以看见世人的真面目；我要到 N 进 K 学堂去了，仿佛是想走异路，逃异地，去寻求别样的人们。我的母亲没有法，办了八元的川资，说是由我自便；然而伊哭了，这正是情理中的事，因为那时读书应试是正路，所谓学洋务，社会上便以为是一种走投无路的人，只得将灵魂卖给鬼子，要加倍的奚落而排斥的，而况伊又看不见自己的儿子了。然而我也顾不得这些事，终于到 N 去进了 K 学堂了……。

## 虚无主义色彩的鲁迅

鲁迅母子也是一门孤寡，此与索忍尼辛相同。不过贫困的环境使鲁迅走向反传统的第一步，索忍尼辛却无此倾向。鲁迅被许多人认定为虚无主义者，虚无主义（Nihilism）一词出自屠格涅夫的"父与子"，从屠格涅夫到贝查也夫，都形容虚无主义者具备反传统的特性，鲁迅在一九二五年"论青年必读书"，就表现了否定传统文化的态度：

　　我看中国书时，总觉得就沉静下去，与实际人生离开；读外国书时（但除了印度），往往就与人生接触，想做点事。

　　中国书中虽有劝人入世的话，也多是僵尸的乐观，外国书即使是颓唐和厌世的，但却是活人的颓唐厌世。

　　我以为要少——或者竟不——看中国书，多看外国书。

鲁迅在《狂人日记》中，尤其发挥了全盘反传统的看法。狂人有一个晚上翻开历史书一查："这历史没有年代，歪歪斜斜的每页都写着'仁义道德'几个字，我横竖睡不着，仔细看了半夜，才从字缝里看出字来，满本都写着两个字是'吃人'！"鲁迅生长在一个"儒门淡薄，收拾不住"的时代，对当时社会的病态多所了解，也刻画颇深。但他毕竟如孙中山先生形容马克思者，是一名社会病理学家，而非生理学家。鲁迅对中国的固有传统既不屑因袭，又无法开出治病的药方，有时就难免"拔剑四顾心茫然"了。

鲁迅加入"左联"后推广大众语运动，又表现出虚无主义的态度，他认为汉字和大众是势不两立的，所以要推行大众语文，必须用罗马字拼音（原注：即拉丁化）。鲁迅之意，汉字的繁杂就是大众语的根本障碍，而彻底解决的办法，就是代之以拉丁化的新文字。他提出了"书法更必须拉丁化"的结论，此与近半世纪后的今天实况不符，中共现仍无法以罗马字拼音来取代方块字，台湾教育普及的事实，也说明不必以废除汉字来达此目的，鲁迅所谓"汉字和大众是势不两立的"，已被证实禁不起时间的考验。

## 俄国传统的索忍尼辛

相形之下，索忍尼辛则为俄国传统文化的肯定者。十二月党革命失败后，旧俄知识分子中的亲斯拉夫派，认为俄罗斯有三宝：东正教会、绝对专制和民族性，而索忍尼辛至少信奉其中的大半。诚如《俄国人》（*The Russians*）一书的作者史密斯（Hedrich Smith）指出，索忍尼辛所要告诉世人的，并非一个现代科技社会的模式，而是对于带有俄国传统色彩的未来社会之憧憬：一个复活、回归、远离二十世纪的神圣俄国之梦想。索忍尼辛与鲁迅最大的差距，大约就是对自己民族文化的评价了。

索忍尼辛对农村和农民的看法，也与鲁迅有别。大体上，他的文字触及俄国农村善良的一面，而以土地、宗教和祖国，为其信仰的三位一体。一百年前，受虚无主义影响的俄国知识分子，如郑学稼先生所说，由怀疑文化的真正价值，转而承认文化是由奴役人民的代价得来。为了赎罪，他们群呼"到民间去"，要把土地与自由交还农奴。索忍尼辛虽非虚无主义者，但他的农村民粹主义，可谓十九世纪民粹派活动的反响，此亦为《俄国人》一书所点明。索忍尼辛在"奥加之旅"中，就表现了一个农村浪漫主义者的宗教情怀：

在俄国中部的乡间旅行时，你开始了解、何以俄国的乡野有一种如此宁静的效果。

原因来自教堂。它们建在山顶和山腰，下到宽阔的河流，像是红色和白色的公主。纤细而雕有回纹的钟楼，高耸在稻草和木屋顶上。它们在相隔很远的距离彼此呼应着，自远处目不可及的村落，指向同一个天空。

不论漫步田野或牧场，不论离开任何住家多少里路，你从不会感到孤单：在一排树墙、干草堆，甚至大地的弧线上，这些钟楼的顶尖总是向你招手，从玻基·罗维斯基、留比奇，到加利落夫斯克都如此。

但是当你一进入村内，你明白，那些自远处起就相迎的教堂，已不再存活了。

## 社会病理学家的鲁迅

索忍尼辛以一颗虔诚教徒之心，主张回归俄国的农村，他对农民的爱与要求，自与马克思背道而驰。马克思说："农民不是革命的，而是保守的，不仅如此，他们并且是反动的，因为他们企图使历史的车轮倒退。"这种观点，我们恰好可在鲁迅的有些小说中看到。鲁迅至终也未加入共产党，他写小说时也非一名共产主义者，但他对农民的评价，却与马克思相近，《阿Q正传》这篇小说，就以解剖中国农民的愚昧悲哀为重点，而确立了鲁迅的病理学家地位。但也正如徐复观先生的分析：

> 俄国在大革命前的确出了几位了不起的文学家，但俄国没有和中国可以比拟的历史文化：俄国地主与农奴的社会结构，与中国的社会，完全属于两个异质的形态，中国的佃农不等于农奴。中国在地主佃农的生产关系之外，还有大量的自耕农和半自耕农。鲁迅不能以俄国文学家处理他们的社会的态度来处理中国的社会，因此鲁迅只能把握到中国社会的一个角落，并没有深入进中国的社会中去。所以他的作品不能与大革命前的俄国文学家作品比其高度和深度。在世界文坛上，我认为他只能算三流的作家。八股下的知识分子，鲁迅是把握到了。但中国农民的伟大品质，几乎没有进入他的心灵，所以他便将民族的"劣根性"都塑造到一个雇农"阿Q"的形象上去，这是非常不公平的。

与徐先生看法部分相同的，有夏济安、夏志清、李欧梵等先生。徐先生认为这是鲁迅成就受限的原因之一，李先生则认为，鲁迅一方面同情农民的心境，喜欢他们的生活方式和风俗习惯，另一方面却又觉得许多劳苦大众实在愚妄无知，受到不少"大传统"的不良影响，所以他最后认定，要医治中国人民的身体，势必要先医治他们的灵魂。然而使鲁迅痛苦的是：他毕竟不能真正与农民打成一片，在别人眼中，他永远是"大传统"中的读书人。

## 拥抱大地的索忍尼辛

鲁迅和孙中山先生一样，原都学医，后来都从事"唤起民众"的工作。但孙先生提出了建国的蓝图，且身兼发明家、宣传家和实行家；鲁迅则终其一生都在上下求索，且不免彷徨于歧路，更无治人灵魂的药方。鲁迅最大的痛苦，大概就是对解决中国当时社会黑暗的无力感吧？

鲁迅与索忍尼辛的差距，似乎也导致了对土地和农民的认同有别、了解互异上。索忍尼辛写作时，或勤搜史料，或深入民间，表现出一丝不苟的态度。相较之下，鲁迅的小说如《阿Q正传》，就显得是信笔之作了。索忍尼辛的高厚磅礴，来自对俄罗斯大地的拥抱，那是一种根深蒂固的祖国之爱。唯其有根，故能茂长。索忍尼辛的宽与鲁迅的窄，主要来自对传统汲取的程度不同，收获也就参差了。我实在不知鲁迅的死魂灵，能否坦然接受他在葬礼上所获"民族魂"的封号？

《中国论坛》第15卷第4期，1982年11月

# 鲁迅与五四

## 茶陵（周玉山）

鲁迅生于浙江绍兴的一个破落之家，早年赴日学医，但有志于文学，此时他所写的文章，如《摩罗诗力说》和《文化偏至论》，大致上都是强调个人主义的。他还摘译过尼采的《苏鲁支语录》，提倡超人的思想。一九〇六年鲁迅二十五岁时，决定弃医从文。三年后回国，在杭州和绍兴任教。一九一二年民国肇建，他接受蔡元培先生的邀请，到教育部任职，并随政府迁至北京。

### 鲁迅对五四运动的感想

鲁迅在北京期间，恰逢五四运动发生。五四运动已被中共渲染成"当时无产阶级世界革命的一部分"，而且是在"十月革命的巨大影响下"爆发的。鲁迅后来被毛泽东捧为五四以后共产主义文化新军中"最伟大和最英勇的旗手"，又被华岗捧为五四时期"和李大钊同志并肩领导民主启蒙运动的伟大导师"，中共甚至还说，鲁迅以一个革命知识分子之身，"推动"了如火如荼的五四运动。

当时担任教育部佥事的鲁迅，对于北京大学生爱国壮举的反应如何？一九一九年五月四日当天，他的日记全文如下：

四日昙。星期休息。徐吉轩为父设奠，上午赴吊，并赙三元。下午孙福源君来。刘半农来，交与书籍二册，是丸善寄来者。

665

陈胜长先生指出，这原是鲁迅写日记的体例问题，他很少记载时事，所以无足深异。不过，诚如陈先生的质疑：五四运动后来既然被鲁迅一度称为"新文化运动的发扬"，何以他当时身在北京，却未以此轰轰烈烈的行动作为小说的题材，而且在他所有公开发表的文字里，也找不到特意赞扬五四运动的部分？

一九二○年五月四日，五四运动一周年那天，鲁迅在给宋崇义的信中指出：

> 比年以来，国内不靖，影响及于学界，纷扰已经一年。世之守旧者，以为此事实为乱源，而维新者则又赞扬甚至。全国学生，或被称为祸萌，或被誉为志士；然由仆观之，则于中国实无何种影响，仅是一时之现象而已；谓之志士固过誉，谓之乱萌，亦甚冤也。

由此可知，鲁迅既认为五四运动带来了纷扰，又以此事不足挂齿，终将被时间之流冲刷而去。在同一封信中，鲁迅还对五四运动后的新思潮有所批评：

> 近来所谓新思潮者，在外国已是普遍之理，一入中国，便大吓人；提倡者思想不彻底，言行不一致，故每每发生流弊，而新思潮之本身，固不任其咎也。
>
> 要之，中国一切旧物，无论如何，定必崩溃，倘能采用新说，助其变迁，则改革较有秩序，其祸必不如天然崩溃之烈。而社会守旧，新党又行不顾言，一盘散沙，无法黏连，将来除无可收拾外，殆无他道也。……
>
> 要而言之，旧状无以维持，殆无可疑；而其转变也，既非官吏所希望之现状，亦非新学家所鼓吹之新式，但有一塌糊涂而已。

由此又可知，鲁迅认为新思想运动的前景极不乐观，而其弊端在于人谋不臧。由于对此运动不抱希望，鲁迅的态度自然益趋冷漠。一

666

九二五年十一月，他为《热风》题记时指出：

> 现在有谁经过西长安街一带的，总可以看见几个衣履破碎的穷苦孩子叫卖报纸。记得三四年前，在他们身上偶然还剩有制服模样的残余；再早，就更体面，简直是童子军的拟态。
>
> 那是中华民国八年，即西历一九一九年，五月四日北京学生对于山东问题的示威运动之后，因为当时散传单的是童子军，不知怎的竟惹了投机家的注意，童子军式的卖报孩子就出现了。其年十二月，日本公使小幡酉吉抗议排日运动，情形和今年大致相同；只是我们的卖报孩子却穿破了第一身新衣以后，便不再做，只见得年不如年地显出穷苦。

在这段"题记"中，鲁迅以一贯阴冷的笔触，写出他对五四运动所能有的联想。到了一九三五年，他在为《中国新文学大系》小说二集写序时，态度仍未见有多少改变：

> 在北京这地方，——北京虽然是"五四运动"的策源地，但自从支持着《新青年》和《新潮》的人们，风流云散以来，一九二〇年至二二年这三年间，倒显着寂寞荒凉的古战场的情景。

以上就是毛泽东笔下这位"伟大的革命家"，对于五四运动所发表过的主要感想。鲁迅在世时似难预料，这个和他顶头上司——北洋政府过不去的爱国运动，后来被毛泽东说成"是在当时世界革命号召之下，是在俄国革命号召之下，是在列宁号召之下发生的"；而且还被中共说成"是以共产主义知识分子为首的、以无产阶级文化思想为领导的游行示威"。一九八一年九月二十五日鲁迅百年诞辰时，胡耀邦在纪念大会上说："鲁迅的一生是战斗的一生，他热切地追求真理，永不停顿地前进，始终站在时代潮流的前列。"这段颂词如果验证在五四运动上，似嫌言重了。

鲁迅在五四当天的日记中，提及孙福源来访。孙福源即孙伏园，他在鲁迅被中共神化后的一九五三年，发表了《五四运动中的鲁迅先生》一文，追忆当天的情景：

> 五月四日，我参加天安门大会以后，又参加了示威游行。游行完了，我便到南半截胡同找鲁迅先生去了，我并不知道后面还有"火烧赵家楼"的一幕。晚上回到宿舍，才知道今天这后一幕是轰轰烈烈的，而且有一大批同学被反动军警捕去了，运动这才开始。
>
> 鲁迅先生详细问我天安门大会场的情形，还详细问我游行时大街上的情形，他对于青年们的一举一动是无时无刻不关怀着的。一九一九年他并没有在大学兼任教课，到他那里走动的青年大抵是他旧日的学生。他并不只是关怀某些个别青年的一举一动，他所无时无刻不关怀着的是全体进步青年，大部分是他所不认识的，也是大部分不认识他的那些进步青年的一举一动。他怕青年上当，怕青年吃亏，怕青年不懂得反动势力的狡猾与凶残，因而敌不过反动势力。

孙伏园所述如果属实，则说明了鲁迅当时的处世观。鲁迅经常对比青年和老人，认为"青年必胜于老人"，因此他很爱护青年，先后有"救救孩子""俯首甘为孺子牛"的名句；怕青年吃亏上当之说，也颇符合鲁迅的一贯态度，但这些字眼使人同样想起他自己。鲁迅在《阿Q正传的成因》中，自比为一匹疲牛，明知不堪大用，但也愿出一些力。他接着说：

> 但倘若用得我太苦，是不行的，我还要自己觅草吃，要喘气的工夫；要专指我为某家的牛，将我关在他的牛牢内，也不行的，我有时亦许还要给别家挨几转磨。如果连肉都要出卖，那自然更不行，理由自明，无须细说。倘遇到上述的三不行，我就跑，或者索性躺在荒山里。即使因此忽而从深刻变为浅薄，从战士化为畜生，吓我以康有为，比我以梁启超，也都满不在乎，还是我跑我的，我躺我的，决不出来再上当，因为我于"世故"实在是太深了。

鲁迅后来听到有人称他"世故老人",也不以为忤,因为他先就以此自况。或许也基于"决不出来再上当"的考虑,他对五四运动响应的文字和行动两缺,而仅止于私室中关怀青年,而此处的关怀,几与劝诫二字等义。中共后来说鲁迅推动了五四运动,若就事件本身来说,恐与史实相反。如孙伏园所述,鲁迅为了爱护青年,希望他们明哲保身,不要扩大事端。而且若非孙伏园来告,他当天即使身在北京,也不知道已经发生了这件如火如荼的大事。

## 鲁迅在五四时期的文学表现

笔者曾经撰文指出,五四运动本身肇因于青年学子的救亡图存,爱国的意义重于其他,所以严格说来,订五月四日为文艺节是不尽准确的。当时示威抗议北京政府对日屈辱的学生们,包括草拟是日游行宣言,揭橥"外争主权,内除国贼"的罗家伦先生,大概都对五四后来成为文艺节一事,感到始料未及。

不过,国人现已多能接受一种观点:广义的五四可谓思想运动。正如孙中山先生在一九二〇年一月指出的:"自北京大学生发生五四运动以来,一般爱国青年无不以革新思想,为将来革新事业之预备。"孙先生认为这是一种新文化运动,而且极具价值。我们观察史实则可得知,新文化运动的诸般内容中,要以文学最引人注目,影响力也最为深远,因此说它在五四时期占有重要的一席,自不为过。从另一个角度来看,五四运动也助长了新文学运动。一九二二年,胡适先生在《五十年来中国之文学》中就说:"民国八年的学生运动与新文学运动虽是两件事,但学生运动的影响能使白话的传播遍于全国,这是一大关系;况且'五四'运动以来,国内明白的人渐渐觉悟'思想革新'的重要,所以他们对于新潮流,或采欢迎的态度,或采研究的态度,或采容忍的态度,渐渐的把从前那种仇视的态度减少了,文学革命的运动因此得自由发展,这也是一大关系。因此,民国八年以后,白话文的传播真有'一日千里'之势。"

鲁迅在五四运动之前,已于《新青年》上发表了三十一篇文字,包括小说三篇、诗六篇、随感二十一篇、论文一篇。其中《狂人日记》被视为中国新文学史上的第一篇白话小说，刚好发表于五四运动前一整年。鲁迅文学创作中以小说的成就为最著，他在五四前后共写了三十三篇小说，其中收入《呐喊》和《彷徨》二书者计二十五篇，另八篇历史小说收入《故事新编》一书。

《狂人日记》从题目到布局，都受果戈理同名小说的启发。早在撰写《摩罗诗力说》时，鲁迅就称赞果戈里"以不见已之泪痕悲色，振其邦人"。鲁迅也多次承认，他的《狂人日记》颇受果戈里影响，"意在暴露家族制度和礼教的弊言，却比果戈里的忧愤深广"。鲁迅认为，中国几千年来的历史，不过是人吃人，人压迫人的历史。到了一九二五年写《灯下漫笔》时，他仍然谴责中国的文明，"其实不过是安排给阔人享用的人肉的筵宴"，至于中国大地，在鲁迅的心目中，"其实不过是安排这人肉的筵宴的厨房"。他接着表示：

> 于是大小无数的人肉的筵宴，即使有文明以来一直排到现在，人们就在这会场中吃人，被吃，以凶人的愚妄的欢呼，将悲惨的弱者的呼号遮掩，更不消说吃女人和小儿。
>
> 这人肉的筵宴现在还排着，有许多人还想一直排下去。扫荡这些食人者，掀掉这筵席，毁坏这厨房，则是现在的青年的使命。

《狂人日记》的主题与此相似，但要来得低调。鲁迅和所有五四人物一样，心之所思，常为"如何改造国民的灵魂"。在《摩罗诗力说》中，他表示如果奴隶立其前，必哀悲而疾视，"哀悲所以哀其不幸，疾视所以怒其不争"。鲁迅后来在小说中，不断揭露国人的劣根性，如阿Q的精神胜利法，《药》中的人血馒头，《示众》中的麻木群众，《端午节》中的差不多主义，《在酒楼上》的看破红尘等，都是"哀其不幸，怒其不争"的文学说明。

五四运动之前，鲁迅在《两地书》中也提到，革命的任务最初是排满，这是容易做到的，其次是要国民改革自己的劣根性，此则为难事。"所以此后最要紧改革国民性，否则无论是专制，是共和，是什么什么，招牌虽换，货色照旧，全不行的。"五四运动以后，鲁迅的想法大致同前："说到中国的改革，第一者自然是扫荡废物，以造成一个使新生命得能诞生的机运。五四运动，本也是这机运的开端罢，可惜来摧折它的很不少。"这段话见《出了象牙之塔》的后记，鲁迅在此为五四运动惜，似与前述的冷漠态度有别。不过，诚如陈胜长先生指出，鲁迅本人确实没有受到五四运动的鼓舞。陈先生的话值得我们参考：

> 鲁迅虽然并不认为"五四运动"获得真正的成功，但他绝对不是站在反对方面，虽然他也绝不愿意和别人一样高估了这个运动的价值。鲁迅有他的洁癖，他耻于和拟态者一同歌颂"新文化运动"，他故意要说成自己在"五四运动"之后没有写什么文字。

鲁迅小说人物中最具典型的，自然是阿Q。苏雪林女士后来反鲁，但她曾经指出："《阿Q正传》不单单以刻画乡下无赖汉为能事，其中实影射中国民族普遍的劣根性。《阿Q正传》也不单单叫人笑，其中实包蕴着一种严肃的意义。"苏女士认为阿Q政治所影射的国人劣根性，除了精神胜利法外，还有卑怯、善投机、夸大狂与自尊癖。其实，这些都是同类的。曹聚仁认为另有色情狂、萨满教式的卫道精神、多忌讳、狡猾、愚蠢、贪小利、富幸得心、喜凑热闹、糊涂昏聩、麻木不仁等，也是鲁迅赋予阿Q的。从社会意义来看，阿Q充满了"乏相"，用今天流行的名词称之，则是充满了"无力感"。鲁迅在《论睁了眼看》一文中的警语，现在读来仍未全失时效：

> 中国人的不敢正视各方面，用瞒和骗，造出奇妙的逃路来，而自以为正路。在这路上，就证明着国民性的怯弱、懒惰，而又巧滑。一天一天的满足着，即一天一天的堕落着，但却又觉得日见其光荣。在事实上，亡国一次，即添加几个殉难的忠臣，后来每不想光复旧物，而只去赞美那几个忠臣；遭劫一次，即造成一群不辱的烈女，事过之后，也每每不思惩凶、自卫，却只顾歌颂那一群烈女。中国人向来因为不敢正视人生，只好瞒和骗，由此

也生出瞒和骗的文艺来，由这文艺，更令中国人更深地陷入瞒和
骗的大泽中，甚而至于已经自己不觉得。

鲁迅有感于此，所以矢志写不瞒不骗的作品。据《我怎样做起小
说来》的自述，鲁迅为了和前驱者同一步调，还已经删削些黑暗，装
点些欢容，使作品显出若干亮色，那就是包括了《狂人日记》《阿Q
正传》等小说在内的《呐喊》。由此可知，鲁迅的文心较之字面更为
阴冷黯淡，他在不瞒不骗的前提下，暴露社会的病根时已略有保留。
鲁迅接着的这段话，说明了他写小说的动机：

> 当我留心文学的时候，情形和现在很不同；在中国，小说不
> 算文学，做小说的也决不能称为文学家，所以并没有人想在这一
> 条路上出头。我也并没有要将小说抬进文苑里的意思，不过想利
> 用它的力量来改良社会，自然做起小说来，总不免自己有些主见
> 的。例如说到为什么做小说罢，我仍抱着十多年前的启蒙主义，
> 以为必须是"为人生"，而且要改良人生。我深恶先前的称小说
> 为闲书，而且将为艺术的艺术，看作不过是消闲的新式的别号。
> 所以我的取材，多采自病态社会的不幸的人们中，意思在揭出病
> 苦，引起疗救的注意。

鲁迅和当时的许多新文学家一样，以反映社会现实、促使社会进
步为目的，他把中国的历史概括成"吃人"二字，并且质问："历来
如此，便对么？"因此他要求"冲破一切传统思想和手法"。在《忽
然想到（六）》中，鲁迅吐出激昂的声音："我们目下的当务之急，
是：一要生存，二要温饱，三要发展。苟有阻碍这前途者，无论是古
是今，是人是鬼，是'三坟''五典'，百宋千元，天球河图，金山
玉佛，祖传丸散，秘制膏丹，全都踏倒他。"

鲁迅这种冲决网罗的意念，林毓先生名之为"全面反传统主义"。
林先生在《中国意识的危机》一书中指出，鲁迅既有这种整体性的
反传统思想，又对某些中国传统的价值观，在认识上和道德上有所承
担，因此两者之间存在着深刻难解的紧张。传统价值观之一的"念

旧"，就是鲁迅心头无法抹去的意识。此外，鲁迅在全面否定传统之余，却没有把握真正扫除那传统鬼怪的情绪。这种悲观的基调表现在《狂人日记》中，并且几乎弥漫在他五四时期的所有作品中。

容我们如此说：这不是鲁迅自己的无力感么？或许正由于这种无力感，鲁迅后来放弃了写《文化偏至论》等文时的想法："与其抑英哲以就凡庸，曷若置众人而希英哲。"鲁迅离开北京到厦门后，终于改口说道："世界却正是由愚人造成的，聪明人决不能支持世界。"这种"肯定多数"的言论，被中共视为鲁迅唯物历史主义思想的萌芽，却标志了他的五四时代之结束。稍早，鲁迅在为《彷徨》一书题记时，写下了这首拔剑四顾心茫然的诗：

> 寂寞新文苑，平安旧战场；
> 两间余一卒，荷戟尚彷徨。

《中国论坛》第16卷第3期（总第183期），1983年5月

# 鲁迅与佛经

## ——《西医·古碑·鲁迅》读后感

## 蓝吉富

十月二十日"人间"刊出者友王孝廉兄的《西医·古碑·鲁迅》一文，文中谈到鲁迅是否读佛经，以及抄古碑的问题。浏览一过，脑子里浮出几点意见，我想应该值得提出来给关心现代文学史的人参考。

鲁迅曾读过不少佛经，这是毋庸置疑的。依曹聚仁的《鲁迅评传》所载，民国三年以后，鲁迅"开始看佛经，用功很猛，别人赶不上,"（《评传》第43页），而且还对他的知交许寿裳说过这样的话：

> 释迦牟尼真是大哲，我平常对人生有许多难解决的问题，而他居然大部分早已明白启示了，真是大哲。（同上）

其实，鲁迅之阅读佛经，是不难索解的。小时候，他的父亲曾带他到家乡的长庆寺皈依过一位师父，还取了法名叫"长庚"。后来他与寺庙的三师兄也有很深的感情。在这种环境里成长，其接触佛经的可能性，当然极大。

此外，鲁迅所尊敬的老师——章太炎先生，就是一位深通佛经的大师。章氏的《齐物论释》是以佛解庄的名著。章氏最出名的《大乘佛教缘起考》《大乘佛教论辩》等篇，也都显现出其相当深入的佛学素养。鲁迅在受教之余，其可能受到这方面的影响，也是可以想见的。相传章氏曾要鲁迅兄弟跟他一齐去学梵文，事虽未果，但也可看出章氏对鲁迅影响之一斑。

清末以来的学者思想家们，往往有兼取中国传统与佛学来滋润本身思想的习惯，除了章太炎之外，像沈会植、谭嗣同、梁任公、熊十力、梁漱溟、马一浮、张君劢、陈寅恪、胡适等人，虽然都不是佛教学界的专业学者，也大都不是佛教学徒，但却无一不具有深邃的佛学功力。生长在这种风气里，像鲁迅这种有冲劲与求知欲的知识分子，读些佛书，应该是一件很正常的事。

其次，从鲁迅的学术作品中，也可以看出他对佛书并不陌生。他的《中国小说史略》曾引用过的佛书——《法苑珠林》，便是唐代人所编的佛教百科全书。该书取材自数百部佛教经论，附上感应故事，然后分类排比，供人查索。这是鲁迅的学术著作中，所最常引用的古书之一。即使只读过该书，也可以泛览到数百部佛教经论的缩影，更何况鲁迅引用过的佛典经书非仅此一部。像《譬喻经》《观佛三昧海经》《辨正论》《高僧传》《三宝感通录》等书，都是大藏经中所收的佛典。这些书在鲁迅的《中国小说史略》与《古小说钩沉》中，都曾征引过。

最值得一提的是，鲁迅曾出资印行过佛经。这部佛书就是佛教譬喻故事集——《百喻经》，鲁迅并为该经作过题记，文中曾说：

> 常闻天竺寓言之富，如大林深泉。他国艺文往往蒙受其影响。即翻为华言之佛经中，亦随在可见。

从这些事例，当可以看出他对佛书的在意，并不只是泛泛地阅读过而已。

在他所编的《古小说钩沉》中，有一部书叫《冥祥记》。这是成书于五世纪中叶的佛教掌故汇编。该书虽然是"释氏辅教之书"（鲁迅语），但是却有不可忽视的史料价值。据我看，该书的应用价值，绝不在大藏经中所收之《冥报记》与《集神州三宝感通录》二书之下，可惜原书早已佚失。鲁迅从散载在《法苑珠林》《太平御览》《太平广记》等书中，将散载各处的《冥祥记》原文，一条一条地收集在一起，并收入《古小说钩沉》一书中。这件佛经辑佚工作，不只可以看出鲁迅在学术工作上沉潜的一面，也可以看出他对佛教史料的熟谙。

此外，关于古碑之中是否有佛经的问题，我也想稍作补充。依照孝廉兄一文所述，鲁迅从民国四年起开始抄古碑，"一直抄到民国八、九年，……后来却抄出兴趣来，想编出一个缜密可查的古碑文定本"。孝廉兄怀疑鲁迅在这时候是否可能接触到佛经，但我认为其可能性也不小。要讨论这个问题，必须先从"碑"的定义谈起。

"碑"的定义有很多种，比较广泛的定义是"刻石"，亦即上面刻有文字的磐石。说文："碑，磐石也。"设注："……秦人但曰刻石，不曰碑，后此凡刻石皆曰碑矣。"在这一定义之下，古代的碑文，是包含佛经的。古代寺院里常见的经幢，即其一例。

此外，有一件为常人所忽的史事值得附此一提。此即河北房山县云居寺的佛经刻石伟业。从隋代开始，一些出家人因为怕佛法湮灭，乃从事刻佛经于石板上的工作。这一工作一直延续到明末才终止。总共刻出三千五百余卷佛经，经石总数是一万五千余枚。汉代学家的熹平石经只有四十六枚，因此，房由石刻佛经的数量是熹平石经的两百五十余倍。据叶昌炽《语石》所述，其中的一百四十余枚拓本，在清末即颇流行于世。因此，鲁迅在抄古碑时当然也可能看到这些石刻佛经。

除此之外，一般书法碑帖中，也有很多是佛教文字。像魏碑里的《龙门二十品》、泰山石峪金刚经、柳公权的"玄秘塔"、裴休的《圭峰禅师碑》、徐浩的《不空和尚碑》等都是。在目前台湾的市面上可以找到十几种。碑与佛教的关系，应该也可以算是密切的。所以，鲁迅在抄古碑时，所抄的文字也有可能就是佛经。

上面的这些陈述，只是在说明鲁迅一生里的某些片段，并不在强调鲁迅的思想是否曾受佛学影响。即使他曾在佛书里下过一阵工夫，但是其思想行径若与佛法不能合辙，也是不足为奇的。像苏曼殊，身为出家人，熟谙佛书不用说，而且还精通梵文，但是其行为、性情却总是沉溺在佛家所呵斥的"爱染情执"上，他居然会以出家身份作出"还卿一钵无情泪，恨不相逢未剃时"的情诗来。所以，尽管鲁迅下工夫读过佛典，但是他的思想与佛学的关系，暂时还是不下断语的好。

《中国时报》1983 年 10 月 27 日，第 8 版

# 鲁迅的《坟》

## 金延湘（刘大任）

　　六十年前的一九二六年，鲁迅出版了一本杂文集，取名曰《坟》。在鲁迅生前出版的所有杂文集的前言后语中，《坟》的后记大概是语调最黑最重的一篇。"坟"这个意象，本来已经够悲观的了，鲁迅却还嫌不足，把晋朝的竹林七贤之一刘伶提出来嘲笑了一番。"刘伶喝得酒气熏天，使人荷锸跟在后面，道：'死便埋我。'虽然自以为放达，其实是只能骗骗极端老实人的。"也就等于说，人生苦辛无所逃于天地之间，纵酒放达，不过自欺欺人。谈到自己的工作，鲁迅的话，更是丧气：

　　　　……做着做着，而不明白是在筑台呢还在掘坑。所知道的是即使是筑台，也无非要将自己从那上面跌下来或者显示老死；倘是掘坑，那就当然不过是埋掉自己。总之：逝去，逝去，一切一切，和光阴一同早逝去，在逝去，要逝去了。——不过如此，但也为我所十分甘愿的。

　　这些话，听起来有点少年强说愁的味道，跟人们印象中的"文化巨人"或"中国现代小说的开山大师"一类提法，似乎南辕北辙。然而，一九二六年，鲁迅实足年龄是四十五岁，按理早已超过为赋新词而信口开河的时代。何况，那个时候，他不仅已经是归国学人，还做过北洋政府教育部的官，担任过大学讲席，而且，五四运动以后，鲁迅在新文化席卷全国的浪潮中，早已成为文学界的"风云人物"。那么，鲁迅的"坟"，究竟指的是什么呢？如果我们相信文学家有所谓第六感的话，那么，在一九二六年十一月十一日，鲁迅写作《坟》的后记的那天夜里，是不是预感到他生命中的一些什么重要的东西，将要埋葬在"坟"里？

当然，最简单的答案，便是将这篇后记中鲁迅谈到的一个答案拿来充数。鲁迅是学医出身的，所以他说："动植之间，无脊椎和脊椎动物之间，都有中间物；或者简直可以说，在进化的链子上，一切都是中间物。"备受后人赞誉的文白夹杂的鲁迅文体，却是他自认必须消灭埋葬的"中间物"了。

在鲁迅一生中，一九二六年不是平凡的一年。那一年，由于介入北京女子师范大学的学生风潮，"三一八"事件后，为了避难，鲁迅曾暂时隐居。同年八月，鲁迅转往厦门大学任教，次年一月，又前往当时革命家汇集的广州，担任中山大学国文系主任。在不到一年的时间里，鲁迅连换两个教职，万里奔波，从被革命的北洋军阀大本营北京，一路向南流亡，最后投进当时革命的首都广州。怀着叛逆绝望的心情，在颠沛流离的生活中，鲁迅的一九二六年，绝不可能这么简单。女师大学潮期间，鲁迅写过一篇很长的杂文：《论费厄泼赖应该缓行》，后来也收在《坟》里。鲁迅在《坟》的后记中这么说："最末的《论费厄泼赖应该缓行》这一篇也许可供参考罢，因为这虽然不是我的血所写，却是见了我的同辈和比我年幼的青年们的血而写的。"大家都知道，鲁迅有名的打落水狗的理论，便是在这篇"血书"里，发挥得淋漓尽致的。

鲁迅的一九二六年，其实是"文学鲁迅"与"政治鲁迅"之间的一个重要分水岭。这只要稍稍检查一下鲁迅的创作年表，便相当清楚了。

严格说，鲁迅一生的小说创作，主要只是两个短篇集：《呐喊》与《彷徨》，前者出版于一九二二年，后者出版于一九二六年。《呐喊》一共收一九一八年至一九二二年四年中写的小说十五篇，包括中篇《阿Q正传》和成仿吾誉为"全集中第一篇杰作"的《不周山》（成仿吾的批评激怒了鲁迅，《呐喊》出第二版时，便将这篇删除，后改名《补天》，收在一九三五年出版的《故事新编》中）；《彷徨》共收小说十一篇，写作时间从一九二四年二月的《祝福》到一九二五年十一月的《离婚》，一共不到两年。一九三五年出版的《故事新编》一共八篇，其中三篇写于一九二六年以前，五篇写于一九三五年，这八篇"故事"究竟算不算小说创作，鲁迅自己也仿佛不怎么太有信心，他自己说："其中也还是速写居多，不足称为《文学概论》之所谓小说。"

在散文创作方面，鲁迅的两本作品《野草》与《朝花夕拾》，全是在一九二四年至二六年之间完成的。《野草》共收散文与散文诗二十四篇，夏济安先生注意到，《野草》中有不少篇章都从"我梦见……"开始，这些梦充满着"如此奇异的美与狂乱的恐怖，事实上就是梦魇。"《朝花夕拾》十篇，有点像鲁迅的乡愁自传，鲁迅在一九三五年回忆当时的写作心情："一九二六年的秋天，一个人住在厦门的石屋里，对着大海，对着古书，四近无生人气，心里空空洞洞。而北京的未名社，却不绝的来信，催促杂志的文章。这时我不愿意想到目前，于是回忆在心里出土了，写了十篇《朝花夕拾》……"

对比这些资料，究竟有什么意义呢？夏济安先生有一个很犀利的观察：二十年代中期，在西方，正是一个文学上的重要时代。艾略特的《荒原》、乔艾斯的《攸里息斯》与福克纳的《声音与愤怒》，都在这一段时间问世。如果我们要问：五四以后的中国现代文学史上，究竟有没有出现世界级作品的契机？二十年代末的鲁迅、四十年代末的沈从文与五十年代初的张爱玲，大概有在不同的程度上闪现过这样的希望。当然，终归也只不过是一丝希望。在中国现代史上，有一座巨大无形的黑暗闸门，文学的生机，终于未能冲过去。

在前述三人中，鲁迅也许是最勇敢的一个。事实上，到一九二六年左右，他已经深深钻入中国文化古老黑暗的底层，他甚至挖到了自己的潜意识层，然而，那黑暗终究过于深邃，那探索光明的心，终究过于急切。冯雪峰，一位"文艺战线"上的中共地下党员回忆说："一九二八年十二月的一天晚上，柔石带我去见了鲁迅先生，从此我就跟鲁迅先生接近，一直到他逝世之日为止。"

一九二八年到一九三六年，鲁迅活跃在中国当时的"文化战线"上，他的杂文变成了匕首与投枪，他仅余的十年生命，有一半以上投入社会活动中。他的杂文给他赢来了他自己并不喜欢的"青年导师"

的尊号；他的社会活动，使他在死后三十年的"文革"期间，变成中国独一无二的"文化旗手"。然而，当所有的热闹与喧嚣逐渐沉寂下来，我们重读鲁迅全集，至今闪耀着光辉，至今让我们感动的，依然还是只有那四本薄薄的文学创作：两本小说，两本散文——全都是一九二六年前的作品。而且，中国人读来也许至今仍有其震撼力的这四本书，一放在世界文学的书架上，便不觉有些苍白。

不错，当然有人会说：鲁迅之所以为鲁迅，是因为他的人格，早已与近代中国的苦难融合而不可分；近代的中国，要的是生存，不是世界名著。

这，显然是足以使人无话可说的。不过，今年恰好是鲁迅逝世的五十周年，不觉又已半个世纪！翻着翻着鲁迅的旧著，仍不免生出这样的感想来。

《中国时报》"人间"副刊，1986 年 5 月 15 日第 8 版

# 要是鲁迅还活着

## 程步奎

看这题目，便使人感到作者的历史意识有点混乱。明明是已经死了，已经成了历史事实，人死不能复生，何必还来喋喋不休，问些"要是"呢？就算能说出个名堂，自圆其说，又怎么样呢？别人不是可以马上堵上一句："你又怎么知道的？"

然而，我们还是喜欢这么去想、去推测，因为我们的想象不愿意屈服于"历史客观的横暴"，总希望借着对历史处境的拟想，满足自己对人世间的理解，总觉得自己能够提出"要是"，更能解答这个"要是"，至少证明了自己思想有深度，甚或跨越了"要是"的那个人。

当代人喜欢提鲁迅的"要是"，那主要原因固然是他有名，能超越他当然是一大"精神胜利"，同时也因为鲁迅的"身后名"在大陆如日中天，尤其在不准人说话的年代，"红得发紫"。这就难免令人想到，鲁迅当年是最不肯听话，从来不写"遵命文学"的，"要是他还活着"，情况会如何呢？

最早对此大发议论的，似乎是胡适。那时胡先生还流落在纽约，尚未荣膺"中央研究院"院长，晚景颇为凄凉，却同时有着几分遗民的清高。因此，问出这个问题，一方面是对大陆捧鲁迅贬胡适表示不满，借此玄想谴责中共的文化政策。那用意很明白：要是鲁迅还活着，今天也难免被批斗。另一方面则反映胡适对鲁迅名望日高的"酸葡萄"心理，是很有趣的。

胡适指出"鲁迅要是活着，难免批斗"，是提出一个无法证明也无法否定的命题，有点逻辑常识的人是不会去跟他纠缠的。这命题有趣之处，却是使人联想到白居易的一首名诗《放言》："周公恐惧流言日，王莽谦恭下士时，向使当时身便死，一生真伪复谁知？"而胡适的提法，却是反其意而用之，说的是"要是不死当如何"，似乎反映了他对鲁迅"身后名"的妒意。

固然白居易的诗句表示了对历史"呈现真相"的怀疑，他的评价取向却是"盖棺定论"式的，也就是以一个人一生的全体来总结，相当实事求是。胡适的提法，则是"起人于九泉之下"，有"鞭尸"之嫌了。

要是我们今天也问："要是胡适还活着……"是不是想要他回答赞成不赞成党外呢？是不是该支持当年《自由中国》的理想，组织反对党呢？我想，我们不该这么问，因为这不是《春秋》对待贤者的态度；这种问法未免咄咄逼人，有失忠厚。

或许我们可以回到白居易平实中寓有怀疑的态度，假想"胡公流落纽约日"，"向使当时身便死"，那么，会怎么样呢？

这倒是有个明确的，符合历史客观判断的答案：那他就当不成"中央研究院"院长了。

我过去一直以为"要是鲁迅还活着"这个提法，只有在海外才喧腾人口，台湾偶尔一提，大陆上则一定是"讳莫如深"的。近来读徐铸成的《风雨故人》，其中录有一篇毛泽东在一九五七年的《同新闻出版界代表的谈话》，这才知道，原来毛先生曾经为此大发过一番议论，做过"以正视听"的工作的。

毛先生向新闻出版界的代表大发"要是鲁迅还活着"的议论，不外是出于两种考虑：一是新闻界听到外面风风雨雨，人人心里都存着"要是鲁迅还活着，便如何如何"的疑惑，毛先生干脆"先发制人"，也来谈论这个假想。二是借此宣扬鲁迅精神，"端正思想"，同时也把共产党的鸣放方针及对待知识分子政策表明了，算是"阳谋"，若出了问题，"勿谓言之不预也"。

毛的议论颇有趣，有他那种"中国特殊性"的唯物辩证论点，摘录如下：

    有人问，鲁迅现在活着会怎么样？我看鲁迅活着，他敢写也不敢写。在不正常的空气下面，他也会不写的，但更多的可能是会写。俗话说得好："舍得一身剐，敢把皇帝拉下马。"鲁迅是真正的马克思主义者，是彻底的唯物论者。真正的马克思主义者，彻底的唯物论者，是无所畏惧的，所以他会写。现在有些作家不敢写，有两种情况：一种情况，是我们没有为他们创造敢写的环境，他们怕挨整；还有一种情况，就是他们本身唯物论未学通。是彻底的唯物论者就敢写。鲁迅的时代，挨整就是坐班房和杀头，但是鲁迅也不怕。

毛的说法很聪明的，先说"他敢写也不敢写"，就打出一张"辩证法"的牌来，立于不败之地，再提出鲁迅"可能是会写"，而那根据就更妙了，因为"鲁迅是真正的马克思主义者，是彻底的唯物论者……是无所畏惧的"。

鲁迅是不是马克思主义者，是不是唯物论者，虽然鲁迅自己表过态，但学界的争论尚多，我们且不去说。我们只来看看毛先生在此所指的"真正的马克思主义者，彻底的唯物论者"，是怎么样的人物？

我录了一大段话，毫不删节，目的就在呈现完整的上下文，以免扭曲原意。看来，毛先生所说的"鲁迅式的样板"，就是无所畏惧、不怕挨整，就是要"坐班房和杀头"的这种论调，毛在批评党内人士时也用的，直言之，就是"革命不怕死"。

因此，鲁迅活着会怎么样？

也许敢写，也许不敢写。是真正的马克思主义者、唯物论者，就会写。敢写，就不怕挨整，就不怕坐牢杀头。——这就是毛的辩证法。

好在鲁迅死得早，不必跟他瞎纠缠。

《当代》第 18 期，1987 年 10 月①

---

① 该文后发表于《中国时报》"人间"副刊，1988 年 3 月 11 日第 18 版。

# 从批判文学到批判绘画：鲁迅作品的视觉化

阿吾

去年年初，裘沙与王伟君夫妇的一个"鲁迅文学作品插画展"，在日本举行。日本的岩波书店并且特别印制了两本精致考究的大画册，一本《阿 Q 正传》，有 205 图，全是炭笔画成的，配上小说原文。一本题名《鲁迅的世界》，有 115 图，多数是油性粉彩及不透明水彩画成，亦有少数加上炭笔画，或是单独的炭笔画。文字部分是数篇"序"及"评"。内容包括《狂人日记》《祝福》《孤独者》《伤逝》《离婚》《药》及杂文之图，以及《阿 Q 正传二百图》选等。除杂文不算，所有各篇原皆刊载于鲁迅重要的两本短篇小说集——《呐喊》《彷徨》。《阿 Q 正传》是《呐喊》里一个较长的短篇，鲁迅以阿 Q 喻己、喻家、喻国，反映出一个时代、一个历史、一个民族，痛苦而丑陋的伤痕。两短篇集总合起来，则是表现鲁迅感受时代的绝望之后，由内在黑暗所孕发迸出的叫喊与不安。

概言裘沙画集《鲁迅的世界》里，所载鲁迅小说的各篇大意。阿 Q 是朴质、愚钝的平凡市民，稍微带着些许无赖之徒的狡猾。其余各篇，《狂人日记》是假借狂人之口，以"人吃人"寓意礼教对人的剥夺。《祝福》写祥林嫂这位得不到自主权利的女人，在遍地响起祈福声时，她凄惨孤寂的死去。《孤独者》写特立独行的魏连殳，不得已与浊流同归后，挥霍尽自己的生命。《伤逝》是一封对年轻男女到底体味到爱与现实无能两全、爱情褪色、女子死去后，男子的追悔信。《离婚》是对于乡愚的粗鄙所作闹剧式的描述，与《阿 Q 正传》同样的呈现自嘲的调子。《药》有令人颤栗的严冷感觉，主要旨趣是绝望里对希望的追寻。

684

　　鲁迅生前是三十年代文坛的风云人物，身后之名在现今大陆，更如日中天，几乎等于神一般。他是绍兴人，一八八一年生，一九三六年死，活了五十五岁。裘沙也是绍兴人，很自然的，自小就视鲁迅为他的生命偶像。但开始，他其实盲目崇拜的成分多一些，鲁迅切肤般的家国悲哀，他体会的并不深刻，尤其是在鲁迅被蓄意塑造成政治上意识形态的象征的假象里。后来"文化大革命"发生，十年里，人们被困于无知、猜忌、黑暗、丑恶的渊潭，心灵与肉体所受的摧残，酷虐到无以复加之境。那确实是惨不堪言的人间浩劫。裘沙经历过这段人间地狱的生活后，也起伏着一股不得不对外"呐喊"的心情，对鲁迅文学里的绝望心境豁然有所了悟：于是，他遍阅鲁迅作品、研寻鲁迅思想、穷究鲁迅一生。除了对鲁迅作品里的生活环境、历史背景，深入了解，也对鲁迅本人的生活、背景，做透彻的探讨，务求达到最真实的共鸣。下定决心，凝毕生之力，借绘画再现鲁迅精神，以文艺改造中国的新生命。

　　裘沙，一九三零年生，二十一岁时自中央美术学院华东分院毕业，入中国青年报社，参与美术书刊的编辑。品绘书画，确定的年代是自一九七二年起。一九七九年，任"中国鲁迅研究会"理事。目前，他是大陆中央工艺美术学院教授，另亦兼任于中央美术学院。他妻子王伟君，小他两岁。是与他志同道合的患难夫妻，曾经在西湖艺术研习所学画，也参加过美术工作队，二十三岁时毕业于沈阳的鲁迅美术学院。他们夫妻合力于鲁迅作品绘画化的工作以后，第一次的成果展现是在一九八一年为庆祝鲁迅百岁冥诞，于北京举办的"鲁迅文学作品插图展"，展出了《阿Q正传二百图》。此后，他们便以美术界里的鲁迅代言人，享誉大陆。《阿Q正传二百图》除了北京之外，另在大陆各地展出，自然，包括绍兴一地。据云绍兴人非常兴奋，他们热烈欢迎"阿Q回来了"。也就是说，一九三零年代起便屡屡走进绘画、电影、舞台剧里的阿Q，似乎在裘沙夫妇的《阿Q正传二百图》里，才真正让绍兴老乡产生似曾相识的亲近感。他们不一定探究鲁迅放进《阿Q正传》里的革命思想，他们看到的是裘沙夫妇绘图的《阿Q正传》里，自己家乡的土地、历史、人情、风土。

　　裘沙夫妇合作绘制鲁迅作品的步骤是，两人各自思索分析每一篇作品里的焦点，以求进入鲁迅的本心。然后分别将两人的了解合起来，由裘沙负责，再经不断的思想锤炼，整理为可以呈现在画面上的一个全面构想。最后，当然就是画的阶段了。原先主要是裘沙画，王伟君配上文字。后来王伟君也逐渐参与画的部分。以《阿Q正传》为例，二零五图，几乎可以说是一句一图的地步，将近程十发所绘的一百零八图的两倍。单从量而言，已经具有压倒性的写实效益：而从他的画集里"阿Q"的造型，也可以看出，他是确实耗费心力，从鼻、唇、眼窝、眼神、额、发辫等每个细节，加以推敲讲求。裘沙夫妇所作的《阿Q正传》视觉化的终极目标是：透视阿Q的心情，也透视鲁迅创造阿Q这等人物的心情，使能表达出鲁迅的原意：不徒然感伤悲叹，而是要坚强的直视悲惨。

　　裘沙之前，已有很多人做过《阿Q正传》的视觉化工作，较著称的如丰子恺、程十发等。丰子恺是有名的漫画家，他的阿Q当然也不例外，用接近儿童画性质的漫画加以表现。而由于随笔味道也很浓，因此，表情、服装、背景等，都不甚考究，大致是他个人想象而成。程十发的画形和丰子恺却正好相反。因为他生长在江南，对江南水乡的环境非常熟悉，结果是，原文未曾丝毫着墨的船、蓬蒿、石板道、石桥、酒楼食客、绍兴酒酒店、僧衣□□□□□□地方，都在他的《阿Q正传图》里出现，显得非常主观。最明显的例子如，未庄赵家被强盗侵入抢劫，鲁迅文中只泛写"强盗"，未做特别指明。程十发却□□□□□□□穿着与最后派人逮捕阿Q的军队相同军服的□□□□□□□鲁迅原作里某些象征、暗示的部分，他稍嫌□□□□□露出来了。不过，从另一个角度看，鲁迅写□□□□□术语里的"白描"手法，只做线条和漫谈的□□□对一些不识当地风土文物的读者，可能会感觉稍许□□□□□程十发添加进去的细节，对一些人而言，说不定有理解上的帮助。

　　日本艺评家竹内实先生，看过裘沙的《鲁迅文学作品插画展》之后，认为他的画受到挪威画家孟克（Edvard Munch, 1863—1944）很深的影响。他曾就此点请教过裘沙夫妇。裘沙说，他最早是从大陆的一些美术刊物上看到孟克的作品，孟克一生不幸，早年即受到疾病和绝望的侵扰，令他深感同情；而孟克的代表作《呐喊》，最让他倾倒：天空是绚烂的红与绿，地面则是对比的曲线与直线，整个画面溢显出的"孤独与苦闷的颤栗时刻所感受到的自然界浩瀚无边的呐喊"，紧紧抓住他的心灵。确实，翻阅裘沙编的《鲁迅的世界》这本画册，可以看到很深的孟克的影子。譬如《狂人日记》这篇"他们会吃人，就未必不会吃我"这段文字的图，以及《伤逝》这篇"我愿意真有所谓鬼魂、地狱，那么，即使在孽风怒吼之中，我也将寻觅子君……"的这段文字的图，在线条的使用、笔触的挥洒，甚至感觉气氛，都极相似。不过，或许是因为使用材料的性质不同：或许是因为裘沙是中国人，和孟克的"冷冽""暗沉"相比，他为鲁迅的《呐喊》所作的注解，毕竟还是含藏着较为温厚的人情味。

孟克的影响之外，裘沙画的这些鲁迅作品图，亦可令人感受到接近法国画家杜米埃（Honre Daumier，1808—1879）以及德国女画家寇维兹（Kathe Kollwitz，1867—1945）的味道。杜米埃的作品特色是，以敏锐的洞察力，冷静描绘他所处时代的社会生活。寇维兹则是以"职工的反抗""农人的反抗""战争"，以及"关于死亡"等版画系列作品闻名。他们与孟克共有的地方是：以沉痛、悲愤的心情观照社会、生活。而这点，正也就是裘沙夫妇欲从鲁迅的文学作品传达出来的最大心情。

基于对鲁迅的尊敬，裘沙在形、色、线的运用与处理，皆不敢丝毫轻忽，笔下明白显出一种慎重敬事的态度。虽然有些评论家从他的《图画的代言》立场，认为他的作品到底有个限制，缺少独立，同时想象力难免不足。但我想：他这些作品里所含现实生活面里的时代性、社会性、批判性及他以讽刺文学、抗议文学为根底，替绘画领域添注的新色剂，对数千年来一贯以抒发性灵为绘画主流的中国未来美术发展方向，能够产生何种刺激和启引？这一点，对海峡两岸的中国人，相信更是一个值得开心的课题吧！

《雄狮美术》第 201 期，1987 年 11 月

# 街头访问问阿 Q

## 徐秀玲　陈维信　采访

时　　间：一九八八年九月廿四日　下午五点—九点卅分。

地　　点：台北市西区（真善美戏院、麦当劳、重庆南路、衡阳路）。

访问对象：十八岁—六十岁之男女老少。

访问人数：卅名。

结　　果：其中十四名（近二分之一）从未听说过鲁迅的《阿 Q 正传》。十一名（近三分之一）听过或看过有关《阿 Q 正传》的论文报道。五名（六分之一）看过并发表意见。而访问结果显示一特殊现象，即十八岁至廿三岁者皆未看过《阿 Q 正传》。

访问题目：

◎你看过鲁迅的《阿 Q 正传》吗？

◎这篇小说是否引起你的兴趣？为什么？

◎你认为鲁迅当时为什么写这样的一篇小说？

◎这篇小说现在还有没有意义？

◎你认为当下还有没有阿 Q 这类的人？可举例说明。

◎所谓"阿 Q 精神"你认为是中国人民族性的特点吗？

◎阿 Q 如果代表了中国人的缺点，但阿 Q 是男性，中国女性呢？

徐先生　六十岁　男性　从事翻译　小学肄业

这本书是十几岁的时候看的，现在印象中已有些模糊了。当初是因为它是名著，有名气，在好奇的心情下看的，感觉到作品很幽默、风趣。

688

作者笔头残忍、毒辣，似乎有意挑拨反抗意识，我是把它当作普罗文学一类看，是属三〇年代的社会小说，具有那个时代的意义，对于我们这个时代的影响就少了，因为时代不同，时代变了，社会条件也变了，现今自然也少像阿Q这样的人。

"阿Q精神"并不完全代表中国人的民族特点，世界各地皆存有"阿Q精神"之类的人，因地域、时代、社会背景的不同而有中、外、隐、显之别。"阿Q精神"确是中国人的劣根性。"阿Q精神"是泛性，非单指男性，亦包含女性。

王莉菁　廿六岁　女性　从事出版　大学历史系毕业

是为了想了解作者而看这小说。看完后，觉得中国很悲哀，中国人的前途是要靠中国人理智的反省来自救。

作者基于对自己同胞的爱，对中国人自己的情感，而提出他敏锐的看法，可说是鲁迅要唤醒中国人的自省而在《阿Q正传》里表现出他的谴责和不满来。这小说至今还深具意义，因为阿Q的问题就是中国人的问题，这个属于中国人的问题依然存在，虽然每个时代所产生的悲剧各有，但是，中国人基本上的问题似乎自古以来都还恒存着。

我们现在这个社会仍有阿Q在，"阿Q精神"实为中国人的民族特点。阿Q包括中国女性在内。

张义顺　廿五岁　男性　服役中　辅大企管系毕业

《阿Q正传》是无意中看的，并无特殊的理由。

作者鲁迅可能有感于中国人习性问题，提出呼吁与批评，正如现在柏杨之于中国人的批评精神。虽然那个时代和现代不同，时代不同阿Q的人也不同，但《阿Q正传》或多或少还是影响现代台湾人的意识。自古中国人给予外国人的印象是阿Q，可是现在比较改观了，尤其是台湾社会近几十年来政经的改革与进步所带来的现代化与繁荣已不同于过去阿Q的形象。所以中国人的社会不能全以阿Q代表，随着时代的不同阿Q精神本质会变。

中国人的社会是男性的社会，鲁迅的阿Q是指男性，不包括女性。

连玉珍　廿四岁　女性　从事美术设计　大专毕业

《阿Q正传》里的阿Q这个人以及他所存活的那个社会很引起我的注意，同时让我太容易和周遭的中国人、中国社会联想一起，多少做了一些反省吧。

作者鲁迅是个有思想、有情感和观察力的人，他当然是有感而发，是不是为此作而想留名千古就不得而知了。当然这本书的文学价值、历史价值及影响力都有，以后是不是还有，那要看是否经得起时间的考验。

《阿Q正传》所以好，是因为它把中国人的丑陋点、恶习性都写进去了，让中国人自己看了都毛骨悚然，悲欢得很！民族的特性有好、有坏，也很难会因时间的改变而大变，那个时候的阿Q到八〇年代来还是普遍存在，只是时空变了，加了不同的时代色彩，质地依然保存着，至于未来还是可能有阿Q的存在。

阿Q虽是男的，但作者赋予他的个性、特点，在读者看来阿Q的面貌就是代表着我们脑海中所记忆、所认识的中国同胞，他是个代表人物，代表中国人；中国人有男有女，当然有男的阿Q也有女的阿Q，这相当骇人，因为生出来的也会是阿Q。

李佩瑜　廿五岁　音乐教师　大学毕业（留学日本）

《阿Q正传》是一本好的小说，所以看它。

鲁迅写《阿Q正传》可能是要讽刺旧社会里的中国人迂腐的观念和盲目不切实际的陋习。《阿Q正传》这本书到现在还深深地影响着、反映着现在社会的人，看看我们现在的社会，阿Q的人是愈来愈多！

"阿Q精神"是普遍代表了中国人的民族特点。阿Q也普遍存在两性中，尤其是女男平等的现代社会，无分其性别，不过在鲁迅那时代，作者可能指涉男性比较多。

时　　间：一九八八年十月八日　下午二点—七点。
地　　点：忠孝东路四段"金石堂书店"、中央图书馆。

访问对象：二三十岁的青年。

访问人数：男十五人女十五人。

结　　果：

①女二人只答没看过《阿Q正传》随即匆忙远离。

②女一人从未听过"阿Q"。

③女八人、男五人听说过"阿Q"，没看过《阿Q正传》。

④女四人、男七人看过有关"阿Q"的评论。

⑤石志仁先生、董龙生同学和黄幼平先生接受访问，发表感想。

石志仁　廿九岁　男性　工程师

《阿Q正传》我看过两遍，一二年前第一次看，半年前重看；里头对于乡村人物的描写相当深入，深深吸引我的兴趣。鲁迅将他对于当时的文化背景的观感，以表现人性黑暗面以及缺点的方式写此小说，反映出当时社会的状况；这篇小说在现代社会还是有意义的，因为时下还是可以见到"阿Q"这一类人的。但这并不是说所谓"阿Q精神"就是中国的民族性，中国人并非整体都类似"阿Q"，而是有些人有此特性。书中的阿Q虽为男性，但传统女性也有类似"阿Q"的，而现代社会由于资讯发达并且女性自身也比较独立，就少有此种现象了。

阿Q的行为相当自然，甚至有时他自己也不明了为什么这么做；现代人有些人刻意模仿，显得做作，很不自然。另外，现代人生活压力大，如果有点"阿Q精神"——自我解嘲，亦无妨。在与朋友闲聊时，提到"阿Q"，大家被这一活灵活现的乡下人物所吸引。我想《阿Q正传》可以流传千百年的。

董龙生　二十岁　男性　文化大学新闻系二年级

我在一年前接触过鲁迅的东西，从而想看《阿Q正传》，看过后有种"共鸣感"。鲁迅在里头提到的中国的劣根性——鸵鸟心态、狂妄无知……在现今社会还部分存在着。阿Q在潜意识里相当自卑，表面上却充满自信，遇到挫折，就只好"自我解嘲"以求超脱。这种"小故事"不是经典式的，但是会引起回响，应该会流传的。

黄幼平　三十岁　男性　律师　研究所

很多年前在报纸上看到消息，感到好奇、新鲜，就看了《阿Q正传》。

在现代社会里也不难找到"阿Q"这一类人物，我们每个人都可以从自己以前的行为中或多或少找到类似"阿Q"的特质——自我解嘲、无争、没有进取心、不知道改过迁善……这不是优缺点的问题，也不是中国的民族性，而是一种"普遍的特性"。譬如英国人向来以绅士自居，如果遇到粗鲁无礼的人，也会"自我解嘲"一番。这种"阿Q"的特质，女性比较少有。女人敏感，以"哭""给人巴掌"的反应居多；而男的比较会原谅别人、原谅自己，总是顾虑到"面子"问题，就比较有这种特性。

《联合文学》第 5 卷第 2 期，1988 年 12 月

# 校园访阿Q

## 陈平芝　胡正之　采访

时间：一九八八年九月二十日—十月十七日。

地点：师大、成大、中兴、辅大、东吴、淡江、文化。

访问人数：五十三人。

系所别：中研所一人、史研所一人、中（国）文系八人、历史系二人、外（英）文系九人、哲学系四人、法律系二人、政治系二人、新闻系二人、经济系二人、国贸系四人、企管系一人、数学系一人、工教系一人、电算系二人、社教系三人、应化系一人、生物系二人、食品营养系二人、印刷系一人、会计系一人、土木系一人。

结果：1. 阅读过本书者二十五人（其中一人读过十遍，四人读过三遍，二人读过两遍）。

（1）发表意见者十三人。

（2）因内容有些遗忘而不愿发表意见者九人。

（3）不知如何表达者三人。

2. 仅听说或阅读过相关简介者二十一人。

3. 从未读过者七人。

何雨星　东兴中文系四年级

鲁迅在写《阿Q正传》时，应该是心中酝酿已久的有心之作。他是个读书人，对当时新文学运动前后的中国情势自会有种痛切，且恨铁不成钢的心理。他看到当时中国人上自达官贵人下至贩夫走卒都免不了自欺欺人、凌善怕恶的腐败气味。而鲁迅是个有热情的人，他的热情渐从失望转成急切、激愤，因此，怀抱深刻的心情写下这部作品。看似轻松，实是笑中有泪。

谈到"阿Q精神"与中国人的民族性，我认为鲁迅所言真是不偏不倚。任何人都会有一些小毛病，有一些比较小丑的阿Q意识。但以中国人表现出来的最为强烈。中国人有强烈的小丑心理、自大又自卑，以前处处自命为天朝，但身为"天朝"又必须拉下脸来跟别人求和时，我们就说"和番"，说"安抚"。还有，像这次在韩国汉城举行的国际兴运会圆满结束，而我们的表现真像个醋坛子，又爱看又恨它，此外连语言文字上都不忘占点小便宜，说什么"遥遥领先"啦！"大胜"啦！没拿到半面正式奖牌，却高唱中国人的光辉……

何韵晨　中兴法律系二年级

我觉得一部反映人性弱点与卑贱的好作品，是不分国界、地域，也没有时间性的。而且时代会改变，但是人性却不会变！所以今天我们新一代的青年朋友来看这部作品，还是会感受到相当大的冲击。

至于论及"阿Q精神"与性别问题时，我认为鲁迅在写这篇故事时，并没有刻意要划分男女，他指的是中国人的劣根性，例如书中他除了深刻描写阿Q之外，也提到了未庄的女人，感觉上都是卑贱又自负的。在今天我觉得还是有太多女子具备了"阿Q精神"，如许多人不结婚，常自命为"单身贵族"。她们成天对人说自己是多么自在，并取笑其他女性被婚姻绊住等，但私下她又酸得可怜，觉得别人虽不起眼，竟还有人要，自己有这么好的条件，却还是椟中之宝玉啊！

马铭浩　淡江中研所

对于鲁迅笔下的阿Q所呈现的性格，在一定历史背景的条件下，我们可给予相当程度的同情、理解与警惕。但是，若要说他就代表了中国人的个性，那就太过于盲断了。

在《阿Q正传》里，的确鲜活地描述出一个浅陋无知、落后矛盾的性格，与无法适应新时代"优胜劣败"，所遭到淘汰的人物。我们也不能否认：阿Q的展现，就好像是在解剖自我。可是，问题是在各种不同层次的人民中，各有不同的生活形态；经过不同层次的文明洗礼，即表现出不同的言行准则。以《阿 Q 正传》的人物，来代表中国人的人性，就如遇见一位沽名钓誉的读书人，就认为天下的读书人都是如此一样。这是不够公允的。

所以，处于现代的中国人，对于阿 Q 若还有芒刺在背的感觉，那真要深自检讨一番了。

许淑晴　辅大哲学系三年级

台湾的社会虽然很开放，可是本质上却仍然受到封建的遗毒，恶根难断。就如某些好出风头的人物，虽然饱受批评，却能够提出一套自认为合理的解释，以强调"我行得正！"

另外，我不认为"阿 Q 精神"是中国的民族性，因为民族性是一种本质，可是阿 Q 基本上是受环境、社会、时代诸多因素的影响，才造就了这种可爱又可怜的性格。如果部分的中国人之所以会有这样的行为，只能说是后天塑造的。

张国蕊　辅大哲学系二年级

我认为这篇小说非常有意义，鲁迅笔下的阿 Q 仍代表着中国人现在存有的病态。而现代人正可以借着《阿 Q 正传》这本书来审视一般民众的心理，进而视民众的缺失与需要，做进一步的改革。

我不认为"阿 Q 精神"是中国人民族性的特点，因为"阿 Q"的表现只是在那个时代的中国人，当时政治制度不健全，社会封闭而腐败，才使得阿 Q 这个人成为一个荒谬的人物。而在《阿 Q 正传》中所表现的，是一些可以改革的劣根性，他会随着政体、社会形态的变迁，以及教育的普及而改变。这是鲁迅的理想，也是我的希望。

张静怡　师大英语系三年级

看了阿 Q 受欺侮很难过，所以看不下去。

陈同学　淡江中文系

鲁迅写阿 Q，以小说言当然不能算是对中国的污蔑，孟子所谓读书当知人论世，以五四的时代背景，以鲁迅的性格习染，阿 Q 的出现，或许比"打倒孔家店""赛先生与德先生"等口号，来得更有意义，知识分子在一个危机意识中的反省，应该是可以体会的，不过我们更应该"反其本"，分辨阿Q所代表的反省意义和宣传意义，毋庸以异端视之，更不可迹五四之故武，径约化为中国的图腾，得其情，则哀矜而勿喜可也。

庄依蕾　师大英语系三年级
新作家不会提到阿Q。

莫路　成大外文系三年级
《阿Q正传》写活了当时新旧礼教冲击下的嘲弄和批判。作品从今日看来，结构技巧上不甚高明，但"阿Q精神"却久传于今，且历久愈甚。阿Q的"骄气"实为全所共有共享，以致构成此种民族性格——对现实横逆的超脱，只作精神胜利和糊涂愚知的悲剧"英雄"。当今整个社会弥漫所谓阿Q之气：不解事理（若五柳先生），不求胜利（若独孤求败式的自恋），只消愚痴过着神话（若文史家伪编）的一生。你是，我未尝不是。

中国的"女阿Q"我觉得应是《桂花巷》中的桂花。她甚于有着中国女性命运坎坷、柔顺、嫉妒、只沉于往事诸种反面缺失，虽然她手艺好，却也掩不住所谓的"阿Q"气质。

叶红媛　师大社教系三年级
鲁迅的《阿Q正传》引发我强烈的兴趣，并且造成我的不快，不过它也提供给我们一个反省的空间。今天我们的社会，比起鲁迅笔下的"阿Q"的那个时代，是进步得相当多了，特别是教育普及、文化活动频繁。但是当时的一些现象今天依然存在，而"阿Q"这篇小说正有警世作用，给我们重新检讨的机会。

鲁迅笔下的阿Q是个卑微的人，可是当他姓赵的时候，他即刻变得尊贵而体面，就像赵员外骂人也是对的。这让我联想到今日的社会现象，有财有势的人说的话似乎都是真理，明知他说错了，周遭趋炎附势之徒亦频频称是，连连点头，正是所谓的"阿Q"再版。

其实"阿Q精神"也有另外一面的意义，虽然处在最卑贱的环境下，让人觉得他还是有活下去的本事。站在同情的角度看，这未尝不是另一种"生命韧性、生活艺术"，这也让我想起王安石的诗句——春风取花去，酬我以清荫。因此"阿Q"的好与坏似乎也不是绝对的了。

廖奎荧　辅大大传系新闻组二年级

鲁迅的文字看似平淡，却有一种浑然天成的味道，感觉很中国，尤其是描写低下阶层的人物，不用滥情的文辞，却注入了最深的同情，读之令人印象深刻。

鲁迅对革命以后的现象感到很失望，暗示革命虽然在形势上成功了，庞大的老百姓却根本不知道革命真正意义何在？所以他认为孙中山革命的本质是失败的，因为革命的结果对民间并没有很好的影响，只是形势上的改变。

我认为现在的中国人有些还是很阿Q的，像最近那些请愿的人，大部分的组成分子对请愿活动本身的意义并不是很清楚，因此，很容易被误导。就像阿Q对于革命，他并不了解革命的真谛所在，只认为应该要拥护革命党，且盲目于权势的诱惑。

赵如蒨　师大英语系三年级

现在已经看不到阿Q这样的人物，所以吸引人。现在没有人意识到受压迫，而阿Q意识到自己的处境，所以才以"精神胜利法"来自处。鲁迅很喜欢阿Q（意思是同情阿Q），鲁迅的写法（不是详细的分析）引人看下去揭发的问题是大的社会问题，现代作家眼光狭小。

郑同学　师大历史系

阿Q，当然是中国人人性的部分代表，五四如此，今日亦复如此，在政治、学术、外交及社会各个阶层，触处淋漓尽致地表现着"欺善怕恶"及"精神胜利法"，当然啦，阿Q的名字早已改头换面地出现在我们生活中的每一时刻。

虽然，阿Q是中国人的精神现象则然，若说阿Q代表了中国人则不然，阿Q可不是那么义和团的，君不见好莱坞的蓝波，其精神之阿Q，较诸我们只有过之而无不及，只不过外国阿Q头面光鲜，衣亮履华，除了赚进大把银子之外，还可以让千万仕女亢奋崇拜，而鲁迅笔下那个落魄龌龊的，活该就受人唾骂了。

《联合文学》第5卷第2期，1988年12月

# 各行各业对阿Q的看法

## 《联合文学》编辑部

小野　电影编剧

看《阿Q正传》是因为过去海峡两岸文化断层，大陆著作少见下，心存好奇地看了它。

阿Q具有中国人性格的真实性，同时影射中国人自闭、虚伪、贪婪、攀权附贵……种种劣根性。

阿Q现象普遍于现社会各阶层，包括政府行政措施、人民生活道德……阿Q并没有因为我们现在的外汇存底世界第一或经济起飞的物质富裕而改变，我想文明与否与阿Q无关，这是中国人的性格问题，我满悲观的。

中国女性个性没有像男性那么强烈且明显，阿Q的现象也不如男性严重。

王动兰　业务助理

《阿Q正传》的意义在于反映社会、表现人生。阿Q是个"特殊人物"——他似乎总是做着不合时宜的事，让人有"画虎不成反类犬"的感觉。在他身上有许多人性的弱点，这种种"弱点"不光是在中国人身上可以找到，外国人也有；是历史、时代、社会环境加诸中国人身上，使得中国人比较具有"阿Q"特质。

王鸿义　电脑设计师

这本书早在十年前就看过，但至今已经差不多忘光了，但是阿Q这个人的印象依稀还在，我觉得阿Q是人性的一部分，因此阿Q无所不在，不分国籍，只要面对挫折时，阿 Q 便浮现在心里。

宋文善　开丽创意企划主任

我只是在旧书摊翻过，并没有看完，我印象里的阿 Q 是一个满自我的人，因为他不太管别人的议论与看法，而能照自己的看法去行动，我挺喜欢阿 Q，因为他至少不假正经。

宋维村　医师

十几年前在国外念书的时候看过《阿 Q 正传》这本书，现在印象已经模糊了。"阿 Q"这个人物大概就是得过且过的那种人吧！阿 Q 也许比较能代表过去的中国人，现代我们恐怕离阿 Q 的时代有些远了。

李泰祥　作曲家、歌唱家

我不太清楚《阿 Q 正传》。

吴先生　清粥小菜餐厅老板

没看过《阿 Q 正传》、好像听人说过，但什么是"阿 Q 精神"？呒淬羊啦！

何姿莹　船务秘书

《阿 Q 正传》引人注意的就是作者对主人翁作夸大又自卑式的批评。文中借着一个微不足道的小人物，对当时社会作个缩小层面的反讽，托出中国社会趋炎附势、恃强凌弱的习性。

即便是生在现代，有阿 Q 这样习性的女性也是有的，没有性别之分。

林青霞　演员

此时此刻我比较不便回答。

林婉玉　书林书店职员

《阿 Q 正传》是小学时候看的，当时觉得阿 Q 很可怜，很同情他，他没知识做错事都不知。后来五年前再看，已有很多有关"阿Q"的评论出来了，我后来的看法也和一般的看法差不多。

这篇小说还是有现代的意义，最近我也看了阿 Q 的录影带，电影拍得很忠于原著，跟着文字（书）一样。

现在我们有丰裕的外汇存底和经济的繁乐，可是文化品质低落，这种社会现象就很阿 Q。

虽然中国社会自传统以来皆以男性为重心，鲁迅那时代也还是重男轻女的旧社会，但是我想作者在写这篇小说时没有刻意把女性意识放进去，他没有刻意去注意男、女之别的问题。

林鸿惠　业务秘书

由于知道鲁迅和胡适打对台，想多知道鲁迅，就看了《阿 Q 正传》。

阿 Q 也有他的可爱之处——他不在乎别人的看法、活在自己的精神领域、自己的感觉里，懂得自我满足。而懒散、不积极、不切实际、不肯认输、好面子、自以为是……就是他的"不可爱"之处，也是人性的缺失吧？

周相露　摄影师

中学时看过《阿 Q 正传》，但现在早已没有印象。阿 Q 似乎是一个喜欢妥协，喜欢和稀泥的人；同时颇有韧性，到处都可生存，但中国这么大，要说阿 Q 能代表中国人，却也未必。

施珊玲　三商百货促销科

我在念大专时，有位同学不知从哪里弄来了这本禁书，她很有兴趣，我看她看，我也看。

鲁迅会写这样的小说，我想他是将反讽我们中国帝制的政治系统和科举的教育制度下产生不健康的人性作为主题。

《阿 Q 正传》里是集所有中国人民族性的丑态于大成，写得很凸显，现实生活周遭的人未必都那样糟。

洪安台　公共电视编审

没看过《阿Q正传》，但听过"阿Q"，就是很憨直、不世故的说法。

胡茵梦　演员

我喜欢玄学、形上学，尤其是批判性的东西。曾因跟李敖的过往而对政治、历史产生兴趣。

鲁迅的"阿Q"反射中国人典型的传统主观心态，沉迷在一种不反抗、不改变、得过且过、迂腐保守的行为模式里。但从佛道、宗教的观点看，"阿Q"并不是太坏，因为凡事不去斗争、不去计较、不去愤怒——内心自然平逸淡泊。

《阿Q正传》对现代人发生不了太大作用，现在社会架构、时代思想都不近似鲁迅那时代。人在一个没有主权的社会和政治体制下会产生阿Q这类人；在一个民主自由的社会里，人们可传达自己的声音，说出人权的意见，阿Q现象就减少。

"阿Q精神"在今非昔比的价值观的比差下，并不能涵盖所有的中国人。

如果"阿Q"有男、女性别差异或性别代表的问题，我说这是根本不存在的问题！

侯孝贤　电影导演

《阿Q正传》听过。想看，但是我太忙了！

凌俊娴　有木国小老师

在大学时代，私下传阅禁书时看到这本书。基本上，阿Q和柏杨提出的酱缸文化有异曲同工之处，因为他们都看到了中国的积习，而以反讽的手法提出自省之道。

阿Q精神有其时代性，虽然时代不一样，但有些包袱仍未丢掉，因此阿Q这类人物至今或多或少或隐或显地存在着，包括我自己，尤其在潜意识的层面里。

马嘉莉　区公所人事室职员

没看过《阿 Q 正传》，也没听说过阿 Q 是何许人。"阿 Q 精神"似乎听人说过啦，但是怎么回事，就不太清楚了！

郭为藩　文建会主任委员

由文建会二处科长柯基良代答：《阿 Q 正传》目前还未正式登记版权，而且也可能触及敏感问题，可否不答？

许王　小西园负责人

没有听说《阿 Q 正传》。

张先生　计程车司机

没听过《阿 Q 正传》，很少读书啦！没时间，也没兴趣！

陆蘋　声乐家

鲁迅这本《阿 Q 正传》虽然写于三〇年代，但现在读起来却不陌生；现代的中国人只是在造型上有了变化，在我们身边，仍然可俯嗅到《阿 Q 正传》里那种愚昧的巧妙气味。

我不以为阿 Q 独属中国，在立意批判的角度上，鲁迅的作品虽然呈现了一个性鲜活的人文现象，不可否认，同时也抹杀我们中国民族性的优美品德。

陈玉云　台北市银行信义分行职员

没有看过。很少听说"阿 Q"。

陈式新　台商实业公司业务经理

我在读大学的时期，由于对禁书有兴趣，所以阅读到《阿 Q 正传》这本书。我认为鲁迅写这本书的动机，是为了反映中国人的民族性，因为二三十年代的中国的时代背景是极其懦弱不堪的，即使是有识之士，面对这样的处境，也无能为力，所以以消遣自己的方法，写下了心中的疼痛。

落现于现阶段而言，阿Q这类型的人物不是没有的，但是我接触到的许多人，都充满斗志，对社会、对未来，都充满着无比的信心，因为我们相信，通过双手的努力，我们可以改变命运。

陈先生　修车技工

什么《阿Q正传》？从没听说过啦！"阿Q精神"，也没啦！抱歉！不谢！

黄美惠　民生报记者

当年看《阿Q正传》是因为这本书的名气的缘故。我认为鲁迅是为了反映当年社会的不平以及企图宣泄心中的不平而写了这本书。

《阿Q正传》的历史意义比文学意义来得大。至于时下，我相信有中国人的地方就有阿Q，因为阿Q精神是中国民族性里的部分特点。

当我们谈到人性时，阿Q与性别有关吗？

黄宝樟　社会青年

听说过阿Q，是个乡下人嘛！而《阿Q正传》也拍成了电影，但是因为对文学及电影都不太热衷，也就不清楚内容了。

叶美慧　英语教师

《阿Q正传》是以沉痛的心情、嘲讽的手法描绘部分中国人、部分人性的劣根性，和让人联想起胡适的《差不多先生传》。而就性别方面而言，"阿Q"和"差不多先生"一样，并不会予人专属男性的感觉。

杨树清　新未来杂志总编辑

《阿Q正传》我看过，但印象已经模糊了，当年引起我的兴趣是由于知名度太高。

据说《阿Q正传》当年在《北京晨报》发表时，每个人都惊讶的自忖："咦？这不是写我吗？"虽然这可能是个笑话，但不容置疑的是确实反映了当时的情况，并且讽刺了那个世代。

《阿 Q 正传》是具有历史意义的小说。

阿 Q 仍然存在于时下的社会，只是方法不一样，但精神却是一样的。所谓阿 Q 精神，我认为有一半是中国民族性的特点之写照。

女性比较没有阿 Q 的倾向，但随着女性渐渐男性化时，女性也有阿 Q。

赵小姐　报社会计

没看过《阿 Q 正传》，不过听人说过"阿 Q 精神"啦！至于什么是"阿 Q 精神"嘛，大概是挺执着的……还有……对不起我们这一行实在很隔绝啦！……抱歉！

卢炎　作曲家

《阿 Q 正传》是我在十几岁时候看的，是国中时候。最近看了大陆他们拍的《阿 Q 正传》的录影带，拍得不错。也想再看看《阿 Q 正传》这本书，因为当时小，听人家说这本书一定要看，是说中国人缺点的，可是那个时候我还看不出什么征兆来。

我想鲁迅是讽刺当时中国封建社会而写这本书。

"阿 Q 精神"没有代表中国人的"特"点，是影射中国人的"弱"点。

中国女性是完美的，不是阿 Q。

李秀珍　明元办公室家居行老板

没看过吧！也没听说过"阿 Q"，这是一本好书?!

《联合文学》第 5 卷第 2 期，1988 年 12 月

# 仇恨六十年

## ——鲁迅和顾颉刚的一桩公案

### 顾潮

## 留校助教潜心研究

顾颉刚先生一生坎坷，饱经风霜。他认为"一生中碰到的大钉子是鲁迅对我的过不去"。（《自传》）

顾先生与鲁迅的交往并不多，可以说没有什么私人恩怨，但竟成为鲁迅的眼中钉，成为鲁迅笔下的阴谋家、不共戴天的仇敌（鲁迅著作中所述"朱山根""红鼻""乌头先生"等即谓先生），以致后来先生欲到法庭上与之辩一个黑白，搞得一时间沸沸扬扬。先生究竟与鲁迅有什么矛盾？矛盾由何而起？事隔六十余年后的今日，人们仍在寻根究底。"冰冻三尺，非一日之寒。"欲解此桩公案，还需从头说起。

顾先生自一九二〇年毕业于北京大学之后，经胡适向校方接洽留在北大当助教。先在图书馆编目，业余时间和胡适、钱玄同等讨论古史辨伪、编集辨伪丛刊；后来研究所国学门成立，沈兼士任主任，又将先生调去，负责编辑等事务。先生前后编辑《国学季刊》、《歌谣》周刊、《北京大学研究所国学门周刊》，并在这些刊物上发表了许多文章。

706

## 新旧派系形成对峙

当时北大校长蔡元培组织教授会，定出教授治校的办法，因此教授就有了权。权之所在，成了争夺的目标。于是马上分成了留学英美派和留学法日派两大系。孙福熙在"古史辨第一册"文中指出了这种情形："中国近来太多被尊或自尊为思想家者都只看了世界的一角想来概括一切，他们所不晓得的非但不肯采取，而且竭力的排挤。""中国太大了，加以交通如此阻塞，使历史地理的关系十分显著的影响于极近的各区域的人，况且所受的外国影响也大不一致，在各国留学，学了各不相同的一种语音与各不相同的背景前的学术回来，要大家聚在一处共事，这原是很难合意的；加以中国素重宗教门户之见，于是各不相容是意中事了。"这即是"文人相轻"的恶习在北大的反映。那时英美派和法日派各有两种刊物，前者有《现代评论》和《晨报副刊》，后者有《语丝》和《京报副刊》，他们老是在对骂。有许多事，只有北大里知道，外边人看着也莫名其妙。先生深不愿参加他们的阵营，但因他勤于治学，笔头又快，在当时有较高的名声；两派均愿来拉稿，而师友间都是极熟的人，来邀作文时又不容拒绝。如"现代评论"社陈源多次来拉稿，先生以无暇作文推辞，陈源便说，那么就刊些短文，如同先生在《小说月报》上发表之读书笔记亦可。同样，孙伏园等办《语丝》《京报副刊》，亦来拉先生，"语丝"这一刊名还是先生提出而被彼等通过的。先生胸中有无数古史论题，笔记中亦有众多研究心得，于是就做成一些短篇考证送去登载。按说先生从未出国留学，既非英美派，亦非法日派，其地位本来是超然的，可以以超然的态度对待他们。但是"两姑之间难为妇"，沈兼士及其兄沈士远、沈尹默（号称"三沈"），以及马裕藻、马衡兄弟（号称"二马"）是法日派的中坚，他们均是浙江人，鲁迅、周作人兄弟即是这一派中的笔杆子；而胡适、陈源等是英美派的中坚，其间之明争暗斗可想而知。先生在《自传》中说：

> 胡先生写了文章交给我，我在研究所的刊物上登了出来，沈

　　先生就发怒道："他不是研究所的人，为什么他的文章要登在研究所的刊物上！"其实，胡先生明明是研究所的委员，而且是研究生的导师。有一回，沈尹默的女婿某君，在南池子开印刷厂的，为了发展业务，邀请北大教授编纂教科书，借研究所地方开一次商讨会，为了派别关系，当然不通知胡先生。可是，胡先生是一个欢喜管事而又很天真的人，听了这消息，就打电话给沈（兼士）先生，说："他们开会编教科书，为什么不通知我？"沈先生答道："我是嘱咐颉刚通知你的，恐怕他忘记了吧？"这样一来，这责任就落在我的头上，好像顾颉刚已投身法日派，有很深的党见似的。我的为人，只能行其心之所安，宁可两面不讨好，不愿两面都讨好的，所以我和沈先生就渐渐疏远起来了，他当然对我很不高兴。

　　鲁迅后来与许广平信中所说北大国文系与现代评论派的对抗，实质上即是法日派与英美派的矛盾。先生因为和胡适亲近，故已受沈兼士的疑忌。以上是先生与鲁迅矛盾的北大两派背景。

　　先生在北大预科就学时，曾上过马裕藻的国文课，沈兼士的文字学课，深受裨益；因此对他们甚服膺。后来在哲学系就学时又上了胡适的中国哲学史课（原为中国哲学课），使先生头脑中三皇五帝的观念受到重大动摇，先生思考后认为"他有眼光，有胆量，有果断，确是一个有能力的历史家。"（"古史辨第一册"自序"）……又读到胡适发表的很多论文，从中了解并承受了研究历史的方法，由此而觉悟到最合自己性情的学问乃是史学。以后胡适、钱玄同又提起先生编集辨伪材料的兴趣，鼓励他大胆的假设，以成就了一九二三年举世闻名的古史辨论及一九二六年所出版的震惊天下的《古史辨》第一册，这是世人皆知的了。这是作为"胡适的大弟子"的受益处。然而其受害处也随之而来，胡适的冤家对头自然也要连带先生一起攻击。

## 在小说中刺他一笔

　　一九二一年末，鲁迅作《阿Q正传》，其中说到"阿Q"之名为

"桂"为"贵",只有待于"有'历史癖与考据癖'的胡适之先生之门人们"的考定。是时先生刚刚大学毕业,乃一后辈小子,与鲁迅并无交往,鲁迅为何要在文中讥讽先生呢?原因是这年春天,胡适作《红楼梦考证》,第一个推翻了当时盛行的对该小说的诸种解释,如说它是写顺治皇帝的恋爱史,或是影射汉族抗清的政治小说,等等。胡认为此书是作者的自述,且是未完之作而经后人补缀的。但他感到搜集史实的不足,嘱先生为之补充。先生不辞辛苦,为之搜罗曹雪芹的家世以及高鹗之登第岁月,等等,给了胡适极大帮助。鲁迅的《中国小说史略》中亦用考据方法,而且其中亦揉纳了胡适《红楼梦考证》的结论。先生说:"足证此类考据亦适合于彼之需要。而彼所以致此讥讽者,只因五四运动后胡适以提倡白话文得名过骤,为北大浙江派所深忌,而我为之辅佐,觅得许多文字资料,助长其气焰,故于小说中下一刺笔。"(日记)

由此看来,先生的师承关系及其治学活动注定了他以后是逃不脱鲁迅的攻击的。先生与鲁迅在世界观、治学风格等方面迥然不同,他二人所走的道路自然也不同。先生的古史考辨是对着中国史学界进行的一次革命,推翻了历代相传的三皇五帝的神圣地位。自此以后,中国的古史就是另外一种写法了。这对于几千年来中国人的传统思想的变革作用不可谓不大。当先生在考辨古史的同时又应商务印书馆邀编辑中学本国史教科书,他将这一观点写入教科书,不提"盘古",对"三皇五帝"只略述其事并在前面冠以"所谓"二字,表示其不真实。不料该教科书竟被一些"正人君子"弹劾,说它"非圣无法",连戴季陶也认为"中国所以能团结为一体,全由于人民共信自己为出于一个祖先;如今说没有三皇、五帝,就是把全国人民团为一体的要求解散了,这还了得!"以致后来此教科书被禁。这一事件不是先生的治学对社会所起革命功效的最好例证吗?其实,先生对自己的治学一直是极明确的,他多次与师友论及此。他说:"斩除荆棘不必全走在政治的路上,研究学问只要目的在于求真,也是斩除思想上的荆棘。""我自己知道,我是对于二三千年来中国人的荒谬思想与学术的一个有力的革命者。"(一九二六年十一月九日,与叶圣陶信)他的这一观点得到了中外学界的认同,赞成者也好,反对者也好,无不认为先生的疑古辨伪对青年心理有极大影响。胡适的朋友恒慕义（Hummel，美国国会图书馆中文部主任）当时还认为《古史辨》一书可以作为中国"五四"前后"新文化运动"的好例证；认为"古史辨"自传式的长序亦是中国近三十年中思潮变迁的最好记载。他并将这篇自序译为英文介绍给西方。而鲁迅对于《古史辨》和《自序》都始终是冷嘲热讽，这不能不说是成见了。

## 投入纯学术研究中

先生在一九二五年底为《北京大学研究所国学门周刊》作成一篇《一九二六年始刊词》（下称《始刊词》），此文大气磅礴，有如在旧国学界中刮起了革命风暴。不仅《现代评论》社的陈源、杨振声著文表明对此文"几乎没有一句话不同意"，认为此文是把国学置于科学基础上的奠基石，而且日本学界亦认为此文标志着中国新国学的诞生（见何思敬"读妙峰山进香专号"）。先生在《始刊词》中说道："我们的机关是只认得学问，不认得政见与道德主张的。""所以要是共产党、无政府主义者和我们发生了学问上的关系，我们也当然和他们接近。""我们的目的只在勤勤恳恳地搜集材料而加以客观的研究，作真实的说明。在民国之下这样说，在帝国之下也是这样说，在社会主义共和国之下还是这样说。事实是不会变的，我们所怕的只在材料之不完备，方法之不周密，得不到真实的事实；至于政治的变迁原是外界的事情，和我们有什么关系呢！"先生自己对此的确是身体力行的，孙福熙即评价他"不但不在中西的界限上矜夸或掩饰，他十分谨慎，十分宽允的研究一切派别、一切科别的学术与一切大小的事物"，"他的《古史辨》的编著，就是这样研究所得的知识的应用。"（《古史辨》第一册）本来学术机关是以提倡学术为专责的，在学术机关里的学者是以研究学术为专职的，旧社会的破坏与新社会的建设必然要以这种科学研究为基础，即使是动荡中的社会，亦需要有人把基础的学术工作坚持不懈地勇敢做下去。而鲁迅就说："现在我最恨什么'学者只讲学问，不问派别'这些话，假如研究造炮的学者，将不问是蒋介石，是吴佩孚，都为之造吗？"（一九二六年一〇月二〇日，鲁迅与许广平书）其实先生所致力者乃是"求知"，而鲁迅着眼点乃是"应用"，这是两条不同的大路。先生认为当时的学术界因为没有求真理的知识欲而单有实际应用的政治欲，急功近利，所以只知道宣传救世的方法，而以为先生一类人所作所为只是"无聊的考据"，看不见其中真正价值。先生又认为以前的学者治学不在求真而单注重应用，所以造成了抑没理性的社会，以致中国社会两千余年来无甚进步，即使到了二十世纪二十年代，老学究们还要把过去的文化作为现代人生活的规律，把古圣贤的遗言看作"国粹"而强迫青年们去服从，先生对于此种"通经致用"是深恶痛绝的。或许有些矫枉过正吧，先生甚愿投入纯学术研究中。

他说："我们研究的东西也许是社会上很需要的，也许是现在虽没有用而将来可以大用的，但这种的斟酌取择原是政治家、社会改造家、教育家的事情而不是我们的事情。""一个问题，尽管社会上看作无谓的、丑恶的、永不生效用的，但我们既感到可以研究而自己又有兴致和方法去研究，那就不能迁就他人的意见而改变自己的志向了。"（《始刊词》）先生甚希望社会上"能够了解我们的态度而不加以种种的阻碍，并不是说惟有我们的学问是学问，你们该来随从我们，做我们的徒党。这种道一风同的观念，在政治上不知怎么样，在学问上则决是个蟊贼。它的弊害，是使人只会崇拜几个偶像，而不会自去寻求，得到真实的见解。"（同上）为了打破学问上一尊之见，先生努力冲出旧见解的牢笼，去寻求新材料，开辟新天地。他以吴歌来论证《诗经》，以孟姜女故事来研究古史的演变，以妙峰山进香来探讨春秋以来的社祀。先生以自己的行动为学术界做出了榜样，时至六十余年后的今日，他这些划时代的学术成就仍具有不可磨灭的光辉。不过遗憾的是，他所希望得到的社会的理解并未成为现实，起码在鲁迅那里没有产生反响，鲁迅对于与自己道不一、风不同者是不能容忍的。

本来各人才性的不同是客观存在的，惟其各人能发展自己的才性于工作之中，这个世界才会丰富多彩。先生说："我性长于研究，他（鲁迅）性长于创作，各适其适，不相过问可已。"（日记）在北京时，学术界天地甚广，可以做到这一点，然而到了弹丸之地的厦门大学，同在一处供职，相互矛盾则是不可避免的了。

## 同窗妒忌加入团攻

一九二六年，因张作霖入关，传说彼开出的黑名单有百余人，平日在社会上露些头角者都在内，自然包括北大这个新文化运动的大本营中的许多人；况且当时北大欠薪极剧，同人生计甚艰窘，故纷纷另谋出路。适时厦门大学校长林文庆找北大教授林语堂回去做文科主任，并请他筹备国学研究院，于是他邀了北大不少人前往，充实这两个部门。五月，在语丝社为林语堂饯行宴会上，他邀先生前去同办国学研究院，先生鉴于以上二重原因，实不能不应。林语堂又请沈兼士任文科国学系主任兼国学研究院主任，沈乃介绍鲁迅、张星烺（亮丞）为研究教授。七月一日先生接得聘书，是研究院导师与文科教授；七月底，与鲁迅、张星烺、陈万里等同往沈兼士处商量国学系课程及研究院进行计划。八月下旬先生抵厦大后，不料林语堂来嘱换聘书，乃是研究教授。先生不免感到惊骇；自己乃是一后辈小子，那能与沈兼士、鲁迅、张星烺等前辈抗行呢？急问林语堂其中缘故，林告曰：先生自《古史辨》（第一册）出版后，学术地位突高，故称谓亦须改变。

按说先生是时方三十三岁，大学毕业仅六年，即由北大时的助教一跃而得到比教授还高一级的职称，在当时恐怕是绝无仅有的，不可不谓少年得志了。但自此以后，北大同窗对他侧目而视，称他为"天才"，为"超人"，其中对他最感嫉妒者为潘家洵，此乃先生万万想不到之事。潘为先生同乡，且大学同学、同事十年，两人过从甚密。厦大本来请潘家洵，而他得悉先生在沪登船赴厦日期，届时即束发以俱登，托先生代为谋职事。先生性不绝人，到厦门后即为之向林语堂介绍。林以其在北大时任外语系讲师，则照例仍聘为讲师。潘在北大时任职较高于先生，而此时乃低于先生甚多。潘素来气量甚小，这一来，当然要火冒不已，逢人即道先生的短处。这样，先生好似成了道德恶劣之人。鲁迅九月上旬到校后，闻潘言，以为彼与先生同为苏州人，如此稔熟尚且这般不满，则先生必为一阴谋家，惯于翻云覆雨者。一年后当先生在杭州得知鲁迅等人在《中央日报》上说自己"反对民党，使兼士愤愤""背叛林语堂"等之时，甚怒，曾往潘家洵处责其拨弄是非、生出风波。先生语颇严厉，而潘家洵无语以答。由此可证潘家洵给先生带来了意外的麻烦。这是先生到厦大以后所碰到的第一重不愉快，它给先生与鲁迅本不相洽的关系上增加了原不曾料到的阴影，可谓出师不利。

先生改任研究教授后，与沈兼士、鲁迅、张星烺同室办公，同桌进餐，唯卧室不在一处。先生待人是很客气的，即使是对"道不同"者亦尊重其人格。他所编辨伪丛刊之一的宋濂《诸子辨》出版后，曾赠鲁迅一册（见鲁迅日记，一九二六年九月八日）；也曾与沈兼士等人同游鼓浪屿和集美。然而鲁迅对于整日在他眼皮底下活动的先生却厌恶之甚，他初到厦门，即多次在与许广平的信中骂先生，说他是"胡适之的信徒""陈源之流""何其浅薄"；说他专爱荐人，所荐至厦大者竟有七人之多，使现代评论派势力控制了国学研究院，"我们个体自然被排斥"（一九二六年一〇月一六日，鲁迅与许广平书）；说他"颇阴险，先前所谓不管外事，专看书云云的舆论，乃是全部为其所欺"（一九二六年九月三〇日，鲁迅与许广平书）；以至骂先生是"研究系"，等等。鲁迅骂先生是胡适、陈源之流，浅薄至无话可谈，这不足为怪，是从以前在北大时的矛盾而来。骂先生专门荐人，欲在厦大扩充势力，其实先生原来只荐潘家洵、陈乃乾，然陈未至，遂又荐容肇祖接陈之职。鲁迅说最使他讨厌的黄坚及善唱昆曲的陈万里也是先生所荐，这真是无中生有。黄坚本是北京女师大的职员，林语堂在女师大任教时与彼相稔，因招他去厦大做自己的副手，任文科主任办公室襄理。陈万里亦是林语堂自己招去的。从鲁迅书信中可以看出，黄坚给鲁迅带来不少麻烦，鲁迅骂他"依靠权势，胡作非为"（一九二六年一〇月一〇日，鲁迅与许广平书），"尤其兴风作浪"（一九二六年九月二五日，鲁迅与许广平书），"我是不兴此辈共事的"（同上），为此还忿而欲辞去国学院兼职。若说鲁迅感到受排斥，受刁难，如不给他房间配器具，不让孙伏园帮助他挂陈列品，等等，那也只是黄坚所为，与先生有何关系？与现代评论派又有何关系？黄坚既非现代评论派之人，在北京时与先生又无什么来往，他来厦大根本不是先生推荐，而鲁迅却疑为先生所为，并因对黄坚的憎恶而迁怒于先生及现代评论派。

后来有一清华研究院毕业生程憬，乃胡适同乡，毕业后尚未就职，要先生在厦大替他找一个助教职位。程甚冒失，还未得到先生的回信已然搭船到了厦门，先生不得不为他加紧进行。这件事更为鲁迅攻击先生"要在厦大里造成一个胡适派"提供了口实。但是先生并不介意这些流言蜚语，他也不会为它们而浪费自己的宝贵精力，他要做的工作正多呢。先生一方面在国学系开"经学专书研究"课，讲授"尚书学"，继续从事开辟经学研究的新途径的工作；一方面投身于国学院的创办，事务极多。如筹划编辑国学院周刊、季刊以及中国图书志；举行学术讲演；发起成立厦大风俗调查会，调查福建各地风俗古物；以后还与福州协和大学国学系商议成立"闽学会"，集合研究福建省之民族、语言、历史、地理、风俗、传说、歌谣之材料于此一机关，由协和大学司闽北，厦大国学院司闽南，交换物品、流通考察。这诸多事务，当然使先生不可能"专看书"而"不管外事"了。况且以前他在北大时除了埋头读书写作之外，也参加并组织了北大歌谣研究会、风俗调查会等不少与他的学问工作有关的活动。

虽说他深深感受到无底无边的学问世界的伟大美感，愿将自己有限的毕生精力投入其中去探寻奥秘，因此只求钻研学问而不愿过问政治活动；但是当"五卅"惨案发生，国难当头之际，他也投入了救国运动，不仅编写民谣式的传单广为散发，还编辑《救国周刊》十余期刊于《京报副刊》，做民众的宣传工作。可以说，先生从来就不是"不管外事，专看书"的钻在象牙塔里的纯学者，他"生于离乱之际，感触所及，自然和他人一样地有志救国"（《古史辨》第一册"自序"）；他终生都是以一腔爱国赤忱报效自己这个多病多灾的祖国，鲁迅对先生的了解实在是既不充分又有偏见呢！先生素来襟怀坦白，认为自己所作所为无不可对人言者。但他生性绝俗，不善处世，往往得罪了人而不自知。

## 川岛居间造谣生事

当他初到厦门时，曾劝林语堂不要聘川岛（章廷谦），"孰知这一句话就使我成了鲁迅和川岛的死冤家"（一九二七年四月二八日，与胡适书）。先生不赞成川岛来厦大，是因彼不能讲课而且是非较多，这可以说世有公论，即使是与川岛交往甚密的鲁迅也持此种看法。据容肇祖回忆，当鲁迅离厦大至中大后，川岛请鲁迅推荐自己去中大，时容肇祖亦在中大，鲁迅对容谈起此事时说："他不能讲课，我要他来做什么！"鲁迅终未荐彼。先生与川岛是北大同事，又同是"语丝社"成员，大概川岛亦托先生为自己在厦大谋事，先生尽管从工作考虑不赞成他来厦大，但从私人面子上说不便回绝，所以当先生知林语堂有意聘川岛时便复书告他这一情况。这是私人交往间常有的事，但鲁迅知道后却骂先生使出"陈源之徒"的"手段"（一九二六年一〇月二三日，鲁迅与川岛书），并以此作为先生"阴险"的证据。而川岛一九二六年底抵厦后，便千方百计替先生造谣，在鲁迅面前败坏先生，使二人关系急剧恶化。

鲁迅骂先生是"研究系"，则更无证据，研究系是宪法研究会的简称，当时这派势力是依附北洋军阀反对国民党的。先生从来未投靠过北洋军阀，当一九二七年一月先生游福州时，北伐军已到此地，正巧先生在北大时的同事王悟梅投笔从戎在军中，因此先生得以结识了几位军官，看见了许多印刷品，加入了几次宴会，"深感到国民党是一个有主义、有组织的政党，而国民党的主义是切于救中国的。又感到这一次的革命确比辛亥革命不同，辛亥革命是上级社会的革命，这一次是民众的革命。我对于他们深表同情，如果学问的嗜好不使我却绝他种事务，我真要加入国民党了"（一九二七年二月二日，与胡适书），由此可证先生的言行怎么会与研究系沾边呢？当时曾有一个学生为此事问鲁迅："你说他是研究系，有什么证据呢？"鲁迅盛气地回答道："这要什么证据，我说他是研究系他就是研究系！"本来谩骂是不必负什么责任，何需证据！这位学生倒也幽默，出而告人道："恐怕顾先生在研究所工作多年，所以成了研究系吧！"

鲁迅火气如此之大，也同许广平当时在广州，他得不到人劝慰有关。他自己也承认"我的脾气太不好"，"一卷行李一个人"，"一有感触，就坐在电灯下默默地想，越想越火冒，而无人浇一杯冷水"，"我看见凡有夫人的人，在这里都比别人和气些"（一九二六年一一月二一日，鲁迅与川岛书）。对于鲁迅的谩骂，先生并未计较。他说：

"予自问胸怀坦白，又勤于业务，兹受横逆，亦不必较也。"（日记）

## 厦大校长推波助澜

厦门大学是陈嘉庚独资创办的，请林文庆作为校长。林从小在外国，此时年已届六十，不懂中文，一切中文文件均由秘书兼理科主任刘树杞（楚青）代理，因此刘权力甚大。厦大是实行校长独裁制的，和北大教授治校的民主制大不相同。林语堂在北大里呼吸自由空气惯了，在厦大就不免感到和校长、秘书格格不入。又加上北大有新文化运动的光辉历史，为全国所瞩目，当然北大里出来的人不免趾高气扬一些。因此，不到两月工夫已经相持不下。林语堂一心要把刘树杞打倒，而理科方面则要求收回国学研究院所借生物学院之空屋，并对屋中考古学会所陈列的北邙明器骂道："这也配算做国学"，无理取闹，将陈列品搬到室外露天搁置，林文庆又宣布陈嘉庚橡胶业不景气，因而国学研究院经费要大量缩减。其实，研究院的日常经费五千元，林文庆是具条向陈嘉庚照领的，只是领来扣住，除薪水外每月只给办公费四百元。林语堂因此愤而辞职，虽经校长挽留，并说明此后仍照预算办理，然林语堂与校长间已起了恶感。

鲁迅借林语堂辞职之机，也提出辞职。是时广州中山大学邀鲁迅去任教，况且许广平又在广州，鲁迅即欣然应之，其实他刚到厦门不久即想走，这原因除了与国学研究院内"现代评论派"不能共处，"周围多是语言无味的人，不足与语，令我觉得无聊"（一九二六年九月二〇日，鲁迅与许广平书），"无人可谈，寂寞极矣"（一九二六年一〇月四日，鲁迅与许寿裳书）；又不满意学校当局，因他们并非真心提倡学术研究，而校长"不像中国人，像英国人"，甚"讨厌他"，与他"无可调和"（一九二七年一月二日，鲁迅与许广平书）；再者感到此地"饭菜不好"（一九二六年一一月三〇日，鲁迅与川岛书），"食不下咽"（一九二六月一〇日一〇日，鲁迅与川岛书），"言语不通"（一九二六年一一月二六日，鲁迅与许广平书），"交通不便"（一九二六年一〇月一〇日，鲁迅与许广平书）；如此等等。只是怕才来就去，使林语堂为难，方未正式提出。学生对于鲁迅的辞职发起"挽留运动",随即转为改革学校运动,欲"打倒刘树杞,重建新厦大"。为平息风潮,校长一面假意挽留鲁迅,一面放出空气,说鲁迅离校,是因为北京来的教员中胡适派和鲁迅相排挤,以此推卸责任。当地报纸亦将此言登出。为此,一九二七年一月五日国学院开会质问林校长。一月八日《民钟报》社为鲁迅饯行,邀先生和林语堂、陈万里、川岛等作陪,报社为此事当面道歉,并登更正启事。实可见鲁迅之行,并不是为胡适派排挤走的。

林校长可谓老谋深算,一招不成,另使一招,欲拉拢先生合作,共同抵抗风潮。一月九日,校长为鲁迅饯行,邀先生等作陪。先生到后,校长当了许多人的面,招先生入一小室谈话。先生与彼本无共同语言,彼乃拉杂说琐细事以拖延时间,尔后开门同出,使其他座客疑为会谈机密。先生很怕川岛挑拨感情,故归时当众宣布之。然后川岛等攻击先生乃益甚,谓先生勾结校长以排挤鲁迅。这样,林文庆出于自身利害,对先生与鲁迅的矛盾之加深起了推波助澜之作用。

一月十五日,鲁迅离厦大赴广州,先生到彼处作别。待鲁迅上了开往广州的"苏州号"轮船后,先生还到船上访之。先生对彼可谓以礼相待了。同时刘树杞因受学生及厦大内闽南教职员之攻击,亦不得不离校。但是先生与鲁迅的纠葛到此并未结束。

## 备受明枪暗箭伤害

一九二七年初,先生同时收到武昌中山大学及燕京大学的聘书。半年来的经历使他对厦大不满意。国学院《季刊》虽已编就,但因印一期要印费千余元,林校长不肯出。国学院《周刊》本来林校长亦不肯出,因先生等人态度强硬,不得他的批准,就发印了;但林在款项上处处阻碍,一个月中只印成了两期。诸如此类事情,使先生意识到:"厦大一班人的病根,在于没有学问的兴味,只懂得学习技能,却不知道什么叫研究。国学研究院的成立由于他们学时髦,并不是由于学问上的要求。……厦门本没有文化的根底,我对于他们的没有学问观念也决不苛责。我深知道我在福建的地位,加上十年的奋斗,必可改变学风。但是自审学问根柢没有打好,终日在事务上,在防止人家攻击上用功夫，更无余闲求学。那么，福建固可受到我的利益，而我自己的学问生命却已终止了，未免太可惜。所以我还是想走。"（一九二七年二月二日，与胡适书）是年一月，蔡元培为避孙传芳通缉，借马叙伦由浙江乘船至福州，待北伐军攻入浙江后再返。那时先生与容肇祖、潘家洵等适在福州购书及风俗物品，便邀蔡、马二先生同到厦门小住一时。当接到武昌中大及燕大聘书后，先生与蔡元培商之，蔡劝他就武昌中大职。尽管如此，先生视时间至重，知每易一地即有半年左右之不安定生活，不克从事读书写作，故厦门环境虽不合理想，亦不愿未及一年而即去。因此学校虽起了风潮，先生仍在为《周刊》《季刊》写稿。他认为："我们来此半年，劳于筹办，尚未成绩发表，使即此离厦，未免使人笑为'徒师啜'，故只要国学院不解散，总想在此半年内出版书籍、周刊、季刊若干"，"到了暑假，我就一去不顾了"（一九二七年二月五日，与冯沅君书）。然而事态发展比先生所料想的更快，当鲁迅和刘楚青二人离厦大后，校内又兴起了攻击林校长的风潮，于是校长到新加坡向陈嘉庚告急，二月中旬，校方将国学研究院停办。

是时广州中山大学于不久前由广东大学改建，成立整理委员会，戴季陶、顾孟余为正副委员长，朱家骅等为委员。委员会就职之始，即锐意整顿，竭力延聘知名学者任各科教授，一九二六年底至一九二七年初，鲁迅、傅斯年、何思源应聘到校。鲁迅任教务主任兼国文系主任，傅斯年任文学院长兼哲学系主任。傅斯年是先生在北大的同宿舍密友，而顾孟余是先生在北大就学时的教务主任，他们赞赏先生的学问及为人，因此当他们知道厦大闹风潮后，立即函电交驰，促先生赴粤应中大之聘。傅斯年要先生去中大办语言历史学研究所，并谓鲁迅在彼为文科进行之障碍。顾孟余告先生武昌中大经费设备俱感缺乏，嘱先生到广州中大。鲁迅却以为，许多说先生好的人太可笑，顾某之阴险可恶他们居然"会看不出来，大约顾孟余辈，尚以他为好货也。孟余目光不太佳"。（一九二七年二月二五日，鲁迅与川岛书）"顾之反对民党，早已显然，而广州则电邀之。"（一九二六年一一月六日，鲁迅与许广平书）先生因鲁迅在广州中大，感到他既视自己为大敌，自己亦不愿重投此矛盾重重之漩涡，故去函辞谢。鲁迅知先生不愿去，

718

即宣扬"顾颉刚与林文庆交情好，他地位稳固，那里肯来！"一面川岛又散布"顾颉刚虽由顾孟余推荐至广州，然鲁迅是主张党同伐异的，看他去得成否！"如此，先生当然更不想去。可是傅斯年来信说："兄如果不来，分明是站在林文庆一边了，将何以答对千秋万世人的谴责？"几面夹攻，使先生走投无路，在厦大这边辞职后，即致电顾孟余及傅斯年，告自己决定去广州。先生想，去了中大，鲁迅至少不能骂自己是林文庆的走狗了，看他还用什么方法对付自己。

没想到三月下旬接傅斯年复电曰："彼已去阻，弟或亦去校，派兄去京坐办书，月薪三百，函详。"（意即鲁迅反对先生至中大，傅斯年或亦为此辞职）先生实在不明白鲁迅究竟为何这般反对自己去粤。而当时适逢厦门邮局罢工，傅斯年"无函为念，可否到粤面商，电复"。十日后仍未得到回音，先生不免焦急，便于十五日只身赴粤观看情形。十七日抵广州后，见到傅斯年，方知鲁迅在中大宣扬顾某若来，周某即去；方知鲁迅恨自己过于免他教育部佥事职之章士剑，大有势不两立之势。

鲁迅一知道先生来了，即于二十日辞职。其党徒粘贴匿名揭帖，诬先生为研究系，傅斯年亦为鲁迅反对先生入校而辞职。中大学生开会结果，主张三人皆留。纷乱多日后，朱家骅出作调人，一方面许鲁迅请假离校，一方面派先生到江浙一带为校中图书馆购书，因中大经费甚充足而书籍颇少。因而先生与鲁迅在中大并未见面。

是时北伐军东破沪宁，西破武汉，国民党内部分裂，蒋介石在宁组织国民政府，汪精卫在武汉亦组织国民政府。鲁迅离校后寄与孙伏园一函，曰："我真想不到，在厦门那么反对民党，使兼士愤愤的顾颉刚，竟到这里来做教授了。那么，这里的情形，难免要变成厦大，硬直者逐，改革者开除。而且据我看来，或者会比不上厦大"；其学生谢玉生亦写与孙伏园一函，同是对先生破口大骂道："顾来迅师所以要去职者，即是表示与顾不合作的意思。原顾去岁在厦大造作谣言，污蔑迅师；迄厦大风潮发生之后，顾又背叛林语堂先生，甘为林文庆之谋臣，伙同张星烺……等主张开除学生，致使此项学生，至今流离失所。"而孙伏园将二信加以按语，增其力量，刊于五月十一日武汉《中央日报》。按语曰："看来我们那位傅斯年先生和顾颉刚先

719

生大抵非大大的反动一下不可的了。""厦大的情形，林语堂先生来武汉，才详详细细的告我，顾颉刚先生真是荒谬得可以"，"傅斯年、顾颉刚二先生都变成了反动势力的生力军"。这简直是欲加之罪，何患无辞！实际上，先生从不曾反对过国民党，亦不曾造谣诬蔑鲁迅。厦大风潮发生后，他又何曾背叛林语堂、甘为林文庆之谋臣、伙同张星烺等主张开除学生呢！当先生知道林文庆新加坡之行即为撵去林语堂时，他已立定主意，如林语堂走，他也决不留，事情并非有关朋党，而是他认为："林校长并无办国学院的诚意，如果我们留了，将来也是办不好的。何况闽南派并不比刘楚青好，将来的倾轧正多着呢。"（一九二七年二月二日，与胡适书）二月中旬，林文庆来电曰：厦大国学研究院停办，唯留先生与张星烺二人。先生即与国学院同人及蔡元培、马叙伦二人开会商此事。马叙伦劝先生勿辞职，先向校长提出质问书，质问停办国学研究院及辞退院中各教员之理由，俟其答复而后再辞。蔡元培亦劝先生为机关而留，勿为个人而去。其他与会者均无异议。于是先生暂不辞职，草"顾颉刚为厦门大学停办国学研究院事质问林文庆书"，交国学院同人看后，送校长室寄新加坡，并刊于《民钟报》。事后听说林语堂以《质问书》中承认国学院同人有投入风潮旋涡者，颇不满意，先生却感到"其实起风潮非可耻事，何必自讳耶！"（日记）由此看出先生始终没有站在学校当局者一边。先生为保全国学院计，直至三月中旬林校长由南洋归来，声明不能招回辞退之教职员而后辞职，自问此心甚为坦白。

而川岛却替先生造谣，说他向林文庆暗送秋波，说他阴谋倒戈，赞成开除学生，等等。先生慨叹道："想不到像我这样瘦弱无才的人骤然添了这许多排挤诌媚的本领。语堂先生信其谗言，骎骎疏远，后来竟不见面了。"（一九二七年四月二八日，与胡适书）这些谣言，也许就成为鲁迅、孙伏园、谢玉生、林语堂等人日后咒骂、诬蔑先生的依据了吧！先生自去秋与同人创办国学研究院以来，筚路蓝缕，辛苦经营，然刚刚规模初具，即由于各方面的困扰而草草收场，这不免是对先生的一个打击。更何况来厦后与鲁迅等结了怨，成为彼等的攻击目标，受了多少明枪暗箭，精神上极不安宁，以致一些想研究的题目、想动笔的文章都没有着手，实在可谓损失惨重。

## 要往广州提出诉讼

六月，先生正在杭州为中大购书，听厦大学生说起此事，因托人代觅此报。七月二十二日先生见到此报，览后大愤，他实不知自己如何"反对民党"，亦不知自己如何使沈兼士为之愤愤，也不知自己如何在厦大有如许劣迹。他感到鲁迅等人当此国民革命之际加自己以反对国民党的罪名，而且登在国民党的报纸上，直是要置自己于死地！如果自己当时应武昌中山大学聘而在武汉的话，那么此一纸副刊，已足置自己死命。他们这样血口喷人，未免太狠毒了！

因立即写致鲁迅等人信，怒道："此中是非，非笔墨口舌所可明了，拟于九月中回粤后提起诉讼，听候法律解决。如颉刚确有反革命之事实，虽受死刑，亦所甘心，否则先生等自当负发言之责任。"先生因不能容忍鲁迅等人的诬陷而欲诉诸法律，事情发展到这一步，能责怪先生吗?!

当时先生曾作一诗，曰："只从齿颊生欢笑，难解肝肠结怨悱。剧恨虚名招毒谤，十年心事至今违。"这充分反映出他心中激愤之情。

鲁迅著作，先生向来无暇翻阅，现以其对自己作剧烈之攻击，乃购其所有著作观之，先生眼前活现出"一尖酸刻薄、说冷话而不负责之人"。（日记）鲁迅自然不会留粤待讼的，后来傅斯年劝先生不必与鲁迅涉讼，王伯祥等人亦加劝止。当先生十月中旬购书完毕返回广州时，鲁迅已离粤赴沪。此事遂不了了之。以后双方不一处共事，再也没有什么关系了。

## 十年浩劫备受摧残

然而自一九四九年共产党执政后，与鲁迅打官司之事遂成为先生一桩大错误。一九五五年秋，先生加入中国民主促进会，适许广平亦在此会中。次年春，先生特去拜访许广平，谈三十年前与鲁迅旧事，并将自己欲与鲁迅打官司所留之《中央日报》与鲁迅信底稿及鲁迅复信等件全部交予许广平，以示自己之歉意。许广平说道："颉刚是好同志，这事都怪孙伏园。"意思是孙伏园不该在报上登出这些文字来。

以后随着政治运动愈演愈烈，此事亦成为先生洗刷不掉的"罪状"。到了阶级斗争登峰造极的十年浩劫中，先生为了他"反对鲁迅"的"反革命罪行"写过无数交代、自我批判，并受到多次斗争。在一再检讨仍不得过关之时，先生曾对子女说："这件事并非我和鲁迅的个人恩怨，而是由于北大内部的派系斗争引起。其中的背景我现在难以说清楚——说出来也没有人相信。但是据我看来，历史总是历史，将来再过若干年，总会有人出来说话的。"我想，现在这桩公案该弄清楚了，因此将上述史实公之于世。

《中外杂志》第 46 卷第 3 期（总第 271 期），1989 年 9 月

# 一九九〇年代

## 致杜潘芳格信

### 龙瑛宗

来信拜纳，多谢。

在创作上，我没有思索过题材和文体的事情。这是我个人的意见：台湾的作家中有人写文章写得比鲁迅出色，然而，比鲁迅更加深刻地体会着文学精神的人是没有的。鲁迅依旧是我们的老师。

在《狂人日记》上，果戈理写了卓越的作品。然而，鲁迅在作品上，进行了优秀的呼吁。

还给您叶石涛文章的原文。

请代我向你先生致意。即祝

健康！

龙瑛宗

一九九一年八月廿三日

据陈万益主编：《龙瑛宗全集》（中文卷第 8 册），台南：台湾文学馆筹备处 2006 年版

# 鲁迅的小说是启蒙的文学

## 马森

在童騃的时代，只是为了好奇，去翻弄搁置在闲屋里的一只父亲的柳条箱。那柳条箱从我记事的时候似乎就摆在那里，没有人动过，也没有上锁。上面一定是布满了灰尘的，但对一个被好奇心驱使的孩子，灰尘算得了什么呢？

柳条箱一打开，我才发现那里面装的几乎全都是书。开始的时候，我对书还没有什么兴趣，只在书缝里寻觅一些足以满足好奇心的小物件：像一只可以沿着铁蝴蝶的边缘旋转不停的磁铁陀螺、几个扁平的锡人和从香烟盒里收集而来的彩色人物画片等等。我大概隔些时日就去翻弄一次，每次也都有些新的收获。我开始注意到柳条箱中的书籍，是小学四年级以后的事，已经达到对课外的读物渐渐发生兴味的年纪。我最先翻到的书就是鲁迅的《呐喊》、《彷徨》和《朝花夕拾》。

当然这几本书我都没有十分看懂，但是对阿Q和小D拔着彼此的辫子一退一进地顶牛，却觉得十分有趣。因此对这篇小说读了再读，在作文里居然也模仿起鲁迅的笔调来，诸如"这原是应该极注意的""倒也似乎以为不足贵的""反倒觉得一无挂碍似的"，等等。老师在批语里批上了"笔触老练"几个字，但不知他是否窥破了这是从鲁迅的书里学来的句子。

除了鲁迅的书以外，在父亲的柳条箱里也发现了茅盾的、巴金的小说，莎士比亚的剧本（忘了是谁翻译的《罗蜜欧与朱丽叶》）《安徒生童话》，还有《红楼梦》《水浒传》《七侠五义》《七剑十三侠》等。这些书陪伴我度过了寂寞的童年。

说实话，那时候真正使我感动得涕泗交流的作品，是安徒生的

《人鱼公主》和莎士比亚的《罗蜜欧与朱丽叶》。刚刚萌生的模糊非常的爱的憧憬，像春天草地上初生的嫩茎一样的羸弱，一点点微风，都会吹拂得索索地颤抖起来，那种刻骨铭心的纯真的爱情使我童稚易感的心几乎到了承受不起的程度。对其他……却不令我感动。譬如像《七侠五义》《七剑十三侠》等武侠小说，可以使我迷得连饭也忘了吃，坐在檐下的石阶上，从放学回家以后，不知不觉地就看到日光渐渐隐退到遥远的天幕之外，在黄昏的苍茫中几乎辨认不出字体的时候。鲁迅的书既不会让我感动，也不会像武侠小说那样以无休无止的情节变化吸引着我的兴趣，但是却具有另一种当时就感觉到的难以言传的魅力。

　　年岁渐长，鲁迅的书也就看得更多了，总不只是看一遍，而是看了又看。我必须承认，他的小说实在没有什么了不起的情节，好看的只是一些漫画似的人物，在短短的篇章里，写得非常突出，非常传神。但是后来，尤其引我生的兴味的，我想是鲁迅个人的特殊风格。在他的小说里，作为叙述者的作者明明白白地在那里。《狂人日记》《孔乙己》《一件小事》《头发的故事》《故乡》《阿Q正传》《兔和猫》《鸭的喜剧》《社戏》《祝福》《在酒楼上》《孤独者》等篇里都有一个讲故事的"我"。在其他的篇章里，虽然用了第三人称，但是也使人感觉到背后有同一个叙述者存在。对鲁迅的小说而言，第一人称与第三人称之间并没有很大的区别。正如布斯（Wayne C. Booth）在他的《小说修辞学》（The Rhetoric of Fiction）中认为传统上把"观点"（point of view）按照"人称"及全知的程度来划分是不恰当的[①]，所以布斯把叙述者分作三类：一是"隐含的作者"（the implied author），或者说是作者在写作时所创造的第二自我；二是"非戏剧性的叙述者"（undramatized narrator），不管用的是"我"，还是"他"，其作用只在于把个人的印象传达出来，并不在故事中扮演任何角色；三是"戏剧性的叙述者"（dramatized narrator），也就是叙述者在故事中发生某一些作用或扮演某一种角色，不管用的是"我"还是

---

① 见 Wayne C. Booth, The Rhetoric of Fiction, Penguin Books, 1987, p. 149。

"他"①。布斯的这种分法，毋宁可以帮助我们在技术上分析《孔乙己》和《阿Q正传》中叙述者的区分。但是此处真正想借用的一个概念，是"隐含的作者"。这个概念对解析鲁迅的小说大有帮助。

广义地说，隐含的作者是布斯所分的三类的共同基础，不管是"非戏剧性的叙述者"，还是"戏剧性的叙述者"，基本上都是作者在写作时所创造的"第二自我"。在鲁迅的小说中，的确存在着一个使读者误认为就是作者本人的"第二自我"。在某些小说中的"我"，考证起来，很容易得到与作者的人生经验相符合的证据，例如《故乡》一篇是鲁迅返乡的经验、《社戏》是鲁迅幼年的记忆、《鸭的喜剧》是鲁迅在北京时与俄国盲诗人爱罗先珂交往的一段经历②。按照布斯的说法，如果读者天真地把这些故事中的叙述者误认为就是作者本人，毋宁是一种错误。布斯认为，"作者在写作时，他不只是创造一个理想的、非个性的'一般人'，而是一个与他人作品中所见的隐含的作者不同的他'自己'的隐含的版本。对于某些小说家而言，他们写作的时候，似乎确是在同时发现、创造了他们自己"。③

鲁迅小说中的"我"，是鲁迅在写作时发现、创造的另一个第二自我。我认为最能吸引住读者的也就是鲁迅的这个第二自我。这就是为什么亲自与鲁迅结识过的人，其中有不少不多么喜欢鲁迅的为人，像梁实秋、陈西滢、苏雪林都曾经对鲁迅说过不太恭维的话，甚或径自以不堪的语言加以贬谪。但是如果没有见过鲁迅的本人，只从鲁迅的小说（此处不论他的杂文）中的"我"来判断，恐怕难以得以任何不恭的结论。

对我而言，鲁迅的小说之所以具有吸引力，正因为其中有一个正直的、热心的、冷静的、目光如炬的、嫉恶如仇的、仗义执言的"我"。

这一个我是如何形成的呢？正如鲁迅在《呐喊》的序言中所说

---

① 见 Wayne C. Booth, The Rhetoric of Fiction, Penguin Books, 1987, pp. 151 – 152。

② 验证鲁迅小说的背景和鲁迅的生活经验的资料很多，可参考周遐寿《鲁迅小说里的人物》，上海出版公司 1954 年版；周遐寿《鲁迅的故家》，上海出版公司 1953 年版；王士菁《鲁迅传》，中国青年出版社 1959 年版。

③ 见 Wayne C. Booth, The Rhetoric of Fiction, Penguin Books, 1987, pp. 70 – 71。

的，是在日本的一个医学院中，因看到了一张幻灯片，其中有一群神情麻木的中国人正在津津有味地观看日军砍下另一个中国人的头颅，因而发愤要以提倡文艺来改变中国人的精神。

这个经验委实震撼人心，特别是作为一个神志清明的不会故意漠视中国的种种积弊的中国人而言。为什么当日军在中国的土地上砍杀一个中国人的时候，其他的中国人竟成为热衷看热闹的围观者，而且脸上所显示的是一种麻木的表情？这样的一个画面，实在具有千钧的力量啊！以后鲁迅的所有对中国人性格的种种分析，似乎都是从这一个画面孕生而来的。

生长在中国那样的一种环境中，只靠了自己的观察和体验，是无法认清楚自己的处境的。因为鲁迅到了日本，看到了日本人是怎么生活的，才知道与中国人是多么的不同，遂意识到中国人仿佛是熟睡在一间绝无窗户而万难破坏的铁屋子中，眼看就要闷死了。他所迟疑的是如果有人大嚷起来，"惊起了较为清醒的几个人，使这不幸的少数者来受无可挽救的临终的苦楚，你倒以为对得起他们么？"接着他又不得不因此怀有一线希望地自问："然而几个既然起来，你不能说绝没有毁坏这铁屋的希望。"[1]

鲁迅的第二自我是这少数清醒的几个人！而看了他的小说的读者，也就似乎可以加入了这清醒者的行列了。因此在艺术的魅力之外，首先使我们在那一个时空中所感触到的是鲁迅的小说所具有的启蒙的作用。在我的生长过程中，可以说我是从鲁迅那里学到了什么叫屈辱、什么叫正义、什么叫爱国！从鲁迅的小说中，也使我感觉到中国病入膏肓的紧迫情况。现在历经了中日战争、共产党当政、"文化大革命"、六四天安门事件种种，益发使我觉得鲁迅言之不诬和他敏锐的远见。

当然，要真正尽到启蒙的作用，也不能说全不需要艺术的魅力。鲁迅的小说作品不多，只有《呐喊》《彷徨》和《故事新编》三个集

---

[1] 鲁迅：《呐喊自序》，人民文学出版社1973年版，第5页。

子。《呐喊》收有十四篇短篇小说①、《彷徨》十一篇、《故事新编》八篇，总共不过三十三篇，而且都是短制，并无长篇。比起以后的小说家来，鲁迅的小说作品在数量上可说少得可怜。但是为什么鲁迅在中国现代小说史上占有那么重要的地位？直到现在读中国现代文学的人，仍不能不精读鲁迅的小说？那就不能不承认鲁迅的小说在艺术上也有相当杰出的成绩。曹聚仁曾经评论说：

> 我们知道鲁迅是学过医道的，洞悉解剖的原理，所以常将这技术应用到文学上来。不过他解剖的对象，不是人类的肉体，而是人类的心灵。他不管我们如何痛楚，如何想躲闪，只冷静地以一个熟练的手势，举起他那把锋利无比的解剖刀，对准我们魂灵深处的创痕，掩藏最力的弱点，直刺进去，掏出血淋淋的病的症结，摆在显微镜下让大家观察。②

由此看来，鲁迅的艺术似乎像解剖者的用刀：狠、准、无动于衷。然而与解剖者不尽相同的是：鲁迅的小说手法无非用无动于衷来掩饰一颗炙热的心！

其实鲁迅的小说也并非篇篇都如此犀利耐读。依我自己的口味来说，值得一看再看的，也不过是《狂人日记》《孔乙己》《药》《风波》《故乡》《阿Q正传》《社戏》《祝福》《在酒楼上》《肥皂》《伤逝》《孤独者》《离婚》《补天》《铸剑》等寥寥十数篇而已。然而就凭这寥寥的十数篇，就足以使人对这一个作家难忘了。

回忆在我幼年的时候，在读鲁迅的小说的同时，我也读过茅盾、巴金等其他作家的作品。他们的小说中也同样地批评社会的弊病，一心改革。比较起来，却没有对鲁迅的小说印象那么深刻。如今分析起来，问题恐怕就出在那个作者所创造的隐含的第二自我上。我想就作家的本人而言，也许茅盾、巴金等更为可爱，有更多喜欢与他们交往

---

① 《呐喊》于一九二三年初版本收小说十五篇，一九三〇年十三版时，抽除《不周山》一篇，只留十四篇。《不周山》改名《补天》，收入《故事新编》中。

② 见曹聚仁《文坛五十年》（正集），香港新文化出版社，第173页。

的朋友。鲁迅呢，据今日所见的资料，他的朋友很少，敌人却很多。他自视很高、个性孤傲，喜欢骂人，特别是在杂文里对人嬉笑怒骂，很不留情。这样的人是不易使人接近的，除非是无保留地爱上他的人，像他的学生和后来的夫人许广平，或者师事他的青年，像萧军和萧红。但是在鲁迅的小说中所呈现的那个隐含的第二自我，却与鲁迅本人并不相同。这个鲁迅的第二自我是个社会的冷静的观察者，他从不冲动或感情用事，因此赢得了读者的信赖。他又极富有正义感和同情心，总使我们在字里行间看出来，哪些人物是可悲可怜的，哪些人物是可恶可恨的，哪些行为是虚伪的，哪些行为是愚蠢的。但是他并不直接地介入，只是技巧地使用种种的暗喻和旁敲侧击的方法，使读者觉得是因为自己的智商高杆，才能发现其中的奥义。所以看鲁迅的小说，对读者有一种挑战的意味。他的不肯直叙，尤见于嘲讽的笔触，他挖苦起人来，很叫人无地自容，但不流于浅薄，原因是他已赢得了读者与他观点的认同。对人物的刻画，鲁迅所用的手法并不十分写实，而是用了更多的夸张，甚至于扭曲的笔法，以加强人物突出的形象，《阿Q正传》中的阿Q便是一个明显的例证。但这却是为鲁迅赢得广大的读者和国际声誉的一篇小说。

鲁迅对阿Q的写法，有点像西班牙早期的小说家塞万提斯（Miguel de Cervantes Saavedra，1547—1618）在《堂吉诃德》（Don Quixote de la Mancha）中所用的笔触，两个主角都是头脑有些问题的人，都具有某一种观念的执迷（obsession），但是两个人也都代表了某种具有普遍意义的性格。如果说堂吉诃德代表了西班牙人的骑士狂想，那么阿Q就象征着中国人不可救药的乐观精神，对屈辱的忍受到了视死如归的程度。

阿Q精神对中国人的冲击是极大的，有的人因此而忿恨鲁迅，认为他故意来揭中国人的疮疤，或丑化自己的同胞；有的人却因此而惕励自强，感念作者的勇气和自我批判的智慧。阿Q精神也因此进入一般人的通用语汇，用来形容以精神胜利法面对屈辱的行为。

《阿Q正传》的成功，并不像众多批评家所称的由于现实主义（或写实主义）的写法。充其量这篇小说只能说符合卢卡奇（Georg Lukács）所服膺的恩格斯倡言的"写实主义旨在创造典型环境中的典型人物"①那句话中的"典型环境的典型人物"。即使恩格斯的话并没有完全错误，也只在说明创造典型环境中的典型人物是写实主义的一种宗旨，但并不意味着凡是创造典型环境中的典型人物的作品都必须是写实主义的。像《堂吉诃德》和《阿Q正传》这类的作品表现的都可以说是某种典型环境中的典型人物，但二者在其他的条件上都并不符合写实主义的要求。如以绘画来做比，二者都更接近漫画的风格，却并不是写实所常用的客观的细描。

鲁迅的小说会叫我们开窍、沉思，但是不会令我们感动。他留下来的几声痛彻心扉的呐喊："人吃人的社会！""救救孩子！"打动的依然是我们的理智，逼使我们不得不睁开眼睛正视我们的文化、我们的社会和我们自己。

所以说鲁迅的小说是启蒙的文学。他自己也很有这种自觉，他曾说：

> 说到为什么做小说罢，我仍抱着十多年前的"启蒙主义"，以为必须是"为人生"，而且要改良这人生。我深恶先前的称小说为"闲书"，而且将"为艺术的艺术"，看作不过是"消闲"的新式的别号。所以我的取材，多采自病态社会的不幸的人们中，意思是在揭出病苦，引起疗救的注意。所以我自避行文的唠叨，只要觉得够将意思传给别人了就宁可什么陪衬拖带也没有。中国旧戏上，后有背景，新年卖给孩子看的花纸上，只有主要的几个人（但现在的花纸却多有背景了），我深信对于我的目的，这方法是适宜的，所以我不去描写风月，对话也绝不说到一大篇。②

启蒙有一定的历史背景，五四在我国现代史中就是一个启蒙的时代。五四时代对我来说虽然似乎相当遥远，但鲁迅的小说在我的成长

---

① 见 Georg Lukács Writer and Critic（Edited and translated by Arthur kahn），London，Merlin Press，1978，p. 46。

② 鲁迅：《我怎么写起小说来》，收在《南腔北调集》。

过程中确是发生了启蒙的作用,左右了我个人的心智发展,也左右了我对中国文化和社会的认知。我相信对很多当代的知识分子均是如此。

凡是启蒙的作品,其重要性多在所传达的讯息。虽然在鲁迅的那一个时代,他的小说艺术成就不低,但今日看来,是略嫌粗糙了些。在他以后,已经出现了不少更为精致的小说,但是因为欠缺鲁迅那一个时代的启蒙意义,便不容易那么引起人们的注意。

《中国论坛》第 31 卷第 12 期,1991 年 9 月

# 谁怕鲁迅

## 许悔之

### 一

是一九八二那一年吧，我在光华商场旁的书摊上，买到了鲁迅的《野草》《阿Q正传》《呐喊》《彷徨》，巴金的《寒夜》，老舍的《骆驼祥子》《月牙儿》《猫城记》和《艾青诗选》等大陆作家的"禁书"。艾青的长诗《雪落在中国的土地上》的悲痛音韵曾深深地撼动过我；鲁迅的《野草》作为充满诗意的散文，颇具魅力，至于《阿Q正传》确实也针砭了人性中的被奴役惯性和劣质本能；巴金的《寒夜》好像从未看完；但是老舍的《骆驼祥子》曾令我彼时的灵魂不安地颤抖。

今天回过头来看这些，在《骆驼祥子》这本小说里，人之无法对抗社会政治礼制的残酷，老舍在文学的拟造上，应是恰如其分的深入，它的阴沉、感伤，作为颠覆有权而私器者之神话的战争机器，毋宁是属于较隐形而充盈着自怨自怜的，比较倾向于"无权者为了自己的无权而惩罚自己"那样的声调色彩；而鲁迅笔下的恣肆、泼辣和其高亢昂扬的战斗意识，使得他的作品给我的印象不是生命悲歌的缓缓吟唱，而像极了对世界宣战的文告，斗志昂扬，但失去了它在特定时空中的有效性。重审当日感怀，鲁迅在我惨绿少年的时代中，已经丧失了在台湾这样的时空中所能激起反抗意识的大部分潜能——他提供一个少年在后威权统治前期"偷看禁书"的逾禁快感也所剩无几，鲁迅于我遂成为一个文学"反抗"上的遗迹，一个象征大于实质的名字，他的句子："横眉冷对千夫指，俯首甘为孺子牛"，的确兼收睥睨深情,但是,高蹈激昂的鲁迅于我何有哉?反倒是老舍在作品中流露的"真情"(如果有人以为虚构的作品不应论及情感的话,"真情"两字可以由他们取消)让我感动过。

## 二

这教我想到一些旁的事情。早期大陆作家的"禁书"在"动员战乱时期"终止后,是不是也该宣判它们"无毒""无罪"呢?尽管几年来,坊间已将这些"左派"作家的作品大印特印,但它们又产生了些什么影响?执政者又凭什么标准判思想"有毒"?

我更想到社会主义的理想胸怀在这个资本主义社会中被消费的矛盾。

我更想到文学作品中的音声和外世外界强势意识形态的辩驳、颉颃。

这些早期"左派"文人的作品在台湾社会已找不到有效而有力的位置说话,因为他们已被放逐到边陲。

除非这里的贫富差距再拉大到十倍、廿倍,除非这里的阶级之间产生了明显的矛盾,除非这里的社会型构濒临解体——要不然,这些"站在人民立场""暴露社会黑暗"的作品势将无法挑起广大群众的激情。它们仿佛注定了只能偶尔唤起人们的"恻隐之心"而被姑妄听之。"民以食为天"是个通则,历史上人民反抗政权多是为了干瘪的肚子,你何曾听过政治上的高压统治造成普遍的反抗?五〇年代的白色恐怖中,大部分的人民是沉默的,虽然一直到八〇年代中期才解严,但这个党国机器在经济政策的拟定、施行上并未彻底腐败而能开拓一定的局面(尽管这个"台湾奇迹"是以土地的累累伤痕换来的)。政治上的压迫并未造成人民危机的迫切感,资本可以替代部分对自由的渴求。

鲁迅以及那些"左派"作家无法不让我联想到这一些:台湾贫富差距的加大和在"乱世用重典"之下兀自前赴后继的累累犯罪者是社会黄灯的警讯——那些每年被枪杀的庞大罪犯数目和边缘弱势者的不满之声,都可能在隐隐地培养另一个"鲁迅",或是一群"左派"

作家，"矛盾永远存在"，丢掉过大陆的国民党还记得它胸口中的痛吗？

政府现在可以不怕鲁迅，不怕"左派"作家，鲁迅当然可以被允许流通、被消费，但是鲁迅随时可能复活。那个鲁迅当然不叫鲁迅，他（她）可以是另外一个名字。

文学的战斗是它张起了旗帜，在战斗群众之间飘扬飞舞。

# 三

文学与政治。历史与政治。文学史与政治。

鲁迅也让我无法不想到郭廷以。

早年，读到了郭廷以的《近代中国史纲》，才知道有所谓的"中原大战"——原来为国为民的政府居然也搞内战，还打得老百姓死伤苦痛、流离失所。

"伟大的领袖"怎么可以这样？又怎么会这样？当时的我困惑、不解。

郭廷以平静中性的叙述笔调增加了我对他所陈述的历史的信赖感。于是，"伟大的领袖"在我的印象中开始剥落，褪色。

郭廷以当然会被禁。"春秋成，乱臣贼子惧"，没有一个政客可以容忍自己的"伟大"被瓦解。真正聪明的政客实在不应该在自己活存的时候便急着立像造神，问题是，权力总教人忘了身后可能发生的一切。

永不错误的"×××"，民族救星"×××"，伟大的文学旗手"××"，这些伟大的光环莫非权力角逐的必然产物？"×××"的填充题实在是太容易了。套句米兰·昆德拉新书中的话："人们期待不朽，却忽略了死亡。"失去权力的政客还剩下些什么？

我总有一个错觉：鲁迅似乎是颇厌恶政治的（这出自我读别人为他写的评传），虽然他生前逝后都不免在政治的迷津中漂流，为政治所利用。

唯其在政治的"超越"和"独立"，所以尽管各种政治势力在他的名字四周，或歌颂或咒骂，都无损于他名字的存在（我们可以说，鲁迅还会"活"很久）。

政客就没有这么好的运道了，当他的政治（生命）终结或者继承他的团体失去正当性的时候，"审判"便会来临，历史的解释权将被争夺，而其被书写的负面将与他塑造个人伟大的程度成正比。

所以，"回到鲁迅本身"恐怕不太可能，书写本身就代表了权力的抗争。文学的语言指涉了现实也注定现实的反扑。沉默在一旁眈眈虎视。

恐惧吞噬心灵。政治是一种可怕的恐惧。

谁怕鲁迅？根本没有人怕鲁迅。早年执政党惧怕的对象是一个看不见的敌人——权力。

在未进入现代的社会之前，极权者政治权力的丧失便意味着死亡，所以他们要尽一切可能去诛除（包括文学上的）异己。

谁怕鲁迅？如果不是在那样的社会里，鲁迅根本吓唬不了谁的。让十个、一百个鲁迅说说话、发发牢骚又怎么样？

（鲁迅，鲁迅，多少人假汝之名而行之！）

《淮南子·览冥》："仓颉造字而天雨粟，鬼夜哭。"自有其可信性——政客们多么畏惧于被误解啊！

所以一切修辞学涉及的，都归政治管辖的范围。

所以鲁迅和那些"左派作家"的禁书，让我想到郭良蕙的《心锁》。

# 四

郭良蕙的《心锁》是我生平所读到的第一本禁书，印象中它在前些年解禁了，而早年之所以被禁的原因，大略是场景描写上被视为"伤风败俗"吧。

《心锁》可以被禁，因为它有作者署名，还在市面上公开发行。公开便随时可能被扑杀，而所谓的色情刊物，躲在底下默默通行，始终未歇，禁也禁不绝。（隐匿的渗透永远代表着更可信的安全）

怎样算是"伤风败俗"，怎样算是"色情"，当然是见仁见智的问题，我们感到有趣的是，"性"跟"统治势力"之间的关系。

统治势力（政府、父母）作为有权者所油然而生的监管责任感，使得他们凭借某种自我认定的标准，去决定性论述开放的尺度，比方说什么叫"色情""淫秽"，比方说应该"三点不露"。

性跟政治的纠葛，傅柯在《性史》里已经说得够多。教我们不安的是，对性论述监管的欲望的颠扑难破，是否指涉了人们对他者生命本能的压迫？

有权者在政治上可以遂行"性强暴"，为什么他可以谈"性"，而别人就不能在不侵犯他人自由、权力之下谈"性"？

书之被禁就像东征的十字军为他们的妻子安装了贞操带，东征途中，他们也许嫖妓或劫夺"异教徒"的妻女逞欲，却绝不容许自己的妻子和别的男人上床，因为他们的出征是为了正义、真理——服膺于一个庞大的正义感底下，他们接受神圣附身的错觉而授权自己可以决定什么是更小的正义。这是政治恐怖的重要根源。

"'清'风不识字，何故乱翻书？"成为清朝一场文字狱的见证。马克思和恩格斯用《神圣家族》嘲弄讥诮了布鲁诺·鲍威尔（Bruno Bauer）和他的党徒，因为鲍威尔不是圣子耶稣。鲁迅不一定等于鲁迅，因为鲁迅已死；人们饥来吃饭，困来即眠，千万不要把吃饭和睡觉牵扯到修辞学的问题。

不信，你去问问鲁迅，"横眉冷对千夫指"这句话到底是什么意思。

《中国论坛》第 31 卷第 12 期，1991 年 9 月

736

# 鲁迅和当代台湾文学

## ——为"鲁迅诞辰110周年纪念"而作

## 蔡源煌

探讨鲁迅和当代台湾文学的关系，无法从"影响研究"的角度去着手，一九三〇年代，鲁迅的作品首次在大陆遭国民党当局查禁；一九四九年，国民党退踞台湾，一切施政以安定局面为优先考虑，所以对鲁迅的作品查禁得更彻底。直到一九八七年台湾宣布解严后，"三十年代文学"逐步开禁，鲁迅的作品终得以重见天日。目前，台湾的坊间至少有唐山、谷风、风云时代等三家出版社刊印大陆人民文学出版社一九八一年版的《鲁迅全集》。

关于鲁迅在台湾的介绍和研究状况，北京鲁迅博物馆主任陈漱渝所著《坍塌的堤防——鲁迅著作在台湾》一文有详尽的历史性鸟瞰。尽管没有办法谈直接的影响，但是，我想我们可以说：虽然鲁迅的著作在台湾查禁了整整四十年，但大多数生活在台湾的作家心中都有某种"鲁迅情结"——他们知道有鲁迅这么一个作家，而且一般的印象总把鲁迅和《阿Q正传》联想在一起。我说的"鲁迅情结"是对鲁迅那种既好奇而认知上的渴望却无法满足，致使鲁迅一直带有模糊的传奇色彩，而人们对他的了解也都是来自私底下秘而不宣的心得交换。张我军把鲁迅作品当作新文学范例。由于鲁迅作品的禁忌，一九八〇年代以前他的杂文在台湾是完全看不到的；相形之下，他的短篇小说——尤其是《阿Q正传》——偶尔还可以在旧书摊找到，而在同好之间秘密传阅的也限于小说。因此，鲁迅对台湾作家若产生过什么影响，小说的影响较杂文来得显著。固然一九七〇年代做中国文学研究的人都在用《中国小说史略》，但这本书毕竟还是被文化检查单位列为禁书，倒是鲁迅所翻译的厨川白村的两部书《苦闷的象征》及《出了象牙之塔》一直是深受青少年欢迎的读物，然而有趣的是恐怕连出版这两本书的书商都未必清楚那是鲁迅的译作！

在叶石涛、钟肇政合编的《光复前台湾文学全集》里面，负责写张我军生平简介的执笔人写道："若说赖和是'台湾的鲁迅'，则张我军便是'台湾的胡适'。"这个模拟在事后来看有它的意义在。一九二四年，张我军在《台湾民报》担任汉文编辑，曾先后转载了鲁迅的短篇小说《狂人日记》《故乡》《阿Q正传》等（另外还有一篇译作《狭的笼》）。当时张氏把鲁迅的作品引进台湾，一方面是把它们当作白话文学和新小说的范例来介绍。正如廖汉臣在《新旧文学之争——台湾文坛的一笔流水账》所述，一九二〇年代，张我军、秀湖（许乃昌）等作家的确秉承胡适的理念，希望建设白话文学，以代替文言文学，改造台湾语言，以统一于中国国语。另一方面，鲁迅这几篇小说立即被嵌入当时台湾作家反封建、反阶级、反帝国主义等主题关切之中。叶石涛表示："一九二〇年代约十年间的乡土文学，尝试性的作品较多……虽稍嫌粗糙，然而它却酝酿着更高层次的发展。这时期的文学受到第一次大战后的民主思想，特别是威尔逊所提倡的民族自决理论显著的影响，以及和国内五四运动遥遥呼应，颇有些反帝反封建的色彩。"尤其是赖和在《一杆秤仔》《惹事》《丰作》《不如意的过年》等篇作品中抗议日本殖民统治的压迫，充分反映出弱小民族的悲苦。台湾乡土文学论战中，鲁迅的影子呼之欲出基于以上的事实和论证，我们有理由相信，一九二〇年代见知于台湾文坛的鲁迅作品中，《故乡》的阶段性意义及影响可能较其他几篇来得深远。李泽厚在《略论鲁迅思想的发展》一文中明确地指出：对农村乡民的亲近和同情，以及对世人面目的爱与憎交织起来，成为鲁迅早年着眼于"国民性"问题的重要因素。《故乡》中交代，封建和阶级问题在农村乡民心中一直根深蒂固，叙述者（鲁迅的化身）感慨道，他和童年的玩伴闰土因封建、阶级而彼此隔绝；他发现，阔别三十年之后再见面时，他们之间"已经隔了一层可悲的厚壁障了"。台湾的居民，过去一向以业农者居多，《故乡》对乡土人物的悲悯，显然唤起人们集体潜意识里一种切身而亲近的感觉。鲁迅写乡土的小说，不论是

《故乡》或《明天》《祝福》《社戏》《离婚》等篇，充分流露出对乡土人物的同情。这也说明何以在一九七七年的台湾乡土文学论战中，鲁迅的影子呼之欲出！

台湾乡土文学最典型的作家黄春明所写的《甘庚伯的黄昏》《青番公的故事》《溺死一只老猫》等作品，无一不是对乡土人物寄予深刻的同情。更有甚者，黄春明的《锣》的主人翁憨钦仔，其角色塑造可以说是阿Q的翻版。憨钦仔原来有一份不固定的差事，那就是在乡间打锣催告村民缴纳田赋租税，但农村有了较迅捷的广播工具之后，乡公所不再雇他打锣，憨钦仔就失业了，三餐不继。为了加入帮丧事、抬棺材的一伙光棍当中讨口饭吃，他的确费了一点心机，而在应付那些欺侮他的人时，他彻底实行阿Q的"精神胜利法"。催债的人打他，他嘴上喊人家"叔公"，可是私底下他却后悔不已："真不该叫叔公。客兄咧！什么公？"抬棺材吃丧家饭的光棍们奚落他，他则回报以更多的鄙视和轻蔑："你们这些啃棺材板过一辈子的罗汉脚，我可和你们不同！"鲁迅的人物速写，大部分以知识分子角色为蓝图。鲁迅的小说，除了写农民给人深刻的印象，在技巧和取材上，都有可取之处，足以为五十年代以后在台湾写作的人师法。鲁迅的文体给人的印象是冷峻刻薄，但事实上像《伤逝》或《示众》开头的铺景，遣词用字极为婉约，颇有巴洛克之美。同时，这种婉约的文体也使鲁迅对人物的同情（如《孔乙己》《明天》）显得更含蓄沉潜。在技巧上，像《狂人日记》以一个有"被迫害妄想"的精神病患者的日记毫不保留地抨击中国四千年吃人的礼教，是一篇大胆而有创意的小说。《阿Q正传》的插曲式叙事虽刻意模拟中国章回小说的叙述法，但小说中的内在张力显然克服了章回小说缓慢、松散的问题。在题材方面，不论是农民的悲苦，或旧社会的惰性、封建积习等，迄今仍一直是部分台籍作家所乐于拥抱的素材。

由于鲁迅的作品过去一直无法流传，所以他对台湾作家的影响，须视作家个人对鲁迅的记忆和印象深浅而定。纵使茅盾早年便曾指出鲁迅的象征主义手法，但是在作品无法公开这个大前提下，要谈作家的影响或模仿的确很难。不过，有一项事实我觉得是可以大胆提出来的：那就是鲁迅擅长的人物速写（sketch），对台湾小说界必定是有影响的。在回答《北斗》杂志的编辑所提的问题时，鲁迅曾说，写小说宁可删去赘字，省掉"可有可无的字"，俾建立用词的经济原则。更重要的是："宁可将可作小说的材料缩成 sketch，决不将 sketch 材料拉成小说。"

《现代文学》的主将之一王文兴在《新刻的石像》序文中也曾提出主张文字精省的看法。为了阐扬文字精省的主张，王文兴写了一篇《最快乐的事》，全文只有三百多字，作为他自己的现身说法：

> 鲁迅对 sketch 的推崇似乎为台湾的短篇小说创作奠立了一个"正当化"的理由，而最近这几年报纸副刊常刊载"极短篇"小说，在塑造作家的创作偏好及读者阅读之惰性都有极大的影响。固然这和当前台湾的文学文化以及消费主义轻薄短小的趋势有直接关系。但细察之下，竟发现鲁迅早已为编辑先生们找到很好的理由。
>
> 鲁迅的人物速写，大部分是以知识分子角色为蓝图，如《孤独者》《在酒楼上》《高老夫子》——甚至《孔乙己》《肥皂》《端午节》《白光》等篇虽然写事，也兼写人。魏连殳那种无奈的、报复性的自我毁灭，以及吕纬甫陷入社会的"罗网"中而磨尽了昔日青年时期那种反叛的道德勇气，都印证了鲁迅笔下知识分子的悲剧性。就如魏连殳根据切肤之痛而作的定义：一个失败者最尴尬的事莫过于"躬行（自己）先前所憎恶、所反对的一切；拒斥（自己）先前所崇仰、所主张的一切。"比照这个标杆，黄春明《莎哟哪啦·再见》和王祯和《小林来台北》虽然用喜剧的手法来写，但其中的小知识分子主人翁也有同样的无奈。不过，就喜剧式的冷嘲暗讽来说，鲁迅的《高老夫子》更具说服力。该篇的主人翁只会附庸风雅，连俄国作家高尔基的全名和意义（Maxim Gorky）的意思是"大悲"都不知道，只是附会一通，为自己取了"高尔础"这个名字！

台湾作家对知识分子的速写，较值得提的两篇短篇小说是白先勇的《冬夜》和陈映真的《唐倩的喜剧》。

白先勇《冬夜》的内容大要是：台北的冬夜，某大学外文系教授余嵚磊在家里接待多年不见的老同学吴柱国。吴是一个归国学人，在美国的大学任教，专长唐代历史及政治制度；余则在台湾教浪漫文学，喜爱拜伦（Byron）的诗。他们在余家短暂相聚，谈起往日的同学和朋友，话中不免有些感伤和自我批判。《冬夜》的结尾，余嵚磊送走吴的时候，他突然向吴提出一项请求，希望吴推荐他去美国教书。余这个愿望事实上也是一种妥协——向现实形势妥协。年轻时代的浪漫和热情，于今安在哉？到老来居然还会有如此冲动的意念，说穿了还是脱不了庸俗，还是坚持不住！白先勇这篇小说叙述很沉稳，人物素描的确很朴素，作者也能够运用最恰当的事件和对话来烘衬人物内心的尴尬。我绝无意思说白先勇受了鲁迅的启迪，事实上这篇小说写人物理想的幻灭可能更近似爱尔兰作家乔哀斯的《小云》（Joyce，"Little Cloud"），但我想，就人物速写这个特定的范围来说，从鲁迅到白先勇仍有一脉相传的痕迹可寻。

陈映真《唐倩的喜剧》更具有鲁迅式的冷嘲暗讽味道。该篇发表于一九六七年一月的《文学季刊》第二期，那时候，台北的知识圈正值"西化期"，大学生之间正流行存在主义的话题。小说中的主人翁唐倩欣羡"存在主义通"老莫的言论，而至于和他公开同居。唐倩是个初露头角的小说家，她把他们做爱的细节写进小说里发表，声名大噪。后来她怀孕了，可是老莫不赞成生下这孩子，于是她不得不去堕胎。在和老莫仳离之后，唐倩先后跟了两个男人，一个是政治理念激进的罗仲，另一个是留美青年乔治·周。

唐倩的爱情生命随着她的品位起伏变化，从高远的存在哲学思考，转为实证主义和行动派，最后沦为媚洋从俗。也许她只是跟着流行走，谈不上有什么自己的看法。过去，台北曾盛传这是一篇影射小说，不论唐倩系虚构或确有其人，小说中所描述的现象在当时的文化界来说却是确有其事。陈映真对唐倩的速写，实际上也充分反映了当时一些小知识分子追求肤浅的时髦观念的弊病。

前面已指出，在一九七七年乡土文学论战期间，很多作品和文学主张都隐约看出鲁迅和三十年代文学的影子，但是在七十年代杂文写作方面，鲁迅的影子也许更不能忽略。台湾的报纸副刊曾大量地挖掘杂文作家和素材，可惜杂文家——甚至其他文类的作家也一样——都不敢公开张扬他们和鲁迅或三十年代文学的因缘究竟对他们的养成期发生过什么影响，唯独柏杨例外。他不但公开表明受《阿Q正传》影响，而且他所提出的"酱缸文化"观念也是鲁迅作品精神之延伸。具有批判思维能力的作家都想师式鲁迅那种风骨。在一九八〇年代以前，大部分的人对鲁迅的小说只是耳闻而无法目睹，至于杂文则更没有机会接触。即使曾熟读鲁迅作品的人承认自己受《阿Q正传》——而非杂文——的影响，这也是可以理解的。小说的印象显然较杂文具体；鲁迅的杂文从国家大事、社会陋习到风花雪月，包罗甚广，一般的印象只知其特殊风格笔调，而因内容涵盖太广泛难以一一记牢，但小说则不然——小说总有个情节，而篇中特定主题容易加强记忆，况且像《阿Q正传》那样毫不留情剖露"国民性"的作品，真可以说读过后永生难忘。

对台湾的作家而言，鲁迅几乎是一个"概念性符号"，代表了文人和作家必要的批判思维。在台湾持续了四十年的禁忌反而加深了这一层意义，而鲁迅情结不独是拜《阿Q正传》所赐，显然查禁愈严，愈教人觉得，鲁迅的犀利尖刻笔锋和他的暴露揭发确实令国民党当局难堪。以"意识形态控制"的理由查禁鲁迅作品及三十年代文学，的确封锁了"文学的恶声"，但是自一九八七年台湾宣布"解严"之后，批判性的意见在国会议场，在公共空间都已司空见惯，不管有没有鲁迅，批判性的言论已蔚成新的文化气象，难以抗拒。

青年作家张大春的《大说谎家》（一九八九年）将一九八八年十二月至一九八九年六月的新闻事件报道加以穿凿，改写成一部推理小说。虽然作者极尽俏皮之能事，但对于举国上下的语言游戏却不无针砭作用。按张氏的说法，说谎是一种必然的无奈——譬如说，新闻记者尽管碰触不着真相的核心，却不得不佯装权威，用文字去堆砌一篇报道；或者政府官员老爱说一些官样文章，冠冕堂皇却掩饰真相。因此，张大春认为：大说谎家到处都有。他的尖酸刻薄是一种抗议，也是对大众的一种教育，教人务必要设法戳破语言的表壳去捕捉内部真相。此外，张氏也以"化身博士"的笔名撰写专栏，其诙谐逗趣不亚于鲁迅当年。

一九八〇年代末期，政治小说——较早有李乔《寒夜》三部曲，稍后有陈映真《赵南栋》和姚嘉文《台湾七色记》——也热闹过一阵子。

总之，我认为与其说鲁迅可能有过什么影响，不如说每个具有批判思维能力的作家都想师法鲁迅那种风骨，而在"解严"、朝向民主开放迈进的途中，批判已非稀罕现象；现在人们担心的倒像《风波》里面所描述的，总有一小簇人一风吹草动便亟思复辟，甚至乐于扮演"遗老"的角色，继续颟顸迂腐。当"批判"成了家常便饭之际，作家的关切所在可能逐渐转到其他的问题上去了，例如文学商品化及大众文化炫奇的诱惑等等。至少"解严"以来，鲁迅情结已经打开，但是当神秘的黑匣子豁然开朗，鲁迅情结正常化以后，他和沈从文、巴金、茅盾等作家，甚至于大陆新时期文学，如戴厚英的《人啊，人!》、张贤亮的《绿化树》、阿城的《棋王》等等一样，只是一波一波地在台湾的读书市场上被消耗，而创作风尚及读者的喜好也一波波不断地更替。

《联合报》"联合副刊"，1991 年 9 月 24 日第 25 版

# 谈鲁迅与周作人

## 余英时

对于"五四"以来的新文学我是门外汉，至于更迟一点的所谓"革命文学"我更是连面也没有见过，所以我是完全没有资格聊现代文学的。现在忽然心血来潮想谈谈鲁迅和周作人两兄弟则是从中国传统所谓"知人论世"的观点出发，与文学学术都无关系。孟子说："读其书，不知其人，可乎？是以论世也。"我明知道是一个非常陈旧背时的观点，但我是读旧历史出身的，积习难除。好在用新观点讲这两个人的，特别是鲁迅，今天触目皆是，也用不着我来凑热闹。

首先我想说的是这两兄弟间时在现代文坛上各擅胜场真是一大佳话。中国文学史上当然也不乏前例，如建安时代的曹氏兄弟、北宋的苏氏兄弟和公安三袁之类。但这毕竟是数百年才得一见的。

更奇的是这两兄弟的结局却有天壤之别，鲁迅成了革命的"圣人"，周作人则沦落为人人不齿的"汉奸"。这却在中国文学史上找不到前例了。其实两人的升沉荣辱不待盖棺便已论定。早在三十年代，青年人受"左倾"思潮的影响，已把鲁迅捧到了九天之上，而把周作人践踏在脚下了。所以鲁迅死了，当时青年人便不许周作人写关于鲁迅的文字，落伍甚至反动的周作人怎样配谈伟大的鲁迅的学问呢？

如果今天我们撇开政治恩怨，实事求是地研究周氏兄弟的成学过程，我们会承认他们之间终是所异不胜其所同。他们中外文学书都读得多，而且范围也很相近。看他们的小品杂文便可见他们在明清掌故、小说、笔记、野史等方面，都涉猎得很广。他们也同受教于章太炎的门下，虽未传章氏的专门绝业，但国故学的常识都十分丰富，而且品位很高。他们文笔都洗练警拔，那是不必说的，尽管因性格不同而有刻薄与淡雅之别。在他们兄弟未反目之前，两人的思想也并不差得那么远，所以有时同用一个笔名，外人也难以分辨。现在《鲁迅全集》中，便难保没有收周作人的文字在内。

他们兄弟最后荣辱分途也许是性格不同和时代风气所共同造成的。鲁迅激烈而倔强，"横眉冷对千夫指"不失为忠实的自画像。这种性格一旦卷入激进思潮之中便不免要一泻千里了。周作人至少在早年和中年的文字中都表现了一种平淡和有节制的倾向，但生在乱世而变幻莫测，弄得不好便会转为与世浮沉了。周作人也未尝不骂世、未尝不暴露黑暗，但写的东西较多含蓄，缺乏刺激性，激进者读来总嫌不够味道。二十世纪上半叶中国的多数年轻读者似乎都不太能欣赏"哀而不伤""怨而不怒"的境界了。

我很喜欢鲁迅早期的作品，那些文字都是诅咒黑暗的，但含有一种深沉的力量，我想这也许因为它们所体现的是一种"无我之境"，借用王国维的话说。鲁迅"有我之境"的作品都不是我所能欣赏或了解的。一类是出于个人恩怨而刻毒咒骂的文字，如骂章士钊、骂"正人君子"陈源教授、骂梁实秋等。鲁迅在这里显出了睚眦必报的面目，不是使人畏惧，而是使人厌鄙。而且他毫无认错的勇气。例如梁实秋用"褒贬"这个动词，他却讥笑梁实秋，又褒又贬，根本不通。后来，虽经梁实秋指出这是北平土话，他却装作未见，置之不理。即使他不懂北平话，难道太炎门下连馥同偏用也不知道吗？另一类更可怕，那是他自居左翼大宗师的文字。他骂徐懋庸、骂"四条汉子"之类本属狗咬狗的东西，是非曲直外人无从判断。不过我读了总不免要联想到假洋鬼子不许阿Q革命的故事。鲁迅自己也经常扮演假洋鬼子的角色。有一群所谓"托派"的青年相信他正直无私，曾写信求他主持一点公道，他的回信冷酷残忍到简直令人难以想象。这真正是他说的"痛打落水狗"。《新月》杂志因为批评国民党而遭到麻烦，他不但没有表示任何一点声援和同情，反而冷嘲热讽，意思是这些软骨头的小资产阶级也配反抗吗？

鲁迅早年的骨头是很硬的，但不知怎的，晚年紧跟党的路线以后颇有点欺善怕恶的气息。在三十年代他骂的对象都是比较安全的，最奇怪的他骂日本却骂得很少，至少不成比例。也像阿 Q 一样，他只摸小尼姑的脸，连小 D 也不大敢惹。从作品看，似乎有两个不同的鲁迅，到底哪一个是真呢？还是鲁迅也会变呢？

最难解的还是鲁迅死后忽然变成了伟大的思想家。最初鲁迅眼中的中国无论过去、现在和未来都是一团黑暗，除非读外国书，变成了外国，中国将没有光明的一天。最后他终于在苏联那里看到了光明。难道这就是他成为伟大的思想家的所在么？他"痛打落水狗"和"即以其人之道还治其人之身"的思想确有了伟大的传人，这当然也是他赢得这个称号的另一根据。在我看来，鲁迅是二十世纪中国否定意识的化身，思想云乎哉！

周作人则是另一个典型。我对于他接受伪职一事倒并不觉得要特别加以责难，何况最近大陆有关的讨论已指出这件事是中共地下党革命促成的。但这种事口说无凭，如何认得真？这是他不及其老兄练达之处。周作人的最大失策是晚年写了一本《知堂回想录》。他本来给人的印象是温和淡雅，上面已说过了。在《回想录》中他依然想保持这个公共形象。对于下水和后来入狱的事，他也一再表示一种不屑置辩的态度，并且引倪云林的话，"一说便俗"。但他的"不说"是假的，以致在《回想录》中一说再说。譬如他为何被日本人称作是"反动老作家"，甚至是奉命至北平作抗日的地下工作的。国民党判他坐了一千一百五十天的监牢，他憎恨国民党……。但他写出狱以后的心情竟是兴高采烈地"迎接释放"，那就未免是媚世违心之举了。他难道完全不知道，在他受苦期间，左派报刊对国民党施多大的压力，惟恐法院判他无罪释放？一九四六年十月十二日傅斯年给胡适写信，特别警告他不能再说"我与周作人仍旧是朋友"之类的话，因为上海《文坛报》与左派小报都"嚷成一片"，以此攻击胡适的口实。最不可恕的是他也落井下石，随声附和地痛斥胡风。他还向中央表功，说他曾托王古鲁劝胡适不要走，他也同样劝过史学家陈垣。但陈留而胡去，可见还是援庵老人眼光远大云云。看到这些文字，我感觉周作人的淡雅恐怕也是平时无事装出来的，遇到考验就原形毕露了。

鲁迅幸而死得早，变成了"革命圣人"；周作人不幸而活的太长，

746

竟应验了他所引的"寿则多辱"那句古语。他们两兄弟都精明得很,并不是没有看到"身后是非"的问题。但是"知为之,仁不能守之,虽得之,必失之。"这也是命运对于个人的作弊。总之,周氏兄弟在二十世纪中国文学史上必然占很高的位置,这是可以肯定的,但是后人若怀着什么其他不可告人的目的把他们捧得太高(鲁迅)或贬得太低(周作人),恐怕都会得到相反的效果。

《中华时报》1992 年 7 月 30 日第 27 版

# 鲁迅的传统和反传统思想（节选）

## 周昌龙

因新旧文化冲突而形成的鲁迅思想与人格上的紧张，已如上述。这种紧张，既非李文苏所谓情感与理智之二分，也非如林毓生先生所说的意识与潜意识之争。然则，这种紧张如何能够长期存在于鲁迅这样一个敏锐的思想家身上？亦即鲁迅用何种理论或态度来处理这种紧张，庶免自己的人格与创作力遭受撕裂？

基本上，鲁迅对中国传统的认知与评估，与陈独秀、胡适所代表的五四主流相一致。他们继承了清末民族革命论者的看法，以为二千年的专制政治文化以及屡次的异族入统，冶成了国民集体的"奴隶根性"。① 对这种层级地欺压与被欺压的根性，陈独秀的形容是："卑劣、无耻、退葸、苟安、诡易、圆滑"；② 周作人则将之归纳为："卑怯、淫猥、昏愦、自大"；③ 鲁迅则说："我们自己是早已布置妥帖了，有贵贱，有大小、有上下。自己被人凌虐，但也可以凌虐别人；自己被人吃，但也可以吃别人。一级一级的制驭着，不能动弹，也不想动弹了。"④ 又说："人民在欺骗和压制之下，失了力量，哑了声音，……永远钳口结舌，相率被杀、被奴。这种情形一直继续下来，谁也忘记了开口，但也许不能开口。"⑤ 鲁迅笔下的阿Q，便是这种由

---

① 例如邹容《革命军》："拔出奴隶之根性，以进为中国之国民。"有关这方面的大量言论，可参看《民国经世文编》及《辛亥革命前十年时论选集》等书。

② 陈独秀：《抵抗力》，《青年杂志》（后改称为《新青年》）一卷三号。

③ 周作人：《与友人论国民文学书》，《雨天的书》，《周作人全集》，第335—337页。

④ 《灯下漫笔》，《坟》，《全集》卷一，第216页。

⑤ 《田军作八月的乡村序》，《且介亭杂文二集》《全集》卷六，第286页。

748

专制和异族压迫所造成的"奴隶根性"的集大成者。五四时代的中坚知识分子都认为，由于国人的这些劣根性，才造成文化停滞不前，政治不上轨道，国家积弱不振，自招外侮，自取灭亡。因此，救亡之道即在启蒙，即通过"思想革命"，改造"国民性"。陈独秀说：

> 今其国之危亡也，亡之者虽将为强敌独夫，而所以使之亡者，乃其国民之行为与性质。欲图根本之救亡，所需乎国民性质行为之改善，视所需乎为国献身之烈士，其量尤广，其势尤迫。①

鲁迅也说：

> 大约国民如此，是决不会有好的政府的；好的政府，或者反而容易倒。……我想，现在的办法，首先还得用那几年以前《新青年》上已经说过的"思想革命"。还是这一句话，虽然未免可悲，但我以为除此没有别的法。②

鲁迅更进一步认为，如果"国民性"不改革，则一切改革政治的努力都属徒然：奴才不设法摆脱奴性，不改掉卑怯自大、欺善怕恶的劣根性，民主便始终只能是口号空谈。他说：

> 使奴才主持家政，那里会有好样子？最初的革命是排满，容易做到的；其次的革命是要国民改革自己的坏根性，于是就不肯了。所以此后最要紧的是改革国民性，否则，无论是专制，是共和，是什么什么，招牌难换，货色照旧，全不行的。③

在鲁迅眼底，国人的自大，不是个人主义式的岸傲独立，而是"合群的爱国的自大"，是"文化竞争失败之后，不能再见振拨改进

---

① 陈独秀：《我之爱国主义》，《新青年》二卷二号。
② 《通迅》1925 年 3 月 12 日。《华盖集》，《全集》卷三，第 22 页。
③ 《两地书》第八，《全集》卷十一，第 45 页。

的原因。"① 国人的卑怯，也不是爱好和平，也不是服膺中庸之道，而是"对于羊显凶兽相，而对于凶兽则显羊相"，所以"即使显着凶兽相，也还是卑怯的国民"。② 他从历史上勾勒，以为"历史上都写着中国的灵魂，指示着将来的命运"，现在的中国也还是传统的中国，"也还是五代，是宋末，是明季"，因为"国民性"的卑劣黑暗殊无二致，"以明末到现在，则中国的情形还可以更腐败，更破烂，更凶酷，……难道所谓国民性者，真是这样地难于改变的么？"③

形成这种劣质国民性的传统中国，在鲁迅心目中，便不啻是一座黑暗地狱，他说："华夏大概并非地狱，然而'境由心造'，我眼前总充塞这重叠的黑云，其中有故鬼、新鬼、游鬼、牛首阿旁、畜生、化生、大叫唤、无叫唤，使我不堪闻见。"④ 他又在 1925 年写的一篇散文诗中将传统中国形容为"失掉的好地狱"，那地狱"原已废弛得很久了：剑树消却光芒；沸油的边际早不腾涌；大火聚有时不过冒些青烟，远处还萌生曼陀罗花"。⑤ 这篇诗发表之前一个多月，鲁迅批评当时中国的情况说："称为神的和称为魔的战斗了，并非争夺天国，而在要得地狱的统治权。"⑥ 在他的形容下，传统中国始终只是一座地狱，只是在辛亥革命之前，地狱的管理较为松弛，大家就马马虎虎地过日子。民元以后，各地军阀以新式武器混战，政府也以更有效率的控制技巧建立特务、警察、审查等制度，"添薪加火，磨砺刀山"，"用人类的威严，叱咤一切鬼众"，于是，地狱就更其森严、震颤了。

这样的传统与这样的国民性，如何能够寄托鲁迅在《故乡》《社戏》等作品中一再出现的乡愁旧梦呢？或者，用林毓生先生的话来问，"如果中国传统全然是邪恶的，那么，为什么会出现，又怎能出

---

① 《随感录》三十八，《热风》，《全集》卷一，第 311 页。
② 《忽然想到》七，《华盖集》，《全集》卷三，第 59 页。
③ 《忽然想到》四，同上，第 17 页。
④ 《碰壁之后》，同上，第 66 页。
⑤ 《失掉的好地狱》，《野草》，《全集》卷二，第 194—195 页。
⑥ 《杂语》，《集外集》，《全集》卷七，第 71 页。

现那些善良的人们——不仅有祥林嫂，而且还有《明天》中的单四嫂子和《故乡》中的闰土？他们都是传统的中国人，他们的人格体现了中国式的特定素质。"①

尽管对传统和国民性时加挞伐，鲁迅其实并没有抹杀国人正直、勤劳、忍耐、反抗等品质。这些品质不但反映在上述林毓生先生所举的小说人物中，也直接表现在鲁迅明快锋利的杂文叙述里。例如他在晚年所写的一篇杂感中说：

> ……在这笼罩之下，我们有并不失掉自信力的中国人在。我们从古以来，就有埋头苦干的人，有拼命硬干的人，有为民请命的人，有舍身求法的人，……虽是等于为帝王将相作家谱的所谓"正史"，也往往掩不住他们的光耀，这就是中国的脊梁。……说中国人失掉了自信力，用以指一部分人则可，倘若加于全体，那简直是诬蔑。②

这里对中国贤士大夫与一般老百姓的赞美，语语出于肺腑，绝无讽刺嘲弄成分，即章太炎、梁漱溟等民族文化主义者，其对国人"民魂""脊梁"之肯定，恐亦无过之。很多大陆笔者遵奉鲁迅思想从"进化论到唯物主义"，这一官方认可的发展公式，主张鲁迅在二十年代是"资产阶级民主主义者"，所以鄙视中国的国民性，鼓吹全盘反传统主义。三十年代鲁迅"接受了"马克思主义，有了阶级斗争这一新的革命武器，于是乎认识了"无产阶级群众"的高贵灵魂和巨大力量，在解释历史时以阶级性代替了国民性，同时也开始赞美国民的自信与光耀。

这种唯物史观的进化观并无助于解释鲁迅"忽而爱人，忽而憎人"③的复杂现象。前引鲁迅"中国的脊梁"一段赞语，并不单指"劳动人民"，主要还是在赞美青史留名的贤士大夫。又，如前所述，

---

① 林毓生：《中国意识的危机》，已见前引，第220—203页。
② 《中国人失掉了自信力了吗》，《且介亭杂文》，《全集》卷六，第116—117页。
③ 《两地书》二十四，《全集》卷十一，第93页。

鲁迅二十年代的小说创作中，已充满了对乡土与传统精神气质的肯定，并公开赞美中国的"民魂"，以为唯有它是值得宝贵的。[①] 鲁迅对"民魂"的这种深挚信仰，又与他早年诗作中"我以我血荐轩辕"[②] 的民族感情相一致。可见对"中国脊梁"的肯定与仰慕，乃是鲁迅毕生未曾改变的态度，与他是否服膺马克思主义，并无直接关系。而事实上，鲁迅是否同意马克思主义的多数重要理论，还是一个有待深入研究的问题。至少，在"国民性"的问题上，鲁迅从来就不曾因为阶级斗争理论而修改原先的立场。一个最好的例子是1936年9月21日，鲁迅写《立此存照三》讨论"国民性"问题时，便再次复述1926年《马上支日记》（7月2日）文中有关"支那人气质"的观点，[③] 时距鲁迅逝世之期，还不到一个月。

但鲁迅对"民魂"的肯定，并不抵触他对中国传统和国人心态与行为失望。"民魂"固然是不灭的存在，但在专制政治与异族统治的长期摧抑下，已呈童山濯濯的窘态。如《故乡》中的闰土，《祝福》中的祥林嫂，《孤独者》中的魏连殳，原来都是充满光辉的人格，如磐石般坚守着自己的文化乡土。然而，经过后天重重的打击，他们最后都变成了奴隶中的一员，成为该被鞭挞、嘲弄的对象。事实上，鲁迅笔下绝大多数的小说人物，都具有这种被淹没的光辉，所以读来让人分外觉得心酸与颤悸。孔乙己虽潦倒于市井而不失去矜持，阿Q尽管卑劣淫怯却从无害人之心，此外，如《明天》中的单四嫂子，《风波》中的七斤、七斤嫂，《离婚》中的爱姑等，都是这样灵魂受尽煎熬的小人物。他们一再受压迫的过程，就是"民魂"逐渐沦丧的过程，也就是"奴隶根性"逐渐形成的过程。鲁迅在比较中日两国的"国民性"时说：

---

[①] 《学界的三魂》，《华盖集续编》，《全集》卷三，第209页。该文写于1926年1月24日。

[②] 鲁迅：《自题小像》诗，《集外集拾遗》，《全集》卷七，1903年，第410页。

[③] 《立此存照》三，发表于1936年10月5日《中流》半月刊一卷三期，收于《且介亭杂文末编》，《全集》卷六，第616—620页。《马上支日记》，连续发表于《语丝》周刊1926年7月12日、26日，8月2日、16日。收于《华盖集续编》。7月2日所记有关支那人气质问题见《全集》，卷三，第325—328页。

日本国民性，的确很好，但最大的天惠，是未受蒙古之侵入；我们生于大陆，早营农业，遂历受游牧民族之害，历史上满是血痕，却竟支撑以至今日，其实是伟大的。①

又引述明末沈存仲《再生纪异录》所记流寇事，评论说：

非经宋元明三朝的压迫、杀戮和麻醉，不能到这地步。民觉醒于四年前之春（按指 1932 年"一二八淞沪抗战"），而宋元明清之教义亦醒矣。②

压迫、杀戮、麻醉，是造成国民性堕落的根本原因，而这只是历史现象，而且"是被统治者'治'成功的"，③ 并非本质如此。所以，鲁迅认为，虽然历史上国人习惯了"火从北来便南向逃，刀从前来便退向后"的卑怯生活模式，④ 但国人也可以通过反省和分析，努力"变革、挣扎、自做工夫，却不求别人的原谅和称赞，来证明究竟怎样的是中国人"。⑤ 毕竟，"国民性可改造于将来"，⑥ 攻击中国的传统和"国民性"，并不表示要否定中国的"民魂"，否定纯朴乡土和中国人的优美品质。

通过这个"专制和异族压迫"的理论，鲁迅可以将民族的异化（alienation）归咎于人格以外的因素，而且可以和胡适、陈独秀等人一样，期待一次全民族的"文艺复兴"。鲁迅对"死火"的寓言式描绘，颇可以用来说明他对民族复兴的看法："死火"被人遗弃在冰谷中，"有炎炎的形，但毫不摇动，全体冰结"，将要灭亡。但

---

① 《致龙炳圻》，《书信》1936 年附录 6，《全集》卷十三，第 706 页。
② 《立此存照》六，《且介亭杂文末编》，《全集》卷六，第 626 页。
③ 《沙》，《南腔北调集》，《全集》卷四，第 545 页。
④ 《随感录 59·圣武》，《热风》，《全集》卷一，第 354 页。
⑤ 《立此存照》三，《且介亭杂文末编》，《全集》卷六，第 620 页。
⑥ 《出了象牙之塔后记》，《译文序跋集》，《全集》卷十，第 246 页。此文写于 1925 年 12 月。

一被温热惊醒，死火就重新燃烧，于是"冰谷四面，又登时满有红焰流动，如大火聚"，且并"忽而跃起，如红彗星，并我都出冰谷口外"。① 这样的一种复兴，鲁迅认为，最快的当然是用"火与剑"来推行改革，如孙中山晚年设黄埔军校训练党军即是。② 但火与剑既能摧毁残旧势力，亦不能建设新的世界，如果主持大政和被大政治理的都仍是一群奴隶，中国的改革就毫无希望。所以，要民族复兴，就要养成新一代的人，如鲁迅所说的："说到中国的改革，第一着自然是扫荡废物，以造成一个使新生命得到诞生的机运。"③ 这些人能够摆脱专制与礼教束缚，斩断自己的奴隶根性，远离黑暗，昂首光明，"敢说、敢笑、敢哭、敢怒、敢打，在这可诅咒的地方，击退了可诅咒的时代"。④ 而在这新一代的国民能够出现之前，鲁迅这一代的人只好"做一世牺牲"，"自己背着因袭的重担，肩住了黑暗的闸门，放他们（孩子们）到宽阔光明的地方去。此后幸福的度日，合理的做人"。⑤

为了肩住那黑暗闸门，于是要攻打病根，要对那"根深蒂固的所谓旧文明，施行袭击，令其动摇，冀于将来有万一之希望"⑥ 而这种攻打病根的工作，正如医家之针砭，当其有效地去除固蔽国人人心的奴隶根性之后，真正的、不朽的"民魂"才能拨雾重现，如鲁迅叙述文学革命之目的时所说的："最初文学革命者的要求，是人性的解放。他们以为，只要扫荡了旧的成法，剩下来便是原来的人，好的社会了。"⑦ 这其实是民族文化的一种涤净工作：清除壅淤溃烂的老旧组织，好让健康与新生的部分加强发挥机能。它的目的，不是要毁灭传统，而是要对已失效的传统机制作彻底破坏，为民族之"文艺复兴"铺路。鲁迅自己说"我们还要揭发自己的缺

---

① 《死火》，《野草》，《全集》卷二，第190—191页。

② 《两地书》之十，《全集》卷十一，第53—54页。

③ 《出了象牙之塔后记》，《译文序跋集》，《全集》卷十，第245页。

④ 《忽然想到》，《华盖集》，《全集》卷三，第42页。

⑤ 《我们现在怎样做父亲》，《坟》，《全集》卷一，第131页。

⑥ 《两地书》之八，《全集》卷十一，第45页。

⑦ 《草鞋脚小引》，《且介亭杂文》，《全集》卷六，第20页。

点，这是意在复兴，在改善……"① 因此，鲁迅和五四开明知识分子不时流露的全盘性反传统思想，究其实，乃是一种鼓吹全面破坏、鼓吹打倒权威和偶像的思想，而不是要消灭传统、否定民魂的思想。

早在留学日本期间，青年鲁迅就已将民族文化之未来发展，画成这样一幅蓝图：

> 外之既不后于世界之思潮，内之仍弗失固有之血脉；取今复古，别立新宗。人生意义，致之深邃。②

这"弗失固有之血脉"之念，鲁迅一直到晚年都没有改变，只是他和胡适的见解一样，认为民族特质，并不会因为收了外来文化而被淹没。他说：

> 许多人所怕的，是"中国人"这名目要消灭；我所怕的，是中国人要从"世界人"中挤出。我以为"中国人"这名目，决不会消灭；只要人种还在，总是中国人……粹太多，便太特别。太特别，便难与种种人协同生长，挣得地位。有人说："我们要特别生长，不然，何以为中国人！"于是乎要从"世界人"中挤出。③

这解释了鲁迅为什么从不在意国粹的保存，反而以铲除特别的"国粹"为急务。真正的国粹内存于民族的"民魂"中，只要民族不从世界中灭绝，民族固有血脉也就不会消失。这个意思，胡适后来有很清楚的陈述，他说：

> 戊戌的维新，辛亥的革命，五四时期的潮流，民十五六的革

---

① 《致尤炳圻》，《书信》1936 年附录 6，《全集》卷十三，第 706 页。
② 《文化偏至论》，《坟》，《全集》卷一，第 56—57 页。
③ 《随感录》三十六，《热风》，《全集》卷一，第 307 页。

命，都不曾动摇那个攀不倒的中国本位。在今日有先见远识的领袖们，不应该焦虑那个中国本位的动摇，而应该焦虑那个固有文化惰性之太大。……中国今日最可令人焦虑的，是政治的形态，社会的组织，和思想的内容与形式，处处都保持中国旧有种种罪孽的特征，太多了，太深了。①

其对"中国本位"之解释固与国粹派不同，但忧虑固有罪孽而非排斥此本位的态度，则已表现得非常明显。鲁迅和其他五四知识分子攻击"旧伦理旧礼教旧宗教旧习俗"，除了极激进的少数分子如要求废除汉字者外，主要都在破坏充斥于传统文明中的违反自然、人情、科学之负面机制。如前所述，反对"旧伦理"中过于不平等的父子关系，并不是要否定父子亲情，而是使其更接近于自然人情。"道不远人"，本是儒家的真精神，铲除特定意义下的旧伦理旧礼教，或者用通俗的说法曰"打倒孔家店"，当然不会伤害"中国本位"，只是会破坏一些不近情理的"国粹"，如廿四孝中极端的劝孝观念等。周作人后来提倡"伦理自然化""道义事功化"，以为是"真儒家精神"；② 鲁迅创作《理水》《非攻》等小说，借大禹、墨翟的形象，塑造"中国的脊梁"。凡此种种，都说明五四知识分子虽然大力破坏传统中的各种机制，却并非拒绝此传统，而是意在复兴。传统与反传统之间，其实并不存在着矛盾。

然而，五四时期新文化运动领导人对传统文化的学术性认知，普遍地有所不足。他们在所谓"整理国故"运动之旗帜下，所作的许多甄别传统文化内容的功夫，并不能正确地辨别传统文化之正负面机能，反而常常指芳菲为莠杂，极尽鲁莽灭裂之能事。如鲁迅曾说："孔夫子曾经计划出色的治国的方法，但那都是为了治民众者、即权势者设想的方法；为民众本身的，却一点也没有，这就是礼不下庶人。"③ 其中的考据、理解、分析，皆粗率不成学问。新文化运动领

① 胡适：《试评所谓中国本位的文化建设》，《胡适作品集》18，台北：远流出版社，1986，第 136 页。
② 周作人：《中国的思想问题》，《药堂杂文》，《周作人全集》四，第 169—174 页。
③ 《在现代中国的孔夫子》，《且介亭杂文二集》，《全集》卷六，第 318 页。

导人如胡适、陈独秀、李大钊、周作人、吴虞、吴稚晖、钱玄同等人的著述中，类似的"大胆假设"瞩目皆是。但这只是学力与治学态度、方法的问题，不能尽用反传统主义来解释。限于篇幅，当另为文辨之。

《汉学研究》第 10 卷第 2 期，1992 年 12 月

# 在台湾读鲁迅的国族文学

## 杨泽

## 一　鲁迅在台湾

文学知识的传播，在以往那个闭塞的年代，可以是件令人惊心动魄的事。如今的读者可能无法想象——但回顾当年，我有两三个朋友是读手抄本的陈映真长大的。《乡村的教师》《我的弟弟康雄》《故乡》……那应当是民国六十年前后，陈映真的几个散篇一度在台湾大学的文学院暗暗传抄流行。这些散篇带有陈映真早期小说一贯的忧悒荒凉的调子，文体、内容皆十分灰暗、晦涩。当时，作者因台共案身陷图圄——这些作品好像不知从何处盗来底火，散发一种非常特殊的光与热，忽然照亮了许多前卫青年的文学之路。

历史的断裂是多方面的。与陈映真作品一起在地下出现，比它更早于暗中流传的，还有沈从文、鲁迅等等寥寥几位三十年代作者。历史的断裂并没有阻止真正知识的传播；事实上，历史的断裂（外国文评家所谓的 break），恰好提供了台湾战后现代主义、前卫文学再出发的机会。知识的断层让人不得不回到"原点"；断层底下因此往往是另一种传承，一种"再出发"。我想象稍早的民国四、五十年间，台籍青年陈映真偶然地发现了社会主义、史诗的《西行漫记》、三十年代作家——尤其是鲁迅的作品。《狂人日记》《孔乙己》《阿Q正传》……鲁迅作品一片阴郁、虚无，却又如此地激烈，令年轻人心醉、心折；心醉于鲁迅其人其文的结果则是为近代中国苍凉的命运感到无限着迷。充满感伤的社会主义青年陈映真迅速地从鲁迅那里盗来了火——照他私下的说法，他在"鲁迅那边吃了许多饭"——不免将自己早期的"忧狂"写入几个短篇故事里。而当他化成了立志建造新中国的乡村教师或弟弟康雄般的"安那其主义者"，他也化成了另一把盗来底火。

历史的大断层与大破坏：鲁迅正是新文学最初的盗火者。假如说前卫文学代表的是一种历史与自我的断裂——破坏、批判既有体制的精神；深刻的自我质疑与虚无感——那么鲁迅大抵是中国现代文学最初，也最激烈持久的前卫。近年来，论者重提鲁迅的散文诗集《野草》，以为是"现代主义的杰作"；这些鲁迅自言开在"废弛的地狱边缘的惨白色小花"，其虚无绝望的声调与色彩，"像星星闪耀于太空"，为中国诗"创造了一种新的颤栗"（雨果赞美波特莱尔语）。这方面后来有台湾超现实主义诗人商禽自承得其启发，受益最多。

当然，鲁迅对新文学最显著的贡献还是在"短篇小说"（short story）的引介与创作上。大家都知道，一九一八年五月刊于《新青年》杂志上的《狂人日记》是鲁迅极具震撼力的实验。它不但拉开了新文化与旧礼教的绝对距离（所谓"吃人的礼教"的说法，无疑是一种赤裸裸"历史与自我的断裂"），同时也开发了作者后来进一步解构中国历史、神话的可能格局。《狂人日记》通篇用"浪漫反讽"（romantic irony）辩证人我关系及过去未来，文义反复诡谲；至于其断续的章法（所谓"浪漫断片"，romantic fragment），错乱偏执的意象，半为梦幻，半为真实，衡诸当年的世界文坛，允称前卫。

终其一生，鲁迅仅创作了三本短篇小说集：它们分别是一九二三年刊行的《呐喊》、一九二六年的《彷徨》、一九三六年的《故事新编》。这些仅有的三十多个短篇代表了新文学的高度成就：一方面，文体、形构的创获与突破，今天看来仍然那么尖新峭拔；另一方面，揭露、检讨面对个人及国族文化的僵局，代表了作者在体制外进行"边缘战斗"（鲁迅所谓"精神战斗"）的一份记录。但自剖剖人，语多忧狂悲愤，与鲁迅"心事浩茫连广宇""惟虚无与黑暗乃是'实有'"的新旧诗文是一致的。小说集而名之曰《呐喊》、曰《彷徨》，盗火者鲁迅的心情的确是十分苦涩的。

无论如何，手抄本、地下流传的时代已一去不复返。大陆自改革开放以降，"重写文学史"的呼声一时蔚为风潮；鲁迅的"呐喊"再度清晰可闻——中国仍然是废墟般那"无声的中国"。"野草"从地底纷纷破土而出，所谓"先锋派"文学也宣告死灰复燃。同时，一夕之间，在台北也有了《鲁迅全集》的翻印与刊行。不过，相对于大陆"鲁学"的革命传承，洪范版的《鲁迅小说集》在此时此地出现，应有另一层深刻的意义。现代主义文学在台湾已走过漫漫的一段路，大家有相当的反省与累积，同时对"现代化"与"现代性"（modernity）的问题也有多少的浸淫与了解。洪范版《鲁迅小说集》收入《呐喊》《彷徨》《故事新编》三集，精校编为一大册，对于那个年代通过陈映真或其他地下管道接来、盗来的"鲁迅之火"，今天正可以有一个新的阅读与检证的机会。在台湾的我们似乎有必要更清楚鲁迅作品的思想背景，及其充满否定性的"现代感"之由来；有必要进一步检视那盗来的"忧郁的火苗"——在它迷人、蛊人的光亮底下，到底隐藏着什么样的文化形式与内容？

## 二 革命的幻灭

鲁迅（本名周树人）生于一个江南的书香门第——直到十一岁那年祖父因科场案入狱，家道陡落千丈，始终是一个求知欲强、聪明活泼的世家子。十六岁那年，父亲在中医延误下病重逝世，家境益艰，少年鲁迅决定放弃传统的科举之路，改赴南京新式学堂念书；其后东渡日本留学，先于仙台习医，后弃医从文。这是他人生的一个大转折——根据《呐喊》自序，鲁迅习医，除了因父亲当年为中药所误，也由于得知了日本明治维新大半发端于西方医学的事实。习医期间，他偶然在微生物学的课堂上看到一张幻灯片：幻灯片里，一名替旧俄做侦探的中国人正要被日军砍头示众，场边看砍头的却是另一群中国人，"一样是强壮的体格，而显出麻木神情"。这件事使他大受刺激；鲁迅因而觉悟到医学并非中国当务之急——与其寻求用西方医学改变国人体格，远不如以文艺改变其精神来得重要。

一九零二年后，梁启超以"新民说"连结民族主义（"新民"）与文学（"新小说"）；鲁迅受其影响，一方面援引他从西方医学、科学得来的"客观角度"检讨中国国民性，同时又着手翻译外国文学，主张以文艺救国、揭发中国国民性的痼疾以求根本的疗救。依照大陆学者王晓明的分析，"他这时候正以启蒙者自居，可他写下的几乎所有文章，都明显表现出对于民众的轻蔑，像'是非不可公于众，公之则果不诚；政事不可公于众，公之则治不郅'，像'人人之心，无不沕二大字曰实利，不获则劳，既获便睡，纵有激响，何能撄之？'简直比尼采还要严厉。"我以为其中关键，部分在于他当时早断定中国国民性中最缺乏诚和爱，而"最大最深的病根"则是"两次奴于异族"，产生了阿Q般的奴隶性、奴才性。如此的悲观看法，逐日逐年加深，竟跟了鲁迅一辈子。

像许多倾向新学、倾向革命的中国年轻人，鲁迅陆续接触了严复式的社会进化论、梁启超的新民说、尼采的超人理论——留日前后的鲁迅一度意气风发，慷慨激昂，与光复会友人来往，率先去辫，以一名救国救民的启蒙者自居。但也许是因为家道中落，自认曾见到过世人的真面目，在他启蒙的热情底下，还是保留了一份对身旁麻木虚伪、愚诈成性的中国人的深刻不信任。由于受到进化论的影响，他写了许多文章鼓吹西方启蒙、浪漫以降的进步理念，对西方及西方理论拳拳服膺，但对中国的现状却是彻底否定，甚而有"呒呒华士，凄如荒原"的形容。

一九零二至零九年的日本留学期间，鲁迅母亲以自己病重为由，诳、骗他回国完婚，鲁迅接受了，他如期出席婚礼，头上还装了一根假辫子，婚后三天，他便离家远行，自己一个人回了日本。后来他曾形容自己在婚姻大事上是饮用了慈母"误进的毒药"。

回到东京，鲁迅开始兴致勃勃地筹办杂志的出版，刊名《新生》；办杂志的事后来进行得并不顺利，鲁迅仍不气馁，继续在其他留学生办的杂志上发表文章，并将自己与弟弟周作人合译的一批俄国及巴尔干作家的小说结集出书，编成上下二册《域外小说集》。此时，鲁迅已在日本住了七年，杂志流产，书本滞销，母亲再次向他撒网：以家中添了媳妇、生计日艰为由，望鲁迅能迅速回国，谋生养家。

一九零九年，鲁迅回国，在杭州的师范学校任生理和化学的教学工作，起先仍不改锐气，与全校教员共同抵制守旧蛮横的学监；但不久，身旁的中国人再度掀起了隐藏在鲁迅心中的全部怀疑与不信任。然而，一九一一年辛亥革命爆发，一夜之间中国变色——鲁迅真以为天地果然翻了个身，新的时代开始了。

大家现在所知道的一九一一年辛亥革命——它的"成功"其实是革命党与袁世凯代表的旧势力的一种妥协。民国建立之后，先是有袁世凯称帝不成，张勋复辟，接着则是军阀在中国各地方的割据、弄权。梁启超曾形容当时的情形为"神奸既伏，人欲横流，而进于演水帘洞、演恶虎村"。假如说梁启超的叙述还是由上层社会、正统历史的观点来看这件事，那么，鲁迅后来写的《阿Q正传》则完全脱离，甚而解构了传统历史，改由下层社会角落里的一双眼去看革命，看这场历史的大变动。周建人，鲁迅的三弟，回忆当年王金发带领革命军进入绍兴城前后的情形，有如下的叙述：

> 王金发的军队很快地上了岸，立刻向城内进发。兵士都穿蓝色的军服，戴蓝色的布帽，打里腿，穿草鞋，拿淡黄色的枪，都是崭新的。带队的人骑马，服装不一律，有的穿暗色的军服，戴着帽子，有的穿淡黄色军服，光着头皮。
>
> 这时候是应该睡的时候了，但人民都极兴奋，路旁密密地站着看，比看庙会还热闹，中间只留一条狭狭的路，让队伍过去，没有街灯的地方，人民都拿着灯，有的是桅杆灯，有的是方形玻璃灯，有的是纸灯笼，也有照火把的。小孩也有，和尚也有，在路旁站着看。经过教堂相近的地方，还有传道师，拿着灯，一手拿着白旗，上写着"欢迎"字样……不久，到了指定驻扎的地方，去接的人们有跟了进去，也有站住在门外面，大家都高叫着革命胜利和中国万岁等口号，情绪热烈紧张。

依周建人回忆，鲁迅在军队进城前被群众大会推举为主席，鲁迅也提议若干临时办法，如组织讲演团，至各地演说，阐明革命意义并鼓动革命情绪，王金发是光复会首领之一，和鲁迅原是熟人；带领军队入城后，先接见老朋友们，委派鲁迅做绍兴师范校长，接来了"他的爱人，巧少奶奶的女儿，并且叫秋瑾的男工大阿金，到都督府中去做事"——但其后的所作所为，依然脱不了旧社会当官的老套。王金发不久即遭旧士绅包围，都督府所代表的革命政权很快变成了新旧官僚朋比为奸的集团。

对一个甫自日本留学归来的"进步知识分子"如鲁迅，故乡的革命不只带有闹剧的成分，而且埋下了后来他对国事深沉悲观的种子。一九一一年冬天，鲁迅曾试作一篇题名《怀旧》的文言小说；透过一个在书塾念书的小孩的叙述观点，对着旧士绅们在革命前后所表现的愚昧不安及狡猾手段多所讽刺，命题、命意皆极接近他后来的白话短篇如《风波》与《阿Q正传》。

根据曹聚仁编的《鲁迅年谱》："王金发是罗宾汉型的人物，他作了都督，也是操了军政大权，无所不管的；师范学校的经费，也随着他的喜怒，看作恩典来施与，当然无法支持下去。还有，那份鲁迅列入发起人之一的《越铎日报》，都督有了微词，更触了王氏之怒。"一九一二年初，鲁迅干脆不干校长的工作，接受蔡元培的邀请，担任南京临时政府教育部的部员；后来又转往北京教育部，在北洋军阀横行的年代，以抄古碑、校勘古籍、阅读佛经消磨生机。鲁迅说："见过辛亥革命，见过二次革命，见过袁世凯称帝，张勋复辟，看来看去，就看得怀疑起来。"直到一九一八年，以《狂人日记》进入文坛，他一直寄寓在北京的绍兴会馆里，过着死水般荒芜失意、自甘寂寞的日子（《呐喊》自序对此有十分动人的描述）。

对当年真诚怀抱改造旧中国理想的年轻人如鲁迅，在民国的招牌底下——无论革命派或维新派的启蒙理想都没有得到实现，反而遭到践踏；革命鲜血已流，大地上未开出鲜花，反而荆棘满布。启蒙、进步理念所代表的直线时间观遭到严苛的挑战，时间静止不前，仿佛失去了方向。革命后惨败的大地景象变成了鲁迅心中一座永恒的废墟：对辛亥革命的幻灭遂成为鲁迅创作的一个原点。

## 三　来自铁屋的呐喊

由今天的观点看来，革命的幻灭也许是一种必然，"废墟"底下则是中西文化、历史的大落差。我想到文化史家热尔丁（Theodore

Zeldin）说过一个小故事：

> 一八六四年，一个法国的教育督学来到偏远的"洛阶河"（Lozére）山区巡视。他问该地乡村小学的学童知不知道"洛阶河位于那个国家的版图里？"却没有一个学生知道答案。他又问他们："你们是英国人或俄国人？"——学童们还是瞠然以对，无法回答他……

热尔丁的结论是：故事固然发生于偏远的山区，却足以说明现代法国人普遍得经过多漫长的历史过程方能理解"法国人"之为"法国人"，与其他国人（"英国人""俄国人"）的差异何在。照今日的说法，"法国"或"法国人"，就像所有新旧招牌的"民族主义"（nationalism），都是一种"文化发明"（invention）；不过，如果"罗马"不是一天造成的，那么"法国"，作为新兴的现代"民族—国家"，也不是一日造成的。"法国万岁"（Vive la France！）的口号、标语，热尔丁说，不只是一句口号、标语，也是"爱国主义"变成一种"信仰"的最终确立与宣告。

当我们把讨论的焦点转回到周建人底回忆上、发现它简括而写实，其中却充满许多驳杂、不协调的意象。带领革命军人的有穿暗色的、有穿黄色的军服；有戴帽的、有光着头皮的；迎接军队到来的民众则有提纸灯笼的、有照火把的、有持各式样灯的。众人的来到与军队一样是仓促成军，情绪虽然热烈、紧张，但最后高呼"革命胜利""中国万岁"的口号，大抵还是在使用一种新学来的语言。我们发现：辛亥年的民族主义革命在当日一点也不是水到渠成，地方上的民众虽然学会了"革命""万岁"等字眼，但一如《阿Q正传》所描述的，"长久作稳了奴隶的"民众并不能真正了解"革命"与"造反"的分际，甚至也弄不清楚"中国"所代表的到底为何。

假如，热尔丁所说属实，像法国这样的"民族—国家"尚且需要至少一、二百年的时间去建构，那么，散沙般的中华老帝国更当如何？当政治、社会、文化各层次的革命相继而至，又当如何？

在周建人四〇年代底回忆以及鲁迅的《阿Q正传》里，我们同

764

样看到了现代文化的错位与落差——似乎注定是一种历史的困局。鲁迅身陷困局之中，一方面不得不寻求反抗之道，同时以他对旧中国、旧社会底层的深刻了解，又每每觉得事不可为。早在一九二零年，还是五四运动的高峰时，他对国事就有底下极悲观的认知与语言。他在给宋崇义的信上写道：

> 今之论者，又惧俄国思潮传染中国，足以肇乱，此亦似是而非之谈，乱则有之，传染思想则未必。中国人无感染性，他国思潮，甚难移植；将来之乱，亦仍是中国式之乱，非俄国式之乱也。而中国式之乱，能否较善于他式，则非浅见之所能测矣。
>
> 要而言之，旧状无以维持，殆无可疑；而其转变也，既非官吏所希望之现状，亦非新学家所鼓吹之新式：但有一塌糊涂而已。

事实上，旧中国一下子从专制跳到共和，勉强从西方移植来的现代典范在各方面都无法落实，只是突然在现在与过去之间制造了一道无限扩大的鸿沟。对有心人而言，这正是一种非常令人痛苦的历史与自我的断裂——在五四前后的一、二代人身上，我们往往可以看到与此文化危机有关的，或多或少、或强或弱的焦虑与痛苦。对极少数人而言（如王国维与鲁迅），历史的断裂更强烈地触及了他们存在的根源。在革命后的废墟里，在历史的荒原上，鲁迅用他阴郁的冷眼所关注、所沉思的种种文化断裂问题皆化成沉淀了的"忧郁之物"（melancholy object）。鲁迅毕生对旧社会不能谅解亦不能释怀——不仅视"砍头、看砍头"的习俗为野蛮荒诞（他喜欢用 grotesk 一字来形容），尤其恨中医入骨（包括"吃血馒头"）；在他忧郁的凝视之下，这些旧时代的种种"恶行"乃成为一种症状、一种属于中国国民性（或奴隶性）的致命的"病毒"。

一九一八年，在钱玄同的再三敦促下，鲁迅首次投稿《新青年》，终于发出那"来自铁屋的呐喊"。这呐喊的声音十分凄厉，累积了多年的孤愤、忧愤到底是发作、发泄了出来，批判家族制度、节烈、女色亡国、批判中国民众的奴隶道德，到底是投出了标枪。但是，这呐喊的声音却又十分不祥，充斥着疯狂与死亡的情节主题，其中又有强烈的自我怀疑，怀疑铁屋（中国的隐喻）里的众人听不见，甚至呐喊本身的价值与作用（见《呐喊》自序）。新文学开卷之作《狂人日记》，借用了西方有关"疯狂的先知"（mad prophet）的母题，但是文义反复诡谲、意向错乱偏执，其"忧郁的真理"是充满了暧昧与反讽的。

## 四　忧郁的艺术

今天看来，鲁迅的忧郁写作其实包含了更普遍的、属于个人与时代的"内在分裂"的情境。理想与现实的背道而驰，新与旧、善与恶、奴隶与奴隶主的顽强对立；启蒙者与民众的南辕北辙，自我与他人的孤立——凡此种种不但构成了鲁迅小说的基本图像，也导致了他后半生内外一直不能同步、身心苦于无法统一的悲剧性命运。

五四运动以来，鲁迅仿佛置身无边无际的废墟里而又无一事一物可措手，他抄古碑、校古籍，其处境与过去乱世中忧愤狂狷之士有相当程度的类似，而这也是他特别心仪于魏晋之人如嵇康者流的原因。另一方面，受到章太炎与尼采的影响，鲁迅又有一种嫉恶如仇、以寡击众的顽强战斗力；一如大陆学者杨义所指出的，他对传统文化外的异端文化、民间文化尤其看重，因为它们代表一种"不幸的，然而倔强的生命"。鲁迅爱读《山海经》《西游记》；以墨子、大禹为中国的脊梁；推崇屈原、李贺；更重视各种类型的笔记、野史。鲁迅对旧中国、旧文化底层的深刻了解大抵由此而来：他曾翻刻《百喻经》、编次《会稽郡故事杂集》八种、校刊《嵇康集》、写成《中国小说史略》等。这是一种"以子攻经"的文化策略，也是他后来以短篇小说解剖中国国民性，以文化评论及杂文对旧体制进行边缘战斗的实力基础。

鲁迅毕生跟踪追寻外国文学，决心十分强烈。从《域外小说集》到死前方完成的《死魂灵》的翻译，鲁迅曾大量阅读、引介偏向前卫、偏向左翼的西方文学及文论——其间的种种文学影响与联络，仍亟待厘清。逝世前一年（一九三五），鲁迅为《新文学大系》小说部分所写的导论，尤其是一篇重要文献。他不但将自己与五四后兴起的前卫文学团体连结起来（"莽原""狂飙""未名"诸社与他关系尤深），更把这些团体放在西方现代文学的脉络里去探讨，鲁迅生于一八八一年，成长在世纪之交，文学上摄取吸收的异域的营养是他所谓"世纪末的果汁"，尼采、波特莱尔、安特莱夫（L. Andréev）等人的作品。一九一八年，他正式创作短篇小说；但这之前，留日期间及回国后的大量阅读及翻译，让他对国际文坛一点也不陌生。无论是在形构（意象、节奏）或叙述观点上，他可谓出手不凡，一开始就轻易够到了国际蔚为流行的现代短篇小说的水准，包容浪漫、写实、印象、象征等主义的技法，兼有一种前卫的批判与实验精神。

鲁迅的写作生涯（一九一八至一九三六）几乎与欧美前卫文学、现代主义的各种流派同始终。透过尼采、波特莱尔及旧俄文学的影响，鲁迅很早、很轻易地就与西方挂上了钩，他的深沉细密，他对复杂的人心的兴趣，大半是他得自西方心理分析文学的一种表现。阿Q作为一个"地下室人"般的反英雄，无疑是中国文学史上的破天荒，也是鲁迅追寻西方文学、回馈西方文学的一种高度成就。但假如说本世纪西方的前卫精神在于一种"去历史""去记忆"的 forgetting（"遗忘"），一种逃脱与挣扎，鲁迅文学充满了一种奇异的民族主义精神，一种陈映真所谓"老掉牙的人道主义"色彩，固然是从传统中国、传统文学游离出来，仍然要走回历史去。

鲁迅小说长久以来被视为现代中国"感时忧国"文学的发端，其实是从辛亥革命的废墟里生长出来的一种充满了否定性的民族主义文学。在此种民族或国族文学里，民族主义变成了一种对无意识层面的"民族魂"的探讨与追寻；小说家或诗人的任务在于创造一种集体想象——乔埃斯所谓"在他心灵的打铁店冶炼尚未诞生的民族意识"。在此种文学的底层，自我传奇（ego romance）、家族传奇（family romance）、国家传奇（national romance）则构成了一种永恒的三位一体。事实上，在中国这样一个代表东方专制的家族社会里，自我虽然宣告出走，做出强烈的反传统的手势，但在这样一个骨肉交错、筋脉相连的集体社会里，自我往往无法从集体、从历史走出来。在这样一个关键上，家族或家庭论述，介于自我与国家之间，不但提供了一种半集体、半个人的脉络；家族或家园，更往往繁衍变化成国族的象征。《呐喊》与《彷徨》，鲁迅的前二部小说集，整体而言，可视为一种系列性的"鲁镇小说"。作者写作的计划，也许没有稍早时乔埃斯的《都柏林人》那么缜密完善，野心气魄却是一样的。

但居住在鲁镇中国的却是一个充满了疯狂与死亡的大家族。据王润华的统计，《呐喊》《彷徨》二集里有"十三篇小说描写了二十四个人的'狂'与'死'"，其比重是压倒性的。但更重要的，也许是这狂与死的情节，以一种沉淀在历史记忆里的梦魇出现，已化成了弥漫在空气中，弥漫在人物意识底层的基本氛围。

故事的叙述者是一个被卡在过去与现在、城市与乡镇之间的知识分子，充满了灰色的绝望与无力感，却擅长以回忆的角度去追寻一个因为现代的逼近而呈现残败、失落面貌的故乡。这是一系列"乡土中国的写真照"：在废墟般的家园里，被禁锢在封建礼法里的人像脸上、身上，仍留有一种班杰明所谓的光晕（aura），神秘而动人。这也是用世纪初较粗糙的摄影科技所拍下的粗粒子、质地裸露而单调、高反差的"家庭纪念照"：极力反对礼法、家族制度的小说家出走不成，反而由于他对其"同胞手足"深切的、非凡的爱，而被锁在画面的一个角落，阴郁地注视着自我与他人，注视着这一切。

鲁迅在他的杂文和文化评论里所采取的高姿态——尼采式"重估一切"的批评观点，在小说里往往被一种阴冷、幽暗的透视法则所代替。时间仿佛静止，陷落在一种介于白昼与黑暗之间的黄昏地带；"理性"或"真理"的强光已然消失，光线浮游，光源是分散的，有一种隐约的不安与恐惧仿佛就埋葬在黑暗边。作者在杂文里所强调的"抢夺现在""战取现在"的作风在此隐藏不见；取代这种作风的，是一种忧郁的思维与凝视——甚至写作本身亦成了凝视的对象，一种"忧郁之物"。在此一情境里，只能重复以文字描摹启蒙者对家园、对家国的离异情愫，为忧郁所俘虏，陷入了作者亟欲反抗的"奴隶状态"里。

但即使在西方，启蒙与浪漫也不能轻易二分。对摩罗或反叛美学的向往，对历史风云与人心纠结的强烈关注，使鲁迅在《孔乙己》《故乡》《在酒楼上》等冷凝含蓄的短篇外，开辟了另一种充满内在暴力与恐怖忧郁之美的故事题材。《狂人日记》之外，《药》《伤逝》《孤独者》与《长明灯》诸作皆是此类作品的典范。尤其是《伤逝》——即使从今日女性主义的观点看去，仍然是五四"娜拉出走"命题最深刻曲折的辩证。另外，《伤逝》及其他诸作的内在情境正是弗洛伊德所谓的"悲悼"（mourning）的一种表现。而哈姆雷特式的"悲悼"，弑父不成、复仇亦不成的忧郁或忧狂，也恰恰是鲁迅创作的基调。此一基调在《阿Q正传》里得到进一步的转化与提升。

《阿Q正传》是鲁镇系列唯一的中篇，也是其中最独特的一部作品。以"言归正传"为楔子，以"大团圆"结束阿Q的悲剧，可视为对传统说部的一种回归，也可当作是对传统的一种"谐拟"（parody）。第一章名之曰"序"，尤其是对史传传统、对序文本身的大颠覆。叙述者在"列传、自传、内传、别传、家传、小传"之外求"正名"，却自谓所使用的白话文体卑下，因此只能由小说家所谓"闲话休提言归正传"的套语里剽取得"正传"二字。叙述者顾左右而言他，不仅采取了一种来自社会底层的视野，从边缘攻中央，且往往寄严肃于戏嬉，寓沉痛于滑稽。如果叙述者的声音、身份可视为先前短篇里那忧郁的启蒙者的谐拟，那么阿Q恰恰是近代中国人的"恐怖谐拟"。阿Q又仿佛是"狂人"的弟兄，负荷了"奴隶性"的原罪。与狂人一样，被禁锢于封建礼法之中，代表了中国人"沉默的死魂灵"。依此观之，从赵太爷到假洋鬼子到吴妈到小D，鲁镇的众人又何尝不是阿Q的兄弟至亲，成色或有不足，却皆分得其"一技之长"。阿Q负荷众人原罪，俨然耶稣基督（Christ. figure）；他恋爱不成，造反、革命亦不成，最后被枪决，固然令城里的看客觉得没有看砍头过瘾，却替同为看客的读者我们演出了一场荒凉寂寞之极，恐怖忧惧之极的国族悲剧。

《阿Q正传》焊接新旧时代的意象，处理道德人心，往往直指作者最关心的奴隶性问题，其成功部分在于形式上回归了讽刺说部与史传的叙述手法，因而能采取最滑稽沉痛的谐谑笔调，进而做到某种程度的"超越忧郁"（在这点上，它不免让人联想起《唐倩的喜剧》对陈映真早期作品所做的变奏与提升）。最后出版的《故事新编》一集则代表了一种题材内容上的回归历史传说与神话。只是，传说与神话在此已悉数解构、转化为一种自由驳杂的主观意象，一种诡谲突兀却又充满存在的荒谬感的"国族神话"。《补天》《铸剑》也许是集中较著名的两篇：《补天》写女娲的创生神话，描绘一种原始而自由自在的生命力，归结于人类礼法秩序的闯入与崩解，意象奇突，极富喜感。《铸剑》则以现代语言重述眉间尺为父报仇的故事：被砍下的头在鲁迅笔下竟能开口做呓语狂谵（delirium），而三个砍下的头颅于金鼎内沸水中浮游，互相追咬，最后全部不可辨识——"砍头与看砍头""疯狂与死亡"的意象主题在此连成一气；两个复仇者与楚王，奴隶与奴隶主，最后落得同归于尽、"但有一塌糊涂"的结局。

《故事新编》一集——尤其是鲁迅后来所写，重构或解构老庄、墨子、大禹及后羿故事的几个短篇，无论在奇幻色彩或精约准确的自然主义的细节描写，都让人想起卡夫卡。丰富的心理分析层次，对既定思想体制的强烈反叛，以及伴随着存在而来的虚无荒谬感，也是颇为卡夫卡式的（Kafkesque）。因为年龄相当（只差两岁），鲁迅与卡夫卡的创作年代有相当的重叠，但却缺乏任何迹象显示鲁迅知道卡夫卡，反之亦然（事实上，卡夫卡的重要性是经过战后的再发现才告确定的）。鲁迅这些作品的原创性极高，贴近中国文化传统的源头，又能将之扭转成自己的史观及世界观的注脚。如果努力要为这些短篇寻绎外国文学的影响或启发，那么大概首推鲁迅在一九二零年代初仔细翻译并评价过、芥川龙之介历史小说如《鼻子》与《罗生门》。鲁迅给予上述二作的赞赏、对作者芥川的高度看重，似乎其来有自——不免让人领悟到两人共有的忧郁气质，一方面十分压抑，一方面又十分激烈。一九二七年，芥川自杀身亡，鲁迅特请人译出探讨芥川思想的论文登在自己的杂志上；直到鲁迅死前三个月，他还和日本朋友谈起，说想把芥川后期作品介绍给中国文坛。但重要的是，鲁迅、芥川二人均质疑旧材料，复从旧材料里寻绎现代的感触与解释——其丰富曲折的文人历史感，苍凉高古的诗意，似乎是东方前卫文学有所别于西方的一种标志。

## 五 危险的真理

一九一八年，鲁迅在给挚友许寿裳的信上谈到写作《狂人日记》的灵感来源："后以偶阅《通鉴》，乃悟中国人尚是食人民族，因成此篇。"按，《资治通鉴》中记载吃人肉及食人心肝胆的事颇多，从战国到汉、东晋、梁，到唐、后汉，几乎是历朝历代都有。鲁迅自认这是极为重大的"发现"，关系中国史、中国人甚大，"而知者尚寥寥也"。今天看来，此一尼采、福柯式"危险的真理"乃是写在中国"道德系谱学""知识考古学"之上的一个令人忧惧的事实。事实上，也正是为这一个危险的真理，鲁迅当年只能出之以断续的日记形式，出之以忧狂之人、被迫害病患的非理性口吻。也因为这是一个令人忧惧的事实，知者寥寥，难能自救，且往往落得鲁迅所言的"发狂与死"的下场。

吊诡反讽一如布希亚（Baudrillard）于纪念福柯的小书里所提出的命题：遗忘福柯（Forget Foucault）！我在这里也想说：遗忘鲁迅！尤其是他忧狂成疾、充满紧张与焦虑的"忧国"的身体。遗忘鲁迅身上所显示，中国历代改革者"徒手搏龙蛇"、面对专制道统常有的"孤高自愤"；在他杂文里所表现出来的茫然锐利的锋面，砍伤了别人，也砍伤了自己（让我们想起班杰明所批判过的左翼知识分子充满自恋的忧郁症）；遗忘他充满决定论色彩的"民族心理学"——最后也遗忘他充满否定性、过了时的民族主义……

忧郁与现代性的共生似乎是种必然；更大的问题是——即使从后现代的观点看来，民族主义是否真的已然逝去？……前引周建人的辛亥革命的回忆不免令人联想起一九四五年——装备简陋的国府军队奉命接收海岛，列队进入台北城的错愕景象。底下是台湾小说家、当年记者吴浊流后来的追记：

> 那爆发的万岁欢呼声打断了我的思绪。那声音仿佛要震撼山河似的继续很久也没有消失。每个人执着旗尽情地挥着，旗海澎湃，看不清前面。不知谁这么喊：

"哦！来了来了！祖国部队来了……"

我尽量踮起脚尖，站高身子去看，但那些军人个个都背着雨伞，使我产生奇异的感觉。其中也有挑着锅子、食器以及被褥的。这就是陈军长所属的陆军第七十军吗？我压抑着自己强烈的心情，自我解释说，就是外表不好看，但八年间勇敢地和日本军作战的就是这些人哩。

实在太勇愚了！当我想到这点安慰自己的时候，有一种满足感涌上来。然而，这只不过是自我陶醉的想法而已。

看惯了装备完善、威风凛凛的日本的本省人，虽然没有说出来，但心中似乎有一种不满足的感觉。有一些说话随便的青年在背后偷偷地批评起来。

仔细分析起来，这令人伤心、错愕的不协调景象原是殖民地—民族国家、前现代—现代的转换间共同的困局，却间接导致了后来二二八及白色恐怖的"废墟"。陈映真的早期作品（尤其是《乡村的教师》）不就正是从这废墟里长出来的一些苍白、脆弱的小花吗？在这些充满前卫感性的小说里，我们却看到了一种乡村教师吴锦翔试图摆脱，而摆脱不了的"朦胧而暧昧的——中国式的——悲哀"。奥登当年在悼念叶慈的挽诗里说："疯狂的爱尔兰刺伤你成诗。"（mad Ireland hurt you into poetry）。盗火者鲁迅尝自言，他从域外盗得火来，正为了把自己的心肝煮给众人吃——只要中国仍需要鲁迅这类"疯狂的先知"，那么，中国就注定是一个愚而乱、狂而不安的中国。

杨泽，中国时报人间副刊主编

《中外文学》第 23 卷第 6 期，1994 年 11 月

# 论鲁迅散文诗集《野草》的
# 撒旦主义（节选）

## 古添洪

### 三　撒旦式结构层面：梦结构与警策语结构

在《野草》的语法（结构）层面里，有两特色得而论之，一为梦结构，一为警策语结构，前者可视作……，后者可视为与尼采（尤其是《扎拉图斯特拉如是说》）的有效接触。先论弗洛伊德的有效接触。如夏济安所言，鲁迅的《野草》有着"恶梦的品质"，有着"现实……"有着"潜意识的窥视"（1968：152）。这个恶梦与潜意识的品质，恐非偶然。在创作《野草》期间，鲁迅正经由厨川白村《苦闷的象征》的中介，而接触到弗洛伊德学说：一九二四年九月鲁迅发表《野草》集中的第一首诗，而于同年十月鲁迅所译厨川白村《苦闷的象征》脱稿。①

当然，诗歌里的梦结构并非与实际的梦完全吻合，只是与后者仿佛类同。因为诗歌尚需与文学及资讯交流所要求的原则相妥协。表现在《野草》的梦结构，可得二项而论之。其一，与梦的结构机制，如错置（displacement）、浓缩（condensation）、认同（identification）与加强（reinforcement）相若。请以《死火》为例：

> 我拾起死火……那冷气已使我的指头焦灼；但是，我还熬着，将它塞入衣袋中间。冰谷四面，登时完全青白。……。我的

---

① 见《鲁迅作品全集》，风云时代出版社 1989 年版，《鲁迅年表》。

身上喷出一缕黑烟，上升如铁线蛇。冰谷四面，又登时满有红焰流动，如大火聚，将我包围。我低头一看，死火已经燃烧，烧穿了我的衣裳。流在冰地上了。

"唉，朋友！你用了你的温热，将我惊醒了"他说。

作为梦者的"我"，把"死火"置于袋中，而"死火"则又透过这"我"以人的形态重现，充分符合潜意识的"认同"机制。诗结尾处，这"我"又被卡车碾死车下并滚下山谷，并嚷着说："哈哈！你们是再也遇不着死火了。"而从"死火"再幻化出来的人身，下落不明，仿佛这"我"与这"死火"同为一体。这也可看作是一"认同"机制，并同时具有"加强"的功能。或者，我们也不妨从心理分析的角度来说，梦者把自己裂分二：一为梦者的"我"，一为"死火"，再借"认同"机制使两者合为一体。同时，这"认同"机制的运作，符合了雅克慎所说的毗邻（contiguity）的"接触"（放入袋中、燃烧、再现）与及"相似"（similarity）（两者的温热："朋友，你用你的温热，将我惊醒了"）。

另一项的梦结构是三个心理场域，即伊德（id）、自我（ego）和超我（superego）的"冲突"与"否定"，这"冲突"与"否定"往往以"逃离"的形式出现。最好的例子，莫如《墓碣文》。梦者的"我"梦见自己正和墓碣对立。碑之阳面刻着：

有一游魂，化为长蛇，口有毒牙。不以啮人，自啮其身，终以殒颠。

离开！

"我"绕到碣后，具孤坟、死尸胸腹俱破，而墓碣阴面残存文句：

决心自食，欲知本味。创痛酷烈，本味何能知？
痛定之后，徐徐食之。然其心已陈旧，本味又何由知？
答我。否则，离开！

诗末死尸从墓中坐起，而梦者"我"疾走，不敢回顾。碣文可谓尽丑陋与可怕之能事，加上游魂死尸，使人不免联想到"伊德"的潜意识世界。"自我"无意中突与"伊德"相对，并为其"伊德"诘问；"自我"不敢面对其"伊德"，仓皇逃离。《墓碣文》以梦为"框"，正有利于弗洛伊德式的诠释，盖只有在"梦"中，"自我"松懈了其监视之际，"伊德"才敢自暴自身，让"自我"惊吓。这类富有梦底潜意识结构的对等表达，可从中国的志怪小说、山海经、野史、社戏里寻得。这些诡异怪异的书写以各种伪装含摄着原始的意识与及"伊德"的内容，而这些书写却可是鲁迅从小所爱好者——李欧梵称此为构成鲁迅另一心理层面的"小传统"（1989：95—103）。诚然，这个"小传统"是鲁迅终生的学术兴趣之所在。这些谲诡、怪异，带有"伊德"内容的本土资料，在其表达层上，也一定相对地呈现出类似的结构。扮演着"中介"功能的诗人鲁迅，来往于这些谲诡怪异的本土资料与弗洛伊德的心理分析理论之间，把谲诡怪异转化为弗洛伊德的心理分析，把弗洛伊德的心理分析转化为谲诡怪异。同时，如果我们从《野草》的梦结构里拿掉其心理分析的含义，把它减化为一般形式，那么，就与雅克慎所指陈的"诗功能"（poetic function）无大差别。诗功能者，把选择轴上的对等原理投射在组合轴上者也。心理分析的各种机制，如认同、加强、错置等均得依赖"对等原理"作为其普遍形式。换言之，在"中介"过程里，鲁迅尚调整在文学原理与心理分析原理之间，把文学推向心理分析，把心理分析推向文学。我们这里无意确凿地指出志怪小说或山海经等某些篇章正扮演着与弗洛伊德梦结构互动、中介的功能，因为这些确凿的指陈，在本文的理论架构里无甚意义。换言之，"影响"研究里，外来"接触"必得确立与界定，而本土文化与文学反应部分，则不必确凿指陈，因为其源头往往已丧失而不复记忆。

《野草》的另一特色是我所谓的"警策语架构"，这与尼采的《札拉图斯特拉如是说》（Thus Spake Zaratnustra）之接触，或不无关系；事实上，鲁迅对尼采的征引不出此书（钱碧湘，1986：305）。鲁迅远在《摩》文及同年的《文化偏至论》已根据日本资料，对尼采有所征引。一九二〇年间，更根据德文本把《札》书"序文"

（"prologue"）译出，而郑振铎赞美鲁迅译作深得原著的风格（陈耀东和唐达晖，1982：378—79）。论者指出，尼采的该部著作多具警策语（aphorism），但笔者无意谓鲁迅从其警策语中直接获得警策语结构，而是说，尼采在该书某些自足的、富戏剧性的场景或论述里，如论"末人"（last man）一节，即蕴含着警策语结构为其论述骨干，此即鲁迅于尼采"有效"接触之所在。所谓"警策语结构"，包含着一个浓缩的论辩（compressed argument），一个矛盾而似非而是的构成（paradoxical formation），一个辩证的逆转（dialectical reversal）。所谓"浓缩"意谓不提供足够的论据与关联；"矛盾"意谓与常识相左而实含真理；"辩证"意谓论辩朝某方向进行而最终却至其反面。"末人"一节即含摄着这样的警策语结构。首先，"末人"所攻击昔日社会的非理性与败坏。其论辩最终却在"文本"里逆反为对"末人"所处社会的控诉。同样，在"文本"的通体架构里，"末人"所发现与赞美的"快乐"实非"快乐"；而"末人"称之为"真实"者实乃"虚假"。然而，扎拉图斯特拉的听众认同"末人"，大声喊："赐给我们末人吧！"听众的兴奋与肯定却又为扎拉图斯特拉内心的独白所否定，"他们不了解我"。……被否定，因为扎拉图斯特拉发觉"他们的笑声里有着冰冷"。在笔者的重述里，已为这"末人"论辩补上了许多连接，原文戏剧性的论辩，真是几回矛盾，几回辩证的逆转。

中国本土中最具警策语的莫过于《老子》了。然而，我们此处可说的，却是已纳入戏剧、论辩、叙述中的"警策语结构"，一如"末人"章节所展示者。就这个角度而言，也许《世说新语》中的某些轶事更为几近，如刘伶脱衣裸形于屋中，却戏谑世人谓"诸君何为入我裈中？"（《任诞篇》，551），如晋明带幼时长安远还是日远的矛盾论述（《夙慧篇》，449—450）等。相对而言，中国本土文学所蕴含的"警策语结构"，可谓隐而不彰，而"有效接触"的功能，即透过尼采著作的警策语结构，对本土的警策语结构重新认知，解放开来，以便使之进入更复杂的文学论述，承担更复杂的规范功能，如《复仇》者。

《复仇》首两节表达了自然主义式的、弗洛伊德式的男女"亲密"的定义。首节说鲜血在皮肤后面的血管里奔流，"于是各以这温热互相蛊惑、煽动、牵引，拼命地希求偎依，接吻、拥抱"。这弗洛伊德式的定义与我们习以为常的以"爱"为中心的人文式定义，显然矛盾，或却有其迫人的真实性。同时，意涵着因皮肤之隔，才会有互相蛊惑，才有偎依接吻的希求；这论辩隐含着一个相反相成的辩证思维。第二节呼应前节，谓如果用"利刃"一击穿透桃红色的皮肤，那么可以"所有温热直接灌溉杀戮者"。这里可用的语言，富有弗洛伊德底性象征涵义，自不在话下。接着，就是雕塑式的高潮：

这样，所以，有他们俩裸着全身，捏着利刃，对立于广漠的旷野之上。
他们俩将要拥抱，将要杀戮。

自此刻高潮开始，《复仇》即从弗洛伊德的领域突然移至主客易位、辩证逆转的、撒旦式的复仇模式。人们从四方跑来围观，伸长脖子，"他们已经预觉着事后的自己的舌上的汗或血的鲜味"。然而，这对裸裎男女，没有动作。他们俩这样的至于永久，身体枯干，仍丝毫无拥抱或杀戮之意。于是，路人开始无聊，"甚而至于居然觉得干枯到失了生趣"。于是最终的辩证的逆转与复仇：他俩以同样的裸裎相对、捏着刀，身体渐渐萎去，却"以死人似的眼光，赏鉴着路人的干枯""永远沉浸于生命的飞扬的极致的大欢喜中"。那是一场"无血的大戮"，一场不需行动、从里面逆反过来的辩证式的复仇。男女裸裎持刀对立的骇人形象，在《复仇》中重复了四次，强势地演出了诗学结构上的"重复"（repetition）原理与及心理分析的"加强"机制，使人刻骨难忘。总结来说，尼采的《末人》章节、中国本土的对等书篇，与及二者经鲁迅"中介"后的《复仇》，乃是"警策语结构"底普遍形式在不同的历史时空、书写类别、及个人的独特主体、并容纳各种因素及功能的复合表达。

## 四 撒旦文字与撒旦风景

文学书篇中的语言部分与其背后所赖的语言系统（如德语）密不可分。文学影响里的"中介"很少直接表现在最低层的语言系统上，因这个层面几不可有大变异。而往往表现在经由文类、文学传统"规范"后的语言层面上（如律诗的规范使用到语言层面的对仗安排）。鲁迅与拜伦、尼采、弗洛伊德的接触大部分是透过翻译与及二手资料，要找寻其在语言层面上的直接影响恐怕白费心力。鲁迅在《摩罗诗力说》里对撒旦派语言风格所论甚少，仅强调"全心全情感全意志，与多量之精神而成诗"与"柔声"相反而已（《坟》，85）。与其说《野草》的文字风格与外来作品接触有关，不如说是由鲁迅经拜伦、尼采、弗洛伊德及中国本土对等的材料所发展出来的鲁迅"撒旦主义"的内部要求所促成。鲁迅的撒旦主义作用如一个衍义中心（metrix）（这概念挪用自 Riffaterre，1978：1—22），经由它许多的文字素材得以动将起来，得以变化，而终陶钧为鲁迅的撒旦风格。

回顾一下上引的诗例，充满了矛盾词汇与辩证语法、句与句之间的断离，与及其他各种文字上的歧异，风格可谓怪诞而撒旦。死火"有炎炎的形，但毫不动摇"，而且"全体冰洁，像珊瑚枝撒"，而且，"尖端还有凝固的黑烟"。"冷气"居然使梦者的我的"指头焦灼"。许多矛盾、许多不可能，都浓缩在其中，并视若无睹。

《复仇》中"他们俩将要拥抱，将要杀戮"。"拥抱"与"杀戮"极度的相反矛盾，但却毫无疑问地并置一起。"复仇"中，"繁缛"体（首两节及路人二节）与"简约"体（男女赤裸持刃相对于广漠之野，此形象重复四次）相杂糅。而在"繁缛"本身，亦内涵风格上之龃龉。"人之皮肤之厚，大概不到半分"；此有如医学上之解剖报告，然后插入撒旦式的"喻况"："密密层层地爬上墙壁上的槐蚕"以喻况血液的奔流。然后结以充满动力与情绪的结尾："于是各以这温热互相蛊惑、煽动、牵引……"假如首节"繁缛"体是用陈述语气，接着的一节繁缛体却又用"假设"语气："但倘若用一柄尖锐的利刃，只一击……"云云。"这样，所以，有他们俩裸着全身，捏着利刃，对立与广漠的旷野之上"。"这样，所以，有……"可说是撒旦式的文法，不逻辑中的逻辑，不断离的断离。至于《墓碣文》，墓碣所刻文字与诗中的叙述部分风格迥异，前者为《山海经》式的带有原始性的古文，后者则是较为平易的白话文。碑碣阳面与阴面的碑文，风格也不一样，前者是豪迈、荒凉的抒情调子与及游魂的客观描写，后者则是游魂的撒旦式的诘问："抉心自食，欲知本味。创痛酷烈，本味何能知？……"这些诡谲、殊异的语言风格为读者塑造成谲诡、殊异的撒旦风景。一言以盖之，这些撒旦式的语言风格与其成功地塑造的撒旦式风景，是依赖着俄国形式主义所揭示的"歧异"（deviation）原则，只是"歧异"沿着拜伦、尼采、弗洛伊德及互为"中介"的中国本土的对等因子的撒旦方向走去，其用意在打破社会与人性的乡愿及悠然自得。"互为中介"过程中所牵动的本土遗产，除了前述包括志怪小说，山海经、世说新语等在内的"小传统"外，尚可能包括中国山水诗中雄险的一面。他们或为超自然的谲诡，或为骇人的原始，或为异常的警策，或为雄伟的险绝。要之，都从为大众所接受的"典范"中"歧异"出去。笔者要强调，在互为"中介"的过程里，不是细节局部的挪用，而是经由"歧异"这个普通形式进行。

## 五　语意世界：鲁迅的撒旦英雄们

鲁迅"撒旦主义"的离经叛道和他要做"精神界的战士"是否互为矛盾？文学模仿论者也许认为鲁迅的撒旦主义无法与社会批判相结合，但撒旦主义所含摄的震撼力与辩证逆反又如何呢？鲁迅在一九三一年英文版《野草》序中（后收入《二心集》），即明言某些诗篇与当时的社会处境及政治事件有关，如《复仇》《这样的战士》，与《淡淡的血痕中》。《野草》中的一般朝向，与拜伦、尼采的"愤世嫉俗"与"重新评估一切"的精神相一致，与他们对国人及人类的愤慨与怜悯的复合情怀相表里。尼采的"末人"给予拜伦所见人类的"奴性"一个当代而当有尼采哲学的形象，而鲁迅诗篇却根据中国当时的社会文化环境给予这"末人"形象本土的、诗的表达，并赋予它普遍的人类性格：在上述诗篇所刻画的中国人，不啻是尼采"末人"的化身。论者谓，鲁迅对尼采"末人"一概念从没放过，虽然鲁迅对尼采的评估在一生中有所转折（钱碧湘，1986：307—312）。鲁迅英文版"序"中自言，《这样的战士》是"有感于文人学士们帮助军阀而作"（今见《野草》该篇注释，后仿此）。尼采的"末人"现在则化身为学士文人。这些学士文人，头上装饰着"各种旗帜，绣出各种好名称，一味点头"。他们誓言说："他们心都在胸膛的中央，和别的偏心的人类两样。"我们英勇的战士，对这个阶级可谓了解太深了，举起投枪，"微笑，偏侧一掷，却正中了他们的心窝"。然而，战士面对的只是他们倒地后的外套，其中无物。凭着"无物"，他们遁脱了，而战士不免在"无物之阵中老衰，寿终"。"但他举起了投枪"在诗中重复了五次，并以此作结；所谓"寿终"并不"寿终"。《淡淡的血痕中》更为哲学化，尼采的意味更浓，而此诗乃有感于"段祺瑞政府枪击徒手民众"而作（英文版序）。诗中的"末人"是全人类，更是鲁迅要批判的中国民族性格，经由怯弱的造物主这么一个代理人，虽描写间接却栩栩如生。这怯弱造物主，用"时光来冲淡苦痛"，"斟出一杯微甘的苦酒，不太少，不太多，以能微醉为度，递给人间，使饮者可以哭，可以歌，也如醒，也如醉，若无知，也欲死，也欲生"。他们是情弱造物主的良民，他们的懦弱，一如造物主之缺乏勇气把世界毁掉，而只是把痛苦延长下去。这就是"天之僇民"。然而，"叛逆的猛士出于人间；他屹立着。……"另一类型的"末人"是《复仇》中的围观者。鲁迅谓其写作动机是"憎恶社会上旁观者之多"（英文版序）。想想在当时动荡的中国，"旁观"有着多深广的政治与社会含义啊！《野草》中的"末人"，比起拜伦与尼采的原型，实有过之。如果我们用"围观"与及"一哄而散"这两个成语联起来作《复仇》的本土原型，我们就更能看出鲁迅如何经由尼采"末人"的中介，把原有的闹剧性格的原型，转变为撒旦式的愤世嫉俗与辩证的反扑。尼采把他的"末人"看作其当代德国的民族性格，而鲁迅经由他塑造出来的"末人"，把中国的民族性格暴露在国人前。

"末人"或者"天之僇民"只是辩证逆反中所赖的背景，好让鲁迅底撒旦式的英雄的诞生：《摩》文中的"精神界的斗士"，前引诸诗篇中之"战士"及"猛士"，与及其他诗中没有……诗篇中主角及梦者以各种丰姿出现。《秋夜》里的"枣树"，以其落尽叶子的长枝条，"默默地铁似的直刺着奇怪而高的天空，一意要致他的命，不管他各式各样的睒着许多蛊惑的眼睛"。《影的告别》里，"'影'不愿意把黑暗与虚空献给他底作为主人的朋友"，宁愿告别，宁愿"只有我被黑暗沉没，那世界全属于我自己"。《求乞者》的"我"有着《墓碣文》般撒旦式的自剖："我不布施，我无布施心，我但居布施者之上，给予烦腻，疑心，憎恶。"一转折："我想着我将用什么方式求乞？发声，用怎么声调？装哑，用什么手势？"人人都求是乞者，人人都得不到布施心。恋情也不免撒旦式："回她什么？猫头鹰。""回她什么？赤练蛇。"（《我的失恋》）《复仇》里的男女持刃裸体对立，使到看热闹的路人在无聊中枯萎而死，从报复中"永远沉浸于生命的飞扬的极致的大欢喜中"。《复仇（其二）》中的耶稣，并不因为人们获得救赎而释怀，而因这些人的值得咒诅、仇恨而觉得痛快；给钉架时，"他即沉酣于大欢喜和大悲悯中"。对人们的既悲悯复仇恨，不啻是拜伦对"奴隶"的复合情怀的又一翻版。《希望》是"惊异于青年之消沉"而写（英文版序），诗中的老战士，只好"来肉搏这空虚中的暗夜"，只好"来一掷我身中的迟暮"。"青年们很平安，而我的面前又竟至于并且没有真的暗夜"，充满着逆转的反讽。《死火》中的梦者"我"与"死火"可谓同体。"唉，朋友！你用了你的温热，将我惊醒了"，这充满了希望，也充满了诗歌所有的自我规范功能。然而，梦者我终碾死车下而随车坠入冰谷。并且说："哈哈！你们是再也遇不着死火了。"魔鬼般地把人间遗去，把温暖遗去。《墓碣文》幻为游魂幻为长蛇以自剖："抉心自食，欲知本味。创痛酷烈，本味何能知？痛定之后，徐徐食之。然其心已陈旧，本味又何由知？答我。否则，离开。"这撒旦式的自我解剖，比诸鲁迅在《阿Q正传》等小说中对国民性格的反讽解剖，其震撼力恐有过之而无不及。《这样的战士》中，持枪的战士，在周遭的虚伪而空无一物的学士文人中，在他们底"无物之阵"中老去，但"他举起了投枪"，这与《希望》中的老战士，在青年人耽于自身的安逸时，"只好一掷我身中的迟暮"同趣。也许，在鲁迅许多撒旦式悲剧英雄中，《颓败线的颤动》的女主角最能使人感动。一个老去的妓女，年轻时因贫穷而出卖身躯，却为忘恩的女儿所羞辱。她悲伤之余，"赤身裸体地，石像似的站在荒野的中央，于一刹那间照见过去的一切……她于是举两手尽量向天，口唇间露出人与兽的，非人间所有，所以无词的语言"。"然而已经荒废的，颓败的身躯的全面都颤动了……空中也立刻一同震颤，仿佛风雨般荒海的波涛"。那风暴应该是贫穷、虚荣、开怀与忘恩的风暴吧！那颤动应是身体与生命所储蓄的全能量的颤动吧！其威力与共感及于宇宙。战士会老去、死去，但鲁迅在《野草》最后的一篇《一觉》里，从一些年轻人的身上看到战士形象的延续："是的，青年的魂灵屹立在我眼前，他们已经粗暴了，或者将要粗暴，然而我爱这些流血和隐痛的魂灵，因为他使我觉得是在人间，是在人间活着。"这也许解释了鲁迅面貌迥异的撒旦英雄们的本质及其意义。

悲剧英雄，尤其是带撒旦本质的，中国诗歌中可谓绝无前例，故把《野草》中这特质归之于鲁迅与外国作品的有效接触，并非无因。在笔者的阅读里，最接近悲剧品质又最可能成为鲁迅心目中的本土原型，也许是《山海经》中的神话人物"刑天"："刑天与帝争神，帝断其首，葬之常羊之山，乃以乳为目，以脐为口，操干戚以舞。"（《山海经》海外西经 191）陶渊明《读山海经》歌曰："刑天舞干戚，猛志固常在"，而鲁迅更据此称陶渊明为"怒目金刚"（《题未定草》No. 6），其义亦即拜伦面对"奴隶"之既怒且悯也。

《野草》中语意的另一局部来自弗洛伊德。除了前面提到《野草》所含摄的弗洛伊德的象征与母题外，把"身体"表现最为丰富与震撼的莫如前引的《颓败线的颤动》。请看女主角梦样般回忆年轻时因贫穷而为娼妓时"性"的感觉："在光明中，在破榻上，在初不相识的披毛的强悍的肉块底下，有瘦弱渺小的身躯，为饥饿，苦痛，惊异，羞辱，欢欣而颤动。弛缓，然而尚且丰腴的皮肤光润了；青白的两颊泛出微红，如铅上涂了胭脂水。"这"性"的欢娱、"身体"最原始的感觉，最为自然主义的，最为弗洛伊德的，也最为撒旦，因为它与其最不相称的饥饿、苦痛、羞辱相杂，破坏了人类底自满、虚荣与尊严。

# 二〇〇〇年代

# 重读鲁迅小说集

## ——《呐喊》《彷徨》向"庸众"宣战

## 杨照

鲁迅的第一本小说《呐喊》，最初是一九二三年由北京新潮社出版；到二六年第三次印刷时，改交北京北新书局，列入"乌合丛书"。一九二六年，北新书局同时也出版了鲁迅的第二本小说集《彷徨》，一样列入"乌合丛书"中。

"乌合丛书"这个古怪的名称，是鲁迅取的，他正是这套乌合丛书的主编。为什么把自己的著作纳入"乌合"之列，明明在各种不同的作品里，鲁迅表现出对"乌合之众"最深的痛恨与不满？

鲁迅自己回忆在日本仙台时，之所以舍弃学了好几年的医学，决定转而从事文学，不正是被幻灯片显示出来的中国的"众"，让他惊愕、让他醒悟吗？

鲁迅这段有名的"示众幻灯片"的文章是这样写的：

> ……有一回，我竟在画面上忽然会见我久违的许多中国人了，一个绑在中间，许多站在左右，一样是强壮的体格，而显出麻木的神情。据解说，则绑着的是替俄国做了军事上的侦探，正要被日军砍下头颅来示众，而围着的便是来赏鉴这示众的盛举的人们。
>
> 这一学年没有完毕，我已经到了东京，因为从那一回以后，我便觉得学医并非一件紧要事，凡是愚弱的国民，即便体格如何健全，如何茁壮，也只能做毫无意义的示众的材料和看客，病死

多少是不必以为不幸的。所以我们的第一要著，是在改变他们的精神，而善于改变精神的是，我那时以为当然要推文艺，于是想提倡文艺运动了。

"示众的材料与看客"之所以"毫无意义"，因为他们没有个性，缺少自我。刚发表《狂人日记》没多久，鲁迅在《随感录》里就讲到"中国人向来有点自大。——只可惜没有'个人的自大'"。而"个人的自大"，照鲁迅的意思"就是独异，是对庸众宣战"。

在鲁迅的概念里，"庸众"有两个重要的特性。第一是麻木。无法感知别人的痛苦，不惜借着别人的牺牲来求得短暂的热闹与愉快。看自己人被日军杀头，是一种热闹；"北京的羊肉铺前常有几个人张着嘴看剥羊，仿佛颇愉快，人们的牺牲能给予他们的益处，也不过如此。而况事后走不几步，他们并这一点愉快也就忘却了"。

更传神、更细腻的刻画，还可以在小说《祝福》里找到。祥林嫂的孩子被野兽活生生叼走吃掉了，"庸众"们听到故事，先是好奇，还会"特意寻来，要听她这一段悲惨的故事。直到她说到呜咽，她们也就一齐流下那停在眼角上的眼泪，叹息一番，满足的走了。一面还纷纷的评论着"。可是没有多久，"她的悲哀经大家咀嚼赏鉴了许多天，早已成为渣滓，只值得烦厌和唾弃"了。而祥林嫂听了柳妈的话，担心死后前后两任丈夫在阴司里要抢她，便到土地庙去捐了门槛"给千人踏，万人跨"，然而面对这样的忧心，"庸众"们却只是取笑她再嫁本来不依，抗拒男人还在额角上撞出个伤疤，后来毕竟跟男人上床还生了孩子。

"庸众"的另一个特性是骑墙看风头，拼命顺着潮流、攀附强势，生怕落单被欺负。《阿Q正传》里的阿Q，照李欧梵的看法，正是"一个没有内心自我的身体，一个概括的庸众的形象，他的灵魂恰恰就是缺少灵魂，缺少自我意识。"这种没有内心的庸众，把革命都看成是潮流，结果再大的理想、再了不起的口号，只要遇到了庸众，就一并被庸俗化，永远迈不开步子走到哪里去的。

鲁迅如是看穿中国的庸众，然而却要给自己最是讲究"独异"的书，起个"乌合"的名字，这正见到他深层的矛盾悲哀。他看不起庸众，然而那个革命热闹的时代气氛，太多人跳出来自比菁英、领导者的环境，却又让他对与群众拉开距离，做一个高高在上的启蒙指挥，深感不安。他不想和庸众在一起，可是偏偏要改革庸众的新力量，却又不断地被无所不在、无所不侵的"庸众性"给感染、僭用了，于是高傲的鲁迅变得更不喜欢和革命的菁英者为伍了！

鲁迅的作品里，到处看得到这种游移。面对庸众时，他无情地嘲笑他们；然而一旦遇到那些同样也嘲笑庸众、自命不凡的菁英时，鲁迅就觉得他们甚至比庸众更不堪、更虚伪，于是不得不带点自弃，又带点犬儒嘲讽意味地，宁可显自己和"乌合之众"靠拢，以便躲开那些"正人君子""文学家""批评家"了。

游移的结果，就是两边都无法安住，就是寂寞。一九〇七年，鲁迅用文言文写过一篇叫《摩罗诗力说》的论文。文中一则确立文学的强大力量，可以"启人生之閟机，而直语其事实法则，为科学所不能言者"；二则申言文学要能改造精神，靠的就是少数叛逆既有秩序、"不为顺世和乐之音"的"摩罗诗人"。"摩罗诗人"是精神界之战士，"刚健不挠，抱诚守真"，更重要的是"不取媚于群，以随顺旧俗"。一般认为，这是鲁迅一生终极关怀的萌芽，二十七岁的他已经立志要做一个文学斗士，以文学来改造社会，并且也就已经预见了这种角色的孤独命运。

《摩罗诗力说》本来是为鲁迅想办的一份刊物《新生》而写的。然而在穷塞的条件迫促下，这份杂志终究流产了。随带一起流产的，还有鲁迅的"摩罗诗人"梦。想想十年的时间，鲁迅从日本回到中国，几乎没有任何文学创作的活动。先是在杭州、绍兴两地当老师，教的却是生理、化学的课程，后来又应蔡元培之邀进了北洋政府的教育部，当个不大不小的金事，不大无法发挥权力推动实务，不小却又让他看尽了官僚的丑陋积习。闲暇的时候他就玩索书目、校书、抄古碑、读佛经。一直到一九一八年受钱玄同刺激写出《狂人日记》刊登在《新青年》上，一炮而红。

回首这荒芜十年，难怪鲁迅在《呐喊》书前《自序》中，一开头就满怀沧桑地说：

我在年青时候也曾经做过许多梦，后来大半忘却了，但自己也并不以为可惜。所谓回忆者，虽说可以使人欢欣，有时也不免使人寂寞，使精神的丝缕还牵着已逝的寂寞的时光，又有什么意味呢，而我偏苦于不能全忘却，这不能全忘的一部分，到现在便成了《呐喊》的来由。

做一个"摩罗诗人"的梦，应该就是那总苦于不能忘却的部分吧。然而从旧梦到新现实，这十年的转折，却让鲁迅对于孤独与寂寞，有了一层新的体会。二十七岁时，他已然准备好要孤独地提出叛逆主张，为"起其国人之新生，而大其国于天下"而兴旧俗奋战。不过到了四十三岁，他却有了进一步的领悟：

凡有一人的主张，得了赞和，是促其前进的，得了反对，是促其奋斗的，独有叫喊于生人中，而生人并无反应，既非赞同，也无反对，如置身毫无边际的荒原，无可措手的了，这是怎样的悲哀呵，我于是以我所感到者为寂寞。

原来一个乡愿、庸众的社会，对付"摩罗诗人"最厉害的武器，不是反对他、压迫他，而是不理会他、孤立他。认识到这一层的鲁迅，不能不感受到一种几近宿命的悲观了。然而他这种看透庸众社会庞大浸透、吸纳、沉默力量的眼光，都很难传递给比他小上十多岁，正在热火青年期的革命分子们，于是他不得不自承"世故"，不得不同意人家说"鲁迅多疑"。甚至不得不慨叹"可惜我不能化为青年，让大家忘掉彼我"。

他的"世故"是像《这样的战士》里写的：

要有这样的一种战士……

他走进无物之阵，所遇见的都对他一式点头。他知道这点头就是敌人的武器，是杀人不见血的武器，许多战士都在此灭亡，正如炮弹一般，使猛士无所用其力。

786

　　他的多疑，是永远怀疑表面上得到的胜利只是假象，只是敌人暂时的退却，甚至是敌人故意为解除战斗者的武装而设下的陷阱。经历过对辛亥革命的憧憬与彻底失望，更让他怀疑任何改革可能获致真正的影响，不会在下一刻就被复辟推翻，或涌入一堆像阿Q这样的庸众，迫其旦夕间变质。

　　多疑与多忧，使得鲁迅写下一篇讲"打落水狗"的杂文《论"费厄泼赖"应该缓行》。在这篇文章里，鲁迅大胆地反对林语堂在《语丝》杂志上介绍的 fair play 的观念，反而强调不能手软，"倘是咬人之狗，我觉得都在可打之列，无论它在岸上或在水中"。之所以要"打落水狗"，不愿君子竞争风度，正就是因为革命的反对者不是君子，他们失势落水了会装出可怜兮兮的样子，可是一旦得了权反动起来，他们是不会对老实人手软的，该"投石下井"就"投石下井"。

　　鲁迅在文中特别提到他同乡的革命前辈秋瑾，因被告密而送了性命，民国成立之后都督王金发逮住了告密者，后来因一念之仁，把这人放走了，结果几年后二次革命失败，王金发自己却又害在这位告密者的手里被袁世凯的走狗枪决了。这故事显然给鲁迅很大的震撼。

　　"打落水狗说"一出，四处讥评声纷起，尤其是与西方文化较为接近的年轻新派人士，比被鲁迅视为"落水狗"的保守人物，反应还要激烈。林语堂还书了一张《鲁迅先生打趴儿狗图》来笑鲁迅。然而此文二六年一月发表，两个月后就发生了段祺瑞政府枪击请愿学生的惨案，林语堂于是新作《打狗释疑》，改了态度说："弟前说勿打落水狗的话……现在隔彼时已是两三个月了，而事实的经过使我益发信仰鲁迅先生'凡是狗必先打落水里面而又从而打之'之话。"

　　鲁迅和青年无法不分彼此，因为他参与新文化运动，已经是个阅历充分的中年人了。胡适他们一开始参与运动立刻就引发风潮，心情是激动的，虽然痛恨中国之落伍不振，然而却也深信自己负有责任、也有能力扭转局势；鲁迅却是在写作一鸣惊人的《狂人日记》之前，就已经形成了他自己一套独特而成熟的文明观。这套文明观的核心，就是《呐喊·自序》里记载，他对钱玄同所说的"铁屋寓言"。鲁迅"自有我的确信"，认为中国是"一间铁屋子，是绝无窗户而万难破毁的，里面有许多熟睡的人们，不久都要闷死了，然而是从昏睡入死

787

灭，并不感到就死的悲哀。现在你大嚷起来，惊起了较为清醒的几个人，使这不幸的少数者来受无可挽救的临终的苦楚，你倒以为对得起他们么？"

这套文明观的表征，则在于处处是疯狂、处处是死亡。据统计，《呐喊》《彷徨》两个集子里一共有十三篇小说描写了二十四个人的狂与死。《狂人日记》画龙点睛简捷地标出了一个吃人的制度不断啃噬生命与精神，至于那些侥幸没死的就发了疯，那些不愿合作的也被视为疯子，看透这个制度的病态的人更是反被以"狂人"的名义加身。予以惩罚予以隔离，难怪那么多的死亡、那么多的疯狂！

鲁迅不能和青年不分彼此，还有一个原因在他的眼光是冷的，是有距离又有多层反射的，完全不同于革命青年热情直接，因为乐观而带来的强烈不耐烦。如果真有一种可以被称之为"鲁迅眼光"的东西的话，这一定会提醒我们记起鲁迅最早到日本选择要习医的那段经历。鲁迅一直记得家道中落而父亲又长期卧病的惨状，使得他既知觉到中医的不可靠，也意识到造成此一困境的家庭以外社会因素。他由学医病而改立志医社会，其实在这段少年记忆里已植下根苗，也因此，他的眼光始终是病理学式的眼光。

许寿裳的《我所认识的鲁迅》，里面有一段一再被引用的话说，鲁迅很早就集中思考三个问题：怎样才是最理性的人性？中国国民性中最缺乏的是什么？它的病根何在？鲁迅本来学医就是想通过科学来回答这些问题。科学当然回答不了这些问题，不过鲁迅自己倒是摸索出了病理诊断的大方向，那就是中国国民性里缺少了"诚"与"爱"，而造成弱点的原因是历史上两次被异族入侵。

"诚"就是忠于自己的想法与感情；"爱"则是去体会理解别人的想法与感情。这两样的匮乏，正是鲁迅所定位的"庸众"的特色，也是礼数之所以吃人、扼杀生机的根源。毫无疑义。

但是鲁迅遇到的困扰是，他无法把应被进行病理化验的中国，彻底的对象化。换句话说，他没有办法把带着这病理眼光的自己，和病本身析离开来。医者鲁迅自己也是中国这场大病的一部分，那又怎么确知病理真能治病，而不是病的另一种化身反映？

鲁迅不像其他革命者或青年人们那样天真，把自己看成是主动的，历史时代社会等等恶顽的集体沉淀是被动的，以主动去冲击被动。读他的《中国小说史略》，我们就会明白他对于外在环境对人的渗透性模塑影响力量，多么敏感；读他的《魏晋风度及文章与药及酒之关系》，看他能大胆又细腻地演绎服用石散一事对魏晋人士生活乃至文学风格的连环改动，我们也会清楚他有着如何犀利的社会有机观点。这样的特质，就化身成为《狂人日记》里狂人在持续担心要被吃掉后，突然悟到："不能想了。四千年时时吃人的地方，今天才明白，我也在其中混了多年；大哥正管着家务，妹子恰恰死了，他未必不和在饭菜里，暗暗给我们吃。"

"我未必无意中，不吃了我妹子的几片肉，现在也轮到我自己……"

"有了四千年吃人履历的我，当初虽不知道，现在明白，难见真的人！"

这段之后，小说就只剩下"救救孩子……"的短暂呼号就戛然而止了。不过小说真正的终局却是一开头就讲了的，这位写日记的狂人"已早愈，赴某地候补矣。"狂人怎么会脱离疯狂的？鲁迅似乎在暗示我们，多少因为他发现了自己其实也在这个吃人网络里生活多时，"有了四千年吃人履历"，所以"不能想了"。而一旦不再想，狂人也就变回成为庸众，驯服地去候补了。

类似的转变也出现在稍晚写的《孤独者》故事里。这位"孤独者"魏连殳一开始吸引叙述者的注意，就在于他总也不肯满足庸众们的预期。庸众们说，"连殳是'吃洋教'的新党，预期会在祖母的丧礼上和守旧人士起冲突，于是'欣欣然聚满了一堂前'准备要看热闹。没想到魏连殳却没有争斗，跟着作了所有的旧仪式。只是他'始终没有落过一滴泪'，纯粹把仪礼看作形式。等到大殓结束了，他才流泪而失声而长嚎，像一匹受伤的狼，当深夜在旷野中嗥叫，惨伤里夹杂着悲哀"。

这是"诚"于自己真感受的一面，然后他又要把祖母余下的东西分赠给生前侍奉的女工，连房子也无期借给她们居，此则是关照弱势的"爱"的一面了。显然，"诚"与"爱"也就注定了魏连殳要成为"孤独者"。

被庸众社会孤立惩罚的魏连殳穷途末路时，连买邮票的钱也没有了，连每月二三十块的抄写工作都求不到，最后他屈服了，去做了每月领现洋八十元的杜师长的顾问。他在信里对叙述者说："我已经躬行我先前所憎恶，所反对的一切，拒斥我先前所崇拜，所主张的一切了。我已经真的失败，——然而我胜利了。"最为触目惊心的，还是信末说的："……现在忘记罢，我现在已经'好'了。"

鲁迅显然看过太多这类被驯服、被"医好"的狂人，以至于他也不是很清楚自己到底站在哪一边。这又是他另一样严重的"多疑"。只是这疑的对象是自己。自己难道没有参与过吃人的历史吗？如果中国人的毛病出在缺乏"诚"与"爱"，难道鲁迅自己就独能免疫于这样的病症？更加致命的一点是：如果狂人就注定孤独，如果社会随时都想要怀柔收编为手段"医治"狂人的话，那么被众人欢迎、不被讨厌，岂不正就是被驯服的征兆吗？

据说叶公超先生曾经用英文评论鲁迅说："He can't even get along with himself."意思是说他连跟自己都搞不好，更不必说和别人相处了。而许多当时人的印象，也都觉得鲁迅是不容易相处的。鲁迅的这种刺猬特色，有一部分当然是先天性格使然，例如他对"复仇"这件事格外在意甚至着迷，在《故事新编》里最精彩的一篇就是写子报父仇的《铸剑》，其中鲁迅还创造了一个黑衣人"宴之敖"，几乎单纯就是"复仇"抽象概念的化身，而故事结局处已经砍下来的头颅继续在沸水里翻滚追逐，完遂复仇任务的奇幻场面，令人永志难忘。又例如说他一直到死，临终前的遗言竟然也还是"不宽恕"。不过另外一部分，却有着思想上的缘由。

那就是鲁迅虽然也怕寂寞，可是他更怕不孤独。不孤独就表示是从众，被庸众化了，然而为了维持孤独而摆出的拒人于千里之外的态度，很多时候又正落入了他自己开出的缺乏"诚"与"爱"的诊断里，坐实了他也是这大病里的一颗小脓疮。他就这样逃脱不掉被自我的批判意见所拘绊的困扰，时时厌恶着自己，当然也就既和别人处不了，也就自己搞不好了。

鲁迅的病理眼光，以及想要用文学来研究中国国民性的取径，还产生了另外一组冲突矛盾，对他的创作生涯，应该也有颇深刻的影响。鲁迅和同时期其他文学革命同志，在知识背景上有一项很大的差异，就是他虽然也拥有不错的训诂、校勘功夫，可是却对清代朴学那套东西没有热情。胡适、顾颉刚、傅斯年，甚至在劝说鲁迅写作小说上居功最伟的钱玄同，在精神上对中国文化攻击不遗余力，然而他们的学问兴趣，却始终脱不开考证那一路。鲁迅则不然。他对书本字句没有那么绝对的注意，而喜欢民间传统的许多非文字形式的东西。就算是文字的方面吧，他也偏好赋予想象力、怪诞、超越日常生活领域的神话、小说。他写幼时回忆，最有感情的是社戏、是五猖会、是在废园里构筑自己的想象，他写《中国小说史略》，特别对唐以前的神话传奇再三致意；他毕生兴味于收集各种民俗工艺品。

鲁迅大概是"五四"这辈作家中，想象力最丰富，也最敢于释放想象力的一位。他能够把现代小说形式，一下子拉抬到那么高的水准上，绝非偶然。可是也正因为他比其他人都着迷于小说虚构形式的可能性上，他的小说写来势必比别人的复杂、多层次，具备了阅读上的高度暧昧性、歧异性。这样的小说，一来绝对不能作为忠实反映中国国民性的工具，二来也无从传递出该如何改革人民精神的明确讯息。鲁迅的小说取得于外在中国国民性的独特生命，而其内在的暧昧歧异也就呼应了鲁迅本身的悲观多疑，自然是不适合拿来战斗用的。

鲁迅的小说，起于《呐喊》而终于《彷徨》，前后写作时间只有短短的八年。而前期的呐喊，其实也不完全是鲁迅的原意，一部分倒是感染了《新青年》的积极气氛，所以在《狂人日记》里留了"没有吃过人的孩子，或者还有？"这样的微渺希望；"不恤用了曲笔，在《药》的偷儿的坟上凭空添上一个花环"；也把《明天》里面单四嫂子没有做到看见儿子的梦这段给删去了。用如此方式，才"呐喊几声，聊以慰藉在寂寞里奔驰的猛士，使他不惮于前驱"。

可是才没有几年，出第二本小说时，鲁迅却就彷徨了。他写了一首旧体诗来形容自己的心境：

寂寞新文苑，平安旧战场
雨间余一卒，荷戟独彷徨

鲁迅觉得自己孑然一身，处在一个新旧之间的无人地带，仿佛当年他的悲观、他对失败的预兆都已经变为现实了。可是他毕竟不能停留在无人地带，因为他毕竟选择要做一个向中国国民性进攻的战士，于是便只能荷戟去寻找战场了。

一九二七年"清共"的血腥悲剧，进一步刺激了鲁迅，他搬到上海租界，同时也在精神上离开了他独创的小说艺术高原的无人地带，转而专写更具战斗力的杂文了。

1999 年 5 月

《中国文化月刊》第 255 期，2001 年 6 月

# 从诗人到战士

## ——创造社的围攻鲁迅

### 蔡登山

## 创造社正式成立

　　一九一九年五月四日，虽然只是一个春夏之交的日子，但对于古老中国而言，却因此而进入一个生机蓬勃的崭新文化的胎动期。而在这前一年的夏天，郭沫若在日本博多湾海岸遇见张资平，他们谈到"找几个人来出一种纯粹的文学杂志，采取同人杂志的形式，专门收集文学上的作品"；并商定邀请同在日本念书的郁达夫、成仿吾参加。九月，成仿吾到福冈，郭沫若即将此提议向他提出，成仿吾甚表赞同，但主张"慢慢地征集同志，不要着急"。此后他们四人不断通信联系，努力进行创作，积极"征集同志"。一九二一年四月初，郭沫若和成仿吾从日本回到上海，成仿吾不久去湖南，郭沫若则留在上海，在泰东图书局担任未正式受聘之编辑，一面筹备出版同人杂志。但因人力单薄，两个月仍无结果。后来泰东同意出版他们的杂志，郭沫若于是决定再回日本，"巡防各地的朋友们，定出一些具体的办法"。首先他在京都拜访郑伯奇、张凤举、穆木天等人，后又到东京会见郁达夫、田汉等人。于是"创造社"在一九二一年六月上旬，正式成立了。

　　然后同年八月五日郭沫若的新诗集《女神》出版了，虽然郭沫若不是最早写新诗的，在这之前胡适、刘半农、沈尹默、周作人、俞平伯等人都发表过白话诗，但郭沫若的《女神》却使当时几乎所有新诗的尝试都黯然失色。它曾使正在写新诗的清华学校高等科学生闻一多为之震惊。闻一多"每每称道郭君为现代第一诗人"，他"服膺《女神》几乎五体投地"。后来闻一多还满腔热情地写道："若讲新诗，郭沫若君底诗才配称新呢，不独艺术上他的作品与旧诗词相去最远，最要紧的是他的精神完全是时代的精神——二十世纪底时代的精神。有人讲文艺作品是时代底产儿，《女神》真不愧为时代底一个肖子。"《女神》开启了创造社表现孤高的浪漫趋向的风气。

而同年十月十五日郁达夫的小说集《沉沦》出版了，它成为新文学的第一部小说集。（它早叶圣陶的小说集《隔膜》五个月，早冰心的小说集《超人》十二个月）《沉沦》一问世，就引起了不同凡响的轰动，有的青年甚至连夜乘火车到上海去买《沉沦》。它带动了"自叙传"浪漫抒情小说创作浪潮的兴起。当然这和创造社诸人受中国古代诗文的感伤传统熏染，又特别喜欢西方文学中以自我情绪表现为主的感伤型作家，如歌德、卢梭、华兹华斯、济慈、雪莱、魏尔伦、惠特曼、王尔德等有关；同时他们又受日本文坛以永井荷风、谷崎润一郎、佐藤春夫为代表的唯美主义，和以田山花袋、德田秋声、葛西善藏、志贺直哉代表的"私小说"的影响。

"异军突起"的创造社高擎浪漫主义的大旗，横空出世，气吞八方。郭沫若的《女神》和郁达夫的《沉沦》，借助狂飙突进的时代羽翼，把浪漫主义张扬到了极致。苦闷、哀伤、低吟、浅唱、呼唤、呐喊、愤怒、抗争汇成一阕雄浑豪迈而又不很协调的青春交响乐。

正如郑伯奇所说："在五四运动以后，浪漫主义的风潮的确有点风靡全国青年的形式。""狂风暴雨"差不多成了一般青年常习的口号。难怪有人惊呼：五四，浪漫主义的时代！然而，当历史的脚步跨进三十年代后，浪漫主义虽然不会"销声匿迹"，但着实从辉煌的巅峰跌入谷底。而在这期间创造社出现"方向转换"，他们从文学革命走到革命文学，从诗人变成了战士，无产阶级革命文学由一群曾极力标榜"表现自我"，具有唯美倾向的"艺术派"作家来首倡，而不是在文学精神上更贴近革命文学的"人生派"作家提出，无论如何都有点太戏剧性了。

其实在一九二三年后，前期创造社成员已朦胧地感觉到，他们坚持的小资产阶级个性主义、人道主义，以及文学"表现自我"的主张，和文学要求反映现实生活的历史使命之间，有着明显的差距。而一九二四年郭沫若因事业与生活受挫，再次赴日，通过翻译日本经济学家河上肇介绍马克思主义的著作《社会组织与社会革命》一书后，认为自己得到了"理性的背光"，"从半眠状态里唤醒了"，从此把以前"深带个人主义色彩的想念全盘改变了"。据此，一般有关郭沫若研究的论著都认定他此时开始成为马克思主义者了。学者蔡震则指出，马克思主义对于此时的郭沫若还没有真正作为一种思想信仰去追求，而在很大程度上只是经历了"五四"退潮期的幻灭感后，又为理想主义找到了归宿。他们从马克思为人类社会描绘的理想图画，从苏联十月革命后建立的第一个社会主义国家，从国内日益高涨的工农运动中获得一股强烈的感性冲击，一种洋溢着希望和新生的憧憬的惊喜。这对于需要理想激情来支撑其人生信念和艺术追求的浪漫派诗人们，已经足够激起巨大的情感共鸣了。

## 为革命文学摇旗呐喊

然而就整个创造社而言，这一时期并没有同步于郭沫若的"剧变"，而只是呈现了某些变化的躁动。他们对文学之外的社会问题开始关注了，但也只限于空洞的叫喊，而到一九二六年三月十八日，郭沫若、郁达夫、王独清应广东大学之聘，同赴广州。广东在当时是中国革命的策源地，创造社主要成员投身在这一社会、政治、文化氛围中，已从空洞的叫喊到实际参加了国民革命（后来郭沫若、李一氓、阳翰笙都相继加入北伐的阵营中；而成仿吾、郑伯奇也先后在黄埔军校任教官）。这使得创造社作家开始为革命文学摇旗呐喊，从而使倡导革命文学成为创造社的社团意识和社团主张。尤其是郭沫若发表于同年五月十六日《创造月刊》第一卷第三期的《革命与文学》一文，更"是在中国文坛上首先倡导革命文学的第一声"。他把原先提倡的"艺术就是人生，人生就是艺术"的命题，演绎为"文学就是革命，革命就是文学"的命题。他认为"文学和革命是一致的，并不是两立的"。某一时期的革命文学到了新的社会制度出现之后，就丧失了革命价值而沦为死文学或反革命文学。浪漫主义文学随着资产阶级革命应运而生，是当时的革命文学。但到了无产阶级革命运动兴起，浪漫主义便成为反革命文学。只有"在精神上是彻底同情于无产阶级的社会主义的文艺，在形式上是彻底反对浪漫主义的写实主义的文艺"，才算得上是革命文艺。

事实上，郭沫若、成仿吾等创造社元老在后期创造社中已经失去了先锋和核心的地位，而郁达夫也在一九二七年八月十五日在上海的《申报》和《民国日报》上刊登启事，宣布正式脱离创造社。一九二八年无产阶级文学的前卫非冯乃超、李初梨、朱镜我、彭康等这批从日本归国的创造社新成员莫属了。郭沫若在《文学革命之回顾》一文也说："新锐的斗士朱、李、彭、冯由日本回国，以清醒的唯物辩证论的意识，划出一个'文化批判'的时期。"创造社的新旧同人，觉悟的到这时候才真正地转换了过来，不觉悟的在无声无影之中也就退下了战线。

这批挟着一股激进、锐利之气的"新锐斗士"，有些本身就是日本无产阶级文学运动的参与者，他们深受福本主义和藏原惟人的影响。福本和夫与藏原惟人都是日共党员。福本的两个口号，一是"理论斗争"，一是"分离结合"。他认为艺术只是煽动的手段，文艺运动要理所当然地成为一种思想教化运动。而藏原惟人的文艺思想明显地烙印着普列汉诺夫、弗里契和"拉普"派（俄国无产阶级作家联合会的简称）的复杂印记。他的"文艺和政治是由阶级斗争的实践所辩证统一的了，而文艺本身就是政治的一定形式"的说法，不仅给日本，也给三十年代的中国文坛带来了负面影响。

一九二八年一月十五日《文化批判》月刊创刊，由朱镜我、冯乃超编辑，这是创造社后期的重要理论刊物。成仿吾在创刊号的"祝词"中宣告："这是一种伟大的启蒙。"其意是当五四文学革命是资产阶级性质的启蒙运动的话，那么"文化批判"就是无产阶级性质的启蒙运动。他们一心要举出"文化批判"的旗帜，清算和结束五四文学革命，并且要在中国掀起一场崭新的马克思主义的宣传运动。而由于他们受日本文坛的影响，在他们回国后，也决意使中国文坛的"既成作家""转换方向"，于是在《文化批判》的创刊号上，冯乃超发表了《艺术与社会生活》，对于"中国混沌艺术界的现象"作全面的批判。他们连用福本主义中的"分离结合"（"必须在联合之前，首先彻底地分裂"）的说法，对鲁迅、叶圣陶、郁达夫、张资平所代表的五四新文学进行了全面的清算与批判。同时也打破了创造社元老们已计划好联合鲁迅，复活《创造周报》，以"重做一番新的工作"的设想。（笔者按：对于此事，论者卫公指出是郭沫若等人牺牲了创造社与鲁迅的团结而求创造社内部的团结，只愿防止内部的分裂而不顾联合战线的破裂。）

冯乃超在文中批判鲁迅是"非革命倾向"的"末落"作家，只是"醉眼陶然地"眺望人生，反映"变革期中的落伍者的悲哀""无聊赖地……说几句人道主义的美丽的说话"的"隐遁主义者"。

## 鲁迅为文进行反击

继冯乃超之后，成仿吾的《从文学革命到革命文学》中认为鲁迅等人"所矜持的是'闲暇，闲暇，第三个闲暇'：他们是代表着有闲的资产阶级，或者睡在鼓里面的小资产阶级。他们超越在时代之上，他们已经这样过活了多年，如果北京的乌烟瘴气不用十万两无烟火药炸开的时候，他们也许永远这样过活的罢"。而李初梨在《怎样地建设革命文学》一文中则攻击鲁迅搞"趣味文学"，说这是拉拢社会中间层的"鱼饵"、蒙蔽旧社会恶习的"护符"和麻醉青年的"鸦片"，并厉声问鲁迅"是第几阶级的人"，写的是"第几阶级的文学"？对此，鲁迅写了《"醉眼"中的朦胧》一文进行反驳，鲁迅用讽刺的笔法，反讽了冯乃超的所谓"醉眼陶然"，还戏说"最好还是让李初梨去'由艺术的武器到武器的艺术'，让成仿吾去坐在半租界里积蓄'十万两'无烟火药"。他揭示了"革命文学"倡导者的局限，他们的理论中有许多含糊不清的问题，鲁迅此文一出，标志着论争的开始。接着李初梨写《请看我们中国的 Don Quixote 的乱舞——答鲁迅〈"醉眼"中的朦胧〉》。竟说鲁迅"'无聊'而且'无知'"是"一个战战兢兢的恐怖病者"，甚至"对于布鲁乔亚泛是一个最良的代言人，对于普罗列塔利亚是一个最恶的煽动家！"而彭康的《"除掉"鲁迅的"除掉"！》中也说，鲁迅的"朦胧"，"一是对理论的没理解，一是对于事实的盲目"。他还挖苦鲁迅坐在"黑房"里，"朦胧"变成了黑暗，"醉眼"变了瞎眼，走动起来当然要"碰壁"。石厚生（成仿吾）在《毕竟是"醉眼陶然"罢了》中，把鲁迅比喻为"中国的堂吉诃德，不仅害了精神错乱与夸大妄想诸症，而且同时还在'醉眼陶然'；不仅见了风车要疑为神鬼，而且同时自己跌坐在虚构的神殿之上，在装作鬼神而沉入了恍惚的境地"。说鲁迅"暴露了自己的朦胧与无知，暴露了知识阶级的厚颜，暴露了人道主义的丑恶罢"。

针对这些无端的攻击，鲁迅都义正词严地给予了反击。他连续发表了《文艺与革命》《扁》《路》《通信（并 Y 来信）》《太平歌诀》《我的态度气量和年纪》《革命咖啡店》《文坛掌故》《文学的阶级性》《而现今的新文学的概观》等一系列文章。其中《我的态度气量和年纪》一文，批评了创造社搞宗派主义的不正之风，鲁迅指出，他们因为不能在理论上进行斗争，只好用"籍贯、家族、年纪，来作奚落的资料"，施行人身攻击，于是"论战"便变成"态度战""气量战""年龄战"了。而这些论点却引发了郭沫若署名杜荃写的《文艺战线上的封建余孽——批评鲁迅的〈我的态度气量和年纪〉》的攻击。郭沫若认为鲁迅如此尊重籍贯、家族、年纪，甚至自己的身体发肤，"这完全是封建时代的观念"，这表明"鲁迅的时代在资本主义以前"，"更简切地说，他还是一个封建余孽"，因为鲁迅"连资产阶级的意识形态都还不会确实的把握"。郭沫若设问道："他自己的立场呢？是资产阶级？是为艺术的艺术家？是人道主义者？……"郭沫若以滑稽的句式回答说："否！否！否！不是，不是，不是！"那么鲁迅是什么呢？郭沫若给他戴上了三顶大帽子：一是"资本主义以前的一个封建余孽"，二是"二重的反革命的人物"，三是"一位不得志的 fascist（法西斯谛）！"对于郭沫若的乱扣帽子的文章，也许鲁迅认为不值一提，并没有专门为文反驳。不过，散见于若干文章的零星挖苦是有的。到了一九二九年十一月前后，据太阳社的阿英等人的回忆，中共江苏省委由李富春出面，代表党组织找到了创造社和太阳社中十来个党员谈话，传达了中央指示，要求解散社团，认为他们与鲁迅冲突是不对的，要与鲁迅合作，以酝酿成立一个新的文学团体。从此，他们停止了对鲁迅的攻击。

## 创造社寿终正寝

学者旷新年对这场论争指出，"创造社在揭示文学的意识形态性质之后，却从根本上忽视和抹煞了文学的特殊性及其内在规律，从而把文学简单地等同于政治宣传"。而"鲁迅在承认文学的社会作用、宣传性质，甚至阶级斗争功能的时候，并不因此而否定文学的其他性质与功能。他认为，文学具有宣传的性质和作用，但文学必须首先是文学，文学具有自身独立的性质，文学具有自身内在的规律"。鲁迅指出他们的严重错误之一，是他们对于中国社会，未曾加以细密的分析，便将在苏维埃政权之下，才能运用的方法机械地运用了。另外鲁迅又认为"一切文艺固是宣传，但一切宣传却并非全是文艺"，"革命之所以于口号、标语、布告、电报、教科书……之外，要用文艺者，就因为它是文艺"。针对创造社新锐斗士夸大革命文学的社会功能的说法，鲁迅则认为他是不相信文艺有旋乾转坤的力量的。

而这场论争对鲁迅的影响也是颇大的，它促使鲁迅思想做了某些转变。鲁迅在《三闲集·序言》曾说："我有一件事要感谢创造社的，是他们'挤'我看了几种科学底文艺论，明白了先前的文学史家们说了一大堆，还是纠缠不清的疑问。并且因此译了一本蒲力汗诺夫的《艺术论》，以纠正我——还因我而及于别人——的只信进化论的偏颇。"这场论战扩大了无产阶级革命运动的影响，扩大了无产阶级的文化阵地，促进了双方对马列主义文艺理论的学习和钻研，促进了马列主义著作的翻译和出版，促进了左翼文学主潮的形成，在为新的革命组织的成立，做思想与理论的准备，无疑产生了积极的效果。

一九二九年二月七日，后期创造社被国民党政府查封，出版部和一切刊物亦被查禁，遂停止活动。而到次年三月二日，中国左翼作家联盟在上海中华艺术大学举行成立大会，当天到会的盟员有四十余人，大都是原创造社、太阳社等文艺团体成员。冯乃超、郑伯奇报告筹备经过，潘汉年代表党致辞，鲁迅作了题为"对左翼作家联盟的意见"的重要讲话。大会通过筹委会拟订的纲领和十七项提案，会后推定沈端先（夏衍）、冯乃超、钱杏邨（阿英）、鲁迅、田汉、郑伯奇、洪灵菲七人为常务委员。鲁迅是旗手和盟主，而创造社前后期的主要成员如郭沫若、郁达夫、穆木天、李初梨、彭康、朱镜我、阳翰笙等人都加入了"左联"，创造社从此寿终正寝，结束了它十年的活动期，它和太阳社等汇入了三十年代的左翼文化大潮中。

创造社成立时，"没有固定的组织"，"没有章程、没有机关，也没有划一的主义"，只是各自"本着我们内心的要求，从事文艺的活动"，他们是以个性为本位的创作者。但到了后期他们在章程中明确规定："本社领有文化的使命而奋斗，凡社员入社后须严守本社社章，社内各问题各得自由讨论，但一经决议后即须一致进行。"这时他们已渐进成为以集体（阶级）为本位的批判者。接着原本是"纯文学的"却转变成为"反文学的"。而后又将文学变成了革命的炼金术，变成"文艺暴动"。到"左联"时期，文学和政治暴动无法区分，文学家变成了职业革命家。而"五四"时期被浪漫主义神秘化了的"文学创作"，到"左联时期转换成为了秘密的贴标语、撒传单的'行为艺术'。文学和生活的距离彻底消失了，艺术的静观转变成为了街头'震惊'的瞬间。这不能不说是历史的遗憾了"。

《传记文学》第 84 卷第 1 期，2004 年 1 月

# 爱罗先珂与鲁迅 1922 年的思想转变

## ——兼论《端午节》及其他作品

彭明伟

## 一 前言

1922 年 2 月底俄国盲诗人、世界语专家爱罗先珂（Vasil Eroshen-ko，1889—1952）受邀来北京讲学，蔡元培委托鲁迅和周作人兄弟照顾，爱罗先珂此后便长期寄寓在八道湾周家，并和周氏兄弟发展出深厚的情谊。爱罗先珂从 1922 年 2 月 24 日到北京，7 月 3 日暂时离开北京，远赴芬兰参加世界语年会，11 月 4 日返回北京，1923 年 4 月 16 日离开北京返回俄国。他前后在北京停留约一年的时间，与周家一家老小相处融洽。在这期间周氏兄弟仍然感情和睦，在文学事业上相互提携，兄弟失和决裂的事件是在这之后才发生的，也就是说导致鲁迅颓丧的因素还没出现。按照一般的说法，鲁迅仍在五四"呐喊"的高峰期，尚未进入"彷徨"阴郁沉寂的时期。然而，爱罗先珂的到来，似乎让鲁迅发生了不小的变化，他从这位盲人身上感受到俄国知识分子真诚与勇猛的精神，对照之下，鲁迅更清楚意识到自身灵魂中懦弱与麻木的一面，在他 1922 年所写的诸篇杂文和小说都有所反映。

整体来看，鲁迅在 1922 年前对于社会文化的批判层面较为广泛，批判的焦点较为零散。如在《热风》题记，鲁迅谈到自己在 1918 年、1919 年《新青年》发表的随感录时说："除几条泛论之外，有的是对于扶乩、静坐、打拳而发的；有的是对于所谓'保存国粹'而发的；有的是对于那时旧官僚的以经验自豪而发的；有的是对于上海《时报》的讽刺画而发的。"这些杂文呼应陈独秀所提倡的德先生与赛先生（民主与科学）两个口号，大致在新旧文化对立的框架下，攻击不合时宜的传统道德观念，阐述新文化运动的个性解放、妇女解放、儿童教育等诸多理念。如同李长之在 1930 年代观察到的，"他（鲁迅）的攻击，在这时还比较空洞，敌对的东西也多半不在身旁。但他已经抓住了国民性，不过终于比较后来是笼统的，不大具体。"鲁迅这时矛头所指主要是保守顽固的旧文人和遗老遗少，以及冷漠麻木的社会大众与看客，因为保守思想和传统价值观在他们身上看得最为清楚。

1922 年鲁迅一边继续和复古保守的思潮奋战，一边开始正视五四的新知识分子自身的问题。这是一个明显的转变，在此之前鲁迅并未如此密集撰写与新知识分子相关的文章。在这一年，鲁迅对这老问题的新发现，显然是受到爱罗先珂刺激与提示，爱罗先珂到北京后第一场公开演说的题目便是《智识阶级的使命》（1922.3.3），是针对新兴的知识分子而发的。鲁迅这时期的杂文便反映了他的震惊与自觉。以及他对新知识分子的反省，主要如《为"俄国歌剧团"》和《无题》《即小见大》等篇。虽然说此时鲁迅还没有具体点名批判的对象，但对新知识分子的反省可以看成是他之后批判陈源等"现代评论派"学者绅士的前奏。如鲁迅在《华盖集》题记所说："此后又突然遇见了一些所谓学者、文士、正人、君子，等等，据说都是讲公话，谈公理，而且深不以'党同伐异'为然的。可惜我和他们太不同了，所以也就被他们伐了几下。"展现在 1925 年至 1926 年撰写的《华盖集》和《华盖集续编》诸篇就是鲁迅和"现代评论派"交手的记录。

从小说创作看来，《阿 Q 正传》从 1921 年底开始连载，因为刻画阿 Q 精神之深刻，在当时便广受瞩目，这篇小说往后在文学史上也被视为鲁迅批判中国麻木的、愚昧的国民性最尖锐的代表作。然而，鲁迅在《阿 Q 正传》之后创作《端午节》及其他小说的"启蒙意识"与"批判意识"明显减少许多，这是个很值得注意的现象。鲁迅开始用另一种眼光来看知识分子和向来被他批判的庸众看客，同时并反省知识分子与平民（无知阶级）的关系。李欧梵观察到鲁迅小说创作在 1922 年的转变，他认为鲁迅"写于'五四'运动高峰时期一九一八年至一九二一年的最先九篇，表现了一种持续的创新力。《阿 Q 正传》好像是一次总结，在此之后，他的创新力就有些下降。一九二二年所写的五篇：《端午节》《白光》《兔和猫》《鸭的喜剧》《社戏》，读来像散文而不像小说，当然最后一篇《社戏》作为抒情散文是绝妙的"。鲁迅的创新力是否下降姑且不论，我认为鲁迅小说创作风格的转变和他的思想变化有密切关联，这是需要详加讨论的。

从《阿 Q 正传》到《端午节》，显示了鲁迅关注焦点的转移。《端午节》（1922.6）这篇小说正是在《阿 Q 正传》之后创作的，表面上看来这篇小说的题材与风格与《阿 Q 正传》迥然不同，但在批判懦弱畏缩和自我欺瞒的精神上却又是一贯的。若说《阿 Q 正传》批判一般中国人（老百姓和旧派士绅）的麻木精神，《端午节》这篇的批判矛头则转向五四的知识分子，鲁迅有意借此发掘中国知识分子身上隐藏的"阿 Q 精神"，从许多方面来看，《端午节》这篇可说是鲁迅以知识分子为主角的《阿 Q 正传》。

《端午节》这篇小说很少被谈论，在目前许多现代文学史中几乎是被遗忘的。我认为这是因为《端午节》这篇在鲁迅整个小说创作中的属性和定位不够明确所致。大体而言，鲁迅小说可分为两种主要的类型，一种是着眼于国民性批判，多半采客观的叙事角度，如《药》《风波》《阿 Q 正传》或《离婚》等；另一种是知识分子的自剖，通常是具有鲁迅自传性的色彩，多半采主观的叙事角度，如《祝福》《在酒楼上》《孤独者》等。《端午节》这篇正是介于这两种类型之间，兼具这两种类型，风格模糊，所以不容易定位。在叙事角度上，这篇采用有限的第三人称叙事角度（the third person limited）——非第一人称，也非全知全能之第三人称叙事，而是有时全知叙述故事，有时又深入主角内心，让读者仿佛可以见到主角自剖与自省。在题材上，这篇作品既没有《药》《风波》《阿 Q 正传》那样鲜明的批判国民性的姿态，也不如《在酒楼上》《孤独者》或《伤逝》那样展现颓败知识分子强烈的绝望与孤独感，因为这风格模糊的缘故，不免遭到评论家冷落的命运。

然而，早在 1920 年代成仿吾和茅盾（沈雁冰）评论小说集《呐喊》时便都特别谈到这篇，并且给予正面的评价，他们尤其赞赏鲁迅刻画出当代知识分子的困境。尽管鲁迅生前并不怎么同意成仿吾给予《呐喊》的批评，后来还以此为借口愤而将原本集中的一篇《不周山》抽掉，但我认为成仿吾的评论的确抓住鲁迅小说的某些精神特点。茅盾对于成仿吾的评论加以批评并对于《端午节》这篇的特别关注，也是值得特别讨论。关于这两篇评论，我将在下文将会详谈。我认为《端午节》的艺术成就不应被低估，而且这篇在鲁迅小说创作历程中又具有重要意义，应该予以重视。

以下我将探讨几个重点：首先，爱罗先珂带给鲁迅的刺激不小，鲁迅仿佛再度受到思想启蒙。这在 1922 年几篇作品都有所反映，所以有必要加以重视。其次，《端午节》是鲁迅刻画颓败知识分子的小说系列的开端，无论在内容题材或在创作时机上都很特殊。鲁迅首次在小说中描写当代新知识分子在社会改革运动中的处境，创造出一种自省而怀疑的新知识分子形象来。这有助于我们理解之后《彷徨》里《祝福》《孤独者》《伤逝》等同一系列的小说。最后，我想探讨鲁迅在此时对于知识阶级与无知阶级（平民）关系的反省，他开始扭转两者的价值位阶，向来是负面形象的"群众""看客"逐渐转变成正面形象的"平民"。这将有助于我们理解鲁迅从 1920 年代初期到中期，也就是从"呐喊"阶段向"彷徨"阶段过渡时的心境，甚或是鲁迅在思想"左倾"之前对于"群众"或"平民"的观感。

## 二　新知识分子批判：鲁迅与爱罗先珂的共鸣

爱罗先珂 4 岁时因病而眼盲，稍长后担任乐团的演奏家，在英国学会了世界语。他从 1914 年起离开俄国，长期在各国漂泊。他到日本时起初以教授世界语为生，结识许多左翼人士。包括著名的剧作家秋田雨雀和江口涣。后来他想到中南半岛扶植设立盲童学校，于是辗转于泰国、缅甸和印度之间，之后又返回日本。1921 年日本政府以思想罪名将他驱逐出境，于是他先后在哈尔滨、上海等地短暂停留漂泊，1922 年 2 月应蔡元培之邀到北京大学教授世界语。蔡元培特别嘱托周氏兄弟照顾，此后一年他便寄居于八道湾周家。爱罗先珂在北京便以俄国盲诗人、世界语者（Esperantisto）、无政府主义者的形象出现中国知识分子眼前。

早在爱罗先珂来到北京之前，鲁迅从 1921 年底便密集将他散文诗般的童话和寓言译成中文，陆续在《新青年》《小说月报》和《东方杂志》等重要刊物发表，后来连同胡愈之和汪馥泉的译文集结出版《爱罗先珂童话集》（1922.7），之后在爱罗先珂的协助下，又翻译童话剧《桃色的云》（1923.7）。对于翻译和介绍爱罗先珂的作品，鲁迅可说是不遗余力，展现了罕见的热情。此外，鲁迅和这位盲诗人交往后也写了几篇与这位盲诗人有关的作品，如小说《兔和猫》《鸭的喜剧》和杂文《为"俄国歌剧团"》等。

鲁迅所译的爱罗先珂童话多半是动物寓言故事，这些都是作者以赤子之心观照人世的作品，一方面竭力刻画人间的真与美，让人感受到作者的热情理想，另一方面又揭露人世的冷酷与愚昧，这些作品与其说是给孩童看的童话，不如说是针砭成人世界的寓言。爱罗先珂借由这些作品思索 20 世纪初风起云涌的革命运动思潮，他特别凸显革命者、先觉者在艰苦的革命过程中必然面临牺牲与孤独的处境，并刻画一般群众的麻木、怯懦和知识阶级的自私与堕落。这些看法鲁迅可说是感同身受，他在翻译爱罗先珂的童话时应该得到不少共鸣，与爱罗先珂亲身交往后将中国知识分子的弱点与困境看得更加清楚。

鲁迅谈到爱罗先珂童话说："他只有着一个幼稚的，而且优美的纯洁的心，人间的疆界也不能限制他的梦幻，所以对于日本常常发出身受一般的非常感愤的言辞来。"爱罗先珂因为在日本时批评了日本社会，于是被官方以思想危险罪名驱逐出境，之后辗转漂泊到中国。以人类的一分子自居，他怀抱着世界人类一体、无疆界的纯洁的爱，对于中国的知识分子也提出善意的批评。

爱罗先珂三月初在北京的第一场演讲便以"智识阶级的使命"为题，往后他的演讲多半和知识分子议题相关。在这场演说中，他强调知识分子与一般民众相互结合扶持的重要性。他说：

民众离开了文学的光明就要变为迷信、愚蠢，变为自私自利；智识阶级隔离了民众也要退化为书呆子，退化为孔雀、鹦鹉，或者退化为更坏的东西。

爱罗先珂以 19 世纪后半，俄国青年知识分子发起"到民间去"的运动为例，强调知识分子要与民众结合，要启蒙民众，关键在于知识分子要有自我牺牲的自觉和决心。他说：

> 要扶助及引导一个民众从黑暗的域中经过了各种的危险和困难，到自由幸福的光明路上去，有一件事是绝对不可少的，这件事就是牺牲自己的伟大精神，而且这种自己牺牲一定要是出于自愿的，不是受人强迫的。

正是这种牺牲的精神后来促成了俄国革命的成功。然而爱罗先珂不讳言指出他所观察的中国知识分子却是截然相反的。爱罗先珂直率地说：

> 据我观察所及，上海的学生、教员、文学家、社会党、无政府党，一点没有牺牲自己的伟大精神，虽然他们亦许会为自己的理想而牺牲别人。……俄国的智识阶级，就是末日临头，依然挟着他们的理想去奋斗，去牺牲。中国的智识阶级似乎连爱及生活的理想没有，至少在我看来是如此的；但我很希望我的见解是错误的。

爱罗先珂对于知识阶级的批判也展现在他的童话寓言中。例如鲁迅翻译的《池边》这篇童话，叙述两只刚在庙前池边孵化出来的蝴蝶，因为不忍心目睹世界被黑暗所笼罩，为了追求太阳的光明，便约定各自分头向东西奋力飞去。隔天早上其中一只蝴蝶的尸体被海浪冲到沙滩。这一天来海边游玩的人们纷纷对于这只怪异的蝴蝶提出解释，爱罗先珂所安排的三位发表高论的人都是老师教授，还有一位小沙弥穿插其间，向他们提问。看到蝴蝶的死尸，小学老师告诫学生不要到深处去游泳，以免发生危险。看到蝴蝶的尸体，中学老师对学生说："这蝴蝶大约是不耐烦住在这岛上，想飞到对面的陆地去的。现在便是这样的一个死法，所以人们中无论何人，高兴他自己的地位，满足于他自己的所有，是第一要紧的事。"看到这蝴蝶，大学教授告诫学生说"人生最要紧的是经验"，不要凭着本能冲动去弄政治运动和社会运动。小沙弥提问说："但青年如果什么也不做，又怎么能有经验呢？"这位博士冷笑着回答："虽说自由是人类的本能，而不能说本能便没有错。"爱罗先珂特别提到这些老师教授在之后不久都在各自的位置上高升了。

爱罗先珂在结尾写道："但是这两只蝴蝶，其实只因为不忍目睹世界的黑暗，想救世界，想恢复太阳罢了，这却没一个知道的人。"这两只蝴蝶象征满怀热情的革命者，而教授先生们则是保守安分，作为统治者意识形态的代言人。爱罗先珂讽刺这些知识分子，然而这些知识分子偏偏又承担人类文明薪火相传的重责大任，这对于他们的学生又何其不幸。爱罗先珂写道："沙弥在这夜里，成了衙门的憎厌人物了。"暗示小沙弥的觉悟，后来成为革命者。爱罗先珂并未交代另一只蝴蝶的下落，他似乎为读者保留了一线希望。

爱罗先珂对知识分子的观察也获得鲁迅的认同。鲁迅不仅留意保守派人士的反扑，也开始关注在五四新文化运动中崛起的新知识阶级。在《爱罗先珂童话集》的序言中，鲁迅总结爱罗先珂作品的内在精神说："我常觉得作者所要叫撒人间的是无所不爱，然而不得所爱的悲哀。"我想这里所说的无所不爱，也就是爱罗先珂所说的自我牺牲和无私奉献的精神。然而，这种"无所不爱"，往往不能被人理解与接受，为了理想、为了爱而牺牲的人最后总是招致"不得所爱的悲哀"。

鲁迅的这番话，在 1922 年底得到印证。鲁迅有感于北大学生冯省三被开除的事件，写了《即小见大》这篇短文。在这年十月北京大学部分学生反对征收讲义费，发生学潮。之后校评会决议开除冯省三，其实冯省三只是临时加入，并非真正的主导者。鲁迅为冯省三的"牺牲"而感慨，他说："现在讲义费已经取消，学生是得胜了，然而并没有听得有谁为了这次的牺牲者祝福。"鲁迅即小见大联想到在中国的其他的牺牲事件，得出结论："凡有牺牲在祭坛前沥血之后，所留给大家的，实在只有'散胙'这一件事了。"这段话也隐含了批

807

评领取"胙肉"的北大学生的意思。冯省三的牺牲这件事也给周作人很深的感慨，他为冯省三编撰的《世界语读本》所作的序言中便明白说："但那些主谋的人躲得无影无踪，睁着眼看别人去做牺牲，实在很可慨叹的，到了今日这件事已成为陈迹，但是我总觉得不能忘记，因为虽然未必因此增加省三的价值，却总足以估定人们的没价值了。"

## 三　在寂寞里歌舞与鲁迅的自觉

"寂寞呀，寂寞呀，在沙漠上似的寂寞呀！"爱罗先珂到北京不久后，以其盲人特有的敏锐感受到北京这座古老城市在文化精神上的过于沉寂、缺乏活力。周作人回忆爱罗先珂时说："他来教世界语，用世界语讲演过几次俄国文学，想鼓舞青年们争自由的兴趣，可是不相干，这反响极其微弱……"这不能不让充满热情的爱罗先珂更加感到寂寞。爱罗先珂的寂寞感受也引起小说家、世界语者王鲁彦的共鸣，他在回忆爱罗先珂的散文里也曾提及这一点，他说："住在北京城里，只是整天的吃灰吃沙，纵使有鲜花一般的灵魂的人也得憔悴了。"对于这沙漠一样的寂寞，鲁迅感受也很深，这位俄国盲人仿佛说出了鲁迅自己心底的话："寂寞呀，寂寞呀，在沙漠上似的寂寞呀！"

在《为"俄国歌剧团"》（1922.4.9）这篇随感中，鲁迅描写的俄国艺术家如何"在寂寞里歌舞"。鲁迅记下他陪同盲诗人到剧场欣赏俄国的歌剧团表演的感受。他以《野草》式的散文诗笔调写道：

> 有人初到北京，不久便说：我似乎住在沙漠里了。
> 是的，沙漠在这里。
> 没有花，没有诗，没有光，没有热。没有艺术，而且没有趣味，而且至于没有好奇心。
> 沉重的沙……

鲁迅所指其人便是和他一同去的爱罗先珂，看的是一个十月革命后的流亡异国的俄国剧团所演的《游牧情》。紧接着上文，鲁迅就插入一段：

> 我是怎么一个怯弱的人呵。这时我想：倘使我是一个歌者，我的声音怕要销沉了罢。
> 沙漠在这里。

这一段话让人看来非常突兀，从观看"俄国歌剧团"的中国看客和爱罗先珂的感叹寂寞，不经任何过渡转折的铺陈，鲁迅坦率说出自己的感受：寂寞和怯弱。这是鲁迅自己和台上的俄国流亡艺术家在对照之下所得到的深切体悟。

在沙漠一般沉寂的北京，鲁迅坐在爱罗先珂旁，观看俄国的流亡剧团的表演。鲁迅首先感觉到有三百多个中国看客，丝毫不懂得欣赏美和艺术，也不为了欣赏艺术而来，他们随意的鼓噪拍手破坏了整个剧场气氛。鲁迅说："没有花，没有诗，没有光，没有热。没有艺术，而且没有趣味，而且至于没有好奇心。"然而，即使面对这样无聊的中国看客，远道而来的俄国歌剧团依然尽其在我、卖力演出，这让鲁迅甚为感动，他说："然而他们舞蹈了，歌唱了，美妙而且诚实的，而且勇猛的。"从这群舞者歌者身上，鲁迅反躬自省，他察觉自己的怯弱。他于是说：

> 我是怎么一个偏狭的人呵。这时我想：倘使我是一个歌人，我怕要收藏了我的竖琴，沉默了我的歌声罢。倘不然，我就要唱我的反抗之歌。
> ……
> 然而他们舞蹈了，歌唱了，美妙而且诚实的，而且勇猛的。

这些漂泊的俄国艺术家不顾一切"在寂寞里歌舞"让鲁迅大为震惊和佩服，鲁迅揣想他们"大约没有复仇的意思"。这些俄国艺术家凭借着更博大的热情与爱——这也就是爱罗先珂的"无所不爱"精神，超越了鲁迅心底的狭隘的"复仇"意识，因此才能奋力"在寂寞里歌舞"。鲁迅在一时之间仿佛受到来自异域的真正的艺术家的刺激，在他心底产生极大的震撼。

鲁迅所写的这一段深具革命的寓意：一个真正的革命者能够坚持自己的理想，长保自己的热情，不因为一般群众的冷漠和敌意而畏缩退却。然而，鲁迅惊觉自己虽然看似和其他中国的看客不同，但终究也不过是在座许多中国的看客中的一个，和先前自己描写的胆小怯懦的中国看客其实并没多大差别。鲁迅这时在异国艺术家的强烈对照下，看出了自己身上缺乏和他们一样的"诚实且勇猛的"精神，以及"无所不爱"精神。这也让鲁迅将自己的弱点看得更清楚，我认为这种觉悟对鲁迅而言无疑是另一次启蒙。鲁迅是否也思索着如何在寂寞的中国里歌舞呢？

几天后，鲁迅发表另一篇随感《无题》（1922.4.12），他坦然写出自己类似的觉悟。这篇虽然写的是一段寻常的生活小插曲，但却说出了他极曲折而幽微的感受。鲁迅以小说笔法叙述自己到糕点铺为孩子家买"黄枚朱古律三文治"（即巧克力杏仁三明治）当点心吃，付账后，便将八盒三文治装进衣袋里。不过这时他瞥见"伙计正揸开了五个指头，罩住了我所未买的一切'黄枚朱古律三文治'"。敏感而多疑的鲁迅因为伙计的行为，觉得自己受了无妄的猜疑，心生愠怒，便歇斯底里地钻研起伙计的用意。他用曲折且尖刻的方式表达：

> 这明明是给我的一个侮辱！然而，其实，我可不应该以为这是一个侮辱，因为我不能保证他如不罩住，也可以在纷乱中永远不被偷，也不能证明我决不是一个偷儿，也不能自己保证我在过去现在以至于未来没有偷窃的事。

鲁迅的话似乎只说了一半。如果有一天角色互换，鲁迅当了糕点铺的伙计，自己大概不免也会揸开五根手指头，将鲁迅这样的顾客所未买的一切"黄枚朱古律三文治"罩住。鲁迅的言下之意或许就是如此，这种"易地则皆然"的道理，和下面将讨论的小说《端午节》里的"差不多说"是相通的。因为人皆如此，那么自己就算有再多的过错也是可以释怀的。

但鲁迅感触还不仅止于此，他紧接着描述自己虽然不悦，却"装出虚伪的笑容"，拍着伙计的肩头说：

> "不必的，我绝不至于多拿一个……"
> 他说："哪里哪里……"赶紧掣回手去，于是惭愧了。这很出我意外，——我预料他一定要强辩，——于是我也惭愧了。

这段话有些费解，短短几句之间情绪之曲折起伏大且复杂，分明在话中藏了话。这位伙计发现鲁迅察觉他的心思，于是赶紧将手掣回，由于自己无端对人猜疑，他"于是惭愧了"。但深意还藏在后面。接着，鲁迅描写出乎自己预料之外，这位伙计竟然毫不辩解而且感到惭愧——这是怀着恶意揣度他人的鲁迅所自觉不及的，这是他自己所未能"易地则皆然"的。鲁迅用破折号插入一句"我预料他一定要强辩"，来"揭露"自己内心恶意的猜疑，不料这位伙计真诚的惭愧，反倒更加凸显鲁迅自己的过失，所以他说"于是我也惭愧了"。

这件事虽微不足道，对鲁迅而言却是重要的觉醒——他发觉自己不过也是芸芸庸众之一员，但也从真诚悔过的伙计身上发觉社会还有一丝微弱的希望。鲁迅特别说："这种惭愧，往往成为我的怀疑人类的头上的一滴冷水，这于是我是有损的。"在当天夜里，鲁迅看着托尔斯泰的书，渐渐感到"人类的希望"，大概又想起这位无名的真诚的伙计。

上面所谈的这两篇简短的随感都具有深刻的寓意，写法和后来《野草》散文诗的质地相近，可惜这样好的作品向来没有受到重视。由鲁迅研究室和鲁迅博物馆所合编的四卷本《鲁迅年谱（增订版）》在评述这两篇杂感时，认为鲁迅"以剧场所见所感，揭露北洋军阀统治下的社会是'比沙漠更可怕的人世'，……表达了对这个寂寞、恐怖的社会的愤慨"。或是"反映出旧社会人与人之间存在的相互猜疑和不信任的表象，也从店员表现'惭愧'的态度中，渐渐觉得周围'又远远地包着人类的希望'"。这两段评述完全将鲁迅的自省这一部分忽略了。鲁迅这两篇随感，与其说是批判死气沉沉的中国社会、中国的看客，还不如说是抒发自己的反省与觉悟。

从这两篇随感，鲁迅刻意描写他发觉自己身上所残留的一些"国民性"，换句话说，向来以启蒙之眼批判中国群众看客的鲁迅，发现自己身上也残存着某种阿Q精神。我想这对鲁迅而言也是不小的觉悟。在先前《一件小事》（1919.11）这篇小说里，鲁迅借由偶发的一件意外抒发了这样的自省："独有这一件小事，却总是浮在我眼前，有时反更分明，教我惭愧，催我自新，并且增长我的勇气和希望。"但毕竟这仍是偶然发生的一件小事。在1922年这一年里，鲁迅与爱罗先珂长久交往间产生了这样的自觉，对于以往所谓"庸众"或"看客"也改变了看法，例如《无题》里这位真诚的伙计就让他对自己改观，并重新对人类感到一丝希望。由此，我们可以看出爱罗先珂对鲁迅所产生的影响，借用鲁迅在1922年底所作的《呐喊》自序里所自陈的："这经验使我反省，看见自己了，就是我决不是一个振臂一呼应者云集的英雄。"1922年鲁迅的自觉是对于自我精神弱点的重新认识，若没有这一自觉，鲁迅对当时整个中国知识阶层的精神样态可能很难有更深刻的观察。

## 四 《端午节》：为柴米油盐所困的新知识分子

继上述两篇随感，鲁迅写了小说《端午节》（1922.6）描写一位知识分子在社会动荡与家庭贫困的压迫下，在犹豫进退之间暴露了知识分子的懦弱与麻木的弱点，通篇弥漫着鲜明的自我反省精神。就整部小说集《呐喊》来看，这是鲁迅第一篇以当代家庭生活为场景、以新知识分子为主要人物，深入刻画新知识分子精神困境的小说。鲁迅先前的小说所写的多半是以清末民初为背景的革命故事，用意在反省辛亥革命之所以失败的症结，批判旧社会的保守与愚昧，如《呐喊》的前四篇和《风波》及《阿Q正传》等都是。像《一件小事》这样写当代城市生活的故事不多，写新知识分子的家庭生活的就更少，《端午节》是《呐喊》里的第一篇，之后《兔和猫》和《鸭的喜剧》勉强可算在内，但都并非以探讨新知识分子的心境为焦点。

目前对《端午节》的主人公方玄绰这位知识分子的定位还不明

确。鲁迅笔下的知识分子可分为两类：一类是有改革理想的，进步的新知识分子，以吕纬甫（《在酒楼上》）、魏连殳（《孤独者》）为代表，另一类是正相反的，保守虚伪的传统文人或貌新实旧的知识分子，以四叔（《祝福》）、四铭（《肥皂》）、高尔础（《高老夫子》）为代表，这种分类法几乎已成为鲁迅研究者的共识。然而，十分有趣的是对于《端午节》主人公方玄绰的归属则模糊得多，这一方面是谈论这篇小说的评论家原本就少，另一方面可能是有意回避定位暧昧的问题。例如严家炎、钱理群等重要的鲁迅研究者很少谈论《端午节》这篇，他们几乎不将方玄绰放入吕纬甫和魏连殳这一人物系列来谈。有些评论家则将《端午节》这篇纳入《肥皂》《高老夫子》这系列嘲讽虚伪保守、貌新实旧的知识分子小说之中。然而，这种分析的观点显然忽略方玄绰与四铭、高尔础等人物的差别。方玄绰具有敏锐的自省意识，时时察觉自己的心境变化与冲突，这是和吕纬甫、魏连殳等人物所相近的，而这也正是四铭和高尔础等人物所没有的。鲁迅笔下的两种知识分子类型在新与旧、进步与保守之间最大差别便在于此。此外，就叙事的态度而言，鲁迅对方玄绰的态度是批判中带有同情和理解的，但对四铭和高尔础之流则是以讽刺漫画的手法极尽冷嘲之能事。一则同情理解的讽刺，一则事不关己的冷嘲，其间的差别非常明显。

基于上面的理由，我认为应该将《端午节》归为鲁迅描写第一类新知识分子小说系列较为恰当，内心充满矛盾与苦恼的方玄绰其实是吕纬甫和魏连殳的前驱。鲁迅在《端午节》极力凸显的是方玄绰的挣扎和挫败的心境，而非讽刺四叔、四铭和高尔础等保守顽固的知识分子之守旧和虚伪。由此来说，我们可以将《端午节》视为后来《彷徨》里《在酒楼上》《幸福的家庭》《孤独者》或《伤逝》等一系列知识分子小说的开端，可说是鲁迅第一篇正视当代知识分子困境的小说。李希凡是少数留意到《端午节》这篇具有重要历史意义的当代评论家，他在《"歧路"与"穷途"中的知识分子的剪影》中表示："《端午节》……是《呐喊》，也是鲁迅小说中第一次写到'五四'以后知识思想动荡的作品。……鲁迅对于方玄绰形象的塑造，……十分敏锐地把握了那个时代一些曾经有所为的知识分子，由于困扰于平庸的生活而刚刚开始走向歧路时的精神特点。"

早年与鲁迅当代的评论家成仿吾和茅盾（沈雁冰）曾特别谈及《端午节》这篇，他们特别欣赏鲁迅在这篇小说中刻画当代知识分子的自我表现或自省倾向。在（《呐喊》的评论）（1924.1）中，成仿吾兴奋地说："我读了这篇《端午节》，才觉得我们的作者已再向我们归来，他是复活了，而且充满了更新的生命。"他接着表示："无论如何，我们的作者由他那想表现自我的努力，与我们接近了。"他认为在这篇当中，鲁迅不再单纯地客观"描写"（"再现"）外在现实，而是着重在主观"表现"自我上。这一点正是和"创造社"同仁的创作倾向不谋而合，所以成仿吾给予高度肯定，可惜他并未进一步申论。在 1927 年清党之后，满怀苦闷的茅盾撰写《鲁迅论》（1927.11.10）这篇长文，针对成仿吾的评论加以修正。茅盾表示：

> 我以为《端午节》的表面虽颇似作者借此发泄牢骚，但是内在的主要意义却还是剥落人性的弱点，而以"差不多说"为表现手段。在这里，作者很巧妙地刻画出"易地则皆然"的人类的自利心来；并且很坦白地告诉我们，他自己也不是怎样例外的圣人。

这段是早期对于《端午节》这篇小说最中肯的批评，茅盾的评语里包含了他对自己的清党之后的中国政治局势里的反省，并回应了创造社等革命青年对他的批评。他这篇《鲁迅论》称得上是当时最全面、最深入的鲁迅作品专论，直到 1930 年代李长之的《鲁迅批判》（1935）发表之后才足以媲美。

和鲁迅其他小说一样，《端午节》这篇也充满自传性的色彩。鲁迅后来在一篇散文《记"发薪"》（1926.7.21）中叙述类似政府欠饷，官员教员联合索薪，而索薪成功之后要求每位同事"亲领"的故事。鲁迅回忆说："'亲领'问题的历史，是起源颇古的，中华民国十一年，就因此引起过方玄绰的牢骚，我便将这写了一篇《端午节》。"周作人在回忆鲁迅这篇小说时说："颇多自述的成分，即是情节可能都是小说化，但有许多意思是他自己的。""官兼教员"的身份，"欠薪"和"索薪"亦皆有所本。不过由于方玄绰怯弱的负面形象，评论家不愿从这小说人物探索鲁迅某种自叙的意义，以及他内心复杂的情绪反应。其实鲁迅形塑方玄绰之所以成功，并不在于凸显新旧知识分子对立的思想立场，而是揭露出新知识分子的性格弱点与苦恼，呈现新知识分子逐渐从社会改变运动中退却下来，与社会体制日趋妥协的困境。

《端午节》这篇小说的故事情节非常简单，鲁迅以 1920 年代初期北洋政府积欠教师、公务员的薪饷为背景，叙述在政府当个小官，也在学校兼课赚钟点费的主人公方玄绰（这和小说家鲁迅的生活是类似的），不幸碰上了政府财政困难，所以不但官饷发不出来，连教员的薪俸也积欠大半年，因而造成家中经济拮据，陷入困境。不仅如此，连一向尊敬方玄绰的方太太也开始对先生抱怨连连。在面临政府欠饷、同事要求挺身抗争和太太抱怨家计困难这样内外多方夹击之下，方玄绰虽然心有不平，但是因为怯懦退缩，不敢挺身而出，以至于最后陷入过不了端午佳节的窘境。

这篇小说的主要人物只有两位，即方玄绰和他的"没有受过新教育"的太太两人，不过多半以方玄绰为中心，以方太太作为陪衬之用。和《幸福的家庭》相似，小说的故事场景是以方玄绰的家庭生活为中心。在鲁迅笔下，方玄绰曾经写过一本白话诗集，也会翻看胡适的《尝试集》，这显示了新知识分子的某些特征。他支持新文化运动，脑子里也装了新思想，会用新的眼光来看社会问题，并不是像四铭或高尔础这类表面开明，而骨子里却是道地保守的旧文人。不过，这样一位有新思想的知识分子，在面临现实的困境时却显得懦弱退缩，纵是有不平之鸣，也只是发发牢骚，不敢奋起抗争。这篇小说便描写方玄绰在经济困境压迫下，无法突破困境，仅能借由"差不多说"来自我圆说、自我麻痹，最后仍深深感到挫败和苦恼。

方玄绰"差不多说"其实是另一种自我麻痹的阿 Q 精神，鲁迅将阿 Q 精神移植到方玄绰这位当代知识分子身上，加深刻画他个人内在外在的落差与冲突。与愚钝的阿 Q 相较，方玄绰对外能用更精致的语言来掩饰自己的矛盾，但对内却瞒骗不了自己清醒的意识，他为自己的里外不一、言行不一而饱受苦恼。这"差不多说"应是鲁迅从胡适著名的《差不多先生传》挪用来的，胡适借差不多先生来批评中国人做事马虎，不精确的态度，但鲁迅赋予了"差不多说"更深的意义。鲁迅在小说一开头描述方玄绰如何结合古今历史教训，提炼出以"易地则皆然"为核心精神的"差不多说"：

> ……譬如看见老辈威压青年，在先是要愤愤的，但现在却就转念道，将来这少年有了儿孙时，大抵也要摆这架子罢，便再没有什么不平了。又如看见兵士打车夫，在先也要愤愤的，但现在也就转念道，倘使这车夫当了兵，这兵拉了车，大抵也就这么打，便再也不放在心上了。

这种"差不多说"并非古已有之的，是方玄绰近来才发明的新武器，对外用以掩饰自己失去了正义感，对内可以麻痹自己，消弭自我和现实的冲突矛盾。可是，方玄绰毕竟是个清醒自觉的人，当他上头那样想时，内心马上便有另一种声音回应。鲁迅描写方玄绰清楚意识到自己在自我欺瞒：

> ……他这样想着的时候，有时也疑心是因为自己没有和恶社会奋斗的勇气，所以瞒心昧己的故意造出来的一条逃路，很近于"无是非之心"，远不如改正了好。

他虽然也想还是改正的好，可是，这"差不多说"的力量还是逐日增强，在脑子里生长了起来。方玄绰其实是深知自己的懦弱，所以虽然对外可以"差不多说"应付，但对内常常又进行自我反省。他在发明"差不多说"之后，公开对学生宣讲，但心底又明白这只是自己的"一种新的不平"，又只是"一种安分的空论"。鲁迅又描写方玄绰的自我分析：

> ……他自己虽然不知道是因为懒，还是因为无用，总之觉得是一个不肯运动，十分安分守己的人。

　　鲁迅接二连三地刻画方玄绰一面为自己的怯懦来辩解圆说，一面又为自己的怯于行动而苦恼，如此反复循环，将这位知识分子矛盾挣扎的灵魂清楚揭露出来，也逐步逼使他正视自己的苦恼根源。在鲁迅笔下，方玄绰随时能剖析自己，往往意识到自己的言行不相符、内外不一致，正因如此他无时不刻感到了苦恼。正因鲁迅赋予方玄绰这个人物这种的自省意识，使得方玄绰不同于没有灵魂的阿 Q。阿 Q 有行动力，但缺乏自我意识，所以他不清楚自己，便莽莽撞撞当上"革命党"，最后为此送了性命。和阿 Q 相较，方玄绰这人物可说是自我意识过剩，以至妨碍了他的行动，逐渐失却了他原本对现实批判和抗争的力量。这样一来，当现实的压力加剧之后，一来他便不断编织理由使自己退缩，二来由于自己内外越来越不一致，他的苦恼也越加深重。

　　和《阿 Q 正传》相似的，《端午节》这篇小说的主要情节线索，可以说就是方玄绰的苦恼意识的发展过程和最后的幻灭。在极生活化的故事背景下，鲁迅着重刻画方玄绰的"心理的情节"发展变化，而不重在叙述外在的事件情节。这篇小说便以方玄绰的"差不多说"为叙事的主要线索，将前后文连串起来，透过重重的现实挫败的考验，最后让方玄绰"自我发现"。不过因为小说故事极为简单，且鲁迅所描写的又多是生活琐事，以至于乍看之下情节零碎，看似散文。然而，正如同《阿 Q 正传》一样，如果读者不留心跟踪阿 Q 的"精神胜利法"的发展——更精确说来，阿 Q 所遭受的挫败以及他相应的心理发展，往往也容易对这篇小说产生一种情节零碎、结构松散的印象。鲁迅这两篇小说都注重在精细刻画小说主人公的"心理的情节"，在创作手法上这两篇具有鲜明的类似性和连续性。

　　在这一篇小说中，唯一的重大事件是亲自领薪，也就是鲁迅说的"亲领"事件。鲁迅在开头描绘出方玄绰懦弱的性格，并暗示这种性格所可能带来的危机之后，在小说后半安排了"亲领"事件这一情节，让方玄绰在更严酷的现实考验下，逼得他看清自己的懦弱与无能。鲁迅借此也将方玄绰和"没有受过新教育的"方太太作了对照。方玄绰对"亲领"的措施甚为愤恨，对太太表示自己坚定的立场说："他们今天单捏着支票，就变了阎王脸了，我实在怕看见……我钱也不要了，官也不做了，这样无限量的卑屈……"虽然震慑于他的激烈反应，方太太还是劝他不要碍于颜面，以家计为重还是去亲领吧，于是引发了夫妻间的小争执：

> "我想，还不如去亲领罢，这算什么呢。"伊看着他的脸说。
>
> "我不去！这是官俸，不是赏钱，照例应该由会计科送来的。"
>
> "可是不送来又怎么好呢……哦，昨夜忘记说了，孩子们说那学费，学校里已经催过好几次了，说是倘若再不缴……"
>
> "胡说！做老子的办事教书都不给钱，儿子去念几句书倒要钱？"

这一段居家生活的对话写得自然极了，仿佛让人听见街坊邻居夫妻俩为了什么琐事起了口角。我们听得到方玄绰对着一向温顺忍让的太太大吼，振振有词逐一将"没有受过新教育的"太太的话驳斥回去，毫不掩饰地发泄他在外面受挫满怀的愤慨。但实际上我们若想起他在衙门或学校温顺的形象，两相对照之下，便显见其间的落差了。方玄绰在社会上吃亏碰壁，尚且能以自己独创的"差不多说"来排解，可是一旦回到家中，便摆出一家之主的高姿态，一迳向太太发泄满腔的闷气和愤慨。从他判若两人的言谈举止，我们更清楚看出方玄绰的懦弱以及无法用借口和谎言来消弭的苦恼。后来他虽然屈服于现实亲自去领取薪水，但适逢端午佳节银行休息三天，所以没拿到钱便回家了。

鲁迅在结尾处理得更妙。由于方玄绰既领不到钱，向朋友周转又借不到钱，一时之间可说是颓丧至极了，回家后又为了家庭开销的琐事和太太闹得不愉快，于是便随手拿起《尝试集》来排遣苦闷，不愿再多谈什么。鲁迅描写方太太想到买彩票碰运气这条唯一的出路，她欲言又止、吞吞吐吐地说："我想，过了节，到了初八，我们……倒不如去买一张彩票……"岂知方玄绰的反应却是异常激烈的。他立即以严厉的口气训斥："胡说！会说出这样无教育的……"这真是让方太太和我们读者都吓了一大跳。

就在这段直接引语之后，鲁迅不加延宕，立刻潜入方玄绰的内心，向读者揭露他复杂纠结的心境。方玄绰想起这一两天向朋友借钱不遂，在茫然无措之际，自己也同样起了买彩券的念头。

> 这时候，他忽而又记起被金永生支使出来以后的事了。那时他惘惘的走过稻香村，看见店门口竖着许多斗大的字的广告道"头彩几万元"，仿佛记得心里也一动，或者也许放慢了脚步的罢，但似乎因为舍不得皮夹里仅存的六角钱，所以竟也毅然决然的走远了。

鲁迅连用"仿佛""也许""似乎"三个不确定的语气词，描述方玄绰回想自己先前在茫然无助时，为了买不买彩券而犹豫不决了许久。

不过，方玄绰却觉得被太太碰到了心里的痛处，一时感到窘迫，脸色大变，便要脱口咒骂一通。这回他的痛苦再也不是"差不多说"所能疗救的，他意识到像自己这样一位有思想、有坚持的知识分子居然也动了买彩券的念头，这意味他已经堕落到被他责骂的"无教育"的太太一般的层次。他终于看清……两样。这也印证了方玄绰自己的"易地则皆然"的"差不多说"，在无路可走的时候，他和太太不禁都起了同样的念头——为那自己所不齿的念头。对于《端午节》的结尾的处理，茅盾特别强调："这又是深刻的坦白的自己的批评了。"他说：

> 我觉得这两段话比慷慨激昂痛哭流涕的义声，更使我感动，使我也"努力的要想到我自己，教我惭愧，催我自新"。……鲁迅板着脸，专剥露别人的虚伪的外套，然而我们并不以为可厌，就因为他也严格地自己批评自己分析呵！

茅盾一面批评以革命文学家自居的成仿吾，一面从方玄绰看到自己，对知识分子的困境深表同感。

我们看了上面这个结尾并不会因方玄绰举止想法而觉得可笑，也不会因为他厉声驳斥太太的提议而觉得可鄙。方玄绰自我掩饰的反应以及事后的自省，让我们看到他是一个凡人，很真实的人。在我看来，鲁迅描写的这段心里的剖露实在有种莫名的感人力量。我们会感到同情，能够理解一个凡人走到穷途末路的时候，大概都会动起这样的念头，希望抓住那一根救命的稻草。我想鲁迅是毫无责备他的意思，就像鲁迅并不责备陈士成在第十六度落榜因绝望而疯狂，企图掀开地板挖宝的举动（《白光》），这反倒让读者也为陈士成之死感到悲哀。

鲁迅最后是以滑稽的笔法写出方玄绰的悲哀，这是极高妙的艺术手腕，在批判之中含有深切的同情与理解。我们看到方玄绰清楚知道自己的"差不多说"已然破灭，所谓的知识分子的自尊也荡然无存，他痛苦而无助，只能捧着《尝试集》，咿咿呜呜，不知所云地念着。到这时，我们才会发现这篇小说的篇名所具有的讽刺性了，在传说中诗人屈原投河自尽的端午节这天，方玄绰捧读着胡适的白话诗集，来掩饰自己的窘困。

我以为鲁迅这篇小说的成功之处，便在于他对方玄绰在批判中寓有深深的同情与叹息。鲁迅想刻画方玄绰的心灵困境，赋予他清醒的自我意识，又以层层的考验逐步逼他认清自己的堕落。鲁迅处理这一"自我发现"的"心理细节"发展过程非常流畅自然，乍看似乎结构松散、东拉西扯，实则层层逼近，最后将方玄绰逼得无路可走，看清自己的困境。

## 五　知识阶级与无知阶级的反转

在《端午节》结尾，我们可以看鲁迅刻意将方玄绰和方太太两人的家庭口角象征化为知识阶级（方玄绰）和无知阶级（方太太）的对立。这是鲁迅第一次刻意将知识阶级和无知阶级作对照，并以无知阶级来烘托出知识阶级的真面目来。在鲁迅小说中，这是第一次不以启蒙的观点来批判无知的"庸众"，反而借由无知的方太太来促使方玄绰产生自觉，戳破知识分子自命清高的假面具。鲁迅最后让读者看到方玄绰内心的震荡和苦恼，这也深刻揭露了新知识分子在五四运动之后的苦恼：从慷慨激昂的运动现场回归到平凡的家庭生活，新知识分子仍需面对现实的柴米油盐琐事的考验。

相较先前的小说，鲁迅 1922 年所写的《端午节》以及其他小说的"启蒙意识"与"批判意识"明显减弱许多，写麻木的看客和庸众的地方也很少，这是个很奇特的现象。在这一年，鲁迅仿佛收敛起往日炎烈的"启蒙的批判意识"，开始用另一种眼光看待知识分子与平民。《端午节》之后的小说，如《白光》，讲述的是一位旧知识分子的绝望与疯狂，鲁迅对于旧知识分子的末路深表同情，让读者感觉这篇作品如同是一首旧时代的挽歌。《兔和猫》和《鸭的喜剧》这两篇模仿爱罗先珂童话的痕迹较明显，是鲁迅结合小说和童话的尝试，近于日常生活札记，风格轻松随兴。这几篇小说都不是从现代启蒙的观点来批判什么保守麻木的国民性。

从这种非启蒙、非批判的角度，我们可以较为容易解释《社戏》这篇充满田园抒情风格的小说。鲁迅在这篇以第一人称"我"为主人公，讲述自己童年在外婆家的美好回忆，抒发他对往日的村子里的少年朋友和农村生活的眷念之情，尤其是那一夜去看的社戏和尝到的罗汉豆，成了"我"一生难忘怀的美好回忆。小说主人公"我"在文末以极抒情的口吻说：

> 真的，一直到现在，我实在再没有吃到那夜似的好豆，——也不再看到那夜似的好戏了。

其实，叙事者之所以怀念那一夜的罗汉豆和那一夜的戏，并非豆子美味或戏好，主要还是眷恋那农村生活中淳朴而浓厚的人情味。周作人谈到《社戏》这篇小说时谈到："京戏以前是达官贵人和小市民所赏玩的，地方戏的对象则只一般民众，所以比起来要质朴得多了。"鲁迅在这篇小说前半铺陈一段在北京看京戏的经验，便是以城乡对照的手法来凸显那一夜的社戏之简单质朴。

不过，如果仅仅将这篇看成是作者的童年的美好回忆，还是不够的。鲁迅反复再三凸显这位能读书识字的"少爷"叙事者和其他村人的"阶级"差异，例如：

　　……一村的老老小小也决没有一个会想出"犯上"这两个字来，而他们百分之九十九不识字。

　　……这时候，小朋友便不再原谅我会读"秩秩斯干"，却全都嘲笑起来了。

　　不料六一公公竟非常感激起来，将大拇指一翘，得意的说道，"这真是大市镇里出来的读过书的人才识货！……"

　　听说他还对母亲极口夸奖我，说"小小年纪便有见识，将来一定要中状元。……"

　　从这些对照强调的语句，我们看到鲁迅一方面强调知识阶级和农民的区别，一方面又对农村和农民的人情味有无限的爱恋，在这篇鲁迅刻意压低知识分子的姿态，使得农民的形象看来更为高大，更为可爱，从中也发现农村所保有的优良传统，农村并不尽是向来所认为的藏污纳垢之地，农村人物也不尽然如小说《风波》中保守顽固的愚民。甚至后来因为和"现代评论派"的学者绅士打笔战，鲁迅更加凸显了这两个阶级的对立。如他在《朝花夕拾》和《无常》（1926.6）一文中提到童年看社戏的经验，他特别说：

　　我至今还确凿记得，在故乡时候，和"下等人"一同，常常这样高兴地正视过这鬼而人，理而情，可怖而可爱的无常。而且欣赏他脸上的哭或笑，口头的硬语与谐谈……

　　这段话可以和《社戏》描述看戏的那段相互呼应。鲁迅延续了《端午节》这篇对于知识阶级和无知阶级关系的思考，在1922年底创作《社戏》这篇小说也并非偶然的，充分展现他对农民乃至整个乡土有所改观，和先前如《狂人日记》《药》《风波》等篇所描写的迥然不同。我认为这与爱罗先珂及其童话寓言的影响启发有所关联，鲁迅重新反省自己的"启蒙的批判意识"以及知识阶级和群众平民的对立关系，而更加注意思考知识阶级和无知阶级的相互联系上。鲁迅笔下的"庸众"也逐渐转变为形象正面的"平民"。

当然，需要澄清的是这里所谓的无知阶级只是作为知识阶级的对照，鲁迅此时仅有"阶级观念"的雏形，和后来左翼运动的阶级斗争意识还是有很大的差别。在1920年代初期，鲁迅的"阶级观念"仅止于知识分子和非知识分子、知识分子和农民、劳动者等这样粗略的分别，并没有严格精确的分类标准。在《端午节》和《社戏》之后，稍后几年《朝花夕拾》里的《五猖会》（1926.5）和《无常》（1926.6.23）等篇和《野草》诸篇，我们同样可以看到鲁迅将知识阶级和无知阶级的位阶倒转。这牵涉到鲁迅1920年中后期的思想转变，他经历了和"现代评论派"陈源等人的论战之后，对于中国的新知识阶级，尤其是英美派学者绅士展开严厉批判。鲁迅在他们身上看到旧道德的复活，变形为一种新的权威，开始对于异己施加压迫，也加深了他对虚伪的知识分子的憎恶。这代表了鲁迅在"左倾"之前对于中国社会阶级的认识。

## 六　结语：超越新与旧

1922年爱罗先珂来到北京，和周氏兄弟有了深厚的情谊。鲁迅从他身上发现一种无私的自我牺牲精神，以及对于平民、无知阶级的关爱。爱罗先珂对于革命、对于知识分子的反省恐怕也让鲁迅产生共鸣。对照之下，鲁迅越发看清中国知识分子的问题，其中也包括鲁迅对于自身"启蒙观点"的反省。从1922年的几篇随感和小说中，我们都可清楚看到鲁迅自觉到知识分子的局限。

在《端午节》这篇小说里，鲁迅并不以新的启蒙思想来批判中国传统的伦理道德，鲁迅的反省是更深入的：他超越了新旧对立的思维框架，将检查的显微镜放在新知识分子身上——包括他自己，将新知识分子当作凡人而非英雄加以客观审视，从而发现新知识分子的性格弱点与社会改革运动的困境。此外，鲁迅在1922年的作品里完成了一种知识阶级和无知阶级的位阶倒转，和五四时期所流行的知识分子居于上位的启蒙者观点正好相反。这不仅是对知识分子自身的社会处境有更明确的定位，对于知识分子之外的另一群广大的平民、无知阶级也有了更深的认识。在鲁迅往后的作品中，农民、群众也比较为正面的形象出现，他们有较以往更丰富饱满的性格，有较以往更复杂的喜怒哀乐情感变化，而不光是先前那些麻木愚蠢的看客而已。

鲁迅对于新知识分子的反省，也连带影响他对五四新文化运动的整体评价。鲁迅和周作人的观点相当一致，他们都不认为所谓的新文化运动能够立竿见影、马上见效。他们从历史与现实的教训，察觉新知识分子本身之觉悟不够，思想改造也不彻底。周作人借《思想革命》（1919）一文便郑重昭告中国的文化改革应该重在实质而非表面，文学革命光是主张以白话文取代文言文是不够的——这当然主要是针对胡适的理论而言。周作人提醒当时的知识分子说："若思想本质不良，徒有文字，也有什么用处呢？"他已经敏锐地察觉到当时文学革命，甚至整个新文化运动都市形式主义的流弊。他强调：

> ……中国人如不真是"洗心革面"的改悔，将旧有的荒谬思想弃去，无论用古文或白话文，都说不出好东西来。

周作人所警惕的是表面虽新，里头仍藏着旧的荒谬的思想。或者就如鲁迅认为的五四运动其实是一种"拟态"的改革：

> 自《新青年》出版以来，一切应之而嘲骂改革，后来又赞成改革，后来又嘲骂改革者，现在拟态的制服早已破碎，显出自己的本相来了……

鲁迅所指的这种貌似改革实则守旧的人，最典型的非四铭或高尔础之流莫属了。但其实无论自觉或不自觉，在所有自以为是"新"的知识分子身上，不也如同方玄绰一样。……方玄绰最后就意识到自己保有一条传统精神的小辫子，仿佛还拖在背后没有割去。

就鲁迅看来，若要超越新与旧的假象，需要一种严格的自剖精神与勇气。如同他在1922年底的《对于批评家的希望》中表示："我对于文艺批评家的希望却还要小。我不敢望他们于解剖裁判别人的作品之前，先将自己的精神来解剖裁判一回，看本身有无浅薄、卑劣、荒谬之处，因为这事情是颇不容易的。"这种极为严格的自省精神极为难得，在当时中国文坛，大概只有从鲁迅和周作人等人的作品中才能看到。

《政大中文学报》第 7 期，2007 年 6 月

# 二〇一〇年代

## 在21世纪的台湾与鲁迅相遇：
## 钱理群在台演讲侧记

### 陈玮鸿

　　鲁迅作品在台湾的传播始于1920年代，主要是随着中国新文学革命介绍引入，《台湾民报》曾转载《鸭的喜剧》《狂人日记》《阿Q正传》等多篇著名的小说。随后在台湾左翼作家的阐释下，鲁迅关切被压迫阶级与受迫害者的形象也被建立起来。二战结束后，由于鲁迅好友许寿裳以及在地学者如杨云萍等人的推许与阐发，台湾曾经出现过短暂的"鲁迅热"。① 不过，随着中国内在的演变，以及国民党退踞台湾对左翼的镇压和查禁，鲁迅成为"反共"政策的标靶而销声匿迹。直至"解严"后，1989年台湾才有《鲁迅全集》出版。鲁迅的著作从禁书、盗版书到文学商品，其思想在台的传递因政治力量严重扭曲，加上迟来且文学商品化的稀释，使鲁迅如今在台湾地区仅作为中国现代文学作家而聊备一格，丧失很多具体且丰富的思想蕴含。

　　从1985年至2001年在北京大学讲述鲁迅17年的钱理群教授，2009年获聘"国科会"讲座教授来台，于交通大学与清华大学开课讲学，弥补了鲁迅思想在台缺乏生命力的缺憾。钱教授并于10月30日假台北清大月涵堂演讲《鲁迅左翼传统》，与会者甚众，一时将演讲堂挤得水泄不通，可想见他在北大备受学生爱戴的光景。钱教授以雄浑厚实的音调，明晰又不失幽默地讲授多年来自己在鲁迅思想与对

---

　　① 中国新文学革命与鲁迅在台思想的传播，可参看中岛利郎所编的《台湾新文学与鲁迅》各篇论文（台北：前卫出版社2000年版）。

人生、时代省思之间的糅合。

## 鲁迅左翼与东亚鲁迅

钱教授是从当前左翼在大陆的变化，重新回顾鲁迅思想的定位。鲁迅的左翼思想与"党的左翼""爱国左派"，以及"学院左派"有极大的区隔。"鲁迅左翼"是"对现存的一切进行无情批判"精神，以及追求个体自由的理想。因此，它相对于"党的左翼"，永远在党派、体制、权势集团之外，位处边缘。坚持批判的彻底性，"鲁迅左翼"拒绝充当国师、幕僚、智囊，更不愿做国家意识形态的帮佣，从而保有知识分子独立批判的人格。另外，"鲁迅左翼"不困锁在象牙塔里，永远与民间底层和被压迫者站在一起，批判是为社会实践寻找出路。

钱先生进而将鲁迅连接世界性左翼思潮。由于中国社会主义经验，以及东亚现代性后进发展的性质，鲁迅与第三世界的左翼有某种亲近性。在多位韩国与日本学者的阐释下，"东亚鲁迅"也成为东亚与西方左派或批判理论对话和相互影响的独特资源。

## "历史中间物"的知识分子

鲁迅在"文革"时期受到中共造神般的推崇，对于生前一贯反传统、反偶像崇拜的鲁迅，可说是极大的讽刺。钱教授认为，中国近代史所有的灾难，都关系到知识分子怀有"国师情结"，自诩掌握真理，欲将乌托邦完全实现；忽略了批判外在社会的同时，另有一个彻底自我批判的向度。如鲁迅指出的，四千多年的吃人民族，每个人都在其中沾染了吃人的原素，需要自我批判。这双重批判的态度，即是钱教授不断阐释的"历史中间物"意识："从绝对对立中发现自我与他者的纠结，从单向地批判外部世界的他者，转向他我、内外的双重、多重批判的缠绕。"① 每个人都承接沉重的历史债务，批判社会

---

① 钱理群：《十年沉默的鲁迅》，《与鲁迅相遇》，生活·读书·新知三联书店 2003 年版，第 98 页。

更须无情地批判自己，如此才能清楚认知自身所处的历史环节，以及行动的限度。

实践鲁迅"真的知识阶级"将无可避免陷入内在的自我冲突。一旦批判的尺度转向自我，实践者同时夹处在理想改革与自我怀疑之间，而且必须承认改革是永远的不完满，甚至徒劳无功；彷徨与痛苦将永远蛰伏于知识分子的心灵。此处境如鲁迅在《过客》里的描绘：在苍茫的暮色里，过客行走的前方除了"坟"不知还有何物，而回头只剩下逼人的黑夜，过客只能向前走去。"绝望之为虚妄，正与希望相同"，社会改革者如何能超克此内在的困局？

## 重构鲁迅的精神

在钱教授的重构下，鲁迅精神具有丰厚的实践力，包含三个侧面：

硬骨头精神：近代中国在面对帝国主义和殖民者的侵略压迫，鲁迅代表追求个人独立与民族尊严的精神；坚毅的抵抗不仅在面对外部力量，个体也必须摆脱冀求依附的人格，拒绝充当官、商、大众的"帮忙""帮闲"。

韧性精神：面对苦难与不义唯有长期、数代人锲而不舍地投入，即使眼前无法获得成果，却必须纠缠到底。钱教授幽默地比喻，这样的斗争精神出于"边打边玩"："只玩不打"是屈从于现实，而"只打不玩"的改革却无法行之长久，唯有如"壕堑战"般长期抗战，社会改革成功无须在己，只自问付出多少。

泥土精神：实践必选心怀"想大问题，做小事情"的态度，正视现实、不寻找精神避难所，着手点点滴滴的苦工；唯有将理想落实于日常具体生活，才能避免空谈与无所事事。

上述由鲁迅思想中抽释出的社会实践精神，可谓一扫对鲁迅阴霾形象的认识，也可窥见钱教授自己长期投入社会改革的动力来源。

## 如何观察中国："去看地底下"

2002 年钱教授从北京大学退休后，仍旧依循着鲁迅的"立人"思想，回归其精神故乡贵州，探寻那个他曾生活 18 年却迟迟未能理解的土地，并为中小学教育改革贡献心力。在他的精神自传里，他坦言成为"儿童文学家"是人生最后的计划，我们仿佛可以听到鲁迅《狂人日记》里"救救孩子"的呼喊。

随钱教授来台讲座同步出版的《鲁迅入门读本》中，他提醒不要以崇拜或知识兴味来接近鲁迅，而应是去"感受鲁迅"："感受鲁迅，就是把鲁迅看作是和我们一样的'人'，寻找生命的共通点，并思考'他'和'我'的关系。"[①] 此段朴质的话蕴含极为深刻的体会：越接近鲁迅思想，就越能理解在同属于"人"的命运下，我们个体生命的独立性。在价值理想与认知方法都显现鲁迅左翼的思考。台湾长期缺乏左翼思想传统与社会主义的声音，建立台湾的"鲁迅学"或许是接近东亚与世界左翼的重要媒介。

《思想》2010 年第 14 期

---

① 鲁迅原著，钱理群选编导读：《鲁迅入门读本》，台北：台湾社会研究季刊社，2009，第 53 页。

# 后　记

　　本书的出版过程颇为曲折漫长，从送出版社到正式印行历时 5 年，在这过程中，我也经验了一回学术与现实的紧张关系。如何回应时代并呈现这个时代的精神与思想状况，无疑是学者应当承担的使命；但学术选择与个人生活也有极为具体的关联，坦白地说，当下某些领域研究成果发表、出版难的困境会影响到个人的职称升等、聘期考核等这些很"现实"的问题。由于本书出版的周折，我两三年前为评职称仓促地出过一本不成熟的书，并因此而后悔。这意思倒并非说本书就是一部成熟的著作，只是有时候觉得，做这样的工作不过是为稻粱谋，离学术何其远也！但无论如何，这些文字都构成我的生命经验的一部分，二十年的光影叠加其间，浮于眼前。

　　二十年前在汕头，当刘俊峰先生将我引上文学研究之路时，我甚至连一个"票友"都算不上。在我读研被限定的台港澳暨海外华文文学方向中，他给我的"命题作文"是做陈映真研究。他认为在台港澳暨海外华文文学这个领域中，台湾文学的艺术成就最高；而在台湾文学中，陈映真是最接近鲁迅的思想型作家。他敏锐的学术眼光为我打开了一扇通过文学瞭望人间的窗子。

　　硕士毕业后进入高校工作，本为教课而读鲁迅，却不期然地与鲁迅"相遇"了。很难说对鲁迅有多深的理解，但那时我确实从鲁迅那里看到抵抗人生苦闷与无聊的可能。那些文字强化了我冲决桎梏的意志，于是在 2009 年到厦门大学跟随朱双一教授攻读博士学位。入学后老师即建议我做鲁迅与台湾文学关系的课题，我几乎没有犹豫，便接受了他的建议，同时也确立了个人长期的研究规划：即在做完鲁迅与台湾之后，一方面要将范围从鲁迅扩展到五四以来的新文学与台湾文学关系的研究，另一方面则要在空间上从台湾扩展到香港，探讨鲁迅、五四新文学与香港文学的关系。

我在此后十多年里的工作，基本上按这一规划展开。首先是 2012 年完成博士论文《台湾鲁迅接受史研究（1920—2010）》，接着在 2015 年以此为基础申报了国家社科基金项目"鲁迅台湾传播的史料整理与研究"（15XZW032），2018 年结项后将结项成果送出版社（也就是本书的内容），旋即又在 2019 年申报了"五四新文学在台湾的传播与影响研究"（19XZW027）的国家社科基金项目。其中 2016—2019 年在中国人民大学跟随孙郁教授从事博士后研究，而选定的课题正是"鲁迅与香港新文学"。我往来穿梭其中，看起来乐此不疲，实际上却常常质疑这些工作的价值，同时又试图赋予它们某种意义。

现在看来，虽然阅读陈映真让我找到从"左边的眼睛"看世界的通道，而台湾文学也在整体上成为我重新认识现代中国的参照；但更重要的是，我发现鲁迅对个人生命的意义并不在知识化的学术表达中，而在于人生的灰暗、沮丧乃至绝望中，他冷酷的文字所给予我的温暖与力量。说到底，我只是爱读鲁迅的"票友"，而非研究鲁迅的"专家"。因此，本书的学术价值或许有限，惟孙郁教授和朱双一教授的序为本书增色不少，借此机会对两位老师多年来的关心与鼓励表示感谢！

此外，也要对曹惠民、黎湘萍、刘俊三位老师对我的博士论文的肯定以及黄美娥、吕正惠、曾健民、许俊雅等台湾学界前辈给予的帮助致以谢意。本书先后经两位编辑之手才最终得以印行，有劳王鸣迪女士的辛勤编校和孙铁楠先生的前期付出。来自我的单位福建师范大学文学院的关怀带给我深刻的感动，即使多年以后再回想起来，也仍然会觉得温暖的吧！

2023 年劳动节　于溧阳